国家哲学社会科学成果文库
NATIONAL ACHIEVEMENTS LIBRARY
OF PHILOSOPHY AND SOCIAL SCIENCES

朱子学与海东朝鲜朝文学道文观念研究

李岩 著

人民文学出版社

图书在版编目(CIP)数据

朱子学与海东朝鲜朝文学道文观念研究 / 李岩著. -- 北京：人民文学出版社, 2025. -- (国家哲学社会科学成果文库). -- ISBN 978-7-02-019216-8

Ⅰ. B244.75;I312.006
中国国家版本馆 CIP 数据核字第 2025HF6652 号

责任编辑　葛云波
责任印制　宋佳月

出版发行　人民文学出版社
社　　址　北京市朝内大街 166 号
邮政编码　100705

印　　刷　北京盛通印刷股份有限公司
经　　销　全国新华书店等

字　　数　820 千字
开　　本　710 毫米×1000 毫米　1/16
印　　张　55　插页 2
版　　次　2025 年 5 月北京第 1 版
印　　次　2025 年 5 月第 1 次印刷

书　　号　978-7-02-019216-8
定　　价　228.00 元

如有印装质量问题，请与本社图书销售中心调换。电话:010-65233595

《国家哲学社会科学成果文库》
出版说明

为充分发挥哲学社会科学优秀成果和优秀人才的示范引领作用，促进我国哲学社会科学繁荣发展，自2010年始设立《国家哲学社会科学成果文库》。入选成果经同行专家严格评审，反映新时代中国特色社会主义理论和实践创新，代表当前相关学科领域前沿水平。按照"统一标识、统一风格、统一版式、统一标准"的总体要求组织出版。

全国哲学社会科学工作办公室
2025年3月

目 录

绪 论 / 001

第一章 朝鲜朝时期的政治思想与文治政策
  第一节　儒家王道政治与文学风化政策　/ 023
  第二节　以心学为治国之本的国策与载道文学观念的确立　/ 036
  第三节　反权威社会意识的勃发和对空疏学风的批判　/ 054
  第四节　实学派对道学风气的批判与实学精神的张扬　/ 061

第二章 道学思想的渐炽及其对文学的深刻影响
  第一节　文人意识的道学化对文学观念的濡染　/ 080
  第二节　道统观念的形成与文统之制　/ 093
  第三节　经学研究及其对文学的影响　/ 110

第三章 朱子学语境下的朝鲜朝《诗经》学
  第一节　朱子学心学与经学思潮中的《诗经》学　/ 128
  第二节　《诗大序》的继承与对朱熹《诗集传》的悖论　/ 138
  第三节　有关对朱熹《诗集传》真理性的论争　/ 148

第四章　朝鲜朝前期性理学先驱的"道""文"观念

第一节　丽末鲜初馆阁文人的朱子学情结及其"道""文"观 / 157

第二节　朝鲜朝初期词章派文人"道""文"观念的审美内涵 / 167

第三节　权近对"六经之旨"的继承与"道""文"并重的文学思想 / 175

第四节　性理学教育家尹祥"道""文"观中的"理""气"论 / 183

第五节　世宗朝心性之学的特点与学界的"道""文"意识 / 198

第五章　朝鲜朝前期勋旧词章派的"道""文"观

第一节　朝鲜朝前期社会文化与勋旧词章派 / 209

第二节　勋旧文臣对民族文化振兴的贡献及其垂统载道的文学观 / 214

第三节　崔恒"崇儒重道，右文兴化"的"道""文"观 / 227

第六章　徐居正"文承道统"与"文乃载道之器"的儒家诗礼观

第一节　六籍为髓："念文辞载道之器，俾纂往哲之精粹" / 252

第二节　长篇短章："汎汎乎其美盛也，渊渊乎其有本" / 259

第三节　文如其人："诗乃心之发，气之充，辞之达" / 272

第四节　文承道统："礼乐文物及政教号令，何莫非圣人之文" / 281

第五节　道德与文学："道其德性之美，而劝勉之意寓焉" / 292

第六节　《东文选》的"载道"文学观与民族文学振兴意识 / 303

第七章 成伣的"六经正脉"论与诗歌审美本质观

第一节 "祖六经之正脉,遡往圣之渊源" / 330

第二节 "道""文"如"水木源流" / 343

第三节 "锻炼精而性情逸"中的体用互补观 / 349

第四节 六经之外非皆虚文:"五谷果蓏味虽不同,
皆能荣卫骨髓" / 356

第五节 创作主体的培根蕴藉:"劳心怵虑,
饱忧患而费工夫" / 369

第八章 成宗朝"道学""词章"之争与成伣的《文变》

第一节 古今之争与唐宋之辨中的《文变》 / 383

第二节 "以理治文"与"文之繁华"之间的悖论 / 391

第三节 基于历史发展意识的文学改革主张 / 400

第四节 专务笃实:"不为虚美之辞,亦可笙镛世道" / 410

第五节 尊重文学内则:"枝柯花叶纷郁,然后得庇本根" / 418

第六节 反思道学家:"刊落肌肉,独存骸骨"的附庸化文论 / 431

第九章 朝鲜朝中后期士林派文人的心学与哲理文学

第一节 士林派性理学者的"道""文"观 / 443

第二节 金宗直的两篇诗赋与"士林惨祸" / 453

第三节 成宗朝士林派与词章派之间的"道""文"之争 / 475

第四节 士林派道学家许穆的古文观 / 493

第十章 成宗年间围绕《古文真宝》的"道""文"之争

第一节 《古文真宝》在海东的传播 / 507

第二节　世宗朝以后古文文献的大量备置 / 513

第三节　朝鲜朝中期围绕《古文真宝》的"道""文"之争 / 522

第四节　世祖朝前后时期古文家的"道""文"观 / 548

第十一章　道学岭南学派的"道""文"思想

第一节　海东道学全盛时期的"道""文"意识 / 590

第二节　岭南学派领袖李滉的"道""文"思想 / 613

第三节　张显光从《道统说》至《文说》的

"道""文"合一历程 / 685

第四节　李玄逸的文学"本""实"理论观念 / 732

第五节　柳成龙诗教观中的道学意识 / 752

第十二章　道学畿湖学派领袖李珥的实学意识与文学观念

第一节　李珥对传统理学的继承和"与时革新"意识 / 770

第二节　诗源"诚"则"精"与诗能"存省一助" / 779

第三节　《精言妙选序》及其"冲淡清和"的审美追求 / 783

第四节　《精言妙选总叙》中的儒家诗教思想 / 787

第五节　《文武策》"以经世致用为道"的"本""末"论 / 794

第六节　《文策》的"道""文"观及其文学革新意识 / 801

第十三章　"心""君"同构视阈下的"天君"系拟人哲理小说

第一节　"百体从令之天君"与"欲雕小说于'心'间" / 813

第二节　治心树德和造美养人乃异曲同工 / 816

第三节　"承先儒之心学"与"达文艺之春秋" / 822

第四节　离奇的故事情节和光怪陆离的人物世界 / 832

第五节 "欲人易晓莫如引喻"观念引领的小说艺术世界 / 840

结　语 / 851

主要参考文献 / 855

后　记 / 859

CONTENTS

INTRODUCTION / 001

CHAPTER I THE POLITICAL THOUGHT AND "RULE OF CULTURE" POLICY IN THE PERIOD OF JOSEON DYNASTY

1. Confucian Kingcraft Politics and the Policy of Moral Cultivation in Literature / 023

2. The Establishment of the Fundamental National Policy of Taking Mind Philosophy as the State Governance and the Concept of Conveying the Dao by Literature / 036

3. The Rapid Emergence of Anti-authority Social Consciousness and Criticism of the Empty and Shallow Style of the Classical Study / 054

4. The Criticism of the Style of Confucian Study and Promotion of Pragmatic Spirit by Practical School / 061

CHAPTER II THE PROGRESSIVE PROSPERITY OF CONFUCIAN THOUGHT AND ITS DEEP INFLUENCE OF LITERATURE

1. The Permeation of Literary Concepts by the Confucianization of Literati

Consciousness / 080

2. The Formation of Confucian Orthodoxy and the System of Literary Orthodoxy / 093

3. Classical Studies and its Influence of the Literature / 110

CHAPTER III THE STUDY OF *THE BOOK OF SONGS* OF JOSEON DYNASTY IN THE CONTEXT OF ZHU ZI'S PHILOSOPHY

1. Zhu Zi's Mind Philosophy and the Study of *The Book of Songs* in the Trend of Thoughts of Confucian Classics / 128

2. The Heritage of *Preface to the Book of Odes* and its Paradox of Zhu Xi's *Biography of Poetry Collection* / 138

3. The Arguments of the Truth on Zhu Xi's *Biography of Poetry Collection* / 148

CHAPTER IV THE DIFFERENT VIEWS OF THE DAO AND WEN FROM PIONEERS OF RATIONAL CONFUCIANISM IN THE EARLY PERIOD OF JOSEON DYNASTY

1. The Complex of Zhu Zi's Philosophy from Guange Literati and their Views of the Dao and Wen during the late Goryeo and Early Joseon Dynasty / 157

2. The Aesthetic Connotation of the Concepts of the Dao and Wen from the Literati of Cizhang School during the Early Joseon Dynasty / 167

3. Gwon Geun's Embracing of the Essence of Six Classics and his Literary Views of Granting Equal Status to the Dao and Wen / 175

4. The Theory of Li and Qi in the Rational Confucianist Educator Yoon Seong's Views of the Dao and Wen / 183

5. The Characteristics of the Philosophy of Mind and Nature and the

Consciousness of the Dao and Wen of the Academic Circle in the Reign of Sejong / 198

CHAPTER V THE VIEWS OF THE DAO AND WEN OF CIZHANG SCHOOL FROM HUNGU-PA IN THE EARLY PERIOD OF JOSEON DYNASTY

1. The Social Culture and Cizhang School from Hungu-pa in the Early Period of Joseon Dynasty / 209

2. The Contribution of Hungu-pa Civilian Officials to the Revitalization of National Culture and their Literary Views of Upholding the Tradition and Conveying the Dao / 214

3. Choi Hang's Views of the Dao and Wen of Respecting Confucianism and Promoting the Literature and Culture / 227

CHAPTER VI XU JUZHENG'S VIEWS OF CONFUCIANIST POETIC RITUAL ON ARTISTIC FUNCTION OF LITERATURE AS THE CARRIER AND VEHICLE OF THE DAO

1. The Essence of Six Classics: Thinking Literature as the Vehicle for Conveying Truth, Generalizing and Promoting the Thought and Wisdom of the Ancient Sages / 252

2. Long and Short Essays: Abundant and Beautiful in Sound, Sophisticated and Pro-Found in Thoughts / 259

3. The Style as a Man Himself: Poetry of Being Writer's Overflow of the Inner Feeling With the Passion and Insightful Words / 272

4. The Conveyance of the Dao by Literature: the Writings of the Sages Including

all Things and Ideas of the Rites, Music, Cultural Artifacts, as well as Political Edicts and Decrees / 281

5. Morality and Literature: Expounding the Beauty of Morality and Transmitting an Implicit Message of Encouragement and Exhortation / 292

6. Literary Views of Conveying the Dao and the Consciousness of Rejuvenation in National Literature in *Selected Works of the East* / 303

CHAPTER VII SUNG HYUN'S ORTHODOX VIEWS OF THE SIX CLASSICS AND THE ESSENCE OF POETIC AESTHETICS

1. The Inheritance of the Orthodox of the Six Classics and Tracing Back to the Origins of the Ancient Sages / 330

2. The Dao and Wen of Being the Origins and Growth of All Things / 343

3. The Complementary Views of Substance and Function in Exercising the Body and Spirit and Releasing the Mind / 349

4. The Meaningful Discourses beyond the Six Classics: Equal Essence and Effect Achieved from the Different Styles and Meanings / 356

5. The Consolidation and Restraint of the Cultural Foundation by the Creative Subject: Creating the Works in a Sense of Crisis with Anxiety, Worries and Hardships / 369

CHAPTER VIII THE DEBATE BETWEEN THE CONFUCIAISM AND CIZHANG IN THE REIGN OF CHENG ZONG AND SUNG HYUN'S *LITERARY CHANGE*

1. The Debate between the Ancients and the Modern and *Literary Change* in the Dispute on Tang and Song Poetry / 383

2. The Paradox between the Evolution of Literature Guiding by Morality and the Pro-sperity of Literature Itself / 391

3. The Literary Reform Proposal Based on the Consciousness of Historical Development / 400

4. The Dedication to Practicality and Solidness: Devoting to the Earthy Truths in Simple Words and Harmonizing the World / 410

5. The Adherence of the Internal Law of Literature: Flourishing in Different Meanings and Styles to Reveal and Convey its Essence / 418

6. The Reflection of the Confucianist Subservient Literary Theory of Only Focusing on the Essence by Simplifying or Deleting the Style and Meaning / 431

CHAPTER VIIII MIND PHILOSOPHY AND PHILOSOPHICAL LITERATURE OF THE LITERATI FROM SARIN SCHOOL IN THE MID-TO-LATE JOSEON DYNASTY

1. The Rational Confucianist Scholars' Views of the Dao and Wen from Sarin School / 443

2. Kim Chongjik's Two Poems and Sarin Tragedy / 453

3. The Debate of the Dao and Wen between Sarin School and Cizhang School in the Reign of Cheng Zong / 475

4. The Confucianist Heo Muk's View of Classical Prosefrom Sarin School / 493

CHAPTER X THE DEBATE OF THE DAO AND WEN ON *GUWENZHANBAO* IN THE REIGN OF CHENG ZONG

1. The Spread of *Guwenzhanbao* in Haedong / 507

2. The Abundant Preparation of the Classical Literature after the Reign of

Sejong　/ 513

3. The Debate of the Dao and Wen around *Guwenzhanbao* in the Middle of Joseon Dynasty　/ 522

4. The Views of the Dao and Wen from the Scholars Studying Classical Chinese Literature around the Reign of Shi Zong　/ 548

CHAPTER XI　THE THOUGHTS OF THE DAO AND WEN FROM THE YEONGNAM SCHOOL

1. The Consciousness of the Dao and Wen in the Flourishing Stage of Confucian Scholarship in Haedong　/ 590

2. The Views of the Dao and Wen from the Leader Lee Hwang of The Yeongnam School　/ 613

3. Jang Hyeongwang's Integration of the Dao and Wen from *Confucian Orthodoxy* to *Wenshou*　/ 685

4. Yi Hyeonil's Views of Literary Theory on Essence and Function　/ 732

5. Ryu Seong-Ryong's Confucian Consciousness in his Views of Poetic Education　/ 752

CHAPTER XII　THE CONSCIOUSNESS OF PRACTICAL LEARNING AND LITERARY VIEWS FROM THE LEADER LEE EE OF THE GIHU SCHOOL IN THE CONFUCIANISM

1. Lee Ee's Inheritance of the Traditional Confucianism and the Consciousness of Innovating with the Times　/ 770

2. The Refined Poem from the True Expression of Reality and the Poetic Function of Purifying the Soul　/ 779

3. *A Preface of Selection of Refined Poetry* and its Aesthetic Pursuit of Keeping Simplicity, Moderation and Harmony / 783

4. The Confucian Thought on Poetic Education in *The General Preface of Selection of Refined Poetry* / 787

5. The Views of the Fundamental and Incidental of Confucian Pragmaticism in *Wenwuce* / 794

6. The Views of the Dao and Wen and the Innovative Consciousness of Literature in *Wence* / 801

CHAPTER XIII THE PERSONIFIED PHILOSOPHICAL NOVEL ON THE HEAVEN AND RULER IN THE ISOMORPHIC PERSPECTIVE OF XIN-JUN

1. Feeling the Rich Emotion from the Heaven by Senses and Crafting the Stories in the Mind / 813

2. Achieving Equally Satisfactory Results with Different Ways of Cultivating the Mind and Morality and Nurturing the Man by Artistic Creation / 816

3. Embracing the Mind Philosophy of the Ancient Sages and Attaining the Pinnacle of Literary and Artistic Endeavors / 822

4. Strange and Intricate Plot and the World of Colorful and Fantastic Characters / 832

5. The Artistic World of Novels Guided by the Principle of Making Men More Insightful only by the Metaphorical Writing / 840

CONCLUSION / 851

REFERENCES / 855

POSTSCRIPT / 859

绪 论

哲学是时代精神的产物和精华。从深层意义上讲，它也是一切社会文化的灵魂。起始于中国宋朝，并广泛浸透于东亚各国思想文化中的程朱理学，其在本质上是一种性理之学。它作为一种时代的哲学思潮，在海东朝鲜朝被称作朱子学。它在海东，迎合时代的要求，也逐渐成为了指导其政权运行、文化活动和日常生活的官方意识形态，当然其中包含文学观念及其创作活动。海东道学派的文人，在与词章派文人围绕"道""文"关系的论争中，虽付出血的代价，但最终还是取得了政治上和思想文化上独尊的地位。他们的道学思想，包容文学这个独特的审美意识形态，将其看做宣传"圣人之道"、捍卫儒家道统不可或缺的重要武器。他们在强调"修己治人"的"内圣外王"之道的同时，主张"文乃载道之具"，"文遂与政为辅"，而且还要通过文学"感人""化人"的自身规律，在治国理政中起到不可替代的重要作用。朱子学高度发达的思辨推导模式，通过海东人的"道""文"关系之争，在文学观念领域里散发出东方文艺心理学耀眼的光芒。

本书以海东朝鲜朝时期绝对尊奉朱子学的社会文化土壤为背景，围绕其文学中的"道""文"关系之争，进行由表及里的深入探讨，用以揭示富有时代精神的心性哲学如何影响其文学观念及其创作意识的学理过程。

一、朱子学的理性精神和现实适应性

中国的朱子学之所以受到海东人的极端崇奉，是因为其活生生的现实适应性，其中尤为突出的是与政治的深层关联性。朱熹认为"理"是万物之根本，它具有道德属性，是封建道德的根本准则，它阐发天理观的要害在于论证君权天授，顺应天理而实行德政。朱熹指出"性是实理，仁义礼智皆具"（《朱子语类》卷5），认为人的本然之性为"理"，实践内容为"仁义礼智"。他又指出人应该以"居敬穷理"为修养的基本功夫，要求人们去掉私欲，返回天理，要专心致志于"理"（封建伦理纲常）。朱熹还说"诚者，真实无妄之谓，天理之本然"（《中庸章句》），人应该"事君以敬"，待人以"诚"，"敬"者乃"忠"，"诚"者乃"恕"。朱熹从"理先气后"的客观唯心主义心性论出发，提出了"心统性情"，"修己"才能"治人"，"修齐"而后则可"治平"的治国理政思想。

朱熹的学术成就宏博精深，几乎涉及儒家经典的所有领域，其疏义、章句、集注、通解、集传等文字，将中国的儒家学说引向了新的哲学高度。他著述宏富，学贯百代，开创了精深广大的学术传统。如在史学方面，朱熹很早就写了《资治通鉴纲目》；在礼学方面，有《家礼》《仪礼经传通解》；还专门注解《尚书》。尤其是他集注合集《论语》《孟子》《大学》《中庸》等，称为《四书章句集注》，给后世引起了深远的影响。

在文学方面，朱熹撰有《诗集传》《楚辞集注》《韩文考异》等，高度概括了中国古人的文学思想成就，深刻阐释了自己对文学本质的基本观点和态度。他不像前辈"二程"，基本否定文学的存在价值，深知文学是人类不可或缺的精神财富，而只是过分主张"文从道中流出"之类的道学家的文学观念。他尝宣示"道本文末"，但一生喜好文学，以创作诗文为己任。他从重"道"轻"文"的观念出发，主张"文"应为"道"服务，认为"道者文之根本，文者道之枝叶。惟其根本乎道，所以发之于文，皆道也"。也就是说，"道本文末"，"文"应该为现实政治服务，体现主体的德行修养。他还认为"学诗之大旨"，在于"修身及家，平均天下之道"（《诗集传序》），为巩固封建统治体制起到作用。朱熹的这些文学观念，指引人们遵循理学家的文学理想，文学只能充当"传道"之工具，让文学为维护封建统治担当一役。

明末清初的黄宗羲在《宋元学案》中，将朱熹的学术成就概括为"致广大，尽精微，综罗百代"，从而也较为真确地梳理出宋元时期理学学术思想体系的基本特点。原来，"致广大而尽精微"出自《礼记·中庸》，其中曰："故君子尊德性而道问学，致广大而尽精微，极高明而道中庸。"这体现了道体之大，人应穷尽道体之细，自广大处着眼，精微处下手，以达到道德之完善境界。

八百多年前的朱熹曾引程颢的话，把《中庸》看作治国理政之心法之源，概括其为"始言一理，中散为万事，末复合为一理"，正如明末清初的黄宗羲所说的那样，朱熹在自己的学问研究和政治实践中，做到了"致广大而尽精微"，为当代和后世的治国理政者和思想界做出了"指路明灯"般的表率。

习近平主席曾经在2022年的"新年贺词"中引用"致广大而尽精微"，以此鼓励大家胸怀大局，扎扎实实，把工作做细落实、积微成著，走好新的赶考之路。他用《中庸》之句，妙言点睛，用深刻的哲理，为我们点拨出具体的进取模式，以及治国理政之基本思路。君子练性修德，学思致知，以广大之视阈和精微之钻研精神，体会"道"之显现，并以《中庸》的哲思达到治国理政之"道"之至高境界。可见，这一充满哲思的治国理政理论，渊源深邃，思虑远大，在历史大变局时期指明了前进的方向。

二、海东朱子学及其"道""文"观的缘由与内涵

朱熹的学问和思想直接延续至元、明、清三代，对封建统治思想和官僚阶层的日常生活产生了深刻的影响。同时，朱熹的理学思想远播海外，其中受到深刻影响的还是近邻海东朝鲜王朝。他们的封建统治阶级一旦接触朱熹的理学思想之后，就如获至宝，很快投入满朝的知识资源，研究和普及它，称其为"朱子学"，并逐渐将其定性为国家主要的统治思想和意识形态。他们历代的君

王和官僚士大夫以程朱理学为治国理政和引领社会文化的思想信条，国家的方方面面也以它作为教化民众的思想武器。在探索并使朱子学朝鲜化的过程中，他们把自己学问的重点放在心性论上，并逐渐产生了探究心性论奥义的"道学派"。

他们在朱子学的研究过程和文学实践中，逐渐发现"心"可以"生情"，而且也可以"统情"，以至于升华为艺术创造的思辨的文艺观。文学观上的这一新的价值发现，使他们开始走上文艺观念道学化的道路，并千方百计地鼓励道学派的文人发表相关文章，以张扬其道学性质的文艺观。他们主张"道本文末"，文学应该探究宇宙和人生之"理"，为扶正人的"心性"服务，所以他们极力主张"道本而文叶"的"道""文"观念。但是在现实中，事情并没有这么简单，在文学的"情田"中辛勤耕耘的道学派文人中，陆续出现各种异议。于是围绕"道""文"关系的争论，始终不断，各个时期、各种学派之间就陆续出现了诸多理论主张。

追本溯源，朱子学东传至朝鲜，在十三世纪后半期的高丽朝。他们长期受国内武臣专制政权的统治，加上蒙元"征东行省"的政治、军事和思想文化方面的控制，以及经济上的盘剥，国力日衰，逐渐显现出严重的"末世症候"。当时国学芜废已久，文教萎靡不振，士子不知"圣人之学"，佛教日盛，迷信的祈神活动肆虐。爱国儒臣为之辗转反侧，在多次出使访蒙元的过程中，逐渐发现宋学在元朝的发展及其治国理政中的重要作用，便开始注意观察和吸收。

在现有资料中，最早接触并带回朱子学的文人，是高丽重臣安珦。他曾为学官的荒芜而痛叹，作诗曰："香灯处处皆祈佛，箫管家家尽祀神。独有数间夫子庙，满庭春草寂无人。"安珦以兴学育人为己任，建议忠烈王令各级官员出银、出布归库，以为"赡学钱"，来养学。他还建议派文官到中国江南，买来圣人像和儒家的经、史、子、集类典籍，任命一些著名学者担任教授，以培养学子。值得注意的是，他于1289年11月利用扈从国王和王后至燕京的机会，寻得并手录新刊《朱子书》归来。他对诸生说："吾尝于中国，得见朱晦庵著述，发明圣人之道，攘斥禅佛之学，欲学仲尼之道，莫如先学晦庵。"[1]可见，高丽的安珦，已对朱子学深有了解。

自此以后，发现朱子学的学术价值、重视朱子学的人陆续出现。文人白颐正于1298年跟随忠宣王至燕京，滞留十余年，研究朱子学。他归国时，购回多种程朱理学之书，培养李齐贤、朴忠佐、李谷等弟子，为高丽朱子学的起步做出了重要贡献。稍后的禹倬精通经史，传播程朱理学，深入研究性理之学，教授生徒。其弟子权溥、李齐贤、李谷等文人后来都成为高丽朝廷的重臣，他们一生致力于朱子学研究，为朱子学的不断发展起到过重要作用。到忠肃王时，为进一步发展儒家思想乃至朱子学，派遣国学的博士和学谕，到中国江南地区购买儒家经籍一万八千卷。看到高丽朝廷如此重视备置儒家书籍，元廷将宋秘阁藏本四千三百余册共一万余卷典籍寄赠给高丽，其中自然包括《诗集传》《四书集注》等朱熹的著述。

由于当时海东高丽的社会环境和历史条件，其朱子学研究还没有达到应有的理论高度，尚停留在应对部分现实问题的理论分野中，如"格物致知""大道之源"等就属于这一类。因为越是往后，高丽的佛教势力不断膨胀，各种本土巫觋信仰几近猖獗，所以朱子学理论中的那些"格致"之理、"修治"之学等，就成为了反击佛教"色空""来世"之论和土俗迷信歪理的精神武器。但总的来说，它的整个认识和应用方面，尚未涉及朱子学最本质的理论领域，很少有用朱子学的立场和观点去阐释文学问题的专门文章和著述。值得一提的是，尽管高丽的朱子学很少有文学及其审美观念上的表现，但它毕竟为后来海东朝鲜朝性理学的发展及其文学观念上的进一步飞跃，奠定了极其重要的、不可或缺的理论基础。

到海东朝鲜朝建立，其朱子学进入了一个理论和社会实践并进的阶段，尤

---

[1] 李丙焘：《韩国儒学史略》第2编第2章，（韩国）亚细亚文化社，1986，第69页。

其是在文学观念上表现出非常积极的态度。这时期朱子学的振兴得益于社会、时代和现实政治的变化。之前的高丽末叶，外面受北元残存势力、女真和倭寇的威胁，内部则因佛教寺院、豪族的土地兼并以及上层官僚贵族之间的内斗日炽，加上接连更替的昏庸之主政治经济上的不作为，国家处于几近"崩盘"的地步。在当时，由于频繁的佛事、土木工程、无节制的贪污、国无收入等原因，国库空乏，加上高层内部的亲元派和亲明派、挺王氏派和挺李氏派、守旧派和革新派之间的矛盾斗争日趋激烈，趁着社会乱局，以李成桂为代表的新的政治势力迅速成长，以至于推翻旧朝，建立了新的李氏王朝。

海东朝鲜朝建立伊始，维新图治，声言改革，欲建立适应新发展的官学。他们深知高丽王朝的灭亡原因，乃在于远离"圣人之道"，佛教等异教泛滥，思想混乱，导致社会政治混乱。于是他们设计建立一套适应新发展的意识形态，认为朱子学就是建邦立国最合适的思想体系，决计"抑佛扬儒"，在批判佛教主观唯心主义的过程中，逐渐树立朱子学的绝对权威。为鼓励和张扬朱子学，海东朝鲜朝重视拉拢旧朝有为文人，以优厚的待遇使之为己服务。其中不仅有郑道传、权近等开国元勋，也有权遇、卞季良、金泮、孟思诚、许稠、金叔慈、权采、尹祥、吉再等旧朝著名文人。这些从旧朝过来的文人，看到李成桂等人代表了一种新的"气运"，纷纷歌颂新朝开泰，为新朝著书立说，以朱子学的"尽心知性""心具众理""酬酢万变"等理论，批判佛教的"观心见性""心生万法""随顺一切"等主观唯心主义的观念。他们还深入研究朱子学的理论原理，对"理"与"气"、"心"与"性"、"诚"与"敬"等问题进行了深入的研究和阐述，还用"图说"的形式为其渗入人心提供了方便。

海东朝鲜朝的朱子学到其中期，出现了李滉、李珥等一大批著名的学者和思想家，他们将朱子学理论推向高峰，走上了集大成化的道路。此时的海东朱子学内部，出现了两大派系，即以李滉为中心的"岭南学派"和以李珥为领袖的"畿湖学派"，二者从不同的角度对朱子学的内涵做出了深入且极不一致的阐释。无论如何，他们作为各自学派的创始人，对海东朝鲜朝朱子学做出了创造性的理论阐发，为朱子学增添了不少新的内容。李滉对"理"本体做了"虚实"论、"有无"论、"混全"论、"动静"论等多角度的、思辨哲学的理论挖掘和阐释；他还对"理"一元论进行深入的辩证；他力主"四端七情，理气互发"说。总的来说，心性论是李滉性理学的核心，其内容相当丰富。

李珥也一生服膺朱子学，且善于用自己的独立思考阐述自己的性理学观点，也多所创获。如他主张"理"与"气"，"即非二物，又非一物"。他说："非理则气无所根柢，非气则理无所依著。"他强调"理通气局"说。他说："理无形而气有形，故理通而气局。"他还主张"气发理乘一途"说。他指出："理无为而气有为，故气发而理乘。"李珥的心性论，就是以上述的理气论为基础展开的。他认为："心统性情"，"未发为性，已发为情"，认为人的本然之性和气质之性都是性，同样，人的"四端"和"七情"也都是情。李珥看到国家的贫穷落后，向国王提出了一系列的改革主张，如提出改贡纳、改军籍、合并州县、庶民许通仕路等意见，以谋求国家的安定和富强。

李滉、李珥的出现标志着海东朝鲜朝的朱子学，从理论上已经得到了长足的发展，其思想文化从而达到了空前深化的地步。

三、海东朱子学文学观念中"道""文"关系之基本特色

海东朝鲜朝朱子学的一个显著的特点，在于对"文"或"文学"的重视，甚至把它看做"圣人之学"和朱子学不可或缺的基本方面。就李滉而言，他平时爱读诗，爱写诗，爱与其他诗人切磋诗法，拥有很多诗歌作品和诗友。可是他毕竟是个朱子学者，强调文学应该为"正心""尚德"服务，也坚持"道本文末"的道学家的文学观念。李滉曾经说过："学文所以正心。"（《退溪全集》四册《言行录·类编》）作为朱子学者，他没有忘记把文学当做理学的一个重要组成部分，用心性论的角度解释文学问题。朱熹在注释《论语·子罕》时说

过:"道之显者,谓之文。"李滉非常认同这句话,进一步发挥道:"晦斋之学甚正,观其所著文字,皆自胸中流出,理明义正,浑然天成,非所造之深,能如是乎。"[1]值得注意的是,尽管如此,李滉从来不废弃文学,坚持文学创作,也提倡讲究技巧。但他毕竟还是个道学家,终归还是把文学看做"传道之具",主张文学须"以道为本"。他说:"辞达意而已,然学者不可不解文章,若不解文章,虽粗知文字,未能达意于言辞。"[2]可见,李滉文学观的中心,还在于"道本文末"的心性论的范畴之内。

畿湖学派的李珥,在文学观上则坚持"文以形道",主张文学与创作主体的"心性"有着密切的关系,提倡文学反映作者的经世之志与教化意识。在创作上,李珥主张"道文一致",反对作品的浮华之气,认为主体具备"诚""正"的思想境界,其作品才可以达到化人以"趋正道"的效果。李珥还把文学创作当做表现和宣扬朱子学的机会,或直接表达自己理气说的基本含义,或宣扬心性哲学的现实适应性。如他在《理气脉》一诗中写道:"元气何端始,无形在有形。穷源知本合,沿派见群精。水逐方圆器,空随小大瓶。二岐君莫惑,默验性为情。"[3]李滉曾经主张"理气互发",李珥不同意这种观点,提出了"气发理乘"说,这首诗用形象的诗语表达着自己的这一"理""气"观。李珥向来反对文学日趋修饰和"美丽而失真"的倾向,主张诗歌应该成为"明道韵语",摆脱"矫伪"之习。在诗歌创作上,他主张应该达到"冲淡萧散,不事绘饰","自然之中,深有妙趣"的审美效果。根据自己的创作经验,他总结出文学自身的规律,不仅强调文学的"明道"之功,而且还主张创作出使人读之"心平气和,如乘小车"的"花蹊芬华"之作。

海东朝鲜朝朱子学文学观念的演变,经历了一个由简单到不断丰富、由浅层次向深层次发展的历史过程。在其建国初期,为了稳固"易姓革命"的政治

---

1 《退溪全集》4册《言行录》卷5《议论》,(韩国)《韩国古典文集丛刊》。
2 《退溪全集》4册《言行录》卷5《杂记》,(韩国)《韩国古典文集丛刊》。
3 《栗谷全书》卷2《理气脉·寄呈牛溪道兄》,(韩国)《韩国古典文集丛刊》。

成果，他们制定了"抑佛扬儒"的意识形态政策，朝廷屡次颁行毁寺灭佛、迫僧还俗、禁止僧侣进城等种种限制性措施，使得佛教日益式微。他们还用朱子性理学的立场和观点，批驳佛教的四谛、缘起、无常、无我、顿悟、色空、来世等虚无主义的观念，以消除佛教消极的社会影响。之后，他们有计划地树立朱子性理学的权威，吸收中国宋人的文学成果，使得朱熹的《诗集传》《楚辞集注》《韩文考异》《晦庵先生朱文公集》等文学书广泛流通于士大夫和学子之间。文学上，他们也积极吸收宋人的观念，又根据海东文坛的实际情况，在审美理论上多所创获。

文学是海东朱子学者格外关注和重视的问题。随着时代的推移，海东朱子学不断延伸发展，根据不同时期的学派和学脉，其对文学的理论主张也呈现各自不同的差异性。

尤其是在"道"与"文"的关系问题上，海东朱子学者采取多样的立场和观点，但最为主流的观点还是把"道"放在主导的地位。因为在他们那里，此"道"就意味着儒家之道，尤以历代儒家膜拜的"圣人之道"为其质地。孔子在《论语·述而》中曾说："志于道，据于德，依于仁，游于艺。"其《学而》篇又说："行有余力，则以学文。"他们深信，孔子此话将"道"与"德"放在首位，"艺"还是处于从属的位置。从这样的学问基础出发，海东人确信中国宋代朱熹的一系列文艺观点是有其历史基础的，尤其是其性理学的文学观念反映了正统儒家的理性精神，而且将其提高到崭新的理论高度。所以他们在谈论文学问题的时候，自然把"道"放在至高的地位之上，而且对"文"的发挥有着不少清规戒律，处处提防"紫之夺朱"。

但是，他们在进行文学创作和感受文学变化的时候，往往发现其有自己的内在规律，绝不可以按照主观意愿任意改变它。同时，他们发现人往往有触景生情、兴会神到的时刻和托物寓兴、感发意志的艺术冲动，所以文学是人自觉的审美创造活动。但他们毕竟是个朱子学者，即使是主体的文学创作有出神入化的时候，也不能无限度地发挥和放任它，必须用"圣人之道"将其约束。于是他们秉承《乐记》中的那句"以道制欲，乐而不乱"的原则，"以道为本"，作文于其荫翳之中。

即使是这样，他们对文学的爱好是客观存在，而且还发现即使是"道"有领先地位，但如果无"文"，"道"则无法彰显其"质"（内容）。这样的矛盾心理，促使他们的"道""文"观出现多歧的现象，如有些人彻底秉承朱子学的立场和观点，认为"道本文末"或"道为根本，文为枝叶"，而有些人则尊重事实，"道""文"并重，还有些人兼顾两头而主张"道文合一"。由于"道"与"文"自身内涵的丰富性和复杂性，对这些不同观念的秉持者，我们不能一概而论。但朱子学毕竟是海东朝鲜朝的官方哲学和国家主流意识形态，作为海东的官僚士大夫文人和立志通过科举考试进身的士子、学子，他们大多数人的宗旨是一致的，那就是一心辅佐李氏王朝，继承儒家道统，进一步巩固其根基。在这个过程中，文学当然起着重要一翼的作用。

他们也深知，除了儒家道统之外，还有其"文统"。这个"文统"就是为"道统"服务的古文传统。这个"文统"原来起始于唐代韩、柳古文运动，是为反对当时华而不实之文风而发起，后来宋人也为克服当代的浮艳文风接棒唐人，再次用古文"应变作制"，延续"孔子、孟轲、扬雄、韩愈之文"。海东朝鲜朝的文坛，也随时兴起浮华不实的文风，他们也要锐意改变这种现状，遂拿起这个儒家"文统"的旗帜。在他们那里，这个"文统"作为儒家文学传统的正面概念，其本质与"道统"高度一致，都是为巩固海东王朝的"长治久安"服务。正因为如此，他们对"道"与"文"关系的说法虽有一些差异性，但在这一关键的宗旨上都是一致的。

"词章派"的代表性文人徐居正，一生以文学为己任，创作出众多脍炙人口的诗文作品。他以毕生精力编纂了内容庞大的《东文选》《东人诗话》等，为的是保存民族文学遗产，但他在序言中明确指出"文以载道"是自己编纂的基本原则。再如著名文人成伣一生以文自负，除了大量诗文作品以外，还编纂出《风雅录》《浮休子谈论》《风骚轨范》《奏议稗说》等不少文艺杂著，也一向坚持"贯道之文"的写作。还如海东代表性朱子学者之一的李滉，一生留下无数篇诗文佳作，但他力主"学文所以正心"，不能忘记"道之为本"。在海东朱子学者之中，也有一生"不治文学"的道学者，他们认为"为文乱志"，莫不如"有空多读圣人之书，班（职）余集力解朱夫子之旨"。

在学习和发扬光大朱子学的过程中，他们毫不怀疑其"真理性"和权威地位，但对其"作文害道"和"文从道中流出"之类的观点，还是采取保留的态度。因为他们看到朱熹爱诗写文的嗜好，看到朱熹留下的分量不少的诗文作品。他们更在自己的文人生活中，感受到文学无限的魅力和吸引力，它不仅可以抒发人的内心情感，创造艺术形象，还的确具有"兴、观、群、怨"的社会作用。他们还领略到作诗文不容易，还需要主体的艺术功底和写作技巧，他们对那些四书和五经的文字功底更是佩服得五体投地。所以李滉坦率地说过："夫诗虽末技，本于性情，有体有格，诚不可易而为之。君惟以夸多斗靡，逞气争胜为尚，言或至于放诞，义或至于庞杂，一切不问，而信口信笔，胡乱写去，虽取快于一时，恐难传于万世。"[1]尽管李滉是海东最有城府的朱子学者之一，但在此还是道出了心里话，展现出了自己对文学的深刻理解。

作为客观唯心主义的心性哲学，朱子学构成完整的概念化和系统化的哲理体系，并使其辨析过程逻辑化，心性化、抽象化和真理化是它的基本特点。它的文学观念也是如此，它具有极高的主观特色，形成了"文"本于"道"，"道"高于一切的理论逻辑系统。但在海东文人那里，还出现了不少重"道"而不轻"文"的文学观念，认为二者是"互为表里"，谁也离不开谁的关系。即使是在主张"道天文地""道本文末"的文人那里，也不乏肯定文学存在价值的正面言论，不乏表达自身心中艺术感受的诗文作品。至于文学创作中"循道"的原则，

---

[1]《退溪先生文集》卷35《与郑子精》，（韩国）《韩国古典文集丛刊》。

在那些主张"道文并重""道文合一"的文人那里，也处处可以得见自觉或不自觉的表达。这就是制定理论原则在历史发展过程中，所表现出的复杂性，以及随时可以出现的不稳定性，乃至相对性。

在海东文坛中，诸如此类的现象比比皆是。它们不仅交错于不同时期、不同朱子学派那里，而且还在一个人的文学主张中，根据不同时期、不同场合也交错显现。这样，要在围绕"道"与"文"关系的理论领域中，一下子说清楚其现象及其所以然，并不容易。在这种复杂的理论现象中，理清它们相互的因果关系，自然成为每一个学者不可推卸的责任。

四、内容的丰富性和深刻性

本书以古代中华文化外播异域的历史进程为学理之背景，专门探讨了海东朱子学发展中文学"道""文"观念的演变过程。由于书中详细探讨了海东封建王朝政治诉求中文学"道""文"关系的深层意蕴，所以本书充满了东方式心性哲学的客观唯心主义的逻辑演变模式和活跃而思辨的思维活动模式，处处显现出通过文学改造心性内蕴的治国理政意识，从而实现了研究内容的丰富性和深刻性。

本书是一部系统研究海东文学中"道""文"关系的专门著作。本书坚持马克思主义的历史唯物论和辩证法的研究方法，将纵向的历史发展和横向的问题性研究相结合，始终贯穿心性哲学思潮与文学观念相互渗透的视阈，深入研究海东文学中"道""文"关系演变发展的具体过程。本书立足于视野开阔，论述深刻，社会效益高的基本原则。

海东朝鲜朝由于以儒家之"道"为治国之道，所以其政治意识具有很强的实践性。这个实践性可分两个方面来讲，一是本于儒家学问原则的致用性。致用以实行、实践为目的，心中有所得，著之于言与行，荀子所谓"学至于行而止"、王阳明所讲"行为知之成"，说的就是学与行的这种学理关系；二是本于儒家社会理想的普及教化实践。一个封建王朝由两个人间部类来组成，一个是以国君为首的统治阶层，一个是社会各个阶层的百姓，二者为统治者和被统治者的关系，缺一不可。为建立理想的封建王朝，君主的修身固然重要，但对天下百姓的教化也不能不重视，管理国家者不可不知此道。这是中国古代儒家一向提倡的政治思想，也是历代王朝一贯注重的治国理政的实践经验。《诗·周南·关雎序》曰："美教化，移风俗。"汉桓宽的《盐铁论·授时》一篇说："是以王者设庠序，明教化，以防道其民。"这些记录，无疑都是这种治国思想的体现和理论总结。后来的海东封建统治阶级，也面临着同样的一个问题，即在自身修养身心的基础之上，如何去实现对天下百姓的政教风化。

当时的海东社会面临的一个重要问题，就是道学思想的渐炽及其对文学的深刻影响。海东朝鲜朝时期的道学家们认为四书五经是儒家最为杰出的经典，也是最为完美的文章学典范，其中的一切内容和艺术形式，都可成为后人学习的教科书。尤其是这些儒家经典，"道""文"并茂，可成为万世之师范。海东朝鲜朝时期的程朱理学家们认为，上古人为文以"道"为本，"文"是"道"之载体，"道"是"文"之"主"。但是古时候的"文"，与"道"一起都是为现实政治服务，成为巩固统治阶级利益的工具。他们认为自古至今，所谓"道"皆寓于"文"，无"文"则"道"无以寄，无"道""文"亦无以施。自古以来的历史说明，"道统"和"文统"并行而来，都为时代政治所不可或缺。值得注意的是二者虽并行，但它们固有经纬、表里之别，又有轻重、本末之差异，不过归根结蒂，二者还是经纬并蒂、表里互补，谁都离不开谁。同时，海东朝鲜朝时期的经学家们还顺应儒家经典的指引，接受古人的凡"文"、凡"文章"观念，以示作为经学家的学识和城府。有海东王朝一代，文学的发展和演变，虽深受道学乃至经学的制约，但又离不开文学自身发展规律的影响。

朱子学语境下的海东《诗经》学，以朱子学的渗透为其研究的视阈，探索出一种唯海东才有的独特的《诗经》学研究结果。海东朝鲜朝时期的《诗经》

学，并不是孤立地发展，而是和当时逐渐确立的朱子学的官方哲学化与其在意识形态方面日益权威化有着密切相关。之所以有这样的关联，得益于海东朝鲜朝所实行的"斥佛扬儒"的思想政策，尤其是以程朱理学为国家正统意识形态的方针成就了这样的关联。这时期海东王朝的《诗经》学迎合这种客观潮流，首先作为一门儒家学问，逐渐走出自己独立的探索之路。从十六世纪后半期到十七世纪后半期，是海东《诗经》学逐渐向朱熹的《诗经》学观念一边倒的时期。之前世宗向宗室、六曹堂上官和其他高级官僚颁赐中国南宋朱熹的《诗集传》，并要求群臣认真学习和掌握其要旨，还下教将其纳入科举考试科目之中，在当时这是海东王朝全面普及朱熹经学思想的一个重要步骤。这时期逐渐形成的读朱子书的热潮，自然使朱熹的经学思想占据官方哲学的地位，而《诗经》学就是其中的一个重要内容。当时的客观现实，自然导致经学以朱子学为核心，《诗经》学则以朱熹《诗集传》为准的的学风。自此以后，海东王朝的思想界和学术领域"迭宗《集传》，则汉、唐古典之邃，无复问津者"，朱熹《诗经》学观点、方法和思想逐步走向绝对权威一路。

海东朝鲜朝前期道学派先驱文学上的"道""文"观念，开宗明义，为的是弘扬"圣人之道"，为海东文学树立前进的标的。无论是朱子学还是实学，作为那个时代的观念形态，都拥有自己的文学或文学观念。海东朱子学的文学及其观念，就是在上述的历史文化背景下，形成和发展起来的。作为典型的儒家思想思潮，它的文学思想和创作，与王朝的命运紧紧联系在一起。朝鲜朝道学派中的多数人，从中国的宋学中，主要接受二程和朱熹的理学思想。而在文学观念上，他们则主要以朱熹的文学观为榜样，不太赞同二程把文与道对立起来的文学观。在总的文学观上，他们深信，孔子所说的"诗可以兴，可以观，可以群，可以怨。迩之事父，远之事君，多识于鸟兽草木之名"的文学效用观，是千真万确的正论。他们尤为相信《毛诗序》所说诗歌有"经夫妇，成孝敬，厚人伦，美教化，移风俗"的巨大社会作用。他们还赞同宋代王安石所说的"尝谓文者，礼教治政云尔……且所谓文者，务为有补于世而已矣"的观点。从这些接受美学的观念中可见，在文学与政治、文学的社会功能等问题上，他们则主动汲取中国前人相关观念的影响。如何理解"文"与"道"的关系，这是海东性理学家们首先关注的重要问题，而且它逐渐发展成为他们文学创作和论评的指导思想之一。在海东，文学审美领域所提出的"道"，一开始只是对于"质"的规定性，到后来这"道"逐渐被确定为儒家之道。到了海东朝鲜朝，随着朱子学的发展，这"道"的概念发生了重要变化，道学派学者们秉承中国宋学中的程朱之哲学思想，认为道即"体"，道即"理"。这道至于文学，则以封建的伦理纲常，礼教秩序，心性义理等范畴为内涵，处于根本的地位。

海东朝鲜朝前期勋旧词章派的"道""文"观，主要倾向于"崇儒重道，右文兴化""文以载道""六经正脉"等观念。身居高位的他们，利用手中的权力通过商业贸易、土地兼并、功臣田、贡物献纳等机会和手段，大量搜刮民财，成为了国中"大户"。利用这样的主客观条件，他们的势力越来越扩大，难免逐渐拥有大片土地和权力，成为主导当时社会的"勋旧势力"。对勋旧势力的这种扩张，有两股势力较为担心或反感，一是国王和王室，一是在野的士林。国王和王室逐渐认识到，勋旧势力的扩张必然影响国王和王室的权威，甚至国王和王室的许多事情受制于他们。后来对士林派势力的扶持，就以这样的担心为基础，其目的在于牵制日益成长的勋旧派势力。与此同时，在野的士林，是这些勋旧势力的死对头。这些勋旧派及其后裔已经成长为羽翼丰满的国家政治经济势力，主导着国家许多部门的日常工作。不过实事求是地讲，他们个个都是当时著名的学者和作家，国家的政治、经济、文化事业就得靠他们出力，靠他们去处理。对当时的士林派来讲，批判词章派就是批判勋旧派，因为他们认为擅长词章是勋旧官僚的拿手好戏。所以从本质上讲，词章派和士林派的矛盾，就是新进士林官僚和勋旧功臣及其后裔之间的矛盾，他们之间的斗争也就是政治经济上的争权夺利的斗争。政治经济上的利害关系不同，他们的理论主张就不同，所依赖的思想原则更显区别。这种区别反映在文学观念上，同样导致不同的倾向，不同的主张。勋旧大臣大都擅于词章，把持着朝廷翰院、成均馆等文翰部门，多以张扬词章优势为业。而新进的士林派文人，针对词章派势力，标榜道学立业，以程朱理学的立场和观点批判词章派官僚，尤以"重道轻文"另立"山门"。这两种势力，在文学观念上尖锐对立，将"道""文"之争纳入正式的理政及其意识形态的轨道上。

徐居正是海东朝鲜朝馆学派的代表人物之一，在文学观念上，主张"道"与"文"哪个都不能少。他是极富民族精神的文学家，国家和民族及其文化遗产，在他的整个文学观念中无疑占据着核心地位。他的这种精神和意识在《东文选》《东人诗话》等著作中，显现得尤为突出。他认为每个民族的文学都有自己产生的主客观基础和发展轨迹，其文化基因和民族特色是别的民族文学是无法替代。他在《东文选序》中认为每个民族的文化或文学都肇始于对天地自然的模仿，所谓"天之文""地之文"和"人之文"等就是其最好的注脚，后来的文学都汲取其中的精华而发展，是民族自身创造性审美思维的结果。在"道""文"关系上，徐居正一再强调"文者，贯道之器"[1]所谓六经之文，是载道之文，其"非有意于文，而自然配乎道"。而后世的文学，因种种原因"先有意于文，而或未纯乎道"。徐居正认为"吾道寓于文辞"。他认为"自结绳变为书契"以后的"文"，就是这样的"文"，这样的"文"后人应该继承和发扬。

成伣在思想倾向和人生追求上，也体现出"文道并重"的文学观。他的思想意识形之于文学观念上，信守儒家圣人之道，以"宗经"为根本，以"汉文""唐诗"为榜样。在诗歌创作上，他歌颂民族的风俗与美德，反映当时农村的惨状和农民的疾苦，往往吐露感时伤事的心境和忧国忧民的热情，继承和发扬了中国《诗》《骚》以来的现实主义传统。不过成伣与崔恒、徐居正等人不同的是，在文学创作上更加注重"巧匠雕镂"之工夫，提倡"自然天成"。在

---

[1] 《四佳文集》卷4《东文选序》，（韩国）《韩国古典文集丛刊》。

"道"与"文"的关系上，成俔与其馆阁中的阁僚们一样，重"道"而轻"文"。但是在专门涉及"文"及其规律的时候，他的思索便活跃了起来，把"文"的内在规律性探索得津津有味。在"道""文"关系上，他之所以强调"道"的优位性，是为了使"文"具有更好的社会适应性，更好地为王道"教化"服务。从这个意义上看，他的文论思想在本质上与崔恒、徐居正等似乎大同小异，但仔细考察他的整个文论思想，就可以发现他对文学发展的规律是十分了解和非常尊重。他对文学最明显的原则是"浑厚酝藉"而"繁茂枝叶"，也就是说思想基础牢固而艺术表现富有生动性，使作品符合"古文之旨"。

《文变》是成俔代表性的文学专论之一，其中饱蕴着他一系列的文学观念，也深涵着当时围绕"道"与"文"而进行的海东官学派和新进士林之间的尖锐矛盾。《文变》，顾名思义，就是有关文学变化发展的论述。具体来说它有两个层次的涵义，一是可以考察整个文学史的演变发展情况，一是可以从文体的角度考察其演变发展的路径。根据从哪个角度去探讨和治理，其所涉猎的内容就有所不同，其所涉及的路径也就大相径庭。成俔写《文变》，则选择了前者，意欲通过宏观的考察来阐述中国和海东文学的演变和发展。他觉得这样的考察，对解决当时海东文坛存在的一系列理论和实践问题，有着极其重要的现实意义。作为海东朝鲜朝前半期的巨儒，成俔也毫无例外地追求儒家的"征圣""宗经"观念，把它们当作封建文人必须遵守的永恒教条。所以他早期的文学观念中，有很多类似的表露，如"夫六经者，圣人之言行，而文章者，六经之土苴"。但是后来他发现，这样的表述过于左倾，未免笼统，不利于对文学规律的正确认识。

海东朝鲜朝后期，士林派文人以"心性之学"针对词章派文人的"浮华之气"，力主"重道轻文"的文学观念，欲在当时的文坛上"独树一帜"。于是掀起了一场文学观念上激烈的"道文之争"，结果引起了由士林派领袖金宗直两篇诗赋而爆发的"戊午士祸"。在这次士祸中，金宗直被受"剖棺斩尸"之阴刑，金驲孙等弟子被判死刑，士林派势力遭受重挫。当时已经开始深入人心的海东朱子学内部，早已形成两种截然不同的倾向。一个是扎根于客观现实的政治哲学的学风，一个是通过经学研究追求思辨哲学的道学之风，前者的政治基础在于当时所谓的官学派，后者的政治基础则在于当时所谓的士林派。在文学观念上，前者主要主张"道""文"并重，不排斥所谓的"词章学"，而后者则倾向于重"道"轻"文"，一心排击"词章学"。前者一直拥护朝廷的右文政策，认为文学有补于国政，甚至是"经国之大事"。后者虽不公开反对朝廷的右文政策，但他们更主张用朱子学的理论护佑王朝社稷，实行理想政治，极力排斥他们眼中所谓的词章学。于是这两股势力往往意见相左，针锋相对，有时还相互掣肘。文学观念上的这些情况，反映在这时期对文学遗产的收集、整理和出版事业上，使之出现截然不同的结果。其典型案例就出现在对本国文集的收集、整理和出版工作方面。成宗时期的金宗直，曾继承前辈学者成三问的未竟事业编纂《东文萃》，对其中的一些编纂原则，学术界和文坛存在许多不同意见。士林的崛起，意味着海东朝鲜朝时期封建统治阶级内部，产生了一种新的政治力量。从道学家的立场出发，金宗直编纂《东文萃》，偏重于重道的思想倾向，而忽视了富有艺术魅力的作品的选萃。他的这种编纂原则，是与他的思想和学风有着极其密切的关联。

  中国宋代黄坚编纂的《古文真宝》，自十四世纪后期开始在海东流传，逐渐引起较为广泛的影响，以至于海东成宗年间围绕《古文真宝》的"道""文"之争此起彼伏。高丽末叶的田禄生自元带回《古文真宝》并于次年在庆尚道合浦刊印发行以后，此书开始在上自王室、下至社会士人、学子之间广泛流行，几近成为国人学习汉文学的教科书和文学创作的顶级参考书。由于此书内容充实而具有"典范"意义，其普及需求日益上升，以至于出现了代有笺注、解析和谚解的现象。姜淮仲刊印《善本大字诸儒笺解古文真宝》之后，约莫过了三十多年，《古文真宝》的另外一个版本自明朝传入海东，不久也被刊刻出版。据

《世宗实录》三十二年条，明使倪谦为了颁布明代宗即位教书，于世宗三十二年（1450）来到海东，他此行带来的就是"今本"《古文真宝》。两年后的文宗二年（1452），根据朝廷之命以《详说古文真宝大全》之名刊行并下拨各道。士林派学者强调《古文真宝大全》的传入，给问题成堆的海东编纂界注入了一股新鲜空气。

在海东王朝文学的"道""文"之争中，道学岭南学派占据着尤为重要的地位。尽管海东王朝明宗、宣祖时期是各类党争纷起的时代，但同时也是理学大力发展的时期。与海东王朝前期的那种蓬勃向上、积极进取的时代精神相比，其中期已进入崇尚理性的阶段，思想文化界则充满了思辨探索的精神。当岭南学派的哲学思想、理性思维、文化观念和审美情趣，渗透到文学创作和理论批评领域的时候，"道"与"文"、"理"与"情"往往相互冲突，此时他们则站在儒家道统和道学的立场，重"道"重"理"，以"理"为根源，以"道"为根底，认为"文"从"道"中流出，"文"是"理"的具体表现。在他们的性理学观念中，"理"属于一种哲学范畴，而在他们的社会生活中，"理"又是一个待人处事的思想规范和行为准则，尤其是在他们的文学世界中，"理"更是一个审美观念之源泉和主宰。作为一种审美观念，"理"与"理趣"有着前后因果关系，成为了海东王朝诗论家所追求的理性情致和审美风尚。

海东朱子学畿湖学派的领袖李珥，将其实学意识与文学观念融为一体，主张革新文风，指出"诗源'诚'则'精'、诗能为'存省之一助'"，还强调诗之"冲淡之为美"的新观念。"诚"是李珥心性论的一个重要内容。他强调"诚"不仅是"天之实理"，而且也是"人之实心"，所以人之"一心不实，万事皆假"。他进一步认为人的"诚心"，对于一个人来说是根本所在，提出"志无诚则不立，理无诚则不格"的观点。他认为作为一个人的作家也一样，其创作出来的诗歌作品，源"诚"则"精"，"精"则具有感染力，而且诗能"存省一助"。作为海东性理学家的李珥，接受中国宋儒的"思无邪"观，进一步指出人想要做到"诚",必须以"敬"为根底,先立"敬"心,之后才可达"诚"心。他甚至认为"文"是世界上最精妙的存在,其中不仅寄寓着深奥的道理,而且其变化无穷,装载着人文世界的千姿百态。

从儒家心性观到海东古代"天君"系拟人哲理小说的升华,经历了一个由心性论哲思到以"心"(即天君)为传记作品之主人公的艺术化的道路,其间充分显露出海东朱子学者能够将心性哲学逻辑巧妙地升华为传记艺术形象的审美创造能力和智慧。他们能够通过"天君"的艺术形象,"欲雕小说于心间","承先儒之心学",以实现"治心树德"和"造美养人"的客观效果。海东天君系列小说,在艺术结构上巧妙地利用心与人的器官之间相互制约和促进的学理关系,推动情节发展,设置人物之间的联系,来进行艺术刻画。从而海东天君系列小说,秉承儒家思想文化的渊源关系,彰显自己的审美理想。天君系列小说在海东,尤有其深厚的思想基础。虽天君系列小说多用猎奇、隐晦和比拟的艺术手法,却于"游戏笔法"中隐藏着对人和社会精神治理的智慧,充满着将深奥的哲理转换成艺术感召力的审美创造意识。它所表现的哲理与艺术表象,之所以具有深刻的思想性和审美境界,就是因为它们以传统儒家特别是当时已经在海东根深蒂固的朱子性理学为其深厚的文化土壤。天君系列小说在艺术上的独特之处,在于以无形的人心、人的器官和人的精神活动中的某些概念为艺术形象的"主人公",来刻画当时社会人生的诸多纠葛。而用刻画这种社会人生的诸多纠葛,来塑造作者心中的理想人格形象时,始终离不开作者心中生发的浓厚的艺术情感。

五、立足于跨学科与着眼于理论创新

本书是深入研究海东朝鲜朝时期心性哲学和文学观念深层关系的第一部著述。文学发展的历史证明,文学观念不仅是一个主体艺术创造的心理过程,也是那个时代思想文化潮流的必然产物。自中国传入的程朱理学被海东朝鲜朝定

格为主要的统治理念以后，它便受到历代政坛、学界和思想界的高度青睐，其思想史上的一个新的思想流派——"道学派"就应运而生。作为海东朝鲜朝主流思想流派的道学派，本着中国宋代程朱理学的哲学思维模式，以理为最高范畴，以心性论为主要的理论视阈，主张尊道贵德，通过儒家的精神修养来实现封建秩序的稳定，想以此为本国王道政治的理论基础。

在海东朝鲜朝封建社会的发展进程中，这种道学思想逐渐渗透到其社会文化心理之中，深刻影响其审美判断和艺术的价值取向。这一道学思想渗透到文学观念的深层结构之中，促进了其审美观念的道学化倾向，使海东朝鲜朝的文学发展始终在"道"与"文"孰重孰轻的问题上徘徊不定。在以朱子学的心性论为价值标准而进行的文学审美理论探索过程中，海东的文论家们按照自己的审美判断标准，做出了各自多样的理论阐释，从而大大丰富了文学审美观念的视域，也为探索文学自身规律留下了一系列宝贵的经验。

探索文学观念中的哲学内涵，挖掘特定研究中的哲理要素，一向是古代文学审美观念研究中的一大难题，本书在这个研究领域里做出了耐心而深刻的探索，这不能不说是本书理论探索的一大创举和亮点。

第一章
朝鲜朝时期的政治思想与文治政策

老子在《道德经》开篇中就说："道可道，非常道；名可名，非常名。无名，天地之始；有名，万物之母。"此道，可以说，可以名，无名无象，无边无际。万物未生，它已有之，万物生成，它以母之。所以此道，只可意会而不可言传，通过直观可以用心体验，它绝非空谈之资，而是实际存在。儒家期盼"天人合德"，此"德"喻义人之向善的德行或品性；而道家则希望"与道合一"，而这"道"，就是"道法自然"或"顺其自然"。二者既有俨然的区别，也似有某种关联性，二者在人的社会功用上，是有点分工合作的意味。

本书所谓道学，始之于中国宋儒，从内涵上说，亦称理学，它继承孔孟道统，以宣扬"性命义理"之学为要务。元人写《宋史》，把这类道学家归入一类，称作《道学传》，后来的理学即为道学，这一名称在海外的海东朝鲜朝时期叫得尤为响亮。在海东，儒家此道被规定为国故、国是，把它定性为治国理政的精神灵魂。一向奉行文人主导的文治主义政治的海东朝鲜朝，更把它当做文学创作的源泉和承载的核心内容。作为其社会历史发展风向标的海东朝鲜朝时期文学，为了寻求道文关系的有效趋向，曾经进行过积极的探索和激烈的纷争。

第一节　儒家王道政治与文学风化政策

　　高丽王朝土崩瓦解，形成了权臣李成桂一派独揽大权的格局。公元1392年，李成桂率一批重臣推翻王氏高丽，重建大一统的李氏海东王朝，由此海东封建社会进入了一个崭新的发展阶段。在重建中央集权的封建专制主义统治体系的过程中，除了重组从中央到地方权力机构之外，重振封建伦理纲常成为强化王权统治的政治前提。为实现政治上的这一思想文化政策，海东朝鲜朝必须调整现有的意识形态体系，建立一套自上而下的政策机制。

　　以武功建立一个新王朝固然不容易，而运用手中权力守住天下则更不容易。何况太祖李成桂作为高丽旧权臣，镇压旧有官僚贵族的专横，接连废除祸王、昌王和恭愍王最终成功推翻旧朝，登上王位而建立新王朝，自然遇到多方势力的抵制和反抗。所以海东朝鲜朝时期的政治是从对高丽王朝没落历史经验的反思开始的。朝政的腐败混乱、豪族的跋扈、佛教势力的扩张，尤其是寺院经济的过度泛滥，以及外交上与北元政权的藕断丝连政策，这些都共同将高丽王朝推向灭亡的边缘。李氏王朝建国之初，百废待兴，整个社会需要营造一个宽松的环境，以利于恢复经济，发展社会文化。

　　作为高丽末的权臣，李成桂具有丰富的政治经验。他除了向明朝靠近以使自己的君权合法化、建立新的吏治体系、发展经济等措施之外，还专心于笼络一大批国内士人、学子阶层，重建以儒家思想为中心的文治主义的治理体系。他深知高丽王室崇佛、昵佛所造成的历史教训，锐意以儒家之道为治国之道，采纳辅佐近臣的意见，以儒家道统为意识形态体系之正统。与李成桂携手建立李氏王朝的辅臣郑道传，受王室之重托，始终致力于健全新王朝的政治思想及其意识形态。他说："自古言善治之道者，必有成法以为持守之具。其所以养国脉淑人心，传祚累世者，皆由于此，不可不慎也。若稽有虞，秩宗典礼，士师明刑，成周宗伯掌礼，司寇掌刑，以致雍熙隆平之治，其详可得而言欤。"（《三峰集》卷4《会试策》)郑道传认为自古为政者"必有成法"以为守城之具,此"法"的关键在于制礼明刑,具备此二者才能"养国脉淑人心",历史上守城长远者无不如此。尧舜时代设秩宗、士师,成周时期置宗伯、司寇,都是古人制礼掌刑的典型例子。

  海东是一个东北亚一隅的封建君主制国家,政权的中心就是国王。以自中国传入的儒家之道为统治理念的海东王朝,其政治意识的核心内容就是考量国王的贤愚,也就是如何做君主。在封建专制的一元化政治结构之中,国王处于权力的最高位,支配国家的整个社会生活,他的贤愚、品行高下以及知识修养等对国家的荣辱安危、社会发展、百姓温饱等方面有着极其重要的意义。所以儒家一向强调君主能不能具有崇高的道德修养,能不能坚持儒家道统,是国家政治不可或缺的基本保证。尤其在海东,君主本人"慎独以修身",从此与王朝的政治形成直接联系。儒家一向要求修养身心,它所谓的"修养",则要求人博学多识,向善而行,循之以礼。它要求一国君主,时常约束自己,树之以诚心、施之以仁爱、持之以谦卑的操行,勤政爱民,注意节制那些使自己轻浮、冲动、骄傲、自大的邪念。还有,作为一国之君,应该清静寡欲,节制情绪,不要动辄兴师动众,以奉一己之私。善于治身者,亦明于治邦,概无身邪而能治邦者。从儒家经典和圣人的政治经验中悟出的这个道理,在海东王朝的历代国王和士大夫中间,颇具影响力。

  由于以儒家之道为治国之道,所以海东朝鲜朝时期的政治意识具有强烈的实践性。这个实践性可分两个方面来讲,一是本于儒家学问原则的致用性。致用以实行、实践为目的,心中有所得,著之于言与行,荀子所谓"学至于行而止",王阳明所讲"行为知之成",说的就是学与行的这种学理关系;二是本于儒家社会理想角度上的普及教化实践。一个封建王朝由两个人间部类来组成,一个是以国君为首的统治阶层,一个是社会各个阶层的百姓,二者为统治者和被统治者的关系,缺一不可。为建立理想的封建王朝,君主的修身固然重要,但对天下百姓的教化也不能不重视，管理国家者不可不知此道。这是中国古代儒家一向提倡的政治思想，也是东方各国历代王朝一贯注重的治国理政的实践经验。《诗·周南·关雎序》曰："美教化，移风俗。"汉桓宽的《盐铁论·授时》一篇说："是以王者设庠序，明教化，以防道其民。"这些记录，无疑都是这种治国思想的体现和理论总结。现在海东朝鲜朝的统治阶级面临着同样的一个问题，即在自身修养身心的基础之上，如何去实现对天下百姓的政教风化。在治理国家的过程中，海东朝鲜朝时期的最高统治者和士大夫阶层都在摸索政治稳定、社会安宁的"显法"，圣贤之范、三纲五常等儒家的伦常观念自然提到了桌面上。世宗时期的著名文人权采（1399—1438）在《三纲行实图序》中指出：

> 天下之达道五，而三纲居其首，实经纶之大法，而万化之本源也。若稽诸古，帝舜慎徽五典，成汤肇修人纪，周家重民五教，而宾兴三物，帝王为治之先务，可知也已……窃惟君亲夫妇之伦，忠孝节义之道，是乃降衷秉彝，人人所同。穷天地之始而俱生，极天地之终而罔坠，不以尧舜之仁而有余，不以桀纣之暴而不足。然先王之时，五典克从，民用和睦，而比屋可封。三代以后，治日常少，而乱贼之徒，接迹于世者，良由君上导养之如何耳。[1]

《礼记·中庸》中有"君臣也，父子也，夫妇也，昆弟也，朋友之交也，五者天下之达道也"，其核心主旨就是强调"君为臣纲，父为子纲，夫为妻纲"的儒家三纲思想。历代封建统治者皆欲以三纲五常观念来教化天下人，构筑社会良好的人伦秩序，维护国家的政治制度。权采强调构建天下的伦理道德秩序，是治国"经纶之大法"、天下"万化之本源"，所以用三纲五常之类的儒家之道

---

[1]《东文选》卷93《三纲行实图序》，第5册，75页。

教化天下百姓乃"帝王为治之先务"。从历史的经验出发，权采指出古代中国和海东能够善政的帝王和君主，都是以明人伦为施政之要，行五常之道为处理各种关系的基本法则，强调对此理政者应该给予高度的重视。

在海东朝鲜朝时期的治国理政理论中，"道"、"德"与"天"、"君"有着密切的关联，因为他们深信孔孟的"仁""德"思想是天下之至理。孔子曾强调"仁"是帝王、君子对天下百姓的善举，又认为"知、仁、勇三者，为天下之达德"。可知在儒家那里，君权与"道"和"德"紧密联系在一起，形成严整的治国理论。海东自三国时期，设太学以儒家知识和思想教育良家子弟，经高丽时期设科试以儒家知识选拔人才，至朝鲜朝时期这种制度日甚严密化，几近实现全社会的儒教化。在这种环境下，四书五经成为士大夫、学子的必读书，三纲五常几成全社会的行为规范。历代国王和官僚士大夫总妄想实现天下"和谐"的"太平盛世"。为实现这种社会理想，他们奖掖读圣贤书，对儒家经典进行注释和讲解，刊行普及儒家伦常观念和开启童蒙的书籍。这些政策措施和社会活动，往往以国王的御命或亲自过问下施行，蕴藉着浓厚的官方背景。海东朝鲜朝时期的一代明君世宗大王，在位时曾做出了诸多政绩，文化事业就是其中的一个重要方面。他大力提倡对儒家经典进行注疏、讲释和谚解，收集、整理和刊行民族文化遗产，整备成均馆、国学、州府乡之学等教育机构。他的举措，具体到注释、谚解，撰写和出刊哪本书的事情上，甚至还点明其必要性和意义。有一次他亲自下令集贤殿重新编撰《三纲行实》一书，不仅对其首席负责人和编写人员做具体安排，还提出详细的内容要求和注意事项。深谙其中意义的集贤殿学士们，在进《三纲行实》一书的笺书中指出：儒家一向主张以德施政，强调用功施之以教化，努力得到天下万民真诚的拥戴，"譬如北辰居其所而众星共之"。[1] 为实现这样的"为政"之目的，一国之君要推行"王道"，不仅以仁义治理天下，而且还善施"教化之美"，使天下充满"和融之气"。孟子曾说："不

---

[1] 《论语·为政》。

教民而用之，谓之殃民。殃民者，不容于尧舜之世。"[1]海东朝鲜朝时期集贤殿学士们认为人伦之道不出于三纲，为人之德不出乎五常，如果天下之人都浸染于三纲五常，宇内一统而"内圣外王"可期，忠臣烈士可布列于玉堂之上，天下顺民可安分守己。这就是权采在《三纲行实图序》中所谓"盖与帝王敦典敷教之义，同一揆而条理有加密焉。由是民风丕变，治道益隆，家尽孝顺之子，国皆忠荩之臣。《南陔》《白华》之什。《汉广》《汝坟》之诗，将继作于委巷之间。王化之美，当无让于《二南》，而王业之固，实永传于万世。"[2]这是海东朝鲜朝时期统治阶级梦寐以求的理想政治的境界，但封建制度本身所蕴含的社会矛盾，使其在大部分时段里危机四伏，于不安与动荡中度日。

海东朝鲜朝时期的封建专制王朝，一般由君王及其王族、上中下级官僚机构和百姓阶层构成。他们深谙再贤能的君主，如果没有有效的国家管理机构和百姓的铺垫，就会失去存在的意义。海东朝鲜朝时期的历代国王深知自己的中央集权要发挥效能，有赖于具备相当能力的官僚体制，要不然他们自己再有能力也将会一事无成。所以在很大程度上，他们觉得选拔有能的宰相及其官员特别重要。按照儒家的理政思想，选人首要的标准是看其人伦品德，所选人才应该是德才兼备、众望所归的人。对贤能宰相的选择，海东朝鲜朝时期的开国文臣郑总（1358—1397）在其《经济文鉴序》中指出：

> 宰相之任，论道经邦，燮理阴阳，关系至重，非他官比也。古之能称其职者，几何人哉。三代以上，称夔、皋（陶）、（后）稷、契、伊（尹）、傅（说）、周（公）、召（公）；三代以下，称汉之萧（何）、曹（参）、丙（吉）、魏（相）；唐之房（玄龄）、杜（如晦）、姚（崇）、宋（璟）；宋之韩（琦）、富（弼）、王（安石）、范（仲淹）、司马（光）诸公而已。吁！相业

---

[1]《孟子·告子下》。
[2]《东文选》卷93《三纲行实图序》，第5册，第76页。

不亦难乎。是故,人君当以择相为先,而为相者,亦当思称其职可也。[1]

海东朝鲜朝初期的《经济文鉴》是开国重臣郑道传所著。他在辅佐之位上为国君出谋划策,"凡于国家之政,动引古法,参酌时宜,利兴害除",是一位符合儒家之道的相臣。他撰进的《经济文鉴》,"笔之于书,其引用先儒之说",为确立海东朝鲜朝时期的治国方略奠定了基础。郑摠认为宰相不仅要治理国家行政,而且还要"论道经邦,燮理阴阳",此人应该是以"王道为本",是德才兼备的理想人格的所有者。孔子曾说:"道之以政,齐之以刑,民免而无耻。道之以德,齐之以礼,有耻且格。"[2]海东朝鲜朝时期的统治阶级深知,君主要注重"修身"以君临天下,宰相心存"仁德"以"论道经邦",百姓知礼而和顺,这样国朝的"三代之治"就不远了。

在统治思想上,照搬中国古代治国之道的海东朝鲜朝时期,从理论上以儒家经典为思想根底和"取道之源"。他们坚信中国古代的理政之道来自于圣王的治国实践,儒家经典也都是圣人制作,可成为万代师范。在这个东方古国里,国家宪章中的一切最终还是国王签订,所以它是权威的,是最高法理所在。在这个国度里,以国王诏书的形式颁布政令,告示儒家经典为官方所定必读书,令设文庙以配孔子像,钦定国家和民间的仪礼行事规范,规定成均馆、乡校、书院等教育机构以儒家经典为教学内容。具体来说,李氏王朝君主制的政治原则是以"圣人之道"为指导理念,来精心构筑整个国家的思想体系。在这个封建国家里,中国上古时代的"三代之制"成为理想政治的典范,因为儒家经典中反复宣扬上古时代君主政治的美好风范。在这个东北亚君主国中,儒家的治国思想和人伦观念对历代的君主意识、官方学说、民族心态有极其深刻的影响。

以李成桂的"易姓革命"为标志,海东朝鲜朝时期的建国使得学术、文学

---

[1] 《东文选》卷92(郑摠)《经济文鉴序》,(韩国)朝鲜古籍刊行会,1914,第45页。
[2] 《论语·为政》。

观念与创作都进入了一个新的时期。在海东朝鲜朝初期，历经对新政权的磨合、确认的过程近三十年以后，第四代世宗王开始进行开国以后第一轮的改革。海东朝鲜朝一代最有成效的文化建设就在此时。世宗朝在文化建设方面比较有影响的举措有以下几个方面：

一、进一步调整太宗朝设置的文庙之制，在成均馆设文庙，其正面奉安孔子像，其左右供奉中国和海东名贤的位牌，以推仰其功德和名节。值得注意的是海东朝鲜朝时期的文庙之制，具体来说，在其正位奉安孔子像，左右奉安孔子以下"四圣"和"孔门十哲"以及"宋朝六贤"的牌位，此外其旁还配享海东历代十八位名贤的牌位，以示海东王朝的儒家道统。这种文庙之制，由朝廷经州府一直到乡校一以贯之，都以此为继承儒家道统的重要标志。这种文庙之制自统一新罗始已设置，新罗圣德王十三年（714）由文人金守忠从唐朝带回孔子、孔门十哲和七十二弟子像，奉王命置于国学。其后文庙之制多有升黜，随着封建政治的发展日益丰富起来。

二、海东朝鲜朝时期继承高丽之制仍以科举取士，以加固文治之基。海东朝鲜朝时期的科举也分文科、武科、杂科三大种，文科又分生员、进士二试，文、武二科主要以两班子弟为对象，杂科则以中人以上阶层为对象。文科的考试方法分式年试和特别情况下的别试，每三年考一次。式年试分初试、复试（会试）、殿试三次考完，其初试又分乡试、汉城试、馆试三场。文科别试往往是在国家有吉庆之时，为鼓励儒生而实施，具体分增光试、别试、谒圣试、庭试、春塘台试、重试、春试、拔英试、登俊试、擢英试、求贤试、贤良试、忠良试、新旧试、丕阐试、景武台试、明伦堂试、殿试、节日试、黄柑制、道科、通读、殿讲等，后来这种别试往往都是在新的国王登极时举行。海东王朝在科举上如此良苦用心，都是为了选拔更优秀的人才参与到国家治理。海东朝鲜朝时期的科举制度与高丽时期科举制度相比，有一个明显的不同点，那就是比之诗赋策更加突出经义的分量。海东朝鲜朝时期文科考试科目中的生员试，主要以《四书疑》[1]一篇、《五经义》[2]一篇,这里的"义"就相当于制述(论文)。海东朝鲜朝时期科举考试科目上的这种变化,与其经学为官学、程朱理学为正统思想的背景有关,这为培养更多的道学家奠定了基础。

三、建立国家层面的图书馆,为促进王朝的文化建设奠定资料基础。海东古代的图书馆之制自何时建起,尚无明确的资料,但高丽王朝的历届王室图书馆修书院、宝文阁、延英殿、清燕阁等尚见于文献资料。进入海东朝鲜朝时期以后加强文治政治,王朝图书馆的建设上到议事日程之中,先后有隆武楼、璇源殿、集贤殿、史库、艺文馆、弘文馆、藏书阁、御制阁、奎章阁等图书储藏、保管管理的机构或起类似作用的机构。尤其是正祖朝建立的奎章阁,是一座集藏书、研究、编纂于一身的综合性的文化图书机构。当时按照王命将肃宗以来的王室图书馆天翰阁、文献阁、钦文阁、珍藏阁、清防阁、灵寿阁、日闲斋、集祥殿、藏谱阁、宝文阁、敬奉阁、奉安阁、思贤阁、大畜观、演庆堂、承华楼等处的部分图书都集中到奎章阁,使之初具规模。在奎章阁的书海中,当时"赐假读书"的中青年官僚文人尽情地读书和研究学问。在此,正祖及其手下的学者们曾编纂《群书标记》《御定书》《命撰书》等总153种3900余卷文献著述,以及《内阁访书录》《奎章总目》等庞大的目录专著。应该知道海东朝鲜朝时期的图书馆演变史,则足以证明李氏王朝自建国初期,为实现王道政治进行过多么苦心的努力。

四、建立经筵制度,以重视君主的"修身"和治国之资。海东朝鲜朝时期的经筵就是为开拓国王对经史的眼目而特设的御前讲演,儒家经典则是其主讲内容,其中富含"圣人之道",是对治国者很有教益的一种双向学习、研讨、进谏和纳谏机会。海东朝鲜朝时期的经筵可分朝讲、昼讲、夕讲,还有根据需要随时进行的召对,这种经筵一般都在朝廷的偏殿举行。海东朝鲜朝时期经筵的

---

1 指《大学》《论语》《孟子》《中庸》疑。
2 指《礼记》《春秋》《诗经》《尚书》《周易》义。

主讲人分专职经筵官和兼职经筵官两种,一般都是议政府三宰相、六曹的主要长官或承政院的首脑。在力行文治主义的海东朝鲜朝时期,这种职位的人大都为著述颇丰的国内著名学者,对儒家经典很有研究。通过这样的经筵活动,一是可以扩大知识面,二是可以利用这样的机会,内阁各方切磋治国理政的理论,三是通过沟通可以交流思想和学问,尤其是通过这样的机会,臣僚可以进谏,国王可以兼听和纳谏,有些棘手的问题及其处理方法往往此时迎刃而解。在海东朝鲜朝时期,担当经筵的文人往往是在弘文馆掌控文衡的学者,他们用自己渊博的学问和敏锐的观察开导国王做明君,使国君不仅懂得治国理政,而且还能成为能文善诗的文明之主。

五、编撰和出刊有关朱子的书籍,以促进社会道学化的进程。海东朝鲜朝时期自建国后不久,指定朱熹的著作为科举考试的主要教科书之一,所以学者和士子纷纷购得有关朱熹及中国学者的相关研究著述,一些出版印刷商也争相刊行这方面的书,以图不菲的经济利益。值得一提的是,当时的一些学者和士子崇慕之余全套背诵朱熹的著作,为自己的学问研究和科举考试打好基础。纯祖时期的学者李圭景在《朱子晚年定论辨证说》中说道:

我景宗三年癸卯,清世宗雍正元年,礼部以皇帝命咨送此书。高宗乾隆御批《朱子纲目》,颁示天下。我朝则正庙御纂《朱子会选》《紫阳会英》《紫阳手圈》《朱书百选》,此其大概也。其他华东儒贤所纂朱书,开列于后,俾我后昆……知有紫阳之书,已备于我云尔。《朱子大全》六十卷(皇明刘洪谟序)、《御纂朱子全书》六十六卷(清圣祖康熙命熊赐履、李光地诸臣编纂)、《朱子大全札疑》二十卷(尤庵先生宋时烈纂)、《朱子大全札疑补遗》八卷(金敏材、金润秋、闵彝烈同辑)、《朱子大全札疑后语》十卷(李宜哲辑)、《朱子语类》五十卷、《语类抄》八卷(我东所抄)、《朱子语类考解》十卷(李宜哲辑)、《节酌通编》二十卷(尤庵宋先生辑)、《节酌通编补遗》五卷（俟考）、《朱子会选》二十四卷（正宗朝御纂）、《紫阳子会英》（正宗朝御纂）、《紫阳手圈》（正宗朝御纂）、《朱书百选》二卷（正宗朝御纂）、《朱书分类》八十卷（姜浩溥辑）、《朱书入门》十卷（郑履焕辑）、《朱子书节要》（退溪先生李滉辑）、《朱文酌海》一卷（愚伏堂郑经世辑）、《朱子纂要书说》（磻溪柳馨远辑）、《朱书记疑》二卷（俟考）、《朱子言论同异考》四卷（南塘韩元震辑）、《朱书讲录刊补》六卷（李栽撰）、《朱子抄选》二卷（俟考）、《朱子学的》二卷（俟考）、《朱书要类》六卷（俟考）、《朱子封事》二卷（俟考）、《朱子奏札》一卷（俟考）、《朱子年谱》二卷（俟考）、《朱子语录解》一卷（俟考）、《翁季录》……我东儒贤柳眉岩（希春），背诵《朱子大全》，宋龟峰先生（翼弼）背诵《朱子语类》，赵重峰先生（宪）《大全》《语类》俱背诵，尤庵宋先生（时烈）平生从事于斯，非景仰服膺之深，则岂至于斯哉。[1]

　　文是道的载体，书籍是思想的宝库，程朱理学在海东的普及和深入，就要靠这些文或书的传播。海东朝鲜朝时期的文人如此大量地从中国购入、自己注疏和撰写、编纂和谚解朱熹的著述及他人相关阐发之作，乃史上罕见，其中不少都是由国王正祖亲自著述或主持编纂，可见当时道学氛围的浓厚。尤为惊奇的是，海东朝鲜朝时期的柳希春、宋翼弼、赵宪、宋时烈等道学界的巨擘直接全文背诵朱熹的著述内容，可见他们对朱子学研究的良苦用心。以上只是举其大者，海东朝鲜朝时期文化建设的措施还可举好些方面。

　　海东朝鲜朝时期的文人自小深受儒家教育，自幼练就一身诗赋功底，出则将相、入则诗赋是他们基本的人生理想。所以他们往往既是官僚，又是文人，身兼官僚、道学家、文学家于一身，具有很高的学问和文学修养。他们掌握儒家的文学意识，对文学的社会功能、政治辅助作用理解得较为透彻，认为作为

---

[1] 李圭景《五洲衍文长笺散稿》人事篇·论学类，（韩国）《韩国文集丛刊》。

一个好的统治者不应该忽略文学的社会功能,应该善于运用文学的社会教化作用,把它利用于吸引向心力,使其成为治国理政之一助。

他们深信魏文帝曹丕所说"盖文章经国之大业,不朽之盛事",意欲使文学为治国理政、淳风化俗担当一翼。他们甚至认文学为国家之"气脉",把它的社会功能、品位看得很高。即使是道学家,也对文学不离不弃,因为他们认为文学乃是理与气相生相成的分野,也是能够陶冶人的心性的重要领域。反正海东朝鲜朝时期的文人对文学情有独钟,不仅把它看做抒发情志的载体,也把它视为构建社会意识形态的有效工具。如成伣说道:

> 文章者,国家之气脉也。人无气脉,则无以保厥躬而病日深矣,国无气脉,则无以维其纲而治日卑矣。是故古之人以文章之粹驳,而验世道之隆替。治世之音,和而平;哀世之音,伤而郁;乱世之音,怨而悱,其所以呻吟佔毕,形于言语文字间者,不能掩其心之所蓄也。[1]

成伣以文章为国家气脉,说"人无气脉,则无以保厥躬而病日深","国无气脉,则无以维其纲而治日卑"。这里的"文章"当然包括文学,认为它以自己的文化本性和审美规律,有畅通国家运行机制的作用。

到了世宗朝,文化兴盛,教育普及,士人心智越发开阔,对文学的观念也日渐成熟。他们对文学的社会功用确信无疑,认为它具有无与伦比的以审美本性感化和教化人的"魔性",剩下的工作只是探讨如何使之发挥更好的作用。海东朝鲜朝时期的历代统治者,在治国之术上都非常重视包括文学在内的文化事业(世宗、成宗为最),是因为它们具有调整人的精神世界乃至教育风化功能,从而对稳定政治有不可估量的作用。李氏王朝的历届统治者,因为都是文治主义者,都主张通过"尽饰之道"来达到对国政理想状态的追求,此"尽饰之道"

---

[1]《虚白堂文集》卷8《三滩先生诗集序》,(韩国)《韩国文集丛刊》。

就是文。他们认为孔子删修《三百篇》等六经绝非偶然,在那个礼崩乐坏、世风日下的时代里,天下好文之风日盛,文盛而质衰,孔子不得已而删修六经,要使天下去其文彩而求实。《论语·雍也》所谓"质胜文则野,文胜质则史,文质彬彬,然后君子",要求的就是文与质高度的统一。

海东朝鲜朝时期的历代国王和士大夫文人深知,在治国之道中文学所起的重要作用。他们也深知文学对治国之道的帮助也有多个方面:一是歌功颂德以直接护佑王道政治;二是在外交上与对方"专对"以解决国家的难题;三是以自己鲜明的审美功能濡染读者,使之感恩戴德,从而加固王道政治;四是用深邃的艺术内涵,可以"美教化,移风俗",起到不可估量的教化作用。他们认为即使是一部阐扬圣人之道或阐发儒家经典精神的演绎之作,如果写好了,就可以起到美教化、移风俗的社会作用。至于文章的这种创造性活动,不应该分大国、小国,也不应该以"内外之分"而分,更不应该用大家和"俗手"来分,而应该从文章的实际质量和效果来判定。从这样的观点出发,他们则大力肯定本国作者所撰写或编撰的经典演绎之著述,或诗文作品。海东朝鲜朝时期前期世祖时期的文人安止(1377—1464)曾说:"亲加雠正,勒成绝代之要典,以为学者之指南。噫!圣上右文兴化之懿,垂世立教之美,深得夫《资治》之奥义,岂特成之一时行之一国而已哉,当与乾坤而并久矣。第以臣之荒芜末学,欲其赞扬盛美,正所谓画天地而誉日月也。"[1]这是在赞赏世宗亲自主持编写的《〈资治通鉴〉训义》一书,说他"亲加雠正,勒成绝代之要典,以为学者之指南"。宋神宗曾认为此《资治通鉴》,"鉴于往事,有资于治道",指出了此书内在的意义。《资治通鉴》在海东也极受重视,长期以来成为士大夫文人的必读书,曾多次进行重刻刊印,出现了一系列的注疏、训义、谚解和阐发之作。安止所说的《〈资治通鉴〉训义》一书,就是在世宗的亲自主持下完成训义的本国著述,像其序所说的那样深得其奥义,以"右文兴化之懿,垂世立教之美"为训义之目

---

1 《东文选》卷94《〈资治通鉴〉训义序》,第5册,第88页。

的。而世宗"亲加雠正,勒成绝代之要典,以为学者之指南",表明海东王朝欲以前人历史得失作为鉴诫来加强封建统治的决心。

在文治主义思想观念的作用下,即使是道学派掌控政权的年代里,能文善诗的文人依然受到重视。尤其是朝廷的台阁文人,他们既是为国家处理军国大事的辅臣,也是为君主传授道学和治国之道的经筵之师,更多的时间里他们个个都是优秀的诗人墨客,他们所留下的可观的文集或作品集则足以证明这一点。这是海东朝鲜朝时期独特的学界现象和文坛实情,应该说儒家的道统和文统在他们身上合二为一,这为道学观念向文学的渗透提供了主客观条件。在这样的渗透和交融过程中,以程朱理学为底蕴的文风逐渐形成,再严肃的道学派学者也对文学及其规律了然于胸。即使是对儒家经典的训义或阐发之作,他们都极其注重写作技巧和行文质量,意欲将它写成极具渲染功底的好文章,甚至达到文学散文的境界。如权采在为《三纲行实图》所写的序中说:

> 乃为此书,广布民间,使无贤愚贵贱孩童妇女,皆有以乐观而习闻,披玩其图。以想形容,讽咏其诗,以体情性,莫不歆羡叹慕,劝勉激励,以感发其同然之善心,而尽其职分之当为矣。盖与帝王敦典敷教之义,同一揆而条理有加密焉。由是民风丕变,治道益隆,家尽孝顺之子,国皆忠荩之臣。《南陔》《白华》之什,《汉广》《汝坟》之诗,将继作于委巷之间,王化之美,当无让于《二南》。而王业之固,实永传于万世。[1]

《三纲行实图》是当时的集贤殿副提学偰循根据王命编撰的一部著作,书中主要论及孝子、忠臣、烈女中"卓然可述者"之事迹,是"图形于前,纪实于后,而并系以诗","兼取名儒李齐贤之赞"的集图、文、诗、赞于一身的书。

---

[1]《东文选》卷93《三纲行实图序》,第5册,第76页。

权采极赞赏此书，认为它不仅内容健康，而且图文并茂，是用读者喜闻乐见的艺术形式编撰而成的值得推广的教化之书。这样的书可以使读者"以想形容，讽咏其诗，以体情性，莫不歆羡叹慕，劝勉激励，以感发其同然之善心，而尽其职分之当为"。这本书的这种艺术效果是作者奇思妙想的结果，也是敢于创新的结果，比那些干巴巴的理论说教之作不知强多少倍。权采甚至说这本书的写法继承了《诗·国风》的遗绪，具有很强的感染力和广泛的群众基础。这本书的素材原本都来自于街巷之中，与《诗经》中的《南陔》《白华》之什、《汉广》《汝坟》等篇有很大的相似之处，如果国朝的文人都按照这样的写法继续写下去，"王化之美，当无让于《二南》"，对王道政治大有好处。

第二节　以心学为治国之本的国策与载道文学观念的确立

建国后不久，李氏王朝以程朱理学为治国的指导理念。在其后的五百年中，程朱理学始终成为海东王朝的统治思想。在海东朝鲜朝时期历史上，这一统治思想日趋完善，亦成为社会发展的核心价值观和主流文化。在漫长的历史过程中，这一核心价值观和主流文化，自获得社会各阶层的认同起，逐渐物化为制度，进而转化为国家的各项政策，深刻影响社会思想意识的进程。

李氏王朝的建立开启了一个繁荣的时代。在稳定的社会环境下，人口快速增长，物产不断丰富，社会生活显出日益向上的势头。不过好景不长，国情稳定和经济发展之后，到了十六世纪中叶，开始出现一系列的社会弊端。官僚贵族的跋扈、世族和地方土豪土地兼并的加速、吏治的松懈以及社会腐败等现象，接连困扰着海东朝鲜朝时期的统治秩序。海东朝鲜朝时期的历届当权者在探索治国理政的过程中，认为程朱理学是集中体现圣人之道的"圣学"，国家纪纲的松懈、贪污腐化的蔓延、社会风纪的涣散等问题，可以通过这一"圣学"的贯穿和浸染来解决。

海东朝鲜朝时期对程朱理学的研究、教育和普及等事项，则由历届国王亲自来抓，皆有重要国策要执行，如有违抗或怠慢者，即以国法的高度去治理。程朱理学作为儒学哲理化的思辨的理论形态，其内容往往以纯理论、纯概念的逻辑推导而毫无客观坐标，一般人不好解晓，解读它需要一定的学问基础。为解决这样的难点，海东朝鲜朝时期历届国王亲自组织朝讲、御前讲席等，督促上层文职官员定期轮流进讲性理之学和治国之道。海东朝鲜朝时期朝廷还严选台阁文臣和铨选之官，督办成均馆而为儒家经典培养好人才，为王朝的千年社稷预备后起之秀。同时历代海东朝鲜朝时期君主下令从中国大量购入儒家经典，尤其是对有关程朱理学的书籍百般寻觅以增添库存，组织学者进行注释、解析和谚解。海东朝鲜朝时期历代朝廷还奖掖出版事业，各方备资以刊行急需的性理之书，以满足社会需求。

造成宽松的政治环境，大力培养精通儒学尤其是性理之学的学者，也是当时海东朝鲜朝时期的基本国策。自国初开始，朝廷鼓励学问高深的学者带徒精研，形成研讨经学和心性学的学术氛围。建国初期的经学家权近，以《入学图说》《阳村集》《五经浅见录》《四书五经口诀》《东贤事略》等著述定夺学坛，他以培养后进为己任，手下的吉再、卞季良、权遇、孟思诚、许稠、金泮、金从理等人都成为世宗朝的著名文臣、学者，他们门下又出现尹祥、申叔舟、李石亨、金叔慈等学问大家。其中金叔慈之子金宗直逐渐成为士林派的领袖人物，其门徒金宏弼、郑汝昌、曹伟、金驲孙、金孟性、俞好仁、金䜣、朴汉柱、表沿末、康伯珍、李宗准、郭承华、孙仲暾等人，也都是后来著名的理学家和社会改革家。《佔毕斋年谱》曰："学者从四方来集，依朱子学规，以涵养本源，为进德之基；以穷探性理，为修业之本。"[1]后来随着理学研究的深入发展，以名家为中心、门徒附和的诸流学派逐渐形成，其中以李滉为中心的岭南学派和以李珥为中心的畿胡学派最大。这两派围绕理气、四端七情、格物致知、致良知

---

1 《佔毕斋集·佔毕斋年谱》，（韩国）《韩国文集丛刊》。

等哲学命题而进行的论战，大大推动了海东朝鲜朝时期程朱理学的发展，为海东哲学思想走向自己的高峰做出了巨大贡献。

到了海东朝鲜朝中期，社会各种矛盾暴露无遗，官僚贵族的贪污腐化、地方土豪的土地兼并、下级官吏对农民的盘剥和封建政府各种名目的苛捐杂税，使得下层百姓陷入穷困潦倒之中。再加上遇到自然灾害或外敌入寇，下层百姓的生活更为糟糕，许多人转落为流氓，走投无路的农民或流民往往加入反抗的队伍之中。同时，由于海东半岛特殊的地理位置，很容易受到外敌的入侵，十六、十七世纪发生的三次外患（1592年的壬辰倭乱、1627的丁卯胡乱和1636年的丙子胡乱），给海东朝鲜朝时期政府和人民带来了重大灾难。面对长期严峻的现实，海东朝鲜朝时期政府组织社会资源进行政治经济上的重建，但内忧外患给海东人民带来的困境和心理创伤却很难洗刷掉。在这个过程中，传统理学脱离现实的空疏的理论本质就充分地暴露了出来，引起士大夫阶层内部进步知识分子的怀疑和批判。

面对严酷的社会现实，一股改革之风应运而生。事实上这股改革之风来自于两大势力，一是当时掀起社会反省之风的实学派学者，他们严厉批评当时程朱理学的"清谈空理"，提倡"实事求是"的学风，主张通过客观世界的存在法则来探求真理。也就是说，他们以"实用之学"为学问的研究方法和内容，以"经世致用"为学问研究的目的。不过遗憾的是，这些实学派的学者大多是海东朝鲜朝时期中下层的学者或在野学者，他们在海东朝鲜朝时期庞大的国家机器之中并无任何权力，更不可能有任何的决策权。所以他们的实学主张只是研究研究罢了，只不过是心中的理想而已。实际上他们的政治主张和实学思想，基本上没有引起历代国王和最高决策层的注意，更没有被采纳，反而因触及他们的实际利益而引起反感或受到打击。想改革现状的另一个势力则是历代国王及其官僚士大夫阶层，他们也觉得国中的社会问题太多太严重，改革势在必行。但他们的改革思路以维护封建政权为前提，试图在一元的君主体制内进行一些改良，遵循程朱理学的思想原则，坚持儒家道统，以"内圣外王"为改革目的。

从封建统治者和程朱理学家的角度看，这是如何改变现状问题上的两种基本方向：一是外在的解决方法。它的内涵应该是总结过去，注重眼前现实，立足于国计民生，北学中国，以提振国力。统治阶级认为这种改革思路会"伤筋动骨"，害及既得权者的利益，会导致政治上的"本末倒置"。一是内在解决的"致正路径"。这是国家最高统治者和理学家的基本思路。他们认为要改变极其混乱的国情，可以依靠君主的"修身"和官僚士大夫的高尚德行，通过对百姓的"教化"，以达到"内圣外王"的基本目的。他们认为可以通过儒家的仁政，泽被于天下百姓，依靠一系列政治、经济上的调整，实现"家给人足"的"天下大治"。他们还认为中国宋代二程、朱熹的心性之学和海东朝鲜朝时期理学家的道学思想，可以通过心、性、理、气哲学的角度和"四七论辩"、"格物致知"等理论模式的方式，帮助人们认清事物的存在方式，解决人们的精神痛苦。如李滉认为"理"是事物的"所以然"和"所当然"之根源，是左右事物的存在和变化的本体。他还强调"先知后行"，反对"知行合一"，认为"理"是解决现实问题的"枢纽"。总的来说，海东的理学家们继承传统儒学及程朱理学的衣钵，基本上是从儒家思想的范围内寻求解决现实社会问题的答案，而且想以纯化心性、道德的方式助佑王朝的复兴。

和中国一样，海东朝鲜朝时期的政治观念中，很早就意识到政治上普遍性的原则，无论国家的基本行政要务，还是文化建设问题，都想依靠集中统一的原则行事。所以他们总是强调统治者一定要坚持"治本"。这个"本"就是治国之"根本"，也就是治国者必须依赖或遵循的执政之大本——儒家之道或"圣人之道"。他们认为出路在于治道或遵循"圣人之道"，也就是说以先圣六籍之精神、程朱之心学为治国理政的基本原则。围绕治国理政及其思想方法，海东朝鲜朝时期的执政者和士大夫文人认为儒家之道有三大方面的价值取向：一是君主自身的"修身"，是第一性的和关键的因素。他们认为孔子所说的"政者，正也。子帅以正，孰敢不正？"[1]历来认为这句话是至理之言。二是为臣者必须持守尊王、忠君、三纲的道理，这样国君的治国之道才得以实施，国政才得以治理。三是虽说："民为贵，社稷次之，君为轻"[2]，但为政者必须懂得"美教化，移风俗"[3]的道理。在海东朝鲜朝时期统治阶级那里，这三大价值取向绝非一句空话，他们每时每刻不忘以道理政，战战兢兢地面对现实，但总是事与愿违，问题不断，混乱不止。

在海东朝鲜朝时期历史上，有两件事情对社会发展影响巨大，一是成宗朝开始抬头的士林派的诞生，一是宣祖朝开始的四色党争。前者导致了海东朝鲜朝时期上半期新生的士林派与老勋旧派官僚贵族之间激烈的政争，以至于引起1498年血腥的戊午年士祸。而宣祖朝开始的四色党争，是指已经掌握政治主动权的士林派内部，以政见、学派和学脉为基础分成两派进行相互攻伐的行为，其本质是争权夺利的政治斗争。这一党争，从一开始的学术论争，逐渐发展为血腥的报复行为，在各个党派轮流执政的过程中产生出一系列的严重后果。海东朝鲜朝时期统治阶级内部的这些矛盾斗争，先后严重危害了政治稳定和经济发展，使国家日益贫穷落后，以至于导致多次的内忧外患。为解决如此不稳定的政治局面，海东朝鲜朝时期的最高统治者们绞尽脑汁，最后还是认为救国之道在于贯彻"圣人之道"。

自成宗登位以后不久，士林派中的精英阶层逐渐登上政治舞台，参与到国家行政。在治国理念上，他们也主张以"圣人之道"为指导思想，但他们所说的此"道"，却多了一个新的内涵，即心性义理之学。后来，海东朝鲜朝时期的性理学在哲学理论上大有发展，迎来了名家辈出、著述绵延的大好局面。这时期治国理论的探索，基本上由理学家们主导，性理之学成为了治国理政的理论基础。大理学家李滉认为治国之本，应该在于阐扬"圣学"，而他所说的"圣

---

[1]《论语·颜渊》。
[2]《孟子·尽心下》。
[3]《诗·周南·关雎序》。

学",即是程朱理学的所谓"心法"。他强调阐扬"圣学",则可以牢固治国理政之本,只要如此,才能够"安定天下"。他说:

> 敦圣学,以立治本。臣闻,帝王之学,心法之要,渊源于大舜之命禹,其言曰:"人心惟危,道心惟微,惟精惟一,允执厥中。"夫以天下相传,欲使之安天下也。其为付嘱之言,宜莫急于政治。而舜之于禹,丁宁告戒,不过如此者。岂不以学问成德,为治之大本也!精一执中,为学之大法也。以大法而立大本,则天下之政治。皆自此而出乎。[1]

所谓"圣学",原指所谓古人的孔孟之学,可在此则指以孔孟之学为根基的程朱理学,即心性之学。李滉在此强调当以性理之学为治国之本,以上古"帝王之学,心法之要"为治理天下的理论基础。他认为《尚书·大禹谟》所说的这个十六字心法,以人心"危""微"而险恶难测,来提醒在上者用古代圣王的治国之法和心法之要为安定天下之要义。在上治国理政者,必须懂得古人的这一"心法之要",而且以此"危治之大本"。他认为在上者只有以此大法,立其大本,专心致志,才能走出一条不偏不倚的圣贤之路。

李滉一再强调心学乃圣学,治天下莫如先治天下心。他认为治国理政需要诸多方面的因素,如人伦纲常、养人选才、厚生兵戎、律己严刑等都是其中重要内容,但是比这个更为重要的一条就是抓"道术"。值得注意的是,此"道术",并不是道家以修炼为目的的彼道术,而是指儒家自古所固守和发扬的道德和学术。《汉书·艺文志》曰:"方今去圣久远,道术缺废,无所更索。"在李滉看来,能不能坚持这种道术,关系到能不能坚持"圣人之道",甚至关系到能不能做好治国理政之大业。他在晚年写出《戊辰六条疏》,谏政以宣祖,进言为君之道。其曰:

---
[1]《退溪先生文集》卷6《戊辰六条疏》,(韩国)《韩国文集丛刊》。

明道术，以正人心。臣闻唐虞三代之盛，道术大明，而无他岐之惑，故人心得正，而治化易洽也。衰周以后，道术不明，而邪慝并兴，故人心不正，治之而不治，化之而难化也。何谓道术？出于天命，而行于彝伦，天下古今所共由之路也。尧舜三王，明乎此而得其位，故泽及于天下。孔、曾、思、孟，明乎此而不得位，故教传于万世。后世人主，惟不能因其教而得其道，以倡明于一世。是以，异端乱真之说，功利丑正之徒，得以鼓惑驰骛，陷溺人心，其祸滔天而莫之救也。中间有宋诸贤，大阐斯道，而俱不得见用于世。其所以明彝教正人心者，亦不能收功于一时，而止传于万世矣。矧我东方僻在海隅，箕《范》失传，历世茫茫。至于丽氏之末，程朱之书始至，而道学可明。入于本朝，圣圣相承，创业垂统，其规模典章，大抵皆斯道之发用也。然而自肇国至于今日，将二百年于兹，抚览治效，而揆以先王之道，犹未免有所歉然于列圣之心者，无他焉，亦曰道术不明，而他岐之害人心者多也。[1]

明道术，以正人心，这是李氏王朝治国理政之根本大计。唐虞三代之时，道术大明，没有"他岐之惑"，所以人心得正而向心，国家政治、经济、文化生活融洽和谐。周王朝衰落之后，道术不明，邪恶并行，所以人心不正，国政不治，天下不太平。什么叫做道术呢？顾名思义，它就是出于圣人之道，行于现实人间之伦理法度，是治理天下万民的至理之要。后来孔子、曾子、子思、孟子等行世，明道术而指正道，但他们并没有得位执政，只是做了教化天下后世，滋润人间心灵之事。后来的君王，因种种理由未能继承此道术，将其倡明于人世。从而异端乱真理，为一己私利而乱正之徒，驰骛而蛊惑是非，陷溺人心，其滔天罪恶无法挽救。到了两宋，诸贤群起，大阐此道术，但都不见用于世，

---

[1]《退溪先生文集》卷6《戊辰六条疏》，(韩国)《韩国文集丛刊》。

他们的理论学说对社会人心的教导作用微乎其微。况且海东，一东隅小国，箕子《洪范》早已失传，很多文化遗产毁为历史灰烬。幸亏，高丽末叶程朱之学始至，从而道术可期。进入海东朝鲜朝时期，明君相承，创业中能够坚持朱子学，典章制度蔚为可观，这些都是继承道统的结果。但是回顾自建国至今二百年间的治国理政之效果，与贤圣之治迹相比，相距甚远，未免歉然于列圣之心。究其原因无他，都是道术不明，异端邪说蜂起之故。从这个角度看，"明道术，以正人心"，直接关系到能不能实行新政，以改变现状。值得注意的是，在李滉看来，"其明之事，亦有本末先后"。他说：

> 故臣愚必以明道术，以正人心者，为新政之献焉。虽则然矣，而其明之之事，亦有本末先后缓急之施，其本末，又有虚实之异归焉……今殿下诚能知虚名之不可恃，求要法以明道学，请必深纳于臣前所论真知实践之说。敬以始之，敬以终之，方其始也。[1]

明道术、正人心关系到国家的政治命脉，而其"明"字却并不那么简单，它有本末、先后、缓急之施法。其中，"本末"亦有"虚实之异归"。作为一国之君在躬行心得之余，能够将这样的道术布施于治国理政上，具体教民以农耕、日用、伦理准则。这样的国君，可谓务本之君。实行法制，传承礼乐制度，仿效古制，比较古今者，应谓事末之君。从本末关系上说，本在先而急，末在后而缓。在行道术而已备君德的君王那里，本末皆实，能够实现唐虞之治；在失去其道而君德差的君王那里，其本末皆虚，"叔季之祸"（《魏书·释老志》曰："叔季之世，闇君乱主，莫不眩焉。"）将至。伯、仲、叔、季都是兄弟中的排行，"叔季之祸"意味着兄弟内部之乱，《左传》有"政衰为叔世"，"将亡为季世"之语。

---

[1]《退溪先生文集》卷6《戊辰六条疏》，（韩国）《韩国文集丛刊》。

作为海东朝鲜朝时期主要的哲学思想和官方学说，朱子学对文学产生了深刻影响。而这种影响主要在于文学观念的道学化上，在于文学创作的理性思维上，海东朝鲜朝时期的道学家们努力将它演变成性命之学的附庸。因为他们满脑子都是圣贤、王道、道统，而"文"只是"饰国事之具"，所以也只是荣华大树的"枝叶"。尽管如此，他们中的多数人还是没有忘记文学之事，往往利用余暇作文写诗，发表文论观点，像李滉、李珥这样的道学大家也喜爱文学，一生留下了很多诗文作品。不过道学家中的一些人的确远离文学，深信中国宋代二程"作文害道"的训诫，作为文人一生没有留下多少作品。成宗时期的赵光祖曾"自悟奋发，潜心道学，不事章句，穷探义理"[1]。仁祖时期的金长生也曾认为"人之所以为人者，知性知天也。知性之要无他，穷理而已"[2]。他们自小跟着道学先生学的是朱子之学，探究的是心性理论，所留著述也都是心性、性命之学，对文学很少涉及。在道学派的文人之中，这一类的学者虽说是少数，但他们的所作所为对其他道学家的文学观念不能没有一点影响。

海东朝鲜朝时期的道学家们也以"存天理，灭人欲"为主要的理论主张，所以他们的文学观念往往以淡化自我情感，强化道学意象为特征。他们认为文学要反映的是儒家之道、心性之理，那些描写主观情思、反映自我艺术感情都只不过是"空言"而已，有时即使是表露主体之性情，也应该以"道"与"理"为内核。卞季良在评价高丽末叶理学家郑梦周的文学创作时说道："圃隐先生称之曰：'横说竖说，无非当理。'"[3]郑梦周是海东朱子学的先驱者之一，一生致力于传播程朱理学，取得了不凡的学术成果。从性理学观念出发，他把写诗看做余事，但他还是地道的儒家文人，一生写了很多诗歌作品，显示出了深厚的艺术功底。他的诗感情真挚，善于发现事物的内在规律，"往往有发其胸中之所得"。尤为珍贵的是，他的诗"洞见道体之妙"，于生动的艺术形象之中反映深

---

[1]《静庵先生文集》附录卷3《经筵论学启》，（韩国）《韩国文集丛刊》。
[2]《沙溪先生遗稿》卷5《读书讲疑序》，（韩国）《韩国文集丛刊》。
[3]《春亭先生文集》卷5《圃隐先生诗稿序》，（韩国）《韩国文集丛刊》。

奥的道学内容，使圣人之旨跃然于"片言半句之中"，让人通过艺术形象感悟深邃的性命之理。

纵观海东朝鲜朝时期文学史，的确到处可以看出儒家道统与文统相互交融的学理关系，也可以处处发现道学观念向文学的慢性濡染和渐进渗透。在这个过程中，以道学为底蕴的文风逐渐形成，更多的文人加入经学家队伍的现象业已普遍化。在这样的社会氛围之下，无论是学者还是作家诗人都离不开道学的浸染，离不开对天理、人欲的思考，到处可见学者风格的诗人和诗人气质的学者。

甚至有些道学家将文学手段利用于宣扬道学思想，有些诗文家则把道学观念当做文料诗想之内核，反正多数情况下文学脱不开道学的渗透。可以举成宗朝的道学家赵光祖的一首《戒心箴》，以说明其一例。赵光祖首先在《戒心箴》序中写道："人之于天地，禀刚柔以形，受健顺以性，气则四时，而心乃四德也……体天之大，天地之气，万物之理，皆包在吾心运用之中。一日之候，一物之性，其可不顺吾度，使之乖戾邪枉耶。然人心有欲，所谓灵妙者沉焉。梏情私，不能流通，天理晦冥，气亦否屯，彝伦斁，而万物不遂。况人君声色臭味之诱，日凑于前，而势之高亢，又易骄欤。圣上是念是惧，命臣述戒。呜呼，至哉！臣敢披割丹衷，冀补万一。"赵光祖在此序中认为，任何一个人都有其形与体，无不有此心与性，即使是上智之人不能无此人心，亦莫不有是性，那些下愚之人也一样，也不能无此道心。人心"灵妙"无比，心性亦可变化无常，都关乎主体之存心如何。一国之君亦然，其心与性虽属上智，但其心亦心，有人欲和人望，如果存心不纯，被"声色臭味之诱"所动，就会变质，必然对邦国和邦民产生不良影响。为此，赵光祖专门写一首长篇《戒心箴》献给成宗王，以戒其对国家和黎民存"诚心"与"敬意"，成为一代明君。他写道：

天地缊缊，大化惟醇。气通而形，理承其真。敛括方寸，万象弥纶。浑然昭晢，神用不忒。充微著显，式揭人极。扩准四海，功跻位育。伟哉灵妙，於穆天通。巍巍尧业，亦此之衷。然体活虚，物感无从。情炽纷挐，潜移厥志。阒然沉昏，荡乎奔驶。眇绵晷刻，众慝恣萃。彝伦既戮，天壤易位。生意随遏，群品不遂。自绝速祸，癸辛之丧。君子是惧，动静有养。敬以内持，义以外防。惺惺介然，视听有常。祗栗室幽，上帝临赫。凛然自守，神明肃肃。涵濡勿替，循循允修。涓涓其澄，浩浩其流。发挥万变，卓然暾日。义形于事，仁溥于物。冲融和粹，盎然两间。呜呼操舍，善恶攸关。故圣授受，只传心法。难明者理，易流者欲。惟精惟一，庶存其德。愿上体躬，戒惧翼翼。克非如敌，发端若茁。察守惟密，中执属属。存心太极，永保无戮。[1]

箴中表示如果一个人放松对自己的严格要求，"情炽纷挐，潜移厥志。阒然沉昏，荡乎奔驶"，那就变成道德不纯、心智混暗的人，离道心越来越远。如果一国君主不能收敛自己的人欲，那就会导致"眇绵晷刻，众慝恣萃。彝伦既戮，天壤易位。生意随遏，群品不遂。自绝速祸，癸辛之丧"的结果，甚至会失去社稷。所以无论是君子还是君主都要时刻保持警惕，"敬以内持，义以外防"，"凛然自守，神明肃肃。涵濡勿替，循循允修。涓涓其澄，浩浩其流"，使自己永葆道心。赵光祖强调每个人的操守看似孤立，但在社会面上看，事关大局，所以在上者一定要牢记上古圣人的"人心惟危，道心惟微；惟精惟一，允执厥中"的十六字心法。赵光祖是成宗时期的台阁重臣和著名学者，也是开辟后形成的岭南学派和畿湖学派先河的道学家。海东朝鲜朝时期末期的学者宋秉璿在《静庵先生文集重刊序》中高度评价他道："东方道学，肇自圃隐，至静庵先生而大阐。推明性理之源，使濂、洛、关、闽之绪，焕然复明于世，其盛德大

---

[1] 《静庵先生文集》卷2《戒心箴并序》，（韩国）《韩国文集丛刊》。

功,伊谁与京。呜呼!明德新民,是圣贤血诚所欲,而或不能行于一时,传之千载之远,或不能容于当世,终为百世之师。盖先生立朝事业,慨然以尧舜君民自任,一治之会,于斯为盛,使大中至正之矩,如日中天。"[1] 赵光祖不仅以文学的艺术形式告诫和规劝成宗王,而且还大胆进行朝政改革,得罪权臣和国王侧近势力,最终被诬陷而死。

这种以文学为传道之具的风气,在整个海东朝鲜朝中期尤为盛行。因为文学有感动人的性情、濡染人的思想意志的审美功能,所以当时的学者和道学家们往往不惜借文学的力量去宣传性理之学,宣扬圣人之道。如道学家奇大升一生写了很多诗歌作品,其中的不少比例就直接以性理哲学为题材内容,或以其哲理为诗想进行细致的描写,其《勉学诗》《咏精一执中》《咏致中和中庸》等就是这方面的代表作品。其中如《勉学诗》云:

读书守穷巷,岁月忽已晚。霜英粲粲明,风叶微微损。感时起晤叹,吾生聊自反。受命有身心,一理初混混。缘情集众累,盼盼互忿狠。纷纷醉梦间,弱丧不知返。圣《谟》腐孔《易》,善端薷无梱。俛焉实在我,揣末而探本。格致发其韧,诚修终转键。乾乾夕犹惕,款款尽诚恳。道充食可忘,理明物靡遁。[2]

诗中用形象的语言、深刻的意象,具体描绘了道学先生们以性理之学为终身奋斗目标,天天沉浸于对天理、人心的哲学探索之中,不知老之将至的苦惨之境。他的另外一首《咏精一执中》诗曰:

钬传姚授语何冲,拈出虚灵指降衷。觉自危微时或杂,道由精一故能

---

[1] 《静庵先生文集》卷首《静庵先生文集重刊序》,(韩国)《韩国文集丛刊》。
[2] 《高峰先生续集》卷1《勉学诗·赠郑子中》,(韩国)《韩国文集丛刊》。

中。片言丕阐千年统,至德深存万世功。心学只今知不昧,九重安得达宸聪。[1]

这首诗间接以《尚书·大禹谟》中的十六字心法为写料,以形象的诗语,歌颂其对后世万代文明社会建设的叮咛和指路明灯般的指引。诗人认为这一十六个字心法,开后世心性哲学之源,确立儒家道统之始,为后人施政和治学亮明了道路。

"道本文末"是海东朝鲜朝时期道学家们坚持的又一个有关"道""文"关系的文学观念。张显光曾经说过:"文者,道之发于功用,形于模象,而等第之所以秩,条脉之所以别也。凡运行分布于宇宙间,有耳可得以闻焉,有目可得以接焉,有心可得以理会焉者,为有其文也,道若无文,何得以为道哉。"[2] 张显光在此所说的"文",是包括广义的人文和狭义的文学在内的"文",此"文"曾随时代有过变化。尽管如此有一点是明确的,那就是道是"体",文是"用"。"体""用"亦是古人的哲学命题,在古人那里"体"是本,是内在的和本质的,而"用"则是"体"的外在表现,是其发用而已。按照张显光的意思,"道"是根本,"文"是枝叶。他的原话是,"文"为"道之发于功用,形于模象,而等第之所以秩,条脉之所以别"的存在,"道"如果无"文",就"何得以为道哉"?用后人的话来讲,"道"是体,"文"是用,二者存在于统一体内,融为一体而各自发用,显示自己的本质属性。有关"道"与其他意识形态之间的关系,李滉一向给予很大的重视,尤其是对心性哲学上"道"与"文"的哲理关系,他有自己明确的定义。他说:"而其明之之事,亦有本末、先后、缓急之施。其本末,又有虚实之异归焉。本乎人君躬行心得之余,而行乎民生日用彝伦之教者,本也。追踪乎法制,袭美乎文物,革今师古,依仿比较者,末

---

[1] 《高峰先生续集》卷1《咏精一执中》,(韩国)《韩国文集丛刊》。
[2] 《旅轩先生文集》卷6《文说》,(韩国)《韩国文集丛刊》。

也"[1]他认为如果处理不好这二者的有机关系，会导致"本末皆虚，而有叔季之祸"。按照李滉的意思，人君在"躬行心得之余"，"行民生日用彝伦之教"的"行实"，为"本"；"追踪法制"，"袭美文物，革今师古，依仿比较"的文化创造活动（包括文学），为"末"。此"本"与"末"，是有先后、缓急之别，而"本"在先而急，"末"在后而缓。再说此"本"与"末"，亦有总体"虚""实"之异归，也就是说"得其道而君德成"，其"本末皆实"，如此则可以达到"唐虞之治"的境界；而"失其道而君德非"，则"本末皆虚"，如此则可导致"叔季之祸"。所以如何处理好此本末之先后缓急关系和总体虚实关系，是事关王道政治成败的大事，任何人、任何时候都不能对此麻痹大意。李滉的这种"本""末"观，后来在别的场合上也对文学发用，揭示其"道本文末"的基本观点。

海东朝鲜朝时期的道学家们认为道是"源"，文是"流"，"流"是"源"之出流物，无"源"夫"流"则为空。实际上这一观点和"道本文末"的观点是基本一致的，都肯定道的根源地位，认定文为道之附庸。他们中的多数人认为文是用来反映客观的理的，此理即与儒家之道相通，是性理哲理的灵魂。他们还认为一则好的"文"，是"涵养心性"而后"吟咏性情"的结果，理应出自于主体的道德品性。所以先"涵养心性"而后发于文，此文才能够使德性表现于外，有温润之貌和敦厚之态。他们认为中国南宋朱熹和真德秀之学与文之所以能够成为万代师范，根本原因就在于这一点。李珥指出：

若夫考亭之学，渊源有自，而道统有归，穷理而博之以文，居敬而约之以礼，躬行心得，积中形外，则其发越乎文章者，乃睟面盎背之绪余耳。西山之学，多而能识，细大不遗，唐虞以来编简所存，经传之精，书史之浩瀚，诸子之文，百家之说，莫不极其归趣而核其邪正，则其浸淫乎道义

---

[1]《退溪先生文集》卷6《戊辰六条疏》，（韩国）《韩国文集丛刊》。

者,乃沉潜详玩之所得耳。二先生所入,虽若不同,皆以明道为务,则终归于一致,何足怪欤。[1]

李珥认为朱子之学与文,有深厚的思想和文章之源流关系,他继承圣人开创的道统和文统,不断地"居敬而约之以礼,躬行心得","穷理而博之以文",而后其文才有"睟面盎背之绪余"。真德秀生当南宋末年,学宗朱熹之学而复兴理学,著述宏富。他将上古尧舜以来的"编简所存,经传之精,书史之浩瀚,诸子之文,百家之说",无不"极其归趣而核其邪正","沉潜详玩"。朱熹与真德秀的学与文,赖其穷经、居敬之功,以明道为务,取得了辉煌的成就,终成万世师范。

海东朝鲜朝时期的道学思想家们虽学宗程朱之学,但在其发展过程中努力探索,不断丰富和发展原有的理论观点,逐渐形成自己的理论体系。比如李珥的理学思想就是其中一例,他否定李滉等人的"理先气后"说,主张"理气兼发"、"气发理乘一途"论;在认识论上,他主张"有血气之身,然后有知觉之心",强调人的感觉器官在认识事物中的作用;在道学研究方法上,他提倡经世致用,强调"时宜和实功",主张改革时弊。在文学上,他主张先道义而后文章,这归根结蒂还是"道本文末"的意思。这一"道本论"的文学观点,在他的文论著述中处处可见,可以说是他文学观念的最重要的基本点之一。他在《文策》一文中指出:

虽然凡物之理,必先有本,而后有末,先有质,而后有文矣……是故,考亭之文章,吾不曰读书之所致,而曰道义之发乎外者也。西山之道义,吾不曰文章之所致,而曰力行之根乎中者也。然则二先生之所入,何尝不同哉。呜呼!程朱已殁,道统遂绝,人无闻道之志,士趋为人之学,

---

[1] 《栗谷先生全书》卷6《文策》,(韩国)《韩国文集丛刊》。

才高者专事乎词章，才短者奔走乎科场，六经为干禄之具，仁义为迂远之路，文不为贯道之器，道不为经世之用，文弊至此，则世道之污隆，从可知矣。[1]

李珥认为"本"与"末"是凡物之理，文学亦然，没有道这个"本"，文就失去存在的意义。在他那里，"本"与"末"的关系就是"质"与"文"的关系，道是"本"，文是"末"，同样，质是道，文是器。他认为朱熹和真德秀的学问和文章都以道义为"本"，都是"道义之发乎外者"和"力行之根乎中者"，他们的理论表达有所差异，但其旨归却一致，是殊途同归的典型案例。他认为他所生活的时代里儒家道统已然绝迹，士无闻道之志，个个追尚为己之学，其中"才高者专事乎词章，才短者奔走乎科场"。于是圣人的六经变成士人进取的"干禄之具"，仁义转落为"迂远之路"，而"文"更失去其"贯道之器"的功能，道与文已不可能为世之用。李珥认为这种"文弊"作为当时社会"时弊"的组成部分之一，对王道政治和礼乐教化有较大的负面影响，应该拿到议事日程之上进行切实的改革。

海东朝鲜朝时期的道学家们认为道应该融入于主体的德行之中，文学是为了表现内心的道而存在，也是为了提升主体的内心修养而施展各种手法。到了海东朝鲜朝中期，道学研究已经历了二百多年，道学思辨的和理性思考的习惯性思维不觉间大幅提高了海东社会知识界的理性思维能力和思辨的抽象思考水平，而且性理之学对理的挖空心思的辨析和性理学家所持有的对理论的探索精神，使得海东朝鲜朝时期文学创作中的理性精神得到较大的提高，为其文论和诗论增添了许多理论要素。在这二百多年的时间里，海东朝鲜朝时期的道学研究日进月新，培育出了众多道学家，出现了像金长生、李彦迪、李滉、李珥、宋时烈、成浑、奇大升这样的道学境界高深、著述宏富的学者。

---

[1]《栗谷先生全书》卷6《文策》，（韩国）《韩国文集丛刊》。

在文学观念上，他们既认为道是"根本"、文是"末技"，而又离不开对文学的迷恋，经常徘徊于文、道两间。但他们有时又把文学看作道学家必涉的领域，强调"自古，安有不学诗书底理学耶"[1]，又说"文学，岂可忽哉。学文，所以正心也"[2]。他们认为理学家不学诗，那才愚蠢之极，因为人通过文学可以"正心"，可以洗涤灵魂。所以他们大都学文作诗，把文学看作宣道传理的工具，同时认为人通过文学可以自娱自乐，淘洗灵魂中的污垢。李滉又曾写道："诗不误人人自误，兴来情适已难禁。风云动处有神助，荤血消时绝俗音。栗里赋成真乐志，草堂改罢自长吟。"李滉在诗中表达自己对诗歌这个艺术形式的挚爱。不仅如此，他们还讴歌自己的民族历史，赞扬历来为民族文化的发展做出贡献的先辈文人。

实际上，海东朝鲜朝时期道学家们的这种文学意识自国初的道学先驱们那里已经开始形成。如权近在为郑道传的《三峰集》而写的序中，高度评价其诗文能够继承圣贤之旨，往往达到"理趣横生"的境地。他说："本于身心性命之德，明于父子君臣之伦，大而天地日月，微而鸟兽草木，理无不到，言无不精。王国辞命之文，典雅得体，古律之作，袭魏晋追盛唐，而理趣出乎雅颂。质而理，温而淡，诚无愧乎古人，乐府小序，删繁乱削淫僻，唯感发性情之正是录。呜呼！先生之文皆有补于名教，非空言比也。是其与道并流后世而不朽无疑矣。"[3]权近强调郑道传的诗文很好地继承了儒家六经之道和文章精神，其文往往"理无不到，言无不精"，饱含道学之意蕴。无论是他的王国辞命之文，还是古律之作，"理趣出乎雅颂"，篇篇"典雅得体"，"质而理，温而淡，诚无愧乎古人"。即使是他的小乐府之作，"删繁乱削淫僻，唯感发性情之正是录"，有补于名教，所以其文学创作必定"与道并流后世而不朽无疑"。

---

[1] 《退溪文集》卷36《答李宏仲》，（韩国）《韩国文集丛刊》。
[2] 《退溪言行录》卷3，（韩国）《韩国文集丛刊》。
[3] 《三峰集》卷首《三峰集序》，（韩国）《韩国文集丛刊》。

纵观海东朝鲜朝时期的文学，可以发现它们并不只有道学家的文学，而是说它深受了程朱理学及其相关道学思想思潮的影响。就诗歌而言，海东朝鲜朝时期诗坛有词章派诗歌、道学派诗歌、两班士大夫诗歌、平民阶层诗歌、女流诗人诗歌、山林方外人诗歌、乐府诗歌、谚文国语诗歌、佛教诗歌、民间歌谣等等，创作主体群落多样，艺术风格纷杂，审美情趣各异。但应该明白的是，有海东朝鲜朝一代的文学概以两班士大夫文人创作的汉文学为主流文学，又以其文学观念为主流的文学观念。在封建的王道政治的大环境下，社会主流的文学观念应该是统治阶级的文学观念或者是为其服务的文学观念，整个海东朝鲜朝时期的文学观念之所以深受当时盛行的程朱理学思想观念的掣肘，根本原因就在于此。别林斯基在《艺术的观念》中指出："艺术是对真理的直感的观察，或者说是寓于形象的思维。"应该说，人的真理观是直接受其世界观的制约，所以每个阶级、阶层、人群和部类的真理观都呈现出只属于自己的内涵。海东朝鲜朝时期的统治阶级以程朱理学为官学，其道学派的文人固守"道本文末"的文学观念，根本原因也在于此。还有海东朝鲜朝时期的统治阶级和道学派的士大夫文人紧紧抓住文学不放，基本原因在于儒家社会功用的文学观念上，而且还在于他们所认知的文学本身强烈的审美功能上。《毛诗序》曾说："诗者，志之所之也，在心为志，发言为诗，情动于中而形于言……情发于声，声成文谓之音，治世之音安以乐，其政和；乱世之音怨以怒，其政乖；亡国之音哀以思，其民困。故正得失，动天地，感鬼神，莫近于诗。先王以是经夫妇，成孝敬，厚人伦，美教化，移风俗。"这段话用极其生动的语言，准确地概括了诗歌的诞生过程、审美感化机制、社会功能等。海东朝鲜朝时期的道学派文人深知，《毛诗序》这段话的精辟性本之于文学本身的真正特性，来自于对文学审美规律的精确认识。他们长期抓着不放的道和文、道统和文统关系的讨论，最终的根本目的就在于使文学更好地为封建的王道政治服务，为维护其封建统治秩序的永久化而呐喊。

第三节　反权威社会意识的勃发和对空疏学风的批判

"壬辰倭乱"的爆发，意味着海东社会进入了一个重要的转折时期。经过7年的抗击倭寇的反侵略战争，海东王朝在明朝军队的援助下，最终将倭寇赶出了海。战后的重建工作在国家及其开明官僚的主导下，按部就班地进行，最后也取得了令人刮目相看的成就。与此同时，战后的海东朝鲜朝时期的思想文化界，遂进行深刻的反思和自省，一致认为招致外侮的根本原因首先在于自己。自我反省是当时的海东思想文化界风行的一大新潮流，而站在这一潮流最前头的就是那些在这场战争及其重建工作中作出积极努力的进步文人阶层。他们认为海东朝鲜朝时期统治阶级引以为精神支柱的程朱理学，已无多少积极意义，已无社会的适应性，早已成为社会发展的精神障碍，以至于成为"壬辰倭乱"反面的社会思想基础。尤其是经过战乱而进入重建以后发现，原来享有至高无上地位的程朱理学早已基本变成"空理空谈"，解决不了任何当时的社会问题。这在客观上提出了建立一个新的政治及其意识形态秩序的必要性。一股思想文化上的批评思潮逐步形成，社会改革的风潮也紧跟而来，一批具有进步思想的文人学者站在这一新的社会氛围的前头。尹鑴（1617—1680）就是这时期站在风口浪尖上的一位文人，他反对朱子学垄断思想界，不认同其学说和经传注释的权威，广泛参考汉唐古注，提出了一系列与二程、朱熹不同的观点，说："义理天下之公，岂朱子独知而希仲不知耶？"这里的"希仲"，就是指尹鑴自己，此语的挑战性不言而喻。他还认为如果朱熹的著述在，自己的学说将得不到展示，如果孔子、孟子在，自己的学说就会得到承认，企图以古代孔、孟经世治国之道来否定朱熹心性之学的权威。他还针对程朱理学"太极即理"的理论，提出了自己"太极即气"的观点，否定了物质世界之外还有超自然的"理"的存在。他又批判朱熹"心即理气之合"、"性即理"的客观唯心主义观点，提出"心性者即气之交于形也",强调心性乃人在接触客观事物的过程中形成的心理现象的产物,从而反对将心性看作是超自然"理念"的产物的观点。从这样的心性观念出发,他还批判朱子学的"四端七情"说,断然认为"四端"还是"七情"实际上都是人们正常感情的表现,是人们接触外物以后必然会产生的感情的正常反映。

在当时的统治阶级内部及其学术界,还围绕"实事求是"这一自古以来的哲学命题,展开了激烈的赞反之争。自高丽末叶,程朱理学开始传入海东以后,历经海东各代统治阶级的扶持和儒学者们的精心研究,逐渐定性为海东朝鲜朝时期封建王朝的正统思想,一直支配和控制着人们的思想,对李氏王朝的思想理念和社会秩序的巩固起到了巨大的作用。不过随着李氏王朝统治阶级的日益腐朽,官僚上层内部的争权夺利的党争无时不在,使得原来的朱子学日渐陷入故弄玄虚、脱离实际的清谈空论。例如十六世纪以后,海东正统朱子学内部以李滉和李珥为首的岭南学派和畿湖学派之间进行的理学理论之争,逐渐丧失其原来的意义,却陷入了围绕心性哲学抽象而无为的争论之中,使海东朱子学完全堕落为脱离眼前现实,专尚清谈的空洞哲学。到了十七世纪初,畿湖学派的代表人物之一的宋时烈逐渐抛弃李珥学说中的具有合理性部分,进一步将朱子学权威化,对其他学说实行全面否认的态度。他唯以朱熹观点为天下至理,如对其存有"一字之疑",即认定为"斯文乱贼",在政治上当作异己势力来加以排斥。在思想界的这种氛围下,许多文人知识分子痛恨这种"固陋狭隘"的学风,逐渐认识到海东国如此落后,经常受外民族的欺凌,都是由于这个朱子学的"空理空谈"和将这个"空理空谈"当作金科玉律的统治阶级及其保守的理学家所造成。面对这样的客观社会及其一系列问题,这些进步的文人知识分子主张学问上来一个"大变机枢",以构筑"实事求是"的学风。

这时期的海东思想界出现了空前活跃的景象,从大的方面看存在三种思想倾向:

第一种是坚决死守不放弃程朱理学的所谓"真儒"们,他们认为道德治国是海东朝鲜朝时期政治的关键,一系列的社会问题都是由于人们没有坚持"圣人之道"所造成的,所以应该加强对程朱理学的权威化和理论探索。李氏王朝虽历经"壬辰倭乱",吃尽了空疏学风之苦,但那些王亲国戚们为了维持自己的封建统治,还在肆意谋划着加强朱子学的思想统治。同时,那些李退溪、李珥们的后代学者中,还有好多人沉迷于继承"先师之旨"的迷惘之中,不断地讲出或写出有关"性即理"、"理先气后"、"存天理,灭人欲"之类为内容的演讲或文章。他们还在理论上大肆宣扬儒家的"礼论",试图通过封建的伦理纲常和道德秩序来维护其封建等级制,以及其日益走向末路的政治统治。《论语·季氏》曰:"他日,又独立,鲤趋而过庭。曰:'学礼乎?'对曰:'未也。''不学礼,无以立。'鲤退而学礼,闻斯二者。陈亢退而喜曰:'问一得三。闻诗,闻礼,又闻君子之远其子也。'"其意思就是人应该学礼,学礼则明白应持什么样的品节,可树立确固的内在德性,故而能立身于人群中。又《礼记·仲尼燕居》云:"礼者何也?即事之治也。君子有其事必有其治。治国而无礼,譬犹瞽之无相与,伥伥乎其何之!譬如终夜有求于幽室之中,非烛何见?若无礼,则手足无所措,耳目无所加,进退揖让无所制。"这里的意思是说,治国理政不能没有"礼"的助益,治国而无此"礼",如同瞎子摸象,或暗夜无明烛,让人"手足无所措,耳目无所加,进退揖让无所制"。《礼记·曲礼》再道:"道德仁义,非礼不成,教训正俗,非礼不备。分争辩讼,非礼不决。君臣上下父子兄弟,非礼不定。宦学事师,非礼不亲。班朝治军,莅官行法,非礼威严不行。祷祠祭祀,供给鬼神,非礼不诚不庄。是以君子恭敬撙节退让以明礼。"儒家在此认为,封建社会的仁义道德以"礼"为基础,其教化和正俗之政也以"礼"为根底,而且其社会分歧和不同意见"非礼不决"。尤其是"君臣上下父子兄弟,非礼不定","班朝治军,莅官行法,非礼威严不行",礼是整个封建社会秩序的根本所在。十七世纪的海东,封建统治阶级内部争权夺利日益加剧,随之而来的则是国家的封建秩序日趋紊乱，面临这种状况，李氏王朝的最高统治阶级企图以整顿封建纲纪，建立一套完整的"礼乐"秩序来收拾当前混乱的局面。以金长生等为代表的王朝御用学者，大肆宣扬《朱子家礼》是稳定秩序、挽救国家的唯一出路，说"礼出于天理"，"忠为理之本"，如果每个人都能够"克己复礼"，国家就有望复苏，天下就有望安定。但是此时的海东社会，已经不是过去退溪、栗谷一号召天下意识舆论则皆相应的那个"纯正朱子学"的年代，这种传统的"礼论"、"礼讼"早已被社会怀疑或鞭挞，很难享受权威的现实待遇。

　　第二种是坚决否定朱子学的权威性，实施"实事求是"的学风和思想方法，根据国家和社会的实际情况进行有秩序的政治、经济和文化改革，"利用后生"，发展经济，改变国家的窘境，改善民生，建立一个"富国强兵"的理想社会。海东实学思潮的先驱李睟光（1563—1629）率先起来抨击海东朱子学的空疏性，指出："虽有志于学，不能实用，其力若存若亡，则其能成就也难矣。"[1]还说："形之在人者，灼然而易见，可不求其故而思所以尽其实乎。若以人事之未至者言之，励精图治，殿下之志非不切矣。而施措之间，有未尽实，率职奉公，诸臣之诚非不勤矣。而奉行之际，多不著实，以致绩用无成，治效蔑著，国事日以委靡，朝纲日以紊乱，是则无他，皆坐不实之病也。夫天下之事务至广，而所以操之者诚也，诚即实也。若不务实，而徒欲以文具勤成治功，则万段事为，悉归虚套，譬犹画饼充肠，契舟觅剑，毕竟无可摸捉处矣。诚愿殿下继自今，尽诚于上，责实于下，以实心而行实政，以实功而致实效，使念念皆实，事事皆实，则以之为政而政无不举，以之为治而治无不成。故臣敢以懋实二字进焉，一曰勤学之实，夫为学在勤，勤则得之，不勤则不得……帝王之道，理欲危微之辨，知行精一之方，沉潜玩索，反复参究，以至群臣之贤否，政事之得失，历代之治乱，生民之利病，皆必讲明，而行之以实。则日用酬应之间，

---

[1]《芝峰集》卷28《乘烛杂记》，（韩国）《韩国文集丛刊》。

无非为学之实地，而自新新民，亶在此矣。"[1]这是李睟光向宣祖上札子进言，强调摆脱过去纯粹程朱理学的空疏学风，树立"实事求是"的学风和行政作风，建立"实心""实学"的社会风气，以达到振兴国政的目的。在此，李睟光将"实"看作挽救国政、改革社会的根本要素。李睟光在此所提出的"实心""实政""实功""实效"，成为后来实学思潮最基本的思想原则。在当时来说，这是一个极其胆大的理论主张，但是海东朝鲜朝时期因空疏的学风而国库枯竭，蒙受外侮，这一历史经验不可无视，所以宣祖也只能默认而罢了。对当时的海东朝鲜朝时期政府来说，这是一个史无前例的理论主张，说明其社会已经达到了不改变风气则不行的境地。稍后的实学家柳馨远也坚决反对朱子学的空疏学风，主张研究实用之学。他尤其反对以道德修养为治国安邦之根本大计的做法，主张以解决当前的政治经济方面的现实问题为治国理政的根本原则。他在自己的理论著述中，具体点出了当代社会的种种弊端，提出了一系列的改革方案。

第三种是知道过去的海东朱子学已趋于"空理清谈"，认为依靠它很难改变国家的落后面貌，但是他们却认为这些问题都是"士"阶层没有真正深入理解"先圣之意"，贪图虚名，缺乏公心所造成。他们认为如果执政者能够改变过去的纯粹依靠理学来救国的想法，如果士大夫文人能够结合实际探讨程朱理学，这个学风是可以扭转过来的。如英祖时期的李宜显（1669—1745）指出："次及文学学术，事功源委有叙，尔诸生幼闻庭训，长列宫墙，朝夕诵读，宁无讲究。必也躬修实践，砥砺廉隅，敦孝顺以事亲，秉忠贞以立志，穷经考义，勿杂荒诞之谈。取友亲师，悉化憍盈之气。文章归于醇雅，毋事浮华，轨度式于规绳，最防荡轶。子衿佻侻，自昔所讥，苟行止有亏，虽读书何益。若夫宅心弗淑，行己多愆，或蜚语流言，胁制官长，或隐粮包讼，出入公门，或唆拨奸猾，欺孤凌弱，或招呼朋类，结社要盟，乃如之人，名教不容。乡党弗齿，纵幸逃褫朴，滥窃章缝，返之于衷，能无愧乎。况乎乡会利名，乃抡才大典，关系尤巨。

---

[1]《芝峰先生集》卷22《条陈懋实札子》，（韩国）《韩国文集丛刊》。

士果有真才实学，何患困不逢年。顾乃标榜虚名，暗通声气，夤缘诡遇，罔顾身家。又或改窜乡贯，希图进取，嚣凌腾沸，网利营私，种种弊情，深可痛恨。且夫士子出身之始，尤贵以正，若兹厥初拜献，便已作奸犯科，则异时败检踰闲，何所不至。又安望其秉公持正，为国家宣猷树绩，膺后先疏附之选哉。"[1]在当时的空疏学风之下，士类的道德品行日下，国家行政风气也日益浇漓，很少有人提及"实事求是"的精神。尤其是不少士类，一旦科举考试通过，进入官界，开始上演一系列的不正之风。这些人一旦为官，私心大发，变得多疑狡诈，为了达到个人目的，什么事情都能干得出来，"若夫宅心弗淑，行己多愆，或蜚语流言，胁制官长，或隐粮包讼，出入公门，或唆拨奸猾，欺孤凌弱，或招呼朋类，结社要盟"，而且还爱作浮华文章，贪图虚名，私通"声气"，甚至有些人"乡党弗齿，纵幸逃襮朴，滥窃章缝"。李宜显认为士类的这些"非为之行"，都是在真正的程朱理学已显衰微，社会风气日渐而下的情况下产生的，如果不改变士类的这种坏风气，整个社会将会陷入"萎靡不振"的状态之中。面对这样的士风，李宜显呼吁继承"圣人之旨"，"恪遵明训，一切痛加改省，争自濯磨，积行勤学，以图上进"，迎来一个学风清净，士流争上游，天下清明的"太平盛世"。对士流的道德风气，李晬光也从另一个角度指出："为士者，当为有用之学，不当为无用之文，当为有益之言，不当为无益之事。博观书史，而不能推之政治，则亦无用乎学矣……士生斯世，惟出与处，若出无益于世，处无益于己，则是为虚生。"与李宜显不同，李晬光在此，更加明确地强调士流知识分子"明廉耻，本实学"，为国为民当为"实用之学"，当为"有益之言"，"博观书史"，为国家建设服务。

到了十六世纪末叶以后，海东朝鲜朝时期思想界的确出现了社会思想多歧的现象，从而改变了程朱理学独尊天下的狭隘局面。尽管"壬辰倭乱"以后海东社会发生了巨大的变化，过去程朱理学的空疏性已经暴露无遗，但过去理学

---

1 李宜显《庚子燕行杂识上》，（韩国）《韩国文集丛刊》。

岭南学派和畿湖学派的遗老遗少们还是坚持其前人的心性论的哲学观点，认为改变现状的唯一出路还是在于进一步突出"圣人之旨"和道德哲学。不过有的两班阶层的文人则认为，靠那些朱子学家们坚持的超自然的绝对理念的"理"，是挽救不了国家的危机的。他们主张"心即理"的阳明学，认为它可以挽救国家的危机，从而企图以阳明学取代程朱理学。还有一批文人认为，过去程朱理学家所作的对"六籍"与经传的注疏、训解和阐发，大都充斥着抽象的理学观念，应该作出重新的训估、注疏和训解，以明真正的"圣人之学"。于是尹鑴、朴世堂等一批进步汉学家，在广泛参酌汉唐古注和训解的基础上，对古代"六籍"和经传进行新的注疏和训解，想以此形成崭新的学风，以改变国家落后的面貌。在当时，更有一批文人痛恨"固陋寡闻"的"空理空谈"的学风，主张以实用之学取代过去的虚无之学，以实际行动"大变枢机"，建立一个以"致用"为枢纽的"实用之学"。他们将批判的矛头直接指向过去封建统治阶级引以为其意识形态生命线的程朱理学，大力提倡"实事求是"的学风和思想方法，要求发展"实用之学"，建立一种相对崭新的世界观。同时他们还强调"经世致用"，提倡"北学中国"，"利用后生"，发展国家的政治经济，建设一个"富国强兵"的封建国家。

十七世纪的海东社会充满了反省的气氛，这是因为"壬辰倭乱"的教训过于深刻，给人们留下的创伤也过于痛楚。战前理学领域内部，逐步形成两种倾向，一是继续坚持原来的程朱理学观念，要扶持日益动摇的权威，以此挽救封建秩序；一是进行真正的反省，实事求是，理论联系实际，逐步走上"经世致用"道路。前者大都为过去岭南学派中的成员，后者大部分都是过去畿湖学派的成员，这大体与其所坚持的理想观念有着密不可分的关系。尤其是继承李珥学派学说的他们，有意无意地深受其思想的薰陶和影响，有意无意间走上思想反省和社会改革的道路。他们中的很多人，后来逐步走上实学救国的道路，成为了十七、十八世纪海东实学思想思潮的领路人或主要骨干。

应该知道，李珥的理学观念与众不同，他反对李滉的"理帅气卒""理尊气卑""理气互发"和"理气不相杂"等理气二元论的哲学观念，主张"气发理乘一途说"，强调"理气浑沦无间"，世界是由"气"和"理"所构成，理气"实无先后可言"。尽管李珥还认为，"推本其所以然，则理是枢纽根柢，故不得不以理为先"，从而还是回到了"理先气后"的传统理学观点，但他的一系列理学阐述中，充满了辩证因素和关心眼前现实的实学意识，尤其是他追求符合实际的学问，以至于"经世致用"的思想，对后世实学思潮的形成和发展产生了很大的影响。正因为李珥思想中的这种现实意识和"经世致用"观念，后来的实学思想家或社会改革家中，不少人都与原畿湖学派或李珥学脉有着千丝万缕的关系。

第四节 实学派对道学风气的批判与实学精神的张扬

历经多年的壬辰倭乱，海东王朝的政治和经济受到了重创，朝政萎靡，人民陷入涂炭之中。经过多年全体军民的努力，国情和社会生活得到快速的恢复，国政和社会生产逐渐进入正常状态。这次战争令海东朝鲜朝时期上下沉浸在深刻的反省气氛之中。海东朝鲜朝时期统治阶级长期固守的程朱理学受到怀疑，士大夫阶层中的一些进步人士纷纷批评其"空理空谈"的本质，学术界的一些进步学者更是总结历史经验，从理论上抨击海东程朱理学家的空疏学风。在这样的历史进程中，一股新的思想思潮应运而生，它就是海东历史上的实学派的思想思潮。

"物极必反"，这个哲理在人类历史上曾反复出现过。海东朝鲜朝时期的程朱理学不断受到最高礼遇，以王朝统治理念而得到顶礼崇尚，在学术上不断深入发展，做出了许多理论上的创新，以至于它的本乡中国的思想大师们也刮目相看。然而值得注意的是，海东的程朱理学作为统治思想不仅获得社会各阶层的广泛认同,而且早已转化为王朝的思想政策并物化为制度,从而渗入到社会的每个角落,引起恒久的影响。这种人为的追捧和过度的社会意识形态化,使得海东朝鲜朝时期的程朱理学获得独尊的政治思想、社会价值地位,以至于具有压倒一切其他思想文化的排他性和价值取向性。这种现象的必然后果是海东朝鲜朝时期整个社会思想的僵化、社会意识的麻痹,以至于产生对社会生产、商业经济活动的"贬下",以及对社会上"三教九流"和物质财富的蔑视。换句话说,海东朝鲜朝时期的程朱理学越走越远,严重影响社会的发展,最终导致了接二连三的内忧外患。一场自下而上的社会改革思潮的掀起,已成定局,只等火候了。实学思想思潮的登场,成为这一时代的宠儿。

所谓"实学",在中国不同的时期、不同的学派有不同的涵义,所以其概念具有多层次性或复合性。历来儒家学者的实学,包括宇宙论实学、治世论实学、新儒家实学、经世实学、考据实学、启蒙实学等阶段性内容。说起较早的实学理念,金富轼的《三国史记·强首传》曾说过:"父欲观其志,问曰:'尔学佛乎,学儒乎?'对曰:'愚闻之,佛世外教也,愚人间人,安用学佛为?愿学儒者道。'父曰:'从尔所好。'遂就师读《孝经》《曲礼》《尔雅》《文选》,所闻虽浅近,而所得愈高远,魁然为一时之杰。"[1]此记录字字充满崇实黜虚的实学精神。

到海东朝鲜朝时期,法定性理之学为"实学"。海东朝鲜朝时期的道学界,引用朱熹《四书集注·中庸章句》中的"放之则弥六合,卷之则退藏于密,其味无穷,皆实学也"一句,认为儒家的四书五经才是性理哲学的"实学源泉"。他们以尊尚古圣人、阐扬圣贤之道为巩固王朝社稷的"根本之措",以儒家的四书五经为治理天下的理论基础,实施"仁政"、"德治"为理想政治。他们说:"疏曰,伏以隆师重道王政之先务,朡庙侑庭,邦礼之大端,其人存,则玉帛车

---

[1]《三国史记》卷46《列传·强首》,(韩国)乙酉文化社,1992,第358页。

马，招徕而登庸者，非徒致敬尽礼也。将以行大道而成一治也。"[1]尊往圣，重道统，无疑是王政之最先务。作为封建王国，定礼法以实现德治，"明礼制以序尊卑，异车服以章有德"，为的都是"将以行大道而成一治"。可知，海东朝鲜朝时期性理学者们所谓"实学"，完全服务于重理循道的王道政治，以"循圣礼治"，来达到"理想政治之域"。

值得注意的是，本文所说的"实学"，并不是通过儒家"隆师重道"的途径实现"王道政治"、以性理之学为治国之本的"根本之学"，而是十七世纪初开始形成的一股以反对传统程朱理学的"空理空谈"为前提，积极倡导"经世致用"、"实事求是"的思想方法和学风的思想思潮。这个思潮产生于壬辰倭乱和丁、丙两难之后，此时通过自我反省以达到自醒的社会自觉已然复苏，从大清国传入的西洋文物深深触动沉浸于东方中世纪"天道人伦"之中的海东人。当时两班士大夫阶层中的进步人士，认为光靠抽象的"圣人之道"和心性之学只能使国家贫穷落后，而不被人家欺侮、终息内患的根本点在于进行真正的社会改革，使国家富强起来。于是他们着手批判当时性理学的空疏性和性理学家的"空谈误国"，提倡为国为民的"有用之学"，通过事物和实践探求真理，最终达到"富国裕民"的实际目的。

实学思潮的先驱李睟光（1563—1628）倡导实学思潮，从批判当时性理学领域的空疏学风开始。他中年时历经壬辰倭乱，亲眼目睹封建统治者的腐败无能和侵略战争的极大破坏性，倍感国力衰弱定受外侮。战争前后，他曾三次出使中国，目睹满清的强大与傲慢，接触到西洋的科学文化，他开始反省海东王朝的过去和现在，深感程朱理学空疏学风的危害性，思考自己祖国的前途命运。他说："士虽有志于学，不能实用，其力若存若亡，则其能成就也难矣。如此而自以为学者，是自欺也。"[2]他认为如有学者光有志于学，或只读圣贤书，而"不

---

[1]《承政院日记》1764册，正祖二十年6月20日条，(韩国)《韩国文集丛刊》。
[2]《芝峰集》卷28《乘烛杂记》，(韩国)《韩国文集丛刊》。

能实用",不管你有多大的潜力都没有用。他说:

> 以致绩用无不成,治效蔑著,国事日以萎靡,朝纲日以紊乱,是则无他,皆坐不实之病也。夫天下事务至广,而所以操之者诚也,诚则实也。若不务实,而徒欲以文具勤成治功,则万段事为,悉归虚套。譬犹画饼充肠,契舟觅剑,毕竟无可摸捉处矣。诚愿殿下继自今,尽诚于上,责实于下,以实心而行实政,以实功而致实效,使念念皆实,事事皆实,则以之为政而政无不举,以之为治而治无不成。[1]

海东朝鲜朝时期的朝廷上下,弥漫着空疏学风和务虚之习,从而"国事日以萎靡,朝纲日以紊乱"。李晬光认为导致这种现象的根本原因,在于上下为官者"坐不实之病",在于"万段事为,悉归虚套"的严峻现实。他诚心忠告仁祖王及其手下辅臣,尽诚于上天,责实于百姓,实事求是地临政,解决国家当面的行政事务,以收拾社会乱局。他强调空谈心性对萎靡的现实政治徒劳无益,只有"以实心而行实政,以实功而致实效,使念念皆实,事事皆实",才能够实现"富国裕民"的社会理想。

李晬光非常重视学以致用,把"实"看作学习经典、治国安邦的根本性问题,从而大力提倡"实用"之学,号召以"实心""实功""实效"为现实政治和学问的内容。他尤其厌恶学空文说空话的人。他借中国明代名儒唐顺之的话指出:"人之学问,不在著述空文,而在体验实行。愚谓学者,将以行之,若不能体验得实,著述何为。"[2] 他积极提倡学以致用,说:"学者,将以致用也。义理既明,规画素定,则临事而不眩,制变而不扰。若夫不学者,盲也聋也,或者责道于盲,求听于聋,可乎?"[3] 他强调读古圣贤的书、学古圣王的执政经验

---

1 《芝峰集》卷28《务陈懋实札子(乙丑)》,(韩国)《韩国文集丛刊》。
2 《芝峰集》卷28《乘烛杂记》,(韩国)《韩国文集丛刊》。
3 《芝峰集》卷28《乘烛杂记》,(韩国)《韩国文集丛刊》。

固然重要，但如果只止于读或学，不去付诸社会实践，那就等于不学无术的瞽盲之辈。学习是为了掌握知识，更是为了施措于社会实践，如果学习脱离了社会实践，就等于没学。同样从这样的观点出发，他进一步批评当时朝廷的朝讲流于形式，日趋失去其原来初衷的现象。他说：

> 古之圣王，盘盂有铭，几杖有诫，贽御箴之，瞽史讽之，无一时而非学，无一事而非学，所以薰陶辅养者，无不实用其力。至于后世，无复此规。朝臣之昵侍讨论者，惟在于经筵，而进讲之官，肃恭俯伏，唯展读数章而罢，上下情意，邈不相接。虽使孔、孟、程、朱，日侍讲殿，其于成就，恐未易也。况退朝之后，深居九内，所侍惟宫妾，所亲惟寺人，寒之者多而曝之者寡。当此之时，圣学之所以用功者，果能无少作辍，而能尽其实乎？[1]

所谓"经筵"，起自中国汉唐时期，之后历代帝王坚持这一制度。历代帝王为讲论儒家经典而特设的这一御前讲席，宋代始称"经筵"。海东朝鲜朝时期沿袭此制，成宗王为重振性理之学而尤其重视之，但至仁祖朝学风萎靡，朝纲渐怠，朝廷经筵越来越形式化。李晬光认为这是万万不可以的，朝廷应该好好利用御前经筵的机会，教育各级官员树立实事求是的学风和行政之风，改革萎靡的行政体制。不过问题是，"进讲之官，肃恭俯伏，唯展读数章而罢，上下情意，邈不相接"，其学习效果甚差，"况退朝之后，深居九内，所侍惟宫妾，所亲惟寺人，寒之者多而曝之者寡"。这样，讲者只有"展读"功夫，听讲者则心不在焉，退朝后忘得一干而净。古代"圣王"之所以治绩辉煌，就是因为"无一时而非学，无一事而非学，所以薰陶辅养者，无不实用其力"。如今海东朝鲜朝时期的学风如此，可知其政风如何，更可晓其朝廷治绩如何了。从这样的观

---

[1] 《芝峰先生集》卷22《条陈懋实札子（乙丑）》，（韩国）《韩国文集丛刊》。

点出发,他在海东思想史上第一次提出了"学者,将以致用也"的思想命题。

海东朝鲜朝时期显宗时期的实学思想家柳馨远(1622—1673)否定性理学者们"理欲之辨"的"王道盛世"观,坚决主张实施"实学""实心""实务""实功"的治国理政原则,挽救"全无章法"的混乱现实。他认为李氏王朝建国以后的二百多年间,一直以程朱理学为国家统治思想,越往后越陷入空疏学风的泥沼之中,终至国家政治经济衰竭,纪纲紊乱,导致壬辰倭乱和丁、丙胡乱,国家和民族惨遭蹂躏。他在自己的著述之中,号召铭记历史教训,进行政治经济改革,使国家一步一步地富强起来。他的改革名著《磻溪随录》,广涉政治、经济、军事、哲学、教育、历史、地理、土地、语言等诸多方面,表达了许多引领当时思想界的真知灼见。对李氏王朝建国以来偏颇的思想文化政策所导致的历史教训和改变落后现状的现实问题,他在《磻溪随录》中指出:

> 右凡若干条,或读古今典藉,或因思虑所及,随得录之。盖皆切于今世所急者。念自王道废塞,万事失纪,始焉因私为法,终至戎狄沦夏。至如本国,则因陋未变者多,而加以积衰,卒蒙大耻。天下国家,盖至于此矣。不变废法,无由反治。顾弊之为弊也,其积渐数百千年,以谬袭谬,仍成旧规,樛错相因,有如乱丝,不究其本而祛其枝,无以救正。而在位者,既由科目而进,唯知徇俗之为便。草野之士,虽或有志于自修,而于经世之用(一作施措之方)。则或未之致意,是则斯世无可治之日,而生民之祸,无有极矣。[1]

柳馨远说他此书的主要内容,是"皆切于今世所急者"。海东朝鲜朝时期前期的二百年间,程朱的心性之学渐炽,以至于海东朝鲜朝时期王业被"理欲之

---

[1] 《磻溪随录》卷26《书随录后》,(韩国)《韩国文集丛刊》。

辨"所囿谨,失去了许多发展物质财富的机会,最后导致了倭寇和北方满族人的多次野蛮侵略。他认为事到如今陋习尚存,积弊未改,国人尚未醒悟,内心如焚。他强调改革势在必行,如果"以弊继弊""以谬袭谬","仍成旧规,樛错相因",国家就永无"救正"之机会,社稷只能继续混乱之中。

海东朝鲜朝时期的性理学家们自称继承了中国宋代程朱理学的奥义,从"理欲之辨"中找到了能救东国乱局的出路。他们自信自己的学说能够赋予过去的儒家伦理思想以新的"妙理",从而能够给予衰微之中飘摇的封建的"死水",以回生的"活法"。这就是海东朝鲜朝时期程朱理学家们的性理学理论之所以能够成为封建王朝精神支柱的重要原因。海东朝鲜朝时期的性理学家们继承中国宋代朱熹的理学思想,把伦理化了的"天理",哲学化了的"伦理",唯心化了的"格物致知"论,巧妙地融合在一起,使其更能适应封建朝廷思想统治的需要,以辅佑王业的永久化。不过性理学界的这种状况,在实践中越看越暴露出自身矛盾,从而深受新兴实学派思想家们的质疑和批判。

实学派的思想家们强调任何一种理论或观念,都不可能离开世上万物、世上万事而寻求自身意义,它们自身的正确与否或意义所在最后还是通过世上万物、万事才能够验证自己的真理性。所以他们认为学问必须与实际联系起来,放下士大夫学者的包袱,研究有用于世的实际知识,从而服务于民族、国家的振兴。对此,柳馨远还说:

> 天地之理,著于万物,非物,理无所著。圣人之道,行于万事,非事,道无所行。古者教明化行,自大经大法,以至一事之微,其制度规式,无不备具。天下之人,日用而心熟,如运水搬柴,皆有其具,以行其事。[1]

自古以来儒家学者所宣扬的"天地之理",融息于万物,无物则理无所著。

---

[1] 《磻溪随录》卷26《书随录后》,(韩国)《韩国文集丛刊》。

同样的道理，即使是"圣人之道"，必须通过人间万事来体现，离开人间万事，所谓"道"亦失去了行世的基础。也就是说，世上任何"理"皆不可能离开具体的事与物而存在，只能通过事与物才能够显现出来；同样，人间的伦理道德，也是通过人间的生活实践才能够实现，离开世间的事与物，无从谈起所谓的伦理道德。古之圣帝之所以被称之为英明之主，就是因为他们能够"教明化行"，绝不徒言空理，行政事无巨细，"制度规式，无不备具"。古代圣帝的行政，心存天下百姓的日用杂私，甚至运水、搬柴都装在心中，"皆有其具，以行其事"。可是如今的在上者，天天喊"性也、理也"的，而不知自己在"空谈""空理"。他强调"空谈"无济于事，"空理"于世无补，光喊"仁政""德治"而不措于世，那就是"清谈空理"。他说："不避僭越，究古意，揆今事，并与其节目而详焉。盖将以推经传之用，明此道之必可行于世也。呜呼！徒法，不能以自行；徒善，不足以为政。苟有有志者，诚思以验焉，则亦必有以知此矣。"[1]在上者光喊"徒法"与"徒善"，无济于挽救朝政的"颓势"。理论联系实际的时候才能显示其作用，学以致用的时候才能实现其价值。

海东朝鲜朝时期的性理学者们承袭中国宋代二程、朱熹之衣钵，认为上古三代圣帝之治绩是万古师范。他们认为古代圣帝的心中都是"天理流行"，所以那时的一切都是完美的，是"王道"畅行无阻的"盛世"；但是后世历代统治者因心中的"利欲之私"使国家"糜烂"，"霸道"当世，百姓涂炭，社会"黑暗"。从而"王道"被阻隔，"道统"失传，人们陷入利欲坑中，越陷越深。海东朝鲜朝时期性理学者们的这种"王霸之辨"，到十七世纪初开始受到新的实学思潮的冲击，质疑者或反对者不断出现。他们倡导"王道"与改革现政联系在一起，施政以"实用""实功""实践"精神为发展路径，提倡学问联系实际，解决实际问题为准的。他们批评性理学者把上古三代之制加以理想化，说后世社会的一切现象都是"黑暗"的，将其与眼前现实隔离开来，宣扬只有性理之

---

[1]《磻溪随录》卷26《书随录后》，（韩国）《韩国文集丛刊》。

学才能够抓住"大根本"(人主之心术)和"切要处"(存心养性)。实学派的思想家们反对程朱理学的这种空洞的历史观,主张以历史为一面镜子,从中吸取经验和教训,力图改变现实。他们认为借鉴历史,弄清现实问题,办好眼前实事,才是积极向上之举。柳馨远又说:

> 三代之制,皆是循天理、顺人道。而为之制度者,其要使万物,无不得其所,而四灵毕至,后世之制,皆是因人欲图苟便,而为之制度者,其要使人类至于靡烂,而天地闭塞,与古正相反也。三代经制,虽概见于传记,而其举行间条目,今无存者,难可得而详之。后人心目,既与古事,不相谙熟,故虽有志于古者,犹未免蔽隔。自其思虑之间,已自踈脱,不能如古人之实事其事。是以,必究极典制,得其本旨,推之于事,以至条目之间,节节皆当,无有欠漏,然后可底于行。[1]

柳馨远认为上古三代帝王治理天下都是"循天理、顺人道",他们理政的所有措施和所理万事、万物皆得其所,四灵[2]也随之附和以显祥瑞。而后世的帝王施政"皆是因人欲图苟便",其制度国家要务使人类至于"糜烂",从而天地闭塞,走的路与上古三代正相反。不过记录上古三代之制的经典一概无传,人们只能通过后世的"传记"看到其神迹,即使是学问高深者也无法掌握其详情,这不能不说是一大遗憾。不过上古"王道"之记录虽失传,而它作为师范的精神还在,后人不应该因为其记录不详而忘记它。他强调后人应该以上古三代之制为榜样,循天理,顺人道,尊重事物之运化规律,以适应复杂的当代社会,积极投入到改革现实社会一切不调理的行动当中去。按照他的原话来说,"是以,必究极典制,得其本旨,推之于事,以至条目之间,节节皆当,无有欠漏,

---

[1] 《磻溪随录》卷26《书随录后》,(韩国)《韩国文集丛刊》。
[2] 《礼记·礼运》:"四灵,麟、凤、龟、龙谓之四灵。"

然后可底于行"。认识到问题的关键,即应付诸行动,改革混乱的现实,这就是柳馨远这段话的精髓所在。

到了海东朝鲜朝英、正时期,实学思潮已波及思想文化界的各个领域,其理论显现日趋成熟的境地。这时期实学派的代表人物李瀷、洪大容、朴趾源、朴齐家、李德懋、柳得恭、李书九、丁若镛等,力主改革落后的现状,倡导改变现有土地制度,主张北学中国,并且把学问研究的对象扩大至历史、经济、军事、哲学、教育、文学、天文、地理、数学、物理、医学、农学、语言、风俗等广泛领域。他们继承李睟光、柳馨远等实学先驱的改革思想,反对"空谈心性",批判心性至上主义,积极倡导"经世致用""利用后生"的崭新的实学思想。

李瀷从实学立场出发,认为传统朱子学并不是金科玉律,反对盲目推崇和照搬它。他强调"学必要致疑,不致疑,得亦不固",学习的过程就是思索的过程和探索的过程,必须用自己的脑子分析才对。他严厉批评当时对朱子经典进行盲目的推崇,照搬其字句、注释的文牍主义倾向。他说:"一字致疑则妄也,考校参互则罪也,朱子之文尚如此,况古经乎。东人之学难免鲁莽矣。"[1]他主张应该独立思考,不要把学习的内容只局限在程朱的理学著述范围之内,认为从古至今儒家的圣贤、诸子留下了极其丰富的思想文化遗产,它们都应该成为后人学习和继承的对象。而且,他还断然认为学习的目的,在于"致用"。

海东朝鲜朝时期的理学家们继承中国程朱理学之衣钵,要求执政者先以"修身"出发,须以"道心"治理天下。他们不仅以古文《尚书》的《大禹谟》所说的"人心惟危,道心惟微,惟精惟一,允执厥中"的十六字心传为真理,而更以"道心"为天理,为"天命之性",认为人心是天理与人欲相杂的"气质

---

[1]《星湖先生僿说》卷21《儒门禁网》,(韩国)《韩国文集丛刊》。

之性",往往善恶相间,故要以"革尽人欲,复尽天理"[1]的朱熹的理学观点为座右铭。李瀷反对海东性理学家们的这种客观唯心主义的治世观,认为"政以治民为要,治民又莫于下情之达"[2],强调国政无疑是实实在在的国计民生之事,绝非用抽象的"义理之心"之类的性理之学就能够解决。他反对把治国理政与抽象的"义理""道心"之类的空洞观念联系在一起,国家的有识之士应该把学到的东西用在实际有用的地方,以助佑国家兴旺。他说:"穷经将以致用也,说经而不措于天下万事,是徒能读耳。"[3]李瀷的这一句话,富有浓厚的实学精神,对后世实学的发展有巨大的影响。

李瀷认为评价历史必须采取实事求是的态度,不能以"天理""人欲"的主观的某种观念去看待古人事实,从而误导现在的人。朱熹认为"道"是超乎自然与社会之上的一种先验的道德。他认为"三王"(夏禹、商汤、周武王)的心中,都是"天理流行",其时社会上的一切都是一片光明的,无疑是"王道盛世"。他继而认为其后的汉、唐、宋等朝代的帝王都是利欲熏心,实行的政治都是"霸道",所以一片都是"黑暗"的。他还认为上古三代的"王道"是"内本天理,外行仁施",而后世汉、唐、宋等朝的"霸道"却由内至外都是人欲和私利,所以后人必须明白义理与私欲势不两立,应该崇尚义理而泯灭私利。李瀷不同意朱熹的这种观念,断然认为"道"不是什么神秘的存在,而是存在于自然、事物和人生日用之中的普遍法则、规律。因此后世汉、唐、宋等朝代政治上的治绩和济世的功业,都应该得到赞赏,即使是"天理流行"的"王道",也正是通过"霸道"之业来实现。他认为即使是古代圣人,其言行、文章不可能完美无缺,同样,即使是后世的施政者,其所作所为、治国理政之举不可能一无是处,应该实事求是地对待历史事件和人物。他说:

---

1 《朱子语类》卷13,中华书局,1986。
2 《星湖先生僿说类选》卷6,(韩国)《韩国文集丛刊》。
3 《星湖先生僿说》卷21《诵诗》,(韩国)《韩国文集丛刊》。

夫子圣智也，亦有"假年之叹"，推类而思之，须假百千年而后方庶几窥其门墙也。六经文字，谁敢非毁。天地之生久矣，尧舜以上，人文大备其言，语极锻穷炼，不遗余力。其或不能晓解者，即习俗、名物之异，指非炉锤轻重之不工也。人或疑上古淳朴质胜者，井蛙之谈天也。此又置之秦汉间，人亦明明实实，益察益深，不可以不熟也。昔庚子崇读《庄子》曰："了不异人。"薛徐州论诸葛亮曰："竟成何事。"真所谓栖腹参口弄舌床第间者也。人之不自知有如是夫。[1]

《论语·述而》篇中曾经说过："加我数年，五十以学《易》，可以无大过矣。"读孔子的意思就是他对自己的一生不打满分，如果再多活几年，在《易》中明白更多的道理，可以不再犯"大过"。李瀷引用此句，想说圣人也是人，不可能一切都完美无缺。即使是圣人所留下的经典，其文字虽锻炼得再完美无缺，其中也有一些后人读不懂的东西，如上古社会的真实面貌等。如果有人认为上古三代社会的一切都是"淳朴质胜"，那才是"井蛙之谈天"，不符合当时社会的实际。还有，有些人说"后世之制，皆是因人欲图苟便，而为之制度者，其要使人类，至于糜烂"，说得一片黑暗，也不无偏颇，不符合历史发展的实际情况。我们看历史上的秦、汉、唐、宋之制度者，就可以知道其时的"人亦明明实实，益察益深"。甚至有人说《庄子》"了不异人"，说诸葛亮"竟成何事"，这太历史虚无主义了，人的认识水平已经这样了，再谈什么好呢？李瀷在此用实事求是的实学精神，不仅否认朱熹等理学家们扭曲的客观唯心主义历史观，还痛烈地批判当代海东程朱理学家们人云亦云，脱离眼前实际的虚无的历史发展观。李瀷的这些实事求是的历史发展意识，为后来社会改革思想的展开奠定了理论基础。

李瀷摆脱一生只读圣贤书的儒士传统，本着实事求是的实学精神，认真

---

[1]《星湖先生僿说》卷23《经文锻炼》，（韩国）《韩国文集丛刊》。

研究人文学术的同时，还广泛研究自然科学的诸多领域。他继承十五世纪以来的海东自然科学传统，并吸收西方自然科学的成果，反对中国古代传统世界观中的"天圆地方"说，坚信"地圆"说和地球转动说。他说："庄周云：'天其运乎，地其处乎？'亦疑及此也。谓天果运乎，地果处乎，安知非天处而地运乎？地运于内，则三光旋回，如乘舟而舟回，只见岸回而不自觉其身旋也。"[1]他怀疑《庄子·天运》篇中所谓天在自然运行，地在无心静处的观点，认为"地运于内"而"三光（日、月、星辰）旋回"，人处地球如同坐船行于环宇，"只见岸回而不自觉其身旋"。李瀷这一观点的基本涵义包括：朦胧地意识到地球是球形的、地球在运动、太阳不动。他的这种观点，与波兰天文学家尼古拉·哥白尼的"日心说"非常接近，克服了传统"天圆地方"说的模糊性，一定程度上揭示出地球运动的本质规律。他还说："凡天地间，阴阳造化，皆原于日太微之帝座。公卿之类，如王居之有外朝也；以人体言，紫微为根本，肾之象也；太微为行政之所，七窍之象也；北斗居间用事，喉舌之象也。"[2]这就是说，天地间阴阳之造化，皆以太阳为中心，太阳与各恒星之间的关系，如同君主与公卿之间的关系。他又根据自己的深入研究，认为地球大于月亮，太阳大于地球，月亮反射日光等命题。李瀷的这一太阳中心说，在当时的海东无疑是一种思想的突破，也是对程朱理学家们地球中心说、"万物备于我"等客观唯心主义观念的沉重打击。

海东朝鲜朝时期实学思潮北学派的先驱人物洪大容（1731—1783），也为实学思潮的发展起到了极其重要的作用。他主张消除"专务章句"学的浮靡学风，克服"无补于世"的文牍主义恶习。他认为海东朝鲜朝时期的文人崇奉朱子及其理学远过于中国学者，读的、写的、用的无非都是程朱之余绪，但个个自称所学为"真传"。他指出"东儒"崇奉朱子学，诚意虽足，但未免带些盲目性，

---

[1]《星湖先生僿说》卷3《天行健》，（韩国）《韩国文集丛刊》。
[2]《星湖先生僿说》卷1《日月道》，（韩国）《韩国文集丛刊》。

其中不少人常犯下"人言亦言"的老毛病。他讽刺这种性理学者道：

> 东儒之崇奉朱子，实非中国之所及。虽然，惟知崇奉之为贵，而其于经义之可疑可议，望风雷同，一味掩护，思以箝一世之口焉。是以乡原之心，望朱子也，余窃尝病之。及闻浙人之论，亦其过则过矣。惟一洗东人之陋习，则令人胸次洒然也。[1]

这是洪大容于1765年随使行团到燕京，与赴京准备参加科举考试的浙江文人陆飞、严诚、潘庭筠等，进行经义、性理、历史方面的学术交流时写出来的文章中的一段话。在交流中，双方都十分佩服对方的人品、学识，尤其是洪大容高度评价浙东文人渊博的学术造诣，相比之下想到了海东的一些性理学者在学术上的不足。他认为海东朝鲜朝时期的一些性理学者，对程朱崇奉有余而力不足，甚至在一些方面"望风雷同，一味掩护"。他指出这无异于一介乡下读书人，仰望"理圣"朱熹，自觉望尘莫及。海东朝鲜朝时期的性理之学，虽出现了一批像李滉、李珥这样的思想大师，但的确存在不少"惟知崇奉之为贵"，而学术上不得要领的"性理学家"。洪大容的短短几句话，切中要害，点出了海东当时性理学界普遍存在的"通病"。

实学派的思想家们不认可当代的程朱理学家动辄称"三代"，以"三王"（夏禹、商汤、周文王）为理想政治的化身，将他们当做海东朝鲜朝时期治国理政的理想的偶像。当代朱子学家们鼓吹因为"利欲之私"导致后世政治混乱不堪，"王道"失传，"道统"全无，幸亏"天理"还在，只等着"发用"、"流行"它。实学派的思想家们坚决否认这种把眼前的政治理想寄托在上古帝王身上，将君主"心术"的好坏，看作本国政治发展的"根本"。他们认为国家的振兴和发展，要靠贤能君主的治理，要靠一步一个脚印的改革，要靠实事求是的治国

---

[1]《湛轩书外集》卷3《干净录后语》，(韩国)《韩国文集丛刊》。

思路和实践。李瀷指出：

> 古人言曰："苟利于人，不必法古；必害于事，不可循旧。"夏商之衰，不变法而亡，三代之兴，不相袭而王。尧、舜异道，汤、武殊治，法宜变动，非一代也。握一代之法，以传百世，如以一衣拟寒暑，以一药治痤瘐也。载一时之礼，以训无穷，如刻舟求剑，守株待兔也。今之时，亦弊之甚矣。苟有其人不愆不忘，遵先王而善变之则，事半功倍，惟此时为然。董子曰："善言天者，必有征于人；善言古者，必有验于今。"观其会通，务合时宜，必有措手之地，顾无人办得此矣。且有经则有变，变未必古有。故曰："礼虽先王未之有，可以义起事或反常有，不必泥古者。"[1]

李瀷引用的开头句曾出自《文子》《淮南子·泛论训》《文心雕龙》等古书里头，其大意就是人们应该基于当下现实，如果对百姓有利，无需效法古人之制；如果对发展不利，也不用遵循先人之法。理学家们极具美化的那个"三代"，其末世也是因没有改革变法而灭亡，而"三代"之兴时，虽"不相袭而王"。尧、舜、汤、武治世，各施其法，并没有袭之雷同，可知"法宜变动"乃是恒久的真理。如果想用一代之法统治百世，那就等于"以一衣拟寒暑，以一药治痤瘐"，终乃因不合时宜而失败。尤其是想用"一时之礼，以训无穷"，更是一个"刻舟求剑，守株待兔"式的政治笑话。这种弊端在如今的海东还在延续，问题是在现实中尚找不到学习"三王"而"善变"者。汉董仲舒也曾讲言"天"征"人"、言"古"验"今"的道理，如今只怨找不到能够"观其会通，务合时宜"，敢于进行改革现状的人。社会在不断地变化，万事自有变化规律，处于社会局势中的人不必拘泥于前人，应该根据眼前的现实和需要大胆地进行改革。洪大容在呼应李瀷之余，进一步强调打破性理学家们"尊王贱霸"的退

---

[1] 《星湖先生僿说》卷12《遵先王》，（韩国）《韩国文集丛刊》。

化的历史观，进行确实可行的现实社会改革。他说：

> 《易》贵时义，圣称从周，古今异宜，三王不同礼。居今之世，欲反古之道，不亦难乎？穷年累世，缕析毫分，而实无关于身心之治乱，家国之兴衰，而适足以来聚讼之讥，则殆不若律、历、算、数、钱、谷、甲兵之可以适用而需世。犹不失为稊稗之熟也，况其掇拾于煨烬之余，而傅会以汉儒之杂，欲其句为之解而得圣人之心，多见其枉用心力也。[1]

洪大容认为上古历代国家都有自己所面临的实际问题，所以各代"时义"各异，"三王不同礼"。正因为如此，如今之世不应该固行古道，如今的为政者应该实施合乎如今具体情况的政治。但是海东的一些性理学家们，一意孤行，沉潜于"天理""人欲"之中，"缕析毫分"，分成学派相互攻伐，无休无止，毫不关心国计民生。与其这样，倒不如研究律、历、算、数、钱、谷、甲兵之可以实用而需世者。当今的一些理学家们，"掇拾于煨烬之余，而傅会以汉儒之杂"，自以为句解而"得圣人之心"，实际上这完全是"枉用心力"之行。实学派思想家们对性理学"空疏学风"的这种批评之声，无情打击了当代理学家空洞的理论本质。

在海东实学派思想家那里，"道"就是自然万物的"相荡"规律，是人类社会生活的变化法则。再进一步说，这些"相荡"规律或变化法则，都具体体现在自然万物演进和人类社会生活发展的具体过程中。也就是说，在他们那里，春生、夏长、秋收、冬藏就是天之理，政教、日用、彝伦、生养就是人之道，那些理学家们说得玄之又玄的所谓"王道"也不例外。李瀷的学生安鼎福继承师训，也力主行"王道"政治于天下，不过他所主张的"王道"就是农桑、日用经济之事。他说："所谓王道者，非谓天子独行之也，即先王治天下之道也。

---

[1] 《湛轩书》内集卷4《与人书二首》，（韩国）《韩国文集丛刊》。

其道不过农桑、教养等事……乡曲自好之士,入孝出悌,务农节稼,行成于家,而名彰州里,是一家之王政行也。推此一人之为而天下人行之,则是天下之王政行也。"[1] 安鼎福的这种"王道"思想,以"农桑、教养等事"为主要内涵,与程朱理学家们以天理、道义为优先价值取向的王道政治观截然不同。而且他所主张的,是"行成于家,而名彰州里,是一家之王政行"式的王道,也是"推此一人之为而天下人行"的王道。

毋容置疑,海东朝鲜朝时期的实学派文人利用先秦儒家思想来反对当代程朱理学家们空洞的道学观念,这无疑是一种绝顶聪明的理论创新。《论语·宪问》曾曰:"子曰:'不怨天,不尤人,下学而上达,知我者,其天乎?'"宋邢昺"疏"云:"下学而上达者,言已下学人事,上知天命。"孔子的意思就是学习世间的人情事理,而修养德义,在实践中努力下学,务于上达,努力于佐国理民之事。安鼎福承接孔子的这一思想,再根据眼前的现实需要,陈述自己的实学思想。他说:

> 学者,知行之总名,而其所学,学圣人也。圣人生知安行,而为人伦之至。学圣人之道,不过求圣人之知与行,而不出于日用彝伦之外也。舜明于庶物,察于人伦,言其明知庶物之理而尤致察于人伦也。《大学》论格致之义,亦曰知所先后,即近道矣。知虽多般,而所当先者,实不出于日用彝伦之外。《孟子》亦曰:"尧舜之知,而不遍物,急先务也。"其谓先务,指何事也。子曰:"下学而上达。"下者卑近之称也,卑近易知者,非日用彝伦而何。用工于此,积累不已,备尽多少辛苦境界,然后心体为一。无艰难扞格之患,而庶几睹快活洒然之境,上达即在此也。故所谓学者,只是下学而已。[2]

---

[1] 《顺庵先生文集》卷11《经书疑义》,(韩国)《韩国文集丛刊》。
[2] 《顺庵先生文集》卷19《题下学指南》,(韩国)《韩国文集丛刊》。

安鼎福认为所谓"学",是知与行之总名,其内容则是圣人之道,而此圣人之"道"则"不出于日用彝伦之外"。舜帝明于"庶物",察于人伦,也就是说明知庶物之"理",然后才能够善察人伦。他认为《大学》中的"格物致知",也就是说"知所先后",然后可以近于"道",而这里的"先"则"实不出于日用彝伦之外"。《孟子》也说尧舜的"知"绝不遍及诸物,而显示出"急先务"的智慧。对这其中的"先务"指何事,孔子说是"下学而上达",此"下学"则是掌握社会生活中的"卑近易知者",也就是不出于"日用彝伦"之事。人们如果努力于"下学",积累不断,历经艰辛和曲折,然后就可以达到"心体为一"的境界。没有经历这样一个奋斗的过程,怎么能实现一个人对国计民生之经纶呢?很显然,安鼎福在此利用古圣人言行中的有用精华,来推翻海东朝鲜朝时期程朱理学家以"天理流行"之类的道德修养法实现"三代之制"的抽象而倒退的社会发展观,从而充分表达出他自己的实学思想。

实学派思想家们的实学思想,发生在儒家思想的总体范围之内,其思想资料很多都取自于中国先秦及后世儒学家们的学术成果之中。他们反对海东朝鲜朝时期当代程朱理学的"空谈心性",很多时候往往借助于圣人经典或"圣人之道",以"洙泗之学"之权威抗衡眼前程朱理学的新权威。在思想控制极其严厉的海东社会中,他们善于运用"圣人之道"或儒家思想家们的思想成果,使自己的思想带上尊尚"圣人之道"的光环。这样一则使自己的思想理论具有更佳的说服力,二则可以避免不必要的麻烦。尤为重要的是他们从古圣贤的思想宝库中,强调学其"下学",汲取其"日用彝伦"方面的历史经验,通过其宣扬自己的实学思想。如安鼎福强调孔子的《论语》则集中体现了古圣人的旨意,它才是值得继承的万代师范,并想用其思想理论批评当世的程朱理学家们的空疏学风。他说:

圣人言行，具于《论语》一书，其言皆是下学卑近处易知易行之事，而无甚高难行之事矣。后世论学，必曰心学曰理学，"心""理"二字，是无形影无摸捉，都是悬空说话也。子曰："居处恭，执事敬，与人忠。"又曰："言忠信，行笃敬。"果能于此下工，斯须不舍，积习之久，清明在躬，志气如神，心不待操而存，理不待究而明，自能至于上达之境矣。后世学者，却以下学为卑浅而不屑焉，常区区于天人性命、理气、四七之说。夷考其行，多无可称，而唯以不知上达为羞吝。终身为学，而德性终不立，才器终不成，依然是未曾为学者貌样，果何益哉。是不知下学之工而然也。[1]

在此，安鼎福进一步抓住孔子"下学而上达"的基本思想，认为没有"下学"就没有"上达"，二者能够有机地结合在一起，才能够产生完美的客观效应。他认为海东朝鲜朝时期性理学家们的不幸就在于不了解这其中的奥义，动辄学必心学、究必天理，一味儿追求空洞的"存天理，灭人欲"之类的理论。他认为《论语》"下学卑近而易知易行"，没什么高难之言，而后世的程朱理学"必曰心学曰理学"，其论述"无形影无摸捉，都是悬空说话"。读《论语》一部"心不待操而存，理不待究而明"，使人很容易进入"上达之境"，不像如今的程朱理学家"以下学为卑浅而不屑"，"常区区于天人性命、理气、四七之说"。他认为当代性理学家们的这些论说如同捕风捉影，让人"终身为学，而德性终不立，才器终不成，依然是未曾为学者貌样"。他表示宁愿学涉及"农桑、日用"的"下学"，也不愿盲目跟随"空理空谈"的当代"显学"（程朱理学），因为前者事关国计民生和民族前途，后者使人陷入"无形影无摸捉，都是悬空说话"的虚妄境地。

---

[1] 《顺庵先生文集》卷19《题下学指南》，(韩国)《韩国文集丛刊》。

第二章
道学思想的渐炽及其对文学的深刻影响

第一节 文人意识的道学化对文学观念的濡染

认识海东朝鲜朝时期文人道学化的过程,对于把握海东朝鲜朝时期的学术、文学及其他思想文化等,具有十分重要的意义。

海东是一个很早就生成文人的国家。在海东,一开始称攻读中国的儒家经典,能够作诗、文、书、画的人为文人,后来到高丽第四代光宗时期仿中国隋唐之法设科取士,以为国家文治的主要基础,出现了真正意义上的"文人"。作为海东社会上有一定文化教养的人,依中国的说法也叫这些人为"文人墨客",统治阶级以他们为各级官僚机构的主体而构成国家机制,以维持统治秩序。

这些文人来自于海东三国以来形成国家管理阶层的"士"阶层。进入高丽王朝以后,其中的一些人游离于政治,专事诗、书、棋、画,有时组成文学流派或文人团体,吟风弄月,优游于自然。高丽文化史上的"海左七贤""耆英会"等就是这样的文人团体,平时这些文人啸聚山林、街巷,以诗酒、琴书、棋画为乐,时不时地品评文艺,评点时局,逐渐养成一种独特的文人精神。随着高丽中期以后文治主义政治的日益深化,这种文人群体逐渐被统治机构吸纳,成为文人政治的人事基础。进入李氏王朝,继承高丽王朝的衣钵也实行文治主义政治，需要更多有文德的文人依附封建王朝，施展其多年积累的人生经纶。

海东朝鲜朝时期文人发挥真正的社会作用，在其国初就已经开始。李成桂用政治手段推翻高丽王朝而建立李氏海东，主要靠后来被称为勋旧派的文官重臣，其中包括大学者权近、郑道传、卞季良、梁诚之、郑麟趾、河崙、李詹、郑总、朴信、尹尚等人。建国以后李成桂以这些人为左右臂，安排他们担任国家重要职位，让他们制定国家一系列的制度、典章、法规等经国之要典。不过海东朝鲜朝时期的文化建设主要在世宗大王即位以后。即位之初，世宗接连重用一批有能文人，构筑了史上最完备的儒教政治体制，建设一个政治安定、经济繁荣、各种文化事业空前活跃的封建王朝。

在实施和实现自己的政治经略的过程中，世宗任用一批学问和文学俱佳的饱学之士，使他们尽情施展个人的政治经纶。事实上，世宗大王所取得的执政业绩中，也应该饱含一批在职文人的巨大贡献。这一批在职文人，实际上都是经过严格选拔的优秀学者和文学之士，世宗大王的施政业绩，也就是通过他们实现的。具体来看：

一、一批学者被任命为集贤殿官僚，参与培养优秀人才的文教事业。他们在整备国家仪礼制度，培养后续文人，建立意识形态体系的过程中起到了不可替代的作用。

二、世宗广开言路，重用黄喜、崔润德、申概、河演等文臣，把六曹直启制改为议政府署事制，使文人重臣的意见更加受到重视。这种措施不仅可以进一步加强王权，而且还可以充分发挥文人学者对国家事务的重要作用。

三、世宗除了礼曹、集贤殿之外，还下令设立仪礼详定所，深入研究中国历代的政治制度史，为的是从中汲取经验和教训以巩固现有意识形态的适应性。同时还让集贤殿的文人学者重新整理作为国家儒教仪礼的"五礼"（吉礼、嘉礼、宾礼、军礼、凶礼）和基层士庶儒教仪礼的"四礼"（冠礼、婚礼、丧礼、祭礼），以加强儒教的文教功能。

四、世宗下令加强集贤殿的作用和地位，使之培养更多的优秀人才，为国家担当更重要的使命。而且还吸收更多的少壮学者，直接担任经筵、书筵、试、史、知制教等学术和文章方面的职务。同时对年轻有为的集贤殿中青年学者，实行一种特殊的优待政策，即赐暇读书制度（专门给予集贤殿的一些中青年学者以一定时间的假，使其充分读书）。

五、世宗专门组织一批学富资深的学者，推动庞大的著述编撰事业，以推动民族文化和整理民族文化遗产的工作，从而巩固海东朝鲜朝时期的思想文化制度。这时期聚集在世宗周围的文人学者，积极进行对儒家经典的注释和谚解，而且还推进对这些儒家经典、文人文集以及农、工、医学、医药方面著述的刊行事业，取得了举世瞩目的成就。其中代表性的主要出版物如下：《孝行录》《农事直说》《三纲行实》《八道地理志》《无冤录批注》《乡药集成方》《资治通鉴训义》《韩柳文注释》《国语补正》《明皇诫鉴》《丝纶全集》《杜诗诸家注释》《韵会谚译》《五礼仪注》《七政算内外篇》《治平要览》《续六典》《新撰经济续六典》《龙飞御天歌》《龙飞御天歌批注》《诸家历象集》《医方类聚》《训民正音创制》《东国正韵》《四书谚解》《高丽史》《七政算内篇》《七政算外篇》《诸家历象集》《铳筒誊录》《农桑辑要》《本国经验方》《乡药采集月令》等，这只是世宗时期出版发行的出版物中的一部分书目而已。其中像《资治通鉴训义》一书的编撰事业，是一种庞大数量套书的工作量，参加编撰的文人学者达53人之多，历经三年时间才完成。

六、在世宗的主持下，一批文人学者创制了真正意义上的海东民族文字"训民正音"。这是一个具有划时代意义的创举，为海东民族文化的发展打下了坚实的基础。

世宗之所以能够取得如此辉煌的政绩，世宗代之所以能够成为海东历史上最辉煌的时代，除了当时安定的政治环境因素之外，更为重要的是一批爱国的文人和饱学之士甘于为国家付出自己的学识和才干。他们以自己对儒家政治的素养、广博的学问、对历史文化深刻的感知力,配合自己的君主,为民族文化的发展做出了无比珍贵的贡献。

在这一万物更新的时代里,程朱理学已经开始被海东朝鲜朝初期的文人学者所重视,纳入自己的研究视野之中。支持李成桂进行易姓革命的郑道传,辅佐太祖设计国家的治理体系,首先提出了"抑佛扬儒"的基本国策。他力主以儒家之"道"为治国理念,以"心性""义理"为理政之指导思想。他于1398年还建议李成桂在成均馆设立文庙,以明确儒家思想对国家意识形态的主导地位。他说:"天下之通祀,惟文庙为是。国家内自国都,外至州郡,皆建庙学,当春秋二仲上丁之日,祀之以礼载。惟圣教之在天下,如日月之行乎天,百王以之为仪范,万世以之为师表。盖有不可以言语形容者,而其根于人性之固有,而人心之所同然者。"[1] 对文庙的政治意义,海东朝鲜朝初期的文人权遇讲道:"崇德象贤,固国家之令典,彰善瘅恶,实有司之恒规。兹竭鄙怀,庸渎聪听,窃惟历代,凡有功于道统,实从祀于学宫,倘真儒之或遗……有伦有要,常明祀典之仪,不愆不忘,敬供春官之职。"认为象贤崇德乃"固国家之令典",把"有功于道统"的圣贤从祀于学宫,使人"有伦有要,常明祀典之仪,不愆不忘"。[2] 这一文庙在中央设于成均馆,地方则设于乡校,以此明李氏王朝之儒家道统。这一制度一直传承至海东朝鲜朝时期末叶。

为了肃清高丽时期以来佛教的影响,郑道传在百忙中著书立说,指出佛教理论的虚荒性,认为二程、朱熹的性理之学才是真正的"实学"和"正学",从而打下了以儒教立国的思想基础。他的著作《学者指南图》《心问天答》《心气理篇》《佛氏杂辨》等彻底站在儒家思想的立场上,反驳佛教的"轮回说""来世说",强调国家的正道在于建立以二程、朱熹理气哲学为中心的"实学""正学"。他在《理谕心气篇》中肯定儒家义理之学的正当性,认为心气亦听义理之

---

[1] 《三峰集》卷7《海东经国典》上,(韩国)《韩国文集丛刊》。
[2] 权遇:《梅轩先生集》卷6《拟礼曹请罢扬雄从祀董仲舒笺》,(韩国)《韩国文集丛刊》。

命令，所以正人君子必须经常修养身心，以正义理之内涵，才能够少犯错误而走入正道。

海东的程朱理学由高丽时期的李齐贤从中国首传于半岛，到了安珦、郑梦周已有理论上的探索。海东朝鲜朝建国初期，朝廷重臣权近、卞季良等人就已经开始进行更为深入的研究，认为其有利于新王朝封建制度的建设和发展。为了更加普及程朱理学，这些学者开始著书立说，为普及和深化此性命哲学付出努力。后世认为在权近的著述中，最能反映权近理学思想核心观点的是其中的《天人心性合一之图》和《天人心性分释图》，在这两篇图说中，集中用图与说结合的方式，刻画了作为性理学中心观念的太极、天命、理气、阴阳、五行、四端、七情等问题。这些图说以极其简明扼要的手法，将性理学中的核心观念和思想传授给读者，使之视图而一目了然。

在权近的《入学图说》中的《大学指掌之图》《中庸首章分释图》《诸侯昭穆五庙都宫之图》《五经体用合一之图》《论孟大旨》等内容，也以图与说紧密结合的方式，成体系地将四书五经思想的世界展现给读者。读者只要手拿《入学图说》一书，则对原本极其复杂、繁奥的性理学的思想世界，可以看得很清楚。此外，《入学图说》中的《河图》《洛书》《太极》《先天》《后天》《律吕》《五声》等篇章，也以图与说结合的方式对性理哲学中的宇宙论等形而上学的主题进行了简单易懂的表达。权近的《入学图说》，对后来的理学思想研究产生了深远的影响。

运用程朱理学的基本理论来探索治国理政之要，以解决现实政治中的一系列难题，这是李氏王朝建国初期统治阶级跃跃欲试的一个政治韬略。在这种治国思路的基本前提下，他们发现朱子哲学中的"心性论"具有无比开阔的开掘空间，因为它与先前的"洙泗之学"有着天然的继承关系。世宗朝的另一位朝廷重臣卞季良就算是对此有深入研究的一位学者。他说："为治之道本于心，为治之法因乎时。道不本于心，无以为出治之原，法不因乎时，无以为致治之具。"[1]认为治国之道"本于心",如果"道不本于心"而求于外,那就脱离了实际,失去了"根本"。从这样的心本观出发,他进一步深入研究人"心"之体用问题,强调以"心性为本",从治人之心着手,寻求治国之道。他说:

> 心也性也,天下之大本也。舜以天下相授曰:"人心惟危,道心惟微。"汤与天下更始曰:"上帝降衷,若有恒性。"或言性而不言心,或言心而不言性。何也？尧之命舜,则止言执中,而不言心性,抑有说乎。所谓中者,心欤性欤,各有所指而不相管摄欤。文王之克厥宅心,孔子之成性存心,其与帝王之论心性,有同异之可言者欤。降及汉、唐,号为好学之君,盖亦多矣。其从事此心而传帝王之学者,谁欤？恭惟圣上以天纵之资,缉熙圣学,临政之暇,卷不释手。每至夜分,以澄出治之源,可谓高出汉、唐,而接夫帝王之盛矣。夫上有好者,下必甚焉。相与讲明正学,以究心性之理,此其时也。至于为天下特举而措之耳,曾子作《大学》而不言性,子思作《中庸》而不言心,有何意欤？先儒谓性者,道之形体；心者,性之郭郭。又谓性发为情,心发为意,心与性,果可歧而二之欤？谓"心静时是性",又谓"心统性情,"性与心,果可合而为一欤？[2]

这是卞季良在向世宗大王建议如何治理国家的问题。他的回答就是一句话,"心也性也,天下之大本也",一国君主能够铭记这一点,才能够治理好国家,保全祖业。上古圣人在其治国实践中,深知"人心"之"惟危"和"道心"之"惟微",以此"心法"传授给下一代,使之治国永久化。但是历史上的帝王,真正能够懂得和坚持这一"心法",而且能够长久统治国家的却很少,其中包括汉、唐诸帝王。不过卞季良认为海东朝鲜朝时期的世宗大王与众不同,他高瞻

---

1 《春亭集》卷8《存心出治之道立法定制之宜》,(韩国)《韩国文集丛刊》。
2 《春亭先生文集》卷8《心与性》,(韩国)《韩国文集丛刊》。

远瞩，奉程朱理学为治国之核心思想，认真学习心性哲学之要义，不断总结历代治国经验，以当作自己的一面镜子。他的可贵处在与诸臣"讲明正学，以究心性之理"，于程朱理学中探源"心性之理"，以为治国之理论基础。

到了成宗朝，朝廷与老勋旧势力的矛盾不断恶化，这为新晋士林登上历史舞台预备了绝好的历史机会。所谓士林，是以海东朝鲜朝初期被称之为"士流"的在野知识分子为基础的一种政治势力，他们与对李氏王朝的建国有功的勋旧派及其子弟势力对立，以文章、经术为主业的新兴士林阶层。他们与勋旧派不同，其祖辈属于高丽末叶的"节义派"，李氏王朝建国后大都回乡下建立自己的经济地盘，寻找重新抬头的机会。所以他们代表地方中小地主阶级利益，在乡下发展叫做"留乡所"的组织团结在乡士林，通过书院、书斋教育培养新晋士人，普及儒家《周礼》中的"乡射礼""乡饮酒礼"，还逐渐普及朱熹曾经增损的《吕氏乡约》，以此巩固和扩大自己在地方的政治势力。到了成宗朝，朝廷与勋旧势力的矛盾逐渐加深，欲扶植士林进入朝政，想以此建立新的政治秩序，遂重用士林领袖金宗直，从此打开了士林派参政的序幕。到了中宗朝，另一位士林领袖赵光祖进入朝廷的权力中心，由此再次开启了士林全面参政议政的新时代。士林派在政治上强调君主代表"天道"，主张内圣而外王，通过"修身"达到治国平天下的目的。士林派主张以程朱理学为治国理政的理论基础，道统高于治统，每个人通过对儒家经典的潜心研究可以成为圣人的后嗣。随着勋旧派势力退出历史舞台，士林派一统天下，其内部逐渐以学缘和地缘关系开始分裂，形成多种党派相互攻伐，以至于不惜血腥代价追求一党之私。

士林派在成长的过程中以道学批评勋旧派的"词章之学"，以道学的政治思想否定勋旧势力的腐败无能。道学是他们的基本本钱，是最擅长的学术能量，也是他们立身扬名的基本手段。在与勋旧派的斗争和内部的学术论争中，他们之中出现了众多著名于世的性理学家，其内部逐渐分成多个学派进行学术论争。其中如岭南学派和畿湖学派，各自以李滉和李珥为理论领主，围绕心性观念中的疑难问题进行论战。其中的岭南学派，内部又分成退溪学派、南冥学派和旅轩学派等，在理论上显出不同的特色。李滉在吸收中国宋代的程朱理学的基础之上，上下求索，理论上不断创新，写出了《自省录》《启蒙传疑》《朱子书节要》《宋季元明理学通录》《心经释疑》《七书辨疑》《天命图说》《圣学十图》等书，创立了退溪学，实现了程朱理学在海东的系统重构。李珥的道学思想亦极其丰富，与李滉形成海东理学的双峰，其所著《东湖问答》《万言封事》《圣学辑要》《人心道心说》《时务六条疏》《击蒙要诀》《经筵日记》等皆深入剖切道学之要义，其达道之境界，经世之思想，可谓一代理学之巨擘。此时，海东朝鲜朝时期的经筵与朝讲的内容全以程朱理学的释解为主，科举考试也以道学经义为主课，王朝礼政更以朱熹的《家礼》为标准。至此，整个士大夫阶层及基层士子，其思想已基本道学化，甚至乡村书生很多也被叫做"道学先生"。

海东朝鲜朝时期文人意识的道学化，对其文学观念产生深刻的影响。孔子曰："君子博学于文，约之以礼。"[1]可以说儒家"文""道"关系的滥觞，已具备于此。海东朝鲜朝时期理学家中的一些人承接中国二程、朱熹的文学观，认为"作文害道"，平生不涉文事，但更多的人则喜欢为文，而且与文学结下了不解之缘，如李滉就是其中的一个人。这是海东朝鲜朝时期特有的学术现象和文学内役，学术和文学"分而不离"，道学和文学"离而还不分"。于是长期分立且别传的道统与文统，在海东朝鲜朝时期文人那里合而为一，这为道学观念全面向文学渗透提供了绝好的客观机会。在道学和文学相互交叉融合的过程之中，以道学为思想底蕴的文学风气逐渐形成，随之而来的相应的道学化的文学观念也逐渐左右着文坛。与此相伴的是，许多文人更加深入濡染道学，努力培养将二者融合为一的本事。这样的现象使得海东朝鲜朝时期的学术与文学，富有不同于其他时代的鲜明特色，从而加码了它广阔的研究价值。

海东朝鲜朝初期，虽尚未形成严格意义上的道学之风，但文学上的

---

[1]《论语·颜渊》。

"道""文"关系业已明确,开始出现以"道"为本的文学倾向。这时期的有些文人,从原始儒家的文学观念出发,还存留着泛文学概念,把古典文化或哲学意义上的"文"等同于后来纯审美意义上的文。在他们那里,文化大于并包容着"文",而"文"则是大文化概念中的一分子。而且此"文",受制于"道",离开此"道",此"文"则失去其存在的意义。权近曾强调此"文"与"道"有着密切的关联,认为"文"无时无刻受制于此"道",而此"道"则无时无刻都在关照着"文"的内容,在二者的关系上,此"道"占据优先地位,起着统摄的作用。他说:

> 文在天地间,与斯道相消长。道行于上,文著于礼乐政教之间;道明于下,文寓于简编笔削之内。故典谟誓命之文,删定赞修之书,其载道一也。周衰道隐,百家并起,各以其术鸣而文始病,汉之司马迁、扬雄之徒,其言犹未醇雅。及佛氏入中国,斯文益病,魏晋以降,榛塞无闻。至唐韩子,崇仁义,辟异端,以起八代之衰。宋兴程朱之书出,然后道学复明,人知吾道之大,异端之非,开示后学,昭晰万世。吁,盛矣哉!吾东方虽在海外,爰自箕子八条之教,俗尚廉耻,文物之懿,人材之作,侔拟中夏。自是以来,世崇文理,设科取士,一遵华制,薰陶化成,垂数百年,卿士大夫彬彬文学之徒。吾家文正公(溥)始以朱子四书立白刊行,劝进后学。[1]

斯"文"于天地间,天生就与"道"连在一起,变化中发展着。这里的"文"是"著于礼乐政教之间"的"文",也是"寓于简编笔削之内"的"文",是广义的"文"。所谓"道"就行于其中,成为整个"文"的质心,支撑着此"文"的内容和形式。正因为如此,在那些圣贤之"典谟誓命之文""删定赞修

---

[1] 《三峰集序》,(韩国)《韩国文集丛刊》。

之书"中，满载着"道"的旨意，饱含着极其丰富的思想和文采的质地。但是自从周衰而百家起，此"道"即隐而不见，一直到唐代韩愈出，掀起古文运动，崇仁义，辟异端，提倡"文以载道"的口号，为沉滞的古典文学注入了新鲜空气。权近认为宋代程朱之文的出现，才真正使此"文"赴入"正道"，从此道学复明，"人知吾道之大，异端之非，开示后学，昭晰万世"。权近进而还说海东也继承了儒家的道统和文统，其根据是殷商亡而"殷末三贤"之一的箕子因其道不得行，其志不得遂，而"违衰殷之运，走之海东"，传"洪范九畴"之"八条之教"与农桑。从此以后，"俗尚廉耻"，"世崇文理，设科取士，一遵华制，薰陶化成，垂数百年"。

尽管世宗朝之前尚未兴起真正的道学风潮，但程朱理学已被确定为海东朝鲜朝时期的官学，上层士大夫及广大文人阶层对性理学的眼目也已经被打开。而且中国唐宋人的"文以载道"观念，也已被他们接受，成为他们谈文论诗时的理论介质。对道与文的关系，郑道传指出："诗书礼乐，人之文也。然天以气，地以形，而人则以道。故曰：文者，载道之器。言人文也得其道，诗书礼乐之教，明于天下，顺三光之行，理万物之宜，文之盛至此极矣。士生天地间，钟其秀气，发为文章，或扬于天子之庭，或仕于诸侯之国……董仲舒、贾谊之徒出，对策献书，明天人之蕴，论治安之要。而枚乘、相如，游于诸侯，咸能振英摛藻，吟咏性情，以懿文德。"[1]这里的中心意思就是"人之文"不能离开"道"，文人士大夫生在此世上应该将心中的思想感情"发为文章"，用文学之才服务于天子之庭或诸侯之国，吟咏性情，宣示"文德"。郑道传在此第一次提出"文者，载道之器"这一文学命题，在此"文"既有儒家六经、"对策献书"之意，也有一般的诗歌、散文之意。而这里的"道"，也是指儒家之道，具体来讲"圣贤之殁，道在六经"，儒家经典集中体现了"道"的基本精神。郑道传这样推崇载道之文，和海东朝鲜朝初期理学家接受中国的"文以载道"，即把宣扬儒

---

[1]《三峰集》卷3《陶隐文集序》，（韩国）《韩国文集丛刊》。

家之道统看作文学的基本使命的观念是一致的。

　　自成宗朝以后，一批士林派文人开始参与朝政，徐徐开启了改变勋旧派文人独揽朝政的政治局面。此时士林派的学术巨擘金宗直深受成宗的宠信，官至汉城府尹、工曹参判和知中枢府事，利用经常接触成宗王的机会大量举荐士林派文人进入中央的重要职位。这种状态维持了一段时间，以至于形成勋旧派势力慢慢退出历史舞台，而士林派主导国家政治的新局面。这样的客观政治形势就意味着词章派的衰微和道学派的兴盛，道学派文人利用对自己有利的客观形势掌握朝廷的各个文任大权，还掌控全国的书院，通过科举考试的改革将理学经义安排为主课，从而为整个意识形态的道学化打下了基础。对这个时期思想文化界的道学化，李滉曾指出："是有孔子，然后论周公之道；有思孟，然后学颜曾之学耶……自汉以下，论《易》学者多矣，皆伏羲、文王、周公、孔子之圣耶。自宋以后，至于当代，谈天人性命之学者众矣，其人皆周、邵、程、朱之贤也耶。夫士之论义理，如农夫之说桑麻，匠石之议绳墨，亦各其常事也。"[1]海东朝鲜朝时期前期主要提倡"圣人之学"、洙泗之学，而至其中期思想文化界则主要倡导程朱理学，动辄"谈天人性命之学"，说辄周敦颐、邵雍、二程、朱熹之理学。到了海东朝鲜朝中期，程朱理学在士流中间广泛普及，他们"论义理，如农夫之说桑麻，匠石之议绳墨"，已经成为常事。

　　到了明（宗）宣（祖）时期，海东朝鲜朝时期的道学领域出现了像李滉、李珥这样的巨擘，将二百余年的道学思想推向了高峰。他们强调在巩固王朝的政治秩序的过程中，包括文学在内的意识形态起着极其重要的作用，要使其发挥更好的作用，文人应该懂得"文以载道"的重要性。要想处理好"道"与"文"的关系，首先必须深入研究中外历史文化发展的规律，还要研究儒家六经之所以为经的道理。从这样的思想观念出发，李滉强调明道术以正人心，是包括文艺在内的一切意识形态运行的主要目的。他说：

---

[1]《退溪先生文集》卷41《天命图说后叙》，（韩国）《韩国文集丛刊》。

第二章　道学思想的渐炽及其对文学的深刻影响　091

故臣愚必以明道术，以正人心者，为新政之献焉。虽则然矣，而其明之之事，亦有本末、先后、缓急之施。其本末，又有虚实之异归焉。本乎人君躬行心得之余，而行乎民生日用彝伦之教者，本也。追踪乎法制，袭美乎文物，革今师古，依仿比较者，末也。本在所先而急，末在所后而缓也。然得其道而君德成，则本末皆实，而为唐虞之治，失其道而君德非，则本末皆虚。而有叔季之祸，固不可恃虚名而蕲圣治之成，亦不可昧要法而求心得之妙也。[1]

按照李滉的意思，人君在"躬行心得之余"，"行民生日用彝伦之教"的"行实"，为"本"；"追踪法制"，"袭美文物，革今师古，依仿比较"的文化（包括文学）"事业"，为"末"。此"本"与"末"，是有先后、缓急之别，而"本"在先而急，"末"在后而缓。再说此"本""末"，亦有总体"虚""实"之异归，也就是说"得其道而君德成"，其"本末皆实"，如此则可以实现"唐虞之治"；而"失其道而君德非"，则"本末皆虚"，如此则可导致"叔季之祸"。所以如何处理好此本末之先后缓急关系和总体虚实关系，是事关王道政治成败的大事，任何人、任何时候都不能对此麻痹大意。李滉的这种"本""末"观，后来在别的场合上也对文学适用，能够揭示"道本文末"的基本观点。

海东朝鲜朝时期的道学家们认为四书五经是儒家最为杰出的经典，也是最为完美的文章学典范，其中的一切内容和艺术形式，都可成为后人学习的教科书。尤其是这些儒家经典，"道""文"并茂，可成万世之师范。海东朝鲜朝时期道学岭南学派的始祖李彦迪曾说："可见孔子祖述尧舜之道，而曾子之所传实源于此也。秦火之余，圣远言湮，千有余载，幸而天未丧斯文。程朱数君子出，而乃始表章此篇，更定错误，发挥微蕴，一篇之中，纲条粲然。于是，为学者

---

[1]《退溪先生文集》卷6《戊辰六条疏》，（韩国）《韩国文集丛刊》。

知所务，而为治者知所本，其有功于斯道也大矣。独恨圣经贤传之文，不能无断缺，辞义未完，学者不得见全书，此真千古遗憾。"[1]李彦迪认为作为儒家主要经典之一的《大学》，可谓文章学的师范，尤其是经过宋代朱熹的"表章注释"以后，更显得粲然无比。由于此书是古之教人之法之大作，对培养道学家的做人、治世有着重要意义，所以得到海东朝鲜朝时期士大夫文人的极大重视，许多人曾对其进行过注释、谚解和补遗，李彦迪就是其中的一个人。

李晬光也从文章学的角度高度评价《尚书》，其曰："圣人之文章，非以文字而言，于其动静事为之间，精明纯粹之实，光耀发越，人得以见者，谓之文章。孔子称尧曰：'焕乎其有文章。'按《书》，所谓'钦明文思'，'允恭克让'，'光被四表'，'平章百姓'，皆尧文章之著见于外者。子贡所云夫子之文章，亦若是耳。"[2]《尚书》本身不仅是一部历史的和思想的著作，也是一部优秀的散文著作，而且其中还隐藏着许多闪耀的文学观念，对后世影响深远。所以如今的人们应该向《尚书》等儒家经典学习，不仅学习其传道的精神，也学习其严谨的写作风格。关于"道"与"文"的有机关系，李晬光说：

> 人心惟危，道心惟微。夫声色臭味，属于人欲，故谓之人心。仁义礼智，原于道性，故谓之道心。惟危也，故须致省察克治之功；惟微也，故须加扩充涵养之力……逊志斋曰："世所推仰者，惟在乎文章。文者，道所不能无，而非所以为道也。"愚谓文者，载道之器。为文而不本于道，则不足谓之文。今人于文，亦不能自力，况道乎，故知道者鲜矣。古之圣贤，立必俱立，成不独成，其著书垂训，皆与人为善之心也。今人读圣贤书，不能体其心以为善，则是甘于自弃而为负圣贤矣。[3]

---

1 《晦斋先生集》卷11《大学章句补遗序》，（韩国）《韩国文集丛刊》。
2 《芝峰先生集》卷28《秉烛杂记》，（韩国）《韩国文集丛刊》。
3 《芝峰先生集》卷28《秉烛杂记》，（韩国）《韩国文集丛刊》。

"人心"中充斥着"人欲","道心"源于"道性"（仁、义、礼、智），"要顺天理，灭人欲"，须致省察克制之功，增强涵养之力。将这种心性功夫之原理应用到文学，也必须从创作主体的内心修养开始，提高其道德水平，因为"人心"决定创作的思想水准。李睟光继而认为"文"是"载道之器"，为文必须本于道，而此道则是"天理"，则是"仁义礼智"，非本于道的文学，不足以谓之文。如今的文学或著书立说，缺乏道的涵养，这是因为"知道者鲜"。今天的文人即使是经常读圣贤书，但因不能准确体会圣贤之心，最终还是走上离经背道之路。在此李睟光再次强调"文者，载道之器"的观点，提倡如果"为文而不本于道，则不足谓之文"的文学观念，从而严厉批评当时文坛上的有些人唯美主义的文学倾向。

第二节　道统观念的形成与文统之制

李氏王朝的开国建立在推翻高丽王朝的基础之上。高丽王朝的历代国王大都崇佛、溺佛，不太重视儒家思想的发展，结果人心涣散，最终动摇了高丽王朝的统治。李氏王朝建国以后，认真总结高丽朝灭亡的历史经验，抑制佛教，阐扬儒家思想，大力倡导道学观念。他们处处以"小中华"自居，自称自己继承了孔孟的道统，从而成为地道的儒家在海东的"圣国"。这就是说他们认为自己属于儒家道统之一脉，通过孔孟之道代代相承，最终形成独立的儒家统绪之脉。

李成桂率领一批高丽末叶的文德武功之臣建立海东朝鲜朝时期，欲开启一个顺天理，合人心，尽心力行而与道俱进的封建王朝。海东朝鲜朝时期国初的明君世宗令儒臣金惇编撰《西汉以下历代谱系图》，使朝廷上下借鉴中国历代王朝正反两方面的政治经验，锐意以儒家的政治思想治理国家。他们认定自己是儒家道统在海东的传承者，从而他们第一次明确了自定的儒家传授谱系，希望它能够起到"正名分、反僭乱、明纪纲"的作用。他们认为这样的思想政策，对于维护自己的中央集权的安定和统一有极其重大的意义。这时期的朝廷重臣卞季良指出："唯太宗及我殿下斩衰齐衰之制，则见于金墩之史策，章章明甚，岂天阴佑海东。欲正天地之大义，生人之大伦也。"[1] 这里的"斩衰齐衰之制"，即指国家规定的丧葬礼仪制度，此典出自《周礼·春官·司服》，其曰："凡丧，为天王斩衰，为王后齐衰。"查考海东朝鲜朝时期《经国大典》等律政之书，太宗李芳远及其子世宗李祹为海东朝鲜朝时期的社稷，首先拟定的就是婚丧嫁娶之制及其他礼仪制度。这说明李氏王朝的统治阶级为确立其封建统治秩序，首先利用儒家的礼仪制度，想通过它来"正天地之大义，生人之大伦"。在他们那里，儒学乃"全体大用"之学，其中特以"礼乐服制"为兴教化的基础之术，而此术也可以说是当时的致用之显学。

海东朝鲜朝时期的统治阶级视中国上古的"三王"和"三代"，如同敬仰自己的亲祖宗，将其看做自己的精神导师和治国准的。他们认为儒家的"仁义道德"有一个传承过程，那就是尧传给舜，舜传给禹，禹传给汤，汤传给周文王和周武王，他们又传给孔子，孔子传给孟子，孟子死后，没有人能将其传承下来。因此在他们的治国理政观念中，三王和三代为后人提供了理想政治的范本，所以他们经常将海东朝鲜朝时期历代国王中的"贤王"、"明君"比喻为三王和三代之行。如卞季良在《永乐七年八月日封事》一文中说道：

> 犹日咨诹善道，兼听广纳，即汤之居上克明，舜之好问用中之事也。临政之暇，乐观经史，孜孜亹亹，卷不释手。每至夜分，游心恬澹，究求治道，古今治乱兴亡之迹，洞然于胸中。而词艺笔札之好，无得而入焉。殿下之好学，即高宗之终始典学，成王之缉熙光明也。尝沉湎荒淫之戒，禁盘游奢侈之欲，廓扬文教，综理军政。早建立而预谕教，严内治而教戚

---

[1]《春亭先生文集》卷7《永乐十九年月日封事》，(韩国)《韩国文集丛刊》。

属，莫不各得其道焉。则三代以下之所无也。创业垂统，传子及孙，期至无穷者，岂惟祖圣之虑耶，亦天之意也。[1]

卞季良称颂世宗大王继承太祖和太宗的创业垂统大业，承接天意，修养善德，咨陬善道，广纳兼听，认为这些都与上古汤王、舜帝之"允执厥中"的"中道"原则没有二致。同时世宗大王乐观经史，究求治道，排除杂念，对中国和海东几千年来的治乱兴亡之迹洞然于胸中。他的这种探究好学的精神，很像中国上古殷商高宗的"终始典学"、周成王的"缉熙光明"，而其远离酒色，禁止奢欲，廓扬文教，勤政爱民，早立世子而早教育，严内治而教养王室等诸般美举，无不得益于夏、商、周三代之制。卞季良还赞赏，世宗大王"务尽三代以下未能行之制"，"以成祖圣垂统万世之计"，为道统的传世奠定了坚实的基础。

在海东封建政治思想史上，世宗可以说是治绩最为辉煌的一代明君。他大刀阔斧地整备国家行政体制，改制混乱的土地制度，大力发展文化事业，使得李氏王朝的国力走上日益繁荣的道路。尤其在文化事业上，他带领相关学者创制和颁布民族文字"训民正音"，积极收集整理民族文化遗产，开展对四书五经的注释、谚解和出版事业，加强学校教育，普及礼教，使得整个国家出现兴旺发达的正面景象。世宗曾强调"详典章"，"明正学"，"正统系"，以振兴王业。为再现本民族历史，此后的海东朝鲜朝时期鼓励学者编撰本国史籍，先后刊行《高丽史》《高丽史节要》《东国史略》《东国通鉴》《箕子实纪》等史书。

海东朝鲜朝时期的史家编撰这些史书，意图在于"明统系""正是非"，从而将本国历史加以"正统"化。对这些史书的编撰目的，卞季良引用世宗大王的意思指出："资其考阅而已，非敢以撰述自居也。大抵史家大法，明统系也，

---

[1]《春亭先生文集》卷6《永乐七年八月日封事》，(韩国)《韩国文集丛刊》。

严篡贼也，褒忠节也，正是非也。"[1]这里的"史家大法"，即为"春秋笔法"，春秋末期鲁国的左丘明指出：孔子删修的《春秋》"微而显，志而晦，婉而成章，尽而不污，惩恶而劝善"，卞季良强调建国以来的海东史家，亦继承这一"春秋笔法"，把写作旨趣放在"明统系""严篡贼""褒忠节""正是非"上，以显示自己继承了"春秋笔法"。

自海东朝鲜朝时期太宗以后，令"博学之士"探求治国之"道"，拟定国家实用可行的施政大法。不过其有一个绝对的大原则，就是承接中国上古"三王"和"三代"之制，参酌中国和海东历代王朝的治政经验和教训，制定一套利国利民的"经国大典"。开国重臣郑道传说：

> 自古言善治之道者，必有成法以为持守之具。其所以养国脉，淑人心，传祚累世者，皆由于此，不可不慎也。若稽有虞，秩宗典礼，士师明刑，成周宗伯掌礼，司寇掌刑，以致雍熙隆平之治，其详可得而言欤。[2]

郑道传认为自古"言善治之道者"，绝不空谈治国之"道"，肯定严格制定国家行政、法律大法，以为巩固封建国家之准则。他认为一个正常的"治道"者，必须想出"养国脉淑人心"从而"传祚累世"的齐国济民之策，不然一切都是空谈。中国上古的有虞氏部落就已经有执掌宗庙祭祀典礼的秩宗之官和执掌禁令刑狱的士师之官，到了成周时则宗伯掌礼、司寇掌刑，如此而后方致"雍熙隆平之治"，后来的汉唐之时也"必有成法以为持守之具"。这就是说儒家之"道"绝非抽象之"理"，而是世间万物演化法则的路径，也是人间社会一切与生存有关的现象和变化的规律。作为改革家的郑道传主张要改变混乱的现状，必须坚持"善治之道"，借鉴上古有虞氏以来一切与治国安民有关的治国理政经

---

1 《顺菴先生文集》卷18《东史纲目序》，(韩国)《韩国文集丛刊》。
2 《三峰集》卷4《会试策》，(韩国)《韩国文集丛刊》。

验，制定符合现实要求的礼教体系和国家制度，并贯彻于实际治理的过程之中。

在海东朝鲜朝时期，关于道统的观念随着社会的发展越发丰富和深入。早在中唐之时，韩愈作《原道》篇第一次提出了那段"尧、舜、禹、汤、文、武、周公、孔、孟"相继承袭道的统绪之论，而且自称继承了本原的孔孟之道。后来宋朱熹则认为，宋人周敦颐、二程上承孔孟乃至韩愈承接此道统，而自己又继周敦颐、二程等人继承儒家正统。海东朝鲜朝时期的性理学家们则认为中国的道统于程朱之后，被陆九渊、王阳明的宋明理学（心学）所靡然而迷失了方向，从而"吾道"（道统）转移到了海东，在海东日甚开花结果。读《承政院日记》中的以下一段记录，则可以知道当时海东人的道统意识。其曰：

> 呜呼！朱子之道，不明于天下，而中国之学者，靡然乎陆、王，则吾道自此而东矣。皇天启运，列圣培养，青丘一域，群贤辈出，直接洛、闽之统，而集群儒而成大者，有若文成公臣李珥是已……立身则以孝悌忠信为本，进学则以居敬穷理为基，恪守勉行，无违洛、闽之旨诀，真知实践，直绍家学之渊源，继志述事，则所传者，圣贤之道统也。移孝为忠，则所陈者，尧、舜之心法也。[1]

海东朝鲜朝时期的性理学家们认为朱子学在中国遇到陆王心学的干扰，不能再尽情发展，这是思想史上的一大遗憾。不过幸亏，它可以转移到东方邻国海东得到长足的发展，这是不幸中的万幸。自从程朱理学来到海东以后，学子们"直接洛、闽之统"，研究的势头蒸蒸日上，群贤辈出，创新的著述充栋。朱子学东传之后，海东的士大夫阶层"立身则以孝悌忠信为本，进学则以居敬穷理为基"，学术界则"恪守勉行，无违洛、闽之旨诀，真知实践，直绍家学之渊

---

[1] 《承政院日记》1764册，正祖二十年6月20日条《对馆学儒生……上疏请从祀文烈公赵宪文敬公金集于文庙的批答》，(韩)《韩国文集丛刊》。

源，继志述事"，所传者无非是"圣贤之道统"。尤其是整个社会"移孝为忠"，懂得礼义廉耻之事，"尧、舜之心法"得到最充分的展现。

　　海东朝鲜朝时期的性理学家们认为从中国传入的道统，在海东这个崭新的环境下，得到了一系列新的发展。首先，过去的海东各朝崇奉的是先秦儒学，即洙泗之学，其核心思想则为"仁政爱民"。而程朱理学则以"天理""人欲"的修养，通过自上而下的精神净化，意欲建立一个以"三代"为模本的理想社会。其次，海东朝鲜朝时期开国伊始，继承高丽遗绪，儒佛兼尚，国家意识形态处于一种模棱两可的复杂状态。而程朱理学被定性为正统思想以后，道统观念进一步明确，国家政治便向积极的方向发展，社会出现了安居乐业的稳定局面。还有，自从程朱理学成为主要的统治思想以后，各种文化事业迅速发展，收集和整理民族文化遗产成为常态，对儒家经典的注释、谚解、刊行工作得到空前发展。

　　至成宗执政中期，程朱理学已开始深入人心，其理论也已成为治国理政的指导思想。整个朝廷上下，虽对其理气、心性哲学的内涵尚未研究透，但都觉得其于"常谈之中自有妙理，死法之中自有活法"[1]，觉得其学说能够赋予古老陈旧的儒家政治伦理思想以客观唯心主义的"妙理"，从而能使腐朽多事的李氏封建王朝重拾治国理政的"活水"。他们还相信道学家的心性哲学从内修治，"主敬谨独"，强调"原性命正人心，遏功利于炽肆，崇仁义明道体"，这似乎对恢复自上而下的朝政活力具有很强的补气功能，所以很快就接受并欲速试之于政治实践当中。李睟光说道：

　　　　道之以政，齐之以刑，治人之身者也。道之以德，齐之以礼，治人之心者也。治身则人畏威而不敢为非，治心则人畏义而自不为不善。故曰治

1　《退溪先生文集》卷6《戊辰六条疏》，（韩国）《韩国文集丛刊》。

人之身，不若治其心。使人畏威，不若使人畏义也。[1]

李晬光认为孔子在《论语·为政》篇中所说"道之以政，齐之以刑"的一句话，意思就是用政令和刑法治理天下，只是属于"治人之身"的手段，而"道之以德，齐之以礼"，则属于"治人之心"的手段。他强调只是治人之身，则人畏惧其威而不敢为非作歹，但如果治人之心，则人畏道义而自觉地不做不善之事。所以治国、治政者应该懂得，"治人之身，不若治其心；使人畏威，不若使人畏义"。他的这种主张，意涵心性哲学对国家治理中的有效性，从主客观上支持程朱理学在国家政治生活中的合法地位。

以"道"治国，以"心"施政，以"仁"化物，以"德"成事，无疑是李氏王朝统治阶级从理学那里得到的深刻的政治启示。他们认为在政治实践中活用性理之学，才是继承了儒家道统，引入心性之论，才是国家繁荣之路。中宗时期的重臣赵光祖（1482—1519）曾说：

道外无物，心外无事。存其心，出其道，则为仁而至于天之春，而仁育万物，为义而至于天之秋，而义正万民。礼智亦莫不极乎天，而仁、义、礼、智之道，立乎天下，则为国之规模设施，何有加于此耶。呜呼！世有盛衰之殊，而道无古今之异。[2]

这里的头一句话分别出自《二程语录》卷1和王阳明《传习录》之三十五。二程曾曰"子曰道外无物，物外无道"，意即天下万物、万事皆源于"道"，皆涵之于"道"。在此"道"是一种秩序，一种法则，也是一种存在。王守仁的《传习录》亦云"心外无理，心外无事"，强调穷究自己的内心而追求天理，所

---

1 《芝峰先生集》卷28《秉烛杂记》，（韩国）《韩国文集丛刊》。
2 《静庵先生文集》卷2《对策·谒圣试策（乙亥）》，（韩国）《韩国文集丛刊》。

以心即理，心外无理。这与朱熹的天理观有所不同，朱熹想通过穷究外物来追求天理，认为"心统性情"，"理在心中"。朱熹和王守仁一是于心外求理，一是主张心即理，一个是客观唯心主义，一个则是主观唯心主义，但都以"道"为万事万物之本源，主宰世间一切变化。所以海东朝鲜朝时期的统治阶级认为"存其心，出其道"，以道心治政，则可以迎来"仁育万物""义正万民"的"天之春""天之秋"。为维护国家社稷需建立圣人倡导的封建礼制，"国之规模设施"要靠"道"的发现和护佑，认为这是巩固封建统治的法宝。也就是说，"道"是无限的"真理"，以"道"治国理政符合天意，具有永恒的指导意义。

海东朝鲜朝时期的性理学家们认为世宗之所以能够勤政爱民，能够改革旧制，全力发展王业，造就一代政治、经济、文化繁荣的局面，就是得益于继承三代之制，"缉熙圣学"，"修身以临政"，发现天理。卞季良也曾写过《心与性》一文，专门讨论心性与治国理政的问题，以褒扬世宗的光辉政绩。他说：

> 心也，性也，天下之大本也。舜以天下相授曰："人心惟危，道心惟微。"汤与天下更始曰："上帝降衷，若有恒性。"或言性而不言心，或言心而不言性，何也？尧之命舜，则止言执中，而不言心性，抑有说乎？所谓中者，心欤性欤，各有所指而不相管摄欤。文王之克厥宅心，孔子之成性存心，其与帝王之论心性，有同异之可言者欤？降及汉、唐，号为好学之君，盖亦多矣，其从事此心而传帝王之学者，谁欤？恭惟圣上以天纵之资，缉熙圣学，临政之暇，卷不释手，每至夜分，以澄出治之源，可谓高出汉、唐，而接夫帝王之盛矣。夫上有好者，下必甚焉。相与讲明正学，以究心性之理，此其时也。[1]

卞季良认为心与性是包括政治在内的天下之大本，古文《尚书》的《大禹

---

[1]《春亭先生文集》卷8《心与性》，（韩国）《韩国文集丛刊》。

谟》记载上古尧、舜、禹禅让的古事。尧把帝位传给舜,舜又把帝位传给禹的时候,将天下与百姓的重任相继托付,谆谆嘱咐代代相传的就是十六字心法,即"人心惟危,道心惟微;惟精惟一,允执厥中"。这里的关键在于"危"与"微",人一旦拥有权力和财富,可能生出无限度的欲望,如不能及时遏制它,那后果就不堪设想。古圣人认为"人心"最为可怕,所以他们对后世,尤其是拥有天下的帝王与重臣的关键诉求则是保持"道心",经常慎独、修身、诚意而反思自己。海东朝鲜朝时期的统治阶级和程朱理学家们也把这一儒家的十六字"心传",当做无上的法宝,认为其中意义深刻,作用非凡。对这样的圣人"心传",愈往后世领会和贯彻者愈少,大都被欲望而迷惑,没有坚持圣人提倡的"道心",使得王业受挫甚至动摇,最终被天下所遗弃。但是他们认为值得庆幸的是中国的圣人之旨,被海东所继承,出现了像海东朝鲜朝时期第四代世宗大王这样的一代明君。卞季良认为世宗大王继承"圣人之道","以天纵之资,缉熙圣学,临政之暇,卷不释手",在治理天下方面甚至"可谓高出汉、唐而接夫帝王之盛",将海东的王业推向了鼎盛时期。世宗之所以能够取得如此辉煌的成就,取决于"讲明正学",提振心性之活力。

到了海东朝鲜朝中宗(1506—1544)至明宗(1546—1567)时期,程朱理学得到长足的发展,形成岭南学派、畿湖学派等著名的学术流派,出现退溪李滉、栗谷李珥等一大批性理学家。不过随着程朱理学的发展,文人们围绕学术观点、师承关系和学派进行无休止的论争,甚至互相指责或人身攻击,海东政治史上最为惨烈的党争就由此开启了序幕。尤为重要的是,到此时程朱理学已逐渐失去其思想创新的魅力以及对社会政治的辅佑作用,开始走向空洞化一路。程朱理学的"空理空谈",导致了社会的浮躁化,社会生产处于严重的沉滞状态,最终引来"壬辰倭乱"的外侮,国家陷入危机之中。此时士大夫阶层中的进步学者们,为挽救腐恶的现状纷纷起来反省过去,举起"实事求是"的大旗,掀起了一股爱国爱民的实学思潮。应该知道,由于海东朝鲜朝时期的程朱理学把伦理化了的天理,哲学化了的伦理,唯心主义化了的"格物致知"论用道学化了的哲理巧妙地融和在一起,从而完美地迎合了封建思想统治的需要,也曾为维系其封建统治起到过积极的作用。

与儒家道统并行而寸步不离的是从古圣人那里流传下来的文统。这个文统在古代圣人那里已经起步,先秦时接其传统,作六经之文,掀起兴文之潮流,出现了一系列可为后世龟鉴的经典之文。后儒认为此传统自西汉以后开始萧条,到魏晋以降文风日衰,文皆专尚骈体、辞藻,离道越走越远,至中唐幸亏出现韩愈之辈振兴儒家道统和文统,后宋兴而程朱出,复兴道统与文统。按照权近的话,"周衰道隐,百家并起,各以其术鸣而文始病","至唐韩子,崇仁义辟异端,文起八代之衰。宋兴程朱之书出,然后道学复明"。权近强调海东虽在海外,却以殷末大儒箕子为祖统,受"洪范九畴"之"八条之教",承接了其道统与文统。自此,海东"俗尚廉耻,文物之懿,人材之作,侔拟中夏",彬彬文学之士,引领后学,世称"小中华"。自从高丽光宗以后,以科举考试取士,代代崇尚文理,依照中华之制设计国体,薰陶化成,垂统几百年。

海东朝鲜朝时期的程朱理学家们认为,上古人为文以"道"为本,"文"是"道"之载体,"道"是"文"之"主"。但是古时候的"文",与"道"一起都是为现实政治服务,成为巩固统治阶级利益的工具。他们认为自古至今,所谓"道"皆寓于"文",无文则道无以寄,无道文亦无以施。自古以来的历史说明,道统和文统并行而来,都为时代政治所不可或缺。值得注意的是二者虽并行,但它们固有经纬、表里之别,又有轻重、本末之差异,不过归根结蒂二者还是经纬并蒂、表里互补,谁都离不开谁。对道统与文统、道与文的这种哲理关系,仁祖时期的张显光指出:

> 天下之道,固无单行之理,必有经纬焉,又必有表里焉。经以始之,纬以终之,里以主之,表以应之。经纬非二道也,表里非二原也,以轻重

言,则固是经重而纬轻,以本末言,则又是里本而表末。然经待纬而成,里待表而立,则诚不可徒经而无纬,徒里而无表,势必相须,用必相济。[1]

这就是说,天下的任何一种事物都带有两面性,儒家之道亦是这样。道统与文统或道与文都不可单行,皆必有其经纬,必有其表里。张显光认为在这样的动态关系中,经纬各有始终,里表互有主应,从本质上说,经纬非二道,表里非二原。同时在轻重、本末关系中,经重而纬轻,里本而表末,但是应该清楚"经待纬而成,里待表而立",经与里不可能离开纬与表而存在。换过来讲,道与文的关系亦然,二者"势必相须,用必相济",是不可分离的依存关系。任何一种事物的发展变化都是由于矛盾运动造成的,矛盾是指事物自身所包含的既相互排斥又相互依存,既对立又统一的关系。文学上的道统与文统、道与文的关系亦是如此,二者既矛盾又统一,是既相互排斥而又相互依存、既对立又有机统一的关系。所以历来善于执政者,无一不是深刻领会道文关系者,也无一不是善于施道用文者。所以李彦迪说:

> 试以大舜、文王、卫武公之事言之,舜在位五十年,治定功成,礼备乐和,其功化极矣。而犹作敕天之歌,君臣相戒,其言曰:"敕天之命,惟时惟几。"言敬天之道,在于无时而不警,无微而不省也。文王享国岁久,昭事上帝,自朝至于日中昃,不遑暇食,用咸和万民。故诗人赞之曰:"惟天之命,於穆不已,於乎不显,文王之德之纯。"言文王之德纯亦不已,而合乎天道也。武公行年九十有五,犹箴儆于国以求规谏,作抑戒之诗以自警,其诗曰:"相在尔室,尚不愧于屋漏。无曰不显,莫予云觏。神之格思,不可度思,矧可射思?"言人君非独致谨于临朝对群臣之时,至于宫庭幽隐之地,亦不敢肆,凛然自持,如对神明。于此见古昔圣帝明君法天

[1]《旅轩先生文集》卷10《文武一体论》,(韩国)《韩国文集丛刊》。

存诚，主敬谨独，终始惟一，无时间断。[1]

古之舜帝、周文王、卫武公等人之所以能够取得杰出的政绩，原因可能是多个方面的，但其中的关键在于"礼备乐和"、重视精神教化。儒家的《中庸》《诗经》等经典中，大量记载着古代帝王利用礼乐、文教加强和巩固其统治的事例，揭示他们如何仰乎天道，顺乎人心。其中的卫武公享年九十五，且经常求规谏于大臣，而且时不时地"作抑戒之诗以自警"，让自己成为廉洁而光明磊落的明君，以此自勉。可见，古之圣帝和明君经常利用诗文以自警，而先秦儒家经典也都以最简洁、敦实的文章记录和评论古代圣贤的思想和事迹，而且以此为道的基本内容，显示出了道本互致的文风。

上面提及儒家文统，与道统并行，且为之服务。不过探其渊源，则亦与道统始终，二者相生相伴，不离不弃。换句话来讲文统与道统一起，都起始于上古圣人那里，圣人有道即施道，需要文之协和与载道，文成为了道之纬与表。李睟光曰："圣人之文章，非以文字而言，于其动静事为之间，含精明纯粹之实，光耀发越，人得以见者谓之文章。孔子称尧曰：'焕乎！其有文章。'（按，《书》所谓'钦明文思，允恭克让，光被四表，平章百姓。'）皆尧文章之著，见于外者，子贡所云：'夫子之文章，亦若是耳。'"古圣人的文章并不是只指文字上的著述，而更指："于其动静事为之间，含精明纯粹之实"[2]，文中载道之内容越丰富，就越有感染力或教化意义。这里所谓"文章"，也有双关意义，还有文化、礼仪制度等意思，不过这些都离不开"文"之"文章"，起码都与"文"之"文章"有极密切的关联。

海东朝鲜朝时期的性理学家们认为先秦的圣人之书即含道统，而又显示儒家的文统，为后世的文章之学树立了榜样。举其中的《春秋》一书，经过孔子

---

1 《晦斋先生集》卷7《一纲十目疏》，（韩国）《韩国文集丛刊》。
2 《芝峰先生集》卷28《秉烛杂记》，（韩国）《韩国文集丛刊》。

的删修以后，已经超越鲁国史书的范畴，其用词遣句"字字针贬"，形成独特的文风，被称为"春秋笔法"，为后世奉为儒家经典。海东历代也继承这种《春秋》的经典精神，在历史学和文学上也适用这一"春秋笔法"，从而坚持儒家的道统和文统。如对海东史《东史纲目》的编撰原则，著者安鼎福指出："资其考阅而已，非敢以撰述自居也。大抵史家大法，明统系也，严篡贼也，褒忠节也，正是非也，详典章也。诸史于此，实多可议。"[1]从这些话中，可以感知著者在撰写《东史纲目》的过程中，是多么地重视"春秋笔法"的运用。同时读这部海东历史书，处处可知作者是为了体现儒家道统和文统，下了不少工夫。

到了海东朝鲜朝中期，虽性理之学盛极一时，但词章之风时不时地抬头而搅乱道学派掌控的文坛。这使得各派道学势力十分警觉，纷纷撰文声讨当时的浮靡文风，以肃清文坛的不良倾向。海东朝鲜朝时期的大性理学家、畿湖学派的领袖李珥，十分担心眼前发生的文坛弊端，亲自撰写一系列文章严厉批评文坛浮华之风。他在《文策》一文中，回顾国内外道统和文统的发展历史，评论文学史上的一些正反面教训，想以此纠正文坛的不良之风。他说：

> 文者，道之著，文而外道，非文也。故圣贤之文，一出于道，其载在六经者，粲然可见。但孔门立四科之目，游、夏以文学称，是则疑若外道而言文也。抑游、夏之文，亦非徒文而已者耶。秦、汉以降，士不讲道，文与道遂裂而为二物，虽或有以文鸣者，皆浮华驳杂之为尚，而无复明道之实矣。其间庶几于道者，如汉之董仲舒、扬雄，唐之韩愈，宋之欧阳修，先正许以近似，而谓非诸儒可及，然考其平生立言行事之实，则未尝无病焉。其所以能近道而亦不能无病者，何欤？就先正论之，考亭先生，沉潜于道义而发越乎文章；西山先生，汪洋乎文章而浸淫乎道义，二先生所入不同，而终归于一致者，何欤？观乎今之世，文弊极矣，有科举之文，有

---

[1] 《顺菴先生文集》卷18《东史纲目序》，(韩国)《韩国文集丛刊》。

词章之文，二者迭为之病而文不文矣。文弊若兹，世道何如？欲救之弊，将有术欤。[1]

文之所以为文，因载道而成，文而离开载道之功能就不是文了。古代圣贤之六经，因满载着道，所以粲然昭著。孔子的门徒设德行、言语、政事、文学等四科之目，其中子游、子夏，以文学著称，三代之学，必以载道为务，皆所以明人伦为要。自汉以来，上无善治，下无真儒，众流杂出，世之儒者徒知有文而不知有道。从此，文以浮华为尚，驳杂为宗，心无所得，外为巧言，取悦于人而炫玉于世，斯文之弊，再无人问津。李珥认为文学史上虽出现过几位稍知尊孔孟而抑异端者，但只不过数人而已，其中有汉之董仲舒、扬雄，唐之韩愈，宋之欧阳修等。这些文学史上的前辈贤人，其文于载道只"许以近似，而谓非诸儒可及"，然考察其文未尝无病。在前贤之中最为可称道者，应该算朱熹、真德秀诸人，他们或"沉潜于道义而发越乎文章"，或"汪洋乎文章而浸淫乎道义"，达到了圣贤载道之境界。李珥一转话锋，指摘海东朝鲜朝时期文风之弊端，认为本国文坛真儒日少，道术日坏，文弊至极。尤其是世道日下，文风沉迷，科举制文和词章之文叠加作怪，文不文，诗不诗，文坛改革势在必行。他进一步强调夫道之所以不明，是因只知其末而不知其本之故，道之所以不行者，先其所后，后其所先之故。

从本质上讲，文统就是古文传统，发扬古文传统，就是坚持儒家文统。所以中唐韩愈、柳宗元等为反对六朝以来骈体文的华而不实之文风，大力倡导古文运动，以复古为号召，要求改革文体，恢复秦汉之散文传统，复兴儒家自古以来的文统。宋人承接这一古文运动的大旗，针对当代浮艳文风，相继加以倡导和阐发，将道统与文统高度统一于"文道合一"的现实努力当中。中国先儒的这种古文理论和精神，传到海东朝鲜朝时期文坛上亦引起重要影响，许多文

---

[1]《栗谷先生全书》卷6《文策》，（韩国）《韩国文集丛刊》。

人又想以古文为号召，改变沉滞而浮华的本国文风。他们认为海东朝鲜朝时期虽以道学之邦自期，但随着国内各种矛盾的激化，社会思想也随之繁复和浮躁，文风亦跟着日下，以至于不可救药。像李珥所说的那样，改革文学之路在哪里，振兴文风之处方为哪般，人们都在思索中摸索着。海东朝鲜朝时期进步的文人都在思索中发现，答案在中国上古圣人那里，在后世唐宋人那里，在学习前贤古文运动的经验和艺术精神中，有信心找到出路。肃宗朝的学者许穆回顾儒家文统时说道："上古载籍无传，虞夏以来，姚姒之浑浑，殷周之噩噩咢咢，可见于六经，圣人之文，天地之文。孔子之门，称文学子游、子夏，周道衰，孔子殁，圣人之文坏，贰于老氏，散于百家，至秦则又焚灭而无余。天地纯厚之气，至《国语》《左氏》，简奥犹在，至战国长短书则乱矣。太史公继先秦古气，至扬雄氏，不及古而入于奇，然扬雄氏死，古文亡矣。魏晋氏来，萧索尽矣。唐时，韩、柳氏出而继西汉之末，其后苏长公得变化，而不及古远矣。又其后崆峒、凤州浑厚不及韩，变化不及苏，特为瑰诡。自秦、汉以降，古变而乱，乱变而奇，奇变而诡。"（许穆《记言》卷5《文学》）许穆历数文统在历史上的变化，不像前人把秦汉以后至中唐一概说成道衰文坏，而是认为到了汉扬雄去世以后，古文才彻底消亡。他还认为自西汉以后至宋明时期，虽出现了一些追随古文运动和写古文的文人，但他们远不及古人，其中包括韩愈、苏轼等一批古文家。他认为西汉扬雄以后的古文，"古变而乱，乱变而奇，奇变而诡"，一代不如一代。这种情况在海东也一样，海东朝鲜朝前期的词章学离道越来越远，到了中期道学兴起后状况稍微好转了一些，但随着科举考试的弊病和文治主义政治实行重视词章能力的政策，浮靡文风逐渐抬头和日趋盛行。在这种情况下，能不能复兴古文及古文精神，显得格外重要。

海东朝鲜朝时期的性理学家们干脆把自己的学问叫做道学，而将这一学术群体称为道学派，从而将自己及其学派的使命以道学自命。他们高度肯定唐宋古文运动恢复道统与文统的历史功绩，说他们文起八代之衰，道济天下之溺。

所以韩愈及其古文运动家,成为了海东人学习的榜样,为海东人指出了前进的方向。他们认为儒家的上古经传之文,满载着圣人之道,其中充分体现着自古以来的道统与文统。其后的漫长岁月里,道统与文统经历了及其复杂的衰微期,一直到宋学崛起才改变了这种状况。许穆云:

> 凡圣经贤传之旨,庶几窥及其大段,求之于心。愚不自量,若有余裕,其发于言词者,亦不无几乎古人者。窃复思之,文章之作,本非异道。如此而求之,如此而得之,如此而发之,故曰蕴之为德行,施之为事业,发之为文章。如《易》之奇,《诗》之葩,《春秋》之义,虞夏之书,畢畢号号,殷盘、周诰之佶屈聱牙,皆不出于圣人贤人之手乎?自子思、孟子之后,圣人之道不传,如老、庄之虚无,杨朱之为我,墨子之兼爱,仪、秦之从横,申、韩之惨礉,管、商之利,孙、吴之变,邹子之怪,各自为道,争高竞长,于是文学散乱,游学之徒,迭荡泛滥于侈言逸词。其能者,莫不偃謇骄溢,自谓得圣人之精微,而求其心则未也。其后如司马迁、相如、扬雄、刘向、韩愈之伦,皆可谓文章之尤著者也,皆未得圣人之心,自此道德之与文章,相去不啻万里。[1]

先秦时代的圣贤之经典,都是圣人手订的经典和贤人阐释的著作,具有极其丰富的思想内容。要探求其中的奥义,领会古人的心传之旨,是一件极不容易的事情。自孔子及其弟子之后,圣人之道不传,原因在于老、庄、杨朱、墨子、张仪、苏秦、申不害、韩非、管子、商鞅、孙子、吴起、邹衍等百家出而"各自为道,争高竞长"。于是"游学之徒,迭荡泛滥于侈言逸词,其能者,亦莫不偃謇骄溢",他们都说得到了圣人的精微之旨,但实际上谁都没有得到。甚至连司马迁、司马相如、扬雄、刘向、韩愈等文学史上人人称道的大家,也

---

[1]《记言》卷5《答朴德一论文学事书》,(韩国)《韩国文集丛刊》。

"皆未得圣人之心",因此可以说"自此道德之与文章,相去不啻万里"。

真正得到圣人之旨,改变沉滞的文学现状者,到了宋人那里才出现。宋人深知圣人之道的本质在于心学,在于"知""行"问题上,懂得治"心"才能够真正治理天下。他们认为六经所记载的上古帝王史,实际上就是以心治道、以心理政的历史,尧把帝位传给舜、舜把帝位传给禹的时候的十六字心法就是其明证。对这一十六字心法,朱熹在《中庸章句集注序》中有较为详细的分析,经过他的进一步发挥,成为了儒家心性理论的重要内容。海东朝鲜朝时期的心性学家们认为,到了中国宋代二程、朱熹的时候,儒家的道统和文统才真正得到复兴。他们还认为无论是对圣贤之传的解释和评论,还是从注释家的文体和文笔上看,都一洗过去的浮艳、沉滞之风,树立了众家之榜样。许穆指出:

> 宋时程氏、朱氏之学,阐明六经之奥,纤悉、委曲、明白,恳恳复绎,不病于烦蔓。此注家文体,自与古文不同,其敷陈开发,使学者了然无所疑晦。不然,圣人教人之道,竟泯泯无传。穆虽甚勤学,亦何所从而得古文之旨哉。后来论文学者,苟不学程、朱氏而为之,以为非儒者理胜之文,六经古文,徒为稀阔之陈言。穆谓儒者之所宗,莫如尧、舜、孔子,其言之理胜,亦莫如《易》《春秋》《诗》《书》,而犹且云尔者,岂古文莫可几及,而注家开释易晓也。[1]

许穆认为中国宋代的二程、朱熹之理学,在阐明六经之奥时,"纤悉、委曲、明白",读起来头绪清楚,"不病于烦蔓"。二程、朱熹所开发的这种"注家文体",具有极佳的感染力,使人"了然无所疑晦"。通过程朱之文,可以看到古文之旨,它们是真正的"儒者理胜之文"。在此,许穆直接将六经称之为"六经古文",断言尧、舜、孔子之文就是这种"理胜之文"。他强调儒家的《易》

---

[1] 许穆《记言》卷5《答朴德一论文学事书》,(韩国)《韩国文集丛刊》。

《春秋》《诗》《书》《礼》就是道之源泉，文之祖师，是后世所称古文所在。

许穆自称自己继承古文家的遗绪，平生为之而付出一切，为的是复兴古文，以洗涤海东朝鲜朝时期文坛的浮夸之风。他说："穆非舍彼而取此，主此而污彼，惟平生笃好古文，专精积久，至于白首，而其所得如此。穆行事悫直，不趋世俗蹊径，文词逼古，又不喜蹈袭后世翰墨工程。诋诽异端，抑绝浮夸，寻追古人遗绪，兀兀忘饥寒，追老死而不悔者，将举一世而称我为一人。"[1] 为复兴古文，纠正时弊，他愿意为之而付出一切。他又说："穆不必多让，来书所讥，似若近矣。然传不云乎。孔子之门，亦称文学子游、子夏，孟子传尧、舜、孔子之道，而孟子称雄辩，此何可易言也。其言语、其文章，一出于道德而不悖，足以继古而传后，则古圣人贤人之教人勉人者此也。穆穷思毕精竭力，愿欲企及而不能者，亦此也。"[2] 在海东朝鲜朝时期学术界和文坛上，像许穆一样为复兴古文，振兴本国文坛之萎靡状态，不顾一切地迈进学问和创作的人还有很多。

第三节　经学研究及其对文学的影响

到海东朝鲜朝中期，儒家经学逐渐成为学术的主体。这时期的道学，虽仍在与词章派的论争中衍化，但是因为以经学为底蕴，其内涵更为丰富和深刻，从而压倒一切其他意识形态而取得独家经营思想界的地位。海东朝鲜朝时期学术界对经学的定义，与中国历代并无什么差异，所不同的则是其法律地位更为确固，对它的崇信度更为广泛。由于政治意识和学术思想的全面道学化，社会其他意识形态也不可能另设灶台，幸免囹圄之境，其中包括文学。所以欲明海东朝鲜朝的文学，不能回避其与当时经学的关联，也不可能离开经学而揭示其内涵与变化。

---

[1] 许穆《记言》卷5《答朴德一论文学事书》，（韩国）《韩国文集丛刊》。
[2] 许穆《记言》卷5《答朴德一论文学事书》，（韩国）《韩国文集丛刊》。

当时的海东朝鲜朝时期因为以程朱理学为国家的指导理念,其意识形态方面的所有领域都深受其支配和制约,如其哲学、政治学、史学、文学、艺术学等社会上层建筑的各个部门。程朱理学以其"天理、人欲"的心性之学薰陶人心,又以其"惟微""惟精"的心法浸染人情,不断地改变着人们的世俗思想和感情,亦日益改变着众多文人的文学观念。日趋道学化的海东朝鲜朝时期文人的文学观念,伴随着当时逐渐发展起来的经学思想,表现出浓厚的道德哲学的审美意味。他们的这种审美意识,主要受五大方面的影响,一是深受宋代二程、朱熹、真德秀等理学家文学思想的影响,认为"作文害道""文从道中流出""以文穷理"。二是深受中唐韩愈以来古文运动家文学观念的影响,主张"文以载道",为文"穷究经传,沉潜训义"。三是深受中国《诗经》以来言情、讽谏、美刺、化人等诗学思想的影响,强调文学的美感作用和教化功能。四是深受中国经学家们文学观点的影响,指出"六经皆史""六经诸文皆为我师"。五是深受中国言志抒情的文学传统的影响,主张作"兴于歌咏,归于性情之正"的作品。这些文学观念在海东朝鲜朝时期文人那里,有时是单独发现,有时则融合在一起,成为每个时期时尚的文学思想而发挥应有的作用。

从海东朝鲜朝时期文学观念的演变过程来看,经学与文学的确具有极其密切的关联性,甚至也可以说经学对文学有着绝对性的影响。尽管文学以其自身审美规律性的特征,往往在自身发展的过程中要显示吟咏性情、比兴情采的特色,但不可能超出封建时代意识形态的思想囹圄,只能时常迎合经学的招揽,以自身独有的审美特质,传达出经学的各种奥义,以成为经学的附庸。这是东方儒家文化支配下的文学必然的命运,是不可能逾越的思想文化屏障,它又决定着儒家文学观念道学化的历史进程。从海东朝鲜朝时期思想文化的深度分析来看,这时期经学与文学的有机关系,可以说有多个方面的因素来决定。

海东朝鲜朝时期经学的官方学说地位,严重制约着文学的发展及其观念的演进。在当时的情况下,儒家经典具有治国理政的理论来源和治理天下百姓的化民成俗之教科书的功效。当时的海东朝鲜朝时期朝廷和社会各界的思想意识中，儒家经典不仅代表了圣贤的思想和意志，而且还具有封建国家法理的根本性，具有着无可替代的天理。海东朝鲜朝时期的学者们认为这些儒家经典来自于古圣贤的实际治绩或亲身制作，是"治道""王道""道统"和"文统"的载体，所以它们在封建王政、王朝思想、社会学术、文学教化等方面，都具有崇高的地位。其中"经"主要指儒家十三经，"典"包括历代儒家学者的注释、阐发、训诂之作。

海东朝鲜朝时期自将程朱理学确定为国家统治思想以后，便开始大量刊印儒家经典，并在中国历代学者对四书五经所作章句、集注的基础之上，本国学者对儒家经典又进行注、释、传、笺、疏、章句等作业，以弥补其缺憾，并阐发自己对儒家经典的看法。朱熹的《四书章句集注》《五经集注》等充分反映了朱熹理学思想体系，海东朝鲜朝时期首先将其定为治国之本、社会思想行为规范和准备科举考试的标准教科书。但学者们在精读这些朱子典籍的过程中，还是发现了一些不足或缺陷，并对其进行了一系列的考训和辩证。对朱熹及其学说推崇备至的海东朝鲜朝时期的学者们，冒着被扣上"斯文乱贼"大帽的风险，还是对其进行了补正工作。这在海东朝鲜朝初期是一件再小心谨慎不过的事情，但随着海东经学的深入和发展，逐渐成为普遍的学术现象。海东朝鲜朝中期的实学思想家李瀷在《经史门·注疏有误》中指出："古礼之所信从，不外于注疏，而注疏或有误，不可不辨者。略举数端，庶子之子承，重于妾祖母也。君父并丧不服父服也，继祢之宗不斩于长子也。此三者，不核于本源，亦无奈于末流，聚讼其有既乎。"[1] 对于古礼，历来都信从那些注疏之作，但古人的注疏也有误，如果有误就不可顺从，应该进行辨误工作，而后方可施用。比如举办丧葬之事时，古代典籍上都有相关的规定，但在如何理解经典之意的问题上，往往出现意见分歧。因为时过境迁，上古时期的社会条件和习俗情景

---

1 《星湖先生僿说》卷19，（韩国）《韩国文集丛刊》。

后人很难把握清楚,而且人间世界的各种关系错综复杂,有时很难理清,所以古人对儒家经典的注疏产生一些误差是可以理解的事情。就拿举办丧葬仪礼的问题来说,给儒家经典的作者和注疏家或阐发家都提出了一系列难题,必须多参考其他典籍中的相关内容,追本溯源,最后才能得出最正确或靠近的结论。

所谓经学就是对儒家经典进行注释、章句、阐发的学问,其中所蕴含着的儒家极其丰富而深刻的思想和知识,是儒家理论学说的核心所在。它不仅是海东朝鲜朝时期的主流学问,统治思想之主要源泉,也是一切文化建设的指导理念,能够担当此任的只能是国王身边和在野的文化精英,即士大夫文人或在野文人中的著名学者。海东朝鲜朝时期的经学家们认为经学就是帝王至治之学,是邦国的治本之学,也是一切文物观念和制度的根本之学。李滉在《戊辰六条疏》一文中说:

> 敦圣学,以立治本。臣闻帝王之学,心法之要,渊源于大舜之命禹,其言曰:"人心惟危,道心惟微,惟精惟一,允执厥中。"夫以天下相传,欲使之安天下也。其为付嘱之言,宜莫急于政治,而舜之于禹,丁宁告戒,不过如此者。岂不以学问成德,为治之大本也。精一执中,为学之大法也,以大法而立大本,则天下之政治,皆自此而出乎。惟古之圣谟若此,故虽以如臣之愚,亦知圣学为至治之本,而僭有献焉。[1]

这里所说的"圣学",是指儒家的"圣人之学",也是具体的孔孟之学。李滉强调诚恳敦实地学习圣人之学,以立治国之本,以固王道政治,这是一个至关重要的关键所在。帝王之学渊源于古代帝王治国理政、驾驭邦国政治的经验,其虽千头万绪,但"心法之要"才是根本。尧、舜传国之十六字心法,是乃安

---

[1] 《退溪先生文集》卷6,(韩国)《韩国文集丛刊》。

宁天下之法，开了后世心性哲学之源和道统之传，无疑是"为治之大本"和"为学之大法"。

程朱理学被确立为海东朝鲜朝时期的治国理念，经学也随之被立于官学，因为经学是其思想渊源。正因为如此，这时期的文学观念牢牢地被日益发展的程朱理学和经学所制约，充当其附庸的角色。因为儒家经典中满载着圣人之道，成为了程朱理学的思想源泉，它的地位至高无上，文学当然是其麾下的一步棋子而已。由于研究经学需要相当的学术基础，再由于与财富利禄关系密切，激发了各阶层士大夫文人对它研究的浓厚兴趣。海东朝鲜朝初期的性理学者吉再（1353—1419）曾说道："但以竭力耕田，驰心经学，下以养亲，上以事君。"[1] 说的就是这个意思。随着海东社会文化的道学化，出现了大量经学研究的学者和学子，这种状况日甚一日，其中大都皓首穷经，使海东朝鲜朝时期的学术取得巨大成就。

在这样的思想和学术氛围中，海东朝鲜朝时期的文学思想深深被吸入道学和经学的研究范围之中，一时很难摆脱其影响。可以说海东朝鲜朝时期的文学意识，主要是经学家的文学意识，因为当时的经学家既是程朱理学家，也是作家和文论家。他们的著述往往是对儒家经典的学习和阐发、注疏和阐释以及章句和评论结合在一起，成为多方立体的学术成果，他们的文学意识就在里面。他们的文学观念往往承接儒家经典中的文学思想，进一步发展为自己道学化的文学观念，注意保存圣人之旨的内涵和圣贤之道的意蕴。如上所述，权近根据对儒家经典的学习和考察，认为道与文相守相依，谁都离不开谁。他说："文在天地间，与斯道相消长，道行于上，文著于礼乐政教之间，道明于下，文寓于简编笔削之内。故典谟誓命之文，删定赞修之书，其载道一也。"[2] 认为道与文在这个世界上，相守相依，相互消长。文在哪里？文在礼乐、政教之中，寓于古

---

[1]《冶隐先生言行拾遗》卷上《后山家序》，（韩国）《韩国文集丛刊》。
[2]《阳村先生文集》卷16《郑三峰〈道传〉文集序》，（韩国）《韩国文集丛刊》。

代简编笔削之内，所以可以说古人"典谟誓命之文，删定赞修之书"皆为文与书之典范。而道就装载于其中，载于其文其书的字里行间，它与文是不可分离的亲密关系。

海东朝鲜朝时期的经学家们还顺应儒家经典的意思，接受古人的凡"文"、凡"文章"观念，以示作为经学家的学识和城府。如上所述，郑道传曾说："日月星辰，天之文也；山川草木，地之文也；《诗》《书》《礼》《乐》，人之文也。然天以气，地以形，而人则以道。故曰：'文者，载道之器。'言人文也得其道，《诗》《书》《礼》《乐》之教，明于天下。顺三光之行，理万物之宜，文之盛至此极矣。士生天地间，钟其秀气，发为文章，或扬于天子之庭，或仕于诸侯之国。"[1]这里涵盖三种"文"，一是"天之文"和"地之文"，二是"人之文"，三是士之"文章"。在这三种"文"中，第一种谓之"自然之文"，第二种谓之"人文之文"，第三种谓之"文人之文"。按照如今的说法，它们分别代表纹理、文化、文章、文学等意思，告诉人们"文"的演变历史。《周易·贲卦·象辞》曰："刚柔交错，天文也；文明以上人文也"可知，上面的"天之文"指自然界万物呈现出的文采、文理，"地之文"指山川地理之变化，"人之文"指广义的文，包括文字、文化、文章、文学等。可以看出，海东朝鲜朝时期文人对"文"的认识，是承传着儒家经典关于"文"的观念。

海东朝鲜朝中期的张显光将此"文"说，发展为更加简单易懂的理论形态，认为它们都跟着自然万物的变化而变化，随着人间社会的发展而变化发展。他还进一步认为道在文中，文以道而显，所以无道则无文，无文则道无以显。他说："文者，道之发于功用，形于模象，而等第之所以秩，条脉之所以别也。凡运行分布于宇宙间，有耳可得以闻焉，有目可得以接焉，有心可得以理会焉者，为有其文也。道若无文，何得以为道哉。故天有天之文，地有地之文，在人有人之文。天地之文，根于自然之理，成于自形之气者也。人之

---

[1] 《三峰集》卷3《陶隐文集序》，（韩国）《韩国文集丛刊》。

文,亦莫不由于自然之理,自形之气也,而其有以品节之修明之者。"[1]张显光认为"天文""地文"和"人文"的出现都是自然的,符合其自身规律的。尤其是"人文"的出现和发展,也是顺应了自然之理,符合人类自身变化的规律,它成于"自形之气",显于"品节之修明之者",即显于自身创造的人类社会文化。

他们认为六经是文学的"先师",是后世文学的总始源,因为它们本身都是极其优秀的文学作品。《诗经》是诗之始,《春秋》是文之源,《论语》是语之师,《孟子》是文章之范,其他儒家经典也都是"言宣于口""事载于册"而"言简意赅"的好篇章。海东朝鲜朝成宗时期的经学家金宗直(1431—1492)则认为文出经术,经术乃文之源,经术就是诗书六艺之文,它们是后世文学之文的先师。他说:

> 经术之士,劣于文章,文章之士,暗于经术,世之人有是言也。以余观之,不然。文章者,出于经术,经术,乃文章之根柢也。譬之草木焉,安有无根柢,而柯叶之条鬯,华实之秋秀乎。诗书六艺,皆经术也。《诗》《书》、"六艺"之文,即其文章也。苟能因其文,而究其理,精以察之,优而游之。理之与文,融会于吾之胸中,则其发而为言语词赋,自不期于工而工矣。[2]

这里的"经术",即指经学。《史记·太史公序》曰:"仲尼悼礼废乐崩,追修经术,以达王道。"清唐孙华《国学进士题名碑》诗也云:"罢黜诗赋崇经术,儒生讲习丘与轲。"这些都是其明证。金宗直认为文章出自于经术,经术是文章之根柢,也就是经术乃文之本根。从这样的观点出发,他不同意经术之士劣于

---

[1] 《旅轩先生文集》卷6《文说》,(韩国)《韩国文集丛刊》。
[2] 《佔毕斋文集》卷1《尹先生祥诗集序》,(韩国)《韩国文集丛刊》。

文，文章之士暗于经术的观点。他举例说文与经术的关系如同草木之根柢于条
叶之关系，认为其"华实之秾秀"，离不开其培根滋养。他又指出《诗》《书》、
"六艺"之文，就是儒家所说的真文章，精以察之，因其文而究其理，才能知道
其中的所以然。理之于文，融会于创作主体的胸中，写出来的作品才能够"自
不期于工而工"。朱熹曾经在《论语集注》中说过："文者，《诗》《书》、六艺之
文。"又说："天下之理，有大小本末，皆天理之不可无者。"金宗之的这一观
点，与朱熹的文章观，有不谋而合之处。

海东朝鲜朝时期的经学家们认为儒家的四书五经本身就是早期的文学作品。
它们被后世视作文学创作的源头，是装载着圣人之道的丰实无比的作品群。他
们认为圣人的文章之所以光芒万丈，并不是因为文章写得怎么好，而是因为满
载着治世治人之道，内容严肃恭谨，明察是非，宽宏温和，足以成为万代文章
之师范。张显光说：

> 伏羲则发天地之所未发，文王、周公则发伏羲之所未发，孔子则发
> 文王、周公之所未发。是固卦之画，辞之系者，皆非圣人之得已也。四圣
> 既远，左道纷兴，千载归来，《易》道几晦矣。又幸程子有《传》，朱子有
> 《本义启蒙》等书，以发四圣之余蕴，则所以羽翼乎此《易》者，尽而又尽
> 矣。[1]

张显光认为古圣人的这种文章传统没有被后世很好地承传，让那些浮躁之
徒践踏，留下了千古遗憾。不过幸亏至宋代，二程、朱熹出而继承先圣的衣钵，
撰写《遗书》《经说》《四书章句集注》《太极图说解》《通书解说》《周易读本》
《楚辞集注》等著述，"以发四圣之余蕴"。张显光认为在四书五经之中，文学性
尤为突出的是《诗经》及其后世的解经之著述，它们整个就是典型的诗歌总集

---

[1] 《旅轩先生文集》卷8《易学图说序》，（韩国）《韩国文集丛刊》。

和文论著作,更不用说对后世文学的发展引起了多么大的反响。

海东朝鲜朝时期的道学家们认为在儒家经典中,文学性较强的应该算是《论语》《孟子》《春秋》。他们提醒读这些经典的时候,不要只顾诵读而忽略其中极其丰富的思想内容。李滉指出:"程朱称述,乃以《论语》为最切于学问者,其意亦犹是也。呜呼!《论语》一书,既足以入道矣。今人之于此,亦但务诵说,而不以求道为心者,为利所诱夺也。此书有《论语》之旨,而无诱夺之害。然则将使学者,感发兴起,而从事于真知实践者,舍是书何以哉。"[1] 二程和朱熹曾经称扬《论语》是一部学术性极强、文章写得极精湛的经典之著作,只要手里拿到一部《论语》就足以学懂圣人之道。李滉提醒读者读《论语》时,不要只乐于诵读而忘记其丰盛的内容,又不要用那些利害得失的想法去读它。李滉受"圣人之文"的影响,撰写了《朱子书节要》一书,想以此"感发兴起""从事于真知实践者"。

海东朝鲜朝时期的经学家认为圣人删修六经、撰写四书,为的是传达其道及道统,但应该注意的是为达到这一目的极其讲究文章之法,甚至非常注意文章的艺术效果。千头万绪,四书五经最终还首先是"文",然后才是"经","经"寓于"文"之中,"文"因"经"而闪耀其性,"经"与"文"融合而光芒万丈。所以"经"并不是抽象的,而"文"亦不是"空文",六经意味着"经"性,也意味着"文"性,二者交融而后其中深邃的思想、道德、行事、修养和王道之正确走向合为一体,传达到亿万读者心里。关于"经"与"文"的有机关系,以及六经之文的文学性格,权近早有深切的认识。他说:

且孔子编《诗》,欲使学者兴于咏歌,而得其情性之正。其修《春秋》,以为托之空言,不如载诸行事之深切著明也。此录所载,皆是古人行事之著明者也,其赞亦可咏歌而兴起者也。苟以此书,布之闾巷,以教童

---

[1] 《退溪先生文集》卷42《朱子书节要序》,(韩国)《韩国文集丛刊》。

蒙，朝夕咏歌，习熟见闻，以兴起其善心而感发其天性，则人人可为曾、闵之行，不谬于圣人作经垂训之旨，有补于国家化民成俗之意矣。其书虽小，其有功于名教甚大，岂可以其出于近代而忽之哉。[1]

权近认为孔子之所以删定《三百篇》，其旨就在于使人通过起兴歌咏，"得其情性之正"。孔子虽以"素位"临学，但删修《春秋》以寄褒贬前人之语，为后人明灯指路。值得注意的是，《春秋》的文字畅达，表意精湛，可谓文章学之典范，尤其是其中的"赞"，"可咏歌而兴起"，给人以很强的感染效果。海东朝鲜朝时期的经学家以四书五经为榜样，经常撰文或写书，阐发自己的新认识，以弘扬儒家经典的思想和道统精神。权近撰写的经学著述《四书五经口诀》《五经浅见录》《入学图说》等就是其中的一例。在这些经学著述中，他尽可能加强文字表达力，让其成为意深文美的好文章，从而具有很强的感染力。他后来撰写的《孝行录》，也以这样的标准要求自己，写出后深受读者喜爱。对这本书的写作要求，他说"苟以此书，布之间巷，以教童蒙，朝夕咏歌，习熟见闻，以兴起其善心而感发其天兴"，从而在整个海东王朝形成一个人人可作曾子、闵子骞（都是孔子的弟子）的礼仪社会。只要海东朝鲜朝时期经学家们的著述都能达到这样的标准，才可实现"不谬于圣人作经垂训之旨，有补于国家化民成俗之意"的理想目标，一本书如果能够达到这样的客观效应，那可以说它对王朝名教的贡献就不可小觑了。所以权近叮咛本朝经学界，本土经学家的研究成果，绝不能因为小国自创而忽略。

海东朝鲜朝时期的道学家们认为真正的"文"，始于上古之典谟，此典谟赓载之"文"，成为了后世文章之源泉。他们所谓"文"，虽不是后世文学之文，但它无疑是上古圣贤在治理国家和社会的实践中所作之文，为后世儒家经典之文积累了经验、打下了基础，也为后来的文学之文开启了端倪。燕山君时期的

---

[1] 《阳村先生文集》卷20《孝行录后序》，（韩国）《韩国文集丛刊》。

经学家成伣（1439—1504）说："自典谟赓载之文作，而为文之权舆。虞变而夏，夏变而殷，至于成周，其文大备，彬彬郁郁。言宣于口，无非文也，事载于册，无非文也。如君臣戒训，列国辨命，兵师誓告，祭祀祝嘏，闾巷歌谣，非文无以发。故人虽欲不文，而不得不为文也。天生宣尼，振木铎之教，以天纵之圣，删定赞修六经之语，其道德文章，足以经世垂范。于是，三千之徒雾渰而集，七十二子升堂入室，高矣美矣，非后世之所可几及也"。[1] 成伣认为典谟赓载之文开启了文之始，此文历经虞夏等时期，至成周时期已显出成熟的面貌。那么，如何定义此文呢？成伣说"言宣于口，无非文也，事载于册，无非文也"，又说"如君臣戒训，列国辨命，兵师誓告，祭祀祝嘏，闾巷歌谣"等无非都是文。所以圣人修订的《诗》《书》《礼》《易》《乐》《春秋》等六经皆是"文"，而且是垂范万世之"文"，后世文学引以为称颂之"文"。

虽说"六经皆文"，但成伣主张也不能否定或排斥六经之外之文，尤其是经历历史考验的那些优秀的"文"。那些六经之外之文，许多都在继承六经之文的基础之上，根据时代现实和自己的观察进行创作的结果，篇篇留下了时代的印记。从而成伣指出"六经之外皆虚文"的观念的不当性，强调一个国家如果只有六经之文，而没有其他如史乘之文、注疏之文，记事之文、诗文之文等，不仅招致社会文化的单一化，而且国家文化事业会失去更多全面发展的机会。他主张国家不仅有儒家经典之文，以定社会思想的走向，而且还需要有其他文章体式，以适应社会发展的需要。他说：

或有问于余曰："六经之外，皆虚文也。经为治道之律令，而所当先者也。至于史家记录之书，亦不可阙，然未免浮夸润饰之弊，况外于史而怪僻者，不可录也。"余应之曰："若子之言，固滞甚矣。是犹养口腹者，徒知五谷，而不知他味也。夫"六经"，如五谷之精者也。《史记》，如肉载

---

[1] 《虚白堂文集》卷13《文变》，（韩国）《韩国文集丛刊》。

之美者也。诸家所录，如果蓏菜茹，味虽不同，而莫不有适于口者也。莫不有适于口，则莫不有补于荣卫骨髓也。[1]

成伣认为六经之文当然很重要，但不能以"浮夸润饰之弊"为借口，否定史乘及其他文体。六经之文和其他文章体式的关系，如同养口腹者"徒知五谷，而不知他味"，是极其片面的。他举例说"'六经'，如五谷之精者也。《史记》，如肉胾之美者也"，光有主食而没有辅食，不仅对不上口味，还会导致单调无味。六经之文之外的其他文章和著述，如同五谷之外的肉蛋类和蔬菜瓜果类有利于口味和营养，将会丰富国家和民族的文化品位，还对国家的意识形态建设不可或缺。

海东朝鲜朝时期的经学研究，不仅加速了学术界道学化的进程，而且还加深了文学观念的道学化。成伣主张不能将经术和文章分离开来，因为二者本非"二致"之物，只有本末的区别。但人们在实践中往往处理不好经术和文章的关系，或偏重经术而否定文的作用，或偏重文而忽略经术作为"根柢"的本质。对这一棘手的问题，丽末鲜初的经学家们都处理得很好，但越到后来思想文化显于浮躁，这个问题混乱不堪。他说："经术、文章非二致，'六经'皆圣人之文章，而措诸事业者也。今也为文者不知本经，明经者不知为文，是则非徒气习之偏，而为之者不尽力也。高丽文士皆以诗骚为业，惟圃隐始倡性理之学，至我朝阳村、梅轩兄弟能明经学，又能于文。阳村定《四书五经口诀》，又作《浅见录》《入学图说》等书，羽翼之功不少。"[2] 成伣强调六经都是圣人的文章，写的都是王道政治、仁政德治、修身齐国之内容，满篇充盈着道的芳香，写进了大量珍贵的历史教训。六经中蕴藏的这些丰富而深刻的思想，都是通过文而表达出来，构成着道与文结合的典型的文例。问题是后世的"为文者不知

---

[1] 《虚白堂文集》卷7《村中鄙语序》，（韩国）《韩国文集丛刊》。
[2] 成伣撰《慵斋丛话》卷1，庆熙出版社影印《大东野乘》1收录。

本经，明经者不知为文"，究其原因无非是思想片面、认识不足、认真劲不够等问题。在这个问题上，丽末鲜初的郑梦周、权近、权遇等人处理得很好，他们深知经术和文章互依互补的辩证关系，在自己的经学研究中既能"明经学，又能著于文"，取得了斐然的成就。尤其是权近的《四书五经口诀》《浅见录》《入学图说》等经学著述，有根有柢，深入浅出，将儒家经典的深意和来龙去脉阐发得有条不紊。

在程朱理学日益深入人心的社会风气之下，海东朝鲜朝时期的六经之学越发道学化，逐渐成为推动理学普及的理论基础。海东朝鲜朝时期的文人学者知道儒家经典具有很高的文学价值，但尤深谙其为"道"之载体，是圣人之道之"源泉"。六经之学将王道政治加以理想化，并指出它如何与国家治理事项联系在一起的具体道理，后世所谓"道"就寄息于其间。而传达这一切思想及方法的载体就是"文"，所以他们说敢于断定"无文则道无以寄"，强调此"文"的重要性。但在另外一个侧面上，他们则更认为"道"是"根柢"，"文"是"柯叶"，文离开道则失去其存在的意义。所以他们又批评为文而文，不根乎道之文，否定脱离"六经规護"的一切文学。这样一来他们把道与文关系的理论，逐步推向封建国家的统治学说的高度，强调对它们的认识事关国家治理。在这种理论认识的框架之下，海东朝鲜朝时期的道学家们自然认为文只是"贯道之器"，是道之直系附庸。对此徐居正披露道：

  况文者，贯道之器。六经之文，非有意于文，而自然配乎道。后世之文，先有意于文，而或未纯乎道。今之学者诚能心于道，不文于文。本乎经，不规规于诸子，崇雅黜浮，高明正大，则其所以羽翼圣经者，必有其道。如或文于文，不本乎道。背六经之规護，落诸子之科臼，则文非贯道之文，而非今日开牖之盛意也。然今圣明在上，天地气盛，人物之应期而生，以文鸣世者，必于于而兴焉，亦何患乎无人也。臣虽不才，尚当秉笔竢之。[1]

中国隋王通在其《中说·天地篇》中说过:"子曰:'学者博通云乎哉?必也贯乎道。文者苟作云乎哉?必也济乎义。'"王通所谓道,是指封建的儒家道统;所谓文,则意味着贯道之具。他是针对六朝"浮靡"文风,想以此恢复儒家之道在文学中的核心地位。后来唐李汉将其发展成为"贯道之器"说。他的《昌黎先生集序》曰:"文者,贯道之器也。不深于斯道,有至焉者不也?"后来宋刘本在其《初学记序》中说:"《礼》《乐》之文,随世而存亡,不见其大全,惟是《诗》《书》垂世,焕乎其可观者,皆贯道之器,非特雕章缋句以治声俗之耳目者也。"这句话也是把文看作"贯道之器",以抨击自己时代的"雕章缋句"之风。海东朝鲜朝时期的徐居正在其《东文选序》中,也接受中国前人的这一观点,以示其《东文选》所载虽是本民族的文学遗产,但坚持的编纂原则却是"文者,贯道之器"的古训。徐居正认为六经虽皆文,而其文并非为文之文,空言之文,而是载道之文、贯道之文和传道之文。因六经装载着圣人之道、王道之理,它们是万代政治与为人之指针,所以"非有意于文,而自然配乎道"。从而徐居正号召文坛须以六经之文为榜样,写出"本乎经"、"本乎道"的文章,如果"背六经之规護,落诸子之科曰,则文非贯道之文",必然遭到此道此文之唾弃。他还赞扬成宗王顺应天理,护佑圣人之道,广纳有为之道学文士,构建文治之盛世。

由于经学具有高度的理论阐发精神,经学家在阐释自己的解经观点的时候,往往体现出较为抽象的理论思维。这种思维特征和理论模式,使得海东朝鲜朝时期的程朱理学逐渐脱离现实生活,走向"空谈心性"、学派之间无为纷争的歧路。到了明宗、宣祖时期,这种负面的学术风气日甚浓厚,以至于导致激烈的四色党争,国家纪纲受到严重威胁,人们对道学和经学开始表示怀疑。尤其是

---

[1] 《四佳文集》卷4《东文选序》,(韩国)《韩国文集丛刊》。

历经"三乱"(壬辰倭乱、丁卯胡乱、丙子胡乱)之后,思想反省氛围日益形成,士大夫文人中的进步分子举起批判的大旗,开始对空洞学说进行讨伐。英祖、正祖时期的实学派思想家洪大容指出:

> 六经定于孔门而人之道立矣,笺注成于洛、闽而人之道明矣,盖著书之功,于是为大而无以加矣。虽然,自孔朱以来,不幸不遇,道载于书,搢绅先生,舍本趋末,摹画皮毛,层生注脚,纷然迭床,殊不知孔朱之所以为孔朱,在道而不在书也。(即在朱子注解多门,比之孔子之简严,未知如何也。如《楚辞》、韩文《参同契》之属,馨涉太广,阳明之窃议,恐不为无见。)半生耗神,做得百十卷疣赘之书,成就私利之契券而徒乱人意,卒无补于世教也。呜呼!此实近世儒学心腹膏肓不治之疾也。且夫人生之心力有限,理义之真精无涯,应物发虑,外有事业之实务,静观息养,内有本源之真功。乃今好学者,终岁勤苦,不出于寻行数墨参伍考证之间,宁事业之有阙,惟恐看书之不博,宁本原之日荒,惟恐著书之不多。余力学文,圣训之弁髦,吁,已久矣。是以古之学者,患在于无书,今之学者,患在于多书。在古无书而英贤辈出,在今多书而人材日下,岂惟运气之相悬哉,实多书为之祟也。今日任世道者亦可以知所忧患矣,来谕后世学者说心说性,顾于礼不屑,执事何为而发此言也。若齐明盛服之礼,视听言动之礼,吾亦未多见矣。[1]

洪大容认为六经定于孔门以后此道已立,对六经的笺注繁盛于二程、朱熹而此道已明,至此六经之学已经确立。但后世的所谓搢绅先生们"舍本趋末,摹画皮毛,层生注脚,纷然迭床",偏偏不知圣人著经、释经"在道而不在书",作许多无为之功。即使是朱熹,其批注虽多门,但与孔子之"简严"相比,还

---

[1]《湛轩书内集》卷4《与人书二首》,(韩国)《韩国文集丛刊》。

差一点。甚至无论是程朱，还是王阳明，其经学乃至道学未免过于繁琐难懂。他们耗费平生精力，做出规模庞大的"疣赘之书"，其虽不为无见，但最终只不过"成就私利之契券而徒乱人意"，这样的书或学术成就实际上对王道行实没有任何补益。这就是当今海东经学界的实际状况，也是"近世儒学心腹膏肓不治之疾"。他强调人在一生中，精力有限，而应该去做的事情却很多，哪有功夫将有效、有用的精力和知识都花费在如此空洞的事情上。由此他辛辣地讽刺这些搢绅先生们，"终岁勤苦，不出于寻行数墨参伍考证之间，宁事业之有阙，惟恐看书之不博，宁本原之日荒，惟恐著书之不多"。他慨叹如今的空疏学风，认为"古之学者，患在于无书，今之学者，患在于多书。在古无书而英贤辈出，在今多书而人材日下"。他号召用实学取代空洞的经学，以"利用厚生"之学构建新的"经世致用"之学。

有海东朝鲜朝一代，文学的发展和演变虽深受道学乃至经学的制约，但又离不开文学自身发展规律的影响。翻开海东朝鲜朝文学史可以看到，既有大量的言心性、明道的作品，也有不少"吟咏情性"，"直抒胸臆""冲淡自得"等遵从文学自身规律的主张。连道学岭南学派的领袖、大理学家李滉，也非常注重文学自身的特质，学问之余常玩赏诗文。他在《陶山十二曲跋》中表露道："老人素不解音律，而犹知厌闻世俗之乐，闲居养疾之余，凡有感于情性者，每发于诗。然今之诗异于古之诗，可咏而不可歌也。如欲歌之，必缀以俚俗之语。盖国俗音节，所不得不然也。故尝略仿李歌，而作为'陶山六曲'者二焉。"[1]李滉喜欢吟哦诗句，常写歌诗以添补忙碌之余，甚至经常吟咏谚文诗歌和民间俚俗之曲，认为其中有无限的乐趣。李滉虽以道学许以一生，但一生中写下了无数篇唯美的诗歌，在海东文学史上占有一席之地。李睟光也曾说："陶渊明诗，其高固不及建安，而冲澹和粹，出于自然，读之可以养人性情，真有道者之言也。朱子曰：'圣贤立言，本自平易，平易之中，其味无穷。今必推之使高，凿

---

[1] 《退溪先生文集》卷43《陶山十二曲跋》，(韩国)《韩国文集丛刊》。

之使深,是未必能为高深,而固已离其本旨,丧其平易无穷之味矣。'旨哉言乎。学者所当深味。"[1]他认为陶渊明的诗歌读起来"冲澹和粹",读之使人可以"养人性情",而这种"冲淡"并不是淡而无味,而是用朴素的语言和艺术形象表达深厚的思想感情。在李睟光看来,道学圣人朱熹也有尊重文学规律的一面,认为其"圣贤立言,本自平易,平易之中,其味无穷"的观点,准确地把握了六经之文之所以具有感染力的关键所在,把握住了其遵循"文"的内在法则这一点。

回顾海东朝鲜朝时期文学的历史,的确经历了迂回曲折的发展之路。无论是词章派还是道学派,诗论家还是经学家,都围绕文学及其内外规律发表过自己的见解,取得了汗牛充栋的理论成果。由于海东古代文学与社会政治、哲学、经学、艺术等有着极其密切的关联性,其文学观念也千差万别,有时因意见分歧而尖锐对立,有时因共同的文学规律而和风细雨般的切磋。其中如经学对文学的消极作用则不言而喻,它在相当程度上限制文学的独立地位,压抑其独立价值,甚至使文学成为经学的附庸。但值得注意的是,有时文学也并不示弱,顽强地表达自身价值,以极富感染力的艺术魅力,展现自己的生命力。

再由于文学本身强烈的感人、化人功能,各个阶层和各派势力都没有放过文学,拿它做文章,探索如何将它变得更加有力、有用。他们深信魏文帝曹丕所说"盖文章经国之大业,不朽之盛事"一句话,欲使文学为治国理政、淳风化俗服务。他们甚至认文学为国家之"气脉",把它的社会作用看得很高。如成伣说道:"文章者,国家之气脉也。人无气脉,则无以保厥躬而病日深矣,国无气脉,则无以维其纲而治日卑矣。是故,古之人以文章之粹驳,而验世道之隆替。治世之音,和而平,哀世之音,伤而郁,乱世之音,怨而悱,其所以呻吟占毕,形于言语文字间者。不能掩其心之所畜也。"[2]成伣以文章为国家气脉,说

---

1 《芝峰先生集》卷28《秉烛杂记》,(韩国)《韩国文集丛刊》。
2 《虚白堂文集》卷8《三滩先生诗集序》,(韩国)《韩国文集丛刊》。

"人无气脉,则无以保厥躬而病日深","国无气脉,则无以维其纲而治日卑"。这里的"文章"当然包括文学,认为它以自己的文化本性和审美规律,有畅通国家运行机制的作用。

第三章
朱子学语境下的朝鲜朝《诗经》学

中国两汉以来形成的《诗经》学，与其他汉学一起，也传播到古代海东，引起了广泛的关注并形成了自己的独立体系。作为东亚汉文化圈国家之一，海东历代封建国家上层和文士阶层，都把《诗经》学当作治理汉学的必需内容和培养后人的必修科目。不过在其发展过程中，海东《诗经》学并不是一成不变的，而是随着本国思想文化的演变而发展变化。从海东《诗经》学发展的机缘来看，原因诸多，但中国宋学的渡来关系最大，且在其影响下形成了繁复的演变过程。

第一节 朱子学心学与经学思潮中的《诗经》学

海东朝鲜朝时期的《诗经》学，并不是孤立地发展，而是和当时逐渐确立的朱子学的官方哲学化与其在意识形态方面日益权威化有着密切相关。之所以有这样的关联，得益于李氏王朝所实行的"斥佛扬儒"的思想政策，尤其是以程朱理学为国家正统意识形态的方针成就了这样的关联。这时期海东的《诗经》学迎合这种客观潮流，首先作为一门儒家学问，逐渐走出自己独立的探索之路。

高丽末叶传入的朱子性理学，经过一段消化过程，开始进入独立发展阶段。尤其是朱子学被确立为国家主流思想的地位以后，士大夫阶层和学术界竞相探讨性理学要义，著书立说，为新政权的发展奠定理论基础。当时的李氏王朝正处于进一步巩固政权、确立意识形态时期，内外面临诸多社会问题。李氏封建王朝力求以三纲五常为理政治世的根本，革除旧弊，重整秩序，加强王权，摸索中探路。另一方面，他们以大义名分为对内外处世之本，力行亲明事大，积极与明朝发展善邻关系。同时，以朱子学为正统思想，排斥佛老，竭力维护儒家道统，逐步建立严密的意识形态体系。海东朝鲜朝时期统治阶级认为要走向太平盛世，应该构筑一个有利于一统天下的思想体系，要实现这样的目标必须抓教育，因为这事关千秋万代。对此李滉记道："逮于丽末，程朱之书稍稍东来。故如禹倬、郑梦周之徒，得以参究性理之说。至于国朝，获蒙皇朝颁赐《四书五经大全》《性理大全》等书。国朝设科取士，又以通四书三经者得以其选。由是士之颂习，无非孔孟程朱之言。"[1]这种记录如实地反映了程朱理学在海东的演变过程和当时李朝政府对朱子学的劝奖政策以及因科举制度而引起的"天下士子奋习程朱之言"的时代情景。

进入十五世纪中叶，海东朝鲜朝时期封建王朝迎来鼎盛期，社会政治、经济、文化的稳定，促进了朱子学的进一步普及和发展。中国宋学的代表人物朱熹继承二程（程颢、程颐）的性理学观念，集之前理学之大成，建立一整套客观唯心主义的理学体系。他认为"天下未有无理之气，亦未有无气之理"，所以理与气是永远不能相离。但他进一步认为"有是理便有是气，但理是本"，从而断言"理在先，气在后"。他强调"性即理"，并把外在的"天道"（即天理）与人内在的"性"连接起来，认为"天理"以"性"的形式存在于人心之中。同时他把"天理"和"人欲"对立起来，要求人们放弃"人欲"，顺从"天理"。朱熹所建立的理气论哲学体系，为其后中国性理学宇宙观的发展，提供了本体论的基本理论模式。这样的朱子学的理论内涵，一旦越界传播到海东以后，被其优秀学者群吸收和发扬，取得了创造性发展。

---

[1]《退溪全书》第3册，第138—139页，（韩国）《韩国文集丛刊》。

此后一百五十年间，可谓海东朱子学发展最重要时期。这个时期相继出现了各种相对独立的理论体系，为建立不同的学派奠定基础，而一般情况下多种学派的出现则标志着某个学术思潮的臻于成熟。这时期代表性的学派有以徐敬德及其门人李球、朴纯、李之菡等为首的开城主气论者，以李滉为领袖的赵穆、权好文、柳成龙、金诚一、曹植、奇大升等组成的岭南退溪学派，以李珥为首的金长生、成浑、赵宪、郑晔、韩峤等畿湖栗谷学派。从代表人物的理论主张而言，徐敬德强调"气先理后""气外无理，理者气之宰""气无始无终，何所灭"，把海东气一元论哲学推向高峰。李滉认为"天地之间有理有气"，理是事物生成变化的"所以然"和"所当然"，"理在气先"，"理为气之帅，气为理之卒"，理是世间万物的"主宰"，主张"先知后行"，反对"知行合一"。李珥主张"理气兼发"说，他认为世界由"气"和"理"构成，"理气混沦无间"，"实无先后可言"，不过他最终又认为"推本其所以然，则理是枢纽根柢，故不得不以理为先"。值得注意的是，李滉和李珥等人的理学主张在朱熹理学思想的基础上，进一步丰富了不少内容。如李滉以"虚实"论本体，认为"理之为理，其体本虚"，"至虚之中，有至实者存"。他还以"有无"论"理"本体，认为"理本无有无，而犹有以有无言者"。他又以"浑沦"论理本体，主张"理之为体，不囿于气，不局于物。故不以在物者之小偏而亏其浑沦者。"他再在以"动静"论理本体时说："理非静有而动无，气亦非静无而动有"，还看到了"理无动静，气何自而有动静"的矛盾。李滉的理气哲学以心性论为基础，进一步提出"心合理气"论、"四端七情理气互发"说、"穷理居敬工夫"论等新的性理学说。李珥则另辟蹊径，提出理气"既非二物，又非一物"，"理通气局"，"气发理乘一途"等一系列新的理学主张。李珥并没有人云亦云，力求独立思考，连朱熹和李滉的观点都没有无条件跟进，反对朱熹和李滉理气论上的"互发说"，大胆提出"气发理乘"等崭新的观点，把海东朱子学推向新的哲学境界。以上论述显示，这时期海东性理学者的理论成果，既有继承中国宋代程朱理学的一面，也有其自身敢于理论创新的内容，明显形成自己独立的理论体系。这些都为研究当时海东的《诗经》学，提供良好的思想文化基础。

海东性理学鼎盛时期的学者，大都学识渊博，在经学、史学、文学、乐律方面，都有一定的功底。他们中的有些人不仅能写诗填词，而且还精通音律，精于考证。他们中的许多人深受中国宋代理学家们文学观念的影响，把"文以害道""道本文末""文从道中流出"等观点当做指导性方针维护，将"道"与"文"人为地割裂开来，把"文"看作"道"的附庸。如赵光祖曾说道："人心一有所之，则离道矣。此言甚为精微，文章未是恶事，而偏者足以丧心。"[1]郑道传也指出："文者，载道之器，言人文，也得其道。"[2]他们中的有些人脑子里只有朱子性理学，甚至也完全否定像杜诗这样的古代文学典范，据文人成伣的记录："南先生季瑛，生员及第，俱擢状元，有文名于一时，然其学推究性理之学，精于句读训解，专恶文辞。尝读杜诗曰：'此书虚而不实，幻而不要，不知意之所在。'遂废不读。"[3]这位南先生读杜诗，认为其"虚而不实""幻而不要"，遂废不读，可知受朱子学熏染不浅。

从学问的角度看，海东朱子学传统的形成和发展，是一个对既有经典进行诠释的过程。之前的高丽王朝，虽实行了较为自由的意识形态政策，儒、佛、道和本土土俗思想并行发展，但到了其后期，社会矛盾激化，全国上下痴迷于佛教。当时不仅王室深依佛教，那些儒家文人也经常出入寺院，频繁与僧人交游，甚至有些人沉迷于佛教而不可自拔。随着整个社会的溺信，佛教逐渐走向世俗化，寺院经济膨胀，佛教逐渐演化为祈祷祝愿的低级迷信，与土俗的巫觋、阴阳图谶结合在一起，失去其原来的精神和理论意义。佛教的这种变化反映着整个社会的"末世症候"，而这种"末世症候"又反过来促进社会意识形态的日趋堕落。这样的社会现状深深刺痛一批忧国之士，他们在元朝看到了程朱理学

---

1 《静庵集》卷4《复拜副提学时启十四》,（韩国）《韩国文集丛刊》。
2 《东文选》卷89《京山李子安陶隐文集序》,（韩国）《韩国文集丛刊》。
3 成伣《慵斋丛话》卷10, 庆熙出版社影印《大东野乘》卷1收录。

的思想活力，遂将其引入国内，以示改革之想。这些思想先驱，"闭门自习"，首先自己消化，然后开始"教授生徒"，愿学者四方云集。至丽末鲜初，朱子学普及渐广，出现了像李穑、郑梦周、郑道传、权近这样的著名性理学者。据《高丽史》，郑梦周担任侍中力倡程朱理学，利用职务之便按照《朱子家礼》定立各项制度，并亲自逐章讲论新进的朱熹《四书集注》，为提高海东理学水准不遗余力。学者郑道传为李成桂建立新王朝做出卓著贡献，他为普及朱子学苦心经营，自己首先钻研《朱子大全》《朱子语类》等文献，以此训导后生，辨明道学，除了编撰著名的《经国大典》《经济文监》等外，还撰写《心气理篇》《佛氏杂辨》《学者指南图》等性理学和反佛学方面的著作，为朱子学的经典诠释和理论普及奠定基础。当时另一个著名学者权近，也为朱子学的普及和提高做出了重要贡献。他一边广招门徒教授程朱理学，一边著书立说，力求把朱子学理论推向更高的境界。他一生以朱熹为做人的典范，苦心钻研，在深刻领会程朱学说的基础上，撰写了《五经浅见录》《东国史略》《入学图说》《四书五经口诀》等著作，参考朱熹的原著，深入解析理气论的内涵和四书五经要义，为其后朱子学的发展打下坚实基础。

　　进入十六世纪，程朱理学作为国家意识形态的地位更加巩固，朱子学的发展更是以对既有儒家四书五经的诠释来实现。这时期出现的诸多大腕级性理学家分岭南学派和畿湖学派，围绕理气论、心性论、四端七情、格物致知论等问题进行了激烈的论争，而这种论争最终发展成党派之争，被赋予浓厚的政治色彩。而在具体的理论问题上，各大派内部也围绕理论问题存在分歧，又分小派系，使问题日益复杂化。各个理论派别的论争，也都以对既成儒家文献的诠释的方式进行，这时期可谓海东儒家学者出书最多的时期。举其较为代表性的著述，如李彦迪的《求仁录》《大学章句补遗》《大学章句补遗续》《奉先杂仪》《中庸九经衍义》；李滉的《非理气为一物辩证》《圣学十图》《朱子书节要》《心无体用辨》《自醒录》《启蒙传疑》《宋季元明理学通录》《心经释疑》《七书释疑》；李滉门人李仲虎的《心性情图》，柳希春《先儒论》《新增类合》《六书附注》《纲目考异》《续梦求》《朱子大全语类笺释》《经书口诀谚解》，奇大升的《非四端七情分理气辩》，柳崇祖的《大学箴》《性理渊源撮要》等，他们经常与李滉问对答辩；李珥的《东湖问答》《万言封事》《圣学辑哦》《人心道心说》《时务六条疏》，宋翼弼的《玄绳编》《太极问》《礼问答》《家礼注说》等，整体上看这些只是其中的一部分而已。如其题目所显示，这些著述基本上都是对四书五经的诠释和对某种理论问题的论争，而且与"东方朱子"李滉和"海东圣人"李珥的理学问答，也都属于对具体理论问题论辨式的诠释。从学问的方法和风格上说，这时期的海东朱子学像中国宋明理学一样，不以文字训诂、名物考证为重，而是以锐意阐发先人经典中所蕴涵的"微言大义"或其中的"义理"为主，但有些学者还兼顾经典注释和考证。这是海东朝鲜朝时期朱子学学习中国宋学的结果，也是其创造性地发展朱子学理论与实践的意义所在。

海东《诗经》学得益于这种极其发达的经学。海东朝鲜朝时期是唯朱子学独尊的意识形态，它的经学也带有明显的以宋学为准绳的特点，这实际上决定着朱子学一门之经成天下之"经"。到了李朝中期，朱熹的地位与孔孟并齐，称朱子，不过在理论上的崇拜则有过之而无不及之势。《诗经》是五经之一，而且是朱熹格外重视并在各种著述中发表过一系列否定汉、唐先儒观点之新的见解，在当时的海东朝鲜朝时期唯朱子学是高的语境下，它当然具有绝对权威的意义。对当时的海东向朱子学一边倒的学问风气，仁祖朝的张维以批评的口吻指出：

中国学术多岐，有正学焉，有禅学焉，有丹学焉，有学程朱者，学陆氏者，门径不一。而我国则无论有识无识，挟荚读书者，皆称诵程朱，未闻有他学焉。岂我国士习果贤于中国耶，曰非然也。中国有学者，我国无学者。盖中国人材志趣，颇不碌碌，时有有志之士，以实心向学。故随其所好而所学不同，然往往各有实得。我国则不然，龌龊拘束，都无志气，但闻程朱之学世所贵重，口道而貌尊之而已。不唯无所谓杂学者，亦何尝有得于正学也。譬犹垦土播种，有秀有实而后五谷与稊稗可别也。茫然赤地之上，孰为五谷，孰为稊稗者哉。[1]

中国历代对学术从来不强制，有学儒学的、搞佛教的、探道家之学的，儒学内部也不限制门径，有搞洙泗学的、有学程朱的、也有钻研陆王之学的，不限门派，自由选择而探讨。但是在海东则不一样，凡是有识无识都跟着程朱之学走，唯此而无别的选择。张维认为之所以如此，根本原因在于海东没有想真正探索宇宙自然知识和人类人文真谛的"实心向学"的学者，此与中国相比天壤之别。与中国的学者"随其所好而所学不同"不一样，海东所谓学者"但闻程朱之学世所贵重"，而不知世上的学问多歧纷繁。这样的学者不知中国学者讲求"实得""实效"，他们即使是研究朱子学，也不过是"口道而貌尊之而已"，真是"龊龊拘束，都无志气"。搞学问与种庄稼一样，春天勤恳垦土播种，才能有秋天的五谷丰登，有丰富的耕作经验以后，才能够善于分辨五谷和杂草。如今的海东文人，学问上不辛勤耕作，不打好实际基础，盲目跟着时风走，惟程朱是尊，这样的学问越搞越"空洞"，越究越无"实得"。张维的这段话，一针见血，真实地反映了当时海东思想文化界的实情。

海东朝鲜朝中期的这种向朱子学一边倒的强势语境，使得《诗经》学毫无疑问地成为整个经学的一个重要组成部分，让王室和士大夫阶层及其子弟大都以"圣学"卫道士的心态去演绎这个"蹈道之学"。当时海东朝鲜朝时期思想界的主流意识，可谓尊朱子学而斥佛、道和王学，重经学而贱词章之学，把与朱子学不符的其他思想和知识统统看成"异端邪说"。这种话语霸道的形成，与当时国家的思想政策密切相关，其结果是经学地位的日渐高涨。问题是在这种思想文化背景下，《诗经》本身的审美价值受到挤压和忽略，其中流荡着的艺术情

---

[1]《溪谷集》卷1《我国学风硬直》，（韩国）《韩国文集丛刊》。

感经过道德的过滤和"微言大义"的酵化，成为"义理之学"的宠儿。在这种"尊经崇道"的学术背景下，当时海东朝鲜朝时期的许多学者都把《诗经》学看成经述活动。成宗、燕山君时期的学者、大提学成俔说道："经述文章非二致，六经皆圣人之文章，而诸事业者也。今也为文者，不知本经，明经者不知为文，是则非从气习之偏，而为文者不尽力也。"[1] "经述"就是有关注释和解析儒家经典的学问，犹指对儒家经典的研究和著述活动。这里将经述与文章混为一谈，认为"六经"只不过是圣人之文章，文章乃著述活动而已，所以提出"为文须依照本经""明经者须涉文"的要求。同时代的金宗直曾说过："文章者，出于经述，经述乃文章之根柢也……诗、书、六艺皆经述也。诗、书、六艺之文，即其文章也。"[2] 他认为的所谓"文章"，出自于经述，"文章之根柢"，非经述莫属。这种观点的逻辑结果，就是《诗》《书》和六艺皆为经述，"其文章"就是经述的代名词。徐居正对文于经术的关系进一步曰：

> 六经之文，非有意于文而自然配乎道，后世之文，先有意于文而或未纯乎道。今之学者，诚能心于道，不文于文，本乎经，不规规诸子，崇雅黜浮，高明正大，则其所以羽翼圣经者，心有其道矣。[3]

徐居正强调中国古人的"六经"，撰旨不在于"文"而在于"道"，而后世之文，意在于"文"而不在于"道"。如今的学者，如果心诚然在于"道"而不只在于"文"，作"文"的时候应该以圣贤的经典为根本，不单纯模仿古时候的诸子，崇尚"雅正"，疏远"浮虚"之风，光明正大，此"文"可以认为是靠近圣贤"经述"不远。这样可以认为写作主体成为了"羽翼圣经者"，心中存有其"道"，达到了淳儒之境。徐居正在此把"六经"和"六经之文"看作一个范畴

---

1 成俔：《慵斋丛话》卷1，庆熙出版社影印。
2 《别洞集》卷首《别洞先生集序》，（韩国）《韩国文集丛刊》。
3 徐居正：《东人诗话》，（韩国）集文堂，1998。

中的东西，将其内容视为"经"、形式视为"文"，二者是不可分离的纽带关系。从另一个方面，他又把二者当作"本"与"末"的关系，要求"文"必须"本乎经"，离开圣贤"经典"，定将流于"浮虚"的结果。基于这种观点，李氏王朝的统治阶级也异乎寻常地注重经述，认定它有"辅佑"治国理政的作用，有调整意识形态、巩固封建社稷的功能，所以万万不可掉以轻心。李朝第二十二代正祖王曾经道：

> 术莫大于经术，而苟不能善其术，则其弊也又莫痼于经术。予尝有忧于经术之弊，思有以一振之者，子大夫之所睹闻也。今与子大夫，策当世之务。可不以经术为清问之第一义乎？何谓经术，《志》曰："圣人之制作曰'经'，贤者之著述曰'传'，因记训曰'诂'，因章句曰'注'。"则自传以下，皆术也。而用此术者王，假此术者霸。术在上则世教淑，术在下则师道存。经术之于为治也，其系也不亦重乎！[1]

正祖王认为封建王朝的治国之术虽有多种，但其中"经术"的作用最大，如果不能善于利用此术，其弊病不可估量。他总担心不善治经术之弊，一心想振兴它，常与士大夫策问。所谓经术即包括"经""传""诂""注"，具体来说"圣人之制作曰'经'"，"传""诂""注"即为"术"，王利用此术巩固其统治，士大夫借助此术使王业昌盛。从治世的角度看，"术"在君王那里，世教则温柔敦厚，在臣等和士大夫那里，师道犹存。这样看来，"经术"对于巩固社稷，极其重要。正祖王的这种阐释，反映了当时海东经学界对经术的实际认识和其与治国理政关系的想法。《汉书·宣帝纪·元康三年诏》说："故掖庭令张贺辅导朕躬，修文学经术"，这里所说经术，实际上与经学同一词。《宋史·王安石传》曰："卿但知经术，不晓世务"，这个记录将经术和世务分得一清二楚，训导人

---

[1]《弘斋全书》卷51《经术·抄启文臣亲试》，(韩国)《韩国文集丛刊》。

们经术不能脱离世务，世务必须借助经术的润饰和助佑。海东正祖王有关经术的阐发，正好传承汉儒、宋学有关经学的观点，正因为他是一国之王，对国内各个阶层的影响巨大。

在海东朝鲜朝时期的经学活动中，《诗经》占据着极其重要的比重。海东朝鲜朝时期统治阶级认为经学事关国家发展大业，所以用国家的权威去推动，力求普及和提高上初见成效。所以在李氏王朝五百年中，一贯坚持御前讲经制度，其中对《诗经》的讲演和解析所占比例最大。在整个海东朝鲜朝时期，将御前经筵制度化，光从《弘斋全书》的各个条目中，到处可以找到其相关记录。其中如于正祖五年十二月进行的御前《诗经》讲义，王命洪履健、李益运、李宗燮、李显默、李东稷、朴宗正、徐龙辅、金载瓒、李祖承、李锡夏、洪仁浩、曹允大、李鲁春等人参加，这些人都是当时士大夫中和学界认可的在官有名学者。除了经常聚集在官士大夫和学者进行御前《诗经》讲义之外，还时不时地召唤在野学者听取《诗经》讲义，正祖王的《弘斋全书》中也到处可见这样的记录。

由于《诗经》是儒家公认的六经之一，而且朱子亲撰《诗集传》，对《诗经》的含义作了重新解释，打破了《诗序》原有的权威地位。在极其推崇朱熹的海东，甚至把他奉为圣人，叫做朱子，对他的著述进行补注、章句、阐发、研究等都属于经学的内容。尤其是在《诗经》研究领域，其《诗集传》当然具有绝对权威的地位，但到后来学术界逐渐出现对其采取怀疑态度的人。尽管如此，在当时封建的思想统治之下，这些都不可能从根上动摇朱熹在思想和学术领域的权威地位，《诗经》学领域也不例外。朱熹在《诗集传序》中指出："章句以纲之，训诂以纪之，讽咏以昌之，涵濡以体之，察之情性隐微之间，审之言行枢机之始，则修身及家，平均天下之道，其亦不待他求而得之于此矣。"[1]要求读者明白《诗经》中有三纲五常之天理，抑制自己"不出乎礼"。中国理学

---

[1] 朱熹：《诗集传》"序"，中华书局，2017。

"圣人"的这种话，对海东《诗经》学界产生了深刻的影响，将其冠为《诗经》学指导性纲领。在这种强势话语之下，原本属于文学典范的《诗经》，被定为海东经学领域的重要经典，成为立言、立行的标准。海东王室的这种"御讲"制度愈发达，《诗经》在海东的"诗性"就愈加弱化，乃至尽丧其优秀的文学审美特性。

第二节 《诗大序》的继承与对朱熹《诗集传》的悖论

从十六世纪后半期到十七世纪后半期，是海东《诗经》学逐渐向朱熹的《诗经》学思想一边倒的时期。之前世宗王向宗室、六曹堂上官和其他高级官僚颁赐中国南宋朱熹的《诗集传》，并要求群臣认真学习和掌握其要旨，还下教将其纳入科举考试科目之中，这是海东朝鲜朝时期全面普及朱子经学思想的一个重要步骤。这时期逐渐形成的王朝上下读朱子书的热潮，自然使朱熹经学思想占据官方哲学的地位，而《诗经》学就是其中一个重要内容。同时，壬辰、丙子两难以后，中国明朝衰亡而后金人入住中原，李朝深受震撼，遂起朱子学的大义名分论、正统论的大论争。后来又经历肃宗朝围绕王室礼法而进行的"礼讼"和朝廷内部权利之争，一向担忧王朝分裂的统治阶级，则果断采取了以朱子学为绝对统治理念的意识形态政策。这样的客观现实，自然导致经学以朱子学为核心，《诗经》学则以朱熹《诗集传》为准的的学风。自此海东朝鲜朝时期思想界和学术领域"迭宗《集传》，则汉、唐古典之邃，无复问津者"，朱熹《诗经》学观点、方法和思想逐步走向绝对权威一路。

在海东朝鲜朝时期，对《诗经》中各类问题的研究，自十五世纪就已经开始。之前高丽时期的经学，多以中国唐孔颖达等《五经正义》作为训解和阐述儒家经典并科举取士的依据，其中《诗》取毛、郑，所以高丽人自然宗尚之。李朝经学全取宋学，以程朱理学为主流，尤宗朱子，将其视为儒学之正统。由于国内外政治形势的急变，李朝理学发展到十六、十七世纪，逐渐成为独家权威。不过这时期的李朝学术，以著名学者和成果备出而著称，加上其初思想禁锢还没有那么严酷，他们中的有些人心中还是肯定毛、郑之学的经学成果，留恋于学术自由的年代，有时也敢于提出对朱熹《诗集传》中的一些解析和方法的瑕疵。如李朝宣祖、光海君时期的申钦指出：

《诗经》之《序》，自史传，皆不能明其何人所作，或以为子夏，或以为卫宏，至晦庵解经，一切废而不用。《诗》固有无待于《序》而明者，然有不得参考者，《国风》尤不可舍《序》而言之。学者虽以晦庵为主本，《序》亦不可不据。[1]

申钦在此所说《序》，即指《毛诗序》，其有"大序"、"小序"之分，一般认为前面概论全经的大段文字称作"大序"，列于各篇之前而解释其主题的叫做"小序"，有些人认为"大序"为《诗序》论诗之纲领，"小序"则为分论各诗的"篇头"。正如申钦所说，有关《诗序》的作者，历来众说纷纭，至今未有定说。到了朱熹解《诗》，对这部《毛诗序》的成就，"一切废而不用"，这样的做法对还是不对？《诗经》中固有不参考《毛诗序》而可解主题者，但也有不能不参考《毛诗序》者，尤其是其中的《国风》，离开《毛诗序》则很难"言之"。现在的学者，大都以朱子的《诗经》论作为"主本"，但是说句实话，依然不可离开《毛诗序》。尽管不敢否定朱熹《诗集传》的权威性，但还是说实话，积极肯定《毛诗序》的可用性。话语中充满了实事求是的精神。

古代《诗经》，因年代久远，地域广泛，题材繁复，作者迷离，而且多用赋、比、兴，因此往往会遇到含义难解之苦。当时的海东学者认为，朱熹的《诗集传》以意为取舍，标榜探求《诗》之本义，这对破除盲目跟随《诗序》观

---

[1]《象村集·春城录》，韩国文献研究会，1981，第560页。

念有一定意义。但是他以解明"微言大义"为原则,在某些方面,不可避免流于主观臆断,脱离文本的"本意""本真"。实际上很清楚,朱熹的《诗集传》显然继承前人,杂采《毛传》《郑笺》,间用三家诗义,只是用求解本意的新的解经原则,简明注释,使之明显赋有一家之体。所以把朱熹的《诗集传》当成说《诗》、解《诗》之绝对权威,显然为不够严谨之举。特别是朱熹的《诗集传》,把涉及爱情的作品24首一律说成是"男女淫佚之诗",充分表现了封建道学家的经学观念。从这样的实际出发,海东的申钦主张《国风》尤不可舍《序》而言之",可认定有其合理而周到的考虑。在当时的学术氛围下,他强调"学者虽以晦庵为主本,《序》亦不可不据",其胆识让人钦佩。尽管朱子学的绝对权威正在形成,但当时的海东许多学者还是充满探索精神,对《诗经》中的一系列疑难问题保留自己的看法,对程朱的《诗经》论提出质疑。申钦的晚辈张维(1587—1638)就是其中的一个学者,他说:

《诗序》之作,或以为孔子,或以为子夏,或以为毛公,或以为卫宏,而先儒定以归之卫宏。自朱子以前说诗者,皆以《序》为据,及朱子著《集传》,尽黜其《序》而自为之说,其仍旧者不能什一,今《传》中所引旧说是也。《集传》行于天下,殆如《春秋》大一统之义,后生蒙学,诚不容伸喙。独于《国风》中所谓淫奔之词者数十篇,《序》本以为刺淫,或别指它事,而朱子皆断为淫者所自作。若果尔,圣人何取于是而载之经也?淫声美色,一接耳目,便足以移人情性,乃欲藉是以为惩创逸志之资,则无乃左乎!马端临《文献通考》论此一款甚辩而核,恨无缘就正于考亭也。[1]

对《毛诗序》的作者是谁,曾多有分歧,应该继续探讨。张维指出宋学兴

---

[1] 《溪谷先生漫笔》卷1《诗序》,(韩国)《韩国文集丛刊》。

起之前，学者研究《诗经》皆以《毛诗序》为治理之据，到朱熹著《诗集传》，排斥《毛诗序》，"尽黜其《序》而自为之说"，但实际上它仍然继承不少《毛诗序》中的东西。自从《诗集传》行于海东，如同《春秋》行于两汉思想界，一统天下。后生学习朱子，盲目单一，不容许随便插嘴，问其所以然。《国风》中所谓"淫奔之词"，《诗序》主张"美刺""教化"等说，而朱子《诗集传》则"皆断为淫者所自作"，后来朱子的这一说法对学界浸染甚笃。对朱熹这样的"淫诗说"，张维反驳道："若果尔，圣人何取于是而载之经也？"难道朱熹超越孔子而成为绝对圣人不成？那些"淫声美色"，一旦接触人之耳目，就足以"移人情性"，如果圣人想通过它来当作"惩创逸志之资"，这是不是有背于儒家正道？马端林曾在《文献通考》中指出，《诗序》未尝无功于《诗》，《诗》明于《诗序》无疑，且《诗序》中也体现着圣人"无邪之训"。马氏在此问题上说得再明白不过，张维完全同意马氏此说，并在自己的《诗》学研究中将《诗序》作为主要的参考书，取得了预期的成果。至于朱熹的《诗集传》，他主张只当做一家之说，其中存在的不足之处应该进行辨析和讨论，只恨时代相差，不能与其本人质问论辩。

到了十六世纪中叶以后，李朝社会迎来思想禁锢最严酷的经学与党争互动时期。这时期海东朱子学者内部围绕名利而进行的党派斗争，首先产生于岭南学派和畿湖学派之间，本是根据理学观点而分立的李滉门人和李珥门人，逐渐演变成各自的党派，相互攻伐。后来两派内部又各自分出新的派别，如此不断，长此下去，形成核分裂式的派别结构。这时期的朱子学，被利用于党争，理学对理学，"理""气"论、"四端七情"说、"礼讼"等理论上的问题，逐渐演变成相互攻击的理论之资。朱子学日益陷入故弄玄虚、脱离实际的"清谈空论"，引起学术界的高度警觉。

党争利用朱子学理论，朱子学顺着党争而演绎，最后的结果是以朱子学为理论基础的李氏王朝的思想禁锢越发严酷。各代统治阶级以朱子学为维护现成秩序的理论武器，对其存有"一字之疑"，即冠以"斯文乱贼"之罪名，而官场和思想界往往借以除掉政治上的异己。进步学者和无辜文人，痛恨现实之"浇漓无道"、学风之"孤陋狭隘"，立志用自己的学问和才分改变现状。当时具有反朱子学绝对权威倾向的学者，往往以发扬儒学传统为名，对儒家原典进行独立的训诂、注疏、阐发，以"匡正社稷"自居，与借朱子学之名大搞党派之争的派别势力抗争。

活动于孝、显、肃三王时期的经学家尹鑴（1617—1680），深入研究儒家经典和朱熹的著述，参酌各类汉唐古籍，对当时一系列学术问题提出新的见解。《海东王朝实录》记录：肃宗"御书讲，尹鑴亦入侍。鑴言：'论语注不必读。'同知事金锡胄曰：'论语注不能舍。'鑴曰：'异于科儒用工，不必读。'检讨官李夏镇曰：'鑴言甚是。'"[1]记录中所说《论语注》，指的就是朱熹所撰《论语集注》，它是《四书章句集注》中的一部，是朱熹用40多年时间"理会"的力作，也是其代表著作之一。海东朝鲜朝及其学术界当然非常重视朱熹的这一经典，它是其朝廷御前书讲重要经典之一。此前尹鑴与权臣宋时烈展开礼讼之争，沦为"斯文乱贼"，后西人败北，他得到平反，任职成均司业。在这种情况下，他还是敢于对朱熹的《论语集注》提出这样的意见，其胆识可想而知。在《诗经》的大、小序问题上，历来也有许多不同的意见，尹鑴则撇开包括朱熹在内的众说，表露自己的观点，他在《诗经读书记》中道：

> 今按此篇（《关雎篇》序，引者注）首尾浑成，辞意俱足。程子以为圣人之作，非子夏所能为者也。自毛公前而有之，犹《书》《易》之有大传也，故为之"大序"。及《三百篇》之首句是也，其下推说者为卫宏之续修，盖所以申释"大序"之意，乃当为"小序"耳。[2]

---

[1]《海东王朝实录》，肃宗元年五月丁丑，（韩国）《韩国文集丛刊》。
[2]《白湖全书·诗经读书记》，（韩国）通文部，1971，第1633页。

第三章　朱子学语境下的朝鲜朝《诗经》学　143

众所周知,《诗经·国风》第一篇《关雎》,前有一段357字总论全诗的序,其他各篇前也有一两句解说诗意的话,古人称其为"大序""小序",但后世学者对这种说法看法不一。在海东学者尹鑴那里,首先接受把《关雎》前的总论文字视为"大序"的看法,但是他把一般称之为"小序"的部分中,又分"首序"和"续序"两个部分,将前者为"大序",后者为"小序"。比如《毛诗》中个别作品之序,除了少数以外,大都由两部分构成,如《周南·葛覃》中有段:"《葛覃》,后妃之本也。后妃也在父母家,则志在于女功之事,躬俭节用,服澣濯之衣,尊敬师傅,则可以归安父母,化天下以妇道矣。"在这里,"《葛覃》,后妃之本也",为"首序",后面剩余部分则为"小序"。尹鑴这么分类,目的在于以解决《诗序》的作者和可信度问题。在他看来,这里的"大序"(首序)并不是后人的伪作,"小序"(续序)乃是像卫宏这样的汉代大学者续补的文字。这样也可以抵消人们总是议论的"首序"和"小序"之间往往前后内容相互矛盾的问题。在尹鑴的整个论述过程中,只有文本、程子、毛公和"大序""小序",并没有朱熹的《诗经》论是怎么看待和分类这个问题的任何信息,这在当时海东朝鲜朝以朱子《诗集传》为《诗经》学最高权威的思想高压政策下是绝对不可允许的。对总论全诗的"大序"之可信度问题,尹鑴是怎么看的呢?他继而将《大序》跟朱熹的《诗集传》对立起来,曰:

又按《大序》各篇之首句,虽未必皆为仲尼之所修定也,然窃意《诗》之有《序》,自仲尼未删诗之前而有之。或作者为之识,或当时知其说者,追为之志,以相传授也,不然,诗人之辞固微也。后人何以识其意之所在,虽仲尼亦不能以意而悬度之,亦不应纂集其诗,而削其相传之识,使后人幽冥而莫知其原也。若然又何以称"述而不作,信而好古"也。然者,今此序文,流传既久,且见简奥明确,实得诗人之意,有不可泯没者……古鲁韩齐诸家既亡，而此独存焉。间虽有可疑者，或不无缺误失传者。正当就此而讨论之，以存传疑之义，恐未宜一切舍此而别为之说也。[1]

尹鑴认为《大序》各篇之首句，不一定都是孔子所修定，实际上《诗经》之有《序》，应该是孔子删诗之前已经有人作过，或根据已有记录，或知道其内容者，后来追记以相传。不然，诗人所歌，其意本来就"隐微"不显，后世人怎么能够了然于目呢？虽然是孔夫子本人，也不可能知道得一清二楚。再说，孔子不可能纂集其《诗三百》，"而削其相传之识，使后人幽冥而莫知其原"。如果真那么作了，怎么能又称为"述而不作，信而好古"的呢？应该知道，《诗序》相传悠久，"且见简奥明确"，又深得古代诗人原意，其价值和贡献绝对不可以泯没。应该记住，古代四家《诗》中，鲁、韩、齐三家《诗》已经亡传，就只有这个毛家《诗序》了。其中或有一些"可疑"者，也或有"缺误失传者"，对其应该进行探讨，绝不可以因一点存疑而"舍此而别为之说"。在此，尹鑴虽没有直接点名朱熹，但是说得再明白不过，语气中含有讥讽，说得辛辣、尖刻。他认为朱熹的《诗集传》应该是继承《毛序》的结果，没有《毛序》就没有《集传》，但对其采取一概否定、排斥的态度，这是数典忘祖，万万不可以的做法。

朱熹是中国八百年来对思想文化有重大影响的思想家，也是汉、唐、宋以来《诗经》学发展的杰出代表。他的《诗集传》继承《毛诗郑笺》《毛诗正义》等前人成果，把中国《诗经》学推向了一个新的高峰。在《诗集传》中，朱熹具体考证和辨析《诗序》的得失，进一步摈弃《诗序》解诗传统，从文本中探求本意。他还杂采众说，打破汉宋界限，释义简洁，克服历来注本过于烦琐之嫌，具有方便易学的特点。但学术毕竟是个学术，它有继承性和创造性的问题，需要讲求系统性和客观性，探索"源"与"流"的关系，实事求是是学术的基

---

[1]《白湖全书·诗经读书记》，（韩国）通文部，1971，第1633页。

本精神所在。朱熹的《诗集传》虽有以上多种优点，但它过于打破《诗序》的传统，忽略其在中国《诗经》学史上的巨大作用，在自己创造性解经工作过程中过于张扬"新"字，忽视自己的继承性，过分强调诗意解析上的"微言大义"，以"理"贯彻全文，终使自己多少脱离《诗经》本意。近四百年以前海东朝鲜朝学者尹鑴，尽管说得尚简单一些，但他还是多少认识到了朱熹《诗集传》中存在的这些问题，并在那样严酷的思想文化条件下敢于提出来，其精神难能可贵。

　　李朝显宗、肃宗时期的金万重（1637—1692），是一个"敦笃"的儒学者。对当时日益走向空虚化的学问风气，他觉得十分不应该，便发表一系列的不同意见。他的家族属于西人老论派，与属于南人派的尹鑴政见有所不同，但是面对日趋绝对化的朱子学一边倒的学问风气，他大为不满，在许多方面采取与尹鑴等人一致的看法。对当时盲目追踪朱子学的海东学者，他指出："东人之读书，如学医者只读《脉诀》，而不按自己三部，其有能考出程朱之言，则便谓物已格而知已至。虽前辈巨儒，往往如此而止，溪谷所见，虽或差过，乃是自按其脉者，非依样雷同之比也。"[1]他严肃批评海东人读书只崇信朱熹之说，如同学医者只读《脉诀》，而忽视对自己身体中脉诊部位（即寸、关、尺三部难经）的研究，从而远离实际学问。文人中的许多学者，能够分析一点程朱之言论，就认为自己"物已格而知已至"，像达到学问的一定境界似的，即使是学界认可的那些大儒们，也只不过如此而已。友人张维在学问上，虽有时间或有差错，但懂得自号其脉，着眼于实际，比那些依样雷同之辈不知高出多少倍。在《诗经》论上，金万重对《诗序》的可信度和"刺淫诗""淫诗"论争问题，发表自己的观点曰：

　　　　文公《诗传》，划去诸儒附会，直复本来颜面，可谓一洗万古。然其

---

[1]《西浦集·西浦漫笔》合本，影印本，（韩国）通文部，1971。

掊击旧说，忿疾太过，自邹鲁言诗，如"不聪敬止"之于字义，"戎狄是膺，荆舒是惩"之于本旨之类，元无一定之说，人沿其末，我泝其本，人得其偏，我收其全，亦何伤于两存也。佛书曰："五百罗汉各以其意解释佛语，问于佛曰：'谁得佛意？'佛曰：'皆非我意。'曰：'然则无乃有罪。'佛曰：'虽非我意，所论皆善。'堪作世教，有功无罪。"此言却通。[1]

朱熹的《诗集传》削去历代诸儒附会的部分，直接恢复其以文本为主的本来面目，可以说一洗万古之尘。但是他一概掊击《诗序》旧说，"忿疾太过"，做法有违于常理。自孔子、孟子说《诗》，像"不聪敬止"（《周颂·敬之》）之于的字义，"戎狄是膺，荆舒是惩"（《鲁颂·閟宫》）之于本旨之类，元无一定之说。《诗经》中的很多内容，本来就有相当的模糊性，有些人沿其末而看作品，而我则追源其本，一些人看问题片面一点，我把问题看得全面一些，那么各种意见为什么不能共存呢？一定要说自己的看法最正确，而别人的都是错误的呢？佛书也说过，五百罗汉各以其意解释佛语，问于佛"谁得佛意？"佛说"皆非我意"，再问是否有罪？佛说"虽非我意，所论皆善"，宁可有功，绝无罪。金万重认为此事例正好与海东《诗经》学界的情况有类似之处，因为朱子学被推为官方哲学，崇拜之极，他所写的一切都是样板，不可动摇。在《诗经》学上也一样，朱熹所撰《诗集传》，也占据绝对权威的地位，不允许存有"一字之疑"。实际上这是极其片面的做法，朱熹的《诗集传》并没有从天上掉下来，而是从前人那里继承过来，它有一系列革新的一面，但也有许多不足的或错误的地方，特别是它以"微言大义"来作评诗的标准，用"理"或"天理"作为筋脉贯串全篇，未免掺杂主观性的重大嫌疑。

虽然十七世纪是朱子学研究正当时、思想文化领域的"文狱"日渐严酷的时期，但进步学者探求真理的步伐始终没有停顿过。主要活动于海东朝鲜朝时

---

[1]《西浦集·西浦漫笔》合本，影印本，（韩国）通文部，1971。

期肃宗时期的朴世堂,一生在以"礼讼""名分"论和"理""气"说为背景的党争环境中度过,写出了不少摸索"真理"的与社会主流意识"悖逆"的文字。他一生写了《四书思辨录》《穑经》《山林经济》《新注道德经》《南华经注解删补》《诗经思辨录》等著作,尤其是他研究《大学》《中庸》《论语》《孟子》《尚书》《诗经》而写的《四书思辨录》,闪烁着独立思考的睿智,在当时影响广泛。在这本书中,他以广博的知识,实事求是的精神,纠正程朱著述中许多唯心的、主观的和脱离实际的理论观点。其末年终以"斯文乱贼"的罪名流放,在流配地去世。

他的《诗经思辨录》是一部专门探讨《诗经》学的著作,其中有许多有关《诗经》学精彩的分析和阐发,也是研究海东《诗经》学重要的文献。在其序文中,他指出由于程、朱灿烂的学术业绩,解释经义的工作取得了赫然的成果,但是《诗》《书》之言大义虽一,其具体之理却千头万绪,所谓探索的道路上思百而归一,殊途而同归,说的就是这个道理。在学问上,一个人的才华再卓越,其所掌握的知识再渊博,其思索再深奥精深,也不可能说尽经典之奥义、古人之深虑,更不可能了解和理解透历代每个时期的具体情境、每种思想和思潮的真正而准确的意思,特别是古人所说内容中那些极其纤细、绝顶美妙的创意,不可能无遗漏地收于眼底、置于笔下。学问是探索真理的工作,也是实事求是的宠儿,在其过程中很多都是相对的,所处时间和客观条件往往影响其本质的形成和演变。朴世堂强调正因为如此,要建立一种正确的学问体系,应该广收历代各种"解义之作",不遗漏任何哪怕是微小浅近的个体成果,从而才能够建立深远精微而全面系统的学问体系。言外之意,就是程、朱也只不过是一介学者,他们的所谓经典,也只不过是万千著述中的一部分而已,只是某些方面比别人优秀一些,时代适应性更强一些。海东社会把他们捧为圣人,将他们的学问理论定性为官学,以金科玉律式的绝对权威来追捧,显然不太合适。

这些话中的另外一层意思,就是海东人都把朱熹的《诗集传》当作《诗经》

学上的绝对权威,这是脱离实际的做法,也是一种将其非学术化的做法。朴世堂认为由于种种原因,《诗经》是诸经中解释难度最高的经典。后来朴世堂的弟子回忆道:"先生尝曰:'孰谓解《书》难于《诗》?《书》虽简奥,然仔细寻绎,则解亦不难,《诗》则本不著其所为而作,后人有推其词而得题者,又有覆其词而终莫得其所为而作者。所以解之为尤难'。"[1]有些人说解《书》难于《诗》,但朴世堂不以为然,《书》看似深奥,仔细寻绎则解之不难。可是《诗经》则不同,所写的动机、背景等都不明确,所以后人只能推测其词而解题,在更多的情况下则只能盖住文面而终不得解其题。这样遗留问题多多,越是后来人越不好解其题。

李朝肃宗朝前后,是时局极为复杂的时期,思想禁锢可谓是这个时期意识形态领域最大的特点,但当时的海东进步学者一刻也没有放松对真理的追求。在经学领域中,在极端强调程朱理学的环境下,这些人用"洙泗"学(先秦儒学)来反驳当时过分"理学"化的"四书"学和"六经"之学,反对朱子学者过分提倡"微言大义"之精神,以及贯串"义理之学"。这些人倡导"洙泗"学,决意还儒学以本来面目,纷纷拿起笔杆子,对四书五经进行训诂、注解和阐发工作。在《诗经》学领域,这些人用实事求是的精神,融贯古今,不仅在大小《序》方面,还在每篇诗作上下工夫,进行具体的训诂、注释和阐发,力争使《诗经》学正常发展。结果,这些人大都被冠以"斯文乱贼"的帽子,或被杀头,或被流配荒岛,或被削夺官职变为平民。在中国一样,经学在海东的发展,也走过了如此波澜曲折的道路。

第三节　有关对朱熹《诗集传》真理性的论争

海东社会进入十八世纪,各种社会矛盾日益激化,其意识形态内部也开始

---

[1]《西溪全书》下,影印合本,(韩国)通文部,1971,第302页。

出现与时代同步的种种变化。传统朱子学已渐陷于"空理空谈",怀疑或反对朱子学的声音日渐高涨,思想界内部新的实学思潮日趋抬头,从中国涌入的西学不断扩大其影响。在文学界,诗歌观念上的反道学化,朝廷力禁的小说之日益"泛滥"等,都共同构成着这个时期思想文化巨大变动上的特点。社会思想文化的这种变化,给这时期的经学也产生深远影响,各种经典研究都受到"实事求是"精神的"挞伐"。尽管程朱理学还是占据着王朝官学的绝对地位,但是面对这些上层建筑内部的变化,以正祖王为首的上层统治阶级还是忧心忡忡。为恢复程朱理学绝对"正学"的地位,以巩固李氏王朝的封建统治,正祖王继续力推"右文之治",提倡"纯正文学",并推动经学之发展。正祖王以朱子学为"正学""实学",号召士大夫文人"博学之,明辨之,审问之,笃行之"[1],认为经学研究事关王朝大业,一刻也不可放松。不过,这时期最高统治层的一个重要变化,就是在某些方面承认思想文化领域存在的问题,知道有些问题不能通过管束而可以解决。他们对《诗经》学方面的放宽态度,就说明这一点。如学者洪熹所言:"降之李朝,迭宗《集传》,则汉唐古典之邃,无复问津者。故虽云集名文而硕学辈出,然好古守朴之士,未之或见。及乎正祖践祚,学风稍稍变。"[2]进入李朝唯朱熹《诗集传》是宗,无人再问津汉唐《诗经》学,不过到了正祖执政,学风有了较大变化。

正祖时期在经学研究上的这种变化,首先体现在他即位以后的御前经筵制度上。所谓经筵就是朝廷讲官给国王进讲经史,使其了解或掌握儒家经典的内容,涵养修身,实行理想政治。此制度来自于中国汉唐以来的御前讲席,宋代称讲筵,海东自高丽文宗时引进此制度,海东朝鲜朝时期仿宋制进一步完备并加强此制度,以至于后来产生"经筵政治"。海东正祖王自小苦读汉学,具有相当的学术修养,鉴于思想文化界的混乱现象,他提倡"右文之治",在传统讲经

---

[1] 《弘斋全书》第72册卷130《张九》,(韩国)《韩国文集丛刊》。
[2] 洪熹:《诗次故序》,(韩国)国立中央图书馆景印本,1934。

制度的基础上进行一定的改革。他改变海东历代国王让具有学德的少数"高士"给君主讲经的常例，更广泛地选择对儒家经典有一定研究的的文臣，进行御前讲经。这种御前讲经一改从前单向形式，国王和经筵之臣互为问答的形式进行，而国王往往提出经学上的问题，让讲官以实解答，有时可以安排辩论的形式，使问题更为清楚。这种讲筵，往往有一定规模，延续的时间长，各方的关注度也高。正祖朝的经史讲筵，与其说是为君主涵养德性的场所，莫不如说是博学多识的国王和学识渊博的文臣学者之间进行的学术讨论会。在这种御前讲筵会上，讲得最多的内容则是《诗经》，因为它的内容繁复，解读有难度，疑难问题较多。

《诗经》作为中国第一部诗歌总集，年代久远，内容纷繁，形象瑰玮。它所涵盖的周初至春秋中叶五百年的历史，尚属如今的学术界不可能细琢详探的部分，再说当时的删选工作者（文献说是孔子所删）只选集而无义解。这些种种都为后人理解和解释《诗经》留下了各种难解之谜，后世围绕《诗经》而展开的各种各样的分歧和论争，是其残留的明证。与此同时，在《诗经》学的探索与发展过程中，各个时代儒学者们所留下研究成果中的不同声音和观点，也给我们留下许多复杂的梳理之苦和分析辨认之难题。与中国一样，对这些难题的研究工作，很早就引起了海东《诗经》学家们的注意和投入。

海东《诗经》学进入李氏王朝中期，迎来繁荣景象，各类成果纷勃而出。尽管朱子学在这时期已经获得意识形态领域主导地位，其《诗集传》等《诗经》学探索占据不可撼动的权威性，但学术界的分歧和异议、疑问和辨析接连不止。甚至将朱子学推向正统思想地位的封建统治阶级，在《诗经》学的复杂和难解性面前，也不得不网开一面，准许讨论和探讨。上述正祖《弘斋全书》所摘录的"策问""问对"等内容，正是针对这一问题的论辩记录，它为我们提供了极其珍贵的当时围绕《诗经》学而进行的统治阶级上层探讨的内情。面对为讲辨《诗经》而被召进宫的众多儒学者们，正祖王思绪万千，作为一位学者型国君，则毫无留情地提出自己思索中的一连串问题。他以尖锐的口吻指出：

《诗》其难解乎？曰："难解也。"朱子《集传》训释备矣，而犹有难解者何也？非《风》《雅》之体之难解也，非兴比之义之难解也，非正变之调之难解也，非字句音韵之难解也，非鸟兽草木之名之难解也。惟诗中美刺之事，有异同是非为难解。旧说之可考据者有《小序》，而先儒之取舍从违不同，当何所折衷而凭信欤？此其最难解者也。夫诗人之有赞美之语者，固好贤乐善之心，而若其讥刺人者，非所谓敦厚温柔之教也。然以《序》中所说观之，何其多讥刺之作欤？男女相悦之诗，亦以为讥刺之诗，以《狡童》为刺郑忽，《将仲子》为刺祭仲，《青青子衿》为刺学校。若此类甚多，皆不可信欤。[1]

据当时的记录，在场的学者都是当世学界的佼佼者，有实学大家丁若镛、徐有榘、郑鲁荣、安廷善，也有著名学者尹寅基、沈能迪、金羲淳、金履乔等。讲演会以正祖与各位学者问答的形式进行，正祖所提的问题，一般都是历代《诗经》学史上和当代海东《诗经》学研究中存在的有分歧或争论较多的问题。从问答的内容来看，《诗经》的内容果真堆满了难解之题吗？回答是肯定的。朱夫子的《诗集传》注释、训诂和解释得很全面，怎么还有那么多的难题尚未解开？众学者的回答是并不是《风》《雅》之体、兴比之义、正变之调、字句音韵、鸟兽草木之名难解，而是"惟诗中美刺之事，有异同是非为难解"。旧说中可参考者，有《毛诗序》，但历代先儒的取舍观点截然不同，是非争论异常繁复，孰是，孰非，信谁，跟谁，一时很难判断。后世海东的经学者来说，觉得似乎各有各的道理，心绪缭乱，很难抉择，因为这不是折衷能够解决的问题。大抵诗人所作赞美之词，是表现"好贤乐善之心"，但其讽刺人的作品，绝非是

---

[1] 正祖：《弘斋全书》卷88《经史讲义二十五·诗五·总论》，（韩国）《韩国文集丛刊》。

"所谓敦厚温柔之教",可是按照《毛诗序》的说法看,怎么有那么多的讽刺之作。它把那些"男女相悦之词"也算作讽刺之作,如将《狡童》也视为讥刺郑忽之作,《将仲子》看作嘲讽祭仲,《青青子衿》解释为讽刺学校制度。在《毛诗序》中,诸如此类的分析甚多,这些都不可信? 在这个记录中,传递出以下几个信息,一是再崇信朱熹的《诗集传》,《诗集传》水平再高,也难免有各种漏洞,不可能完满地说清《诗经》及其千年《诗经》学中的复杂问题;二是正祖王和诸多文臣是站在完全否定汉代《毛诗序》的注解、训诂及其序的立场上;三是不管朱子——都作过说过,《毛诗序》问题成堆,海东《诗经》学还得继续思考、继续研究、继续前进,开创出自己的道路。通过这一记录,可历历看出当时海东《诗经》学研究所面临的诸多问题,也可知道海东经学家们心中的疑难和痛苦,以及学术上向上奋发的决心。面对问题纷繁的《诗经》学,当时的海东学者努力摸索自己正确的观念系统和思维条序,探索适合于自己的方法和模式。

　　当时的海东《诗经》学,围绕《诗经》内容上的问题和历代训诂、注解和阐发上的问题,也存在种种不同意见。正祖王代按期举行的《诗经》讲筵,则围绕这些种种问题以君臣互问互答的形式进行。每逢《诗经》讲筵时,参加者来路各异,有时是关东地区诸生,有时是湖南、关西、关北地区的文士,有时则为京畿、岭南、岭东地区的诸学者。问答形式是王先下条问,然后诸生或学者附对或面对,由于这是与国王的问答,回答者事前做好充分准备,努力给君主以最大限度的满足。总结历次御前《诗经》讲筵,主要问答的内容大体如下:
1.如何看待《大序》《小序》的作者和信赖度问题;2."思无邪"到底是指什么意思;3.孔子删诗说和朱熹"淫诗"说的矛盾问题;4.朱熹所谓"淫诗"说,是否成立;5.《诗三百》的入乐问题;6.如何解释朱熹在"六义"问题上的"三经三纬"说和"四始"之论;7.《豳诗》的"雅""颂"问题;8.笙诗之有词无词问题;9."从器从人之辨"指什么;10.程朱曰:"则以《关雎》为宫人赞美之词", 对此怎么看, 等等。这些不仅是海东当时《诗经》学界所面临的问题, 而且也是正祖王心中"难解"的问题, 问题的契合点在于各方都立足于通过深入研究解决实际问题。在以朱熹《诗集传》为《诗经》学权威准的的当时, 对《诗经》及其治经史的这些怀疑, 应该是不太正常的。尤其是作为为整固纲纪、整顿意识形态而努力的"右文之主", 与群臣一起探讨《诗经》学上的众多问题, 也应该是不太严肃的。

从另一方面讲, 这些都说明当时思想文化领域新的社会气氛开始形成, 怀疑包括程朱理学在内的原以为"千古不变真理"的儒家传统经典的时代, 也在不知不觉间已然来到人们眼前。但是作为一国最高统治者, 正祖的主导思想还是维护朱子学的绝对权威, 以捍卫封建统治秩序。他极力辩护, 自己与群臣探讨《诗经》学中的种种疑难问题, 也是为了整肃思想文化领域的"威仪", 以推动"右文之治"。对此, 他说:

> 而奈之何定论才出, 异议横生, 虽以辅汉卿之朱门高足, 当《集传》新编之初, 其所覆难于《序》说之从违者, 班班见于传纪。岂朱子分金秤出之妙用, 在论而不在诗歟? 肆予否德, 恭承休命, 思欲以皇风正葩, 围斯民于太平可久之业者。雅矣! 何以则春诵夏弦, 均叶正声, 家讲户读, 咸归正义, 使《三百五篇》之旨, 优游涵泳, 连类含章, 以之人事浃于下, 天道备于上。修身及家平均天下之要, 不待他求而得之于此歟。愿因子大夫闻之。[1]

正祖王向在场讲官提问, 历史上说《诗》者纷纭而出, 大部分人认可的定论刚出, 不同的看法接踵而来。像辅汉卿这样的朱熹高足, 当师傅的《诗集传》才问世, 就诘问与《诗序》相背者。如此, 朱子的《诗集传》意象深奥, 内涵

---

[1] 《弘斋全书》卷51《策文四·诗》,(韩国)《韩国文集丛刊》。

深邃，一般人难懂、难解。他进而说，自己虽不德，却继承王位，想以皇风正葩让天下百姓生活于太平盛世之中。他也总是想，如何才能够使天下人"春诵夏弦"，吟咏《诗三百》，"家讲户读，咸归正义"，使《诗三百》之旨意，不觉间濡染于天下人心中。而且使天下人在"优游涵咏"之间，个个心怀"连类含章"之趣，心得"修身齐家之要"，从此使"人事浃于下，天道备于上"，迎来悠然太平之世。正祖王的这种问题，不仅体现出他深邃的《诗经》学造诣，还使在场的讲官们思绪万千，正襟而待。

《弘斋全书》是正祖王的诗文集，兼收正祖王与诸文臣在御前讲筵时经史讲义的问答内容。这本书历经多年的编纂过程，共184篇，于1814年出刊，书中贯穿着正祖王"道文一致"论的经学思想，以及用"文体反正"策整顿纪纲和名分秩序的治国理念。《弘斋全书》第64卷至119卷是《经史讲义》，用巨大篇幅记录正祖王和著名文臣与经筵官之间围绕《近思录》《心经》《大学》《论语》《孟子》《中庸》《诗经》《易经》《东史纲目》等各种经典进行的讲演、问答的内容。其中《诗经》讲义中问答、阐发的内容占有相当一部分比重，而其中君臣围绕《诗经》及其研究史上存在的诸多问题，而进行论辩的内容亦成最耀眼的部分。由于《诗经》年代久远，难以解析，各个朝代的《诗经》研究成果未免看法不一、前后矛盾、解释繁杂，而海东人奉为"圣人"的朱熹所撰《诗集传》也存在一系列的问题，但充满探索精神的海东学者不畏艰险，解开了一个又一个难题，写下了海东《诗经》学的新篇章。为解决诸多难题，正祖王还是选择通过个人研究和御前讲筵的方式，与文任群臣进行意见交流和讨论，以得出符合实际的结论和对策。其中如在1798年（戊午，正祖22年）进行的经史讲筵中，正祖王向文臣和诸生提出《诗经》学中的一系列难题和质疑，然后让文臣和诸生附对。他在《总经》部分中说：

汉唐诸儒以《大序》为子夏所作，而《小序》则或称子夏、毛公合作，或称卫宏所衍，或称国史所题，盖言人人殊矣。至程子断之曰："《诗大序》，其文似《系辞》，分明是圣人作。学《诗》而不求《序》，犹欲入室而不由户也。《小序》，则但看《大序》中'国史明乎得失之迹'一句可见，如非国史，何以知其美刺？"此其笃信推重果何如也。且以他书参考，《鸱鸮》序与《金縢》合，《北山》《烝民》序与《孟子》合，《昊天有成命》序与《国语》合，《硕人》《清人》《皇矣》《黄鸟》序与《左传》合，而《由庚》六篇，又与《仪礼》合矣。当毛公时，《左传》未出，《孟子》《国语》《仪礼》未行于世，而其说先与之合，谓不本于国史可乎？然朱子《集传》则一扫旧说，以为《序》不足信，而其于郑、卫，尤力排而深斥之。夫以程朱之嫡统相承，而不同如此，则学者将何所折衷。而姑举一诗，以例其余，如《风雨》之以"风雨如晦"，比世之乱；以"鸡犹守时而鸣"，比君子之不改其度。岂不愈于朱子所谓"风雨如晦，正淫奔之时"者乎。盖吾胸中无纤毫信不及者，然后方是真个尊朱。诸生平日何以读诗？[1]

汉唐诸儒作学问，虽按照自己独立的见解进行，但他们广收并蓄各方资料，虚心参酌各路成果，尽量发表客观而公正的看法。如其《小序》作者问题，有人认为是子夏和毛公合作，或称卫宏所作，或称国史所题，各人发表各人之所以如此的意见。其中大理学家程颐断言《诗大序》是某个圣人所作，因为其文很像《系辞》。继而他指出研讨《诗经》不参考《诗序》，等于是想入房间而不从房门入，有违于常理。至于《小序》，从《大序》中的"国史明乎得失之迹"一句可见，其作者为国史，如果不是怎么知道其中有"美刺"？而且《诗经》中的许多篇章，与《尚书》《孟子》《国语》《左传》《仪礼》的内容有相似之处，然而毛公当时，《左传》尚未出世，《孟子》《国语》《仪礼》也未行于世，那为什么出现如此吻合之事情呢？因为它们都"本于国史"。这里面有这么多的历史

---

[1]《弘斋全书》卷108《经史讲义》第45《总经》第3《诗》，（韩国）《韩国文集丛刊》。

沿革关系，而朱熹写《诗集传》，一扫旧说不提，"以为《序》不足信，而其于郑、卫，尤力排而深斥之"。作为学者，这是万万不可以的态度和作法，也是严重脱离实际之举。朱子与程子，同属一个学统，是理学中"嫡统相承"关系，但是在对待《诗大序》及其他之前成果的问题上，则采取如此判然有别的观点和立场，后世学者如何"折衷"是好呢？正祖王在此想举一个例子说明孰是孰非的问题，《国风·郑风》中有《风雨》诗一篇，其中以"风雨如晦"比喻时世之乱，以"鸡犹守时而鸣"，比喻君子之不改其志，但是朱熹的《诗集传》则将此句解释为"风雨晦瞑，盖淫奔之时"。正祖认为谁是谁非，细读此句自明。我们尊奉朱子，应"胸中无纤毫信不及"，绝对崇信，然后才能够做到这一点。也就是说，正祖王强调在辨明《诗经》学史上的一系列疑难问题，首先要树立坚信朱子、崇奉朱子之学的良好态度，然后才可对其中的疑难问题进行研究辨析，这才是正确的态度。

立国祖先，当初"抑佛扬儒"，制定程朱理学为王朝正统思想和官方哲学，理应绝对崇信，无条件跟随，但是在对其经典进行反复细读具体研究的过程中，正祖王发现有许多前后矛盾、脱离文本实际的训解和阐述。尤其是朱子对前人所取得的有益成果，一概排斥不收，令人遗憾。尽管正祖王以振兴儒家文化为旗帜，欲用程朱理学的思想武器整顿当时混乱的思想文化界，实现"右文之治"，以巩固日薄西山的封建王朝，但是在《诗经》学上所遇到的诸多问题，绝不可用简单的行政命令或措施来解决，应该以学术的方式和实事求是的态度进行深入研究和辨析，最后才能够弄清楚所需要的理论内涵。

第四章
朝鲜朝前期性理学先驱的"道""文"观念

第一节 丽末鲜初馆阁文人的朱子学情结及其"道""文"观

海东朝鲜朝开国之初，鉴于高丽末期各种政治势力分裂所带来的乱局和政策紊乱之弊，朝廷致力于削弱根牢权重的高层阀阅、权臣的权力，努力建立高度统一的中央集权的封建体制。但是这种努力，在当时的客观形势下，实现起来实在是困难重重。因为建国初的统治集团总结高丽时期过于优待知识分子所造成的政治弊端，一开始重用开国有功的武臣和附和之文臣，结果扶植出了一批依仗权势干政并大搞土地兼并的勋旧派势力。到了世宗至成宗年间，再次总结新经验的李氏王朝，为了抑制勋旧派势力，逐渐扶植代表中小地主阶级利益的在野知识分子。这些在野知识分子深感自身发展的危机，与勋旧派势力进行针锋相对的斗争，逐渐形成新的士林派政治势力。在这个过程中，李氏王朝开始重用士林派文人，逐步建立起牢固的文官政治体制。从此，海东士林知识分子能够走入国家权力重心，享受优厚的待遇，行使实实在在的政治权力。这实际上是在封建制度下，占有绝对统治地位的地主阶级内部的各种势力，重新得到调整的过程。这种调整为海东士大夫阶层的壮大，提供了厚实的土壤，使得他们在新的条件下，为国家的政治和思想文化发挥更多的作用。在这样的历史变化中，早已进入海东国的程朱理学，逐渐演变成国家的指导理念。

随着海东性理学的深入和发展,它的理论深度和视阈不断加深,已经涉及整个意识形态的各个领域。而且,随着研究的专门化,研究主体思辨能力的不断扩展,新的成就不断涌现。这些都促成学与问的紧密结合,学者之间的相互探索之风蔚然兴起,使学术交流活动异常活跃。探索难免分歧的出现,分歧促探索,探索生分歧,这样学者之间学术争论的氛围,在全国范围之内形成。所谓的岭南学派和畿湖学派,就是其必然的结果。岭南学派以李滉为宗主,称其为"东方之朱夫子",而畿湖学派则以李珥为领袖,称其为"东方之圣人"。值得注意的一个问题是,这种极端发达的性理之学,由于被统治阶级确定为正统思想,也必然影响到了国家的政治走向。其具体表现之一,就是它成为了当时激烈党争的导火索,乃至分派的组织依据。具体来说,以李滉为首的岭南学派成为当时的一大派系"东人"的组织基础,而以李珥为首的畿湖学派,则成为了另一大派系"西人"的组织基础。这种党派之争,直接影响到国家的行政、人事体系,形成了哪个派系执政,它就得势一时。按当时的情况看,两派动辄清洗异党,甚至为了一个小小的问题舞刀弄枪,大开杀戒。两派之间的这种不信任和斗争,反复轮换,严重危害着国家的稳定和百姓的安宁。

性理学的官学化及其哲学思辨性质,让很多人钻进其中,陷入越来越难解的泥沼之中,一时不可自拔。这样的朱子学,在当时严重脱离社会实际,越来越显现出"空理空谈"的观念化本性,在"空疏"主观的形而上学的道路上越走越远。当时的许多知识分子深陷于这种理论上的空套之中,自小至老,虚度一生。他们除了"性""理"之外,对社会上"利用厚生"之道毫无知晓,全然变成了无用之人。思想家朴趾源在小说《两班传》里所描写的那个旌善郡两班,就是这种离开义理之道、性理之学什么都不懂,最后只能出卖尽有的两班身份图生存的典型代表。

封建社会的高端知识,一般都被掌握在封建士大夫手中。由于理学以儒家学说为中心,兼容佛道两家的哲学理论,论证了封建纲常名教的合理性和永恒性，所以它一系列的辨题和概念极具思辨性质。由于它具有这样的一个理论特征，学习和掌握它的知识和思想精髓，难度系数就很高了。这个性理之学传入海东以后，被定格为国家正统思想，逐渐成为万民遵奉的理论观念。但是由于它的内容深奥，说理思辨，加上文笔艰深，往往只能在其高层或部分士流中传播和探究。所以它一开始就在士大夫中间流传，到了海东朝鲜朝中期，逐渐显现出贵族化的倾向。到了岭南、畿湖分派的"二李"时期，已经贵族化了的性理之学，逐渐失去原有的创造精神和生命力，成为社会发展的绊脚石。"壬辰倭乱"的爆发，则充分证明当时的海东被朱子学奥义弄浑，已经全无缚鸡之力。朱子学"空理空谈"的真面目和"壬辰倭乱"的沉痛教训，尽管被后来的实学思潮痛批，尽管实学派文人提出了一系列改革主张，但是大部分封建士大夫和知识分子依然紧跟着封建王朝，演绎着程朱"圣学"的理论阐扬。

从本质上讲，实学思潮的抬头和发展，就意味着传统朱子学的衰落。因为实学思潮兴起的契机，是壬辰倭乱对国家所造成的重创，而壬辰倭乱的主要起因则是朱子学走向"空理空谈"的泥沼之中。也就是说，实学思潮的兴起，就是对传统朱子学走向"空疏"化的反弹。尽管这个时期的海东，经历过空前的内忧外患，但是此时又是海东封建文化的成熟期，具有高度文化素养的一批文人都热衷于考据学、汉学和实用之学，且都以批判朱子学为自己的出发点。当时实学派文人的思想资料，很多都来自于传统儒家思想或性理之学，但他们的立脚点和出发点不同，现实意识和人生理想也不同，其学问和思想本质的差异性就更加明显。一个是随着本身的贵族意识化而日趋走向衰微，一个是随着自身思想的创新性和现实适应性而日益显现出无限的活力。

海东人崇尚朱子学并不是单纯从抽象意义上去膜拜和跟风，而是根据中国宋学的重心人物二程和朱熹的学说，进行深入的学习和研究，得出一系列自己理性判断的结果。自从高丽末叶朱子学传入以后，到了海东朝鲜朝中期朱子学与经学自行联姻，走上了二者相容并发的道路。凡是程朱们熟读过的、注疏过的和阐扬过的,都引起他们极大的兴趣,去解读和阐释。特别是朱熹的主要著述,大都被介绍和重刊,他的那些著述都成为大部分士大夫阶层和读书人必须备置的文献。在这样的情况下,二程和朱熹的著述,则成为了海东经学主要关注的对象。由于二程和朱熹的经学著述中蕴藏了丰富而深刻的思想,保存了大量珍贵的史料,当然成为海东经学的核心组成部分。海东的性理学家们对待程、朱之学说,有盲目跟从和膜拜的、有独立思考而提出怀疑的、也有大胆提出质疑并重新进行注释和阐发的,反正热闹非凡。各家用各家的方式,重新诠释儒家经典,力图搞出经典原意,阐发自己的主张,或保守,或中肯,或激进。但有一点是共同的,他们都以中国宋学为榜样,尤以程、朱之学说为基本准的。他们探索的侧重点随时事和时代而有所变化,与党争的对象对阵时、向腐败的政府抗议时、弹劾错误的王位交替时、遇到外侮时,其理论支点和论据都有所不同。即使是后来实学派新思潮的主将们,他们的舆论工作也从对性理学前人著述的重新评价开始,都有自己的一套对儒家经典的新的注释和主张。在这个过程中,他们阐述自己的理论观点,发表自己的改革主张,阐扬自己的政治理想。

　　无论是朱子学还是实学,作为那个时代的观念形态,都拥有自己的文学或文学观念。海东朱子学的文学及其观念,就是在上述的历史文化背景下,形成和发展起来的。作为典型的儒家思想思潮,他们的文学思想和创作,与王朝的命运紧紧联系在一起。他们中的多数人,在中国的宋学里头,主要接受二程和朱熹的理学思想。而在文学观上,他们则主要以朱熹的文学观为榜样,不太赞同二程把文与道对立起来的文学观。在总的文学观上,他们深信孔子所说的"诗可以兴,可以观,可以群,可以怨。迩之事父,远之事君,多识于鸟兽草木之名"的效用观。他们尤为相信《毛诗序》所说诗歌有"经夫妇,成孝敬,厚人伦,美教化,移风俗"的巨大社会作用。他们还赞同宋代王安石所说的"尝谓文者,礼教治政云尔……且所谓文者,务为有补于世而已矣"的观点。从这些接受美学的观念中可见,在文学与政治、文学的社会功能等问题上,他们汲取中国前人相关观念的影响。

如何理解文与道的关系,这是海东性理学家们首先关注的一个问题,而且它逐渐发展成为他们文学创作和评论的指导思想。在海东,文学审美领域所提出的"道",一开始只是对于"质"的规定性,并且这"道"也被确定为儒家之道。到了海东朝鲜朝时期,随着朱子学的发展,这"道"的概念发生了重要变化,性理学家们秉承中国宋学中的程朱之哲学思想,认为道即"体",道即"理"。这道至于文学,则以封建的伦理纲常,礼教秩序,心性义理等范畴为内涵,处于根本的地位。

海东朝鲜朝时期的士大夫文人拥有这样的文、道观,并在文学实践中直往而无悔,自有其客观原因。首先,海东自古以"小中华"自称,以中国文化为自己的文化,以中国的圣人为自己的圣人,自然全盘吸收了中国儒家的文学观念。其次,进入海东朝鲜朝时期以后,海东人以程朱理学为正统理念,以其理气学说为正宗观念,以其心性理论为自己的指导思想,自然也全盘拿来其文学意识。还有,海东的朱子学是在学习和掌握中国宋代二程与朱熹的理学理论和基本精神的基础之上发展起来的,他们主要通过对中国儒家经典著作进行重新的注疏、诠释、阐发、鉴识等途径,发表自己的理学见解,当然宋儒们的文学观念也深刻影响了他们。再次,想以儒家思想立国、强国的海东朝鲜朝时期,一向坚持着政本位的文学观。他们深知中国《尚书》中的"诗言志"精神,经孔子与《毛诗序》加以发挥,形成以儒家社会政治伦理为核心的政本位文学观。他们深信它对封建政治的巩固是大有用处的,所以一直坚持儒家诗教观念,并贯穿于其封建社会的全过程。所以在文与道的关系上,他们重视发掘道的社会效应,将其发扬光大。又有,他们一向保持向儒家经典学习的宗经精神。刘勰在《文心雕龙·宗经》篇中说过:"励德树声,莫不师圣;而建言修辞,鲜克宗经。"这里所说的"圣",指儒家万世尊崇的周公、孔子等圣人;所谓"经",就是儒家的经典著作《大学》《中庸》《论语》《孟子》等四书和经过孔子编订的《易》《书》《诗》《礼》《春秋》等五经。海东朝鲜朝时期的文论家们遵循此宗经精神,认为文学必须向这些儒家的经典学习,从中汲取丰富的营养,以蓄养自身的文学。他们甚至认为这种宗经过程就是涵养自己,达到圣人境界,使文学皈依政本位精神,为封建王朝服务的必需前提。

在海东,道与文关系的认识,是随着性理之学的形成、发展和成熟的过程而演变发展的。海东的性理学发端于高丽后期,此时离中国宋代的程朱们已有二百余年。其时高丽儒学者安珦于忠烈王十六年使燕,得见《朱子全书》,潜心研读,知其为孔孟正脉,遂手抄全部,又写其真像而归。忠烈王二十四年(1298),佥议评理白颐正随入质的忠宣王留元十年,钻研朱子学,积攒程朱之书籍而归。中国宋学的东渐期,除了此二人之外,还有禹倬、权溥等人为朱子学的传播和研究作出了贡献。到了高丽末叶,海东朱子学主要以师徒相传的模式,逐渐扩散,出现了像李齐贤、李穑、郑梦周、权近、郑道传、赵光祖等一批杰出的性理学家。在这些性理学家中,有些人跟随李成桂从事异姓革命,成为了李氏王朝开国元勋,充当其思想导师,如权近、郑道传、赵光祖等人就是其中的佼佼者。尽管很多人笃信朱子学为儒学正宗,去钻研其思想和历史,但是这时期的朱子学还没有深入到挖掘理论精髓阶段。当时的朱子学,只是对国学芜废、科场之风泛滥、佛老之学猖獗、吏治混乱、政治萎靡不振等严重社会问题的反弹,也是一批进步人士寻路的结果。当时的朱子学在海东,主要以翻刊书籍、朝廷御前演讲、国学和私塾的讲经、著述传授等形式缓慢发展。对当时朱子学的发展情况,权近概述道:

  其甥益斋李文忠公师事亲炙,以倡义理之学,为世儒宗。稼亭、樵隐(李仁复)诸公,从而兴起,澹庵白公(文宝),辟异端尤力焉。吾座主牧隐先生早承家训,得齿辟雍,以极正大精微之学,既还,儒士皆宗之。若圃隐郑公、陶隐李公、三峰郑公、潘阳朴公（尚衷）、茂松尹公（绍宗），皆其升堂者也。三峰与圃隐、陶隐尤相亲善，讲论切磋，益有所得。常以训后进辟异端为己任，其讲诗书，能以近言形容至理，学者一闻即晓其义。其辟异端，能通其书，先说其详，乃斥其非，听者皆服。是以，执经从游者填隘门巷，尝从学而登显仕者比肩而立，虽武夫俗士，闻其讲说，亹亹不厌，浮屠之徒亦有从而化者焉。[1]

这里所说的"李文忠公"，就是大学者、诗人李齐贤，他是著名学者权溥之女婿，权溥曾上诉并主导刊行朱子《四书》。李齐贤曾师承白颐正，倡义理之学，被称为海东儒宗。这里所说"稼亭"为李谷，樵隐为李仁复，澹庵为白文宝，牧隐为李穑，圃隐为郑梦周，陶隐为李崇仁，三峰为郑道传，潘阳为朴尚衷，茂松为尹绍宗。这些人都是高丽后期的大学者，互有师承关系，是这个时期朱子学主要的传承者。他们在御前讲演中国的宋学，讲解程朱理学要义，尤受欢迎，"其辟异端，能通其书，先说其详，乃斥其非，听者皆服"。权近描写当时听讲的盛况曰："执经从游者填隘门巷，尝从学而登显仕者比肩而立，虽武夫俗士，闻其讲说，亹亹不厌，浮屠之徒亦有从而化者焉。"

海东朝鲜朝时期建国之初，把关政治走向或领衔文翰之职者，基本上都是来自于高丽的遗臣，其中不乏文贯三代的著名学者。尤其是其中的权近、郑道传、赵光祖、赵浚、朴尚衷等文人，都是高丽末叶著名的朱子学者，在意识形态领域里拥有举足轻重的地位。作为海东朱子学的奠基者，他们对文学也发表了一系列的观点，但值得注意的是并没有发表多少像宋代二程、朱熹那样"为文害道""文从道中流出"之类深入反对文学独立地位的言论。纵观他们对文学的表述，在文与道的关系问题上，他们还是秉承着儒家一贯的"重道轻文"的观点，但这些都是普遍意义上的儒家"载道"文学观。当然，他们所说的

---

[1] 权近：《阳村集》卷16《三峰集序》，（韩国）《韩国文集丛刊》。

"文",往往有着两种概念,一是所谓广义的"文",一是专指狭义的"文",但无论是哪一种,都与后来所专指的真正文学有直接关联。很明显,他们所说的"道",主要指儒家之道,但是根据情况其涵盖范畴有所不同。对文与道的关系,权近指出:"道行于上,文著于礼乐政教之间,道明于下,文寓于简编笔削之内。故典谟誓命之文,删定赞修之书,其载道一也。周衰道隐,百家并起,各以其术鸣而文始病……至唐韩子,崇仁义,辟异端,以起八代之衰。宋兴程朱之书出,然后道学复明,人知吾道之大,异端之非,开示后学,昭晰万世。"[1]文章在天地间,与此道相消长,永远分不开。如果道贯彻于文中,文就能够反映礼乐政教之要求,如果道明于其下者,文章只能靠简编和笔削而显现。所以《尚书》中的"典谟""誓命"之文,或其他孔子删修过的诸书,都同样贯穿着载道的原则。权近还认为后来周朝衰落而道隐,百家争鸣而各以其术说话,文章开始"生病"。到了汉代,司马迁、扬雄之流纂史、著述,其文驳杂而不醇雅。后来佛教入中国,此文之病更甚,尤其是魏晋以降,此文更加荒芜,几无可观者。至唐,此文有所复兴,韩愈等古文家起于八代之衰,崇尚仁义,辟除异端。宋朝兴起,程朱之理学书籍传播,此道才复明,人知儒道之大而伟,异端之小而非,从此正学能够开导后学,光明能够昭示万世。他继而说东方海东的文与道的发展,也有悠久的传统。商亡周起之时,箕子东来传道,"八条之教,俗尚廉耻",从此以后"文物之懿,人材之作,侔拟中夏"。自是以来的海东文学,"世崇文理",名家大作不断涌现。自高丽光宗时期开始实施的科举制度,改变了一代文化之风气,其"设科取士,一遵华制,薰陶化成,垂数百年"。这数百年来,不仅出现了无数的"卿士大夫彬彬文学之徒",还出现了像权溥这样的朱子学者,倾力刊行朱子《四书》等理学书籍,致力于性理学的普及工作。而且还有郑道传这样的道学大家,深明大义,活跃于海东朝鲜朝时期建国初的理论战线上,发表诸多理学文章,为社会的稳定和朱子学的传播,作

---

[1] 权近:《阳村集》卷16《三峰集序》,(韩国)《韩国文集丛刊》。

出了重要贡献。

作为一个海东朝鲜朝时期最初的著名道学家,权近并没有完全接受程颐、朱熹等人用"道"来完全否定文学独立地位的观点,把"道"看成含载儒家道统、宗经精神的思想体系。在"文"与"道"的关系问题上,他主张"其与道并流",也就是说以其存在的意义来说,二者哪一个也不能少。顾名思义,在他看来"文"离"道"就无存在的意义,"道"离"文"则表达不清,失去其教育人的光彩。而且他还认为要写出符合道德的文章,应先修养作家的灵魂。从这个意义上,他赞扬郑道传是一个道德和文章皆佳的文人,能够将"文"与"道"高度统一的朱子学者。他说:

> 先生节义甚高,学术最精,尝以直言忤宰相,流南方者十年,而其志不变。功利之徒,异端之辈,群欺众诟,而其守益坚。先生可谓信道笃而不惑者也。先生著述,有《学者指南图》若干篇,义理之精,了然在目,能尽前贤所未发。杂题若干卷,本于身心性命之德,明于父子君臣之伦,大而天地日月,微而鸟兽草木,理无不到,言无不精。王国辞命之文,典雅得体,古律之作,袭魏晋追盛唐,而理趣出乎雅颂,质而理,温而淡,诚无愧乎古人。乐府小序,删繁乱削淫僻,唯感发性情之正是录。呜呼!先生之文皆有补于名教,非空言比也。是其与道并流,后世而不朽无疑矣。[1]

权近盛赞郑道传节义高尚,学术精湛,曾以直言进谏而忤逆当朝宰相,因此流放南方十年。虽受到钓利辈和异端之徒的诽谤和嘲笑,但越是逆境意志越坚定,"可谓信道笃而不惑"的贤人。他的著述精通义理而让人易于理解,发前贤所未发,即使是杂题之类,也"本于身心性命之德,明于父子君臣之伦",其

---

[1] 权近:《阳村集》卷16《三峰集序》,(韩国)《韩国文集丛刊》。

内容和艺术形式高度统一。尤其是他的文章,"理无不到,言无不精",也就是说其文章明于理,而精于言,阅读者深受教育。值得注意的是,在此《序》中权近强调,郑道传的文章"理"与"言"高度统一,理到言精,具有很高的说服力。在他那里,"理"就是"道","言"就是"文";"到"就是"载","精"就是精湛的文笔条理。郑道传在"道"与"文"的关系问题上,绝没有因"道"而轻贱"文",因"文"而忽略"道"。这说明他们在文学批评上,是重"道"而不轻"文",为"文"而重"道","道""文"并重。这与中国宋代程颐"为文害道"的观点和朱熹"文从道中流出"的文学观,有着本质上的差异。一个是彻底否定文学的独立地位,一个是重"道"而不轻"文",二者在本质上演绎着截然不同的文艺观。因为有了这样的文学观念,所以他大胆地肯定郑道传的文学成果。他认为郑道传写"王国辞命之文,典雅得体",他的"古律之作,袭魏晋追盛唐",表现出很高的文学修养。从艺术境界上说,他的作品"理趣出乎雅颂,质而理,温而淡,诚无愧乎古人"。即使是"乐府小序",他也从重"道"的立场出发,"删繁乱削淫僻,唯感发性情之正是录",写出有用于教化的优秀序文。权近赞扬郑道传的"文",笔笔无"空文","皆有补于名教","与圣代治道之盛,同垂罔极"。在此,权近所提出的"文"与"道""并流"的概念,其涵义深刻,足以为他的文学思想注脚。

　　权近是丽末鲜初的学者。当时海东的朱子学,尚处于起步阶段,还没有出现具有理论深度的大量理学著作。当初李成桂图谋推翻王氏高丽,欲以改朝换代,权近、郑道传、赵光祖等前朝重臣,深知高丽王朝已陷入深重的内外矛盾,国政混乱,百姓涂炭,从国家和民族大义出发支持李成桂的易姓革命。新朝建立之后,权近等人披肝沥胆,积极出谋划策,为李氏王朝的巩固出力。为建立新的国家秩序,他们建言以程朱理学为国家正统思想,并亲自动手撰写这方面的文章,以资造成舆论环境。这时期主要的性理学著作及其学术成果,有权近的《五经浅见录》《四书五经口诀》《入学图说》《东贤事略》,郑道传的《心气理篇》《佛氏杂录》《心问天答》《经济六典》《经济文鉴》《陈法书》《锦南杂题》，赵光祖《静庵集》中的一系列片段，金泮的《续入学图说》和对中国元明时期《性理大全》《理学提要》《易学图说》《四书章句》等性理学著作的出版计划，河崙的《五礼仪》《经济六典》，权采的《作圣图并图论》等。这些著作虽涉及性理学中的不少学术问题，但并没有发展到真正的理气论、心性论和体用、动静、四端、七情等诸多思辨哲学的深度和宽度。

第二节 朝鲜朝初期词章派文人"道""文"观念的审美内涵

海东朝鲜朝时期建国之初急需稳定纲纪，万事待兴，需要的是能够统一国家意志的思想和意识形态。他们确定"抑佛扬儒"的思想政策，想以程朱理学的心性理论揭露和批判佛教色空等说教，但当时的学术界对程朱理学尚处于探索阶段，还未出现像样的理论成果。也就是说，纵观这时期性理学的学术成就，尚缺乏经学的高度和心性理论的深度，尚未真正形成思辨哲学的氛围和成果群。在学术上，这时期的权近等虽写出了像《入学图说》《五经浅见录》《四书五经口诀》这样的著述，但尚未达到二程、朱熹理学的理论深度，更未涉及其文学观念的思辨视域。正是这种原因，使得这时期的文学理论，还没有真正接受和运用二程、朱熹等理学思想家那样的文艺见解，还没有真正消化程朱理学家对"文"与"道"关系的极端道学化的观念。

这时期所谓的"道"，含义相当丰富，将儒家"诗言志"、"兴、观、群、怨"、温柔敦厚的诗教以及治政、治经、宗经等观念都纳入自己的视野之中。这时期对于"文"的概念，也有多歧，有"天文""地文""人文"等大范畴的"文"，有包括学术文化在内的一般的"文"，有指称一般文章概念的"文"，也有专指文学一般概念的"文"，更有将多种概念混为一谈的"文"。按照海东朝鲜朝初期朱子学者们的观念，无论是哪一种"文"，都听命于"道"，"道"是

"文"的统帅,"文"是"道"之兵卒,"道"是"纲","文"是"目"。顾名思义,无"帅"则"兵"如无脑,无"兵"则"帅"无所任;同样,无"纲"则"目"无所适,无"目"则"纲"无所用。此理于"道"与"文",非"道"则"文"无所用,非"文"则"道"无法彰显。如此看来,"道"与"文"在文学实践中,是互为表里。

值得注意的是在"道"与"文"的关系问题上,海东朝鲜朝时期的朱子学者们学习中国唐宋人的文道观,也曾提出过"文者,载道之器"的观点。问题是他们所说的"道"和"文",都具有什么样的内涵,都表达着什么样的诉求。在他们那里,"道"与"文"这对美学范畴,是由儒家原有的文与质派生而出的,是专门作为文学创作的指导思想而提出来的。在这里"道"是对"文"的规定性,而且"道"又是传统的儒家之道,它是"质"的发展形态。《论语·述而》曾说:"志于道,据于德,依于仁,游于艺。"《论语·雍也》进一步曰:"质胜文则野,文胜质则史。文质彬彬,然后君子。"这些话要求"文"质与文兼备,情与文并茂。"质胜文",则没有文采,文章则粗野,不生动;于此相反,"文胜质",则内容空虚,容易华词丽藻,走向浮华。这两者,沾哪个都不好,只有"文质彬彬",文质并茂,内容与形式高度统一,才是君子应作的标准之"文"。海东朝鲜朝时期的朱子学者尝要求自己虚心学习古人,经过内心修养,达到"圣人之文"的境界。写作应向圣人学习,以经典著作为榜样的这种"征圣"观念,《荀子·儒效》篇中也可以看到,其曰:"圣人也者,道之管也;天下之道管是矣,百王之道一是矣。故《诗》《书》《礼》《乐》之道归是矣。《诗》言是其志也,《书》言是其事也,《礼》言是其行也,《乐》言是其和也,《春秋》言是其微也,故《风》之所以为不逐者,取是以节之也,《小雅》之所以为小雅者,取是而文之也,《大雅》之所以为大雅者,取是而光之也,《颂》之所以为至者,取是而通之也。天下之道毕是矣。"在此,"管"有"枢要"之意。此话的意思就是,所谓圣人,是"道"之象征,他是集天下之"道"于一体的人，历代圣贤都集此"道"于一身。所以《诗》《书》《礼》《乐》之道，都出自于圣人之手。《诗》表达作者的志趣，《书》说治国与事功，《乐》言如何造成和悦的气氛，《春秋》谈微言大义。《国风》之所以不让人随波逐流，是因为圣人以此来节制心绪；《小雅》之所以是"小雅"，是因为圣人用它来修饰礼仪；《大雅》之所以为《大雅》，是因为圣人让后人去发扬光大它的旨趣。《颂》之所以达到很高的境界，是因为圣人将"道"贯通于其中。这里所说的"言是"和"取是"，都是指"圣人之道"，《诗》《书》《礼》《乐》《春秋》《大雅》《颂》，都是因"道"而"文"，赋予"道"以不同的表达方式。这里的"文"，都依附于"道"，是"道"的不同层次和侧面之表现。后来，汉代的董仲舒则说："道者，所繇适于治之路也。仁、义、礼、乐皆其具也。"（《天人三策·对策一》）把"文"之于"道"的作用说得更为明确一些。在此，将礼、乐之"文"说成一种道具，赤裸裸地把"文"降为附庸地位。董仲舒的这种看法，后来成为了宋儒们"文以载道"说的来源之一。到了唐代，韩柳等古文家起于八代之衰，高举复兴儒道的旗帜，反对骈文，认为传"道"是目的，"文辞"是手段，"道"是内容，"文"是形式。他们主张宣扬儒家"道统"，但是重"道"而不轻"文"，认为作者的道德修养决定文章的高低。他们对于古文的学习和阐扬，主张采百家，"穷究于经传、《史记》、百家之说，沉潜于训义，反复乎句读，砻磨乎事业，而奋发乎文章"（《上兵部李侍郎》）。对文章产生的社会原因，韩愈说"不平则鸣"，"有不得已者而后言"，但又力主"陈言之务去"，"辞必己出"，"自树立，不因循"。柳宗元力主"文以明道"，此"道"亦打儒家的旗帜，但实际上它更偏重于现实，因为他说过"辅时及物为道"（《答吴武陵论〈非国语〉书》）总之，韩愈主张载"道"之"文"，柳宗元主张明"道"之"文"，一个在复古，一个在为今；韩愈着眼于道统，柳宗元着眼于"明道"，一在儒家说教，一在客观社会现实。关于这种"道"与"文"的关系，古文运动初期理论家刘冕曾说："夫君子之儒必有其道，有其道必有其文，道不及文则德胜，文不及道则气衰，文多道寡，斯为艺裔。"(《答荆南裴尚书论文书》)其后古文家的"道""文"观，也不出此意思，都秉承着重道而不轻文的基本思路。此"道"发展到宋学，引起了深刻的变化。程颐视"道"为"天理"，认为"道"是凌驾于气之上的"所以然"。之后的朱熹则进一步将"道"看作完满、美好的道理，称之为"理"，认为此"理"与"气"共同产生了天地万物，但"理"是根源或依据，"气"是末节或材料，理先气后，"理"处于主导地位，"气"处于从属地位。

这些"道"与"文"关系的历史，时间悠久，内容演变曲折多变。自古自称"小中华"的海东人，在漫长的历史过程中，几乎全盘吸收中国文明，其中包括"道"与"文"关系的演变史。但是在权近等海东朝鲜朝初期朱子学者的文学观中，却很少看到宋代程朱等理学家的文学观对他们的直接影响。经过仔细考察，发现他们虽继承着之前中国儒家几乎全部的文学观，但是中国宋代道学家们的文学思想尚未完全波及他们。宋程颐死于1107年，朱熹殁于1200年，而郑道传殁于1398年，权近死于1409年，前后者相差二三百年。这说明海东接受中国的文化，在时间上是有相当一段滞后的过程。为什么会是这样，这里面的规律性，值得探讨。在海东朝鲜朝初期性理学者的文学观中，依然发现其文道观还是传承着中国儒家原有的一系列的相关观念。即使是在对"道"与"文"关系的论述中，提出道统论者曾经提出过的像"文者，载道之器"之类的理论观点，但其内涵依然未包含宋学程朱们否定文学自身地位的那些极端的文学思想。如郑道传在其《陶隐文集序》中说："然天以气，地以形，而人则以道。故曰'文者，'载道之器'。'言人文也，得其道，《诗》《书》《礼》《乐》之教，明于天下，顺三光之行，理万物之宜，文之盛至此极矣。"[1]关于人文，《文心雕龙·原道》说："人文之元，肇自太极，幽赞神明，《易象》惟先。庖牺画其始，仲尼翼其终。"它所言"观天文以极变，察人文以成化"中的"文"，是广义的，包括语言文字、一般文化、侠义的文学等在内。应该知道，刘勰将文

---

[1] 《三峰集》卷3《陶隐文集序戊辰十月》，(韩国)《韩国文集丛刊》。

学的起源推究至庖牺画八卦的传说，有些勉强，但是其中有人们对人文始祖的朴素观念。按照郑道传的说法，人文与天道最大的不同点就是人文以"道"反映世间生活，而此"道"即包涵《诗》《书》《礼》《乐》之教，"得其道"就等于得了"文"之"归旨"。从对"道"与"文"关系的这些理解出发，郑道传紧接着说"故曰：文者，'载道之器'"，直接点出"文"之用即为载道。其意思为"文"如车，"道"如物，"文"为载道而存在。最初明确提出"文以载道"的是宋代理学家周颐敦，他总结韩愈等唐代文论家"文以明道"的主张，提出"文所以载道也"的看法。从其涵义的本质上看，郑道传的"文者，载道之器"的看法，与周颐敦"文以载道"的见解几乎是一样的。因为他们都把"文"看作如车般的工具，看成能够载物之车或器具，而"道"则是被载的物或内容。所以应该说在郑道传那里，"文"也只是载道的工具而已，并不是与"道"并重的独立之"文"。

"文以明道"的倡导者韩愈曾曰："思古人而不得见，学古道则欲兼通其辞，通其辞者，本之乎道者也。"这很明确，韩愈所谓的"道"，就是儒家之道，他重道而不轻文。"道"与"器"本属于中国哲学的一个范畴，关于二者的内涵和关系，哲学史上曾经有过诸多观点和争论，但是《周易·系辞上》所说的"形而上者谓之道，形而下者谓之器"影响最大。人们都强调"道"的关键性和"文"的社会教化功能，但是真正旗帜鲜明地作到重"道"而不轻"文"的还是唐代的韩愈们。

海东朝鲜朝初期的权近、郑道传等学者们虽高扬道学的旗帜，但他们的"道""文"观还以韩愈等唐人为榜样。郑道传的《陶隐文集序》在提出"载道之器"说之后，紧接着指出："得其道，《诗》《书》《礼》《乐》之教，明于天下，顺三光之行，理万物之宜，文之盛至此极矣。"指出"文"得"道"，才能够将《诗》《书》《礼》《乐》之教明于天下，传于后世，而且"文"能不能得其"道"是它能不能走向繁荣的关键。在此，他以最确切的语言，将"道"与

"文"之间的因果关系说得很清楚。在他看来，有"道"才有其"器"，据"器"而"道"存，二者相须不离。当然，这里所谓的"文"，还是那个广义的"文"或"人文"。郑道传和他的学界同僚们如此张扬"道"与"文"的因果关系，为的是想以此帮助振兴李氏新王朝，实现其国初的"抑佛扬儒"政策，这在当时无疑有着非常积极的社会意义。

他们提倡的"道"，从论"文"的角度看，可以认为是与形式相对而存在的内容，与艺术性相对而发现的思想性。因而他们所提出的"载道之器"说，则有力地打击了海东朝鲜朝时期前期词章派的浮华文风，从而也有力地克服了当时盛行的形式主义文风。但是有时因过于重视"道"的作用，反而导致思想硬直，写出过于直白的、思想说教的"文"。郑道传紧接着又说"士生天地间，钟其秀气，发为文章，或扬于天子之庭，或仕于诸侯之国"。他举了"尹吉甫在周，赋穆如之雅，史克在鲁，亦能陈无邪之颂"的例子，以说明"载道"使"文"更加美质，具有更好的社会效应。周时尹吉甫辅佐周宣王料理国事，也参与《诗经》的采集工作，一次周宣王派仲山甫赴齐筑城，尹吉甫乃赋《大雅·烝民》以赠送，其末尾写"吉甫作诵穆如清风"之句。《诗经》中的《鲁颂·駉》，亦有"思无邪，思马斯徂"之句。《毛诗序》云："《駉》，颂僖公也。僖公能遵伯禽之法，俭以足用，宽以爱民，务农重谷，牧于坰野，鲁人尊之。于是季孙行父请命于周，而史克作是颂。"汉郑玄所作《〈毛诗传〉笺》云："季孙行父，季文子也。史克，鲁史也。"很明显，郑道传在文中所说之"文"，由广义之"文"，逐渐向狭义之"文"过渡，专谈文学与"道"的关系问题。根据他的观点，如果善于以"道"统率，纯粹的文学作品也能够起到极强的感化、教化作用。他进一步指出："至于春秋列国大夫，朝聘往来，能赋称诗，感物喻志。若晋之叔向，郑之子产，亦可尚已。及汉盛时，董仲舒、贾谊之徒出，对策献书，明天人之蕴，论治安之要。"中国春秋时期列国之间的外交来往较多，在朝聘往来中，"能赋称诗，感物喻志"，形成了一种外交上的惯例。而有的时候,国与国之间的外交问题往往用书信的方式解决,所以文章或赋诗的水平起到非常重要的作用。例如当时晋国的叔向和郑国的子产,围绕礼与刑的问题展开的讨论,都是通过书信来进行,写文章或作诗的水平通常会成为至关重要的事情。郑道传在文中还举出了枚乘、司马相如的例子,以说明文学在人们的社会生活和陶冶性情方面的巨大作用。他们"游于诸侯国,咸能振英摛藻,吟咏性情",从而"以懿文德",使得文学的地位大大提高。郑道传想用这些例子,说明文学对一个国家和民族发展所起的重要作用。从而可知,在郑道传那里,"道"与"文"逻辑关系的发展,要经过"明天人之蕴","振英摛藻","以懿文德",最后达到二者高度统一的境界。

  海东朝鲜朝初期的郑道传等文人在"道""文"观上,提倡"文"之"载道之器"说,而这"道"的内涵又是以复兴儒家之道为要务;同时,他们重"道"而不轻"文",认为明"道"易藉之以"文"。这说明他们把儒家的道统与文统紧紧联系在一起,确认"道"是目的,居于主要地位,"文"是手段,居于次要地位。他们所提倡的"道",也不全是抽象的,在大多数的情况下,其"义"见之于《诗》《书》《礼》《乐》《春秋》,以及一切古代儒家所称道的典籍、制度、人事、生活。他们所提倡的"文",不仅有孔子、孟轲、扬雄、董仲舒所为之"文",也有韩愈、欧阳修等唐宋古文家所为之"文",而更有那历来固守明道见性并坚持现实主义原则的进步作家所为之"文"。所以他们为海东的汉文学而骄傲,那是因为海东成功的汉文学,是继承上述中国"文"之三大传统的结果。他们认为海东的汉"文",既继承上述的中国"文"之三大传统,也注重海东自己的传统和当前现实。海东虽然地处海东僻壤,但从未停止过对中国文化和文学的学习和吸收,历来名人续出,名作不断,可谓世界之"小中华",甚至某些局部或个别人不输于中国。对这一点,郑道传的《陶隐文集序》还曰:

    吾东方虽在海外,世慕华风,文学之儒,前后相望。在高句丽曰乙支文德，在新罗曰崔致远，入本朝曰金侍中富轼、李学士奎报，其尤者也。近世大儒，有若鸡林益斋李公，始以古文之学倡焉。韩山稼亭李公、京山樵隐李公，从而和之。今牧隐李先生，早承家庭之训，北学中原，得师友渊源之正，穷性命道德之说。即东还，延引诸见而兴起者，乌川郑公达可、京山李公子安、潘阳朴公尚衷、密阳朴公子虚、永嘉金公敬之、权公可远、茂松尹公绍宗，虽以予之不肖，亦获侧于数君子之列。子安氏精深明快，度越诸子，其闻先生之说，默识心通，不烦再请。至其所独得，超出人意表，博极群书，一览辄记。所著述诗文若干篇，本于诗之兴比，书之典谟，其和顺之积，英华之发，又皆自礼乐中来，非深于道者能之乎？皇明受命，帝有天下，修德偃武，文轨毕同，其制礼作乐，化成人文，以经纬天地，此其时也。[1]

海东"世慕华风"，文学之儒世代不绝，前后相望。三国时期高句丽的乙支文德、统一新罗时期的崔致远、高丽时期的金富轼、李奎报等就是其中较优秀者。到了丽末鲜初，唐宋古文已波及海东文坛，出现了像李齐贤、李谷、李仁复这样的巨儒大文豪，他们前后相呼应推动了汉文学的发展。稼亭李谷之子李穑早年北学中国，在中国结交了不少道文之友，建立了师友渊源，与他们切磋学问，讨论"性命道德之说"，回国后便把朱子性理学的基本理论传授给朝廷和学界。随后，郑梦周、李崇仁、朴尚衷、朴宜中、金九容、权近、尹绍宗、郑道传等道学家，继承李穑的学统，活跃于学界和文坛。尤其是其中的李崇仁，从小苦读圣贤书，一生沉潜于道学的海洋，博极群书，用自己的"独得"著书立说。他的著述"本于诗之兴比，书之典谟"，其"和顺之积，英华之发，又皆自礼乐中来"，如果不是深得其道者，怎么能够达到这样的境地呢？他们都是为朱子学的东渐和发展起到重要作用的人，都是善于处理儒家"道"与"文"关

---

[1] 《三峰集》卷3《陶隐文集序（戊辰十月）》，（韩国）《韩国文集丛刊》。

系的大儒，也是在文学创作上取得赫赫成就的人。通过这样的论述，郑道传再一次确认海东朝鲜朝初期的道统关系、朱子学的传播和发展样象，以及"道"与"文"关系的来龙去脉。而且，从中也可以看出郑道传作为朱子学者的理论素养，以及儒家"道""文"观。

第三节 权近对"六经之旨"的继承与"道""文"并重的文学思想

如果说郑道传的《心气理篇》《佛氏杂辨》《心问天答》等开启了海东朝鲜朝时期朱子学心性论研究的先河，那么权近的《五经浅见录》《入学图说》《四书五经口诀》《东贤事略》等将海东朱子学的理论深化了许多，但是在文学观上他却采取更为传统儒学化的观念。他的这种文学观念，体现在"道"与"文"的关系问题上，更鲜明地坚持既重"道"而又不轻"文"的原则。他继承儒家传统的文学思想，也将"文"分为"天地之文"和"人文之文"，认为二者都是士人学习和继承的古来之文。

对天地之文的内涵，权近说："有天地自然之理，即有天地自然之文；日月星辰得之以照临，风雨霜露得之以变化，山河得之以流峙，草木得之以敷荣，鱼鸢得之以飞跃，凡万物之有声而盈两仪者，莫不各有自然之文焉。"[1]他认为有天地自然之变化规律，就有天地自然之文，比如日月星辰的照临世界，风雨霜露的形成与消失，山峦江河的改变，草木花果的荣枯，鱼鸢之属的飞跃，世间万物中凡是有声有样充满阴阳变化的事物，无不有自然之文。权近对自然之文的这种观点，来自于他对自然变化现象的仔细观察和分析，其中则充满着对大自然变化发展的想象。看到他的这种想法，不禁想起中国南朝梁刘勰的一段话："文之为德也大矣，与天地并生者何哉？夫玄黄色杂，方圆体分，日月叠璧，以

---

[1]《阳村先生文集》卷28《恩门牧隐先生文集序》，（韩国）《韩国文集丛刊》。

垂丽天之象；山川焕绮，以铺理地之形；此盖道之文也。仰观吐曜，俯察含章，高卑定位，故两仪既生矣……旁及万品，动植皆文；龙凤以藻绘呈瑞，虎豹以炳蔚凝姿；云霞雕色，有逾画工之妙；草木贲华，无待锦匠之奇。夫岂外饰，盖自然耳。至于林籁结响，调如竽瑟；泉石激韵，和若球锽：故形立则章成矣，声发则文生矣。夫以无识之物，郁然有彩，有心之器，其无文欤？"[1]可见，刘勰在此所说的"天文"，指自然界的万物所呈现出的文采和美声。按照刘勰的意思，自然界存在的各色各样的事物，有不同的文采和声息，天地之玄黄，日月之升落，山川之变迁，龙凤之藻绘，虎豹之美纹，云霞之玲珑，草木之荣枯，林籁之出响，泉石之和韵，都是其变化之现象。所以他认为客观事物中存在的自然之文，不是人为的，外加的，而是其自身规律的体现。权近所说的"自然之文"的观念，既有继承这些儒家传统"天之文"观的成分，也有权近自己创新的成分。如他所说"有天地自然之理"中的"理"，既指客观的自然事物发展变化之规律，也指其在发展变化过程中所呈现的自身内在的美的表象。而且他还认为自然界的这种发展变化，都是阴阳相荡的结果，是天地相应、日月相辉、昼夜相替、寒暑来往、男女相交、上下互动所产生。如此，他以哲学的思维方式，观察到天地间既对立又相融的现象，归纳出自然界中的各种对立物相须相成的道理。

对人文之"文"的内涵和形成，他也有一个深刻的认识。在他那里，人文之"文"指表现人意志和心灵的语言文化，包括学术、文字、文学及其他文化活动。他的此"文"，有广义之意，也有中性之意，更有狭义之意。从本质上讲，这种"文"，还秉承着中国古代儒家长期提倡的"文"的质地。按照中国古人的看法，人文之元，肇始于太古，《易》象先之，庖牺始之，仲尼终之。汉族文化之初的河图、洛书，开启了阴阳五行术数之源，其后的金镂玉版，丹文绿牒，都留下了早期文化之迹。所以刘勰在《文心雕龙·原道》篇中说："观天文

---

[1] 《文心雕龙》卷1《原道》，南京大学出版社，2007，第1页。

以极变,察人文以成化。"权近认为人文的出现,也是顺其自然的,是符合人类自身规律的。他主张"人文"这个概念,越是往后越丰富,越是往后越具时代感,进步是它的本质属性。随着"人文"的发展,文学始终伴随其中,直至它发达独立,"人文"也一直包容和孕育着它。所以在他那里,文学坚持"道统",发扬"征圣""宗经"精神,是理所当然的。从而在"道"与"文"的关系问题上,他始终坚持文道并重的思想,也是情理之中的事情。而且他认为这一"道"与"文",其要义全在于一"理"之中。对这方面的观点,他在《恩门牧隐先生文集序》中还说:

其在人也,大而礼乐刑政之懿,小而威仪文辞之著,何莫非此理之发现也。物得其偏而人得其全,然因气禀之所拘,学问之所造,能保其全而不偏者鲜矣。圣人犹天地也,六籍所载,其理之备,其文之雅,蔑以加矣。

天地有天地之文,人间有人文之文。在人,大者如"礼乐刑政之懿",小者如"威仪文辞之著",一切莫非一"理"之发现。按照权近的观点,顺乎其正道、合乎其美学要求的此"懿",以及事关威仪的举措和美其政的文辞,都是根据儒家的某些既定要求进行和创作。人不像事物常得其偏,因为他有无限的能动性,有可能得其全。但是由于每个人都受"气禀所拘",学问上的创造能力千差万别,能够保持其全者较少。可是圣人则不同,他如天地至伟,《诗》《书》《礼》《易》《乐》《春秋》六籍无所不通,而且"其理之备,其文之雅",已经达到了无可相加的地步。权近在此所说的"理",并非是程朱理学所谓世界根源之"理",而是儒家经典《易·系辞上》所说的"《易》简而天下之理得矣"中所说之理,《韩非子·解老》所谓"道,理之者也","万物之所以然,万理之所借也"中之理。也就是说,此"理",为事物变化发展之规律之"理"。不过此"文",则指两种"文",一是指六籍之"文",一是指文辞之"文"。在此,他以儒家传统的经学观念为质地的"道""文"观,昭然若示。

权近的这种"文""道"观,使他能够正视中国和海东古代文学的发展,看到文学在封建国家演进中的重要作用。他认为中国文学及其文化圈中的海东文学,在儒家文化的涵养之下,得到了曲折而长足的发展,走过了极其光辉的历程。他尤其赞扬唐宋文学,认为唐代文学在李白、杜甫、韩愈、柳宗元等大家的引领下,取得辉煌的成就,而宋代文学则在欧阳修、苏轼等人的带动下,也取得了历史性成果。他认为海东文学也亦然,历代文人在中国文学的薰陶下,尽情讴歌自己民族的历史文化和思想感情,使文学在改变现实的斗争中发挥极其重要的作用。他在《恩门牧隐先生文集序》中,继而指出:

> 秦汉已前,其气浑然;曹魏以降,光岳气分,规模荡尽,文与理固蓁塞也。唐兴,文教大振,作者继起,初各以奇偏,仅能自名,逮至李、杜、韩、柳,然后浑涵汪洋,千汇万状,有所总萃。宋之欧、苏,亦能奋起,追轶前光。呜呼!盛哉,吾东方牧隐先生,质粹而气清,学博而理明,所存妙契于至,所养能配于至大。故其发而措诸文辞者,优游而有余,浑厚而无涯,其明昭乎日月,其变骤乎风雨,岿然而萃乎山岳,霈然而浩乎江河,贲若草木之华,动若鸢鱼之活,富若万物各得其自然之妙。与夫礼乐刑政之大,仁义道德之正,亦皆粹然会归于其极。苟非禀天地之精英,穷圣贤之蕴奥,骋欧、苏之轨辙,升韩、柳之室堂,曷能臻于此哉。自吾东方文学以来未有盛于先生者也。[1]

权近的此序,写于海东朝鲜朝时期太宗四年(1404)秋七月,此时正值李氏王朝建国初期的百废待兴阶段。此时的他应邀在新朝中担任文翰之职,必须拟定国家的文化战略,并在许多场合发表自己的经略思想。文学作为整个文化

---

[1] 《阳村先生文集》卷28《恩门牧隐先生文集序》,(韩国)《韩国文集丛刊》。

的一翼，必须受到重视，尤其是为即将实行的文治政策，奠定牢靠的思想基础。所以他在各种场合中，一旦涉及文学问题，就格外认真地对待并审慎发表自己的见解。当自己的恩师、丽末鲜初的著名学者李穑的文集即将出版之际，他以敬仰的心情写序，以纪念其不平凡的人生和业绩。尤其是鉴于李穑是难得的诗人和散文家，他重点写其文学成就，兼带其与中国文学的血脉关系。他认为秦汉以前的中国文学，"其气浑然"，曹魏以后的文学"光岳气分，规模荡尽"，其"文与理固蓁塞"。到了唐兴，文教大振，著名诗人陆续出现。经过初唐时期的磨合期，中唐以后相继出现像李白、杜甫这样的伟大诗人，其后韩愈、柳宗元等古文运动大家进一步点缀了文坛。他们的文学，"浑涵汪洋，千汇万状，有所总萃"。宋代的欧阳修、苏轼等一批文人，在唐人的基础之上，"亦能奋起，追轶前光"，也取得了辉煌的艺术成就。他的老师李穑，诗文成就斐然，也是海东文学史上的一员大将。作为高丽末期的大儒，他"质粹而气清，学博而理明，所存妙契于至"，所以"所养能配于至大"。他的文学创作就以其深厚的学问为功底，"故其发而措诸文辞者，优游而有余，浑厚而无涯，其明昭乎日月，其变骤乎风雨，岿然而萃乎山岳，霈然而浩乎江河，贲若草木之华，动若鸢鱼之活，富若万物各得其自然之妙"。李穑的诗文以当时复杂的客观现实为背景，以丰富的思想内容和多样的艺术形式相结合，辛辣地讽刺了腐败无能的统治阶级，给予涂炭中的下层人民深切的同情，热情歌颂劳动人民的淳朴美德。权近指出，李穑的创作之所以能够取得这样的艺术成就，最基本的原因则在于其作品的思想内容和艺术形式高度统一这一点上。他所谓的"与夫礼乐刑政之大，仁义道德之正，亦皆粹然会归于其极"，说的就是这个意思。他的文学创作之所以能够取得如此巨大的成功，另一方面的原因，还在于他能够"穷圣贤之蕴奥，骋欧、苏之轨辙，升韩、柳之室堂"。权近对李穑的评价中，既有自己对恩师的崇慕，也有对高丽汉文学高度发展的骄傲之情。

权近等海东朝鲜朝初期的朱子学者们，以其渊博的知识和卓越的经纶，为李氏王朝指导理念的建立不懈努力。他们首先认真总结高丽王朝败亡的历史经验，整顿当时混乱的意识形态，逐步建议制定了"抑佛扬儒"的思想政策。应该知道，佛教自海东三国时期进入海东以后，不断地融入海东固有的思想观念、风俗习惯，逐步走向海东化的道路。进入海东初期，佛教与当时迷信的谶纬思想结合，成为避灾求福的宗教。随着三国后期战乱和自然灾害的频仍，佛教又成为祈祷安身的思想工具。进入高丽时期以后，佛教才真正成为国家层面上宗教，受到优厚的待遇，寺院和僧侣的数量大幅增加。高丽时期纵容佛教，导致了国师干预国政，寺院经济过渡泛滥，剃度出家人数剧增，以至于影响国家的政治、经济和国防的正常发展，致使国家最终走向灭亡。亲眼目睹高丽灭亡的权近等人，认真总结历史教训，建议李氏王朝抑制佛教，发扬儒家精神，以程朱理学为正统思想。出于这样的目的，他们一面参与制定国家典章制度的工作，一面积极著书立说，为李氏王朝的健康发展奠定基础。同时提倡什么样的文学，也成为了他们工作的重点。如上所述，他们认为文学是"载道之器"，但重"道"而不轻"文"，"道"离开"文"则黯然无光，"文"若离"道"则无存在的意义。他们在此所宣扬的"道"就是儒家之道，"文"则是以"征圣"、"宗经"为宗旨之文。他们的这些历史贡献和"道""文"观念，不仅在当时起到了巨大的现实作用，而且对后世也产生了很大的影响。海东朝鲜朝时期显宗十五年（1674）夏天，朝廷根据后人保存的原本，再版权近的《阳村集》，让时任右议政的许穆写序。许穆（1595—1682）在《阳村集序》中说：

  郑文忠公建五部学馆，讲明经学，李文靖公称之为东方理学之祖。本朝权文忠公又考定经礼，作《读书分程》《入学图说》《五经浅说》，阐明六经之奥。我太祖、太宗创业垂统，专用经术，以兴文明之治，公实有力焉。东方尊信浮屠，自新罗终丽之世千余年，能斥异端崇礼教，明先王之道，定一世之治，其功大矣。其言列于其书，又其感物吟讽之作，亦皆忠厚恻恻之发。文章本非异道，在天为日月星辰，在地为山河百川，在物为珠玑华实，在人为礼乐文章。公之文章，本之以经术，参之以百家，蔚然文彩特出。金文简公论国初文学师道，推权文忠一人云，于是有吉注书、金祭酒亦各五经传授，皆出于阳村。[1]

高丽末的郑梦周建五部学馆专讲儒家经典，开启了海东经学的先河，世称海东性理学之祖。进入海东朝鲜朝时期以后，权近等高举道学的大旗，专心于朱子学研究，写出了一系列"考定经礼"的理学书。尤其是权近，辅佐李太祖和太宗，创业而垂儒家之统，引导专用经术，以兴文明之治，立下重要功劳。自三国至丽末的一千余年，海东人笃信佛教，以至于为其害所累。到了海东朝鲜朝时期建国，权近等理学家果断总结过去，"能斥异端崇礼教，明先王之道，定一世之治"。这些都一一写入其《阳村集》中，此外其文学之作，也充满了"忠厚恻怛之发"，成为了历代文学之范。在此《序》中，许穆根据权近的文学思想和创作实际，概括地指出其作品世界"本之以经术，参之以百家"，从而"蔚然文彩特出"。接着他又以权近的口吻指出"文章本非异道"，它与"道"为伴，是增光添彩的存在，与政治为伴，更是教化天下的有力工具。权近的文学创作，就是为此而作，为其后理学家们的文学创作，作出了榜样。

重"道"而不轻"文"的权近，深刻认识到"文"在传"道"中不可替代的作用，开始研究起文学自身的发展规律来。在摸索中他发现，"文"与时代有着极其密切的关系，从而提出了"文章随世道升降"的理论命题。在复杂的各国文学历史中，他发现每个时代有每个时代的文学，文学不可能离开时代变化而独立存在，时代的演进也需要文学的参与。按照这样的审美逻辑，处于动态变化中的新时代，文学的确与生活步伐有水乳交融的关系。这种动态的时代变化，按照他的话来说就是社会的发展必受"气运之盛衰"的制约，而这种"气

---

[1] 许穆：《阳村权文忠公遗文重刊序》，(韩国)《韩国文集丛刊》。

运"之变化委实"关乎"文学生态和发展背景。对这种文学与时代的关系问题，他在《陶隐李先生崇仁文集序》中用实际的例子论述道：

> 文章随世道升降，是盖关乎气运之盛衰，不得不与之相须。然往往杰出之才，有不随世而俱靡，掩前光而独步者矣。昔屈原之于楚，渊明之于晋，虽当国祚衰替之季，而其文章愈益振发，晔然有光。且其节义凛凛，直与秋色争高，足以起万世臣子之敬服。其有功于人伦世教为甚大，独其文章可尚乎哉。星山陶隐李先生，生于高丽之季，天资英迈，学问精博，本之以濂洛性理之说，经史子集百氏之书，靡不贯穿。所造既深，所见益高，卓然立乎正大之域。至于浮屠、老庄之言，亦莫不研究其是否，敷为文辞，高古雅洁，卓伟精致。以至古律、骈俪，皆臻其妙，森然有法度。[1]

权近认为文章随时代和社会状况的变化而变化发展，这里所谓的"状况"就是"关乎气运之盛衰"的"状况"，文学发展与之分不开，从本质上与其"不得不相须"。他观察到，文学有其特殊的规律性，杰出的文学人才往往并不是遇到盛世才能够出现，而是遇到衰世出现得更多，这时的文学家有不少是"掩前光而独步者"。古时的屈原至于衰楚，陶渊明至于衰晋，虽社会动荡、统治秩序紊乱，而其文学创作"愈益振发，晔然有光"。遇到乱世的这些作家，"且其节义凛凛，直与秋色争高，足以起万世臣子之敬服"。在整个封建社会的文学发展中，他们的创作影响深远，亦对社会的"人伦世教"贡献巨大。海东高丽末叶的李崇仁，也生于衰世，为挽救高丽末叶的颓势，苦读儒家经史子集百氏之书，本之以程、朱理学，著书立说，卓然立于"正大之域"。他为了熟达程朱性理学，去深入研究佛教和老庄之学，寻根致远。他的文学创作，就是以此为根基，达到了"高古雅洁，卓伟精致"的地步。他的文学视阈开阔，对那些"古

---

[1]《阳村先生文集》卷20《陶隐李先生（崇仁）文集序》，（韩国）《韩国文集丛刊》。

律、骈俪,皆臻其妙,森然有法度"。可以说,李崇仁生于高丽末期衰世,因经学和文章学,鸣于后世。尤其是他的诗歌和骈文创作,深被后人认可,跟随者无数。权近有关"文章随世道升降"的这些观点,在当时的海东来说,是相当进步的文学思想。文学随时代而变,时代变化,文学亦不得不发生相应的变化。在他之前,很少有人如此明确地提及过这一观点。中国的刘勰曾说过:"时运交移,质文代变。"[1]对文学和时代的关系讲了不少。权近去世二百年后,中国明代的袁宏道也在《与江进之》一文中曾提出过类似的观点,其曰:"譬如《周书》《大诰》《多方》等篇,古之告示也,今尚可作告示不?《毛诗》《郑》《卫》等风,古之淫词亵语也,今人所唱《银柳丝》《挂针儿》,可一字相袭不?世道既变,文亦因之,今之不必摹古者也,亦势也。"[2]袁宏道在此所说"世道既变,文亦因之",就是说明文学随时代而变的道理。从本质上讲,刘勰和权近、权近和袁宏道的意思和观点,不谋而合。

第四节 性理学教育家尹祥"道""文"观中的"理""气"论

海东朝鲜朝时期前期的太宗、世宗和文宗时期是政治、经济、文化发展的重要时期,学术文化与科学技术闪烁着耀眼的光芒。而这时期的学术和文学批评就得益于这种太平盛世般的社会环境和文化氛围。海东的朱子学经高丽末叶禹倬、郑梦周、吉再等人的开创,到了此时已初具规模,出现了尹祥、金叔滋、金宗直、金宏弼、郑汝昌、赵光祖、李彦迪等大儒。尽管此时的海东朱子学尚未充分成熟,所著文字成果的数量和质地极其有限,但还是为之后的性理学的繁荣打下了相应的基础。海东朝鲜朝时期明宗二十一年,明朝使臣许国和魏时亮来朝,席间问海东史上有无能解孔孟心学和洪范畴数的学者,在座的大理学

---

[1] 《文心雕龙·时序》,南京大学出版社,2007,第403页。
[2] 《袁宏道集》卷11,上海古籍出版社,1979。

家李滉即席说出一批人的名字，其中以尹祥为第一人。有关尹祥的《行状》记录此事道："退陶李先生答天使许检讨官国、魏给事中时亮东方有能知孔孟心学、洪范畴数之贤者问，而特以高丽禹倬、郑梦周，本朝尹祥、金宏弼、郑汝昌、赵光祖、李彦迪七贤而录示之。"同时他还补充说："是数子生千载之后，处穷海之中，谓之能传心学，固难矣。然其一生用力于此，则岂不可为心学者之徒也。"后来，李滉又在《答李憙书》中曰："尹先正理学渊源，佔毕、四佳及舆地诸书所称诩如此，其人必有取异。"后来，魏时亮回国后在《问心学答说》一书中，"亦举尹公"，以示海东心学有人[1]。魏时亮是中国明朝穆宗年间的朝臣和著名理学家，其著作还有《大儒学粹》九卷传世。在尹祥的《见闻录》中，亦详记当时李滉录示的之前海东朱子学者的名单，具体有"高丽禹倬、郑梦周，本朝金宏弼、郑汝昌、赵光祖、尹祥、李彦迪、徐敬德等"。此《见闻录》的记录与之前《行状》的记录相比，多一个徐敬德，而且将当时李滉的回答记录得进一步具体一些。其曰："且书答曰：'吾东自箕子来封，《九畴》设教，《八条》为治，仁贤之化自应神明。士之得心学明畴数，必有名世者矣。四郡、二府、三国分争，干戈糜烂，文籍散逸。"[2]李滉还回答说海东历史文化悠久，儒家学说传入甚早，孔孟心学方面名世者代有人出，他们的著述也不是不丰，但是如今传世者不多，主要原因在于历代战争的破坏。

尹祥是为海东朝鲜朝时期前期朱子学的发展起到了重要作用的人，掌管成均馆十六年，培养诸多理学大家，为后来成熟期的理学奠定了坚实的基础。有关他的这些情况，金宗直在其《别洞集序》中说："生生资禀纯笃，学问该通，其于义理之精微，多有所自得。故能奋兴于乡曲，而羽仪于朝著，处胄监前后二十余年，提撕诱掖，至老不倦。当时之达官闻人，皆出其门。师道尊严，阳村以后一人而已。"[3]遗憾的是，在他的文集中有关性理学的文章较少，后来的李

---

1 《别洞先生续集》卷2《行状》，（韩国）《韩国文集丛刊》。
2 《别洞先生集》卷3《闻见录》，（韩国）《韩国文集丛刊》。
3 《别洞集序》，参见《别洞先生集序》，（韩国）《韩国文集丛刊》。

退溪为此而惋惜,说道:"郡人尹祥、赵庸二公,皆明经授徒,惜无著述,后来无证尔。"[1]李退溪还赋有一诗曰:"性理渊源不易明,襄阳称道二公名。如何著述无传后,仰止高山独感情。"[2]如此一个理学大人物,不传相关专著,真是无可理解。不过作者认为这个问题值得考究,因为尹祥有一篇对《诗·烝民》篇的研究论文,其题为《天生烝民有物有则》。在这篇文章中,他专门用性理学的观点探讨人性论问题,以论证《诗·烝民》篇起始段的"天生人,禀其性"的主旨。在此篇中,尹祥大谈"物"与"则"的关系,还讨论"理"与"气"的问题,明确指出"气之成形者物也,理之成性者则也"。全篇逻辑井然,论述深入浅出,显示出极其成熟的性理学研究面貌。

李氏王朝刚刚建立之初,国家随即制定"抑佛扬儒"的思想政策,不久随着士林派文人在与勋旧派的斗争中逐渐掌握高层权利,力争以朱子学为国家正统理念。到了第四代世宗和第五代文宗时期,海东社会空前繁荣,朱子学的统治地位基本确立。在这个过程中,尹祥正好担任"掌学教授者十余年兼大司成艺文提学者二十余年",为培养后学,建立巩固的朱子学领先地位立下了汗马功劳。对他的这些功绩,晚辈朴周钟在代士林所写的《上言》中写道:

> 盖东方性理之学,始倡于丽季之禹倬、郑梦周,本朝诸贤,阐而章之,而世宗文宗之际,及其第一初也。于斯时也,祥起孤寒之门,而挺命世之才,笃信圣经,沉潜义理,钩深抉微而尽发其精蕴,正纪扶纲而严辨乎异端。主敬有大对,辟佛有陈疏,体用有发问,物则有著说。审于理气之分,谨之公私之间。所以开门路之正的,立条段之综密者,已卓然独得乎洙泗、洛闽之余旨。而为国家明斯道之功,尤有大焉。[3]

---

1 《别洞先生集》卷3《闻见录》,(韩国)《韩国文集丛刊》。
2 《退溪集》卷4,(韩国)《韩国文集丛刊》。
3 《别洞先生续集》卷2《上言(朴山泉周钟代儒林作)》,(韩国)《韩国文集丛刊》。

这是当时的士林派文人给国王上的"上言书",是为专门表彰尹祥的平生功绩而进言。书中说海东的性理之学,倡于高丽末叶的禹倬、郑梦周等人,进入海东朝鲜朝时期以后,开始出现诸多学者的探讨,到了世宗、文宗朝已形成第一波高潮,而推动此高潮的人就是尹祥。当时他以"挺命世之才","笃信圣经",把毕生精力和热情注入于对性理学的研究和教育当中。当时的他"沉潜义理,钩深抉微而尽发其精蕴,正纪扶纲而严辨乎异端"。在理论上,他深入浅出,把程朱理学的深层问题揭示出来,并加以创造性的阐释。当时他在学术上看得见的成果,有"主敬有大对,辟佛有陈疏,体用有发问,物则有著说"。值得注意的是,他的研究和理论阐述"审于理气之分,谨之公私之间","所以开门路之正的,立条段之综密者,已卓然独得乎洙泗、洛闽之余旨"。有了这样的努力和理论上的成果,足可谓他是海东朱子学理论的开拓者和奠基者。

加上他在培养朱子学理论接班人的丰硕事绩,不能不说其"为国家明斯道之功,尤有大"。读当时海东士林上国王的此上言,可知以下二种信息:一、海东朝鲜朝时期世宗、文宗时,已形成本国朱子学的一波高潮,而尹祥为这个高潮的来临做出了重要贡献。二、当时的尹祥不仅为培养性理学的后继人而披肝沥胆,而且还在具体理论上下足功夫,写出了一系列当时的代表性成果,带动了性理学理论的深入发展。这一情况,足以批驳历史上认为尹祥缺乏实际的理论成果的猜测,可以认为他的《别洞先生集》中所缺乏的理论文章,很有可能在历史发展的过程中,因为某种原因散佚,只不过如今尚未发现更多的信息而已。

如上所述,海东朝鲜朝初期的理学家们虽大都重"道"而不轻"文",但其"文"所反映的"道"并不是中国宋代程朱们所说的道学之"道",而主要是古圣贤之旨和《诗》《书》《礼》《易》《乐》《春秋》的先秦儒家精神。而他们所说之"文",也是传统儒家所说的广义之"文",其意思往往较为宽泛,如"自然之文""人文之文""圣人之文"等,即使是指称文章之"文",也是将经学之"文"和文学之"文"混为一谈。值得注意的是，他们的"道""文"观还是能够说出许多正确的文学规律，如政治与文学的关系、时代变化与文学的关系、社会教化与文学的关系、道与文的体用关系、人的心理变化与文学的关系等等。比如对文学"知人论世"的原理，太宗时期的文人尹祥（1373—1455）在其《次韩正字诗序》中说："余乃读其诗，知其为人也。文章虽曰'士君子之余事'，然其心之所存，志之所尚，非文章无以自著。况有德必有言，文辞之于言，又其精者乎。"[1]尹祥认为儒者虽说文章乃"士君子之余事"，但是读其诗文，则知其为人，这是文章的基本属性之一。因为文章反映作者的"心之所存"，"志之所尚"，是最能够体现写作主体内心世界的精神产物。正如古人所说，"无道，文乃无依"，"无文，道则无显"，所以有德者必有言。在士君子那里，这个"言"，就是"文辞"，"文辞"是"言"之最"精"者。早在战国时期，孟子在其《万章下》中已说过类似的话，其曰："以友天下之善士为未足，又尚论古之人。颂其诗，读其书，不知其人可乎？是以论其世也，是尚友也。"孟子说的就是文学反映作者的内心世界，读其作品能知其人的道理。尹祥进一步认为文是"载道之器"，而此"道"就是儒家之道，是"文"必依之"道"。值得注意的是，他说此"道""有体有用"，从而从哲学的层面上给予解释，使其涵义更为丰富。他在《策问》一文中指出：

> 圣人之道，有体有用，贯乎三才，包乎宇宙。五经之文，乃载道之器也。究其书，明其体，以达其用，非儒者之务乎？稽之于经，易之为书，广大悉备。六十四卦三百八十四爻，无非三极之道也。先后天之方位，上下经之终始，体用备焉。其详可得闻欤，吉凶消长之理，进退存亡之道，周流于六爻。阴阳刚柔，仁义之象，备见于一卦，三才之分，可考而言欤。书道政事而文有六体，其要安在？诗本性情而辞有六义，其用何归？

---

[1]《别洞先生集》卷2《次韩正字诗序》，(韩国)《韩国文集丛刊》。

三千三百,礼之节文也;褒善贬恶,贵王贱霸,《春秋》之旨也。何者为体,何者为用?三才之备,抑有闻乎。学者苟能洁静精微,以穷性理之源,疏通知远,以参古今之变,内以养其性情,外以谨其节文,处大事决大疑,以成大业,则儒者之能事毕矣。其于财成辅相,致君泽民乎何有?圣贤千言万语,布在方策,炳炳琅琅,垂耀千古,其要必有所归,操其要以极其归,则在乎人焉。[1]

这里的所谓"策问",是海东朝鲜朝时期科举考试的最后一道程序,以专门的论述题让考生解答,最终看其优劣来定等次。它发端于中国汉代,历代沿用,逐渐定型化,成为了一种文体。如萧统的《文选》,将"策"列为"文体"之中;刘勰的《文心雕龙·议对》说是"议"的别体;汉代的董仲舒,尤其擅长此体。海东朝鲜朝时期的"策问"题,形式上是由国王亲自出题和亲自判定等级,但实际上往往是国王让下面的"博学之臣"出题,而最后自己亲自判定其优劣,以决定录取与否。此时的"策问",并不只是科试的通过仪礼,而是活生生的国王与当代年轻才俊之间围绕当时紧迫的社会问题而进行的热情洋溢的政治对话。海东朝鲜朝的统治阶级善于运用此文体,激发年轻一代考生,为笼络人才打好基础。《别洞先生集》中的此《策问》是海东朝鲜朝时期第四代世宗年间,尹祥依据世宗之命而撰写的策题。这是其中的一题,文中主要提出"书道政事而文之六体,其要安在"的问题,题文机智地论述着"书道政事"与"文"之要义和二者之间的有机关系。从本质上讲,此题表面上是说"政事"与"六经之文"的关系,而实际上则是论述着"道"与"文"的关系。在此文中,尹祥认为"圣人之道"是总结天地、人文和宇宙变化规律的结果,其中有"体"有"用"。尹祥还认为儒家的"五经之文,乃载道之器",儒者的任务在于"究其书,明其体,以达其用"。学者努力于经学,"稽之于经,易之为书",可以写

---

[1] 尹祥:《别洞先生集》卷2《策问》,(韩国)《韩国文集丛刊》。

出"广大悉备"的著述。学者著述以传"圣人之道"为要,其"道"为"体",其"文"乃"用",所以"文"则是"载道之器"而已。古人的《周易》是探究和总结自然界和人生之间关系的规律性的书,其中的"吉凶消长之理,进退存亡之道,周流于六爻","阴阳刚柔,仁义之象,备见于一卦"。可谓"道"文"并茂",而"体""用"兼备。"书道政事"和"文",其要安在;"诗本性情而辞有六义",其"用"何归?"文"载其"政事","政事"因文更顺展,其中存在"道""文"相彰的道理。《春秋》之旨在于"褒善贬恶,贵王贱霸",它初创史述的编年之体,文字简洁,内容畅达,其中"体""用"融为一体,可谓文之典范。学者如何才能够写出称道的文章,如何才能够说是"体""用"兼备的呢?对此尹祥有一个自己的标准,那就是"学者苟能洁静精微,以穷性理之源,疏通知远,以参古今之变,内以养其性情,外以谨其节文,处大事决大疑,以成大业"。此《策问》还有一个深意,那就是学问的目的和"文"的旨归应该在哪里的问题。按照他的意思,就在于治国安邦的实践,在于经略王国方策上面。所以他说"圣人千言万语,布在方策,炳炳琅琅,垂耀千古",而且学问"其要必有所归,操其要以极其归,则在乎人"。学以致用,用在治国理政上,其"所归"在此,而能不能实现其"旨归",全在乎人。也就是说,"道"与"文",一"体"一"用",其要义在于相互依存,高度融和,为现实政治服务。

中国古代的《乐记·乐本》曾说过:"凡音之起,由人心生也。人心之动,物使之然也,感于物而动,故形于声。"此话表明乐由心而生,为表达人的思想感情而产生。与此道理一样,"文"与人心的关系也甚为密切。从而可以说,"文"与人的心理素养关系密切,与道德水平密不可分。从这个视点出发,尹祥认为作者的品德品质,无疑与其"文"有着直接的关系。他以中国唐代杜甫的创作为例,说明这一点。他说:"周诗三百篇,变而为律诗,历代以来,作者颇多,然得其性情之正,而中于声律者盖寡矣。惟子美诗,上薄风雅,下该声律,而其爱君忧国之念，忠愤激厉之词，未尝不本于性情。"[1]其意思就是，杜甫的诗歌之所以打动人心，百读不厌，能够传万代，原因在于其中融入了他那忠贞爱国之情，高尚的人格品质。也就是说，他那"爱君忧国之念，忠愤激厉之词，未尝不本于性情"，这使他的诗作感人至深，具有永久的艺术魅力。

应该知道，作家也是人，其思想也有引起波折的时候，尤其是他遇到挫折或处于人生低谷的时候。关键在于其本人，能不能战胜压力，涵养品德，正确对待挫折和低谷状态，想得正、看得远。孔子曾曰："士不可以不弘毅，任重而道远。仁以为己任，不亦重乎？死而后已，不亦远乎？"[2]又道："天下有道则见，无道则隐。"[3]孟子也曾说："古之人，得志，泽加于民；不得志，修身见于世。穷则独善其身，达则兼济天下"[4]其意思就是，不得志时则洁身自好、修养个人品德，得志时就可以兼济天下。作为海东古代知识分子，尹祥深谙儒家的这种士人之道，曾说："念古之君子，遇则致君泽民，不遇则明道著书。进退虽异，而流名于后世同也。"[5]作为海东的作家，尹祥的文学功底来源于对中国古典文学的学习和研磨，其源泉在于《诗经》《春秋》等上古之作。他认为像《诗经》这样的最初的诗歌总集，字字传情，句句传心，浸润了无数后世人的心田。他认为尤其是《诗经》以"无邪"为宗旨，历代儒家学者都把它当作立言、立行的标准，因为其中蕴涵着极其深刻的哲理。他以《诗·烝民》篇为例指出：

> 天之生人，即有是物，则天之赋人，必有是性。夫有物则有性者，以其理具于禀赋之初也。是故天生斯民，气以成形而有事物之用，则理亦赋焉而有当然之则。吁！物必有则，由其理之原有也。天生烝民，有物有则，愚尝原其初而求之。有太极，则一动一静而两仪分；有阴阳，则有变有合

---

[1]《别洞先生集》卷2《刻杜律跋》，(韩国)《韩国文集丛刊》。
[2]《论语·泰伯》。
[3]《论语·泰伯》。
[4]《孟子·尽心上》。
[5]《别洞先生集》卷2《黄洞与琴永同书》，(韩国)《韩国文集丛刊》。

而五行具。两仪立五行具，而天地生物之道无不备矣。[1]

天生此人，有形有体，但与他物不同，老天赋予人心和性。人一诞生，渐具心性，这种天理之自然，则为人之禀赋之初。所以天生斯人，不仅给了有形肉体，而且还给了灵魂，给了思维、处事之能力，能够为社会做出点事情。这其中有自然之法则，天理之当然，客观规律之使然。这一切虽说皆源自"理"，但不可否认事物本身的客观规律性，所以这种"理"就是由于"物则"，存在于事物内部。同时作为事物产生根源的"太极"，一动一静而阴阳分，阴阳分而有动静，有动有静事物才有变化和发展。具体地说，有了阴阳变化的规律和五行的相荡，天地万物才可生长，天地之道才可运行，人生之道才可变化和演进。因此《诗经》中的《烝民》一篇，作者不仅爱读，还欲探索其中奥妙得道理。

从结构上看，《诗经》中的《烝民》一篇由八个组段来组成，起始段主要描述"人生之初"和"人性之始"这一影响深远的命题；紧接着说，天监之周王朝，以善政治理天下，有个天佑的宣王，正得到贤能辅臣尹吉甫的辅佑。作品的第二至第六组段，便不遗余力地赞美仲山甫的德才与政绩，并用生动的笔法将尹吉甫这个历史人物刻画了出来。作品的第七、八两段，才转到正题，写仲山甫奉王命赴远方督修齐城，临别作诗相赠，祝愿其功成早归。全诗主要采用以赋叙事的手法，开篇以说理谈性起头，中间内容部分叙事和议论结合，突出描写仲山甫之才德与政绩。全诗整饬井然，表达生动，对后世的送别诗产生了深远影响。

作为海东朝鲜朝早期的理学家，尹祥读完《诗·烝民》篇以后便哲思萌动，思想起"人性之初"来。尽管实际作品以歌颂尹吉甫一生功业为主，但是他却紧紧抓住哲理性浓厚的起始段，并加以发挥，专门写出《有物有则》篇，以发表自己的心性论观点。实际上，他这么做绝非偶然，可以说有其先圣之范。《孟

---

[1]《别洞先生集》卷2《天生烝民有物有则》，(韩国)《韩国文集丛刊》。

子·告子上》曰："《诗》曰：'天生蒸民，有物有则。民之秉彝，好是懿德。'孔子曰：'为此诗者，其知道乎！故有物必有则，民之秉彝也，故好是懿德。'"孟子探索"性善论"，以《诗·烝民》篇中的此四句和孔子对此诗的评价为主要依据。尽管此诗似乎并不是讨论什么"性善论"，只是借题发挥，以此为下文歌颂尹吉甫作引信，但是古代孔、孟两位圣人以此为演绎人性论的引信，其影响可想而知。李氏海东时代不仅是一个扬儒征圣的时代，也是一个以中国的宋学为思想榜样的时期，性理学是其时代思想与学术的主流。海东文人尹祥注目于《诗·烝民》篇，专门写出以《有物有则》为题的论文，隐约可见其受影响于中国古代洙泗学痕迹。的确，他的《有物有则》篇并不是以详析作品为主，而是以古圣人的前范为依托，写出专门的心性论文章，给人以某种思辨哲学的启迪。他在其第二段中写道：

> 是以人之生也，禀天地之气以成形，则形者其物也，具天地之理以成性，则性者其则也。然则物必有则，则不离物，固非二也。但形而上者谓之道，形而下者谓之器，则不能无精粗之殊也。然理非气无所寓，气非理不能成，则岂有毫发之间哉。故曰："人者，天地之心也。"且夫无极之真，二五之精，妙合而凝而人生焉。则人之始生，精与气耳。是以精之凝为貌，气之发为言，则貌、言非吾身之物乎？精之著为视，气之藏为听，则视、听者亦非吾身之物乎？手足之举措，心志之所思。达之，君臣、父子、夫妇、长幼，何莫非所谓物乎。[1]

人之初生，受父母之气以成形，具天地之理以成性，其性则是人之所以为人的基本法则。所以可以说"物"（人）必有为"物"的法则，法离"物"则不能存在，二者是一个问题的两个方面，也是形而上与形而下的关系。尹祥还指

---

[1] 《别洞先生集》卷2《天生蒸民有物有则》，（韩国）《韩国文集丛刊》。

出"形而上者谓之道，形而下者谓之器"，也就是说"则"为"道"，"物"为"器"，二者存在"精粗之殊"。他进一步将此二者比拟为"理""气"关系，并指出"理非气无所寓，气非理不能成"，二者是相辅相成的关系，绝无"毫发之间"。他认为因为人有此"性"，"故曰：'人者，天地之心'"。他还认为事物"冲漠无朕"时，已有万物之理，理是气或物的根本，所谓"气根于道"说的就是这个道理。按照这个道理，人自生成之时，已经有此"理"，此"理"则是生人、成人之根本。在他看来，人之生成过程，是乃有理有气；有气则有形，形生于气化，生生之理循环无穷。尹祥继而指出"无极之真，二五之精，妙合而凝而人生"，将人的生成过程作一个哲理的描述。而实际上此话源自中国宋代周敦颐的《太极图说》，它把"无极"当做先天地而存在的实体，提出"无极而太极""太极本无极"的命题。这样，"有生于无"，以"无极"作为万物之根源。在该书中，周敦颐进一步描绘了一个宇宙发生演近的过程，即无极→太极→阴阳二气→五行之气→万物和人类。南宋蔡沈的象数学著作《洪范皇极·内篇》，也引用此说道："无极之真，二（阴阳二气）五（五行）之精，妙合而凝，化化生生，莫测其神，莫知其能"，以说明各种关系相互作用，生生之理无穷的道理。尹祥继承中国先人的这些思想观念，把它运用于对人生之初的探索。他把男女交合生出新生命的过程，表述为"无极（太极）之真，二（阴阳二气）五（五行）之精，妙合而凝而人生"。他认为人与动物不同，人能思、能言，而动物则不能，对此他说："人之始生，精与气耳。是以精之凝为貌，气之发为言，则貌、言非吾身之物乎？"人的形成和成长，无非为精与气的作用，精使人生貌，气使人能思能言，这两个方面只有人才能具备。正因为是人，精与气相互作用，能够视、听，更能够"手足之举措，心志之所思"，进而能够学习圣贤，能够自我修养，懂得"君臣、父子、夫妇、长幼"之事，更何况"所谓物"？到此，尹祥对《诗·烝民》起始段的理解和分析，已近极致，但是他还没有满足。他从人性论谈及心性哲学的理、气关系，从理、气关系又谈及儒家伦常和

修身、齐家、治国、平天下的有机关系。他说:

> 然是物也,必有当然之则,是以耳司听而极乎听德之聪,则耳之则也;目司视而尽其视远之明,则目之则也。发于声而言必当理,非口之则乎;举诸身而容必致恭,非貌之则乎;处父子而以亲为主,处君臣而以义相合,夫妇则止于有别,长幼则止于有序,无非当然之则也,所谓天命之性也。嗟夫,气之成形者物也,理之成性者则也,物则固人之共有,而尽性践形,则惟君子能之也。抑又考之,《烝民》一篇,仲山甫徂齐,而尹吉甫送之之辞云尔。故未遑他及,而拳拳以性命之理为言,岂非以谓得于固有者。虽众人所同,钟乎秀气而全其美德者,乃贤人之所独。人之所以好是懿德,其亦出于好贤之情欤。[1]

客观之物(包括人),必然有当然之则(规律性)。如耳司听而分辨其声,目司视而看清远近之物,发言出声而言之有理,容貌端庄而其态须致恭,处君臣而以义相合,处夫妇而止于有别,处长幼而止于有序,都要遵循和符合此"当然之则",才能够合乎其客观准则和规律。所谓"天命之性",也不外乎这些范畴。气使成形者物,理使成性者则,前者人之共有,而尽性践形则惟君子才有。在文章最后一段,尹祥才话归《烝民》篇其他部分,指出此作原本是"仲山甫徂齐,而尹吉甫送之之辞云尔",所以"未遑他及"。但是他同时指出,"而拳拳以性命之理为言,岂非以谓得于固有者",认为"钟乎秀气而全其美德者,乃贤人之所独",人们喜欢和拥戴仲山甫,是由"好是懿德""好贤之情"等心理因素使然。尹祥曾多次诵读《诗·烝民》一篇并选择其起始段来作专题文章,可能有多重原因。但是其中三点是肯定的,一是此篇说理性强,理趣浓厚,语言富有哲理;二是其起始段直接涉及人性论,可为写料,引起他浓厚的

---

[1] 《别洞先生集》卷2《天生烝民有物有则》,(韩国)《韩国文集丛刊》。

兴趣；三是在中国《诗经》史上，对此篇的主题曾经存在过争论，这一点可能使尹祥颇感兴趣。《毛诗序》说："尹吉甫美宣王也，任贤使能，周室中兴焉"，不过因诗中主要颂扬的是仲山甫，而不是周宣王，所以朱熹在《诗集传》中认为是"宣王命樊侯仲山甫筑城于齐，而尹吉甫作诗送之"。后来清人郝敬则认为此诗反映的是《春秋》微言大义之旨和为臣之道。历史上的这些争论，使得《诗·烝民》的知名度大为提高，以至于海东朱子学者尹祥注目于此，并专门写出此《有物有则》篇，大发哲思。

作为海东早期的理学教育家，尹祥在自己的创作中努力贯彻儒家道学思想，欲为当时的年轻一代和后人起师范作用。他在一生中写了不少诗歌和散文，因其内容充实、风格雅正深受文坛推崇。他的弟子金宗直在《别洞先生集序》中说道："经术之士，劣于文章，文章之士，阁于经术，以余观之，不然。居今之世，踊跃振作，上探孔孟之阃奥，而优入作者之域者，尹先生其人也。其为文章，虽出于绪余，而皆自六经中流凑而成，先生可谓有兼人之才之德者也。"治理经术的人劣于文章，而治理文学的人则劣于经术，这是在当时的一些人中流行的一种观点。尽管金宗直也是一位理学家，但他对这两种观点都持不同意见，因为他在自己的老师尹祥那里看到了二者完美融合的典范。恩师尹祥的作品，坚持儒家道统，篇篇"上探孔孟之阃奥"，"皆自六经中流凑而成"，但是作品也写得入味，有着很高的文学价值。他既是一位有内含的理学教育家，也是一位优秀的文学家，为当时的理学和文学的发展树立了榜样。尹祥一生写了很多文章，在其后漫长的历史过程中，陆续发现了不见于《别洞先生集》而流传于民间的散稿。后来他和友人的子孙将这些散稿收集于一处，衷辑出刊，邀请海东朝鲜朝时期末叶的文人柳道献写跋。其跋曰：

别洞先生续集成，盖遗文之散出于诸家而衷而刊者也。诗若干首，笺表附录数编而已。先生未尝论著，元集一册，仅出于知县公所辑，其何以得先生之万一哉。然先生道学文章之盛,一时记载者未尝乏也。模范牖迪之训,后人诵慕者未尝忘也,更何以他求哉。呜呼!我东自胜国来,文学之士,专尚词华,雕琢绘绣之非不工矣。而于道则未有闻,盖不知内外轻重之分故耳。幸而程朱之言,稍稍东来,先生以私淑之人,奋孤寒而为群儒倡。尤邃于《易学》,表章之,发挥之。以兴起斯文为己任,而洛闽遗书,灿然复明于世,其功已伟矣。退陶李先生曰:"尹先正理学渊源,佔毕、四佳所称许如此。故其于魏天使《心学答说》亦举尹公之名。"李先生一言以征信于无穷矣。今去先生之世五百余年,正声寝而异端横,微言熄而邪说作,骎骎乎几于荡然矣。此集之出,亦岂无补于世也哉。[1]

先贤尹祥先生道学和文章曾皆鸣于一世,从其《别洞先生集》的情况来看过于"简成",果然后世在民间发现了许多散稿,能够将它们收入于《别洞先生续集》之中。但是柳道献还是感慨道:"其何以得先生之万一哉!"柳道献认为以先生的道学城府、文学创作活动情况和82岁高寿来看,其遗作很有可能还没有全部搜齐。尹祥的道学和文章影响深远,尤其是其文章中的"模范牖迪之训","后人诵慕者"无数,所以五百年以后出版其续集,照样有着不可估量的现实意义。柳道献接着回顾海东古代文学史,指出作家们"专尚词华,雕琢绘绣之非不工",但是他们却全然不懂文章与道的关系,更不懂文学有"内外轻重之分"。万幸的是,程朱性理学东渐海东,道学之士和文章续出,多少改变了这样的现状。尹祥把一生献给理学教育,培养出众多性理学者,金叔滋、金宗直、金时习等理学名士皆出其门。尹祥还专于《易》学,写出许多相关文章,深为学界所称道。他一生以"兴起斯文为己任,而洛闽遗书,灿然复明于世",对他的这种历史功绩,理学大家李滉大加赞赏,只以遗作少而表示遗憾。柳道献最后表示,"正声寝而异端横,微言熄而邪说作,骎骎乎几于荡然"的他的那个时

---

[1] 柳道献:《别洞集续集跋》,(韩国)《韩国文集丛刊》。

代里，尹祥的道学思想和文学成就照样有着极大的教育意义。

据一些文献，海东理学大家李滉曾经著述过海东理学名贤录，其中尤提尹祥在这方面的重要贡献。如后来的士林给国王的《上言》中道："东朝，特依李滉所录《孔孟心学诸贤》，褒宠之已例。"李滉所载之前的海东心学名贤诸多，而特记尹祥及其事迹，这是因为他的功绩格外重要。海东后来的儒林在总结之前性理学发展史时，特别指出理学教育所起的作用，而在理学教育中尤其强调尹祥所作的重要贡献。《上言朴山泉周钟代儒林作》一文写道：

> 掌学教授者十余年，兼大司成艺文提学者二十余年，而以为斯道不可以不任，斯文不可以复兴。孜孜教督，终始罔懈，诎浮华而敦本实，究理趣而析肯綮，使当时学者无不覃思聚精，浸灌磨砻，陶成一世之大雅，而宏儒硕士次第辈出。经术之兴，自此权舆，盖亦盛矣。文忠公臣徐居正曰："尹提学祥为胄监之长，学问甚精，诸生争先抠衣，缕分丝析，耳提面授，终日矻矻不知倦。今之达官闻人，皆公之弟子也。国朝以来，为师范之最。"文戴公臣成伣曰："高丽文士，皆以诗骚为业，惟圃隐始倡性理之学。至我朝，任函丈者尹祥最精，皆知言也。"且以国朝理学渊源之绪考之，赵光祖学于金宏弼，宏弼学于金宗直，宗直学于其父叔滋，而叔滋学于尹祥。盖若朱子之于韦斋，而韦斋之学，得之豫章龟山者也。[1]

此文甚至将尹祥在朱子学教育中的作用，比之为中国宋代朱熹开门办学，养育后代的美举。这在东方理学史上是极其罕见的现象。他"前后掌学教授十余年，以文任兼国子长二十余年"，教导生徒发扬斯道，克服高丽以来的浮华文风。他长期以来"孜孜教督，终始罔懈，诎浮华而敦本实，究理趣而析肯綮"，在学生中引起强烈反响。他的教学以充实的内容，使学生"无不覃思聚

---

[1]《别洞先生续集》卷2《上言（朴山泉周钟代儒林作）》，（韩国）《韩国文集丛刊》。

精，浸灌磨砻，陶成一世之大雅"，从而"宏儒硕士次第辈出"。尹祥对海东朝鲜朝时期世宗、文宗时期的朱子学之盛，以及以后朱子学高峰期的到来，的确起到过重要作用。对此，尹祥的晚辈、著名文人徐居正褒扬他说"为胄监之长，学问甚精"，"缕分丝析，耳提面授，终日矻矻不知倦"，"今之达官闻人，皆公之弟子"，并指出他是"国朝以来，为师范之最"。同样，著名的大文人成俔也说"高丽文士，皆以诗骚为业，惟圃隐始倡性理之学。至我朝，任函丈者尹祥最精"。

第五节　世宗朝心性之学的特点与学界的"道""文"意识

海东文学及其观念，是随着时代的推移而变化发展。经历从太祖到太宗朝的开创和巩固期，到了世宗年间，海东社会明显进入了一个上升期，国家的政治、经济和文化都出现了繁荣景象。活跃于建国初期的那些老一代的官学派文人陆续离世，他们的晚辈或下一代的人逐渐登上历史舞台，演绎着又一个新的历史阶段。可以说自世宗至成宗的七十余年间，是海东的思想文化急速发展的时期。当时良好的政治经济形势和较为宽松的社会环境，激起了国家和民族意识的高扬，复兴民族文化的热情也由此而高涨。

开启这个"治世"的是第四代世宗大王。世宗继位后，治德贤明，励精图治，制礼作乐，宽松政策，显示出非凡的政治才华。执政第二年开始，世宗整顿朝纲，首先选一批文学之士增员集贤殿。他常与集贤殿学者讨论古今，切磋经学，布置编纂书籍。他还考虑儒臣因公务繁忙而耽误学问，命有关部署，给一些年轻有才德的文人赐长假以读书，月禄照发，使其专门钻研经史、百家、天文、地理、医学、算学、卜筮等。于是出现了经学、文学和杂学人才辈出，著述绵延的大好景象。

在史籍中可查的当时代表性的学者，有权蹈、权采、柳义孙、辛石坚、南秀文、朴仲林、成三问、崔恒、鱼孝瞻、李垲、朴彭年、柳诚源、河纬地、郑麟趾、申叔舟、权擥、李石亨、梁诚之等。世宗本人聪敏好学，博通经史及诸子百家，专研经世济民策，以洙泗、濂洛之学为治国之本。在国家的奖掖下，各类学术成果涌现，各种器械也被制造出来。尤其是在世宗的御命下，极为重要的官纂书籍陆续出台，如《治平要览》《七算政内外篇》《历象集》《训民正音》《东国正韵》《龙飞御天歌》《八道地理志》《三纲行实》《孝行录》《农事直说》《四书五经音解》《四书谚译》《五礼仪》《高丽史》《东国年代歌》《历代兵要》《资治通鉴训义》《同纲目训义》《医方类聚》等就是其中的一部分。世宗还命金钩、金泮、尹祥等定小学、四书、五经之口诀，翻译一些儒家之书籍，以助民间教化。

  这些翻译之书，大多是有关程朱理学之籍，成为后世谚解之蓝本。其中的有些书籍广布民间，对民风的改善起到了促进作用。当时在世宗王的御命下制作的器械类，有浑仪、大小简仪、仰釜日晷、浑象仪、日星定时仪、自击漏、钦敬阁、玉漏机轮、铁制测雨器等。当时还改修了诸多历代乐律。值得一提的是，这时期还创制了海东民族文字"训民正音"，从而改变了长期以汉字为专用文字而没有本民族正规"谚文"的历史。通过来往使节知道明朝刊印不少理学书以后，世宗遣使如明，求《四书大全》《五经大全》《性理大全》等书籍，以作为国家重要的储藏典籍。作为一代明君，世宗宽厚仁和，深得民心，君臣关系融洽。他大开言路，更新国政，渴求贤能，悯念稼穑，整顿刑狱，实行死罪三审制度，除篆背法，禁擅杀奴婢。同时他还劝农桑，理田税，修水利，救灾民，使社会平和稳定。

  这时期，文学也成为官学的一部分，被大力提倡。因为文学之"文"，在宣扬儒家道统、圣人之道方面，也起到极其重要的作用。所以世宗时大胆启用擅长于文学的儒臣，世祖时将诗学门纳入太学重要的一门课程，而成宗时更下令编纂《东文选》《乐学规范》《杜诗谚解》等文学方面的经典书籍。这时期的统治阶级注重文学的传道功能，号召继承《诗经》的"言志""思无邪"精神，使其有补于王道，有助于社会。尤其是自中国南宋朱熹的《诗集传》传入海东以后，统治阶级自上而下当其圣贤之学，无不深入学习，细嚼慢解。对文学的这种奖掖措施，朝廷还多次刊印那些经典的文学书籍，发送给各级儒臣。据《李朝实录》，于1435年（世宗十七年），世宗亲自下令把新刊印的朱熹《诗大全》，下发给宗室、堂上官、承旨和诸文臣。次年，又下令刊印《诗大全》，下发给宗室、政府六曹堂上官、文臣二品以上和六承旨。与在中国一样，《诗经》中的一些内容在海东也引起了许多分歧，甚至朱熹《诗集传》中的内容也存在许多不同意见。但是统治阶层的意见还是尊重朱夫子的看法，因为他是海东人尊崇的圣人，所作所为可作万代师范。但实际情况是，不管统治阶层的意见如何，对《诗经》的不同看法层出不穷，各类研究著作不断出现。因为《诗经》是五经之一，是不变的儒家经典，意见的不统一往往会导致其他严重的社会问题。于是国王亲自下令刊印《诗大全》，分发给朝廷各级官员，要求义务性地学习和掌握，以统一认识。无论如何，这一系列政策和举措，都充分说明统治阶级对文学社会作用的重视。

在海东朝鲜朝时期世宗至成宗年间的文学观念上值得注意的一条，也是如何理解和处理"文"与"道"的关系问题，不过此时二者关系的内涵已变为"文"如何服务于"治国之道"的问题。一代英主世宗，提倡右文政策，绝非凭空而为，而是有着基于客观现实的浓厚的文化功利目的。当时的他头脑清醒，将自己学习和探索过的知识全部运用到治国理政上，提倡"温故自新""实事求是"的原则，要求国臣们"穷尽天理""格物致知""曲畅旁通"，达到"利用厚生""富国强兵"的治国目的。他当然也要求文臣将"文"与治国之"道"紧密联系在一起，通过文学的感化功能，为教化社会出力。面对这样的一个上升时期英主的政治要求，那些被赋予文治之责的文人学者心领神会，积极配合。活跃于太宗、世宗时期的学者卞季良在其《存心出治之道立法定制之宜》一文中指出：

> 为治之道，本于心，为治之法，因乎时。道不本于心，无以为出治之原，法不因乎时，无以为致治之具。存心以出治道，顺时以立治法，其要在乎执中，而执中之要，则舍精一何以哉。恭惟主上殿下策臣以古昔帝王存心出治之要，当今立法定制之宜。乃曰："稽诸古训，酌乎时中，以著于篇。"臣虽愚昧，敢不精白一心，以对扬休命，伏读圣策。曰：古昔帝王立法定制，必因时宜，以隆至治止，揖让征伐，文质损益，事与时异，而同归于治何欤？臣谓帝王立法，必因时宜。是以，一代之兴，必有一代之法，揖让征伐之举，文质损益之异，二帝三王，不相沿袭。盖以时殊而世异也。[1]

这是卞季良于1407年（太宗）参加文科殿试时的策题对答，因为答辩结果优异，被拔萃乙科状元，除为礼曹右参议。当他面对太宗试问治国之道时，就开门见山，指出"为治之道，本于心，为治之法，因乎时"，一下子道出策题要旨。他紧接着论证题意，说如果为治之道不本乎心，就无法成为治国之根本；如果法不因时而制定，就无法成为理想政治的工具。治国者应该修养心志以制定治国之道，根据时宜以制定治国之法，其关键在于保持正心，而保持正心之要在于保持"精一"。此"精一"，有精纯之意。语出《尚书·大禹谟》，其曰："人心惟危，道心惟微，惟精惟一，允执厥中。"历史上将此叫做"十六字心传"，历来的儒家都把它当做《中庸》的核心意思，甚至是精髓所在。南宋朱熹的《四书章句集注》指出："不偏之谓中；不易之谓庸。中者，天下之正道。庸者，天下之定理。"这是对上述"十六字心传"中"惟精惟一，允执厥中"的最精辟注解。儒家《中庸》有句："莫见乎隐，莫显乎微。故君子慎其独也。"此

---

[1]《春亭先生文集》卷8《殿试对策·存心出治之道立法定制之宜》，（韩国）《韩国文集丛刊》。

"慎独"，便为"允执厥中"，便是要把握这独一无二之真心，体悟这天人合一之境界。可见，儒家《中庸》与《尚书·大禹谟》之间的继承关系。同样，从这些论述中，也可以看出儒家传授心法的历史渊源。卞季良继而回答说，现在殿下试问"古昔帝王存心出治之要"和"当今立法定制之宜"，并要求"稽诸古训，酌乎时中，以著于篇"，他说自己现在不敢不以最精纯之心回答圣上策问。古之帝王立法定制，必因时宜，迎来了至治之世。揖让王位，征伐不守规矩的小国，都是国家政治之正常行为；文与质之损益不同，事与时的原因和情况各异，但是都能够同归于"至治"，这是为什么？这是因为古代帝王立法，"必因时宜"。也就是说，不同时代的不同王朝都根据当时的具体历史状况，制定最合乎当时情况的制度。仔细观察可知，"一代之兴，必有一代之法，揖让征伐之举，文质损益之异，二帝三王，不相沿袭"。"时殊而世异"，这是客观规律，谁遵循这一客观规律，谁就能够获得成功，谁违背这一客观规律，谁就会遭到客观规律的惩罚，这是万古不变的真理。这里所谓的"文质"，概指一个王朝的内在品质和外在文化表象，也就是对政治和社会文明互为表里、相辅相成的关系而言。此语最早出自《论语·雍也》："质胜文则野，文胜质则史，文质彬彬，然后君子。"何晏《论语集解》引包咸注说："野，如野人，言鄙略也。史者，文多而质少。彬彬，文质相半之貌。"邢昺《疏》曰："文华质朴相半彬彬然，然后可为君子，"孔子又说："文，犹质也；质，犹文也。"[1]说的就是一个人的内在品德及言谈举止。"文"指外在表现，"质"指道德品质。后来的中国文论沿用"文"与"质"这个概念，是指语言风格范畴的华美和质朴，或指辞采与内容。

将"文"与"心性"联系在一起，考虑文学问题，是海东朝鲜朝前期文学观念的重要特点之一。这不仅是想集中精力来巩固政权的李氏王朝统治阶级的迫切愿望，也是紧跟着李成桂成就易姓革命的勋旧大臣及其后嗣们的积极想法。

---

[1]《论语·颜渊》。

由此而演变成官学派骨干的这些人积极摸索社会意识形态的主要支撑点，想在文学上找到突破口。他们即使是积极吸收程朱理学的思想成果，其目的与后来的士林截然不同。所以他们在文学观念上，急于将国家的"治理之道"与"诗之道"紧密联系在一起，使之为长远的政治目的服务。有了这样的政治上的目的，他们尤为强调《诗经》作为经的地位，重视各级教育机构通过《诗经》的教育，提倡人人学习和掌握《诗经》的基本精神。在历届国王的督导下，大量刊印《诗经》极其历史上的注释、研究著作，分发给各级官僚和士阶层。《诗经》"观之以风""施之以政"的基本精神，对统治阶级来说，无疑有极其深远的现实意义。《论语·阳货》"诗可以兴，可以观，可以群，可以怨"的思想和"迩之事父，远之事君，多识于鸟兽草木之名"的观点，激励海东人关心文学和创作文学作品。他们认为文学之所以能够有补于政教、有助于社会，就是因为它用艺术形象感染人的心志，而它能够感染人的心志，根本原因在于它是以情打动人，不过这情最终还是受人心的支配。海东朝鲜朝前期的理学家们已经很清楚"心统性情"的道理，因为这是程朱理学心性论最基本的观点。诗言志也好，知人论世也好，都离不开此心此情。那些温柔敦厚、文以载道、情景交融、格调性灵等诸多文艺观念，哪个不是建立于此心的基础之上？从心的角度看问题，自古以来的圣人之道、统治之术、治国之要等哪个能够离得开此心？所以他们考虑当时的文学问题，归根到底，也就是从此心开始的。正因为如此，心学，无疑成为了当时理学的核心问题。对此心，卞季良说道：

  心也性也，天下之大本也。舜以天下相授曰："人心惟危，道心惟微。"汤与天下更始曰："上帝降衷，若有恒性。"或言性而不言心，或言心而不言性。何也？尧之命舜，则止言执中，而不言心性，抑有说乎。所谓中者，心欤性欤？各有所指而不相管摄欤？文王之克厥宅心，孔子之成性存心，其与帝王之论心性，有同异之可言者欤？……相与讲明正学，以究心性之理，此其时也。[1]

卞季良认为有关心与性的问题，是天下大本，没有比这个更重要的。上古时舜帝将帝位传给禹的时候，说人心危而险，道心微妙而居中。对《尚书·虞书·大禹谟》中的这句话，朱熹曾在《中庸章句集注序》中释义曰："盖尝论之：心之虚灵知觉，一而已矣，而以为有人心、道心之异者，则以其或生于形气之私，或原于性命之正，而所以为知觉者不同，是以或危殆而不安，或微妙而难见耳。然人莫不有是形，故虽上智，不能无人心；亦莫不有是性，故虽下愚，不能无道心。二者杂于方寸之间，而不知所以治之，则危者愈危，微者愈微，而天理之公卒无以胜夫人欲之私矣。"人心之有私，是必然的现象，人心和道心杂于方寸之间，如果不治理好，不可避免"危者愈危，微者愈微"的结果。汤统一天下以后，也说上帝降与人间于此赤心，希望天下人永远跟着走。其后的英明之君，都强调治心的重要性，万般国策都以此心为根基。卞季良作为考试官，紧紧抓住"人心"问题，以考察考生的政治素养和远见，可以说抓住了人才之要害，治国方略之要领。

卞季良不仅在理学理论上深入探讨心学之要，而且还在文学创作上也贯彻自己的理论主张，使自己的创作体现"圣人之道"，充满"六经之旨"。为了表彰他在文学上的成就，世宗特令出版其书，以广其影响。对卞季良的文学创作及其业绩，与他同时代的文人、大儒权近之子权蹑记录道："古者有采诗之官，以观民风。盖诗者，心之发而言之精，故其感人也深。而王化之污隆，世道之升降，亦著焉。吁！诗道之用，何可小哉。春亭卞先生天资明敏，学问精博。年未弱冠，师事圃隐，陶隐及我先人阳村文忠公，大为诸公称赏。华闻日播，由是优游侍从。恒任文翰，一时辞命，多出其手。而文辞典雅高妙，尤长于诗，清而不苦，淡而不浅，可谓升诸公之室堂，而无让于古人之作者矣。我太宗殿

---

[1]《春亭先生文集》卷8《策问题·心与性》，（韩国）《韩国文集丛刊》。

下擢置宰辅，言听计从，而裨益弘多……而先生尝作新调，歌咏两宫之慈孝，形容一代之治功，被诸律吕，垂之无穷，又岂骚人墨客吟风咏月者之可及也。"[1]古时候国家专设采诗之官，到各地收集官衙和民间的诗歌，以观其风。其意思是说，古人已经懂得通过文学作品体察民情，政治和文学相结合自古已开始。古人这么做的原因在于"文自人心出"，观风能知民心，观诗能察下情。而且文学都是以情感人，用形象说话，从审美的角度打动人心。所以权踶指出"盖诗者，心之发而言之精，故其感人也深。"同时文学反映现实，其中传递着许多活生生的信息，所以他又说"而王化之污隆，世道之升降，亦著焉"。从这样的战略眼光出发，他慨叹道"吁！诗道之用，何可小哉"。权踶认为卞季良就是懂得文学及其功效的人，他自小跟随大理学家郑梦周、李崇仁、权近等，精通经学，深谙治国之道，一时国文大策皆出其手，其"文辞典雅高妙"。他尤长于诗歌创作，其诗"清而不苦，淡而不浅"，无论诗心还是诗品，都不让于古人。他所作的新调，歌颂王业，形容一代君王之治功，"被诸律吕，垂之无穷"。名君世宗，"高出百王之万万"，深谙文学之于政治的辅助功能，继承采诗观风的古人精神，尤重视卞季良遗作的出刊工作。世宗于"万机之暇，追念师臣。惜其遗稿湮没，下集贤殿雠校。命庆尚道锓梓，以广其传"。通过这些事实，可知海东朝鲜朝时期前期的文学观念和创作活动一斑。

在"道""文"关系上，海东朝鲜朝前期的文人尚未完全接受中国宋理学家们的文学观念，尤其是二程"作文害道"的思想和朱熹"文从道中流出""文只如吃饭时下饭"之小菜而已的观念。他们坚信文学有补于国，坚信文学是最好的传道工具，甚至认为文学有着极其明显的独立价值。所以他们往往重"道"而不轻"文"，或"道""文"并重，尊待专长于文学的词臣。对绝大部分文臣来说，反正文学才干是必备的素质，这在海东朝鲜朝前期的科举制度中可见一斑。在最重要的文科考试中，辞赋占据主要的比重，不懂文学者是基本上没有

---

1 权踶：《春亭集旧序》，（韩国）《韩国文集丛刊》。

任何机会获取此功名。作为信奉儒家的国度，他们深谙文学教育的重要性，想通过文学感化人的心智，还想充分利用文学的批评功能来净化社会。自从朱子学传入海东，他们逐渐观察到文学与人心之间极为密切的关系，便开始进行深入的探索。活跃于海东朝鲜朝时期太宗时期文坛的河崙（1347—1416），是海东最早真正从理论上探究理气关系的性理学家，一生曾写出诸多理学文章。他在《心说》一文中说：

> 心者，理与气合者也。先天地而无始，后天地而无终者，理与气也。太极者，理也。其动静，气也。此天地万物之所以为心也。所以无极而太极者，天地之心也。万物各具一太极者，万物之心也。人于万物之中，得其气之正且通者，故理之寓于是气者，无不全……舜之命禹曰："人心惟危，道心惟微。"以其理之气之杂于方寸之间者。分而言之，以为精一执中之戒，此其万世心学之渊源也。数千载之下，乃有周子《太极图说》，程子朱子，敷而衍之，理气之说，明且备。[1]

河崙认为心是"理"与"气"合而为一的结果。此"理"与"气"，是亘古无始，后天地而无终的存在。太极即理，其动静即气，这就是天地万物在人心之中的道理。所以无极而太极，则是天地之变化之"心"，天地万物各具一太极（理），这就是"万物之心"。人是万物之中"得其气之正且通者"，所以"理之寓于是气"，是当然的事情。上古的舜对禹说过的"人心惟危，道心惟微"，说的就是人心中"理""气"关系的微妙结合与变化。用诚意正心的"精一"之心，坚持天下之正道，这就是千秋万代心学之要害。几千年以后出现的中国宋代周敦颐的《太极图说》，加上二程和朱熹敷衍发挥的"理气之说"，已经说得再清楚不过了。上古时期的人认为太极是天地未开、混沌未分阴阳之时的状态。

---

[1] 《浩亭先生文集》卷2《心说》，（韩国）《韩国文集丛刊》。

其代表性的观点有《易经·系辞》，它说"是故易有太极，是生两仪"。这实际上是说太极即是阐明宇宙从无极而太极，以至于万物化生的过程。周敦颐所谓的"太极"，是宇宙的本原。人和万物都是由于阴阳二气和水火木金土五行相互作用构成。五行统一于阴阳，阴阳统一于太极。文中还突出人的价值和作用。可是到了二程和朱熹，将其引入于理气之说当中，《朱子语类》卷75指出："太极只是一个浑沦底道理，里面包含阴阳、刚柔、奇耦，无所不有。"这就是说太极即理。宋代理学在总结《周易》和《太极》学说的基础之上，认为太极是宇宙的最高本体，认为太极即道、太极即理、太极即心。河崙的心学观念，自然影响其文学意识，认为孔子删诗"原于天理人伦，而达乎政教风俗"。他在《圃隐郑先生诗集序》中说：

> 尝谓孔子删诗，止于《三百篇》，然而原于天理人伦，而达乎政教风俗。上自郊庙朝廷之乐歌，下至闾阎委巷之讽咏，凡可以感发善心而惩创逸志者，无不具焉。则诗之为诗，岂在多乎哉。诗变而为骚，骚变而为词赋，再变而五七言出。至于律诗，则诗之变，极矣。然而"思无邪"之一言，可以蔽《三百篇》，则诗之道，亦岂多乎哉。圃隐先生郑公，以天人之学，经济之才，大鸣前朝之季……受而读之，辞语豪放，意思飘逸，和不至于流，丽不至于靡，忠厚之气，不以进退而异，义烈之志，不以夷险而殊。可见其存养之得其正，而发见于声律之间者亦然矣。则思之无邪，岂系于诗之正变也哉。[1]

河崙认为孔子删诗，止于《三百篇》，不过其过程绝不简单，它是"原于天理人伦，而达乎政教风俗"的结果。孔子删诗，"上自郊庙朝廷之乐歌，下至闾阎委巷之讽咏"，所坚持的原则是以"可以感发善心而惩创逸志"的诗篇为纳入

---

[1] 《浩亭先生文集》卷2《圃隐郑先生诗集序》，(韩国)《韩国文集丛刊》。

范围。孔子删诗因坚持了这样的原则,所以成为了东方诗歌之源,成为了一切文学之万世之范。孔子曾经说过:"《三百篇》,一言以蔽之,曰,思无邪。"河崙认为这句话高度概括了《诗经》总的旨意,赞扬这句话涵盖了《诗经》符合封建礼教的一切思想内容。实际上如今看来,这种"思无邪"的观点并没有高度概括《诗经》整体的思想旨意,如其中反映批判精神的、男女真挚爱情的作品,绝不会属于这种"无邪"的范围。他在文中高度肯定的"圃隐郑先生",就是高丽末叶的大学者、海东性理学的始祖郑梦周。他之所以高度肯定郑梦周的作品,是因为其诗虽"辞语豪放,意思飘逸",但它们"和不至于流,丽不至于靡,忠厚之气,不以进退而异,义烈之志,不以夷险而殊"。而郑梦周的诗之所以有这样的境界,就是因为他能够发扬"天理人伦",坚持内在"存养"而"得其正"。

第五章
朝鲜朝前期勋旧词章派的"道""文"观

第一节 朝鲜朝前期社会文化与勋旧词章派

海东朝鲜朝前期的所谓"馆阁文任之臣",是指当时在朝廷担任文教之职的高级官员。他们大都出身官僚阶层,是国初勋旧派大臣及其后裔,曾受过良好的文学教育。他们都擅长诗文,精通文牍,当时的诗坛高手,朝廷玉堂的文章家中很多都是这一部类的人。正由于这些专长,当时的道学派将他们叫做词章派,百般加以攻讦。不过他们并不是不问天下事,专事词章,卿卿我我的浮华之徒。相反,他们曾经为建立新的李氏王朝立过汗马之功。尽管他们都是从王氏高丽过来的旧臣及其后裔,但他们都为新的李氏王朝积极出谋划策,毫无保留地奉献出自己的一份力量。海东王朝国初的高文大策,也基本出自于他们之手,那些文物典章、考试制度和思想文化政策都浸透着他们的心血。以此功劳,他们深受国王的信赖和依仗,享受着高官厚禄,当时朝廷的政治经济大权也基本掌握在他们手中。到了海东朝鲜朝第七代世祖时期,有功于他篡夺端宗王位的功臣、宠臣、御用学者、官学派学者及其权门世族子弟,都加入到这一勋旧派势力的行列中来。登用于高层官职的他们,利用手中的权力通过商业贸易、土地兼并、功臣田、贡物献纳等机会和手段,大量搜刮民财,逐渐成为了"国之大户"。利用这样的主客观条件,他们的势力越来越扩大,难免逐渐拥有大片土地和权力，成为主导当时社会的"勋旧势力"。

海东古代深受中国政治制度文化的影响，诸多用词直接拿过来使用，这里的"勋旧"一词则是其一例。《高丽史》记曰："九月，兵部奏，选军别监，选取文武班七品以上员子弟，除业文赴举外，并充军伍，此虽安不忘危之虑，然皆累世勋旧子孙，故祖宗以来，不与于役，况在甲子丙子年间，已有禁制，非惟忘其先世之功，亦违旧制，请勿充队伍，从之。"[1]这一记录表明历代勋旧耆老及其后裔，减免从军、杂役等负担，以国家政策保障其优厚待遇。进入李氏王朝以后，对开国元勋及其后裔、历代勋臣及其家族也实行了优待政策，使其在科举取士、社会负担等方面享受越人一等的待遇。《太祖实录》记道："大司宪李稷等上言：'臣等窃惟，设官分职，将以授任责效。今当开国之初，检校之职，不宜仍旧。愿自今除潜邸时勋旧耆老及书云典医必须兼任人外，检校致仕，一切汰去。'上允之。"[2]海东朝鲜朝时期太祖时官界人员数量陡增，国家负担加重，办事抵牾，想精简冗员，但在免汰者名单中则除去了勋旧耆老及其后裔，以示国家对他们的百般照顾。

历代的勋旧大臣及其后裔，大都受过系统的文化教育，其中能文善诗、学术功底深厚者比比皆是，更不乏各个时代文学、学术的巨擘。太祖朝的权近、郑道传、郑麟趾、鱼孝瞻，太宗时期的崔恒、金守温，成宗代的李石亨、梁诚之、申叔舟、徐居正、成任、韩继浍、姜希孟、郑兰宗，世祖执政时期的姜希颜、李克堪，燕山君朝的李克培、成俔等就是海东朝鲜朝时期前中期各个时期的代表性勋旧大臣和著名学者。这些人大都因功被授赐大量土地和奴婢，在朝廷任有重职，曾担任过朝廷翰院、成均馆等处的文任大臣，也都是当代文坛的主将。

所谓"勋旧派"，就是海东朝鲜朝时期前期在第七代世祖的篡位和执政过程

---

[1] 《高丽史节要》卷4，辛巳七年（宋庆历元年）。
[2] 《太祖实录》第13卷太祖七年二月，（韩国）太白山寺古本3册13卷，第6页。

中立下汗马功劳的功臣群体，他们自此拥戴世祖掌控朝廷实权，形成了一个新的政治势力。原来世宗的长子第五代文宗体弱携病，即位第二年离开人世，于是其子13岁的端宗继位。1453年王室的首阳大君（后来的世祖）发动"癸酉靖难"，伺机杀害顾命大臣皇甫仁、金宗瑞等，赶走年幼的端宗。篡位成功后，世祖将端宗和安平大君流配僻地，不久便下令赐死。他还把不服篡位，想复位端宗的"死六臣"也处死。对"癸酉靖难"有功的韩命浍、郑麟趾、权擥、申叔舟、洪达孙、卢思慎等人封为功臣。掌握大权的这些勋旧派势力，肃清异己，出版儒家经典，大肆宣扬李氏王室的正统性，为强化世祖的封建统治铺平道路。

世祖在执政的过程中，一直重用这些勋旧大臣，在关键事务的处理上更是离不开这些勋旧派重臣。世祖在很多方面恣惠他们，分给他们大量功臣田，给予他们以靖难功臣、佐翼功臣等待遇，任命他们为议政府、礼曹、吏曹、兵曹等要害部门的长官，掌握人事权和兵权。于是这些勋旧派逐步形成一股强有力的政治势力，在政治权利、经济利益和社会地位方面自然享有一系列的特权，成为了一个不可忽视的特权贵胄阶层。勋旧派逐步权贵化，其权利也自然被世袭化，这样的结果自然对王权带来诸多不便。世祖之子睿宗短命，不到一年离世，第九代年幼的成宗继位，也以申叔舟、韩命浍、洪允成、金礩等勋旧派大臣为朝廷院相，朝政大策基本依靠他们。成宗长大成人亲政以后，倍觉这些勋旧派院相大臣干政的不便，开始启用地方出身的士林阶层中的优秀人物。

平时深受朝廷勋旧派势力的政治擅权、土地兼并之苦的士林阶层，一般都是地方中小地主家庭出身，也具有相当的文化基础和程朱理学功底。他们对朝廷勋旧派大臣的擅权和贪婪深恶痛绝，提倡程朱理学的名分论，主张以儒家的圣人之道治国理政，形成了一股世称士林派的新的政治势力。通过成宗的提携逐步走上政治舞台的士林派，以程朱理学的"存天理，灭人欲""诚""仁"等理论为武器，处处向勋旧派势力发难，使得勋旧派耆老们理亏难支。1498年，恼羞成怒的勋旧派大臣们终于抓住士林派文人、春秋馆史官金驲孙将恩师金宗直的《吊义帝文》编入朝廷实录原档"史草"的事件，挑起"戊午士祸"，处斩金驲孙、权伍福、李穆、许盤等一大批士林派文人。之后，勋旧派不停地对士林派进行了无情的弹压和打击，接连发动了甲子士祸、己卯士祸、乙巳士祸等。但是士林派文人在王室、地方中小地主阶级和书院学脉系统的支持下，顽强地与勋旧派势力抗衡。到了宣祖即位，看到勋旧派势力干政所带来的弊端，深感来一场改变"枢机"的必要性。他看到了士林派主张的中国宋代朱熹《小学》《大学》注疏的内容和精神，有利于中央集权的强化，对收拾复杂的社会问题有着极其重要的现实意义。于是宣祖开始重新起用士林派文人，从此勋臣戚僚政治体系逐渐解体，士林派文人成为了治国理政的主力。

纵观勋旧派文臣势力的成长过程，发现它与海东朝鲜朝封建王朝的建立和发展密切相关，可以说它是时代的产物。到了第四代世宗时，他们依靠王室的支持，已经成长为主导国家政治行政的主要力量。尤其是他们协助第七代世祖铲除异己势力，逼迫端宗"禅让"，成功登上王位以后，他们的政治权利和经济利益压倒其他政治经济势力，上升到了空前的地步。从此以后，这些勋旧派及其后裔已经成长为羽翼丰满的国家政治权利阶层，主导国家许多核心部门的日常工作。

对勋旧势力的这种扩张，有两股势力较为担心或反感，一是国王和王室，一是在野的士林。国王和王室逐渐认识到，勋旧势力的扩张必然影响国王和王室的权威，甚至国王和王室的许多事情受制于他们。后来对士林派势力的扶持，就以这样的担心为基础，其目的在于牵制日益成长的勋旧派势力。与此同时，在野的士林，他们是这些勋旧派势力的死对头。他们一般代表地方上的中小地主阶级的利益，深受这些已经成为大地主、大官僚的勋旧势力的压抑和盘剥，结果此两股势力的对立和斗争在所难免。

尽管如此，这些勋旧派及其后裔已经成长为羽翼丰满的国家政治经济势力，主导国家许多部门的日常工作。不过实事求是地讲，他们个个都是当时著名的学者和作家，国家的很多事业就得靠他们出力，靠他们去处理。开国初期《经国大典》《治平要览》《八道地理志》《训民正音》《农事直说》等治国理政的文献都是他们的杰作，稍后的《高丽史》《历代兵要》《资治通鉴训义》《七算政内外篇》《历象集》《东国正韵》《龙飞御天歌》《东国年代歌》《医方类聚》等，也是他们为建立国家的文化教育制度而付出努力的结实。而且他们还为建立国家的礼乐制度，积极进行撰写、编纂、翻译和注释儒家经典的工作，出版了《三纲行实》《四书谚译》《五礼仪》《孝行录》《四书五经音解》《同纲目训义》等大量事关人的心性和行为规范的儒家典籍，为稳定人心做出了重要贡献。尤其是他们参与制定国家意识形态方针的决策，制定出"抑佛扬儒"的思想政策，而且积极倡导以程朱理学为国家正统思想，引进《朱子大全》等大量的性理学著作，为海东朱子学的发展也做出了重要贡献。

勋旧派及其后裔在文学上的贡献尤为突出。勋旧派及其后裔在历史上的称呼，除了开国元勋、勋旧派等以外，还有一个褒贬相加的名称，那就是"词章派"。这个词章，亦称辞章。从文体学上讲，它包括辞和章，也就是韵文和散文的总称。在当时的海东，比之于经学、性理学或道学，将相对重视制述的学问称之为辞章学。词章学发源于高丽后期，当时受中国宋学的影响，在科举制度上反对光以词章学取人，提倡科举考试以经学为主，以取德才全面发展的人才。一时对词章学的批评意见占上风，从此高丽朝廷用人的方向有所转变，对经学乃至朱子学有一定造诣的人受到重视。不过高丽时期是海东汉文学迎来繁荣的时期，优秀的作家作品辈出，国际上也赢得了"东方诗国"的美誉。高丽末叶的郑道传、赵浚、权近、郑麟趾、河崙、卞季良等学问大家，以帮助李成桂成功进行"易姓革命"的功劳，在新朝担任重要官位，继续为李氏王朝服务。他们大都参与新朝的政策制定工作，在主张以朱子学为正统思想的同时，认为词章学也是不可或缺的方面。从而，他们一方面重用擅长词章的文人，另一方面在科举考试中也体现了这一点。值得注意的是，真正将勋旧派当做一个政治概念来进行攻讦的是，政治羽翼进一步丰满以后的士林派。

对当时的士林派来讲，批判词章派就是批判勋旧派，因为他们认为擅长词章是勋旧派官僚的拿手好戏。所以从本质上讲，词章派和士林派的矛盾，就是新进士林官僚和勋旧功臣及其后裔之间的矛盾，他们之间的斗争也就是政治经济上的争权夺利的斗争。政治经济上的利害关系不同，他们的理论主张就不同，所依赖的思想原则更显区别。

这种区别反映在文学观念上，同样导致不同的倾向，不同的主张。但是有一种情况不可忽略，那就是即使是所谓勋旧派文人，对儒家经学或程朱理学也绝不马虎，都有不浅的造诣和成就。同样，即使是士林派文人，对词章学也绝不含糊，也都具有较深厚的造诣和成果。如作为勋旧派领军人物的郑道传、权近、赵浚、河崙、梁诚之、卞季良、崔恒、徐居正、李荇等人，都撰写和编纂出了不少儒家经学和朱子学方面的文章或著作，在当时的学界引起了颇大的反响。尤其是其中的一些人，被公认为思想界或文坛的巨星。与此相伴，士林派中的很多人，也极力主张重视词章的重要作用。如当时士林派的中坚人物金馹孙、南孝温、曹伟、南衮等，尽管他们身为道学派的主将，也都极力主张不可忽视"文"在道学传播和国家生活中的重要作用。实际上，那些海东朝鲜朝中期的士林派学者，都拥有不少的道学文章或著述，其中的许多人还是海东文学史上颇有名气的诗人和散文家。

第二节　勋旧文臣对民族文化振兴的贡献及其垂统载道的文学观

李氏王朝经过太祖的开国和太宗的巩固社稷，到了第四代世宗执政时期，社会各个领域开始迎来了全面发展的上升时期。海东历史之所以把世宗称之为"圣君"，是因为他敢于消除积弊，进行政治经济制度改革，大力发展文化事业，使海东社会进入一个崭新的鼎盛时期。在这个过程中，世宗周围的勋臣官僚阶层做出了巨大贡献。世宗的英明之处在于,不仅有敢作敢为的创新精神,而且还深知这些勋旧大臣的经纶和学问功底,并善于发挥他们的积极性和才华,干出一番前所未有的王业。世宗让黄喜、申槩、河演等能臣贤辅料理朝廷政事,让崔润德、金宗瑞等负责军务以加强国防,让郑麟趾、申叔舟、成三问、朴彭年等著名学者主导集贤殿以培养大批有用人才。中央政体的整备、土地制度的改革、北边六镇的构筑、集贤殿的人才培养等,都标志着这时期的海东王朝进入了一个鼎盛时期。这时期海东社会的基本特征是政治开明,文化发达,对外交流频繁,呈现出一种前所未有的民族自信。

世宗的这种进取意识和创新精神,到了其二子、第七代世祖时期得到了进一步的发扬光大。世宗之后的文宗短命,即位第二年就离世,继位的端宗年幼无力执政,首阳大君(后来的世祖)设局杀死顾命大臣金宗瑞、皇甫仁等,迫使端宗"禅让"。即位以后的世祖一边肃清异己,一边进行大刀阔斧的改革,整备土地、军事、官绪、文教等制度,继续刊行国家法典,编纂事关国计民生的各类书籍,使得李氏王朝成功维持世宗以来的社会上升势头。

一开始,海东朝鲜朝建国之初的太祖和太宗认真总结高丽王朝灭亡的历史经验,力求文武平衡,以文治武功强化王权。但到了世宗,社会基本稳定,显现出"太平岁月"的气象,文人政治的欲望已然抬头。世宗不仅继续重用国初才富学深的勋僚,还加强集贤殿"养士造人"的功能,培育出大量朝廷文臣的后备力量。没过几年,治国理政所需的能臣和文学之士济济于朝廷,文治主义的政治风气逐渐形成。组织起一批文人学者编纂和注释儒家经典及实用书籍,还收集、整理和刊行散在于各地官衙和民间的珍贵历史文化资料,用以复兴民族文化。他的二子首阳大君掌握王权以后,排除障碍,推动改革,继续文化建设,也取得了令人刮目相看的成就。具体来看,世宗朝编纂和刊行了《孝行录》《农事直说》《三纲行实》《八道地理志》《无冤录批注》《乡药集成方》《资治通鉴训义》《韩柳文注释》《国语补正》《铳筒誊录》《农桑辑要》《四时纂要》《本国经验方》《乡药采集月令》《医方类聚》《明皇诫鉴》《丝纶全集》《杜诗诸家注释》《韵会谚译》《五礼仪注》《七政算内外篇》《治平要览》《龙飞御天歌》《龙飞御天歌批注》《诸家历象集》《训民正音》《东国正韵》《四书谚解》《高丽史》《朝会雅乐》《会礼雅乐》《祭礼雅乐》《续六典》《新撰经济续六典》《佛书谚解》等；世祖朝编纂和刊行《四时纂要》《蚕书批注》《养牛法抄》《历代兵要》《五卫阵法》《易学启蒙要解》《训辞十章》《兵书大旨》《国朝宝鉴》《东国通鉴》《经济六典》《续六典》《元六典》《六典誊录》《经国大典》《法华经》《金刚经》《大藏经》等。这些实用文献和儒佛典籍，不仅为当时海东社会文化的发展注入了新鲜空气，而且还以其丰富的内容和规范的学术水平，成为了海东古代文献史上里程碑式的文化遗产。

　　海东朝鲜朝前期的几代君主深知朝中的勋臣个个都是著名学者和诗文大家，遂安排他们主政朝廷的各曹各司，像弘文馆、艺文馆、成均馆、春秋馆、承文院、教书馆、侍讲院等方面的行政业务非他们莫属。他们认为"人材之兴于盛世者固然，而诗道之感于人者为尤甚"（《樗轩集》卷下《皇华集序》），而且强调治国理政少不了文章之学的助佑，最高统治者对文学的这种认识无疑为当代的文学发展起到了促进作用。他们还认为文学是考察和遴选人才很好的试金石，因为"有德者必有言，盖德之精华，发而为言，故听其言，足以知其德。况诗文之于言，又其精华者乎！"[1]在各代君主的奖掖和各路文人的努力下，海东朝鲜朝时期前期的文学得到了长足的发展，出现了诸多优秀作家和作品。就文学文献的编纂、收集、注释和刊行来说，在许多学者和作家的努力下，取得了令人刮目相看的成就。宣祖、光海君时期的许筠曾说："国初，诸公皆读《古文真宝》前后集，以为文章。故至今人士初学，必以此为重。"[2]为了满足读者的需要，有些文人便着手对从中国传入的《古文真宝》之类进行注释、校勘并刊印，

1　《保闲斋集》卷15《清卿先生集序》，（韩国）《古典文集丛刊》。
2　《惺所覆瓿稿》卷24《惺翁识小录下》，（韩国）《古典文集丛刊》。

流布于世间。世宗二年（1420）刊行的《善本大字诸儒笺解》，文宗二年刊布的《详说古文真宝大全》，以及世祖朝以后流行的《古文真宝前后集讲录》《古文真宝前后集注释正误》等，都是为提高文学创作水平和普及所做的出版活动。这时期在朝廷的鼓励下，勋旧、士林中的文臣还著述和编纂了多种文学方面的学术书，为海东古代文学文献史增添了不少新的奇葩。徐居正、卢思慎、姜希孟、梁诚之等人的《东文选》和申用溉、金诠、南衮等人的《续东文选》，以及世祖以后陆续出刊的《诗经》《楚辞》《杜诗集注》《杜诗谚解》等方面的书籍等都是这方面的代表性成果。

对海东朝鲜朝前期朱子性理学的发展，过去国内外的研究成果大都认为，新进的士林派是其倡导者和推动者。也就是说，勋旧派大臣手握大权，躺在功劳簿上只搞贪腐和词章活动，而地方出身的士林派文人才是海东朝鲜朝时期朱子性理学的真正倡导者和推动者。翻开海东朝鲜朝时期朱子性理学的发展史不难看出，太宗至世祖时期的勋僚学者和勋旧派文臣才是主要的倡导者和推动者，当时的士林阶层羽翼未丰，尚未在思想界露出头角。

海东朝鲜朝时期太祖、太宗时期的开国勋臣郑道传高举"排佛崇儒"的旗子，借助朱子学的心性理论猛烈批判佛教的非人伦、反社会的弊端，从哲学上否定佛教无视道器关系的存在，标榜虚无的轮回、色空世界的悖谬之论，提倡须以性理之实学建立有利于明德恤民的思想体系。此时的另一位勋僚学者权近，认真吸收中国宋代二程、朱熹理学思想的精华，进一步投入到性理学哲学意蕴的研究，陆续写出了《五经浅见录》《入学图说》等一批极有理论价值的性理学研究著作。这时期一批勋僚学者们的不断努力，为将程朱理学定性为海东王朝的正统思想，做出了巨大的贡献。

在海东朝鲜朝时期，程朱理学之所以长期稳固地保持官学的正统地位，固然有多方面的原因，但是其中较为重要的一条就是封建政府一贯的重视和下意识的培养人才。也就是说，在封建政府的主导下，程朱理学在教育和科举考试领域得到了有计划的施教和推进。这样的重视和教育过程,尤其在其前期功夫下得多一些,因为此时正处于稳固其思想统治的时期。程朱理学纯属思辨哲学范畴,是一类高度形而上化的学问,所以一般的文人学者搞起来不无吃力之感,国外海东的文人学者要涉猎它尤为如此。根据这样的实际情况,海东朝鲜朝时期前期的统治者不得不在讲解和理解上下功夫,对大多数朝臣和成均馆生进行教育。世祖、成宗朝的朝廷重臣梁诚之曾专门为此事上疏道:"今成均儒生,则学官日讲,礼曹月讲,春秋都会,三年大比,若师儒得人,则固可以作成人材矣。但须精择艺文兼官二十人,因其所长,分为理学、史学二业,定置治《周易》《易学启蒙》《性理大全》者五人,胡传《春秋》《左传春秋》《史记》《前汉(史)》者五人,《通鉴纲目》《续编纲目》《宋元节要》者五人、《三国史记》《东国史略》《高丽全史》者五人。五人之中,三四品得一人,五六品二人,参外二人,皆兼治"四书"、《诗》《书》《礼记》。至殿讲日,每学例讲二三人,以此初一日讲十人,十五日讲十人,三朔内三度。不通者,左迁本职,三度通者,特加一资,于以论性理之学,于以讲古今事迹。经史两学,各置都提调二人,提调三人,常加考察,仍令侍讲。"[1]

这个记录显示:1.海东朝鲜朝时期政府对最高学府成均馆儒生进行有计划的儒家经典教育,其中主要包括中国宋代程朱理学的经典及其所认可的儒家经典,这是每个儒生的主要课程和必修课程。2.成均馆规定每一类经典安排专门的讲师,定人定时,有学官日讲,礼曹月讲,分春秋来会讲。3.学习成果如何,在三年一次的大考来评价,从中冒出的人才,国家直接当人材起用。4.在成均馆儒生中,将选"治《周易》《易学启蒙》《性理大全》者五人"定为最上等,以最高人才来使用,以此来鼓励儒生修治程朱理学。5.即使是在职官员,不管职位高低,必须参加殿讲,讲得好者奖励,讲得不好者降低官职。讲的内容首先是"性理之学",其次是经史两学,而且"常加考察,仍令侍讲"。在整个讲

---

[1]《讷斋集》卷2《请殿讲兼讲史学甲申六月二十七日以同知中枢院事上》,(韩国)《古典文集丛刊》。

论和管理工作过程中，勋旧派文任大臣始终是这一政策的倡导者和执行者。

在文学观念上，勋旧派文任学者主张文学和经术都应该得到重视，都以同样的资格被摆在经国理民之王朝大业的桌面上。在过去的海东学领域里，从来都认为勋旧派代表着保守势力，而士林派则代言新兴的中小地主阶级利益，代表着进步的思想文化，同样认为，勋旧派就是词章学的代名词，而士林派则是程朱义理之学在海东的代表。一些士林派学者还认为"词章之士多轻薄而昧于识理"，对此勋旧派文人南衮反驳道："为词章者岂尽浮薄，而治经学者岂尽不浮华哉？词章经术所当如一，不可偏废也。"[1] 他们认为经术学者不一定都是敦厚善政，而词章文臣也不一定都是"轻薄而昧于识理"，行政能力差，一切都要看具体的人和事。他们主张一个成熟的朝政，应该既要重视经术，又应该不轻视文学的重要地位，认清二者的不可或缺性。

作为海东朝鲜朝前半期国家意识形态的出谋划策者和执行者，开国勋臣及其后来的勋旧派，并没有实行唯词章是高的所谓"词章派"的文学政策，而是反复强调经术的优位性和文学绝对的不可或缺性，主张二者的高度统一才是封建朝廷唯一正确的做法。

文学观念上的这种主张，直接影响他们具体的创作理论，演绎出既重视道而又不忽略文的道与文要高度统一的观点。海东朝鲜朝的开国勋臣郑道传指出："而人则以道，故曰文者，载道之器。言人文也得其道，诗书礼乐之教，明于天下，顺三光之行，理万物之宜，文之盛至此极矣。"[2] 郑道传是为海东朝鲜朝的开国定正统思想调子的勋臣，后人称他为"创业垂统，专用经术，以兴文明之治"的功臣。在文学上，他主张"文者，载道之器"的观点，认为社会人文的发展以此道为内涵，循着道的引领而演进，惟有此文才是载此道之器。从这样的文学观出发，他高度评价高丽末李崇仁的诗"得师友渊源之正，穷性命道德

---

[1] 李丙焘：《韩国儒学史略》第3编，亚细亚文化社，1986，第128页。
[2] 《三峰集》卷3《陶隐文集序（戊辰十月）》，（韩国）《古典文集丛刊》。

之说"[1]，达到了一个儒学者的创作应该达到的思想境界。

海东朝鲜朝初期的另外一个勋臣权近，全程参与海东朝鲜朝建国和巩固发展的过程，锐意以程朱理学来树立国家的正统思想，倾尽自己的一切。他促使太宗"创业垂统，专用经术，以兴文明之治"，而他自己的文学创作"本之以经术，参之以百家，蔚然文彩特出"[2]，深受当时文坛的追慕。如上所述，他认为道与文从来没有分离过，也不可能分离，它们是天生的一对阴阳之合。他说在文学史上，道与文相互"消长"，圣贤行道必然依靠文的助佑，文又依靠道的内涵发扬光大自己。所以他在《郑三峰（道传）文集序》中形象地指出："道行于上，文著于礼乐政教之间；道明于下，文寓于简编笔削之内"[3]，以说明二者各自的功能和依存关系。但话中之语，显然是道在首要位置，而文只是载其道之具或器，所以历史上的那些"典谟誓命之文，删定赞修之书，其载道一"[4]。权近进一步主张"嗟夫，道原于天理而著于人伦"，认为道源于"天理"而"著于人伦"，表达出了与中国宋代程朱理学将"天理"引申为"天理之性"，从而趋向将"仁、义、礼、智"的封建伦理纲常天理化的客观唯心主义的老路。

到了世祖、成宗朝，勋旧派文人的队伍进一步扩大，他们的作用越发突出，朝政和文教方面的事情基本依靠他们。由于在世祖逼迫端宗"禅让"的过程中，这些"重阵大臣"们起到了重要的"辅弼"作用。不仅事后世祖执政需要依靠他们，而且多年后世祖也"托孤"于这些人，所以这些勋旧派重臣的政治地位不断提高，经济利益也得到了极大的保障。尽管如此，在很长一段时间内，他们并没有因此而放弃对朝廷的忠诚，而是勤勤恳恳为李氏王朝恪尽职守。世祖、成宗朝也是一个儒家思想得到加强、文教昌明的时代，海东历史上的诸多国家重典、各方面所需实用著述和大型文学汇编就出自于此时，而它们的编撰者基

1　《三峰集》卷3《陶隐文集序（戊辰十月）》，（韩国）《古典文集丛刊》。
2　许穆：《阳村集序》，（韩国）《古典文集丛刊》。
3　《阳村先生文集》卷16《郑三峰（道传）文集序》，（韩国）《古典文集丛刊》。
4　《阳村先生文集》卷16《送赢庵上人游方诗序》，（韩国）《古典文集丛刊》。

本上都是这些勋旧派文任大臣。

勋旧派文人认为文学对邦国的大业有着不可或缺的积极作用,从而肯定文学重要的社会地位和政治功用。他们强调文学作品都是出自人心,而人则是社会的人,跟社会政治密切相关。正因为文学有如此独特的艺术本质,往往反作用于社会政治,对国家的政治生活产生意想不到的积极效果。所以历史上的圣王和贤宰大都深知文学的这种功效,任用诸多文学之士,为使封建的王道深入于人心,也为使文教润邦,预备良好的发展条件。不是深谙文学的艺术本质和社会作用者,是不可能有如此符合规律的、精明的看法。世祖时期的勋旧派代表人物梁诚之曾说:"正风俗。臣窃闻上行下效谓之风,众心安定谓之俗。是以歌唐风者,慕尧之遗泽;诵豳诗者,念周之初基。至于秦用诈力,二世而败;晋尚清虚,五胡乃扰。此俗吏所以慢不致意,而明君贤相之所至重者也。"[1]文学反映作者的思想感情和社会现实,具有很高的认识价值和审美价值,使人读文学作品而从中可以看到政治的得失、历史的经验和教训。中国和海东的历史传记之中,也记载着诸多政治得失、王业成败的史实,如果是明君贤相,肯定会从中汲取历史的经验和教训。

勋旧派文人强调诗歌创作及其主体的道德修养有密切的关系,甚至决定其创作的成功与否,因为创作是其精神境界的产物。尤其是作为一个名登勋籍的文任大臣,一旦树立忠君爱国之情怀,其创作就能够体现出忠臣贤士的衷情。由此,他表扬当代名相厖村黄喜的诗歌创作,字里行间流荡着忠君爱国之情怀。他说:"为国柱石,身佩安危垂三十年,其名德勋业之盛,盖于是卷,已可卜矣。今公之追感兴怀,岂无所自欤。叔舟闻孝莫大乎继志述事,扬名显亲。公今亲搏日驭,登名勋籍,入处庙堂,佐圣明致太平。"[2]黄喜原是高丽旧臣,后应海东朝鲜朝太祖的恳请出山,为太祖至文宗的数朝元老,尤为一代明君世宗的

---

[1]《讷斋集》卷4《便宜四事》,(韩国)《古典文集丛刊》。
[2]《保闲斋集》卷15《厖村先生诗卷序》,(韩国)《古典文集丛刊》。

宰相，把海东朝鲜朝的政治经济和文化推向鼎盛。他"佐圣明致太平"，"为国柱石，身佩安危垂三十年，其名德勋业"深受后人称道，但他不骄不躁，惟王业是重，成为了世代师范。他的诗歌创作则充分体现出他的这种人格境界，"追感兴怀，岂无所自"，一字一篇无不毅然忠义之节。

诗如其人，诗作离不开诗人的为人，人品之邪正，充分反映在其中。这是海东朝鲜朝勋旧派文人对诗作和诗人之间关系的看法，是经过长期的创作实践和观察得出的结论。他们认为文学作品是作者的思想感情和品德修养通过文字表达的产物，读者透过作品，可以在很大程度上看到作者的品德、好尚和个性。世祖、成宗朝的宰辅申叔舟曾指出：

> 尝闻有德者必有言，盖德之精华，发而为言，故听其言，足以知其德。况诗文之于言，又其精华者乎。世之承家业者，凡于珍宝，皆知以为重，青毡旧物，亦欲家传不失，而忽于先人精华之发者可乎。文度公苦学清修，为世名儒，遇知两朝，其道德积躬，发而为事业者卓卓巍峨，为文章者彬彬典雅，国家赖之，人所瞻仰而传诵。[1]

正因为文学作品在很大程度上反映作者的思想感情和为人风尚，所以作家应该修养自己的内在德性，在社会生活中体现高尚的德行。从历史经验上看，有德者必有言论或著述，而言论体现一个人的品位，著述反映作者的学术境界和道德内涵。至于诗歌等文学创作更是如此，由于它们是语言之精华，更能反映作家的道德水平乃至世界观。可是很多人只知道珍惜宝物，爱财如命，而不知道传统文化或文学遗产的重要性，往往忽略其无上的艺术的或社会的价值。申叔舟之所以尊崇文度公尹淮（字清卿），就是因为他是"苦学清修，为世名儒，遇知两朝，其道德积躬"的一代名臣。正是因为学富才高，道德高尚，尹

---

[1] 申叔舟：《保闲斋集》卷第15《清卿先生集序》，（韩国）《古典文集丛刊》。

准辅君"卓卓巍峨",为文章"彬彬典雅",成为了"国家赖之,人所瞻仰而传诵"的名臣和文学家。从文学审美的角度看,申叔舟关于作者的道德品质和文学创作关系的这种见解,来自于创作实践,完全符合文学创作的审美规律。

文学是用语言文字塑造形象以反映现实生活,表达思想感情的艺术,往往称其为"语言艺术"。分析文学的创作过程和作品世界,是极其复杂的艺术审美学理过程,很难用几句语言文字来概括。"意在言外"作为文学审美表达的基本特征之一,用含蓄、隐约等艺术手法,使读者自己去吟味和体会作品的言外之意。文学在表达方式上,以艺术语言为媒介和手段,激起读者的认智、感知和联想,而不直接表诉于理智,它不以直观的方式刻画艺术形象。所以在文学作品的欣赏过程中,读者自己的审美经验和艺术想象力起关键作用,根据阅读个体的心理经验和审美想象力不同,对作品的欣赏结果会出现较大的差异。这一切都说明,由于文学创作及其作品世界的阅读和欣赏具有自己的独特规律,人们对它的欣赏和分析也具有诸多迷离之处和不确定性。海东朝鲜朝勋旧派文人通过自己的创作实践和阅读经验,对这一独特的文学规律已深有了解,并阐发一系列独特见解。勋旧派重臣、《东文选》的编纂者之一的崔淑精根据自己的观察和琢磨,曾对此发表了自己的看法。他说:

> 虽然论画者,可以形似,而撵心者难言。闻弦者,可以数知,而至言者难说。诗之出于声色意料之内者,可以形之于文字之间,传之于言语之中。出于形色意料之表者,只可心会,不可言传。徒知寄于文字者止是,而不求之文字之外而心会之,则非惟失诗之微旨,亦且失是编之意矣。[1]

崔淑精认为论画者可以说(画)得形似,但东施效颦者很难说清其所以然;听乐者可以听而记谱,但用语言者很难说准其中的奥义。绘画艺术、声乐艺术

---
[1] 崔淑精:《逍遥斋集》卷2《东人诗话后序》,(韩国)《古典文集丛刊》。

等各有传达内涵的方式,但都是以"形似"为能力限度,而语言的表达也以然,对其中的"真意"或"内涵",它也有"难言"或"难说"清之处。《庄子·天道》说道:"意之所随者,不可以言传也。"说明许多精神产品如绘画、声乐等,只能用心去领会体悟,无法用语言具体地表达出来。崔淑精认为诗歌等文学作品更是如此,它们虽可以记录根据艺术冲动、联想、想象等构想出来的艺术形象,但对它们的审美欣赏绝不会是那样地简单。

崔淑精指出像诗歌这种文学体裁,因为它往往"以意为主"或"以气为主",而且是形象思维的结果,往往遇到似懂非懂的窘况,很难把握其真确的内涵。即使是写得似乎很清楚的诗歌作品,对其中的奥妙之理,也难以说清楚。对这样的状况,崔淑精说"只可心会,不可言传",将《庄子·天道》篇中的"意之所随者,不可以言传"的奥妙道理,说得再生动不过。从这样的认识出发,他指出"徒知寄于文字者止是,而不求之文字之外而心会之"的人,则"非惟失诗之微旨,亦且失是编之意"。这里的"是编",就指文豪徐居正编撰的《东人诗话》。崔淑精在此序中还曾说:"吾恩门达城徐相国,尝手采东人诸作,著诗话二篇。合诸家之精英,逐节雌黄,针砭膏肓,如麻姑爬痒,得古人之味。而文简旨远,言畅意该,自有诗话以来,未有如此之精切者也。"对徐居正《东人诗话》的文献价值和学术成就,进行了高度的评价。

在文学观念上,勋旧派文任大臣主张文、道并重,认为二者各有自己的功用,为政者或文人学者绝对不可以偏向一方。他以"经"与"道"的关系为例子,解释二者的时代适应性和在经国理政中的必要性,以批评在日常生活中偏废一方的错误做法,因为二者是相互依存的关系。他们认为儒家经典都是"文"之典范,其中蕴含着浓厚的圣人之"道",而这种"道"又为此"文"赋予了之所以存在的和传世的意义。他们还严肃提醒唯经是高、唯道是尊而否定史乘的片面观点,提倡既要以儒家经典为国家重典,也应该以古代史乘之籍为指导认识历代理乱轨迹的有效的参照系统。这里的史乘就是用文字记录或写下来的历代文献，代表着广义的"文"，其中不乏精湛无比的、文学性极强的篇章，甚至有的直接是精彩的文学作品。海东朝鲜朝时期勋旧派文任大臣在此所主张的无疑是经与史乘的并重，从而提倡道、文并举，治国理政缺一不可。前述勋旧派文任大臣梁诚之还说过：

> 臣窃惟经以载道，史以记事，非经无以澄出治之源，非史无以考理乱之迹。一经一史，不可以偏废也。恭惟我主上殿下，以武功定内乱，以文教致太平。每月朔望，特召成均学徒，艺文词臣，亲赐讲论，岂不与汉明之执经问难、唐宋之讨论文籍，同一盛心也哉。[1]

梁诚之在此通过说明史乘的不可缺少，来指摘当时有些士林派文人只强调程朱理学著述的重要性，而否定史乘或文章的应有地位和必要性。梁诚之在此所说的"经"指儒家经典，"史"就是中国历代史籍和海东历史上的史书，认为它们无疑都是后世运营王朝大业的切实龟监。

梁诚之认为"经"与"史"各自有自己的功能，"经"载道，"史"以纪实，如果没有"经"，则无以澄明治国理政所必需的思想根源，如果没有"史"，则无法考证出历代理乱的踪迹，无法认识前人的历史教训和经验。要把国家治理成理想的封建王朝，经与史都是必需的，一经一史，决不能偏废或偏袒一方。他认为只偏袒道而轻视史乘的作用，是一种极其错误的想法，也是一种无知无谋的行为，为人君者和为人臣者，对此必须有一个正确的认识。作为人君或人臣者，不知《史记》《后汉书》《资治通鉴》《东国通鉴》《高丽史》等为何物，何以掌握"出治之源""理乱之迹"，进一步施以防乱之术，把国家治理得有条不紊。实事求是地讲，这些史乘无一不具有浓厚的文学性质，往往以颇具形象性的记事和文字感染读者，使人留下深刻的历史印记。和儒家经典一样，这些

---

1 《讷斋集》卷2《请殿讲兼讲史学（甲申六月二十七日，以同知中枢院事上）》，（韩国）《古典文集丛刊》。

史乘个个都是文章的典范，与经与道具有同样的重要性和地位。

勋旧派文任大臣梁诚之，之所以提倡经、史并重，无疑在他的文学观里早已存有道、文并重的意识。所以他赞赏世祖和成宗一贯实行文治主义政策，在成均馆生徒中选拔经史和文词优秀者，来担任朝廷要职，掌握国家文翰之事，以加强文教以致太平。为了培养朝廷重臣，朝廷选拔成均馆生徒和艺文词臣，专门讲论儒家经典和历代著名史籍，丰富知识积累，以提高政治和文学创作的综合实力。在讲论的过程中，在座的君僚和词臣对于疑难问题，摆在桌面上各申己见，互相驳斥，互相诘问，展开辩论。目的在于对古代经、史有一个更深入的认识，汲取其中的经验和教训，并结合现实问题展开讨论。这样，无论是成均馆生徒还是能文善诗的词臣，对经史有一个比较深入的认识，综合实力由此得到快速的提升。进而讲，在每一个人那里，经史、道文之间的关系，进一步明了。

可以看出，海东朝鲜朝前期的勋臣和后来的勋旧派文任重臣，其大部分人绝不是只会吟风弄月的轻浮文人，而是辅佐国君出谋划策、定夺封建国家的物质文明和精神文明大策的重要人物。他们对文学的态度和观念形态，也作为其治国理政的一环，带有严肃的政治意蕴和人生态度。这与从前学术界将勋旧派文人看做轻浮的词章文人或词章派的观点截然不同，实际上他们才是那个时代精神文明的主要推动者，形成文学艺术主流的人群。

他们向世祖和成宗建议，在成均馆的文庙里不仅祭祀孔子和孟子，而且要从祀程朱理学的开创者二程和朱熹，还建议应该配享一些"东方（海东）贤者"的像。梁诚之曾上疏曰："至于文忠公李齐贤、文忠公郑梦周，本朝文忠公权近，其文章道德，人皆可以垂范万世，乞皆配享先圣，以劝后人。若曰'东方贤者'，焉能如古之人，则孔孟之后，亦有程朱，且贤者如是其难也，则后人何学为圣贤乎？中国之配享者，果皆如孔、孟、程、朱乎？东方之士，皆不可如中国人乎？大抵人主须施一大政事，以示劝惩之意，然后可以动人观听而风移俗易矣。"[1]他们俨然建议在文庙中，将中国宋代的理学家二程和朱熹的像安置于孔子和孟子像的左右，同样以圣人来供奉，为的是教育人们铭记程朱理学是当朝的正统思想。他们还主张将海东历史上的那些"文章道德，皆可以垂范万世"的贤人，也要配享于中国圣人像的左右，让人知道本国本民族也有许多值得师范的优秀的圣人之后。他们还经常建议世祖和成宗"人主须施一大政事，以示劝惩之意，然后可以动人观听而风移俗易"。除此之外，详细考察他们编撰的一系列的国典、文献汇集、文学裒辑和各方面庞大的著述，则可以知道他们在海东朝鲜朝时期封建政治、经济和文化主流上的引领地位。

第三节　崔恒"崇儒重道，右文兴化"的"道""文"观

崔恒（1409—1474）是海东朝鲜朝时期前期极其重要的文任大臣。他出身世代奉儒的官宦之家，自小苦修汉学，世宗十六年（1434）谒圣文科及第，拜集贤殿副修撰。他曾与郑麟趾、朴彭年、成三问等一起参加《训民正音》的创制，接着又以集贤殿校理之职撰进《五礼》，次年还以集贤殿应校参与《龙飞御天歌》的创作，紧接着又参加《东国正韵》《训民正音解例》《龙飞御天歌补修》的撰进工作。他历官集贤殿直提学、右司谏大夫、同知春秋馆事、左司谏大夫兼修史官、集贤殿副提学等职，参与《高丽史》的改纂和《世宗实录》《通鉴训义》《文宗实录》的编纂。1453年授同副承旨，此年助力首阳大君（后来的世祖）成就癸酉靖难，遂以靖难功臣一等授都承旨，次年再授吏曹参判，并封宁城君。次年还授大司宪，被采录于佐翼功臣二等，户曹、吏曹两参判，后连升刑曹判书、工曹判书、中枢院使、艺文馆大提学、大司成、吏曹判书、右参赞、左参赞、判兵曹事、左赞成、右议政、左议政、领议政等职，最后被封为府院君、佐理功臣一等。作为当时的勋旧派大学者，崔恒在此期间以经国大典详定

---
[1]《讷斋集》卷2《便宜二十四事》，（韩国）《古典文集丛刊》。

所提调、鉴春秋馆事的身份领导和参与编纂《经国大典》《东国通鉴》《武定宝鉴》《世祖实录》《睿宗实录》,还亲自翻译《蚕书》,与申叔舟等一起注解《御制喻将说》,为四书五经加以口诀。以上事实表明,崔恒是海东朝鲜朝前期地道的勋旧派大学问家、大官僚和文坛领袖,为这时期学术文化的发展立下了不朽的贡献。

作为朝廷和文坛重要的文任重臣,崔恒根据世宗、世祖等国王的要求积极主导国政和学术文献的编撰工作,当时国家的许多高难度的高文大策出自于其手。他尤其精通包括程朱理学在内的儒家经典,在海东朝鲜朝前期朱子学的普及和深化过程中,作出了许多关系重大的事情。有一次世祖特别召见他,研究注释朱熹《易学启蒙》一书的事宜,认为此书"诚有功于易",如果能够进行题解、编校、注释等工作,可成为"学者之指南"。但是朱熹的此书"语义精深,有非初学所能理会",需要精心筹划。接受这一重要任务以后,他迅速进行认真的准备工作,组织起韩继禧、金国光、卢思慎、丘从直、郑自英、郑兰宗、俞希益、鱼世恭、崔自滨、俞镇等当代著名学者,分工实施此事,最后圆满完成任务。他认为《周易》作为儒家重要经典,实穷"天地鬼神之奥",是乃"理之源也,数之祖也,穷天下之至赜而不可穷也,极天下之至变而不可极也"。神话中的"河图出而理数著,圣人作而《易》道行,夫岂偶尔然","而前圣虽启其秘",但是"不有后贤复阐而明之,则天下后世,孰知夫设卦命爻开物成务之妙"?[1] 上古时代的"四圣",已经遥远不可及,秦汉以后对《易经》思想内容的争论不断,可是"演义理者失之悖,泥术数者失之陋,而《易》之道几晦"。造成这种状况的原因可能有几个方面,但有两点是肯定的,一是《易经》本身深奥莫测,难解难懂;二是各个时代的人们都按照自己的需要,作出自身知识范围内的解释。在《易经》学的发展史上,这些都给后人造成人为的障碍,产生扑朔迷离的认识效果。《易经》学史上的这种状况,到了宋朝才得以缓解,出

---

1 《太虚亭文集》卷2《启蒙要解跋》,(韩国)《韩国文集丛刊》。

现了一系列著名的成果。崔恒指出："天启大宋，儒迭鸣。惟吾朱夫子作为启蒙，发挥厘正，然后《易》道遂大明于天下。"天启宋朝，陆续出现鸿儒硕士，解决学术史上一系列的难题。尤其是大学问家和思想家的朱熹一出，许多问题迎刃而解，好像是天启指路明灯。他说："惟吾朱夫子作为启蒙，发挥厘正，然后《易》道遂大明于天下。观其本图书也，则易之本原，于是乎正。原卦画也，则易之位列，于是乎照。明蓍策也，而卦扐之法定矣；考变占也，而趋避之见审矣。"[1]从而朱熹编撰《易学启蒙》一书，做到了"至若折群说之殽，破俗学之缪"。崔恒百般肯定和赞扬朱熹《易学启蒙》一书，号召人们去学习其要义，并指出："羽翼四圣人之《易》于万世者，舍是书奚赖哉！"他还指出《易经》之所以难解难懂，首要原因则在于其所谈义理精微，道理深奥。他说："但古人谓《易》书为难看者，无他，义理精微也。"他继而指出："义理精微，故文辞不得不艰深隐晦。是以世之学易者，虽或知启蒙之有功于《易》，而讲究之者，尚且患其隐微难穷焉。"尽管如此，后人只要努力探索，"继往开来"，《易学》这个学术难题一定会被彻底征服。

作为当朝儒臣，崔恒身兼多个朝廷重任，深受世祖信任。作为文翰重臣，他有责任提倡道学，将朱子学的基本思想运用到国家的政治生活当中去，使国家延续长期的太平盛世。但是他并没有因此而走向道学思想的极端化，认为国家所秉持的思想文化应该与其政治、经济形成平衡，为其发展和繁荣起到促进作用。这种稳健的思想原则，使他在文学上保存较为实用的观念，其典型的表现就是"道""文"并重的文学思想。他主张尽管"道学"是"经世之本"，但是一个国家的发展需要各个方面均衡，有了这样的均衡，国家的一切机制才能够正常运转。针对当时日益抬头的士林势力拿宋儒的道学思想否定现实中的一切，尤其是否定文艺的独立地位，将它打成"末端之学"，不分青红皂白地把文人作家看成"轻浮之徒"，他主张文艺也是一门学科，国家和个人的生活不能离

---

[1]《太虚亭文集》卷2《启蒙要解跋》，（韩国）《韩国文集丛刊》。

开它。为此,他专门写疏表,建议国王提请有关部门拟定专门计划,培养文艺人才。他在《请设兼艺文疏》中指出:

> 臣等切惟道学,经世之本;文章,华国之要,不可偏废也。而人才之兴,非朝夕所可作成,期必以悠久教诲长育,然后乃可收效。是以储养待用,不可无策也。国家崇儒重道,右文兴化,莫今日若也。而英材罕见,岂其作成之方有未尽耶。尝患儒者之事,世人目为迂冷,率皆背驰而不好。虽业之者,例趋利禄之快捷方式,苟得缀科,便释卷曰:"志愿毕矣,何必更焦思苦心?"犹事咕毕,卒不免寒官冷职也,唯习吏事,以希权要而已。孰肯以远大自期,任道学、文章为己事乎。姑安小成,无复进益,并与其所学而忘之,此古今通患也。雄材硕学,能经世华国者,则古亦难矣。以今度之,唯恐愈毕愈下。[1]

崔恒在疏中,首先肯定道学是国家的经世之本,也是治国理政不可忽视的根本。不过他同时指出,"文章,华国之要,不可偏废"。这是一个国家治国理政中,一个问题的两个侧面,而且是最基本的两个侧面,不重视则出大问题。但是光认识到问题还不行,还得讲究其振兴策,订立具体的实施计划,并付诸实践。而这个计划的首要问题,就是培养人才,为国家储备大量的文翰或文学人才,以备满足所需。可是必须知道,培养人才并不是一天早晨可办成的事,"期必以悠久教诲长育,然后乃可收效"。培养文艺人才,"储养待用,不可无策",关键在于当政者的决心和施策。海东朝鲜朝时期虽"崇儒重道",但"右文兴化"也应该是同等重要的方面,这并不是如今才有的政策。可是如今这方面的人才罕见,怎么能够等待天成呢?警惕一件事,那就是儒者处事,往往迂阔不实,反正拖延不是个办法,应抓紧推进此事。许多士人将文章学当作巧取

---

[1] 《太虚亭文集》卷2《请设兼艺文疏》,(韩国)《韩国文集丛刊》。

功名的敲门砖，一旦获取科举考试，则万事大吉，释卷曰志愿已达，"何必更焦思苦心"？而实际上，即使是通过科举考试，得到的却"不免寒官冷职"，那些朝廷的权要之位，只不过是幻想而已。所以有志之士必须"以远大自期"，必须"任道学、文章为己事"。那些小有进步，则"无复进益"，而且"与其所学而忘之"，这是"古今通患"。从如今的实际情况看，这个问题越来越严重，对此执政者应该有一个切合实际的对策。目前国家需要的是具有远大志气，学识渊博，且不断努力进取的"通儒""杰出之才"。同时也要防范那些光有表面上志气，说大话而自欺欺人，遇到实际问题毫无方法的"轻浮之徒"进入相关权利层。对此问题，崔恒继而说道：

> 经学之仅通句读，词章之粗识对偶者，亦难得也。大抵学问与著述，须刻意厉志，沉潜商榷，日锻月炼，不懈不辍，然后庶或有成，不尔则愈见龃龉鄙拙，终于无得而已。然人才不乏，顾作成如何耳。纵有气大志锐之士，苟无提撕倡励之方，则终亦至怠惰而废弛。或有瑰奇杰出之才，又无甄升宠异之典，则亦无所观感而兴起。此其振作诱掖敦劝褒奖之术，不可不尽也。治体隆污，关人才盛衰。况我朝事大交邻，辞命莫重，而丹青黼黻，扬国美，维国体者，实惟文士是赖，尤不可不加之意也。近观知制教辈所述表笺等项文书，词语体格，率不中程，工文词者盖寡。顷者铨曹，欲补艺文应教而不得，其可愧可叹也已。臣等俱以庸疏，叨任文翰，每念至此，深惧辜负。谨条管见，伏惟睿裁。[1]

从事经学研究而"仅通句读"，从事文学创作而"粗识对偶"，在现实中这种学者或作家不少，这应该是一大遗憾。应该知道，无论是学问还是文学创作，"须刻意厉志，沉潜商榷，日锻月炼，不懈不辍，然后庶或有成"，这是客观法

---

[1]《太虚亭文集》卷2《请设兼艺文疏》，(韩国)《韩国文集丛刊》。

则。不端正态度，不去打好基础，不刻苦钻研，而想写出好的著述或作品，那是痴心妄想，结果会什么也得不到或做不到。在现实中，这样的"人才不乏"，到处可见。这些"气大志锐之士，苟无提撕倡励之方，则终亦至怠惰而废弛"，这不能不说是一大憾事。相反，在现实生活中，偶尔存在一些真正的"瑰奇杰出之才"，但是朝廷及其相关部门并无对他们的"甄升宠异之典"，也"无所观感而兴起"，这更是一件遗憾慨叹之事。为了振兴李氏王朝，执政者应该"振作诱掖敦劝褒奖之术"，使得国家拥有济济的人才库存，所以此策"不可不尽"。从治国理政上看，人才盛衰，直接决定国家社稷的盛衰。尤其是在国家大事外交上，"辞命莫重"，文学则发挥着极其重要的作用。那些担任外交任务的文臣，在关键场合上一笔挥之成诗文，其"丹青黼黻，扬国美"。所以"维国体者，实惟文士是赖，尤不可不加之意"。即使是那些表笺等项文书，"词语体格，率不中程，工文词者盖寡"，而且真正符合规格要求者越来越少，真是既担心而又无奈。按照制度，朝廷则有主管选拔官员的部门和长官，但是在需要文艺人才的关键时刻，他们却得不到，真是"可愧可叹"。崔恒作为"叨任文翰"的高官，"每念至此，深惧辜负"，总是责怪自己无能。

在崔恒看来，如果说"道学"是王朝的"经世之本"，那么"文章"则是"华国之要"，所以他指出绝不可轻易地说"以文害道"之类脱离实际的话。他认为"道学"之"理"再深奥，没有"文章"则像深埋于地下的翠玉，发不出光芒来。同样，"文章"只是"载道"或"贯道之器"，离开了"道"，它就没有存在的意义。从本质上讲，他的这种主张无疑来自于中国先秦儒家或唐宋古文家，但结合海东当时文坛的实际情况看，它的针对性就显尔易见。因为当时在野的士林派，处处以中国宋学在海东的代理人自居，标榜"理在气先"，"理"是万物之源，"道"为"物"之根本，"文"为"道"之枝叶，"文从道中流出"。面对这样的文坛形势，崔恒一针见血地指出这种观点的片面性，还认为这种观点严重脱离了客观实际。基于这种认识，他明确指出一个人或一个国家的生活，完全离不开"文"。他针对那些所谓道学家们极端的文学观，以谆谆教导的口吻指出"不因乎文，何以见道。不明乎道，何以语治"？为纠正当时道学家们极端的文学观，他曾多次发表文章，以明自己的态度。他的《经书小学口诀跋》一文，就是其中的一篇。其曰：

> 文者，贯道之器也。不因乎文，何以见道？不明乎道，何以语治？文固一日不可不讲明也。而莫先乎经书，常患世之儒者，师授不明，臆见弗高，正焉谁就，句读尚未通，奚暇讨归趣。大抵欲观书者，须先晓正经，正经既晓，则诸家之解已谛。欲读书者，须先正语诀，语诀既正，则他歧之惑自祛。然则正经之有口诀，诚儒者指月之指也。《易》之为书，最精妙微隐，非天下之至神，孰得而开示。[1]

"文者，贯道之器"的观点出自于中国唐代韩愈的学生李汉，他在《昌黎先生集序》中说："文者，贯道之器也，不深于斯道，有至焉者，不也？"这是李汉对韩愈关于文与道关系的基本观点的正确表述。韩愈倡导古文，更为重视的是回复古道。他曾在《答李秀才书》中指出："然愈之所志于古者，不惟其辞之好，好其道焉尔。"他在《答陈生书》中，还说："愈之志在古道，又甚好其言辞。"韩愈在此所说的"古道"，则是指尧、舜、禹、汤、文、武、周公、孔子、孟轲等一脉相承的儒家道统。他在此所谓古文，就是先秦两汉时期通行的散体文章。韩愈曾认为文章是道德的表现手段，提倡古文，就是提倡表现古道，提倡古学，也就是提倡学习古人之道德文章。崔恒在此重新提出韩愈的此观点，一方面反对之前至当时的文学离开儒家道统的各种表现，另一方面也反对当时写文章忽视内容而单纯追求辞藻的风气。与此同时，崔恒表达这样的文章观，还有另外的原因，那就是对当时正在成熟出孵的士林派一群文人基本否定文学

---

[1] 《太虚亭文集》卷2《经书小学口诀跋》，（韩国）《韩国文集丛刊》。

独立地位的、脱离实际的文章观念，给予现实的教训。

　　崔恒论文学重"道"而不轻"文"，乃至"道""文"并重，甚至将文章学提高到很高的位置。对那些把文学贬损之极的某些道学派文人，真诚指点纠谬，使他们认清错误的性质。他为这些人惋惜，为文学辩证，为王朝的道学教育出谋划策。他为这些人高呼，"不因乎文，何以见道？不明乎道，何以语治？文固一日不可不讲明也！"正因为具有这样的重道重文的观念，他便积极响应朝廷的旨意，参与编写诸多国家级文献的工作，还积极组织人马编纂王朝的大典、宝鉴、经义等类典籍。与此同时，他也并没有因为个人文集规模不大而小视或怠慢，反而有关文章的事情，不管大小人物，只要有求则必应。在他的一生中，为人写了不少序、跋文，一旦发现较优秀的成就者，便毫无保留地表扬之，赞扬之，一旦发现人家的缺点和错误，也热情地指点出来，使之改正之，比原来的更好一些。他这么做，为的是文章学的进步，而实际上为的是道学的普及和发展，因为二者是互为表里、相辅相成的关系。他为人写序、跋文坚持实事求是的原则，绝不因人情关系而压低道德标准和文学规则，严格表达出文学的客观规律性和文章学自身的内在要求。如他在为好友晋山先生写的稿，叙中写道："混元开，列岳峙，其扶舆淑气之钟，必有英豪材士之生。或以德业，或以文章，鸣一世而耸百代者多矣。崧之申、甫，眉之轼、辙是已，然一身而兼备，奕世而相继者盖寡矣。吾东方山水之美甲天下，而晋之为山，盘据岭南，雄俊奇胜，寔甲于东，则神异攸降，英俊克生，德业文章之兼备，相继而传芳者无怪矣。"[1]这是崔恒为表扬晋山先生文集中的诗文而写的序文开头，文中首先充分肯定文章的地位，它与"德业"一起，足可以让人"鸣一世而耸百代"。他以中国宋代的苏东坡兄弟为例，说明写诗写文能够不朽的道理，不过他认为如此能够不朽的文学家不一定常出。他认为海东山川秀美甲天下，"英俊克生，德业文章之兼备，相继而传芳者无怪"，尤其是岭南地区德业和文学人才出现得尤

---

[1]《太虚亭文集》卷1《晋山世稿叙》，(韩国)《韩国文集丛刊》。

其多。从这样的文章观念中，可以发现他毫无那些儒家道学家的任性，对文章的地位大加肯定，对那些著名文学家也大加赞美。

崔恒论诗文，尚"实"崇"质"，以能够继承道统者为贵。在文学上，他反对各种违背道统思想的消极倾向，反对形式主义文风，反对将文学当作儿戏的态度。但是他又想把文学限制于儒家道统的范围之内，使之在这一藩篱之内发挥自己的作用，充当巩固王朝大业的工具。从而可以说，文以贯道是他的文学思想的核心，也是他论诗论文的理论基础。然而值得注意的是，他一再强调"不因乎文，何以见道"，"不明乎道，何以语治"的观点，从而他也再三强调"文"的重要性。他所谓"文固一日不可不讲明"的主张，就出发于这种观念。而他要讲的"文"，是"根于道"和"根于心"的"文"，也是如同"珍珠""精金"般的，有艺术感染力的"文"。他给好友姜希孟的文集写序，也就是因为其诗文"简古典雅"，一洗"时气"，有出类拔萃之象。他在《晋山世稿叙》中，对此时的感触描述道：

> 一日，晋山君姜公，携所编《晋山世稿》一帙，示余请叙之。谨承寓目三复，则出壑之冰乎，走盘之珠乎。铿然古磬之戛也，晃乎精金之堆也，何更三世而若出一律也。余于通亭则未及闻謦欬矣，玩易斋则惯陪谈论矣，若仁斋则久参僚友矣。今观是稿，简古典雅之格，冲淡平易之气，宛若平昔耳之目之也。孰谓文章外也，不根于心乎？夫以乔木蝉联之胤，纨绮膏梁之裔，而天分自古，世累不婴，冰蘗为素尚，诗书为青毡，含英咀华，声金振玉，自传一家机杼，夐超流辈，固已至矣。况又世济其美，乔梓累叶，雅致峥嵘，世世韶仰，直与晋岳争高，宇宙相间乎。名之曰《晋山世稿》，不亦宜乎。[1]

1　《太虚亭文集》卷1《晋山世稿叙》，(韩国)《韩国文集丛刊》。

《晋山世稿》是编者姜希孟哀集祖父姜淮伯、父亲姜硕德、长兄姜希颜三代诗文遗稿而成的文集。有一天姜希孟携所编《晋山世稿》一帙,来找崔恒请写序。崔恒带着欣赏之心阅读三遍,越读越有味,心中遂生惊奇之情。文中处处藏真意,谆谆教化之旨,溢于言表。对阅读当时的感触,他描绘道"则出壑之冰乎,走盘之珠乎。铿然古磬之戛也,晃乎精金之堆也",深有表扬之语一言难尽的感觉。崔恒与晋山姜公原来就是多年的好友,看了文稿则觉得更加亲近,其文既生动,又近理,如同与人畅谈述怀。从诗文的艺术手法上看,其稿也是"简古典雅之格,冲淡平易之气,宛若平昔耳之目之",使人感触至深。他还意味深长地指出,"孰谓文章外也,不根于心乎",它随创作主体的不同,显现出不同的艺术个性。按照他的话来讲,不管"夫乔木蝉联之胤",还是"纨绮膏粱之裔",根据其"天分自古","世累不婴,冰糵为素尚,诗书为青毡,含英咀华",进行独立的创作,"声金振玉,自传一家机杼",写出富有创意之作。这样的创新之作,才可以"世济其美,乔梓累叶,雅致峥嵘,世世韶仰,直与晋岳争高,宇宙相间"。

在此,崔恒提出了"文章根于心","文章随人不同",各自"自传一家机杼"的理论观点。这是崔恒对文学与创作主体的必然的内在联系的基本观点,也是对文学的艺术个性来源的明确看法,是符合文学的基本规律的。他的这种看法,主要指创作要有独创精神,要敢于独抒己见,使作品充满艺术个性。他的这种观点主要针对当时到处存在的文学上的模拟之风,其基本精神是鞭挞盲目的拟古主义,破除当时社会束缚文学发展的陈腐观念。一系列的论述表明,崔恒希望文坛充满活力,到处可以看到富有艺术个性的海东化的作品。

崔恒还认为文章"气脉",与其所处的自然环境,有着极其密切的关联。他提出的这个观点,是一个令人深思的文学命题。他认为文学与其产生的社会或自然环境有着密不可分的关系,尤其是其诞生的自然条件的"气脉"或"精气",不知不觉地"同流"于创作过程和结果。他说:"余于是益信文章气脉,同流乎混元，分精乎列岳，固非偶然而鸣者矣。"[1]崔恒认为任何一个作家和诗人都生活在一个既定的自然环境之中，他周边的山岳河川、花草气候必然影响他的成长和创作，会给他留下一个由此而产生的独特印记。也就是他所说的"分精乎列岳，固非偶然而鸣者"。而社会环境对一个作家诗人的影响，更不用说了，那是尤为必然的"天理"。也就是他所说的"若其功名德业之则，国乘在，余不暇详也"。文学实际上是一种艺术形象的创作活动，也是一种基于艺术情感的反映现实的创作活动过程。在这个过程中，作家离不开养育他、教育他和陪衬他的社会和自然环境，他的作品中也不知不觉地浸染着这些环境的诸多因素。尽管文学最终关注的是社会中的人，回到人类，回到人性，回到人们生存的真实处境，才是文学的宗旨，但是其所处的自然环境还是它最直接的基础之一。崔恒所关注的作家及其作品与自然环境关系的这个命题，正好把握住了这一事关重大的文学美的存在机制。

正因为文学上有这样的"道""文"观，崔恒尤其欣赏道德和文章兼备的学者。他的朋友圈里的人，大多都是能文能武的才士，经常聚集于亭子间饮酒赋诗，谈论天下事。他曾多次接受王命，负责撰写或编纂国家重要文献，启用的都是这些学识渊博和擅长文学的学者。他受托写序文的《晋山世稿》的作者姜希孟，就是其中的一个人。阅读文集以后因其诗文的感发他兴奋不已，他对其文集慨叹道："呜呼！良工之子，必学为箕者，业自熟也。蒲梢之子，能越其母者，气相同也。何况分间世之气，而袭趋庭之训，则其所以追琢其文章，愈出愈奇而超越寻常也。"他在此接连引用多个典故和古事，褒奖姜希孟及其祖孙三代的学问基础之深厚和诗文水准之不一般。这里说的"良工之子，必学为箕"，语出《礼记》："良工之子，必学为箕，良冶之子，必学为裘。"其意思就是继承其家世之不易，必须打好基础，下大工夫之后才能够见效果。文中的"蒲梢之子，能越其母"，意即千里骏马之驹，也不一般，能够超越其母马，因为它继承

---

[1]《太虚亭文集》卷1《晋山世稿叙》，(韩国)《韩国文集丛刊》。

了其基因。司马迁《史记·乐书》称:"武帝伐大宛,得千里马,名蒲梢。作歌曰:'天马来兮,从西极。经万里兮,归有德。承灵威兮,降外国。涉流沙兮,四夷服。'"还有"趋庭之训"这一典故,出自于《论语·季氏》。其中说,孔鲤"趋而过庭",其父孔子教训他要学诗、学礼。后世以"过庭闻礼",指承受父训或喻长辈的教训。在此序文中,崔恒举出如此多的典故,意思就是姜希孟继承祖业、钻研儒家经典,打出雄厚的学问和文学基础。而且他在文学史上,认真对待创作,不断琢磨,"追琢其文章",使其作品"愈出愈奇而超越寻常"。他因好友姜希孟及其祖孙三代写出这么好的诗文而高兴,愿意为其文集写序,以勉励继续努力。他在序的末尾中说道:"余于晋山,托契弥深,同盟也,同僚也,忘年也,忘形也。德业文章,趾美增高,尤所景仰者也。"而且他高度评价《晋山世稿》,说:"拳拳掇集遗稿,显扬前光,他日续《文鉴》者有征焉。"他甚至说自己不敢与其有"攀龙附骥之嫌",在创作上与其比肩。

反正在士林派已经开始登场国家权力机构,参与政治生活的各个方面之中,海东朱子学正逐渐占据思想文化界绝对统治地位的当时,崔恒并没有动摇,坚决地走"道""文"并重的道路。而且他还通过各种场合,鼓励年轻一代"道""文"兼顾,掌握一手高水平的文学才华,以为国家所需做好准备。他的这些观念和行动,都建立在对文学深刻认识的基础之上,很多都是经过深思熟虑以后作出的。的确,他对文学有着长期的创作实践经验,有着长期仔细的观察和总结,对其中一些规律性的东西颇有研究。他认为对士阶层来说,德业固然重要,但不能轻视文章学。如果一个士人,光知道业而无文学修养,那他不能说是一个真正的士人,因为文学修养是士阶层最重要的标志之一。同样,文章学虽说是"余事",但其中蕴含着时代的气息,人们通过文章可以感受到时代和社会的变化。对这些观点,他在张宁《皇华集序》中指出:

士生天地间,德业固大矣。文章特余事耳,然自古论世道升降者,未

第五章　朝鲜朝前期勋旧词章派的"道""文"观　239

尝不以文章之盛衰而卜之。是何也？盖文者，言之成章而德业之华也，故和顺之积而荣华之发，晬中彪外，自不可掩也。而人才之兴则实关乎气化，夫岂偶然哉。天顺四年春，礼部给事中张公，奉使而来。咨询之暇，遇景触事，辄形赋咏，骊珠灿烂，溢乎锦囊。邦人之见其唾落者，争先掇之，使事既竣，旋车言迈。我殿下嘉其文雅，命词臣编其所著，俾永厥传，实所以钦帝命也，遂命臣叙之。臣窃惟文章随世运消长，而以文鸣世者，代各有人。自汉魏而下，可指而数也。然其文章虽足可观，或不为世用。虽遇于世而文章又不足以发之，每患两患之难也。[1]

这是崔恒写给中国明朝使臣张宁《皇华集》的序文。1460年（明英宗天顺四年）春，明朝礼部给事中张宁和武忠奉旨使往海东，以解决前一年海东杀毛怜卫女真首领浪孛儿罕一事。张宁在海东期间与海东文臣赓酬唱和，后来世祖下令收集和刊印其诗文，名曰《庚辰皇华集》。同时世祖还命崔恒写序文，以全其诗文集，并颁于朝内外。在此序文中，崔恒专谈文学，恒论德与文的关系。他说士在天地间，学习圣人之旨、履行德业固然为大事。而文章虽说是"余事"，然而"自古论世道升降者，未尝不以文章之盛衰而卜之"。盖文章者，其中不仅有道德内容，而且还反映着当时的现实生活和社会历史文化。一旦这些内容充溢于其中，必然"荣华之发"，"晬中彪外，自不可掩"。所以文学作品一般具有很高的认识价值，人们可以通过它了解当时的社会及其思想文化，知道世态的变化和发展情况。同样，文学人才的兴衰与否，也关乎社会的炎凉世态，关乎思想文化的变化。明朝使臣张宁就是这样的人物，不仅器宇不凡，还擅长诗文，才华形于言表。他在使朝期间"咨询之暇，遇景触事，辄形赋咏"，写出了很多诗文。他的作品"骊珠灿烂，溢乎锦囊"，以独特的诗风，博得了朝野的赞赏。崔恒认为"惟文章，随世运消长，而以文鸣世者，代各有人"，其自汉代

1　《太虚亭文集》卷1《张宁皇华集序》，（韩国）《韩国文集丛刊》。

以来著名的作家诗人屈指可数。他还认为即使是优秀的作品，"或不为世用"，但是有的时候即使是遇到了合适的时代，文章则不一定可发或受用。这是文人的两难，也是文学自身的两难，文学史在这样的两难中逐渐演进。

"读其诗，知其人"，这是崔恒一贯的文学观念。在他看来，诗自心出，诗自然反映其心。从这样的文学逻辑出发，他曾多次说过文如其人，什么样的人写出什么样的诗。他赞同中国宋代苏轼在《答张文潜书》中所说的一句话，其曰："子由之文实胜仆，而世俗不知，乃以为不如；其为人深不愿人知之，其文如其为人。"崔恒认为正因为诗出心声，诗出自于"性情之真"，创作主体的道德修养尤为重要。世界上的人复杂多样，有王者、有臣者，有贵者、有凡者，有优者、有劣者，有士者、有农者，各自有各自的思想和个性，如其发于文，则因其各自的处境、教养和志趣的不同而发出截然不同的心声。当他得到世祖的宠信，受托写其《桑林诗序》的时候，发现其诗非同一般。当他读完这篇诗作之后，对其气质、构思和手法折服不已，给予高度的评价。崔恒在其《桑林诗序》中写道：

> 臣闻诗者言志，可以观，可以兴。自古圣贤，寓物兴怀，因事肆笔。而形于吟咏声律之间者，何莫非根乎性情之真，本之中和之德而然者耶。是以观其诗而知其志，志之大者，气亦随之，其德行功业之崇隆焯爀者，因此可卜也。天顺戊寅秋，上召臣示"桑林诗"一篇曰："此予旧日纪事诗也，尔其序之。"臣承命陨越，不敢以鄙拙辞。臣窃惟有大负抱者，必有大涵养，有大涵养者，必有大设施。苟非本乎情性，而有雄深俊伟之度，则安能发于事业，而有正大光明之气乎！和顺之积，英华之发，观其诗史则固可知矣。[1]

---

[1] 《太虚亭文集》卷1《桑林诗序》，（韩国）《韩国文集丛刊》。

在此崔恒所说"诗言志",是中国古代文论家对诗的本质特征的认识。这一观点最早见于《尚书·尧典》,其曰:"诗言志,歌永言,声依永,律和声。"实际上春秋战国时期的诸家多有这种观点,《左传·襄公二十七年》记录赵文子对叔向的一段话说:"诗以言志。"《庄子·天下篇》也说:"诗以道志。"《荀子·儒效》篇也有一句:"诗言是其志也。"值得注意的是,春秋战国时期的这些诸家所说的"言志"说,其含义不完全一样,有的是指当时流行的"赋诗言志",有的是指"诗是言诗人之志",这里的"志"主要侧重思想、志向、意志等,其中也隐约包含情的因素。紧接着崔恒还引用《论语·阳货》中有关"兴、观、群、怨"的论述,孔子曰"小子何莫学夫诗?诗可以兴,可以观,可以群,可以怨。迩之事父,远之事君,多识于鸟兽草木之名。"从本质上讲,这是孔子对文艺社会功用的全面论述。崔恒继而论述道:"自古圣贤,寓物兴怀,因事肆笔。"自古诗歌名家遇物而兴怀,因事而感发,通过客观物象、物性和事变,抒发心曲,抒发世事炎凉、荣辱无常的感叹,这样的诗读起来却有一种蕴藉含蓄之美,使人余味无穷。如他所说,东方诗歌也有着"言志"与"载道"的传统,而且还重视诗歌的审美价值,注重其社会功能。崔恒又以生动的语言描述诗歌的另一个本质特点,说"而形于吟咏声律之间者,何莫非根乎性情之真,本之中和之德而然者耶。"所谓"声律",即指中国古代对诗和骈文在声调、音韵、格律等方面的要求,在此泛指韵文文学。崔恒说所谓"形于吟咏声律之间者",无不根自于"性情之真",也无不"本之中和之德而然者"。这里所说的"性情",是文艺美学的一对范畴或概念。儒家肯定人有"情",肯定文艺作品当"吟咏性情"[1],但又提醒"情"应受"性"的节制与统驭,因为"性""情"之间有本末关系。朱熹曾认为"性是体,情是用"[2],须以道心统其性情,说:"必使道心常为一心之主,而人心每听命焉。"(《中庸章句序》)崔恒生活于海

---

[1] 《诗大序》。
[2] 《朱子语类》卷98,中华书局,1986。

东十五世纪中后叶,当然深谙程朱理学家们的这些"性""情"观,但在他的"性""情"观中,除了这些因素之外,应该还有其他纯粹文学的成分。他所谓的"性情之真",应该包含有文艺美学所提倡的艺术情感,包含有一个人应该具有的人格修养,还有真正的文艺作品所应具备的"情真意切"的成分。还有他所谓"本之中和之德而然者"中的"中和"一词,首次出自《周礼·大司乐》,后经孔子注入中庸之道普遍和谐观的丰富内涵,而成为儒家的核心思想。程颐说"中和可常行之道",即不存偏见,不走极端,无过无不及,于时则得中。儒家一向以"正直中和之谓德",不仅是对每个人提出的人格品德上的要求,而且也是一切社会活动和包括文学在内的文化活动的基本内涵。崔恒在谈论人家的诗文时再次提出这一"中和"之美来,无疑是想强调文学作品的思想内容要符合儒家的道德理想,符合现实的发展逻辑。崔恒接下来所说的"观其诗而知其志",无非就是之前他所谓"读其诗,知其人"观点的翻版。但是为了进一步论证这一点,他又指出:"志之大者,气亦随之,其德行功业之崇隆焯爀者,因此可卜也。"从事于文艺作品写作的人,志气之高低,德行之优劣,都体现于其创作过程和作品之中,甚至作者的"德行功业之崇隆焯爀",也可以充分体现在作品之中。如上所述,崔恒的这些文艺观是在为海东朝鲜朝世祖的《桑林诗》而写的序中发表的。1458年(世祖三年)秋天,世祖召崔恒示其《桑林诗》一篇,并要求写序。于是崔恒遵命阅读其诗,发现有大家之风,心服之余便说道:"惟有大负抱者,必有大涵养,有大涵养者,必有大设施。"他认为世祖的诗作有如此的气度和艺术锤炼,就是本于其"情性",因为如果没有这样的"情性",安能有如此"雄深俊伟之度","安能发于事业,而有正大光明之气"?世祖的诗作"和顺之积,英华之发",故可以说"观其诗史则固可知"。这里的所谓《桑林诗》,是世祖尚在大君时,与崔恒等诸文臣在宫中赋诗游艺时写下的"旧日纪事诗"。世祖是世宗的二子、文宗的弟弟,12岁被封为首阳大君,1455年逼迫年幼的端宗下"禅位教书",自己承势即位,为海东朝鲜朝时期史上的第七位国王——世祖。世祖在位十四年，治绩累累，是一位善断、善谋、善政的能君，为海东朝鲜朝时期的发展留下重重的一笔。光是文化发展事业上，他曾下令收集、整理和刊印大量国典和文献资料，如《贞观政要注解》《功臣戒鉴》《文宗实录》《本国地图》《国朝宝鉴》《大藏经》五十件、《易学启蒙要解》《东国通鉴》《奇正图谱续编》《蚕书》《经国大典》《御制诗文》《禅宗永嘉集》《金刚经谚解》《靖难日记》《圆觉经》《颂孔子五章》《五伦录》《周易口诀》《大明讲解律颐》《律解辨疑》《海东姓氏录》等，都是在他的旨意下或参与下编纂、注疏或重刊的，而其中的有些是他亲自编撰的著述。崔恒是世祖最信任的重臣之一，世祖尚为首阳大君时开始，二人有较为密切的交流，在谋位的过程中曾得到辅佐。

世祖的《桑林诗》一帙，写的就是他为首阳大君时与崔恒一起在宫中游戏和酬唱的场景。崔恒说："时与诸友，于诣后苑桑林间，搏兽角艺，所以弛张养浩气，而讲天伦之乐事也。"诗中的描写，"华藻逸发，随事辄咏，曲尽形容"。作品将当时"于时埙篪后先，出入林莽，东驰西逐，争雄竞俊"的事情和"相与怡怡扬扬，载色载笑，游艺善谑之态"，写得"历历在眼"。崔恒在序文中还说："龙潜当日桑林之乐，若将不洽，安有梦想及于今日。神骏之游，步骤不凡，威凤之朔，腾凌罕立。白日行天，磊磊落落，夷犹吟咏之余，气象自异。"也就是说，如果没有那一次的桑林之游戏，没有与这些巨儒能臣打成一片，不可能有后来的君临天下。从这样的历史背景来看，世祖将其时的桑林纪事诗拿出来，找崔恒写序文，的确有深意在其中。深谙其中远意的崔恒，笑纳此项嘱托，认真写序，将此《桑林诗》一帙给予高度评价。说世祖的诗，犹如"奎璧灿烂，玉振金声，词简而义赅"，其"声律之春容，调格之《尔雅》，则虽古骚人韵士之工追琢者，固不能仿佛其万一。"他还高度评价此诗曰："珊中彪外，天葩自露，赋咏之间，不知其然而然者，岂非中和之德，性情之真自着。而想见其雄深俊伟之度，正大光明之气乎。"他最后认为世祖此诗作，"千载之下，具眼者观之，自当得之"。

　　崔恒的诗教观以儒家道统为前提，以六经之旨为准的，所以处处充溢着以"道为根本"、以"文为枝叶"的思想意识。这一点，在他的这篇《桑林诗序》中，体现得尤为突出。他评价世祖的《桑林诗》，似有《尔雅》的格调，字里行间浸润着"中和之德"，"性情之真自著"而"正大光明之气"自扬。这说明他尽管重"道"而不轻"文"，甚至提倡"道""文"并重，但是他在骨子里还是强调"道"的首位性，突出"道"在文章中的领衔作用。他虽重视"文"在国家和社会生活中的重要作用，甚至给予"道""文"以并重的地位，但是他还是把"文"看成"枝叶"。他认为"道"先"文"后，"道"是"根本"，"文"是枝叶，在文章中"道"的内容充实了，"文"就繁茂了。尽管如此，他还是认为"道"离不开"文"，"道"一旦离开"文"，那就毫无光彩，无法展现自身的内涵。从这样的逻辑关系出发，他最终还是极其重视"文"，积极去写"诗与文"，去探索其中规律性的内涵。他一生中完成的诸多国家层面上的编撰任务和自发的写作活动，都离不开诸多文朋诗友的配合，都离不开展现自身的文学才华，离不开相互之间的交流和学习。因他不仅精通经学，又擅长文章之学，很多人纷纷找他写序跋，仔细考察可以发现，当时许多著名的诗集、文集或记类、赞类、策类的序文都出自于他之手。举其中的序文类来说，如《御制谕将说序》《明皇诫鉴序》《吴越春秋序》《谢赐宴艺文馆序》《御制屯亨诗序》《桑林诗序》《皇华集序》《训辞后序》《后妃明鉴序》《山谷精粹序》《匪懈堂诗轴序》《晋山世稿叙》等国家重要典籍和著名学者、作家、诗人文集的序文，都是由崔恒来写，而且从文章学的角度看，其序文普遍有着经典意义。举例其中的《山谷精粹序》，则充分体现崔恒渊博的文学知识和驾驭文章的卓越才气。其开头曰：

　　　　人得天地精秀之气以生，有心则有声。诗者，心之形而言之华也。人心世道，升降不一变，诗故不得不与之偕焉。六义废而声律对偶之作，无怪也。古诗之变，至齐、梁纤靡，律诗之变，至晚唐破碎。于其间，独李、杜集众体而圣之。韦、柳诸公，从而和之也。寥寥五季间，至宋奎聚，诗道一大中兴。于是欧、王、苏、黄辈，铿戛相与鸣，称为大家。而涪翁诗尤自出机杼，瑰奇绝妙，度越诸子，遂号为"江西诗祖"。匪懈堂学赅识高，雅爱涪翁诗，每咏玩不置，遂采其短章之佳者，粹而汇之，就加评论，名曰《山谷精粹》。[1]

崔恒认为人心多变，世道不断升降，人间的社会文化也随之而变化发展。由人心而出的文学，尤其敏感于这种变化和发展，可以说文学是时代的宠儿。由中国文学的历史发展来说，《诗经》的风、雅、颂及其赋、比、兴思想开拓了文学真谛，其后诗歌的"声律对偶之作"不断演变。到了齐梁，五言诗变得过于精巧纤靡，"诗道"从此沦丧。在众人的努力之下，唐初的"上官体""四杰体"渐入成熟之境。而后，佻巧之风渐炽，世咸以律诗相矜尚，比兴之义日微。陈子昂继起，崇汉魏，矫浮靡。张九龄、李白出世，以复古号召天下，虽未将律诗推倒，"古近"二体从此疆界。天宝年间，杜甫开新局，其诗功底既深，博取众长，不惜破坏律体自创音节，开后来之法门。韩、柳续出，唐音渐变，以古文号召，崇李、杜而力主"文必己出"。诗至晚唐，惟工律、绝二体，不流于靡弱，即多凄厉之音。可知，中国诗歌的演变，的确随世道而升降，根据自身法门而进退。黄庭坚生活于北宋年间，其时欧阳修、王安石、苏轼辈大鸣于诗坛，占据当时诗歌发展的主导地位。不过黄庭坚自创路径，其诗作"尤自出机杼"，"瑰奇绝妙，度越诸子，遂号为'江西诗祖'"。安平大君（号匪懈堂）李瑢，"学赅识高，雅爱涪翁诗"，常欣赏不已，"遂采其短章之佳者，粹而汇之，就加评论，名曰《山谷精粹》。自高丽以来，黄庭坚的诗歌在海东深被爱读，其"点铁成金""夺胎换骨"之诗法，在海东引起了深远的影响。

---

[1]《太虚亭文集》卷1《山谷精粹序》，（韩国）《韩国文集丛刊》。

崔恒在此序中认为人与动植物不同，人有灵魂，有思想感情。而且人有心，有心则有声，这心主宰着思虑，主宰着情感活动。人有心则有表达心境的欲望和能力，而此声则是其所表达出来的意义综合体。此声或许是言语，或许是音符，也或许是用文字表达出来的文学作品。中国古代《乐记·乐本篇》说："凡音之起，由人心生也。"西汉扬雄在《法言·问神》中也指出："言，心声也；书，心画也。"在此所述音指音乐；言指口头语言；书指文字，书面语言。总的来说，皆由心生出的艺术或文学，意思就是一切艺术或文学都产生自人心。先秦儒家提出的"诗言志"的命题，已经含有这种意思。海东的崔恒把此"心"同"声"，即文艺创造联系起来，提出"有心则有声"。而在此序文中，崔恒进一步将诗与心链接起来，提出"诗者，心之形而言之华也"。这样，诗为心之形，言之华，也就是人之心声。按照性理哲学的语言来讲，"诗"由"心"出，诗文表达人的思想感情，从而从学理上确定文艺创造及其主体的思想情感有内在联系。崔恒经常强调的文人学者的道学修养工夫，心存圣人之旨，掌握儒家六籍之要，其目的都是为了这一创造主体的纯粹正心。

安平大君李瑢，在选编完《山谷精粹》以后，请崔恒写序文。当时的崔恒刚刚主持完成《通鉴训义》和《文宗实录》的编纂，以其功劳被授同副承旨。崔恒认为黄庭坚不仅是中国宋代"江西诗派"之祖，也是海东人在文学上膜拜的对象。他的诗坚持儒家的诗教原则，其诗追求形式美，讲求用字造句，提倡"无一字无来处"，主张"点铁成金""夺胎换骨"法。而且黄庭坚在海东的影响，远比别国大，有着年轻一代学诗写诗的指导性地位。同时，崔恒也尊崇安平大君的德望和文才，认为他编纂《山谷精粹》，显示了其文学眼光，值得去支持和赞扬。于是他接受其请托，认真阅读全诗，进行了实事求是的评价。他继而说：

俾恒序之，恒也不知诗，然既承雅命，辞不敢牢。尝闻朱文公云：

"江西之诗,自山谷一变,诗甚精绝,知他是用多少工夫,今人卒乍,如何及得。"东坡亦以为:"读鲁直诗,如见鲁仲连,不敢复论鄙事。"愚之诵此言久矣,恨未得目其全集。今观是选,亦足反隅,果清新奇怪,成一家格辙。吟讽之余,殆忘寝食,始知所谓珠玉在旁,觉我形秽者,不吾欺矣。於虖!黄诗之行几世,乃竢今日而表章,其知遇岂非自有期乎。后之学诗者,苟能即此一帙,熟读而深体之,则古人悟入之法,当自此得之。祛浅易鄙陋之气,换清新奇巧之髓,枯弦弊轸,不患其不满人耳,而师旷、钟期俄为之改容忘味。大雅君子妙览精缀,惓惓焉发辉前英,启迪后进之美意,于是乎少酬矣。[1]

崔恒谦称自己不知诗,但既承大君之命,且不敢违其意。他说朱熹曾评价指出:"江西之诗,自山谷一变,诗甚精绝。"黄庭坚精湛的诗艺和写作手法,不知花费多少工夫才能磨炼而成。如今的年轻一代,心高手低,却急着学得其手法,这是绝对不可能的事情。苏东坡也曾说过,读黄庭坚的诗,如同见了善谋、善辩的古代齐国鲁仲连,不敢妄加议论。崔恒很早就熟读黄庭坚的作品,知道学术界对他的高度评价,所以期待匪懈堂所选编的《山谷精粹》。而如今看到此集,发现选入的都是"清新奇怪,成一家格辙"的作品。如今重温黄诗,"殆忘寝食,始知所谓珠玉在旁,觉我形秽者",黄诗已流传海东多个世纪,等到如今又出版其选编,"其知遇岂非自有期"。尽管它是黄诗选本,但是学习诗歌者如果细嚼慢咽,"熟读而深体之,则古人悟入之法,当自此得之无疑"。如今的海东人,如果能够"祛浅易鄙陋之气,换清新奇巧之髓,枯弦弊轸",则"不患其不满人耳"。如今安平大君,"妙览精缀",诚然将黄庭坚的优秀诗作介绍给当代人,其"启迪后进之美意"跃然于纸上。崔恒的序文语言诚恳,论述有序,将黄诗的美学价值和安平大君选编其诗作的现实意义展现了出来,使人

---

[1]《太虚亭文集》卷1《山谷精粹序》,(韩国)《韩国文集丛刊》。

"恨未得目其全集"。遗憾的是,1453年的"癸酉靖难"时,崔恒帮助首阳大君(世祖)篡位成功,成为靖难功臣一等,而安平大君则因反对其阴谋而被赐死。

在崔恒的有些审美观念中,充满了辩证思想。他曾在《御制谕将说序》中说道:"大而奇正常变之道,小而形名分数之用,离合有节,变化无方。使为将者,晳然审夫得失之计,动静之理。死生之地,不必策之、作之、形之、角之,而后得之也。卒之重于在人不在法之一语,岂非所谓微乎神乎。至于无形与声者也,此皆出于性命之笔,而经纶天下国家之大经大法尽之矣,岂特为《诸将指南》之书而已哉……臣窃惟敬胜怠者必吉,怠胜敬者必凶。是故,天下万事,未有不以勤劳而成,亦未有不以怠逸而废者也。一念勤怠之间,而治乱安危,存亡得失判焉。可不敬与,可不慎与。"[1] 这一"奇正常变之道"中的"奇正",是《易经》中所说的阴阳变化之理,它与古代兵家刚柔、攻防、彼己、虚实、主客等思想一起,以对立关系相互转化的思想推演而成,含有朴素的军事辩证法的因素。揭示了万事万物之间的相互联系,以及如何设计和实行系统内的控制和制衡。而"形名分数"和"离合有节",出自于《孙子兵法·兵势篇》,其中曰:"凡治众如治寡,分数是也;斗众如斗寡,形名是也。"而"变化无方",则是古人在政治和军事上提倡能威、能怀、能辩、能讷,在政治和军事谋略上善于变化而没有固定的方向和程序。古人所谓"变化无方,以达为节"就是这个意思。古人认为具有威严、能够感召人,善于辩解,该沉默时沉默的人是符合中庸之道的人才。崔恒认为尤其是在军事上,将领应该"晳然审夫得失之计,动静之理",审时度势,处于"死生之地,不必策之作之形之角之,而后得之"。他还指出用兵谋略"在人不在法",这是绝然英明的思想,是遇敌制胜之法宝。他认为有些著述重要得可以改变世界,他说"至于无形与声者也,此皆出于性命之笔,而经纶天下国家之大经大法尽之"。他还指出"敬胜怠者必吉,怠胜敬者必凶",意思就是勤勉者昌,懒怠者亡。从而他认为"天下万事,未有不

---

[1]《太虚亭文集》卷1《御制谕将说序》,(韩国)《韩国文集丛刊》。

以勤劳而成,亦未有不以怠逸而废者","一念勤怠之间,而治乱安危,存亡得失判"。

崔恒认为在国家的文化发展中,人的主观能动性尤为重要。他认为事无常道,水无常势,兵无常发。他指出时势不断地在演进,事物不断地在变化,人的思想也在不断地进步,一切战略和战术也应该随着客观事物的变化而变化。他说:"神应无穷而横行天下,十万甲兵,在胸而不在众;《七书》权机,在人而不在法者,自当验之矣。"[1]在他看来,只有变化才是活力和生存的保证,变化无穷才可以"横行天下"。从这样的思想出发,他强调无论是一个人还是治国理政者都应该居安思危,治不忘乱,更不能临安而骄奢。他说:"吁!其安不忘危,治不忘乱,诘尔张皇之盛心乎。为将者苟能仰体圣谟,砥节砺行,常以宴安为鸩毒,奋迅振励,常如敌至。"为将者应该不忘圣人之旨,"砥节砺行",而且"常以宴安为鸩毒,奋迅振励,常如敌至"。执政者如果真的能够坚持这样的操守,那"则气力不习而自习,风操不畜而自畜"。执政者遇事,真的能够做到"以之镇静,以之临危,以之守常,以之制变,神应无穷而横行天下"。与此同时,他还提倡人的主观能动性,处事必须随机应变,根据具体情况处理具体问题。尤其是执政者,关键时刻不能犯主观主义、教条主义,更不能犯本本主义,坚持"权机在人,不在法"的原则。他提醒人们临阵不能死守那些兵书,随机灵活,因地制胜。从而他说出了"十万甲兵,在胸而不在众",具体的战略战术"在人而不在法"。

从上述的辩证思想出发,崔恒把"道""文"看成互为表里的依存关系。如上所述,崔恒曾主张"道根文枝"。这种主张与朱熹的相关论点极为相似,其曰"道者文之根本,文者道之枝叶"。[2]崔恒也认为"道"与"文"是一种主从关系,但在他那里二者缺一不可,甚至在有些场合二者是并重的。按照他的逻辑,

---

[1] 《太虚亭文集》卷1《御制谕将说序》,(韩国)《韩国文集丛刊》。
[2] 《朱子语类》卷139,中华书局,1986。

"道"离开了"文"则无法实现自我,无法显示自己的思想,而"文"离开了"道"则无用武之地,也失去了自己的功能。在他那里,"道"因有"文"而为"道","文"因有"道"而为"文"。然而一点是明确的,那就是"道"是"根本","文"是"枝叶";"道"是"体","文"是"用"。在回顾"道""文"关系史时,他认为"文"为圣人之道的传播立下了汗马功劳。他说:"尧之功德,巍巍荡荡,不可得而名,所可名者,焕乎之文章也。"[1]没有"文",哪有尧舜之功德传世呢?在他看来,此"道"来自于圣人,此"文"也学之于圣人,没有圣人哪有二者呢?他说:"呜呼!日月之照临,星辰之布列,天之文也。山川之流峙,草木之生植,地之文也。弥纶黼黻,制作明备,圣人之文也。是以不观其文之发现,则无以知天地之大,圣人之盛也。"[2]这里的所谓"天文",实际上是宇宙间客观存在的自然之文。《周易·贲卦·彖辞》曰:"刚柔交错,天文也;文明以止,人文也。"刘勰《文心雕龙·原道》的开头一段具体说明了"天文"的涵义:"夫玄黄色杂,方圆体分,日月迭璧,以垂丽天之象;山川焕绮,以铺理地之形。此盖道之文也。仰观吐曜,俯察含章;高卑定位,故两仪既生矣……旁及万品,动植皆文。龙凤以藻绘呈瑞,虎豹以炳蔚凝姿。云霞雕色,有逾画工之妙;草木贲华,无待锦匠之奇。夫岂外饰,盖自然耳。"刘勰的这句话,极其生动地概括了古代东亚人经常所说的"天文"的涵义。对"人文",刘勰也有非常生动的一句话,他在《文心雕龙·原道》篇中说:"人文之元,肇自太极。幽赞神明,《易》象惟先,庖牺画其始,仲尼翼其终。"可见,这里的"人文"指表现人的心灵的语言文学,包括文字、文学、学术著作等。当然,这里的"文"是广义的,包括文字、文学、文化等。崔恒承接中国古人的这种观点,认为人文的出现也是有赖于自然,之后在艰难的生活过程中不断创造的结果。他进一步认为所谓"圣人之文"是古圣人"弥纶黼黻,制作明备"而创造

---

[1]《太虚亭文集》卷1《御制谕将说序》,(韩国)《韩国文集丛刊》。
[2]《太虚亭文集》卷1《御制谕将说序》,(韩国)《韩国文集丛刊》。

出来的。如果"不观其文之发现，则无以知天地之大，圣人之盛"。所以在他那里，"文"是传承文明，记录历史，体现人类精神文明发展轨迹的绝对贡献者。今天看来，崔恒们的这种"人文"起源说是不完全科学的，他们用这些自然之文比附和推论"人文"的产生，虽然有着一定的唯物的和文化探索的因素，但是却未能正确阐释人类文化或文学产生的真正原因，这无疑是他们的历史局限性。

第六章
徐居正"文承道统"与"文乃载道之器"的儒家诗礼观

徐居正是海东朝鲜朝时期官学派的代表人物之一。他所主导的海东朝鲜朝前期的官阁文学，以其浓重的时代特征，形成着海东文学的一个重要阶段。他领导编撰或编译的《经国大典》《东国痛鉴》《东国舆地胜览》《乡药集成方》等，为海东朝鲜朝前期的政治经济和思想文化建设起到了极其重要的作用。他主导选编的《东文选》《东人诗话》等，选入自新罗至海东朝鲜朝前期的大量诗文作品和诗歌品评成果，为海东汉文学及其思想遗产的保存和研究立下了不朽的功绩。他所留下的《四佳亭集》《笔苑杂记》《滑稽传》《太平闲话》《历代年表》等，以其豪放、清新的风格，为海东汉文学的发展做出了独特贡献。尤其是他的《滑稽传》《太平闲话》等小说文字，摆脱士大夫文学的窠臼，不囿于名分和封建的规范，启开了新的小说文学的先河。如果说崔致远是开启海东汉文学文苑的"开山之祖"，徐居正则是之前汉文学的集大成者，也是海东官阁文学的领袖人物。

第一节 六籍为髓："念文辞载道之器，俾纂往哲之精粹"

徐居正（1420—1488）诞生于世代官宦之家，字刚中，初字子元，号四佳亭、亭亭亭,庆北达城人,是巨儒权近的外孙。26岁(1444)时式年文科及第,历官司宰监直长、集贤殿博士、副修撰、应教、工曹参议、礼曹参议、吏曹参议、大司宪、两馆大提学,还曾任六曹判书、左赞成等职。他曾获文臣庭试状元,拔英试状元,曾以谢恩使的身份使明,历45年辅佐六王,多次任铨衡选拔人才,能文擅书,精通性理学、天文、地理、医药等领域。他晚年以卓著的政绩、文翰之贡献和文学成就,被封佐理功臣、达城君。他是海东朝鲜朝时期世祖至成宗年间官学派的领袖人物,也是满朝皆服的诗文大家,主持了一系列国家重要典籍的编撰工作。

徐居正是极富民族精神的文学家,自己的国家和民族及其文化遗产,在他的整个文学观念中无疑占据着核心地位。他的这种精神和意识在《东文选》《东人诗话》等著作中,显现得尤为突出。他认为每个民族的文学都有自己的产生根基和发展轨迹,其文化基因和民族特色是别的民族文学是无法替代的。他在《东文选序》中认为每个民族的文化或文学都肇始于对天地自然的模仿,他所谓"天之文""地之文"和"人之文"就是其最好的注脚,后来的文学都汲取其中的精华而发展,是民族自身创造性审美思维的结果。他所谓"是以代各有文,而文各有体"的观点,就是这个意思。从这样的思想观念出发,他认为任何对自己的民族文化乃至文学的悲观思想和渺小主义观念,都是错误的和可笑的。他所说"我国家列圣相承,涵养百年,人物之生于其间,磅礴精粹,作为文章,动荡发越者,亦无让于古"的观点和"我东方之文,非汉唐之文,亦非宋元之文,而乃我国之文也"(以上摘自《东文选序》)的观点,以及我国之文"宜与历代之文,并行于天地间,胡可泯焉而无传也"的观点,也是对这种民族文学思想的具体表达。

海东朝鲜朝时期的世宗、世祖、成宗在位的六七十年间,虽是民族文化全面复兴的时期,但是其骨子里的一个思想核心始终没有被动摇,那就是儒家的道统和文统观念。为了坚持和加强这一核心思想,李氏王朝的统治阶级用制度和政策管制国家的意识形态，并为之而制定以"圣人之道"和朱子性理学为国家的正统思想。为坚持这一正统思想和理念，海东朝鲜朝时期统治层坚持朝讲制度，在学术界提倡经学，在文学领域不断强调"载道"的文学意识。作为这时期国王身边的文任重臣，徐居正紧跟封建王朝，积极参与思想文化的导向工作。

  作为世祖、成宗朝的官学和馆阁之领袖，徐居正在修史和掌教之余，不时地关照文坛。尽管他主张"道"与"文"都很重要，甚至认为"道""文"并重，认为"无文则道无以宣"，但是他最终还是强调"道根本而文枝叶"。徐居正作为朝廷文任重臣，主导馆阁四十五年，力主馆阁官员倾自己的诚意正心以从事民族文化遗产的整理出版事业，常监督馆阁中人员的应制诗文，要求其文体、书体皆力求典重、工致，符合"馆阁"礼常。在他的主导下，各级馆阁官员的应制诗文大有改观，它们整饬而不刻板，静穆而有生气，和历史上风行的那些拘谨呆滞的"馆阁"诗文相比，大有不同之处。徐居正大加肯定世祖的右文政策，"主上殿下，体舜精一，继尧文思，烛风雅与政而通"。他认为文章是"载道之器"，自己领导编撰《东文选》的目的就是"念文辞载道之器，俾纂往哲之精粹，以资来学之范模"。徐居正以文为"载道之器"的观点，类似于中国唐代韩愈和宋代周敦颐"文以载道"的思想。韩愈曰："思古人而不得见，学古道则欲兼通其辞，通其辞者，本志乎道者也。"（《题哀辞后》）而周敦颐更为明确了这一观点，其曰："文所以载道也，轮辕饰而人弗庸，徒饰也，况虚车乎？"他在这里所说的"道"，指心性义理之学，其"文"指载道的简单工具。不过徐居正认为尽管如此，"道""文"互相不能离开而存在，二者如同形影，结合在一起的时候才可以相互彪炳。他认为海东的文学得益于此"道"与"文"，在自己的土壤中，涵养发展。他说："我国家列圣相承，涵养百年，人物之生于其间，磅礴精粹，作为文章，动荡发越。"海东历代的右文之君，都为作家队伍的壮大和民族文学的发展，绞尽脑汁。如高丽的光宗、成宗、睿宗等都是有名的好文之主，为文学的发展铺平了道路，将高丽王朝推向了"东方诗国"的宝座。到了海东朝鲜朝时期，徐居正为之称道的世祖王就是其中的一个好文之主，他说："恭惟殿下天纵圣学，日御经筵，乐观经史。以篇翰著述，虽非六籍之比，然亦可见文运之兴替。"[1]鉴于海东文学发展的实际情况，徐居正还指出："文风大振于高丽，德教极盛于昭代，间有名世之士亦皆应期而生。"的确，海东朝鲜朝时期人继承高丽人的文学遗产，不断探索，在文学的各个方面取得了不凡的成就，使得海东文学空前的丰富和发展。

在"道""文"关系上，徐居正一再强调"文者，贯道之器"[2]。所谓六经之文，是载道之文，其"非有意于文，而自然配乎道"。而后世的文学因种种原因"先有意于文，而或未纯乎道"。无论中国还是海东，历史上都曾出现过浮华的文风，那是因为世态浇漓，吾道沉沦所造成。但是历史上往往出现贤明君主，重道而又不轻文，养贤使能，迎来文运之复兴。在徐居正的眼里，第七代世祖在位时期就是这样的一个文运中兴的时期。所以他说："今之学者诚能心于道，不文于文，本乎经，不规规于诸子，崇雅黜浮，高明正大，则其所以羽翼圣经者，必有其道。"[3]从而积极肯定了世祖执政时期的文学，认为这是圣主能臣一心一意贯彻"吾道"的结果。在编纂《东文选》的过程中，他贯彻"道根文枝"的原则，在民族文学遗产中，"取其词理醇正，有补治教者，分门类聚"，编选以集。在编纂过程中，他发现在海东文学遗产中，也有一些"与吾道而背"的作家和作品。对这些"为文而文"，"不本乎道，背六经之规护，落诸子之窠臼"的作品，他们当然当作"非贯道之文"来排除于精选。

徐居正认为"吾道寓于文辞"。他认为"自结绳变为书契"以后的"文"，就是这样的"文"，这样的"文"后人应该继承和发扬。中国上古的"虞《典》、夏《谟》之精微"，都是百王为传授"心法"而创作，而"周《诰》、殷《盘》

---

[1] 《东文选》卷首《序》，（韩国）《韩国文集丛刊》。
[2] 《东文选》卷首《序》，（韩国）《韩国文集丛刊》。
[3] 《东文选》卷首《序》，（韩国）《韩国文集丛刊》。

之灏噩",也都是根据"三代政教时宜"而著述的。徐居正认为在后来的历史中,六经并行于天下,社会的人伦礼教得益于六经助佑。自六经流行于世,并启迪人文发展以来,它的影响"与元气四时而迭运",时盛时衰。而各代之"文",也随着此"时运"而升降,每个时代有每个时代的文学。他所说的"然时数有盛衰之异,而文章有高下之殊",说的就是这一现象。徐居正在《进东文选笺》中曾认为"南华十篇书,变化奇崛",批评"左氏一部传(《左传》),泛滥浮夸"。在此所说《南华十篇书》,即指《庄子》。《庄子》无论在中国还是海东,都曾引起了重大影响。它无论在哲学思想方面,还是在文学方面,都给予后世思想家和文学家以极其深刻的影响。尤其是《庄子》在海东,不仅是哲理的象征,也是文艺美学的教科书,上下两千年间美誉不断。《左传》一书,在海东也有着巨大影响,但学术界传承中国历代的研究结果,对它的有些部分缺乏传文或经文,颇存疑惑,所以其学界很早就有"《经》《传》不尽同"的说法,而且有些人还对其叙述模式和质底有一定的微辞。所以徐居正在《进东文选笺》中还说:"幸未丧于斯文,犹可寻于隙绪。"其意思就是幸亏其影响未深及斯文,如有及,尚有救回其端绪的余地。

徐居正认为"文"中有"体""用"关系。他说:"精一中极,文之体也;诗书礼乐,文之用也。"他这里的"体"与"用",实际上是中国古代哲学上表示事物根由和现象的一对概念。"体"指事物的载体,后来引申为事物之所以存在的根由或依据;"用"原指事物的功用,后引申为事物存在的形态或表现。自魏晋时期开始,体用关系成为了学术界争论的重要问题之一。到了宋代,程颐、朱熹认为万物是道理的表现,所以称之为"用";道理是万物存在的根据,所以称之为"体";而道理中原本含有未显的现象,形象之中表现出原本的道理,所以体用以源,密而无间,可融合为一。在徐居正的文学观念之中,此"体""用",与事物的"本""末"、"根""叶"一起,成为了表示审美创造活动时的根由和现象的一对概念。他以"精一中极",为"文之体",以说明"文之体"的思想根由其源又深。这里的"精一中极",是中国古代著名的十六字心法,它表达了内圣才能外王的道理。内圣外王的本质,是养心性以树立自我,做事重实际以蓄养内在气息,而王位的继承只是形式,是为了更好地践行此心法。这十六字心法强调人心很容易自私自利,所以人心很危险;道的效力是精微而奥妙,如微风细雨,不小心谨慎地爱护则会出现衰落;因此只有道德高尚且能够专心的人来当政,才能去除一切杂念,一心一意为天下苍生而努力工作;只有这样,才能充满真诚,不偏不依,少犯错误,掌握中庸之道,做好名符其实的内圣外王。徐居正认为真正的"文",都以此"心法"为源泉,自古以来的圣人之文、先贤之文和拔萃之文都根由于此心法。此心法即为"道",而"文"即以此为"道",从而"文"能够成为真正的"文"。徐居正继而指出:"诗书礼乐,文之用也。"后人有曰《诗》道志,《礼》制节,《乐》咏德,《书》著功,《易》本天地,《春秋》正是非。徐居正的意思就是"诗书礼乐"体现了万物时世的本质和变化,它们"合于道""尽于用",足可成为万世之范。他又说:"是以,代各有文,而文各有体。读典谟,知唐虞之文;读训诰誓命,知三代之文。"其后的文学发展,如长江大河不断向前,每个时代有每个时代的"文",看了每个时代的"文",就能知道每个时代的"时势",如同"读典谟,知唐虞之文;读训诰誓命,知三代之文"。徐居正的这种文学史观虽继承着儒家传统的文学审美观,但是其中无疑蕴含着唯物辩证的、动态发展的文学演进观,有不少可取之处。

徐居正是海东朝鲜朝世祖朝前后时期官学派的代表性人物。他在四十五年的官场生活中,曾多次在庭试、登俊试、文臣试中被拔为状元,管掌二十三年的文衡,培育出众多人才,还以艺文馆大提学主导和参与编撰一系列的国家巨典,当时国家重要的"典册辞命之文"大多出自于他的手。他是海东朝鲜朝前期从世宗至成宗朝期间,掌握文柄并主导文坛的核心学者之一,是当时勋旧派的代表人物。他的思想和文学才能,在华丽的人生阅历中得到充分的发挥,留下极其丰富的遗产。对徐居正的官场生活，李肯翊在《燃藜室记述》中说："公四登科，历事五朝，并判六曹，再长宪府，五入黄扉。"[1] 对徐居正的学识和文才，《成宗实录》记录道："巨正温良简正，博涉群书，兼通风水星命之学，不喜释氏书，为文章不落古人窠臼……若《东国通鉴》《舆地胜览》《历代年表》《东人诗话》《太平闲话》《笔苑杂记》《东人诗文》，皆所撰集。"[2] 在他的一生中，曾经历了端宗即位、世祖篡夺、生死六臣事变、多次的士祸等一系列重大的政治风波，但他一直保持稳定的官僚生活，免受各种祸变。如此顺意的一生，或许与他"温良简正"的品行有关，也或许是他那出类拔萃的学问和文学才华使然。后世史乘和文人的这种记录和评价，也从侧面印证了他那顺当的一生及其成为文坛不倒翁的主客观原因。

顺利的官路和高官厚禄的生活，使得徐居正有充分的闲暇去探讨学问，主导和参与文坛活动，写出诸多质地"纯正"的诗文。他将自己的诗分为"官府题咏""唱酬送别""闲居述怀"，说自己的作品到处潜伏着"与道融合为一"的旨意，"传道于后之无疑"。在他所作的诗歌中，以歌颂君德和社会太平的作品占比较多的比例。如《七月诞辰贺礼作》一诗写道："诞辰陈贺紫宸朝，稽颡遥迟拜赫袍。金瓮初开千日酒，玉盘齐献万年桃。奇逢幸际云龙会，霈泽深涵雨露饶。醉饱小臣赓大雅，更伸华祝颂唐尧。"这是成宗即位那天（1470年7月29日），徐居正以议政府右参赞身份参加祝贺会时写进的官府题咏，即应制诗。诗中将成宗比喻为"唐尧"，将贺礼会称作"云龙会"，把自己说成"小臣"，把群臣颂扬为"赓大雅"，极尽奉承之意。全诗结构森严，语言华丽工巧，意境深远，备全应制诗的面貌。再看他的《世宗大王御札兰竹》一诗，其中写道："奎壁昭回御札新，幽兰猗竹自天真。贞心自可期君子，馨德终然媲大人。妙夺化工图揭日，恩深雨露物长春。余芳衮衮应无艾，共作王家万世珍。"[3] 这是世宗将

---

1 《燃藜室记录》卷6《徐居正》条，民族文化推进会《古典国译丛书》第一集，1966。

2 《成宗实录》卷223，十九年十二日条，（韩国）《韩国文集丛刊》。

3 《四佳诗集》卷14《世宗大王御札兰竹》，（韩国）正观斋，1929。

御札《兰竹》画，赐给注书官辛引孙时写的一首应制诗。他在诗中盛赞世宗的《兰竹》画生动无比，抓住了竹与兰的自然特性，刻画出了其高洁的品质和孤傲的个性。更有意思的是，诗中表达出了作者高尚的贞操和馨德，体现出了"君恩长春""余芳无艾"的忠心。诗中还赞美了此画在艺术上的成功，画得幽兰和猗竹"自天真"，其手法如"妙夺化工图揭日"，歌颂此画的作者高超的艺术素养。徐居正的此诗，虽颂扬君德和表达内在忠心的意思较浓，但是其诗法工整，意境悠远，语言华美，形象生动，掩不住清新可称的艺术风格。

第二节　长篇短章："汎汎乎其美盛也，渊渊乎其有本"

在徐居正的诗歌创作世界里，这样的应制诗占有一定比例，在艺术上它们深受后人的褒扬，代有"应制巨擘"的美誉。徐居正以太平宰相的地位，除撰写朝廷诏令、奏议之外，大量写应制、颂扬或应酬、题赠的诗歌。这种诗的风格，号称词气安闲，雍容典雅，但是往往未免陈陈相因，平庸乏味。当时称扬他的人很多，上自国王，下至一般士人，都认为他是"文学巨匠"。当时追随他的人也很多，通过科举考试追随利禄的文人，在未中进士以前都致力于有定式的"时文"，而一旦中举得官以后，就模仿前辈的台阁诗文，准备以逢迎应酬。在世祖和成宗年间，徐居正广被传扬为应制诗大家，慕随者无数，自然被奉为台阁诗之领袖。他的这种地位，在台阁高层中间也被广泛认可，于高文大册的编纂中纷纷愿随其主导，御前唱酬席间也都甘拜下风。

徐居正的这种诗坛地位和诗风，还深得中国文人的赞赏和褒扬。徐居正曾两次出使中国，一次是世祖尚为首阳大君时的1453年，以使节团成员赴燕京；一次是1460年任吏曹参议时以谢恩使书状官的身份使往明朝。在这两次的使行中，他都与中国文人密切接触，留下了诸多诗文作品。后来他把出使时的诗文作品袞辑出版，名曰《北征录》，后人李淑瑊写其序，其曰："右北征日课，四佳徐先生奉使观光之纪行也。先生以华国大手，杖节言迈，谈笑顾眄，超越四千里，而穷游览。其间山河之胜，风土之异，皇都文物之伟丽，万国殊俗之会同，凡物像之与目谋者，随所感触，莫不牢笼总统，驱入吟脾。长篇短韵，春容典雅，奇藻递发，灿烂若编贝而贯珠。信乎！有《三百篇》之遗音，专对不辱，乃其余事耳。"[1]徐居正在使行过程中，经过辽东、冀北、燕京等地，遍览名胜古迹，所到之处提笔吟咏，记录感想。尤其是在各地专访中国的名士，与其切磋学问，酬唱诗歌，引起他们高度评价。李淑瑊在此序中，品评他的使行诗曰："长篇短韵，春容典雅，奇藻递发，灿烂若编贝而贯珠。"他指出，他的使行诗的风格"春容典雅，奇藻递发"，"灿烂若编贝而贯珠"，深得《三百篇》遗意。1476年春三月，明朝赐进士奉政大夫、户部郎中东广祁顺率领使节团访问海东，时任达城君兼左参赞的徐居正作为远接使接待。祁顺在海东期间，与远接使徐居正频繁接触，交流学问，唱和赠答诗文，建立深厚的友谊。其时徐居正拿出自己两次出使中国时候的诗文，请教祁顺并请写序文。祁顺在徐居正的《北征录》一书序中写道："徐君博古通经，擢鬼科，跻显仕。文学优著，国人咸推重……长篇短章，汎汎乎其美盛也，渊渊乎其有本也，浩浩乎其不可穷也。推其所至，与中国能声诗者，殊不相远。等而上之，虽古人，亦岂多让哉。"[2]祁顺亲眼目睹徐居正的为人和诗文之才，目睹被其国人所推重，读了他的《北征录》诗稿之后更是赞叹不已。祁顺在读《北征录》诗稿之后品评曰："长篇短章，汎汎乎其美盛也，渊渊乎其有本也，浩浩乎其不可穷"。也就是说，他看到徐居正的诗根须深厚，诗思悠远，风格典雅而富赡，给人留下无限的余韵。

徐居正一生写下许多反映海东朝鲜朝时期社会客观现实的批判现实主义的诗歌和散文。十五世纪的海东虽说是其封建社会的繁荣期，但还是新旧矛盾交织在一起，不断产生社会的各种新问题。由于国家机构的不断膨胀，在职官僚

---

1 《四佳诗集》卷7《北征录跋》，（韩国）正观斋，1929。
2 祁顺：《北征录序》，《四佳集》诗集卷7，（韩国）正观斋，1929。

不断增加，加上多次册封功臣，国家直接支配的公田不少以科田、功臣田、别赐田的名义转为这些人的私田，由此国家公田越来越减少，随之国库收入也显著减少。为解决实际问题，海东封建政府实行职田法，调整田税制度，但是由于这些政策本身含有诸多矛盾，许多政府官员和地方守令巧立名目，在农民身上强加各种苛捐杂税。加上各层官吏利用这些矛盾弄虚作假，从中谋取非法利益，导致各种苛捐杂税远比田税多。除此之外，广大农民还担当耕种国屯田、修路、筑城、采金、炼铁、水利等各种徭役，如果因病或因事不能完成徭役的负担，就得用金钱或实物顶替。在残酷的苛捐杂税和徭役的煎熬下，很多农民破产，加上遇到灾荒年，难免很多农民沦为奴婢。结果走投无路的农民，揭竿而起，形成洪流，沉重打击封建统治阶级。

海东朝鲜朝时期封建统治阶级的残酷压迫和剥削，引起了两班士大夫内部的一些有良知人士的不满和愤怒。他们了解到一系列国情、民情以后，积极上书反映事实，恳请减免农民负担，实施人道主义的政策。但其效甚微，他们最终还是提笔用文学的方式反映和批判制度上的弊病，谴责统治阶级内部的贪婪和无道。徐居正就是众多开明两班士大夫之一，曾多次上书改革弊政，宽松政策，宽仁农民，给予他们以生路。但是一个人的力量改变不了严酷的现状，于是他也拿起笔杆子，根据自己的亲眼目睹，写下广大农民的生活惨状，揭露现实矛盾，谴责那些贪官污吏的罪行。在他的作品世界里，具有批判现实主义精神的诗作占据一定的比例，如《途中书所见》《田妇叹二首》《田家谣》《茅屋叹》《村家即事》《田家书事》等就是其例作。在这些社会批评的力作中，他批判封建政府的政策太苛刻，同情广大农民的悲惨生活。他在《田家书事》中写道："刈尽荒畦稻穗香，一番欢笑一番伤。何时尽入官租了，白酒黄鸡唤客尝。"秋收后的荒畦飘散着稻谷香，但是农夫们一番欢笑一番伤，因为交完田租稻谷所剩无几。最后诗人替农夫说"何时尽入官租了，白酒黄鸡唤客尝"，表达着对农民的同情。此诗的第二联还曰："缲出新丝白雪香，辛勤当日秃千乘。终然不分田家有，输与闺妹作嫁裳。"[1] 此诗说蚕家整年辛辛苦苦养蚕缫丝，最终将雪白的缫丝上交给官家，变成两班官僚家小姐的嫁裳，自己却落得个褴褛蔽体人。此诗极其形象地反映了下层人民的艰难生活，以及当时由于沉重的赋税而日益贫穷的劳动人民的生活处境。在徐居正的诗作群里，如此写实的作品还不少。他的《途中书所见》诗道："雪尽原头荠有芽，路旁采女竞喧哗。爷归出粜何时返，日午空肠不作歌。"初春的原头荠菜吐芽，村里的姑娘们冒寒采荠为的是填口粮，她们边采荠边等待去卖粮的父亲，可是父亲迟迟未见踪影。白日当头中午时分已到，肚子饿得咕咕叫，连爱唱的歌也唱不下去。此诗的第二联进而写道："荒岁村村尽室逃，唯余老稚尚无聊。卖薪鬻菜徒辛苦，城市今年米价高。"诗中道恰逢凶年村村逃离流浪乞食，而老弱病残只能留在家里饿肚子，聚全身力气上山打柴火卖钱买米延命，但是城里的米价一天比一天高。诗的第三联写道："翁月赍粮赴水军，儿行营筑又经旬。新官不识民间事，业去家家税尚存。"诗中说父亲带上米去充当水军，儿子又去营造建筑已过十余天，但是新来的邑吏不知民间详情，照例去这个家强征收税。诗的第四联又写道："去岁新缫尚十斤，当时蚕绩正辛勤。终然输入他家橐，惭愧年年不掩裙。"[2] 诗里说去年新缫的丝交税后尚剩余十来斤，这是整年辛辛苦苦攒下来的，全家拿此作各种打算，但是谁知国家又出台"邻征"政策，连这一血汗丝也抢走。这可怎么办啊，家无剩分文，年轻女儿"惭愧年年不掩裙"。

徐居正的上述二诗如同一部诗史，以生动的艺术形象，如实地反映了海东朝鲜朝时期世祖执政前后时期的贫穷惨淡的农村景象。采荠菜当口粮、当午饿晕无法唱歌的村女；村村逃荒乞食、米价暴涨困人、饿死老弱的现实；父充军、儿充徭役，邑吏再征其课税，暗无天日的农村；邻居无法交税，邻家替交的"邻征"恶法，使得长成的女儿无法掩膝。这一幕幕，一出出，竟然都是当时活

---

[1]《四佳诗集》卷4《田家书事》，（韩国）正观斋，1929。

[2]《四佳诗集》卷2《途中书所见》，（韩国）正观斋，1929。

生生的事实。作为士大夫官僚,作为勋旧大臣,徐居正竟然如此地了解下层农民的悲惨生活,而且给予如此真诚的同情,这是难能可贵的。这一系列批判现实主义的作品,充分说明他是经过周密的调查,经过深思熟虑,从内心同情穷苦农民。什么"穆陵盛世",什么"仁政亲民",在严酷的现实面前都苍白无力。对现实问题,他无法视而无睹,无法沉默。他提起精神继续观察现实社会,拿起笔来继续反映现实问题,沉默是无法容忍的逃避。他还在《田妇叹二首》中,以写实的艺术手法,如实地写出穷苦农家妇女的心愿。其第一首诗写道:"蓬鬓荆钗紫茜裳,终朝采菜不盈筐。阿郎昨日卖薪去,换得盐来为一尝。"家里缺粮挖野菜补充口粮,整个早晨挖呀挖呀总不满筐。她的郎君昨天去卖柴火,换来了一把盐,好长时间才尝到了盐的味道。其第二首诗写道:"南邻满瓮已新蒭,客至逢场恣献酬。辜负生平夫婿望,一春无酒办销忧。"[1]诗中说南边富人家,满瓮都是新酿的酒,来往客至逢场随意劝酒,其欢笑声响彻村外。而这位村妇最过意不去的一件事情,就是没能让丈夫喝上一壶酒,以消除春天的愁肠,以圆平生所愿。与前面的写实之作连接在一起看,这首诗的潜台词就是一个国家或当政集团不能使自己的百姓过上衣食无忧的生活,不能消除社会的贪婪和罪恶,那它的存在有什么意义?它所宣扬的仁政爱民,有何价值?

徐居正在自己的诗歌创作中,还赞美海东农村的美风良俗,歌颂了劳动人民的美好品德。这可以说是他整个文学审美意识的文化基础,也是他艺术审美精神的物质源泉。在复杂的现实中,他一心想振兴民族文化,唤醒民族意识,收集、整理和出版民族文学遗产,以此为自己民族责任感注脚。在他的思想根底中,涌动着以这样的民族生活感受为土壤的民族精神,生成着以这样的美风良俗为质地的热爱下层百姓的民族感情。在他的诗歌作品中,处处可以感受到他的这种民族意识,以及实实在在的爱乡爱土的思想感情。他在《田家谣》一诗中,如实地转达了自己的这种民族意识和思想感情。他写道:"田家二月啼

---

[1] 《四佳诗集》卷50《田妇叹二首》,(韩国)正观斋,1929。

布谷,南村北村雨新足。泥融无块田可耕,原头叱叱驱犊声。老翁秉耒筋力强,大儿小儿行踉跄。家妇布衫无完裳,日午野饷芹蕨香。麦穗渐黄稻新绿,满眼新缲飞雪白。里闾相逢无异说,勖尔辛勤事稼穑。稼穑可乐还可怜,十年不见大有年。待得有年议婚姻,携壶挈肉相醉眠。田家田家风俗真,不比垄断争利人。袖中已草归田诗,他时争席知我谁。"[1]雨后处处新绿浓,布谷鸟啼催春耕,老翁原头春耕忙,大小儿子地里踉跄忙不停。此时,衣衫褴褛的家妇,顶着家人的午饭上原,一家人在地头就地用餐,芹蕨菜香扑鼻而来。此时正是麦穗渐黄稻新绿、蚕丝新缲飞雪白的季节,村里人相见说的就是劝农桑的话。在此诗人话锋一转,说农桑稼穑"可乐还可怜",因为十年不见大有年。可怜的农家人,心中常挂着一线希望,相约到了丰收年再谈婚论嫁,村中"携壶挈肉相醉眠"。

  诗人面对如此一幅恬然自乐的田家耕织生活,感叹道"田家田家风俗真",禁不住赞美之情自心中升腾。忽然间,诗人又想起世间的那些"垄断争利人",相比之下,分明的爱憎之情禁不住爆发了出来。面对此情此景,诗人还反观自己,羡慕之情油然而生,自然而然地呼出"袖中已草归田诗,他时争席知我谁",从而获得了道德良知的提升。写完这最后一句,诗人才恍然大悟,人间最美好的图画在哪里,人间最美丽的"真风俗"在哪里,人间最纯真的心灵在哪里。此诗回答的潜台词是:在田间,在田家,在种田人的灵魂中。在仔细的观察中,诗人的创作冲动不由自主地升腾起来,田间现场的赞美之情油然而生,逐渐升化为极富审美意蕴的诗歌作品。在这样的一个审美创造过程中,诗人的审美良知得到了洗礼,从中反衬着自己混迹官场的孤单和苦闷,反衬着自己归隐田园太迟的后悔之情。这最后一句,可以说是全诗的灵魂所在。如果以为此诗只写农家田园耕作情景,那就失之于肤浅了。全诗不事雕饰,纯用白描,自然清新,诗意盎然。这里的"归田诗"即指中国东晋诗人陶渊明的《归去来兮

---

1 《四佳诗集》卷30《田家谣》,(韩国)正观斋,1929。

辞》:"归去来兮!田园将芜胡不归?""实迷途其未远,觉今是而昨非。"诗的最后一句中的"争席",典出《庄子·寓言》,其曰:"其往也,舍者迎将其家,公执席,妻执巾栉,舍者避席,炀者避灶。其反也,舍者与之争席矣。"寓意待人毕恭毕敬,执礼矜持则远疏,"除其容饰,遣其矜夸,混迹同尘",则彼此融洽无间,不拘礼节,相互亲密而争席。徐居正运用此寓言,以说明他已经被这种淳朴的乡俗和纯真的田家所感化,愿意放弃优厚的官僚生活,归于乡间田舍,与田农们混迹,过上亲密无间的舒适生活。在这首诗中,他表达了进退缠绵,远离官场这个是非之地的内心矛盾。除了以上几首之外,他还写了许多反映现实,同情下层人民,表达知识分子内心痛苦的佳作。这说明徐居正虽是当时的朝廷文任重臣,在文学上力主继承儒家道统,发扬"六籍之旨",但是他有时还是眼光转向社会下层,关心民生疾苦。他的这种表现反映了作为一个封建官僚的职责和作为一个有良知的封建文人的良心,在某种时候、某种事情和某种问题上交错,迸发出的正义的火花。

徐居正在政治上的清廉治政思想,和他在文学上的现实主义,是相互呼应的。他主张社会的"风化厚薄,见乎文章",因其"文与世升降",文学应该成为时代的风向标。在政治上,他主张"清政廉吏",凡事"光明正大",说"余惟政之为言,正也,正己而正人之谓"。[1]它还反对对人民的盘剥,说:"坐受苛谴,尤其病者。距监司大府不远,豪胥悍吏,出入唐突,喜发恶疮,动静必闻。"[2]他建议统治者"敦谕词臣,复兴此文",使文学更好地为现有体制服务。

徐居正由于政治上和文学上的才能,为李氏王朝所重视,尤其是因他国家典册词命上的重要贡献,官越做越高,名气越来越大,直至登上宰辅的位置。如此得意的为官之路,使得他往往站在最高统治者的立场上看问题,政治上倾向保守。正因为是这样,他的政治观念和文学思想往往代表了当时官学派的主

---

[1] 《四佳文集》卷3《政成楼记》,(韩国)《韩国文集丛刊》。
[2] 《四佳文集》卷3《政成楼记》,(韩国)《韩国文集丛刊》。

张和勋旧派的立场。在文学上徐居正一贯推崇中国唐代的韩愈，因为韩愈秉承了儒家的道统，其所写古文继承和体现了儒家精神。他和韩愈一样，强调"道"对"文"的决定作用，主张"文"以"道"为内容，"道"是"根本"，"文"是"枝叶"。但是他又认为"吾道寓于文辞"[1]，故没有"文"，"道"则无以"寓"，没有"文"，"吾道"则无以"宣扬"。从这样的"道""文"观出发，他极力主张改革文风，使"吾文"更好地"载道"和"扬道"。他还看到道德修养高尚的人不一定能文章，而擅长文学的人也不一定具有可靠的道德境界，只有二者结合得好的人才是吾道所需要的人才。在士林派秉承程朱理学之旨，认为"文自道中流出"的时候，他的这种主张无疑有着重道而挺文的功效。他之所以有这样的主张绝非"胡为"，是有其极其充分的历史依据和现实依托。他认为历史上的文学，是与政治发展密切相连，与政治发生互为影响的关系。他在《皇华集序》中，对此问题说道：

王道兴，雅颂作，而致治之迹，有可得而考矣。在昔成周之盛，如《大明》《皇矣》《棫朴》《旱麓》之诗，皆足以铺张盛美，以新一代之制作矣。然置官采诗，虽以桧、曹之微，亦得列国风之末，诗之不可废也如是。况诗者，本乎性情之真，发于咨嗟咏叹之余，间有上劳下，下颂上。关于世教，合乎风雅之正者，则大雅君子，尤有所取之。[2]

中世纪的海东人以儒家思想为己用，接受此王道思想，以此为自己执政的理想。徐居正自小饱读中国圣贤书，深谙其中的道理，事多朝君王，均以自己的学问和才华引导其实行仁政、贤政。在一生的文翰之任上，他以诚辅佐王业，认为经术尊则教化美，教化美则文章盛，文章盛则王道兴。他常从文学的

---

[1] 《四佳文集》补遗2《进东文选笺》，（韩国）《韩国文集丛刊》。
[2] 《四佳文集》卷4《皇华集序》，（韩国）《韩国文集丛刊》。

角度回顾历史，总结历史教训，认为古之作者，因治乱而感哀乐，因哀乐而咏歌，因咏歌而成比兴。他还通过经学研究认为《大雅》作而王道盛；《小雅》作而王道缺；《雅》变《风》而王道衰。这样在他那里，文学的发展和政治的演变有着不可分离的内在关系，有不可摆脱的共同命运。所以他断然指出："王道兴，雅颂作，而致治之迹，有可得而考。"认为通过文学作品，可以考察那个时代、那个朝代政治上的治绩，也可以考察其社会的民心向背和民风民俗。文中所说的《大明》《皇矣》《棫朴》《旱麓》等，都是《诗·大雅》中的名篇，其中《大明》为周朝开国史诗中的有机组成部分，歌颂周朝创业之艰难；《皇矣》重点描述了文王伐密、伐崇的两场战争，颂扬了王季、文王父子二人领导周部族通过战争不断扩张领土，逐渐发展强大，为灭商奠定基础的历史过程。《棫朴》歌颂周文王能够任用贤人，征伐诸侯，治理四方的贤能之举；《旱麓》通过祭祀的情景，为君子（或指周文王）祝福，总体来看也是赞颂周文王的乐歌。徐居正认为因为有了"文"，才能够记录和歌颂"成周之盛"，才能够使后人知道这段辉煌历史。古代成周时期实行一系列的贤能政治，使社会繁荣稳定，《诗·大雅》中的《大明》《皇矣》《棫朴》《旱麓》等诗，就是歌颂成周之盛世，赞美其盛德，更新了一代之文风。由于汉代朝廷设采诗官制度，使得像桧、曹这样小国的歌谣也记录进《国风》之末，"诗之不可废也如是"。何况"诗者，本乎性情之真，发于咨嗟咏叹之余"，不仅出自于人最真实的思想感情，而且还有"上劳下，下颂上"的社会功能。而且诗歌还"关乎世教"，如果有"合乎风雅之正者"，大雅君子必须取而用之。如此以来，不仅从历史上看，而且从现实生活需要说，诗歌与社会政治有着必然的联系，二者谁都离不开谁。又从这个角度看，在人的社会政治生活中，诗文是必需的和不可或缺的。行"圣人之道"，欲实现"三代之治"的君主或大雅君子，必须充分认识诗文的历史的和现实的作用，充分尊重它和利用它。

徐居正的《皇华集序》，是为当时使行海东的明朝户部郎中祁顺和行人司左司副张瑾的《皇华集》而写的序文。当时明宪宗皇帝刚刚"册立皇储",以"示天下端本",乃派祁顺和张瑾前往海东宣谕。据《成宗实录》,明朝宪宗将皇子祐樘封为皇太子,为宣谕此事即派祁顺、张瑾等到海东,他们于1476年2月20日到达海东。朱祐樘即后来的明孝宗。祁顺一行于公务之余,"陟降原隰,周览景物,凡山川、地理、民风、国俗,触于目,讽于口,牢笼殆尽"。他们"皆以温柔敦厚之资"面对海东君臣,写的诗文"铿乎坤簴之迭奏,戛乎金石之相宣,雄篇杰作,愈出愈奇,其所以观风察俗之意,蔚然于其间"[1]。天子之国来的天使,公务之余走遍各地,对海东的山川、地理、民风、国俗进行仔细考察,凡是触于目、讽于口的事物,在自己的作品中"牢笼殆尽"。其行其意,如同古人到诸侯国观风察俗,真可谓《三百篇》之意"蔚然于其间"。对祁顺等天使《皇华集》中所传达出的《三百篇》之旨,徐居正在此序文中道:

> 我朝鲜世被声教,诗书礼乐,有古文献之风……居正窃念,诗《三百篇》,古也,《四牡》《皇华》,皆遣使臣而作。其诗曰:"王事靡盬,不遑启处。"又曰:"载驰载驱,周爰咨诹。"夫受天子之命,驾四牡,驰原隰,常若不及。则凡所以宣上德而达下情,询咨诹度者,宜无所不尽其心。此《皇华》大夫之所以为贤,而周《雅》之所以为盛也。今两先生之才之美,即周《雅》之大夫,其诗即《四牡》《皇华》之遗响,是岂可以不列于皇明制作之班乎。两先生之还,其以是篇,献诸天子,播之弦歌,以续夫周《雅》之正。则我国虽小,有古箕子存神之妙,其所采录,亦不必后于桧、曹者矣。抑因此,圣天子不鄙夷远人之大度,我殿下畏天事大之至诚。两先生得使臣之体,吾东韩风化渐渍之深者,亦皆揄扬金石,铿鍧振耀于无穷矣。何幸得见《大雅》之复于今日乎。[2]

---

[1] 《四佳文集》卷4《皇华集序》,(韩国)《韩国文集丛刊》。
[2] 《四佳文集》卷4《皇华序》,(韩国)《韩国文集丛刊》。

第六章　徐居正"文承道统"与"文乃载道之器"的儒家诗礼观　269

祁顺等人在海东期间，徐居正被任命为远接使，"迎送于鸭江，陪侍杖屦，盖浃四旬"。而且在此期间，经常与之进行文学上的交流活动，"其于酬唱，亦获闻绪余"。在与祁顺一行进行交流的过程中，徐居正深刻认识到了诗文在外交活动中的重要作用，也重新认识到了《诗·小雅》中所说诗与政治外交专对之间关系的重要性。他在此序中指出，因为海东是"世被声教，诗书礼乐，有古文献之风"的东方文明古国，所以中国的天使们与海东国王和士大夫文人接触起来，不会有因文化的差异而产生的隔阂感。在文化交流方面，两国文人坐在一起很少有距离感，很快就在某种交流点上得到契合。尤其是在文学交流方面，徐居正在陪同祁顺一行的过程中始终成为其唱和酬答的主要诗友，使他们十分仰慕他的诗才。祁顺一行佩服之余，说："先生在中朝，亦当居四五人之内矣。自是，中朝人见国人，问徐宰相安否。"[1]祁顺在《北征录序》中，也说道："虽古人，亦岂多让哉。"实际上两国文人的交流，不仅在文学方面，学问上也有极其密切的交流。

对文学在政治、外交上的重要作用，徐居正还举《诗经》中《四牡》篇和《皇华》篇的例子加以说明。他说："《四牡》《皇华》皆遣使臣而作。其诗曰：'王事靡盬，不遑启处。'又曰：'载驰载驱，周爰咨诹。'夫受天子之命，驾四牡，驰原隰，常若不及。"《诗经》中的《四牡》《皇华》二篇，都是向邻国派使节时所作。其诗曰勤于王事，没有空闲的时间过安宁的日子；又说赶着车马加鞭，博访广询各个地方。诗中之意就是统治者用这些诗来慰劳使臣的风尘劳顿；还赞颂奉命出使者的重大使命和荣耀。《毛诗序》谓："《皇皇者华》，君遣使臣也。送之以礼乐，言远而有光华也。"可知一国使臣的政治使命是多么地重大。徐居正还说诗有"宣上德而达下情"的效用，所以"询咨诹度者，宜无所不尽其心"，也就是说为君为国出谋划策者，应该尽心尽责地谋划其用。是

---

[1] 赵钟业编：《韩国诗话丛编》卷9《东国诗话》，（韩国）东西文化院，1989年。

故，从而能够印证《皇华》大夫之所以为贤，而周《雅》之所以为盛"。如今看到祁、张二先生的德才，即有《诗·小雅》中的那些出使大夫的风度，其诗也有"《四牡》《皇华》之遗响"，所以他们的诗怎么可能不进皇明"礼乐制作之班列"呢？祁、张二先生回国以后，如果将此《皇华集》献于天子，并"播之弦歌，以续夫周《雅》之正"。海东虽小，但毕竟是个"箕子存神之妙"的国家，所以二位先生这次所采录之诗歌，不会次于中国古代周之桧、曹这样的小国之诗。徐居正还强调海东是儒家之国度，继承了中国《诗经》中《大雅》和《小雅》的遗风，"圣人风化之渍"被浸染得既深且广，如果被播于旋律，"亦皆揄扬金石，铿鍧振耀于无穷"。今天的中国人，则通过此旋律，可以知道海东也是"《大雅》之复于今日"之国。徐居正在此序中，反复强调文学与政治、外交之间不可分离的有机关系，还宣扬《诗经》中《大雅》《小雅》所传递的道统精神，同时也宣示海东是继承《诗经》中《大雅》和《小雅》的艺术精神非常牢固的国度。从这些论述中，则充分体现着他的重"道"而不轻"文"的文道观，甚至体现着"道""文"并重的文学观。

由于官阁中的领袖地位和二十六年的文衡工作经历，徐居正拥有许多不同年龄层次的官僚文人及其追随者。同时多届国王的信任和领导"国典词命"编撰的经历，确立了他在文坛的威望。这样的官阁经历和文学地位，使他备受文坛的推崇，找他写序文的人也不断增加。在他的文集中，光是为他人的诗文集而写的序文，就有70余篇。他的这些序文内容丰实，逻辑性强，文风畅达，使人读起来深受启迪。尤其是他为人家的诗文集而写的序文，大多以温柔敦厚的儒家诗教为指导思想，往来于古今"圣人之旨"，优游于幽深的诗文理论的奥旨海洋之中。在文学上，他尤其重视创作主体的思想修养和品德，认为一部作品的好坏首先要看其中有无温柔敦厚之旨，有无使人"归于正"的内容。所以在文学风格上，他提倡于"志盈气满"之中，显现出"和气富赡"。这样的要求，在他自己的创作中也得到一贯的体现。《成宗实录》说他的人品"温良简正"；

中国文人祁顺说他的诗文"渊渊乎其有本","泱泱乎美盛";许筠认为他的诗"春容富艳"。他给人写的序文,善解文学的本质,往往以谆谆之口吻,教导人家坚持"吾道"(儒家圣人之旨)之原则,遵行文学之法则,作感人、化人的诗文。他在为前辈文人权弘(1360—1446)的《双塘集》而写的序文中,体现了自己的这种原则。他说:

> 予惟孔子曰:"有德者必有言。"文者,言之精也,积于中,畅于外。公以和顺之德,廉洁之操,怀奇抱艺,见诸设施,又能推其底蕴。发为文章,从容闲雅,优游不迫,有悠然旷然之趣,无华藻斲削之病,尽乎有德者必有言矣。予又闻韩退之曰:"王公大人,志盈气满,于文章,非性能而好之者,不暇以为。"又曰"和平之音淡薄,欢愉之辞难工。"公以椒房之亲,富贵之极,排膏粱,搬纨绮,寓兴于花卉泉石之间,而寄欢愉于淡泊之中,真所谓性能而好之者矣。今采东人诗者,必于是集乎有取。是以序。[1]

"有德者必有言",典出《论语·宪问》,孔子的原话是"有德者必有言,有言者不必有德。仁者必有勇,勇者不必有仁"。其意思就是有崇高品德的人一定留有传世箴言,但留有传世箴言的人不一定都是品德高尚。徐居正在此引用此话,主要是为了说"文",说文章与人品的关系。他认为"文者,言之精",人的思想感情"积于中,畅于外",发为字面就是文章。学者权弘是地方上有名的巨儒,他以"和顺之德,廉洁之操,怀奇抱艺",储存着大量知识和才华,这一点"见诸设施,又能推其底蕴"。值得注意的是,权弘以这种"德"与"操","设施"与"底蕴",发于文章,则显得"优游不迫,有悠然旷达之趣,无华藻斲削之病",真可谓实现了"有德者必有言"的箴言。在此序文中,徐居

---

[1] 《四佳文集》卷6《双塘集序》,(韩国)《韩国文集丛刊》。

正还引用韩愈应友人要求而写的《荆潭唱和诗序》中的两段话，借以阐明他的文学主张，并间接而含蓄地评价了权弘的这部《双塘集》。他引用的韩愈的一段话，就是"王公大人，志盈气满，于文章，非性能而好之者，不暇以为"。也就是说，像王公贵族这样已经达到人生目的而无更上进之心的人，对于文章除了有特殊爱好的人之外，一般很少有所作为；其另一段话，就是"和平之音淡薄，欢愉之辞难工"。实际上，这一段话的后面还有一句话，那就是"穷苦之言易好"。

总的来说，韩愈的这句话提出了一个重要观点，那就是歌颂升平的声音显得淡薄，而抒发愁思的诗歌常写得美妙；表现欢愉之情的作品难以写得精工，而描写穷苦困顿之情的作品反而容易写好。徐居正认为韩愈的这句话有一定道理，但是也不完全正确。他则拿这位权弘来举例子加以说明。根据徐居正的说法，权弘与国王有姻亲关系，有优厚的生活条件，"富贵之极，排膏粱，掇纨绮"。他平时的生活看似优游好闲，但实际上他经常"寓兴于花卉泉石之间，而寄欢愉于淡泊之中"，颇感兴趣于诗文之间，努力创作，竟然裒辑出了一部《双塘集》。徐居正说："《双塘集》者，永嘉权文顺公所著也。公早擢第，以文学鸣于世，笔法高古，有江左风。仕丽季，再入谏院，封章慷慨，虽屡遭颠沛，而物论多之。遭遇列圣，蜚英显赫，位至极品。早卜宅于南山陲，洞府幽深，杉松荟郁。凿双塘种莲，幅巾藜杖，啸咏其间。客至，辄壶觞联句，淡然无营于世。年俯九裒，白鬓红颊，逍遥自适，人拟之白香山。"[1]权弘的诗，虽无激烈批评现实的内容，也无借古喻今的含沙射影之作，但"笔法高古，有江左风"，其作品中不乏客观者。

第三节　文如其人："诗乃心之发，气之充，辞之达"

"文如其人"，是徐居正一贯坚持的文学思想。深厚的学识和超逸的文学才

1　《四佳文集》卷6《双塘集序》，（韩国）《韩国文集丛刊》。

能，使他过上一生的官阁生活和王朝文任重臣的生活，而朝廷的文翰之职经历又促使他写下了数不清的诗文。在长期的诗文创作过程中，他积累了极其丰富的创作经验，发现了文学上一系列规律性的东西。"文如其人"就是其中的一个命题。他认为文学作品能够充分反映作者的品格和为人。他在《桂庭集序》中曰："诗言志。志者，心之所之也。是以读其诗，可以知其人。"他认为诗文作品是作者思想感情和品德修养通过语言文字和艺术形象表达的结果，人们透过文学作品，能够在一定程度上考察出作者的思想境界和个性。从这个意义上，"文如其人"是符合创作规律的。

在"文如其人"义学思想的基础上，他进一步认为这是形成作家、作品文学风格的基本因素，也是通过文学作品考察作者人格和内在品质的重要途径。在他看来，一个作家的文学风格，与他的个性品质、道德修养和审美情趣有着极其密切的关系。他凭借自己平生的创作经验和对文学规律的客观考察，发现一个作家的创作个性和其艺术风格的确有着内在关联，而这个艺术风格往往是世界上独一无二的。根据这样的学理基础，他曾说过："然诗非徒诗也，心之发，气之充，辞之达。而读其诗，可以知其人。"他认为诗人创作的诗歌绝不是从天上掉下来的，也不是孤立无援的；它是诗人心灵的产物，是其审美情感起作用的结果，也是其个性气质的体现；所以通过一部成功的诗歌作品，读者"读其诗，可以知其人"。徐居正在为僧人省敏的诗集写的《桂亭集序》中，也表达了这个意思。他说：

盖台阁之诗，气象豪富；草野之诗，神气清淡；禅道之诗，神枯气乏。古之善观诗者，类于是乎分焉。自唐宋以来，释氏之以诗鸣世，无虑数百家，贯休、皎然唱之于前，觉范、道潜和之于后。往往与文人才士，颉颃上下，然峭古清瘦之气有余，而无优游中和之气，终未免诗家酸馅之讥。然是岂强为而然哉，蔬笋之类，不得不尔致也。桂庭，国初诗僧，与千峰雨上人齐名。论者以谓千峰之诗,高古简洁,清新峭峻,有本家风骨。桂庭之诗,飘飘俊逸,随意放肆,无方外之气。[1]

台阁指尚书省,是辅佐君主直接处理政事的官署,自汉代始置。海东朝鲜朝时期亦承此制,于朝廷设台阁之职,包括司宪府、司谏院等机构。所谓"台阁诗"就是其高官所写诗歌,"台阁体"就是专指明初上层官僚集团之间形成的一种诗风,流行于永乐、成化间,先后维系一百年。明初台阁体的代表人物杨士奇、杨荣、杨溥,均以大学士辅政,有太平宰相之称。在当时的朝廷,"三杨"以文称雄,除了朝廷诏令、奏议之外,还写了大量应制、颂圣、应酬、题赠之类的诗,其写法典雅工巧,内容多歌功颂德,粉饰太平,并无涉及现实之内容。对于台阁诗的这种体制与风格,徐居正则说"盖台阁之诗,气象豪富",一言将它的基本特征讲出来。他还说"草野之诗,神气清淡",也准确地概括了身处草野之人之作的艺术特点。因为人在草野,无牵无挂,生活本身既清静,又淡简,写出来的诗极有可能是自然清新而淡雅。他还指出"禅道之诗,神枯气乏",也点出了禅师及其诗歌创作的基本特色。因为禅僧常年处于山野之间,过着清苦的生活,脑子里想的都是些"即心即佛""领悟得道""直了成佛"之类的想法,其诗自然缺乏丰富的社会内容,风格上也乏气而显现清苦的面貌。徐居正认为古代有些人按照这样的考察方式和思路,去分析和划分各类人的文学风格,是符合实际的,也合乎文学自身发展规律。他认为中国唐宋以来佛家诗人续出,在辉煌的唐宋诗坛中占有一席之地,"无虑数百家,贯休、皎然唱之于前,觉范、道潜和之于后",其人和作品"往往与文人才士,颉颃上下"。可是这些诗僧们的作品在风格上,大都未免"峭古清瘦之气",而"无优游中和之气,终未免诗家酸馅之讥",这不能不说是一大遗憾。但是仔细想来,这些都绝不偶然,"岂强为而然"可也?究其原因,他们清心寡欲,吃的都是"蔬笋之

---

[1] 《四佳文集》卷6《桂庭集序》,(韩国)《韩国文集丛刊》。

类",其气不得不受到此影响,按照徐居正的话来讲其风格是"不得不尔致"。文中所说的桂亭,就是海东朝鲜朝初期的禅师,他与文中的雨上人千峰都是当时知名度很高的诗僧。徐居正受托于佛教界为桂亭诗集写序,有幸读到其作品,被其金玉般的诗语感动。在序中,他将桂亭的诗与曾在年轻时谋过面的诗僧千峰的诗进行比较,说"千峰之诗,高古简洁,清新峭峻,有本家风骨",而"桂庭之诗,飘飘俊逸,随意放肆,无方外之气"。千峰诗歌的风格是"高古简洁,清新峭峻",有"本家"(佛禅)的"风骨",而桂亭的诗歌有"飘飘俊逸,随意放肆",并无尘世之外人的气息。徐居正少时游山读书的时候,在开庆寺谒见过千峰上人,其时已有八十余岁的千峰"尚游戏翰墨",其为诗"出口辄惊人,如清冰出壑,檀香有液,无一点尘俗气,清乎清者"。《桂亭集》的作者桂亭禅师已示寂,对其生前思想无法知道,但是"得阅是编,造语平淡,不刻斲为巧,纤织为丽,终无'寒乞饥鸢之声',其与千峰齐名,真不虚"。[1]在对这两位诗僧的诗进行品评时,徐居正运用比较的方法论,较为准确地道出了二者截然不同的诗风。

徐居正认为文风随时代而变,文学及其人才的兴衰与否也与时运有着密切关系。他举古今中外文学的历史,认为"文运"与"时运"互为表里,相互作用,在"相荡"中变化和发展。他还认为海东朝鲜朝初期的"文运之盛",与当时向上的时代背景有着直接的关系。当时的太宗认真总结丽鲜易代的历史教训,笼络有用人才为己服务,实行文治主义的国策,使得刚刚建立不久的李氏王朝走向欣欣向荣之路。尤其是一代圣君世宗进一步巩固文人政治的新局面,倡导国是、国故的复兴,奖掖对民族文化振兴有功文人,从而使得国家政治经济和文化出现了蒸蒸日上的景象。其后的世祖、成宗、中宗也都是崇文之主,重用有实力的文人入台阁,主导对民族文化的收集、整理和出版工作,创造了有史以来最好的文化盛况。海东朝鲜朝前期的文学发展,得益于如此积极的"时

---

[1] 《四佳文集》卷6《桂庭集序》,(韩国)《韩国文集丛刊》。

运",取得了刮目的成果。对这时期文学发展的原因和文坛盛况,徐居正在《独谷集序》中说道:

> 文运之于时运,相为表里,而有升降。盖光岳气全而人才盛,人才盛而雅音作。文辞之于政化,乃流通无间矣。我国家之始兴,天地运盛,异才间出。当时以文鸣世者,皆勋臣硕辅,如三峰郑先生、浩亭河文忠公、松堂赵文忠公、独谷成文景公、星山李文景公及我外祖阳村权文忠公,皆以雄伟杰出之才。遭遇显隆,功烈炳炜,其发而为言语文辞者,春容博大,有治世之音。[1]

文学的盛衰气运,受制于时运的变化发展,二者相为表里,相互起作用。大抵天地气运盛时,人才也茂盛,人才茂盛则雅音作,文运也随之而起。文运起而可促进王道政治,政治与文学本来就可以相互流通,可以形成亲密无间的关系。李氏王朝始兴之时,天地之运旺盛,优异的人才辈出,文运也随之而起。当时以文鸣于世者,大都是"勋臣硕辅",如郑道传、河崙、赵浚、成石璘、李穑、权近等人,都是其中的"杰出之才"。他们遇到盛世而高就,其功勋也炳耀于世,分享殊荣。他们写出的诗文,春容而博大,宛然具备治世之音。遗憾的是,除了郑道传的《三峰集》和权近的《阳村集》外,其他人的文集都已散逸不传,其"为博雅君子惜之"。如今平安道监司金连枝,欲将其舅成石璘的散逸诗文稿裒辑出刊,这是一件颇有意义的美举。而成石璘先生曾是一位"气度豪迈,风流文彩,迥出尘表,人望为神仙"的高士。他平时以"诗酒跌宕,学太白;真草妙绝,法羲之;功名终始,比白傅(白居易);人闻之未尝不拱手加额",所以出刊他的文集乃是为文坛增添光彩的好事。

徐居正认为文学之所以引起不断的变化发展,还有一个重要原因,那就是

---

[1]《四佳文集》卷6《独谷集序》,(韩国)《韩国文集丛刊》。

第六章　徐居正"文承道统"与"文乃载道之器"的儒家诗礼观　277

文学是"人心"之产物。总的来说,徐居正"文运之于时运,相为表里",文运与时运随时"有升降"的思想,是符合文学自身发展规律的。从海东汉文学发展的历史看,文风往往是从淳厚质朴向华丽典雅,还向夸张富艳,再向浮华绮丽,又向新奇诡诞发展。是崇尚质朴,还是崇尚华丽,各个时代有所不同。当然,文学的风貌也并不是固定不变的,而是不断变化发展的,每个时代有每个时代的文学风貌。除此之外,徐居正还注意到文学与人"心"的关系,认为"文者,心声","诗也,文也,皆由于心"。所以他认为世界上没有"徒文"和"徒诗",任何一部文学作品都是主体综合因素发挥的产物,而"心"则是其中起关键作用的因素。正因为如此,他强调读其诗文,可知其人。他在为成石璘诗文集而写的《独谷集序》中曰:

> 诗之传不传,何足论哉。然诗非徒诗也,心之发,气之充,辞之达。读其诗,可以知其人。今是编,气雄以放,词赡而丽,不屑屑于雕篆,而精彩烂然可喜。非他文人词士,安一字,下一句,苦心捻须者之比也。抑因是概见公道德之高,勋业之大,文章之富,而能鸣一代之盛者矣。诗果传不传乎,后之论时运,盖亦于是有征。[1]

徐居正认为诗歌绝不是无源之水,它是"心之发,气之充,辞之达"的结果。也就是说,诗歌是主体之思想感情的产物,是其内在气质与个性禀赋参与进来以后进行审美创造的结果,而且也是创作主体之艺术修养、审美经验发挥积极作用而形成。所以一首诗往往体现出创作主体自内在心灵至外在艺术手法转化路径的深度和高度,正如徐居正所说"诗如其人","读其诗,可以知其人"。从这样的文学审美观出发,他高度评价成石璘诗文集《独谷集》中的一系列作品,认为它们"气雄以放,词赡而丽,不屑屑于雕篆,而精采烂然可喜"。

---
[1]《四佳文集》卷6《独谷集序》,(韩国)《韩国文集丛刊》。

借此机会,他严厉批评那些好用"丽辞美句",爱雕琢丹青的作家诗人,并说成石璘的诗作是自己独创出来的,而"非他文人词士,安一字,下一句,苦心捻须者之比"。他强调成石璘的创作之所以能够获得如此的成功,"抑因是概见公道德之高,勋业之大,文章之富",有了这样的道德修养和文学城府,"而能鸣一代之盛"是很自然的事情。

徐居正"文运之于时运,相为表里,而有升降"的文学观念,正确反映了文学发展的客观规律。他的这一文学思想,与刘勰提出的"文变染乎世情,兴废系乎时序""歌谣文理,与世推移"的文学观点是基本一致的。二者都说明了文学、时代和社会紧密的关系,说明了文学不仅是时代的产物,而且也是作家思想情感的反映。在这种文学观念的基础之上,他还提出了人逢"盛时"时的文学和人逢"不遇"时的文学,虽各有不同的特点,但是从创新的角度看,都有走向审美不朽的可能,它们的机会是均等的,或许后者的机会更大些。对这一观点,它在《泰斋集序》中进一步说道:

> 天地精英之气钟于人,而为文章。文章者,人言之精华也。是故有遭遇盛时,赓载歌咏者,则其文之昭著,如五纬之丽天,而烨乎其光。不遇而啸咏山林,托于空言者,则其文之炳耀,如珠璧捐委山谷,明朗而终不掩其炜矣。其所以骇一时之观听,而垂名声于不朽,一也……先生已无意于谋仕进,退居村野,优游泉石之间,凡天地之运化,物理之消息,人事之得失,心思之忧乐,一于诗发之。有孤旷闲适之趣,悲愤激烈之音矣。[1]

天地自然的精英之气聚于人,而此人为文章的创造者,作各种各样的诗与文。徐居正进一步说文章就是人言之中的精华,它与人的遭际有着密切的关联;它又是人心审美物化的产物,也与人思想情感的变化有着直接的关联。作为广

---

[1] 《四佳文集》卷6《泰斋集序》,(韩国)《韩国文集丛刊》。

义的艺术，它还受创作主体文学审美创造能力的左右。由于它能够造就艺术感染力，来感化人的心智，往往与现实政治及其参与者发生种种联系。这是一个及其复杂的创新工程，是关乎审美创造和审美效用的创新性工作。徐居正的文学思想所含有的这种审美观念，在别的文学评论家那里也似曾有过。与海东的徐居正同时代的明朝文人吴讷（1372—1457）曾写《文章辨体序说》一书，时人彭时（1416—1475）为其写序道："天地以精英之气赋于人，而人钟是气也，养之全，充之盛，至于彪炳闳肆而不可遏，往往因感而发，以宣造化之机，述人情物理之宜，达礼乐刑政之具，而文章兴焉。"（彭时《文章辨体序》）海东的徐居正和明朝的彭时完全是同时代的人，前者是否看过后者的此《序》，从中朝文学交流的历史规律来看，这种可能性极少。从所发表的理论观点来看，二者虽有极其相似的地方，但这应该是各自理论创新的偶然。徐居正认为人处"盛时"，"赓载歌咏者，则其文之昭著，如五纬之丽天，而烨乎其光"；而人处"不遇之世"，"啸咏山林，托于空言者"，其文也可以"炳耀"于世，其中优秀者"如珠璧捐委山谷，明朗而终不掩其炜"。他认为无论是"盛世之文"，还是"不遇之世之文"，"其所以骇一时之观听，而垂名声于不朽，皆一"。这两种境遇各有各的时代特征，都有极大的审美可塑性，都可以出现优秀的作品和伟大的作家，关键是如何去把握自己的时代，如何去表达自己的思想感情。

徐居正认为"诗随人之遇世境遇"，显现不同的内在品质，独具自己的艺术风格。从大的方面来说，处于山野人之诗，处于台阁人之诗，处于禅林中人之诗，还有处于顺境人之诗，处于逆境中人之诗，都应该各有特色，各具长短。他认为事关文学本质的这些道理，并不是由人的主观来左右，是由人的存在方式和生活处境，以及由此而形成的思想情感自行决定。徐居正认为《泰斋集》的作者柳方善先生是在野高士，也是德高望重的儒林中前辈，他"已无意于谋仕进，退居村野，优游泉石之间"，他将"凡天地之运化，物理之消息，人事之得失，心思之忧乐"，皆"一于诗发之"。他的诗歌创作，"有孤旷闲适之趣，悲愤激烈之音",具有在野高士独到的风格,照样传唱于世间,受到诗坛肯定。对文学创作与作家的思想修养、作者的生活处境和文学风格、文学与"时命"的关系等等,徐居正在《泰斋集序》中还说:

> 先生之于诗,本之以性理之学,推之以雅颂之正,不怪诡为奇,藻饰为巧,清新雅淡,高古简洁,虽古作者,无以加也。昔之论诗者,有曰:"有朝廷台阁之诗,有山林草野之诗",夫所处之地不同,则发而为言辞者,不得不尔也。先生以超迈卓绝之才,宏深博大之见,不能施于台阁之上,而于草野之中,岂不深可惜哉。论者亦曰:"欢愉之辞难工,穷苦之辞易好。"然岂有工于穷,而不工于不穷者哉。使先生跻膴显,立乎制作之列,以鸣国家之盛,则春容富丽,将有锵金戛玉之美者矣。岂但止于此而已哉。惜天之俾于文,而独靳于时命耶。然观是集,概见先生道德之懿,矩矱之正,其所存,岂浅浅也哉?[1]

柳方善先生的诗,以性理学为根本,"雅颂之正"为样板,绝不以"怪诡为奇,藻饰为巧"。他的诗"清新雅淡,高古简洁",虽古之名家也不及于他。他说"有朝廷台阁之诗,有山林草野之诗",作品因人处境的不同而呈现不同的特点。他指出"夫所处之地不同,则发而为言辞者,不得不尔也",这是一条文学的客观规律,不以主观意志为转移。柳方善道德高尚,具有"超迈卓绝之才"和"宏深博大之见",遗憾的是将这些"不能施于台阁之上,而于草野之中,岂不深可惜"。徐居正还认为诗之工与不工,与创作主体的生活处境关系不是很大,而是和诗人所持高尚的节操和精湛的艺术功底有着密切关系。他认为中国古人所说的"欢愉之辞难工,穷苦之辞易好",有一定的道理,但并不是绝对的真理。他认为哪有只有处穷困的人的诗必工,而处于平常环境中的人的诗必不

---

[1] 《四佳文集》卷6《泰斋集序》,(韩国)《韩国文集丛刊》。

工的道理，诗之工与不工，主要取决于上述的两点。如果像柳方善这样的在野巨儒，有机会登上显耀的官位，"立乎制作之列，以鸣国家之盛"，其"春容富丽"的文笔，必"有锵金戛玉之美"，"岂但止于此而已"？看他的这部《泰斋集》，"概见其道德之懿，矩矱之正，其所存，岂浅浅也哉"。可惜老天爷只给他以文才，而吝啬于"时命"，白白浪费其高尚的人格与拔群的文才，使国家失去一位高德巨手。徐居正的这篇序文写于世祖三十二年（1450），其时的他年方30岁，官拜司宰监直长。此时的他已经在文坛站稳脚跟，文名四射，深受世祖的宠爱。从序文中可以看出，此时的他已经学贯中外，文学观念亦显成熟之态，预示出大手笔之才。

第四节 文承道统："礼乐文物及政教号令，何莫非圣人之文"

徐居正拥有浓厚的儒家"天文"和"人文"观念。中国先秦时期的儒家认为："刚柔交错，天文也；文明以上，人文也。"[1]"古者庖牺氏之王天下也，仰则观象于天，俯则观法于地，观鸟兽之文地之宜，近取诸物，于是始作八卦，以通神明之德，以类万物之情。"[2]这里所说的"天文"，就是指宇宙间客观存在的自然之文。中国南朝梁刘勰发展了《周易》的这种思想，说："取象乎河洛，问数乎蓍龟，观天文以极变，察人文以成化。"[3]这里所谓的"天文"，就是自然界万物呈现出来的文采。这部《原道》篇一开头就阐述了"天文"的具体含义，曰："山川焕绮，以铺理地之形，此盖道之文也……旁及万品，动植皆文。"刘勰认为自然界中的自然之文，是事物自身规律的体现，而不是人为的和外加的。他认为自然界"无识之物，郁然有彩"，人是"有心之物"，不可能没有文彩。他以天文推论人文，认为这也是符合人类自身发展规律的，指出："心生而言

---

[1] 《周易·贲卦·彖辞》。
[2] 《易传·系辞》。
[3] 《文心雕龙·原道》，南京大学出版社，2007，第5页。

立,言立而文明,自然之道也。"他以"自然之文"比附推论"人文"的产生,其中虽有唯物的因素,但还是未能正确地解释人类的文化乃至文学产生的真正原因,不能不说是一大局限性。不过刘勰对"人文"还是有一定的研究。他在《文心雕龙·原道》篇中说道:"人文之元,肇自太极。幽赞神明,《易》象惟先,庖牺画其始,仲尼翼其终。"这里所谓"文"是广义的。他认为庖牺氏的八卦,是原始的"文"。实际上这种观点来自于《易传·系辞》。他把文学的起源推究至庖牺的八卦,虽有一些唯物的成分,但也是很不科学的。徐居正是十五世纪海东的巨儒,继承的是传统儒家的文化发展观,奉行的也是儒家传统的文学起源说,所秉持的又是儒家的历史观和"征圣"思想。所以他几乎全盘吸收中国儒家的文学起源说,确信史上就有"天文""地文"和"人文",现实中的文艺就是这种"自然之文"的延续,没有"人之初"的这种"自然之文"就没有后世的文学。所以在他的文学史观中,继承着传统意味极深的儒家的人文思想,存在着极其浓厚的儒家"征圣"思想。这样的文学观念,在他的著述中处处可见。如他在《御制狎鸥亭诗序》中说:

> 有天地之文,有圣人之文。日月星辰,天之文也;而景星卿云,文之至也;山川草木,地之文也;而嘉禾灵芝,文之至也。礼乐文物,政教号令,何莫非圣人之文也;而宸章御札,文之至也。臣伏睹是编,其词则《周诰》《殷盘》之词,其字则《河图》《洛书》之字。其大哉之言,一哉之心,即帝舜敕天之歌也。在廷之臣,咸歌诗扬言,虞朝赓载气象,亦复可见于今日矣。今非敢迂引知章之事拟之,事固有迹同而实不同,名同而心不同者矣。以相公堂堂勋业之盛,逊之不居。狎鸥为心,其精忠雅尚,可与魏公颉颃于数千载之间,而深得伊尹功成退休之美意,区区贺老,又何足置牙齿间哉。然相公功名事业之盛,出处进退之心,因圣制而尤益著明,

太史氏将大书特书以美之。又何待予赘乎。[1]

徐居正认为世界上有两种"文",一是"天地之文",一是"圣人之文"。他说"日月星辰,天之文",而"景星卿云,文之至",这个"天之文",除了"日月星辰"之外,还发展出了"景星卿云"。认为这个"景星卿云",虽来自于"天之文",但它们的显现意味着"文"达到了"极至"。顾名思义,"景星卿云"比喻吉祥的征兆。《汉书·天文志》谓"景星"曰:"天晻而见景星。景星者,德星也,其状无常,常出于有道之国。"同书谓"卿云"曰:"若烟非烟,若云非云,郁郁纷纷,萧索轮囷,是谓庆云,庆云见,喜气也。"徐居正说还有"地之文",何谓"地之文"?"地之文"就是"山川草木"。而在"山川草木"之中,与人类有关的"嘉禾"和"灵芝"为"文之至"。这里所谓的"文",是"日月星辰"和"嘉禾灵芝"等自然之物所发出的光彩或文彩,虽没有经过人类的加工,但它们所具有的自然美,是一切美中最美之美,所以徐居正认为它们是"文之至"。徐居正还认为"圣人之文"是"人文"中的最精者,"礼乐文物,政教号令,何莫非圣人之文",而在"圣人之文"中,天子或君主所亲撰"宸章御札"之类为"文之至者"。这里涉及一个何谓"圣人"的问题。"圣人"这个概念,是来自于中国古代的人生学说,指人德行高尚、智慧特别高远的人。不同学派衡量圣人的要求各不相同。儒家对圣人的标准要求很高,它以人格完美、道德齐备、洞穿世理、能够拯救天下黎民的人为圣人。而这里所谓"道德",是指合乎仁义的情操和品行;所谓"世理",就是人间社会的状况及其变化规律,有尊卑贵贱的划分和成仁取义的道理之意。

孔子曾说过"博施于民,而能济众"的人为圣;其弟子子贡称仁爱且有智慧的人为圣,而孟子则认为充满仁爱和信义且能够融会贯通的人为圣。反正此圣人,得具备完美的人格、超前的智慧和能力,能够仁爱博施,懂得融会贯通。

---

[1]《四佳文集》卷5《御制狎鸥亭诗序》,(韩国)《韩国文集丛刊》。

徐居正将唐明皇和海东成宗的诗文比作古代"圣人之文",说"臣伏睹是编,其词则《周诰》《殷盘》之词,其字则《河图》《洛书》之字",感叹道"其大哉之言,一哉之心,即帝舜敕天之歌也"。这样的赞美之词,这样的评价,未免过高,但是作为臣子,尤其是受托写序的文臣,也只能是这样了。他还说满朝文臣拥戴成宗,唱和其《狎鸥亭诗》,其情其景如同"虞朝赓载气象",洋溢着和乐的气氛。他又认为韩明浍是海东朝鲜朝时期的文任重臣,作为勋旧派的翘楚,道德文章皆很突出,把他比作中国唐代贺知章有点冤,"堂堂勋业之盛,逊之不居","其精忠雅尚,可与魏公颉颃于数千载之间,而深得伊尹功成退休之美意,区区贺老,又何足置牙齿间"。无论是政绩还是文学才华,与中国北宋名相韩琦相比还差不多。韩琦号亦狎鸥亭,德量、文章和政绩,世称宋代第一,曾以功绩和文学才华被封魏国公。怪不得成宗和满朝文官都为韩明浍先生写诗,以纪念其才德和功绩。

徐居正认为"圣人之文"是"人之文"中最精之"文",它上承"天之文",下接"地之文",囊括"人之文"之精华,将以"礼乐文物,政教号令"滋润人间政事,使天下黎民沐浴于仁政的和气之中。他在序文中所提狎鸥亭在汉城豆毛铺南汉江边,那里有海东朝鲜朝世祖至成宗年间的重臣韩明浍的花木亭子,为了优待在此度过余生的韩明浍,成宗亲自写《狎鸥亭诗》赠给韩明浍,朝廷群臣也附和各写了和韵诗数百篇,托徐居正写序。徐居正在序文的开头,讲"尝读唐史贺秘监知章将告老,明皇敕赐鉴湖,亲制五言四韵赐之。有以见贺监出处之明,有以见明皇待臣之厚",以此比附成宗对朝廷老臣的恩惠堪比唐明皇施恩于老臣贺知章的典故。言外之意,中国的唐明皇和海东的成宗都作为一国之君,奉承天意,施政于民,使天下百姓生活于太平盛世,可以称之为一代"圣人"。

徐居正的这种文学观念,在其《御制飞冰诗后序》中,也表现得很明确。对"天文"和"人文",他还说道:"有天地之文,有圣人之文。日月星辰,山川草木,天地之文,而景星嘉禾,其文之至也。训诰誓命,礼乐刑政,皆圣人之文,而宸章御札,其文之至也。"[1]此序文开头的内容基本与上述《御制狎鸥亭诗序》一样,只是多了"人之文"的内容,其曰"训诰、誓命,礼乐、刑政,皆圣人之文"。训诰、誓命和礼乐、刑政方面的经典,出自于古圣人之手,个个都是"人之文"的典范。徐居正认为尽管如此,海东第九代成宗的一系列文章,"天语浑成,汪洋涵畜,有无穷之思……开阖万变,条理洞贯"(同上),也显示其为"圣人之文"。对成宗的"宸章御札"和诗歌、散文,徐居正在《御制飞冰诗后序》中曰:

> 臣窃惟天地亭毒之妙,不可形容,而所可言者,粲然之文也。圣人巍荡之德,难以名言,而所可言者,焕乎之文也。大哉,圣人之文乎!经纬乎天地,争光乎日月,布之为政教号令,著之为文辞歌咏。是以舜禹有《敕天九功之歌》,赓载之法,实昉于此。周之盛时,歌颂方隆,《鹿鸣》以下五诗,君燕其臣;《天保》一诗,臣祝其君,其上下相与之际,辞气委曲,情意浃洽,非若后世君臣,上下情隔,泽壅不下,而言绝不通之比也。

关于"御制飞冰歌",《世祖实录》七年(1461)九月十九日(丙辰)条的记录"左议政申叔舟设飞冰宴,赐酒乐。昨日冰始凝,上谕叔舟使遗诸相以取宴,仍制《飞冰歌》以赐之,歌曰:'鹭鹭既饱飞,庭菊犹傲霜。旭日照海东,龟鱼跃沧浪。梦觉起经营,睡者卧深房。'既而上书注,以示临瀛、桂阳等曰:'叔舟必不识诗意,正迷罔之时,可给试之。'使尹弼商以桂阳言致一封书而驰还。叔舟知冰,急追之不得,作谢诗诣阙。诗曰:'天恩滋雨露,天气凛风霜。兴言对时物,感涕沾浪浪。微臣梦犹迷,敢道发天房。'上引见交泰殿,并引诸

---

[1]《四佳文集》卷4《御制飞冰诗后序》,(韩国)《韩国文集丛刊》。

宰而设酌,命儒臣次韵,极欢乃罢。赐叔舟宴费米十石。"徐居正的序文,是专为世祖和群臣之间的一场诗歌交流会及其结集出刊而写的。整篇序文纯以歌功颂德为内容,抬高世祖为"圣人",而将其"文"捧为"圣人之文",直与中国古圣人相比美,作者之捧场之意溢于言表。

徐居正认为天地万物不仅有文彩,而且更有"亭毒"之性,"生生不息"是它的客观规律。这里的"亭毒",出自于《老子》,其曰:"长之育之,亭之毒之,养之覆之。"一本作"成之熟之",后引申为养育,化育之意。文中的意思是天地的养育万物之妙,无法一一形容,而所可言者只有"文"而已。同样,自古圣人的"巍荡之德",难以一一名言,而所可言者只有其灿烂的"文"而已。"圣人之文",能够经纬天地,能够与日月争光,广布于世则成"政教号令",著之于"文"则为"文辞歌咏"。根据《尚书·益稷》,虞舜和夏禹有《敕天之歌》,曰:"敕天之命,惟时惟几。"还曰"舜享国五十年,治之之成,礼乐备和凤凰来仪,而犹作《敕天之歌》以目饬励。盖亦深有感于尧之训戒,而敬天之心始终如一也。"后来的"赓载之法",实起始于此。所谓"赓载之法",就是和答君主的诗文之方法或制度。《诗经》的《鹿鸣》以下《四牡》《皇皇者华》《常棣》《伐木》等五首诗,唱的都是君主为臣属开燕享时的情景。徐居正将通过韩明浍的君臣交流,比喻为上古虞舜和夏禹与其臣下心、情交流的古事,不惜笔墨地加以称扬。他说君臣交流之时,"辞气委曲,情意浃洽",其情其景"非若后世君臣,上下情隔,泽壅不下,而言绝不通之比"。他在此序文中,将世祖描绘为"圣主",其治下的海东社会描绘成"太平圣代",其所写诗文说成"治世之音",极尽了一个"宠臣"的歌颂之德。他继而说道:

恭惟我主上殿下,圣德神功,握符开运,收揽豪杰,文致太平,清燕之暇,挥洒宸翰。发为天章,昭回之光,下饰万物,宗功臣胥,鼓舞欢忻。以至动植之类,颙颙熙熙,各得其宜,有太平之气。以之而协律吕,用邦

第六章　徐居正"文承道统"与"文乃载道之器"的儒家诗礼观　287

国，为君臣相说之乐，则虞《赓》、周《雅》之盛，不独专美于前，而圣人制作之文，至治之音，当与天地同流矣。臣又窃念覆帱持载，并育不悖，天地之德也。含弘广大，包括无余，圣人之言也。臣伏睹是歌，一篇之中，词意深奥，睹时物而乐天道之自然，眷大臣而体天地之交泰，泽周群下，而利天下之施，信及豚鱼，而示天地之仁，言孺子之自取，叙君子之不素。戒巫风之沉腼，劝戒之意，隐然于其中，诚大哉之言也。孰知飞冰之歌，虽出于一时之施张，而卒归之于性情之正者，如是其至也。[1]

序文紧接着对世祖大加歌功颂德，说他有"圣德神功"，看到年幼的端宗即位以后王权分散于大臣之间，果断引起换代革命，"握符开运"。此事说的是，1453年世祖尚是首阳大君时，见权臣当道而王权渐弱，发动"癸酉靖难"，肃清反对派，驱逐幼君，亲登王位。执政以后的世祖强化中央集权，废止集贤殿，整备郡县制，实行职田法，提挈佛教，组织编撰国典辞命，振兴民族文化，其功实在是极大且伟。徐居正将世祖的此功绩赞扬不止，说他"收揽豪杰，文致太平，清燕之暇，挥洒宸翰"，而且说他"发为天章，昭回之光，下饰万物，宗功臣胥，鼓舞欢忻"。在这样的太平盛世里，万物焕然，社会更新，"以至动植之类，颙颙熙熙，各得其宜"，着实"有太平之气"。将这样的太平岁月协之于音律，用于邦国，为君臣相悦之音，即使是"虞《赓》、周《雅》之盛"，也"不独专美于前"。按照这样的文艺规律而创作的"圣人制作之文，至治之音"，"当与天地同流"，会千古流芳。徐居正还说"覆帱持载，并育不悖"，是"天地之德"，"含弘广大，包括无余"，是"圣人之言"。他又认为世祖的《飞冰诗》"词意深奥，睹时物而乐天道之自然"，有"眷大臣而体天地之交泰，泽周群下"之意，从而"利天下之施，信及豚鱼，而示天地之仁"。世祖的诗还提到《孟子·离娄上》所引孔子对《孺子歌》中"清斯濯缨，浊斯濯足"而"自取之"

---
[1]《四佳文集》卷4《御制飞冰诗后序》，（韩国）《韩国文集丛刊》。

的典故，以谕洗浴和修身的哲理关系。再说，《诗·伐檀》中有"彼君子兮，不素餐兮"一句，其本意是批判那些高高在上的贵族，可不要吃白饭，但是《孟子·尽心上》引此事曰："公孙丑曰：《诗》曰：'不素餐兮！'君子之不耕而食，何也？"孟子曰："君子居是国也，其君用之，则安富尊荣；其子弟从之，则孝悌忠信。'不素餐兮！'孰大于是？"世祖的诗写这些典故，意欲劝诚诸臣好好休养自身，常具君子之风。也就是"劝戒之意，隐然于其中"，使其《飞冰诗》"虽出于一时之施张，而卒归之于性情之正者，如是其至"。

徐居正在许多序文中，贯通儒家的"征圣"观念，构筑一个以儒家道统思想为底蕴的海东封建王朝的形象，歌颂海东几代"圣主"的功德。他的一些序文往往首先论证"天地之文"的存在，继而谈"道"与"文"的关系，接着叙述人文的起源和发展，进而讲"自然之道"与"人文"的有机关系，讲"圣人之道"对"文"的绝对支配作用，阐明"道""圣""文"的关系是"道"依"圣"以垂"文"，"圣"因"文"而明"道"。同时，徐居正在一系列序文中所讲的"文"的概念，有广义和狭义之分。他所讲广义的"文"，指宇宙万物的表现形式，包括"天文""地文""人文"等。而其狭义的"文"，则是表现人的思想感情的语言文学，包括语言、文学、学术文章等。

根据这样的"圣""道""文"观念，徐居正认为作为宇宙万物本身规律的"道"，不仅通过"圣人"及其"文"而得到明确的表述，而且还通过"圣君""明主"而加以"兴化"。因为"圣君"和"明主"也最能领会"天地自然之道"，最能表达"圣人之道"和"人文之理"，他们依"道心""穷神理"而写"文"。所以他们的文章是"明德""明道"的，他们的立身和行事往往足可以成为"万代之范"。从文学的角度看，徐居正推究"文"之本源，引出了"圣人"和"至文"，提出了"征圣""宗经"的基本价值观，由此确立了自己对文艺的基本观点。他的这些主张，对矫正当时形式主义的文风和浮躁的学风，有着非常积极的意义。但是未免过分强调"以圣为范"，美化封建"圣君"和儒家经典，对后世引起了一定的消极影响。不管怎样，他作为朝廷文任重臣，为了振兴"此道"与"此文"，积极出谋划策。他认为要出好文章，就得培养好人才，要培养好人才，就得兴学养人。他积极向世祖建言"兴修泮宫"，"兴学养士"；兴建"尊经阁"，以存蓄藏的庞大经籍，使成均馆生放心钻研学术。国家果然兴建"尊经阁"，让他撰写建阁记。于是他在《成均馆尊经阁记》中说道："凡所以崇化砺贤，兴学养士者，无所不用其极矣。而犹虑经籍鲜少，观览不博，特命建阁，名曰《尊经》。其曰尊者，盖尊敬奉持之谓。"[1] 海东朝鲜朝时期的历代国王崇尚教化，激励贤士，都达到至极。可是"圣主"世祖，还是担心人才少而经籍不足，乃下令兴建书阁，起名为"尊经阁"。这里所说的"经籍"，都是从中国引进的儒家经典著作和海东自己刊刻的重要汉籍。海东自三国时期开始大量购入中国儒家典籍，到了高丽时期已经达到了相当的图书量，而进入海东朝鲜朝以后利用与明朝频繁的外交活动进一步扩大了藏书量，使之成为除了中国以外最大汉籍收藏大国。

海东是一个东方儒学大国，尤其是进入海东朝鲜朝以后以程朱理学为正统意识形态。海东朝鲜朝前半期思想界的主流学说，一是崇奉孔孟学说，一是以程朱理学为金科玉律。也就是说，虽同样崇奉儒家学说，但是这时期的统治阶级内部由于政治利益的不同则出现两种倾向性，一派主要崇奉儒家洙泗学，一派则紧跟中国宋明理学中的程朱之学，前者的代表势力为勋旧派，而后者的代表力量主要是新进的士林派。在学说的内容上，前者以"祖述尧舜，宪章文武"为要旨，而后者则以"穷理"和"理气"思辨为内容。不过他们都崇尚"礼乐"和"仁义"，提倡"忠恕"和"中庸"。他们在政治上主张"德治"和"仁政"，重视伦理道德教育。徐居正属于勋旧派中的台阁重臣，屡朝入住成均馆，掌管文衡之职。与历代儒臣一样，他也曾多次建议振兴儒术，提倡"兴学养士"，率台阁高层领衔朝廷讲论。他经常把能够继承祖宗意志，维护"圣人之道"，振兴

---

[1]《四佳文集》卷1《成均馆尊经阁记》，（韩国）《韩国文集丛刊》。

儒术的历代国王称作海东的"圣君"。他说:"我本朝自祖宗以来,建极作则,设学立师,仁涵义育,殆将百年。我殿下嗣位之初,祗承成宪,再幸泮宫,严祀宣圣。"[1]海东历代王朝以儒家思想为国是的根本,定期祭祀前圣,"建极作则,设学立师,仁涵义育"。世祖在位以来,继承祖宗之法,也多次光临国学,"严祀宣圣"。根据《太宗实录》卷7"太宗四年条",太宗下令在成均馆大成殿孔子位旁陪享曾子、子思二圣。其曰:"升郕国公曾子、沂国公子思于先圣配位。初,曾子在十哲之位,子思在从祀之列。左政丞河崙奉使入朝,得二子图像而来,献议塑像升于配位,又塑子张像,列于十哲。"这里所谓"十哲",是孔子门下的十位高弟,即颜回、闵子骞、冉伯牛、仲弓、宰我、子贡、冉有、子路、子游、子夏。对儒家圣人的祭祀仪式和对前贤的配享制度,是李氏王朝礼乐仪式中最为重要的行事,其统治阶级以此为国家盛典的主干。

徐居正赞扬世祖和成宗继承祖业,使国家焕然一新,到处呈现盛世气象。尤其是世祖和成宗明察文学在国家建设和生活中的重要作用,除了大修国册词命,还鼓励文人词客唱出盛世的气象来,表达出"吾道之本真"。两位"圣主"又和群臣唱和,交流感情,建立纽带关系,使朝廷上下洋溢着和乐的气氛。所以徐居正一再赞扬两位"圣主",继承儒家祖宗所称颂的"虞《赓》、周《雅》"之精神,振兴"吾道与文"。基于这样的文学观念,他力主作文应该以圣人为师,写作应该向经典学习。他主张"扬德树文,勿忘师圣;出言为辞,必宗于经"。而且他还认为"道因圣以垂文,圣因文而明道",二者亲密无间,互为表里。此"圣",在他那里有时候是"圣主"或"圣君",因为"圣主"和"圣君"都是古圣人的"后裔",也是执行和传播"圣人之道"的"天君"。对"圣君"和"斯文"的具体关系,他在《成均馆尊经阁记》中还指出:

  呜呼!大哉,圣人之言乎。臣闻天地至神,非雨露风霆,罔以成功。

---

[1] 《四佳文集》卷1《成均馆尊经阁记》,(韩国)《韩国文集丛刊》。

第六章　徐居正"文承道统"与"文乃载道之器"的儒家诗礼观　291

斯道至大,非圣君明主,罔以兴化。人性至善,非读书穷理,罔以就器。况大学,贤士之关,而斯文根本之地。经者,载道之器;而道者,圣人之心。可不尊是经,以究圣人之心;达是经,以行圣人之道乎。师儒而体此,则书无不读,理无不通,而训迪明矣。贤士而体此,则穷理尽性,明体适用,而将大有施设矣。圣人培养人才,扶持世道之机,孰有过于此者乎。诗曰:"济济多士,文王以宁。"盖言文王作人之盛。以臣观之,我殿下作人之盛,夫岂多让于文王哉。居正章句劣能,忝长本馆,目睹盛美,不可闇无撰述。[1]

徐居正大呼"大哉,圣人之言",以突出圣人"全知全能"的智慧。他说虽然天地神灵至极,但是没有雨、露、风、霆则不可能成功;斯道虽然大而伟,但没有"圣君"和"明主"就不能振兴教化。同样,人性虽至善,但是没有读书、穷理的过程,则无法成长为大器。况且太学是聚集贤能人才的地方,也是"斯文"的根本之地。所谓的"经",是"载道之器",是"道"之容器,是"道"之枝叶。他认为"道",是"圣人之心",是天地万物运行的轨道,是宇宙的"本根",也是事物的法则。所以必须尊崇圣人写出的"经",探究"是经",才能够理解"圣人之道",才能够"以行圣人之道"。他继而说如果师儒能够体察这些道理,则"书无不读,理无不通",教化之迹逐渐明了;如果贤士能够体察这些道理,则能够穷理尽性,明本体而恰当其用,将来会有大的出息。即使是圣人,培养人才,扶持世道之变化枢纽,也离不开这个道理。《诗经·大雅·文王》的首篇说"济济多士,文王以宁",以歌颂周朝的奠基者周文王,言其"作人之盛"。他认为世祖作为"圣君",其"作人之盛",可与周文王相比,甚至有些方面还超过周文王,这是大家都看在眼里,想在心里的事情。徐居正将这种征圣、宗经的观念运用到文学理论领域,并作为"文"之枢纽,贯穿各

---

[1]《四佳文集》卷1《成均馆尊经阁记》,(韩国)《韩国文集丛刊》。

类序文之始终。

第五节 道德与文学:"道其德性之美,而劝勉之意寓焉"

在徐居正的心里,圣人是至高无上的存在。作为儒家学者,他认识圣人是在中国儒家经典之中,认为圣人是道德、智慧和制作能力极高的人。《易·乾·文言》曰:"圣人作而万物睹。"《尚书·洪范》是:"睿作圣。"《论语·述而》道:"圣人,吾不得而见之矣,得见君子者斯可矣。"《荀子·性恶》也指出:"故圣人者,人之所积而致也。"根据这些古记录,徐居正认为圣人不仅道德极高,而且还无所不能。尤其是圣人的"制作"境界,也就是圣人所作的礼乐等方面的典章制度,达到了人类"制作"的顶峰。所以他说:"圣人巍荡之德,难以名言,而所可言者,焕乎之文也。"他认为圣人之文,精深奥妙,堪称文章楷模。所以他大呼:"大哉,圣人之文乎!经纬乎天地,争光乎日月,布之为政教号令,著之为文辞歌咏。"他认为圣人"制作"的礼乐文明及其典章制度,是参照天地万物变化规律的产物,也是合人间社会发展需要的结果,所以圣人之文广大无边、深奥精深。他在《经国大典序》中说:

> 臣窃念天地之广大也,万物无不覆载;四时之运行也,万物无不生育;圣人之制作也,万物莫不欣睹焉。信乎圣人之制作,犹天地与四时也。自古制作之隆,莫如成周。《周官》以六卿配之天地四时,六卿之职,阙一不可也。[1]

天地自然广大无边,覆载着一切万物。此言可能来自《礼记·中庸》,其曰:"天之所覆,地之所载,日月所照,霜露所坠,凡有血气者,莫不尊亲。"

---

[1]《四佳文集》卷4《经国大典序》,(韩国)《韩国文集丛刊》。

这里的"覆载",意味着覆盖与承载,孕育和包容。"四时"就是一年中的春夏秋冬,《淮南子·本经训》说:"四时者,春生夏长,秋收冬藏,取予有节,出入有时,开阖张歙,不失其叙,喜怒刚柔,不离其理。"所以徐居正说"四时运行也,万物无不生育",以示自然生命的生生不息。他还说圣人"制作"礼乐文明是尊崇自然变化的法则,观察和总结复杂的人间社会发展规律,预示未来走向而写出来的。自古以来的"制作之盛",没有一个能超得过周王朝。相传周公所作的《周官》,以"六卿"配置于"天地四时",其所配"六卿之职",缺一不可。徐居正认为古圣人"制作"的礼乐典章制度和井然的官爵制度,都是学习自然法则,总结人类发展规律而制定的。但是他还认为随着历史的进步和时代的更替,这些文物制度还得不断地补充和修正,因为社会也逃脱不了生生不息的自然规律。所以在他那里,像《经国大典》这样的国册大典,也是根据海东王朝新的历史条件和需要而编撰出来的,是社会变化发展的产物和海东这个特殊的东亚封建王朝的创新物。他在《经国大典序》中道:

> 我太祖康献大王,应天顺人,化家为国,立经陈纪,规模宏远。三宗相承,贻谋燕翼,制度明备。世祖神思睿知,度越千古,殿下聪明,时宪是遵是行。金科玉条,刻之琬琰,垂耀无极,猗欤盛哉。其曰六典,即周之六卿,其良法美意,即周之《关雎》《麟趾》,文质损益之宜,彬彬郁郁,孰谓大典之作不与《周官》(周礼)而相为表里乎。建诸天地四时而不悖,考诸前圣而不谬,百岁以俟圣人而不惑者,可前知矣。继自今圣子神孙,率由成宪,不愆不忘。则我国家文明之治,岂唯比隆于成周而已乎!亿万年无疆之业,当益悠久而悠长矣。[1]

李氏王朝自称"小中华",从国家正统思想到文物制度,几乎全盘吸取了中

---

[1]《四佳文集》卷4《经国大典序》,(韩国)《韩国文集丛刊》。

国的制度文化。那些儒家称颂的"圣人之道",国家典章制度,人的行为准则,无不遵循儒家所提倡的那一套。所以徐居正赞扬历代国王的治国理政之道,说开国始祖李成桂"应天顺人,化家为国,立经陈纪,规模宏远",打下了国家坚实的统治基础。其后的"三宗",即定宗、太宗、世宗先后相承,将完备的安定之策传于后代嗣王。到了第七代世祖,以"神思睿知,度越千古"的智慧,遵行前代的遗旨、遗制和遗法,将其金科玉律刻于琬琰之上,"垂耀无极"。这些历代"圣君"所制定实施的"六典",就是和中国周代六卿实施的良法是基本没有什么区别的。而"其良法美意",如同"周之《关雎》《麟趾》"篇所表达的意思,几乎没有什么两样。海东的《经国大典》,其"文"与"质"相互调和在一起,"彬彬郁郁",有谁敢说不与周代之《周官》相为表里?《经国大典》的内容,比照于天地、四时之则,而无任何误差,考证于前圣前贤之"制作",也无可谬之处,等待百年后的圣人重新论证,也可以经得起考验。如果后世的圣子神孙以"圣君"的治绩,尊崇和遵守此《经国大典》,那"国家文明之治"就完全可期。如果真能如此,李氏王朝的治国大业,"当益悠久而悠长"。徐居正强调国册大典是一个封建国家治国理政的"金科玉条",也是"是尊是行"的王朝法典,因为它是古代"六典"的继承和发展。孔子在《论语》中曾多次提到《诗》,但关注度最高的还是《关雎》一篇,曰"乐而不淫,哀而不伤"。在他看来,《关雎》是表现"中庸"之德的典范。《毛诗序》的作者认为《关雎》篇是"《风》之始也,所以风天下而正夫妇也。故用之乡人焉,用之邦国焉"。认为其教化意义深远。还有《麟趾》一篇,《诗经》中的原题目为《麟之趾》,《礼记·礼运》将麟、凤、龟、龙谓之四灵,它们都是传说中的四种富有神性的动物,用来比喻各种品格高尚的人。徐居正认为与周王朝的"六典""六卿"一样,《诗经》中的《关雎》《麟之趾》二篇诗,也有"文质损益之宜,彬彬郁郁"的内容与形式的特色,恰与《周官》形成互为表里的功效。

　　文学是在交流中不断提高和发展,交流是文学发展必需的促媒剂,因为人

第六章 徐居正"文承道统"与"文乃载道之器"的儒家诗礼观

创作文学作品是给别人看的。但是文学史中的有一种情况较为特殊,那就是人在创造美的文学作品或关照审美对象或欣赏艺术作品时,达到微妙的精神契合。尽管彼此没有见过面,但艺术精神相通,审美情趣相投,从而相互倾慕。中国古代《庄子·养生主》中已经有这一思想,其曰:"以神遇而不以目视,官知止而神欲行。"其"庖丁解牛"中的这一寓言,算是首创这一"神会"之说。南朝宋宗炳的《画山水序》道:"夫以应目会心为理者,类之成巧,则目亦同应,心亦俱会。"此话,大致表达了"神会"的含义。而唐李嗣真的《续画品录》则指出:"顾生思侔造化,得妙悟于神会。"明确将上述宗炳的审美感应境界,用"神会"一词来表述。海东的徐居正也对此审美感应境界有所认识,以中国文学家之间或海东文学家之间的文学友谊和创作上的"神交"感知为例,说明了这个问题。实际上中国唐代李嗣真的"神会"说,与海东徐居正的"神交"说是一个意思。请看徐居正在《骑牛先生赠玩易斋诗序》中所说的"神交"说:

> 居正尝读《春秋传》,列国大夫其于交际相与之间,皆赋诗以见其意,如《角弓》嘉树之传是已。朋友相赠,起于汉之苏、李,盛于魏、晋,极于唐、宋。然皆出于亲戚故旧邂逅酬酢之间,能知音相得,感会神交者,百无一二。后之论者,以江东、渭北之句,为李、杜神交,以蚯蚓之篇,云龙之诗,为韩、孟知音。欧阳公《赠梅都官诗》曰:"梅穷独我知,古货今难卖。"则谓之知音,亦可也。今以文节、戴敏交际之厚,赠遗之勤,而益有感于李、杜诸公神交知音者,非偶然也。予岂可以他求吾两先生哉。景醇氏诗礼传家,虽残稿剩馥,殷勤护惜至此,岂非可喜也哉。[1]

按《春秋传》,列国大夫在外交场合进行交际活动,往往赋诗以表达自己的意思。如根据《春秋左氏传·昭公二年》,晋韩宣子出使鲁国,鲁昭公设宴款

---

1 《四佳文集》卷6《骑牛先生赠玩易斋诗序》,(韩国)《韩国文集丛刊》。

待,韩宣子遂唱《诗经》中的《角弓》篇,以表达两国和亲的愿望。再者,其时还参加鲁国正卿季武子所设宴会时,韩宣子即席赞扬庭中嘉树,以表达友好之意。被韩宣子感动的季武子,说"宿敢不封殖此树,以无忘《角弓》"。于是,韩宣子以赋诗之计,较为顺利地完成了外交任务。关于《角弓》的主题,《毛诗序》说:"《角弓》,父兄刺幽王也。不亲九族而好谗佞,骨肉相怨,故作是诗也。"虽然诗中所刺,是否确指幽王难以认定,但为王室父兄刺王好近小人,不亲九族,而骨肉相怨的作品是可信的。韩宣子在外交场合,恰到好处地利用赋诗,说服鲁国君臣讲明晋鲁亲善比什么都重要的道理。徐居正认为朋友之间以诗相赠的习俗,始于西汉武帝时的苏武和李陵,其时苏武使往匈奴,被抑留于其地十九年,吃尽苦难。据《汉书》卷54《李广苏建传》,苏武最后归国时与人作别唱和五言诗《河梁别》,以表达其时的心境。徐居正认为这种赠答诗"盛于魏、晋,极于唐、宋",但是它们一般都是"出于亲戚故旧邂逅酬酢之间",很少有真正的感情交流。尤其是"能知音相得,感会神交者,百无一二"。

在此,徐居正第一次提出了"知音相得""感会神交"的文学审美命题。这个命题主要涉及两个方面的问题,一是涉及文艺欣赏,一是涉及文艺批评。关于前者,文艺创作首先是一种精神的和情感的活动,而文艺欣赏也是一种精神的和情感的活动。俄罗斯作家列夫·托尔斯泰曾说过:"艺术是这样一项人类活动,一个人用某种外在的标志有意识地把自己体验过的情感传达给别人,而别人为这些感情所感染,也体验到这些感情。"[1]他把艺术创造看成是感情的双向交流,而联系这种双向交流的桥梁就是文艺的审美濡染特性和接受心理。文艺作品中的艺术形象,往往使人通过其中的一系列具体的艺术元素,受到感动或激动,甚至热血沸腾。从另一个角度,文艺作品也使人有时会陷入久久的冥想,感觉好像一下子领悟到了过去想把握却始终未能把握的哲理。这就是艺术欣赏中的审美共鸣问题,是美感的双向传递和作用问题。尤其是文艺欣赏,并不是

---

[1] 《什么是艺术》,伍蠡甫、蒋孔阳主编:《西方文论选》下册,上海译文出版社,1979,第433页。

被动地"再现"已经看过的作品的意义,而是欣赏者以文艺作品为基础,在自己的艺术趣味、生活经验、知识阅历、思想情操、感情取向等基础上,进行再创造的过程。有人把这种过程叫做"灵魂在杰作中的冒险",因为欣赏者并没有在这之前与创作者有过任何的内在沟通,而是纯粹凭借欣赏能力去欣赏对象。文艺欣赏中的这种现象,古已有之。《列子·汤问》载:伯牙善鼓琴,钟子期善听琴,伯牙琴音志在高山,子期说"巍巍乎若泰山";琴音意在流水,子期说"洋洋乎若江河"。伯牙所念,钟子期必得之。后世遂以"知音"比喻知己,比喻懂得文艺欣赏的人。唐代杜甫在《哭李常侍峄》诗中曾写道:"斯人不重见,将老失知音。"以表达失去"知音"的痛苦。刘勰也在《文心雕龙·知音》中探讨了文艺欣赏中的知音问题,说:"音实难知,知实难逢,逢其知音,千载其一乎!"

　　徐居正所说的"知音相得,感会神交"一句话,则高度概括了文艺审美上的这种"神交"和"知音"现象,这无疑是他文艺欣赏审美观念上的一个重要思想。他认为文艺欣赏史上的这一现象,说则容易,而作则实难,因为它们需要很高的文艺审美创造能力和知识修养。在他认为这种"神交"或"知音",只有那些艺术城府极高的文学家那里才能够出现。他举例说:"后之论者,以江东、渭北之句,为李、杜神交,以'蚯蚓'之篇,'云龙'之诗,为韩、孟知音。"[1]这里的"江东、渭北之句",出自于唐代杜甫的《春日忆李白》,诗中写道:"白也诗无敌,飘然思不群。清新庾开府,俊逸鲍参军。渭北春天树,江东日暮云。何时一樽酒,重与细论文。"此诗抒发了作者对李白的赞誉和怀念之情。徐居正将以此诗第三联中的"江东、渭北之句",看成二位诗人能够"知音相得"的表现,也将其看作二位"诗仙"和"诗圣""感会神交"的结果。从文学史的角度看,徐居正的这种看法,是有其道理的。从表面上看,这第三联"江东、渭北之句"只写了杜甫和李白各自所在之景色。因为"渭北"一句指杜

---

1 《四佳文集》卷《骑牛先生赠玩易斋诗序》,(韩国)《韩国文集丛刊》。

甫所在的长安一带，而"江东"则指李白当时漫游的江浙一带。句中将杜甫对李白的设身处地想象得如在眼前，表现出意念上的"感会神交"。徐居正专门选择杜甫的此诗，进行如此具体的评价，是因为杜甫的此诗感情真挚，文笔直率，思念之情悠然而出，而且在诗中诗人高度评价了李白诗歌的重要地位和突出风格，因而这篇思念密友李白之作，从某种程度上说更是一首诗歌鉴赏之作。

徐居正在此序文中，还举出了另一个例子，即唐代另外两位大诗人韩愈和孟郊的诗友深交，来进一步论证"知音相得，感会神交"的文学审美观念。他说："以'蚯蚓'之篇，'云龙'之诗，为韩、孟知音。"这里的"蚯蚓之篇"，"云龙之诗"，是韩愈《醉留东野》诗中的一段诗象。此诗曰："昔年因读李白杜甫诗，长恨二人不相从。吾与东野生并世，如何复蹑二子踪。东野不得官，白首夸龙钟。韩子稍奸黠，自惭青蒿倚长松。低头拜东野，原得终始如駏蛩。东野不回头，有如寸筵撞巨钟。我愿身为云，东野变为龙。四方上下逐东野，虽有离别无由逢。"诗中的第五联和第七联，则用"駏蛩""云龙"来描写韩愈和孟郊深厚的友谊和"知音相得"的诗友关系。诗中说当年读李白、杜甫的诗，常常遗憾他们分离多；我与孟郊虽为同期的人，也像他们别多聚少；孟郊未尝得官，显得年老而笨拙；我稍狡猾老练，而惭愧地像小草依附长松一样依附着孟郊的才华；低头拜孟郊，愿如駏与蛩永不分离；可是孟郊却不回头，就像用小树枝去撞钟一样；我愿变成云，孟郊变成龙；四方上下追逐着孟郊，即使是离别多而相逢少。此诗约作于贞元十四年（798），时韩愈和孟郊皆在汴州，孟郊离汴州南行，韩愈赋此诗留别。诗中突出地表现了韩、孟之间的深厚友谊，从中可见韩愈对孟郊的推崇。二人有如此深厚的友谊，原因也在于二人在诗歌创作上有着"知音相得，感会神交"的审美感通。徐居正继而说从这个意义上来看，欧阳修在《赠梅都官诗》中所唱的"梅穷独我知，古货今难卖"一句，"谓之知音，亦可"。这是欧阳修写给梅尧臣的赠诗。欧阳修和梅尧臣同为革新运动的领袖，也是莫逆之交，亦师亦友，感情深厚。二人经常切磋诗文，仕途照应,相惜一生,欧阳修尊称梅尧臣为"诗老"。欧阳修和梅尧臣之所以情投意合,其中一个很重要的原因,也是二人在诗文创作上有着极其相似的审美情趣,有着"知音相得,感会神交"的文学审美感受。徐居正认为不仅在中国文学史上有一系列"知音相得,感会神交"而产生的文学家之间的深厚友谊,而海东文学史上也有一系列类似的现象。在他看来,海东前期的大诗人姜硕德和李行之间的深厚友谊,也是因这样的"知音相得,感会神交"而形成。他说:"今以文节、戴敏交际之厚,赠遗之勤,而益有感于李、杜诸公神交知音者,非偶然"他们之间"交际之厚,赠遗之勤",其心理基础也是频繁的文学交流,以及深刻的审美共鸣。从而可知,姜硕德和李行之间的"知音相得,感会神交",绝不偶然,是有其深刻的主客观原因的。

徐居正认为文学有上下、前后的继承关系,无继承,即无发展。而文学上的这个继承关系,或许是基于师徒关系,或许是基于类似的审美趣味关系,也或许是家族内部的传承关系。从文学理论上看,无论是哪一种关系,都应该重视,因为继承是没有既成的先决条件。甚至文学的继承,有可能有自祖先那里传下来的"家法",而有无"家法",看其祖孙几代人的诗文创作就一目了然。徐居正写序文的《铁城联芳集》,是海东朝鲜朝前期的著名文人李冈和李原父子的诗文集。李冈的父亲是高丽朝的守门下侍中、著名书画家李岩,擅诗文,有《农桑集说》等书传世。徐居正根据仔细比对认为,李岩、李冈、李原祖孙三代人的诗文有很大程度的继承性,这可能是根据"家法"往下传授的结果。他们文学的继承性,不仅受"家法"影响,而且还受其他因素的沾染。他说:"居正外舅阳村权文忠公,平斋之婿,是铁城于居正为外家,居正内兄吉昌权翼平公,容轩之婿。翼平尝语居正曰:'平斋、容轩诗法,出于杏村李文贞公',容轩又早孤,鞠于阳村,得师友渊源之正。诗至于平斋、容轩二老,亦足不朽矣。"这就说明它们的诗除了祖传"家法"的影响,还受师徒关系的传承和时代因素的制约。他在《铁城联芳集序》中还说:

今观平斋之平淡温醇，容轩之清新雅丽，正有家法，足以传后，翼平之言，盖有所见矣。予尝见古之人以文章名家者，必有家法焉，又必有师友渊源之资焉。杜陵之诗，祖于审言；东坡之文，宗于老泉；涪翁以文章鸣世，未必不资于苏家。今杏村即平斋之审言，平斋即容轩之老泉，阳村之于容轩，即涪翁之东坡也。呜呼！文章箕裘，岂不难哉。求之于古，仅得苏、杜二家。今吾铁城父子，袭美传芳，续杏村之遗馥，亦何多让于古人哉。[1]

根据《铁城联芳集》中诗文的审美倾向性和风格来看，李冈和其子李原的诗文，是有上下继承关系的。"平斋之平淡温醇，容轩之清新雅丽"，也就是父亲李冈的诗"平淡温醇"，而儿子李原的诗"清新雅丽"，一看就能看出其"家法"的传承关系。李原的女婿权擥指出"平斋、容轩诗法，出于杏村李文贞公"，而"杏村李文贞公"则是平斋李冈的父亲和容轩李原的祖父，可知祖孙三代的诗法有明显的继承关系。其中的李原，"又早孤，鞠于阳村，得师友渊源之正"，也与权近的诗歌创作结下了继承关系。李冈、李原父子的诗之所以能够出类拔萃，除了自身的努力以外，还得益于祖传"家法"和师友传承。从这一现象中，徐居正得出了一个重要结论，也就是"予尝见古之人以文章名家者，必有家法焉，又必有师友渊源之资"。他又仔细考察中国唐宋诗文诸家，认为他们都有明显的继承关系。他说："杜陵之诗，祖于审言；东坡之文，宗于老泉；涪翁以文章鸣世，未必不资于苏家。"在他看来，唐宋名家之所以流芳万世，或许有很多原因，但是对"家法"的继承和"师友渊源之资"，也应该是其中重要的因素。徐居正强调这样的现象在海东也绝无例外，说"今杏村即平斋之审言，平斋即容轩之老泉，阳村之于容轩，即涪翁之于东坡"。他认为这种现象无疑也

---

[1] 《四佳文集》卷5《铁城联芳集序》，（韩国）《韩国文集丛刊》。

是一种文学规律，认真对待文学的这种规律，深入总结这样的继承关系，对探讨文学继往开来的发展是有好处的。不过他认为文学上对这种"家法"的继承，说起来容易，实际做起来绝不容易。他认为能够通过这种"家法"鸣于世的人也为数不多，就是唐宋时期也就"仅得苏、杜二家"。像海东这样不大的国家，文学上能够出现李岩、李冈、李原三代相传的"家法"，而且各代出类拔萃者实在是少之又少。他们的第四代，李原之子李陆，继承这种"家法"，也成为了成宗时期能文善政的宰相，可知这一"家法"的继承性。

儒家一向认为诗歌具有政教风化和教育感化的作用。《毛诗序》指出："风，风也，教也；风以动之，教以化之。"南宋朱熹注其曰："谓之风者，以其被上之化以有言，而其言又足以感人，如物因风之动以有声，而其声又足以动物也。"[1] 儒家的这种文学观念，对后世的中国文学和海东文学的发展产生了极其深远的影响。这样的儒家文学思想，在徐居正的文学世界中占据着非常重要的地位，几乎左右着他的文学社会功用观。在他的知识体系中，中国古人的政治史、社会史和文化史都与文学发生了极其深刻的关联，甚至认为文学几乎左右其政治外交、社会交际和文化活动的成效与否。他经常进言海东朝鲜朝的世祖、成宗，不可低估文学的社会作用，反复提醒他们文学有"入心""化人"的审美功效。他尤其欣赏中国古代《诗经》对其历史文化发展进程中的重要辅助作用，并仔细探索《诗经》与社会政治之间的交融历史，考察它对社会政治、人心的审美感化而引起的"风化"功能。如他在《送忠清道监司李公诗序》中说：

> 然观昔者，仲山甫之有行，吉甫作诗送之。道其德性之美，职业之修，而劝勉之意寓焉。今诸公之诗，实祖吉甫，予非子夏之俦，安能序其首乎，姑以召公之事告之。周之初，召公为方伯，循行南国，能布文王之化，其泽之入人深。故至不忍伐其舍棠，而百世之下，称文王之德，召公

---

[1] 朱熹《诗集传》。

之功不衰。尼圣曰："见贤思齐焉。"今圣上，有文王修身齐家之化，其仁民之余恩，无远不被。放翁氏履召公之履，能以忠厚之心，奉行仁义之政，则忠清一道，亦圣化所在也。节俭正直，岂无如《羔羊》之大夫；贞静自修，岂无如《采蘋》之女子；庶类繁育，岂无如《驺虞》之所咏者哉。其赋《甘棠》之诗者，亦必有人矣。[1]

徐居正认为中国古人喜爱诗歌，善于将生活中的很多事情用诗歌艺术的手段表达出来，他们的这种爱好在《诗经》中表现得淋漓尽致。《诗·大雅·烝民》就是专门颂扬仲山甫的诗歌，周宣王派仲山甫去齐地筑城，将行之际，尹吉甫送诗，赞扬仲山甫的美德和辅佐宣王的政绩。徐居正认为古人多用诗歌的艺术形式来表达己意，是因为文学有"感人""化人"的客观功效。徐居正在这篇《送忠清道监司李公诗序》中，也模仿中国周代尹吉甫为即将去忠清道赴任的监司李陆写序。他强调古代尹吉甫送仲山甫写的诗，赞扬"道其德性之美，职业之修"，作品中"深寓劝勉之意"。李陆是海东朝鲜朝初期的名臣李原的后代，当他离开汉城到忠清道赴任时，很多官界同僚们来送行并作了送别诗，还让徐居正写序。他谦虚地说："今诸公之诗，实祖吉甫，予非子夏之俦，安能序其首乎，姑以召公之事告之。"其意思就是大家今天为送李陆远赴忠清道任职而写的诗，含义与中国古代"仲山甫之有行，吉甫作诗以送"时所写的诗是基本一样，都是颂扬他品德高尚，为人师表，总揽王命，政绩突出之类。他写序先讲周召公的古事，"周之初，召公为方伯，循行南国，能布文王之化，其泽之入人深。故至不忍伐其舍棠，而百世之下，称文王之德，召公之功不衰"。以此勉励李陆到了新的赴任之地，替国王实行德化，体恤民情，实现一方平安，使其地百姓感恩如同历史上的周朝南国之民感激仲山甫而"不忍伐其舍棠，而百世之下，称文王之德"。往下他又赞扬成宗"见贤思齐"，"有文王修身齐家之

---

[1]《四佳文集》卷6《送忠清道监司李公诗序》，（韩国）《韩国文集丛刊》。

化,其仁民之余恩,无远不被",而其所派任的李陆也定能"以忠厚之心,奉行仁义之政",将"忠清一道",亦变成"圣化所在"。最后,徐居正连用《羔羊》《采蘋》《驺虞》《甘棠》等《诗经》中的名篇,比喻李陆的美德和政治才华,以寄托对他能够成为称职的地方首领而王化天下的希望。徐居正在此序文中连用《诗经》中的四部篇什,用比拟的写作手法,来称颂良辅李原之后嗣李陆的品德和政绩,从而希望他赴任忠清道地方官以后"履召公之履",实行贤政,改善人民生活,使道民知道成宗的"仁民之余恩"。他说:"节俭正直,岂无如《羔羊》之大夫;贞静自修,岂无如《采蘋》之女子;庶类繁育,岂无如《驺虞》之所咏者哉。其赋《甘棠》之诗者,亦必有人。"在此希望李陆节俭正直的德望如《羔羊》中的大夫;贞静自修而能循法度如《采蘋》中的美女;繁育万物而宣教王化如《驺虞》中的诸侯之德。具备这些美德和才华的李陆,如果在新的赴任之地也能够固守原本的节操和才德,以布成宗王贤政,也像《诗·甘棠》中的召伯一样,人们也会"思其德","其赋《甘棠》之诗者,亦必有人"。

第六节 《东文选》的"载道"文学观与民族文学振兴意识

《东文选》的编纂出版,给传统的"道""文"观赋予了一些崭新的观念因素。首先,《东文选》虽说是在第九代成宗的御命下完成并出版的,但是在其动机和结果中无疑渗透着一代君臣自主的文学意识和民族自我的文学思想。成宗曾经说"吾东方诗文,可观者甚多",遂命徐居正等将之前一千余年间本国诗文编纂成册,使之成为海东艺苑之《文选》。实际上,《东文选》是徐居正等当代著名学者和文人集体智慧的结晶,在其庞大的内容中浸染着他们多人的文学经验和观念。其次,《东文选》是当时民族文化复兴的产物,其中包含着诸多仁人志士自主的民族文学思想。徐居正在《东文选序》中说过:"我国家列圣相承,涵养百年,人物之生于其间,磅礴精粹。作为文章,动荡发越者,亦无让于古。

是则我东方之文,非汉、唐之文,亦非宋、元之文,而乃我国之文也。"其思其言,深邃无比,铿锵有力,字里行间充满着无限的民族自豪感。还有,《东文选》是一部"道""文"并重的裒集之典范。它郑重宣告,自己的采集原则是以"精一中极"为"文之体",以"诗书礼乐"为"文之用",始终坚持"文以贯道"的基准。

《东文选》是海东文学史上第一部诗文总集,其内容完全是海东祖宗前辈的作品,它的问世意味着海东文学的发展进入了一个崭新的阶段。《东文选》选编了海东自三国时期至朝鲜朝中宗初年,五百多位作家的诗文,其中大多数是历代重要作家代表性的作品。它不仅使海东朝鲜朝中宗以前的文学名篇得以保存和传世,而且为后世民族文学的发展树立了一大榜样,也是后人探索海东古代文学与文学批评的重要文献集成。《东文选》全编的组成是:目录3卷3册,正编130卷42册,共133卷45册;续编23卷11册。其正编是于1478年(成宗九年)成宗命徐居正等人所编,或称《正编东文选》。续编是1518年(中宗十三年)中宗命申用溉、金诠等续编之。《正编东文选》涉及五百多位作家的辞、赋、诗、文,共4300余篇作品;《续东文选》收入《正编东文选》出刊以后四十余年间的诗文作品,按照《正编东文选》的体例涉及37种文体,诗文作品共1399余篇。还有于1713年(肃宗三十九年)大提学宋相琦等根据肃宗之命改编的《新纂东文选》,共35卷15册,收入1200余篇诗文作品。其时清康熙帝想看海东诗文情况如何,肃宗急命几位文臣编纂。这三种《东文选》在编纂时间上相隔一定的距离,从成宗到中宗经约四十余年,从中宗到肃宗再经一百九十余年。各个时期的《东文选》,随着年代的不同,其编纂的主导思想显现一定的差异。如徐居正等人所编《正编东文选》,在编辑上是坚持全方位的原则,将之前一千多年间的诗文作品,只要是写得好的优秀作品,不管是什么身份,都要选录进来,放在相应的位置上。而申用溉等人所编《续东文选》,其编纂原则多倾向于儒家,将佛教僧侣的诗文无论其再好,也排除在外。同时将士林派,尤其是其性理学家的作品收录得较多，光是士林派领袖人物金宗直一个人的诗歌作品就占不少比例，而且表笺类作品只有12篇。这两种体裁在徐居正的《东文选》中，数量很大，光是表笺文就达430余篇。海东朝鲜朝时期的中宗时期是士林派主导国家政治的时期，他们高扬朱子学，加强抑佛扬儒政策，想以此巩固自己的基盘。在文学上，他们高喊载道的文学，重"道"而轻"文"。这些事实则充分反映他们急欲脱离从前词章派文学影响的愿望。最后编纂的《新纂东文选》，其主要参与编纂者宋相琦是肃宗朝的著名朱子学家宋时烈的弟子，由于编纂动机的特殊性，努力体现海东汉文学的盛况及其正宗地位。可见，一部《东文选》的编纂史，根据其年代和编纂者的不同，体现出截然不同的文学观念。同时，历经二百余年，分三次编纂而就的三种《东文选》，宛然体现着不同"道""文"观的变化过程。

　　顾名思义，《东文选》应该是之前海东"文"的选萃，可是它的前22卷全部都是诗歌，而且其种类包括辞、赋、五言古诗、七言古诗、五言律诗、七言律诗、五言绝句、七言绝句、六言诗等，凡是汉诗的正规体制基本备齐。《东文选》之所以这么作，原因在于它学了萧统的《文选》，在体例上基本采纳它的作法。正如卢守慎等在《进东文选笺》中所述，《东文选》仿中国南朝梁昭明太子萧统的《文选》，依文体编次而作。它的具体体裁分辞、赋、诗、诏、敕、教书、制诰、表、笺、启、状、檄书、露布、箴、铭、颂、赞、奏议、札子、文、书、论、说、记、序、传、跋、疏、辨、对、志、原、牒、议、册、致语、杂著、批答、上梁文、道场文、斋词、青词、哀词、诔、祝祭文、哀辞、行状、碑铭、墓志等，体裁完备，内容全面。他在辞、赋、诗之下又分子目，依内容归类。各体文章按类分卷，卷内依时代先后排列，其中也有一些萧统《文选》所未备的文体。这反映当时海东人所用文体日益繁多，关乎文体的理论观念也日趋精细。书前还有徐居正等纂辑官撰写的序文，阐述他们的文学观和《东文选》所坚持的一些原则。

《东文选》的体例内容反映，纂辑官的文学意识处于极其复杂的状态。首先，《东文选》还是秉承着杂文学概念。从《东文选》的选文原则上看，除了辞赋、诗歌和部分具有审美成分的散文之外，很多文章完全属于应用文范畴。这可能是因为它的目的不在纯粹文学上面，而是将之前一千多年间的"文"中之"萃"者裒辑起来，展现给后人。从客观上讲，么作的好处在于它能够保存庞大的文章遗产，使之免于遗失的风险，而且后人还可以从中探索出某些规律性的东西。同时，文章随时世变化发展，它的字里行间反映着那个时代的历史文化和思想意识，所以《东文选》的结集出版无疑有着巨大的文献资料意义。其次，从《东文选》的选文及其内容来看，其纂辑官还没有摆脱经学的影响和束缚。正如《东文选序》所显示，他们的文章观念里还珍存古代经学家所认为的"天地自然之文""世之人文之文"的概念，尚以"三代之文""六经之文"为后世之范。同时在纂辑原则上，他们坚持"取其词理醇正，有补世教者"为选择对象，以迎合封建王朝的文化政策。这大概由三种原因所造成，一是因为《东文选》以萧统的《文选》为模本而作；二是《东文选》在成宗的建议和监督下裒辑而成；三是由成宗王任命的纂辑官队伍成分复杂，其主要编纂者卢思慎、姜希孟、梁诚之、李坡、徐居正等，有些人倾向于勋旧派，有些人则倾向于士林派，但是他们有一个共同点，那就是他们都是封建文人，都以维护封建秩序为己任，都是成宗朝右文政策的执行者。四是尽管如此，《东文选》也有一个崇尚纯文学的一面。一个是它的裒辑除了辞赋、诗歌之外，还包含了很多可称得上文学散文的文章。再一个是，它排除了应该是数量可观的本属于文学批评范畴的诗话、文体辨析、诗评、作家小传、文评等遗产。《东文选》所体现的这一文学总集的编纂原则，已然证明徐居正等人对文学总集与一般文学批评著作的区别有较为深刻的认识。换句话说，《东文选》的理论意义在于它较早地将文学总集与文学批评著作区别开来，将它们置于文学范畴内部不同的涉猎对象。在当时的文学观念中，这无疑是一个文学自觉的典型表现。难怪徐居正还另行编纂《东人诗话》，想通过理论上的探索，以总结之前诗歌发展中的经验和教训。自此以后，海东朝鲜朝时期陆续出现了诸多诗话或诗评专著，表现出当时文学自觉的新潮流。

诚然，编纂《东文选》绝非是几个当朝文人的即兴之举。它是由成宗特别提议，由多位当朝文任大臣集体编纂而成，用国库官费出版发行的海东历史上第一部诗文总集。作为国家文化战略的一部分，它属于国家层面上的典籍，它的骨髓里浸透着王朝意识状态的精华。《东文选》的编纂，为国家右文政策的举措之一，有着极其重要的现实意义。海东王朝右文政策的内涵，主要包括朱子性理学和文章学，以程朱理学为纲，文章学为目。按照他们的政治逻辑学，二者有着相辅相成的价值关系，所以他们反复探讨和论述。他们在总结历史经验时看到，"自结绳变为书契，吾道寓于文辞"，"道"无"文"则不彰，"文"离"道"则失"根"。有了这种执政意识和"道""文"观，谋划编纂像《东文选》这样的民族文学文献总集，是理所当然的事情。《东文选》主要的纂辑官有著名学者卢思慎、姜希孟、徐居正、梁诚之等。在《进东文选笺》中，徐居正指出：

奉旨撰《东文选》讫，谨缮写投进。臣思慎等，诚惶诚恐，稽首稽首上言。伏以功德巍乎难名，治教既隆于前代，文章焕焉可述，制作有待于明时，肆辑新编，庸尘睿鉴。窃念自结绳变为书契，而吾道寓于文辞。《虞典》《夏谟》之精微，实百王传授心法；《周诰》《殷盘》之灏噩，乃三代政教时宜。兹先圣六经之并行，与元气四时而迭运。然时运有盛衰之异，而文章有高下之殊。《南华》十篇，书变化奇崛；《左氏》一部传，泛滥浮夸，幸未丧于斯文，犹可寻于坠绪。汉而唐，唐而宋，百家并兴，风变骚，骚变诗，众体俱作。观其辞，虽互有工拙，要其归皆本于性情。盖欲久于流传，必在汇而删定。《昭明选》众作而古文尚在，德秀粹群英而正宗独传，皆能代有成编，是以人得遍览。[1]

文中说，奉旨所纂《东文选》今已完成，现缮写一份呈上，以盼英主审阅。海东朝鲜朝时期的文教，"隆于前代，文章焕焉可述，制作有待于明时"，今"肆辑新编"，全赖太平圣代。人类历史遥远，走过了"结绳变为书契"的文化发展过程，那些三代之制、圣人之道、四书五经，全靠"文"来记述和传播，所以说"吾道寓于文辞"。《尚书·虞书》和《夏谟》精微的论述，给后世的百王传授了心法，《尚书·周书》中的《大诰》《康诰》《酒诰》《召诰》《洛诰》等篇和《尚书·盘庚》之博大精深，给三代之治以正确的指导。此文，与古之圣人之道和后来的六经互为表里，也"与元气、四时而迭运"。值得注意的是，"时运有盛衰之异，而文章有高下之殊"。《南华真经》十篇书，其思想变化奇崛；《春秋左氏传》一部，虽文意"泛滥浮夸"，"幸未丧于斯文"，很多端绪"犹可寻于坠绪"。经汉代而至唐朝，自唐朝而至宋代，诗文领域百家并兴，历经"风变骚，骚变诗，众体俱作"的发展过程。总结其间的文学史，虽经历曲折，各家"互有工拙"，但一点是共同的，那就是"要其归皆本于性情"。时间长久，文学遗产丰富多彩，到了一定的时候，必定有人出来删定编纂，将其汇总结集。昭明太子萧统选录诸多作品作《文选》，保存了那么多的古文珍品，真德秀萃选古代精英之文，纂成《文章正宗》，使后人得以读赏古人真品。这样，在文学长期的发展过程中，也会不断涌现有意于编纂之业的人才，将前人的遗产结集成篇并付梓，使后人得以遍览。这样的人才，中国古代出现过许多，而海东也不乏其人。他接着说：

粤我海隅之地，古称文献之邦，箕子演禹畴，东民始受其赐。罗人入唐学，北方莫之或先。文风大振于高丽，德教极盛于昭代，闲有名世之士，

---

[1] 徐居正等：《四佳文集补遗》第2卷《进东文选笺》，（韩国）《韩国文集丛刊》。

第六章　徐居正"文承道统"与"文乃载道之器"的儒家诗礼观　309

亦皆应期而生。上姚姒下鲁邹，鼓吹六籍，追班马，驾屈宋，驰骋诸家，苟求之数千百年，能言者非一二计。扣之大，扣之小，虽或异音，工于文，工于诗，各尽所长，是之谓物之善鸣也。孰不曰文不在兹乎？第遗稿存者几希而收录得之盖寡，台铉编《国鉴》而失之疏略，崔瀣撰《东文》而病于阙遗，是固儒者之轸心，抑亦文教之阙事。恭惟我主上殿下，体舜精一，继尧文思，烛《风》《雅》与政而通，念文词"载道之器"，俾纂往哲之精粹，以资来学之范模。臣等祗奉纶音，遍购缥帙，本乏相马之眼，不辨骊黄，徒切测海之心，曷分泾渭。祗罄神力，粗加品甄，苟体例有合于规矩，而采掇不遗于葑菲。庶无遗珠于探海，敢言拣金于披沙，通前后凡几百人，得诗文总若干卷，聊进供于乙览。庶留神于燕闲，择焉不精，纵未究作者之志，敏以好古，窃尝慕述而之功。臣思慎等，无任激切屏营之至，谨奉笺随进以闻。[1]

海东自古被称为文献之邦，殷王诸父箕子来邦传播《洪范九畴》，海东自此受儒家文明薰陶。新罗子弟陆续入唐学习中国的学术文化，北方诸国谁都赶不上它。海东的文风大盛于高丽时期，德教（程朱理学）极盛于海东朝鲜朝时期，名世之士层出不穷。自虞舜和夏禹，至鲁邹之国，出现各等人物阐明六经之意，有的追赶司马迁和班固，有的超越屈原和宋玉，诸多文学家"驰骋诸家"之间，千百年间的作家和作品，何限于十数百。扣之大，扣之小，其声音虽不同，但有些人长于文，有些人则长于诗，反正各自有各自的善鸣，谁不说真正的文就在此。由于历史上的各种离乱之害，海东古代的文献被收录或保存的甚少，加上金台铉的《国朝宝鉴》失之疏略，崔瀣所撰《东文》病于阙漏，这些都是良知之士的心痛之事，也是民族和国家文教之大憾事。如今的海东成宗，体得舜帝的精一之教，继承尧帝之文思，心领《风》《雅》可与政通。同时，成宗还念

---

[1] 徐居正等：《四佳文集补遗》第2卷《进东文选笺》，（韩国）《韩国文集丛刊》。

文辞是"载道之器",使诸文任之臣编纂先哲文章之精粹者,以资来学之规謩。为了编好《东文选》,编纂之臣遍购所需之遗籍,但因为缺乏相马之眼光,未能辨别其色之骊黄,虽有测海之心,难分泾渭之水。只是尽全力,粗略地品甄优劣,凡是"体例有合于规矩,而采掇不遗于蒯菲",可以说"庶无遗珠于探海,敢言拣金于披沙"。其收录者,"通前后凡几百人,得诗文总若干卷",今天"聊进供于乙览"。尽管它不可避免地存在一些不足,但它毕竟是海东人自己的文献自己编纂,其中有自己的方法和手段,有自己的意义表达和记录原则,所以有极其重要的文献价值和研究意义。

《东文选》的编纂者们始终以中国上古的三代之治为理想政治模式,以《虞典》《夏谟》《周诰》《殷盘》为心法之源头,以《南华经》《左氏春秋》为作文之榜样,以昭明太子萧统的《文选》为纂辑《东文选》的楷模。而且要求在作家、作品的骨子里,充满古代圣人之道和六籍之书的基本精神,使"文"与"道"结下不解之缘。同时,在整个《东文选》的编纂过程中,都要接受成宗的"关照"和"勉励"。《东文选》毕竟是海东历史上的第一部诗文总集,其中的绝大部分为海东民族优秀的文学遗产。其中不仅洋溢着民族文学的创新精神,而且还律动着对纯粹之"文"或文学的渴望与追求。这一点在徐居正(1420—1488)的《东文选序》中,表达得尤为明显。其曰:

> 乾坤肇判,文乃生焉。日月星辰,森列乎上,而为天之文。山海岳渎,流峙乎下,而为地之文。圣人画卦造书,人文渐宣,精一中极,文之体也;诗书礼乐,文之用也。是以代各有文,而文各有体。读典、谟,知唐虞之文,读训、诰、誓、命,知三代之文。秦而汉,汉而魏晋,魏晋而隋唐,隋唐而宋元,论其世,考其文。则以《文选》《文粹》《文鉴》《文类》诸篇,而亦概论后世文运之上下者矣。近世论文者,有曰宋不唐,唐

不汉,汉不春秋战国,战国不三代唐虞,此诚有见之论也。[1]

在序文的开头部分,徐居正也演绎经学家的那一套理论观点,"乾坤肇判,文乃生焉。日月星辰,森列乎上",以此为天之文;"山海岳渎,流峙于下",以此为地之文;仓颉画卦造书,从此人文渐宣。这样的论述,可以在中国和海东的经学家那里,经常可以看到。文中所提"精一中极,文之体","精一"就是强调要专注,人心居高思危,道心为妙居中,要真诚地保持惟精惟一之"道","文"才能够成其貌。所谓"中极",是通过"寻中"和"问中",去发现和认识自然的规律,达到"执中"的目的。南宋文人王应麟也在《三字经》中道:"中不偏,庸不易。"意思就是"不偏"要调整方向,就要变化,"中"即指变化。庸是"不易",不变化,固定。而"中"这个变化,是根据"庸"这个不变化的东西来变化的。所以"文"是依乎物性,随乎机变,依乎人性,随乎世变,"精一中极",为稳变之理。

徐居正继而指出"诗书礼乐,文之用",这是与前面的"精一中极,文之体"连贯而说。从而将"道"与"文"用"体""用"关系去说明。这里的体用关系是:先有体,然后才有用;体左右用,用从属于体;体为静象,用为动象。徐居正认为各个国家的文学在不断的变化过程中向前发展,一个时代有一个时代的文学,"代各有文,而文各有体"。他举例说:读典、谟,知唐虞之文,读训、诰、誓、命,知三代之文。所谓典、谟、训、诰、誓、命之文,是《尚书》中的六种文体。典,记述帝王言行,以作后代常法,如《尧典》;谟,记述君臣谋议国事,如《皋陶谟》;训,记述训导后人,如《伊训》;诰,施政文告,如《汤诰》;誓,临战勉励将士的誓词,如《牧誓》;命,帝王的诏令,如《顾命》。他强调中国文学的发展是在其历史文化发展过程中实现的,所以有着极其明显的时代印记,而这个印记就给作家及其作品留下了鲜明的时代特色。所以他指

---

[1] 《四佳文集》卷4《东文选序》,(韩国)《韩国文集丛刊》。

出"秦而汉,汉而魏晋,魏晋而隋唐,隋唐而宋元,论其世,考其文"。这就是他"知世而论文"的一种观点,由于文学是"与世升降"的,所以必须"论其世,考其文"。他又说,读南朝梁萧统的《文选》、宋代姚铉的《唐文粹》、吕祖谦的《宋文鉴》、元代苏天爵的《元文类》,才能够谈论后世文运的升降演变。他从正面肯定当时海东朝鲜朝时期文坛上有些人的看法,即"近世论文者,有曰宋不唐,唐不汉,汉不春秋战国,战国不三代唐虞,此诚有见之论"。他认为每个时代的文学都有其独特的特点,因为它们反映的是那个时代的思想和生活,绝对不可一概而论。也就是说,一个时代文学的艺术个性,应该是千古独有的,是它能够站在民族之林的有效根据。徐居正的这些观点,无疑是正确的,是符合文学自身规律的。

有了如此正确的文学观,徐居正才能够正确地看待海东民族自己的文学遗产,评价这些文学遗产的可贵性。对自己民族的文学遗产,他骄傲地说"吾东方,檀君立国,鸿荒莫追。箕子阐'九畴',敷八条。当其时,必有文治可尚,而载籍不存。三国鼎峙,干戈日寻,安事诗书。然在高句丽,乙支文德善辞命,抗隋家百万之师。在新罗,入唐登第者,五十有余人。崔致远黄巢之檄,名震天下,非无能言之士,而今皆罕传,良可叹已。高丽氏统三以来,文治渐兴,光宗设科取士,睿宗好文雅,继而仁、明,亦尚儒雅,豪杰之士,彬彬辈出。当两宋、辽、金抢攘之日,屡以文词,得纾国患。至元朝,由宾贡中制科,与中原才士颉颃上下者,前后相望。皇明混一,光岳气全。"[1]徐居正认为海东的情况与中国有所不同,由于历代频繁的战乱,上古文献一概无传,但是一个很明显的迹象表明海东上古也有过极其辉煌的文明及其文献存在,遗憾的是因为文献的缺失,如今已看不到其上古的遗产。后来海东三国鼎立,相互战争不断,很难有大量创作诗文之类,但从高句丽乙支文德的《遗宇仲文诗》看,其时三国的汉文学水平不可低估。到了统一新罗与唐交通,五十余人在唐登第,其中

---

[1]《四佳文集》卷4《东文选序》,(韩国)《韩国文集丛刊》。

崔致远以文名震中华。高丽时期文治渐兴,光宗设科取士,睿宗好文雅,诗文之士彬彬而出,大文名篇陆续不断。其后在元朝宾贡中制科,与中原才士颉颃上下者,前后相望。至明朝,中国文明对海东的薰陶更为浓重,海东与中国几乎"混一",包括文学在内的文化交流使海东文学获益非凡。徐居正强调明、鲜之间的"华夷"观念氛围"混一",但文学自身的民族特性并没有被"混一",也不可能被"混一"。

顾名思义,封建政治毕竟是实行高度中央集权专制制度的宗法政治文化,它可以围绕内政和外交施展一些统治手段和外交术,来达到自己的政治目的。而文学则与之相反,它不允许半点的虚假和伪造,作为一种特殊的审美创造,要求以真实的思想感情,通过鲜明的艺术形象反映现实。为达到这样的艺术目的,它必须经过艺术想象和概括,通过一系列的艺术提炼,生动地反映历史发展和现实生活的变化法则。但是在封建社会中,封建统治阶级为其政治目的往往介入文学之中,施加自己的封建思想和意愿,使文学经历尤为曲折的道路。海东文学史上的所谓"道""文"之争,就是这种封建的政治说教与文学自身规律激烈碰撞的过程,也是各自为了保护自己的合理权益不断摩擦和探讨的过程。

为了达到这样的政治目的,海东历代统治阶级都把儒家经学树为文之典范,让海东文学无条件地接受"圣人之道",接受以儒家经典为师的文学道路。在这种把儒家经学乃至经典当做某种官方独断的权利话语代名词的时代里,海东朝鲜朝时期的一些学者和作家们还是清醒地认识到文学自身特殊规律的存在和不可忽略性,从而积极探索其中的深刻奥义。同时他们在学术和文学实践中,清楚地发现文学有地域性和民族特色,从而认为海东民族文学的基本特色和鲜明的艺术个性不可磨灭。他们因此而骄傲,因此而突发创想,认为收集、整理和刊行自己民族文学的遗产事关重大。于是为了保存海东民族文学遗产,发扬民族文学精神,成宗下令编纂《东文选》,做出了万古流芳的大事。此举,是当时的时代所造成,是民族自主意识的体现。对当时海东文学所坚持的个性化的原

则和独立发展的意识,徐居正在《东文选序》中说道:

> 我国家列圣相承,涵养百年,人物之生于其间,磅礴精粹,作为文章,动荡发越者,亦无让于古。是则我东方之文,非汉唐之文,亦非宋元之文,而乃我国之文也。宜与历代之文,并行于天地间,胡可泯焉而无传也哉。奈何金台铉作《文鉴》,失之疏略,崔瀣著《东人文》,散逸尚多,岂不为文献之一大慨也哉。恭惟殿下,天纵圣学,日御经筵,乐观经史。以篇翰著述,虽非六籍之比,然亦可见文运之兴替,命领敦宁府事臣卢思慎、吏曹判书臣姜希孟、工曹判书臣梁诚之、吏曹参判臣李坡暨臣居正,裒集诸家所作,粹为一帙。[1]

海东也是以儒家思想为国家正统意识形态的国家,也有自己的"列圣相承",涵养人才的两千年文学的历史,并已经形成了东方文化强国的思想文化面貌。在这样的历史文化条件下,已有大量人物生于其中,以浩瀚的文化精粹为底蕴,作文章以震撼世界者大有人在。这些都无疑是海东人的文章,而不是中国的"汉唐之文,亦非宋元之文"。无论是在深度上,还是在广度上,海东人的文章都不亚于其他国家的文章,应该与其历代之文并行于天地间。既然如此,怎么能够使它泯灭无传呢?高丽后期金台铉所作《东国文鉴》,失之疏略,同时期崔瀣所著《东人之文》,散逸尚多,这些都是海东文学文献学史上的一大遗憾。一代英主成宗,崇尚圣人之学,经常光临经筵之席听讲学者之讲经,乐观儒家经史之籍,便命裒辑本国历代诸家所作文章,萃为文学文献之帙。君臣共想民族文学的复兴,共谋民族文学遗产的收集、整理和出版,共树民族文学之精神。《东文选》的编纂基本上是参考萧统的《文选》而作,但它毕竟是海东自己的文选之作,还是有自己的一套新原则。对这一原则,徐居正在《东文选序》

---

[1] 《四佳文集》卷4《东文选序》,(韩国)《韩国文集丛刊》。

中还说：

> 臣等仰承隆委，采自三国，至于当代辞赋、诗文若干体，取其词理醇正，有补治教者，分门类聚，厘为百三十卷，编成以进，赐名曰《东文选》。臣居正窃念，《易》曰"观乎人文，以化成天下"。盖天地有自然之文，故圣人法天地之文；时运有盛衰之殊，故文章有高下之异。《六经》之后，惟汉、唐、宋、元、皇朝之文，为近古，由其天地气盛，大音自完，无异时南北分裂之患故也。[1]

徐居正等编纂之臣，是根据成宗的指示精神，逐渐谋划编纂工作。编纂内容的时间范围掌握在"自三国，至于当代辞、赋、诗、文若干体"；其内容上的原则则是"取其词理醇正，有补治教者"；而其形式体例上的要求是"分门类聚，厘为百三十卷"，"编成以进"，最后成宗"赐名曰《东文选》"。正像《周易》中所说"观乎人文，以化成天下"，古人认为天地有自然之文，故圣人法天地之文，而制作人文之文。历史的经验告诉我们，"时运有盛衰之殊，故文章有高下之异"。古人云"观乎人文，以化成天下"，看《东文选》就能知道海东历史风云之变化，领略其历代文学之路的曲折多变。

处理好"道""文"关系，是《东文选》编纂上坚持的最基本的原则。他们以"文者，贯道之器"为主导思想，在整个编纂过程中，努力贯彻下去。与那些纯个人的编纂之作不同，《东文选》是成宗亲自过问，由几位文任大臣集体编纂的国家级别的文选总集。必须有一个明确的指导思想，统一于编纂过程之中，做到国家层面上的正统性。正如卢思慎等在《进东文选笺》中所言，此书必须秉承"治教既隆于前代，文章焕焉可述，制作有待于明时，肆辑新编，庸尘睿鉴"的指导性原则。如上所述，在《东文选》的编纂过程中，能不能坚持以圣

---

[1] 《四佳文集》卷4《东文选序》，(韩国)《韩国文集丛刊》。

人之道为准的，六籍之文为榜样，达到训、诰、誓、命等"三代之文"的境界，尤为关键。也就是说，编纂工作能不能突出"道"的地位，处理好"道""文"关系，是各位编纂官员尤其重视的重要问题。所以徐居正在《东文选序》中，专门腾出一段篇幅，特别强调这一点。他说：

> 吾东方之文，始于三国，盛于高丽，极于圣朝，其关于天地气运之盛衰者，因亦可考矣。况文者，贯道之器，六经之文，非有意于文，而自然配乎道。后世之文，先有意于文，而或未纯乎道。今之学者诚能心于道，不文于文，本乎经，不规规于诸子，崇雅黜浮，高明正大，则其所以羽翼圣经者，必有其道。如或文于文，不本乎道，背六经之规蠖，落诸子之科臼，则文非贯道之文，而非今日开牗之盛意也。然今圣明在上，天地气盛，人物之应期而生。以文鸣世者，必于于而兴焉，亦何患乎无人也。[1]

海东之文起始于三国时期，兴盛于高丽朝，到了海东朝鲜朝时期达到了高峰，有关古人所谓的"天地气运之盛衰"，可以在这些各代文学中考证出其所以然。徐居正们认为"文者，贯道之器"，那些六经之文，"非有意于文，而自然配乎道"，而后世之文"先有意于文，而或未纯乎道"。如果如今的作家们心中真正存蓄着道，能够做到不是为文而文，创作能够"本乎经"，不拘泥于诸子之文，能够"崇雅黜浮，高明正大"，在羽翼圣经的路上，必将能够开辟出一条道路。但是如果只追求为文而文，不本乎道，背离六经之"规蠖"，落诸子之科臼，那"则文非贯道之文"，也不是今日圣上"开牗之盛意"。如今圣明在上，天地气盛，各类人物应运而生，必将出现更多"以文鸣世"之臣，何患无人物？在这段论述中，徐居正等反复强调文是"贯道之器"，只有贯道之文，才是合乎吾道之文。同时他们一再强调《东文选》的选文标准，乃把是否贯道放

---

[1] 《四佳文集》卷4《东文选序》，（韩国）《韩国文集丛刊》。

在第一位,而文则放在次要的位置。

《续东文选》也是以朝廷的名义纂辑的诗文总集。海东朝鲜朝时期第十一代中宗曾命撰集厅编纂成宗朝《东文选》以后的诸诗文,续以出刊。于是撰集厅堂上官申用溉、金诠、南衮等全力筹备实施,终于于中宗十三年(1518)七月完成,名曰《续东文选》。这也是收集和整理成宗朝《正编东文选》出刊以后至中宗朝四十余年间本国诗文遗产的总集,21卷10册,目录2卷,总23卷11册。目录卷末有申用溉等纂辑官《进续东文选笺》,还附有赵光祖等46位全部纂辑参与者的名单,其中不少人员是士林派中坚人物。《续东文选》的结构大体与《正编东文选》一样,按类、按时编纂,文体有37个种类,作品总数为1281篇。它于1518年用乙亥字初印本刊行以后,遇壬辰倭乱,大部分被遗失,后来出现了《正续编合本东文选》,但也被兵火遗失大半。光海君七年(1615)以后,又出现了训练都监字印本、笔书体字木版本等多种版本。《续东文选》展现的也是极其广阔的文学世界,在入选人选中,有徐居正、姜希孟、金守温、金宗直、南孝温、金馹孙、金时习、朴訚、成伣、金昕、鱼世谦、孙舜孝、洪贵达、蔡洙、金谌、李承召、尹汝衡、鱼无迹等当时著名文人,他们的作品形成一个多彩的思想艺术世界。

到了海东朝鲜朝时期第十一代中宗执政,士林派迎来了极盛时期。中宗施行新政,尽革燕山君暴政时的弊端,修学宫,复置博士,加开经筵,尤其是下令为先前"甲子士祸"被害者雪冤。中宗心系文治,重尚儒术,欲振兴文学。他还重用柳崇祖、赵光祖、金安国、金净等性理学者,他们都是当时士林派的重要人物。从此士气复苏,学风复兴,重现圣人"修治之学"和"教化之务",实现了道学政治。这样的时代气息,也充分反映在《续东文选》之中,使其比之于《正编东文选》存在一些新的特点。首先,《续东文选》体现儒家"温柔敦厚"之旨,只选入内容敦实符合圣人之旨的作品,将关系到佛教、道家和内容无关紧要的作品一律排斥于外。其次,多选入士林派文人的作品,尤其是士林派领袖人物金宗直等的作品所占比重较大。这并不是偶然现象,翻阅其时代背景,可知这些都是有意而为,充分说明当时在士林派和勋旧派之间的斗争中,士林派已占据主导地位。还有,《续东文选》一概排除了给中国皇帝的表文。这充分说明当时编纂官员的文化自主意识。又有,《续东文选》排除了八首拟表以外的所有实用性表文疏章。这在无言中,表达着士林派对勋旧词章派过分重视表文之类的作法。通过前后两部《东文选》中的这些差异,可以知道当时围绕各种利益而展开的士林派和勋旧派学者之间的矛盾和斗争是多么激烈。尽管如此,《续东文选》的出现,丰富了海东文学文献学发展领域,为后人继承前人的文学遗产,起到了极其重要的作用。

《续东文选》的编纂作为中宗文治政策的一环,主要由申用溉、金诠、南衮、赵光祖等士林派中的著名文人担任编纂官。其结果如上所述,基本上按照士林派的意图,去计划和编纂。即使是这样,它依然放射出耀眼的光芒,在海东文学文献学史上留下了重重一笔。中宗之所以重用这些士林派中的重要文人,去担任如此重要的编纂官,有其历史渊源和现实基础。1488年(成宗十九年)中宗李怿诞生于成宗和季妃贞贤王后之间,是燕山君异腹弟,于1494年(成宗二十五年)被封于晋城大君。当时燕山君实行暴政,滥杀无辜,使国家陷入一系列困境之中。对此心怀不满的成希颜、朴元宗、柳顺汀等大臣,联络一系列同调者,起兵推翻了燕山君政权,拥立中宗。中宗即位后虽困难重重,还是试图进行一系列的政治、经济改革,但遇到了拥立有功大臣的坚决抵触。于是为了实行新政,中宗则试图启用拥有丰富的学识和社会影响力的士林派文人,柳崇祖、赵光祖、金净、金安国等就是此时被重用的士林派人物。他们作为士林派学者,极力主张道学政治,强调哲人领导政治,从而反对之前盛行的词章派参与政治。作为地道的性理学者的赵光祖,一开始深得中宗的信任,担当国家改革重任,提出革罢昭阁署,设荐学科(贤良科),加强乡学等地方教育。他又提出刊印《小学》《二伦行实》《吕氏乡约》《正俗》《农书》《蚕书》《辟瘟方》

《疮疹方》等实用性书籍及许多名著谚解书，还表彰先儒，削除伪勋等，以推动教育、性理学、农业、医学等发展。他还主张改革宿弊，修明教条，以儒家经典为育才化俗之方，以《近思录》《性理大全》为理学指导书。他的一系列重道学、斥词章的政策导向，引起了勋旧势力的愤怒和反对，遂引来了种种挑衅与谗害，最后以密谋夺权之谗被赐死。这就是编纂《续东文选》时候的社会历史背景，其中不仅反映着中宗的文治主义政策，也浸染着被中宗重用的诸多士林派人物的衷曲。尤其是被任命担任《续东文选》编纂官员的申用溉、南衮、金诠等，也都是士林派中的佼佼者。他们都属于士林领袖人物、大性理学家金宗直的弟子，与当时著名理学家金驲孙、金宏弼、李牧、郑汝昌等同门受学，他们被任命为《续东文选》纂辑官时，正好是士林派深得中宗重用之时。

文鸣心曲，诗发心声。作为士林中佼佼者的编纂官员，当时都处于顺境之中，都怀揣着一片为君尽忠、报效国家的痴情，投入到《续东文选》的编纂事业之中。他们在《续东文选》中，不仅倾注了为邦国服务的一片忠贞之心，而且也倾注了自己作为士林和性理学家的无限的哲思。他们上呈中宗的《续东文选笺》，正好概括了他们的这种心情和审美观念。《续东文选》有多种序文，纂辑官崔淑生（1457—1520）所写《进续东文选笺》，是其中的一篇。《中宗实录》十三年条曰："撰集厅堂上申用溉、金铨、南衮等，进所撰《续东文选》，其《进笺》曰云云。"可是《中宗实录》所记录的《续东文选笺》，却署名为"赞成崔淑生所制"，这说明崔淑生也是编纂官之一。而且从写"奏笺"并被选入《李朝实录》相关条目当中，可以看出他也是其中的主要成员。其所奏《续东文选笺》曰：

继天测灵，圣主开光明之路；黜浮崇雅，多士闻性理之关。肆辑诸家之正宗，用赞昭代之文教。窃惟文章之根本，肇自天地之权舆，磅礴浑沦，已蓄精粹之气；动荡发越，岂掩昭著之辉？寓于善鸣而发为辞华，载诸往朕而垂之后叶。随时运而或异,配道义而长流。虞庭赓载之歌,足以验雍熙之治;洛汭咸怨之作,亦以观乱亡之萌。盖劝惩之有权,岂感发之无自?政教以之而宣朗,礼乐于是乎昭明。久矣,《大雅》之不陈,纷然众作之竞噪。文逮秦汉,尚袭纵横之余;诗到齐梁,已成轻浮之态。苟华藻不本于经术,而文词反类于俳优。[1]

据《中宗实录》,崔淑生的这篇序写于中宗十三年(1518)七月,也就是中国明朝正德十三年。作者崔淑生是海东朝鲜朝时期燕山君、中宗时期的文人,曾任修赞、知平、献纳、应教、右赞成、判中枢府使等职。他于1504年任应教之职时,与李荇一起,上疏反对燕山君对其去世的生母重行丧服礼,遂被免职流配于僻郡。1506年中宗返政时被释放,官复原职,后中文臣庭试状元。从文尾的"赞成崔淑生所制"的记录看,他参加《续东文选》的编纂官是任赞成之职时。在此序文中,他说《续东文选》的编纂完成是中宗继天之意、测度神明的结果,为国家文化的发展启开了光明之路。在圣主的引领下,去除浮华文风,崇尚雅正的文体,众多士林名家努力探索性理哲学,做出了令人瞩目的成绩。《续东文选》的编纂官,收辑国内名家的正宗文学成果,以赞扬了太平盛世文教的辉煌。应该说文章的根本,肇始于天地之初开,磅礴而浑沦,聚集了宇宙的精粹之气。它如同神明情动发越,什么力量也不能掩盖住其光芒。它寓于作家之"善鸣",发为辞华之艺术形式,载于书籍而永垂后世。它又随时代而变化发展,每个时代有每个时代的文学,文学配合其时代的道义而源远流长。虞舜时期的赓歌,能够证验其治世太平,作于洛水畔的《五子歌》亦反映出当时产生乱离的端初。其褒贬劝惩皆有因由,感发惩创也因之内心痛楚。有了它而政教可被宣扬,有了它而礼乐昭明无遗。这个世界上《大雅》久未传承,文坛杂音"纷然竞噪"。文至秦汉,"尚袭纵横之余";诗到齐梁,"已成轻浮之态"。文学

---

[1]《中宗实录》卷34,中宗十三年七月十二日,(韩国)《韩国文集丛刊》。

第六章　徐居正"文承道统"与"文乃载道之器"的儒家诗礼观　321

"不本于经术",则变而"反类于俳优"。此整段的意思就是,文载道义而活,文为政教而候,文为礼乐而显,文有时运之殊。从文坛形势看,眼下的紧要之务就是"黜浮崇雅",使文恢复到"感发惩创""敦厚雅正"的轨道。在文尾,崔淑生尤其强调要总结国内外文学的历史经验,时刻铭记"文本于经术"的道理。对海东自己的文学发展,崔淑生在《续东文选笺》中还说:

> 粤我海东之邦,旧被礼义之化。当初虽索涂而摘埴,厥后渐出幽而迁乔。迨丽运之重熙,蔼文风之丕变。解纷多赖于词命,华国亦由于风谣。五百年王气已消,一千载文运大振。翔翔其羽,朝著尽凤鸣之才;菁菁者莪,学校皆豹变之士。恭惟成宗康靖大王,学典终始,道合弥纶。网罗群英,胜唐宗登瀛之选,昭回宸翰,陋汉武《横汾》之词。眷言历代之风骚,实是传道之羽翼。载取东文之入室,乃命词臣而分门。先哲之剞劂粲然,后生之模范备矣。迩来过四十载,作者非一二家。雍容揄扬,陶一世雅颂之美;温柔敦厚,追三代制作之风。在废朝虽经陵夷,顾吾道未尝泯灭。然精神实增于过鲁,且豪杰多兴于遇文。[1]

文明古国海东,自古受礼义文化之被,当初虽索途于蒙昧之中,但后来渐入很高的文明境界。等到高丽时期,文运重熙,文风大变。缓解社会纷乱多靠词命,荣华国家亦由风谣,文学之功实在是不小。五百年高丽的王气已消,一千年以来的文运大振,遇上千年太平盛世,朝廷上下尽是"凤鸣之才"。朝廷进行英才教育,各级学校都是豹变之士。前朝成宗康靖大王,始终心念学术和典籍,其道合于弥纶,网络天下精英,其举胜于唐太宗广纳文士的"登瀛之选"。回顾历代帝王的墨迹,回望历代文人的风骚,个个都是"传道之羽翼"。在海东本土诗文中,选优秀可观的作品,命词臣分门别类,篇篇都是前人之名

---

[1]《中宗实录》卷34,中宗十三年,(韩国)《韩国文集丛刊》。

作,句句都是后来者的真言,此《续东文选》实在可称之为后世文学创新之模范。从成宗命编《东文选》,时光流失已有四十余载,其间也出现众多文人墨客,显示无尽的才华。他们的作品,"雍容揄扬,陶一世雅颂之美;温柔敦厚,追三代制作之风"。如今此文风,虽已经衰退,但圣人之道幸未泯灭。前人的文学的精神,因有圣主而继承无遗,文坛的各路名家如今也驰骋于词场。对当朝君主中宗重振文治,重用德才兼备的文臣,命网络四十余载的作家作品,编纂《续东文选》的美举,崔淑生还说:

> 今我主上殿下,心潜圣涯,手培道脉。诗书复出,救烈焰于秦坑;琴瑟更张,调玉律于燕谷。是之谓道之将行也,孰不曰文不在兹乎?《风》《雅》方兴于昌期,丹臒宜贲于前烈。爰述成庙之遗意,俾续《文选》之余音。伏念臣等,侧以庸资,叨承隆寄。披诸家之乱稿,踵前选而增修。每切拣金之诚,尚怀遗珠之念。管中窥豹,仅能睹其一斑;日下望云,忽已迷于五色。愧无汲古之修绠,徒持撞钟之寸筳。聊薄采于众芳,庸一奏于九阅。拔其尤者,纵殚知马之微能;斳而小之,曷副求木之厚望?[1]

中宗心怀圣人之道,亲自培植道学人才,以继道脉。命收集和整理文人手中的诗文,如同《诗》《书》复出,救出许多珍贵的文学遗产。这种美举好比琴瑟重见更张,玉律重调于燕谷,见此美举谁不说道之将行,文亦随而复兴。这又如《风》《雅》重回盛世,引出了诸多民族文学佳作,可谓大王的善意远超前朝。中宗发扬前王未竟之遗志,使得《文选》的余韵重放光彩。由于这是国家文治之大事,诸编纂官每一步都以"拣金之诚","尚怀遗珠之念",将编纂工作小心翼翼地进行下去。虽有一片赤诚,但由于水平所限,有时甚至如同"管中窥豹",所见不全,只怕影响编纂的质量。于是尽一切诚意,"薄采于众芳,庸

---

[1] 《中宗实录》卷34,中宗十三年,(韩国)《韩国文集丛刊》。

一奏于九阕",献于圣主。这些虽都是其中较优秀的作品,但因是其中的一部分,只恐体现不出全书的真意。为了加强笺文的说服力,崔淑生不惜引经据典,论古谈今。全文引用大量的古事、典故、成语、箴言等,想以此加强文章的感染力,如"黜浮崇雅""虞庭赓歌""雍熙之治""洛汭咸怨""翙翙其羽""凤鸣之才""菁菁者莪""登瀛之选""汉武《横汾》之词""剞劂粲然""雍容揄扬""精神实增于过鲁""豪杰多兴于遇文""救烈焰于秦坑""调玉律于燕谷""丹臒宜贲""管中窥豹""日下望云""纵殚知马之微能"等,虽有繁缛之感,但都以深刻的哲理,巧妙的隐喻,美丽的语感,为文章增添了不少说服力和美感。

除了《中宗实录》第34卷中宗十三年条崔淑生所进上述《进续东文选笺》之外,还发现了另外的纂辑厅官员、参与《续东文选》编纂的李荇和申用溉各自的《进续东文选笺》。这两篇笺文洋洋洒洒,在一千多字的篇幅中,各自表达了自己的民族文学观和编纂《续东文选》的一系列基本原则。李荇(1478—1534)是海东朝鲜朝燕山君、中宗时期的著名文任之臣,以诗与行政上的善谋著名于世。他是当时文坛上的一员"大手笔",曾被称为"海东江西诗派"的主将,其作品散见于《容斋集》《东文选》等文献之中。他于大提学的任上,向中宗提议大量印刷唐宋诗文集以颁布国内,还建议从中国购入大量本国缺失的书籍。他在燕山君十年的"甲子士祸"中,因反对复位燕山君废妃尹氏失利被贬谪于忠州、咸安等地,后来又"围篱安置"于巨济岛。于1506年中宗反政时被释放,恢复官职,不久回乡"赐暇读书",次年以奏请使书状官使明。他在其后的政治生涯中历经曲折,官至左议政,晚年因论驳权臣金安老的专横,受馋流配咸从,死于配所。作为士林中人,李荇深受中宗的信任,朝廷编纂《续东文选》时他是首选人物。在文学上,他极力反对浮华文风,反对盲目跟风于唐宋诸家,大力提倡艺术上的创新,主张兴起民族文学的根脉。他的这种文学主张,不仅浸染于其诗文创作和各类文学品评文字之中,而且也充分反映在《续东文选笺》中。值得注意的是，李荇在此笺文中认为"文"以"德"为根本，但又认为"德"也离不开"文"，无"文""德乃无传"，只有二者"相须乃成"。不过，最终还是"根本"与"枝叶"的关系，"文"好不好，关键在于"根本"的牢固与否。他说：

> 德莫与竞，荡荡焉无能名，文不在兹，郁郁乎可以述。惟德作其根本，而文发为精英，相须乃成，固难可阙。此所以《文选》之续撰，又在乎圣运之重熙。窃惟一气尽而有天经地纬之分，结绳罢而为河图洛书之始。叙事之体，寔造端乎典谟，叶韵之流，乃发源于赓载。虽其派各成一曲，要诸归不出二涂。《诗》既亡于王风，《书》亦讫于秦誓。左氏之《传》，尚未免于浮夸；《柏梁》之篇，只自启其丽靡。厥后，述者非一，何遽数之能终。彼魏晋固不足观，在唐宋亦有可尚，然禀气之有塞，竟具体之未闻。杜陵之诗，深得比兴之宗，无韵者殆不可读。涑水之学，独究圣贤之旨，对偶则犹谓未能。至于其他，难以悉举。岂但述作之不易，且患取舍之未精，故历代各有撰次之编。于后来，不无详略之议。[1]

李荇在笺文中强调"德"有至高无上的地位，其内涵广大无边，无法用一两句话来形容，而"文"须以"德"为"根本"，才能够"丰富其术"。只有以"德"为根本，"文"才能够"发为精英"，二者相遇，相互作用，才能够互存互发，相得益彰。这就是《续东文选》之所以能够上到议事日程，作为朝廷的盛事，成为"圣运重熙"的原由。仔细回顾可知，"一气尽而有天经地纬之分"，"结绳罢而为河图洛书之始"，人类文明在这样的历史进程中逐步发展。文学也一样，其发展推移于复杂的历史过程之中，是有迹可循的。文学中的"叙事之体，造端乎《典谟》，叶韵之流，乃发源于《赓载》"，虽后来有相当的发展和丰

---

[1] 李荇：《容斋先生集》卷9《进续东文选笺》，(韩国)《韩国文集丛刊》。

富,但是"要诸归不出二涂"。因周平王之德已不及"天子"之德,不得天下人之心,所以本应该是"王者之风"的《王风》,却不入《雅》而归《国风》之列。又因东周衰微得像诸侯国,甚至已被诸侯国所挟持和控制而不如一个诸侯国,所以"王风"与"卫风""郑风"已没有什么区别,可谓《诗》既亡于王风"。《尚书·秦誓》表现秦穆公坦率的悔战之德,增添了编纂者之勇气,所以说"《书》亦讫于秦誓",以臻完美。李荇在笺文中还说《左传》未免浮夸,汉武帝的《柏梁篇》也"只自启其丽靡"。在其后漫长的文学历史中,继承这些而创作的人接二连三,一时很难数得清。在李荇来看,"彼魏晋固不足观,在唐宋亦有可尚,然禀气之有塞,竟具体之未闻"。甚至像杜甫这样的"诗圣",虽"深得比兴之宗",但是在散文方面却无可读之文章。而北宋的司马光,虽深得圣贤之旨意,但他却不善于诗歌。李荇还说"至于其他,难以悉举",这并不是因为"述作之不易",而是"且患取舍之未精",因这个原因"历代各有撰次之编",围绕其详略曾经有过诸多争论。

在此笺文的开头部分,李荇明确提出重"道"而不轻"文"的文学见解,将自己与那些重"道"轻"文"的彻头彻尾的道学家区别开来。具体来讲,在文学观念上他也以"道"为"根本",但是并没有否定"文"的重要作用。在他看来,"道"固然为"根本",可是它离开"文"则寸步难行,二者有机地结合在一起时,才能够完美无缺。这就是他所说"惟德作其根本,而文发为精英,相须乃成,固难可阙"。他的这种文学观念,与其浓厚的民族文学思想结合在一起时,则显现得尤为凝重,充满了儒家的道统意识。他在《进续东文选笺》中指出:"粤我朝鲜为国,古称文献之区。箕子受封肇邦,声教渐于东土,新罗遣士入学,礼乐侔诸中华。其间命世之才,最称致远为冠,既有奋臂而倡者,宁无褰裳以从之。余风逮于高丽,斯文以之大振,汗牛充栋,非止一家,绣口锦肠,各尽其长。况圣世监于二代,属东井聚兹五星,焕乎其有文章,炳然皆可纪录。恭惟成宗大王濬哲之德,昭回之文,表章乎群经,黼黻乎洪业。余力所及,念兹不忘。"[1]他说自从箕子来到海东以后,儒家的"声教渐于东土","新罗遣士入学",积极学习和跟随中华文化,从而"礼乐侔诸中华"。其后彰显汉文化传统,命世之才续出。进入高丽王朝,"斯文以之大振",诗文大家"汗牛充栋,非止一家",他们"绣口锦肠,各尽其长",赢得了"海东诗国"之美誉。到了李氏王朝,继承新罗和高丽的文学传统,各路名家聚天地人文之精气,创作出无数的名篇佳作,其功其举"炳然皆可纪录"。李荇紧接着写《东文选》的形成过程和一些编纂原则,说:"顾我东韩作者之能且多,信无让于上国。奈彼诸儒择焉之缀而杂,或未睹夫大方,士林无所折衷。国家可谓欠典,命词臣以撰定,俾勒成为全书,取舍参诸众贤,法度森然具在。由新罗迄于圣代之一统,上下几数千年,自诗文以及杂著之多门,前后总若干首,寔为文明之大幸,宜乎前昔之未遑。今我主上殿下,缉熙日新,继述时敏,值六经之扫地,有一德以应天,迩英开讲筵,三接之礼弥笃。东观购遗籍,十行之札大颁,凡于羽翼乎经纶,无有阙漏乎丝发。爰念近日制作之益盛,实原列圣教养之有加,第缘岁月之流迁,容有遗失,须以耳目所睹记,重加辑修。"[2]成宗继承前王的遗志,在百忙中统筹收集、整理和出版民族文学遗产的大事,组织编纂人员着手此项工作。在收集和整理民族文学遗产的过程中发现,自古以来海东的诗人作家不仅创造出汗牛充栋的作品,而且其创作成就达到了相当的高度,在许多方面可与中国的作家作品比肩。无论是写作水平还是审美形象创造,他们都达到了相当的艺术境界,不亚于历史上中国的作家作品。

  从整体来讲,海东朝鲜朝时期诸家的创作水准参差不齐,原始稿件又杂乱无章,一时很难辨别出优劣来。诚然,在这样的客观条件下,进行井然有序的编纂工作,是一件极其艰难的事情。此前国家也没有做过这方面的收集和整理工作,只能是在现有的基础之上展开一切,遂"命词臣以撰定,俾勒成为全书,

---

[1] 李荇:《容斋先生集》卷9《进续东文选笺》,(韩国)《韩国文集丛刊》。
[2] 李荇:《容斋先生集》卷9《进续东文选笺》,(韩国)《韩国文集丛刊》。

取舍参诸众贤,法度森然具在"。不过前辙可鉴,徐居正等人《东文选》的编纂经验和教训,给后人提供了宝贵的财富。中宗本着"道""文"并重的原则,决策修纂《续东文选》,命申用溉、金诠、南衮、李荇等撰辑厅文臣开始编纂工作。为了便于编纂工作,中宗命购入大量资料,颁布"土行之札"以各方配合,"凡于羽翼乎经纶,无有阙漏乎丝发"。中宗在位的近四十年间,鼓励文臣抽空创作诗文作品,收集散见于民间的遗作,对由于时间的久远而遗失的作品进行挽救工作。

在收集和整理过去的文学遗产的过程中,"第缘岁月之流迁,容有遗失,须以耳目所睹记,重加辑修"。这些举措显示,李荇他们编纂《续东文选》准备充足,实施严密,方法得当。对诸多编纂官的用心与辛苦,李荇继而说:"臣等,性本鲁愚,学又浅薄,上承隆委,内顾增惶,未能窥管中之一斑,安得辨象外之千里。征诸人,披诸简,积以日月而旁求。注于目,酌于心,庶乎权度之一得,载稽成庙撰集之后,暨兹圣朝编摩之时,其年才过三十有奇。所采已是千百不啻,可以见王国之多士,益足验君子之作人,猗欤盛哉。尤非前世之仿佛,乌可已也。用示后日之范模,谨脱稿而缮誊,辄随笺以上进,非敢干冒乎乙夜之览,幸或涉猎于燕闲之余。道有精粗,虽曰词章为学之末,风异正变,足观升降与政相通。"[1] 编纂过程艰难曲折,各编纂官殚精竭虑,"征诸人,披诸简,积以日月而旁求。注于目,酌于心,庶乎权度之一得"。编纂范围虽只有三四十年,但已收集和整理出"千百不啻"的作品,从中"可以见王国之多士,益足验君子之作人",足可以说明其间文学发展之"猗欤盛"。笺文最后指出"道有精粗,虽曰词章为学之末,风异正变,足观升降与政相通"。其意思就是,虽说文章是学之末端,但其中包含着时代和天下万事变化发展的"机密",通过它可以观察到当时政治的变化。

《东文选》和《续东文选》对后世产生了深远的影响。由于它们融入海东

---

[1] 李荇:《容斋先生集》卷9《进续东文选笺》,(韩国)《韩国文集丛刊》。

文学史上的大量诗文作品，而且还体现了浓厚的儒家文学观念和鲜明的民族文学意识，被后人称道并大量运用。它们首先被学习本国历史文化的年轻一代所青睐，成为了学习和掌握本国文学忠实的教材。海东后世的读书人、尤其是准备进士科考试的年轻人，为了考取功名，精读《东文选》和《续东文选》成为了例常备考的自我规矩。海东朝鲜朝中后期的读书人，有"《东文选》帙破，进士半"的说法。这些都足以说明它们的重要性。后世的人们十分赞赏《东文选》和《续东文选》的编纂精神，肯定它们在海东文学史、文献史上的贡献，引以为骄傲，将它们当做学习本国文学和文化的极其重要的教科书。它们在海东文化史和文学史上的地位是非凡的，正所谓前人所说的："诗书复出，救烈焰于秦坑；琴瑟更张，调玉律于燕谷。是之谓道之将行也，孰不曰文不在兹乎？"

海东历代曾多次刊行《东文选》和《续东文选》，其流行也十分广泛。现在可知的版本大体如下：《东文选》正编：1.成宗九年十二月刊行的乙亥字初印本；2.成宗十三年刊行的甲寅字再印本；3.初印乙亥字本翻刻本（壬辰倭乱之前）；4.海东古书刊行会1915年翻刻本；5.进入当代，民族文化刊行会等多个学术团体和出版机构进行了多种版本的影印刊行。《续东文选》有中宗十三年刊行的乙亥字初印本、《东文选》正、续编合本等多种版本。还具体有：1.中宗末年至明宗初年之乙亥字再印本；2.光海君七年十一月刊行的训练都监字印本；3.笔书体字木板本（内容与乙亥字印本类同）；4.训炼都监字翻刻本；5.显宗实录字印本；6.《别本东文选》15册33卷。《东文选》和《续东文选》，与《海东王朝实录》等重大典籍一起，历来被当做海东国家最重要的典籍之一，被收藏于中央和地方的各个史库之中。在日本发动的壬辰倭乱中，为了保护这些文献资料，海东朝鲜朝时期上下付出了极大的努力。这些历代刊印发行情况和海东王朝的重大举措，都足以说明正续编《东文选》的重要地位和历史文化意义。

第七章
成伣的"六经正脉"论与诗歌审美本质观

成伣的思想倾向、人生追求大体与徐居正类似。形之于文学观念上，信守儒家圣人之道，以"宗经"为根本，以"汉文""唐诗"为榜样。在诗歌创作上，他歌颂民族的风俗与美德，反映当时农村的惨相和农民的疾苦，往往吐露感时伤事的心境和忧国忧民的热情，继承和发扬了中国《诗》《骚》以来的现实主义传统。不过成伣与崔恒、徐居正等人不同的是，在文学创作上他更加注重"巧匠雕镂"之工夫，提倡"自然天成"。如果说崔恒、徐居正等人为国册词命立下了杰出的贡献，成伣则对民族音乐、绘画和杂说类遗产的研究和收集、整理立下了汗马功劳。

成伣（1439—1504）字磬叔，号慵斋，虚白堂，出生于官宦之家。他于世祖八年式年文科及第，又于世祖十二年通过拔英试，被授博士，之后历任弘文馆正字、待教、司录等职，睿宗即位后授经筵官、艺文馆修撰、承文院校检等，成宗即位后历任持平、成均馆直讲、副提学、大司谏、佥知中枢府事、大司谏、大司成、同副承旨、右承旨、刑曹参判、江原道观察使、平安道观察使、庆尚道观察使、同知中枢府事、大司宪、掌学院提调、礼曹判书、汉城府判尹、工曹判书、大提学等职。他一生曾多次使往中国，第一次是随家兄成任至燕京，将途中所写诗文集合出版，叫做《观光录》；第二次是于1475年随宰相韩明浍到燕京，执行外交使命；第三次是于1485年以千秋使正使，至燕京祝贺明宪宗皇帝太子的生日；第四次是1488年以谢恩使正使身份使往明朝，表达对明孝宗皇帝对海东恩施的感谢之意。他也曾多次以接伴使的身份接待来海东行使外交任务的明朝使臣，其中较为著名的一次是对董越、王敞的接待，他的文学才华深受中国使节团的赞誉。他精通音律，广泛收集和整理海东的音乐遗产，与柳子光等一起编撰《乐学规范》，完成对之前海东音乐遗产的集大成工作。他还依照王命删修高丽歌辞《双花店》《履霜曲》《北殿》等，其所著《慵斋丛话》成为了解海东朝鲜朝前半期政治、经济、制度、文化等方面重要的资料。他一生著述颇富，主要有《虚白堂集》《风雅录》《浮休子谈论》《奏议稗说》《锦囊行迹》《桑榆备览》《风骚规范》《经伦大轨》《太平通载》等。他去世数月后突起"甲子士祸"，以莫须有之罪，遭"剖棺斩尸"，但不久以后被伸冤平反，录选为清白吏。

第一节 "祖六经之正脉，溯往圣之渊源"

在"道"与"文"的关系上，成伣与其馆阁中的阁僚们一样，重"道"而轻"文"。但是在专门涉及"文"及其规律的时候，他的思索便活跃了起来，把"文"的内在规律性探索得津津有味。在"道""文"关系上，他之所以强调"道"的优位性，是为了使"文"具有更好的社会适应性，更好地为王道"教化"服务。从这个意义上看，他的文论思想在本质上与崔恒、徐居正等似乎大同小异，但仔细考察他的整个文论思想，就可以发现他对文学发展的规律是十分了解和非常尊重。他对文学最明显的原则是"浑厚酝藉"而"繁茂枝叶"，也就是说思想基础牢固而艺术表现富有生动性，使作品符合"古人之旨"。他的所谓"蕴藉"就是蕴蓄丰富的知识，继承"圣人之旨"，以儒家的"六经之意"为"根本"，为进行创作活动打下稳固的基础。他认为为文章而不遵循"圣人之旨"，如同"欲飞而无翼"，为文章而不尊"六经之意"，又如同欲"远航而无楫"。他还强调"六经"是"圣人之言",是文章之典范,与此相比,一般文章如同长在地里的苴草。要使文章具有相应的价值,必须"法乎古""本乎经"。在他看来,"经术"和文章是不可分离的,"经"是"源","文"是支流,离开"源泉",支流则干涸。他在《与楸功书》一文中说道:

> 大抵今之为学者皆曰:"经术务精句读,文章泛观气势。"遂岐而二之,各立门户,互相矛盾。抱六经者无不被讥,占风云者咸以为能。希奖声誉,夸奇衒异,芜言蔓辞,传讹袭舛,渔猎简编,剽窃前作。夜书细字,乱如牛毛,纷纷藉藉,盈箱溢箧。善用之则侥幸于进取,不善用之则文与意悖,词与道乖,如天吴紫凤,颠倒短褐,机关日益轴解,态度日益疏粝,无一人孜孜矻矻,穷理尽性,祖六经之正脉,溯往圣之渊源。噫!世道之委靡而不振也。夫六经者,圣人之言行,而文章者,六经之土苴。为文而不法乎古,则犹御风而无翼也。为文而不本乎经,则犹凌波而无楫也。《书》自诰命之文不传,而为制为诰,皆《书》之派也。《诗》自"六义"之趣不讲,而为赋为颂,皆诗之流也。曰纪传,即《春秋》之遗策也;曰序赞,即《礼》与《易》之遗体也。茫茫历代数千载之间,词人才子,孰不法乎古,本乎经也。[1]

如今的学者大都认为经术主要着重于句读和注释,文章主要看有无气势,这样将经术和文章割裂开来。结果使之变成毫无联系的二物,由此派生分歧,各立门户,相互论辩而无休止。所以抱六经以钻研者常被人讥笑为无文才,对"占风云"而登上高位官职的人都被视为皆能文擅诗。汉班固《答宾戏》一篇曰"振拔洿涂,跨腾风云",以浅水泥潭之龙腾跃来比喻身份卑贱者出世高就。成伣认为实际上这种人一般都是虚伪夸张,并"希奖声誉,夸奇衒异,芜言蔓

---

[1] 《虚白堂文集》卷12《与楸功书》,(韩国)《韩国文集丛刊》。

辞"。这些人作文章，大都"传讹袭舛，渔猎简编，剽窃前作"，以盗取天下名利。他们虽以文章之才进取高就，而他们的文章实际上往往"文与意悖，词与道乖"，如同中国唐代杜甫诗歌中所描写的"天吴紫凤"，"颠倒短褐，机关日益轴解，态度日益疏粝"。杜甫的《北征》诗中，有"天吴及紫凤，颠倒在短褐"之句，意即前后颠倒，互不符合。作者以此来批评割裂"道"与"文"，以形式主义文风哗众取宠者。在这些人中，无一人认认真真，"孜孜矻矻，穷理尽性"，"祖六经之正脉，遡往圣之渊源"。从而成俔慨叹"世道之委靡而不振"，呼吁重振圣人之道，继承儒家道统，兴起"吾道之文"。

成俔在这篇书信中，对自己的"道""文"观作出了一个明确的表述，那就是"夫六经者，圣人之言行，而文章者，六经之土苴"。按照他的意思，那些"六经"就是"圣人之言行"，是儒家之"道"的精华，体现了儒家道统的最高境界。与此相对应的"文"，与那些"六经"比起来，只不过是"土苴"而已。因为"六经"是"文"之"本"，"文"是"六经"之"末"。从这样的"道""文"观出发，他指出作文而"不法乎古"，就等于鸟欲飞而"无翼"，变成无翼鸟。可知，这里所谓的"古"，就是"圣人之文"，或"六经之文"，而"法"就是效法或跟随。同时他又说为文而"不本乎经"，则等于"凌波而无楫"，就算有远大的抱负，也达不到远航的理想，有再大的文才，也写不出好文章来。这里所谓的"经"，就是儒家的"六经"，因为"六经"是"圣人之言行"，"圣人之道"体现在其中。如果一个作家离开或背离此"经"，就等于迷失前进的方向，成不了好的作家。《书》中的"诰命"为古代帝王任免、封赠之文书，而自秦废古制，《书》之精神则无传，其后世的"为制为诰，皆《书》之派"，这种说法是有其道理的。从纯粹的经学角度出发的政教美刺观，判断和分析《诗经》的时代一结束，"为赋为颂"皆成为了"诗之流"。成俔从而积极论证文学的各种体裁在自己的历史实践过程中逐渐完善和发展，最后显现出成熟面貌的道理。他又指出所谓纪传体散文，就是以古代《春秋》为源头，所谓

"序赞",则是以古代的《礼》与《易》为祖宗。从这样的文学史观出发,成俍确信地说出"茫茫历代数千载之间,词人才子,孰不法乎古,本乎经也"的观念。顾名思义,古代一切成功的文学家无一不是"法古而创新"之人;古代一切优秀的文学作品,也无一不是"本乎经"的创新之作。从"道"与"文"的角度说,世界上所有优秀的作家没有一个是离开此"道"而成功。同样,世界上一切优秀的文学作品,也没有一个是离开此"道"而获赞。

这种"道""文"观,在成俍的文论观中逐渐形成一种体系,指导和制约着他的文学思想在理论实践中的发现,因为这是从他的内在审美心理中发出。所以他看中国文学的发展历史,从这样的思路去理解和阐释,也是从这样的基本理念去教导后世。他的这篇《与楸功书》是为其仲兄的长男成世绩而写的一封文学训导信,信中说近来学者将经术和文章相对立,"道"与"文"相背离,从而世道浇漓,文章之学萎靡不振。他在信中还强调"六经"是"圣人之文",为文不根于"六经",只不过是"虚文"而已。他还严厉批评侄子成世绩年龄已经不小,但并不尽力于实学,被蛊惑于荒诞的故事,不好好打下学问基础。成俍还指出贤侄累次落榜科举考试,原因并不在于文章技巧不熟练,而在于其"根本"不牢固,在于没有"穷理尽性"。从而他希望贤侄成世绩学好"圣人之言",掌握"六经之旨",能够写出"浑厚""蕴藉"和"简严"的文章,以继承前贤的文学精神。他始终认为圣人的"六经"是文章永恒的典范,能不能正确地继承其遗旨、遗风和遗法是文学创新的关键,这是国内外一切成功文学经验总结的结果。他以中国古代文学发展的历史经验,探索其中规律性的东西,论证这种文学发展观的合法则性和合实践性。他在《与楸功书》中说道:

> 文章体格,发挥于汉而流衍于晋,盛行于唐而大备于宋。如董仲舒《天人三策》,晁错之《贤良策》,严安、徐乐、主父偃之《陈事》,诸葛孔明前后《出师表》,是皆得《书》之教。小司马之《索隐》、班固之《赞

述》、范晔之《记言》是皆得《礼》之教,梁丘之《经师》、扬雄之《太玄法言》是皆得《易》之教,公孙弘之博学、杜预之精敏是皆出于《春秋》,贾谊、相如、枚乘,邹阳之徒,曹、刘、应、阮、陶、谢、王、徐之辈奇而怪,清而健,华而藻,莫非《三百篇》之遗音。[1]

在成俔看来,中国历代著名作家的优秀作品"无一篇无来处",都有其所继承的母体。他认为文学上的任何一种创新,都是在继承的基础之上作出来的,没有继承就没有创新。这里所谓的"文章体格",应指诗文的体裁格调或体制格局,如唐封演的《封氏闻见记·声韵》中说:"自声病之兴,动有拘制,文章之体格坏矣。"宋朱翌《猗觉寮杂记》卷上也说:"且古人语各不同,如三国时与西汉人语,两汉人与六朝人语,各有体格,今皆一律。"按照此说法,成俔所谓"文章体格",应指中国历代依时代而变化发展的诗歌和各类散文。按照他的看法,中国的各种诗歌和散文的"体格"在两汉时期已经基本定型,到了两晋时期广泛应用,而在唐代大量盛行,而于两宋时期完备发展。成俔指出汉景帝时"晁错之《贤良策》,严安、徐乐、主父偃之《陈事》,诸葛孔明前后《出师表》","是皆得《书》之教"。其中的意思就是所举历史上的名篇,都从《尚书》中学得写作的要旨和要领,继承其中出色的文章本领基础之上创新的结果。下文中的"小司马",是中国唐代文人司马贞的别号,他著述了司马迁《史记》的注释书《索隐》,还补述了《史记》所遗漏的《三皇本纪》,为与司马迁区别,历史上将他叫做"小司马",历官朝散大夫、弘文馆学士等职。成俔认为"小司马之《索隐》、班固之《赞述》、范晔之《记言》","皆得《礼》之教"。他又认为"梁丘之《经师》、扬雄之《太玄法言》","皆得《易》之教"。除此之外,历史上"公孙弘之博学、杜预之精敏","是皆出于《春秋》"。不光是这些,中国文学史上的那些著名作家,如"贾谊、(司马)相如、枚乘,邹阳之徒"和"曹

---

[1] 《虚白堂文集》卷12《与櫟功书》,(韩国)《韩国文集丛刊》。

第七章 成伣的"六经正脉"论与诗歌审美本质观 335

（植）、刘（桢）、应（玚）、阮（瑀）、陶（渊明）、谢（灵运）、王（粲）、徐（幹）之辈奇而怪，清而健，华而藻，莫非《三百篇》之遗音"。这里的《尚书》《周礼》《周易》《春秋》《诗经》等是中国儒家的"六经"，也是古代的"圣人之文"，他认为中国诗歌与散文本质上就是起始于这些经典。

成伣强调学习文学者必须弄清楚儒家的这些"六经"和后世文章学或文学之间的前后继承关系。仔细观察它们之间是在什么样的时代，如何地去继承，如何地去创新和发展的问题。也要注意观察它们之间的继承和发展，都有那些特点，其中规律性的东西应该认真去探索。如果学者不去仔细观察，其中的很多现象是搞不清楚的，往往容易被现象迷惑，看不出内在的变化，看不出新的创新之作是如何的诞生。尤其是其中的影响关系是内容层面的，还是艺术形式层面的，还是审美意象角度的，还是艺术个性角度的，要仔细把握，深刻理解，这样才能够捕捉其中规律性的东西。对这些方面的认识问题，他还说道：

> 然则汉、魏、晋之间诸子之学，虽或悖于"六经"，而实有赖于"六经"也。李、杜之诗，蔚有《雅》《颂》之遗风；愚溪之文，深得《春秋》之内传；昌黎《淮西之碑》，点窜二典之字，《原道》《原毁》，专仿孟轲之书；苏东坡读《檀弓》一篇，晓文法；赵忠献以《论语》半部，定天下；其余虞、姚之博学，孔、陆之研精，陈子昂、苏源明之典雅；元结之毅，李观之伟，卢仝之严邃，孟郊、樊宗师之清苦，张籍之富，白居易之放，庐陵公之醇，曾南丰之浩，黄豫章之理，石徂徕之属，王临川之妙，苏颖滨之通，陈后山之浚，秦淮海之焕，张石室之俊，陆剑南之豪；上自盛晚唐，下至南北宋，高才巨手拔茅而起，其议论虽若悖于"六经"，而取与则悉出入乎"六经"也。[1]

---

1 《虚白堂文集》卷12《与樧功书》，（韩国）《韩国文集丛刊》。

成倪还指出学术或文学上的有些现象，有时让人一时看不清其本质，因为现象往往被表面上的假象蒙住，使人一时难以把握其内在本质。他举例说中国汉、魏、晋之间的诸子之学，看上去"或悖于六经"，但是实际上这些诸子之学的起始和内涵，都"实有赖于'六经'"。所以看问题，应该通过现象看本质，通过表象把握内在机制。注意考察可以发现，李白和杜甫的诗歌创作卓有《诗经》之《雅》《颂》遗风；而柳宗元的散文，深得《春秋》内传之旨意。而韩愈的《淮西之碑》，记述了唐宪宗元和十二年（817）裴度平定淮西藩镇吴元济的战事，碑文写得古意盎然，具有很高的史料价值。韩愈的此碑文，在内容和语言上，对《尚书》中的《尧典》和《舜典》多所点窜。韩愈的《原道》《原毁》二篇，"专仿孟轲之书"。还有，苏东坡熟读《礼记·檀弓》篇，立晓文法之理；北宋名相赵普精通治道，读书虽少，但喜《论语》，尚有"半部论语治天下"之说。成倪在此书信中，还列举了诸多中国古典文人作家的学问和文学创作的基本特点，成倪论这些唐宋诸家学问和文学创作的基本特点，还是基本符合实际的。他最后再次强调说这些自盛晚唐至两宋时期诸家的学问和文学创作，有的虽有悖于"六经之旨"，但是撰述赠答的诸多内容，还是基本根于"六经"，而徘徊于"圣人之道"。

正因为"根乎六经"，"出入乎六经"，古人的文章才具有无穷的生命力，能够成为后世的榜样。成倪分析侄子成世绩文章的不足，并不在于笔法文藻，也不在于表现手法，而在于"蕴藉"之不足，"浑厚"之不足。从而他告诫成世绩作文要打基础，务实，懂得"本乎六经"，学得其旨意。作为家族之长辈、文坛之名宿，成倪提醒成世绩文章的要领首先不在于手法和技巧，而在于"固本"。也就是说重于"蕴藉"，次之于"练藻"。他说：

本乎"六经"，故其为文也揽之而无穷，用之而不竭，托之语言而通畅发越，施之事业而焜耀无穷。今世之人，见其气概之不一，咸谓古人之制作，流出于胸腑，而不蹈袭于前辙矣。夫文章，心耳气耳，非学所能到也。不务其实，徒事虚文，岁月如流，浸远浸忘，则向之涂附口舌者，特为今日之筌蹄矣。今足下生禀粹气，出自茂族，其器局足以达事，其资材足以庇身，犹且留心典坟，驰价翰墨，发而为文，固有出尘拔俗之标，而非区区俗儒所能仿佛也。然而较艺于场，连不得志于有司，反以汗血之足，不及驾鼓之驽，其故何哉？非文藻之不足也，浑厚之不足也，非豪迈之不足也，酝藉之不足也，非华丽之不足也，谨严之不足也。[1]

　　成伣再三强调文章之道在于"务本"，而不首先在于"笔法"，自古的"圣人之文"和文学大家的成功经验都反复证实了这一点。正因为"本乎六经"，所以前人为文有无穷的回旋余地，有用之而不竭的文思，而将这些寄之于语言、托之于文字，才有可能"通畅发越"；将这些施之于事业上，才能够符合现实要求，有助于实务，发出无穷的光芒。如今的人们见古人之文各有自己的"气概"和个性，都说古人的"制作"有自己的"东西"，"流出于胸腑，而不蹈袭于前辙"。这种认识是有道理的，因为人们都看到了古人文章各种不同的个性特点。而实际上人们也看到古代凡是优秀的文学成果，没有一个是"蹈袭前辙"，无一不是"流出于胸腑"。应该知道文章是出自于"心"，形成于"气"，并不是学而所能得到。成伣深知在东方古典美学中，"即物即心"，心物一元，融物于心，物我一心。《礼记·乐记》曰："凡音之起，由人心生也。人心之动，物使之然也。"刘勰指出："心生而立言，立言而文明。"[2] 韩愈也说："有动于心，必于草书焉发之。"（《送高闲上人序》）北宋晁补之还说："自昔学者，皆师心而不蹈迹。"[3] 成伣还认为这个"心耳气耳"，也包含着文学创作主体的个性气质，在某种情况下它们也关乎创作主体的心灵特征和文学作品艺术风格的关系。所以

---

[1] 《虚白堂文集》卷12《与櫟功书》，（韩国）《韩国文集丛刊》。
[2] 《文心雕龙·原道》，南京大学出版社，2007。
[3] 《中国古代画论类编》，人民美术出版社，2007。

他认为"夫文,非学所能到",如果一个人"不务其实",只能"徒事虚文",最后一无所成。

　　成伣告诫成世绩,"岁月如流,浸远浸忘",如果不努力进步,连过去的那么一点点的成绩,也会像"得鱼忘筌"一般付诸东流,最后变成一无所有的人。他还告诫成世绩,人应该珍重自己,多发现自己的优点和潜力。他还鼓励成世绩,要看到自己"生禀粹气,出自茂族,其器局足以达事,其资材足以庇身",尤其是其早已"留心典坟,驰价翰墨",如果在这个基础之上"发而为文",肯定"有出尘拔俗之标,而非区区俗儒所能仿佛"。他还告诉成世绩,过去虽多次参加科举考试却连连落榜,而且自己的确有"汗血宝马"的身价和才华却被那些"驾鼓之驽"比下去,这是为什么?原因只有一个,那就是没有抓住"根本"。

　　对此成伣以极其形象的语言告诫说:"非文藻之不足也,浑厚之不足也,非豪迈之不足也,酝藉之不足也,非华丽之不足也,谨严之不足也。"成伣在此连用三个文学创作的审美概念,即"浑厚""蕴藉"和"谨严",想以此教导晚辈成世绩达到一定的创作境界。其中的"浑厚",可以用两个概念来加以说明。所谓"浑",即指浑厚无迹的艺术风格或浑然天成的艺术描写,在创作上要求作者以此达到相应的审美境界。而"厚"顾名思义则可以认为"厚""根本","厚"创作主体之基础。具体来讲,"厚"可以认为作诗文必须读书养性,励志精思,以达到巩固创作根底的目的,或以此达到诗文的内容深厚、艺术水平高妙。所谓"蕴藉",即与"蕴蓄"有类似之意,主要指向作家的审美城府或诗文作品的内蕴。从作家的角度来说,所涵养的知识或审美情趣等积蓄或包含在里面,而不轻易地表露出来。成伣认为诗文"以蕴藉为重",诗文之"厚"得之"内养",而此"内养",即来自巩固"根本",这"根本"就是"圣人之道"、"六经之旨"。他认为这"蕴藉"就是作家之所以为作家的关键,也是创作出优秀作品的基本保证。他认为一个作家或作品的内在"蕴藉",无疑体现在作品的艺术表现和境界上。"蕴藉"欠缺，艺术表现或境界"浅陋"，"蕴藉"深厚，艺术表现或境界焕然而富有魅力。"蕴藉"和艺术表现有内外之别，"蕴藉"指内涵，艺术表现指外观。一个作家或一部作品的"蕴藉"须由艺术表现来验证，"蕴藉"的深度取决于艺术表现的生动性。所谓"谨严"，即指创作主体在构思和创作文艺作品时的创作态度和作风。

在文学创作实践中，"蕴藉"之不足者或秉持浮靡文风者，因为摆不正心态和创作目的，做不到谨慎而严密的创作程序。在此，"谨"和"严"如同亲密的姊妹，相互依存，相互推动，把一部作品打理成几近完美的审美境界。总之，成伣认为这其中的辩证关系，只有那些具有文学城府的人才能够理解和付诸实践，那些急功近利的浮躁文人是无法理解和实践的。他认为如果一个作家在创作中不能遵守"浑厚""蕴藉""谨严"的原则，那他就不可能成长为优秀的作家。如果一部作品达不到这三点要求，那它就不可能成为出类拔萃的成功之作。整合起来说，不能遵守或达不到这三点原则和要求的作家是极其孟浪的作家，成不了"文质彬彬"的作家；而不能遵守或达不到这三点原则和要求的作品可能也是一篇内容空虚、艺术表现浮靡的作品，成不了"文"与"质"高度统一的优秀作品。成伣以成世绩和文坛一些人在创作上表现出的问题，来说明这些道理。他说：

> 昨见足下所作篇章，往往诘屈聱牙，有类俳优。欲凭大鹏出汗漫，以赤手捕蛟螭，钩玄摘隐，细大不捐，笔势纵横，波澜衍溢，鼓舞变化，不自知其入于支离诞漫矣。岂非文胜质之过乎？如欲必售其技，则莫若惩羹吹齑，革去旧习，汰繁而务合乎中，博学而反说乎约。比如导水焉，必杀其支派；比如养木焉，必翦其莽莩；比如御马焉，必固其鞿靮，比如镘墙焉，必削其重复。然则为文莫如浑厚酝藉简严，而必先收众流趋大本也。今之议者曰"明经率皆鄙拙，不可取法"，是大不然。非诗书之簧鼓人也，

用之者失机轴也。足下年齿渐多，聪明渐耗，志气渐缩，不于此时劝勉实学，而信从人之浮说，欲泛驾而不止，非吾之所敢知也。以夏禹之明，寸阴是惜，文王之圣，日不暇给，况凡人乎。此正足下勉力之秋也。弹冠负箧，静向一隅，不为六凿之所攘，不为七情之所梏，根本《六经》，不惑他歧，则可知所向之方矣。不必以得不得为念。孟夏日长，风和景清，努力自爱。[1]

成伣受托仔细阅读侄子成世绩的文章，读起来拗口、别扭不顺畅，甚至有些地方"有类俳优"，滑稽可笑。成世绩在篇章中大肆施展文才，其势如同"欲凭大鹏出汗漫，以赤手捕蛟螭，钩玄摘隐，细大不捐"。他的篇章还"笔势纵横，波澜衍溢，鼓舞变化"，如同说大话的滑稽戏俳优漫无边际。问题是成世绩还不知道自己写作的毛病，洋洋得意，"不自知其入于支离诞漫"。成世绩篇章的这种表现，宛然是犯了"文胜质之过"的毛病。成世绩在写文章时不懂得怎么去处理"文"与"质"的有机关系，失去了作文之要领和原则。"文"与"质"原来是中国文学美学中的一对范畴，《论语·雍也》说："子曰：质胜文则野，文胜质则史。文质彬彬，然后君子。"这里的"文质彬彬"，是要求文章质文兼备，情文并茂。"质胜文"，则没有文采或文采不足，文章就粗野，不生动；与此相反，"文胜质"，过分重视文采，则内容空虚，光是辞藻华丽，文章必趋于浮华，这是文章之一大通病。文章之法，只有"文质彬彬"，即文质并茂，内容和形式高度统一，才是君子或文人学士作文章的正道。孔子一贯主张质文兼备的文艺思想，曾说过"言以足志，文以足言"，"言之无文，行而不远"，"情欲信，辞欲巧"。孔子的这些言论都是从"文"与"质"关系的侧面，提倡"文质并茂"，以达到内容与形式的完美统一。成伣认为先圣的这些"文质"思想，极富为文之哲理，为后世的文学创作指出了明确的方向。对这一"文质"观，

---

[1] 《虚白堂文集》卷12《与櫟功书》，（韩国）《韩国文集丛刊》。

除了《论语》之外，儒家的其他经典著述也都有所表述。《淮南子》指出："必有其质，乃为之文。"(《本经训》)"文不胜质之谓君子。"(《缪称训》)西汉扬雄认为："无质先文，失贞也。"(《太玄经·首》)刘勰也在《文心雕龙·情采》篇中说："圣贤书辞，总称文章，非采而何？夫水性虚而沦漪结，木体实而花萼振，文附质也。虎豹无文，则鞟同犬羊；犀兕有皮，而色资丹漆，质待文也。"这样，刘勰将"文质"问题引入了文学创作理论领域，而且他以"水性""木体""豹纹""犀皮"等自然事物中的哲理，说明"文质"关系。仔细观察可知，成伣的这种文章观念，是在继承这些儒家前贤"文质"观念的基础上，根据海东当时文坛的实际情况发表的，应该认为富有深刻的现实意义。

成伣还严肃地指出成世绩的文章，因没能够正确地处理好这两者的关系，其篇章只能是"文胜质"，遂导致了整个文章的空虚、浮夸和蛮无内实的结果。他劝说成世绩不要自以为是，应该冷静地对待自己，看待自己的文章如同古成语"惩羹吹齑"中所说的那样，保守处事为好。要懂得自己的问题出在哪里，想到怎么去弥补自己的毛病和不足，这样才能够"革去旧习，汰繁而务合乎中，博学而反说乎约"，使自己的文章达到古人的境界。他还以"导水""养木""御马""馒墙"等生活中的哲理，比喻写文章，说明达到古人境界的途径和目标。他说"比如导水焉，必杀其支派"，"比如养木焉，必翦其莽蕚"，"比如御马焉，必固其羁靮"，"比如馒墙焉，必削其重复"。这里的"杀其支派""翦其莽蕚""固其羁靮""削其重复"等，相当于文学创作中的集中、提炼、约题、简练、技巧等必需的内涵。文章应该达到什么样的地步才能够算是达到了古人之境呢？对此他谆谆训导成世绩，"为文莫如浑厚酝藉简严，而必先收众流趋大本"，使之既形象而又致理。写文章应该动员上述的诸多内涵性因素，达到"浑厚""蕴藉""简严"的境界。成伣的这些训导之语，句句点到了文学创作中的一些规律，给人以诸多有用的启迪。

从这样的"文质"观出发，成伣还批评了当时轻视"经术"，片面抬高"文章学"地位的倾向。李氏王朝建国以后，从封建统治的现实需要出发，逐步确立了文人政治的方针。为了适应这样的文人政治模式，国家的科举考试制度自然重视诗赋，用人和备用人才制度上也多采用诗赋全能人才的选拔政策。不过随着朱子学的深入发展，朝廷的注意力也随之转移到经术人才身上，因为认为比之于诗赋人才，经术人才更懂得经纶国家，更擅长于治国理政。选举制度上的这种变化，体现在科举考试的科目上，比之于诗赋，更加重视经学及其人才的选拔。这样的变化在当时的士大夫和年轻学子中间，围绕诗赋和经术孰重孰轻的问题，引起了一系列不大不小的争论。加上随着重视词章的勋旧派文人和重视朱子学的士林派之间对立的逐渐公开化，这种争论日益深入，反映在文坛上演变成了词章和经术之间的角力。不过成俔主张无论是勋旧派还是士林派，必须坚持实事求是的态度，从"道"与"文"关系的当为性出发认识问题和处理问题。同时他还认为无论是经术还是诗赋，不应该孤立地看问题，要记住朱熹的两句话，即"凡物之理，必先有质而后有文"[1]的一句话和"大率固不可无文，亦当以质为本"[2]的一句话。为什么？因为与"道"和"文"的关系一样，"质"与"文"也属于一个问题的两个方面，是相互依存、相辅相成的关系。"质"待"文"而"显"，"文"待"质"而"华"，谁都离不开谁。成俔认为，作为一个文人，"明经"是一个必须"修得"之要，掌握它并不是"鄙拙"之事，从文学的角度看它也是属于基础和"根基"。当时的有些人在"文"与"质"的关系问题上，有这样那样的错误认识，可能是被诗书的艺术表现属性迷惑住了，这实际上是写诗文者丢下核心而捡皮毛，犯了逻辑上的误差。成俔提醒成世绩，时间不等人，趁年轻努力学习，用儒家经术打基础，以备今后文章学之用。成俔还训导成世绩趁年轻"劝勉实学"，不要"信从人之浮说，欲泛驾而不止"。他还谆谆劝导成世绩，"以夏禹之明，寸阴是惜；文王之圣，日不暇

---

1 《四书章句集注》卷2，中华书局，2003。
2 《朱子语类》卷42，上海古籍出版社，2016。

给。况凡人乎？"他劝说侄子成世绩，"弹冠负篌，静向一隅，不为六凿之所攘，不为七情之所梏"，到偏远安静的地方去，不受世间的干扰，专心于"六经"，掌握其要旨，不被他途所迷惑，这样就可以知道自己"所向之方"。这样，可以不为"得"与"不得"所累，才能够走向光明前程。

第二节 "道""文"如"水木源流"

"文如其人"，这是成伣论"文"的基本思想之一。他认为诗文是创作主体思想感情和品德修养通过艺术形象表达的结果，人们往往透过其作品能够考察作者的思想品德、个性和审美情趣。这一类文艺观念虽古已有之，但成伣的这一文学观是在自己的文学实践中感觉和总结出来的。《论语·宪问》曰："有德者必有言。"《孟子·万章下》说："颂其诗，读其书，知其人。"西汉扬雄在《法言·问神》中指出："故言，心声也；书，心画也。声画者，君子小人之所以动情乎。"海东作家在具体的创作实践中，陆续体验到古人的这一观点的确有其合理性。孟子和扬雄的这种观点影响深远，后世的诗文论家继承和发扬这种观点，提倡许多类似的文学主张。唐代白居易在《读张籍古乐府》中指出："言者心之苗，行者文之根。所以读君诗，亦知君为人。"宋苏轼在其《答张文潜书》说道："子由之文实胜仆，而世俗不知，乃以为不如；其为人深不愿人知之，其文如其为人。"明初文学家宋濂也在《林伯恭诗集序》中说："诗，心之声也。声因于气，皆随其人而著形焉。"这些人都认为文章表达的是作者内在的思想感情，因此可以通过其诗或文看出其为人，看出其是不是君子或小人。现在说到海东的学者和作家成伣，具有丰富的创作经验的他，也有类似的体验和看法。他这方面的观点，尤其像明初宋濂的诗歌"因气""著形"说。他在《家兄安斋诗集序》中说道：

文章以气为主，气隆则从而隆，气馁则从而馁。其播诸吟咏者，自有不能掩其实。其为人粗鄙，则其发亦鄙而失于陋；其为人轻躁，则其发亦躁而失其刻；其为人诡怪，则其发亦诡而失其诞；其为人华荡，则其发亦荡而失于靡；其为人忧怨，则其发亦怨而失于恨。其大致然也。惟我伯氏，以公平宽裕之资，得精微博厚之学，措诸事业，黼黻王度，故其为诗文，质而不俚，实而不窾，纡余雄浑，平澹典雅，蔚乎一代之制，而侪辈皆推让之，以为真得晚唐之体。[1]

"文以气为主"，这原本是中国三国魏曹丕提出的文学观念命题。在此基础之上，海东的成俔将这一文艺思想发展成为评价作家的创作个性、作品的精神品位上面，从而也把它引入自己的文艺批评之中。曹丕曾曰："文以气为主，气之清浊有体，不可强力而致。譬诸音乐，曲度虽均，节奏同检，至于引气不齐，巧拙有素，虽在父兄，不能以移子弟。"(《典论·论文》)[2] 这里的"气"，既指文艺作品所展现出来的一种品格和艺术精神，又指包括作家的禀气、志趣、节操等内在的精神面貌。一种是作品之气，一种是作家之气，合而论说为"文以气为主"。"文以气为主"，首先涉及文艺作品审美品质的高下，次而涉及作家内在审美素养之高下。而成俔进一步认为作家之气与作品之气密不可分，作家之气决定作品之气的高下。从这个意义上看，文艺作品之气和创作主体之气是相一致的。所以在文艺创作实践中，"气隆则从而隆，气馁则从而馁"，也就是说作家之气"隆"则作品之气"隆"，作家之气"馁"则作品之气"馁"。从而可知，二者有先后关系，有前提和后演的逻辑演进关系。从这种认识出发，海东历来的思想家和文学家都一致地强调创作主体思想修养的必要性，践履"圣人之道"的重要性。对"气"与"文"的关系，成俔有一个系统的看法，认为作家之气

---

[1] 成俔：《虚白堂文集》卷6《家兄安斋诗集序》，(韩国)《韩国文集丛刊》。
[2] 《昭明文选》，中华书局，2008。

对作品之气的影响是不可避免的和必然的,绝不以人的意志为转移。按照他的话来说,"其播诸吟咏者,自有不能掩其实",这绝不是勉强可为的事情。至于作家之气对作品之气的影响,他具体地指出:"其为人粗鄙,则其发亦鄙而失于陋;其为人轻躁,则其发亦躁而失其刻;其为人诡怪,则其发亦诡而失其诞;其为人华荡,则其发亦荡而失于靡;其为人忧怨,则其发亦怨而失于恨。"他认为作家的"为人"对作品之气的影响,是"大致然"的事情,这也是一条颠扑不破的真理。他进而以自己的家兄成任为实例,进一步强调这个道理。他说大哥成任一生"以公平宽裕之资,得精微博厚之学,措诸事业,黼黻王度",所以他的诗文自然受此影响,表现出"质而不俚,实而不窾,纡余雄浑,平澹典雅"的艺术风格,"蔚乎一代之制",深受文坛推重,文人们都"以为真得晚唐之体"。长兄成任心性"公平宽裕",其学"精微博厚",其事业以尽忠"黼黻王度",有如此"纡余雄浑,平澹典雅"的艺术风格。这样在他那里,作家之气,对作品之气,有着绝对而直接的关联。显而易见,成伣对"气"的这种认识,对于作家在艺术创造中体现内在道德品质和精神气品,具有深远的影响。

成伣的长兄成任也是一代文豪,曾与当时的巨儒申叔舟、李石亨、金守温、姜希孟等齐名。他的为人憨厚老成,学问精微精博,诗文创作上做到"质而不俚,实而不窾",所以艺术风格上的"纡余"而"雄浑","平澹"而"典雅"是很自然的事情。成伣早丧父母,在长兄手下长大成人并学习汉学,深知其秉性和学问,始终将其当做自己做人和学问的榜样。他常陪长兄在家里的园林中散步,切磋学问,"优游啸傲,遇兴触物,必形于诗"。所以他深知长兄在诗文创作上的审美志趣,"至于天然自得之趣,则卓乎不可及,然后信知其高"。长兄一生写了很多诗文作品,但由于各种原因所剩者不多,其子息悔恨"先君位不满德,才不尽展,诗又被灾而不能尽"。不过成伣则认为长兄的诗文所剩者虽不多,但通过所载入作品完全可以了解到其"声名勋业之炳烺",还有高尚的道德风尚和"雄浑""典雅"的审美情趣。因为"文如其人",读其诗文,知其人。

按照他的原话,"文章土苴之绪,亦赖子而不坠","后之人读公之诗,可以记公之才,知公之德"。

成伣的这一文学审美思想的意义在于:首先,他继承了文学"诗言志"的传统,将古人关于诗文表现作家之"心"的观念,从另一个角度加以揭示,推广到文与作家内在心理关系的层面上。其次,成伣将文艺同创作主体的人格品德联系在一起,提出了"文如其人"。尤其是他将文同创作主体之"气"联系在一起,说"气隆则从而隆,气馁则从而馁",并指出这是一条颠扑不破之真理。这就把曹丕"文以气为主"的传统观点,提升到文与作家内在审美心性联系的轨道上,使"文"与"气"的关系上升到"文如其人"的理论高度之上。还有,"气隆则从而隆,气馁则从而馁"的观点,强调文艺作品的主观心理基础,从而说明文艺创作与作家世界观及其个性品质之间的有机关系。如上所述,他以自己的长兄成任的为人和诗文创作为例子,说明"气隆则从而隆,气馁则从而馁"的观点是一条颠扑不破的文学规律。

成伣谈论文艺创作,往往用极其风趣的语言,生动的比喻,进行劝谕和训导,因此富有极强的哲理性。他还孜孜不倦地探索文艺自身规律,在海东朝鲜朝前半期的官阁大臣中是一位典型的重"道"而不轻"文"的文人。他一向强调一篇合格的诗或文并不是从天而降,都是作家不断学习、不断努力于创作实践的结果,而这种学习和努力都是为自己的创作实践打基础的过程。他还强调作家创作之前的基础工作尤为重要,如果缺乏这个极其重要的基础工作,那创作就没有成功的把握。他把作家的创作活动比喻为养树工作,强调其培根的重要性,认为不好好培其根,滋养育苗,树就不可能健康成长。他又把作家的创作活动比喻成导泉工作,认为如果不好好"浚其渊源",谁就无法"旁达而无碍"。也就是说磨刀不误砍柴工,不打无准备之仗,文艺创作与生活中的这些道理一样,应该做好写作前的准备工作。按照他的意思,这个准备工作的核心在于熟读圣人之书,掌握"六经之旨",熟悉历代名家之要。他强调这样才能够使

自己站在不败之地,写出像个样子的好作品,入列于真正作家行列之中,做到圣人所谓的"三不朽"。他在《风骚轨范序》中说道:

> 树木者必培其根本,根本既固,则柯叶自然苞茂而敷翠。导泉者必浚其渊源,渊源既开,则支流自然旁达而无碍,不然则无根之木必枯,而无源之水必绝。能喻此理,可以知学诗之道矣。夫古诗,譬之水木,则根本渊源也,而律乃柯条支派也。《诗三百》篇,邈乎不可尚已。汉苏子卿、李少卿,始制五字,逮建安、黄初,曹子建父子继而振之。王仲宣、刘公幹之徒,从而羽翼之。自是厥后,作者继出,历魏、晋、宋、齐、隋、唐极矣。当是时也,去古未远,元气尚全。故其词雄浑雅健,不务规矱,而自有规矱。[1]

海东朝鲜朝时期成宗十五年(1484),成伣和弘文馆阁僚们为了梳正诗歌源流编撰了《风骚规范》一书,大家要求他写序,想以此引导诗坛走正确的创作道路。此书的编纂约定俗成,完全是应了诗坛迫切的需要,无论是纠正当时存在的浮靡诗风,还是培养新一代诗人,都有不可估量的现实意义。在此书的序中,成伣首先以"培其根本",来比喻作家为自己的创作打下牢固的基础。他所指的"根本",首先指作家的学识文化修养,而其中最要紧的"根本"就是掌握"圣人之道"和"六籍之旨"。这个"根本"掌握得牢固了,作家的思想立场就牢固,所写出来的作品就可以使人"归于正",符合儒家"道统"思想的要求。按照他的话来讲,这个"根本既固","柯叶自然苞茂而敷翠",写出圣人曾经称道过的"雅正之作"。他的这种"培其根本"以达到"柯叶苞茂"的思想,与韩愈所谓作家"闳中肆外"的文学见解,有一定的类似之处。韩愈在《进学解》一文中说道:"先生之于文章,可谓闳其中而肆其外矣。"这里的闳中,是指作

---

[1]《虚白堂文集》卷6《风骚轨范序》,(韩国)《韩国文集丛刊》。

者的学识渊博；斯外，指写出来的文章风貌充实。成伣的"根本既固"，"柯叶自然郁茂而敷翠"，从另外的一种角度论证作家与其学问之间的有机联系。成伣认为作家的学问基础和文化修养，是进行创作的首要基础或根本，而诗或文是这种修养或基础的外部表现。从这个角度，他强调只有学问基础之根深，才有诗或文之"自然郁茂而敷翠"。

成伣还以"导泉"来比喻进行诗歌创作时的寻根究源。他这里的"泉"，则指作家需要学习和继承的自古以来的"圣人之文"和古人的一切优秀文学成果。这个"泉源"挖向是处，或疏通得好，作家的文学创作就成为"有源之水""有根之木"。有了这种"源"和"根"，作家的创作才有可继承的实体，才能够真正做到批判基础之上的继承。按照他的说法，"导泉者必浚其渊源，渊源既开，则支流自然旁达而无碍，"做不到这一点就适得其反，"不然则无根之木必枯，而无源之水必绝"。为了不使其"根"和"源""枯""绝"，作家必须虚心学习和继承儒家"道统"，磨炼技艺，努力成为写作"归于正"的作家，写出"雅正"的作品。成伣指出如果作家"能喻此理"，那就"可以知学诗之道"，可以进入真正懂得诗文艺术的更高境界。成伣所主张的"培其根本"、"浚其渊源"的文学观念，强调作家的学识文化修养，虚心学习古人，为创作打好基础，这样就有利于文学规律的探索，有其积极的现实意义。

成伣所说"培其根本""浚其渊源"观念中的"根本"和"渊源"，还有另外的一种涵义，那就是"古诗"。他明确指出这一"古诗"，涵盖甚远，渊源"颇深"。按照他的看法，这一"古诗"，是指上自"诗三百"，下至唐代诗歌，凡是这其间所有优秀的，值得去学习和继承的诗歌遗产。他主张作为一个积极上进的作家，除了认真继承"圣人之道""六经之旨"以外，还应该虚心学习和掌握这些"古诗"的艺术精神。对一个积极上进的作家来说，这是极其重要的一步，如果没有这一步，他将会一事无成。他说"夫古诗，譬之水木，则根本、渊源也，而律乃柯条、支派也"，所以处理好树木与"根本"的关系、流水于

"渊源"的关系,是文学创作中至关重要的问题。从而可知,处理好"古诗"与"律诗"的关系,如同处理好"根本"与"枝叶"的关系或流水与渊源的关系一样,是考验一个作家文学水准的试金石。他进而说中国的"古诗"发展历史遥远,进程曲折,其间有无数才华横溢的杰出人才出没,也有无数优秀的杰作出现,点缀了灿烂的诗歌发展历史。具体来讲,《诗三百》开启了中国诗歌发展的历史,西汉时期的苏武和李陵始制五言诗,东汉献帝建安时期至魏文帝黄初年间的曹操、曹植父子振兴其制,此时的王粲、刘桢等"建安七子"也先后迎合。自是以后,作者继出,佳作涌现,历魏、晋、宋、齐、隋,至唐迎来了极盛时期。好在当时去古代尚未远,原来的"元气尚全",所以"其词雄浑雅健","不务规矱",而"自有规矱"。

第三节 "锻炼精而性情逸"中的体用互补观

在成伣的文学视阈中,"古诗"在内容和艺术形式上是极为理想的文学形式,从先秦至唐之前一步一步发展而成的"古诗",为后世漫长的诗歌历程树立了"绝对"的榜样。不过随着岁月的流逝,离"古诗"的年代越来越远,其"规矱"也越来越紊乱,文学创作中的问题也越来越多。他认为这样的问题越是往后越严重,甚至文学史家称为中国诗歌最高峰时期的唐代也不例外,存在着一系列应该去克服的问题。在他看来,学习和接受中国诗歌优秀精华而发展起来的海东汉诗,也不例外,更存在着一连串应该去解决的问题。对这些问题了解得尤为深刻,而且深谙文学需要批判地继承并创新发展的成伣及其弘文馆的几个阁僚,自觉组成一个团队,编撰了这本《风骚规范》一书。其目的就是展现"古诗"的真面目,展示诗歌发展的源流,使人了解和掌握诗歌的真正"规矱",认清诗歌发展的道路应该怎么走。尤其是当时的海东人,自矜为"小中华",自认为汉诗不输中国人,可是不自知自己的汉文学还存在着一大堆严重的问题。成伣等人的这本《风骚规范》，就是为了扫清海东国内的这些思想障碍，构建一个有"规矱"可依的文学创作环境而编撰。他指出：

> 至唐又制律诗，媲黄配白，骈俪对偶，竞趋绳尺。华藻盛而句律疏，锻炼精而性情逸，气局狭而音节促，浇淳散朴，斲丧元气，而日趋乎萎薾。大抵自古而学律易，自律而学古难，如枝叶不能庇本根，支派不能当源流也。[1]

成伣说至唐代制作律诗，利用汉语的基本声律特点创作格律要求极严的七言和五言律诗，将中国的诗歌推向了新的艺术高度。但实际上律诗的制作应该上推至南朝齐武帝永明年间，归功于沈约等永明体诗人。当时的音韵学家周颙发现并创立以平、上、去、入制韵的"四声说"，沈约等人根据四声和"双声叠韵"研究诗的声、韵、调的配合，提出了八病（平头、上尾、蜂腰、鹤膝、大韵、小韵、正纽、旁纽）必须避免之说。永明体，即以讲究四声、避免八病、强调声韵格律为其主要特征。南朝齐竟陵王萧子良门下的八位文学家谢朓、沈约、王融等竟陵八友，都是永明体诗歌的作家。此律诗，自初唐开始流行起来，作为近体诗的一种，对律要求非常严格，常见的类型有五律和七律。至初唐就开始出现广义的五律，武周年代沈佺期、宋之问定型狭义七律，其成熟在中晚唐时期。通常的律诗规定每首八句，超过八句，即十句以上的，则称排律或长律。通常以八句完篇的律诗，每二句成一联，计四联，习惯上称第一联为破题，第二联为颔联、第三联为颈联、第四联为结句。每首的二、三两联（即颔联和颈联）的上下句习惯是对仗句。排律除首尾两联不对外，中间各联必须上下句对仗。律诗的各种体制和细则，全盘被海东人所吸收，也成为海东主要的诗体形式而被广泛地应用起来。海东历代诗坛中的有些人，尤喜用排律的诗体形式

---

[1] 《虚白堂文集》卷6《风骚轨范序》，（韩国）《韩国文集丛刊》。

进行创作，如高丽时期的李奎报、李穑的诗就是其中的例子。

值得注意的是，仔细读《风骚轨范序》可知，成俔在此序中主要表达的意思是肯定"古诗"的典范性，而否定唐代律诗绝对权威性地位。他指出唐人制作律诗并将它逐渐提升为主流诗歌体裁之一，当然有其巨大的进步性和历史贡献，但也不可否认它所包涵的一系列自己的局限性。他说"至唐又制律诗，媲黄配白，骈俪对偶，竞趋绳尺"，也就是说从初唐开始流行的律诗，如同"媲黄配白"，有种种严格的"规矱"，而且还专讲"骈俪对偶"，追求"竞趋绳尺"，种种这些不觉间不得不束缚诗人的手脚。他的这些看法似乎与历来文学史家的观点背道而驰，敢于与世人引以为骄傲的唐诗作对，这在诗坛上或许是大逆不道。众所周知，至盛唐，经济大发展，社会走向繁荣，这必然促进文学的发展与繁荣。唐人在南朝齐武帝永明年间沈约等永明体诗人的基础之上，发展律诗，将其提升为自己的主流诗歌体裁。这一律诗，也在这时被广泛流行并逐渐走向艺术的顶峰，涌现出大批杰出的诗人。尤其是在海东，在全盘吸收中国文学以来，历代文人都把唐诗看成诗歌史上绝对的权威并加以"膜拜"。

成俔如此评价唐诗，尤其是唐律，肯定不会被大多数人所接受。不过他冒着这个风险，还是实事求是地袒露出自己的心声，将真实的想法与众人分享。格律是以语言词汇为材料基础，唐代社会的发展使词汇得到丰富和发展，复音词开始增多，对偶句日臻完美，四声、平仄也日臻成熟，这使得格律诗的形成即将变成事实。平仄交错，句内用对，句间用粘，韵脚统一，加上对仗整齐，使得唐律焕然一新于诗坛。而且这些崭新的艺术结构，使得整首诗平仄交错有致，抑扬顿挫相间，尤其是这些表象使得唐律富有无限的回环美。从审美余韵的角度看，唐律足可以将优美的词句镶入句间，产生明晰的音律节奏和高远的意境，使作品具有美不胜收、余味悠长的艺术效果。这样一来，人们赞赏唐律，引以为骄傲，是再自然不过的事情。但是海东文人成俔，把问题看得并不那么简单，并没有人云亦云。他从自己的创作实践出发，用批评的眼光看待问题，做出一个有关唐律的实事求是的论证。他的核心看法是，唐律"媲黄配白，骈俪对偶，竞趋绳尺"，在很大程度上束缚诗人的手脚，抑制诗人自由地发挥自己的思想感情。

这种对唐律的批评意见，无疑出发于实事求是的学问态度和文学精神，足以显示他的胆识。应该知道，事物都有两面性，格律诗虽然对韵律有着严格的要求，但同时也因此而失掉了自然，免不了有人工雕琢的痕迹。由于格律的严格限定，从而限制了很多字词的运用，影响到意思的自由表达、意境的自由发挥。在文学史上，由于唐律形式上的这种弊端，也有一些诗人在某种场合不得不改变其中的清规戒律，写出自己的心音并大获成功的。如唐玄宗时期的崔颢登临黄鹤楼而写的七律《黄鹤楼》就是其典型例子。其诗曰："昔人已乘黄鹤去，此地空余黄鹤楼。黄鹤一去不复返，白云千载空悠悠。晴川历历汉阳树，芳草萋萋鹦鹉洲。日暮乡关何处是，烟波江上使人愁。"若按"平起仄收式"的定格去要求，此诗就有14字的平仄与定式不符，但它却为千古名篇。传说李白当年读到此诗，为之而叫绝，说有崔颢的诗在此，后人不用再写黄鹤楼了，其楼旁所立李白"搁笔亭"就是见证。崔颢善诗，为盛唐大诗人，尝与王昌龄、高适、孟浩然并提。尽管如此，为什么以他平仄不符的诗为千古好诗呢？后人认为原因在于诗人不肯"以文害义"，敢于破除"金科玉律"，勇于创新。如今看来应该是崔颢认为正是格律在某种程度上限定了诗意的表达，思想感情有所受限，才不得不突破约束。

对唐律所蕴含的这种弊病，成伣有一个极其精辟的概括，其曰："华藻盛而句律疏，锻炼精而性情逸，气局狭而音节促"，也就是说"华藻"过盛，则导致"句律疏"；"锻炼"字句过精，则出现"性情逸"的情况；过分精炼艺术形式，则导致"气局狭而音节促"结果。这些都是律诗所不可避免的弊病，有见地的文学家应该懂得这其中的道理。对律诗可能存在的弊病，他继而指出"淆淳散朴，斲丧元气，而日趋乎萎薾"。换句话来说，律诗过于注重字句等艺术形式的作法，很有可能导致诗作淆散原本的淳朴之气息，丧害作家和作品的元气，最后使诗歌创作"日趋萎薾"。从"文""质"关系的角度来讲，"文"胜"质"则内容空虚而只有华辞丽藻，诗文就浮华无实；反之，"质"胜"文"，则导致诗文就没有文采，诗文就粗野，缺乏生动性。无论是前者，还是后者，皆有片面之嫌，都是诗文之"阳九"。他还强调尽管律诗有严格的清规戒律，但与"古诗"比较起来，还有好作的一面。他说："大抵自古而学律易，自律而学古难，如枝叶不能庇本根，支派不能当源流也。"也就是说，学诗者自"古诗"学律诗容易一些，而自律诗学"古诗"较难。因为自律诗学"古诗"者，如同"枝叶不能庇本根，支派不能当源流"，是一件本末倒置的事情。

成伣认为海东虽说也是一个泱泱诗国，但是历代出现过诗歌创作上的各种弊病，也经历过思潮上的各种波折，概括起来讲其关键在于"知律（诗）而不知有古（诗）"。海东历代诗坛，擅长律诗的人代有人出，而知"古诗"、能写"古诗"的人却寥寥无几。在这种只知律而不知古的状态下，"古诗"的艺术精神传承不下来，制律而产生的弊病经常出现。尤其令人担心的是，这种弊病与当时蔓延的科诗之风、官僚献诗制度和茶余饭后吟风弄月的消极思潮结合在一起，使海东朝鲜朝前半期的诗风日趋萎靡不振。从而可知，成伣高扬"古诗"的艺术精神，批评律诗的金科玉律所带来的诗坛萎靡之风，都是有感而发和有的放矢的。在当时的诗坛形势下，这可以说是一针见血的，是有其丰富的现实内涵的。对当时海东朝鲜朝时期诗坛上存在的各种弊端，他在《风骚轨范序》中还指出：

我国诗道大成而代不乏人，然皆知律而不知古，其间虽有能知者，未免有对偶之病，而无纵横捭阖之气，以嫫母之资，而效西子之矉，实今日之痼疾，而不能医者也。余尝在玉堂，极论斯弊，同列亦以为然曰，律诗则有《瀛奎律髓》，绝句则有《联珠诗格》，而独无古体所衷之集。其可乎？于是登天禄阁，抽金匮万卷书。[1]

海东诗道大成，堪称"东方诗国"，但还是存在着一系列创作上的问题。海东历来诗坛存在的最突出的问题是"皆知律而不知古"，即使是有能写"古诗"者，但抖不掉写律诗时的毛病，往往为"骈俪对偶"和一系列"竞趋绳尺"所束缚，而无法自由施展想象。成倪认为只知律诗而不懂"古诗"，这是海东面临的极其重大的病症，很难一时改变过来。他还认为海东诗坛的很多人懂得一点五律、七律或五绝、七绝就自以为了不起，根本不想去学习"古诗"，探索诗道。他把这一现象比喻为"以嫫母之资，而效西子之颦"，这会对诗歌的发展有极其严重的后果。如何解决这样的现实问题呢？成倪认为当时社会上只流行元人方回编选的《瀛奎律髓》和宋人编辑的《联珠诗格》等书籍，这种状况使文坛和后来者只能学律诗，而无他途可寻。方回的《瀛奎律髓》，共选唐代诗家180余人，宋代诗家190余人的代表作品而入，给人以指导性的作用。元人方回热心传诗，意在宗杜甫，赞扬杜甫夔州以后的诗达到了"剥落浮华"的境界，想以此洗刷当时的浮华之风。而成倪在此所谓的《联珠诗格》，是宋末元初学者蔡正孙写序的揭示七言绝句作诗法的书，海东朝鲜朝曾出版过徐居正注释本《联珠诗格》。之前有宋人所校正的《唐宋千家联珠诗格校证（上下）》一书，此书选取唐宋诗人七言绝句一千余首，分为三百余格，加以评释。它融诗格、诗选、诗歌评点于一体，对研究宋元之际诗学发展与文学批评，有较高的学术价值。成倪经与弘文馆阁僚们研究对策，这种片面的学习条件也是造成"皆知律而不知古"的现实问题所在。于是他与弘文馆阁僚们研究，决定改变这种"独无古体所裒之集"的现状，订立一个裒辑"古诗"遗产的计划。于是成倪等人到"天禄阁"（即弘文馆掌管下的书库登瀛阁）拿出金柜中的万卷书，收集相关资料。对此书具体的收集、整理和编纂过程，成倪继而道：

---

[1]《虚白堂文集》卷6《风骚轨范序》，（韩国）《韩国文集丛刊》。

第七章 成伣的"六经正脉"论与诗歌审美本质观 355

自汉魏至于元季,搜抉无遗。择其可为楷范者若干首,分为前后集。前集十六卷,以体编之,欲使人知其体制。后集二十九卷,以类分之,欲使人从其类而用之。譬如适清庙者,见朱弦疏越,三叹而遗音,大羹玄酒,澹泊而有至味。有夏嚼殷卤,贵重而无纷饰之侈,足以鼓其气,养其咏,昌其辞,以造乎渊弘博大之域,然后始可与论古之风矣。所与同撰者,叔强、子珍、君节、国耳、太虚、次韶而余之揽辔东来,遂锲于梓焉。[1]

成伣等人于1484年冬天(明宪宗成化二十年,海东朝鲜朝成宗十五年),到弘文馆书库登瀛阁进行相关资料的收集和整理工作。他们收集的范围是"自汉魏至于元季"共一千五百余年间的"古诗",凡可以给人以启迪者"搜抉无遗"。对其具体的编纂原则来说,"择其可为楷范者若干首",分前后集结集而成。其具体体例原则有:"前集十六卷,以体编之,欲使人知其体制。后集二十九卷,以类分之,欲使人从其类而用之。"他们所编《风骚规范》的内容特点来看,其诗歌体裁分四言体、古风体、杂古体、言体等23种,类型来说分游览类、地理类、天文类、节序类等21种。成伣强调诗歌必须具有生动感人的艺术魅力,给人以艺术感染的审美效果,然后才可以谈论其他功用之类的问题,否则谈论什么都是徒劳无益。他举例上古时期的清庙音乐,认为《礼记·乐记》的相关记录是对的,对后世有着极大的参考意义。《礼记·乐记》记录道:"清庙之瑟,朱弦而疏越,一倡而三叹,有遗音者矣。"郑玄注其曰:"遗,犹余也。"后因乐声中蕴含有令人难忘的美妙韵味为"弦外遗音",亦以此为比喻文辞或语言中的言外之意。清查慎行的《送陈泽州相国予告归》诗亦曰:"《流水》一弹真绝调,朱弦三叹有余音。"说的就是诗须有余韵,有言外之意的意思。他在此所谓"大羹玄酒",也是说诗歌应该具有大羹(不和五味的肉汁)、

---

[1]《虚白堂文集》卷6《风骚轨范序》,(韩国)《韩国文集丛刊》。

玄酒（古代当酒用的水）般古朴雅淡的艺术风格。《新唐书·文艺传上·骆宾王》说道："韩休之文如大羹玄酒，有典则，薄滋味，许景先如丰肌腻理，虽秾华可爱，而乏风骨。"成伣在此反复表露这自己"澹泊而有至味"的文学美学观念。为了强调这一点，他继而说"有夏嚼殷卣，贵重而无纷饰之侈"，其意思就是诗文应该像"夏嚼殷卣"（夏代的酒盅和殷商的酒卣）朴实无华，显现出"澹泊雅正而有余味"的审美效应。而且要使写出来的诗歌具有"贵重而无纷饰之侈"的客观审美效果，创作主体就得掌握文学自身规律，把作品写得古朴淡雅一些，以达到古人的艺术境界。这样才能够使读者"足以鼓其气"，做到"养其咏，昌其辞，以造乎渊弘博大之域"，从而达到古人之境。只有达到这种文学审美境界的人才能够懂得什么是"古人之境"，才可说懂得了"古诗"的艺术精神所在，才能够"始可与论古之风"。

从这些论述中可知，成伣是大力倡导"古诗"而反对对律诗的过分依赖，大力提倡诗歌写出健康的思想内容和一唱三叹的艺术形式。他所倡导的"古诗"，是指从《诗经》至唐代之前一切进步的古体诗歌成果，也包括唐代至元末之间除了律诗以外一切优秀的诗歌成果。他在提倡"古诗"时，同时指点律诗的种种弊病，目的是为了以此作为诗歌革新的目标，用以反对当时盛行的绮丽、浮华的律诗之风。在很多时候，成伣以"古诗"作为与当时的"律诗"相对立的概念来使用，认为当时的诗坛因律诗而出现种种问题，提出"古诗"正好与之相抗衡。他与弘文馆阁僚们共同编纂的《风骚规范》，正是为了呼应这样的诗歌改革运动。

第四节　六经之外非皆虚文：
"五谷果蓏味虽不同，皆能荣卫骨髓"

成伣还用一系列事实反对"六经之外，皆虚文"的错误观点。海东朝鲜朝

第七章　成伣的"六经正脉"论与诗歌审美本质观　357

是以"抑佛扬儒"为思想政策的国度，向来以儒家道统为社会文化的基础。说到文学上，它更以"征圣""宗经"作为的根本，以"感人""化人"为其最终目的。所以对作家来讲，一向以向圣人学习，以经典著作为榜样为其作文的基础。从小受到这种教育的海东文人，大都从灵魂深处开始树立这种"征圣""宗经"的文学观念。问题是这种社会教育和儒家文学观，有时在某些人那里往往出现思想硬化的状态，使之坚持极左而死板的文学倾向。"六经之外，皆虚文"，就是这种文学思想的表现形态。成伣看到，这种文学思想有着极其牢固的现实社会基础，尤其是在文坛，这种思想具有较为广泛的市场，很少有人看破这种思想对文学的审美背离性质。成伣认为这种思想对当前文学发展的负面影响很大，如不及时进行揭穿和批判，将会导致严重的后果。正好此时，他的好友蔡耆之"以平昔所尝闻者与夫朋僚谈谐者"，收集起来，编成《村中鄙语》一书出版，请他写序。他认为这是一次难得的机会，通过对此书稿写序，可以纠正文坛上的一些错误观点，使文学创作与"征圣""宗经"的关系得到有效的参酌互解。他在此序的开头，就一针见血地指出这种"虚文"观念的荒唐逻辑性。他说：

或有问于余曰："六经之外，皆虚文也。经为治道之律令，而所当先者也。至于史家记录之书，亦不可阙，然未免浮夸润饰之弊。况外于史而怪僻者，不可录也。"余应之曰："若子之言，固滞甚矣。是犹养口腹者，徒知五谷，而不知他味也。夫六经，如五谷之精者也。《史记》，如肉胾之美者也。诸家所录，如果蓏菜茹，味虽不同，而莫不有适于口者也。莫不有适于口，则莫不有补于荣卫骨髓也。"《诗》有《墙茨》《鹑奔》之语，而孔子不删，史家《滑稽传》，太史公录之。是可删去不录，而犹不去者，盖有意焉，所以使人知戒而惩恶也。《齐谐》，志怪者也。南华子效之，其言尤怪。然后之作文者，皆祖尚其法而鼓舞之也。"[1]

有人和成伣说，除了六经以外的文都是虚文。因为"经"是治国之道中的律令，有压倒一切的法律地位。至于史家的记录之书，虽说是不可或缺，但往往未免"浮夸润饰之弊"。作为史家，不应该记录那些"外于史而怪僻者"。对此成伣回答说，这种观点极其不正确，这如同养口腹者只知五谷而不知他味儿。他打个比方说，那个六经如同五谷之精者，史记则如"肉藏之美者"。二者虽性质各不相同，但都有自己的独特味道，都适于口而人所喜欢。各种各样不同的史家之书，"如果蔌莱茹，味虽不同，而莫不有适于口者"。之所以"莫不有适于口"，"则莫不有补于荣卫骨髓"，其意思就是，五谷杂粮、鱼肉和各类蔬菜瓜果虽性质各异、味道不同，但都是人类营养必需的和喜欢吃的，在人类生活中这些东西哪一个也不可或缺。与此相同，六经和历史书，经学家之书和史家之笔，都是社会文化发展的精华，哪一个也不可缺少，都是人类发展的精神食粮。

在他看来，六籍之文和史家之笔，虽文体不同、笔法各异，但都是总结人类生活经验的结果，都有助于人类进步，所以都要提倡和发展。从而他指出只重视"六经之文"，而轻视或否定史家之笔等是极端的错误。他进一步以"六经"之一的《诗经》中的一些篇章来反驳这些"虚文"论者，而且还以司马迁在《史记》中记录《滑稽传》的例子来说明自己的观点。他指出"《诗》有《墙茨》《鹑奔》之语，而孔子不删"。《墙茨》《鹑奔》，即是《诗·鄘风》中的《墙有茨》一篇和《鹑之奔奔》一篇。《诗·鄘风·墙有茨》曰："墙有茨，不可埽也。中冓之言，不可道也。所可道也，言之丑也。"这里的"埽"同扫，此诗喻欲扫"墙茨"（蒺藜），但因怕墙倒而不能。像《诗·邶风》中的《新台》篇和《二子乘舟》篇所描写的那样，卫宣公淫荡不伦，其妇宣姜亦淫荡不伦。卫宣公死后，宣姜与宣公庶子昭伯、即公子顽通奸，此《墙有茨》诗写的就是想扫荡

---

[1] 《虚白堂文集》卷7《村中鄙语序》，（韩国）《韩国文集丛刊》。

此淫荡男女，但因怕国家陷入混乱而不能的矛盾心情。朱熹《诗集传》对此曰："杨氏曰：'公子顽通乎君母，闺中之言，至不可读，其侮甚矣。圣人何取焉而著之于经也？盖自古淫乱之君，自以谓密于闺门之中，世无得而知者，故自肆而不反。圣人所以著之于经，使后世为恶者，知虽闺门之言，亦无隐而不彰也。其为训诫深矣。'"朱熹的这番话，击中要害，给此诗作出伦理道德侧面的结论。《诗·鄘风》中的《鹑之奔奔》一篇，也是写卫宣姜及其王室内部不伦行为的诗篇。其诗曰"鹑之奔奔，鹊之疆疆。人之无良，我以为兄？鹊之疆疆，鹑之奔奔。人之无良，我以为君？"此诗也以比兴的艺术手法，讽刺卫宣姜与公子顽之间的不伦。汉徐幹《中论·法象》指出："良霄以《鹑奔》丧家，子展以《草虫》昌族。"因《鹑之奔奔》系刺宣姜与公子顽之淫乱事，故后以"鹑奔"为私奔义。朱熹批注曰："卫人刺宣姜与顽，非匹耦而相从也。故为惠公之言以刺之曰：'人之无良，鹑鹊之不弱。'"

成伣认为"经"虽为万世之"范"，但是它不可取代一切之"文"，经是经，文是文，各有自己的历史和"规矱"。即使是"经"，为了加强主旨，往往利用"时文"以增添说服力。"经"往往因为加入了"俗文"，就更赋予了深刻的哲理性，增添了引人深思的魅力。《诗经》虽为"六经"之一，但是其中有许多篇章与山野和吕巷之民的生活及其歌谣有关，正因为有了这种人民谣俗的参与，才使其充满了艺术魅力。成伣认为孔子删修《诗经》，之所以没有删去《墙茨》《鹑奔》这样的篇章，其根本原因在于它们充满了劝诫的意思，充满了对邪恶的憎恶和批判，对"化人""化俗"有极大的帮助。而且司马迁撰写《史记》，也纳入了像《滑稽传》这样专门反映流俗中哲理的体裁。司马迁撰写正史，还专门立传颂扬淳于髡、优孟、优旃一类滑稽人物"不流世俗，不争势利"的可贵精神，及其"谈言微中，亦可以解纷"的非凡讽谏才能。作为正史，这么作虽存有伤大雅之嫌，但司马迁还是为其专设"列传"，可见他的批判精神。成伣认为司马迁这么作，应该有其道理，因为"使人惩戒"是史家之笔的基本精神。

所以他说："是可删去不录，而犹不去者，盖有意焉，所以使人知戒而惩恶也。"此序中所提《齐谐》，为古代汉族神话志怪小说，属于记载奇闻逸事的书籍。《庄子·逍遥游》曾指出："《齐谐》者，志怪者也。"此序中提到的另一篇"南华子"，即《南华经》，《南华经》就是《庄子》。《庄子》虽说是哲学论文，却很少抽象的说教。它吸收中国神话的浪漫主义精神，虚构出许多寓言故事，通过巧妙的构思，奇特的想象，生动的比喻，大胆的夸张，阐述一些哲理，论证一些思想，使文章汪洋恣肆，趣味横生，体现出无限的感染力量。

成倪认为《庄子》富有如此的艺术感染力，得益于学习上古志怪之书《齐谐》，可以说《庄子》中哲理的智慧、诙谐的志趣和大胆的想象在很大程度上是受到了《齐谐》的影响。《庄子》对待外物的智慧态度，完全超越了时空限制，对于今天的人来说，照样可以借鉴和效法。中国及其周边汉文化圈国家的后人，在思想、文学风格、文章体制、写作技巧上受《庄子》影响的，可以开出很长的名单，即以第一流作家而论，如阮籍、陶渊明、李白、苏轼、辛弃疾、曹雪芹等作家，都深受《庄子》的影响。正如成倪所说的那样，"然后之作文者，皆祖尚其法而鼓舞之也"。从这样的观点出发，成倪无情地批判那些主张"六经之外，皆虚文"的当时学界的不少文人，认为这些文人想把"文"的概念锁定在"六籍"范围之内，是极其可笑之举，是无知的表现。

他强调如果在这个世界上没有六籍之外那些汗牛充栋的史家之笔、人间外史、滑稽故事、诙谐之文、歌谣小说等等，这个世界的"文"会贫弱到何等地步，各个民族的文学艺术会是啥面貌，人类文明会是什么样子，真是想都不敢想的事情。尤其是关乎历史的记录，光认可朝廷史官之记录则是历史，而那些朝廷之外文人或民间士人记录的或讲出来的"史述"就不算历史吗？人类历史既漫长，又复杂多变，既广袤，又深远，光靠朝廷史官的记录太有限，必须广泛采纳多层次、多方面的记录和传承才是正确的历史记述观。他的这种多样化、多元化的历史记述观，对认可和发展朝廷之外的野史和民间文艺，是一个莫大

的支持和保证。成伣还想用海东的事实,来证明"六经之外,皆虚文"的观点,是多么荒唐可笑。他说道:

> 自汉以来,记事之家非一,而皆记朝廷所无之事,以资闻见之博。若非诸家之录则野外之事,谁得知之,非徒有关于劝戒,实有助于国乘,其功岂浅浅哉。我国名为儒者亦非一家,徒知词藻之为文,而不知著书垂范,惟李仁老、崔滋、李齐贤,著《破闲》《补闲》《稗说》等书。然惟录诗话,而不能广记时事,可笑也已。吾友蔡耆之氏于退闲之际,以平昔所尝闻者与夫朋僚谈谐者,虽鄙俚之词,皆录而无遗。其著述之勤,用力之深,非老于文学者,其何能为。可为后人之劝戒也,可为野外之逸史也,可为老境之玩愒,而闲居之鼓钟也。如啖蔗味而靡靡无厌,岂可以六经之外皆为虚文也欤。[1]

成伣认为自西汉以来"记事之家"代有人出,记事之作汗牛充栋,这就极大地丰富了历史记述文字和俗文学成就。"记事之家"的记录"皆记朝廷所无之事",这不仅极大地充实了历史撰述领域的视阈,而且还"以资闻见之博",极大地丰富了"稗说"体文学的创作视域。从而他反问那些"虚文"论者们,"若非诸家之录则野外之事,谁得知之"?他还认为"非徒有关于劝戒,实有助于国乘,其功岂浅浅哉!"从而百般肯定那些"记事之家"记录的认识价值和审美价值,还肯定它们的"劝诫""教化"作用,而且又高度评价它们"有助于国乘"的重大文献意义。海东是以儒家思想为正统的国度,称得上儒者的人布满天下,他们中的很多人只知辞藻之为贵,而不知著述之可以万代垂范。惟有那些李仁老、崔滋、李齐贤、李稿等文人,著述《破闲集》《补闲集》《栎翁稗说》等诗话稗说之类的书,其影响波及几百年,甚至几千年。遗憾的是,他们

---

[1]《虚白堂文集》卷7《村中鄙语序》,(韩国)《韩国文集丛刊》。

的著述大多涉猎诗话之类,"而不能广记时事,可笑也已"!可以说,成伣的这番话一语中的,点出了海东人之前的一些著述,其视野不太广。究其原因,或许有许多方面,但关键在于诸人的身份是儒者,因为他们脑子里有《论语·述而》中所谓"子不语怪力乱神"思想的影响。

成伣认为这种传统观念束缚了大家的手脚,不敢去面对充满于社会底层的这种写料,不敢去写出充满诙谐与幽默的这些事情,更不敢去抓住充满社会批评精神的那些机智的寓言之语。从这种认识出发,他敢于面对友人蔡耆子的《村中鄙语》一书,并大胆肯定其在历史上和文艺史上的重要价值。他说:"吾友蔡耆之氏于退闲之际,以平昔所尝闻者与夫朋僚谈谐者,虽鄙俚之词,皆录而无遗。其著述之勤,用力之深,非老于文学者,其何能为,可为后人之劝戒也。"好友蔡耆之作为崇奉儒术的志士文人,不嫌其"鄙俚之词",不嫌其上不了大雅之堂,却敢于收集和整理"平昔所尝闻者与夫朋僚谈谐者",而且充分肯定其价值,支持撰集出版。他认为其"用力之深"值得称道,其见地、胆识值得佩服,其精神值得赞赏。蔡耆之这么一作,反而证实了其学识渊博,文学见地深厚,"非老于文学者,其何能为"?至于《村中鄙语》的内容和阅读效果,成伣大胆说道:"如啖蔗味而靡靡无厌,岂可以六经之外皆为虚文也欤!"所以他觉得越读越有味,认为"可为后人之劝戒","可为野外之逸史","可为老境之玩愒","可为闲居之鼓钟",这是一部值得推广的好著述。成伣号召大家应该去学习蔡耆之的这种文学精神,并认为这种做法"可为后人之劝戒"。《村中鄙语》的作者蔡耆之,名寿,号懒斋,耆之为其字,曾以靖国功臣四等,被封仁川君。他曾于1511年撰写稗官小说《薛公瓒传》,受到保守派文人的非难和攻讦,有人曾烧掉其原稿。《村中鄙语》是其第二个稗官小说集。成伣高度评价蔡寿的《村中鄙语》并为其写序,充分说明他进步的文学观,以及深厚的文学审美见地。同时他的这一序文,写得深刻而入理,对当时的"虚文"论者来说不能不说是一大冲击。

用"理""气"关系论析文艺创作,并主张"理""气"并重,也是成伣诗歌理论的重要方面。"理"与"气"原本是东方古代的哲学概念,后来在文艺创作中引进这一对哲学概念,使其逐渐成为文艺创作上的审美观念之一。不过这一对文学审美概念,在古代前人那里大多单独被运用,要么是在"文气"关系问题上,要么是在诗之"主理"和"主情"问题上,文论家们长期进行论辩,莫衷一是。这样的一对文艺概念,在海东十五世纪末叶的成伣那里得到继承,而且运用在诗歌创作理论上,格外引起关注。他认为过去的人们谈诗歌创作只谈"气"而不谈"理",这只说对了一半,并未能反映出诗歌创作规律的全部。成伣在此所谓的"理",即为道理或义理之类,寓意诗歌要言之有物,也就是说有坚实的思想内容。而他所谓的"气",用于诗歌创作之中,成为与作家的气质、个性有关的理论观点。诗歌尝以"言志"和"吟咏性情"为帜志,不能像散文那样直陈道理,感发议论。所以在诗歌创作中如何运用好"理"与"气"的关系,在诗歌理论中如何看待"理"与"气"的关系,都是至关重要的问题。在这个问题上,成伣的看法是"理""气"并重,"理以守诸内",而"气以行于外",从而达到"理""气"兼"达"的境界。对此,他在《潘溪诗集序》中说:

> 诗难言也。言诗者,论气而不论理,非也。气以行于外,理以守诸内,守于内者不固,则行于外者未免泛驾而诡遇。诗以理为贵也,善为诗者悟于理,故能不失根本。苟失根本,虽豪宕浓艳,雕镂万状,而不可谓之诗也。自丽季至国朝,诗之名家非一,而能悟其理者盖寡。平者失于野,豪者失于缛,奇者失于险,巧者失于碎,俗习卒至于委靡而不回。吁!此则诗之不幸也。[1]

成伣认为诗歌是非常复杂的文学体裁,要说好它是一件极其不容易的事情,

---

[1] 《虚白堂文集》卷7《潘溪诗集序》,(韩国)《韩国文集丛刊》。

因为它有内外结构,是一个立体的审美复合体。他指出"言诗者,论气而不论理",这是一个极大的错误。在他看来"理"与"气"二者,在诗歌创作中是问题的两个方面,在为创作优秀作品而运思驰笔的过程中,二者互相关联,互相制约,互相成全。"理"可诲人,"气"可养人,二者必须和谐地交融于作品之中,离开二者的交融,会使得作品干瘪无味或全然无精气。实际上在成伣那里,此"理",与"道"相通,是作为作诗之本的充实的思想内容。而此思想内容,正如他所说的那样,是合乎儒家道统、合乎"六籍之旨"的作品旨意。所以他所认可的得"理"之作家应该是"得精微博厚之学,措诸事业,黼黻王度"的作家,这样的作家才能够写出得"理"之佳作,"故其为诗文,质而不俚,实而不窾,纡余雄浑,平澹典雅,蔚乎一代之制"[1]。这样看来,他所谓的"理",与程朱理学家们所说的"理"有着本质的区别。朱熹在《诗集传序》指出:"此《诗》之为经,所以人事浃于写下,天道备于上,而无一理之不具也。"朱熹在此所说的"理",是一个至善完美的道理;天地之间有理有气,共同构成天地万物,但理是生物之所以生长的根据,气是生物之所以生长的材料,有理才有气,有理才有事物。实际上,这种"理"是一种凌驾于天地万物之上的道理和原则,是客观唯心主义的表象。

　　成伣所说的"理",并不是朱熹这种客观唯心主义的"理",而是一种事关文艺创作中艺术内容和形式、"质"与"文"的哲理概念,是一个属于客观唯物主义范畴的审美观念。他指出"诗以理为贵",因为这种"理"的本质属性为坚实的思想内容和实实在在的审美质地,它是事关作品好坏、优劣与否的关键所在。所以他认为"善为诗者悟于理,故能不失根本","悟于理"是"善为诗者"的基本工夫,"悟于理"也是作诗者"不失根本"的基本保证。他的这一观点显示,在文艺创作中"理"是"根本",是作品走向成功道路的"根本"。他以"理"为"骨"、为"根本",当然以辞为枝叶,这种观点与海东当时流行的儒家

---

[1]《虚白堂文集》卷6《家兄安斋诗集序》,(韩国)《韩国文集丛刊》。

"文""质"观基本一致。从这种文学审美观念出发，他提出了一个评价作品优劣的合理标准，那就是看是否"理守内"而"气守外"。因为"理"是"根本"，辞是枝叶，二者之中孰轻孰重，这是一个文学审美原则问题。所以他指出"苟失根本，虽豪宕浓艳，雕镂万状，而不可谓之诗"，雕饰丹青得再好，雕镂得再豪宕浓艳，都不可能成为诗或者好诗。

在成伣那里，"气"是"行于外"的存在，尽管受制于"理"，但也是不可忽视的存在。一部作品，如果没有"气"的良好表现或护佑，那也就不可能成其为完整的或优秀的作品。在一部作品中，"气"也是关键所在，因为作品能不能生动感人，有没有教育意义，与此"气"关系密切。怪不得历来许多文论家拿"气"做文章，提倡"文以气为主"，把此"气"提高到极高的审美位置。实际上，人们关注此"气"，由来已久。在中国古代哲学家那里，它不但是宇宙根源，而且也是艺术和美的根源。《左传·昭公元年》说："天有六气，降生五味，发为五色，征为五声，淫生六疾。六气曰阴、阳、风、雨、晦、明。"《孟子·公孙丑上》指出："夫志，气之帅也；气，体之充也。夫志至焉，气次焉。故曰：'持其志，无暴其气。'"《孟子·公孙丑上》还说："志一则动气，气一则动志也。"以说明审美主体的人格力量，与文艺创作有密切关系。孟子的这番话，对历代艺术创造中体现艺术家或文学家的道德精神和品格，具有深远的影响。到了魏晋南北朝，"文气"说明确把孟子的养气观点运用于文艺创作，并用"气"之清浊之类的观点去说明作家个性和作品风格的关系。如曹丕在《典论·论文》中所说："文以气为主，气之清浊有体，不可力强而致。"钟嵘在《诗品》中论建安风骨，也以"气"这个范畴说明艺术家的性情与气质个性。他指出：曹植"骨气奇高，词采华茂"；刘桢"仗气爱奇，动多振绝"；但"气过其人，雕润恨少"。中国古代将此"气"分为多种类型，如《礼记·大戴礼·文王官人》指出："心气华诞者，其声流散；心气顺信者，其声顺节；心气鄙戾者，其声嘶丑；心气宽柔者，其声中易。"可知，这个"气"在哲学和审美领域中，具有多角度、多层面的实际意义。

这个"文气"说，也传播到海东人的文学审美观念之中，引起了深远的影响。高丽时期的诗坛上，围绕如何理解和处理好"意"与"气"的关系，曾展开过长期争论，而这种大争论使得其诗歌及其理论观念得到长足的发展。李奎报曾说道："夫诗以意为主，设意最难，缀辞次之。意亦以气为主，由气之优劣，乃有深浅耳。然气本乎天，不可学得，故气之劣者，以雕文为工，未尝以意为先也。"[1]其后的崔滋也指出："诗文以气为主，气发于性，意凭于气，言出于情，情即意也。而新奇之意，立语尤难，辄为生涩。"[2]在"意"与"气"关系问题上的这种探索，到了海东朝鲜朝时期也陆续不断，依旧成为了探讨文学基本规律的重要议题。成伣就是这种探索者之一。到了他这里，所关注的重点不单单是"文气"说范畴之内，而在于"理"与"气"的关系之上。他主张在诗歌创作中，"理"守"内"，而"气"守"外"；"理"为"根本"，"气"为枝叶。他主张凡诗"以理为贵"，善为诗者深谙此道，从而"不失根本"。成伣认为从高丽时期至海东朝鲜朝中叶，诗歌名家诸多，而真正懂得此道的人并不是很多。在诗歌创作上，大多数诗人都难免犯这样那样的错误，如"平者失于野，豪者失于缛，奇者失于险，巧者失于碎"，此弊病一时难返，"俗习卒至于委靡而不回"。他认为这些弊病是各个时期的"世俗"所造成，也与民族诗坛积习有关，慨叹这是民族文学之不幸。

成伣认为诗人的私心杂念过重，也写不出好诗来，因为写诗需要创作主体培养高尚的情操。私心杂念过重的人往往为个人荣誉或飞黄腾达写诗，心里会有急躁情绪，不可能扎扎实实地打基础，为写诗而写诗。尤其是他们关心的并不是国家安宁、民族安危和百姓苦乐，往往要以一技之长一鸣惊人，有一天站在朝廷君侧，光宗耀祖。他们更不知道文学史上的屈原、司马迁、李白、杜甫、

---

[1] 赵钟业编《韩国诗话丛编》第1册《白云小说》，(韩国)东西文化院，1989。
[2] 崔滋《补闲集》中，(韩国)大洋书籍，1978。

韩愈、白居易、欧阳修、司马光、苏轼、王安石等杰出诗人的成功秘诀在哪里，而盲目模拟和跟随他们，只追求诗歌形式上的华丽雕饰。他认为这种人的诗歌严重脱离现实，违反创作规律，所以不可能具有艺术分量，也不可能写出所谓的传世之作。从这样的道德要求和艺术规律出发，他极力肯定和表彰高士俞好仁的诗歌创作，认为他的诗歌有很多感人的地方，处处显示出艺术"真味"。他在《潘溪诗集序》中说道："俞侯克己氏，金闺彦士也。少时，学诗于佔毕先生，先生以诗鸣于世，缙绅之士攀附而席，余光者无限。余亦与先生相友善，每闻先生之论人，以侯为奇才。"俞好仁是一位深受学界尊敬的仁人志士，作为道学家金宗直的学诗高足，不但操守深厚，而且"以诗鸣于世"，跟随者无数。对他的诗歌创作，成伣指出：

其后余入銮坡，与侯相从非一日，耳其言而咀其诗。其诗深悟于理而自得，故篇篇有范，句句有警，米盐酝藉，不落世之窠臼。譬如秋山，多骨少肉，奇峭无穷，而草木亦与之坚实，其得雅颂之遗音欤。昔，巨鹿侯芭从扬雄授《太玄》《法言》，刘歆见其书曰："吾恐后人用覆酱瓿也。"严玄谓桓谭曰："雄书能传于后世乎。"谭曰："凡人贵远而贱近。亲见子云，禄位容貌不能动人，故轻其书。自雄没至今四十余年，而其书始行。"当其时，雄未甚显，而人未甚贵之也。所从学者惟芭，所叹服者惟谭，然犹流波远暨而不泯。况今侯诗，佔毕之所称，成庙之所深许，而脍炙于众口者，其不覆酱瓿也明矣。[1]

俞好仁是成伣在翰林院的前辈，与他成为同僚以后逐渐知道他是德才兼备的一位优秀文人。俞好仁忠君爱国，深受成宗宠信；他是有名的孝子，曾为赡养父母多次提出回老家当乡官；无论是当朝官，还是当地方官，他都关心民生

---

[1]《虚白堂文集》卷7《潘溪诗集序》，（韩国）《韩国文集丛刊》。

民情。在他那数量庞大的诗歌作品中，有关怜民爱国的内容占据很大的比例，如他的《悯旱》《坡州途中·喜雨》《对雨有感》《漫兴》《村居五味招》《农家即事》《荒山歌》《送祈顺天使》《教坊谣》《金庾信墓》《关西杂咏》等就是其中代表性作品。这一切则充分证明，俞好仁是一位事君、事父如天的忠臣和孝子，爱国、爱民不设条件的爱国者和清官。他的这些优良品质，如实地反映在他的诗歌创作中，使其作品充满了"性情之正"。尤其值得肯定的是，他的诗歌创作做到以"理"为"根本"，以"正气"为"外行"，达到了内容和艺术形式的高度统一。

特别是"其诗深悟于理而自得"，"故篇篇有范，句句有警"。而且，成伣认为由于俞好仁在艺术上"悟于理而自得"，做到篇篇创新，"米盐酝藉，不落世之窠臼"。他的诗作内容充实，风格清新，语言生动，给人留下深刻的印象。如他的《悯雨》一诗曰："独立叫阊阖，茫然不照临。民情怨盾日，天意靳商霖。沟水汤如火，秧苗细似针。无由诛旱魃，忧与病相寻。"[1]其第二首还道："片云头上黑，极目望苍苍。后岭才微洒，前村即亢阳。萧萧收远脚，果果益炎光。谁识忧惊里，空将一炷香。"[2]此《悯雨》诗二首，通过旱灾对农桑的严重伤害和农民烧香渴雨的场景，对在自然灾害面前束手无策的黎民百姓表示深切的同情。成伣将俞好仁现实主义的诗作概括起来说道："譬如秋山，多骨少肉，奇峭无穷，而草木亦与之坚实，其得雅颂之遗音欤"。其意思就是，俞好仁的诗如同秋天的山，"多骨少肉，奇峭无穷"，所描写的实景踏实可信，历然可见其继承《诗三百》遗韵的功底。真可谓《雅》《颂》千年，诗韵留香。俞好仁不仅人品敦厚，还深谙诗道，深得《诗三百》遗旨，可谓"读其诗，如见其人"。成伣认为如今的俞好仁虽名气不是很大，但由于他的诗有内秀，真正继承《诗三百》遗旨，相信不远的将来会被后人广泛传承。成伣在此序中，引经据典，来说明

---

1 《濯溪集》卷5，（韩国）《韩国文集丛刊》。
2 《濯溪集》卷5，（韩国）《韩国文集丛刊》。

自己的此见解。他说西汉巨鹿人侯芭，从大学问家扬雄学习其仿《易经》《论语》而作的《太玄》《法言》二书。当时的扬雄家素贫，嗜酒而不得喝，人希至其门。时巨儒刘歆对扬雄说："空自苦！今学者有禄利，然向不能明《易》，又如《玄》何？吾恐后人用覆酱瓿也。"对此，扬雄笑而不应。王莽天凤五年扬雄去世，侯芭为之礼葬，守之三年。大司空王邑、纳言严尤闻雄死，问于桓谭扬雄书能不能传于后世，当时桓谭回答说："必传……凡人贱近而贵远，亲见扬子云禄位容貌不能动人，故轻其书。昔老聃著虚无之言两篇，薄仁义，非礼学，然后世好之者尚以为过于《五经》，自汉文、景之君及司马迁皆有是言。今诊子之书文义至深，而论不诡于圣人，若使遭遇时君，更阅贤知，为所称善，则必度越诸子矣。"扬雄去世四十余年后，果然其《法言》大行，其影响远播后世。成伣想通过这一古事，说明人的内在实力并不在于外貌秀丑、贫富与否和官爵高低，而且指出一部优秀的学术著作或文学作品，只要内容充实、形式得当，符合其内在规律，经得起考验，可以流芳千秋。同时成伣认为俞好仁道德高尚，诗才出众，其作品深得成宗的表彰和诗坛的高度评价，极有可能传于后世而千古流芳，起码不会被"后人用覆酱瓿"。俞好仁一生为官清正，深得朝廷信任和百姓好评，但官位只到了掌令、陕川郡守，只有他的诗集《俞好仁诗稿》传世，成宗曾为此而下赐"表里"。成伣认为尽管"侯之职位事迹，不得垂于青史，而所可传者惟诗"，从而积极参与其诗集的重新刊刻工作。

第五节　创作主体的培根蕴藉：
"劳心忄术虑，饱忧患而费工夫"

成伣还从创作主体之"心"与"言"之间的关系，去阐述主体之"内蕴"与作品之间的关系。他强调作家的"心"绝不会是固定不变，而是随着时代的变化发展而变化发展。作家的"心"也绝不会是经常平静如一潭湖水，而是随时受客观现实环境的影响。作家内心的这种变化，一般都如实地反映在其作品之中，表现为各种各样的艺术审美形态。这样一来，创作主体所写出来的作品，不仅反映出其自身的人格和艺术"内蕴"，还体现出其作为艺术家的时代和社会风貌。这实际上与"文如其人"的观点有着很多相似的地方，从哲理关系来说属于同一个逻辑类型。应该知道"文如其人"从本质上来说，无疑是对作品和创作主体之内在关系这一审美创造规律范畴的高度概括，也是对其创作经验的一次总结。文学史上的一些著名作家发现，作品的品质表现和艺术个性，与作家的个性、人品和学养有密切的关联，它们之间的关系往往成正比。如刘勰的《文心雕龙》说："夫文心者，言为文之用心也。"[1]宋陆游在《上辛给事中》里也指出："夫心之所养，发而为言；言之所发，比而成文。人之斜正，至观其文，则尽矣，决矣，不可复隐矣。"对作家和作品之间、作家和时代之间的这一内在关系问题，海东历代的文人学者，也有不同程度的认识和概括。高丽时期李仁老《破闲集》所谓的"文随心"、"文代有所变"的观点；崔滋《补闲集》所说的"时人有时文""诗出心""心、志为一"的见解；而进入海东朝鲜朝时期以后崔恒"观其诗而知其志"，"志之大者，气亦随之，其德行功业之崇隆焊爀"的思想；徐居正关于"读其诗，知其人"，"盖台阁之诗，气象豪富，草野之诗，神气清淡，禅道之诗，神枯气乏"的探索之语等等，都是根据自己的创作经验而得出的理论总结。在这个文艺观念方面，成伣亦有自己独到的发现和总结。他在《富林君诗集序》中还指出：

    诗岂易言哉。诗者，出于心而形于言，言之精华也。观其言之所发，而可知其人之所蕴。大抵达而在上者，其辞平易，长于绮纨者，其辞淫艳，穷人之无所遇于世者，其辞哀怨险僻。尝观于水，夫安流无涛，冲瀜演迤，其深无穷而不可测。其或遇惊飓，触崖矶，哮吼奋激而不能止。安流是水

---

[1]《文心雕龙·序志》，南京大学出版社，2007。

之本性，而奋激岂水之性乎。特值其不平，而为之变耳。骚人之辞亦犹是，然世人不乐其平，而乐其不平。何欤？盖和平之辞难美，忧愤之言易工也。[1]

一说诗，很多人就兴奋，一而三、再而四地大谈特谈诗之如何如何。实际上，诗难知，因为它水太深。就其中的一部分来说，"诗者，出于心而形于言，言之精华"。正因为诗"出于心"，所以观其诗，"可知其人之所蕴"。成伣认为无数的诗歌创作经验告诉人们，"大抵达而在上者"，"其辞平易"；而"长于绮纨者"，"其辞淫艳"；至于"穷人之无所遇于世者"，"其辞哀怨险僻"。他还以"水势"的变化，来比喻人"心"与诗歌之间的变化关系。他说"夫安流无涛"，"冲瀜演迤"，平缓而流者，"其深无穷而不可测"；而"其或遇惊飓"，"触崖矶"，翻滚而流，"哮吼奋激而不能止"。这是因为本来平静而流的江水，突然遇到天气的变化，或遇到地势的起伏，从而引起如此的变势。平静而流是水本来之性，奋激咆哮而流乃是外因使然，根本不是水之常性。诗人的诗歌创作也与此一样，深受客观环境的影响，如遇到国难或外寇，见到不义或非礼，其诗怒发冲冠，或慷慨激昂，或愤懑不已；如遇上不义，或受损害者，其诗愤怒谴责、或明理激辩，或抒发同情。所以中国唐代韩愈则提出"不平则鸣"的重要文艺观点。韩愈在《送孟东野序》中说："大凡物不得其平则鸣……人之于言也亦然。有不得已者而后言，其歌也有思，其哭也有怀。凡出乎口而为声者，其皆有弗平者乎！"他认为人们创作文学作品，发而为言辞，或许是因为其心中郁结者不平，或处于极其不利的社会地位之中，或遇上不公平的社会遭际，是有所不平而鸣。

无论是中国，还是海东，在封建社会里，人们遭遇强权的压制，或正义得不到伸展，或抱负得不到施展，或社会的不合理到处存在，于是那些富有正义

---
[1]《虚白堂文集》卷8，（韩国）《韩国文集丛刊》。

感、富有才气的文学家，站起来用文学的艺术形象批判现实，批评一切不合理的社会现象，写出感情激昂、形象生动的作品，这就是不平之鸣。但是成伣认为，在这其中有一条规律性的现象，那就是人们偏偏爱读这种"不平则鸣"的作品，而不喜欢那些平缓无奇的、平静无波澜的作品。这是为什么？按照成伣的话来讲，"盖和平之辞难美，忧愤之言易工"。成伣认为各个时期的优秀作家和作品，很多都是历史上的"善鸣"者，如中国文学史上的屈原、贾谊、司马迁、文天祥等和海东文学史上的王巨人、崔之远、郑梦周、金宗直等人，都是因身陷囹圄而唱出愤懑的"善鸣"者。这是文学审美实践中重大的一个方面，着实代表了文学审美的一条规律，给人以重要的理论启迪。但是，还有另外一个方面的道理，也代表着一条文学上的规律，那就是人处于"纨绮富贵"的环境之中，也能够葆有守分、文雅、敦实的节操和情趣，能够写出"典实蕴藉"而无"浮夸淫艳"之作，成为一代优秀诗人者。他所认识的富林君李湜（1456—1489）的诗歌，就属于这样的情况。他在《富林君诗集序》中还说：

> 国家以淳厖浑厚之德出治，而文治夐超古昔。名一才一艺者，皆出为世用，而在下无忧愤哀怨之者，虽纨绮富贵之家，皆以诗书为事。风月亭以宗室之长，风流文雅擅一时。公与之比肩，酬唱篇什，腾播人口。其为诗和易平淡，典实酝藉，无浮夸淫艳之态。《传》曰："温柔敦厚，诗之教也。"公其得诗之教也欤。孔子曰："有德者必有言。"公其有德者也欤。余尝目公之风姿玉树，美目如画，其时欲侍谈麈而不能得。今诗之语亦如貌之无疵，而其德之在内者，从可知矣。使之天假之年，进而不已，必能作为《雅》《颂》，以鸣国家之盛。而中道夭没，不得尽展其才，惜哉！今因令胤之请，猥以芜辞，赞其才德之美，而寓余伤悼之意云。[1]

---

[1] 《虚白堂文集》卷8，（韩国）《韩国文集丛刊》。

国家以淳朴浑厚之教治理天下，所实施的文治之功远超古昔，国内具有一才一艺者，基本上都被国家启用，卓有太平圣代之象。在这样的社会环境下，社会已经很少因不遇而"忧愤哀怨之者"。那些纨绮富贵之家，也都以诗书教育子女，成为诗书传家的文明之族。其意思就是这个社会怀抱愤懑者很少，而怀才不遇者更少，但是优秀的作家和作品续出不断。这又是为什么？这就是因为文学规律并不是千篇一律，而是复杂多端，"不平则鸣"只是说明一个方面的道理。比如唐太宗时期的贞观之治、唐高宗时期的永徽之治、唐玄宗时期的开元盛世，都曾出现过许多优秀的文学家和作品，文学成就与此社会环境互为表里。成伣在此序中紧接着所说"风月亭"，就指成宗之兄月山大君，"风月亭"是其号，是世祖的孙子，曾回避权臣弄权移居杨花岛，以风流度过余生。他的诗文清新典雅，在文坛享有盛名，其多篇作品被收录于《续东文选》，其第七代孙李绢将其遗稿裒辑出刊，名为《风月亭集》。成伣为其写序的富林君李湜，为世宗之孙，成宗堂叔，桂阳君李增之子。他字浪翁，号四雨亭，自小受良好的文学教育，如今其诗和易平淡、典实蕴藉，全无浮夸淫艳之态，深受诗坛认可。他常与月山君李婷和当时的文人权健、申从濩、蔡寿等交游，和月山君并称于诗坛。成伣所说的"公与之比肩，酬唱篇什，腾播人口"，就是这个意思。后人评价他的诗作时称，其诗"读之者如啖蔗，渐入佳境，靡靡忘倦"。

他的诗歌为什么具有如此的审美效果呢？究其原因，他蕴藉深厚，继承了圣人的诗教，本人的创作功底也扎实。成伣指出："《传》曰：'温柔惇厚，诗之教也。'公其得诗之教也欤。""温柔敦厚"，是儒家的诗教，始见于《礼记·经解》，其曰："孔子曰：入其国，其教可知也。其为人也，温柔敦厚，《诗》教也；疏通知远，《书》教也；广博易良，《乐》教也；絜静精微，《易》教也；恭俭庄敬，《礼》教也；属辞比事，《春秋》教也。"孔颖达"疏"曰："《诗》依违讽谏，不指切事情，故云温柔敦厚是《诗》教也。"儒家提出以"温柔敦厚"作为诗教，主要是将其作为伦理道德规范，要求诗歌遵从这一规范，按照这一规范去进行创作，施行教化，使人遵从礼教。海东的李氏接受并施行儒家的这一诗教，当做国家治本重要的一个方面，要求诗歌和其他文学创作写出温柔恭顺的作品，写出没有反抗性的艺术形象，用以感发人的亲善之"本心"。孔颖达的"疏"所作解释，也就是这个意思。他要求诗人写出风格"温润"、性情"和柔"的作品，在创作活动中，也不要违反礼教，不要有反抗情绪，应该做到"怨而不怒"。值得注意的是，儒家的这种诗教，虽然也要求诗歌发挥讽谏作用，可以"怨刺"，可以"发愤著书"，"以讽其上"，但是必须"止乎礼义"，做到不过分，不过激。这样在创作上，保持"中和"的状态，以委婉含蓄之词，寄寓讽谏的意义。富林君李湜的诗，之所以"风流文雅"，富有"和易平淡，典实酝藉，无浮夸淫艳之态"，其根本原因就在于此。孔子说："有德者必有言。"其意思就是有德行、有修养的人，就一定会有好的言论、好的著作传世。成伣认为李湜就是这样的"有德者"，所以他不仅有极其丰富的诗作传世，而且深受人的认可和敬重。他过去曾见过李湜"风姿玉树，美目如画"的容貌风采，"其时欲侍谈麈而不能得"。他如今得读先生之诗，其"语亦如貌之无疵"，而其"德之在内者，从可知"。可惜先生早没，结束文学生涯，要不然"必能作为《雅》《颂》，以鸣国家之盛"。如今受先生后嗣李轼、李辙的请托，虽无才而有幸得赞美之机会，以歌颂先生之才德，并寄心中的哀思。

  成伣还始终坚持"蕴藉"扎实者之文"根本"则深厚，"根本"深厚之文，"文质自然则泽润"的观点。他认为古人所谓文"穷而后工"的观点，尽管说出了一定的道理，但也不能绝对化。因为文能不能"工"，有许多方面的因素决定，不能一概而论。宋欧阳修在文学实践中发现，由于作者的抱负得不到施展，愿望得不到实现，或仕途失意，或生活历经坎坷，因而寄情山水，借物言志，才能够写出优秀的作品。成伣首先认同欧阳修的这种观点，但文学现象错综复杂，优秀作品的诞生契机也多种多样，应该正视这种契机的多样性。他认为文学史上优秀的那些作家中，除了有历经坎坷和生活磨难使其出类拔萃的以外，还有许多人虽由于政见与人不同而经历一些曲折，但还是官场荣达，一生过着衣食无忧的生活。其中的许多人在复杂的官场，多次被中央和地方之间来回升贬，甚至被流配过险岛，但最后还是因出色的文才或其他原因官场荣达，诗书满柜。在历代著名文学家队伍中，也有不少皇族王公身份的人，如曹魏的曹操、曹丕、曹植父子，南朝梁昭明太子萧统、赵宋王朝的徽宗、孝宗、杨皇后等一批皇家诗人，都是其中的例子。成伣认为这些社会顶上层的人，在极其优越的环境下读书、学习，其中一些人的确积累出"蕴藉"，后来成长为文名四扬的作家。尤其是像赵宋王朝，自从它实行崇文抑武、文治政策以后，严格要求皇室子弟精通古今，能文善诗，历朝以诗文扬名者层出不穷。那些优秀作家之所以能够写出优秀之作，最重要的原因之一就是"蕴藉"深厚，勤奋而"甘下功力"，关心人生，对生活有所感悟。他认为在其中，自小积累的丰富的"蕴藉"，是最基本的前提。他以养树为例子，说明其中的哲理：

> 孝文公卒之明年，上命裒聚遗诗为集，令臣为序弁其首。臣窃惟养珍木者得寸根，必壅之以坟，灌之以水，暖之以日，然后得遂且茂。所托者浅，故必用人力以扶植之也。其生于深山大壑之中者，不赖栽培灌暖，而自然枝叶敷畅，卒至上挠青云而不见其巅。此无他，其托根深，而元气厚也。人之有才者亦犹是尔，凡人之为学者，孳孳屹屹，劳心怵虑，饱忧患而费工夫，然后得发为文，雕琢务奇，而其气象未免有浅近之病。王公巨人则不然，居移气而养移体，所处高而所见大，不务学而自裕，不炼业而自精，恢恢然有余力，而其功易就。[1]

这是成伣为当代成宗之兄月山大君李婷而写的序文，写于他在职于成均馆大司成时，所写时间大约在成宗二十年（1489）六月至二十四年（1493）五月

---

[1]《虚白堂文集》卷6《月山大君诗集序》，（韩国）《韩国文集丛刊》。

之间。李婷作为德宗之长子学识渊博，善属诗文，由于权臣弄权没能够继承王位，只封了个佐理功臣。他去世的第二年，成宗命裒辑其诗而出刊，名为《月山大君诗集》，使成俔"为序弁其首"。在此序的开头部分，成俔以"养树"的道理，来说明如何成就一个合格的作家的问题。他指出"养珍木者得寸根"，而后"必壅之以坟，灌之以水，暖之以日"，"然后得遂且茂"。人工栽种的树，往往其"所托者浅"，所以必须"用人力以扶植之"，然后才能够期待茁壮成长。而生长在深山大壑之中的树木，因其处于优渥的自然状态之中，不需要人工栽培之工夫。即使是"不赖栽培灌暖"，它们也能够靠优渥的"自然"环境，"枝叶敷畅"，能够"卒至上挠青云而不见其巅"。这是为什么？这是因为它们"托根深"，"而元气厚"，"蕴藉深厚"。说到此，他话语一转，直奔主题，指出"人之有才者亦犹是尔"。也就是说，培养一位学者或作家也是这个道理，对其预备所需条件，严格要求，多实践，多磨练，多波折，多受挫，逐渐提高成熟度，最终才能够成为真正的学者或作家，成长为文坛的参天大树。

不过成俔还认为，人的成长有阶段性，即使是勤奋好学，资质聪颖，已经掌握了大量知识，拔萃于同类，写一手好文章，但还是发现与更高的要求相比还差了那么一点。要去掉这种"浅近之病"，还需要谦虚的心态、艰难的努力，在创作实践中磨练一段时间，逐步得到文坛或诗坛的认可。对作家或诗人来说，这种"浅近之病"，好像是一道不好跨越的经纬之线，考验着每一个人。要跨越文学创作上的这道经纬之线，没有什么秘诀可走，只有积累深厚的"蕴藉"，多学学别人的经验，关心社会，感悟艺术真谛，才是正道。

成俔强调那些经得起时间考验的优秀作品，一般情况下是不可能出自于那些"纨绔子弟"的手中，因为文学创作有自己的规律，作家的生活阅历和艺术修养以及创作经验缺一不可。那些生活过于优厚，不刻苦努力，没有艺术感悟能力的"纨绔子弟"，不可能创作出人人喜欢、鼓舞人心的好作品。从自己的创作经验出发，他深深同意中国宋代欧阳修"诗穷而后工"的文学观念。欧阳修在《梅圣俞诗集序》中指出："予闻世谓诗人少达而多穷，夫岂然哉？盖世所传诗者，多出于古穷人之辞也。凡士之蕴其所有，而不得施于世者，多喜自放于山巅水涯之外，见虫鱼草木风云鸟兽之状类，往往探其奇怪，内有忧思感愤之郁积，其兴于怨刺，以道羁臣寡妇之所叹，而写人情之难言。盖愈穷则愈工。然则非诗之能穷人，殆穷者而后工也。"诗为什么"穷而后工"呢？对此，欧阳修在另一篇《薛简肃公文集序》中给出了答案，说："至于失职之人，穷居隐约，苦心危虑，而极于精思，与其所感激发愤，惟无所施于世者，皆一于文章。故曰：穷者之言易工也。"欧阳修在此所说的"穷"，并不是指生活上的"贫穷"，主要是指作家坎坷的生活遭际，以及由这种遭遇所激发出来的忧愤、不平等诸多感情因素。欧阳修认为只有具备这些经历和感情波折的人，才能写出万人称颂的好作品。文学创作中的这种感受和规律，成伣也在自己的创作实践中经验到，并用文字记录下来，以此教导正在探索之中的年轻一代。他继而指出：

  然文章之名，多出于穷困，而不出于纨袴者。非穷困之独工，而纨袴之独不能也，汩于富贵繁华之乐，而不可为也。汉兴，河间献王德修德好古，邀四方道术之士，与之讲论，又奉对策于三雍之官。东平王苍，少好经书，为文典雅，所作书、记、赋、颂、歌、诗，为当时儒士之所录，其文章事业，皆为两汉之冠。然好名矜夸之累，识者讥之。公以宗室之胄，肺腑至亲，礼义捡身，动遵绳墨，斥去纷奢，务要俭约，谢绝宾客，潜心坟典，发为诗文，随意辄占。[1]

以文章被称颂的人，多数出自于历经"穷困"的人之中，而不可能出自于纨绔子弟那里。其意思是说，并不是只有穷困的人才能够"独工"，只是说一般情况看下纨绔子弟不可能写出那种感人至深的作品，因为沉浸于富贵中的人陷

---

[1] 《虚白堂文集》卷6《月山大君诗集序》，(韩国)《韩国文集丛刊》。

于繁华享乐之中，所以其创作往往不可能做到感人至深或"独工"的地步。他从作家与现实生活的关系出发，认为作家能把自己亲身经历的遭际、与现实生活的矛盾心情和不能施于世的内心痛苦等，熔铸于作品之中，内容和意象才能够更加充实和饱满。他认为只有这样的作品，才能够打动读者，才能够获得感人的艺术效果。正如欧阳修所说，"失职之人，穷居隐约，苦心危虑，而极于精思，与其所感激发愤，惟无所施于世者，皆一于文章"。只有经历过穷困的作家，才能够全神贯注，将体验到的那种感情，全部熔进作品之中。成伣还认为这也不一定，即使是历经"穷困"的人，如果光有这种经历而没有艺术功底或天分，也就不一定能够写得出好作品来。与此相反，在那些身份高贵的人中，也不一定都会是思想浮夸、诗文浮靡之徒。在这些人群中，历史上也曾出现过许多文学修养上乘的人物，这些人物都曾留下过寄于人口的优秀作品。但是成伣还提醒人们，即使是曾经写出过好作品的作家，不能守住文学节操，骄傲夸张，轻易藐视别人，那他也会遭到文坛的轻视或文学规律的遗弃。

成伣认为这是文学史上经常见得到的问题，提醒人们不要视而不见，应该引起评论家的重视。围绕这些问题，他发表自己的观点，以解决当代文坛上的一些分歧。他举出西汉河间王刘德和东平王刘苍的古事，说明身份高贵人家的子弟也有能够成大器者，但是如果不能够虚心处事，就会受到文坛的非议甚至遗弃。成伣说："汉兴，河间献王德修德好古，邀四方道术之士，与之讲论，又奉对策于三雍之宫。"对成伣所举河间王刘德，《汉书》卷53记录道："河间献王德以孝景前二年立，修学好古，实事求是。从民得善书，必为好写与之，留其真，加金帛赐以招之。繇是四方道术之人不远千里，或有先祖旧书，多奉以奏献王者，故得书多，与汉朝等……献王所得书皆古文先秦旧书，《周官》《尚书》《礼》《礼记》《孟子》《老子》之属，皆经传说记，七十子之徒所论。其学举六艺，立《毛氏诗》《左氏春秋》博士。修礼乐，被（披）服儒术，造次必于儒者。山东诸儒多从而游。"成伣认为河间王刘德生性谦让好古，以礼治国，深受天下人信任和尊敬,所以在文化事业上能够取得很好的成绩,为社会发展奠定了基础。成伣再举另一个好古之王汉光武帝刘秀之子东平王刘苍的例子,说"东平王苍,少好经书,为文典雅,所作书、记、赋、颂、歌、诗,为当时儒士之所录,其文章事业,皆为两汉之冠"。尽管刘苍出身贵为皇子,而深受汉明帝、章帝的宠信,还具有深厚的学术"蕴藉",为文典雅富丽,其所作书、记、赋、颂、歌、诗及其文章事业,皆为两汉之冠,但他还是保持低调虚心的贤良之态。成伣所说的刘苍"然好名矜夸之累,识者讥之"的提法,是据何而说的?刘德和刘苍与当时王子们骄奢淫逸的作风绝然不同,虽位居藩王或一人之下万民之上的尊贵地位,但并没有骄纵自己。历史上的汉代各诸侯王,其中的一些人的确有好古和诗文之才,但他们大都"好名矜夸",受世之讥刺。所以班固在《汉书·景十三王传》中赞曰:"昔鲁哀公有言:'寡人生于深宫之中,长于妇人之手,未尝知忧,未尝知惧。'信哉斯言也,虽欲不危亡,不可得已!是故古人以宴安为鸩毒,无德而富贵谓之不幸。汉兴,至于孝平,诸侯王以百数,率多骄淫失道。何则?沉溺放恣之中,居势使然也。自凡人犹系于习俗,而况哀公之伦乎!'夫唯大雅,卓尔不群',河间献王近之矣。"班固在此道出了"无德而富贵"者的"骄淫失道",是其"居势使然",说的是不得不使其然的道理。

　　成伣之所以引出汉景帝刘启之子刘德和光武帝刘秀之子刘苍的古事,为的是诗歌颂一个人,他就是成宗之兄月山大君李婷。他说:"公以宗室之胄,肺腑至亲,礼义捡身,动遵绳墨,斥去纷奢,务要俭约,谢绝宾客,潜心坟典,发为诗文,随意辄占。"李婷作为李氏王朝宗室后裔,当今国王的亲兄弟,贵为龙凤之血亲,以礼义约束自己,低调应对各种事情,放弃一切奢侈,谢绝宾客,潜心于圣贤之学。由于他"蕴藉深厚","发为诗文,随意辄占",在当世的海东诗文之坛富有盛名。他的这些人格魅力,都充分反映在他的诗文作品之中,使人读之倍感清新雅健之气,深受感染。而且作为王室贵胄,写诗毫无"纨绔"之习,宛然显示出"出尘之标"。对此,他继而说道:

今观是集，大篇春容，短韵雅健。不劳埏埴，而陶范自成；不要斤斲，而规矱允合；不点雌黄，而文采烂发；不费御勒，而跬步不窘。其清深酝藉，一无纨绮之习，而萧然有出尘之标。自非见理之明，写物之精，何以至此。虽老儒大手有名于文苑者，莫能攀而伦之。则彼河间、东平之俦，奚足比肩而拟议之耶。世之身叨富贵，目不知书，而心中所存者寡焉，则年虽多而道则夭。公则学文富于一己，而文雅擅乎一代，敷施焕发，身虽亡而不亡者存焉。则虽曰夭于天年，而道则未尝不寿。上以黼黻邦家，下以资民歌咏，作为雅颂，彪炳琅炳，垂青史而不坠，则其脍炙后人之口，岂浅浅乎哉。[1]

今读《月山大君诗集》中的作品，其长篇之作有"春容之气"，其短篇之作有"雅健之态"。读其诗清新自然，没有刻意造作之感，有"陶范自成"的成熟气。其诗不事雕琢，却完全符合诗范；其诗不事丹青，却"文采烂发"；其诗不事制约，却意象畅流。诗人虽贵为王公大君，但其诗"一无纨绮之习"，"而萧然有出尘之标"。为什么会是如此的境界呢？那就是因为诗人心性"清深"，所积累之"蕴藉深厚"，脱胎换骨于富家子弟之气。其中一个值得注意的问题，是诗人努力改造自己，逐渐跬步作人的道理，探索文学审美的秘诀，仔细观察事物，尽量精细地刻画"事物之精"。从其诗歌的艺术水平来讲，那些"老儒大手有名于文苑者，莫能攀而伦之"。甚至那些历史上有名的河间王刘德和东平王刘苍，也未必能够达到这样的境界，"奚足比肩而拟议之"。在王公贵族之中，那些"目不知书，而心中所存者寡"者，虽身贵岁高，但从"道"的角度来看，就等于是已经"夭折"了。与之相比，月山君一身学问和文才，其文雅之举光彩一世，虽英年早逝，却文名长久且长寿。月山君生前"上以黼黻邦家，下以

---

[1]《虚白堂文集》卷6《月山大君诗集序》，(韩国)《韩国文集丛刊》。

第七章 成伣的"六经正脉"论与诗歌审美本质观 381

资民歌咏",其所作雅颂,"彪姗琅炳,垂青史而不坠,则其脍灸后人之口"。从这样的角度看,他的寿命虽短,而其"道"却长寿不衰。在此成伣引用西汉扬雄《法言·君子》中的一句话:"或问:'君子言则成文,动则成德,何以也?'曰:'以其姗中而彪外也。'"其意思就指人内有才德,则有文采自然外露。这句"姗中彪外"的成语,赞美德才兼备的人。在这段话中,成伣评价生命的意义,尤其是作家生命的意义,在于其创作出的作品有无长久的艺术魅力,有没有留在读者的心中。在一部好作品中,作家的道德情操、艺术修养等因素,稀释在其艺术世界里,对读者产生审美共鸣,会流芳千秋。

第八章
成宗朝"道学""词章"之争与成俔的《文变》

《文变》是成俔代表性的文学专论之一,其中饱蕴着他一系列的文学观念,也深涵着当时围绕"道"与"文"而进行的海东官学派和新进士林之间的尖锐矛盾。《文变》,顾名思义,就是有关文学变化发展的论述。具体来说它有两个层次的涵义,一是可以考察整个文学史的演变发展情况,一是可以从文体的角度考察其演变发展路径。根据从哪个角度去探讨和治理,其所涉猎的内容就有所不同,其所涉及的路径也就大相径庭。成俔写《文变》,则选择了前者,意欲通过宏观的考察来阐述中国和海东文学的演变和发展。他觉得这样的考察,对解决当时海东文坛存在的一系列理论和实践问题,有着极其重要的现实意义。

成俔写《文变》,有明显的针对性。他所生活的海东朝鲜朝世祖至中宗时期,是国家的思想文化和政治形势不断发生变化,新的社会势力和思想不断涌现的时期。这时期在思想和政治上最重要的事件,莫过于海东历史上新进的士林集团,从地方的乡村社会走向国家层面的政治生活之中,逐渐成为一股不可阻挡的政治势力。尤其是海东朝鲜朝中期的一些君主,为了限制世祖以来日益强势的勋旧派势力,启用地方士林派中的一些著名学者担任朝廷要职,从而士林派人物开始登上政治舞台。与代表大地主、大阀阅势力基本利益的勋旧派不同,发足于地方、代表中小地主阶级利益的士林派,首先在意识形态上处处向勋旧派势力发难,使得勋旧派人物倍感挑战和失落。他们在意识形态上最大的分歧，在于一个是以周、孔和洙泗学为思想的出发点，一个则是以程朱理学为思想的根本出发点。在学问上，前者以传统经学为主要内容，而后者则以新的性理学为主要专研目标。

第一节 古今之争与唐宋之辨中的《文变》

思想和哲学观念上的这种分歧体现在文学上，一个是以文学为国家生活中极其正常的审美活动，提倡文学的多样性，尊重文学自身的基本规律；而一个则是以文学为治理国家的基本工具之一，提倡文学的"载道"功能，将文学与经术划一，甚至以文学为"道"之"末"，否定文学的独立地位。如当时海东士林派的代表人物金宗直认为"文章者，出于经术；经术，乃文章之根柢"。这样他从根本上否认文学的独立发展地位，将其归根于经术，是经术的一个附庸。他还要求文学直接参与政治建设，洗尽文人之气，成为"以议夫黼黻经纬之文"。从这样的文学观念出发，士林派文人直接否定当时垄断馆阁、独占文衡的勋旧派文人的文学创作。金宗直的上述文学观，实际上是当时性理学者共同的文学观。他们反对文学艺术上的修饰，否认艺术技巧的必要性，要求文学直接参与道学，成为传道的工具。按照他们的这种文学观，作家不必磨炼艺术本领，不必深潜于文学的艺术世界之中，只要着力于经术，文章就算不努力也自然而成。他们认为官学派的文学创作及其作品，都是生活富有之余，是茶余饭后的消遣，其吟风弄月之作极容易使人"玩物丧志"。从本质上讲，士林派对勋旧派文人的这种文学批评，是其在政治上的角逐和思想上斗争的外延。当时开始受成宗重用的士林派文人，团结一致共同对付勋旧派，政治上相互提携，决心取缔勋旧派在朝廷的绝对权威的地位。所以他们在文学观念上，毫无让步之态，意欲将其批倒而后快。

对士林派的这种挑战，看在眼里、想在心里的官学派文人，也开始琢磨如何对付。徐居正、卢思慎、姜希孟、梁诚之等二十三位纂集官参与编纂的《东文选》,就是在这样的文坛氛围中诞生的。之前第四代世宗朝文人成三问,曾开始编纂专门裒集海东本国文人之文的《东人文宝》,但未能完成而去世,后来第九代成宗朝的文人金宗直继承而完成编纂,改名曰《东文萃》。对金宗直的这个《东文萃》,成伣曾批评道:"然季醞专恶文之繁华,只取醞藉之文,虽致意于规范,而萎薾无气,不足观也。"话中批评的语气严厉,内容点到具体,对士林派的领袖人物金宗直没有留给任何面子。不仅如此,成伣还否定金宗直所编另外一部诗集《青丘风雅》,说它"虽诗不如文然,诗之稍涉豪放者,弃而不录,是何胶柱之偏"?同样完全否定这一诗集的合理性,也毫不留情地批评其违背文学自身规律的一面。这里所说的"胶柱之偏",意即胶住瑟上的弦柱,以致不能调节音的高低。以此,来比喻金宗直等士林派中人的固执拘泥,不知变通。此典出自于三国魏邯郸淳的《笑林》,其曰:"齐人就赵人学瑟,因之先调,胶柱而归,三年不成一曲。"可以看得出,成伣对金宗直编纂原则和实际操作上的固执偏颇之举,持有何等的讽刺之态度。他甚至还批评同属官学派的勋旧系文人徐居正,编纂《东文选》的时候,在新进士林派的压力下,不够大胆,以至于编纂上受到影响,犯了只能"类聚"而不能真正做到"选"的毛病。

  成伣的"道""文"观并没有一成未变,在一生的各个阶段随着主观阅历和文学形势的变化,都曾呈现出不同的变化。他的这种变化,同时也反映着海东朝鲜朝时期世祖至成宗、成宗至中宗年间复杂的政治形势,以及文学的发展趋势。作为海东朝鲜朝前半期的巨儒,成伣也毫无例外地追求儒家的"征圣""宗经"观念,把它们当做封建文人必须遵守的永恒教条。所以他初年的文学观念中,有很大类似的表露,如"夫六经者,圣人之言行,而文章者,六经之土苴"。但是后来他发现,这样的表述过于左倾,未免笼统,不利于对文学规律的正确认识。尤其是当时大多数经学家过于强调文学对经术的绝对依赖关系,结果许多中青年士人和学子,在文学创作面前无所适从。成伣认为这样就不利于对后人的文学教育，不利于后人学得文学真正的技术性内涵，最终还是不利于文学的社会参与。

于是成伣变相地提出文学要学"古人"，"古人"的文学才是内容和艺术形式高度统一的文学，并强调不学"古人"的人成不了"大器"。他曾说过："为文而不法乎古，则犹御风而无翼也"。他在此所说的"古人之文"，不仅包括"赓载歌"、典、谟、唐虞之文，还包括训、诰、誓、命和三代之文、"六籍"之文，而且又包涵"秦而汉，汉而魏晋，魏晋而隋唐，隋唐而宋元"的文学。其中尤以汉文唐诗、宋词元杂剧等为学习的重点，而李白、杜甫、韩愈、柳宗元、白居易、欧阳修、苏轼、黄庭坚等为永恒的楷模。他又告诫后人，在学习"古人"的时候，应该"论其世，考其文"。但值得注意的是，他最后还不放心，反过来又强调"为文而不本乎经，则犹凌波而无楫"的老观点。为了提醒后人，他尤为强调作家创作之前的"蕴藉"，甚至强调"蕴藉"乃创作成败的关键。他还把"文"与"蕴藉"的关系，比喻为"树根"和"枝叶"、"水源"和"支流"的关系。他曾指出"树木者必培其根本，根本既固，则柯叶自然邑茂而敷翠；导泉者必浚其渊源，渊源既开，则支流自然旁达而无碍"，如果这种关系处理不好，"无根之木必枯，无源之水必绝"。从本质上讲，什么是"根"，什么是"源"呢？对此，他明确地回答说："夫古诗，譬之水木，则根本渊源也。"他指出"学诗之道"在此，"能喻此理，可以矣"。

成伣极力主张学习"古人"，有其极其丰富的审美内涵。因为他所标举的"古人"中，不仅有《诗经》、汉文唐诗，还有那李白、杜甫、韩愈、柳宗元、白居易、欧阳修、王安石、苏轼、黄庭坚等其诗文可以千古流芳的文学家。很明显，成伣是要以楷模的力量去打动后人的审美心理，要以成功的文学案例去教育后世的文学人，从而达到苦口婆心地去讲也无法获得的说理效果。尽管他并没有直接讲出来，但是其中潜藏着他那渊博的文学修养，包含着敏锐的审美嗅觉，更蕴藉着他对当时海东文学发展的责任感。他深知文学用与感觉、知觉有密切关联的词语作为媒介或艺术手段,来唤起人们的联想和想象,而不直接诉诸于感觉,用艺术形象,而不是用赤裸裸的说教说服别人。他还知道文学不仅需要充实的思想内容,而且还需要一系列相匹配的艺术手段,如果一部作品光有厚实的思想内容,而缺乏相应的艺术手法支持,那它就会陷入干瘪的怪圈子里,不会有任何的审美效果,也起不到"感人""化人"的教育作用。但是当时以朱熹为"圣人",标榜以朱子学为"正统之学"的士林派文人,继承程朱理学的文学观念,坚持"道本文末"的文学理念,否定文学的独立地位,一意孤行地攻讦那些"精敲细磨""丰富繁华"的作家和作品。成俔以敏锐的文学审美"嗅觉",感觉到这种文学主张对文学自身发展的危害性,很快着手对这种极端文学观念的批评工作。所以这种新情况,再一次导致他在文学观念上的新变化。这次他主张文学的"载道"固然重要,但文学的艺术形式也不可忽视,二者并重的文学创作才是正确的文学创作。

在当时,成俔之所以写出像《文变》这样的文学专论,还有一个基本原因,那就是当时争论较为激烈的"唐宋之争"。海东自三国初引进汉文字、汉文学以来,始终将其当做官方主要文字和主要的文学形态。越是往后,海东的汉文学越发达,逐渐出现了一批又一批的汉文学作家和一系列脍炙人口的作品。在这个过程中,聪明的海东人将几乎所有中国文学的艺术形式都吸收过来,利用于自己的文学创作。尤其是中国文学的各种体裁,一一被海东的作家所习得,演变成他们熟悉的文学样式。海东的汉文学发展到高丽时期,已经出现大批作家和作品,使之成为闻名世界的"东方诗国"。中国的文人作家读了也叹为观止的海东汉文学,到了这时期已经具备了中国文学体裁几乎所有的方面,显示出了其作为"小中华"的文学审美创造实力。这时候的海东人不仅崇尚汉文唐诗,还进一步推崇宋代文学,以李白、杜甫、韩愈、柳宗元、白居易等为自己创作的楷模,更以欧阳修、苏轼、梅尧臣、黄庭坚、江西诗派等为自己文学创作上的偶像。当时的诗坛上以李奎报为"海东谪仙",批评模仿宋人的行为"模宋拟苏"，讽刺科举考试模仿苏轼诗文的弊端为"今年三十东坡又出矣"。可知当时的海东人对中国唐宋文学的推崇与对其名家的崇拜，是多么深入人心。

到了海东朝鲜朝时期，汉文学进入更加成熟的阶段，对中国文学的推崇达到了新的高度。这时期的"三唐诗人""海东江西诗派"等，都是在学习唐宋文学的过程中出现的诗派。到了海东朝鲜朝世祖至成宗年间，海东的程朱理学进一步发展，以地方乡村为根据地的士林派势力逐渐走向中央的政治舞台，掌握国家部分权利。以程朱理学为理论武器的士林派，大讲"理气论"，以"理"为世间一切事物的根源，以"理"为整顿当时朝纲的理论范畴。文学也是他们重点治理的重要领域，认为文学出自于"一理"、出自于经术，主张文学表现"圣人之旨"。他们尤以"文出于道"为自己文学观念的基本点，而此"道"即为"天"，也就是"天理"。从这样的文艺哲学观出发，他们反对一切讲求艺术形式的文学，反对不讲"圣人之旨""六籍之要"的文学创作。受这种文学主张冲击的是勋旧派文人，也就是当时所谓的官学派文人，因为他们不仅生活富裕，而且还具有深厚的家庭背景，曾受到过良好的文学教育，掌控着当时朝廷馆阁的文任领域。而且在对待唐宋文学的态度上，官学派的文人虽无明显的态度，但他们还是多倾向于唐诗。不过他们推崇的还是那些属于像个诗歌的诗歌，那些思想内容和艺术形式高度统一的诗歌，批评的是过于修饰丹青的和过于抽象化的作品。他们崇尚唐人，是因为唐人把中国的诗歌艺术推向了一个新的高峰，认为他们的诗歌简直是造神入化，美不胜收，所以标榜学习唐人是天经地义的事情。他们论诗，多谈写意、写象、炼字、炼格、炼句、推敲、自得、新意等内容，他们谈论李白、杜甫、韩愈、柳宗元和欧阳修、苏东坡、梅圣俞、黄庭坚、江西诗派等，也都从艺术精神和艺术手段方面入手，目的在于总结前人的艺术经验，学习其精华，最终为我所用。

随着程朱理学正统地位的日益巩固，士林派所掌控的学界都逐渐把官学派改叫为"词章派"，未免其中存在着深刻的讽刺意味。在程朱"文从道中流出"

的文学观念影响下，当时海东的一些新进士林中，逐渐产生"作文害道"的文学观念，用以反对创作讲究艺术性的文学作品。在这些士林派文人中，甚至有些人一生不写诗，即使是出版文集，也未留一部诗作。不过绝大部分的士林派文人，还是承认在国家生活中不能没有文学的护佑，而且个个都争做诗歌高手，留下了数目可观、质量上乘的好作品。只是在文学观念上，他们继承中国程朱的衣钵，认为"作文害道"，主张文学履行"圣人之旨"，使文学为巩固封建统治服务。他们的这种文学观念，直接影响他们的文学继承观，在学唐学宋的问题上，则采取了与词章派文人截然相反的态度。他们认为"古人"的文学精神，至唐代已经丢了许多，文学在很大程度上陷入形式主义的泥坑。他们认为唐人过于注重诗歌技巧层面上的东西，将"古人之旨"丢于一旁，在继承文学遗产方面犯了许多毛病。他们认为比之唐人，宋人在诗歌创作上则略高一筹，以"文"入诗，以"理"治诗，为他们的艺术创新奠定了基础。

对唐诗，他们并没有采取一概而论的态度，而是采取根据内容和风格进行选择性继承的原则。在诸多唐诗名家中，他们尤为推崇杜甫和韩愈，因为杜甫的诗有"未尝一饭而忘君"的忠君爱国之旨；而韩愈则号召复兴古道，提倡古文，要求作家树立"征圣""宗经"的思想，其诗与文皆反映出"圣人之旨"。在他们的倡导下，从世宗至中宗执政期间，朝廷曾多次下令注释、谚解和出版宋诗和韩愈等人的文集，如今可以看得到的《杜诗集注》《杜诗谚解》《韩昌黎集解》《苏东坡诗集注》等书就是这种观念和政策的体现。海东朝鲜朝前期的经学家、性理学家和后世金宗直的恩师尹祥，就是这种观念和政策的倡导者。他在当时根据世宗的命令而刻板并出版的《刻杜律跋》中指出：

> 周诗《三百篇》，变而为律诗，历代以来，作者颇多。然得其性情之正，而中于声律者，盖寡矣。惟子美诗，上薄风雅，下该声律，而其爱君忧国之念，忠愤激厉之词，未尝不本于性情，中于音节，而关于世教也。

所谓"诗史"者,殆非虚语,而奚徒以词章视之哉?方今圣明在上,右文兴化,经史诸书,靡不刊行,而独此篇尚有阙焉,岂非盛时兴教之所亏欤。岁庚戌冬,总制曹公致受,观风之任于是道,慨然有兴诗教之志,旁求杜诗善本,得会笺一部于星州教授韩卷,欲绣梓而广其传。越明年秋,聚材鸠工,嘱于密阳府使柳君之礼监督,自八月始事,至十一月而断手焉。噫!曹相之翼遵文教,辅导承学者,其功不既多乎哉。是用书其始末,以传诸后云。时宣德六年辛亥仲冬有日,中直大夫知大丘郡事醴泉尹祥跋。[1]

中国的诗歌肇始于《三百篇》,其后经历了诸多诗体演变,显示出诗歌这一文学样式蓬勃的生命力。《三百篇》的艺术形式,以四言为主,普遍运用赋、比、兴手法。《三百篇》的内容,大都深刻无比,描写生动,语言优美,极富艺术感染力。《三百篇》为中国最早的一部现实主义诗歌总集,对后世文学的发展,产生深远的影响。正由于它对后世社会的影响大,汉儒奉其为经典,成为《诗经》。海东人谈诗,历来都从《诗经》开始,认为其为中国乃至东方诗歌发展的源头,后世诗歌的艺术精神、艺术形式和艺术手法等,都源于它。尹祥认为律诗发源于南朝齐永明时沈约等人那里,唐初开始便流行起来,它是一种讲究声律、对偶的新体诗。他还认为作为近体诗的一种,律诗对格律的要求非常严格,它在自己的发展过程中养育出了许多优秀诗人,而其中杜甫是最伟大的诗人,文学史上称他为"诗圣",称他的诗作为"诗史"。根据尹祥,文学史上治"律"的人大有人在,但是"得其性情之正,而中于声律者盖寡",而惟有杜甫则能够达到了这种艺术境界。为什么会是这样?他指出:"惟子美诗,上薄风雅,下该声律,而其爱君忧国之念,忠愤激厉之词,未尝不本于性情,中于音节,而关于世教也。"在文学史上庞大的律诗家族中,惟有杜甫能够继承《三百篇》中《风》《雅》的艺术精神,来进行律诗的艺术创造,探索并实践其中的

---

[1]《别洞先生集》卷2《刻杜律跋》,(韩国)《韩国文集丛刊》。

奥义。尤其是他的律诗之作所包含的"爱君忧国之念，忠愤激厉之词"，比任何一个诗人都浓厚或强烈，显示出其真诚无比的思想境界。他那众多的诗歌作品，尤其是他的律诗之作，感情真实可信，充分显露出其真诚的爱君爱国之忠愤之情。

按照尹祥的话来说，他的"性情之正"通过生动的艺术形象显露出来，"中于音节"，合于律格，而"关于世教"的基本内涵感人至深。详细阅读杜诗可知，文学史上"所谓诗史者，殆非虚语"，而且其中的内涵绝对不可"徒以词章视之"。杜甫面对血迹斑斑的国土，来去苦吟，其诗风自然是沉郁顿挫。后人通过他的诗，能够了解到当时的唐王朝在安史之乱中的惨状，从而可知后人为什么把杜诗称作"诗史"了。唐孟启在《本事诗·高逸》中说道："杜（甫）所赠二十韵，备叙其事，读其文，尽得其故迹。杜逢禄山之难，流离陇蜀，毕陈于诗，推见至隐，殆无遗事，故当时号为诗史。"海东的尹祥与此亦有同感，认为杜甫面对国难，并没有消极退却，而是积极面对现实，仔细观察社会的各种惨状，都一一映入自己律诗的形象体系之中。而且他如写史实般，描绘眼前险恶的客观现实，使得后人通过其作品世界，能够生动地了解到当时的历史情景。

随着程朱理学正统地位的确立，海东朝鲜朝前期意识形态的各个领域也都悄悄地发生变化。这个变化反映在文学观念上，首先重"道"而轻"文"，甚至把文学完全沦落为"道"的附庸。从理论上讲，性理学家们的文学观几乎否定文学的独立地位，认为搞文学就是一个"害道"的行为。不过在性理学家当中的大部分文人，还是认为文学也是一门文化，而且他们自己也喜欢文学、创作文学作品，其中的许多人还是著名于当时的作家和诗人。但是在文学观念上，他们还是依照朱夫子的旨意重"道"而轻"文"，认为文学都是"道中流出"，"文只如吃饭时下饭"的菜品。也就是说，文是从"道"的长河中流出的支脉，也是开胃下饭的小菜。这样就很清楚，在他们那里"文"与"道"的区别，只是源与流的关系，"本根"和"枝叶"的关系而已。他们中的有些人，还认为诗无工拙之分，只有心志之清混之别，旨意之高下之分。从文艺理论上讲，他们的这些主张过分注重文学创作的内容，而过于轻视甚至否定文学创作中的艺术形式，从而将文学引向作者内心的"传声筒"。拥有这种文学观念的海东朝鲜朝时期的性理学家们，在文学上的唐宋之争中，站在什么样的立场，实际上这是不言而喻的事情。而他们的这种思想立场和文学观念，给海东朝鲜朝前半期的唐宋之争，赋予了许多新的内涵，使争论的内容含有多重性，变得格外地复杂。

作为士林起始阶段的师父和著名的理学家，尹祥深知当时文学上的唐宋之争意味着什么。尤其是出刊杜甫的律诗之作，对当时的文坛会产生什么样的影响。他曾多次主导过对中国宋代程朱之书的编辑付梓工作，可谓"洛闽遗书，灿然复明于世，其功已伟矣"！根据尹祥曾经对学习唐宋文学的各种教导，海东朝鲜朝时期末叶的柳道献在《别洞集续集跋》中曾说道："我东自胜国以来，文学之士，专尚词华，雕琢绘绣之非不工矣，而于道则未有闻，盖不知内外轻重之分故耳。幸而程朱之言，稍稍东来，先生以私淑之人，奋孤寒而为群儒倡。尤邃于《易》学，表章之，发挥之，以兴起斯文为己任。"[1]到了海东朝鲜朝末叶，近代思潮席卷海东半岛，西方文明对海东人的生活产生深远影响，传统的儒家思想直接受到冲击，朱子心性之学已成过去的思想观念。

第二节 "以理治文"与"文之繁华"之间的悖论

当时的一些儒学遗老们还是梦想着复兴儒学，所以对当时儒家"正学"的消沉，柳道献提出不满说："今去先生之世五百余年，正声寝而异端横，微言熄而邪说作，駸駸乎几于荡然矣。此集之出，岂无补于世也哉。"出于儒学复兴的愿望，一些遗老们筹资出刊了过去性理学家们的一些遗作，以此来给予怀念之情。《别洞集续集》的出刊，就是这种行事的一环。通过这一文集的出刊及其序

---

[1] 柳道献：《别洞集续集跋》，（韩国）《韩国文集丛刊》。

跋，可以知道海东朝鲜朝前期的尹祥在海东朱子学发展中的历史地位。柳道献在《别洞集续集跋》中继承尹祥的文学观，指出高丽朝以来的海东文人一味崇尚"词华"，以"雕琢绘绣"为能事。不难知道，柳道献在此批判的是海东朝鲜朝前期垄断台阁、掌控文衡的官学派文人，而且他还同时批判当时的官学派文人专尚中国魏晋南北朝和唐代文学中的雕琢之法。柳道献的这种批评话中有话，不仅一概否定整个高丽时期的文学，而且还否定继承高丽而崛起的海东朝鲜朝前半期词章派文人的文学成就。他指出那些词章派文人的文学创作，其"雕琢绘绣之非不工"，但是离"道"越走越远，甚至"于道则未有闻"。他认为造成这种结果的原因，在于当时的官学派文人"盖不知内外轻重之分"。他在此所谓的"内外轻重"，则指文学反映人心中的"天理之本然"，即"道心"，作家应该懂得文学"发乎情，而止乎礼义"的道理。那些重视"雕琢"，注重艺术形式的作品，往往容易使人"玩物丧志"，这是"吾道之大害"，正人君子坚决不为。他还说幸亏"程朱之言，稍稍东来"，指明了方向，挽救了近乎颓废的海东文学。

　　柳道献认为尹祥的那个时代，程朱理学尚未深入人心，尤其还没有提高到哲学理论的高度。当时的人们还盲目崇尚唐人，对这种"专尚词华"倾向的危害性的认识远远不够，更不用说辨认和批判它的本质了。生活在这个时代的尹祥，"以兴起斯文为己任"，艰难钻研朱子学理论，"奋孤寒而为群儒倡"，为朱子性理学在海东的发展奠定了基础。尹祥认为文学是"吾道之一翼"，应该加以重视，问题在于如何地去掌握和引导。从这个意义上，他深知世宗特命刊发《杜律》一书的用意，并大加赞赏此举的政治思想意义。他说："方今圣明在上，右文兴化，经史诸书，靡不刊行，而独此篇尚有阙焉，岂非盛时兴教之所亏欤。"李氏王朝建国以后，为"抑佛扬儒"思想政策的贯彻，大量刊行儒家经典。当时的朝廷可能尚来不及发现一些文学典籍的补益作用，没有将其纳入刊发计划之中。随着李氏王朝文治主义政治体制的发展，统治阶级逐渐发现文学在巩固政权中的极大作用，于是便动手筹划出版发行一些有用的文学书。《杜律》的出版发行就是其初的一个举措，"岁庚戌冬，总制曹公致受，观风之任于是道，慨然有兴诗教之志，旁求杜诗善本，得会笺一部于星州教授韩卷，欲绣梓而广其传"。经过一段时间的准备工作，又在一些开明人士慷慨解囊和各方大力协助下，"越明年秋，聚材鸠工，嘱于密阳府使柳君之礼监督，自八月始事，至十一月而断手"。应该知道，这并不只是出刊区区一部《杜律》的问题，也不是出刊一部文学名著的问题，而是一个关乎世教、关乎贯彻圣人诗教的问题，更是一个构建王朝文化永久大业的问题。

集中体现士林派的文学观念，而且因此而引起文坛大争论的问题之作，应该就是当时金宗直所编撰的《东文萃》。《东文萃》集自新罗至海东朝鲜朝初叶诸多文人的散文佳作而成，原来起始于世宗至世祖朝的文人成三问，后来成三问死于"死六臣"事件，此集初稿被保管于集贤殿，自然处于中止状态。到了成宗朝，士林领袖人物金宗直重新拿起此集，继续结集完成。该集原名《东人文宝》，总十卷3册，是海东早期的散文总集。到了成宗十九年（1489），文人申宗镐补充海东朝鲜朝时期前期的一些文章，重编而出刊。对之前金宗直所编《东文萃》，李退溪的学生权应仁评价说"其中诸篇皆精者"。应该说《东文萃》的意义，在于裒辑了自新罗至海东朝鲜朝时期前期诸家散文，使其集中体现其间的散文精神，让后人能够通过它读到海东民族古人优秀的散文作品。

成伣认为金宗直编纂的《东文萃》，完成了成三问等前儒所未竟之业，有较大的积极意义。但是金宗直在编纂此书时，却大发士林派之"偏见"，"专恶文之繁华"。这样的结果，此书"只取酝藉之文"，对那些文风清纯、感人至深的作品一概排斥于卷外。他认为金宗直的这种做法，体现了他偏执的文学观念，"虽致意于规范，而萎薾无气，不足观"。成伣认为金宗直这样的编纂思想，违背了文学自身规律，背离了前贤的文学精神。他认为文学有自己的原则和法则，把一些抽象的、概念化的东西掺和在里面，会伤及文章本身的艺术魅力。如果一篇文章缺乏艺术性，就等于是缺乏可读性，而缺乏可读性的作品，是不能够打动人心，而不能够打动人心的作品，刊行又有何意义呢？

从这样的文学审美观念出发，成俔还批评了金宗直的另外一部著作《青丘风雅》。《青丘风雅》，总七卷1册，内容收录了从新罗末叶到海东朝鲜朝初期126名诗人的各体诗歌作品503首。这是一部将注疏、讲解与批评合而为一的诗歌总集，书中对一些用典险僻、字句难解的地方加了注释、讲解和批评，为的是帮助读者更全面地理解作品的基本含义。具体来讲，《青丘风雅》的卷首安排了"诸贤姓氏事略"，本卷则分古、律、排律、绝句等裒载海东历代诗歌。而其诗歌篇章安排则是：卷1为五言古诗50首；卷2为七言古诗40首；卷3为五言律诗76首，排律8首；卷4为七言律诗55首；卷5为七言律诗51首，排律3首；卷6为五言绝句35首，七言绝句86首；卷7为七言绝句99首。在海东文学文献史上，对诗歌选集的编纂工作，高丽末叶曾经有过类似的尝试。金宗直《青丘风雅》的编纂意义，在于在此基础之上作出更为丰富的裒辑工作，而内容上又增加收录了海东朝鲜朝初期的诗歌作品。这样不仅丰富了前人，而且还增加了许多新内容，使后人了解到更为全面的海东诗歌的历史。不过金宗直的《青丘风雅》，囿于其本人理学思想的影响，只取内容"敦实"、具有"蕴藉"的作品，将文学史上富有艺术魅力、表达内心苦闷、歌颂自然山水的作品统统排除在外。成俔认为这样的编纂原则不可取，与其《东文萃》所犯的错误一样，也违反了诗歌自身的内在规律。他在《慵斋丛话》中指出"其所撰《青丘风雅》，虽诗不如文然，诗之稍涉豪放者，弃而不录"（成俔《慵斋丛话》卷10），这是非常遗憾的事情。他强调诗歌有自身"章法"，历代圣贤也没有否定反映诗歌内在法则的这种"章法"，因为一篇诗作没有感人的艺术魅力，怎么能够起到兴、观、群、怨的教化作用呢？

《文变》，可以说是成俔对金宗直及其士林派重"道"轻"文"文学观念的总的批判书。从内容上看，这篇论文可能写于成宗年间，因为此时是官学派和士林派的学术论争最为激烈的时候。之前由于世祖的宠爱和重用，勋旧派的文人几乎垄断文衡重职，掌控台阁事务，使士林派文人备受压抑。于1470年成宗即位以后，感觉到勋旧派势力过于膨胀，在有些问题上不得不受制于他们。对此深感忧虑的成宗，决心削弱勋旧派势力，于是开始启用士林中才德兼备的一些文人。金宗直就是此时被重用的初期士林派官僚，他经艺文馆修撰知制教、经筵检讨官、春秋馆记事官、咸阳郡守、左副承旨、都承旨，官至吏曹参判、两馆提学、京畿观察使、兵曹参判等职。在这过程中，他大量荐举士林派文人，使他们在中央的各个重要部门担任要职。从而在中央和地方，逐步形成了官学派和士林派两大政治势力，互相掣肘、抵制，斗个不停。在学术和文学上，他们两派都有各自的优势，如官学派擅长文学，当代最著名的文章家和诗人都集中于此派；而士林派则擅长程朱理学，曾在地方专心研究程朱理学，著书立说，为用性理学建立乡村秩序多方努力，个个具有良好的理论素养。到了成宗朝，受到朝廷重用的他们开始对官学派发难，不仅在朱子学上，而且还在文学上与他们对决。他们从"为文害道""文从道中流出"等程朱理学家的文学观念出发，否定中国宋代以前许多富有艺术价值的文学成果，也否定海东高丽以来诸多富有审美价值的优秀文学遗产。他们还称擅长诗文的官学派为"词章派"，称自己为擅长"圣人之学"的"道学派"，其一贬一褒正好体现出他们当时的思想观念。

道学派文人在文学史观上，比之于百花齐放的唐代文学，更倾向于"以文入诗"，"以理治诗"的宋代文学。他们认为唐代文学过于"烂漫"，而宋代文学更为"典实"，前者容易使人"玩物丧志"，后者则能够引导人"归于正"。所以他们在文学理论上，极其重视"实根""蕴藉"，处处主张创作"雅正"之作，倡导文学起到"感人""化人"的教化作用。道学派文人的文学主张以其发达的经学为背景，极力主张文学创作中的"蕴藉""雅正"说，要求文学体现六籍之旨。就其理论根源看，"雅正"说的理论基础正是道学派文人登上政治舞台以来，具有浓厚理学色彩的"正学"观念，以及文学上的"典实尚正"理论，作为其思想基础。而就其理论特征看，"雅正"说的重心并不在于建立一种具有丰富内涵的艺术理论，而在于"正"文坛之"不正"，崇尚"正统""正学"的意味很浓。就其学术倾向特征看，"雅正"说本质上是顺应着理学领域中的道统说，不仅有着"定于一尊"的"正统化"的文学思想，而且直接继承着理学道统文学观念的遗绪。这里所谓的"道"，实际上是指儒家一整套的道德伦理观念。由于当时海东的道学派，正处于与词章派的勋旧势力争权夺利的历史环境之中，文学上的这种"雅正"理论，富含针对性和现实性。所以从某种意义上看，他们的这种"雅正"理论，并不像官学派的文学巨匠们以中国韩愈等人为"宗"的道统说，而是以中国程朱理学家所谓"天理""人欲"为内涵的道统说。从海东道学派的这种文学观念看，他们的祖师尹祥专门写《杜律跋》，金宗直在编纂《东文萃》时专门选择"雅正""蕴藉"之文，是有其深刻的时代和思想背景的。

  面对道学派的理论挑战，成俔打算给予一定的反击。经过一段时间的观察和准备工作，他决定写一篇相关的文学论文，对当前的文坛形势做一个理论上的概括，顺便也发表自己对"时论"的一些看法。经过观察他发现，当时理学家（士林派）们的文学主张中，明显存在着一个问题，那就是过于强调"雅正"和"蕴藉"，从而排斥一切讲求艺术效果的文学创作。在这种文学意识下，他们自然反对或贬低中国宋代以前那些艺术性很高的诗文作品和海东高丽以来取得的一系列文学成果。不管这些文学批评的目的什么，不管他们标举的是什么样的"圣人之旨"，成俔认为他们正违背着文学自身的内在规律，违背文学审美活动所包涵的内在法则性。他认为按照他们的这种文学观念，文学逐渐会走上思想"传声筒"的道路，最终使文学起不到它应有的艺术效果和社会效应。尤其是按照他们的说法，文学变得单纯简单，失去其本来丰富多样的表现特性和发展路数。从而他主张文学应该在变化中发展，从古人的发展路径中汲取教训。

他说：

> 文不可变乎？可变则斯为变矣，其变而就卑在人，变卑而还淳，亦在人耳。自典谟赓载之文作，而为文之权舆。虞变而夏，夏变而殷。至于成周，其文大备，彬彬郁郁。言宣于口，无非文也；事载于册，无非文也。如君臣戒训，列国辨命，兵师誓告，祭祀祝嘏，闾巷歌谣，非文无以发，故人虽欲不文，而不得不为文也。[1]

成伣问道，难道"文"是不可变的吗？如果"文"是可变的，那应该尊重其可变的法则。"文"在自己的变化过程中，无论是变好还是变坏，关键在于人。在此他强调"文"的可变性，而且这个可变性是必然的，并主张这个可变性是人可以掌控的。自从《尚书·典谟》作出来，"赓载歌"也被记录下来，从而"文"之历史就开始了。其后"文"历经虞舜、夏、殷、周的发展，其间有了诸多变化和演进。到了成周时期，此"文"之体裁大备，在内容和形式方面都大有改观，可以说是达到了"彬彬郁郁"的地步。那时候刚刚经历"三代之制"，民风还很淳厚，文化还很古朴，风骚随地而作，歌谣随口而唱。成伣将此描绘道："言宣于口，无非文也；事载于册，无非文也。"也就是说，君臣之间的戒训之词，国与国之间的"辨命"和书涵，外交上的"专对"之辞，军队中的盟誓、告示之类，祭祀活动中的祝文和告神词，闾巷间的歌谣等，都是"非文无以发"。所以在古人的生活中，人不想为文，也得为文，文是人们的社会生活中不可或缺的文化行为要素。从而成伣认为，古时候人心淳厚，文化质朴，真心、真情、真诚是社会心理的主基调，真文、真诗、真辞是社会审美文化的主流趋向。可是社会发展到后世，人心逐渐浇漓，世道开始日下，如果没有人出来纠正社会的这种变化，那后果会发展到什么样的地步则难以想象。恰好这个

---

[1]《虚白堂文集》卷13《文变》，（韩国）《韩国文集丛刊》。

时候，睿智的孔子及其众多弟子出世，发表济世救人的理论，引导人们向善，为拯救天下人心打下了基础。他认为在人类历史上，这是一个具有划时代意义的大事件，后世的人们应该因此而庆幸。不过社会在发展，人心在变化，历史在不断淘洗自己的缺点和不足。在这其间，各种各样的思想和社会势力粉墨登场，扮演自己的角色是再正常不过的事情。他认为无论是哪一种人物和势力，为了表达自己，都不可避免地利用一种媒介，那就是"文"。对此，他在《文变》中继而说道：

> 天生宣尼，振木铎之教，以天纵之圣，删定赞修六经之语，其道德文章，足以经世垂范。于是，三千之徒雾溰而集，七十二子升堂入室，高矣美矣，非后世之所可几及也。逮道下衰，庄、列之教虚无，杨、墨之言灭裂，申、韩主刑名之学，屈、宋肇悲怨之词，魏牟、公孙龙作坚白同异之说，各售其技，斲丧道真，然其文辞则纵横捭阖，皆有可观。[1]

孔子诞生于纷乱的春秋时期，为挽救浇漓的人心，施展其"振木铎之教"。《论语·八佾》第三中说："天下之无道也久矣，天将以夫子为木铎。"孔子审时度势，为扭转世道，建构了完整的人们应该遵守的道德规范。作为中国文化首代宗师，孔子集华夏上古文化之大成，删定《诗》《书》《礼》《乐》《易》《春秋》。他提出了"仁"的学说，简而言之，要求统治者能够体贴民情，爱惜民力，不要过度压迫人民，以缓和阶级矛盾。他还主张以德治民，反对苛政，反对任意开杀戒。他在世时已被誉之为"天纵之圣""天之木铎"，并且被后世统治者尊为"至圣""大成至圣先师"。他兴办私学，突破官府垄断教育，主张"有教无类"，他还主张"因材施教"，教育学生要"温故而知新"，把学、思和行结合起来。他的学生达三千多人，贤良七十二人，他们都为宣传孔子的思想

---

[1]《虚白堂文集》卷13《文变》，（韩国）《韩国文集丛刊》。

和道德作出了不朽的贡献。成伣认为孔子被尊为"万世师表",是理所当然的,其思想和理论为后世的进步和发展起到了无可争辩的重大作用。不过他还强调这个世界是多边的、多样的和多彩的,这一点并不是由某个人能够控制的,因为世界的立体化是客观规律。他认为孔子之后,由孟子、荀子和董仲舒之类人物出来补充和发展儒家学说,更何况,庄子和列子出来发表所谓"虚无"之说,杨朱和墨翟的学说几乎分裂这个世界,申不害和韩非子力主刑名之学,屈原和宋玉开启了悲怨之辞之先,魏牟和公孙龙作"坚白同异"之说。他认为传统儒家都认为自己是世界唯一正确的学说,有着绝对的统治地位,并极力排斥异说,甚至不惜一切手段地打击它们。对春秋时期思想界的这种复杂情况,《孟子·滕文公》篇说道:"杨朱、墨翟之言盈天下,天下之言,不归于杨,即归墨"。可知春秋之世杨朱之学与墨学齐驱,并属当代之显学。至于这两门显学,后世为什么没有人传承下来,似乎是一个谜团,值得去深究。战国时期的名家公孙龙对"坚白石"这个命题,认为"坚""白"是脱离"石"而独立存在的实体,从而夸大了事物之间的差别性而抹杀了其统一性;而惠施看到了事物间的差异和区别,但以"合同异"的同一性否定了差别的客观存在。两者都只强调事物的一个方面,而否定其他方面。《荀子·礼论》曾说"礼之理诚深矣,坚白同异之察,入焉而溺"。后期墨家则强调万物之间既有类之同又有类之异,肯定事物同异的相对性和绝对性,并认为坚和白也不是绝对分离和排斥的,而是可以同属于石的。坚白同异之辩是当时名实问题争论中的一个重要内容,对先秦哲学思想和名辩思想的发展有过一定的影响。

　　成伣在此首先肯定孔子的"振木铎之教,天纵之圣"的历史地位,继而论述后来"逮道下衰",各种异端迭起的思想史状况。从这些论述中,可以看得出他的整个思想立场完全站在儒家的立场上,难怪他是海东前期的馆阁巨儒。但值得注意的是,他在肯定儒家在中国思想史上的主流地位之后,还多少肯定其他各家思想存在的合理性。尤其是,他对各家为表达自己的观点而进行的书面辩论中所展现出来的文章能力大加赞赏，"各售其技，斯丧道真，然其文辞则纵横捭阖，皆有可观"。他在论述中，既得意，又有惊喜，无疑表露出对春秋战国时期"百家争鸣"所带动的文章学复兴的赞赏之意。他认为无论是"庄列之教"、"杨墨之言"、"申韩主刑名之学"，还是"屈宋肇悲怨之词"、"魏牟公孙龙之坚白同异之说"，其中无不存在着合理的成分，尤其是"其文辞则纵横捭阖，皆有可观"。在中国古代的"百家争鸣"中，他不仅看到了中国古代思想主张的多样性，而且还感知到了古人为"各售其技"而表现出来的文章天赋。

第三节 基于历史发展意识的文学改革主张

　　成倪认为无论是什么时候、什么情况下，对文学的内容和形式，绝不可以用某些抽象的杠杆划一。如果划一了，那就是人为破坏，违背艺术规律，只能使文学走上歧路。成倪认为"文"的发展需要创作主体的创造力，这个创造力才使得文体不断变化，而这种变化才使得文学向前发展。在他看来，静止是相对的，发展才是绝对的和永恒的，而创造力才是发展的真正动力。他所谓的"文体"，也就是在这样的变化和发展过程中，逐步走向自我完善的境界。在文体的变化和发展过程中，起到重要作用的还有时代和社会，他常说的"文随时变"、"文随世变"的文学观念就包含着这个意思。他还认为文体的变化和发展，是在继承前人的过程中实现，其创新也是在继承前人的过程中进行。他指出文体的变化和发展又是在文学的革新运动中出现，因为文学是在不断克服自身的缺点和错误中前进，在不断的推陈出新中演变。而且文学革新往往产生自己的杰出人物，因为任何一场文学革新运动都是在一定思想的指导下进行，而这些思想往往都是在某些思想先进的杰出人物那里产生。他以唐宋古文运动为例，认为如果没有韩愈、柳宗元、欧阳修、苏轼等人的倡导和推进，古文运动还很难成功。对汉唐文学中文体的变化和发展，他指出：

第八章 成宗朝"道学""词章"之争与成伣的《文变》 401

汉承周文，其文最盛，贾谊、董仲舒、司马迁、刘向、扬雄，尤杰然者也。其他文名之士，拔茅汇征，波澜所暨，演迤放肆，后之为文者咸宗之。下逮建安、黄初间，文体渐变，浮艳脆弱，至魏、晋、齐、梁极矣。唐兴，陈、苏启其始，燕、许闯其门，李、杜擅其宗，韦、柳、元、白承其流，而革累代对偶之病，为一世风雅之正者，独昌黎一人而已。晚唐五季之陋，颓圮垫溺。[1]

成伣认为汉代之文是在继承周代之文的基础之上发展起来的，没有内涵丰富的成周之文，也就不可能有后来汉代之文的发展。汉代真可谓是文章的鼎盛时代，贾谊、董仲舒、司马迁、刘向、扬雄之辈，以文章杰然于世，都写出了诸多可为后世文章模范的杰作。在汉代除了以上几个散文大家以外，还出现了很多值得纪念的散文家，他们的文章也对后世产生了深远的影响。除了上述散文家以外，较为优秀的散文家有枚乘、邹阳、司马相如、东方朔、司马迁、李陵、杨恽、马第伯、张衡、李固、赵壹等。成伣强调两汉时期"其他文名之士，拔茅汇征，波澜所暨，演迤放肆，后之为文者咸宗之"，可知这时期的散文已经达到了鼎盛的态势。在两汉时期，散文的这种鼎盛趋势的形成绝不偶然。汉代虽存在许多社会矛盾，但总的来说还是处于中国封建社会的上升期。汉朝天下空前统一，社会政治经济日趋繁荣，文人学士的文学创作迎合这种大好形势，故下笔颇有气魄，文彩十分华丽。如上述司马相如的《子虚赋》和《上林赋》以楚压倒齐，又以天子压倒楚，表明诸侯之事的不足道，歌颂了大一统的中央皇权。同时，文章用很多篇幅夸赞帝王富丽堂皇的生活环境和极其富有的物质享受，而且还渲染封建贵族生活的骄奢淫逸。司马相如在赋末对最高统治阶级的这种奢侈生活有所委婉的讽刺，但实际上还是以歌颂为主。对此，扬雄指出：

---

1 《虚白堂文集》卷13《文变》，(韩国)《韩国文集丛刊》。

"靡丽之赋,劝百而讽一,犹骋郑、卫之声,曲终而奏雅,不已戏乎!"还如司马迁的《太史公自序》一文,作为自传的开头写自己家族系统的来历,紧接着详细介绍其父亲司马谈《论六家要指》的内容,还写自己写作《史记》的过程和宗旨,说自己忍辱负重,发愤著书,实现自己的诺言的决心。最后还概括了《史记》上起黄帝、下至太初一百三十多篇内容的要旨。其中很多地方感情激愤真挚,叙述生动感人,充分展现自己的内心痛楚。同时此篇还写了自己从古代圣贤那里受到一系列启迪,激励自己发愤著书的艰难过程。整篇行文简洁,语言细炼,有理有据,能够抓住问题的本质,议论滔滔不绝,气势磅礴,具有很强的艺术感染力。再如诸葛亮的前后《出师表》,对围绕兵出中原的问题议论纷纷的群儒,作者审时度势,进行有理有据的论战和说服,表达出了强敌面前为国"鞠躬尽瘁,死而后已"的大无畏精神。全文朴实简洁,没有华丽的辞藻和惊人之语,不过层层剖析,逻辑紧凑,具有很强的辩证思想。

　　成伣认为两汉时期这样优秀的散文传统,到了东汉末叶的建安至三国的黄初年间,走下坡路,文体变得华丽无实,起不到鼓舞人的作用。他说:"下逮建安、黄初间,文体渐变,浮艳脆弱。"他认为这种状况,一直蔓延到南北朝时期,"至魏、晋、齐、梁极",文风达到了不可救药的地步。中国文学到了隋唐时期,进入了一个繁荣的阶段,文坛出现百花齐放、万紫千红的局面。尤其是诗歌的发展,达到了高度成熟的黄金时代。在仅三百年的时间里,文人们创作出近五万首诗歌作品,比之前一千六七百年留下的诗歌数目还要多出三倍以上。其中独具风格的著名诗人就有近一百个人,也远远超出之前著名诗人的总和。其中还拥有诸多把中国的诗歌推向高峰而作出重要贡献的诗人,诸如李白、杜甫、白居易、韩愈、柳宗元等。这时期在散文方面也有诸多优秀的成果出现,使得古文运动取得初步的胜利。这时期的文人们创作出许多传记、游记、寓言、杂说等优秀作品,还打破六朝志怪小说的旧格局,发展了自出机杼、富有故事性和文采的传奇作品。

成倪认为这是一段把中国推向世界诗歌王国的历史过程，初唐的陈子昂、苏味道等人开启了诗歌改革的大门，燕国公张说、许国公苏颋等人承接其接力棒，发展了古体、律体和绝句，从而为唐诗的发展打下了坚实的基础。他说"唐兴，陈、苏启其始，燕、许闯其门"，就是这个意思。到了盛唐时期，唐诗的繁荣达到了顶峰，出现了高适、岑参、王昌龄、李颀等边塞诗派，以王维、孟浩然等为首的山水诗派，更出现了像李白这样伟大的积极浪漫主义诗人。到了天宝年间，安史之乱起，唐代社会进入了一个由盛而衰的转折点，伟大的现实主义诗人杜甫生逢乱世，揭露统治阶级的专横骄奢、穷兵黩武以及贫富尖锐对立的客观现实，成为了万世"诗圣"。中唐时期，白居易、元稹、张籍、王建等人继承杜甫的现实主义传统，掀起了新乐府运动。到了贞元、元和年间，韩愈、孟郊以老成杰出的诗笔，写出了险奇中求新的诗风。成倪将此时诗歌的继承关系概括道："李、杜擅其宗，韦、柳、元、白承其流。"可以说，他对这段文学史的这种认识无疑是正确的。不过在他对唐诗历史发展的视野中，最为佩服的诗人是韩愈，因为韩愈对唐代文学的贡献是多方面的。他说："而革累代对偶之病，为一世风雅之正者，独昌黎一人而已。"他认为韩愈的学问、思想和文学创作极其深邃，超过之前的任何人。尤其是韩愈审时度势，在认真总结初唐以来文学经验的基础之上，率领一批人投入到诗歌革新，以纠正大历十才子的平庸诗风，并将李白、杜甫等人看作是诗歌革新的领路人。成倪认为韩愈的首要贡献在于革新了"累代对偶之病"，纠正了当时存在的一些浮靡之风，使诗歌回归于"一世风雅之正"。

成倪认为韩愈的这个贡献至大，在当时浑浊的诗坛上，唯独韩愈才能够做到这一点。在别的场合和文章里，他曾多次提到韩愈在中唐的思想和政治舞台上，首先发起复兴儒学的运动，想以此遏制佛老思想，巩固中央集权。在文学观念上，他也曾多次赞美韩愈所倡导的"古文"运动，能够以秦汉之散文为榜样，作为革新的目标，用以反对六朝以来盛行的绮丽、颓靡的骈文。他也非常赞同韩愈所主张的"穷究于经传、史记、百家之说，沉潜于训义，反复于句读，奢磨乎事业，而奋发乎文章"的学问方法。他还认为韩愈是吾学之榜样，吾文之旗子，文学革新的唯一标兵。他还认为韩愈、白居易等中唐诸人之后，唐代文学遂进入衰退期，而这种衰退对晚唐文学产生了不可挽回的消极影响。他说："晚唐五季之陋，颓圮垫溺。"他的这种看法，基本符合晚唐文学尤其是其诗歌的实际情况，无疑是中肯之评。晚唐诗歌随着国势的衰微和动乱，内容和形式都远远不如从前，风格面貌隐约显出颓靡之象。杜牧、李商隐等人的诗歌，虽存一些艺术上的创新，但还是带有浓厚的感伤情调；皮日休、聂夷中、杜荀鹤继承了白居易新乐府运动现实主义的传统，通过他们的诗歌可以看到大唐国势摇摇欲坠的景象。

　　生活在十五世纪海东的成俔，以其深厚的中国思想文化知识，能够准确地把握其文学的来龙去脉，欲将其宝贵的审美理论运用于当代海东文学发展的实际。除了唐代以前文学之外，他还评价中国宋元时期的文学，认为文学是跟着社会历史的变化而变化发展。他强调晚唐文学的颓靡之象，不能不影响宋初的文学，使得它延续了浮靡的诗风。值得注意的是，宋初的诗风主要受两个方面的影响，走入议论化的倾向之中。一是其科举继承五代余风，偏重诗赋，而到了仁宗以后又重策论。北宋朝廷这么做的目的，在于选拔有政治头脑的人才。文人掌控政权是宋代政治的一大特色，这和此时的科举考试制度密切相关。与此同时，科举考试的偏重策论，直接影响文风。宋诗逐步走向议论化、散文化，同这种考试内容有着密切的关系。二是宋代实行文治主义政治，有文学修养的人得到重用，他们在朝廷馆阁里编书、写文章，为王朝粉饰太平。当时宫廷里每有宴会、庆赏，皇帝和大臣唱和诗歌，而贵族官僚家里也模仿此法而炮制，所谓"文酒之会"就是说这一现象。统治阶级内部的这种生活乐趣，不知不觉地影响文学，使得这一时期的文学基本继承晚唐五代浮靡文风，多方追寻声律的和谐和词采的华丽。不过不久，这种文风被许多进步的"文人所诟病"，于是再次引起文学革新风潮，宋代的古文运动就是其突出的表现。宋代的古文运动，实际上不仅继承了中唐时期韩愈们的古文精神，而且更是当代文学革新的必然结果。对这样的宋代文学，海东的成伣感同身受，有着十分透彻的认识。对此他简要地概括道：

> 宋初，杨文公、王黄州虽名为文，而犹袭其迹。庐陵倡为古文，三苏踵而随之，其针文之病，救世之功，与昌黎无以异也。元虽胡种，培养文脉，百年之间，文物极盛。多士皆怀瑾握瑜之人，其文盛而至于华，其华胜而至于侈，其侈极而至于亡，亦其势之必然也。[1]

成伣指出，宋初的杨亿、王禹偁等人，虽说是名扬于当世，但他们还是沿袭了晚唐余风。宋初，朝廷为了粉饰太平，实行提倡诗赋的政策。而且皇帝和上层官僚在宫廷赏花钓鱼，彼此唱和酬答，逐步形成了一种风气。在这种风气之下，晚唐五代以来的浮靡文风，反而继续蔓延。所谓的"西昆派"，就是在这样的环境下，逐步在文人之间形成。当时杨亿所编的《西昆唱酬集》，就是以杨亿为首的十几个御用文人，在宫廷唱酬的点缀升平的诗歌总集。杨亿在其序文中说："余景德中，忝佐修书之任，得接群公之游。时今紫微钱君希圣（惟演）、秘阁刘君子仪（筠），并负懿文，尤精雅道，雕章丽句，脍炙人口……因以历览遗编，研味前编，挹其芳润，发于希慕，更迭唱和，互相切劘。"这就说明，杨亿他们是在编书和写作制诰的剩余时间，从前人的遗编、遗作中折拾"芳润"，以作诗为消遣之资。不过以杨亿为首的西昆体，并不仅仅是对晚唐诗风的简单模仿，它对浮靡浅显的五代诗风而言，其讲究章法、修饰华丽的诗风还是存有一定的艺术上可取之处。

值得注意的是，成伣将王禹偁也排在"西昆派"杨亿之列，可能不太符合

---

[1]《虚白堂文集》卷13《文变》，（韩国）《韩国文集丛刊》。

实际。这可能是他看过了宋代中叶的有些人对王禹偁的褒贬之词。《宋史》曰："禹偁词学敏赡，遇事敢言，喜臧否人物，以直躬行道为己任。尝云：'吾若生元和时，从事于李绛、崔群间，斯无愧矣。'其为文著书，多涉规讽，以是颇为流俗所不容，故屡见摈斥。"不过王禹偁的确是一位敢于面对现实的优秀文人，一生写出了诸多批判现实主义的作品，也是宋代最早提倡继承杜甫、白居易现实主义传统的文人。他也是当时著名的古文运动家，他的古文具有鲜明的道统思想倾向，其语言亦平易近人，深受后人称道。成伣几乎把王禹偁拴在西昆派之列，完全是一个历史误会，今人可以进一步考究其深层原因。无论如何，他对中国文学有如此"赅博"的认识，实在是不容易，足以说明其长期的学问"蕴藉"。

　　成伣认为宋代真正的文学革新的旗手是欧阳修。他认为欧阳修继承唐代韩愈、柳宗元等人的古文运动精神，总结宋初诗文革新家王禹偁、穆修、范仲淹、梅尧臣等人的经验，针对宋初西昆派浮靡文风的余毒，发表了许多针砭时弊的文章。欧阳修在其《答荆南乐秀才书》中，自述早年受西昆派的影响，常作"时文"，"皆穿蠹经纬，移此俪彼，以为浮薄，惟恐不悦于时人，非有卓然自立之言如古人者。"欧阳修把宋代的文学革新运动推向新的高峰，在诗文创作和理论上也都取得了很大成就，他所倡导的"诗话"，开创了诗文逸话和理论的新文体。成伣继而指出紧跟欧阳修之后的是"三苏"，即苏洵、苏轼、苏辙父子。由于欧阳修的赏识和推誉，他们的声望很快传播于世，其文章在士大夫中间争相传诵，一时学者竞相仿效。苏氏三父子跟随欧阳修之后，坚决反对以西昆体为代表的浮靡文风，主张对诗、文进行革新，强调文道统一，道先于文的观点。如苏轼主张文章要"有为而作"，扎根现实，"言必中当世之过，凿凿乎如五谷必可以疗饥，断断乎如药石必可以伐病"。(《凫绎先生诗集叙》) 他们写了大量平易自然、有血有肉的散文，使散文走上了平易畅达、反映现实生活的道路。从文学创作及其思想革新的角度出发，成伣认为"三苏"和其他宋代古文运动家们的艺术成就不亚于唐代韩愈、柳宗元等人。他说："庐陵倡为古文，三苏踵而随之，其针文之病，救世之功，与昌黎无以异也。"欧阳修在前面呼唤诗文革新，倡导古文，苏洵、苏轼、苏辙父子等紧跟其后，他们的批评文章为挽救时弊起到了关键作用。无论是从创作实践看，还是对"针文之病"看，欧阳修、三苏父子等人的历史贡献，绝不亚于唐代的韩、柳。

至于中国元代的文学，成伣认为也经历了由盛而衰的过程。元朝的统一结束了三百多年来几个政权并立的局面，改变了国内积弱不振的状态。同时元朝的统一促进了各个民族之间的文化交流，各少数民族的作家和诗人参与到元杂剧、散曲、诗文的创作，丰富了文艺作品的多样性。为了巩固政权，蒙古统治阶级逐渐推崇儒学，提倡程朱理学，命修孔庙，实行各种宗教的平等，这些都成为这时期文学发展的社会基础。在北方戏曲的基础之上发展起来的元杂剧，这时期得到长足的发展，出现了像关汉卿、王实甫、康进之、纪君祥、石君宝、马致远、白朴等诸多名家，其主要的杂剧作品有《窦娥冤》《救风尘》《单刀会》《琵琶记》《拜月亭》《赵氏孤儿》《秋千记》《西厢记》《蝴蝶梦》《金钱池》《李逵负荆》《双献功》《昊天塔》《柳毅传》《潇湘雨》《酷寒亭》《墙头马上》《梧桐雨》《汉宫秋》《青衫泪》等。当时在民间曲词和女真、蒙古等少数民族乐曲的基础上，还产生了散曲这样的新的诗歌形式，并产出了关汉卿、马致远、睢景臣、张养浩、刘时中等散曲大家。海东的成伣认为蒙元虽说是少数民族经营的国家，但是他们有计划地"培养文脉"，精心灌溉文学园地，最后实现了"文物极盛"的目的。他说："元虽胡种，培养文脉，百年之间，文物极盛。"这里一个值得注意的问题是文中所说的"元虽胡种"一句。海东历来以"小中华"自称，把中国的秦汉、隋唐、宋明为中华正统，自己是继承这一正统的国家和民族，将中国和自己周边的少数民族建立的国家统统算作"夷狄"国家或"胡种"。他们把这样的观念适用到元朝，认为蒙元是北方"夷狄"建立的国家，一开始就不承认其为正统的华夏之国。因为这样的观念，海东曾多次受到蒙元的入侵和蹂躏，最终被其武力征服，降服称臣。成伣虽将元代贬称为"胡种"，但他还是充分肯定它所取得的文学成就，推崇其中的杰出作家和优秀作品。

任何事物都有其形成、发展和衰落的过程，这个过程是必然的，往往是有自身的规律性。对文学发展和衰微的这种规律性，成伣有一个基本的认识，认为元代文学也逃脱不了这一基本的规律性。比如兴盛一时的元杂剧，随着当时中国南方城市经济的发展，其活动中心逐渐南移，杂剧也由黄金时代随之转向衰微。此时的杂剧，除了个别作品有一些成就以外，大都缺乏原有的现实性，艺术上也缺少动人的艺术感染力。穷究其根由，无非有三个方面的原因，一是民族矛盾相对缓和，二是元朝上层加强了对杂剧的干预和利用，三是南移以后的杂剧，受南方社会风气和文风的影响，艺术上偏向曲词的工整华丽和情节的曲折离奇，这些都大大削弱了它原有的战斗性。对元代文学的这一过程，他说道："多士皆怀瑾握瑜之人，其文盛而至于华，其华胜而至于侈，其侈极而至于亡，亦其势之必然也。"他认为文学的这种变化，是必然的事情，"亦其势之必然"，谁都阻挡不了这种"势"的运转。他在此所谓的"势"，是中国古代哲学、审美学概念。春秋末叶的《孙子兵法·势》篇曰："战势不过奇正，奇正之变，不可胜穷也。奇正相生，如循环之无端，孰能穷之？"说军队的阵形、格局，都处于一种不断运动和无穷变化状态之中。从此可知，"势"反映事物变化发展的客观规律，它是事物存在的必然之态，也是事物运动变化的必然趋向，更是事物发展必然的趋势。成伣深知事物变化发展的这种规律性，认为一个国家和民族的文学也一样，离不开这一规律性。他考察中国的先秦文学，分析其两汉、魏晋南北朝文学，回顾隋唐、宋元文学，都按照这样的规律性来归纳和总结。可见他内心深厚的文学学术"蕴藉"，思考和探索问题的正确度，以及对当前文学问题的深刻认识。

成伣认为事物变化发展的这种规律性，也适用于海东文学的发展过程。海东文学肇始于檀君时代，见起色于箕子时期，但是它们年代过于久远且无文献传下来,无法作具体的考究。但是一些中国的文献资料,在记录东北地区的历史和文化的时候,也顺便记录了一部分朝鲜半岛上古时期的历史文化。据记录,春秋战国时期的燕国乘古海东混乱,入侵其平壤以北地区。后来秦国灭燕国,燕之领土属于秦国。之后汉朝建立,顺便管辖其故地,嫌其地远而难守,以浿水为界,使属辽东于燕侯。其后燕侯卢绾叛入匈奴,燕人卫满亡命,聚党羽千余人东走出塞渡浿水,驱逐原来的海东王箕准而自己为王。在这样的民族迁移过程中,中原文化逐渐波及海东地区,加上两国的文化交流,中国文学慢慢传入海东。古海东人丽玉的《箜篌引》就足以证明当时海东人的汉诗水平,已经达到了相当的程度。最早记载此《箜篌引》的是东汉蔡邕的《琴操》。而后又经过汉四君四百年的经略海东清川江以北地区,以及乐浪郡的独立存在,海东半岛三韩地区的独立发展,使得海东古代文化和文学披上了许多神秘的色彩。海东三国时期的历史文化和文学发展的情况,在中国和海东的一些文献中,找到一系列的有效证据。海东《三国史记》所记载的高句丽琉璃王的《黄鸟歌》、乙支文德的《遗于仲文诗》、定法师的《咏孤石》、百济成忠的《上义慈王书》和一系列给中国魏、晋等国皇帝的表文,新罗真兴王时的《巡守碑文》、真德女王的长诗《太平颂》等,都足以说明海东三国时期是大力创作汉文文学的黄金时期。到了统一新罗时期,国家设立国学,以培养汉学人才,又设读书三品科,以笼络汉学、汉文学人才。这时期的海东文学,进入了一个长足发展的时期,汉文学在其国家的生活之中,占有极其重要的地位。这时期最著名的文学家是崔致远,他12岁渡海到唐朝长安,考入宾贡科,以优异的成绩毕业后,担任溧水县尉,创作了大量诗歌。他后又经友人顾云推荐,入幕扬州高骈门下,经高骈的致力举荐,崔致远先后担任侍御史内供奉、都统巡官、承务郎、馆驿巡官等重要职位。这些都是以文学实力见显的文职,崔致远的文学才华于此得到了淋漓尽致的展示。公元881年5月,高骈起兵讨伐黄巢,崔致远草拟的《檄黄巢书》,天下传诵,并凭此获唐肃宗颁发的"绯银鱼袋"。扬州五年宦游淮南幕府时期,是崔致远文学创作最为频繁而质量臻于顶峰的阶段,此时的作品大都收录于其《桂苑笔耕集》中。成伣曾多次赞扬崔致远的文学功绩,首先在于作为海东人在群星灿烂的唐代诗坛上占有一席之地,开了海东儒学之祖山。他还认为崔致远的贡献不仅在于为祖国扬名于唐朝,而且为后世的海东汉文学作出了示范,丰富了创作经验。后来高丽时期的汉文学之所以能够达到极其繁荣的境地,与海东汉文学的开山之祖崔致远的示范作用分不开。成伣也曾多次阐述,高丽时期的汉文学之所以能够繁荣发展,原因当然有多种,但首先与其所实行的政治上的文治政策分不开。

第四节 专务笃实:"不为虚美之辞,亦可笙镛世道"

高丽王朝的文治主义政策,的确为知识分子大展抱负提供了良好的客观条件。同时它所实行的科举考试以辞赋为重点的制度,几代好文之主奖掖文学之臣的政治举措,都为文学的发展造就了良好的政治环境。在某种程度上看,高丽王朝的这种优待文学的政策,甚至影响了国家统治机制的正常运行,引起了许多辅国之臣的强烈不满或反对。因为他们认为诗文之臣不一定具有相应的行政能力,一些词臣面对繁杂的行政事务不知所措,架子大而能力差。后来进行科举制度的改革,比之于辞赋,更重视经义,为的就是选拔国家急需的治政人才。成伣在此文中所说的"崔承老上书陈弊",指的就是他向高丽成宗王提出的《时务策二十八条》。其全文内容质实,逻辑井然,行文流畅,可谓当时应用文之典范。高丽时期不仅是海东封建制度的成熟期,而且也是海东汉文学的繁荣期,其文学成就如突兀的山峰,傲视着东方文学的众山峰。对为什么记录高丽时期的文学,李仁老曾经说过:"丽水之滨必有良金,金山之下岂无美玉。我本朝境接蓬瀛,自古号为神仙之国。其钟灵毓秀间生五百,现美于中国者,崔学士孤云唱之于前,朴参政寅亮和之于后。而名儒韵释,工于题咏,声驰异域者,代有之矣。如吾辈等，苟不收录传于后世，则堙没不传，决无疑矣。"[1]李仁老自豪地说，"我本朝境接蓬瀛，自古号为神仙之国"，在这样的自然环境下"钟灵毓秀间生五百"。他指出崔致远、朴寅亮之后，在高丽"名儒韵释，工于题咏，声驰异域者，代有之"。话语中充满了对自己民族文学遗产的骄傲。

对高丽时期的文学盛况，高丽明宗时期的崔滋也曾说道："我本朝以人文化成，贤俊间出，赞扬风化。光宗显德五年，始辟春闱，举贤良文学之士，玄鹤来仪。时则王融、赵翼、徐熙、金策，才之雄者也。越景显数代间，李梦游、柳邦宪以文显，郑倍杰、高凝以词赋进。崔文宪公冲，命世兴儒，吾道大行。至于文庙时，声明文物粲然大备，当时冢宰崔惟善，以王佐之才，著述精妙。平章事李靖恭、崔奭，参政文正、李灵幹、郑惟产，学士金行琼、卢坦，济济比肩，文王以宁。厥后朴寅亮、崔思齐、思谅、李𫖮、金良鉴、魏继廷、林元通、黄莹、郑文、金缘、金商佑、金富轼、权适、高唐愈、金富辙、富佾、洪瓘、印份、崔允仪、刘羲、郑知常、蔡宝文、朴浩、朴椿龄、林宗庇、芮乐全、崔諴、金精文淑公父子、吴先生兄弟、李学士仁老、俞文公升旦、金贞肃公仁镜、李文顺公奎报、李承制公老、金翰林克己、金谏议君绥、李史馆允甫、陈补阙澕、刘冲基、李百顺两司成、咸淳、林椿、尹于一、孙得之、安淳之，金石间作，星月交辉，汉文唐诗于斯为盛。"[2]崔滋也以骄傲的口吻指出，高丽王朝"以人文化成，贤俊间出，赞扬风化。光宗显德五年，始辟春闱，举贤良文学之士，玄鹤来仪"。对高丽前期的文学家，他举出王融、赵翼、徐熙、金策、李梦游、柳邦宪、郑倍杰、高凝、崔冲、崔惟善等人；而对高丽中叶的作家他再举出李靖恭、崔奭、文正、李灵幹、郑惟产、金行琼、卢坦、朴寅亮、崔思齐、思谅、李𫖮、金良鉴、魏继廷、林元通、黄莹、郑文、金缘、金商佑、金富轼、权适、高唐愈、金富辙、富佾、洪瓘、印份、崔允仪、刘羲、郑知常、蔡宝文、

---

[1] 李仁老：《破闲集》下，（韩国）大洋书籍，1978。
[2] 崔滋：《补闲集序》，（韩国）大洋书籍，1978。

朴浩、朴椿龄、林宗庇、芮乐仝、崔諴、金精文淑公父子等一大批文人；对高丽后半期、也就是自己所生活的明宗之前的诗人墨客，他又举出吴先生兄弟、李仁老、俞升旦、金仁镜、李奎报、李公老、金克己、金君绥、李允甫、陈澕、刘冲基、李百顺、咸淳、林椿、尹于一、孙得之、安淳之等人。可知，高丽时期迎来了汉文学的鼎盛时期，名家辈出，名作连绵，博得了"东方诗国"的美誉。对高丽时期文学的这种盛况，成伣概括道"丽初，崔承老上书陈弊，其文可观。至于中叶，郑知常、金克己、李奎报、李仁老、林椿、陈澕、洪侃之徒，皆以富丽为工，文雅莫盛于斯"。他在此所谓的"富丽为工"，应该看成褒义。他认为此时高丽诗歌的艺术境界达到了极高的程度，无论是其思想内容，还是艺术手法，完全可以与唐宋诸家相比。除了李仁老、崔滋所点的上述诸家之外，成伣还赞扬了高丽后期的一些文学家，如益斋、稼亭、牧隐、陶隐、三峰、阳村诸先生。说他们都在各自的领域另辟蹊径，开创出了崭新的诗歌艺术新路。

高丽后期名家创作的可贵之处，在于并没有人云亦云，一改之前高丽文学的"富丽之气"，走上"敦实"的道路。这与这时期新的思想文化动向，密切相关。忠烈王时期的安珦（1243—1306），立志复兴受蒙古入侵而荒废的儒学，建议重振教育，授业以养贤。尤其是他在海东第一次引进朱子学，认定其为孔孟正脉，从中国抄录朱子书，又画朱子真相回国。回国后，他喻国子监诸生曰："吾尝于中国得见朱晦庵著述，发明圣人之道，攘斥禅佛之学，功足以配仲尼。欲学仲尼之道，莫如先学晦庵。"[1] 后来，白颐正跟随忠宣王，留元十年，多求程朱理学之书。回国后，他将其传授给李齐贤、朴忠佐。此后，大儒禹倬（1262—1342）闭门钻研程朱之书，遂教授生徒。稍后，学者权溥（1262—1346）嗜好读书，将朱熹的《四书集注》建白刊行，以广性理之学。

从此以后，程朱理学在海东逐渐扩散，知其学、学其学和研究其学者逐渐增多。恭愍王十二年，下教各级学校严加教诲，命重振成均馆，牧隐李穑为

---

[1] 见《阳村集》。

大司成,择经术之士金九容、郑梦周、朴尚衷、李崇仁等为教授,设五经四书斋,相与讲论切磋,以崇新儒术,辟异端,训后学。于是学者云集,国学重振,宋学的义理格致之学逐渐兴盛起来。王朝意识形态的这种转向,给高丽的社会思想以重大影响,程朱理学逐步普及于士大夫和一般知识分子中间。这种意识形态对当时的文学也产生重要的影响,由过去的所谓"富丽之气"逐渐转变为"敦厚持重";由过去的"浮靡之风",转变为"温柔典雅"的倾向。正如成伣所说,这时期的文坛主将,大都是由思想界的巨头来扮演,如益斋李齐贤、稼亭李谷、牧隐李穑、陶隐李崇仁、三峰郑道传、阳村权近等诸人,就是其中的佼佼者。成伣指出:"其后益斋、稼亭、牧隐、陶隐、三峰、阳村诸先生,厮崖岸而改为之。"当时思想界的这些大腕们,不仅在思想领域,而且文学上也率先改革,以将"务实"之风浸染文学为己任。

正如成伣所说的那样,"专务笃实,不为虚美之辞,可以笙镛世道"。遗憾的是,已至"山雨欲来风满楼"的高丽王朝,无暇顾及这些文学上的问题,而只急于扑灭已燃于己身的反抗之火。对此,成伣深表遗憾,"而丽朝不用,遽终其运,以启我圣代文明之治"[1]一开始,高丽文人继承新罗末叶的晚唐之习,追求辞藻的华丽,反映宫廷生活和官僚情绪,粉饰太平;继而在科诗制度的影响下,追求声律和谐,对仗工稳,为自己博取功名铺路;后来呼唤"风""雅"精神,学习唐人和宋人的文学精华,歌颂民族精神,反映严峻的客观现实,大量优秀的作家、作品涌现于文坛;随着高丽官僚政治的纵深发展,把文学当做茶余饭后、花早月夕消遣之资的风气逐渐抬头,在文学创作上粉饰丹青、追求形式美的习气重新蔓延;面对腐恶的现实,积极反省自己,引进宋代的程朱理学,提倡改革的思潮渐生,文学上再次出现批评浮靡文风,"专务笃实,不为虚美之辞"的风潮。这些就是高丽时期文学变化发展的基本路径。成伣似乎从中悟出文学是在变化之中求发展,发展中求变化,而从中动态演进的道理。

---

[1]《虚白堂文集》卷13《文变》,(韩国)《韩国文集丛刊》。

海东朝鲜朝初期，结束了高丽末叶的那种内忧外患的混乱局面，黎民百姓获得比较稳定的生活环境，可以发展其生业。这时期的海东朝鲜朝统治阶级，也采取一系列的放松压迫、减轻人们负担的措施，使阶级矛盾日趋缓和，农业和手工业得到一定的发展，社会呈现了繁荣的景象。这时期在意识形态领域里，认真总结高丽灭亡的经验和教训，实行"抑佛扬儒"的思想政策，逐渐将程朱理学定格为国家的正统思想。这时期在思想领域里较为特殊的一点，是直接享用高丽末叶以来逐渐重视起来的程朱理学的思想成果，可以从比较高的基点上接力发展它。幸运的是李成桂掌握政权以后，高丽末叶的那些思想家中，半数以上的学者继续跟随李氏王朝，为巩固其胜利果实出谋划策，贡献力量。如李崇仁、郑道传、权近、权遇、卞季良、孟思诚、许稠、金泮、吉再等人，都是与高丽旧朝有关联的文人，也都是为新朝的巩固和发展出力的杰出人物。成俔指出对这些人物及其思想成果，"丽朝不用，遽终其运，以启我圣代文明之治"。

为了巩固自己的政权，建设一个繁荣的新型封建国家，李氏王朝的统治阶级对旧朝的杰出人物来者不拒，支持易姓革命的旧臣一律重用。李成桂广纳人才的新政，使得高丽旧臣在其政府的台阁中担当重要角色，文衡之职基本掌握在他们手里。为了迎合海东朝鲜朝时期统治阶级的政治需要，他们在文学上粉饰太平，有意提倡诗赋，积极配合国王和王族的奢侈生活，与其彼此唱和，充当了台阁"词臣"的角色。这些从旧朝过来的文任大臣，大都是当时著名的学者和文学家，个个拥有多部著述。他们在学问上蕴藉深厚，精通儒家的思想文化，深知文学在现实政治生活中的重要作用。

他们主导文翰期间，标举"征圣""宗经"的理论，强调文学要为王朝事业服务。这样，他们执掌文翰期间，当时盛行的浮靡文风得到了一定的克服，文坛出现了"尚实""崇雅"的新风尚。可是到了太宗末年，歌颂太平圣代之风渐炽，一批文人雕章镂句，尤精缘饰之法，以此为"雅道"。他们却不知自己缺乏的是真正的生活感受，以华丽为"脍炙人口"，自以为盛代之雅士。实际上，他们写出来的大都是内容单薄，搬弄典故，感情空虚的诗文。这种状况一直延续到世宗朝初期，经过一段痛痒和多方努力之后，才得以缓解。为了解决文坛的这些弊病，世宗致力于养贤，世祖极力纳贤，成宗积极用贤，经过几代人的努力才迎来了文学新的繁荣。对这一段文学所经历的变化和发展，成伣有一个非常细致的观察和分析。他说道：

> 三峰、阳村掌文衡，春亭继其踪。春亭以后，斯文大废，久而不举。世宗设集贤殿，贮养文士，一时侪辈，轹驾丽代而能之者非一。成宗体世宗之志，力于为学，专以成就人材为急务，内则弘文馆，外则成均四学，诱掖多方而隆眷匪常，又多裒书籍，印颁而广布之。由是，业文者皆探古人根本之文，尽摆俗儒胡芦之习，文体大变，趋于正闻，非若囊时之碌碌猥琐也。[1]

成伣认为郑道传、权近等人先后掌握文衡之职，不仅履行好掌控朝廷文翰之任务，以及培养年轻文人的使命，还引领文风之变化与发展，作出了重要的贡献。成伣认为这样的状况，在这些名士的主导下，一直延续到卞季良等掌握文衡之任之时。可是于1430年卞季良去世以后，不再有这样的盛况，文风逐渐开始下滑，以至于"大废，久而不举"。面对文坛的这种状况，世宗详细分析现状，毅然决然，决定由养贤开始着手。成伣指出"春亭以后，斯文大废，久而不举"，世宗果断决定"设集贤殿，贮养文士"。于是，经过一段时间的努力，扭转缺少贤良之士的状况，"一时侪辈，轹驾丽代而能之者非一"。海东朝鲜朝时期的这个集贤殿，第二代定宗执政时期已经设置过，后改称宝文阁，但后来逐渐变得有名无实。不过当时的朝野都认为，为了进一步确立儒教主义国家所需的仪礼及其各种制度，处理好对明关系，振兴日益下滑的文风，相应的指导

---

[1] 《虚白堂文集》卷13《文变》，(韩国)《韩国文集丛刊》。

和办事机构的设立是有必要的。于是世宗二年（1420），在宫廷内设立这个集贤殿，以管掌相关事务。根据李氏王朝的官职制度，当时集贤殿的职制为由领殿事（正一品）、大提学（正二品）、提学（从二品）各二人，副提学（正三品）、直提学（从三品）、直殿（正四品）、应教（从四品）、教理（正五品）、副教理（从五品）、修撰（正六品）、副修撰（从六品）、博士（正七品）、著作（正八品）、正字（正九品）等来构成。其正员数，随时代而有所不同。这时期海东集贤殿的设立目的，主要在于学者的养成和文风的振兴，其管掌学术和文学的行政性格很强。尽管它是一个独立的文衡行政系统，但其中表现突出者往往转提为六曹或承政院长官，所以其内部人员尤为努力工作。这个集贤殿在配置上有专门研究之职的功能，还购置大量图书资料，编纂出版大量有用的书籍，也可以"赐假"到山寺读书钻研学问。这样的结果，世宗执政时期已经人才辈出，文风大振，出现了一片莺歌燕舞的政治、经济和思想文化繁荣的大好局面。

这时期在世宗的支持和参与下，编纂刊行了政治上可成龟鉴、生活上可成为指导的大量书籍，以及中国的儒家经典和史乘、文学专著。这时期编纂出版的典籍，主要有《治平要览》《资治通鉴训义》《贞观政要注》《历代兵要》《二程全书》《朱子语类》《朱子全书》等和国内的《高丽史》《高丽史节要》《太宗实录》《世宗实录》等，此外还有《孝行录》《三纲行实》《五礼仪注详定》《世宗朝详定仪注撰录》等海东国内儒教化所需的书籍。这时期还进行了"训民正音"的创制工作，编纂了相关的《韵会谚译》《龙飞御天歌注解》《训民正音解例》《东国正韵》《四书谚解》等国内学者自编专著。成伣认为海东"文运"的兴盛，到了第九代成宗年间，迎来了又一个黄金时代。

成宗即位后，经过一段时间的准备过程，开始施展一系列的善谋之策。为了控制当时已经权贵化并掌控中央各个权力机构的勋旧派势力，成宗第一次启用新兴的政治势力士林派，将金宗直、金宏弼、金馹孙、郑汝昌、俞好仁等人安排在中央的职位。为了显示政治上的这种转型，他还录用高丽末叶的忠臣、海东性理学的先驱郑梦周、吉再等人的后孙,以形成中央权力的均衡。这就成为了士林派大举进出政治舞台的契机,士林派的政治基础从此开始形成。1485年,他还亲自领导纂修和颁布《经国大典》,于1492年又命李克增、鱼世谦等人完成《大典续录》,从而完备了国家法典。他还奖掖学问和教育,经常举行御前讲演,并进行学术讨论,奖励优秀者,重用其中的佼佼者。

成宗还在成均馆修建尊经阁,典藏重要的经典书籍,还充实养贤库,支持学问研究,备齐候用人才。他曾多次下达御命,给成均馆和各地乡校分给学田、书籍等,以振兴官学。他还巩固文臣赐假读书制度,扩充弘文馆,又在龙山豆毛浦修建读书堂,使年轻有为的学者专念于读书和制述。他在位期间,致力于图书的编纂事业,编纂出版了卢思慎等人的《东国舆地胜览》;徐居正等人的《东国通鉴》《三国史节要》《东文选》;姜希孟等人的《五礼仪》;成俔等人的《乐学规范》等书。尤其是成宗王奖励文学之臣,对那些文学造诣很深的学者和文人加以尊重,安排官职时将这些人尽量安排在馆阁的重要职务上。由于养贤有方,政策妥当,这时期的文坛出现了人才济济,名作迭出的景象。这时期的诗文家李石亨、梁诚之、申叔舟、崔恒、徐居正、金守温、成任、成俔、郑麟趾、鱼孝瞻、韩继禧、姜希孟、李克增、郑兰宗、金宗直、俞好仁、金宏弼、金驲孙、郑汝昌等一大批人,都是在成宗十分优越的文学政策下进行学问和文学活动,并取得重要成就的作家。

对成宗王时期的这些右文政策和优越的学术、文学环境,成俔概括道:"成宗体世宗之志,力于为学,专以成就人材为急务,内则弘文馆,外则成均四学,诱掖多方而隆眷匪常,又多裒书籍,印颁而广布之。"从以上的事实看,他的这种概括,无疑是正确的和实事求是的。成俔认为由于成宗王实行高远的右文政策,这时期的经学快速发展,通古今之士比比皆是,能文善诗的文士盈于朝野。所以这时期应该说是文学正常发展的时期,很多人都具备相当的文学知识,很多人都能够写出内容和艺术形式齐全的作品。按照成俔的话来讲,"由是,业文者皆探古人根本之文，尽摆俗儒胡芦之习，文体大变，趋于正阗，非若曩时之碌碌猥琐也"。这时期的人大多都知道文学上坚持"道统"的原则，知道"征圣""宗经"的意义，更知道作家首先加强"蕴藉"的必要性。很多过去的问题得到克服，许多文学规律得到遵守，更多的创新之作竞相出现。他认为这时期的文学无论在内容上，还是在艺术形式上，都远远超过前代。

第五节　尊重文学内则："枝柯花叶纷郁，然后得庇本根"

成伣紧接着讨论文学的艺术原则，历陈诗文应该遵循怎样的审美原则、如何进行审美创造等方面的道理。他的基本原则是，诗文应该根据不同文体、不同题材的特点，选择最适合于自己的艺术原则。很明显，他是有的放矢，有心而为，说话带有明显的针对性。之前金宗直在《尹先生祥诗集序》中说过："今之所谓文章者，不过雕篆组织之巧耳。"文中说的比较轻松，虽似乎是平常之语谈论文学之事，但实际上一句话否定了当今的文学成就。在当时，代表勋旧势力的官学派文人掌握台阁，管控文翰，而且当代的文学之士基本集中于此派之中。由于当时的政治经济条件，官学派人物自小受到良好的文学教育，知识蕴藉深厚，大都能写出一手好诗文，所以被当时尚处于乡下的士林派叫作"词章派"。对此时期文学的这种评价，成伣并没有等闲视之，认为诗有意而为。同时，金宗直还说过："句读训诂，奚以议夫黼黻经纬之文，雕篆组织，岂能与乎性理道德之学。"[1] 此文的意思很明显，认为一些人鼓吹擅长于经术，但他们的经术只不过是"句读训诂"的水平，拿这种水平怎么能够谈论"黼黻经纬之文"呢？尤其是拿这点诗文之"雕篆组织"之能耐，又怎么能够参与到伟大的"性理道德之学"的探研呢？金宗直的这句话，传递着三个层次的含义：一是认为在一切思想文化中，惟有"性理道德之学"才是最伟大的，其他的思想文化都

---

1 《佔毕斋文集》卷1《尹先生祥诗集序》，（韩国）《韩国文集丛刊》。

远远不如它重要；再一个是在一切文学中，惟有"道德文章"才是真正的文学，惟有"道德文章"才算是"黼黻经纬之文"；最后一个是那些讲求"诗文之法"，讲求艺术效果的诗与文，都是"雕篆组织"之文，属于文中之末。成伣认为这种主张的不合理之处，在于抹杀一直以来文坛诸公所取得的文学成就，在于把文学演变成工具化，驱向思想概念的传声筒。他认为这是对文学规律的不尊重，是把文学推入单一化、概念化的泥坑之中，最终只能将文学葬送于性理之学的抽象之中。

成伣深知醉翁之意不在酒，金宗直要攻讦的目标首先在于台阁中的官学派而不是文学本身，其中的含义不说也一目了然。于是他觉得必须写一篇文章，为当前的政治斗争或文学争论，发表一下自己的看法，以至于纠正违反文学规律的现象。但是对方即已拿文学说话或为开刀之料，那他也只能采取拿文学说话的形式，用文学理论争议的方式与其辩理。他首先以文学的多样性，抓住对方的要点，来进行逐一的辩驳。他认为文学创作应该多样，多样的艺术表现才是艺术的生命所在，多样的艺术需要有多样的表现形式。他认为文学创作作为一种生命的创造行为，有着无限的创造空间，创作主体应该在这一无限的创造空间内尽情发挥自己的才华，创作出属于自己艺术个性的作品。他也认为艺术是一个无限的生命空间，在艺术这个世界里，创作主体可以充分发挥自己的幻想和想象，写出自己心仪的艺术形象。但是作为海东封建时期的文人，他所主张的艺术个性是有基本的前提条件的，那就是符合"圣人之旨"，合乎"六经之意"。在王道政治下，君主以仁义治天下，以德政安抚臣民。但是在这个过程中，需要文学的助力，这一点连古代的圣人都反复说过。孔子就非常重视文艺，曾教导弟子必须学好"诗"和"乐"，认为"不能诗，于礼谬；不能乐，于礼素"。[1]又说："不学诗，无以言。"[2]他甚至把"礼"与"诗"并列，说："兴于诗，

---

[1]《礼记·仲尼燕居》。

[2]《论语·泰伯》。

立于礼，成于乐。"[1] 对诗的社会作用，他甚至说："诗可以兴，可以观，可以群，可以怨。迩之事父，远之事君，多识于鸟兽草木之名。"[2] 另一个儒家《诗》学著作《毛诗序》，对文学自身的规律，说得再准确不过，其曰："诗者，志之所之也，在心为志，发言为诗，情动于中而形于言，言之不足，故嗟叹之，嗟叹之不足，故咏歌之，咏歌之不足，不知手之舞之，足之蹈之也。"他认为前圣对文学的这种认识，无疑对后人具有极其深刻的指导意义。

成伣认为连古圣人都对文学的内在规律掌握的如此深刻，那一千多年以后的人们更应该懂得文学这个特殊文化的基本规律。他认为如果有人违背这个规律，就等于是违背了"圣人之旨"，违背了圣人对治国理政的最基本的策略。他还认为即使是封建国家，如果实行的是文治主义政治，那更应该注重文学在治国理政中的重要作用。他强调要注重文学在治国理政中的重要作用，那应该懂得文学有自身的内在规律性。那些以无端的态度否定或磨灭文学这个规律性的人，不仅是不懂得文学，而且也可以说是不懂得政治。从这样的文学观念出发，他号召文人学习文学，搞好文学，使其好好为海东这个封建国家服务。他说："国家以淳厖浑厚之德出治，而文治复超古昔。名一才一艺者，皆出为世用。"[3] 他还指出文学要真正能够为海东封建国家服务，必须尊重文学自身的规律，克服创作上经常出现的"浮夸淫艳之态"，创作出"和易平淡，典实酝藉"的好作品。他认为真正有"世用"价值的文学，应该是艺术性很高的文学，因为艺术性是一部文学作品的生命所在。如上所述，文学的多样性是文学自身的重要规律之一，对此尊重则有望成为一个健康的文学家，而违背于此则无望成大器。

成伣强调文学的多样性体现在两大方面，一个是内容方面，一个是艺术形式方面。从内容方面来讲，应该知道人的社会生活丰富多彩，或是庄重的，或是卑劣的；或有顺流，或有曲折；或显简单，后显复杂；自然的，人为的等。

---

1 《论语·泰伯》。
2 《论语·阳货》。
3 《虚白堂文集》卷8《富林君诗集序》，(韩国)《韩国文集丛刊》。

凡是五味杂陈，上下纵横，里外互动，千变万化，关键在于创作主体如何去把握和分析，如何去将它们纳入自己的审美把握中来，最终将它们演变成自己艺术形象体系中的有用要素。丰富多彩的客观生活，便决定了文学题材的多样性，而文学题材的多样性，又使文学可以全面而广泛地反映人的社会生活面貌和本质。从艺术形式来讲，它是艺术作品内部的组织构造和外在的表现形态以及种种艺术手段的总和。一般来讲，艺术内容离不开艺术形式，同时艺术形式也离不开艺术内容。没有无形式的内容，也没有无内容的形式。在通常情况下，艺术内容决定艺术形式，艺术形式表现艺术内容，并随着艺术内容的发展而发展。但艺术形式可以反作用于艺术内容，既可以有助于艺术内容的完美展示，也可以阻碍艺术内容的充分表现，影响艺术社会功用的有效发挥。所以古人不仅强调"道"在文学创作中的优先地位，也同时强调"文"在"传道"过程中的重要地位，甚至更多的人极力主张"道""文"并重，就是围绕文学内容和形式思想的结果。文艺有不同的体裁形式，即使是诗歌这一体裁，其内部又可分诸多诗歌形式，如四言、五言、六言、七言、杂言和五古、七古、五绝、七绝、五律、七律，还根据内容需要有抒情、叙事、格律、自由、白话、散文、歌行、古体、离合、回文等。应该知道，不同的内容需要不同的表达方式，不同的体裁更需要不同的表现形式，多元化是文艺发展必然的结果，也是其必然的趋势。再对文艺的艺术风格来讲，它是创作主体独特的创造个性和文艺作品的语言、形象、意境等因素交互作用的结果，又是作品所呈现出来的相对稳定的创造个性和艺术特色凝结起来的集合体。不同国家、不同民族、不同地域和创作主体的个性气质、生活阅历、思想教养、艺术修养以及时代环境、民族传统等，都对它的形成和发展中起作用。所以作家艺术风格的多样性是由主客观诸多要素来决定的，从文艺创作的能动性来看也是必然的。总而言之，文艺创作各种要素的多样性是由多种因素决定，谁都改变不了它的存在和演变的趋势，如果有人用某种思想或概念去想制约、改变或控制，是违背其客观规律的，是徒劳的。

成伣的话语虽往往简单扼要，但其所包涵的意义极其丰富而深邃，让人深思而后方觉大悟其理。

　　成伣主张"骚赋当主华赡"，也就是认为诗应该华美富丽而多彩。他在这里所说的"华赡"，并不是指文艺作品的轻靡浮华，而是倾注作者的艺术功力，尽量使艺术形象丰满富丽，而且使它所显现出来的艺术手段丰富多彩。鲁迅在《华盖集续编·记谈话》中，否定写法"拙直"的文章时说道："自然，我们的文人学士措辞决不至于如此拙直，文字也还要华赡得多。"他希望从事写作的人，不要讲文章写得过于直白或拙劣，应该懂得写出"华赡"的文章来。古人对此"华赡"，早有相当的关注和研磨，我们可以从一些古代诗论中找到其痕迹。如《周书·薛寘传》中说道："时前中书监卢柔，学业优深，文藻华赡，而寘与之方驾，故世号曰'卢薛'焉。"宋楼钥在《送从弟叔韶尉东阳》诗里写道："子文多立就，文采更华赡。"明胡应麟《诗薮·古体上》也记录道："至嗣宗、叔夜，一变而华赡精工，终篇词人语矣。"郭沫若曾将孟子列为"战国散文四大家"，认为"孟子的文章不仅文采华赡，清畅流利，尤以气势胜"。中国现当代文学史家刘大杰也把孟子看作杰出的散文家，说："当代的儒家作品以《孟子》最有文采，他的散文对后世很有影响。"可以知道，自古以来的文论家们，都把"华赡"当做诗文家们应该达到的一种艺术境界。成伣也如此，他把"华赡"看作文学应该达到的总的艺术目标，认为当时海东朝鲜朝时期的一些士林派文人否定"华赡"，而把"平淡"看作诗文作品的最高境界，这是大错特错的。他指出：

　　　　骚赋当主华赡，而不知者以为当平淡也；论策当主雄浑，而不知者以为当端正也；记事者，当典实，而不知者以为当骈俪也。平淡非文病也，其弊至于委靡；端正非文病也，其弊至于疏散；骈俪非文病也，其弊至于鄙俚。譬如庭树枝柯花叶纷郁，然后得庇本根，而树必硕茂。调饮食者当审五味滫瀡之宜，然后乃得其和。今者，削枝叶而望树之茂，摈五味而得食之和，宁有是理。[1]

成伣在此断然指出，"骚赋当主华赡"。为什么？因为"华赡"这个文学概念，不仅包涵了文艺作品内容和形式的丰满和富丽，而且还包涵了艺术手段的多样和丰富多彩。关于"华赡"一语中的"华"，一则有光辉、光彩之意，如《尚书大传·卿云歌》里就有一句："日月光华，旦复旦兮。"意即光辉的日月，日复一日升起于东方。此"华"字，还有声望的意思，如《文选》任彦升《宣德皇后令》曰："客游梁朝，则声华籍甚。"其意思就是客游梁朝，声望非常著籍。还有此"华"字，有精华之意，如王勃的《滕王阁序》有"物华天宝"之句。再"华"字的诸多含义中，还有文才之意，如刘勰的《文心雕龙》有句"昔庚无规，才华清英"。而"华赡"一语中的"赡"字之意，也较丰富，其中如《孟子·梁惠王上》曰："此惟救死而不赡，奚暇治礼义哉！"这里的"赡"则有足够之意，而文中的"不赡"则表示来不及。此外此"赡"字，也有富赡，丰富充足之意，如清黄钧宰的《金壶浪墨》云："缉盗贼，赡穷困。"实际上在人们的生活中，"赡"字用得较为广泛，如赡足（充足）、赡学（饱学）、赡闻（见闻丰富）、赡智（足智多谋）、赡裕（丰富，充裕）、赡富（丰富）等。在人类的文艺活动中，"赡"字用得也不少，如赡墨（内容丰富的诗文）、赡畅（形容诗文内容丰富）、赡蔚（形容文辞丰美）等，就是其中的一例。从这些考析中，我们可以知道汉语中的"华"与"赡"，有极其丰富的含义，它们往往用于褒义。而由它们来组成的"华赡"一语，也有较为深厚的文艺审美含义，往往表示文艺作品丰富的审美意蕴，多彩的表现手段。

成伣从这样的文学审美观念出发，他明确地提出诗文作品应该以"华赡"为审美追求的最高境界。他也根据这样的文学观出发，指出诗文创作不应该以

---

[1]《虚白堂文集》卷13《文变》，（韩国）《韩国文集丛刊》。

"平淡"为追求的目标。他说："骚赋当主华赡，而不知者以为当平淡也。"从文意上看，成伣提倡骚赋之"华赡"而贬抑其"平淡"，一言一句之中褒贬之意迥然不同。问题是此"平淡"，内含何意，有何来源。"平淡"一词，作为文艺审美用词，在中国文学史上曾表示褒贬两种意思。首先，"平淡"一词始见于六朝，但原意指淡乎寡味，含贬义。如钟嵘《诗品》中卷评论郭璞云："宪章潘岳，文体相辉，彪炳可玩。始变永嘉平淡之体，故称中兴第一。"其《诗品序》也说："永嘉时，贵黄、老，稍尚虚谈，于时篇什，理过其词辞，淡乎寡味。"可知，钟嵘一向将"平淡"当贬义用。赵宋以后，开始为世所崇尚，并具有了"平淡"之中见"无穷之意"的意思。其早期所谓的"平淡"之作，大多着力于清虚之风，讲求"道"与"理"，从而忽略了艺术本身的诸要素。这样的"平淡"之法，引起了文坛的不满，钟嵘就是其中之一。他指出"平淡"的主要问题，在于"理过其辞"，过于讲求儒家之"道"与"理"，从而忘记了文学的审美特征。到了中唐以后，对此"平淡"，始用于一种新的诗文概念之中。如韩愈、白居易等人，重新开始标举"平淡"，但是在他们那里指的就是感情平和、表现质朴的艺术风格。韩愈、白居易的这种观点，被后来的宋人所接受。自此以后，"平淡"方被用于褒义，当做很高的艺术境界。如欧阳修在《六一诗话》中指出："平淡"之作，"又如食橄榄，真味久愈在"。可以知道，"平淡"风格的美学特征，在于用朴素而又含蓄的语言和描写，表示丰富而又深刻的思想内容，营造出一种淡雅深远而富有艺术魅力的审美境界。梅尧臣在其《读邵不疑学士诗卷》中指出："作诗无古今，唯造平淡难。"创作实践表明，"平淡"的艺术风格的创造，难就难在，不仅在其中注入深刻的思想内容，而且不用直白之直言宣示给读者看，要做到用委婉的语言，意在言外以表达主旨。

在对"平淡"的上述两种用意中，成伣所用的是前者，即"理过其辞"，过于讲求儒家之"道"与"理"，从而忘记了文学的审美特征的，中国的南朝钟嵘所批评过的那种"平淡"。因为当时的士林派文人，标举程朱理学及其文艺观念，锐意批评传统的官学派、也就是词章派的文艺观念，说官学派文人掌控着馆阁，竞作华而无实之文。他们主张应该作"以议夫黼黻经纬之文"，"与乎性理道德之学"的文章，如果不是这样的诗文，那就是以"雕篆组织"为能事的作品。对这种过激的文学批评，成伣一万个不能同意，心想理应给予反击。他认为士林派文人的这种主张，先不说其动机何在，从文艺理论观念上讲就站不住脚。他思考如何地去应对这样的文坛现实，开始审视文坛诸家的作品世界，以及所发表的文学见解。

除了诗歌创作上的"平淡"之外，成伣还在论策、记事等文体领域里，指出了所存在的一系列问题。对论策的写法，他主张"当主雄浑"，而批评了一些人的"端正"之主张。所谓"雄浑"，也是中国文艺观念中的一种审美概念，主要指雄健博大、浑厚无迹的艺术风格或审美境界。作为一种艺术风格，晚唐的司空图在《二十四诗品》中将"雄浑"首列于其前。他说："大用外腓，真体内充。反虚入浑，积健为雄。具备万物，横绝太空。荒荒油云，寥寥长风。超以象外，得其环中。持之非强，来之无穷。"清杨廷芝在《二十四诗品浅解》里，解释"雄"为"大力无敌"。可见"雄"是日积月累、学深养到、实实在在、不可作伪，也就是"积健"的结果。此"雄浑"之中，包含了一股浩大的自然之气，只有这股气，在文艺创作中会呈现出"劲健"的风格。司空图在《二十四诗品》中并不是在教我们如何作诗，而是陶冶诗人的胸次，求得诗人人格上的提升，而后再精炼于诗。依据古人的这种审美观念，成伣力主"论策当主雄浑"，以示自己对"论策"这一文体的写法和风格。所谓"论策"，就是宋、明时期科举考试中的策论，属于古时的政论文。宋周密的《齐东野语·方蓥》指出："昔忝知举，秘监赋重叠用韵，以论策佳，辄为改之，擢寘高第。"明归有光在《三途并用议》中也云："今进士之与科贡，皆出学校，皆用试经义论策。"

成伣根据论策的文体特征，主张当主"雄浑"，而反对以"端正"为主。根据这种观点，他也批评当时认为论策当以"端正"为主的论者，因为这是外行的"伪论"。所谓"端正",指的就是正、直而不偏邪。《庄子·天地》曰:"端正而不知以为义,相爱而不知以为仁。"隋末唐初的成玄英在《庄子疏》中解释说:"端直其心,不为邪恶。"宋梅尧臣也在《和元之述梦见寄》中道:"始知端正心,寐语尚不诳。"作文端正其心,正、直而不偏不倚,应该是每个作家应该具备的主体品格,但是对作为一种文体风格来概括或要求"端正",有些不太符合实际。文学作品的艺术风格,首先是作家作品所表现的鲜明的思想特点和艺术特点,其次是作家作品独特的创作个性和作品所显现出来的艺术个性。它体现了创作主体把握世界的态度与方式,而这个方式和态度就决定了其作品不同于他人的独特的艺术风格。从这个意义上看,比之于"端正","雄浑"更适合概括作家的艺术风格,因为它"大用外腓,真体内充。反虚入浑,积健为雄","超以象外,得其环中。持之非强,来之无穷",体现了作家重要的内在气质、审美积累和刚健的气度。而作者写"论策"时所持的"端正",则更侧重于主体所持有的态度或立场,尽管它也是主体写作时必需的因素,但是用它来说明一个人或一部作品的艺术风格,显然有勉强之感。

　　说完"论策"之后,成伣还提出"记事"文体的写法和风格,指出"记事"体文章"当典实"。古代的所谓"记事"之文,主要指记载事功之文,如史传类之文体就属于此类。元末明初的文人宋濂,在"文以载道"的原则下,也肯定了记事之文。他指出:"世之论文者有二:曰载道,曰记事。记事之文,当本之司马迁、班固。"对记事之文的范围,他指出:"有关民用及一切弥纶范围之具","托之国史,则有记、表、志、传之文"。由此可知,记事之文,主要指一些应用文和史传文。在中国文学史上,出现了无数记事文大家,如孟子、司马迁、班固、韩愈、柳宗元等都是其中的佼佼者。尤其是到了两宋时期,记事文有了更大的发展,出现了像柳开、王禹偁、孙复、石介、穆修、欧阳修、三苏父子、程氏兄弟、朱熹、王安石这样的大家。其中欧阳修记事文的影响较大,跟随者众多,波及清末。清昭梿《啸亭杂录·姚姬传之正》一文指出:"公为方灵皋弟子，故古文学归震川，而精粹过之。其纪事体多模仿庐陵，殊多神逸。"这里的"庐陵"，就是欧阳修。在古代，记事之文于国家和社会生活中是必需的文体，所以各代王朝和文人学士都格外重视此文体的学习和应用。甚至在朝廷事务中，它无疑是不可或缺的文体，谁将它的写作技法掌握得好，谁就有更多的升迁官职的机会，所以它是各类官员尤为心仪的一种文体。

如何评价这一记事文的好坏，如何才能够写好记事文，对这个问题，格外引起成伣的注意。成伣所提出的"记事者当典实"中的"典实"，指写作记事文时所要坚持的典雅平实的艺术风格。此"典实"，也是古人在写记事文章时格外注重的一种审美概念。如《晋书·华峤传》中说道："后以峤博闻多识，属书典实，有良史之志，转秘书监，加散骑常侍，班同中书。"《南史·褚裕之传》也曰："（褚玠）及长，美风仪，善占对，博学能属文，词义典实，不尚淫靡。"金代的王若虚，也在《文辨》一文中明确表示道："凡为文章须是典实过于浮华，平易多于奇险，始为知本。"从这些属文观念出发，成伣认为记事之文最忌讳的是用骈俪之体。所以当他主张"记事者当典实"的审美见解的时候，就一同批评主张用骈俪之体的文人，断然指出"而不知者以为当骈俪也"。无论从语气上看，还是在文意上理解，他的认识是正确的和深刻的，态度是果断的。

当时的有些海东文人在各种文体的认识上，为什么会有这些错误的认识呢？成伣总结性地指出其原因，他说："平淡非文病也，其弊至于委靡；端正非文病也，其弊至于疏散；骈俪非文病也，其弊至于鄙俚。"他认为所谓的"平淡""端正""骈俪"之类，并不是它们本身有什么问题，而关键在于用在什么地方，如何地去用。他认为作品的"平淡"，由于"理过其辞，淡乎寡味"，所以伤其作品之元气，至于"萎靡"的地步。而此"萎靡"，又是带有"颓唐不振，意志消沉"之意。对于文学来讲，作品下降至"萎靡"的程度，那就离颓唐不远了。韩愈在《送高闲上人序》一文中说："颓堕委靡，溃败不可收拾。"他将自己最近的写作状态，说得很糟糕。《明史·范济传》也说："迩来士习委靡,立志不弘,执节不固。"无论是作家的创作,还是一国之士习,如果达到"萎靡"的地步,也与整体的堕落不远。他还说论策的"端正"之弊,无他,在于"至于疏散"。在逻辑上,这个"疏散",以"端正"为前提。"端正"无非是带"正直"之意,对"正直"《庄子·天地》篇曾说:"至德之世,不尚贤,不使能,上如标枝,民如野鹿,端正而不知以为义,相爱而不知以为仁……是故行而〔无〕迹,事而无传。"其意思就是,主体"正直"得不懂世故,不知如何地下英明之决策,以至于呆滞。把这个概念运用到文学观念上来,写论策时过于呆板,不知如何运用艺术手法,以至于带来文章过于死板无味,失去方寸,没有韵致。他又指出"骈俪"本身也没有过错,它在文学史上曾经立过功,问题在于后世之人没有用好,以至于文章粗俗、鄙俚。按照他本人的话来讲,"骈俪非文病也,其弊至于鄙俚"。所谓"骈俪",以字句两两相对,而成文章的文体。中国古代文章,讲究协音以成韵,修辞以达远,所以文多用偶。这种情况,六朝、初唐时期最盛。它以四字六字与四字六字相对为基本句法,别有四六文之称。它又讲究声律的调谐、用字的绮丽、辞汇的对偶和用典。此体有时束缚创作主体艺术创造能力的自由发现,所以文学史上多有争议,文学史上著名的古文运动,就是对它的反弹运动。成伣认为随着时代的发展,骈俪体逐渐成为文学的束缚,用得不好,会使文章"至于鄙俚"。所谓"鄙俚",就是使文章变得粗野或庸俗。清纪昀的《阅微草堂笔记·槐西杂志二》一文指出:"然其词鄙俚,殆可笑噱。"鲁迅也在其《热风·随感录十七》一文中说道:"高雅的人说:'白话,鄙俚浅陋,不值识者一哂之者也。'"可知诗文"至于鄙俚",说明它已入绝境,那是其一大厄运。

成伣认为树木的"根须"当然很重要,但是其"枝叶"也不可忽视,甚至在某种情况下,"枝叶"也可以决定树木的命运。他的这种观点,似乎与他之前说过的"培根"论相对立,走向另一端。他在《风骚规范序》一文中,曾说过"树木者必培其根本,根本既固,则柯叶自然㲀茂而敷翠",想以此说明作家的文学功底和学问"蕴藉"在文学创作活动中的重要作用。他甚至还以江河的源泉与支流的因果关系,来说明儒家"六籍之旨"与文艺创作的有机关系。他认为如果一个作家离开了这个"根"和"源",就等于离开了作为文艺创作生命线的"根"和"源",就会走入歧途,会一无所成。他还举出了一连串的例子,来说明文学史上因重视了"培根"而成功的一大堆典型案例。但是现在,成伣也从文艺创作的同一个立场和目的出发,作出看似相反的主张,即树木的"枝柯花叶"决定论。他说:

> 譬如庭树枝柯花叶纷郁,然后得庇本根,而树必硕茂。调饮食者当审五味滫瀡之宜,然后乃得其和。今者,削枝叶而望树之茂,摈五味而得食之和,宁有是理。[1]

按照他比喻的逻辑,在树木的成长过程中,"枝柯花叶"也可以起到决定性的作用。因为一棵树木的健康成长,不仅需要"根须"的牢固,而且也同样需要"枝柯花叶"的茂盛。从植物科学的角度看,他的这种比喻的逻辑是完全有道理,而且也完全符合树木健康成长的客观实际。我们知道,植物与动物不同,它们没有消化系统,因此它们必须依靠其他的方式来进行营养的摄取和新陈代谢,植物就是所谓的自养生物的一种。对于绿色植物来说,在阳光充足的白天,它们利用太阳光能来进行光合作用,以获得生长发育必需的养分。这个过程的关键参与者是内部的叶绿体。叶绿体在阳光的作用下,把经由气孔进入叶子内部的二氧化碳和由根部吸收的水转变成为淀粉等能源物质,同时释放氧气。也就是说,没有茂盛的枝叶,也就没有一个完整健康的树木。应该说,没有深扎于肥沃土壤中的"根须",就没有根深叶茂的健康树木,同样,没有茂盛"枝叶"的树木,也不可能生长为挺拔苍天的健康树木。在植物学中,"根须"和

---

[1]《虚白堂文集》卷13《文变》,(韩国)《韩国文集丛刊》。

"枝叶"是一个互为表里,互为根据的辩证关系。二者谁都离不开谁,谁都排斥不了谁,二者是相互依存的关系,也是相补相成的有机关系。

成伣强调文学也一样,作家的"蕴藉"和艺术表现,与树木的"根须"和"枝叶"的关系一样,具有基本相同的逻辑关系。光强调"根须"的重要性,而忽略"枝叶"的生命作用,那才是犯了极其重要的"伪科学"的错误。同样,在文学创作活动中,只强调作家"蕴藉"的重要性,而忽视其艺术加工能力及其客观效果的作用,也是极其错误的。文艺有文艺的独特性和自身规律,绝不可以思想根子正就可以写出好作品来,"蕴藉"深厚就可以创作出优秀的佳作。为了更进一步说明自己的观点,成伣还举出了一个人作出"美味佳肴"的道理。他说道:"调饮食者当审五味潝瀣之宜,然后乃得其和。"任何一种饮食,直接将其材料放入锅中煮开,就不可能有"美"的味道,不可能成为人人喜欢吃的"佳肴"。要使它们变为人人喜欢吃的"美味佳肴",必须按比例加入一些所需要的调味料,必须进行一番经过磨炼的调制工作,最后才使得这些材料演变成人人喜欢吃,家家赞不绝口的好料理。

成伣同样认为文学创作也与此一样,光有好的写作题材而没有高超的写作手段,同样写不出好作品;光有深厚的"蕴藉",而缺乏文学审美悟性、缺乏高超的艺术手段,照样写不出优秀的佳作。从这样的文艺辩证思想出发,他分析当时文坛上的观念分歧,对那些想把文学进一步观念化的观点进行批评。他指出:"今者,削枝叶而望树之茂,摈五味而得食之和,宁有是理。"当时的有些人,也就是当时的朱子学者们,只将文学当做"传道"的工具,要求作家们写出能够"黼黻经术之文","能与乎性理道德之学"的作品。这种主张的必然结果,就是只强调思想"蕴藉"的重要性,否定文学在审美创造过程中的艺术手段。这种文学观念的问题,在于抹杀文艺的自身特性,否定其有自身规律性。按照成伣的意思,这些人的想法等于"削枝叶而望树之茂","摈五味而得食之和",是极端错误的。他认为如果这些人的想法成为文学发展的主导思想,那海东文学只能在违背客观规律性的情况下往前走,这样就没有任何的希望。

第六节 反思道学家:"刊落肌肉,独存骸骨"的附庸化文论

成伣认为全部说开以后发现,当前文艺理论上的这些问题,实际上是再简单不过了。关键是某些部类的人,将简单的问题加以复杂化,否定传统的文学理论体系,按照自己的朱子学理论,在文学上加入了许多抽象的东西。这样的结果,他们将文学引入思想的附庸或政治观念的传声筒的歧路上,使之变成"直白寡味"的文学。如果对这种文学倾向不进行理论上的澄清,那文学就会走向另一个歧途上去。他认为如不能反对浮靡文风,而走向"道学"化的新歧途,那样将会迎来文学新的困境。他认为真理原本是至简至约的,一半是因为我们理解的需要,一半是因为所谓"饱学之士"的炫耀门楣,使它们变得越来越复杂,越来越深奥了。他强调程朱理学在海东朝鲜朝时期的普及和理论上的深入,当然是一件好事情,但是不能因此而什么都用其理论治理,用其理论干预。如果是他们真的这样治理和干预,这个社会的很多问题会走形,甚至会走向反面。为了解决这个理论问题,从而解决文学观念上的一些不当的理念,他指出:

> 孔子曰:"博学而详说之,将以反说约。"博学则无所不知,详说则无所不通,无不知无不通,然后能辨是非而去就之。今不博学详说,欲先反约,未知所存者几何,所约者何事。[1]

"博学而详说之,将以反说约",实际上这句话出自于《孟子·离娄下》,其意思就是广博地学习,详尽地解说,目的在于融会贯通之后返归到简约上去。也就是说,广泛地学习,详细地解释,其目的在于回归到简约概括,因为融会

---

[1]《虚白堂文集》卷13《文变》,(韩国)《韩国文集丛刊》。

贯通的人才能够懂得如何地去简约其文的道理。所学之广泛而博学的人，自然"无所不知"，说明之详细"无所不通"。任何一个人，如果达到能够"无不知无不通"，然后才能够"辨是非而去就之"。如今的有些人，不去"博学"，不去"详说"，欲先去写要约之文，先去说要约之事，不能不说这是一件极其可笑之事情。真不知这些人所存"蕴藉"有多少，想要约之事为哪一段。他们偏偏不知道，博学详说不是为了炫耀渊博，故作深刻，而是为了深入浅出，出博返约。成伣指出当时的某些人，对朱子学理学刚学没有多少天，就到处显耀理气之说，动不动程子曰、朱子曰地说个不停。这些人还以程朱理学中的一些章节之语，论天论地，轻松地批评人家违反《家礼》，违背《诗传》，甚至批判的锋芒指向文学，说"词章派"专事"雕篆组织"，说官学派只懂文学之事，而不"能与乎性理道德之学"。成伣认为他们的这种观点，虽有一些可取之处，但也有严重的违背文学规律的问题，对这一点，不能不提出相关的批评意见。

　　成伣强调创作主体独特的生活感受、创作构思和艺术手法，会使得作品带有独特的艺术个性。他认为文艺作品的这种创造方式和体现模式，注定使得这种文艺创作具有自己独特的艺术风格，具有与众不同的印记。文艺创作之所以带有自己鲜明的印记，那是因为艺术创造是有感生情、由情生像的生成活动。文艺创作中的这些不同的创作个性、情感活动的不同印记，艺术手法的各具特色，便决定了各自艺术风格的千差万别。而且，文学在长期的演进过程中，发展出了诸多体裁形式，而各种体裁各有自身的创作特点。小说有小说的写法，诗歌有诗歌的艺术特点，散文有散文的艺术套路，应各按其法。如果有人想用某种思想概念，或用一定的创作模式，对大家提出统一的创作要求，那就大错特错了。因为这样做是不符合创作实际，不合乎创作逻辑，是违背创作规律的。从这样的文学观念出发，成伣认为当时的道学派文人以"天理人欲"的概念去涉猎一系列文学问题，以反对"雕篆组织"的名义否定词章派的创作，即使是打着程朱理学的旗号，也是错误的和片面的。一个更为不符合时宜的作法是，他们看文学的发展，千篇一律，不分时代和地域，也按照现在的观念和看法去要求和评价。尽管在文学史上获得了多大的成功，给各代读者留下了多大的艺术魅力，他们一律按照自己如今的思想标准、审美原则，去要求和评价。成伣认为他们的这种做法，是唯心的和武断的，必然会遭到文学规律的鞭挞。

从海东汉文学的发展脉络上看，中国各代文学是其学习和规范的源头，尤其是唐宋文学是海东文人倍加推崇或膜拜的典范。根据海东文学的发展历程，他们对唐宋文学的学习态度和学习对象，因时代而各有不同。如高丽初期继承罗末的晚唐文风，骈俪和浮靡诗风蔓延，到了高丽中期，随着文学革新运动的兴起，盛唐、中唐诗风占优，出现了许多学习唐风而起家的名家。而到了高丽后半期，唐宋诗风共举于文坛，而模宋之风逐渐占据优势，以至于达到"每出试榜，三十东坡出矣"的程度。海东文学史发展到朝鲜朝初期，歌颂建国君主的颂扬之风乍起，唐风和宋风中的相关文思和意象到处显现。到了海东朝鲜朝世宗、世祖时期，代表勋旧势力的官学派主导文坛，主要以盛唐、中唐文学为学习的模范，其诗风自然以唐风为审美感知的模本。从这时期的崔恒、徐居正、成伣等官学派的台阁文人的诗歌创作中，处处可以看到他们传承的唐诗风。海东汉文学发展到成宗和中宗时期，诗歌创作和文学理论上，可以发现逐渐抬头的宋诗风。这是因为这时期士林派文人在政治上的登场，在很大程度上，改变了官学派独揽文衡大权的局面。新兴的士林派文人，继续以程朱理学为自己的思想武器，处处与官学派分庭抗礼，欲使自己进一步占领思想文化阵地。如上所述，他们在文学观念上也积极参与当前"道"与"文"之间的争论，为当代文学理论注入了一系列新的内容。

尤其是在文学观念中的唐宋之争问题上，道学派文人往往轻唐而重宋，发表了一系列的理论观点。即使是唐代文学，他们并没有一刀切，其中尤重杜甫。正如海东朝鲜朝时期士林派的祖师爷尹祥所说，因为杜甫"上薄风雅，下赅声律，而其爱君忧国之念，忠愤激厉之词，未尝不本于性情，中于音节，而关于世教也"[1]。但是他们中的许多人,也并不接受这样的观点,将杜甫也纳入排斥的范围之内。他们认为唐诗并不像许多人所说的那样多么地优秀,宋诗更是不足连连,什么李白和杜甫、苏轼和陆游等人,也都优缺点参半,可点出的问题不少。在他们眼中,唯独江西诗派才是最值得学习的诗人群体,尤其是其领袖人物黄庭坚和陈师道才是一代师范。这样的错误观点,不仅在学诗者中间,还在学文者之间流行,而且有越来越甚的趋势。那些学文者认为,传统文章观念中的典范《庄子》《离骚》之类和两汉之文、韩柳之文、欧苏之文等,也都存在一些问题,从而崇尚"柔软之文"。而正处于当时文坛论争的风口浪尖上的成俔,坚决不同意他们的这些观点。成俔面对这种将自己看成"内行",藐视传统"公论",否定主流文学巨大成就,从而盲目崇拜宋代江西诗派的文人,举起了批评的笔锋。他指出:

> 今之学诗者必曰:"谪仙太荡,少陵太审,雪堂太雄,剑南太豪,所可法者涪翁也,后山也。"刊落肌肉,独存骸骨,未至两人之域而气象薾然,不聱牙奇僻,则顽庸驽劣,有不足观者。学文者亦如是,以庄骚为诡,以两汉为奥,以韩柳为放,以苏文为骛,乐取柔软之辞,以为剀剔,无感乎文学之卑也。[2]

成俔指出如今学诗者,都说诗仙李白的诗过于疏荡,诗圣杜甫的诗太审慎自重,大诗人苏轼的诗太雄奇不敛,爱国诗人陆游的诗过于豪放不收,而值得学习和跟随的诗人,惟有江西诗派的领袖黄庭坚和陈师道。他在反映当时诗坛的这种情况的时候,使用了一个"必曰"两个字,足以说明情况的普遍性,也隐含着情况的严重性。的确,成俔的这些文字,如实地反映了当时诗坛上存在

---

[1] 《别洞先生集》卷2《刻杜律跋》,(韩国)《韩国文集丛刊》。
[2] 《虚白堂文集》卷13《文变》,(韩国)《韩国文集丛刊》。

的有关唐宋文学的一系列变化。随着朱子学日益深入人心，士林派文人逐步登上国家的政治舞台，过去一系列的观念形态也悄悄引起了新的变化。由于朱子性理学在海东的权威地位日臻巩固，很多言行学说被当作"异端邪说"，被加以限制和批判。

在惟有朱子学是高的思想文化环境下，当时海东朝鲜朝时期的诸多学问观念和文学思想都被称为怀疑和批判的对象，就连刚刚步入学坛的年轻士子也敢对李杜、韩柳、欧苏等中国的名家说三道四，说出个"所以然"来。与此同时，在文学界兴起了一股新的风潮，那就是膜拜宋人黄庭坚及其江西诗派的倾向。所谓江西诗派，是北宋末年吕本中作《江西诗社宗派图》并刊行《江西宗派诗集》，因此而得名的诗歌流派。作为自觉结成的诗派，他们并不都是江西人，在理论和创作上也各显差异，但一点是一致的，那就是都以学习黄庭坚相标榜，因而在理论和创作上也显示出一定的共同点。这个流派的开山之祖是黄庭坚，但它的兴盛却在他死后。从本质上讲，它是在批判西昆体诗风的基础之上，形成的新的形式主义诗歌流派。他们在创作上，追求奇险艰涩的艺术风格，提倡创作上的"活法"，主张"夺胎换骨""点铁成金"。他们处处显耀自己的诗歌以工巧取胜，但实际上是对前人的诗进行改头换面，剽窃抄袭者多。他们的诗歌，基本上远离现实生活，内容贫乏，以雕琢字句为能事。后来的元代文人方回，厌恶西昆派，喜推江西诗派，甚至以江西诗派为正宗，并首推"一祖三宗"说。他所谓的一祖是杜甫，三宗即为黄庭坚、陈师道、陈与义。他指出："古今诗人当以老杜、山谷、后山、简斋为一祖三宗，余可预配飨者有数焉。"[1]

宋代文人的这种膜拜黄庭坚、推崇江西诗派的思想观念，也深刻影响到海东成宗以后的士林派文人，"青出于蓝而胜于蓝"，他们中的许多人以此为自己文学观念的亮点。他们提倡学习杜甫，谋划刊行杜诗，绝不偶然，与当时的这种文学倾向有着密切的关联。他们膜拜黄庭坚，学习其"夺胎换骨法"和"点

---

[1] 李庆甲集评校点：《瀛奎律髓汇评》，上海古籍出版社，2005年。

铁成金法"，以此为学诗、写诗的榜样。在他们的眼中，黄庭坚是学习杜甫的榜样，是把诗歌作得"炉火纯青"的代表。我们知道，黄庭坚最先倡导诗学杜甫，后来陈师道、陈与义继承和发展这个理论和创作倾向，干脆提倡要学杜甫必先学黄庭坚。

而实际上，海东当时的一些文人偏偏不知中国宋代江西诗派文人学杜的本质，而只从外观上模仿和跟随他们。实事求是地讲，江西诗派的"三宗"，大力提倡学习杜甫，其真正工夫都在形式上，而并没有真正学习杜甫现实主义的艺术精神，并继承和发展其传统。他们只是学杜甫谨严的用字、句法、格律等形式层面上的东西，并用自己的"夺胎换骨法"和"点铁成金法"去模仿、变阵，从而走上了地道的"模杜之途"。海东文人学习中国文学中的某一现象或流派，往往滞后于历史，而且受到当时中国文坛动向的影响。海东文学史上多次出现的崇尚黄庭坚的"风"，就是其一例，他们曾受到中国元代或明代一些文人的影响，而后更加确信地提倡模"苏"或学"黄"。

成倪作为官学派（也就是"词章派"）的老作家，具有十分丰富的学问基础和创作经验，对历代中国文学了解颇深。他对中国文学的发展脉络，尤其是对那些成功的名家如李杜、韩柳、欧苏等的艺术精神和审美经验，把握得非常精到。他对江西诗派的诗没有什么好感，认为他们的诗"奇特解会"，以文字为诗，以才学为诗，多掺和议论，看似虽工，但"终非古人之诗"。所以他坚决排击否定盛唐、中唐之诗，不分青红皂白，死跟着"江西诗派"而走的"邪风"。对这些人的看法和作法，他贬斥道："刊落肌肉，独存骸骨，未至两人之域而气象萧然"，认为这些人看不到文学的正道在哪里，看不到古人的真正艺术境界在哪里。他们将该肯定的加以否定，该否定的加以肯定；同样，把该继承和发展的加以排斥，应该摒弃的加以继承和发展。这样他们写出来的作品或说出来的审美观念，"不聱牙奇僻，则顽庸驽劣"，不仅不符合文学史的实际，而且也严重违背文学规律，实在是"有不足观者"。尤其是他们写出来的作品，堆积典故,讲究句法,"拗口难读,顽庸驽劣",全无"味道"。他们写出来的作品,未脱萎靡之气,严重脱离现实生活,走入形式主义的歧途。

　　成伣认为诗歌观念上的这种偏狭之气,也反映到散文领域里,使得散文这片一亩三分地也激起了一层不寻常的波澜。他们认为《庄子》《离骚》之类的文,诡谲难懂;两汉之文,亦奥博而险辟;中唐的韩愈、柳宗元之古文,放纵而无羁;欧阳修、苏轼的文章,豪放而不收。他们认为文学史上的这些名家之文,因为这样那样的原因都不可取,从而编纂出刊时选的少一些。他们感兴趣的文章,一般都是"柔软之辞",各类版本大都以此为原则,自不知文学从而走向卑不足道之路。按照他的说法,"学文者亦如是,以《庄》《骚》为诡,以两汉为奥,以韩柳为放,以苏文为骛,乐取柔软之辞,以为剖劂,无感乎文学之卑也。"这些人连文学史上的"真文"都容纳不得,完全依照自己浅陋的知识,想左右文坛。成伣认为这些人具有如此狭隘的文章观念,其原因诸多,但其中最主要的问题是思想僵化、"蕴藉"浅陋。就说《庄子》和《离骚》,它们无疑是千古名作,自古打动了多少人的"良知"和"赤子之心"。不过要读懂它们,还是需要一定的"蕴藉"功底,敏锐的悟性,以及积极进取的创造力。因为《庄子》整篇很少抽象说教,引进诸多神话故事,虚构寓言故事,通过巧妙的构思,奇特的想象,生动的比喻,大胆的夸张,极其形象的语言,阐述一个道理,论证一个思想,使得文章妙趣横生,富有感染力。《庄子》的哲学思想、政治观点,往往通过有趣的故事和人物的问答,来表达和显示。种种这些,都使得读者必须反复读取,反复思考,反复理解,才能够掌握其中的奥义。《庄子》蕴含着极其深刻的哲理,反映了战国中期道家的文艺思想,用生动有趣的形象语言讲述许多宇宙和人类之间的"自然之理"。如《庄子·马蹄》篇说:"五色不乱,孰为五色?五声不乱,孰应六律?夫残朴以为器,工匠之罪也。"其意思就是,人为的"六律"搅乱了自然的"五声",把好好的朴玉制成器,破坏了其自然状态,这是工匠的罪过,因为他破坏了其自然美。《庄子》还提出了"言者所以在意,得意而忘言"(《庄子·外物》篇),认为语言不能尽意,书不能尽言,但是还不完全否定语言的作用。此言影响深远,如唐代司空图的《二十四诗品》说:"不著一字,尽得风流",还指出诗以"不落言筌"为妙,这些文艺思想都受影响于《庄子》而发的。

海东朝鲜朝时期的有些文人认为"奇诡难懂"的屈原的《离骚》,也是一部形象生动、意境深远的古典作品。作为屈原代表作的《离骚》,也运用大量的神话、传说、历史古事等,表达他悲楚而复杂的内心世界。《离骚》还以引譬托喻的艺术手段,借助对日、月、风、云和山、川、草、木的描绘,反映了丰富而深刻的社会内容。在艺术上尤为可贵的是,《离骚》在南方民歌的基础之上,发展了比兴的艺术手法。所以鲁迅曾说过,屈原的作品:"其言甚长,其思甚幻,其文甚丽,其旨甚明。"[1]对于这样的《离骚》,海东朝鲜朝时期前期的一些文人,以其文"奇诡"而远离它。无论是《庄子》还是《离骚》,由于其艺术形象"亦幻亦真",其文字绮丽而多变,给读者把握文意和解读意象带来了一定的难度。不过他们却不知,正因为这种积极浪漫主义的艺术特点和创作精神,使得《庄子》和《离骚》成为千古杰作。海东朝鲜朝时期的这些人,甚至也想否定两汉之文、韩柳之文和欧苏之文,想把与程朱之文不一样的一切文都打入冷宫。如上所述,他们"以两汉为奥,韩柳为放,以苏文为弩",从而将具有不同艺术风格的文章,统统说是存在这样那样的毛病,否定他们的艺术成就和文学史上的重要地位。

成伣一再强调抹杀不同作家不同的艺术风格,是对于艺术发展的虚无主义。不同作家的创作有不同的艺术风格,这是文学最基本的存在样态,是任何人用任何方法都抹杀不了。古人也曾经说过"文自心中出","读其文,知其人"。正因为"文"与"人心"之间的这种因果关系,古今文论家们都认为不同作家必有不同的差异性,不同的作品必有不同的艺术特色。十八世纪的法国博物学家、

---

[1] 鲁迅:《汉文学史纲要》,岳麓书社,2013。

作家和评论家布封（Georges Louis Leclerc de Buffon）为文艺专门写了《论风格》一文，提出了"风格即人"的观点，广受当代和后世的认可。德国大诗人歌德也指出："风格，这是艺术所能企及的最高境界，艺术可以向人类最崇高的努力相抗衡的境界。"[1]可以说文学创作中的艺术特色或风格，是艺术家个性气质、创作精神、天赋才智、艺术素养以及生活经验的产物，也是这些内在因素在创作过程中综合起作用而产生的结晶体。

  作家的艺术风格体现了作家把握世界的态度和方式，注入了他与众不同的一系列的东西，所以他写出来的作品就也具有了与众不同的艺术风格或艺术特色。有关文学艺术风格的这种思想，古代东方的中国和海东等国家的文人那里，也早有所觉察、把握和总结。海东的成伣，就是其中的一个人。他根据自己的创作经验，以及国内外文学史实例，总结出不同的作家必有不同的艺术风格的道理。特别是面临当时的朱子学者们惟程朱理学是高，对佛老思想和其他学问统统打入"异端邪说"之冷宫的现实，他不断思索着如何打开这种局面，给许多"真理"以正确的理论解释。在文学领域中，那些道学家们以封建卫道士自居，用性理学的立场和方法对待文学问题，处处限制文学发挥自身特点，甚至否定文学内部存在一系列规律性的东西。尤其是他们否定文学有不同的艺术风格，无视作品艺术特点的存在，想以"道"抹杀"文"的独立地位。这一切深深地刺痛了他的心，刺激了他的审美良知，使他站起来说话。文学真如一片汪洋大海，其中有无数的理论火种，有诸多深奥的理论矿藏，有极其深刻的审美奥义，岂能用一家文学观念和理论去含盖其中的一切？

  成伣指出文学形式广大无边，不同的内容应该采取不同的艺术形式，不同的体裁应该各有不同的写法和风格。他强调参与文艺评论的人，应该承认自己的局限性，承认自己的"蕴藉"尚远远不够。所以应该知道用自己有限的学问功底，去解读《庄子》《离骚》深奥的审美意境和哲理意蕴，还是不懂的东西太

---

[1] 歌德等：《文学风格论》，王元化译，上海译文出版社，1982，第3页。

多。这些人不但不承认这一点,用有限的功底去啃程朱理学的经典著作,用其有限的理解去解读儒家的思想文化和"圣人之旨",先不说实力上的力不从心,走了半天路却不知目标在哪里。他们对待文学问题也一样,将不切实际的性理学理论套之于文学审美创造事业上,不仅脱离了其规律,而且还酿造出种种笑柄来。他们不知中国古代的《庄子》和《离骚》在思想艺术上所取得的伟大成就在哪里,也不知两汉之文、韩柳之文和欧苏之文对中国文学史上的巨大贡献在哪里。尤其是中国的这些散文艺术上的成功之处在哪里,审美创造上的惊人之处又在哪里,他们基本不知道,也无法知道。尤其不可理解的是,他们跨过历史上的那些众多优秀的文学成就,偏偏去欣赏那个北宋末年至南宋年间的江西诗派,偏偏不知江西诗派是否定北宋初的形式主义诗风西昆体,而又走上新的形式主义道路的诗歌流派。千言万语概括为一句话,那就是这些"程朱理学家"思想僵化,对文学的知识过于肤浅。他们不知思想僵化的结果会是什么,更不知多元化、多样化是文学发展的生命所在,文学是一个综合性的学问和创造机制。成伣认为世界是无限的和多彩的,文学的世界也是无限的和多彩的。对此,他在《文变》的最后一段中指出:

  大抵诗文华丽则取华丽,清淡则取清淡,简古则取简古,雄放则取雄放,各成一体而自底于法,岂有爱梅竹而欲尽废群卉,好竽瑟而欲尽停众乐乎。此嵩善子胶柱固执之见也,嵩善虽死,而譊譊者犹未已。故作文变,以晓世之学为文者。[1]

人类文学史上出现的作家百千万,作品如长江大河,其间名家名作不可胜数。同样,各类作家、作品的艺术风格千姿百态,犹如天上的星星,"诸态"数也数不清。用某种思想概念或政治标准将它们划一,或强制性地统一起来,这

---

[1]《虚白堂文集》卷13《文变》,(韩国)《韩国文集丛刊》。

可能吗？科学吗？都不是，都不可能。因为文学创作的艺术风格，是自然形成的，不是什么外力赋予的。每个人有每个人不同于他人的气质和品格，而文学创作偏偏是这个"每个人"的精神产物，所以每个作家有每个作家的艺术风格，这是一种必然的文学现象，不是以某个人的意志为转移的。所以成俔认为诗歌创作中的那些"华丽""清淡""简古""雄放"等等，都是不同的每个诗人的艺术风格，是只属于某个诗人的独特的艺术风格。而且这些艺术风格的形成，都有其必然的自然生成的过程，也都有其之所以如此的客观合理性，这些也不可能以人的意志为转移。所以他强调"大抵诗文华丽则取华丽，清淡则取清淡，简古则取简古，雄放则取雄放"，绝不能依照某个人的兴趣和爱好，进行人为的取舍。值得注意的是，"华丽""清淡""简古""雄放"等各个人的作品中体现出来的诗文各不相同的艺术风格，"各成一体"而各有各的法门，也绝不可以人为地去干涉或改变。

为此，他举了一个极其生动的例子，即他说"岂有爱梅竹而欲尽废群卉，好竽瑟而欲尽停众乐乎"。首先在现实生活中，因为自己爱梅竹而尽废其他所有的花儿，这是极其残忍和不道德的行为，而且也是不可能的和办不到的。同样，因为自己喜欢笙簧而尽废天下其他乐器及其演奏，这是极其野蛮的和缺德的行为，而且也是不可能的和办不到的。与此道理一样，文学创作上因为自己喜欢某一个艺术风格，从而尽废天下其他人的艺术风格，是不道德的，也不可能办得到的。紧接着，成俔明确地点出了自己在此文中批评的对象，就是当时士林派的领袖人物金宗直，因为金宗直的老家是海东半岛南部的善山，而善山的古号为"崇善"。代表士林派利益的金宗直，曾极其不满于代表勋旧势力利益的词章派的学问和文学创作，高举批判的大旗，积极倡导典雅、酝藉的文风。为了作出示范性社会效果，他曾针对徐居正等官学派文人主导的、以尊重诗文的艺术标准而萃选的《东文选》，自己便编纂了立足于道学观念、以思想标准为准的的专选典雅、酝藉之诗文的《东文萃》和《青丘风雅》。成俔认为金宗直的这种做法，违背了文学创作的真实性原则和艺术风格的多样性规律，应该予以反击，肃清其不利于文学发展的影响。他运用一则"胶柱鼓瑟"的典故，来对金宗直的作法，进行尖锐的批评。这个"胶柱鼓瑟"，说有个齐国人跟赵国人学弹瑟，由赵国人先调好了弦，（齐人）就将调弦的柱子用胶粘住了回家。三年弹不成一首曲子，那齐人埋怨赵国人。有个跟赵国人学艺的人来到他这里，询问他埋怨的原因，才知道前面这（齐）人这么愚蠢，犯了教条主义的错误。实际上金宗直一系列的言论和作法，本质上都是出于其政治派性的观念，你向东，我必向西，所以犯了转向左倾的错误。其实，金宗直在成伣写此文之前，已经去世，但是他的影响尚在，而且越来越炽热，并没有偃旗息鼓的征兆。这是由于金宗直生前培养了大批中青年士林派人员，而且将其中的很多人安排在朝廷和地方的一系列重要的官位上。在他去世后，士林派虽在"甲子士祸"中受到了重创，但是由于它们代表了新兴的中小地主阶级利益，具有深厚的社会政治经济基础，而且他们所阐扬的程朱理学越来越受到国王和国家的重视，他们在国家政治上的地位越发稳固。他们在政治上的地位在，他们于意识形态领域里的作用就越大，紧跟着他们在文学发展中的发言权，也相对增加了不少。他们继承金宗直等前辈士林巨儒们的衣钵，在文学观念上继续发言，坚持既定的重"道"轻"文"的文学审美观念。正如成伣所说的那样，"嵩善虽死，而讒讟者犹未已"，从而海东文学将何处去，谁都不好说。正因为如此，成伣忧心忡忡，心生写文章以明志的想法。也就是说"故作《文变》，以晓世之学为文者"。

第九章
朝鲜朝中后期士林派文人的心学与哲理文学

第一节 士林派性理学者的"道""文"观

　　世宗去世之后，海东王朝经历了一个短暂的动荡。继位的文宗虽聪敏好学，但在位两年不幸升遐。其世子立，即为端宗，时年十二。其叔父首阳大君存篡逆之心，遂用秘计剪除辅佐大臣和安平大君，自封领议政，兼内外都统兵马使，威压朝廷上下。端宗三年，首阳大君威迫受禅即位，称为世祖，以端宗为上王。此事激起公愤，世祖三年成三问、朴彭年等六臣和支持者密谋上王复辟，结果事泄而受斩，上王也以同谋罪降为鲁山君，放黜偏远，后被废为庶人赐死。这样的一个世祖，在政绩上反而略有治效。首先，他每听儒臣讲论经学或讨论性理，叹海东学者语音不正，句读不明，口诀纰漏不少，代代有所承误传讹，便命宿儒郑麟趾、徐居正、崔恒、申叔舟等分别教授四书、五经、《左传》等，更定校正，参订口诀，而有时则亲自参加参订工作。他还多次亲临太学，视察情况，偶尔试生讲学，激励儒生向学。他还顶住诸儒之反对，改革学制，在禁内分设天文门、风水门、律吕门、医学门、阴阳门、史学门、诗学门，每门加强师资，静心讲学。这些大都虽为杂学，但他认为这些都是国家所需要的，为此他多次与金宗直等权臣交锋。他在位期间还进行制度改革，重视国家法典的编纂，巨著《经国大典》就是在他任内编纂出刊。可谓其治绩可观。世祖在位十三年而殁，睿宗继位，不到一年而殂，迎立世祖长子之二子娎，是为成宗。成宗担心佛教泛滥成灾，严格僧法，禁止出家为僧，将内佛堂移于宫禁之外，拆除京城内尼舍。他还殚心于国家的文教，于太学建尊经阁，设养贤库，改一些僧舍为读书堂，赐假文臣在此专门读书研究。他又设弘文馆，置学士，侍讲经史。除此之外，他还颁布命令大量刊印经史，颁于诸道。他还亲自掌管编纂国朝经典，如《东国通鉴》《东国舆地胜览》《经国大典续录》《帝王明鉴》《后妃明鉴》等都是在他任内完成编纂和出版。可以看到，自世宗至成宗年间，海东朝鲜朝时期的政治、经济和文化迎来了繁荣期。

　　对民族历史文化的全面总结，意味着当时海东人民族意识的高涨。在这次民族文化的盛宴中，当然少不了文学的参与，按照当时的国策文学应该是其中的重中之重。至此，海东文学早已走过了一千五百多年的历史，所出作家和作品已经不是"汗牛充栋"之类的话语来可以概括。承蒙国家的右文政策，朝廷的各级官员和在野文人都开动脑子，参与收集和整理民族文学遗产的热潮中去。海东朝鲜朝时期第九代成宗王是个极其重视文治的好文之主，除了亲自掌管上述诸多政治、经济和各类文化著述的整理、出版事业之外，他还亲自过问一系列文学著作的收集、整理和出版事项。《东文选》《杜诗谚解》《杜诗集注》等文献的收集、整理、翻译、注释和出版工作，都是在成宗的过问和经费支持下完成的。不过值得注意的是，当时对文学遗产的收集、整理和出版工作，并不是盲目地进行，而是在一定的既定原则下进行。

　　值得一提的是，当时已经开始深入人心的海东朱子学内部，早已形成两种截然不同的倾向。一个是扎根于客观现实的政治哲学的学风，一个是通过经学研究追求思辨哲学的学风，前者的政治基础在于当时所谓官学派，而后者的政治基础则在于当时所谓的士林派。在文学观念上，前者主要主张"道""文"并重，也不排斥所谓的"词章学"，而后者则倾向于重"道"轻"文"，一心排击词章学。前者一直拥护朝廷的右文政策，认为文学有补于国政，甚至是"经国之大事"。后者虽不公开反对朝廷的右文政策，但他们更主张用朱子学的理论护佑王朝社稷，实行理想政治，极力排斥他们眼中所谓的词章学。于是这两股势力往往意见相左，针锋相对，有时还相互掣肘。文学观念上的这些情况，反映在这时期对文学遗产的收集、整理和出版事业上，使之出现截然不同的结果。其典型案例就出现在对文集的收集、整理和出版工作方面。成宗时期的金宗直，曾继承前辈学者成三问的未竟事业编纂《东文萃》，对其中的一些编纂原则，学术界和文坛存在许多不同意见。当时的学者、诗人成俔围绕这本文集曾发表自己的意见，说：

> 成谨甫在时，编东人之文，名曰《东人文宝》。未成而死，金季醞踵而成之，名曰《东文粹》。然季醞专恶文之繁华，只取醞藉之文，虽致意于规范，而萎薾无气，不足观也。其所撰《青丘风雅》，虽诗不如文然，诗之稍涉豪放者，弃而不录，是何胶柱之偏，至如达城所撰《东文选》，是乃类聚，非选也。[1]

这里说的成谨甫就是曾参加《训民正音》创制工作的学者成三问。世祖为首阳大君时，谋逆推翻端宗，自己登位为世祖，成三问等密谋端宗复位运动，行动失败后受斩，为死六臣之一。他生前曾收集历代海东人的文章，编纂《东人文宝》，事业未成身先死。他的晚辈、性理学者金宗直继承而作，名曰《东文萃》。不过遗憾的是，金宗直"专恶文之繁华"，只取道德蕴藉之文。这样作的结果，其内容虽符合载道之规范，"而萎薾无气，不足观"。也就是说，他编纂的《东文萃》，虽符合儒家道统，但"萎薾无气"，缺乏审美价值，违背了"文"的规律，不值得一读。他所编撰的《青丘风雅》，也将"诗之稍涉豪放者，弃而不录"，便批评曰"是何胶柱之偏"。成俔的批评，还涉及徐居正等人编纂的

---

[1] 成俔：《慵斋丛话》卷10，见高丽大学民族文化研究所1964年编《国译破闲集·慵斋丛话》，合刊本。

《东文选》，说他编的是；类选，而非文选。总的来说，金宗直编纂《东文萃》，的确偏重于思想内容，而忽视了富有艺术魅力的作品的选萃。如今看来，这不能不说是其一大缺陷，可叹成伣的审美眼力和胆识。

金宗直的这种编纂原则，是与他的思想和学风有着极其密切的关联。他出生于世代书香之家，父亲金叔滋早年师事性理学大家吉再，熟通程朱之学。金宗直自小浸染汉学和程朱学，逐渐精通性理学乃至心学，被称为继承大理学家郑梦周和吉再学统。他也是海东士林派的鼻祖，任高官期间大量任用士林，逐渐形成气候，与传统勋旧派势力分庭抗礼。他生前所写《吊义帝文》，凭借项羽杀楚怀王（义帝）的史实，含沙射影地批判世祖夺年幼端宗王位的行为。他去世后，任史官的弟子金驲孙将它收录于朝廷"史草"里，此事遂成为"戊午士祸"的端由，遭到"剖棺斩尸"。在这次士祸中，金驲孙、权伍福等弟子受牵连而死，更多的士林弟子也被罢官流配。由于当时金宗直的著作遭焚，后人只能收集其亲戚、朋友和弟子所保管的遗稿编成《佔毕斋集》，所以现无法看到其全部的著述。对他在海东性理学史上的地位，与他同时期的文人金纽记录道："吾东方道学宗派，发源于圃隐郑先生、冶隐吉先生。（金宗直）受业于圃隐之门，而得其正脉，曾王父直提学江湖先生，又学于冶隐之门，接其统绪，而传之家庭。则王父、佔毕斋先生学问，渊源之粹然一出于正，为如何哉。窃闻当时名贤俊士出于先生之门者，不止十数焉。寒暄、一蠹、梅溪，皆其所奖发；而静庵、晦斋、退溪诸贤，相继而起。上以接洙泗濂洛之统，下以开亿万年无疆之休，先生继往圣开来学之功，岂不伟欤。"[1] 文中将金宗直的"道脉"，上接郑梦周、吉再，中经曹伟、金宏弼、郑汝昌，下启赵光祖、李彦迪、李滉等理学大家。他的性理之学，"上以接洙泗濂洛之统，下以开亿万年无疆之休"，承接其"正脉"，无疑有"继往圣开来学之功"。他的著述有《佔毕斋集》《东文萃》《青丘风雅》《游头流录》《彝尊录》等。他在文学的观念上，虽不反对作文，但有

---

[1] 金纽：《佔毕斋集后序》，（韩国）《韩国文集丛刊》。

明显的"宗经"意识。他曾呼唤出现"上探孔孟之阃奥，而优入作者之域"的作家和作品。他为纪念尹祥《别洞先生集》的出版而写的"序言"，正好体现这种文学观。其曰：

> 经术之士，劣于文章，文章之士，闇于经术，世之人有是言也。以余观之，不然。文章者，出于经术，经术乃文章之根柢也。譬之草木焉，安有无根柢而柯叶之条弯，华实之秋秀者乎。《诗》《书》、六艺，皆经术也。《诗》《书》、六艺之文，即其文章也。苟能因其文而究其理，精以察之，优以游之，理之与文，融会于吾之胸中，则其发而为言语词赋，不自期于工而工矣。自古以文章鸣于时而传后者，如斯而已。人徒见夫今之所谓经术者，不过句读训诂之习耳。今之所谓文章者，不过雕篆组织之巧耳。句读训诂，奚以议夫黼黻经术之文，雕篆组织，岂能与乎性理道德之学。于是乎，遂岐经术、文章为二致，而疑其不相为用。呜呼！其见亦浅矣。居今之世，有能踊励振作，拔乎流俗，上探孔孟之阃奥，而优入作者之域者，岂无其人耶。无其人则已，如有之，世人所云，不亦诬一世之贤也哉。[1]

金宗直深有感触地说，有些人认为"经术之士，劣于文章；文章之士，闇于经术"，这种观点显然不太正确。因为"文章者，出于经术，经术乃文章之根柢"，所以一位合格的作家肯定是一位熟通经术之人，一篇好的文章，也肯定是一篇以经术为根底的作品。这譬如一棵草木，根柢是其生命源泉，哪有无此根柢而能够叶茂果丰的道理。那么，作家及其作品的根柢是什么呢？他接着说"《诗》《书》、六艺，皆经术"，"《诗》《书》、六艺之文，即其文章"。实际上其根柢在于四书五经，在于礼、乐、射、御、书、数。（还有一种说法将六艺包括六经，即《易经》《尚书》《诗经》《礼记》《乐经》《春秋》）此根柢掌握得越扎

---

[1] 金宗直：《别洞集·别洞先生集序》，（韩国）《韩国文集丛刊》。

实,其文就越"挺拔"。如果通过其文,能够"究其理,精以察之,优以游之","理之与文,融会于吾之胸中",则其"发而为言语词赋,不自期于工而工"。自古以来的著名作家、作品,都是遵循这个规律而成为名家,这是文章的法则。不过如今的情况而言,经术、文章都存在严重的问题,不好好整顿是不行的。具体来讲,"夫今之所谓经术者,不过句读训诂之习耳。今之所谓文章者,不过雕篆组织之巧耳"。那些"句读训诂,奚以议夫黼黻经术之文,雕篆组织,岂能与乎性理道德之学"。这些人"遂岐经术、文章为二致",就认为"其不相为用",实在是可笑至极。然而必须明白的是,"居今之世,有能踊励振作,拔乎流俗,上探孔孟之阃奥,而优入作者之域者",他用肯定的口吻说:"有!"而且再次指出"岂无其人!"最后,他用讽刺的口吻道:"无其人则已,如有之,世人所云,不亦诬一世之贤也?"他所说的这个人,就是他的理学前辈尹祥。金宗直在此以严厉的口吻批评的是,那些所谓官学派的学者和词章派的文人,在他的眼里二者都有致命的缺陷。前者只以"句读训诂之习"为经术,而后者则以"雕篆组织之巧"为之能事。作为继承海东理学"正脉"的领路人,金宗直认为他们都肤浅之极,其所作所为只能害吾"道"与吾"文"。他痛叹道"能踊励振作,拔乎流俗,上探孔孟之阃奥,而优入作者之域者",今有几人?他之所以指称尹祥符合这种条件,就是因为尹祥在文学上也能够"穷理"而"至情",根柢深而表达巧妙,能够打动各类众心。他说:

> 故嘉靖大夫、艺文提学兼成均司成襄阳尹先生祥,乃吾所谓其人也。先生资禀纯笃,学问该通,其于义理之精微,多有所自得。故能奋兴于乡曲,而羽仪于朝著,处胄监前后二十余年,提撕诱掖,至老不倦。当时之达官闻人,皆出其门,师道尊严,阳村以后一人而已。其为文章,虽出于绪余,而平易简当,乍见若质俚,而细玩之绰有趣味,皆自六经中流凑而成。同时据皋比如金枢府末、金司成泮、金文长钩,经术则可为流亚,而

文章则不能与之争衡焉，先生真所谓有兼人之德之才者也。[1]

尹祥资禀纯正敦笃，学问精博，穷究义理之学精微，对心性之学的探究自得者甚多。他一开始在乡曲向士类普及朱子学，后来到朝廷处胄监之职二十余年，诱掖后学，培养了很多有用之才，桃李满天下。他的文章"乍见若质俚，而细玩之绰有趣味"，而且"皆自六经中流凑而成"。金宗直在文尾中还说："况诗文者出于亲之肺肠，成于亲之咳唾者乎。宜君之拳拳于收录，以贻子孙于无穷也。"说尹祥的诗文皆出自于其肺腑胸襟，成于其咳唾，作为后代人精心收集和出版是理所当然的事情。

金宗直身为当世的理学大家和士林派宗主，一生与勋旧势力抗衡，为士林登上历史舞台而殚精竭虑。但是在文学观念上，他虽以"孔孟之阃奥"为根柢，主张"文章者，出于经术"，但一点是可以肯定的，那就是他并不完全否认文学。他虽把文学当成经术之附属品，当成"道"的产儿，但还是没有抛弃文学。他的弟子们也都纷纷跟随他，一生以性理之学与官学派对立，为从勋旧势力的手中夺取政权而拼死奋斗。但是在文学观念上，有的持彻底否定的态度，有的则采取并不完全否定的态度，甚至有些人坚持"道""文"并重的立场。燕山君、中宗时期的文人申用溉（1463—1519）就属于后者，留下了不少诗文和评论文章。他原本是世宗时期的勋旧派重臣申叔舟的孙子，但于少年时期开始跟随士林派领袖金宗直深造性理学，逐渐成长为士林派的骨干。他在文学观念上，重"道"而不轻"文"，虽浸满了儒家道学的凝重之气，但还是一味的"道""文"并重主义者。他在《颜乐堂集序》中说：

声为心出，诗乃言志。诗固发于性情而形于声，则观诗，亦可以知其人也。和易之人，其辞舒以畅，褊狭之人，其言啬而僻，旷达者放，穷愁

---

[1] 金宗直：《别洞集·别洞先生集序》，（韩国）《韩国文集丛刊》。

者苦。识未高则意浅,理不胜则气滞。粤自《大雅》熄,众作蝉噪,能温醇庄律,乐不淫,哀不伤。远窥《风雅》之域者,仅一二数。立意造语,不亢不流,端重近正者,亦世不多得。噫!文章随世降,人趋舍又不同,乐春华而忘秋实,理皮肤而遗骨髓者皆是。有能外肤华寻骨实,直溯其正派者,则虽未造于奥妙,吾犹将表而彰之,况又近于典雅者乎。吾少也,闻颜乐堂之声,才高气劲,擅美玉堂,为一时操翰墨者所推重,钦其名而仰慕之。及观其眉宇冰清玉润,爽气逼人,即知其中有所蕴,恨余生后,无以接绪论而挹余芳也。[1]

人的表情达意由心出,诗文创作乃言志道情,出心言志是诗文创作的客观规律。诗歌是发于人的性情而形于声的产物,所以可以说观其诗知其人,诗是其人其心的脸面表情。回顾古今诗歌,大体"和易之人,其辞舒以畅,褊狭之人,其言啬而僻,旷达者放,穷愁者苦",申用溉的此话真是说到了是处,反映了文学内在的规律。文章继而指出"识未高则意浅,理不胜则气滞",所以要不断培养创作主体的内心修养,不断提高作品思想内容的"纯正"性,是文学创作首先要解决的关键问题。《大雅》会熄于不起眼的地方,众人赋诗各鸣各的,如果能够"温醇庄律",可以做到乐而不淫、哀而不伤的原则。这里的"众作蝉噪",出自唐韩愈《荐士》一诗中,其曰:"齐梁及陈隋,众作等蝉噪。"意思就是齐梁时期的文坛意见杂众而不统一。文中的"温醇庄律",可参看明沈鲸《双珠记·纩衣得诗》,其道:"此诗立意温醇,措词雅丽,乃才女子也。"意思就是诗歌作品的立意要温醇,措词要雅丽。文中的"乐不淫,哀不伤",则出自《论语·八佾》,其曰:"子曰:《关雎》乐而不淫,哀而不伤。'"《论语集解》引孔安国注曰:"乐不至淫,哀不至伤,言其和也。"朱熹《诗集传序》说:"淫者,乐之过而失其正者也;伤者,哀之过而害于和者也,"孔子要求诗歌符合儒家的

---

[1] 申用溉:《二乐亭集》卷8《颜乐堂集序》,(韩国)《韩国文集丛刊》。

礼义道德,不要涉于淫荡、伤害和正之弊。其中也反映了孔子的一个重要的文艺思想,即在文艺理论上他是主张中和之美。从美学理论上看,中和之美的批评原则是孔子哲学上"中庸之道"在文艺上的反映。海东申用溉运用这些古代典故,其意思就是进行文学创作要符合儒家温柔敦厚之意,使人读后受到教育,"归于正"。他认为如今的海东文坛,能够继承《风雅》之意者不多,而且在创作上能够"立意造语,不亢不流,端重近正者,亦世不多得",这是一个值得提高警惕的严重问题。因此他慨叹"文章随世降",文风每况愈下。因每个人的审美境界不同,"趋舍又不同",文坛上"乐春华而忘秋实,理皮肤而遗骨髓者皆是"。他说如果真有内容和形式高度统一的作家、作品,他会万分庆幸,会放声表扬,尤其是其创作能够达到典雅之境者。"有能外肤华寻骨实,直溯其正派者,则虽未造于奥妙,吾犹将表而彰之,况又近于典雅者",就是这个意思。在当时的文坛上,他通过写序的机会,偶然发现能够达到这种境界的诗人,他就是前辈文人金欣(1448—1492)。读了金欣的诗,他立即感到一种"冰清玉润,爽气逼人"的气息,同时细读后"即知其中有所蕴",遂后悔其生前没有与之好好切磋文章之学。读完申用溉的这篇文章,深感其学问功底之深厚,对文学内部规律理解之深刻。

在申用溉的文学思想中,值得一提的还有对文学创新方面的论述。他认为蹈袭前人,模仿他作,亦步亦趋,乃文学创作的大敌。他坚信创新是文学的生命,是文学史之所以代代相传,往前发展的关键所在。浏览他的著述,我们逐渐可知他对文学历史是有一定的研究的,他的有些观点的确点出了问题的要害。创新是他探寻文学基本规律的关键点,他对文学的很多理论观点,都围绕这一点而展开。他为海东朝鲜朝时期前期著名文人李承召(1422—1484)的《三滩集》而写的序文,也主要谈论此话题。其道:

古之人论诗文得失,备而详,其大要,不过以识高而意远,气健而理胜。不卑鄙，不巧险，出于天然自真者为得。诗自赓歌、《雅》《颂》之后，至李、杜、苏、黄而众体该备。文自殷盘、周诰之后，至班、马、韩、欧而古文复兴。其他雄浑雅洁，简古深厚，各得其得而自成一家者，亦世不多得。作诗文而不落乎卑鄙、巧险、干苦、寒乞之窟，而登于大家数，斯亦难矣。[1]

古人谈论诗文，学者辈出，名文不断，概括其要，可以用"识高而意远，气健而理胜"来概括。他主张文学创作应该"不卑鄙，不巧险"，旨意高尚而艺术性强，"出于天然自真者为得"，这种作品可谓上品。中国古典诗歌自"赓歌"开始，经《诗经》之《雅》《颂》，其内容和艺术形式至唐代李白、杜甫时则达到顶峰，而到了宋代的苏轼、黄庭坚，诗歌所有的体制几近完备。这里的"赓歌"，典源出自《尚书·虞书·益稷谟》，其"乃赓为歌"曰："元首明哉，股肱良哉，庶事康哉！"孔安国传："帝歌归美股肱，义未足，故续歌。"可知，"赓歌"就是"续歌"。从时间上讲，"赓歌"是上古时代古老的歌。中国的诗歌由此发端，经过历代无数人的努力，最终发展到唐诗、宋词的艺术境界，这是一个文艺上的奇迹。申用溉还认为中国文学史上的文，自殷《盘》起始，后经周《诰》、春秋时代之《春秋》以及汉代班固、司马迁，到了唐代的韩愈和宋代的欧阳修等古文复兴。除了这些人之外，散文史上真正做到"雄浑雅洁，简古深厚，各得其所而自成一家者，亦世不多得"。中国的散文是在这样的历史过程中，经过无数作家的探索和努力，而发展成为泱泱美文之海。无论是诗歌，还是散文，"不落乎卑鄙、巧险、干苦、寒乞之窟，而登于大家数"，是难上加难的。

文学规律的探索之路上，海东的诗人、作家们也不断耕耘，在具体实践中摸索出一系列极富理论意义的观点。申用溉在阅读诸多民族文学遗产的过程中，看到了海东的诗人墨客和文章家中潜藏着无尽的审美热情和创造力。他们

---

[1] 申用溉：《二乐亭集》卷8《三滩集序》，（韩国）《韩国文集丛刊》。

中的许多人，无论在才气上，还是在实际成就上，都不亚于中国的那些所谓大家。他们的作品也是，无论在思想内容的深刻性，还是在艺术形象创造的高度上，都不让于中国的佳篇名作。对此，申用溉以李承召的创作为例，加以说明问题。他在《三滩集序》中继续说道："余自少闻，三滩大老，气格温醇简素，不独名望崇重朝著，大以文章鸣。国家之盛，每以生后，不得承咳唾接绪论于案下为恨。或见其诗于题咏间，知其所得高远，常服其精深雅健，而又以不得见所作之全为叹。"申用溉很早就听说李承召的诗名，很想与之切磋诗文之奥，但与他年龄差异大，没有这样的机会。幸好，李承召去世多年以后，其胤子手拿父亲遗稿来找他托序，才有机会得读其遗稿。他于公务之隙，细读全稿，大有收获，带着一种敬慕之心，认真写序。其曰："噫！观公之诗文，玉韫山辉，春晴云霭，外淡而中腴，辞今而意古。坦坦然如履平地，卒遇绝险，跬步不失规矩。风恬波静，激石而涛浪拍天，可与啖蔗得深味者看，不可与刺口剧菱芡者论。公之作，真识高意远，出于天然自得而登于大家数者也，岂后四佳诸大手哉？其行于世而传于后也无疑，岂徒行世而传后。其为学诗文者所规范，而播扬一代文治之盛于无穷者，其不在斯作欤。"[1]李承召诗"外淡而中腴，辞今而意古。坦坦然，如履平地，卒遇绝险，跬步不失规矩"，其大部分作品"识高意远，出于天然自得而登于大家数者"。申用溉认为李承召的诗文，在内容和形式上足以成为"学诗文者所规范"，可谓"播扬一代文治之盛"。同时他还认为李承召的诗，绝不亚于当时的大家徐居正、金守温、姜希孟，应该得到文学史家的重视。

第二节　金宗直的两篇诗赋与"士林惨祸"

如上所述士林的崛起，意味着海东朝鲜朝时期统治阶级内部，产生了一种

---

[1] 申用溉：《二乐亭集》卷8《三滩集序》，(韩国)《韩国文集丛刊》。

新的政治力量。这里所说的"新",是因为士林与垄断中央大权、拥有大批土地和财富的勋旧派阀阅势力不同,都是在野的、以地方乡村社会为根据地的、代表中小地主阶级利益的文士阶层。自海东朝鲜朝时期建国以来,他们长期蛰伏于乡村社会,主要以程朱理学为理论基础,兴办地方书院,不断扩大其成员,养精蓄锐,以备将来向政治舞台进军。在当时的情况下,勋旧势力和士林派的主要区别,在于:一个是在政治上追求高度的中央集权和富国强兵策,而一个是强调乡村自治和道学政治;一个是在思想文化政策上对佛教、道家、本国民间信仰施以宽大政策,而一个则是崇信程朱理学,排斥道学以外的任何思想文化。海东朝鲜朝时期第九代成宗王即位以后,士林派进出政治舞台的机会即已来临,因为成宗王为了限制勋旧派日益扩张的权势,开始引进士林派中的佼佼者,以形成政治上的平衡。在这场维系权力平衡的政治游戏中,无本而获益者是士林一派,以金宗直为首的这些人,相互提携,逐步占据了朝廷不少官职。他们走上政坛以后,不断扩充势力,积极与勋旧派抗衡,即使是于成宗二十三年(1492)金宗直因病去世之后,他的门人已遍布朝廷各个职位。根据《佔毕斋集·门人录》,他去世之后,在官的他的直系门人有金孟性、郑汝昌、金宏弼、曹伟、南孝温、金驲孙、权五福、俞好仁、朴汉柱、李鼋、李胄、李承彦、元概、李铁均、郭承华、姜欣、权景裕、李穆、姜景叙、李守恭、郑希良、卢祖同、姜希孟、任熙载、李继孟、姜谦、洪瀚、茂丰、郑承祖、康伯珍、康仲珍、金欣、金用石、洪裕孙、李宗准、崔溥、表沿沫、安遇、许盘、柳顺汀、郑世麟、禹善言、辛永禧、孙孝祖、金骥孙、周允昌、方有宁、杨浚等。这些人个个具有学问城府,擅长于文学,年轻而富有创新精神,展现出政治新星的活力,成为了勋旧派官僚的心腹之患。

不过这些士林派在政治上的成长过程,并不平坦,历经挫折,甚至付出惨重的代价。金宗直有个叫作金驲孙的弟子,时任春秋馆史官,记录全罗道观察使李克墩在世祖朝念佛得官的事情,后任谏官献纳时又上诉李克墩、成俊密谋朋党纷争。此举引起李克墩等勋旧阀阅势力的不满，其后在编纂《成宗实录》时，他将自己已故的业师金宗直早年所作文章《吊义帝文》记录于"史草"中，其中说："宗直未释褐，尝感梦，作《吊义帝文》，以寓忠愤。"[1]此时士林派中的权五福、权景裕，也写金宗直史传，载于此"史草"里，其中道："宗直尝作《吊义帝文》，忠义愤发，见者流涕。"[2]燕山君四年（即戊午年），朝廷开史局，修撰《成宗实录》，以李克墩为史局堂上官。李克墩等见到金馹孙等士林派文人的"史草"之书，不仅写进了他们自己的污点，还写进了一些指摘世祖的内容。于是他们开始组织反击，聚集柳子光、卢思慎、尹弼商、韩致亨等勋旧派官僚，研究对策。他们认为金宗直的《吊义帝文》，看似写端宗被逼上吊一事，实则暗地里矛头指向已故世祖，遂告知燕山君。燕山君听到此事后，愤怒至极，大起文字狱，下令拘捕相关的士林派官员，逼攻审讯。燕山君等最高统治者认为，这是一则士林派的一些文人结党谋叛的"乱逆不道"的事件，金宗直等人犯了大逆死罪。于是下令挖开金宗直墓"剖棺斩首"，焚烧其生前著作，还对这起事件的主要参与者金馹孙、李穆、许盘、权五福、权景裕等人处以死刑，还对郑汝昌、洪翰、表沿沫、李胄、姜欣、金宏弼、李继孟等人，以同调、结党乱国罪杖刑并流配绝地，而且还对主张只夺官爵而免死罪、知情不报的李克墩、鱼世谦、柳纯等人削夺官爵逐出官界。相反，对破获这起"史草"事件有功的尹弼商、卢思慎、韩致亨、柳子光等人，论功行赏，赐予了官爵、农田和奴婢。通过这场文字狱事件，勋旧派势力进一步巩固了自己的政治基础，而深受打击的士林派只能卧薪尝胆，等待机会东山再起。

用文学的方式干预社会、指摘统治者，这是古人的重大发明之一。他们知道文学是通过艺术形象反映社会，可以通过艺术魅力去"入人""化人"，所以历代的统治阶级都把文学利用于感化人、教育人的目的。文学的这种社会功用，

---

[1] 《燕山君日记》，四年七月条，（韩国）《韩国文集丛刊》。
[2] 《燕山君日记》，四年七月条，（韩国）《韩国文集丛刊》。

后来被发展成为一整套的审美理论,登上了奴隶社会政治或封建政治的大雅之堂。所以孔子也说过:"小子何莫学夫诗。诗,可以兴,可以观,可以群,可以怨。迩之事父,远之事君;多识于鸟兽草木之名。"孔子所谓"观",即观察,意思就是通过诗可以观察社会政治的兴衰,通过诗,还可以观察天下百姓的安危、社会动态等。正因为文学有这样的审美特性和社会功用,古今中外的知识分子用文学干预社会生活,以此为武器与社会的非理、不正或邪恶斗争。自古以来的当权者都十分重视文学的这种审美功能,所以孔子在《论语·泰伯》中还指出"兴于诗,立于礼,成于乐,游于艺"。文学对人的感化、教育功能,是通过一种潜移默化的过程来实现,而且在某些情景下,它可以对人施以暗示、默认和刺激,使其从精神上发生认识的深化或转化。世界历史上的种种"文字狱",是鉴于对文学艺术的这种审美特性而感知和实施,一旦付诸于政治实践,就格外地残忍和"毫不留情"。海东朝鲜朝时期第十代燕山君执政时期的文臣金宗直写的《吊义帝文》,及其载入"史草"而引起的"戊午士祸",就是海东古代诸多"文字狱"中的一次。这个"戊午士祸",不仅使已故文臣金宗直被"剖棺斩首",还使得众多朝廷文官被判处死刑,数十位事件的关联者流配和丢官。这种令人发指的"文字狱"惨案,不仅说明海东封建统治者的阴险和残忍,而且还证明古代文学与政治的必然联系。那么,金馹孙载于"史草"的金宗直早年的《吊义帝文》,是何等之文章呢?金宗直的《吊义帝文》全文如下:

丁丑十月日,余自密城道京山,宿踏溪驿。梦有神人,被七章之服,欣然而来,自言楚怀王孙心,为西楚伯王项籍所弑,沉之郴江,因忽不见。余觉之,愕然曰:"怀王,南楚人也,余则东夷人也。地之相去,不翅万有余里,世之先后,亦有千余载,来感于梦寐,兹何祥也。"且考之史,无投江之语,岂羽使人密击,而投其尸于水欤,是未可知也。遂为文以吊之:

惟天赋物。则以予人兮,孰不知其遵四大与五常。匪华丰而夷啬也,曷古

第九章　朝鲜朝中后期士林派文人的心学与哲理文学　457

有而今亡。故吾夷人又后千祀兮，恭吊楚之怀王。昔祖龙之弄牙角兮，四海之波殿为盍。虽鳣鲔鳅鲵曷自保兮，思网漏以营营。时六国之遗祚兮，沉沦播越，仅媲夫编氓。梁也南国之将种兮，踵鱼狐而起事。求得王而从民望兮，存熊绎于不祀。握乾符而面阳兮，天下固无尊于芈氏。遣长者以入关兮，亦有足观其仁义。羊狼狼贪擅夷冠军兮，胡不收以膏齐斧。呜呼！势有大不然者，吾于王而益惧。为醯醋于反噬兮，果天运之跅鳌。郴之山磝以触天兮，景晻曖而向晏。郴之水流以日夜兮，波淫洪而不返。天长地久恨其曷既兮，魂至今犹飘荡。余之心贯于金石兮，王忽临乎梦想。循紫阳之老笔兮，思蠒蜻以钦钦。举云罍以酹地兮，冀英灵之来歆云。[1]

仔细考察可以看出，此《吊义帝文》的全文，运用"楚辞体"而写就，是典型的赋体。从外观上看，此篇的整个内容是以吊祭被项羽杀害后抛尸水中的楚怀王（即义帝）的故事组成，形式上采取梦幻与赋祭文的艺术形式。此祭文写"丁丑十月日"，作者从密城去京山的路上，宿踏溪驿。夜晚睡觉时做梦，梦见穿七章之服神人，说自己是楚怀王孙心，被西楚伯王项籍所弑，沉入郴江激流之中。神人说完后，忽然消失。作者梦醒之后，愕然不已，自语道："怀王，南楚人也，余则东夷人也。地之相去，不翅万有余里，世之先后，亦有千余载，来感于梦寐，兹何祥也。"作家进一步根据自己掌握的历史知识，考究历史史实，并没有投江之事，难道项羽使人密击之后，投其尸体于水了？一时解不开此史实，真是"未可知也"。于是作者便拿起笔杆子，"为文以吊之"。全文以韵文写就，语言悲怆而含蓄，意境深远而畅达，描写生动，给人以深刻的余韵。作者写到，义帝是项梁复兴的楚国之直系后孙，其国初只是一个年少孩子，而后在阴谋横行的政治波澜中被杀害。还有，韵文中所出现的"梦有神人"，"被七章之服"，"自言楚怀王孙心，为西楚伯王项籍所弑，沉之郴江"。这个"七章

---

[1]《燕山君日记》，四年七月条。（韩国）《韩国文集丛刊》。

之服"，是王世子所穿的大礼服。它是从国王和皇太子的"九章服"中，除去龙和山之纹，而画入华虫、火、宗彝、藻、粉米、黼、黻等七个纹样的特殊礼服。可知，穿"七章之服"的"神人"，即象征着当时被降为"鲁山君"的端宗。而且，金宗直《吊义帝文》所设定的做梦故事的时间为"丁丑十月日"，也正好是端宗被杀的日期。端宗死于1457年10月21日（阴历），此年也正好是"丁丑"年。金宗直所编整个故事的时间、人物的身份、所穿衣裳、故事结构等等，无一不是"有的放矢"，具有很强的象征意义。金宗直的弟子金驲孙在"史草"中，还记录端宗被谋害的事情很详细，令人看得有血有肉。如他的记录中的一段写道："鲁山（即端宗）尸身弃于林薄，旬月无敛者，鸟鸢来啄。有一童，行夜负尸而走，不知投诸水火。"这种记录，很可能是来自于民间途说，但一点是肯定的，那就是端宗死于非命，很长一段时间内，谁都不敢敛尸。现在很清楚，《吊义帝文》中的"西楚伯王项籍"象征着当时迫害端宗致死的世祖，"楚怀王孙心"就是被世祖王及其党羽致死的年幼的端宗王。与此同时，此文的最后一段写道："余之心贯于金石兮，王忽临乎梦想。循紫阳之老笔兮，思矍躇以钦钦。举云罍以酹地兮，冀英灵之来歆云。"以表达对被害致死的端宗王的同情之情，以及对光天化日之下行逆篡权的世祖的愤慨。

"文字狱"作为封建社会中统治阶级内部矛盾的集中反映，各个国家、各个朝代都曾发生过。《汉书》记载，司马迁的外孙杨恽因《报孙会宗书》令"宣帝见而恶之"，而以大逆不道罪，被判处腰斩之刑。曹魏末年，嵇康因所写《与山巨源绝交书》令权臣司马昭"闻而恶之"，而被斩于"东市"。北魏太平真君十一年（450）六月，大臣崔浩因主持编纂的"国史"含沙射影地揭露了北魏统治者拓跋氏祖先的羞耻屈辱的历史，被北魏太武帝下令诛其族，同时株连被杀的还有崔浩姻亲范阳卢氏、太原郭氏和河东柳氏等北方大族，史称"国史之狱"。历史上的"文字狱"受到如此残忍的镇压，就是因为知识分子的笔杆子，往往极其有效地揭露和打击封建社会的罪恶和不道，令统治阶级看其文字内容就"胆战心惊",恐惧万分。海东朝鲜朝时期燕山君四年发生的金驲孙"史草"事件及其师金宗直的《吊义帝文》引起的"戊午士祸",就是一起典型的"文字狱"案件。一开始,最早发现这个问题的人之一的柳子光,向燕山君密告此事并将《吊义帝文》的内容逐句地解释道:"其曰'昔祖龙之弄牙角兮'者,祖龙秦始皇也,宗直以始皇比世祖。其曰'求得王而从民望兮'者,以义帝比鲁山。其曰'羊狠狼贪擅夷冠军'者,宗直以'羊狠狼贪'指世祖,'擅夷冠军',指诛金宗瑞。其曰'胡不收而膏诸斧'者,宗直指鲁山何不收世庙也。其曰'为醓醢于反噬兮'者,宗直谓鲁山不收世庙,反为世庙醓醢也。其曰'循紫阳之老笔兮'者,宗直以朱子自处,其心作此赋,以拟纲目之笔也。"[1]金宗直的此赋,写于世祖三年丁丑十月,这是年幼的端宗自缢而亡之月,也就是他28岁时所作。条条类推之,字字含沙射影之,可以看出金宗直《吊义帝文》的旨意在何处。

金宗直的《吊义帝文》,被其弟子金驲孙载录于"史草"并被检举为"证在阴谋"以后,此事惊动了整个朝野。从这个突如其来的"政治阴谋"惊醒并逐渐镇定下来以后,燕山君便下令调查这件事情的来龙去脉,并评估这件事情的严重程度和对未来的影响。据《燕山君日记》,燕山君以传旨的形式详论此事,并作出批示。其曰:"传旨曰:'金宗直草茅贱士,世祖朝登第,至成宗朝,擢置经筵,久在侍从之地,以至刑曹判书,宠恩倾朝。及其病退,成宗犹使所在官,特赐米谷,以终其年。今其弟子金驲孙所修史草内,以不道之言,诬录先王朝事,又载其师宗直《吊义帝文》。'"继而燕山君具体分析《吊义帝文》中的相关内容道:"其曰:'祖龙之弄牙角'者,祖龙秦始皇也,宗直以始皇比世庙。其曰'求得王而从民望'者,王,楚怀王孙心,初项梁诛秦,求孙心以为义帝,宗直以义帝比鲁山。其曰'羊狠狼贪擅夷冠军'者,宗直以'羊狠狼贪'指世庙,'擅夷冠军'指世庙诛金宗瑞。其曰'胡不收而膏齐斧'者,宗直指鲁山胡

---

[1] 李丙焘:《韩国儒学史略》,(首尔)亚细亚文化社,1986。

不收世庙。其曰'为醓醢于反噬'者，宗直谓鲁山不收世庙，反为世庙醓醢。其曰'循紫阳之老笔，思蟹蟫以钦钦'者，宗直以朱子自处，其心作此赋，以拟《纲目》之笔。馹孙赞其文曰：'以寓忠愤。'念我世祖大王当国家危疑之际，奸臣谋乱，祸机垂发，诛除逆徒，宗社危而复安，子孙相继，以至于今，功业巍巍，德冠百王。不意宗直与其门徒讥议圣德，至使馹孙诬书于史，此岂一朝一夕之故也。阴蓄不臣之心，历事三朝，余今思之，不觉惨惧。其令东西班三品以上、台谏、弘文馆，议刑以启。"[1]燕山君的这种分析，虽兼有当时愤怒的感情色彩，但是从金宗直的思想倾向和之前发生的世祖逼迫年幼的端宗禅位并自己登位为王的历史实际看，这种分析似乎有相当的事实根据。

　　作为士林派宗主的金宗直，一直崇尚程朱理学，看到世祖朝的社会腐败、阀阅势力的专权和跋扈，一心想改革腐恶的现实。他年轻时常与社会下层接触，深知社会的腐败和百姓生活的艰难，想以道学家的"天道人理"改造现实，建设一个按照理学的社会理想运行的清廉社会。他嫉恶如仇，看不惯世祖的专横，看不惯勋旧势力的贪婪无节制，想引进大批士林知识分子于官界，以抑制勋旧势力的恶性膨胀。他想改变腐恶的现实，认为旧有的"洙泗之学"已经过时，只有程朱之新儒学才能够解决复杂的现实问题。但是他有时做的有些过头，不讲究政治策略，不细究客观条件，正面攻击官学派的政绩和理论基础，没想到他们以强大的政治权利和学问基础来主导这个国家。金宗直往往以自己深厚的学问根基和聪明的才智，博得国王的欢心和同僚们的佩服，从而获得国王和当权者的信任。不过他过于自信，过于出风头，以至于与有善意的人们产生嫌隙。他也知道官学派文人大都是学问"蕴藉"深厚，文学才华横溢之士，但是他还是以自己的"锐气"与其对立，否定他们的成果，甚至攻评他们赖以骄傲的过去的文学传统。甚至否定中国古人的很多文学成果和海东高丽时期以来取得的

---

[1]《燕山君日记》卷30，燕山四年（1498年，明弘治十一年）七月十七日辛亥，（韩国）《韩国文集丛刊》。

巨大的文学成就，以引起人家的心理反弹和强烈的反击，使自己处于极其不利的被动地位。

这样的一个金宗直，对世祖的"篡逆"行为和一些官学派文人与其同调的行为予以激烈的反应，是再正常不过的事情。实际上，柳子光等人所攻击的并不只是《吊义帝文》一篇赋作，还有一首诗也被当作其"文字攻讦"的罪证，被列为当时的审查对象。这首诗就是金宗直所写的《和陶渊明述酒并序》，他在此诗的《序》中写道：

> 余少读《述酒》，殊不省其义，及见和陶诗汤东涧注疏，然后知为零陵之哀诗也。呜呼！非汤公，刘裕篡弑之罪，渊明忠愤之志，几乎隐矣。其好为瘦词者，其意以为裕方猖獗，于时不能以容吾力，吾但洁其身耳，不可显之于言语，自招赤族之祸也。今余则不然，生于千载之下，何畏于裕哉。故毕露裕凶逆，以附汤公注疏之末。后世乱臣贼子，览余诗而知惧，则窃比春秋之一笔云。"[1]

金宗直在此序中说，他在少年时代曾读过陶渊明《述酒》诗，其时并不知道其内涵。后来读到南宋汤汉（号东涧）的有关和陶渊明《述酒》诗的注疏，才知道这是陶渊明对晋恭帝的哀诗。南朝宋太祖刘裕在其元熙元年，废除晋恭帝以为零陵王，次年遂弑害晋恭帝，篡夺帝位，以宋为国号。在此序中，他继而慨叹如果不是南宋汤汉，就不可能知道刘裕篡权之罪恶，以及陶渊明"忠愤之志"。读到这里，人们已经可以预知陶渊明写《述酒》诗的意图，而更可以知道和答此陶诗的金宗直的用意何在。陶渊明通过这首《述酒》诗，描写南朝晋恭帝最后悲剧性结局，给予他以同情，而对弑君篡权的刘裕给予谴责。金宗直写此《和陶渊明述酒并序》，也想借和答中国名家诗，以给予同样的意思和感

---

[1]《佔毕斋集》卷11《和陶渊明述酒并序》，（韩国）《韩国文集丛刊》。

情，但是"酒翁之意不在酒"，借此古事，想说不久前发生的端宗被篡夺之事。金宗直认为陶渊明在诗中没有明写晋恭帝被篡夺之史实，而是全用"瘐词"，原因在于当时刘裕的势力"方猖獗"，用陶渊明的微弱之力是无法阻止，如果是轻易盲动，肯定招致"赤族之祸"，因此陶渊明则采取洁身自好的态度。紧接着金宗直表示，"今余则不然，生于千载之下，何畏于裕哉。故毕露裕凶逆，以附汤公注疏之末"。这句话表现出当时的金宗直年轻气盛，富有正义感，敢作敢当的冲劲儿。当时只有28岁的他，作为士林中的青年人，对勋旧官僚的腐化和专横深表不满，尤其是对世祖的"篡夺之举"愤慨不已。由此可见，他写这首和诗，绝不偶然。他在此序中的最后一句话，则证明这一点，其曰："后世乱臣贼子，览余诗而知惧，则窃比《春秋》之一笔云。"似乎话中有话，有所指摘。后来负责金驲孙"史草"案件的官学派文人柳子光，在对《吊义帝文》进行逐条"揭露"时，也对此《和陶渊明述酒并序》一诗进行了检举和分析。他说："其序曰'零陵哀诗'，以零陵（东晋末主安帝）喻比鲁山。其曰'刘裕篡弑之罪'，以刘裕比世祖。其曰'窃比《春秋》之一笔'，以《春秋》自比。其诗曰'苍天为可欺，高挹尧舜薰。受禅卒反贼，史氏巧其文。'以刘裕受禅，比世祖也。"柳子光等官学派文人还"揭露"认为，金驲孙等士林派的"史草"事件，都是金宗直死前教导的结果。他们向燕山君检举曰："宗直诋毁我世祖，宜论以大逆不道。其所为文，不可使流传，皆当烧毁。燕山从之。遂论宗直，断以大逆，剖棺斩尸。金驲孙、权伍福、权景裕等，与金宗直同罪，处以凌迟处斩。"一篇文章、一首诗所导致的这种人间惨祸，实在是令人发指，这足以说明文学形式有时对政治斗争所引起的不可估量的作用。

"文字狱"，无疑是封建专制主义的产物，也是封建统治阶级为维护切身利益而挑起的"文章之祸"。海东朝鲜朝时期屡次三番的这种"文字狱"，基本上都是其文化专制主义的产物，而这种文化专制主义则是其封建专制主义的延伸，这种延伸往往为各个时期的政治斗争服务。如海东朝鲜朝时期第八代睿宗即位

第九章　朝鲜朝中后期士林派文人的心学与哲理文学　463

后，起用了新进的年轻将领南怡为兵曹判书，引起勋旧势力的担忧和不满。勋旧派大臣柳子光于睿宗即位年（1468），抓住南怡的两个把柄以告于睿宗，一是说南怡结党谋叛，以其言论为证；二是说南怡的谋叛之心，以其《大丈夫》诗为证。后人李睟光在《芝峰类说》中记录此诗曰："南怡诗曰：'白头山石磨刀尽，豆满江波饮马无。男儿二十未平国，后世谁称大丈夫。'"[1] 全诗语言夸张而生动，格调豪迈而庄逸，充满了年轻武将保家卫国的豪情和决心。但是刘子光告发南怡时，将诗中第三行"男儿二十未平国"中的"平"字偷换成"得"字，从而将此诗分析成诗人谋叛之心的表露。根据《睿宗实录》第一卷"即位年十月"条的记录，接到此报的睿宗大怒之下喊道："怡之党，不可遗类"，便传旨义禁府处斩南怡本人及其余党，"株连九族"并"籍没财产"[2] 为了斩草除根，睿宗及其勋旧重臣，怀疑关联的赵淑、康纯以下数十人，也处以斩首、流配或降为奴婢等处罚。

海东朝鲜朝第十一代中宗时期发生的崔寿峸"诗案"，就是之前"己卯士祸"引起的连锁反应惨案。在之前的"己卯士祸"中，赵光祖以下大批士林派官员被处死或流放。事后一个叫崔寿峸的人给叔父崔世节写信，劝他远离政治空气紧张险恶的朝堂，寻求外放，并赋诗："日暮沧江上，天寒水自波。孤舟宜早泊，风浪夜应多。"崔世节将崔寿峸写的诗告于朝廷，崔寿峸被指有"谋害大臣"之罪而被下狱处死。海东朝鲜朝时期第十五代光海君时期，发生"金直哉之狱"，此案的一个牵连者叫作黄赫，被抄家时发现了儒生权韠的一首诗，其中写："宫柳青青莺乱飞，满城冠盖媚春辉。朝家共贺升平乐，谁使危言出布衣？"朝廷认为"宫柳"指的是光海君妻家柳氏，整首诗在讽刺朝廷。结果，权韠也因此诗被捕，不久被杀于流放途中。如今分析海东历史上的这些"文字狱"发现，各朝的文字狱虽其原因不同、情节各异，但本质却是一致的，那就

---

[1]《芝峰类说》卷13《文章部》6《东诗》，（韩国）《韩国文集丛刊》。
[2]《睿宗实录》第1卷，即位年10月30日，（韩国）《韩国文集丛刊》。

是都是"热衷于皇权专制"的封建专制独裁的产物。考察海东各个时期的"文字狱",可以发现,其手段和结果尤为狠毒和无情。中国的宋代虽以苏东坡"乌台诗案"开了"文字狱"先河,不过是贬官三级,下放黄州、流放琼崖而已。明代的万历皇帝也创造了处置"中国第一思想犯"的先例,但将"不以孔孟之是非为是非"的李卓吾,只是以"敢倡乱道"、"妄言欺世"的罪名逮捕入狱,最后逼其自刎。海东的"文字狱"如此残忍,原因诸多,但其中的一点应该属于主要原因之一,那就是它经常被利用于政治派别之间的权利之争。

在以朱子学为正统思想的海东朝鲜朝时期,"篡权"是大逆不道之行为,是绝对不能允许的,也是绝对不能接受的。尤其是以程朱理学起家的士林阶层,标举《春秋》大义",认为《春秋》大义"是作人、为臣、座君位的基本原则。他们奉为"圣人之书"的朱熹的《近思录》卷3《致知》篇指出:"先识得个义理,方可看《春秋》。"其意思就是《春秋》一书,与义理密切相关。在此书中,朱熹曰:"伊川先生《春秋传序》曰:'天之生民,必有出类之才,起而君长之。治之而争夺息,导之而生养遂,教之而伦理明,然后人道立,天道成,地道平。'"先有天理,然后才有万物,遵循现存秩序,便合天理,否则是逆天理。换个角度来讲,人民必须有皇帝来统治,然后"理"或"道"才得以美满的实现。如果君臣、父子之间,有人违背这个规矩,来行篡逆或不孝,那就是"大逆不道"。金宗直生活在世宗十三年(1431)至成宗二十三年(1492)之间,历经世宗、文宗、端宗、世祖、睿宗、成宗朝的执政,亲眼目睹海东朝鲜朝建国以后的第一次"篡逆"事件,即海东历史上所谓"首阳大君(后来的世祖)"杀死朝廷辅弼重臣皇甫仁、金宗瑞、安平大君等,逼迫年幼的端宗发布禅让教书而即位的大事变。站在正统的程朱理学社会思想和礼义观念立场上的金宗直,也把"篡逆"行动看成是"大逆不道"的恶行,表明坚决反对的态度。他的《和陶渊明述酒并序》,就是多年后根据自己年轻时所目睹的"世祖篡位"事件而写的作品,其中极其明确地表现着自己对这件事情的立场和态度。在这篇诗作中，他写道：

> 鼎铛犹有耳，人胡不自闻。
> 君臣殊尊卑，乾坤位攸分。
> 奸名斯不轨，赤族无来云。
> 当时马南渡，神州余丘坟。
> 天心尚未厌，有若日再晨。
> 处仲（王敦）首作孽，狼子（苏峻）非人驯。
> 蚩蚩遗臭夫，敖儿戕厥身（桓温父子）。
> 四枭者何功，天报谅殷勤。
> 婉婉安与恭，乃是刘氏君。
> 苍天谓可欺，高挹尧舜薰。
> 受禅卒反贼，史氏巧其文。
> 诿以四灵应，宗岱且祠汾。
> 伪命虽能造，世乱当纷纷。
> 好还理则然，劭也蔑天亲。
> 《述酒》多隐辞，彭泽无比伦。[1]

诗中说那个烧饭用的鼎铛也有耳朵，人怎么听不到传来之声音呢？君臣原来就有尊卑之别，如同天和地本来就有别一样。奸臣之恶名，是因为其叛逆了君皇，最终导致了灭门之祸，也断了子孙。当年三国魏的司马懿之孙司马炎，最终篡夺魏祚而建立西晋，但是到了第四代愍帝司马邺时，受到汉刘曜的入侵而亡。此时西晋琅琊王司马睿，跑到江南建康即位，成为了东晋元帝，从而中原神州之地变成了坟丘。不过天心尚未离开人间，这使人能够迎来第二个早晨。

---

[1] 《佔毕斋集》卷11《和陶渊明述酒并序》，（韩国）《韩国文集丛刊》。

根据《晋书》，王敦虽曾为东晋元帝立过功，但后来恃功傲世，擅权弄乱，死于非命。《晋书》记录，当时的苏峻，也为东晋元帝立过汗马之功，被授予冠军将军，但是到了成帝时反叛，打退官军的进功，把成帝从石头城赶出来，想自己专权，可是最终还是被陶侃的军队打败。诗人还说，东晋的桓温虽因战功而声名大盛，又曾三次领导北伐，掌握朝政并曾操纵废立，更有意夺取帝位，可是最后一次北伐失败，声望日下，加上朝中王氏和谢氏势力牵制局面，最终未能如愿。其子桓玄，也为东晋大将，先后消灭殷仲堪和杨佺期，除掉执政的司马道子父子，把持朝权。官至相国、大将军，晋封楚王。大亨元年（403），威逼晋安帝禅位，在建康（今江苏南京）建立桓楚，改元"永始"。南朝宋武帝刘裕，为汉代楚元王刘交之后，隆安三年（399）参军起义，对内平定战乱，逐一割除刘毅、卢循、司马休之等分裂力量，南方一度出现统一的格局。永初元年（420），刘裕废晋恭帝司马德文，自立为帝，国号宋，定都建康，从此开启了南朝历史。金宗直在诗中把犯上作乱的王敦、苏峻、刘裕等，断为历史的罪人，认为犯上夺权的小人没有一个好下场，都受天罚死于非命。在诗中，他把这些历史上的篡逆之辈描绘成非人训的"狼子""枭"，说他们都是昧良心的野心家，最后受到应有的"天报"。这里所谓的"四枭"，意指历史上的四个篡逆之臣王敦、苏峻、桓温、桓玄。尤其是刘裕一族，安帝和恭帝原本都是他们的国君，平时以善心善政，对他们记功赐爵，分田封侯，但是他们不曾满足，以种种"正当原由"用武力威逼，使其禅位，擅自称帝。篡权以后的他们，虽引来"尧舜之例"，想把自己的背道之行加以合法化，但是"苍天谓可欺""受禅卒反贼"，篡逆毕竟是篡逆，贼毕竟是贼，其狼子野心必昭著于世，改变不了其灭亡的命运。后来的朝廷史家，将这些篡逆的历史事实加以合法化，说他们的行为应了"四灵（麟、凤、龟、龙）"，还说应该封禅于泰山、祭祀于甘泉宫之汾阴祠（汉武帝曾得到宝鼎，在甘泉宫之汾阴祠拜祭天神，以立天子之仪），以立皇威，以扬其正宗，所谓"诿以四灵应，宗岱且祠汾。伪命虽能造，世乱当纷纷",就是这个意思。但是篡逆者的这种举措,都只不过是欺世盗名的骗局而已,瞒不过世人的耳目,最终引起了天下大乱。诗人最后总结出一个道理,那就是国家的"治"与"乱"是相互循环,没有一个乱中篡逆者保其全而退者。他指出:"好还理则然,劭也蔑天亲。"以南朝宋文帝刘义隆的长子刘劭篡逆之古事,说明篡逆者无好下场的道理。据《宋书》宋文帝之长子刘劭曾被封于皇太子,后来其巫蛊父王的事实败露,被废太子之位,不服即弑父王,即位称帝,但最终被义军所杀,成为篡逆之元凶。在诗的最后,诗人说"《述酒》多隐辞,彭泽无比伦",赞扬陶渊明《述酒》诗多用隐语,形象生动,显示出了无与伦比的艺术才华。

燕山君及其许多大臣,认为此诗序及诗对世祖的攻讦,有甚于其《吊义帝文》。许多大臣进言燕山君,对此事进行严密调查,而且根据情节的严重程度严惩金宗直。当时在场的尹弼商等上启燕山君曰:"'此序所言,有甚于《吊义帝文》,所不忍言。'遂上其诗卷,解释其义曰:其曰'此零陵哀诗也',以零陵比鲁山。其曰'刘裕篡弑之罪',以刘裕比世庙。其曰'以寓《春秋》之一笔',孟子曰《春秋》作而乱臣贼子惧',以《春秋》自比。其曰'苍天谓可欺,高揖尧舜勋',以刘裕受禅,比世庙也。传曰:世安有如此事?其弟子悉推核何如?慎首倡,与弼商、致亨启:'辞连者固当鞫之,若以弟子而悉推,恐致骚扰。东汉治党人太甚,终衰乱,今不可蔓延。'"[1]可见,当时燕山君及其大臣对此"反诗"事件的恐慌程度。金宗直曾在此序中说过:"其好为廋词者,其意以为'裕方猖獗,于时不能以容吾力,吾但洁其身耳,不可显之言语,以招赤族之祸也'。今余则不然,生于千载之下,何畏于裕哉?故毕露裕凶逆,以附汤公注疏之末,后世乱臣贼子,览余诗而知惧,则窃比《春秋》之一笔。"这里所说的"廋语",就是隐语,是用婉约的方式表达意思之意。金宗直指出陶渊明的《述

---

[1] 《燕山君日记》卷30,燕山四年(1498年,明弘治十一年)七月十七日辛亥条,(韩国)《韩国文集丛刊》。

酒》诗，善于用这种"廋语"，来隐喻刘裕之篡夺恶行，从而达到不留痕迹的目的。因为当时刘裕的政治势力正处于"猖獗"之势，如果不慎，被其发觉本意，其后果可想而知。但是金宗直认为自己离陶渊明的时代一千多年，不用怕刘裕之类的报复，所以敢于暴露刘裕之类之篡夺之非行，以附于汤公注疏之末，使后世的乱臣贼子读了此诗以后，知道恐惧为何物。燕山君及其大臣读到此，都不无惧心，倍感金宗直话中有话，居心叵测。于是"郑文炯、韩致礼、李克均、李世佐、卢公弼、尹壕、安瑚、洪自阿、申溥、李德崇、金友臣、洪硕辅、卢公裕、郑叔墀议：'今观宗直《吊义帝文》，非唯口不可读，目不忍视也。宗直当世祖朝，从仕已久，自谓才高一世，而不见纳于世庙，遂怀愤怼之心，托辞于文，讥刺圣德，语极不道。原其心，与丙子谋乱之臣何异？当论以大逆，剖棺斩尸，明正其罪，以雪臣民之愤，实合事体。'"[1]最后燕山君与诸臣谋议，认为金宗直"托辞于文，讥刺圣德"，刺大逆不道罪，处以"剖棺斩尸"之刑。对金驲孙、申从濩、曹伟、蔡寿、金诠、崔溥、申用溉、权景裕、李继孟、李胄、李鼌、郑锡坚、金谌、金欣、表沿沫、俞好仁、郑汝昌、李昌臣、康伯珍、柳顺汀、权五福、朴汉柱、金宏弼、李承彦、郭承华、庄子健等金宗直的徒弟，也处以斩首并灭门之刑，其他关联者也根据罪恶之轻重给予削职、降等、流配等处罚。

　　海东历代文人的文学批评证明，海东人看重历史，并善于用历史的眼光看现实问题。海东人的这种思维模式，渗透到文学文化的各个领域，使其用立体透视的方法论看问题。在文学批评领域里，以史证诗早已成为他们的理论模式，从而也摸索出了以史为注诗解诗的事实依据的治学方法。如何理解金宗直的《和陶渊明述酒并序》，历来的海东学者都从当时的历史背景开始入手，对其主题和其中的字句进行仔细分析，得出了基本上符合事实的结论。从当时的历史

1　《燕山君日记》卷30，燕山四年（1498年，明弘治十一年）七月十七日辛亥条，（韩国）《韩国文集丛刊》。

环境、对世祖"篡夺"行为的强烈的社会反响、士林派与勋旧派之间激烈的权利之争以及金宗直鲜明的朱子学的《春秋》大义名分观等情况入手,一些学者认为金宗直的赋作《吊义帝文》和诗作《和陶渊明述酒并序》,的确有明显的思想倾向性和现实针对性。所以对海东历史上的"戊午士祸"和金宗直死后遭到"剖棺斩尸"事件,大家都认为这是"诗赋之案"的延伸,也是其用诗赋的方式攻评当权者的必然结果,没有一个人持不同意见。以史证诗的这种方法论,不仅为解决金宗直《吊义帝文》案打开了一条正确之路,而且也为解开《和陶渊明述酒并序》案的谜底指出了合理的途径。为了更好地理解金宗直的诗作《和陶渊明述酒并序》的隐喻之谜,在以史证诗方法论的基础之上,不妨还采取比较文学影响学的方法论,对其进行逆向性印证。海东的金宗直加以和答的中国东晋末期南朝宋初诗人、辞赋家、散文家陶渊明的《述酒》诗写道:

　　重离照南陆,鸣鸟声相闻。秋草虽未黄,融风久已分。素砾皛修渚,南岳无余云。豫章抗高门,重华固灵坟。流泪抱中叹,倾耳听司晨。神州献嘉粟,西灵为我驯。诸梁董师旅,芊胜丧其身。山阳归下国,成名犹不勤。卜生善斯牧,安乐不为君。平王去旧京,峡中纳遗薰。双陵甫云育,三趾显奇文。王子爱清吹,日中翔河汾。朱公练九齿,闲居离世纷。峨峨西岭内,偃息常所亲。天容自永固,彭殇非等伦。[1]

陶渊明的《述酒》诗,从本质上说,是一首政治抒情诗。从行文的艺术手法看,他写得似有难言之隐,颇有隐情,话中有话。所以梁昭明太子说:"有疑陶渊明诗,偏偏有酒,吾观其意不在酒,亦寄酒为迹者也。"[2] 鲁迅也曾说:"陶集里有《述酒》一篇,是说当时政治的。这样看来,可见他于世事也并没有遗

1　袁行霈:《陶渊明集笺注》,中华书局,2008,第290页。
2　萧统:《陶渊明集·序》卷首,中华书局,1979。

忘和冷淡。"[1]这种政治的意思，的确遍布于整个作品中，使得此篇充满了"廋语"的隐喻之中。在诗中，诗人先是感慨，不写史实，写的是大地的气象。实际上，此大地的气象并非真正的自然气象，而是隐喻着当时的人间气象。"重离照南陆，鸣鸟声相闻"，东晋之初，统一了南方，人才济济，如鸟鸣奔走相告，天下一时欣欣向荣。然而不久，还未到深秋，祥和的风就已散去，看不到其踪影。"素砾皛修渚，南岳无余云。豫章抗高门，重华固灵坟。"水落石出，南岳云散，东晋气数已尽。公元406年，刘裕被封为豫章郡公，后来得势，将东晋的末代皇帝晋恭帝废为零陵王。刘裕自封宋武帝，其永初二年（422），杀害零陵王，以除后患。零陵王被葬于湖南九疑，说是"重华"，实则说的是晋恭帝的去世。诗的第五联说"流泪抱中叹，倾耳听司晨"，晋室不经而亡，诗人流泪而无奈地叹息，因为对旧朝有些感情，不能不为之感慨。诗人整夜未眠，思绪万千，凌晨时分，倾听鸡鸣之声。"神州献嘉粟，西灵为我驯"，东晋安帝司马德宗义熙十四年（419），巩县人献嘉禾，刘裕献给晋帝，帝以归刘裕。这里的"西灵"，应该为四灵（麟、凤、龟、龙），刘裕受禅文里有"四灵效征"的话，而且海东金宗直的《和陶渊明述酒并序》中也有"诱以四灵应，宗岱且祠汾"的一句，这说明金宗直也把它看成"四灵"。这两句暗含刘裕篡夺东晋王权之意。"诸梁董师旅，芊胜丧其身"，据《史记·楚世家》记录，白公（即楚太子的儿子芊胜）杀楚令尹子西，赶走楚惠王，而自立为楚王。月余，叶公（即沈诸梁）率众攻之，白公自杀，惠王复位。

陶渊明是一位内心纯正、志趣高远的诗人。后来的刘裕用武力平定桓玄之乱，带兵征讨各地的割据势力，先后攻破南燕，南下击溃卢循，攻杀刘毅，灭谯纵，赶跑司马休之。自此，南方各大割据势力，全部灭亡，南方统一。东晋全境，悉由刘裕统治，东晋王朝已名存实亡。到了元熙二年，刘裕迫使司马德文禅让，亲登皇帝位，是为武帝。此时的陶渊明，虽然已归隐田园，但他的赤

---

[1] 鲁迅《而已集·魏晋风度及文学与药及酒之关系》，人民文学出版社，2006。

胆忠心并没有完全漠视纷乱的社会现实，实际上他也不愿意完全抛却社会现实。他已经看破刘裕的皇帝野心，愤慨不已，将自己未尽的政治理想寄寓诗中，将刘裕的篡权行为看成"天下之大不道"。他便拿起诗笔，将这一"盗天"行为付之于笔端，讽刺之，谴责之。可以看得出，陶潜写《述酒》的时候，一定是悲痛万分，愤怒之极。不过他又只能用隐喻的手法去写，甚至故意写错几个字，好让别人无法看清，也就无从迫害他。

读完陶渊明的《述酒》诗，很快就能知道海东金宗直的《和陶渊明述酒并序》，与其有着不可分离的影响关系。首先，陶渊明的《述酒》诗写的是，晋元熙二年（420）六月，刘裕废晋恭帝司马德文为零陵王，自己称帝，次年九月，想以毒酒杀死零陵王未果，继而又令士兵以被褥闷杀的史实。而金宗直的《和陶渊明述酒并序》影射的是，海东第七代世祖李瑈为了篡夺年幼的端宗之王位，先设局杀死其辅臣皇甫仁、金宗瑞等，然后将其王位竞争对手、胞弟安平大君父子流配江华岛，不久赐死其父子，而后自己以领议政府事经筵书云观事兼判吏兵曹事掌控军国大权，不久逼迫端宗下禅位教书，而后亲登王位。陶渊明和金宗直，虽属不同的国家、不同的时代和不同的社会环境，但却面临极其相似的客观现实和现实问题，而且都是爱憎分明的进步文人和诗人，所以陶渊明写出《述酒》诗以刺当时的篡权者，金宗直以和此《述酒》诗的艺术形式来讽刺和攻讦自己眼前的篡夺者，都是很自然的事情。其次，陶渊明及一千多年以后海东的金宗直，在自己的诗作中，都运用隐晦曲折的语言，反映眼前的篡权者之"罪恶"，表达了诗人对政治阴谋家的非理行为的极大愤慨，同时也表现出诗人不肯与当权者同流合污的抗争精神。还有，陶渊明和金宗直在自己的诗作中，都以比喻的艺术手法，隐晦曲折地记录了刘裕和世祖李瑈篡权易代的过程。在塑造这样的艺术形象的过程中，二人都对被损害的废帝（或王）给予了无限的哀惋之情。二人作为封建文人，一个是身处田园而关心自己的社会，一个是身处激烈的新旧势力之争而勇于面对自己眼前的社会问题，他们有一个共同点，那就是都厌恶社会动乱，对那些政治野心家的篡权行为极度地反感和愤慨。无论是追求田园闲适生活的陶渊明，还是追求积极进取、敢于迎接现实斗争的金宗直，在其诗中都透露出对世事不能忘怀或积极干预的精神。又有，为了避祸，二人的诗，都写得十分隐晦。二人的诗，虽多用历史典故和古事，有些离奇和婉转，如果没有文学史上的一些注家的努力，难免理解上的困难。但总的来说，二人的诗毫无堆砌之感，都将古事和典故用得自然得体，毫不影响诗作艺术形象的曲折和生动。最后，为了避免朝廷的警戒，二人都在诗的标题后设了局，以企掩人耳目。如陶渊明的《述酒》诗，在标题旁设了一个题注，其曰："仪狄造，杜康润色之。"仪狄是夏禹时代酒的发明者，而杜康是西周时人，正是在他改进了酿酒技术后，酒才风行于天下。这个题注仿佛让人们以为陶潜这首诗是在记述酒的发明、发展史，实则不然。陶潜在这里用了影射手法，实际上是以仪狄影射桓玄，以杜康影射刘裕。桓玄篡位时用毒酒鸩杀了司马道子，而在陶潜听到的传闻中，晋安帝司马德宗和晋恭帝司马德文，也都是被毒酒毒死的。这首诗里的"酒"，实际上指的是毒死司马氏的毒酒，这首诗实际上是在影射一切邪恶及因其而发生的悲剧。

金宗直在《和陶渊明述酒并序》中，也巧妙地设了一个序文，意即想通过此序文转移人们尤其是当权者的视线。他在序文中说："余少读《述酒》，殊不省其义，及见和陶诗汤东涧注疏，然后知为零陵之哀诗也。"听了这话，好像在聊陶渊明的此诗隐晦难懂，汤东涧的注释帮了他理解《述酒》诗的内容。紧接着他专谈汤注的明了和陶诗的隐晦，以及陶潜的智慧，似乎与海东的人和事情无关。这种手法，他在《吊义帝文》中也用过。在《吊义帝文》的开篇中，巧妙地设了一个托梦之局，"丁丑十月日，余自密城道京山，宿踏溪驿。梦有神人，被七章之服，欣然而来，自言楚怀王孙心，为西楚伯王项籍所弑，沉之郴江，因忽不见。余觉之，愕然曰……"乍一看，作者只是说一些梦里的事情，而且梦中所见者只不过是几千年以前的楚怀王而已，在一般的情况下，不会有人注意其中的内蕴。实际上,这只不过是一个为了转移别人注意力而设的迷局而已,其中隐藏着极其深刻的、不可告人的现实干预思想和历史内容。后来的海东朝鲜朝时期统治阶级,看懂了其中蕴含的内容和思想以后,大惊失色,不择手段地去加以镇压和打击,以至于将已病故的金宗直施以"剖棺斩尸"和灭门之刑,其他的参与或同调的人也都遭到斩首、流配或将整个家族沦为奴婢的处罚。

对金宗直在诗赋作品中含沙射影地攻讦当权者的作法,历来的学界和文学界有两种截然不同的评价。其赞同者如与金宗直同时期的金纽(1420—?)指出:"出于先生之门者,不止十数焉。寒暄、一蠹、梅溪皆其所奖发,而静庵、晦斋、退溪诸贤相继而起。上以接洙泗濂洛之统,下以开亿万年无疆之休,先生继往圣开来学之功,岂不伟欤。呜呼!先生易箦后七年,不幸昏朝乱政,权奸煽祸,祸及泉壤,至使遗文残稿,亦不得脱焉。追想其时风色,可胜呜咽哉。"[1] 学者金纽,对金宗直在海东朱子学发展史上的重要贡献,给予高度的评价。而且还对金宗直因当权者及其权奸掀起的"文字狱",身陷囹圄,最终受到"剖棺斩尸"之冥刑表示极大的不满和愤慨。但是也有些学者对金宗直的所作所为,表示不赞同,甚至表示批评意见。如海东朝鲜朝时期孝宗朝的学者尹拯(1629—1714),则表示不能同意金宗直影射朝廷的行为。他说:"尝读佔毕斋《吊义帝赋》,明是有意而发。及考其集如《和渊明述酒》及《古风》二首,一咏梁简文,一咏唐文宗,及咏弘演等作,皆似不偶然。窃谓此老若有非汤、武之志,则宁如金悦卿所为,无不可者。乃以光庙己卯登第,官至伐冰,而顾以此等言语,形于吟咏,豫让所谓为人臣怀二心者,不亦可愧欤!"[2] 他认为金宗直写《吊义帝赋》绝不偶然,是有其主客观原因,是"明是有意而发"。他认为如果对朝廷有意见,或对现实有不满,应该像金时习一样明里发表意见,哪怕

---

[1] 《佔毕斋集·后序》,(韩国)《韩国文集丛刊》。

[2] 《明斋先生遗稿》卷31《杂著·手录》,(韩国)《韩国文集丛刊》。

是用诗赋及文章进行严厉批评。他主张绝不能专以"廋语",隐喻现实,针对某个人进行攻讦。尤其是拿人官爵,吃人俸禄,为国谋事者,"顾以此等言语,形于吟咏,豫让所谓为人臣怀二心者,不亦可愧欤!"围绕金宗直等人的"戊午文字狱"事件,海东历史上曾进行过长期的探讨和争论,但从来没有也不可能有颇具说服力的结论。

文学是一种用艺术形象反映生活、表达感情的特殊的意识形态。俄国的普列汉诺夫(1856—1918)曾说过:艺术"既表现人们的感情,也表现人们的思想,但并非抽象地表现,而是用生动的形象来表现。这就是艺术的最主要的特点"。[1]他在此所说的"生动的形象",既来自社会生活,又是对社会生活的艺术提炼和加工,是具有典型意义的艺术形象。应该认为文学创作的目的首先是为了给人看的,所以作家在创作时最大限度地去加强作品的艺术性,以增强其艺术感染力。作家创作的完成,就意味着读者的审美接受随时开始,而读者的审美接受也是一种情感活动,认识活动和艺术再创造活动。俄罗斯作家列夫·托尔斯泰指出:"艺术是这样一项人类活动,一个人用某种外在的标志有意识地把自己体验过的情感传达给别人,而别人为这些情感所感染,也体验到这些感情。"[2]正因为文学作品的这种艺术感染力量,历来的作家们把它当作表达思想感情、批判社会问题的武器。也正因为文学作品的这种艺术审美传播的特性,历来的封建统治阶级利用它来宣扬"圣人之道"和自己的政治主张。而更因为文学的这种审美感染特性,历代封建统治阶级害怕进步文人和人民群众用文学的艺术形式去揭露他们的罪恶和社会非理,百般控制文学创作的自由和读者欣赏文学作品的自由。为了使文学在自己设计的轨道发展,历代封建统治阶级要求"文以载道""文须从道中流出",从而给文学设置"牢笼",束缚其自由发展。从文学的这种特性,也可以知道封建时代频繁发生的"文字狱"的社会政治的

---

1 俄·普列汉诺夫:《没有地址的信》,曹葆华译,人民文学出版社,1962,第4页。
2 列夫·托尔斯泰:《什么是艺术》,伍蠡甫、蒋孔阳主编:《西方文论选》下册,上海译文出版社,1979,第433页。

本质。海东燕山君时期发生的"戊午士祸",从本质上讲就是一次典型的"诗祸",是对金宗直等人所创作的一些诗赋作品做一方政治解读的结果。正因为他们用文学创作的形式,指摘海东朝鲜朝时期端宗至世祖时期权力接替过程中存在的不当性问题,进行了隐喻和讽刺,从而激怒了以燕山君为首的封建统治阶级。燕山君等朝廷重臣,在调查和评估这件事情的过程中发现,金宗直的这篇赋作的艺术结构设计的非常巧妙,想必对读者的蛊惑性极大。他的这两部作品,虽采取梦幻的艺术结构和陶诗的写作形式,但其中的意境却极其深邃,影射的意味也极其明显。他们觉得如果放纵这样的文学现象,会对王室和社稷产生负面影响,其后果不堪设想。尽管在从有人告发到揭露和调查的过程中,所参与的各类人有各自复杂的动机和目的,但是这些人却都明白一点,那就是金宗直的文学创作水平不一般,文学形象的艺术感染力是巨大的。

第三节 成宗朝士林派与词章派之间的"道""文"之争

随着海东王朝政治经济的快速发展,各种社会矛盾陆续生成和激化,哲学领域不同学派之间的斗争也如期而至。这些矛盾和斗争,随着政治经济领域的利害关系,不断变化和演绎,最终演化成新旧势力在政治经济和思想文化领域的生死之争。到了世祖朝,深受世祖宠爱的勋旧派朝臣,久居荣利之位,以阀阅之享,贪欲腐化,还占有大量的功臣田和奴婢,引起了在野士林派的反感和抵制。到了成宗朝,这些勋旧派重臣日趋阀阅化,使得年轻的成宗处处受制,以至于其王权逐渐失去绝对的权威。成宗敏锐地把握变化着的形势,以反制之策,逐步起用在野的士林派文人。在成宗的青睐之下,各个地方的士林派文人陆续赴任朝廷的各个官位上,成宗想以新进的士林派抑制已经官重气粗而不好对付的勋旧派权臣。

士林派文人以程朱理学的道德之学批评勋旧派贵族的专横和贪婪,想用义理之学改变勋僚旧臣专断国政的局面。勋旧、士林两派之间争权夺利的斗争，一直延续到明宗时期，尚保留雄厚的政治势力的勋旧派进行接连的报复和打击，挑起了戊午年士祸（燕山君四年，1498年）、甲子年士祸（燕山君十年，1504年）、己卯年士祸（中宗十四年，1519年）、乙巳年士祸（明宗元年，1545年）等，重创士林派政治势力的"挑衅"。但是士林派以各个地方的书院、乡村组织为根基，其势力不断滋生，前仆后继，如同扑不灭的野火。他们陆续刊发《朱子家礼》《三纲行实图》《诗集传》等程朱理学方面的书籍，提倡"正道""公道"，以批判和限制勋旧派贵族的贪欲和奢侈生活。他们还大量印发程朱理学的入门书《小学》，以其中的《立教》《明伦》《敬身》《稽古》等篇，辅导后生，宣扬性理学的"律身""修己"，以此批判勋僚们的日趋败坏伦常，打好自己的理论基础。

如果说海东朝鲜朝时期前、中期的勋旧派文人以孔孟之学为本，以六经为治国之源，修己治平为现实政治之资，那么，这时期的士林派文人则秉承朱熹以"正心诚意"为本的治国理念，主张"修身以正己心""内修以正君心"来当做"王业鼎盛之质"。在文学观念上，他们的主张也不同于勋旧派文人常以传统的儒家之道为理论支点，仅以"六经为本"，而其内涵中还有心性的义理之学这一特定的内涵。他们谈论文学和艺术，以创作主体的"心性"为本源，认为诗文出自人心，人心的清浊决定作品的好坏。海东朝鲜朝时期明宗时期大理学家李彦迪的弟子、士林派学者卢守慎曾指出：

> 夫诗者生人心，人心之感，由于政治，故先王慎其所以感之。非皇朝政治温柔敦厚，薰为太和，安有见于诗者若是其安且乐乎！而人才之众多，抑可因而验之矣。世谓诗也文之靡，律也诗之变，此特指其雕镂篆组之巧者耳。夫理性情，达风教，非诗而何赖焉？变而不失其正，乃所以为贵也。[1]

---

[1] 《苏斋先生文集》卷7《皇华集序》，（韩国）《古典文集丛刊》。

卢守慎指出诗歌产生自人心，也就是说出自于创作主体的心灵世界之中；而人心之"感"则来自于社会实践，尤其被左右于社会的政治。这里的"人心之感"就是对客观世界的感知、认识或理解的结果，也就是说诗人、诗歌创作及其作品是社会生活在诗人头脑中的反映，所以历代君王和贤者都非常重视诗人的社会实践和精神修养。

正因为文学是人心乃至"人心之感"的产物，先天地与社会生活发生密切的关系，所以也和创作主体的内在性情水乳交融。可以看出，卢守慎论诗歌首先从诗人的内心和社会生活的关系着手，以其性情的内涵和变化把握问题，表现了一个理学家的思维模式。从这样的思维模式出发，他认为明廷使臣在访问海东的过程中所写的《皇华集》，充分体现了正在走向上升时期的当时的明朝气象。他指出："非皇朝政治温柔敦厚，薰为太和，安有见于诗者若是其安且乐乎！"强调两位明廷使臣的诗歌作品如此典雅而温柔敦厚，原因就在于他们人和作品都薰染着大明王朝雄厚大气的风气，如今人虽在海东国，其创作气象和艺术精神却照常无变。

卢守慎在此《皇华集》中写道："万历元年正月，我殿下出《皇华集》二帙，俾有司入梓，命臣为之序。臣谨受以卒业，即翰林院编修敬堂韩先生、吏科左给事中锦江陈先生，奉新皇帝登极诏若敕来，宣我海东，实上年隆庆壬申十一月一日也。凡其来往所经江山、亭馆、风土、民俗暨人物接遇，有参于前觉于中者，率多以诗发之，盖所谓治世之音，安以乐者。"[1]卢守慎是在为受刚登极的明神宗（万历皇帝）敕命，来海东传达宣慰诏书的明廷翰林院编修敬堂韩先生、吏科左给事中锦江陈先生的使节诗集《皇华集》写序时说这番话的，认为太平盛世的音乐，"安以乐"，投射出大明和谐政治环境下成长的作家作品的新气象。

---

1 《稣斋先生文集》卷7《皇华集序》，（韩国）《古典文集丛刊》。

作为士林派的后人，卢守慎还大力赞扬海东性理学的先驱、作家郑梦周的人品、学术和文学成就，认为其理学思想和人格资质都高度统一在著述和创作成果上。而且他还认为作家的道德境界和创作风格紧密地联系在一起，作家有什么样的人格品质，作品就显现什么样的风格特征，因为文学创作活动是人的性情发现的精神活动。从而他强调性理学前辈郑梦周的文学创作之所以高迈超逸，给后人给予感动，正是因为其一个性理学家的内在风范蕴染于字里行间。卢守慎在《圃隐集序》中说道：

> 盖公自少有大志，日诵《中庸》《大学》，学问精粹，讲说渊微，超出人意，暗合《集注》，及得胡书，诸儒惊服。其文风学术，翕然有所矜式，真可谓儒林中宗主……臣今味之，豪逸雅健，雄深和厚，多本性情。该物理，往往有若自发于心得而无假于外求者，信乎，有德者必有言也。顾其当世，有能治经深于文义者，相命曰：理学。不知牧老所指何居，然横竖当理，亦须闻藩者能之。独恨无少论著可以寻其绪耳。[1]

郑梦周是高丽末叶的朝廷重臣和理学教育家，他继李齐贤、李穑之后为普及中国宋代的性理学付出了很大的精力，培养出了不少后继人。他精通《中庸》《大学》等儒家经典，学问精粹，讲学深刻精微，所写所讲的——暗合理学大师朱熹《四书章句集注》，也识读古文科斗之书，名震一时。他的文风和学术，足为学界楷模，所写无不出自性情之真，不愧为多年的文坛宗主。后世理学家卢守慎从前人郑梦周的文学创作事例中，看到了文学创作"本于性情"，而且其艺术风格也与其密切相关。或"豪逸雅健"或"雄深和厚"的文学风格，都是出自创作主体的内在性情，性情不同，个性有异，遂各显不同的创作风格。他认为应该通过创作主体的内在性品，寻找不同风格的来源，绝不能从外在的因素

---

1 《稣斋先生文集》卷7《圃隐集序》，(韩国)《古典文集丛刊》。

中白费功夫,古圣人所谓"有德者必有言"一句,绝不会是空穴来风。卢守慎强调从中国来的程朱理学为我们揭开世上"物理",提供了深邃的理论基础,在文学上"治经深于文义",因为掌握了理学的思索原理,可以说出诸多深奥清新的释语。卢守慎认为新的性理学,从人的"四端七情"把握和着手说事,"横竖当理",值得去探索其中的奥义,当然文学也包括在其中。

海东朝鲜朝前期士林派性理学者的一个重要特点,就是重视师友传承关系,善于提携后进。他们在学问上也不输于勋旧派文人,尤其在性理学方面富有造诣者甚多,义理和名分是他们待人处事的基本要求。他们将维系正常的人伦关系看作"天理之自然",把通过"内省"达到"诚意正心"的境界看作必需的修养过程,即使是国君也要与普通人一样进行"内省"以不断"省察"自己。从而他们表彰那些能够体现"天理之自然"的文章,将那些"道德文章"奉为能够师范一世的好文章,在学问和文学创作上讲究渊源和道统。海东朝鲜朝时期前期的士林派领袖、性理学者金宗直曾著述了一部《彝尊录》,记录自己家门的学问传统和海东性理学的发展脉络,以彰显海东性理学的悠久由来和理论传统。书出以后,金宗直的门人、性理学者曹伟(1454—1503)写序,对此书的文化意义和学术价值做出高度的评价。作者认为此书彰显了海东的儒家道统,体现了性理学的渊源,充满了"文以载道"的深刻寓意。曹伟在其序中写道:

> 子之于亲,爱之尊,故慕之深,慕之深,故犹惧一行一善之不闻于世,此出于人心天理之正而不容己也。文献名家,著为谱录,纂次世系者,或有之矣。至于述先人行业,以及历官师友,萃为一帙,以遗子孙者,求之当世,绝无而仅有也。文简公佔毕斋先生,道德文章,师范一世,学问渊源,出于先司艺公。如致堂之于文定,九峰之于西山,其操履之笃,文词之富,虽由天分之卓越,而皆先公训迪而养成者也……如是其详耶,是

录也。先后有序，详略得宜，该而不失于细，实而不至于文。苟非爱慕之深，诚孝之至，潜心体认，服膺不失者，何能至是哉？况祭礼一事，尤关风教，我国家久染习俗，士大夫丧祭，杂用浮屠，莫或至此。独司艺公奋不顾流俗，一遵文公之礼，倡于乡里。先生又笔之于书，著为家范，一洗世俗之陋。[1]

金宗直《彝尊录》的原稿于"戊午士祸"时散失，1520年其外甥康仲珍再次搜集余稿而出刊。金宗直的父亲金叔滋是海东朝鲜朝初期性理学大家吉再的得意门生，而吉再又是高丽末叶性理学大家李穑、郑梦周、权近的弟子，到金宗直，其门下还出现了金宏弼、郑汝昌、曹伟等一批性理学巨擘。金宗直的这部《彝尊录》载录了父亲金叔滋的谱图、纪年、师友录、祭仪、家训、外祖父和外祖母传及行状，而其后人还加载了文人录等，是一部了解当时的士林派及其性理学家交游实况的重要的文献资料。曹伟在此序中高度评价恩师金宗直的《彝尊录》，认为此书的贡献在于"述先人行业，以及历官师友，萃为一帙，以遗子孙"，而且将士林派的宗系、海东性理学发展的师承脉络关系和一百多年来海东性理学家们的交游日常展现给后人。曹伟认为没有对此道的爱慕，没有对海东性理学发展的高度责任意识，写不出如此深刻而具有教育意义的好书。曹伟还赞扬此书在写法上"先后有序，详略得宜，该而不失于细，实而不至于文"，充分体现了一个性理学者为文"载道"的原则。曹伟还认为金宗直之所以能够写出如此精湛的思想之文，是因为他对性理学研究"爱慕之深，诚孝之至，潜心体认，服膺不失"，也是他爱国、爱人、爱业的具体体现。也正因为此书载入沉甸甸的"圣人之道"，就可以"一洗世俗之陋"，具有"尤关风教，我国家久染习俗，士大夫丧祭，杂用浮屠，莫或至此"的文章效果。

当时曹伟等人用古代海东文翻译并注解的《杜诗谚解》，无论在海东性理

---

[1]《梅溪先生文集》卷4《彝尊录序》，（韩国）《古典文集丛刊》。

学史上,还是在海东文学史上,都具有极其重要的现实意义。自海东朝鲜朝时期逐渐将程朱理学定为官学,以至于将它上升为统治思想,中国古代的六经等儒家经典及其历代名人的注释本,成为了官定的必读书。除此之外,中国汉儒、宋儒等历代思想家的名著,也被列为文人士子了解儒家思想经典及其发展史的重要的参考书。值得注意的是在这些"国是之籍"中,唐杜甫的《杜诗集》也占有一席之地,成为了广大文人士子必读之书。高丽文人李仁老曾经说过:"自雅缺风亡,诗人皆推杜子美为独步,岂唯立语精硬,刮尽天地菁华而已。虽在一饭未尝忘君,毅然忠义之节根于中而发于外,句句无非稷契口中流出。读之足以使懦夫有立志。玲珑其声,其质玉乎,盖是也。"[1]海东朝鲜朝时期的文人士大夫一般都认为李仁老的这一句话,是对杜诗的至理名评,从而将杜诗给予仅次于"诗三百"的文学地位。尤其是自将程朱理学定性为官学和国家统治思想以后,杜诗上升为国是的地位,树立为"以道为文"和坚持文学上"道统"的典范。

可知海东朝鲜朝时期人看杜诗,基本上承继高丽儒家文人的看法,看重其"虽在一饭未尝忘君,毅然忠义之节根于中而发于外,句句无非稷契口中流出"的忠义之节和捍卫封建社稷的精神。尤其是到了士林派的性理学家那里,杜诗无疑成为宣扬一种特定含义的潜台词,那就是新儒家心性的义理之学。海东朝鲜朝时期的统治阶级也看出了问题的奥妙之处,便以国家政策或君命的角度,推行杜诗的普及活动。海东朝鲜朝时期第9代成宗王以复兴儒术为施政方针之一,把注释和谚解儒家经典和历代名贤之籍放在议事日程上,便下令弘文馆文臣推进此事。正祖时期的李德懋记录此事道:

  成化十七年,成宗命弘文典翰柳允谦等,广摭杜诗诸注,逐节略疏。又以谚语译其意旨,凡二十三卷,修撰曹梅溪伟序之。崇祯五年,吴天坡

---

[1] 《破闲集》卷中,(韩国)大洋书籍,1978,第112页。

翻为岭南监司，再刻，而新丰君张溪谷维序之。以东方僻陋之言，解杜氏邃奥之诗，其名物音韵，抵牾不相入，固其势也。然今距数百年，可征方言之顿变，此则亦足为文献之一助也。[1]

这里的"成化"年间为明宪宗皇帝朱见深的年号，是公元1481年，也是海东朝鲜朝时期成宗十二年。李德懋说这一年成宗召见弘文典翰柳允谦等，下令广收之前流行的杜诗诸注，进一步逐节进行补注并用当时的海东语（训民正音）谚解，以准确地转达其"旨意"。这次的《杜诗谚解》共23卷，令当时的弘文馆修撰曹伟写序。经过50多年以后的1632年，海东朝鲜朝时期仁祖王令岭南监司吴翻，再刻此《杜诗谚解》，使当时的礼曹、吏曹判书张维写序。李德懋认为最初柳允谦等参与补注和谚解时海东正音文字刚被创制不久，一些字节和音素处于发展阶段，所以一些地方不可避免地存在不太自然的现象。李德懋认为用这种尚不完善的正音文字，谚解"杜氏邃奥之诗"，难免"其名物音韵，抵牾不相入"。如今（李德懋的时代）已经过去二百多年，虽正音文字引起了很大的变化发展，但重新翻看当时的《杜诗谚解》，反而觉得它朴实实用，具有很强的文献价值。李德懋在此回顾杜诗及其谚解的发展历程，从中看到海东历代统治阶级是多么的重视它，而且进行不惜成本的不断修补和刊行。海东朝鲜朝时期历代君王和士大夫文人如此重视和普及杜诗，的确是因为他们从中发现了治国理政所需的一些积极因素，因此毫不犹豫地把它当作"文以载道"的典范来推崇。

曹伟所序的《杜诗》就是当时所谓的《杜诗谚解》，全25卷，由原诗、注疏、谚解等内容来组成。这部初刊《杜诗谚解》于海东朝鲜朝时期世宗二十五年（1443）着手补注和谚解工作，经过38年的漫长努力，完成于成宗十二年（1481）。这是海东第一部译诗集，是几代国王的亲自过问下，由僧侣义砧、学者柳允谦、柳休复、曹伟等参与完成。一开始世宗王选人时，只要是精通杜诗

---

[1]《青庄馆全书》卷61《杜诗谚解》，（韩国）《古典文集丛刊》。

者，不问身份高下而大胆任用。

当时世宗王和参加补注和谚解的学者们在有关杜诗的诸多注释本中，选择中国元代编纂的《纂注分类杜诗》，以其为底本，对1647首杜诗和其他人16首诗进行了补充注疏和谚解。这部起名为《分类杜工部诗谚解》（后简称《杜诗谚解》）的书，是全25卷的活字本。在壬辰倭乱时，《杜诗谚解》中的1至4卷、11至14卷总共8卷散佚，如今可看到的增刊《杜诗谚解》是以此初刊本为底本而刊行的。《杜诗谚解》的初刊本和章维写序的重刊本先后相差150余年，这为研究古代海东语语音变化过程有着极其重要的意义，因为其中处处反映着不同时期的语汇、音韵等现象。由于杜诗被历代统治者推为国是的地位，它经常出现在科举考试的科题中，以此显示其重点修习的重要性。对编纂《杜诗谚解》的过程和重要意义，性理学者、最早初刊本的主要编纂者之一的曹伟，按照成宗之命写序道：

> 诗自《风》《骚》而下，盛称李杜。然其元气浑茫，辞语艰涩，故笺注虽多，而人愈病其难晓。成化辛丑秋，上命弘文馆典翰臣柳允谦等，若曰："杜诗，诸家之注详矣，然会笺繁而失之谬，须溪简而失之略，众说纷纭，互相抵牾，不可不研核而一，尔其纂之。"于是广撼诸注，芟繁厘柱，地里、人物字义之难解者，逐节略疏，以便考阅。又以谚语译其意旨，向之所谓艰涩者，一览了然。书成，缮写以进，命臣序。臣窃惟诗道之关于世教也大矣，上而郊庙之作，歌咏盛德，下而民俗之谣，美刺时政者，皆足以感发惩创人之善恶。此孔子所以删定三百篇，有无邪之训也。诗至六朝，极为浮靡，三百篇之音坠地。子美生于盛唐，能抉剔障塞，振起颓风，沉郁顿挫，力去淫艳华靡之习。至于乱离奔窜之际，伤时爱君之言，出于至诚，忠愤激烈，足以耸动百世。其所以感发惩创人者，实与三百篇相为表里，而指事陈实，号称"诗史"。则岂后世嘲风咏月，刻削性情者之所可

拟议耶。然则圣上之留意是诗者，亦孔子删定三百篇之意，其嘉惠来学，挽回诗道也至矣。噫！三百篇，一删于孔子，而大明于朱氏之辑注。今是诗也，又因圣上而发挥焉。学诗者，苟能模范乎此，臻无邪之域，以抵三百篇之藩垣，则岂徒制作之妙，高出百代而已耶。我圣上温柔敦厚之教，亦将陶冶一世，其有补于风化也为如何哉。[1]

曹伟说自"诗三百"的《国风》和屈原的《离骚》以来，最受追捧的就是李白和杜甫，但其诗境界深广，往往未免语言艰涩难懂。从而出现了众多历代笺注释解之家，可是众家释义不一，深浅各异。这使得各方读者对其中的有些内容实在是难解难晓，即使是具有相当学术水平的读者，也存在一些难解其奥之处。这样的情况在海东文坛更是如此，不仅历代不少汉学、汉文学大家，而更多的文人、士子要准确理解和掌握杜诗的词汇、句旨和奥义，还是力不从心，只能依靠相应的注释本。开始于第4代世宗朝的《杜诗谚解》，到第9代成宗即位时还没有完成，同样以复兴儒术为己任的成宗召集相关编纂人员，指示抓紧时间完成出刊。他认为过去的杜诗诸家之注解，不是繁杂就是过于简单或失谬多，观点也众说纷纭，而且不少的地方互相抵牾，所以不能不"研核而一"，拿出既准确而又内容丰实可靠的新的版本。于是曹伟等编纂官们根据已有成果，响应成宗的御旨再接再厉，于成宗十二年终于完成并刊行了这一初译补注的《分类杜工部诗谚解》。

曹伟强调《杜诗谚解》的问世有几个方面的重要意义：

首先，认为诗道与当世的正统思想和树立礼教体系有密切相关，上而对封建国家的政权，可以歌颂帝王将相的盛德，下而通过百姓之口吟诵出来，可以赞美善德，也可以讽刺时政。诗的这种功能都是通过其艺术感染力，起作用于人的感情世界，使其做出善恶的判断和选择。这就是孔子亲自删定"诗三百篇"

---

[1] 《梅溪先生文集》卷4《杜诗序》，（韩国）《古典文集丛刊》。

(《诗经》)的寓意所在,而且也是其"思无邪"教导的思想基础。

其次,肯定了杜甫在中国乃至世界批判现实主义文学史上的重要地位。曹伟认为诗从中国的六朝(222—589)开始逐渐走上浮靡之路,追求华丽的形式美,从而"三百篇"以来的美刺精神坠地。杜甫生当唐王朝由盛转衰的历史时期,能够"抉剔障塞,振起颓风,沉郁顿挫,力去淫艳华靡之习",为振兴唐诗做出了巨大的贡献。杜甫怀才不遇,再加上因安史之乱的颓势,到处"奔窜之际",没有被腐恶的现实哀伤压倒,而是坚持写诗,痛斥叛乱元凶,同情下层人们的痛苦。正因为如此,他的诗以高尚的艺术精神,"指事陈实",充分继承了《诗经》现实主义的基本精髓。

还有,杜甫在处于逆境的时候,也不改初衷,秉持着"致君尧舜上,再使风俗淳"的远大抱负。尤其是自己怀才不遇,生活穷困潦倒,但遇到国难时,他的诗还是充满了爱国爱君之情。曹伟的"伤时爱君之言,出于至诚,忠愤激烈,足以耸动百世"的评价,的确准确地概括了杜诗这样的思想特点。曹伟在此序中,通过张扬杜诗的忠君爱国情结,以树立其为学者和文人作家的精神榜样,进而显示海东编纂《杜诗谚解》具有深刻而长远的意义。

又有,《杜诗谚解》在当时的海东朝鲜朝时期历代国王的授意之下,与其他国家重典一起编纂和刊行,显示了统治阶级对它的重视程度。海东朝鲜朝时期前期的历代君主亲自发想、直接指导支持而成就的《杜诗谚解》,着实反映着海东封建统治阶级的"温柔敦厚之旨"。曹伟还强调"诗三百"删辑于孔子,其中的奥义大明于朱熹的《诗集传》,而今又被海东的成宗发挥而完成此《杜诗谚解》,自此以后海东人有可以师范的文学典型。从此学诗者,可以"臻无邪之域,以抵'三百篇'之藩垣",不再"徒制作之妙",可以以杜诗为榜样,达到不失其正的敦厚之境。曹伟还认为一个人常读杜诗,可以锻炼意志,"亦将陶冶一世",其结果则大有"补于风化"。

值得注意的是,海东朝鲜朝时期的统治阶级和文人士大夫虽然无限推崇朱熹及其著述，但在对待杜诗的问题上并没有人云亦云，无条件跟风朱熹而走。朱熹从理学家的"文""道观"出发，曾对杜诗进行过褒贬不一的评价，对当时和后世产生过一定的消极影响。朱熹曾在《跋杜工部同谷县作歌七首》中说："顾其卒章叹老嗟卑，则志亦陋矣。人可以不闻道哉？"[1]朱熹认为杜甫在诗中"叹老嗟卑"是"志陋"消极的表现，是因"不闻道"的结果。按照朱熹，儒家文人在任何时候都要保持高尚的志气，修身励志以面对任何艰难困苦，哪怕是稍微的动摇都会损害一个儒士的风范。朱熹还对杜甫的夔州诗也大为不满，认为其专意为文"执笔以习研钻华采之文，务悦人者，外而已，可耻也矣！"[2]朱熹对杜甫的夔州诗有如此的否定性评价，有其自我解释法，也是出于重道轻文的偏见。他在《答巩仲至书》里指出："自律诗出，而后诗之与法，始皆大变。以至今日，益巧益密，而无复古人之风矣。"[3]很明显朱熹对唐律是比较轻视的，而杜甫又是律诗的最高代表，朱熹为此而否定其思想艺术成就，厌其"无复古人之风"。尽管如此，朱熹对杜诗所取得的艺术成就还是有目而睹，也曾进行过高度的评价，以至于将杜甫推戴为中国古代"五君子之一"。朱熹在温州才子王十朋《王梅溪文集序》中曾说："予尝窃推《易》说以观天下之人……于汉德丞相诸葛忠武侯，于唐得工部杜先生、尚书颜文忠公、侍郎韩文公，于本朝得故参知政事范文正公。此五君子，其所遭不同，所立亦异，然求其心，皆所谓光明正大，疏畅洞达，磊磊落落而不可掩者也。其见于功业文章，下至字画之微，盖可以望之而得其为人。"朱熹在此明确说出汉代的诸葛亮，唐代的杜甫、颜真卿、韩愈，北宋的范仲淹为五君子，认为他们虽遭际不同，所立各异，但其德望来说都光明正大而磊磊落落，功业文章足可流芳后世。他从而得出一个结论，那就是"有德者必有言"，文学创作与其主体的思想品德有着密切的关系，这里的五君子就是典型例子。如上所述，朱熹对杜甫的评价是前后相互矛盾，一贬

---

1 朱熹：《晦庵先生朱文公文集》卷84，钦定四库全书1145册，上海古籍出版社，1987，第239页。
2 《朱子全书·朱子语类五》，上海古籍出版社，2002，第4312页。
3 《晦庵先生朱文公文集》卷64，钦定四库全书1145册，上海古籍出版社，1987，第218—219页。

一褒难以琢磨。尽管如此,海东朝鲜朝时期的各代君主和编纂官们还是坚持实事求是的原则,仍然把杜甫看作"诗圣",把杜诗比作"诗史",而且还把杜甫奉为忠君爱国的典范。

士林派的文人在政治上主张"修己治人",强调即使是君主也要努力陶冶性情,以德治国,才能堂堂正正地君临天下。他们在哲学上接受程朱理学的性情观,认为心统性情,性是本性,情是人性受外物影响而所产生的感情,情有好与坏的区分。所以主张文是作者的心声,是其思想感情的表现,而思想感情有高尚、低劣之分,有什么样的思想感情,就有什么样的文。从而他们用理学家的义利观,鞭挞当代勋旧派的弄权和贪婪,批评他们将文当作门面和飞黄腾达的工具。

在士林派性理学者那里,"道"和"文"常常处于相互矛盾关系之中,他们有时强调沉浸于词章会玩物丧志,但有时却认为"文"不仅可以"载道",而且还可以陶冶性情。像朱熹的杜诗观一样,这样的矛盾心理潜在于他们的文化心理之中,往往出现前后言论互相抵牾的现象。士林派的性理学者、金宗直的门人南孝温(1454—1492),是一位活跃于当时思想界和文坛的人物,他的道文观就是这样,总是处于不稳定的状态之中。在哲学上他认为:"动者,二五之气;静者,无极之理。理寓于气,则必有知觉,知觉乃所以为心也。夫心在腔里,而寂然之谓性,感发之谓情,几焉之谓意,之焉之谓志"[1]南孝温认为人动是由于阴阳五行之"气"使然,而人静则是由于无极之"理的缘故",如果"理"寓于"气",人必然产生知觉,此知觉则为心。还有,此心在人的胸腔里,处于"寂然"状态时为"性",而处于感发状态时为"情",处于萌生机微之时为意,倾向之时为志。这里的关键词,在于"理寓于气"一句。朱熹曾经说过"理寓于气"这样的一个观点,他认为理和气之间有主有次,理先于气而气由理而生,还有理寓于气中,理为前提而在先,气为客,而在理后。也就是说,南孝温接

---

[1] 《秋江先生文集》卷5《心论》,(韩国)《古典文集丛刊》。

受朱熹"未有物而已有物之理"的观点,认为气由"理"生,人的知觉、性、情自然而然也由理生出。所以他下一个结论,就是"其必曰:'妙至理而诚于中者性也。'"[1]以主张理对气的先决作用。

在文学上,南孝温强调训诂之学、词章之习之类,往往"入人也深",具有很强的感染力,正因为如此,"其误人也久"。他认为如果一个人沉迷于训诂学或文学,弄不好就与"圣人之道"越来越远,以至于迷途不知返。那怎么办呢?他指出出路在于振兴学校,进行正规的儒家教育,使士子和学徒深入研习《小学》《大学》等儒家经典,接受"圣人之道"的薰陶。他总的观点就是,一个人虽然精通文学各体,但其仁、德修养不够,那基本上等于是无用之人,是一个"与吾道无关"的废人。他在《上成宗大王书》一文中曰:

> 古者家有塾,党有庠,术有序,国有学。而人生八岁入《小学》,十五岁入《大学》,无一地非学,无一人非儒。而大乐正年德高迈,教人以《诗》《书》、六艺之文,孝悌忠信之道。故人自少及长,习与性成,沉潜性理之学,优游圣贤之道,以之事亲则孝,以之事君则忠,以之事长则敬,而才艺特余事耳。今也家塾、党庠既无学,言之已矣。为《大学》者亦有名无实,训诂之学,词章之习,其入人也深,其误人也久。为师儒者徒事于句读,为弟子者争名于甲乙,摘章绘句,骈四俪六,傍蹊曲径,已干青云,殿下谁得而使之?其间虽有一二穷理之学,诚正之士,亦不肯就《大学》,耻师儒之非其人也。其意盖曰:我于彼学道则彼无道,我于彼学业则彼无业……臣亦以为人而不仁,虽有文学,将安用彼相哉。[2]

南孝温指出自古善政者无一不是重视教育起家和巩固政权的,他们自家至

---

[1] 《秋江先生文集》卷5《心论》,(韩国)《古典文集丛刊》。
[2] 《秋江先生文集》卷5《上成宗大王书》,(韩国)《古典文集丛刊》。

国层层建立学校制度，从《小学》到《大学》，自童蒙到教人以《诗》《书》、六艺之文，直至精通孝悌忠信之道，从不怠慢教育育人。所以一个人自小接受系统的儒家教育，养成良好的习性和道德品质，长大成人则又沉潜于宋儒的性理之学，优游于圣贤之道，从而事亲则孝，事君则忠，事长则敬。可以说，那些文学、才艺之类，只不过是"余事而已"。在南孝温看来，当今的家塾、党庠已失学问的传统，那些修习《大学》者也成为有名无实的存在。都是因为"训诂之学，词章之习，其入人也深，其误人也久"。当前严重的现实是，师儒者皆忙于古人之文的句读，将平生之力寄托于科举考试的甲乙之等级上，所以人人"摘章绘句，骈四俪六，傍蹊曲径，已干青云"，将文学放在首要的位置上。今天的情况如此，殿下怎么能够得到可用的人才而用之？人才在哪里？其间虽有少数人坚持程朱的"穷理之学"，崇慕新儒学的"诚正之士"，但他们亦不肯到"大学"讲授，这是因为怕士子和学徒说你不是文学高士。从另一个方面讲，在成均馆学官中精通学问和五业的人不太多，生徒要学道，学官则无其基础，生徒要学业，而学官则不太熟悉五业。最好的办法就是精选学官，选出贤人君子，以其为师表，纠正过去无序的状态。这样让士子和生徒知道孝、悌、忠、信和礼、义、廉、耻，更知道词章末学之鄙陋。南孝温还强调如果一个人做人不仁，再有多高的文学才华，都没有多大的意义。在这篇上疏文中，南孝温一再强调德育养人的重要性，极具贬低文学的社会地位和作用。在他看来，词章之习误人，那些为提高诗文水准而"摘章绘句，骈四俪六，傍蹊曲径"的人都是极其危险的人，因为文学很容易让人玩物丧志。

性理学者从客观唯心主义的观念出发，往往将道与文对立起来，认为"作文害道"或"文从道中流出"。但是在实际的社会生活中他们也不能不涉及文学或文章，而且许多人作诗作文，甚至深陷其中不能自拔。南孝温就是这样的一个性理学者，他一边主张"词章误人"，文学盛而"吾道不通"，但他并没有远离文学，有时不得不承认文学的不可或缺性，并一生写了很多诗文，还与许多当代诗文家密切交游。他通过文学实践认为，作家进行文学创作应该存"诚意正心"，因为心正则诗正，心邪则诗邪，有什么样的心态就有什么样的创作。他在《冷斋诗话》中具体说道：

> 得天地之正气者人一，人身之主宰者心一，人心之宣泄于外者言一，人言之最精且清者诗，心正者诗正，心邪者诗邪，商周之颂，桑间之风是也。然太古之时，四岳之气完，人物之性全，樵行而歌吟者，为《杖》《击壤》之歌，守闺而咏言者，为《汉广》《摽梅》之诗，初不用功于诗，而诗自精全。自后人心讹漓，风气不完，风变而骚怨，骚变而五言支离，五言变而律诗拘束，汉而魏，晋而唐，浸不如古矣。虽以太白、宗元为唐之诗伯，而所以为四言诗，所以为《平淮雅》者，犹未免时习，视古之稚人妇子，亦且不逮远矣。是故，士君子莫不于诗下功焉。如杜诗"读书破万卷，下笔如有神"，欧阳子从三上觅之，而晚唐之士，积功夫或至二三十年，始与风雅仿佛者间或有之，夫岂偶然哉。[1]

南孝温认为人得天地之正气而生，心主宰其一身，人言（文）是人心宣泄于外的结果，而人言中最精者为诗歌。他主张创作主体的心境与创作活动是必然的因果关系，从而可以得出一个结论，那就是"心正者诗正，心邪者诗邪"。他以《诗经》中的《商颂》《周颂》《鄘风》及十五国风为例，说明太古人心淳朴时的歌吟反映出当时人的性情之真，尤其是当时樵夫、汲妇、闺房之女们的歌吟都出于其真性情，所以"不用功于诗，而诗自精全"。到后来，社会越来越复杂，人心讹漓，风气混浊，这种淳朴之风不再显现，"三百篇"精神坠地。于是诗风日益浮靡，"风变而骚怨，骚变而五言支离，五言变而律诗拘束"，而且人人沉浸于"摘章绘句，骈四俪六，傍蹊曲径"之中。在这种诗风之下，即使

---

[1]《秋江先生文集》卷7《冷话》，（韩国）《古典文集丛刊》。

是像李白、柳宗元这样的的诗伯，其四言诗虽有简古典雅、表达生动的特点，但未免那个时代浮靡之风的影响，与古代"诗三百"中各国之风相比，还是有一定的差异。在这诗风日漓的年代里，为了摆脱浮靡之风，士大夫文人肯下功夫，才能使诗风更上一层楼。杜甫所谓"读书破万卷，下笔如有神"和欧阳修常"三上觅句"都显示其努力的足迹，而晚唐人积累功夫二三百之后，才找到"诗三百"《国风》的艺术精神，能够多少弥补颓风。回顾唐宋人的足迹，他们之所以能够取得刮目的艺术成就，都是因为认真继承了《诗经》的风雅精神，不断努力探索的结果。南孝温在此一再强调创作主体的内在性情和创造出来的作品之间有着必然而密切的因果关系，认为"心正者诗正，心邪者诗邪"。他还宣示即使是文风现严重颓势，人们不断学习古人，打好学问基础，不断探索文学的新路径，密切联系现实生活，完全可以扭转颓势，迎来一个崭新的发展之势。

作为士林派的道学者，南孝温的文学观念在社会实践中逐渐发生变化，从一个地道的重道轻文者，一步步演变为道文并重的文论家。他和金宏弼、郑汝昌等一起，继承恩师金宗直的理学观，深入研究性理学的要义，一心想将其运用于海东封建王朝的治国理政的实践中。后来通过仔细的观察和研究，他发现不能轻易地否定文学的独立地位和社会作用，认识到孔子删修《诗经》及其有关见解符合文学规律，对后世具有深刻的指导意义。尤其是后世的宋儒们虽以道学自居和捍卫道统为己任，而且还以"存天理，灭人欲"为理论根据，很多时候蓄意否定文学的独立地位，把文学看成"吾道之阳九"，但在实际的社会生活中，他们却偷偷喜爱文学，甚至爱诗如命，留下了诸多优秀篇章和诗歌作品。对性理学历史上和文学史上的这些种种现象，南孝温看在眼里，想在心里，逐渐改变自己过去对文学的偏见，开始辩证地看问题。自己对道文关系上的新认识，他在《冷斋诗话》里写道：

郑自勖有周、程、张、朱之见,穷通五经,独不取攻诗之士曰:"诗,性情之发,何屑屑强下工夫为。"其意虽不为诗,德备而经通,则亦何为病。总如此,与腐儒之见无异。如古之十二律、八音、五声,消融渣滓,动荡血脉,故圣贤人无不知之习之,然不可生知,故孔子从苌弘学之。诗功于人亦然,使人清其心,使人虚其怀,使人无邪心,使人养浩然,牢笼百态,弥漫乎天地之间,不得如古人自然,而诗则必若勉思积功,然后庶几乎万一。是故邵子、周子亦未免于好诗,而朱文公晚年,好读杜诗、后山,而注楚骚,或与释相酬唱,衡山之诗,五日之内百余篇。自勖以诗为异端,则亦异端周、邵乎,晦庵乎!佔毕斋金先生曰:"诗陶冶性情。"吾从师说。[1]

南孝温在此所说的"郑自勖"就是海东当时有名的性理学者郑汝昌。他与南孝温、金宏弼等一起,都是当代士林派领袖、理学大家金宗直的门人,由于渊博的性理学理论和理政能力,深受朝廷和学界的重视。南孝温说郑汝昌在性理学理论上,有周敦颐、二程、张载、朱熹之见。他在《善恶天理论》中曾说"(万物)本皆天理,只是被人欲反了故,不善而恶耳"。从这样的理学观出发,郑汝昌曾表示"穷通五经,独不取攻诗之士",因为"诗,性情之发,何屑屑强下工夫为"。按照郑汝昌的意思,一个人虽不作诗,只要具备道德、精通四书五经就可以了。虽然都是同门后学,但南孝温反对郑汝昌的这种见解,认为他这么看待文学是不正确的,他老是对文学采取这样的态度,则无异于乡下腐儒。自古十二律、八音、五声之类,可以消融人心中的渣滓,动荡血脉,所以古代圣贤纷纷学之习之。可是即使是圣贤,也不可能生下就能知会这些,所以像孔子这样的圣人,也向当时的天文学家、音乐家苌弘学习十二律、八音、五声等。他进一步强调诗的功效也一样,它可以使人虚其怀,使人无邪心,使人养浩然

---

[1]《秋江先生文集》卷7《冷话》,(韩国)《古典文集丛刊》。

之气，真可谓牢笼百态，无所不能。但是作一首好诗绝不是那么简单，不可能想作就能作，要成为一名合格的诗人，"则必若勉思积功"，然后才能够"几乎万一"。正因为诗歌有这样的审美价值和艺术底气，像宋代邵雍、周敦颐这样的贤人也未免好诗写诗，留下大量的文学遗产，像朱熹这样的圣人更是好读杜诗、陈后山诗，还注释《楚辞》，又与僧徒酬唱，光是在衡山5日内所写的诗作达百余篇。

从孔子到朱熹的两千年间，诸多圣贤大都如此爱诗写诗，而同门性理学者郑汝昌为何"以诗为异端"？这样的观点和做法，不就是也把历史上的周敦颐、邵雍、朱熹等圣贤当做异端之人？郑汝昌对文学的这种态度，无非等于是荼毒圣贤，否定"三百篇"遗旨、"离骚经"的文学精神之举，这是一个很危险的思想动态。南孝温最后提醒郑汝昌，恩师金宗直说过一句至理名言"诗陶冶性情"，他要永远铭记恩师的这一教导。可以看出，南孝温的道文观经历了一个自右向左的曲折路径，最后来了一个大转变。他从一个认为搞文学只能玩物丧志的道学家，经过社会实践，最终转变为地道的文学拥护者。他是一个既捍卫程朱理学在海东的正统地位，而又拥护文学的独立审美价值，提倡道文并重的正统道学家。

第四节　士林派道学家许穆的古文观

到了海东朝鲜朝时期明宗、宣祖时期，勋旧派和士林派之间的长期的政治角逐，逐渐向有利于士林派的方向发展。以程朱理学为理论基础的士林派，在朝廷逐渐掌控文衡，意欲逐渐扭转词章派占据主导地位的局面。尽管后来士林内部出现分裂，依次分派，进行内斗，逐渐发展成党中有党、派中有派的局面。但是随着朱子学的深入发展，道学理论家辈出，经学著述不断，在这个过程中士林派的学者担当了思想界的骨干力量。在文学上，他们坚决反对词章学，号召继承儒家道统，主张"文以载道"的理论观念，积极倡导古文。尤其是在《古文真宝》之类古文书籍的注解、刊印和发行工作中，他们在中央和地方上都充当了主力军的角色，作出了不少贡献。他们在古文的普及和提高工作中所作的工作，为克服科诗、科文和形式主义文风等"时文"的泛滥，起到了不可忽视的重要作用。海东朝鲜朝时期孝宗、显宗时期的学者许穆（1595—1682），就是其中颇有古文功底和成就的文人。他一生致力于古文的教授和研究工作，写下了不少有分量的文章，《古文韵律》就是其中的一部著作。他说："余少好古文，以至老死孤陋，随得随记，作古文韵律四卷。"[1] 他不仅把古文当作自己的爱好，也把研究古文当作自己的使命。他的一系列文学思想，也都是从对古文的研究中归纳出来，在对古文的宣传中发扬而广大之。他在《文学》一文中，详细考察古文曲折的发展历程，并表述了自己的古文观。他说：

> 上古载籍无传。虞夏以来，姚姒之浑浑，殷周之噩噩号号，可见于六经。圣人之文，天地之文。孔子之门，称文学子游、子夏，周道衰孔子殁，圣人之文坏，贰于老氏，散于百家，至秦则又焚灭而无余。天地纯厚之气，至《国语》《左氏》简奥犹在，至《战国》长短书则乱矣。太史公继先秦古气，至扬雄氏，不及古而入于奇，然扬雄氏死，古文亡矣。魏晋氏来，萧索尽矣。唐时，韩、柳氏出而继西汉之末，其后苏长公得变化，而不及古远矣。又其后崆峒、凤洲，浑厚不及韩，变化不及苏，特为瑰诡。自秦、汉以降，古变而乱，乱变而奇，奇变而诡。[2]

作者指出中国上古时期的文献大都失传，这是非常遗憾的事情。可是通过各种信息大体知道，虞夏以后舜、禹之浑厚，殷、周之广大峻严等，都记录在

---

[1] 许穆：《记言》卷6《古文韵律序》，（韩国）《韩国文集丛刊》。
[2] 许穆：《记言》卷5《文学》，（韩国）《韩国文集丛刊》。

六经之中。古代圣人之文，就是天地之文。在孔子门下，能够称得上懂文学者当是子游和子夏。可是周道衰落，孔子去世以后，圣人之文被损坏，与老子为二家，散落于百家之间，到了嬴秦又遭焚书，前人的遗产所剩无几。天地淳厚之气，至《国语》《左氏春秋》所显无遗，其简洁深奥之气昭然可见，可是到了合纵连横的《战国策》，文风则迷离而乱。到了汉太史公司马迁，继承"古气"，写出"史家之绝唱，无韵之《离骚》"[1]。至西汉扬雄，集官吏、学者、哲学家、文学家、语言学家、辞赋家于一身，写出了《太玄》《法言》《方言》《训纂篇》等大作，维持了"古气"。不过，扬雄死后，古文即亡，一直到魏晋，文坛遂陷寂寞。直到中唐，韩愈、柳宗元倡导古文运动，才重又复兴西汉"古气"。到了宋季，苏轼虽得古文的变化之妙，但是应该说远不及先秦之"古气"。至明代，李梦阳和王世贞的文章，"浑厚不及韩，变化不及苏"，只是转话题而多诡辩。回顾古文的发展历程，先秦、两汉以来，经历了"古变而乱，乱变而奇，奇变而诡"的过程，显示出继承"古道"、"古气"和"古文"很不容易，不断加以努力才能够成为合格的继承人。

　　许穆强调作为一个学者或作家，掌握古文是最基本的前提。他认为如果一个学者不懂得古文，则不可能称其为学者，因为上古古文是所有学问的渊薮。同样，他也认为如果一个作家不懂得古文，则不可能称其为作家，因为上古古文是一切进步文学的艺术和精神来源。但是学得古文的要旨和基本精神并不容易，必须勤勉而虚心地去努力，而且在实践中"躬行力学"才能够实现。在何为古文这个问题上，他认为首先应该是"圣人之文"，其他的那些古代异端之论、悲愤之士的文章之流，只能作参考书以读之。许穆强调古代的那些"圣人之文"，参酌天地之变化规律而作，考察人文之发展法则而撰，其中有自然，有人文，有人生，有天理，读之而明理，阅之而成人。尤其是古人的古文，没有华赡之气，质朴而生动，得体而服人，可为一切文章之师范。他指出古文是自

---

[1] 鲁迅:《汉文学史纲要》，岳麓书社，2013。

己知识的源泉,人生的意义所在,永恒的追求。对这些,他在《答客子言文学事书》中说道:

> 愚不自量,妄谓古人可不勉而能,不躬行力学,徒乐读其文章,又有鼓之者乃大谬。务博不务择,圣人之外,踰越百家,如老子之虚无,庄周之诞,《左氏》《国语》《战国》长短之书及屈原之怨,马迁之感愤,相如、扬雄之纵谀,无所不读。十年不悟,所得流荡放肆,卒无裨益于心术之要。然后中心愧惧,专事圣人之文,且三十年,成癖已痼。今至白首,悔之无及,每读古人文字,至辞切意到,其文愈鼓愈扬,不觉忻然喜动,每与知者对,面赧心愧。[1]

作者说自己年轻时,自不量力,认为不努力也能达到古人的境奥,于是只口读而未"躬行力学"。而且没有明确的读书计划,"务博不务择",也没有选择好阅读的内容种类。于是在读书学习的过程中,"踰越百家",无选择性地以广度为博学。他曾读过《老子》的虚无,《庄子》的怪诞,评论《左氏》《国语》《战国》的"长短之书",也读过屈原的怨望之诗、司马迁的感愤之文、司马相如的华彩之辞赋、扬雄的纵谀之文。总结起来,十年寒窗,苦读诸家,"所得流荡放肆,卒无裨益于心术之要"。内心愧惧之余,"专事圣人之文,且三十年,成癖已痼"。读通、读懂"圣人之文"之后,眼前一亮,"每读古人文字,至辞切意到,其文愈鼓愈扬,不觉忻然喜动",这是一个改变一生的读书经历。可是学海无涯,还没有读过的和还读不懂的太多,"每与知者对,面赧心愧"。他指出学习古文,并不是一天两天可学会读懂的事情,必须存一份恒心,长期坚持、认真研读才取得一定效果。他指出"圣人之道"的意蕴远不可及,"圣人之文"的意义深不可测,只有长期坚持读,深入研究才能够探究出其中的奥义。对古

---

[1] 许穆:《记言》卷5《答客子言文学事书》,(韩国)《韩国文集丛刊》。

文和"圣人之文"的关系,他还说道:

> 尝窃叹"三坟五典"、"八索九丘之文",今不可复见。其见于载籍者,莫盛于虞夏殷周之际,故六经之文,圣人之大法载焉。《诗》长于风,《书》长于政,礼义之大宗,莫过于《春秋》,穷天地之变,莫过于《易》。孔子读《易》,韦编三绝,以孔子之圣,何于文若是之勤也。孔子述尧、舜、文、武、周公之道,以传于后世者,文也。圣人之文,侔天地造化,圣人何可当也。孔子之后,曾子作十传,子思作《中庸》,孟子得于子思。当东周之末世,异言喧豗、百家纷起。孟子能言,拒诐行,放淫词,以承周公、孔子,孟子醇乎醇者也。盖天地之文,在人为文章,道隆则文亦隆,道污则文亦污。[1]

这里所谓的"三坟五典"中的"三坟",是伏羲、黄帝、神农氏之文,而"五典"则是少昊、颛顼、高辛、尧、舜之文。这里所说的"八索九丘之文"中的"八索",是"上古"的"八卦"之说。而"九丘之文",就是中国古代反映事物地图的地理书。许穆在此叹惜由于古文献的失绝,这些古文章的记录已再不可求见,从而难解远古之事表示遗憾。通过古代典籍可以看得到的古文,"莫盛于虞夏殷周之际",其中的"六经之文"中,"圣人之大法载焉"。对六经之书来讲,《诗经》长于讽刺,《尚书》长于政治,有关《周礼》之"大宗",《春秋》的解释最为全面。穷究天地之变,事物之理,莫过于《周易》,圣人孔子读此书,"韦编三绝",足以证明此书的深奥丰富。孔子论述"尧、舜、文、武、周公之道","以传于后世者",就是古文中的佼佼者。自古所谓的"圣人之文","侔天地造化",总结其变化与发展规律,后世之文怎么能够和它匹敌呢?按照许穆孔子之后,曾子写了《大学》十传,子思作《中庸》,孟子学于子思。到了

---

[1] 许穆:《记言》卷5《答客子言文学事书》,(韩国)《韩国文集丛刊》。

东周末叶，世道纷乱，"言喧豗、百家纷起"，此时孟子站了起来，以其雄辩，拒不正之举，制止那些邪僻的言论，继承了周公、孔子之衣钵。孟子真可谓"醇乎醇者"，不愧为儒家道统的捍卫者和继承者。上古的圣人和后世孔孟圣人的言论，通过"文"才传于后世，因此可谓"文"对传播"圣人之道"具有无可争辩的地位和贡献。所以许穆谓："盖天地之文，在人为文章"，而这文章是人类的一大发明，也是人生最耀眼的创造。他经过自己的观察和研究，还发现了一个有关文章的道理，那就是"道隆则文亦隆，道污则文亦污"。按照他的意思，"文"和"道"与世升降，"道"隆盛之时，"文"亦繁荣，"道"受到污染，"文"亦受到污染，以至于衰微。有关古文与古道的关系，许穆很有仔细的观察和研究，发表了许多相关言论。其中在《答客子言文学事书》中，他指出：

> 文者，天地之文也。文不可以一艺云也，故吾闻道德文章，未闻礼、乐、射、御、书、数文章，彼记诵文词而已者。道丧德衰，文学之末弊，非吾所谓文也。嗟乎！世无古人，况古人之文乎。注疏起而古文废，隶书作而篆籀亡。古人之文，如太音之稀阔，读而不知其味者有之。注疏者，盖不得已而作也。然古文，魏晋氏来，知者益尠。设使《彖》《象》之奇，"十翼"之变化，出于后世，世无程、朱氏，其视之不过如《阴符》,《太玄》之比而止耳。文王、周公、孔子之不诬后世，愚者皆知之。苏洵曰："圣人于《易》，用其机权，以持天下而济其道。"洵于古文，自谓得圣人之，而犹其言如此，二苏之颇僻，不足言也。韩愈氏生衰乱之末，言道德仁义，自任以继孟氏之醇，乐称周公、孔子之术者，而以为得圣人之心，则未也。仆读古人之文五十年，后世雕琢之文，未尝一经于心目，发愤求圣人之心。鲁钝，学不通而道不纯，年老虽无所得，其心亹亹犹未已，不几于耻过而遂非耶。责谕深切，当勉之。[1]

---

[1] 许穆：《记言》卷5《答客子言文学事书》,（韩国）《韩国文集丛刊》。

作者认为的所谓"文",就是"天地之文"。他认为不应该说"文"是一种技艺,世上只有"道德文章",而无"礼、乐、射、御、书、数文章"。因为"文",只是一个传"道"的工具,它只是一个"记诵文词而已"。实际上这是一个典型的道学家的文章观念,在当时的海东思想文化界,所谓道学家就是经营程朱理学的学者。许穆说那些专事记颂文辞者,往往是"道丧德衰"之时产生的"文学之末弊",这些所谓"文",绝不是朱子学者主张的那种"文"。在这个世界上,古人已经远去,难觅那些古人之"文",是再正常不过的事情。许穆还认为两汉以后注疏家起,从而古文自废,此如同"隶书作而篆籀亡",因为许多读者学习和理解古文只能依靠注疏。古人之文如同几乎无音之"太音","读而不知其味者有之",所以后人的注疏工作是不得已而为的必然之举。他又认为魏晋以后,懂得古文的人越来越少,设使《周易》中的《象传》和《象传》之"奇",《十翼》之变化无穷,出于后世,有谁能够读懂它们呢?如果世上没有二程和朱熹,人们肯定是将"其视之不过如《阴符》《太玄》之比而止耳"。这里所谓的"十翼",即指《易传》,它是对《易经》的注释,共有十篇,因此又称《十翼》。此"十翼",是一个有机的整体,是自成体系的哲学著作。正因为它是对《周易》的注释,所以理解的难度很大,幸亏后世出现了像二程、朱熹这样的大理学家,对它们进行认真的注释工作,才使得后人能够凭借他们的注释,读懂《十翼》的哲学内涵。他指出周文王、周公、孔子之诚心正义,"不诬后世",再愚钝的人,也都知道。但是苏洵却说:"圣人于《易》,用其机权,以持天下而济其道。"也就是说,苏洵指出圣人在《周易》中以机智的权谋随机应变,扶持天下之论,"而济其道"。他从而把文王、周公、孔子等圣人,说成用小计谋应付天下人,甚至对《周易》这样的严肃的著作及其注疏工作,说成随机应变的产物。许穆认为这是极其不负责任的态度和言行,应该受到纠正和批评。苏洵对古文,自认为是得之于圣人那里,但是其言行却如此不谨慎,从而也可以推断其儿子苏轼和苏辙的"颇僻"劲儿,他们的这种品性实在是"不足言"。古文家韩愈,生逢中唐衰乱之季,"言道德仁义,自任以继孟氏之醇",而且"乐称周公、孔子之术",自认为"得圣人之心",但考之实际则不一定是这样。许穆说自己读古人之文五十余载,对那些"后世雕琢之文,未尝一经于心目",专事古文,"发愤求圣人之心"。可是自己天质鲁钝,"学不通而道不纯",老之将至更甚,可谓"不几于耻过而遂非"。现在有人把这个缺点专门分析和指点,正点破了要害,自己决心以"无则加勉,有则改之"的原则,努力去改变自己的现状。

许穆强调学习古文并不是一件容易的事情。要学习古文,不仅敢于牺牲自己其他的一切,而且更重要的是"觅得圣人之心"。而"圣人之心",也不是想得到就能够得到,必须端正学习的态度,务去浮躁之心,寻根追源,用"诚意正心"认真去读古人书,领会其基本精神。学习和掌握古文的要旨,应该首先去除心中的"私魔",以"纯正无私"的心,去认真读古圣人的书。要学习古文,尤其要远离词章学,对那些"后世之雕琢之文"有一个正确的批评意识。后世的社会政治日趋浇漓,社会罪恶日益增多,在各种诱惑面前能够经得住考验的人,才能够学到"圣人之文",能够赢得"圣人之心"。尤其是在"时文"泛滥的当时的客观形势下,心存儒家道统,去除私心杂念,以"纯然之心"去面对"圣人之文",才能够"渐入圣人之域",学得"圣人之心"。他主张要学得"古人之心",必须精通"六经古文",将其变成自己的精神支柱和学问基础。从而可知,他所谓的古文就是"六经古文",而六经中的文章基本都是"圣人之文"。

许穆的这种古文观,与韩愈在其《师说》中所说李蟠"好古文,六艺经传皆通习之"的古文,有着一定的差异。中唐古文家所说的古文,是指先秦、两汉之散文,而海东的许穆所谓的古文,是专指先秦的"六经之文"。在当时,"时文"盛行而"六经之文"落地,世道浇漓而"圣人之心"湮没无闻。在这种客观情况下,急需一些道学家站出来,引领思想界走出正道。许穆认为自己就是这样的一个人,"窃自叹世降俗下,古道既不复见于今,而唯可以行之于身,而乐之于心者在书"。世道风俗每况愈下,古道已经不复见于今,自己唯一可以作而且愿意作的事情,就是读古人的书。他说:

> 子之爱我深,责我厚,勉之以古圣人贤人之事,穆浅散,何可当也。穆初不学为文章,徒嘤嘤然诵说古人,日读古人书,窃自叹世降俗下,古道既不复见于今,而唯可以行之于身,而乐之于心者在书。屏绝人事,不与世俗相交摄,独恣其所好。伏羲以来,群圣人之书,口诵心思,自朝至暮,或夜而继日,孜孜矻矻,至今余四十年而不怠,笃好犹初。凡圣经贤传之旨,庶几窥及其大段,求之于心。愚不自量,若有余裕,其发于言词者,亦不无几乎古人者。[1]

许穆与文友朴吉应通过书信切磋文学,以交流当时的文坛之事和文学本身的评论问题。朴吉应,字德一,是当时文坛上有头有面的人物,曾多次通过书信勉励许穆已经达到了古人之奥和贤人之境。许穆便谦虚地说,自己只是读了应该读的书,不修词章之学,喋喋不休地诵说古人之书。如此日复一日,坚持不休,而且心中窃叹"世降俗下,古道既不复见于今,而唯可以行之于身,而乐之于心者在书"。为了读古人书,他"屏绝人事,不与世俗相交摄,独恣其所好"。他所读古人之书,是"伏羲以来,群圣人之书"。他"口诵心思,自朝至暮,或夜而继日,孜孜矻矻",如此坚持四十多年,从不懈怠,笃好如初。这样他自己认为,历史上的圣人和贤人所留下的经籍,无不阅览而"庶几窥及其大段",将其从心灵深处领会和掌握,付诸于王朝大业上。而且往往不自量力,自认为已经有"余裕",用文辞发表的文章,也差不多达到古人的境地。他平

---

[1] 许穆:《记言》卷5《答朴德一论文学事书(庚辰作)》,(韩国)《韩国文集丛刊》。

时总是对这种自满感沾沾自喜，有时自以为了不起，自己对古文有一定的发言权。不过在学习古圣人关于"天理人欲"的理论时，才知道自己缺乏的是"诚意正心"，以及谦虚谨慎的初心。此后，他以更加虔诚之心，反复学习"圣人之文"，领会"圣人之心"，努力达到古人之境。根据自己学习古文的经验，他深刻认识到对六经奥义的"蕴藉"，才是写出好文章的关键。他强调有了对六经奥义的"蕴藉"，才能够入"蹈道之门"，写出根基牢固的文章。从这样的深刻认识出发，他总结出了学"文"和为"文"的基本原则，提出了"道固"乃"文华"的理论主张。他宣示自己的"道""文"理论，一言蔽之，则是"蕴之为德行，施之为事业，发之为文章"。他后来发表的有关文章的言论，都基本上围绕这一点而展开，将其逐渐提升为自己文学观念的基本点。他在《答朴德一论文学事书（庚辰作）》中，还进一步指出：

> 窃复思之，文章之作，本非异道。如此而求之，如此而得之，如此而发之。故曰蕴之为德行，施之为事业，发之为文章。如《易》之奇，《诗》之葩，《春秋》之义，虞夏之《书》，皥皥噩噩，《殷盘》《周诰》之佶屈聱牙，皆不出于圣人、贤人之手乎？自子思、孟子之后，圣人之道不传，如老、庄之虚无，杨朱之为我，墨子之兼爱，仪、秦之从横，申、韩之惨礉，管、商之利，孙、吴之变，邹子之怪，各自为道，争高竞长，于是文学散乱。游学之徒，迭荡泛滥于侈言逸词，其能者，莫不偃蹇骄溢，自谓得圣人之精微，而求其心则未也。其后如司马迁、相如、扬雄、刘向、韩愈之伦，皆可谓文章之尤著者也，皆未得圣人之心。自此道德之与文章，相去不啻万里。[1]

许穆认为创作文章，本来就没有什么特殊的方法，也并不属于别的什么

---

[1] 许穆：《记言》卷5《答朴德一论文学事书（庚辰作）》，（韩国）《韩国文集丛刊》。

"异道"。坚持儒家道统，"蕴藉"之扎实，是其关键所在。从本质上讲，一篇好的文章，"如此而求之，如此而得之，如此而发之"。许穆将这个过程概括为"蕴之为德行，施之为事业，发之为文章"。关键在于这个"蕴藉"，在许穆那里，作家所要"蕴藉"的，就是儒家所宣扬的"圣人之道"，是后世的士大夫和学子所要学习的"六经之文"。把儒家所提倡的这些古文掌握得扎实，记得牢靠，日积月累，最终归总于个人知识"蕴藉"的宝库之中，可以使自己发展成为能文善诗的高手。《周易》《诗经》《春秋》《虞书》《夏书》《商书·盘庚》《周书·诰文》等书，就是古代圣人编的古文之精髓。文中所谓"皥皥噩噩"，出自汉扬雄《法言·问神》，其曰："虞夏之《书》浑浑尔，商《书》灏灏尔，周《书》噩噩尔。"其意思就是记载唐尧、虞舜、夏禹事迹的《虞夏书》深厚、严肃而质朴，记载商代事迹的《商书》则是漫漫而已，《周书》则严肃正大。许穆认为这些古代经典大都出自古代的"圣人、贤人之手"，都属于古文之精华。他还认为自子思、孟子之后，圣人之道几乎断绝，代之而来的是老子、庄子的"虚无"，杨朱之"为我"，墨子之"兼爱"，张仪、苏秦之"纵横"，申不害、韩非之"惨礉"，管仲、商鞅之"富国强兵策"，孙武、吴起之"善变"，邹衍之"怪异"，都有自己相应的理论主张，各自为"道"，"争高竞长"，天下思想纷争，"于是文学散乱"。春秋战国时期游学的风气渐盛，游学之徒逐渐演变成游说之士，"迭荡泛滥于侈言逸词"，从而夸张华丽之言泛滥成灾。这时期的能文者，"莫不偃蹇骄溢"，自作主张，大肆宣扬，"自谓得圣人之精微"，但是仔细研读其文，才知道"求其心则未也"。在其后的历史进程中，出现了司马迁、司马相如、扬雄、刘向、韩愈之辈，"皆可谓文章之尤著者"，可谓他们是能文善诗而取得重大成果者。但是细考他们的诗文，也可知其字里行间所写，"皆未得圣人之心"。他们之为如此，何况其他平庸之辈，则更不用提了。自唐宋八大家以后，文坛情况日益复杂，"道德之与文章，相去不啻万里"。

许穆认为中国先秦的古文虽其意义深刻无比，其内容和形式丰富多彩，足可以成为后世文章之师范。对这些古文的发展，贡献最大者除了司马迁、司马相如、扬雄、刘向、韩愈、欧阳修等人之外，还应该算上中国宋代的程颢、程颐、朱熹等大理学家，因为他们为古文的传播和发展做出了许多关键性的事情。这些理学家们的贡献并不在于古文本身，而在于他们对那些先秦古文著述的注疏和整理工作。许穆认为先秦古文，尤其是古圣人的那些六经之籍，读起来难度较大，如遇其中真正难懂难解的部分，真是让人望文兴叹，寸步难行。在中国古文发展中的关键时刻，程颢、程颐、朱熹、真德秀等一批理学家们勇担注疏、解析的历史使命，尽自己一切的知识和智慧，解开了古人的古文奥义和难解之题。想象一下，如果没有他们的奉献和努力，后人怎么能够顺利读出那些古文深刻的文化意蕴？许穆认为对这些难题的解决，应该归功于宋代"河洛关闽"的哲学家，历史会记住他们。对这一点，许穆如实地评价道：

宋时程氏、朱氏之学，阐明六经之奥纤悉，委曲明白，恳恳复绎，不病于烦蔓，此注家文体，自与古文不同。其敷陈开发，使学者了然无所疑晦，不然，圣人教人之道，竟泯泯无传。穆虽甚勤学，亦何所从而得古文之旨哉。后来论文学者，苟不学程、朱氏而为之，以为非儒者理胜之文，六经古文，徒为稀阔之陈言。穆谓儒者之所宗，莫如尧、舜、孔子；其言之理胜，亦莫如《易》《春秋》《诗》《书》，而犹且云尔者，岂古文莫可几及，而注家开释易晓也。穆非舍彼而取此，主此而污彼，惟平生笃好古文，专精积久，至于白首，而其所得如此。穆行事恳直，不趋世俗蹊径，文词逼古，又不喜蹈袭后世翰墨工程。诋诽异端，抑绝浮夸，寻追古人遗绪，兀兀忘饥寒，迨老死而不悔者，将举一世而称我为一人，穆不必多让。来书所讥，似若近矣，然传不云乎。孔子之门，亦称文学子游、子夏，孟子传尧舜孔子之道。而孟子称雄辩，此何可易言也。其言语其文章，一出于道德而不悖，足以继古而传后，则古圣人、贤人之教人勉人者此也。穆穷思毕精竭力，愿欲企及而不能者，亦此也。又何辞也。[1]

许穆指出宋代的二程、朱熹、真德秀等人，不仅是在理气论和心性哲学上开辟了中国儒家哲学新的境界，而且还在对先秦儒家经典的注疏和解释上，作出了无比巨大的历史贡献。二程、朱熹、真德秀等人，也在理论上"阐明六经之奥纤悉"，而且做到了"委曲明白，恳恳复绎，不病于烦蔓"。他们的文章虽与古文不同，基本上是注疏家的笔法和文体，有其在别的领域替代不了的显著特点。他们的文字，"其敷陈开发，使学者了然无所疑晦"，使人读了眼前豁然开朗，看到了一系列新的文化内涵和睿智。无论是在中国，还是在国外，如果没有他们深刻无比、准确到位的注疏和解释，那些"圣人教人之道，竟泯泯无传"，世界将变得黯淡无光，毫无生气，甚至中国人乃至世界人的学术文化退步不少。许穆还从自己学习古文的经验和认识出发指出，如果没有理学先圣的贡献，"穆虽甚勤学，亦何所从而得古文之旨哉"？回想起来，真正让人心跳，感激之情由然而生。后世研究文学、谈论作品的人，如果以"非儒者理胜之文"为理由不学程朱之文章，六经古文将会成为遥远而陈腐之言，撇在一边而无人问津。许穆认为儒家以尧、舜、孔子为宗主，而"理胜之文"莫若《易》《春秋》《诗》《书》，任何文章绝对不可能超越这些古文，而注疏家的解释之文，为人们打开了通向真理的大门。从这个意义上看，古文固然重要，但是注疏家在传播古文、打开古文奥秘过程中的贡献，也不可忽视。许穆强调自己这么说，绝不是为了"舍彼而取此，主此而污彼"，只是"惟平生笃好古文"，专精于此道已经很久，积累了不少相关知识和理论经验。如今已经人成白首，所得学术城府已如此这般，但是对古文的追求始终没有改变。他自认自己行事作风朴实耿直，"不趋世俗蹊径，文词逼古"，又不爱跟随"时文"，"不喜蹈袭后世翰墨工程"，往往处于与世隔绝的孤立境地。他也不与异端邪说妥协，敢于批评文坛

---

[1] 许穆：《记言》卷5《答朴德一论文学事书庚辰作》，（韩国）《韩国文集丛刊》。

的"浮夸"文风,不断追寻古人留下的遗产,"兀兀忘饥寒,迨老死而不悔"。对文友朴德一来信说他过于专注于古文的批评,他愿意接受自己的不足,但是他还是谆谆诱导朴德一,指出古文的事情绝不是他所想象的那样简单。古圣人都是一代传一代,上下继承和发扬,对天地万物的变化和人间社会的发展规律看得一清二楚,说的也是深入浅出,足以教育千秋万代。他们的言语和文章,"一出于道德而不悖,足以继古而传后",其劝勉和教育人就是这样。许穆最后决心即使再有任何曲折和困难,也绝不放弃对古文的追求,绝不懈怠对古文的研究。

第十章
成宗年间围绕《古文真宝》的"道""文"之争

第一节 《古文真宝》在海东的传播

《古文真宝》是海东朝鲜朝时期学习汉文学的重要参考书之一。从某种角度上讲,《古文真宝》可以教人大开汉文学之眼,具有一部优秀教科书的意义。自高丽时期以来,海东各个朝代都实行封建的文人政治,将文治当做国家的重要理政模式,而汉文化则成为这种治国理政的意识形态及其社会文化的基础。为了培养国家所需的人才,海东各个朝代都建立了自太学(国学)、州学至乡校的自上而下的教育体系,以儒家的学问为学习的主要内容。自高丽光宗时期设科举制度以来,这种教育制度越发完备,充当了国家重要的育人基地。有教育机构就得有相匹配的教科书,其国家最高教育机构以经学为主,州县学以部分经学内容加其他儒学。到了海东朝鲜朝中期以后,除了这些教育体系之外,还发展出了各个地方士林主导的书院。与高丽时期各地的十二公徒私学不同,海东朝鲜朝时期的各地书院除了供人读书、讲学以外,它还成为了为士林派培养后续接班人、扩大自身势力的重要场所。后来积极与勋旧派势力分庭抗礼的士林派,都是从各地书院成长起来的新一代知识分子。在海东,一个人从年轻学子,成长为可以研究"圣人之学"的学者,甚至站在"廊庙"事君的大学者,其初一定要打好基础,以备将来的"蕴藉之基"。海东人小时候的必读书中,有《千字文》《四字小学》《学语集》《童蒙先习》等，稍微长大以后则可以读《明心宝鉴》《四书五经》《通鉴》等更高级一些的书。为了修炼文学才能，需要读的书更多，其中《古文真宝》乃进入海东朝鲜朝时期以后文学徒的必读书，因为其中集中了中国宋代以前诸多优秀的模范诗文。

《古文真宝》是一部中国古代诗文选编总集。关于它的作者，一般认为是宋代的黄坚，不过此为何人，尚无具体的资料可查。对于《古文真宝》的作者，海东朝鲜朝时期世祖、成宗时期的金宗直认为"前后三经人手"，但是他并没有具体指出哪三个人。从口气来看，金宗直当时已经知道此书诞生及其以后的流转情况。关于此书的作者，后来中宗、明宗时期的大理学家李滉则认为另有其人，他在其《语录》中指出"此书出于陈新安之撰"。他在此所说的陈新安，就是中国南宋时期的理学家陈栎，李滉认为他才是此书的真正作者。

《古文真宝》何时、通过何人传入海东，海东的各类正史概无记录。高丽恭愍王时期的大臣田禄生的《埜隐先生逸稿》却记录了与此相关的一些内容，其后孙田万英在此稿《附录·遗事》中说道："先生尝奉使入中国，始购来《古文真宝》，手自删增，其镇合浦时，刊行于世。故至今读《古文》者，必称先生用功云。"[1] 这可以说是有关《古文真宝》传入海东最早的记录。《埜隐先生逸稿》是田禄生死后，后人衷辑而成的其个人文集，与其他史书结合起来看，且可以考证出一些相关事项。据《高丽史节要》，田禄生曾两度使往中国，一次是（恭愍王）十二年（1364）"修聘浙东"，据"《纲鉴会纂》曰：'时方国珍据台州，台州，属浙东。'又说'时筑隐金公方砺为副'。"这里所谓的方国珍，是元末明初浙东农民起义军领袖，后来其势力渐盛，与当时其他起义军领袖朱元璋、张士诚等一起成为强大的地方割据势力，后归降于朱元璋建立的吴朝。在中国元末明初复杂的内外形势下，已经衰微不已的高丽王朝不得不实行多边外交，与元朝和中国南方的各个割据势力保持联系。为对付多变的中国的政治形

---

1 《埜隐先生逸稿》卷5《附录·遗事》，（韩国）《韩国文集丛刊》。

势,防备元末随时发生的突发事件,高丽的恭愍王曾多次秘密派使南方各个割据势力,以为万全之策。上述所谓的"修聘浙东",就是这个意思。除了这一次"修聘浙东"之行外,田禄生还于恭愍王十四年(1365)以监察大夫身份使元,次年六月还国。《高丽史节要》记录:"夏四月辛卯,遣监察大夫田禄生,宦者府院君方节如元,进礼物于皇太子,又赠廓扩帖木儿及沸王等。"恭愍王十五年(1366),滞留燕京一年多的田禄生还专程去拜谒元朝河南王,"春三月,遣密直提学田禄生,聘于河南王廓扩帖木耳。"[1] 此时的蒙元已经是风中残烛,摇摇欲坠,但高丽王朝为谨慎起见,还维持着与蒙元的主藩关系。此时的高丽派使如元,看似行事奉宗主礼,不过实际上有多重目的,其中一个是防穷途末路之狼咬人,一个就是去观察其动静,以便实行灵活的外交策略。此时,元朝和中国南方的各个割据势力,也对高丽王朝实施相应的拉拢政策,前者是为了挽救其内外孤立的现状,后者则是为了海上贸易的便利和留有退路。当时张士诚、方国珍等中国南方起义军割据势力,通过海路曾多次来聘于高丽,送诸多贡品。如恭愍王"十三年甲辰六月乙卯,先生还明州。司徒方国珍遣照磨、胡若海,偕来献沉香、弓矢及《玉海》《通志》等书。"[2] 当时的中国人知道海东人喜欢读中国书,而且书籍也是两国贸易时交换的重要物资之一,所以在方国珍所送的诸多贡品中有"《玉海》《通志》等书",绝不偶然。从以上情况中可以猜想,海东使臣田禄生在来往于元朝的燕京、河南、浙东的过程中,完全有可能购得《古文真宝》之类的书,而且他第二次如元所滞留的时间达一年多,其可能性可想而知。还有,当时中国南方起义军割据势力来献的方物中,往往有书籍,而其中或夹带着《古文真宝》之类的书。从这些情况看,《樊隐先生逸稿》所记录的"先生尝奉使入中国,始购来《古文真宝》"的说法,极有可信度。

于高丽末叶,《古文真宝》被如元使臣田禄生携带进来以后,它历经各个

---

[1] 《高丽史节要》,恭愍王十五年(1366),元至正二十六年,(韩国)《韩国文集丛刊》。
[2] 郑麟趾等:《高丽史》,(朝鲜)劳动新闻出版社,1958。

朝代的注释、谚解和翻刻出版，出现了诸多版本。不过其后的版本再多，还是否定不了一个事实，那就是高丽末叶的田禄生是第一个引进此书和第一个"募工刊行"的人这个事实。《壄隐先生逸稿》显示，田禄生从燕京回国以后的第二年，即受王命镇守庆尚道合浦，以防守倭寇的突然入侵。《壄隐先生逸稿》说，此时的田禄生一边忙于军务，一边则处理出刊《古文真宝》之事，所谓"手自删增，其镇合浦时，刊行于世"，说的就是此时的事情。田禄生于恭愍王十六年（1368）七月，以庆尚道都巡问使身份镇守于合浦，《东国舆地胜览》"合浦"条有其诗可证。田禄生《题合浦营》一诗道："此地前游仅十春，岂图来镇有今晨。壁间拙字知予否，曾是当年下笔人。"徐居正的《东人诗话》，还评此诗曰"题合浦云云，公文章巨手，兼总戎兵，其横槊哦诗气象，大异于雕篆酸寒者之所为也。"当时他在朝廷的好友李达衷，也为他写诗道："元帅坐吟诗，无心强攻敌。感化执莫来，何必烦羽檄。"诗中说他的威严已传四方，倭寇的野心不攻自破，来献酒羹表殷勤。其《跋》谓："至正丁未，出镇合浦，清心省事，久不递代，从民望也。"[1]根据这些记录可以肯定，田禄生于恭愍王十六年（1368），的确在任于庆尚道都巡问使并为出刊《古文真宝》一书而奔走。这样则可以肯定，高丽恭愍王年间的田禄生是引进和刊行《古文真宝》的第一人，后世"必称先生用功"是情理之中的话。

　　高丽末叶的田禄生自元带回《古文真宝》并于次年在庆尚道合浦刊印发行以后，此书很快在上自王室、下至社会士人之间广泛流行，几近成为国人学习汉文学的教科书和文学创作的顶级参考书。由于此书内容充实而具有"典范"意义，其普及需求则日益上升，以至于出现了代有笺注、解析和谚解的现象。田禄生首刊《古文真宝》于合浦五十二年以后，其后孙田艺于世宗二年（1420）将其加以"补注明释"，改名为《善本大字诸儒笺解古文真宝》，重刊田氏合浦本于忠清道沃川，由郡守李护监督役事。当时正好任嘉靖大夫兼忠清道都观察

---

[1]《壄隐先生逸稿》卷4《谢田元帅送倭酒》，（韩国）《韩国文集丛刊》。

第十章　成宗年间围绕《古文真宝》的"道""文"之争　511

黜陟使的姜淮仲，从田艺处看到田禄生所刊此善本，感慨不已，乃"嘱沃川守李护，监督重刊"。不到数月告毕，姜公乃在沃川刊本上写志曰：

> 此编所载诗文，先儒精选古雅，表而出之，承学之士，所当矜式也。前朝时，埜隐田先生禄生出镇合浦，董戎之暇，募工刊行。由是，皆知是编有益于学者。然其本岁久板昏，且无批注，观者病焉。岁在己亥，予承乏观察忠清，越明年，公州教授田艺出示此本，有补注明释，了然于心目。因嘱沃川守李护，监督重刊，未数月而告毕。於戏，岂非斯文之一幸哉。今以二本雠校，则旧本颇有埜隐先生所删所增，故与今本，中间微有小异耳。愚于此论辨，并谂诸后学云。时永乐龙集庚子孟冬下澣，嘉靖大夫忠清道都观察黜陟使，晋阳姜淮仲，谨志。[1]

姜淮仲在此序中说，此编所收诗文都是先儒精选的篇章，以"古雅"的诗文为主，足可以成为学子和文学之士的模范。高丽末叶的田禄生，带兵镇守庆尚道合浦时，于军务之余，将从中国带回的《古文真宝》拿出来，"募工刊行"。从此，此书广泛流传于读者之间，都知道其对学习诗文者大有益处。时过五十多年后，此书的影响已然广泛，大家深感再版的必要性，但是"其本岁久板昏，且无批注，观者病焉"。嘉靖大夫姜淮仲以忠清道都观察黜陟使来到此地，发现了田艺所藏田禄生初刊本《古文真宝》，并附有田艺的"补注明释"，使得其内容"了然于心目"，乃创意再刊之意。数月后出刊之事告毕，"以二本雠校"，"则旧本颇有埜隐先生所删所增"，所以"与今本，中间微有小异"。根据姜淮仲的此志，时过五十余年后，此《善本大字诸儒笺解古文真宝》是第一次再版本，即姜淮仲重刊本。根据此志可以知道，高丽末叶田禄生的初刊本并没有批注，这给读者带来了一定的困难。后来其后孙田艺加以"补注明释"，使人"了然于

---

[1]《埜隐先生逸稿》卷4《遗事·善本大字诸儒笺解古文真宝志》(姜淮仲撰)，(韩国)《韩国文集丛刊》。

心目",这说明田艺的注释较为详细。姜淮仲写此志,是在"永乐龙集庚子孟冬下澣",即海东世宗二年(1420)一月下旬。

姜淮仲刊印《善本大字诸儒笺解古文真宝》之后,约莫过了三十多年,《古文真宝》的另外一个版本自明朝传入海东,不久也被刊刻出版。根据世祖、成宗朝金宗直的《详说古文真宝大全跋》,明代宗景泰(1450—1456)初年,翰林侍读倪谦使朝,带来了"今本"《古文真宝》,其内容"视旧倍蓰",与旧本相比丰富得多,故为"大全"。据《世宗实录》三十二年条,明使倪谦为了颁布明代宗即位教书,于世宗三十二年(1450)来到海东,他此行带来的就是"今本"《古文真宝》。两年后的文宗二年(1452),根据朝廷之命以《详说古文真宝大全》之名,用庚午字刊行并下拨各道。自此二十年后的成宗三年(1472),"监司李相公恕长",献出传家的《古文真宝》(即明倪谦传来本)一帙,令"今监司吴相公伯昌继督"刊行。后来吴相公伯昌调走,"牧使柳公良、判官崔侯荣,敬承二相之志,力调工费,未暮月而讫功",此书即为《详说古文真宝大全》。其后,各地反复刊行,有谚解本、悬吐本、庚午字本等多种版本流行于朝廷、士大夫和士子间。在当时,朝廷的颁赐、科举考试制度、爱好文学的民族风气等,则共同推动《古文真宝》类图书的广泛流通。尤其是海东朝鲜朝时期的科举制度,以辞赋和经义为主,《古文真宝》中的那些经典性诗文作品,为准备科举考试的士子提供了绝好的诗文"范式"。由于内容比较全面,《详说古文真宝大全》深受朝廷的重视和士林的欢迎,到了"家储而人诵,竞为之"的程度。随着读者群的增多和时间的流移,人们越来越觉得这本书的可贵,重刻再版的社会要求也日益增多。于是,海东朝鲜朝时期明宗二十一年(1567)又重刊《详说古文真宝大全》,是网罗其前集十二卷和后集十卷的全集性的版本,而且是铜活字印本。

如上所述,李滉曾认为"此书出于陈新安之撰"。而他所读到的《古文真宝》,应该是上述《详说古文真宝大全》,也就是景泰初明翰林侍读倪谦所携进海东的那本《古文真宝》。李滉所说的"陈新安",就是生于宋理宗淳祐十二年(1252),卒于元惠宗元统二年(1334)的那个陈栎。各种资料显示,陈栎是安徽休宁人,休宁在隋代为新安郡治所,故后人称他为"陈新安"不足为怪。陈栎一生致力于性理之学,潜心钻研濂洛之踪,尤推崇朱熹,以还朱子学之本真为己任。陈栎的著作主要有《四书发明》《书集传纂疏》《礼记集义》等,深入阐发心学和性理之学的奥义,深受其后思想界的重视。他曾在《自吟百七十韵》中写道:"不屑涉浅柳,寻源浩无涯。《风雅》《骚》《选》降,唐宋星秋辉。凡诸大家数,一一加咛嚅。"诗中明显反映着对古人之文寻根溯源,追寻崇高之迹的意思,这应该是一个理学家为文的尚古倾向。生活在宋末元初的陈栎,民族国家的覆亡和社会风气的浇漓,使得他沉浸于对古人的追寻。考察他的这种处境、情绪、思想和爱好著述的癖性,由他关注前人编纂的《古文真宝》类书,而且动手进行增补作业,是完全可能的事情。何况李滉是海东最有城府和声望的思想家,评价和著录某些事情和人物绝不会滥发己见。

第二节　世宗朝以后古文文献的大量备置

到了海东朝鲜朝中期的中宗、明宗、宣祖年间,海东的朱子学已近成熟期,积极展开具有强烈思辨性格的理论探索。此时的士林系势力,已基本掌控国家机器,左右李氏王朝的政治走向。过去被利用于瓦解贪婪的勋旧派政治堡垒的性理学,如今也成为攻讦士林系内部新的官僚贵族罪恶的精神武器。这时期已经完全哲学化了的海东朱子学,面对新的理论界内部的批判对象,掀起了一股专注于心性论的理论批评热潮。他们指出"士"应该是社会上最清白、廉洁的阶层,他们之所以能够打倒腐朽的勋旧派政治势力,就是依靠这种高尚的精神风貌。可是如今"士"阶层取得政治上的胜利,已占有绝对统治地位,从而其中接连产生新的大地主、大官僚贵族。面对权和利,士林系内部分党分派,争斗不休，甚至大动干戈，不惜杀戮，置异党之士于死地而后快。面对这样的客观现实，关心时局发展的海东各地的性理学家高举"自省"的大旗，从哲学上提倡"敦圣学，以立治本""治心以致良知"，试图从而整顿混乱的政治局势。他们甚至连国王及其王室也纳入心性教育的对象之中，认为一国之中国王是最高统治者，他的思想修养对国家的兴亡尤为重要，上清则下清，君明则天下治。他们通过朝讲、经筵、疏、奏、议、谏、书等形式，不断为君讲解本身"穷理正心""修己治人"的重要性。大理学家李滉是其中说此内容最多，态度最为恳切的一位学者。他在专门为宣祖而写的《戊辰六条疏》中，分几个方面专述抚养"圣德"的重要性。具体来说：其一，李滉指出："敦圣学，以立治本。臣闻帝王之学，心法之要，渊源于大舜之命禹，其言曰：'人心惟危，道心惟微，惟精惟一，允执厥中。'夫以天下相传，欲使之安天下也。"[1] 其二，李滉说："而数者之中，心意为最关。心为天君，而意其发也。先诚其所发，则一诚足以消万伪，以正其天君，则百体从令，而所践无非实矣。今殿下于数者之功，亦已启其始而举其绪矣。"[2] 其三，李滉道："推腹心，以通耳目。臣闻一国之体，犹一人之身也。人之一身，元首居上而统临，腹心承中而干任，耳目旁达而卫喻，然后身得安焉。人主者，一国之元首也，而大臣其腹心也，台谏其耳目也。"其四，李滉说："诚修省，以承天爱。"可知这时期海东性理学者关注的中心问题，在于"修己之学"，以引导君主和士大夫进行"内修"和"内省"。

这时期的性理学家们，还积极进言宣祖，广泛推广"圣人之文"，以滋润天下人心。他们又力说认清改善文风的重要性，建议消除"时文"的影响，复兴古文，使其成为圣学之佑翼。成均馆的藏书阁，是根据学者韩明浍的建议建立于成宗六年（1475），后来曾两度因故闭馆，后又重建，到了英祖年间尽显衰落相，而正祖时再建。在士林系内部的党争愈演愈烈的客观形势下，如何尽

---

[1]《退溪先生文集》卷6《戊辰六条疏》，（韩国）《韩国文集丛刊》。
[2]《退溪先生文集》卷6《戊辰六条疏》，（韩国）《韩国文集丛刊》。

快统一四分五裂的士心,朝廷绞尽脑汁,想以复兴儒家道统,来撮合分裂的人心。尤其是为了避免程朱理学被党争利用,朝廷积极宣扬"圣人之道",而一心要使其深入人心。于是朝廷在原有的基础上,重新订立对儒家经典、古文文献和有利于国计民生的实用之书的进口、再版和发行工作的计划。作为加强"圣人之道"和右文政策的一环,宣祖朝朝廷将从中国购来的大量书籍和国内再版的儒家经典,除了颁给地方政府和学校之外,大都放置于成均馆的藏书阁,以备太学生利用。实际上这是海东朝鲜朝时期政府一贯实行的"载籍""储典"政策的延续而已,之前这种为右文政策而实行的藏书措施始终没有停止过。李氏王朝自其建国初期,在高丽王朝相关设施的基础上,一贯重视和奖励图书的购入、再版和保存工作。海东朝鲜朝时期在宫廷内设"殿""馆""阁"等机构,储存大量的典籍,以备国王、士大夫和成均馆的学子随时利用,世宗朝的集贤殿、世祖朝的弘文馆、正祖朝的奎章阁等,就是履行这种机能的机构。海东朝鲜朝时期的这些"殿""馆""阁"中,历来都设有朝廷图书馆"藏书阁",如集贤殿藏书阁、弘文馆藏书阁、成均馆藏书阁、承文院藏书阁,它们的功能主要是为王室、士大夫和太学生提供读书、收集文献资料的方便。随着海东朝鲜朝时期社会政治形势的变化和发展,这个藏书阁也经历兴旺和消沉反复的历史。它的鼎盛时期如成宗、中宗时期,收藏天下图书数万种,存有许多中国已失藏珍本,连中国皇帝的来使也惊叹不已。可是到了正祖、纯祖时期,则大不如以前,许多藏本失踪无还,还有一些是缺帙乏本,令观者为之心痛。当时在成均馆研究学问20多年的尹愭,对成均馆藏书阁的情况非常熟悉,亲笔书录其中的藏书数目。根据他的记录,此时的成均馆藏书阁已显凋零,但通过他的记录还是能够看到当时藏书的基本状况。根据海东朝鲜朝后期文臣、学者尹愭于正祖十一年(1787)记录的当时的文献目录来看,光是收藏于成均馆藏书阁的书目就有:

①经:《周易》《书传》《诗传》《春秋》《仪礼经传》《礼记》《孝经》《书传

大文》《诗传大文》《周礼》谚解本。②传：《论语》《大学》《中庸》《孟子》《论语大文》《大学章句》《中庸大文》《孟子大文》及其谚解本。③儒家：乡板《性理大全》、唐板《性理大全》《皇极经世书》《二程全书》、乡版《二程全书》《朱子大全》《朱子语类》《近思录》《周易启蒙》《家礼》《小学》《小学谚解》《朱书》《朱子节要》《论语或问》《大学或问》《中庸或问》《孟子或问》《伊洛渊源》《心经》、乡版《大学衍义》、唐版《大学衍义》《启蒙传疑》《仪节家礼》《五礼仪》《疑礼问解》《丧礼备要》《丧礼问答》《家礼考证》《字训》《仪礼》《礼说》《四礼训蒙》《圣学十图》《求仁录》《圣学辑要》《大学讲义》《朱文酌海》《孔子通纪》《大学补遗》《击蒙要诀》《往复书》《读书录》《四端七情》《三纲行实》《古镜重磨方》《集注小学》《语录解》《近思录释疑》《景贤录》《中庸》《九经衍义》《自警编》。④史：乡版《纲目》、唐版《纲目》、唐版《正文献通考》、唐版《续文献通考》《前汉书》《后汉书》《史汉一统》《隋书》《唐书》《宋史列传》《丽史》《元史》、乡版《汉书》《宋鉴》《汉史》《晋书》《左传》《皇明记略》《南史》、乡版《南史》《历代总目》《通鉴》《纪谱通编》《宋史详节》《舆地胜览》《名臣言行录》《宋元纲目》《馆阁试草》《高丽史》《君鉴》《臣鉴》《东国通鉴》。⑤诸子诸家：《陆宣公集》《欧阳集》《大家文会》《昌黎集》《东坡拾》《韩文抄》《击壤集》《东文选》《古文真宝》《文选》《柳欧苏文抄》《楚辞后语》《选诗补遗》《唐诗品汇》《杜律》《杜诗谚解》《虞注》《瀛奎律髓》《唐音》《李白目录》《黄山谷集》《三大家诗》《八大家文抄》《柳文》《楚辞》《逊志斋集》《欧文》以及诸子品节。⑥东朝文集：《白氏集》《玉海集》《牧隐集》《简易集》《栗谷集》《溪谷集》《花潭集》《体素集》《松都志》《月沙集》《退溪集》《獬斋集》《听松集》《容斋集》《圃隐集》《冲庵集》《佔毕斋集》《大谷集》《晦斋集》《月汀集》《牛溪集》《芝川集》《石楼集》《稼亭集》《松塘集》《高峰集》《寒冈集》《枫岩集》《立岩集》《玉峰集》《汉音集》《玄洲集》《李评事集》《旅轩集》《芝山集》《西厓集》《清阴集》《栎翁集》《守梦集》《拙翁集》《愚伏集》《益斋集》

《大坡集》《保闲斋集》《白江集》《六臣集》《竹阴集》《河西集》《正气录》《月塘集》等等。⑦杂家：《内训》《易学图说》《彝尊录》《世家》《己卯录》《类苑丛宝》《考事撮要》《经国大典》《大明会典》《简易辟瘟方》《警民编》《痘疮集》《敬斋箴》《事文类聚》《东国兵鉴》《尉缭子直解》《唐太宗李卫公问答》《孙武子直解》《太公六韬直解》《司马兵法直解》《吴子》《三略直解》《万病回春》《老乞大》《列圣御笔》《医脉真经》《墨竹画本》《参同契》《明纪编年》《丹溪纂要》《仁斋直指》《古文韵》《礼部韵》《海篇心镜》《三韵通考》《箕雅》《列圣志状》。除此之外，还有历代国王颁给成均馆藏书阁的一大批书籍和字帖、绘画作品。从稍后的《奎章阁数目》看，此外还有很多书籍并没有出现在此目录之中，尹慴所录这些数目可能是当时所藏书籍的大概而已。

  从上述的书目来看，其占比最大的是儒家经、传，其次是对儒家经典的注释、阐发、讲解之名著，其中宋元明时期的理学著述的地位尤为醒目；其次是史家、诸子、诸家之名著；最后是儒家所称杂家之著述。尹慴的这一书目，尤其专门记录了当时已存入的海东本国各家的文集和专著。值得注意的是，尹慴记录的这批书目中，大多数还是当时的海东人极力推崇的中国古文文献。其中，除了先秦儒家经典之外，《陆宣公集》《欧阳集》《大家文会》《昌黎集》《东坡拾》《韩文抄》《击壤集》《东文选》《古文真宝》《文选》《柳欧苏文抄》《楚辞后语》《选诗补遗》《李白目录》《黄山谷集》《三大家诗》《八代家文抄》《柳文》《楚辞》《逊志斋集》《欧文》等唐宋古文名家的书籍尤为注目。而珍藏于成均馆藏书阁中的这些古文书籍，当时主要是被历届的成均馆生所利用，使他们在优越的学术图书环境中成长。回顾海东朝鲜朝时期的铨选制度，国家主要的台阁大臣、主持文衡的阁僚等，都出自于此成均馆。从文献资料的层面上，给他们预备如此优厚的条件，绝非一时的救急，而是有着长远的战略意义。海东朝鲜朝各个时期出现的古文大家，几乎都是成均馆出身，诸多古文名作名著，也都是出自于他们之手。所以可以说，海东朝鲜朝文风的变化发展，与这些成均馆出身的文人有着极其密切的关系，而这些成均馆生的成长则与这些丰富的图书资料有着直接的关联。

正因为文献资料对国家的右文政策有如此重大的作用，海东自三国时期以来的各个王朝都极其重视从中国各个朝代购入大量的书籍，珍藏于太学、国学、集贤殿、弘文馆、成均馆、承文院等最高教育机构的藏书阁中。尤其是海东各个朝代赴中国的使节团，其重要的政治任务之一就是从中国购入大量的书籍，回国交由朝廷放置于藏书设施中。中国各个朝代的统治阶级也深知海东人的这种心理欲求，经常主动赐予许多珍本书籍。这样过了许多年之后，在中国已散轶的珍本书，"反求于海东王朝而能得之"，在两国交往史上这种事情时而发生。尤其是进入海东朝鲜朝以后，李氏王朝实行"抑佛扬儒"的思想政策，加强儒家教育，加紧从中国引进图书资料的步伐。

到了成宗、中宗及宣祖执政年代，海东对中国书籍的藏书规模已经达到了空前雄厚的程度，连中国来的各类使节也叹为观止。海东各个王朝的这种孜孜不倦的文明精神，使它成为世界汉文化圈中汉籍最多、继承汉文化最为深入的国家，尤其是其巨大的汉文学成果，使它被世界称之为"东方诗国"。海东引进中国书籍，是持之以恒，一步一步实现的。可以举出一些较为典型的实际例子，来考察一下它的具体状况。海东朝鲜朝英、正时期的学者李宜显（1669—1745）于1720年以冬至使书状官身份出使中国，其时通过提督府序班（即书吏）探问购书之事，最后在其序班的协助下购得了一大批贵重书籍。李宜显在《庚子燕行杂识下》中，较详细记录了其时所购得书目。具体记录如下："序班既提督府书吏，而久则间有升为知县者。我国人欲知燕中事情，则因序班而求知，辄作伪文书，受重价而赚译辈，其家多是南方，而书册皆自南至。此属担当买卖，如我国所谓侩人，而译官居其间，使臣欲购册子，必使译辈求诸序班，彼此互有所利，故交结甚深。所购册子，《册府元龟》301卷、《续文献通考》100卷、《图书编》78卷、《荆川稗编》60卷、《三才图会》80卷、《通鉴直解》24卷、《名山藏》40卷、《楚辞》8卷,《汉魏六朝百名家集》60卷、《全唐诗》120卷、《唐诗正声》6卷、《唐诗直解》10卷、《唐诗选》6卷、《说唐诗》10卷、《钱注杜诗》6卷、《瀛奎律髓》10卷、《宋诗钞》32卷、《元诗选》36卷、《明诗综》32卷、《古文觉斯》8卷、《司马温公集》24卷、《周濂溪集》6卷、《欧阳公集》15卷、《东坡诗集》10卷、《秦淮海集》6卷、《杨龟山集》9卷、《朱韦斋集》6卷、《张南轩集》20卷、《陆放翁集》60卷、《杨铁厓集》4卷、《何大复集》8卷、《王弇州》集30卷、《续集》36卷、《徐文长集》8卷、《抱经斋集》6卷、《西湖志》12卷、《盛京志》6卷、《通州志》8卷、《黄山志》7卷、《山海经》4卷、《四书人物考》15卷、《黄眉故事》10卷、《白眉故事》6卷、《列朝诗集小传》10卷、《万宝全书》8卷、《福寿全书》10卷、《发微通书》10卷、《壮元策》10卷、《汇草辨疑》1卷、《制锦编》2卷、《艳异编》12卷、《国色天香》10卷。此中杂书数种,系序班辈私献,书画米元章书一帖、颜鲁公书家庙碑一件、徐浩书三藏和尚碑一件、赵孟頫书张真人碑一件、董其昌书一件、神宗御画一簇、西洋国画一簇、织文画一张、菘菜画一张、北极寺庭碑六件,此则拓取。"[1]这是在毫无事先准备的情况下,通过清政府接待人员序班的中介购得的书籍,所以书籍的内容参差不齐。从书目中各类书籍的种类来看,除了历史典籍和一些个人文集外,大多是有关文学的文献。购书活动是海东使节的一项必行内容,在履行每天的外交任务外,使节团成员到琉璃厂等处先了解有关书籍的相关信息,以便拟定购书计划。海东使节来燕京的频率很高,几乎每年都有一两次,多时有三四次,所以燕京市面上的书籍再多,碰不上好书的情况时有发生。如果遇到心仪的书籍,海东使节往往不惜万金购入,使得燕京书商惊喜万分。海东朝鲜朝英、正时期的大学者李德懋(1741—1793),于正祖二年(1778)跟随正使沈念祖到燕京,进行一个多月的访问活动。有一天,他与另一个使节团成员在先,一同去琉璃厂巡视书市,以为使节团的购书提供信息。他们还算运气好,市街上的书果真不少,而且处

---

[1] 李宜显:《陶谷集》卷30《庚子燕行杂识下》,(韩国)《韩国文集丛刊》。

处可以遇见稀有真本。对当时琉璃厂书市的情景，他在《入燕记下》中，详细地记录道："十九日戊寅，夜雷雨，留馆。三千七十余，炎天驱驰之余，留馆又四五日，真如南冠楚囚。燕市书肆，自古而称，正欲翻阅。于是余与在先及干粮官，往琉璃厂。只抄我国之稀有及绝无者，今尽录之：《通鉴本末》《文献续纂》《协纪辨方》《精华录》《赋汇》《钦定三神》《中原文宪》《讲学录》《皇华纪闻》《自得园文钞》《史贯》《傅平叔集》《陆树声集》《太岳集》《陶石篑集》《升庵外集》《徐节孝集》《困勉录》《池北偶谈》《博古图》《重订别裁》《古文奇赏》《西堂合集》《带经堂集》《居易录》《知新录》《铁网珊瑚》《玉茗堂集》《传道录》《高士奇集》《温公集》《唐宋文醇》《经义考》《古事苑》《笠翁一家言》《浍园》《子史英华》，以上嵩秀堂。《程篁墩集》《史料》《范忠宣公集》《栾城后集》《图绘宝鉴》《方舆纪要》《仪礼节略》《册府元龟》《独制诗》《文体明辨》《名媛诗钞》《钤山堂集》《义门读书记》《王氏农书》《山左诗钞》《墨池编》，以上文粹堂。《弇州别集》《感旧集》《路史》《潜确类书》《施愚山集》《纪纂渊海》《书影》《青箱堂集》《昭代典则》《格致录》《顾端公杂记》《沈碻士集》《通考纪要》《由拳集》《本草经疏》《闲暑日钞》《倪元璐集》《史怀》《本草汇》《曹月川集》，以上圣经堂。《寄园寄所寄》《范石湖集》《名臣奏议》《月令辑要》《遵生八笺》《渔洋三十六种》《知不足斋丛书》《隶辨》《益智录》《幸鲁盛典》《内阁上谕》《帝鉴图说》《臣鉴录》《左传经世钞》《理学备考》，以上名盛堂。《王梅溪集》《黄氏日钞》《食物本草》《八旗通志》《盛明百家诗》《皇清百家诗》《兵法全书》《虞道园集》《渔洋诗话》《荆川武编》《吕氏家塾读诗记》《本草类方》，以上文盛堂。《音学五书》《大说铃》《今诗篋衍集》，以上经腴堂。《安雅堂集》《韩魏公集》《吴草庐集》《宛雅》《诗持全集》《榕村语录》，以上聚星堂。《尧峰文钞》《精华笺注》《精华训纂》《渔隐丛话》《观象玩占》《篆书正》《明文授读》《香树斋全集》《七修类稿》，以上带草堂。《赖古堂集》《李二曲集》，以上郁文堂。《坤雅》《许鲁斋集》《范文正公集》《邵子湘集》《阙里文献考》《班马异同》，以上文茂堂。《帝京景物略》《群书集事渊海》《三鱼堂集》《广群芳谱》《林子三教》《杨龟山集》,以上英华堂。《榕村集》《名媛诗归》《觚剩》《穆堂集》,以上文焕斋。此外又有二三书肆。猥杂不足观也。"[1]对这些琉璃厂的书籍,海东使节团几天后花重金买下了其中的很大一部分,回国后交由朝廷处理。仔细考察可知,这些都是琉璃厂多个书店摆摊出售的书籍,李德懋他们根据觉得值得购买的种类来记录,所以种类繁多,其中许多都看似有些分量的书籍。在这些数目中,有部分儒家类的,也有史家类的和文学类的,还有诸多珍贵的中国名家的个人文集,而更多的是有关哲学、农业、医学、书法等有关百姓日常生产和生活方面的实用之书。

海东朝鲜朝五百年间,正处于中国的明、清时期,其间经历了无数次极其复杂的政治、军事、外交的波折和摩擦,更经历了丁卯年和丙子年的两次战乱。在这五百年间,海东朝鲜朝与清王朝的政治外交关系多变,外交接触和来往也多得数不清,其间存在的分歧和问题一般都通过互派使节去解决。尤其是海东完全被清王朝降服,两国结成宗藩关系,在很长时间段里彼此进入基本平静的阶段。从此以后完全一边倒的事大外交,使得李氏王朝不得不履行藩属国的义务,得以冬至使、谢恩使、进贺使、奏请使、陈慰使、进香使、告讣使、问安使、圣节使、赍咨使等名义不断派遣使节团,完成国王所赋予的外交任务。在燕京期间,使节团住宿于被指定的会同馆,除了向礼部传达表文、咨文,接受皇帝召见、进献岁币和方物、间或参加一些例行外交活动之外,可以在燕京自由活动。在燕京的一两个月期间,使节团成员可以与清朝的学者进行学术交流,并进行购书等活动,反正机会难得,回国时满载而归。如此历经近五百年,海东自燕京所购回书籍,应该是汗牛充栋,其数不可估量。

---

[1] 李德懋:《青庄馆全书》卷67《入燕记下》,时正祖二年五月十九日,(韩国)《韩国文集丛刊》。

第三节　朝鲜朝中期围绕《古文真宝》的"道""文"之争

作为中国古代的诗文总集之一,《古文真宝》收录了自战国至宋代的诗文,分前后两集。其前集从《劝学文》开始,收录了中国古代各个时期优秀的诗歌作品,专以"精选古雅"为编纂原则,而后集则从屈原的《离骚经》开始,收录了各种体裁的历代名文。在《古文真宝》前集十卷中,其第1、2卷为五言古风短篇,卷3为五言古风长篇,卷4、卷5为七言古风短篇,卷6为七言古风长篇,卷7为长短句,卷8为歌类,卷9为行类,卷10为吟、引、曲类。在《古文真宝》后集10卷中,其第1卷为辞、赋类,第2卷为说、解类,第3卷为序类,第4卷为记类,第5卷为箴、铭类,第6卷为颂、传类,第7卷为碑、辨类,第8卷为表类,第9卷为原、论类,第10卷为书类。《古文真宝》自高丽末叶传入海东以后,一直成为学习汉文学的参考书和学子学习古诗文的教科书,也深受社会读者层的欢迎。对当时的这种情形,柳梦寅说道:"诸公皆读《古文真宝》前后集,以为文章,故至今人士初学,必以此为重。"[1]这里的"诸公",即指当时在朝在野的文人,这些文人已经成长为能文善诗的作家和诗人。有了这些诸多成功的案例,社会上的后学们也毫无犹豫地追随其后,以《古文真宝》为绝对的"诗文之范"。

各种迹象表明,《古文真宝》的编纂,时在宋末元初。这是一个极其特殊的历史时期。北宋和南宋虽有科学技术的繁荣和学术文化的发达,但在北方少数民族军事势力的挤压下,最后窝窝囊囊地在南方偏安一隅,整个社会沉浸于一片爱国情结和忧患意识之中。所以与历史上的汉、唐等汉族政权相比,它缺乏那些积极进取、热情蓬勃的时代精神,似乎南宋王朝已经进入历史的反思阶段。而历史的反思,则是与人的理性思维密切相关,自此一个理性思辨的时代启开了自己的大门,二程、朱熹等各类理学人物先后登场。这时期崛起的程朱理学,

---

[1]《惺所覆瓿稿》卷24《史略〈古文真宝〉虽不读可也》,(韩国)《韩国文集丛刊》。

以"理"为"机轴",所以当这种哲学思想遇到文学观念的发现时,即以"理"制"文",要求"文"以"圣人之道"为准的,以"古人之旨"为榜样。《古文真宝》的编纂,正好是顺应了这样的时代要求。同时这时期的南宋人,深受异民族的军事压力和凌辱之苦,一种爱国爱族的思想观念和情绪无意间蔓延于臣民之间。这种思想和情绪反映在学术文化上,唤起了众人对自己民族学术文化的骄傲之情,一股收集和整理民族文化遗产的热情由然而生。《古文真宝》的编纂,就是一个这样的时代产物。

细考《古文真宝》的诞生和演变过程,可知其"苦心"和"用意"绝不那么简单。它的内容,上自楚辞《离骚经》,下至南宋谢枋得的《菖蒲歌》,其间占比最多的是唐代和北宋的诗文。从这些内容中可以知道,编纂者的基本原则是提倡古道,学习古文,追求"古雅",训导文学坚持"道""文"一致,帮助人们从中受到思想的薰陶和诗文"法度"的教育。编者的这种原则和思想倾向,充分反映在《古文真宝》的选编内容上。如韩愈的门人、《昌黎文集》的编纂者李汉在其《昌黎文集序》中指出:"文者,贯道之器也。不深于斯道,有至焉者,不也。《易》繇爻象,《春秋》书事,《诗》咏歌,《书》《礼》剔其伪,皆深矣乎。秦汉以前,其气浑然,迨乎司马迁、相如、董生、扬雄之徒,尤所谓杰然者也。至后汉曹魏,气象萎薾。司马氏以来,规范荡悉,谓《易》已下,为古文剽掠僭窃为工耳。文与道蓁塞,固然莫知也。先生生于大历,戊申幼孤,随兄播迁韶岭。兄卒,鞠于嫂氏,辛勤来归。自知读书,为文日记数千言。比壮,经书通念,晓析酷排,释氏诸史百子皆搜抉无隐,汗澜卓踔,渊泫澄深,诡然而蛟龙翔,蔚然而虎凤跃,铿然而韶钧发。日光玉洁,周情孔思,千态万貌,卒泽于道德仁义,炳如也。洞视万古,悯恻当世,遂大振颓风,教人自为。时人始而惊,中而笑且排,先生志益坚,其终,人亦翕然而随。乌乎!先生于文,摧陷廓清之功,比于武事,可谓雄伟不赏者矣。"李汉强调在"道"与"文"的关系上,韩愈主张"文者,贯道之器也。不深于斯道,有至焉者,不也"。这是对韩愈关于"道"与"文"关系的基本观点的正确表述。韩愈提倡古文,更为重视的是恢复古道。他曾说:"然愈之所志于古者,不惟其辞之好,好其道焉尔。"[1]韩愈所谓的"古道",则指尧、舜、禹、汤、文、武、周公、孔子、孟轲一脉相承的儒家道统;所谓"古文",就是先秦两汉时期通行的散体文章。他还认为"文"是"道"的表现手段,提倡古道,也就必然用"古文",绝不能用骈文或时文。韩愈的"文以贯道",不仅反对六朝以来的浮靡文风,而且也反对写文章忽视思想内容,单纯追求辞藻的华丽。他在《送孟东野序》《答李翊书》《调张籍》《荆潭唱和诗序》等文章中,将自己的古文理论发挥得淋漓尽致。中唐的韩愈、柳宗元以后,北宋的欧阳修、王安石、苏洵、苏轼、苏辙、曾巩等人相继而起,把古文运动推向了成功之路。欧阳修重"道"而不废"文",说:"圣人之文虽不可及,然大抵道胜者文不难而自至也。"[2]苏洵则主张:"大凡文之用四:事以实之,词以章之,道以通之,法以检之,此经史所兼而有之者也。"[3]对王安石的古文,《宋史》说:"安石议论高奇,能以辨博济其说。果于自用,慨然有矫世之变俗之志。"[4]苏轼认为作家要有深厚的积累,文章要有充实的内容,要求文学"有为而作","言必中当世之过"[5],"酌古以御今,有意乎济世之实用"。[6]苏辙论文,注重"养气"说。曾巩论文,重"道""法""事理",认为"盖法者所以适变也,不必尽同;道者所以立本也,不可不一;此理之不易者也。"[7]仔细考察可以发现,在《古文真宝》的后集中,唐宋八大家的这些古文形成着整篇的核心地位,其他诸多被选而入的散文,也大都是以在内容和艺术形式上靠近这些古文者为先。从而可知,宋末元初《古文真宝》的编选者,以

---

1 《韩昌黎集》卷16《答李秀才书》,马其昶《韩昌黎文集校注》175页,上海古籍出版社,2014。
2 《欧阳修文集》卷47《答吴充秀才书》,中州古籍出版社,2010。
3 苏洵:《嘉祐集》卷9《史论》上,国家图书馆出版社,2019。
4 《宋史》列传八十六《王安石传》,中华书局,1985。
5 《苏轼文集》卷34《鳧绎先生诗集叙》,中华书局,1986。
6 《苏轼文集·答俞括书》,中华书局,1986。
7 曾巩:《战国策目录序》,参见《唐宋八大家散文》,长江文艺出版社,2015。

儒家道统的文学观为编选的标准，来进行自始至终的裒辑工作。同时，从被选入的诸作品来看，大都是以既"贯道"而又"文辞隽永者"为先，显然是以重"道"而不轻"文"的文学观念为编选的基本原则的。

《古文真宝》于高丽末叶的恭愍王时期传入海东以后，由于当时的印刷技术落后和其文本简疏而无注解，对它的阅读热潮远没有正式形成。到了海东朝鲜朝时期第九代成宗（1470—1494）前后时期，由于新兴的士林派势力迅速成长，对它的普及开始重视起来。尤其是士林一派以程朱理学为理论基础，与以词章学为发展之本钱的官学派的台阁重臣分庭抗礼，在各个场合大唱反调。当时的他们积极倡导古文，提倡"古雅"的文学，也是有意而为，目的在于否定垄断文坛已久的词章派。在当时复兴民族文化遗产的大潮中，官学派的文人徐居正等编纂《东文选》之类的书，以中国南朝梁昭明太子的《文选》为榜样，而士林派领袖金宗直裒辑《东文粹》，则以中国南宋真德秀的《文章正宗》为准的。这样的士林派文人，当知道明朝的翰林侍读倪谦已于二十多年前的景泰初年（1450）带来了"大全"级别的《古文真宝》，便积极谋划"出台"之策。他们认为倪谦携来的这部《古文真宝大全》，比高丽末叶田禄生的合浦本《古文真宝》和海东朝鲜朝第三代太宗时期姜淮仲的沃川本《古文真宝》，有如此大的补增和修正，绝非偶然。而且岭南士林派最大的理学思想家李滉，对这部《古文真宝大全》欣赏之余，便深入考证其改编作者，认为应该是中国南宋末叶朱熹的弟子、大理学家陈栎。不过，增补近一倍多内容的新的《详说古文真宝大全》的诞生，理应并不那么简单，料想一定有其艰难的选编过程和一些新的基本原则。这部《详说古文真宝大全》（倪谦携来本）的刊行，应该是《古文真宝》在海东的第三次出版，由于其内容丰富而详细，成为了后世的全国"通行本"。当时士林派的领袖、大学者金宗直正任职于庆尚道，又以行咸阳郡守晋州镇兵马同金节制使身份镇守晋州，处理一系列的相关军务和行政之务。即使是百忙中，他也积极关照此《详说古文真宝大全》的刊印工作，并给予具体的指导。对此

书思想内容的适应性,他在《详说古文真宝大全跋》中指出:

> 诗以《三百篇》为祖,文以两汉为宗。声律、偶俪兴而文章病焉,梁萧统以来,类编诸家者多矣。率皆夸富斗博。《咸池》之与《激楚》,罍洗之与康瓠,隋珠之与鱼目,俱收并撼,不厌其繁。文章之病,不暇论也。惟《真宝》一书不然,其采辑,颇得真西山《正宗》之遗法。往往齿以近体之文,亦不过三数篇,不能亏损其立义之万一。前后三经人手。自流入东土,蟫隐田先生首刊于合浦,厥后继刊于管城,二本互有增减。景泰初,翰林侍读倪先生将今本以遗我东方,其诗若文,视旧倍蓰,号为"大全"。汉、晋、唐、宋,奇闲俊越之作,会粹于是。而骈四俪六,排比声律者,虽雕绘如锦绣,豪壮如鼓吹,亦有所不取。又且参之以濂溪、关洛性命之说,使后之学为文章者,知有所根柢焉。呜呼!此其所以为真宝也欤。[1]

在金宗直的这篇《详说古文真宝大全跋》的结尾处,有一段《蟫隐先生逸稿》的裒辑刊行者、田禄生的后孙田万英的按语,其曰:"两公志跋,备述真宝始终,而近岁板本,多不载是书,学者不省其所从来。况姜公既无其集,金公本集又逸而不收,故今特全编录之,俾知先生删增首刊之功。且以俟重刊《真宝》者而附载焉。"田万英的这篇按语写于田禄生去世340年以后的海东朝鲜朝肃宗四十年(1714)八月,其所谓"近岁板本,多不载是书",说明田禄生去世340年间,这本《详说古文真宝大全》曾有过许多次的刊印发行。多次刊印发行此书的原因,除了日益增多的社会需求外,还有三百多年前田禄生的合浦本和姜淮仲的沃川本,以及金宗直的晋州本都已经失传。

在这篇《详说古文真宝大全》的跋文中,金宗直首先指出"诗以《三百篇》为祖,文以两汉为宗",以表明自己的诗文溯源观。同时他还通过此话,隐然勾

---

[1] 田禄生:《蟫隐先生逸稿》卷4《详说古文真宝大全跋》(金宗直撰),(韩国)《韩国文集丛刊》。

勒出自己要说的主旨——《古文真宝》中所谓的"古文"旨意为何。他所谓"诗以《三百篇》为祖",是把《诗经》看作中国诗歌"美刺""比兴"的始祖,优秀的现实主义诗歌创作的典范。正因为是这样,他也把《诗经》看作体现"古圣人之旨"的诗歌代表,后世诗歌文统思想的总源头。他还认为《诗经》的这种儒家文学精神,不仅在后世封建文学家那里,而且也在历代哲人那里,不断被继承和发展,以至于形成自始至终的儒家文学传统的精神根源。他所谓"文以两汉为宗",并没有把先秦散文包括在里面,可能是从其散文的文学性考虑而为言。他认为中国的两汉散文,以政论和史传的成就最高。西汉初贾谊的《过秦论》《陈政事疏》等和晁错的《论贵粟疏》《守边劝农疏》《言兵事疏》等说理透彻,气势充沛,感情强烈,笔墨酣畅,富于文采,具有鲜明的时代特色。汉时的史传散文,司马迁的《史记》成就最高,鲁迅甚至称其为"史家之绝唱,无韵之《离骚》"。此外,邹阳的《于狱中上书自明》巧于辞令,情词恳切,纵横善辩。桓宽的《盐铁论》,浅近通俗,明快畅达。班固的《汉书》儒家薰陶极深,处处以圣人之旨为准绳,但还是尊重历史事实,处处鞭挞了大王的荒淫、昏聩和外戚的专横,歌颂了苏武等一批爱国英雄人物,表彰了能够体恤民情的一些廉吏。它笔墨简练、描绘准确,文字简洁严整,文风详赡典雅。两汉的散文家,还有刘向、扬雄、王充、崔寔、王符、赵晔等,他们都为后世留下了优秀的散文作品。两汉的这些散文创作,与先秦的"六籍之文"不同,闪烁着独特的散文艺术精神,以其浓厚的文学性质彪炳文学的历史。从以上的分析和论述中,可以看出海东的理学家金宗直,专以中国的两汉散文为后世散文之"宗",其用意可知一斑。海东以士林派为中心的理学家们认为,在当时的思想界和文坛"杂说纷起""文风萎靡",而且"古道既不复见",其"微旨几近断绝"。他们慨叹在这种情况下,文学如何坚持"圣人之道","何所从而得古文之旨"[1]。

---

[1] 许穆:《记言》卷5《答朴德一论文学事书(庚辰作)》,(韩国)《韩国文集丛刊》。

金宗直之所以"文以两汉为宗",还有一个更为直接的原因,那就是专载散文的《古文真宝》后集并没有将儒家引以为典范的"六籍之文"纳入进来。因为《古文真宝》的这种内容特点,与当时士林派文人的某些观点相吻合。在这之前,官学派的崔恒、徐居正、成俔等人在论及"道""文"关系时,都大力提倡过"圣人之文"和"六籍之文"的典范性。而《古文真宝大全》却只字不提这些古文,而着力编入两汉以后的散文。在其后集开头,虽编入屈原的《离骚经》《渔夫辞》和秦李斯的《上秦皇逐客书》三篇散文,但是在整篇中的地位并不明显。而在《古文真宝大全》中,占有最大比例的是唐宋古文八大家的散文作品,以及与此有关的其他人的散文佳作。

说到这里,不得不探究一下此《古文真宝》中所谓"古文"的真实含义。过去文学史家所说的"古文",是指文言所写的散文,也或指先秦、两汉散文。这一"古文",在其实质上,是指相对于六朝以来的骈俪文,而用文言写就的散文。文至魏晋以后,讲究对偶、声律、华藻的骈体文盛行,至六朝而极盛。骈体在文学发展上曾起到过一定的积极作用,但它固定僵化的形式和华藻的文风,束缚了作者的艺术想象和感情的自由发现,最终成为文学进一步发展的"绊脚石"。韩愈、柳宗元等倡导的古文运动,极力反对这种体式和文风,提倡学习先秦两汉的那些内容充实、形式自由、不讲求骈偶声律,以散行单句为主的质朴流畅的传统文式。他们所提倡的这种散体文,就是后来他们所谓的"古文"。后来,这一"古文"遂被称为散文,是与"时文"相对立的概念。而"时文",随时代而不同,其内容也不同,如六朝的骈文,唐宋时期的律赋,明清时期的八股文,就是其例子。

在海东,这一"时文",也随时代而具有不同的含义,如高丽时期的"模苏仿黄"之文,海东朝鲜朝前期的科试之文,海东朝鲜朝中期的"词章"之文,则是其具体表现。回过头来说,中唐时期以韩愈、柳宗元为代表的"古文",一方面继承了先秦、两汉时期的散文传统,同时也创造了具有时代风貌和和个性特点的新型"古文"。对当时的海东来说,新兴的士林派文人提倡"古文",除了一定的文学改革意思之外,也应该有一些反对词章派追求华丽辞藻文风的意思。从某种角度来讲,当时海东朝鲜朝时期士林派提倡"古文",有明显的反对词章派词华主义倾向的意思,因而有着鲜明的现实针对性。因而也可以说,当时士林派和官学派之间的"古文"之争,是其政治、思想上的权利斗争在文学上的反映。

从这样的"古文"观出发,金宗直则大力肯定《古文真宝大全》的裒辑思想和编纂原则,认为它是千载难逢的好文集。他强调自东汉后期开始,两汉的散文精神逐渐萎靡,到了南北朝时期"声律、偶俪兴而文章病"。紧接着,他还谈到南朝梁萧统《文选》所存在的一些问题。他认为萧统所生活的南北朝时期,先秦两汉的散文精神基本落地,那些追求声律、对偶和辞藻的骈文甚嚣尘上,统治着整个文坛。尽管在如此一个骈文的时代中,倒也出现了一些可称道的骈俪佳作,为这段文学史点缀了一点门面,但是整个文坛还是逐渐弥漫着堆砌辞藻典故,迁就句式,不便于抒情达意的僵尸之气。对当时这样的文坛形势,金宗直指出"骈俪起,文章病"。金宗直认为萧统的《文选》,是在根本没有肃清骈体四六文负面影响的情况下作出来的,所以存在着一系列不可避免的缺陷。对此,他指出"梁萧统以来,类编诸家者多矣,率皆夸富斗博"。自萧统编纂《文选》以后,历代陆续出现了编选或类选类文学总集,其中大规模的如南朝陈徐陵的《玉台新咏》、唐欧阳询的《艺文类聚》、宋姚铉的《唐文粹》、宋吕祖谦的《皇朝文鉴》、元苏天爵的《国朝文类》、清彭定求的《全唐诗》、清董诰等的《全唐文》等,都是这方面的佼佼者。金宗直认为这些历代的编选总集,虽有一些编选周到、选文精粹的文集,但大部分良莠不分,各类档次的作品混杂,尤缺继承或体现"圣人之旨""六籍"精神或《春秋》"微言大义"意蕴的好作品。所以历代的这些诗文总集,好坏混杂,良莠不分,其中的一些作品简直是不堪入目。金宗直还说道:"《咸池》之与《激楚》,罍洗之与康瓠,隋珠之与鱼目，俱收并撷，不厌其繁。"他在此所谓的《咸池》，即指尧帝的音乐，而《激楚》则指楚国边塞之杂歌；"罍洗"则为诸侯家高贵的祭器，而"康瓠"，就是毫无用处的破鼎；"隋珠"是指隋侯的宝珠，而"鱼目"就指外似内异的鱼之眼珠子。总的来说，金宗直指出历代的"文选"类总集，贵贱混迹，鱼目混珠，可探索的的问题太多，应该总结其经验和教训。

金宗直公开指摘萧统《文选》以来的历代选编类文学总集的瑕疵，绝不偶然。醉翁之意不在酒，读到《古文真宝大全》以后，他很快就想到了海东朝鲜朝时期世宗至成宗年间编纂的一系列本朝文集及其编纂过程，内心沉重，思绪万千。他原来想徐居正等人编纂的《东文选》，从具体内容到编辑体例都存在一系列的原则问题，心中想了很久，一时接受不了。此时的他，正好想起了集贤殿成三问等学者未完成的诗文总集《东人文宝》高搁于奎章阁，觉得遗憾之极，遂动意重新拿出来安排完成此书的编纂。此后一段时间，金宗直苦心经营，夜以继日地进行裒辑工作，最终圆满完成，将书改名为《东文萃》。此书总三册十卷，裒辑了自新罗至海东朝鲜朝初期七十多人的诗文。

如上所述，当时的官学派学者成俔曾经评价此《东文萃》曰："然季醞专恶文之繁华，只取酝藉之文，虽致意于规范，而萎薾无气，不足观也。"[1]这里的"季醞"，就是金宗直的字，文章中的批评之意显露于字里行间。金宗直编纂《东文萃》，"专恶文之繁华"，所以"只取酝藉之文"。也就是说，在编纂此书的过程中，金宗直"专恶"技术上成熟、艺术水平较高的作品，"只取"内容上的"酝藉之文"。这所谓的"酝藉之文"，则是体现儒家道统思想的作品，他认为只有这样的作品才能够给人以思想上的教育。金宗直曾经说过"文章者，出于经术，经术乃文章之根抵"[2]。何谓"经术"呢？他指出："《诗》《书》、六艺，皆经术也。"他同时还认为"《诗》《书》、六艺之文，即其文章"，古代圣人的一系列

---

[1] 成俔：《慵斋丛话》卷10，见高丽大学民族文化研究所1964年编《国译破闲集・慵斋丛话》，合刊本。
[2] 《佔毕斋文集》卷1《尹先生祥诗集序》，（韩国）《韩国文集丛刊》。

著述，本身就是优秀的文章，可以成为后代文章之"范"。他又认为一部真正的"蕴藉之文"，应该是"苟能因其文而究其理"的文章，如果一个作家的"蕴藉"到位，他的"发而为言语、词赋，不自期于工而工"。[1]当金宗直的这种"蕴藉"观体现在他的《东文萃》的编纂观时，成伣则提出了自己的批评意见。他认为金宗直在这种文学观念下编纂的《东文萃》，读了以后发现虽可谓"致意于规范"，但仔细体味它的作品世界，却整个"萎薾无气"，以至于"不足观"。可见，围绕着编纂文选类著作和文学发展中出现的一系列问题，官学派的台阁文人和士林派的在朝文人存在着严重的分歧，一时很难达成一致。

金宗直强调《古文真宝大全》的传入，给问题成堆的海东编纂界注入了一股新鲜空气。《古文真宝大全》专以中国历代用古文写就的一系列优秀作品为选编的主要对象，尤以像唐宋古文大家的"蕴藉之作"为整篇的骨干，从而为宣扬儒家道统的文章观奠定了坚实的基础。他还认为过去的海东朝鲜朝文坛，那些代表勋旧势力的词章派文人及其创作占据主导地位，他们创作上的华藻之风，自然带来了文风的浮靡之气。尤其是在对民族文学遗产的收集、整理和编选工作中，这种旧有之习和不良倾向依然起作用，防碍着这一工作的正常进行。不过《古文真宝大全》的传入和多次刊印发行，为正在进行中的对民族文学遗产的收集、整理和出版工作树立了榜样。《古文真宝大全》之所以能够具有如此重要的指导意义，首先取决于其中的作品大都"上探孔孟之阃奥，而优入作者之域者"，从而抓住了编选工作的紧要处，抓住了问题的要害。《古文真宝大全》之所以能够突出"古文"这一关键环节，原因主要在于编者对中国古代文学的历史发展有一个全面正确的了解，能够摈弃六朝骈文对文坛的消极影响，发现中国文学的主要出路还在于对"古文"的张扬上。《古文真宝大全》之所以能够抓住读者的心，还有一个重要的原因，那就是编者并没有脱离"性理道德之学"，从而时时能够体现儒家道统的文学观念。出于这样的"古文"观，金宗直

---

[1]《佔毕斋文集》卷1《尹先生祥诗集序》，（韩国）《韩国文集丛刊》。

认为《古文真宝大全》之所以能够一扫中国六朝以来浮靡文风,有效倡导"古文"精神,其根本原因在于继承了南宋后期著名理学家真德秀《文章正宗》的遗风。他说:"惟《真宝》一书不然,其采辑,颇得真西山《正宗》之遗法。"[1]这里所说的"真宝",就是根据倪谦携来本重新刊印的《详说古文真宝大全》,所谓《正宗》,就是南宋真德秀所编《文章正宗》。他所谓"颇得真西山《正宗》之遗法",说的就是《详说古文真宝大全》无论在编纂原则上,还是在所采集的内容上,都深得真德秀《文章正宗》的"遗法"。真德秀(1178—1235)是大理学家朱熹的私淑弟子,曾大力提倡朱子理学,被称为"小朱子",对程朱理学的政治化起了关键的作用。他著述十分丰富,主要有《四书集锦》《清源文集》《西山文集》《大学衍义》等。如今所能看到的《文章正宗》为宋代残本,共24卷,只有第4、10、13、15卷保存了下来,是一部选录和评价汉代及其以前的大量公文的选集。在编纂此书时,编者多参考所载作者的文学、哲学和政治标准,注重理学分量、看文章是否雅致、尊崇古人和古道,使用正确的注释等。真德秀强调公文是开展政治活动的重要工具,随着时代的演变,公文的类型和形式也越来越多样化。他认为春秋时期的公文易懂、简洁、内容丰富,而两汉时期的诏令类,则简短、易懂,透露着对国家的关心和对平民百姓的同情。此书还详细阐述了理学的文学概念,反映了当时主流的文学思想,对后世的文学产生了深远影响。有些人则抓住此书中被夹入的一些"近体",说了一些话,但金宗直认为"往往齿以近体之文,亦不过三数篇,不能亏损其立义之万一"。

在金宗直看来,《古文真宝大全》正因为得真德秀《文章正宗》的"遗法",编得有章有法,传承着中国自古以来的古文精神。他认为《古文真宝大全》自流入海东半岛以后,很快被人们接受和传播,出现了田禄生的合浦本、姜淮仲的管城(沃川)本等。尤其是明朝使臣倪谦所携来的"今本",其内容比以前流传的版本多了许多,"其诗若文,视旧倍蓰,号为'大全'"。打开此本,便可

---

[1] 田禄生:《槩隐先生逸稿》卷4《详说古文真宝大全跋》(金宗直撰),(韩国)《韩国文集丛刊》。

看到在两汉、两晋、唐与五代、两宋的诗文中,奇崛、闲雅、俊秀、激越之作,"荟萃于是"。它对那些"骈四俪六,排比声律者","虽雕绘如锦绣,豪壮如鼓吹,亦有所不取"。尤为重要的是,《古文真宝大全》的编纂者传承中唐和两宋以来的"文以载道"传统和性理哲学的文学思想,把事关"古道",涉及心性之论的文章纳入整个诗文体系之中。即"又且参之以濂溪、关洛性命之说,使后之学为文章者,知有所根柢焉。"这样,则大大增强了此书的"蕴藉",使后世学文学的人知道如何去加强诗文的"根底",这是此书不同于当时流行于海东的编选类书籍的地方。

除了批评金宗直在编纂《东文萃》时"专恶文之繁华,只取酝藉之文"的作法外,成俔还批评过金宗直所编撰的《青丘风雅》也将"诗之稍涉豪放者,弃而不录"的作法。他指出这样的作法,如同"胶柱之偏",是极其不正确的。对成俔的这一批评,金宗直回应指出,词章派专事"雕篆组织",其诗文比"夫黼黻经纬之文"落后一万八千里。他说:"今之所谓文章者,不过雕篆组织之巧耳。句读训诂,奚以议夫黼黻经纬之文。雕篆组织,岂能与乎性理道德之学。"[1]金宗直在此把儒家的道统与文统合而为一,确认"道"是目的,居主导地位;而"文"只是"明道"或"载道"的手段,是占次要的位置。这样他把"道"与"文"集于一体,看作内外关系,即"道"主内,而"文"主外。对这样的内外关系,他最终还是将"道"放在中心位置,而将"文"只看作"道"的"外壳"。从这个意义上,他最后感叹道:"呜呼,此其所以为真宝也欤。"其意思就是,《古文真宝大全》不仅把中国先秦至南宋末的古文中优秀者编入其中,而且还考虑编入儒家表现"微言大义"的佳作,这是一个"言之易,而著之难"的创举。也就是说,在编纂《古文真宝大全》的过程中,编者"又且参之以濂溪、关洛性命之说",使之具有雄厚的思想"根底"。这里的"濂溪"原在湖南道县境内,宋理学家周敦颐世居溪上。后来的濂溪学派,也因此而取名。这里

---

[1] 《佔毕斋文集》卷1《尹先生祥诗集序》,(韩国)《韩国文集丛刊》。

的"关洛性命之学",即指宋代理学的两个主要学派的代表人物及其标举的学问。"关"即关中,在此转指关学的代表人物张载及其关学;这里所谓的"洛",即指洛阳的二程及其平生为之奋斗的性理之学。明高启有《追挽恭孝先生》诗,其曰:"关洛遗风在,河汾旧业传。"

自从《古文真宝大全》流入海东朝鲜朝时期,并多次刻板刊印之后,有关它的信誉度和需求日益增强。到了成宗执政中期,它已经达到了"家储而人诵"的地步,达到了知名度和人气度日创新高的程度。在当时的印刷和出版条件下,这已经创造了海东有史以来最繁盛的书籍出刊史。一部中国古文大全,引起社会如此强烈的反响,应该说是绝不偶然。之所以出现这样的现象,应该说有以下几个原因:一、这说明当时的海东汉文学,还是处于上升时期。二、在海东朝鲜朝时期政府的布置和支持下,汉文学教育得到了极大的重视。三、与此书内含古文精神,而且"参之以濂溪、关、洛性命之说",有着密切的关联。因为当时社会的文学观念,不得不受到当时已进入鼎盛时期的程朱理学的影响,形成了各阶层子弟"人手一册古文"的局面。四、与朝廷的颁赐有很大的关系,海东各代君王经常向成均馆和各地方官署颁赐"六籍之书"和相关通用书籍,如《十八史略》《小学》《楚辞》《诗经》《古文真宝》《少微通鉴》《春秋左传》《文选策问》《古赋》等书。最高统治者的这种举动往往无意间抬高了这些书籍的社会地位。

成宗年间,随着民族文学复兴思潮的形成,对《古文真宝大全》的需求量与日俱增,到了成宗四年,不得不考虑再版事宜。这次再版,恰好金宗直以奉正大夫行咸阳郡守晋州镇兵马同金节制使的身份镇守晋州,所以他能够见证整个刊印过程。对此时的情景,他在《详说古文真宝大全跋》中还说:

> 然而此书不能盛行于世,盖铸字随印随坏,非如板本一完之后,可恣意以印也。前监司李相公恕长,尝慨于兹,以传家一帙,嘱之晋阳。今监

司吴相公伯昌继督,牧使柳公良、判官崔侯荣,敬承二相之志,力调工费,未暮月而讫功。将见是书之流布三韩,如菽粟布帛焉。家储而人诵,竞为之则,盛朝之文章法度,可以凌晋、唐、宋而媲美周、汉矣。夫如是,则数君子规画锓梓之功,为如何也。成化八年壬辰四月上澣,奉正大夫行咸阳郡守晋州镇兵马同佥节制使金宗直,谨跋。[1]

对此书的社会需求与日俱增,而当时的铜铸活字技术虽比以往进步了许多,但其"铸字随印随坏,非如板本一完之后,可恣意以印"。刊物印刷中存在的这个技术上弱点,当时一时半会儿还很难克服,这不觉间影响所需书籍的周期。不过事情总得由人来促成,当时晋州府前监司李恕长"尝慨于兹,以传家一帙,嘱之晋阳"。紧接着现监司吴伯昌继续监督,牧使柳公良、判官崔侯荣"敬承二相之志,力调工费,未暮月而讫功"。新的《详说古文真宝大全》终于刊印完毕,大批新书可以流布到全国各地,满足广大读者的购读热情。这样,此《详说古文真宝大全》"如菽粟布帛","家储而人诵,竞为之则",从而"盛朝之文章法度,可以凌晋、唐、宋而媲美周、汉"。金宗直是从国家盛事的角度促成此事,赞扬此美举,这应该是得益于海东朝鲜朝时期的崇文政策和右文主义的社会读书氛围。应该说《古文真宝大全》的隔期再版,在当时的社会条件下有着很大的社会意义。

海东古代,由于印刷技术及其书籍传播的局限,书籍的流通不像现在,一般读者的读书数量不会太多。当时的读者对所愿的书籍,不可能按计划进行,往往带有一定的偶然性,所读作品肯定是良莠不齐,其效率也不可能很高。尤其是在这样的条件下,不仅不可能随时获取满意的文学书籍,而且更难得到能够把握总体风貌的文学书。于是,中国的《文选》类文学总集陆续被引入,帮助海东文人学子更加方便地掌握中国文学的全貌。与此同时,海东的学者们也

---

[1]《欉隐先生逸稿》卷4《详说古文真宝大全跋》(金宗直撰),(韩国)《韩国文集丛刊》。

从此受到启发和鼓舞,编纂出海东民族自己的《文选》类总集,以飨本国读者。徐居正等人的《东文选》、金宗直的《东文萃》等就是其早期的《文选》类诗文总集。

根据金宗直的考证,《古文真宝大全》流入海东之前已经"前后三经人手",在此期间其内容和体例应该有一定的变化。而且,此书"自流入东土,蟄隐田禄生首刊于合浦,厥后继刊于管城,二本互有增减"。[1]按照此记录,《古文真宝》传入海东以后,最先刊印的合浦本和沃川本"互有增减"。这说明这两次在刊印的过程中都有所改动和增减。之前的姜淮仲,也承认田禄生出刊本和自己的出刊本都略作过改动,说:"今以二本雠校,则旧本颇有蟄隐先生所删所增,故与今本,中间微有小异耳。"[2]应该说一个数量庞大的《文选》类总集,在这样的时代环境和如此频繁的再版过程中,出现一系列的差错和瑕疵是不可避免的。细考如今能够看得到的《古文真宝》可以发现,全书中还存在一系列的误识和瑕疵。如《离骚经》是战国时期的楚国诗人、政治家屈原所作浪漫主义的抒情长诗,而汉武帝刘彻的《秋风辞》,也是一篇感叹乐极生悲、人生易老、岁月无情的抒情佳作。《古文真宝》只靠其中的"经"字和"辞"字,将他们放在专载各代散文的"后集"之中,显然是可商榷的。还有,《古文真宝》将宋真宗赵恒的《劝学诗》放在全书的开头,显然想以此勉励读《古文真宝》的学子有所"大志"。不过其诗曰:"富家不用买良田,书中自有千钟粟。安居不用架高堂,书中自有黄金屋。出门莫恨无人随,书中车马多如簇。娶妻莫恨无良媒,书中自有颜如玉。男儿若遂平生志,六经勤向窗前读。"诗中勉励读书人好好读书,目的是为了实现出人头地之梦。其中"书中自有黄金屋""书中自有颜如玉"概括了过去许多读书人读书的目的和追求。这是用一种借代的手法,表达一朝金榜题名出人头地,将人生之梦演变成现实。此诗字里行间给予一个启示,那就是

---

[1] 田禄生:《蟄隐先生逸稿》卷4《详说古文真宝大全跋》(金宗直撰),(韩国)《韩国文集丛刊》。
[2] 《蟄隐先生逸稿》卷4《遗事·善本大字诸儒笺解古文真宝志》(姜淮仲撰),(韩国)《韩国文集丛刊》。

读书考取功名是人生的一条绝佳出路。按照这种思想观念，读书的目的就是为了获取"黄金屋""颜如玉"，即使是在封建社会，也难免理想观念的狭隘低俗。

海东朝鲜朝的大理学家李滉指出，真宗皇帝的此诗，有些引导学子走向"利欲之门"的嫌疑。李滉的弟子李德弘记录道"先生授《古文》前集，必遗真宗《劝学诗》，曰：'此书出于陈新安之撰，何以首此？古人劝学之规，本不如是，何用利欲之说，以勉人乎！'"[1]在中国历史上，曾出现过许多种"劝学诗"，但是《古文真宝》偏偏选择宋真宗皇帝赵恒的"劝学诗"，而且排在书的开头部分。李滉认为这样的安排显然不合适，因为赵恒的此诗，的确存在引导学子走向狭隘人生路的嫌疑。尽管《古文真宝》一书编纂得相当不错，但是开头部分的这种安排显然不合适。他认为宋真宗的《劝学诗》，与其他人的《劝学文》在内容上完全不一样，怎么能够"用利欲之说，以勉人乎！"指出"古人劝学之规，本不如是"，从而自己教导学生时，将这一《劝学诗》弃而不用。作为一代理学大家，李滉从儒家性理学的道德观念出发，对《古文真宝》首载宋真宗的《劝学诗》表示极大的不满，并且对其内容提出严厉批评。

《古文真宝》虽说是海东朝鲜朝前期很受欢迎的教科书式的文学总集，许多人以它为学习文学创作的"金科玉律"，但是应该知道也有一些人不这么看好它的地位和作用，甚至反对以它为学习文学的教科书。这些人认为《古文真宝》只是一本按照一个人的水平和志趣编纂的《文选》类总集，有很多的不足和局限性。与它相比，像《十八史略》这样的书是读通中国全史的高人编纂，具有更大的童蒙价值和社会效应。这些人认为在中国和海东，更多的人都并没有靠《古文真宝》这样的书而成为成功的学者或文学家，所以对它的内容和价值进行过高的评价，甚至把它当做学习文学的最好教材，显然是不太合适。海东朝鲜朝宣祖、光海君时期的文人许筠说：

---

[1] 《退溪先生言行录》卷5《类编·论科举之弊》，（韩国）《韩国文集丛刊》。

曾先之《史略》初卷，我国成文戴公得而酷好，时蕃仲相已登第，公令诵一遍曰："如是，亦足以为主文也。"国初，诸公皆读《古文真宝》前后集，以为文章之范。故至今人士初学，必以此为重。然以余观之，《史略》是通得全史者，核览之不忘记，而《真宝》则一人偶然粹会者，其去就殊不可晓，虽不读可也。蒙学，文理之明，《论》《孟》《通鉴》亦可，何必作法于凉乎。[1]

　　这里所谓的《史略》，即为由宋代学者曾先之撰写的《十八史略》，此书成书于元朝，有明一代成为史学畅销书，逐渐成为私塾必备的史学著作。顾名思义，作者将书名定为《十八史略》，是因为该书是对十八种史书的节略，所取材的史书自司马迁《史记》至欧阳修《五代史记》，后加元朝官修的《宋史》，共十八史。书前有元初吉州路总管周天骥的题序，其曰："韩文公送子读书，深以人不通古今为戒。何如斯可谓之通矣？精通固难，粗通正亦未易，史册浩瀚，初学望洋。今有一编书，使十行俱下者读之，不三二日，而数千载之本末大略已在胸次，其于训蒙便甚。好事者于是刻梓以传，所以惠后学广矣。余深嘉之，为题其编首。"这篇题序笔力雄健，文字精炼，对《十八史略》的内容和刊印价值，说得尤为清楚。《十八史略》最大的特点在于囊括度高而简便易懂，"不三二日，而数千载之本末大略已在胸次"，对童子"训蒙"和学习者阅读绝对是个好教材。据考《十八史略》最早刊行于元成宗大德元年（1297），后来如何传入海东暂不得而知。根据《海东王朝实录·太宗实录》："戊子，成石璘、李原、李庭坚进《通鉴纲目》及《十八史略》，得之中国也。"[2] 不久十月二十七日，明朝使臣黄俨等也带来了"《元史》《十八史略》《山堂考索》《诸臣奏议》《大学衍义》《春秋会通》《真西山读书记》《朱子成书》各一部"[3]。这些都是《十八史略》

---

1 《惺所覆瓿稿》卷24《惺翁识小录下·〈史略〉〈古文真宝〉虽不读可也》，（韩国）《韩国文集丛刊》。
2 《太宗实录》卷6，太宗三年九月十三日条（明永乐元年），（韩国）《韩国文集丛刊》。
3 《海东王朝实录·太宗实录》，太宗三年十月二十七日，（韩国）《韩国文集丛刊》。

传入海东半岛的最早记录。许筠说成宗时期的成俔有一次偶然得到此《十八史略》，读了以后觉得"酷好"，甚爱重之。有一次成俔把已经科举进士的儿子成世昌叫到眼前，让其背诵《十八史略》的整个内容，儿子应声背诵其文，成俔高兴地赞许曰："如是，亦足以为主文也。""主文"，就是在朝廷的台阁或成均馆掌握文衡，组织和领导国家的文化事业。

可以看出，当时海东朝鲜朝的高层非常看重《十八史略》，认为熟通此书，可以成为国家栋梁。紧接着许筠说道，海东朝鲜朝前期各类文人纷纷读《古文真宝》前后集，之后始作文章，这在当时已成俗尚。这种风气到了宣祖、光海君时期，也在传承，大家都"必以此为重"。这样，此书成为打好文学基础的"金科"，准备科举考试的"玉律"，实实在在地融入人们的生活之中。对此，许筠则认为不当，"然以余观之，《史略》是通得全史者，核览之不忘记，而《真宝》则一人偶然粹会者，其去就殊不可晓，虽不读可也"。他认为《十八史略》是由宋末元初的曾先之在通读"全史"的基础之上深入掌握要点编纂而成，而《古文真宝》则是一人偶然编成，其中的取舍原则甚不明朗，而且其中的误识较多，给读者留下了许多疑点和问题。

从这样的比较观念出发，他指出《古文真宝》"虽不读可也"。他还强调作为"训蒙之书"，《十八史略》真的挺好，它体例简洁明了，文脉该通，极易各类读者所接受，使启蒙文学者"文理之明"。此外，古圣贤的《论语》《孟子》《资治通鉴》等还是最好的训蒙教导书，为什么用《古文真宝》这样的书当作诗文之范呢？可见，许筠是旗帜鲜明地提倡以《论语》《孟子》《十八史略》为"训蒙"之书，反对用《古文真宝》这样的随意之作。在《〈史略〉〈古文真宝〉与我国文章》一文中，许筠进一步用一些事实说明自己的观点。他指出：

赵斯文纬韩尝言："中国人忌我东人文轶于中华，故撰《史略》《真宝》二书，送之于东，此书来后文章陋陋，不及于古，可恨也。"此乃献谄之言，不足信也。然余有所征，余十二，始学耻读《史略》，先学《通鉴》及《论语》，未一年，文理该通。邻有李生，自七岁诵《史略》，从头至尾，无一字漏者。凡十年，而不能读《通鉴》一行。而权汝章、李子敏俱不读《真宝》，其诗自好，持世之言，亦自有理。[1]

文人赵纬韩曾经说过，中国人怕海东人的诗文超过中国人，所以编纂"《史略》《真宝》二书，送之于东"。果然，"此书来后文章陋阿，不及于古"，赵纬韩觉得此事可恨之极。而许筠认为赵纬韩的此话，纯属"献谑之言"，不可信。可是他对《十八史略》和《古文真宝》之间的"训蒙"效果，自有根据经验的判断，并认为这种判断绝对错不了。他举例说，他家的邻居有个李生的人，"自七岁诵《史略》，从头至尾，无一字漏者。凡十年，而不能读《通鉴》一行"。还有著名学者权韠和李安讷，都从小没有读过《古文真宝》，但是他们的诗文写得一流，可称得上是海东文学史上的名家。他从而认为赵纬韩的话，是有一定道理的。这些资料说明在整个海东朝鲜朝，《十八史略》和《古文真宝》之争，成为了各类文人的热门话题。

不过这些争论还是不可能阻止《古文真宝》在海东的不断传播，不会影响此书作为童蒙教育的良师益友。随着《古文真宝》社会需求的不断增长，学子们对它的研究也不断深入。后来通行的版本，一般都用根据1450年明使倪谦携来本而刊印的《详说古文真宝大全》，但是在其后不断重刊的过程中，不断产生删增的现象，导致越来越多的误识和差错。根据《古文真宝》的这一实际情况，学界对它的勘查和纠谬工作从来没有停止过。甚至在它的体例和结构上，也产生了一些变化，如它于1366年在中国刊行的丙午本里载入诗217首和文67篇，可是于1502年重刊的弘治本中是诗245首和文67篇，而在海东刊行的《详说古文真宝大全》中则是诗240首和文131篇。同时在体例上，弘治本以体裁别为原

---

[1] 《惺所覆瓿稿》卷24《惺翁识小录下》，(韩国)《韩国文集丛刊》。

则编纂,而《详说古文真宝大全》则按照年代顺序编纂。同样的《详说古文真宝大全》,各种版本都显示出若干的差异性,比如训练都监字本和丁酉字本在体例、注解和字句的准确性等方面都存在一些不一致性。在各种版本的"内实"中,出现如此大的差异性,给后人留下了很多疑惑和问题,而且其中出现的一系列不足和误差,不得不令后世的学者不断进行解惑和注解工作。根据海东的一些文献资料可知,海东历代文人学者都关注有关《古文真宝》的学术信息,出现了一系列新的注解本与研究文字。如宣祖时期金隆(1549—1594)《勿岩先生文集》中的《古文真宝前集讲录》、同时期李德弘(1541—1596)《艮斋先生续集》中的《古文前集质疑》和《古文后集质疑》、光海君时期郑士信(1558—1619)《梅窗集》中的《古文真宝前后集注释正误》等都是这方面的尝试之文。其中的有些成果,在对《详说古文真宝大全》的理解、注析和正误等方面颇有见地,表现出很深的关心度和学术深度。郑士信指出:

> 余尝与初学讲读前集五言诗,至于"清啸闻月夕""商歌非吾事"等处,极知其注释之无谓,遂不得已把笔正误。而其他上下同录者,乃因是而波及者耳,非有意于著为成说也。但文字上意义,一字不明,则义理大谬者亦有之。一句一语之不明,而全篇意义,或至于谬戾,乌可以文字上注释之不关而忽之耶。同志之士,勿以人废言幸甚。万历甲辰七月既望。梅窗谷神子序。[1]

郑士信在任善山郡守时,常给初学者讲解《古文真宝》。有一次在讲解《古文真宝大全》前集中"五言诗"部分时,他发现有多处的注释解意存在问题。其中如苏东坡《和韦苏州诗寄邓道士》一诗中的"清啸闻月夕"、陶渊明《七月夜行江陵途中作》中的"商歌非吾事"等诗句的解释,都有一些不很正确的问

---

1 《梅窗先生文集》卷4《〈古文真宝〉前后集注释正误随见录之》,(韩国)《韩国文集丛刊》。

题。之后也碰到一系列类似的误识,觉得之前对《古文真宝》的注解问题较多,"极知其注释之无谓,遂不得已把笔正误"。郑士信认为,"文字上意义,一字不明,则义理大谬者亦有之。一句一语之不明,而全篇意义,或至于谬戾,乌可以文字上注释之不关而忽之耶"。在进行注解工作时,对注家来说一字一句都事关能不能准确转达内容的问题,因此不能不谨慎处之。所以在注解工作中,认真负责的精神尤为重要,不可有马虎之举或侥幸心理。

在郑士信的《古文真宝前后集注释正误》中,第一个被正误的是作者所注解的李白《送张舍人之江东》一诗。对此诗的注解,郑士信指出:"注谓'送张翰'误矣,白与翰不同时,岂有送别之事。此盖李白一时,有姓张官舍人者归江东,而白乃拟于古之张翰而作诗送之耳。且注云'诗寓别怀'云者,尤为可笑。又按官制,惟唐时有舍人,晋时则无之。尤可见此注之固陋也。"此《送张舍人之江东》一诗,载于《详说古文真宝大全》前集的"五言古风短篇"中,其诗曰:"张翰江东去,正值秋风时。天清一雁远,海阔孤帆迟。白日行欲暮,沧波杳难期。吴洲如见月,千里幸相思。"郑士信认为这里所谓的张翰,并非与李白同时期的人,而是晋时人,李白这么写只是拟想推之以古之张翰,从而增强送别之情而已。此诗的翻译应该是张舍人这次去江东,就和你本家著名的张翰去江东的季节一样,正值秋风吹起的时候。秋高天晴气爽,一行远飞的秋雁向南而去,海阔天高,载你的孤帆迟迟舍不得离去。眼看白日即将下山,你这一去,沧海渺茫,再见难期。幸亏你要去的吴洲也能够看到明媚的月光,虽隔千里,见月如见面,可以抚慰相思的情愫。对这首《送张舍人之江东》一诗,海东的某个注家把"张翰"理解成李白当时的朋友,这就大错特错了。按官制,惟有唐代设"舍人"这个官职,而晋时则没有。注解上的这些错误,可能有多种原因,但有一点是可以肯定的,那就是注家的不认真。郑士信还举李白的《戏赠郑溧阳》一诗云:"注谓'李白高尚其志,自得酒中之趣,以渊明自比'者,大失诗之本旨。愚意其时郑姓嗜酒人,为溧阳令,白乃以郑令比于陶令之在栗里，而戏作此诗赠之耳。故末句言：'何时到栗里，一见平生亲。'诗意本自坦豁明白，若如此注，则是白也以陶令自况自咏也。然则所谓'一见平生亲'者，又谁耶？"李白的《戏赠郑溧阳》一诗，其曰："陶令日日醉，不知五柳春。素琴本无弦，漉酒用葛巾。清风北窗下，自谓羲皇人。何时到栗里，一见平生亲。"郑溧阳，应该是于天宝年间的溧阳县令郑晏。天宝十三年，李白漫游江东，作此诗以赠溧阳县令郑晏。诗中说：你和陶渊明一样，天天酒醉，连门前的五棵柳树是否长出新芽都不曾知道。你胸中有无弦素琴，用葛巾漉酒。什么时候到陶潜隐居的栗里？一见诉尽平生倾慕之心。读全诗可知，《古文真宝》注解所说"李白高尚其志，自得酒中之趣，以渊明自比"的解释，的确不是很正确。郑士信所说"愚意其时郑姓嗜酒人，为溧阳县令，白乃以郑令比于陶令之在栗里，而戏作此诗赠之"，是把握住了此诗的原意，是正确的。

有关《古文真宝》的探索，不仅有注解、勘误、评论等方式，也有人用诗歌的艺术形式表达自己的见解。海东朝鲜朝时期明宗、宣祖时期的洪暹（1504—1585），以七言长篇的诗歌形式对《详说古文真宝大全》进行了总结性概括和评论。在此期间，洪暹多年掌管国家文衡，掌校正图籍，教授生徒，朝廷有制度沿革、礼仪轻重时，得与参议。在其手下，置校书郎等人员，使掌校理典籍，刊正错谬等工作。在当时，《古文真宝》一直成为教授子弟进行文学教育的教科书，当然是洪暹管辖的职务范围。所以他一直关注着《古文真宝》版本的演变过程，考察刊印发行的具体情况，以及其对社会的教育效应。他在《以〈古文真宝〉后集赠明仲弟》一诗中，详细回顾其内容，对其中的深刻用意作了破题式的描绘，而且指出了它对后世的教育意义。他在此诗中写道：

大雅不作圣虽远，敢道文章真末艺。或仿典谟意奇古，或能造道语深诣。六义始变湘累骚，贾生才调为之继。斯襃仲统善铺张，卧龙二表忠盖世。伯伦逸少辞放荡，令伯陈情诉晋帝。渊明自述孔移山，勃也奇秀白凌厉。大宝之箴动文皇,漫郎唐颂照湘汭。昌黎后出闯圣域,众鸟啁啾惊鹤唳。文章绳墨柳柳州,乐天平淡杜赋丽。李华有文吊战场,待漏作记分忠嬖。希文两记石笏铭,谏院题名看欲谛。半山读史嘲孟尝,欧阳一一锦绣制。眉山孕灵出三苏,眇视千古人莫俪。太伯善论庠序意,文潜叙事后无逮。平生出处陈无己,马才笔倒江河势。文叔能言洛盛衰,濂溪初豁道之弊。程张两子与吕公,学与曾闵论次第。新安赖有定宇陈,生不及朱道具体。却恐文章随世变,后生逐末失根柢。删其冗僻剔其伪,手把规矩出凡例。萃为一书号《真宝》,西山《正宗》意妙契。少小论文思一读,善本曾蒙静老惠。字样满纸璨银钩,匪懈遗迹骇瞻睇。忆昔南迁事仓卒,平时玩好皆为赘。妻携是书泣告我,愿以此为君活计。三年归来卷依然,烂斑时见余双涕。风流公子喜为文,从我求此忍颠蹶。我故靳之索不倦,一朝辍赠情非细。问君毕竟何以报,试与之约君其誓。我不欲得君苍色马,又不欲求公紫绒罽。愿报锵金戛玉之清篇,使我病眸开昏翳。[1]

作者在此诗中,列举了《古文真宝》后集中所涉及的各类文章的大体旨要。具体来讲,在其前半部分对屈原的《离骚》、贾谊的《过秦论》《吊屈原赋》、李斯的《上秦皇逐客书》、王褒的《圣主得贤臣颂》、仲长统的《乐志论》、诸葛亮的前后《出师表》、刘伶的《酒德颂》、王羲之的《兰亭记》、李密的《陈情表》、陶渊明的《五柳先生传》、孔德璋的《北山移文》、王勃的《滕王阁序并诗》、李白的《春夜宴桃李园序》《与韩荆州书》、张蕴古的《大宝箴》、元结的《大唐中兴颂》、韩愈的《送孟东野序》《原道》等文、柳宗元的《捕蛇者说》《梓人传》、白居易的《养竹记》、杜牧之的《阿房宫赋》、李华的《吊古战场文》、王禹偁的《待漏院记》、范仲淹的《严先生祠堂记》《岳阳楼记》、石守道的《击蛇笏铭》、司马光的《谏院题名记》、王安石的《读〈孟尝君〉》、欧阳修的《上范司

---

[1] 《忍斋先生文集》卷1,(韩国)《韩国文集丛刊》。

谏书》、苏东坡的前后《赤壁赋》《六一居士序》、李太伯的《袁州学记》、张文潜的《药戒》、陈无己的《与秦少游书》、马子才的《子长游赠盖邦式》、李格非的《书〈洛阳名园记〉后》、周敦颐的《爱莲说》《太极图说》、程颐的《视箴》《听箴》、张载的《西铭》《东铭》等等名文，进行了画龙点睛式的评点。在其后半部分，则对文学的演变史、理学的发展过程、《古文真宝》对《文章正宗》的继承关系及其对后世学文者的积极影响等问题进行了诗的描绘。具体考察，此诗说孔子的弟子曾参与闵子骞都在认真学习"圣人之文"上论次第。南宋末的理学家陈栎深入考察宇宙的变化规律，论述理气之间的深奥关系，其论述在一定程度上发展了朱子之学。他看到文学随时代而变化，怕后世的年轻一代"逐末失根柢"，于是"删其冗僻剔其伪，手把规矩出凡例"，最后终于将其改编成如今看到的《古文真宝大全》。无论从体例上，还是整个内容上，尤其是在编纂精神上，此《古文真宝大全》与真德秀的《文章正宗》有着明显的"妙合处"。作者弘暹还说，自小为了学习文学渴求这本书，万幸静老拿出善本给他看，发现篇篇都是名诗文，字里行间皆为启迪人的金言，于是仰望高文，毫不懈怠地读下去。作者还说，年轻时万事多舛，入仕以后曾获罪南下，可怜的妻子捧着此书塞给我，其意思就是好好学它，以图将来有个好出路。三年以后释放回京，此书虽完好，只是封页上增添了许多斑斑泪迹。此书给他诗文知识，此书陪着他一起成长，因为有了此书才会有后来的飞黄腾达。此书中暗藏着夫妻俩的脉脉深情，暗藏着希望的真心，所以作者最后呼唤道："问君毕竟何以报，试与之约君其誓。我不欲得君苍色马，又不欲求公紫绒罽。愿报锵金戛玉之清篇，使我病眸开昏瞖。"可以知道，这本书跟随作者一辈子，见证了作者艰苦奋斗的、坎坷的仕途，见证了作者夫妻肝胆相照的爱情。同时也可以知道，《古文真宝大全》对海东朝鲜朝各个时期的学子和文人学者是多么重要，它也可能是整个海东朝鲜朝一代普及率最高的图书之一。

海东朝鲜朝的进步文人极力提倡学习《古文真宝大全》，重视它的普及，有着深刻的现实基础。进入海东朝鲜朝以后，虽然那些骈体文的影响逐渐消失，对古文的共识逐渐占了上风，出现了一系列继承古文精神的作家和文章。他们深知骈体文不仅是文体的束缚，也是对人们思想的束缚，文体上形式主义的束缚被打破了以后，人们才能够直面现实生活的潮流中不断出现的新的矛盾，可以表达自己的思想和审美观念。他们也知道中国北朝后周苏绰反对骈体浮华，仿《尚书》文体作《大诰》，以作为文章的标准体裁，时称"古文"，即以先秦散文语言形式写作文章。这样的古文精神，至唐代韩愈、柳宗元等那里，演变成鲜明地主张恢复先秦和汉代散文内容充实、长短自由、朴质流畅的审美传统。海东朝鲜朝的进步文人认为，从小说发展的角度上看，古文运动有极其重要的历史意义，因为有了韩愈的《送穷文》《毛颖传》开了风气之先，才出现了唐宋传奇小说，才有借志怪以议论现实生活之不平。他们还认为，从文学审美价值的角度上说，古文的提倡也有非常重要的现实意义，因为文章不在于辞句的格式，而在于准确地表达它的内容；不是形式决定内容，而是内容决定形式。实际上在当时海东社会上存在的主要问题，已经不是骈体文的流行，而是长期的科举制度所造成的科文、科诗和专事丹青的形式主义文风。海东高丽的科举制度学习唐法以诗赋取士，而海东朝鲜朝的科举制度虽加强了经义部分，但诗赋的比例还是占据重要比重。所谓诗赋取士，也就是等于律赋为考试的主要形式，而这种律赋比俳赋更讲求对仗工整、平仄谐和，用韵方面也有严格的规定。这种律赋，一般由考官命题，出八个韵脚字。科举考试时的这种诗赋之作，慢慢延伸于文坛，浸染于诗歌创作，引起了极其不健康的影响。为了消除这些"时文"的影响，许多有责任心的文人学者，则积极倡导古文，主张向中国唐宋汲取古文运动的营养，以改变日益走下坡路的文风。面对这些"时文"的横行，诸多文人学者以身作则，积极创作"古文"，意欲以此改变文坛现状。如海东朝鲜朝宣祖、光海君时期的文人柳梦寅（1559—1623），在评价诗人郑百昌的一首拟古诗的时候指出：

第十章　成宗年间围绕《古文真宝》的"道""文"之争　547

世季矣，攻诗者多趣近体。近体非古也，古来鸣诗之流，率用是道。而少谢不及大谢，应、刘比苏、李。降级我国，全不会此律，数百载寥寥，今公用三百余韵于荒陬百代后，音响闲雅，颓波万仞。吁！余不孤矣，但鄙眼觑之，格律似流缓弛，宜以峻简医之。盖文章以气为主，须读三代两汉文高其调，然后古可蕲也。然近体排律，权舆于颜、谢、鲍、郭，其下字左右高低，皆及于十九首体。《十九首》，乃《三百篇》之亚也。愿公谛视调格，先从事于音响，次务厝语，去浅近字，而勿用唐以下软语，若此则彼陈、韦小竖子辈，颠倒走灭，没矣勉哉。[1]

在中国，近体诗虽起源于南朝齐永明年间，沈约等把讲究声律、对偶为一种新体诗法，至唐初正式定型。中国的律诗到了唐代迎来了全盛期，名家辈出、名作绵延，出现了像卢照邻、骆宾王、王勃、杨炯、沈佺期、宋之问、杜审言、王绩、陈子昂、张九龄、王维、孟浩然、丘为、王湾、刘若虚、常建、祖咏、崔曙、杜甫、柳宗元、卢纶、李贺、李益、刘禹锡、贾岛、张继、韦应物、李坤、元稹等无数造诣高深的大家。柳梦寅认为这个律诗波及海东诗坛，真正的继承者很少，按照柳梦寅的话来讲"降级我国，全不会此律，数百载寥寥"。柳梦寅的此话有些过于夸绝，光是高丽时期就出现了像林椿、李仁老、李奎报、李齐贤、李谷、李穑等一大批的近体诗大家，尤其是其中像李奎报这样的大家，对近体诗的各个体裁无不精通，其名望甚至波及宋朝诗坛。进入海东朝鲜朝时期以后，擅长律诗的诗人"代各有人"。柳梦寅褒扬的与他同时期的郑百昌，就是其中的一个人，他善作"唐律"，其所作三百余韵排律，深受时人的赞许。柳梦寅认为郑百昌的这篇排律，"荒陬百代后，音响闲雅，颓波万仞"。可是柳梦寅认为格律诗虽显诗人档次，但它还是存在一系列的缺陷，他指出"但鄙眼觑

---

[1]《於于集后集》卷4《题郑进士百昌拟古诗》，(韩国)《韩国文集丛刊》。

之,格律似流缓弛",怎么办好呢？他说当"宜以峻简医之"。他强调诗文应该"以气为主",把表现创作主体心中的思想感情作为重点,形式应该服从于内容。从而他认为诗文的榜样,在于古人的古道,在于其古文。他说道:"须读三代两汉文,以高其调,然后古可蕲也。"柳梦寅认为排律的萌芽可以溯源至南朝宋元嘉年间的颜延之、谢灵运、鲍照那里,"其下字左右高低,皆及于十九首体"。所谓《古诗十九首》,其大部分是汉代无名氏所作,其中的诗篇并非一时一人所作。《古诗十九首》语言朴实自然,描写生动真实,在中国五言诗的发展史上具有重要地位。柳梦寅认为《古诗十九首》根源于汉乐府,"乃《三百篇》之亚",属于典型的"古文"范畴。而律诗之中的排律,大都为五言,细究起来,根于这组《古诗十九首》,应该有研究的余地。从这个意义出发,他劝导郑百昌即使是写律诗,也得学习"古诗"写法,"愿公谛视调格,先从事于音响,次务语去浅近字"。他还提醒郑百昌,"勿用唐以下软语",甚至说"若此则彼陈、韦小竖子辈,颠倒走灭,没矣勉哉"。总的来说,柳梦寅认为诗文的前途在于学习"古文"之上,绝对不要囿于那些律诗的"清规戒律"之中,也不要学初唐诗人耍律诗技巧的那种小家子气,要学习像《古诗十九首》那样的生动自然而大度之气。

第四节 世祖朝前后时期古文家的"道""文"观

到了海东朝鲜朝时期明宗、宣祖朝前后,海东文人对古文的爱好已经从学习和接受阶段,逐渐跨入深入研究和著述阶段,开始出现不少注疏和研究论著成果。在对古文的学习和研究方面,态度最为认真,表现最为积极的是以李滉为首的岭南理学家。他们认为提倡古文,就是提倡真文,也就是等于反对"时文"。他们提倡古文,最有代表性的举措,就是对当时盛行的《古文真宝大全》给予很高的评价,并积极参与到对它的刊行工作之中。他们强调提倡古文的意义并不仅仅在于作诗、作文规矩上自由发挥，而是涉及文学能不能充分体现儒家道统，能不能"务去陈言"，表达真挚的心性。具体来讲，他们认为人们学习韩愈，不仅学习其敢于反对之前盛行的骈体文，主张以能够自由表达感情的散体文写作，而更为重要的是学习他坚持儒家道统，以复兴儒学为旗帜的思想精髓。他们认为韩愈提倡"传道"的文学，认为传道是目的，文辞是手段，"道"是内容，"文"是形式，提倡古道，必须先提倡古文，对当时和后世都有非常积极的意义。他们对当时文坛上存在的种种形式主义的浮靡文风，从内心里不满，认为必须以"圣人之文"开导士流，以古文薰陶文士，使得当时的文体健康发展。于是他们首先去阅读和研究当时普及率极高的《古文真宝大全》，开始探讨其中的一些相关内容，以摸索其中规律性的东西。

　　同时他们纷纷组织起有关《古文真宝大全》的讲论、阐析和注释活动，以解决此书普及以来严重存在的解读难的问题。为了应对在《古文真宝大全》的阅读上存在的种种疑难、疑惑问题，以李滉为首的岭南理学家们，还写出了一系列的有关"答疑""解析"的文章，以满足广大读者的求学欲求。其中较有分量者，如李滉《退陶先生言行通录》中所载《古文前集讲解》、退溪的弟子金隆（1525—1594）的《古文真宝前集讲录》、也是退溪弟子的李德弘的《古文前集质疑》《古文后集质疑》等。有关《古文真宝大全》的这些讲解、答疑、质疑文章，都以渊博的学问功底、详细的文本考察和深刻的问题意识，对《古文真宝大全》及其前人的治理成果进行了深入的讲解、解疑、质问等工作。如《详说古文真宝大全》前集卷8"歌类"中，有杜甫的《醉时歌》一首，诗的末尾有"儒术于我何有哉，孔丘盗跖俱尘埃。"一句，之前海东朝鲜朝时期有个崔祥的文人曾对《古文真宝大全》作过详注，后来的金隆进行讲解时发现其中的许多误识，便作了解疑反正的工作，这只是其中的一例而已。杜甫《醉时歌》中的这段话的意思，就是儒术对我有什么用？孔丘、柳下跖都已化成尘埃。围绕这一句诗的前人注解，金隆指出"'儒术何有'来说，是本注所引崔祥之言，殊无理。此乃杜诗苏注之说，余旧读杜诗，见所谓苏注多穿凿杜撰，且其文字卑冗，绝不类东坡文字。而其引用之人姓名，率多撰造前世所无者，以是心窃疑其赝书。后见先儒诸说，已论苏注非坡翁所撰，乃不知何人伪作此书，托坡以欺世云云。今据此注，本无崔祥，阮兢亦本无此两说，只是注者妄有此言此姓名以诬人，可谓无忌惮之甚。而注《古文真宝》者又取而传之，亦可谓踵谬袭讹，而不审于援证矣。"[1]金隆认为崔祥说有关杜甫《醉时歌》的注释是根据"苏注之说"，但是他曾读过此杜注之书，"见所谓苏注多穿凿杜撰，且其文字卑冗"，所以认为此"绝不类东坡文字"。后来通过参酌"先儒诸说"，果然发现先儒"已论苏注非坡翁所撰，乃不知何人伪作此书，托坡以欺世"。从而他慨叹前人心之不细，人云亦云，导致了以讹传讹的错误结果。他还说弟子们有关《古文真宝大全》的研究成果，都是在恩师退溪的关心和指导下取得。他云："右《小学》，《（古文）前集》二书《讲录》，与上家《礼》《太极图》《通书讲录》，皆先生之亲受师教，以诏后学者也。鹤沙金先生尝跋三书《讲录》，而不及此二书，岂以其散在草稿，未尽经当日之所照管也欤。夫以先生之精思穷研，而复承师门之旨诀，则其一注疏一训诂，孰非后学之所尊信而讲习者哉。兹于遗文锓梓之日，并附于三书讲录下，俾后生蒙学，得以蒙先生之遗教云。"这里的"先生"，就是他们的恩师李滉。从这一记录中可以看出，李滉把《详说古文真宝大全》与儒家经典《小学》《周礼》《太极图》、朱子讲录等放在一起，作为教育后代的教科书，足见其重视的程度非同一般。

　　这时期岭南学派的朱子学者们认为像《详说古文真宝大全》这样的古文佳书，不仅能够教导人们学出写诗作文的"妙法"，而更重要的是能够教人懂得何为"真诗"，何为符合"吾道"之"传道"之文。他们强调诗文无疑是"传道"的工具，如果能够写好，它可以使人"归于正"，甚至可以鼓舞士气，但是只迷恋于"小技末节"，胸无"蕴藉"，它则可以"玩物丧志"，使人丧失"志气"。

---

[1]《勿岩先生文集》卷4《古文真宝前集讲录》，（韩国）《韩国文集丛刊》。

所以他们强调作为理学家，正确的文学之才是必需的，有利于陶冶心性，"诗不误人人自误，兴来情适已难禁。"[1]从他们的各种表述来看，"道"与"文"的关系，多有矛盾之处，但是总的来说他们还是倾向于重"道"而不轻"文"的观念。但是对"文"，他们实际上有着极其严格的要求，那就是不失儒家之道统，不忘"圣人之道"，写出有"底蕴"的诗文。从这样的观念出发，李滉要求诗人不要写无把握之文，更不可"信口开河"，写出"不经之文"。他在给年轻诗人郑琢的信中，恳切地指出：

> 夫诗虽末技，本于性情，有体有格，诚不可易而为之。君惟以夸多斗靡，逞气争胜为尚，言或至于放诞，义或至于庞杂，一切不问，而信口信笔，胡乱写去，虽取快于一时，恐难传于万世。况以此等事为能，而习熟不已，尤有妨于谨出言、收放心之道，切宜戒之。[2]

这是李滉读完文人郑琢的诗歌以后，为了提携他而写的一封信，也是他与很多年轻文人来往信件中的一封。李滉强调儒家虽说以诗为末技，但它本于主体之性情，还有体有格，有本身之道，不是谁都可以作出来的。可是郑琢惟图"夸多斗靡"，以"逞气争胜为尚"，使诗歌作品严重脱离现实生活，违背真实的思想感情，远离诗歌的自身规律。他甚至在创作时，"言或至于放诞，义或至于庞杂"，本人"一切不问，而信口信笔"，"胡乱写去"。这样的创作习性，"虽取快于一时，恐难传于万世"，还可以引起后人的耻笑。这是一个心无大志，不可收敛虚荣之气，没有精益求精之务实精神的表现。如果一个人"以此等事为能"，为文浮夸成性，是"尤有妨于谨出言、收放心之道"的。作为一君之臣下，为文征圣的文士，必须严于律己，克服此等缺陷。这是李滉从道学家的立

---

[1] 《退溪集》卷3《和子中闲居十二咏·吟诗》，《韩国文集丛刊》第29册，韩国古典翻译院，1988，110页。
[2] 《退溪先生文集》卷35《与郑子精琢》，（韩国）《韩国文集丛刊》。

场出发，教导年轻一代文人，以"敬""诚"为出发点，牢记儒家道统，磨炼文学本领，成为"道""文"双馨的有用文臣。实际上郑琢的这些创作态度，并不是孤立的表现，而是代表了当时一批富家年轻子弟的文风气习。怪不得退溪李滉批评得如此严厉，说得正中其要害，不留余地，严酷而不客气。

此时的李滉，已经敏锐地发现郑琢所体现的这种文风，对文学充当使人融入"圣人之道"之域、广传"吾道"之门径，是一个极大的障碍。通过调查研究李滉还发现，不能继承"诗三百"的意志，缺乏圣人"温柔敦厚之旨"，直抒人之自然欲望的作品到处可见。为了消除当时文坛上的这种弊病或不良倾向，他还亲自在御前、学校等处讲解《诗三百》，以解目前的危机。除了《诗三百》以外，他还发现了扭转浮靡文风，以正士心，推广"吾道"的文献，那就是《详说古文真宝大全》。他认为虽有不太完善的地方，但是《详说古文真宝大全》基本上还是承载了古人的古文精神，对后世还有极大的训导和历练作用，值得去广泛推广。他利用一切可能的条件和机会，讲解《详说古文真宝大全》，让自己的众弟子成为普及和研究此书的排头兵。前面所说金隆，就是他诸多弟子中首先响应的一份子，写出了一系列有关《详说古文真宝大全》的探索之文。金隆首先写出的是《古文真宝前集讲录》，对前人对《真宝》的注释工作中出现的误识，进行细致的考证和论辩，深受当时文坛的认可。紧接着，金隆还写出了一系列研究《真宝》具体内容的论文，以挖掘其中的"传道"精神，又纠正其中所存在的一些问题。如其中一篇题为《题王安石〈明妃曲〉后》的论文，具体分析了它的思想内容和艺术手法，写出了王安石《明妃曲二首》与众不同的地方。他在其前半部分写道：

> 王安石《明妃曲二篇》，昔人以为辞格超逸，诚不下永叔。呜呼！此岂论诗之正乎。夫诗，言志者也，中之所存，有正有邪，而发于歌咏者美恶著焉。其曰："家人万里传消息，好在毡城莫相忆。咫尺长门闭阿娇，人

生失意无南北。"又曰:"汉恩日浅胡自深,人生乐在相知心。"此数句,只以自彰其邪耳,非所以咏昭君也。[1]

金隆所论《明妃曲二首》,皆收录于《详说古文真宝大全》卷12(前集)之中。此《详说古文真宝大全》,是根据1450年明使倪谦所携来本而翻刻的版本,在多种版本中内容最为丰富的一种。《明妃曲二首》作为中国文学史上的名篇,史上多被诗家所传颂,《详说古文真宝大全》收录它们绝非偶然。王安石虽以文入诗,甚至把写小说的一些手法引入诗中,但这些在他笔下都变得活灵活现,成功地刻画出了一个"出塞之昭君"的艺术形象。这样的结果,就使诗歌的艺术手法更加多样化,诗歌的表现能力更强,形象更加生动。因为王安石在写法上,不拘一格,诸种因素结合得较好,所以虽以文为诗,其形象性并不因此而受到影响,反而提升了许多。

然而这样的两首名篇,在岭南理学家金隆眼里,却被看作是有问题的作品。金隆指出过去的人们都把此篇看作"辞格超逸,诚不下永叔"的名作,可是他认为:"夫诗,言志者也,中之所存,有正有邪,而发于歌咏者美恶著焉。"金隆认为诗之所写,为心中所想,而心之所想则"有正有邪",将其心"发于歌咏",那肯定是"美恶著"。他具体举出实际例子,说:"佳人万里传消息,好在毡城莫相忆。咫尺长门闭阿娇,人生失意无南北。"王昭君被嫁到万里之外的匈奴,过一段时间以后,老家(或故国)偶尔传来消息,对明妃来说这应该是一件极大的欣慰之事,但王安石却写"好在毡城莫相忆""人生失意无南北",此句尽显明妃已麻木之态。而让金隆更为不可接受的是,第二首中的"汉恩日浅胡自深(一作汉恩自浅胡恩深),人生乐在相知心"一句。它的上一句是"汉宫侍女暗垂泪,沙上行人却回首",但是时过境迁,是否汉宫之女的心已变冷淡?这是一个值得研究的问题。根据《后汉书·南匈奴传》,王昭君在汉元帝时以

---

[1] 《勿岩先生文集》卷2《题王安石明妃曲后》,(韩国)《韩国文集丛刊》。

"良家子"的身份入掖庭。当时，匈奴单于呼韩邪来朝，请求娶汉人为妻，汉元帝敕以五女赐之。金隆生活于十六世纪的海东，之前有关《明妃曲二首》的争议意见他是否听说过，不得而知，但他是一位海东岭南学派的学者，也是理学大家李滉的嫡传弟子，道学家的思想基础和敏锐的诗眼肯定能够使他在阅读中发现问题。

从道学家金隆的眼光看，王昭君外嫁匈奴以后的事情，实在是可歌可泣，尤其是其身在匈奴，心却在汉，其"正心"动人无比。金隆认为，在诗人墨客笔端上跃动的明妃，是否符合史实，是否符合当时的"心史"，还得好好论证。尤其是王安石所作《明妃曲二首》，金隆认为的确存在值得商榷的地方，有些地方是歌颂还是显其不忠不义，了然于读者心中。所以他在最后指出："此数句，只以自彰其邪耳，非所以咏昭君也。"尤其是"咫尺长门闭阿娇，人生失意无南北"和"汉恩日浅胡自深，人生乐在相知心"两句话，并不是"咏昭君"，而是王安石"只以自彰其邪"。于是金隆根据有关王昭君的史实和王安石《明妃曲二首》的诗意，进一步作出深入分析，进行批评性评论。他指出：

> 窃尝观昭君之终始，莫难者昭君之事，莫哀者昭君之心。夫君命既严，抱恨越河，含怨度日，悠悠悃悃，写之琵琶。至于服毒而死，墓草独青，耿耿一念，死且县汉，何尝有莫相忆无南北之意？亦何尝深胡之恩，知胡之心而乐之哉？使昭君枯死长门，亦所甘心，况以得幸犬豕，较轻重于南北乎。夫如是故，古今人赋昭君多矣，率止于哀之而已，未尝有及此者，安石乃独云尔。自此昭君之怨，不在嫁胡，而其在此乎。噫！安石所见既如是，使其失职，如在靖康之际，则必奔走降金，感恩于金而许心于金无疑矣。呜呼！不探其本，而徒尚乎辞格，则将无所惩创感发，而诗之道废矣。兹不得不辨。[1]

---

[1]《勿岩先生文集》卷2《题王安石明妃曲后》，(韩国)《韩国文集丛刊》。

自东汉以后，除了《后汉书》等正史记载以外，还有许多有关王昭君的传说。在汉元帝的掖庭中，王昭君受冷落，虽自愿被选赴匈奴，过上匈奴王后的生活，为汉匈和睦相处作出了贡献，但是她毕竟是个汉宫美女，其思想活动肯定不是那么简单。海东文人金隆认为，在漠北匈奴王宫中生活的王昭君，其心极其复杂沉重，所以说"夫君命既严，抱恨越河，含怨度日，悠悠悯悯，写之琵琶"。像传说中所说的那样，王昭君后来甚至"服毒而死"，"墓草独青"，其日常生活中不可言传的心理痛苦可想而知。尤其是呼韩邪和雕陶莫皋两个丈夫染疾病而亡，王昭君接连受到精神重创。加上此时王莽新朝篡汉，天下大乱，匈奴以外姓篡夺刘汉江山为由，起事用兵。于是边事迭起，祸乱无穷，刀光剑影，危机四伏。眼看自己为之献身的和平局面顷刻间变为乌有，昭君整日以泪洗面，仰天长叹，悲愤成疾。三十四岁的她，终于香消玉损，一命黄泉。根据另外一个传说，王昭君临逝，子女们请命遗嘱，昭君命葬山西朔州紫荆山下青钟村，故史载有青钟变为青冢之说。传说中说，其"墓草独青"，是因为她"服毒而死"的缘故。爱戴明妃的历代人民，肯定不忍看到王昭君自绝于人寰的结局，所以"服毒而死"这一说法出自于何典，真是难以理解。

　　不过倪谦带给海东的《详说古文真宝大全》中，还是对此有一个较为明确的交代。其前集卷12中的王安石《明妃曲二首》之第二首中，有对末一句"可怜青冢已芜没"的注解，其曰："单于死，子达立。昭君谓达曰：'将为汉？将为胡？'曰：'为胡。'昭君服毒而死，举国葬之。胡中多白草，而此冢草独青，故曰'青冢'。"在注解中写得如此清楚，说明之前对这个问题已经有较为明确的记录。金隆认为种种迹象表明，王昭君后来"耿耿一念，死且县汉"，陷入无限的心理痛苦之中。他认为对这样的明妃，王安石在此诗中，怎么可能说"人生失意无南北"呢？又怎么能够写成"汉恩日浅胡自深"呢？而且还怎么可能说与胡"相知心"，而乐在其中呢？王昭君冷落于汉长门宫，甘心情愿地随呼韩邪单于去漠北，受其父子宠爱，幸福得乐不思蜀，哪有工夫"较轻重于南北"？但是这只是表面现象，一个汉宫美女离开故国而远在匈奴之地，即使是日子过得比较顺当，总是难免其一身的落寞感、思亲思乡之情，而且其在单于部中的生活岂无磕磕碰碰或深度的心理矛盾？如果她的早逝，真的是"服毒而死"，那么她内心的矛盾和痛苦达到了何种程度就可想而知了。他强调这么一看，王昭君在匈奴的生活可能是五味杂陈、存在较多痛苦，正因为是这样，古今赋明妃的作品数量无数，大都"率止于哀之而已"，很少有人"有及此者"，但是"安石乃独云尔"。这也涉及王昭君在匈奴漠北的心理活动有无两面性的问题，即痛苦的一面和快乐的一面，也就是昭君之"怨"在于"嫁胡"，还是在于长门宫的"君命"。

这是一个不可小视的问题，所以在此跋中金隆一开始就说"莫难者昭君之事，莫哀者昭君之心"，而且紧接着又说"夫君命既严，抱恨越河，含怨度日，悠悠悯悯，写之琵琶"。实际上，这是一个很有内涵的、极其深刻的研究课题，而绝不是信口开河的说料。金隆强调如果王安石发现和歌颂明妃在匈奴单于部时的生活，有轻松、愉快的一面，而将其拿出来付诸诗歌创作中，给人欣赏，那么北宋靖康之难中所蒙受的国耻应该怎么看，完全可成为相提并论的问题。后人认为，靖康之难与王安石变法的失败密切相关，所以王安石在《明妃曲二首》中如此地刻画明妃在匈奴的生活，很不合适。他写明妃，"汉恩日浅胡自深，人生乐在相知心"，随遇而安，甘愿成为匈奴单于的"宁胡阏氏"，应该说其中缺乏一些正常汉朝人的"气数"。

海东的道学家金隆，从儒家的《春秋》大义出发，反问王安石及其《明妃曲二首》，说："噫！安石所见既如是，使其失职，如在靖康之际，则必奔走降金，感恩于金而许心于金无疑矣。"虽然文学与历史不同道，但如果王安石再世，应该如何面对后人的这种质疑，诚然是个值得去想象的问题了。金隆最后指出，读诗的时候应该探源寻本，弄清楚诗人之所以写此诗的背景和心理预期。

他说："不探其本，而徒尚乎辞格，则将无所惩创感发，而诗之道废矣。"作为一个道学家，金隆积极参与有关文学问题的讨论，因为文学也是"吾道"之"传道之具"，其中存有一系列的大是大非问题，所以像《明妃曲二首》这样的作品，"兹不得不辨"。不管怎样，王安石的《明妃曲二首》作为值得学习的名篇，被收录于《古文真宝》和其他一些著名的文集之中，这是一个事实。细读此二首诗，可以感知它立意高远，形象饱满，寓意深刻，耐人寻味。尤其是诗中意象与议论相组合，使作品充满叙事感，故事纵横跌宕，富有理趣，其所具有的艺术魅力有目共睹。

追古道，尚古文，这已经成为海东朝鲜朝时期宣祖朝前后时期文坛的一大时尚。从儒家道统的传承关系来讲，追尚古道、古文就等于继承儒家之道，也成为那个时代"道""文"关系中"道"的主要内容要素。因为到了这时期，海东儒家意识形态已经发展到高度思辨化的理论形态，深潜于"理气之辨""心性之论""四端七情之奥"，进入了一个空前深化的阶段。这时期的理学家们认为，像《详说古文真宝大全》这样的古文文集中的作品，虽有一些芜杂的成分，但基本上还是保存了古人的古文精神。所以他们对其中的大部分作品都加以肯定，认为它们的确存在值得去研究和普及的意义，具有宣传和贯彻"吾道"的社会作用。于是他们甘当风气之先，积极投入到对《古文真宝》的补注、解释和演讲工作，为当时逐步形成的古文思潮奠定了坚实基础。他们认为所谓"古文"思潮，以韩愈为首的唐宋八大家为旗帜，以两汉散文为"标的"，以先秦儒家经典为"典范"，以古之三代圣君为祖宗。在文学发展中，继承这些古人的古文精神，事关能不能继承"圣人之道"，坚持儒家道统的重大原则问题。海东朝鲜朝时期的士林派早已执掌文坛很多年，其间各种教育机构和书院培养出了很多有用之才，因此文运长盛不衰。

正祖时期的成海应，是在这样的人文环境下成长起来的士林派后裔，也是当时著名的实学思想家。对当时的人文环境，成海应骄傲地说："崇德尚贤，国俗则然，士大夫名节道学，彬彬为盛，设院享者磊落相望。至若名硕贤儒，辈出于一门。而并举俎豆，亦祀之于一院者，尤岂非士林之光也哉。"[1]光是成氏一个家族就培养出诸多士林精英，为士林系的成长作出贡献。成海应强调古文兴盛于两汉、唐宋时期，上下一千多年，其作者无数，但是能够算得上的大家只有"十数公"而已。他说："夫文章之盛，莫及于两汉、唐宋之隆，然求其并世而特异者，不过十数公而已。方其交相驰骛，光怪震发，诚可谓各尽其术。而求其最正，又此十数公者，不能无得失，如汉之贾董，唐之昌黎，宋之欧曾，不过数子而止。"[2]他明确地指出，中国古体散文的发展就数两汉和唐宋时期的诸家，这两个时期的古文家"蕴藉扎实"，"方其交相驰骛，光怪震发，诚可谓各尽其术"，争相为自己的时代创作出个性鲜明的作品，改变了不断反复的文坛颓靡之相。其中最为突出者，还算"汉之贾董，唐之昌黎，宋之欧曾"，也就是两汉之贾谊、董仲舒、司马相如、扬雄辈和唐宋时期的八大家，他们为中国文学的发展立下了不朽功勋。

值得一提的是，这些中国古文家的伟大成果和精神传到海东，以其深厚的思想性和优秀的艺术元素，如春天的及时雨，深刻影响了海东文学的发展。海东文学的发展并不是一帆风顺，随时代，经历了无数的曲折和反复，正确的潮流和浮靡文风始终伴随在一起。从中国吹过来的古文精神，为发展中的海东文学观念补充了营养，为反复迂回中前进的海东文学指出了方向。中国先秦、两汉和唐宋的古文，给海东道学家的文学以明灯般的指引，使他们更加明确了"道""文"关系中"道"的内涵，更使他们创作出符合程朱理学道学精神的作品，以丰富其精神世界。尤其是宋末元初的《古文真宝》传入海东以后，这些士林系的文人积极带头，进行刊印、注释工作。他们懂得中国的古文运动以恢复儒家道统为旗帜，以复古为口号，以文体改革为旨归，以维护唐王朝的封建

---

[1]《研经斋全集》卷9《怡轩公配享昌宁世德祠通文》,（韩国）《韩国文集丛刊》。
[2]《研经斋全集》卷13《秋潭集序》,（韩国）《韩国文集丛刊》。

统治为目的的散文革新运动。他们认为这种旗帜，这种口号，这种改革及其目的，也正是海东文学所需要解决的和最终要达到的。他们明白海东文学发展的每个关口，都被一时猖獗的"时文"所干扰，停滞不前或犹豫不决，每当此时中国古文家的文学教训和审美经验都鼓励他们走出迷津。对时文，他们还清楚地记得韩愈在《与冯宿论文书》中所说的一席话，其曰："时时应事作俗下文字，下笔令人惭，及示人则人以为好。"这里所说的"俗下文字"，就是时文，在当时包括四六骈俪、律赋等文体。在当时的海东，崇尚华丽辞藻者，以吟风弄月为业者，以科诗、科文为能事者，处处存在应该去克服的"时文"。士林系的理学家认为，《古文真宝》类的书正好可以为克服"时文"起明显的作用，一个是它的读者大都是学习文学者或要掌握文学要旨者，再一个是此书中到处都是儒家之道和古人的古文精神。为了配合《古文真宝》之类书的这种社会应景作用，他们积极行动起来，作了相关的工作。他们的晚辈成海应就是其中的一个人，他为此而写了《读董子》《读扬子》《读诸葛忠武侯文》等相关论文，以发表自己的独立见解。其中如《读诸葛忠武侯文》一文，是他对诸葛亮《前出师表》思想内容和艺术手法的具体评述。他说："《出师表》曰'宫中府中，俱为一体，陟罚臧否，不宜异同'者，虽圣哲治道之论，不是过也，此乃公诚之所发也。夫人主之所以坏乱国政，必先于宫府之中者，以其私也。夫陟罚臧否之权，人主之所自操也，惧臣子之或欺蔽而侵之也。陟罚臧否之道，人臣之所仰禀也，虑君上之或猜防而责之也。由是，上下各私而离焉。苟能上绝其惧，下忘其虑，则何患其异同乎。三代盛际，即是道也。武侯之在朝也，陟罚臧否，固无宫府之异同，而及其帅师之后，不得不有所属。故进郭攸之、费祎、董允等，而俾得以咨诹也。夫元臣在外，谗谄在内，则未有成功者也。此武侯不忧其外而忧其内也。及武侯之卒也，姜维代总军政，虽出师屡偾，未有败亡之衅。及黄皓、陈祗表里弄权之后，汉遂不可为也，武侯似逆睹乎此矣。"[1]表，是封建

---

[1] 《研经斋全集续集》第14册《读诸葛忠武侯文》,（韩国）《韩国文集丛刊》。

时代大臣用来向君主陈述意见的一种实用文体。诸葛亮的《出师表》，是写给蜀汉后主刘禅的奏表，写于建兴年间，分建兴五年的《前出师表》（227）和建兴六年的《后出师表》（228）。此二篇被收录于《古文真宝》之中，成为重要的古文之作。成海应抓住《前出师表》第二段中的"宫中府中，俱为一体，陟罚臧否，不宜异同"一句，认为诸葛亮以朝政的公平合理问题进行开导，有其合理、聪明的地方。他指出刘禅的王宫和自己的丞相府都是一个整体，对文武诸臣的功过，以实事求是为原则，一律公平地对待，不可有丝毫的"不同"。这应该是作为一国丞相的责任所在，也是他作为谋略家的智慧之发现，因为一国的政治、一个朝廷的政策，必须建立在公平合理的基础之上。从任何一个角度看，这不仅是一个涉及待遇公不公平的问题，而更是一个事关政治稳定、事关大局的问题。所以他强调"陟罚臧否之道，人臣之所仰禀也，虑君上之或猜防而责之也"，作为一国的统治者连这个道理都弄不清，那就只能等待败亡了。他强调诸葛亮之所以在文章中特意指出这一点，颇有深层意思。他一针见血地指出"此武侯不忧其外而忧其内也"。此表作于天下大乱、三国鼎立之际，表现出兴邦建业，复兴汉室，顽强进取的精神。小问题事关大政治，拿小题作大文章，此乃智慧也、境界也，故可谓"虽圣哲治道之论，不是过也"。成海应如此肯定诸葛亮的《前出师表》，而且有如此精辟的评论，体现其不凡的"文眼"和"卓识"。评论完《前出师表》，成海应又评论《后出师表》，认为武侯的战略思想了不得，文章也是文中巨璧，可称可道。他在《后出师表》中指出："后出师表，武侯之志，于是乎急矣。日暮道远，而部曲精锐，次第丧亡，此武侯所以寝食不安者也。于时曹休与孙权相持，而关中虚弱，其机诚可乘也。遂有陈仓之役，然旋以粮尽而退。夫师行调度，专在乎粮，当出师时，武侯岂不量其多少赢缩乎。非徒蜀道艰险难运，蜀人又安逸不欲屡动，故事多拘牵。观表中云议者谓为非计，是也。"从《后出师表》的写作背景看，第一次北伐失败之后，蜀国已"民穷兵疲"，朝中大臣对第二次北伐颇有异议。诸葛亮立论于汉、贼不两立及敌强我弱的严峻事实，以为"欲以一州之地，与贼持久"，实不可为。成海应认为诸葛亮受命于"危急存亡之秋"，为蜀国的存亡竭尽全力，克服重重困难，但是他的第一次出师没有成功而归。但是在不战则坐以待毙、出战则存一线希望的客观形势面前，他决定第二次出战，但是刘禅昏庸、诸臣有异议，为了实现出兵的目的，他摆事实讲道理，进行反复的说服工作。成海应分析此时的诸葛亮心情有些着急，因为第一次出征中损失惨重，"日暮道远，而部曲精锐，次第丧亡"，说"此武侯所以寝食不安者也"。其时正好曹休和孙权在东吴兵戎相持，关中出现罕见的空虚，这是一个有机可乘的绝好时机。于是诸葛亮再次挥兵出祁山，但是在"陈仓之役，然旋以粮尽而退"。对此次失败，成海应有自己的看法，认为"夫师行调度，专在乎粮，当出师时，武侯岂不量其多少赢缩乎"，这是事前没有考虑周全所致，是"非徒蜀道艰险难运，蜀人又安逸不欲屡动，故事多拘牵"的缘故。从而他认为"观表中云议者谓为非计，是也。"诸葛亮虽有"万世忠节"，但是"七出祁山"最后还是以失败告终，从军事上看，其中应该有一系列可以总结的问题。过去的学界，都把这个问题归咎于天时、地理、人和之上，回避追究其原因。海东的成海应还是把此意说出来，付诸自己的评论中，终有其积极意义。不论如何，诸葛亮的前后《出师表》，还是作为绝世名文，流芳千古。

韩愈在海东的名气"如雷贯耳"，与"诗仙"李白和"诗圣"杜甫齐名，甚至有时"其名尤昭"。海东人推崇韩愈，原因有多种，但他是中国唐代古文运动的领袖这一点，最能够打动他们的心扉。他们知道韩愈是古文运动最积极、最有力的推动者，也是其成果最显著、贡献最大的人物。他们处处可以看到韩愈的古文理论和精彩的古文作品，知道这些都为古文运动的兴起开创了道路。韩愈曾说过："穷究于经传、史记、百家之说，沉潜于训义，反复乎句读，奢磨乎事业，而奋发乎文章。"[1]意思就是对于古文的学习，提倡广采百家，多元化地

---

1 《昌黎文集·上兵部李侍郎》，马其昶《韩昌黎文集校注》，上海古籍出版社，2014。

接受。韩愈提倡古文，反对因循守旧和模拟，注重"另辟蹊径"。他强调"惟陈言之务去"，"惟古于辞，必己出"，"能者非也，能自树立，不因循是也"。这些话，对海东学者学习古文，产生了很大的影响。在海东文学史上，以韩愈及其作品为题材写诗文的作家作品不计其数，以韩愈的《韩昌黎集》为对象进行著述、注释和作演讲资料者比比皆是。尤其是南宋末叶黄坚的《古文真宝》传入海东以后，韩愈在海东的名气更为广泛，成为了家喻户晓的中国文学家。因为在海东普及率很高的《详说古文真宝大全》中，韩愈的作品占有个人作品比例中的最大比重，而且质地最厚重，人文精神最为浓重。在学习韩愈的热潮中，成海应只是其中的一份子，不过他有关韩愈的一系列诗文，足可以说明他对这位唐宋古文运动开创者的崇敬之情绝不亚于其他人。只是他的追求，完全是学者式的，或学术式的，处于较为本质化的状态。他在《读韩昌黎集》说道：

> 昔朱夫子撰《韩文考异》，虽一时漫为，而盖亦有所感焉。孟子之书，自汉以后，不登于经，混列于诸子之列，而昌黎独能推尊之，孟子之道，遂明于后世。其言曰"某死不得其传"，其见识之卓绝如此。虽其论撰之际，粹驳互见，要之仁义之说，故朱子往往斥驳而扶粹。末乃为之考异之书者，岂无以也。汉儒以董仲舒，号称醇儒，然其学往往杂于谶纬，即择焉而不精者也。又如贾谊、刘向之伦，亦皆杰然者，若能较絜长短，又皆出于董氏下。荀、杨二子，颇能言道德之说，而第其疵多而醇少，然韩氏亦能析其精粗，则诚得乎本末之论矣。但才高而少践履之工，识明而略存养之力，其言有中有不中耳。余喜其闳深之言奥衍之说，开发学者不少，故随其所读，为之论说云。[1]

在两汉、唐宋古文家中，除了《读韩昌黎集》以外，成海应还写了《题欧

---

1 成海应：《研经斋全集续集》册14《读韩昌黎集》，（韩国）《韩国文集丛刊》。

阳公朋党论后》《题欧阳公内制集后》《读大戴礼》《读贾子》《读董子》《读扬子》等论文，但是这篇《读韩昌黎集》观点尤为明确和有独到之处。在文中，成海应不仅对朱熹的文献考辨之功力加以肯定，而且更对韩愈学术和文学功底大加赞赏。到宋代韩愈的影响渐炽，学家议论韩愈已成定俗，所以后世有宋代有"五百家注韩"的说法，不过其中最被认可和对后世影响最大的还算朱熹的《韩文考异》一书。通过学习把这些都把握在心的成海应，对朱熹的《韩文考异》看成"盖亦有所感"而发的学术力作。不过对他震撼力最大的还是韩愈，韩愈生当中唐文坛沉寂之时，大倡古文运动，给文坛注入了一股新鲜空气。韩愈与柳宗元等一起，倡导古文，推行古道，复兴儒学之道统。在文论上，他主张"志道""明道"，重视思想内容，重视文的形式手法。除了文学之外，韩愈也在儒学的研究上成就斐然，写出了许多经典之作。成海应认为韩愈的贡献之一，就是发现了孟子在中国儒学发展史上的圣人地位，并将此种意见种植于社会和官方。成海应说："孟子之书，自汉以后，不登于经，混列于诸子之列，而昌黎独能推尊之，孟子之道，遂明于后世。"孟子之书原来没有被列入儒家六经，而只是"混列于诸子之列"，到了唐代韩愈才把他"独能推尊之"，从此以后，孟子之道才"明于后世"。在当时和后世，这着实是一个爆炸性的消息，如果真的是这样，那韩愈在中国思想史上是功不可没。孟子提倡仁政，提出"民贵君轻"的民本思想，曾游历于齐、宋、滕、魏、鲁等诸国，希望继承孔子推行自己的政治主张，前后历时二十多年。但孟子的仁政学说被认为是"迂远而阔于事情"，而没有得到实行。孟子的书，自汉代以后是否没有得到"经"的待遇，得去仔细考察，但是韩愈对孟子的推尊之诚，还是有迹可查，可以专文以讨论。汉刘向、刘歆父子撰《诸子略》，认为儒家出于司徒之官，助人君顺阴阳、明教化，"游文于六经之中，留意于仁义之际，祖述尧、舜，宪章文、武，宗师仲尼，以重其言，于道最为高"。从这个记录中可以看出，古代思想史上"诸子"的地位和成就也很高，成海应所说孟子"混列于诸子之列"的意思如何去把握，应该多加斟酌。根据成海应所说，韩愈曾说"某死不得其传"，从而感服他，"其见识之卓绝如此"。他继而说韩愈以其渊博的知识写出了好多著作，但还是免不了出现一些瑕疵，"粹驳互见，要之仁义之说"。对韩愈著述中的一些问题，当时和后世也有过不少议论。有些人在自己的文章中对韩愈的巨大成就加以肯定的同时，对他著述中存在的问题进行辩驳，以释学术的公正。宋人喜论辩，喜以道学之术明其理，以证天理人事之奥。朱熹就是其中的一个人，他参酌诸家意见，对韩愈的诸文进行详细的解读和分析，对其优秀者加以赞赏，疑难者加以评点。正如成海应所说，"朱子往往斥驳而扶粹"，把"斥"与"扶"分得一清二楚。经过一段时间的努力，朱熹深有体会，"末乃为之考异之书"。朱熹推崇韩愈至深，认为他是巨儒，尤佩服他提倡古文，推动古文运动，但作为学者，对韩愈文集中存在的一系列问题不能不考究。尤其是虽都是大儒学者，但他们的立场和方法存在巨大的差异和隔阂，一个是以洙泗之学为其学问的根基，一个则是以濂洛之学为基础。韩愈和朱熹的年代相差三百五十余年，两个人所持学术理论元素的不同，自然造成了对文学中"道"与"文"截然不同的观念。韩愈主张文以"明道"，重在提倡"古道"，以恢复自魏晋以后中断了的儒家道统，而朱熹则从理学家的立场出发，将"道"与"文"的关系加以道学化。他认为"这文皆从道中流出。岂有文反能贯道之理？文是文，道是道，文只如吃饭时下饭耳。若以文贯道，却是把本为末，以末为本，可乎？……道者，文之根本；文者，道之枝叶。唯其根本乎道，所以发之于文皆道也。三代圣贤之文皆从心写出，文便是道。"[1]二者在学问和文学观上，存在如此大的分歧，但成海应绝不偏袒任何一方，因为他非常尊崇这两位儒学大师。对韩愈的历史贡献，成海应在与历代前儒的比较中总结出来，以突显其在中国思想史上的地位。他指出："汉儒以董仲舒，号称醇儒，然其学往往杂于谶纬，即择焉而不精者

---

1 《朱子语类》卷139。

也。又如贾谊、刘向之伦，亦皆杰然者，若能较絜长短，又皆出于董氏下。"[1]他知道，西汉的董仲舒向汉武帝提议"罢黜百家，独尊儒术"，使儒家成为封建社会的正统。董仲舒的学说，以儒家宗法思想为基础，杂以阴阳五行说，将神权、君权、父权贯穿于一道，提倡"天人感应""君权神授"的神学目的论。成海应认为董仲舒在儒学界的名气很大，但他的思想中"杂于谶纬"，所以不能算作纯儒之说。其后的贾谊和刘向，虽说文章之大家，但是他们的思想中也存在阴阳五行说或神学的余绪，仔细考察可以知道与董仲舒的思想有一定的关系。他还说历史上有名的学者还有荀子和扬雄，说"荀、扬二子，颇能言道德之说，而第其疵多而醇少"。但是他们二人的思想中也杂有许多儒家以外的因素，尤其是扬雄的学问，往往把源于老子之道的"玄"作为最高范畴，并在构筑宇宙生成图式、探索事物发展规律时，对道家思想多有融摄和发展。成海应认为先秦、两汉的儒学，到了中唐的韩愈重新得到了复兴，回复古人的古道成为了他毕生目标。所以成海应说，"然韩氏亦能析其精粗，则诚得乎本末之论"。在恢复儒家古道上，韩愈在《原道》《原性》等著述中，强调自尧舜至孔孟一脉相承的道统，宣示维护儒家的传统思想。他和柳宗元一起振臂一呼，开创了古文运动的序幕，那些装载着古代"圣人之道"的诗文，重新占据文坛的主导地位。成海应认为韩愈在复兴儒道、振兴古文上的历史功绩，绝不是董仲舒、扬雄辈所能比拟的。但是优美的昆仑之玉，也难免有瑕疵，一个思想家兼文学家的学术观点和文论文字中，也肯定难免存在一些"不中肯之语"或"瑕疵之文"。所以成海应说，"但才高而少践履之工，识明而略存养之力，其言有中有不中耳"。他把韩愈学问和文学的缺陷，归咎于他"才高而少践履之工"，还说成"识明而略存养之力"，所以造成了"其言有中有不中"的结果。但总的来说韩愈还是韩愈，无疑是儒学的理论"先师"和古文运动的领袖，他跨时代的成就会流芳千古。成海应从个人的角度认为，"余喜其闳深之言、奥衍之说"，三百多年来韩

---

[1] 成海应：《研经斋全集续集》册14《读韩昌黎集》，（韩国）《韩国文集丛刊》。

愈的学说和创作"开发学者不少",不管人家怎么说,他还是"随其所读,为之论说"。

到了宣祖朝以后,崇尚古文的风潮已成气候,研究古文的热情已成常态。学术界的学者之间经常谈古论道,如果因"欠读"而语塞,或因"欠研"而文不顺,则觉得全无面子,遂以为成不了器。他们天天攻读的是儒家先秦经典,并牢记前贤韩退之的劝学之言:"业精于勤,荒于嬉;行成于思,毁于随。方今圣贤相逢,治具毕张,拔去凶邪,登崇俊良。"博古通今,也是他们所追求的学问境界,学者和士子必读史书有《史记》《帝纪十二卷》《前汉书》《后汉书》《三国志》《晋书》《宋书》《南齐书》《梁书》《陈书》《魏书》《北齐书》《周书》《隋书》《南史》《北史》《旧唐书》《新唐书》《五代史》《辽史》《宋史》《元史》等,凡二十三史之列。因为海东朝鲜朝力倡文治,文学功底更是每个文人所具备的基本条件。所以海东朝鲜朝时期的文人,自小必读《诗三百》以来的"圣人之文"和两汉、唐宋之文,必须掌握"文以载道"的理论素养,必须准备迎合国家所需的政治外交"专对"的才干。忠君爱国的文臣,必须明白海东是一个"圣作神承,礼乐制度,彬彬大备,无愧于西周之盛"的具有悠久传统的东方古国。而且想成为一个国家之栋梁之才的文臣应该知道,海东几经国难,国家纲纪累息,文治秩序紊乱,急需改革政治和文风。他们具体指出:"而式至于今,干戈继作,文教未遑,礼俗大坏,经术茅塞。士子所尚,亦不及古,科制则以险诡为高,讲试则以句读为能。以至朝廷词命,渐归于鲁莽,并与文胜之弊蔑如也。何以则复祖宗之文治,挽成周之盛际欤?"[1]国家存在的问题如此之严重,文风下降至如此的地步,如何才能够恢复至海东朝鲜朝时期"穆陵盛世"以前的那个文治之国的宽松状态呢?对此,当时进步的士大夫文人和官阁重臣,都主张通过两个途径来解决这个问题,一个是抓朝政改革,一个是抓文风改革。而文风改革,尤提倡古文,以古人的古文精神,来复兴已浇漓不堪的文风。对

---

[1] 《泽堂先生别集》卷13《策问·文治》,(韩国)《韩国文集丛刊》。

如何振兴古文,海东朝鲜朝仁祖时期的文人李植(1584—1647)颇有自己的见解。他强调搬用古人文辞,借用古人名字,绝不是学习古文者的"真见",更不是作"真文"以彰显古文精神者之举。他在《颐庵集后叙》之指出:

> 世之谈艺者必曰:"文章当法古。"问其所谓古者,则《左》《国》、班、马之书也。有难之者曰:"古今无二道,文章当务本。"问其所谓本者,则仁义道德之实也。以余观之,仁义不容虚立,古文莫尚六经。学者果能从事诗书孔孟之说而有得焉,则其谓之古谓之本者,夫岂外于此哉。国朝前辈作者,于文章可谓盛矣。其为学,非不旁采百氏,顾所宗主者,不出乎《诗》《书》、孔、孟之说,故其文有质有华,不协乎正者盖鲜。近年以来,文体遽变,末学后生,稍窥秦汉数十卷文字,则视经训,如司空城朝书,其言曰:"视古修辞,宁失诸理。"噫!其文之靡而道之丧乎。故砺城君颐庵宋先生,即吾所谓前辈作者之一也。先生天资英秀,学问醇笃,虽游于词艺,而不专用工,聊以寓意而已。其所出诗文,明白简洁,深靖闲雅,谈理铺事而不流于卑俗,写景抒怀而不骛于浮艳,此岂非有德之言、治世之音哉。[1]

在当时学习古文的风潮中,文坛和社会上,出现了各种各样的不太正确的观念。从事物发展的客观规律来看,一种新生事物的发展过程中,出现这样那样的正反面观念,是非常正常的事情,是可以理解的。在海东朝鲜朝仁祖时期的文坛上,有人说"文章当法古",看似一句很正常的话,实际上其中隐藏着一系列本质上的问题。在当时学习古文的风潮中,具有这样的观念,起码说明古文已经深入人心,人人想以古文为模范,进行自己的文学创作。但值得注意的问题是,如何去理解"法古"这个关键词,而"法古"又存在如何去"法"、以

---

[1] 李植:《泽堂先生集》卷9《颐庵集后叙》,(韩国)《韩国文集丛刊》。

何为"古"的问题。有人说,"所谓古者,则《左》《国》、班、马之书",其意思是说儒家所尊奉的"六籍"和司马迁、班固等人所写的史乘就是古文。对此提出反论的人则说古代和如今都一样,"文章当务本"。问他何谓"务本",他则回答说"仁义道德之实"。这些观点看似有道理,但仔细考察还存在一些问题,因为其中有一定的的教条主义的因素,死板的概念产生不出好的创作结果。作为汉学家的李植以敏锐的眼光看出了其中的问题,认为不及时进行有力的批驳,让其自由蔓延,对文学的发展没有任何好处。于是他强调,"仁义不容虚立",因为它是"本"的具体内涵,也是"道"之基本内核,绝不是概念化就可以得到。在文学创作中,这种"本",应该体现在具体的艺术形象之中,如果按概念化来理解,那只有死路一条。

对何谓"古文"的提法,李植认为"古文莫不尚乎六经",六经就是古文最重要的典籍。如果一个作家,"果能从事《诗》《书》、孔、孟之说",而且能够从中获得深刻的"心得",那一切就已经包含在其中了。也就是说,所谓"古"也、"本"也者,就在"其中",绝不可能求之于外。回望海东朝鲜朝建国以来前辈作家的成果,可谓名家济济,名作累累。他们的学术虽有一些"旁采百氏"的成分,但他们作为"宗主者",还是"不出乎《诗》《书》、孔、孟之说"。正因为前辈作家的"蕴藉"深厚,目的端正,"故其文有质有华,不协乎正者盖鲜"。前辈学者的这种学术风范、文学风气,早已摆在我们面前,需要后人去学习和继承。不过越是后来,社会风气尚文而流于浮躁。由于党争的影响,朝政趋于偏颇,科举也因此失于公正,士子的心理也跟着浮夸起来。

这样的社会风气浸染于文坛,各种形式主义文风应声而起,正在兴起的古文风潮处于摇摆之中。尤其是正处于学习阶段的年轻士子,在复杂的社会风气面前,有人就急功近利,想以靠山和"路径"取胜,遂急于学习古人。他们认为学习古文只不过是读一读先秦的六经之文,捋一捋前贤的史乘之文和心性著述,优游于两汉、唐宋的诗文之作,掌握一些技巧性的东西就可以了。他说:

"近年以来，文体遽变，末学后生，稍窥秦汉数十卷文字，则视经训如司空城朝书。"当时的"文体遽变"，因之于社会风气的变化，而社会风气的变化又因之于社会思想的变化和利害关系的露骨化。这种社会风气下，在某些人那里，文学成为了"上御殿"、获取功名利禄的工具，茶余饭后吟风弄月的"下饭饵"。在这种风气下，许多年轻的文学徒，经不住诱惑，从而导致追尚古人不力、学习古文不上心、追求古道不彻底的后果。

一时，各种猜想起于间巷间，浮躁之风弥漫于士子之间，意志薄弱者在其间动摇不已。此时的有些年轻士子，读了几年书自以为了不起，"视经训如司空城朝书"。他们则满不在乎地说，六经之书在修辞技巧上并不是那么好，"言曰'视古修辞，宁失诸理'"。李植认为年轻一代意味着国家的未来，如今的他们处于这样混沌的状态，如不及时重视起来，则导致不可估量的严重后果。问题并不在于文章本身，而在于如此延长下去则伤及国家的"根本"，而这个"根本"就是"圣人之道"或儒家"道统"，因为"文"是"传道之具"。按照他的话来讲，靡"文"，则伤"道"。他说过："噫！其文之靡而道之丧乎。"

如何才能够说"文之不靡"而"道之不伤"呢？而且如何才能够窥探古人之境界、古文之奥义，从而坚持古道，使"文"达到"纯正"的地步呢？他强调要回答这个问题，或许需要许多大道理来加以说明，但是说明问题光讲大道理，则并不一定能够讲得清楚。于是他话锋一转，拿出有关前辈学者的例子，来解释问题的本质在哪里。他举出宣祖朝的诗文名家宋寅来说明何为"道""文"关系，何为古文。他说："故砺城君颐庵宋先生，即吾所谓前辈作者之一也。"宋寅（1516—1584）是宣祖朝的著名学者，世代书香门第出身，曾娶中宗的三庶女贞顺翁主，做过都总管，善性理学和诗文，常与李滉、曹植、李敏求、李珥、成浑等当代硕儒交游，也善书法。宋寅深得古文志趣，其诗文博得当时人的好评，写过《荒山大捷碑》《宋之翰墓碣》等大量古文风的碑志文，深受后人的赞赏。李植评价他的人品、学问和文艺之才说："先生天资英秀，学问醇笃,虽游于词艺,而不专用工,聊以寓意而已。"他的"蕴藉"深厚,学问"醇笃",虽喜诗文、书艺,但不事工巧,深懂其中的"寓意"为何物。李植还专门评价他的诗文说"其所出诗文,明白简洁,深靖闲雅,谈理铺事而不流于卑俗",其写景物诗的情况下也是如此,"写景抒怀而不骛于浮艳"。

李植强调所谓古文不是别的,就是这样的诗与文,才可算是古文,"此岂非有德之言、治世之音哉"。宋寅写诗与文,"明白简洁,深靖闲雅,谈理铺事而不流于卑俗",毫无"浮艳之气",看似简单,并不简单,没有直说大道理而饱满"德音",这就是"有德之言、治世之音"。宋寅诗文的这种风尚,实际上饱蕴古文之旨,实属阐扬古人之道,足可成为一代师范。从这样的观点出发,李植严厉批评当时以"神奇"为古、"神秘"为道的形式主义文风,而且还以宋寅为楷模,教育那些推行浮靡文风的文人。他说:

> 而视彼割裂以为奇,钩棘以为深者,未知孰为古耶。抑余重有所感焉者,古今禁脔之亲,金埒之地,至贵倨也。彼身处脂膏,心安逸乐,而不涅不淫,特以才力自显,若杜元凯之文武,王晋卿之书画,仅千百之一二,而谈者犹以为难。况如先生心圣贤之学,习洙泗之文,清素之德,有过于圭荜缝掖。笃实之行,不啻如齐鲁峨冠,和顺发为英华,聪明散为才技,片言只字,皆足为垂世之玩者,求诸往牒槊木之闻,岂不亦韪哉……噫!诵其诗读其书,不知其人可乎?后之欲习先生之文,追先生之志者,幸以余所僭论者求之,则未必不为私淑之一助也。崇祯癸酉秋日,德水后学李植谨叙。[1]

李植认为对什么是古文,当时文坛上的一些人,在理解和实践上存在严重偏颇。他们并不是从其基本精神上学习古文,从内容和艺术形式的高度统一上

---

[1] 李植:《泽堂先生集》卷9《颐庵集后叙》,(韩国)《韩国文集丛刊》。

掌握古文的"传道"要旨，而只是"外舔西瓜"，表面上去理解和实践。作为当时著名的汉学者，李植面对这样的文坛现实，绝不可能"缄默不闻"。经过一段调查研究，李植便开始动笔写文章，批评那些形式主义文人对古文作表面文章的作法。他以形象的语言指出"视彼割裂以为奇，钩棘以为深者，未知孰为古耶"，便一针见血地戳破那些作假古文者的作文本质。当时文坛上的一些形式主义文人，以浮艳为诗，以钩棘为文，以贪苟为行，以逸心便己为学。自己没有好好学习古人，没有掌握好古文的要旨，专以艰涩难懂为能事，李植认为这样做是"畔于圣人"，为理学家所不容。这些形式主义文人的另外一个令人寒心的作法，是从古人那里捡来一些似有深意的字句，割裂文义，以此为古文能手。对古文创作上的这种拙劣手法，比李植早生半个世纪的中国明代贤臣明张居正（1525—1582）曾在《请申旧章饬学政以振兴人才疏》中说过："炫奇立异者，文虽工弗录，所出试题，亦要明白正大，不得割裂文义，以伤雅道。"在当时的海东文坛中，"视彼割裂以为奇，钩棘以为深"的并不是一两个人，它已成为那些真正"才疏学浅"文人常用的手法。这些文人善于钻营，以文为上达之敲门砖，如此而作"古文"，炫耀不止。对此看不惯的李植，揶揄其为"未知孰为古"的"生手"。他强调能不能学到古文的基本要旨，与学习主体的人格品德也有密切关联。有些人以掌握"圣人之旨"为要，扎扎实实地读古文文本，认真剖析古文的深层意蕴和写法的来龙去脉，最终成功进入古人奥义之境，在创作实践中能够写出"道""文"皆优的作品。而有些人急功近利，以急取功名利禄为目的，学习古文如"外舔西瓜"，写起诗文来以"割裂以为奇"，"钩棘以为深"。

从而李植认为"文如其人"，道德品质优异者其文也优，否则相反。他想以宋寅为例，说明这一点。他曰："古今禁脔之亲金埒之地，至贵倨也。"宋寅曾被除砺城尉，到了明宗世又封砺城君，晚年任宣祖的咨问，一生享受富贵、文名四扬。值得注意的是，宋寅绝没有因自己的地位显赫、生活富贵而居显自傲，贪图安逸，而是能够自我节制，勤奋学习，磨炼自己，成为文坛巨手。他指出："彼身处脂膏，心安逸乐，而不涅不淫，特以才力自显。"李植认为像他这样的人，在现实中不是很多，"若杜元凯之文武，王晋卿之书画，仅千百之一二，而谈者犹以为难"。身处富贵而"不涅不淫"，身无忧虑而如履薄冰，以孔孟之道严以律己，以诸子之学为己身之膏，这种高风亮节则充分体现在他的文学创作中，使他成为公认的古文大家。对他的这种才德，李植描绘说"心圣贤之学，习洙泗之文，清素之德，有过于圭荜缝掖。笃实之行，不啻如齐鲁峨冠，和顺发为英华，聪明散为才技，片言只字，皆足为垂世之玩"。李植最后说："诵其诗读其书，不知其人可乎？"自己虽累于凡事，过着时间紧迫的日子，但还是为他写后叙，为的是以宋寅的事迹教育后代。

作家的内蕴和创作之间的关系，一向是海东朝鲜朝古文风潮所关注的关键问题。宣祖朝前后时期的古文家认为他们崇尚古文，就是因为古人的古文传承了古圣贤的遗旨，反映儒家道统，吸收古代诸子之精华，充分起到"写道""传道"的作用。他们认为传承古道、古文的关键在于深入学习古人的古文精神，以积累自身的知识，提高认识水平和创作素质。应该知道，文学创作的动力和契机极其复杂，绝不单一，作家的社会实践、情感状态、思想倾向、知识结构等，都相互联系，互相制约，构成一个艺术信息系统，形成合力，推动作品的产生。从意识形态的角度看，文学创作的过程是一个复杂的立体系统，这就决定对它的考察和研究应该多层次、多角度地去入手。之所以如此，根本原因在于艺术活动中创作主体的个体因素，也占据着极其重要的地位。文学创作的主体性，是其创作活动之所以存在和进行、发展的前提，其主体性则集中体现在他对艺术诸多本质的理解之中。所以每个创作主体，由于生活阅历、所属阶层、所掌握知识，以及由此而产生的心理、气质等方面的不同，显现出不同的审美趣味和创作倾向。不满足于自己生存的社会现状，是一种普遍存在于创作主体中的艺术社会心态，由此而产生的批判精神，常常能够激发起创作冲动、改革的激情。经过几千年的文艺创作实践积累的这些规律性的理论,生活在十六、十七世纪的海东文人已经认识了许多,在此基础之上又不断思考和总结自己的创作经验,得出了一系列新的理论观点。

从儒家的传统观念出发,他们极其看重创作主体的"蕴藉",看重能不能树立道统思想,认清文学是传道之具。他们所谓"蕴藉",要求创作主体用"圣人之书""六籍之旨"武装自己,以"圣贤经训"和"诸子史述"中汲取理论"精要",以此作为创作之"根基"。他们的这些主张,当然是从维护海东朝鲜王朝的封建统治秩序出发,以儒家的"圣人之旨"为理论基础,要使文学为其封建统治秩序服务。从文学理论上讲,他们的这些主张有过分强调文学创作中知识积累的重要性,而忽略了正确的世界观、生活积累、艺术素养等其他方面因素在创作中的重要作用。与传统儒家的社会思想一样,他们的文学观念中还存在过于强调文学的实用因素,将其作用归结为"教人""化人"之上,以急功近利的观念去开导人。这样的结果,只能使文学成为儒家道德说教的"传声筒",忽略了它独有的审美功能和艺术特性。

他们对文学的这种观念,与他们的道学思想一脉相承,可以说是其道学思想在文学上的直接反应。如上所述,他们对当时《古文真宝》的赞赏和宣传,也完全是从这样的观念出发,期待它能够为传播"圣人之道"起点作用。他们一再强调中国历代古文之所以能够成为后世之师范,是因为其作者在创作中"蕴藉深厚","传道"的目的明确,"一字一行,未尝忘记忠君爱国之思"。李植等宣祖朝前后的古文家,也一再强调这些"蕴藉"的重要性,在自己的著述中作了许多具有说服力的论证。他甚至把此"蕴藉"看作作家的立身之本,创作之"根据",只要此"根基"牢靠,"文"自"不想文而自为文"。对此"蕴藉"的重要性,他在《溪谷集序》中强调指出:

世必有英粹聪睿之资,而加之以宏博正大之学,然后其发于文词,如纨素之施丹彩，泉源之注池沼。本末相须，华实相副，不期文而自文。古昔圣贤立言垂世者，皆是道也。外此以为文，虽奇僻以为古，藻绘以为华，比之偏伯闰统，谓是全体正宗则未可也。我东人之诗文，启自唐季，其始丽缛而已，豪杰代有，沿流泝源。至于国朝，馆阁荐绅先生以经训理趣为尚，而取裁于韩、苏，则典刑备矣。近代诸巨公，力去陈言，视古修辞，追轨乎《左》《国》、班、马，则变化见矣。然而本经者，苍卤而近俗，骋辞者，钩棘而类俳。求其合而一之，融而超之，蔚为一代宗匠，而无愧古昔立言者，其惟吾溪谷张相国乎。[1]

李植说人类是世上万物中的"精华"，其中大有"英粹聪睿之资"者，再加上其中深造于"宏博正大之学"者，其创造能力是无限的。尤其是这些深造于"宏博正大之学"的学者，一旦参与文学创作活动，其创作能力是不可估量的。按照他的话来讲，"然后其发于文词，如纨素之施丹彩，泉源之注池沼"，从而"好作品"源源不断地出现在他们的笔下。从此而后，才能够"本""末""相须"，"华""实""相副"，"不期文而自文"。这里的"本"，就是前儒们所谓"根本"，所谓"末"，就是其"枝叶"；这里的"华"，就是枝叶上所开之"花"，所谓"实"，就是由花朵而变的果实。在他这里，"本"和"末"是血肉相连的因果关系，二者"相须"，相互作用，才能够结出"华""实""相副"的"秋实"。李植又以此为例子，来比喻"蕴藉"（即"宏博正大之学"的掌握）与"文辞"之间的有机关系，以示"蕴藉"的格外重要。他指出古之圣贤之文，能够"立言垂世者"，皆是因为其中含"道"，以"道"传于后世。其中如果有脱离此"道"而为"文"者，那就"虽奇僻以为古，藻绘以为华，比之偏伯闰统，谓是全体正宗则未可"。这里的"偏伯"，是指边远地方的长官。《吕氏春秋·季冬》篇云："吾闻西方有偏伯焉，似将有道者。今吾奚为处乎此哉？"这里的

---

[1] 《泽堂先生别集》卷5《溪谷集序》，(韩国)《韩国文集丛刊》。

"闰统",就是古时的伪统治者。此句的意思,就是再以"奇僻以为古,藻绘以为华",所作文章只不过如同"偏伯、闰统",不能说成"全体正宗"。如果一篇作品,只讲究形式上的"奇僻"和"藻绘",而忽略内容的充实,这样的作品入不了前贤们所期望的"大雅之堂"。

海东的汉诗文肇始于三国时期,学中国人的法门,写得"丽缛而已"者不少,但到了高丽时期,还是"豪杰代有,沿流泝源"。进入李氏王朝,进一步加强文治主义政策,以朱子学为正统,官阁用事、文衡用文,都"以经训理趣为尚"。尤其是这时期的诗文,多尚两汉、唐宋之古文,而多"取裁于韩(愈)、苏(轼)",从而逐渐兼备文学的"典刑"。文学发展到宣祖朝以后,崇尚古文的风潮方炽,在诗文创作上以古文为师范者比比皆是,出现了一系列的优秀作家和作品。李植说:"近代诸巨公,力去陈言,视古修辞,追轨乎《左》《国》、班、马,则变化见矣。"他认为这种变化,不仅在内容上,而且也在艺术形式上显示出了新的面貌。从文学的角度而言,尤其难以达到的境地为内容和艺术形式的高度统一,形成思想内容既健康,艺术形式又古雅的作品体系。但是当朝的许多文人,不顾"蕴藉"疏浅,"敢作古文",以"奇僻以为古,藻绘以为华",未免流于文体之浅陋。而当时的另外一种情况是,口唱古文,而实际上不能脱胎于"时文"的昵态,还把文学当作花前月下的"心迹",混迹于卿卿我我之中。

李植强调作家根据"蕴藉"进行创作时,如果光是"本经"而缺乏艺术表现力,则容易陷于枯燥无味,如果光是"骋辞"而缺乏"六经之旨",则容易陷入华藻不经的泥潭。所以如何处理好二者之间的关系,则需要作家的创作城府和水平,事关创作成败的关键。所以他指出:"然而本经者,苍卤而近俗,骋辞者,钩棘而类俳。求其合而一之,融而超之,蔚为一代宗匠,而无愧古昔立言者,其惟吾溪谷张相国乎。"显然,他在主张"求其合而一之,融而超之",把"本经"和"骋辞"高度统一,作出一个既温柔敦厚,而又辞藻清新隽永的好作品。也就是说，思想内容和艺术形式高度统一的作品，才是合乎古文精神的好作品。

在当时的文坛上，到底有没有这样的优秀作家呢？李植认为有，他就是光海君、仁祖时期的张维。他虽一生坎坷，却坚贞不渝地坚持"圣人之道"，官高身贵，却孜孜不倦地践履"六经之旨"，而且能够优游于诸子之文。而且在崇尚古文的风潮中，他也能够将"本经"和"骋辞"高度统一在自己的创作之中，引领一代文风，使文坛走上正道。李植与张维生活在同一个时代之中，将当时文坛的情景看得一清二楚。从年龄上讲，张维比李植小几岁，但李植还是格外地尊崇他，把他推为"蔚为一代宗匠"。李植尊重他的为人，尊崇他的文学材质，还推尊他说："无愧古昔立言者，其惟吾溪谷张相国。"李植把张维推为当代古文风潮的领路人，有意识地把他树为文坛榜样。李植在《溪谷集序》中，继而说：

> 公资禀既异，而充养有得，神清气完，德符于行。早岁蜚英，经历艰险，晚更勖名际会，出入谋猷，而乃其平素所存，则专以文学自任。其为学，精邃经书，而淹贯诸子史，上规下逮，聚精撷英，所蓄富矣。而思不踰格，气不累调，其出之也。肆笔成章，左右逢源，其理则孔、孟，其材则秦、汉，其模范则韩、欧大家，以至骚赋诗律，各臻古人闽奥，绝无世俗奇偏仃侱之病，粹然自成一家语。於乎，公之于斯艺，可谓尽善具美，而无遗憾矣。公之遗集十六册，曾经公手自删定，江都之烬，什缺其一二，胤子善澂，收拾散稿，追补完帙，方入梓于光山。而牧使李君恪，实相其役，斯集之行，岂非斯文之大幸乎。善澂以植，获忝牛耳雁行，属以糠粃之导。噫！公非我辈人，其所抱负树立，非斯集所能尽，亦何待謷言僭论而为斯集重也。只以畴昔所讲闻于公者，揭于诸公叙述之后，以备后学师

慕之一助云。[1]

张维资禀优异，后天教养也好，所以"神清气完，德符于行"，言行一致，年轻时已显其才德。他年轻时在大理学家金长生门下磨习程朱理学，曾以聪明才智过司马试、增光文科，从兼说书、注书、检阅等微职开始，经吏曹佐郎、吏曹正郎、大司谏、大司献、大司成、吏曹参判、副提学、大提学等职，官至右议政，被封新丰府院君。他在政治上，历经坎坷，多次因罪被贬谪，尝到人间苦乐。他一生勤勉学习，精通天文、地理、医学、军事、书画等，善诗文，为当时著名的文学家。他学问精博，精通古今，著述等身，站在当时古文风潮的"潮头"，留下了诸多优秀作品。对他在学问和文学创作上的巨大成就，李植概括道："而乃其平素所存，则专以文学自任。其为学，精邃经书，而淹贯诸子史，上规下逮，聚精撷英，所蓄富。"张维自小热爱文学，成年以后颇有成就，其诗文之作深得朝野的首肯。李植认为在一直以来的古文风潮中，张维是古文作的最好的作家之一，深得朝廷和文坛的赏识。他的古文可贵之处，在于能够把"经训和理趣"消融于生动的艺术形象之中，使诗与文自然得体。而且他还能够"本末相须，华实相副"，使得思想内容和艺术形式得到高度统一。他在学问上，辛勤耕耘，通达古今，是颇有造诣、成果累累的一位学者。李植说"其为学，精邃经书，而淹贯诸子史，上规下逮，聚精撷英，所蓄富"。在学问上，他思维严谨，涉及领域广，"而思不踰格，气不累调，其出之"，使得其成果公正客观，使人甘服。张维在学术上多产而讲求质量，一生写了诸多学术著作。对此李植评价道："肆笔成章，左右逢源，其理则孔、孟，其材则秦、汉，其模范则韩、欧大家，以至骚赋诗律。"优游于孔、孟之奥，汲取营养于两汉文，树模范于韩愈、欧阳修等唐宋古文大家，以至于骚赋、诗律无不涉猎和精研。张维的学术和文学创作，富有脱胎于世俗时尚之气，"各臻古人阃奥，绝无世俗奇

---

[1] 《泽堂先生别集》卷5《溪谷集序》，（韩国）《韩国文集丛刊》。

偏钉饾之病，粹然自成一家语"。有关"钉饾之病"，古人以其比喻诗文之堆砌、杂凑之毛病。宋杨万里在《归途观刘寺新迭石山》诗中道："细看分明非钉饾，如何雕得许玲珑！"明王鏊亦在《震泽长语·文章》中指出："唐人虽为律诗，犹以韵胜，不以钉饾为工。"张维在自己的学术和文学创作中，时刻注意防范犯"钉饾之病"，着力使自己的创作"粹然自成一家语"。李植最终概括张维的文学成就说："公之于斯艺，可谓尽善具美，而无遗憾。"张维生前曾将自己的学术著述和诗文裒辑起来，亲自删定其中精者，不过历经丁卯胡乱和丙子胡乱，其文稿在江华岛被外寇所烧掠不少。后来其胤子收集各地散稿，重新整理，准备在光山刊印发行。他的胤子善澄，知道李植和其父张维同掌文衡，有竹兰之教，特请写序文。李植认为责无旁贷，提笔写此长序，以纪念张维在海东学术史和文学史上的贡献，并认为"斯集之行，岂非斯文之大幸"。李植在序文中谦虚其辞，说"公非我辈人，其所抱负树立，非斯集所能尽，亦何待瞽言僭论而为斯集重"。

总的来说李植在此序中，除了具体讲述张维在海东学术史和文学史上的重要贡献以外，重点讲张维在海东朝鲜朝古文风潮中的重要作用和功绩。根据李植所说，张维在宣祖朝前后的古文风潮中，"力去陈言，视古修辞"，在创作中力求"本末相须，华实相副"，解决了如何统一"道"与"文"矛盾关系的老问题，从而开创了古文创作上的新的路径。同时张维以自己的创作实践，有力地批驳在古文风潮中"奇僻以为古，藻绘以为华"的传统陋习，使当时的文坛有了明确的前进目标。值得注意的是，张维在自己的文学创作实践中，"以经训理趣为尚，而取裁于韩（愈）、苏（轼），以典刑备"，把当时的古文创作推向了新的高峰。尤其是，张维在自己的文学批评中，提出如何解决"本经"和"骋辞"之间有机关系的问题，他的解答是："本经者，苍卤而近俗，骋辞者，钩棘而类俳。求其合而一之，融而超之。"他提出在创作实践中，把二者放在有机的联系之中，以"求其合而一之，融而超之"的方法"融而统之"。他的这种论证和观点,自然解答出了何谓古文、何谓古文创作的问题,同事还摸索出了解决"经"和"辞","道"与"文"有机关系的正确路径。

海东朝鲜朝时期掀起古文风潮,目的在于继承古文精神,创作出"根基"牢固、文风清新,"道""文"合一的作品。这时期古文虽日益深入人心,但是一些领域里"时文"还在盛行,拿"文"当入官的敲门砖的人到处存在。当时的进步文人看到,真正普及古文并不是那么容易的事情,还需要不懈的努力。还有一个值得去重视的问题,在真正想作古文的文人那里,还存在对古文概念模糊、目标不明确的问题。面对这种问题,当时文坛上的一些进步文人,便主动出面进行一系列的辅导和解释工作。仁祖、孝宗朝的金堉(1580—1658),也是积极推动古文风潮的进步文人。他早年广涉儒家经典和诸子百家之书,立志改革社会,以古文替代"时文",迎来上古"三代"式的太平盛世。进入官场以后,他敢于和保守势力作斗争,力改旧法,努力疏导闭塞的朝政。他历经丁卯、丙子两难,曾多次来往沈阳和燕京,为国家减轻担忧,力挺朝纲。在文学上,他也力主改革文风,批评"时文",主张普及古文。为了改变浮靡的文风,他力挺古文,编纂有关古文的文学书,以开导古文领域存在的问题。金堉在《三大家诗全集序》中,用具体实例说明何为古文,宣示古文的基本精神。他说:

> 吾人之生也,禀天地之秀气,得五行之精华,发于心为志,言其志为诗。诗者,与人俱生,其来也远矣。三皇以前,吾不得以知也。尧舜之世,已有诗,下有《康衢》《耕凿》之歌,上有《南风》《赓载》之歌,皆自性情中流出者也。夏有《五子》之歌,商有《麦秀》《采薇》,周有《雅》《颂》《国风》。诗之作极盛于三代,至《春秋》作而诗亡。盖诗有四成者:立我《蒸民》,四言之始;"南风之薰兮",五言之始;"帝力何有于我哉",七言之始;谓五言出于苏、李;七言起于《柏梁》者,因流波之弥漫而别其派也。逮至六朝,众作啁啾,以兴体制,伤于沿袭,《大雅》不作,日就

凋耗。李、杜勃兴,韩子大振,此为唐世诗家之宗匠。[1]

人类生于天地之间,禀天地自然之"秀气",得五行阴阳之"精华",是最为"精聪"之存在。人有心有情,感知世上万事之变化,"发于心为志,言其志为诗"。他干脆指出,人与诗并生,人与生俱来就知道赋诗,所以诗歌的历史与人类的历史共始、共存、共发展。他说先不说三皇以前的事情,尧舜之时,就已经有诗。前有"《康衢》《耕凿》之歌",后随"《南风》《赓载》之歌",都是当时的人们在与自然的斗争中产生的艺术情感之表露,其中反映着当时人们的智慧、知识和感情生活的基本面貌。按照作者的话来讲,"皆自性情中流出者",是最自然的当时人类生活的赞歌。金垍继而说,"夏有《五子》之歌,商有《麦秀》《采薇》,周有《雅》《颂》《国风》",这些古老的诗歌形象地总结中国古人的生产、感情生活。根据《尚书·夏书》,《五子之歌》写夏后太康失国,五位公子须于洛汭,作五子之歌以示哀悼之事。其"记事"曰:"太康尸位,以逸豫灭厥德,黎民咸贰,乃盘游无度,畋于有洛之表,十旬弗反。有穷后羿因民弗忍,距于河,厥弟五人御其母以从,徯于洛之汭。五子咸怨,述大禹之戒以作歌。"此诗歌之作虽古,却生动地歌颂君德与国政、国政与民心之间的有机关系。《麦秀歌》,殷商遗臣箕子所作,是感叹家国破亡之痛的典实之作。商朝的最后一个国王帝辛,狂妄自大,好酒淫乐,实行暴政。根据《论语·微子》篇,他的一些亲人想用"仁"与"德"的思想来劝谏他、启发他、感化他,结果"微子去之,箕子为之奴,比干谏而死"。其中的箕子为纣王的叔父,力谏帝辛减少黎民的负担,剪除奸佞,改革政治,增强国力,但均遭无视。他作为中华第一哲人,在商周政权交替的社会大动荡的时期,因其道之不得行,其志之不得遂,"违衰殷之运,走之海东"。《采薇》为《诗经》中《小雅》一章里的作品,说的是殷臣伯夷、叔齐隐居山野,义不侍周的故事。据《史记》卷61《伯

---

[1] 《潜谷先生遗稿》卷9《三大家诗全集序》,(韩国)《韩国文集丛刊》。

夷列传》记载:"武王已平殷乱,天下宗周,而伯夷、叔齐耻之,义不食周粟,陷于首阳山,采薇而食之。"

除了这些古诗之外,还有《诗经》中的《雅》《颂》《国风》,也都是海东的金堉说明古文发展史中的一个例据。金堉举出这些中国上古时代的歌诗之作,是想以此说明所谓古文绝非是古人玩物而为,而都是有事有志而为。按照道学家的观点来说,就是为表达"劝惩"而作,为言"道"而吟。颂君德与国政、国政与民心之间关系的《五子歌》,感叹家国破亡之痛的《麦秀歌》,赞守义不食周粟入首阳山采薇而食的《诗·采薇》,都是古人吟咏情性的产物。《毛诗序》曾说诗有"六义",其旨在于"上以风化下,下以风刺上,主文而谲谏,言之者无罪,闻之者足以戒",强调诗有"谲谏"功能。他还说歌诗一般如实地反映自己的时代相,上古之时"至于王道衰,礼义废,政教失,国异政,家殊俗",歌诗作为时代的风向标,真实地反映这些客观现实。《五子歌》也好,《采薇》歌和《国风》之作也好,无疑都是当时社会和民心的照应。"国史明乎得失之迹,伤人伦之废,哀刑政之苛,吟咏情性,以风其上,达于事变而怀其旧俗也。"[1]《毛诗序》从理论上指出诗歌"吟咏性情"的特征,第一次把传统的"诗言志"说与其抒情性质统一起来,从而更为清楚地阐述了诗歌本质特征。不过在《毛诗序》看来,"吟咏性情"即使是诗歌的本质特征,但这也不是随意而为,不是没有限制的,应该受到"礼"的节制。它指出"故变风,发乎情,止乎礼义。发乎情,民之性也;止乎礼义,先王之泽也。"[2]正由于诗歌有巨大的艺术感染力,具有独特的认识世界、改造世界、陶冶性情的社会价值,所以先王才用来当作完善道德实施教化的工具。在此,《毛诗序》既肯定诗歌"吟咏性情"的本质特征,而又提出"发乎情,止乎礼义",想用封建的伦理道德去束缚"性情"。

应该知道,后来历代儒家所提倡的"圣人之道"和"圣人之文",就是以这

---

[1] 《潜谷先生遗稿》卷9《三大家诗全集序》,(韩国)《韩国文集丛刊》。
[2] 《潜谷先生遗稿》卷9《三大家诗全集序》,(韩国)《韩国文集丛刊》。

种封建"诗教"为"根基",构建起自己的"道""文"观。中唐的韩愈、柳宗元根据当时儒道日衰的现实,为扶正儒学,反复探讨古文和古道的一致性在哪里。对何为"道",他在《原道》篇中说:"'斯道也,何道也?'曰:'斯吾所谓道也,非向所谓老与佛之道也。尧以是传之舜,舜以是传之禹,禹以是传之汤,汤以是传之文、武、周公,文、武、周公传之孔子,孔子传之孟轲,轲之死,不得其传焉。'"这个道就是从尧传给舜,舜传给禹,禹传给汤,汤传给文王、武王、周公,文王、武王、周公传给孔子,孔子传给孟轲,孟轲死后,没有继承的人。韩愈在此,提出了一个"道统"的传承体系,后来宋儒所经常讲的"道统"观念,即由此而来。海东朝鲜朝时期的王室和士大夫阶层,也完全接受和继承这一"道统"说,在自己的理学思想体系中,盖以此为需要发扬光大的总的目标基础。他们所要坚持的古文,严格以韩愈等为模范,甚至以韩愈之"道"为"道",韩愈之"文"为"文"。在对《古文真宝》的学习和传播过程中,他们重点关注的和学习的也基本上是坚持这个原则。对中国古文史的发展,金堉继而指出"诗之作极盛于三代,至《春秋》作而诗亡",实际上此话也有历史渊源。《孟子·离娄下》有云:"王者之迹熄而诗亡,诗亡然后《春秋》作。"这是关系到中国历史学演变和诗学发展过程的一则论述。当时,周室渐微,政由方伯,公卿列士献诗讽谏制度基本销声匿迹,讽谏劝惩之辞不再见于王廷。周朝走向衰亡之时,讽谏之诗也衰亡无继,于是以"微言立大旨,寓褒贬之义"于其中的《春秋》乃诞生。

在金堉看来,诗与《春秋》的交替,意味着朝代更迭的政治气候之变化,从而可以说明,诗并不是自生自灭,而是与社会发展和王朝的兴亡密切相连,"随时代而升降"。古代的"圣人之文"和后世儒家的"六籍",都对"时运"和诗歌的关系深入探讨过,所以他们的诗文自然成为后世学习的模范。对中国诗歌文体的发展变化,金堉继而说:"盖诗有四成者:立我《蒸民》,四言之始;'南风之薰兮',五言之始;'帝力何有于我哉',七言之始;谓五言出于苏、李,七言起于《柏梁》者,因流波之弥漫而别其派也。"中国古代的诗歌文体,大体有四种,《诗经》中《蒸民》一诗是四言诗之始,舜的《南风》诗是五言诗之始。至于《南风》一诗,《礼记·乐记》记载曰:"昔者舜作五弦之琴以歌南风。"《孔子家语·辩乐》载其辞曰:"南风之薰兮,可以解吾民之愠兮。南风之时兮,可以阜吾民之财兮。"南风徐徐,可以解吾民之怨,南风吹得正合时宜,可以赋给我子民以财富。此诗将舜帝之南游比之于南风,其帝气可以安抚天下百姓之心,也可以使百姓得到财富。金埴认为唐尧时的古歌谣《击壤歌》,是七言诗之始,因为此歌诗(此歌谣全文是:"吾日出而作,日入而息,凿井而饮,耕田而食,帝力何有于我哉?")中的最后一句"帝力何有于我哉",可以看作七言诗的萌芽。金埴还认为五言诗法出于汉代的苏武和李陵,七言出于《柏梁》,因为韩愈在《荐士》一诗中说过"五言出汉时,苏李首更号。"唐元稹也在《唐故工部员外郎杜君墓系铭》中曰:"逮至汉武帝赋《柏梁》,而七言之体具。苏子卿、李少卿之徒,尤工为五言。"它们都是"因流波之弥漫而别其派",是出现在诗歌发展巨流中的幸运儿。金埴还指出六朝以后,虽出现了三曹、建安七子、左思风力、竹林七贤等极具艺术性和批判精神的文学家,但是这时期却出现了讲求雕辞琢句、辞采华丽的"元嘉体"。这时期还出现了后来叫做新体诗的"永明体",它提倡四声八病之说,强调声韵格律。这一诗体的出现,对于纠正晋宋以来文人诗的语言过于艰涩的弊病有重大纠正,但是中国的格律诗从此诞生,后来有些人认为它对于感情的自由发抒是个束缚。稍后出现的"宫体诗",虽存一些清丽之作、民歌情调,但其诗"清辞巧制,止乎衽席之间,琢蔓藻,司极闺闼之内。后生好事,递相放习。"(《隋书·经籍志》)这种诗多以闺房生活为内容,情调轻艳,风格浮靡,是宫廷腐朽生活的反映。后来各个朝代的文艺批评家认为,到了此时诗歌原有的"风骨"已丧尽,掉入了浮靡的泥坑之中。

正如金埴所讲的那样,"逮至六朝,众作啁啾,以兴体制,伤于沿袭,《大雅》不作，日就凋耗"。他认为这时期虽出现了一系列新的诗歌体式，但是伤于浮靡，伤于沿袭，"日就凋耗"，从而《诗三百》中《大雅》的"敦厚之志"掉地。金堉强调中国的诗歌到了盛唐迎来了全盛时期。他曾引用韩愈的《调张籍》一诗，以说明唐诗的高潮对中国诗歌发展的意义。韩愈在《调张籍》一诗中说道："李杜文章在，光焰万丈长。不知群儿愚，那用故谤伤。蚍蜉撼大树，可笑不自量！伊我生其后，举颈遥相望……唯此两夫子，家居率荒凉。帝欲长吟哦，故遣起且僵。"金堉五体投地，极为赞赏韩愈的此诗，说"李、杜勃兴，韩子大振，此为唐世诗家之宗匠"。

值得注意的是，金堉打破历代已经定式的唐诗之"李、杜"这一概念，扩展至韩愈，认为李白和杜甫拨开寂寞江山而"勃兴"诗坛，而中唐的韩愈则继承其接力棒"大振"诗坛。金堉将韩愈的文学地位放在和李白、杜甫一样的高度，把他们放在一起论理，这应该说是破天荒之举。而且金堉特别用这种观点，编纂《三大家诗全集》，以刊印和发行于文坛、官阁之间。而这"三家"，就是李白、杜甫和韩愈，别无他人。此时的金堉，年至七十九高龄，不忘发展文坛的初心，殚精竭虑，特编纂此书。他在为此集所写的序的结尾处说道：

> 三国以来，作者辈出，无异于中华，不幸金革，书籍散失，囊萤映月之徒，莫或尽其才，余为之憗然。往年印经书，今又印此而布之，洛下诸生之咏诗者，诚不弃老夫之心，则岂但劇人垒而短其墙而已哉。将瞻仰数仞高而得其门，必不至正墙面以立也。诸生勉之哉。[1]

金堉指出海东自古为"文治之国"，"作者辈出"所创作的文学作品"无异于中华"，而且长期从中国引进书籍，积累可谓"汗牛充栋"。但是海东历来多外敌的入寇和内战，在此过程中这些巨大的文化遗产丢失殆尽，后来的"囊萤

---

[1] 《潜谷先生遗稿》卷9《三大家诗全集序》，（韩国）《韩国文集丛刊》。

映月之徒，莫或尽其才"，这是他最大的遗憾。于是金堉"往年印经书，今又印此而布之"，特编纂《三大家诗全集》，以解决当务之急。他这么作的目的，无非是让那些正处于学习进步阶段的年轻士子，集中读此"三大家诗"，以提高文学能力。他希望"洛下诸生之咏诗者，诚不弃老夫之心，则岂但劂人垒而短其墙而已哉。将瞻仰数仞高而得其门，必不至正墙面以立也"。这里所谓"洛下诸生"，就是汉城成均馆和其他诸校的学生，他希望这些年轻人不要总是埋怨别人的缺点，而要正视前贤的巨大文学成果足以使他们学习一辈子，尤其是中国的诸多文学大师足可以使他们看到文学的"真奥"和高峰在哪里。这全集中的三大家，就是文学史上被称为"诗仙"的李白、"诗圣"的杜甫和著名的古文运动领袖韩愈，他们在诗和文方面都是"登峰造极"的人物。金堉编纂这一《三大家诗全集》，还有另一层深刻的意思，那就是此书可以指导年轻人学习古文，知道古文的精神所在。尤其是他把韩愈放在中国诗歌发展史上的两颗巨星之列，也把他称为"唐世诗家之宗匠"之一。此举无疑改变中国诗歌史上的传统观念，提高韩愈在其中的文学地位，以迎合海东当时的古文风潮。

  金堉强调他之所以推崇唐代这三位大家，主要是因为他们的诗歌不仅艺术境界高不可及，而且其诗歌内容"脱俗遗世之志，抑邪扶正之意"，完全符合"圣人之旨"。对李白的诗，杜甫曾说："笔落惊风雨，诗成泣鬼神。"韩愈也盛赞为"李杜文章在，光焰万丈长"。李白乐府、歌行及绝句的艺术成就"登峰造极"，尤其是其歌行，完全打破诗歌创作的一切固有格式，达到了任随性而变幻莫测、摇曳多姿的神奇境界，其绝句自然明快，飘逸潇洒，能以简洁明快的语言表达出无尽的情思。他的诗善于运用想象、夸张、比喻、拟人等手法，造成神奇异彩、瑰丽动人的浪漫主义的诗歌意境，人称"诗仙"。杜甫尝以"穷年忧黎元""济时肯杀身"作为自己现实主义诗歌的思想基础，以"致君尧舜上，再使风俗淳"的政治抱负来勉励自己向上努力。杜甫的诗，深刻反映当时的社会面貌，题材广泛，寄意深远，尤其描述民间疾苦，多抒发自己悲天悯人的仁民爱物、忧国忧民情怀，人称"诗圣"。杜甫在格律上，炼字精到，对仗工整，其诗意"恣肆变化、阳开阴合"。对他的诗歌风格，秦观曾概括道："于是杜子美者，穷高妙之格，极豪逸之气，包冲淡之趣，兼俊洁之姿，备藻丽之态，而诸家之所不及焉。"韩愈不仅是古文运动的领袖，也是力倡诗歌革新的诗人。他在《荐士》中指出"周诗三百篇，雅丽理训诰。曾经圣人手，议论安敢到。五言出汉时，苏李首更号。东都渐弥漫，派别百川导。建安能者七，卓荦变风操。逶迤抵晋宋，气象日凋耗。中间数鲍谢，比近最清奥。齐梁及陈隋，众作等蝉噪。搜春摘花卉，沿袭伤剽盗。国朝盛文章，子昂始高蹈。"基于诗歌发展的这种认识，他力主纠正大历十才子的平庸之风。在诗歌创作上，韩愈继承李白豪放的风气和杜甫诗体格的变化，独创新路。他的长篇，在叙事中融和抒情和议论，表现了雄才博学，好发议论，造语生新的特点。与海东朝鲜朝时期的其他文人一样，金埍对李白、杜甫和韩愈是推崇备至，将他们三大家奉为文学的精神导师，在普及他们的文学经验和古文精神方面不遗余力。金埍对此三大家的推崇，是基于他对他们诗歌创作的深入了解，基于对他们诗歌艺术精神的深刻认识。他在此序中说道：

  以之于兵，子美，孙武之兵，堂堂之阵，井井之旗，奇正循环，不战而屈人兵者也。太白，飞将之兵，勇如快鹘，精贯金石，人莫能测，飘然而无与敌者也。退之，淮阴之兵，将将自逊，多多益善，从风而靡，一胜而定天下者也。古人论诗者，或拟之于圣，或称之以仙，吾未知果得情境之真，而小子之欲学夫诗者，舍三家，无可与计者。韩取其力量，杜取其规模，李取其气魄，熟读精思，融会贯通，则可以窥闯其闽阙，而骎骎乎余韵矣。虽然，所贵乎诗者，陶冶性灵，得其心声之正，赋之而舒其意，闻之而知所赋者，此诗也岂吟风咏月之云乎，刿目鉥心之云乎。孔子曰："诗三百，一言以蔽之，曰'思无邪'。"读三家诗者，苟于其爱君忧国之诚，脱俗遗世之志，抑邪扶正之意，一于心而无他思，流出而为歌咏太平之乐章，则兴于诗者固在此，而其亦不失乎可与言诗之圣训也。惟我青丘之诗，实出于《九畴》《八条》之遗化，《皇极》篇中之韵语，即《商颂》之正音也。[1]

金堉将三大家诗比喻成军队打仗。他把杜甫的诗比喻为孙武手下的兵，"堂堂之阵，井井之旗，奇正循环"，使敌人望而生畏，着实是个"不战而屈人兵者"。他还把李白的诗歌比喻为汉代"飞将军李广"之兵，"勇如快鹘，精贯金石"，其能变善奇化"人莫能测"，其能动飘然之术，"无与敌者"。他又把韩愈的诗歌比作"淮阴之兵"，"将将自逊，多多益善"，敌人望而"从风而靡"，用兵一步到位，"一胜而定天下"。所以自古评论家论诗，把他们或比之于"圣"，或比之为"仙"，不知这种比喻是否真正概括出了他们真实的本质面貌，但有一点是确信无疑的，那就是学习诗歌的年轻学徒，"舍三家，无可与计者"。金堉认为在韩愈那里，可以"取其力量"；在杜甫那里，则可以"取其规模"；在李白那里，尤"取其气魄"。金堉所谓的"力量""规模""气魄"，是总结三家的结果，符合三家的诗歌实际。因为韩愈在叙事中融和抒情和议论，表现了雄才博学，造语生新而有力，将这些概括为"力量"一句，未尝不可；而杜甫在格律诗创作上，炼字精到，对仗工整，十分重视法度，将其概括为"规模"，可谓准确；李白的诗善于运用想象、夸张、比喻、拟人等手法，显示出豪放不羁的艺术特色，将其用"气魄"来形容，一言中的。

金堉谆谆教导年轻士子，学习三家诗要"熟读精思，融会贯通，则可以窥闯其阃阈"，这样才可以"骎骎乎余韵"，学得他们诗歌创作的精髓。金堉还教导年轻士子说"诗贵陶冶性灵"，所谓"性灵"，则是人之性情和内心世界。这"性灵"，对作家的文艺创作活动关系重大，"性灵""纯而正"者，其诗亦"敦

---

[1]《潜谷先生遗稿》卷9《三大家诗全集序》，（韩国）《韩国文集丛刊》。

厚而纯正";其"性灵""混而邪"者,其诗就"华藻而杂"。《晋书·乐志上》中有道:"夫性灵之表,不知所以发于咏歌;感动之端,不知所以关于手足。"指出文艺创作的好坏,有多种因素,但其中"性灵"是起关键作用的一环,不得不重视对它的陶冶。"性灵",是指人在社会实践中逐渐形成和发展起来的个性和特征,对一个作家来说,对它的陶冶和历练尤为重要。金堉的"陶冶性灵",就是指作家不断加强"蕴藉",以牢固自己的"根基",修心养性,掌握诸子之要,以提高自己的创作素养。金堉认为"陶冶性灵"之后,作家才可"归于正",创作诗歌表达自己的思想感情,读别人的诗也懂得如何评价它。他所说的"诗",是深得古人之旨,艺术形象之中含有六经之旨的诗,也是让人读了深受教育、愉悦"本心"的诗,而绝不是"吟风弄月"、茶余饭后之诗,更不是让人读了感到惊惧之诗。他所说的"所贵乎诗者,陶冶性灵,得其心声之正,赋之而舒其意,闻之而知所赋者。此诗也,岂吟风咏月之云乎,刿目鉥心之云",就是这个意思。

金堉还说:"孔子曰:'诗三百,一言以蔽之,曰思无邪。'"出自于孔子《论语·为政》中。此"思无邪"三个字,原出《诗·鲁颂·駉》最后一章,其曰:"駉駉牡马,在坰之野。薄言駉者,有驈有騜。有驔有鱼,以车祛祛。思无邪,思马斯徂。"按照陈奂《诗毛诗传疏》注解,"思"字为句首语气词,并无实际意义。此诗句中的"无邪",也只是描写牧马人放马时专心致志的神态,并无深意。孔子只是借用此句,来作为评诗标准,是运用当时流行的"断章取义"之法,按照自己的意思,借以评价整部《诗经》,从而赋予"思无邪"以新意。从此,"无邪"逐渐被赋予政治色彩,变成含有道德内容的评诗标准。《论语集解》解释"无邪"为"归于正"。刘宝楠的《论语正义》也解释道:"论功颂德,止僻妨邪,大抵皆归于正,于此一句可以当之也。"也就是说,把内容纯正,符合温柔敦厚之意的诗称为"无邪"。对此宋代的程颢说:"思无邪者,诚也。"也就是说,诗要"修辞立其诚",要求表现真性情。南宋的朱熹在《朱子语类》中也说："思无邪，乃是要使人读诗人思无邪也。若以为作诗者三百篇，诗，善为可法，恶为可戒。故使人思无邪也。若以为作使者思无邪，则《桑中》《溱洧》之诗，果无邪也？"《国风·鄘风·桑中》，是《诗经》中一首描写一位男子和情人幽会和送别的诗歌。在朱熹的眼里，爱情诗《桑中》《溱洧》当然是淫诗。但是如果孔子也这么想，把它看作"淫诗"，怎么会编入《诗经》中呢？

这样的一个"思无邪"，在金堉的文学观念中，占据着极其重要的地位。他号召写诗、读诗者，在读李白、杜甫、韩愈之诗的时候，铭记此"思无邪"之意，要注意把握其中的忠君爱国情节，济世齐民之志，以及其中的古文精神。他说"读三家诗者"，要把握其中的"苟于其爱君忧国之诚，脱俗遗世之志，抑邪扶正之意"，只要能够把握这些艺术精神，然后就可以进一步读懂其中的"一于心而无他思，流出而为歌咏太平之乐章"主题之意，才能够知道"兴于诗者固在此"的道理。只有读懂这些道理，然后才能够自心底里铭记"而其亦不失乎可与言诗之圣训"。这里所说的"可与言诗之圣训"，指《论语·八佾》中的一句话，其曰：子夏问曰："'巧笑倩兮，美目盼兮，素以为绚兮'。何谓也？"子曰："绘事后素。"问曰："礼后乎？"子曰："起予者商也，始可与言《诗》已矣。"也就是子夏问孔子："'笑得恰到好处真好看啊，美丽的眼睛真黑白分明啊，底子素白才显得绚丽啊。'这几句话是什么意思呢？"孔子说："这是说先有白底然后画画。"子夏又问："那么，是不是说礼也是后起的事呢？"孔子说："商，你真是能启发我的人，现在可以同你讨论《诗》了。"金堉引用此话，意思就是写诗、读诗的人应该懂得"圣人之旨"和前贤作品中的救世之志、"微言大义"，如果能够懂得或领会作品中的这些"深意"，就可以与其谈论诗歌，切磋当下的文风。

第十一章
道学岭南学派的"道""文"思想

第一节 海东道学全盛时期的"道""文"意识

整个十五世纪的一百年间，激烈对抗的勋旧派和士林派的斗争，到了十六世纪中期，最终以士林派的胜利落下了大幕。士林势力能够打败强大的勋旧派力量，从而获得全胜，主要依赖其始终推动的性理学的发展。海东朝鲜朝建国以后不久，虽履行"抑佛扬儒策"，以程朱理学为国家正统思想，但是真正推动这一思想政策，并从理论上加以巩固的阶层乃是新进士林派。他们原本是在乡知识阶层，以乡党为根据地，展开乡射礼、乡饮酒礼及乡约普及运动，大办书院、乡校，结集年轻学徒普及朱子性理学。作为新进的士林势力，他们积极宣扬程朱理学的正学地位，大力揭露和批判勋旧势力的土地兼并、租税盘剥和官商勾结等行径。他们还充分利用士林的知识优势，大力提倡朱子性理学"修己治人"的人生哲学，宣扬"修己"才能够涵养"道心"和"良心"，如此这般以后才能够实现良好的"治人"目的。也就是说，"修己"是"治人"的必需前提，"修己"然后才能"治人"。在勋旧势力大肆兼并公私土地、残酷剥削下层农民和其他非理同时蔓延的当时条件下，士林势力积极标举程朱理学，以其"修己治人"的思想鞭挞社会罪恶，有着极其深刻的现实批判意义。被士林派的理论攻伐处于被动地位的勋旧势力，虽发动多次"士祸"，进行有效的反击报复，但是最终还是被代表中小地主阶级利益，继承程朱理学在海东衣钵的士林势力所打败，逐渐进入销声匿迹阶段。不过士林势力的胜利，并没有延续太长时间，逐渐被其内部的新旧势力矛盾——"党争"所代替。

一开始士林中受老成阶层支持的沈义谦和新进文人金孝元因个人关系闹矛盾，背后互相使绊子算计，由此士林内部开始出现东西分党。从此以后，党派纷争已成定局，其分党受到地域、学统、亲朋等关系的影响，逐渐相互攻讦、抨击以至于势不两立。在无情的党派斗争中，几乎所有的知识分子都卷入分党之内，不知不觉地参与这残酷的纷争之中。围绕一些平常的政事，东人内部又产生意见分歧，遂分为北人和南人两派，相互指责和攻击。政治上占有主动地位的北人内部，由于一些意见不统一，又分裂出大北和小北。不久、大北内部再分裂出肉北、骨北、中北等派系，而小北内部也分裂出清北、浊北两派。在这期间一时处于劣势的西人派，偶然遇到一种契机而东山再起，掌握朝廷行政、军机大权，不久其内部分裂出清西、勋西、尹西、申西等分派，相互掣肘和排击，而后其内部又分裂出少西、老西两派，此两派之后再分裂成原党、洛党、山党、汉党，经过一段时间的磨合和争斗，这四个分派合并为西人一党，好景不长，西人派还是再分裂成老论、少论两党。封建时代党争的一个显著特点，乃是不顾国家的内忧外患，只管一党一派的利益；不顾社会民生，不顾国家改革，只管将对方攻败到底。这种党争的参与者，其心胸狭窄，手段残忍，不惜血刃对手，置于死地而后快。可见，这是无休止的政治上的核分裂，其根底是政治权利、经济利益之争，当然个人恩怨也是其分党分派的原因之一。

值得注意的是，尽管海东朝鲜朝明宗、宣祖时期是各类党争纷起的时代，但同时也是理学大力发展的时期。与高丽时期那种蓬勃向上、积极进取的时代精神相比，海东朝鲜朝中期已进入崇尚理性的阶段，是充满了思辨探索精神的时代。高丽末叶以后发展起来的民族思维的理性化倾向，到了海东朝鲜朝中期前所未有地获得了释放。海东历来标榜"礼义之国"，素来重"礼"，以"礼"

为待人处事的基本规范。海东人尤以程朱理学为最高学问,以"理"为天文、地理、人生的最高范畴。在中国两宋时期就已经发达的程朱理学,到了海东继续发扬光大以进行创新性发展,出现了李滉、李珥等一系列的大腕人物及其理学名著。

在哲学上,李滉强调"理"是万物的本原和世界的主宰,没有"理",就没有天地和人类万物。他解释理的内涵,多演绎宋儒们的观点,尤其是程朱的一系列理学观点成为了他的心学准的。如《朱子语类》中所谓"如未有这事,先有这理;如未有君臣先已有君臣之理;未有父子已先有父子之理"的观点,对他影响深刻,从而进一步将"理"看作超自然、超时空的精神本体,而自然界以及整个人类社会则是由"理"派生的,不过是"理"的表现而已。他反对王阳明的"知行合一"说,同意朱熹的"先知后行"说。但他又认为人有两种人性,即"本然之性"和"气质之性"。在他那里,人由"气质"的"清浊"与"粹驳"可分"上智""中人""下愚"三等,其中"天理""知行"相兼的人属于"上智";"知足而行不足"的人则为"中人";"知昧行恶"的人是"下愚"。显然,李滉的此说与海东朝鲜朝时期的"君权神授"思想和社会等级制度的合理性相为呼应。但是李滉还认为,人与人虽有"气质"上的差距,但经过个人的不断读书和精神修养,这种差距是可以缩小的,甚至也能够达到圣人的境地。李滉还认为"天理"与"人欲"天生就是对立的,所以要求人们灭弃"人欲",顺从"天理"。他认为从本质上看,"四端""七情"与"天理""人欲"有较大的不同。"四端"源自"天理",而"七情"却不一定等同于"人欲"。他认为"七情"在善恶的当口有一定的可变性,或走向善,或走向恶,在现实中这两种可能性都存在,而"人欲"则基本上是趋向"恶",对它没有其他的评价余地。从而他认为,"天理"和"人欲"是完全对立的和不可调和的,更不可并存。人们读书、自我修养的目的,就是革尽"人欲",复兴"天理",成为一个"诚意正心"之人。李滉以自己的人格和理论素养,赢得了海东岭南学派及整个学术界的尊重，成为了此派的领袖人物。

李珥在哲学上，反对李滉的"理气互发论"，而主张"理气兼发论"，创立了性理学内部新的学派。在理与气的关系上，李珥既批判李滉的"理一元论"，也反对徐敬德的"气一元论"，而提出了"理气二元论"这一崭新的理论观点。他也认为世界是由"气"和"理"来构成，而且认为理气"浑沦无间"，"实无先后之可言"，"理气"就是"天地之父母"，天地就是"人物之父母"。他的这一"理气"二元论的观念使他彻底走向客观唯心主义的道路。他在《答成浩原》中说："推本其所以然，则理是枢纽根柢，故不得不以理为先"，最终还是回到了客观唯心主义的老调子上面。但他在批判李滉的"主理论"的过程中，还是表现出了朴素的唯物辩证观点，主张"元气"才是形成宇宙万物的物质基础，天地之间存在的所有事物，无非都是由这个"元气"来构成。他说枯木有枯木之"气"，死灰也有死灰之气，世界上不存在有形而无气的事物。这种"气"，常处于动态的状态之中，它本身具有运动能力。它把事物运动的内在原因称之为"机"，认为"机"是事物运动变化的根据，此外绝无外在的"使之者"。李珥在海东朱子学的发展史上，做出与李滉相当的理论贡献，思想史上称他们为海东理学的"双璧"。他也是海东畿湖学派的领袖，引领畿湖地区的性理学家们走向独创之路，开辟了一个理学的新天地。

在海东朝鲜朝五百年历史上，第十一代中宗时期是一个极其重要的时代。这时期积极改革燕山君及其以前时代积累下来的旧弊，重新开启了重用士林派文人，以抑制尚有相当实力的勋旧派文人和新进戚臣势力。这时期的中宗强化对弘文馆的重组，重新重用新进士林，以作为改革时政的准备工作。中宗还特设文臣月课、春秋课试、赐假读书、说经等制度，以抑制门阀世家势力的膨胀，实现新的王道政治。同时，中宗还登用新进士流赵光祖等，以为辅臣，接受他们主张的道学的政治理想，以标榜"哲人政治"，又批准士林派一直推进的"乡约"，以普及儒教的道德规范。但是不久，中宗担忧赵光祖等士林派过激的道学言论会导致政治后果，加上勋旧派大臣的挑拨离间，遂引起"己卯士祸"，肃清赵光祖一党，从而开始了沈贞、金安老等勋旧势力的复辟专横，以及与尹元老等戚臣之间的纠葛。与此同时，中宗还设贤良科，亲自选拔金湜等几十位新进士流，除其言论、文笔等重要职务，想以此实现"至治主义"的理想政治。中宗的这些一系列改革措施，引起勋旧派和戚臣的强烈反对，终究又导致了其后一些士祸和旧臣僚反弹运动。后来掌握政权的戚臣势力，也逐渐失宠，到了仁祖朝士林势力得到包容，再次走上中央一级政权。不久文贞王后去世，小尹戚臣势力被除，士林开始掌控中央政权。

宣祖的即位，开启了士林派的全面勃兴。掌权的士林，首先平反了"己卯士祸"时受害的赵光祖等，重新起用流配于外的卢守慎、柳希春等人。尤其是士林派掌权以后，成功地请出拒官在家的思想界的名流李滉等人，使其为自己的政权服务。从而没有了其他牵制势力的士林派，逐渐进入自我分裂时期，结成新的党派各自为政，海东的朋党政治从而开始。当时的士林内部围绕主管人事的吏曹铨郎的荐举问题，分裂为东人和西人。在东人一党之中，大部分都是李滉和曹植的门人，而西人一党之中则多为李珥和成浑的弟子。这种以学脉为中心，分党分派的党争形态，是海东党争的一大结构性特点。一开始东人一派占主导地位，掌握中央要职，后来由于郑汝立的谋叛事件，事态有了一百八十度的转变。郑汝立原来是李珥的弟子，属于西人，但后来摇身一变为东人一派的人，从而导致宣祖的不信任，被解官还乡。回乡以后的郑汝立组织成立民间大同契，聚集武士、僧侣、奴婢等阶层人，组织乡军，不久其势力逐渐壮大可以与官军联合作战。逐渐羽翼丰满的郑汝立始起谋叛之心，后被揭露逃至独岛，自杀身亡。事件并没有以此而结束，因为宣祖任命郑澈调查并揪出关联同犯，问题是郑澈本身就属于西人一派，所揪出的关联者基本上都是东人，从而驱逐东人以后的西人终于掌握政权，这就是历史上的"己丑狱事"。日本人于宣祖二十五年（1592）发动的壬辰倭乱和女真人于仁祖十四年（1636）发动的丙子胡乱给处于麻痹状态中的海东朝鲜王朝以沉重打击，其受重大创伤的政治经济从而一蹶不振。即使是危机四伏的两次战争中，虽有一定的合力之举，但是党派之争始终没有中断，东人和西人以及从东人中分裂的南人和北人，互相牵制和猜忌，甚至有时因此而受到重大损失。西人弹劾南人领袖柳成龙推荐的李舜臣就是其中一例。战乱结束以后，围绕人事、战功、复旧等问题，东西之党、南北之派又是纷争不休、角力不断。海东朝鲜朝时期党争延续时间之长，卷入的人数之多，斗争的复杂激烈，在东方历史上也是罕见的。

海东朝鲜朝时期党争的社会环境及其原因，应由多种因素决定。

首先，经过自己在社会底层的不懈努力，士林最终形成一股强大的社会政治集团，以足够的底气能够与勋旧派势力分庭抗礼。以金宗直为先头，巧妙地借力国王与勋旧派势力之间的矛盾，士林派逐渐入职于朝廷高位，获得了国家政治生活中的绝对发言权。中宗时期赵光祖获得信任，主导社会改革，后来虽以失败告终，但是到了宣祖朝在政治上基本打败勋旧、戚臣势力，士林派掌握朝政的主动权，获得政治上的全胜。紧接着士林内部分党分派，分东、西两党，后东人内部又分出南、北两党，如此这般，在其后的士林内部如核分裂般地分裂出许多党派，进行了旷日持久的内耗。

其次，历代国王和王室对中央执政集团的组织和调整，使得地方士林有机会进入朝廷要职，逐渐获得国事中的发言权。成宗时期的登用金宗直，中宗时期的重用士林道学派巨擘赵光祖，宣祖时期的全面开启士林政治，几代国王和王室的这些举措都是为了抑制日益膨胀的勋旧重臣势力。在这个过程中，士林派势力历经多次"士祸"，牺牲惨重，但是拥有地方雄厚的经济实力和乡党、书院势力基础的士林派，源源不断地与中央勋旧重臣和贵族阀阅势力抗衡，经过一百多年的不懈努力，到了宣祖朝终于全面掌握了国家的主导权。

还有，士林势力取得最后胜利，有赖于其始终坚持的道学，即朱子性理学。作为哲学流派，理学产生于中国两宋时期，它是中国古代最为精练、最为深邃的富有思辨的理论体系，对后世影响巨大。他所坚持的"天理"逐渐发展成为道德神学，被历代统治阶级所利用，成为儒家神权和王权的理论依据。理学演绎自儒家学说，兼收佛、道两家的一些哲理观念，进一步论证出封建纲常名教的合理性和永恒性，所以备受历代封建统治层的青睐和利用。理学传入海东以后被称作朱子学或朱子性理学，遂被采纳为官方哲学，逐步发展成为最受尊崇的儒家哲学，对其后世的政治文化产生了深远影响。为了巩固封建统治，海东朝鲜朝总结高丽封建社会没落的历史经验，实行"抑佛扬儒策"。朱子性理学在被推广和专研的过程中，的确为海东王朝的巩固和发展、凝聚民族精神起到了重要的作用。海东朝鲜朝前期发展起来的士林派，顺应了这样的时代要求，标举程朱理学的代言人，为打破勋旧阀阅势力的政治、经济的垄断，付出了巨大努力。

又有，海东文人重名节、尚志气的精神因素，使得他们往往产生士人的激扬豪气，不顾一切地坚持"己见"，与人抗衡。加上海东朝鲜朝统治阶级崇儒重文，以士流相尚，诗文相推，"知名节高，廉耻为重"，使得他们有时目空一切，蔑视辩友。

再有，海东文人重师承、认门生、继学统的观念和习尚，助推分派、分党的进程，使得党争愈演愈烈，最终达到无法控制的地步。海东朝鲜朝时期士林派的这种"党同伐异"的观念，来自于其根深蒂固的历史文化背景，也深深影响他们用些文化观念去谱写属于自己的审美文化。士林派文人的这种存在环境和模式，使得他们的文论观念具有独特的人文意蕴。

海东朝鲜朝时期的党争，深刻影响其思想领域，使得他们在政治思想、文化观念、文学意识等方面呈现一系列不同的特色。与之前勋旧派资深台阁文人不同，他们的学问以传承中国两宋时期的程朱理学为己任，主要从事发扬和演绎其心性论、理气论的工作。与以前勋旧派台阁文人的"道""文"之争不同，士林派内部党争时代的文学思想，虽因人出现一些不同的表现，但总的来说重

"道"是其主流倾向。不过值得注意的是，他们主张的"道"，并不是过去勋旧派台阁文人所主张过的单纯的"圣人之道"，而是以程朱理学家所宣扬的"道学"之"道"。应该知道海东的性理学家们在文学观念上，也与众不同，提出了一系列发人深思的理论观点。当他们的哲学思想、理论思维、文化观念和审美情趣，渗透到文学创作和理论批评领域的时候，"道"与"文"、"理"与"情"往往相互冲突，此时他们则站在儒家道统和道学的立场，重"道"重"理"，以"道"为根底，以"理"为根源，认为"文"从"道"中流出，"文"是"理"的具体表现。这样一来，他们的文学观念或理论认识，具有更加鲜明的理论色彩。在他们的性理学观念中，"理"属于一种哲学范畴，而在他们的社会生活中，"理"又是一个待人处事的思想规范和行为准则，尤其是在他们的文学世界中，"理"更是一个审美观念之源泉和主宰。作为一种审美观念，"理"与"理趣"有着前后因果关系，成为了海东朝鲜朝诗论家所追求的理性情致和审美风尚。

李氏王朝建国以来，由于加强中央集权的专制政治，国家用行政手段干预，控制思想文化界。在这种历史背景下，登上国家政治舞台的士林系文人，以尊经重道自命，以此形成时代风尚。他们的文学观念，就是在这样的社会条件下应运而生，书写出一部新的审美观念篇章。宣祖朝以后士林系的文人对社会的批评也从来没有停止过，铨选制度上他们力主加强儒家经义的分量，选拔出善于管理国家各级行政业务的人才。在他们的推动下，科举考试的内容逐渐得到改变，如当时较为高级别的式年文科殿试，以对策、表、笺、箴、颂、制、诏、论、赋、铭等体式的制述选拔优秀者，主要看其对儒家经典的掌握和解析能力和对问题的论述能力。即使是士林系的理学家，其文学主张不尽相同，审美趋向也各显其法。他们中的有些人重"道"轻"文"，以儒家经典"六籍"作为作文的典范，将纯粹文学之"文"看作浮躁之"文"。他们中的有些人则重"道"而不轻"文"，认为"文"是传道的工具，没有"文"，"道"则"无所依"。他们中的有些人则主张"道""文"并重，主张二者都是儒者不可或缺的要素，认为"文"在传道、履道的过程中曾经立下汗马功劳。不管是哪一种观点，都有一个共同点，那就是"道"是前提，是"根本"，而对"文"则有不同的看法。有的人说"道假辞而明，辞假道而显"；有的人则宣言重"道"而轻"文"；有的人敢说"道""文"并重；更有甚者指出"无文之助，道乃失色"，"一日不为文，无以自拔"。而且在"道"的内涵上，他们持有各不相同的理解，有些人所谓"道"，即指韩愈"愈之志在古道，又甚好其言辞"中所说的"古道"；有些人认可的"道"，是指儒家所标榜的古"圣人之道"；而有些人则笼统地认为"道"即"道统"。不过，更多的人所认可的"道"，即指心性论的义理之学，其中包括德性、德业、道德。海东朝鲜朝时期士林系文人的这种重"道"、重"道统"的文学观念，在他们的文集中处处可见。如中宗时期的金安国（1478—1543），在为申用溉的文集《二乐亭集》而写的序文中说道：

  所谓文章者，非谓其词翰之藻艳工赡而已，必根理道，本德行，弸乎中而彪乎外。精华之用，足以黼黻乎邦国，贲饰乎治化，然后为可贵也。观气运之盛衰，世道之升降，治化之污隆，亦必于是焉察之。吾东自三国以后，文章之士，代不乏人。其或当气运之盛，则蔚然辈出，以鸣于世。文字之富烨者，固亦多有，未必皆阐理据德，有本有原之作，盖时之所尚者然也。[1]

此序文的作者金安国，和赵光祖等士林系文人一起，为把传统儒家的理念移植于海东，普及朱子性理之学，实现李氏王朝的太平盛世，而努力一生。他为实现道学政治，以忠言进谏中宗，曾得罪权贵，多次被罢免官职，最后致力于后代教育。他是士林领袖金宗直的弟子金宏弼的门生，而他为士林系学者申

---

[1] 《慕斋先生集》卷11《二乐亭集序》，（韩国）《韩国文集丛刊》。

用溉而写的《二乐亭集序》,则充分反映出作为理学家的他的文学思想。对文章,他认为并不是"词翰之藻艳工赡而已",应该说还有更为重要的方面。他所认为的重要方面,就是文"必根理道,本德行"。这里所谓的"理道",应该分开来对待,此处的"理"就是作为天地万物的主宰的无形"实体",应该是主宰一切的真理和道德的标准。此处的"道",则是指儒家的道德伦理规范,是以古代圣人所倡导的"圣人之道"为其内涵的"道"。而这个"道",就是"文"之"根",德性之"本",其"弸乎中而彪乎外",才形成载道之"文"。他认为"文"用于世,才成为有用之"文",如此充满"理道"之"文",才构成"精华之用"。他指出这种达到"精华之用"水准的"文",才"足以黼黻乎邦国,贲饰乎治化,然后为可贵"的文。他又认为文学作品如一面镜子,其中反映着时代相,渗透着社会意识。所以他指出,通过文学作品可以"观气运之盛衰,世道之升降,治化之污隆",而且通过它也能够预见到未来趋势之如何。紧接着他举例海东古代文学,认为"文字富烨"之作,虽不一定都是"阐理据德"之文,但是总的来看还是那些"有本有原之作,盖时之所尚者然"。

金安国号召后进文人,必须苦读"圣人之文",进行积累,创作"有本有原之作",然后才可以期待成为有品格的作家。金安国认为,在这个方面申用溉就是一位值得学习的楷模,因为他懂得作文的道理,曾经狠下功夫苦读"圣人之文",为自己打下了坚实的创作基础。从海东士林系的历史看,作为理学家的申用溉曾在中宗身边辅政,经常提醒中宗抓住根本来解决一切问题的道理。他说:"然其纲虽主一,而目散于万殊,御之虽至简,而事之来无穷。"[1] 这是朱熹"一本万殊"的理学观点在海东朝鲜朝朝纲问题中的运用。朱熹在《朱子语类》中曾经说过:"到这里只见得一本万殊,不见其他。"[2] 朱熹的意思是事物虽然千差万别,但其实本源同一,以此比喻事物万变不离其宗。这个道理,朱熹也称作

---

[1] 《二乐亭集》卷7《后续录序》,(韩国)《韩国文集丛刊》。
[2] 朱熹:《朱子语类》卷27。

"理一分殊"。他从本体论出发指出天地万物虽多繁复，但只受一个理的支配，分物分事，每个都各自有此一个理而已，如同万物普受月亮的照耀一样。也就是说，"理"只有一个，分而含于天地万物之中，所以万理都是一个理的表现，其理都是完整的理，宛如一个月亮照在无数河流之中，每个河流都有一个完整的月亮。海东的理学家申用溉，用此"理一分殊"的道理告诉中宗，"抓纲"才可"举目"的道理，要他抓住"根本"，治理一切。而他在此所说的"根本"，就是儒家的"圣人之道"和"六经之旨"。

在中国古代的哲学观念中，"本""末"是一对相随相依的范畴。在中国古人那里，"本"指草木之根，往往引申为事物的根源，而"末"原指木之梢，往往引申为事物中非根本的、次要的，二者联系起来分别引申为事物本根和末节。在古人那里，这一对哲学范畴有四个基本点，就是"本"源为一，"末"分万千之殊；"本"淳朴至简，"末"繁华万分；"本"在先，"末"在后；"本"即根底，"末"为表现。这个"本""末"观念在海东，理解为如树的根柢和枝叶、原始的和派生的、本质的和现象的，也是一对相守相依的哲学范畴。士林系理学家申用溉，将此观念运用到海东中宗时期的治国理政上，指出如果能够抓住"根本"，其枝叶自然就肥绿茂盛。也就是说，如果中宗能够抓住"施德安民"这个"根本"，国家法制和行政上的诸种问题就迎刃而解，天下民心也都很自然地归于朝廷。申用溉说这个"根本"就是"德"，能够以"德"为"本"，齐家、治国、民心都能够得到，否则就反之。他继而说："臣窃惟为治之道，有本有末。德者本也，法者末也，本立则末必举，不务本而徒事于法制之末，未有能善治者也。古之哲王，必先明己德以为之本，由是而齐家，由是而治国，由是而平天下，天下平。"[1] 申用溉将此"抓纲举目"的"圣人之道"，运用于自己的文学创作之中，取得了世人公认的成就。他也以这种思想观念，参与编纂《续东文选》《续三纲行实图》《国朝宝鉴》等，将其也贯穿于文集《二乐亭集》中。

---

[1]《二乐亭集》卷7《后续录序》，(韩国)《韩国文集丛刊》。

金安国认为申用溉在文学创作上之所以能够取得优异的成就，其根本点在于"以道德为之根柢"，不断磨练自己的道德情操和艺术涵养。他具体评价道：

及至圣朝，治以道隆，运协熙昌，光岳气盛，钟英毓秀，瑰伟杰特之才，出为世用，布列岩廊馆阁之上，赞燮化理，粉绘太平者，前后相望，皆能以道德为之根柢，而敷以精华之文。培养之厚，至世、文两朝而极盛，以及光陵右文，成庙继而乐育，文章又复盛兴。回视罗、丽之旧，岂啻霄壤乎。二乐先生兴于成庙全盛之时，以英资间气，早捷巍科，声华震赫，扬历翰苑，论思经帷。与一时诸彦，被选赐暇，大肆力于文学，既蓄之深而积之多，其位庙堂典文衡，事业文章，炳耀于世。皆本之德义之粹，学问之正，有非饰章琢句，组织为能者之所得窥其藩墙也。试诵公之诗与文，醇严典正，不事靡丽，裁之以规度，而无边幅之窘，发之以劲健，而绝粗厉之气，望之知其为弘公德人之述作。传之于后，足以知我国家文运之盛，世道之升，治化之隆，有非前代之所得拟其万一也。[1]

金安国指出历史发展到海东朝鲜朝，能够抓住"根本"，"治以道隆"。到了世宗、文宗朝，重用有"蕴藉"的文臣，以"德"为治国理政之"根本"，结果整个海东朝鲜朝"运协熙昌，光岳气盛，钟英毓秀"。从此以后，海东朝鲜朝人才辈出，那些德才兼备的著名文人，被登用于朝廷各个部门发挥积极作用，使得中央忠臣满朝，能人使才，整个国家如雨后春笋般出现了欣欣向荣的景象。按照他的话来讲，"瑰伟杰特之才，出为世用，布列岩廊馆阁之上，赞燮化理，粉绘太平者，前后相望"。在后来的成宗、中宗及宣祖时，之所以出现比这个时期更为繁荣的气象，原因就在于之前的世宗、文宗时能够抓住"根本"，用儒家的"圣人之道"培养人才，以备后世之用。抓住"根本"的这种治国理政原则，

---

[1]《慕斋先生集》卷11《二乐亭集序》，(韩国)《韩国文集丛刊》。

到了后来也没有被松弛,一朝接着一朝继承下来,使海东朝鲜朝日益昌盛。这时期不仅出现诸多优秀的学者,还取得种种对民族文化遗产的编纂、结集工作的巨大成果,其原因在于"皆能以道德为之根柢,而敷以精华之文"。这时期在文学层面上出现的民族文学复兴,也有赖于抓住这个"根本",处理好"道"与"文"的关系,把"道"放在根本的位置。申用溉在士林领袖金宗直的培植之下,迅速成长为一名程朱理学家,成宗时已经以年轻才俊,"以英资间气,早捷魏科,声华震赫,扬历翰苑,论思经帷",参与当时台阁大臣主持的《国朝宝鉴》《续东文选》《续三纲行实图》的修订和编纂工作。他曾也被选为国王特许的"赐假读书"的年轻能臣,"大肆力于文学,既蓄之深而积之多,其位庙堂典文衡,事业文章,炳耀于世"。申用溉之所以能够取得如此显著的文学成果,也得益于"本之德义之粹,学问之正",那些只懂得"饰章琢句,组织为能"之辈,是绝不可能达到这样的境界。作为申用溉的晚辈,金安国十分佩服他的为人和才华,每当读到他的诗文作品时都被他的道德文学深深吸引。金安国将读其诗文作品的感想,简单扼要地概括道:"试诵公之诗与文,醇严典正,不事靡丽,裁之以规度,而无边幅之窘,发之以劲健,而绝粗厉之气,望之知其为弘公德人之述作。"金安国认为将像这样的文学成果传之于后世,足以使后人知道"我国家文运之盛,世道之升,治化之隆,有非前代之所得拟其万一"。乍一看,金安国好像在表扬申用溉的文学品质和成果,但实际上通过这种评论,在发表自己的文学思想。

在金安国那里,文学创作行为几乎变成了"道德文章"之举。如上所述,他所提倡的文学,都是"能以道德为之根柢,而敷以精华之文"。他的这种"道德",建立在儒家伦理道德的基础之上,是每个人所应遵守的"君为臣纲,父为子纲,夫为妻纲"式的道德规范和以"仁、义、礼、智、信"为原则的行为准则。在这里,他把"文"看成体现"道",即体现以儒家的三纲五常为内容的道德准的的工具,看成表达"道"的附庸。所以在他的文学观念里,"道"作为"根本",是创作的目的,而"文"只是"外饰",为表现"道"而存在。从此观点出发,他主张诗文创作应该表现出对"道""文"主次、本末关系的明确态度,不可有丝毫的差错。所以他对文学创作的要求极高,说作品应该"醇严典正,不事靡丽",而且其艺术形式也要"裁之以规度,而无边幅之窘,发之以劲健",以避免"粗厉之气"。同时他要求文学创作,不要以私情私技的角度写作,而应该从"弘公德人之述作"的角度写作。他甚至把文学创作看作"公务",作家写出来的作品也不是私有之物,所以作家临创作时必须以"纯粹之缊为道德"。这种极端的文学观念,在海东士林系理学家那里是屡见不鲜,其思想根源应该是从中国宋代的周敦颐、二程、朱熹等人那里都能够找到。对这样的文学观念,金安国在《阳川世稿序》中也说道:

> 文章,公器也,非一家之私物。光岳之气所钟则寓焉,然美玉多产于昆山,良骥多出于冀北。天地精英之气,固有钟之厚而积之偏者,非惟物为然,于人尤甚。纯粹之缊为道德,英华之发为文章,盖多以气类而出焉。前代圣贤之世,尚矣不论,至其文章之士,播其芳芬,或父子继躅,或兄弟齐名,或累世联声,或宗族迭鸣者,屡见于史。若班、马、谢、杜、二陆、三苏之流,其尤著者也。东国以诗文世其家者,亦彬彬有之。有若稼亭、牧隐父子,通亭、玩易斋、仁斋、私淑斋之父子孙兄弟,永嘉、咸从、高灵、昌宁之代有著名者,皆为世所慕重。信乎精英所钟,自与凡品殊也。吾外家阳川许氏,自先世以文献传家,绳绳趾美,其显于丽之中叶以上者,代远未及考究。惟我先妣高祖埜堂先生讳锦字在中,文章德行,冠冕一时。[1]

在这篇序中,金安国直截了当地指出"文章,公器也,非一家之私物"这

---

[1] 金安国:《慕斋先生集》卷11《阳川世稿序》,(韩国)《韩国文集丛刊》。

样,他把"文"直接归属为"公家"的工具,而非私家之物。也就是说,他把"文"看作社会公共资源,也是官家的共享之器。对此"公器"说,《庄子·外物·天运》云:"名,公器也,不可多取。仁义,先王之蘧庐也,而不可以久处,觏而多责。"晋郭象注曰:"夫名者,天下之所共享。"唐成玄英疏云:"夫令誉善名,天下共享,必其多取,则矫饰过实而争竞斯起也。"对此"公器",历史上曾在官家的器物、名、储副、官爵、法等之上才加此称乎,而很少有人拿文学当公器者。金安国把文学看作官家之物、公共资源,这应该是他的"文"为传"道"之媒介思想的直接反映,也是其文学工具论的直接表露。他还认为文章是天地间的"光岳之气所钟于人"的结果,这如同"美玉多产于昆山,良骥多出于冀北",是自然界的"灵气""寓"于人的结果。他又认为"纯粹之缊为道德","英华之发为文章",都是以人的"启禀"为基础而产生。自古时的圣贤之世,文章早已因人事和世事而发生和发展,后来"圣人之道"和"六籍之文"被人们所继承,断断续续,经历了曲折的演变过程。总结起来,因"文"留名、流芳千古的人,都是重"蕴藉"、重"根本"的作家,如果能够做到这一点,哪怕是亲父子、亲兄弟、亲师傅,也都能够成为后人仰慕的作家。在中国文学史上,如司马迁、班固、谢灵运、杜甫、陆机、陆云、苏洵、苏轼、苏辙等人就是属于此列。而在海东,李谷、李穑父子,姜硕德父子,姜希孟父子等,都是一时扬名于文坛者。还有海东的各个地方,都陆续出现了父子、兄弟同时出名的,尤其是永嘉、咸从、高灵、昌宁等地"代有著名者,皆为世所慕重"。海东历来是儒教的国度,特别看重名节,"文章德行"是人人期盼的理想,要达到这一境界必须苦练德行和文章,金安国所推重的申用溉就是这样的一个人。

金安国的弟弟金正国,也是一名理学家,曾为金宏弼的嫡传弟子,历官吏曹正郎、司谏、承旨、黄海道观察使、全罗道观察使、庆尚道观察使、兵曹参判、刑曹参判等职,著有《性理大全节要》《历代授受承统之图》《村家救急方》《思斋摭言》《警民编》《思斋集》《己卯党籍》等。金正国的文学观点主要尚

"质"崇"德",以"去浮致实"为要,批评"拟古而不古"的创作现象。在诸多先秦、两汉文中,他尤推崇司马迁的《史记》,认为它是文学万代之师范,对后世产生深远影响。他在《文范序》一文中指出:

> 文自"典谟"、"训诰",古而难到。降戾晋魏,病于骈缛。唐宋流于浅近,至于今愈下而愈卑,文之弊极矣。然则不古不下,可学而到,以变后世之文体者,其惟两汉乎。司马迁生于秦火之后,因六经散绝残脱之余,掇拾补完,以集著一史。又创己意,弃编年以为本纪,世家、八书、列传之文,各序其端,以发其意。其善恶之迹,兴废之由,昭然于目击之余。呜呼!如迁之文,亦可谓隽题拔出之材也,岂后之作者可及其万一乎。班固、范晔,仿而著之,如出一手,岂亦亚于迁者欤。余病学文者急于取科第,嗜俗文,未有学两汉文以矫其弊。故拈出迁史、两汉书各篇序文,手写一帙曰《文范》,以劝初学后生云。时嘉靖丁亥季秋,书于芒洞之思斋。[1]

这里所说的"典谟",即为《尚书》中《尧典》《舜典》《大禹谟》《皋陶谟》等篇的并称。《书序》曰:"典谟训诰誓命之文凡百篇,所以恢弘至道,示人主以轨范也。"《汉书·扬雄传下》:"典谟之篇,雅颂之声,不温纯深润,则不足以扬鸿烈而章缉熙。"这里的所谓"训诰",指《尚书》六体中"训"与"诰"的并称,训乃教导之词,诰则用于会同时的告诫。金正国认为这些先秦经典,既"古"还"高",其"恢弘至道"的精神,质朴而古雅的风格,是很难模仿、很难达到。魏晋南北朝时,这种古文精神落地,文"病于骈缛",一时很难收拾其浇漓状。金正国认为到了唐宋,诗文之风"流于浅近",至其后世状况"愈下而愈卑",文学的弊病达到了极限。但是在这样严峻的文学形势下,也有些人坚持古文精神,创作出了许多优秀篇章。司马迁就是其中的佼佼者,他与

---

[1] 金正国:《思斋集》卷3《文范序》,(韩国)《韩国文集丛刊》。

贾谊、司马相如、扬雄一起，继承先秦散文精神，谱写出了两汉文中的诸多佳作。金正国认为司马迁是两汉文最杰出的代表，他生逢"秦火之后"，以"发愤著书"的积极精神，于"六经散绝残脱之余，掇拾补完"，撰写出了中国历史上第一部编年体的史书《史记》。他指出司马迁"又创己意，弃编年以为本纪，世家、八书、列传之文，各序其端，以发其意。"他的《史记》写法创新，内容丰富，"其善恶之迹，兴废之由，昭然于目击之余"。他认为《史记》中的有些篇章，打破了前人未尽之域，"亦可谓隽匙拔出之材"，成为了流芳万世之杰作。他又认为后世班固的《汉书》、范晔的《后汉书》等史书，都是模仿司马迁的《史记》而作，从结构到写法"如出一手"，怎么能够与司马迁平分秋色呢？对司马迁《史记》的这种评价，足以说明他的文学观是以创新、古朴和超脱为要，以古文为学习和实践的榜样。他还对当时的年轻一代专尚科诗科文，"急于取科第，嗜俗文"，走向文学之歧途表示深切的担忧和批判之意。他之所以编纂《文范》，就是为了用"两汉文以矫其弊"，纠正充斥"时文"的当时的文坛风气。从金正国的这一序文中，我们可以感知海东朝鲜朝时期中宗朝的文坛状况，以及当时因科举考试和形式主义的流弊，日益蔓延的"时文"的负面影响。

海东朝鲜朝时期士林系文人的文学观念，越是往后越显现出多歧的现象。到了宣祖朝前后，又出现文化复兴的征兆，名家辈出，优秀佳作不断，这些都装点这时期的文坛。这时期的文人墨客的文学观念，并没有之前那样简单，纷纷对文学的内部规律进行挖掘工作。由于思想的惯性，这时期的学者和作家还是继承道学家的那一套观点，还是以表现"道"为"根底"，坚守儒家道统为基本立场。但是他们不仅仅如此而已，还是对中外文学经验进行认真的总结，探寻出其中潜藏的规律性的东西。他们对文学既尊重、又热爱，一日也不敢释手，简直是没有文学就没有人生的乐趣。如宣祖时期的李山海，虽是从东人党中分裂出去的北人派的领袖，但他能文善诗，在当时的文坛上占有一席之地。他在《鹅溪遗稿跋》中说道："文章，一小技也。诗于文章，又其绪余。诗虽工，君子不以为能，况未工乎。余早仕于朝，与名公缙绅游，应制酬唱之外，如题咏、送别、禊会、庆寿、伤悼等作，人或有求，不敢以未工辞，篇什甚夥，皆散逸不收。"[1] 比起儒家之道，写文章之事只不过是一个"小技"而已，而诗歌更是茶余饭后的余事。所以君子虽能诗，但是"不以为能"，"况未工乎"！尽管如此，李山海还是喜欢写诗，而且"与名公缙绅游，应制酬唱之外，如题咏、送别、禊会、庆寿、伤悼等作，人或有求，不敢以未工辞"。与儒家之"德业"相比，写文章是"绪余"之事，而写诗更是有背于道学家的作人原则，但他还是喜欢写。对绪余，《庄子·让王》云："道之真以治身，其绪余以为国家，其土苴以治天下。"在李山海那里，以"绪余"引申诗歌为微贱之物，但他还是离不开它，意思就是写它还是有意义。

又如海东朝鲜朝宣祖、光海君时期的李睟光，也是著名于当时的作家。他虽也是当时朝廷的台阁重臣，尤擅长于诗文，写出了数不清的名篇佳作，是当朝不可多得的文翰人才。在"道"与"文"的激烈争论中，他内心十分矛盾，一时不知如何是好。因为他深知文学有自身规律，文学是人生不可或缺的盛事，文学是他平生的爱好，但作为士林系的文衡重臣，也深知道学在国家思想文化生活中的重要地位。他思想上的这种矛盾，也充分反映在他的文学观念中，处处显现出矛盾心理。他在《文》一文中曾说道："魏文帝曰：'年寿有时而尽，荣乐止于一身，二者必至常期，未若文章之无穷。'是徒知文章之可贵，而不知道学之尤贵者也。"[2] 当他提到魏文帝"文章不朽"的观点时，不禁批评说"徒知文章之可贵，而不知道学之尤贵"[3]，充分体现出李睟光作为士林系道学家的真面目。不过值得注意的是，他的文学观念往往不限于门户之见，多有实事求是的精神。他在坚持儒家传统的道统的文学观念的同时，也非常注重文学自身的规律性，并肯定文学史上那些优秀作品的不可多得性。他在《文》一文中

1　李山海：《鹅溪遗稿》卷2《跋》，（韩国）《韩国文集丛刊》。
2　李睟光：《芝峰类说》卷8《文》，（韩国）《韩国文集丛刊》。
3　李睟光：《芝峰类说》卷8《文》，（韩国）《韩国文集丛刊》。

还说:"王世贞曰:'《檀弓》《考工记》《孟子》、司马迁圣于文者,班氏贤于文者,《庄》《列》《楞严》鬼神于文者。'此言是矣。余欲加之曰:'《易》与《春秋》圣于文者,《左氏》贤于文,《老子》鬼神于文者。'"(李睟光《芝峰类说》卷8《文》)明代文学家、史学家王世贞曾说过,先秦的《礼记·檀弓》篇、战国时的《考工记》《孟子》、西汉时期的司马迁《史记》等都是"圣于文者",而《汉书》的作者班固是"贤于文者",《庄子》《列子》《楞严经》等都是"鬼神于文者"。李睟光认为王世贞的此话有道理,而且他还加两句,那就是"《易》与《春秋》圣于文者,《左氏》贤于文,《老子》鬼神于文者"。他对王世贞把《檀弓》《考工记》《庄子》《列子》《楞严经》放在加以肯定的行列里,不仅不反对,而且还主动加了传统儒家"圣人之文"以外的道家名著《老子》,可见他的文学观念不像别的道学家那样狭隘。对《庄子》,李睟光也不惜赞美之辞,指出:"《南华》之于文,乃天地间一种议论,一种体制,变化如龙,奇怪如幻,不测如鬼神,可谓奇之奇变之变,玄之玄妙之妙。古今文章,未有能出其机轴之外者。惟佛之于言语亦然,但其文字不雅,是则译解所致也。"[1]他把《庄子》的思想内容和艺术表现手法,说得如痴如迷,"变化如龙,奇怪如幻,不测如鬼神,可谓奇之奇变之变,玄之玄妙之妙"。他认为《庄子》聚集了天下文章的精气神,富有杰出的表现技巧,堪称文章之楷模。他作为儒家思想家,甚至还肯定《山海经》《穆天子传》这样专写"不经之言"的小说家流。他说:"王弇州曰:'诸文外《山海经》《穆天子传》亦自古健有法',余谓《素问》文字亦高古,虽非岐伯本经,必是先秦人所为,而古人无称道之者何耶?"[2]他认为《山海经》《穆天子传》等小说家流,"虽非岐伯本经",但它们"亦自古健有法",其文字也甚"高古",自有其杰出的地方。他还对古人没有对它们加以肯定,非常不理解,"而古人无称道之者何耶?"以表示很大的不满。

---

1 李睟光:《芝峰类说》卷8《文》,(韩国)《韩国文集丛刊》。
2 李睟光:《芝峰类说》卷8《文》,(韩国)《韩国文集丛刊》。

在他那里，不光是儒家加以尊奉的"圣人之文"，而其他学派中值得去学习的好文章、优秀著述统统都加以肯定和表彰。怪不得，他是一位海东思想史上最早提倡"实心""实学""实事求是"的文人，他先进的实学思想则充分反映在他的文学观念之中，透露出一股新鲜的思想空气。李睟光强调在"道"与"文"的关系上，重"道"是对的，"文"如果离"道"则可能流于空泛或轻浮，但问题是如何理解掌握其维度。"文"毕竟有其法度，如果准守此法度，"文"则"厚而丽"，如果违反其法度，"文"则"丽而虚"。他认为"文"的"根本"和"枝叶"，都是一棵树这一整体中的有机组成部分，二者发挥得协调、协当、适中，全树才能够健康成长。所以在进行文学创作时，过分重"道"，则"文"之法度难显，而过分迷恋于"文"，"道"则伤其意，只有将二者当作有机关系来对待，才能够写出内容和艺术形式高度统一的好作品。他以唐宋诗的不同特色，来说明这一观点。他说：

  唐人作诗，专主意兴，故用事不多。宋人作诗，专尚用事，而意兴则少。至于苏黄，又多用佛语，务为新奇，未知于诗格如何。近世此弊益甚，一篇之中，用事过半，与剽窃古人句语者，相去无几矣。[1]

这里的所谓"意兴"，即指意境。关于"意兴"，唐康骈在《剧谈录·广谪仙怨词》中指出："长卿之词甚是才丽，与本事意兴不同。"宋严羽也在《沧浪诗话·诗评》里说："诗有词理、意兴。南朝人尚词而病于理，本朝人尚理而病于意兴。"可知此"意兴"，在一首诗中占有极其关键的地位。李睟光认为诗歌是"吟咏性情"的，应该从真实的思想感情出发，描写作者对客观生活的感受，塑造生动的艺术形象，创作出优美、动人的意境。可文学史上的有些人，专事"用事"，以学问为诗，这样会破坏诗的美好意象。他以唐人和宋人在作诗上的

---

[1] 《芝峰类说》卷9《诗》，(韩国)《韩国文集丛刊》。

区别，来说这一点，认为"唐人作诗，专主意兴，故用事不多"，但是"宋人作诗，专尚用事，而意兴则少"。宋人专尚"用事"，是因为他们的脑子里哲思过重，在艺术创造中不能够正确地消化其中的审美要素，以至于影响了诗歌的艺术性。这种特点发展成为一种习尚，宋人在诗思中努力添加一些思辨的东西，以提高诗语之新鲜度。他们在诗歌创作中多用佛语，也是从这种审美期待出发的结果。所以李睟光严厉指出，"至于苏黄，又多用佛语"，其目的就是"务为新奇"，但是他们却不知这样的结果"未知于诗格如何"。宋人的这种毛病传入海东以后，其弊已达到了不可收拾的程度。他说"近世此弊益甚，一篇之中，用事过半"，这样大伤诗歌发展的元气。他认为"用事"过度，从本质上讲是一种变相的剽窃行为，如果不按时制止，会产生严重的后果。他指出："用事"过度，"与剽窃古人句语者，相去无几"。

从这样的观点出发，他严厉批评以学为诗的诗坛现象，认为以学为诗违背诗歌的创作原理，会走向艺术规律的反面中去。他指出：

> 古人以学为诗，今人以诗为学，余谓以诗为学者，有意于诗者也，以学为诗者，无意于诗者也。有意无意之间，优劣判矣。[1]

宋、齐以来，一些诗人远离现实生活，对于生活没有真实的感受，写诗时引经据典，以才学为诗。对这种不良倾向，南朝梁钟嵘作出了尖锐的批评。他在《诗品序》中指出："颜延、谢庄，尤为繁密，于时化之。故大明泰始中，文章殆同书抄近任昉、王元长等，词不贵奇，竞须新事，尔来作者，浸以成俗。遂乃句无虚语，语无虚字，拘挛补纳，蠹文已甚。但自然英旨，罕值其人。词既失高，则宜加事义。虽谢天才，且表学问，亦一理乎！"诗人在创作中，动不动就用典，拘挛补纳，致使诗歌"殆同书钞"，这样学问虽显多了，却破坏了

---

[1] 《芝峰类说》卷9《诗》，(韩国)《韩国文集丛刊》。

诗歌的自然韵味和艺术形象。在诗歌创作中，援古证今，有时的确必要，如果用得好，会增强艺术效果。不过诗歌创作如何用典，这是自古诗家必须为之而努力的一个重要问题，历代诗家也为之争论过很长时间。这样的讨论在海东也始终不断，但是总是找不到理想的解决办法。李晬光则指出："古人以学为诗，今人以诗为学"，这是反映在诗坛上的一个新问题，大家都正在琢磨这一课题。不过在他看来，"以诗为学者，有意于诗者"，而"以学为诗者，无意于诗者"。因为以学问为诗，会破坏诗的艺术形象，是违背创作规律的，而"以诗为学"者，主客观诸多因素会完美结合，有望创作出一首使人读后教益匪浅的好作品。

他还认为文学总是在"道"与"文"矛盾冲突中不断发展，重"道"或重"文"，或"道""文"并举都随时代而变移，有关二者的偏颇之见往往产生文学的各种弊病。所以坚持正确的文学观至关重要，而要坚持正确的文学观就得有正确的世界观和思维方式，要二者兼备就得不断学习和思考。有些人一生中并没有扎扎实实地学习，打好基础，人云亦云，妄自评论具体的作家作品，这对客观产生不良的影响。他指出："人有身居堂下，眼在管中，而妄论古人优劣，或闻人所言而定其是非，如此者非有真知实得也。至其所自为诗若文，则不唯不及古人，有若小儿之学语，举子之常谈而已。自识者见之，岂不怜且笑哉。"[1] 自己不长实力，妄自管窥人家，随口侈谈，论人家优劣。甚至有些人"闻人所言而定其是非"，而自己并没有真实的调查研究和真才实学，说出一系列不负责任的话。还有一些人，没有雄厚的学问"蕴藉"，妄谈古人和古文，动不动就拿古人、古文说事。实际上，这些人所言如同"小儿之学语，举子之常谈"，内行人看了"岂不怜且笑"？

李晬光强调培养文学人才是解决文学问题的最好途径，因为有意识的培养，会教养出一些品学兼优，真正懂得文学规律的人才。在封建社会的文坛上，年轻一代往往充满理想，处于向上奋斗的过程之中。这时候的年轻人面临应科举

---

[1]《芝峰类说》卷9《诗》，（韩国）《韩国文集丛刊》。

考试以打开人生路途，面对种种文学弊端，应付种种人生选择，往往在复杂的社会问题和个人利益面前来回彷徨。所以学习文学的人必须树立正确的文学观，根据自己的具体爱好和审美情趣，来选择和学习中外前人的文学经验。对此，他曰："人之材禀不同如其面，未可以一概论也。学者无论唐宋，惟取其性近者而学焉，则可以易能。世之教人者所见各异，互相訾謷，喜唐者观之以唐，嗜宋者勖之以宋。不因其人之材而惟己之所好，其成就也亦难矣。"[1]人的才干和禀赋，如同其面，千差万别，绝不可以一概而论。学习文学者，在学习过程中，应该按照自己的兴趣和专长选择学习对象，唐也好，宋也好，本国也好，"惟取其性近者而学"。这才是既科学而又符合实际的作法，如果不按照这个原则去学，那效果往往适得其反。

不过在现实生活中，未免有一些主观武断地教人者，往往根据自己的判断和嗜好，引导人学之走之。正如李睟光所说，"世之教人者所见各异，互相訾謷，喜唐者观之以唐，嗜宋者勖之以宋"，教人者以自己的嗜好和观念引导人，应该是可以理解的，但是如文中所说"所见各异，互相訾謷，喜唐者观之以唐，嗜宋者勖之以宋"，这是一个极其片面的作法。如果"不因其人之材而惟己之所好，其成就也亦难"，结果肯定是非误人子弟不可。李睟光以此思路去揣度海东本国人，认为海东人的问题并不是什么能不能因材施教的问题，而是努力的力度不够，懒得苦读勤练，深入学问和创作的深邃之域，而要去掌握真东西，不费吹灰之力，取得莫大的文学成就，获得一生辉煌的荣誉，这应该是一种幻想而已。对海东人的这种懒散秉性，他深有感触地批评道：

> 东方人性多懒缓，于一切事，都不肯着实，故虽技艺之末，不能如中国人。况文章虽曰小技，亦业之精者也，非着力有得，不可易言。乃欲不读而能之，不勤而得之惑矣。如此而谬为大言曰："唐蕃弱不必学也，宋卑

---

[1]《芝峰类说》卷8《文》，（韩国）《韩国文集丛刊》。

陋不足学也。"其可乎哉。[1]

海东人因其懒惰之习性，无论作什么事情都"不肯着实"，所以所谓"技艺之末"的文学创作都搞不好。远远落后于中国人。何况文章之事，"虽曰小技"，但它毕竟是个"业之精者"，"非着力有得，不可易言"。所以他指出："乃欲不读而能之，不勤而得之惑矣。"要熟练地掌握文学这门知识和技能，绝非一天两天的事情，必须倾注毕生的精力和时间去磨炼和掌握，才能够略知一二。从而他对海东人不敢吃苦耐劳，缺少钻研精神，深表遗憾。

海东自古是一个诗的国度。唐玄宗等中国历代皇帝因此而不惜赞叹，中国历代诸多赴朝使节也因此而每每惊叹不已。可以说，作诗吟诗是历代海东人生活的一部分。右文政策、科举考试、政治外交、宫廷赛诗、文人聚会等都需要诗文之才，如果一个人没有诗文之才，那他永远是一个残缺而"不入流"的人。但是进入海东朝鲜朝以后，便以程朱理学为国家正统思想，以践履道学为正业，道学上升到至高无上的思想行为范畴。而道学将文学驱入狭隘的功利主义歧路，使其变成道德之业的附庸、茶余饭后的余技，道学人士不经营"文章小技"。海东朝鲜朝时期社会如此特异的价值判断趋向，当然造成"道"与"文"的激烈冲突，而"道"则借助于国家政治和思想文化的力量，处处占据优势，处处被标举为"根本"。从而可以清楚地看到，海东朝鲜朝文坛上"道"与"文"的激烈冲突，实际上是其社会政治观念、思想文化意识矛盾的直接反应。

第二节　岭南学派领袖李滉的"道""文"思想

海东朝鲜朝发展到宣祖朝前后时期，政治经济和思想文化迎来了又一个繁荣期。尽管已被激化的党争到了这时期依然没有收敛的迹象，但是以学派和学

---

[1]《芝峰类说》卷8《文》，（韩国）《韩国文集丛刊》。

脉为组织形态的党争，在某种意义上说反而促进了性理学的发展。因为当时带有浓厚的党派特色的"岭南学派""畿湖学派"以及无所属学者之间，因"理气""心性""格物"等方面的观点不同，而进行了激烈的理论展开和学术论争。党派之争促进学术之争，学术之争加速党派分裂和斗争，在这个过程中海东的程朱理学日益深入人心，其理论思辨境界也愈来愈深化和成熟。这时期海东性理学的理论之争，始于地处畿湖地区的李珥的一些门徒批评李滉的"理气互发说"，之后李滉的弟子金垓、柳元之、李𬲽等进行反击，批判李珥的"混沦一物说"，"岭南学派"和"畿湖学派"的理论之争，从此开始。在当时激烈的党争中，"岭南学派"的学者大都属于东人，而"畿湖学派"的学者大部分都属于西人。

值得注意的是，"岭南学派"内部又分以李滉为首的"退溪学派"和以曹植为首的"南冥学派"，而"岭南学派"中又分岭南北部圈、中部圈、南部圈，其北部地区又分安东圈和尚州圈。其中安东圈的主要成员有张兴孝、李徽逸、李载、李象靖、南汉朝、柳致明、金兴洛、柳必永、金道和等；其尚州圈的主要成员有柳成龙、郑经世、柳袗、柳元之等人；岭南的中部地区又分张显光学派和郑逑学派。岭南学派中的这些各种门派，虽都属于一个大学派之内，但他们在李滉之下第二代开始师承关系复杂，哲学观点也显出一定的差异。"岭南学派"和"畿湖学派"之间围绕性理哲学而展开的激烈争论、"岭南学派"内部各门派之间热烈的理学之争和"畿湖学派"内部李珥和成浑之间围绕"理通气局"说和"气发理乘一途"说而进行的激烈争论，大大深化了海东性理学的哲学思维，使得海东的理气、性理学哲学进入了自己的烂熟期。

理气、性理哲学思想的发展，深刻影响了海东文学思想的发展进程，使其在更深层次的意义上开掘自己的审美理论思维。海东性理学家们的哲学观念总是作为一种世界观和方法论的理论体系，影响其文学的发展，使它从思辨的角度形象地阐发自己文学发展的内在的和外在的规律。海东朝鲜朝时期朱子学使宇宙论和心性论最终统一在儒家的"仁"学之上，而这种"仁"学，从本质上来讲就是伦理道德学。因而它的理论，格外要求人实现主体的理性自觉与道德完善。所以海东朝鲜朝时期朱子学者的文学理论观念，就是从理学的层面上展开，深深打上其理学思想的印记。所以文学批评的道德化，便成为其必然的走向，而这种走向也就决定了他们文学观念上的"重道"的基本倾向。他们也以继承儒家道统为己任，所以重"道"轻"文"是他们最为鲜明的文学观念。海东朝鲜朝时期理学家们的文学批评，努力使道德意识与其审美观念结合，将道德批评和审美批评融合于文学观念之中。他们努力从文学审美中，去领悟"圣人之道"的真正内涵，领悟前贤们所提倡的理想的道德境界。在这样的过程中，透视道德境界与审美境界之间存在的共同点，以及二者合二为一之后的艺术境界。他们认为自己所向往的这种境界的契合，正对解决海东朱子学和文学如何结合的理论问题，有着极其重要的现实意义。李滉一向关注"文"与"传道"的关系，认为无"道""文"则不传，无"文""道"则不经，二者有机结合的时候才能够显现各自的存在意义。他在《传道粹言跋》中说道：

> 《语录》，非古也，至程门诸子之记师说也。始有之，岂不以修辞者易差，直记者无失也耶。虽然，自学者诵习而言之，直记之，漫尔不文，又岂若修辞之粲然成章者乎。世有《粹言》之书，盖取河南两夫子之说见于《语录》者。约繁而就简，润质而成文者也。彼其一时诸人，虽亲记所闻，然记者非一手，或得其句不得其意，或得其意不得其辞。今一经点化，而向之质者变而文，驳者归于粹，信乎其有裨于传道，而便于诵习也。[1]

这里的所谓《语录》，是指收录中国宋代理学宗匠程颢和程颐言行录的《二程语录》。当初，朱熹辑《程氏遗书》二十五篇，都是二程门人记其所见闻、答

---

[1]《退溪先生文集》卷43《传道粹言跋》，（韩国）《韩国文集丛刊》。

问之词。李滉所说的《粹言》,则是宋代程门弟子杨时所汇辑整理的《二程粹言》,其内容许多都来自于朱熹的编著之中。其书共十卷,分《论道》《论学》《论书》《论政》《论事》《天地》《圣贤》《君臣》《心性》《人物》等篇章。后人觉得其弟子们所记内容过于浩繁,于读不便,加上其中各位弟子的记录有不少参以己见加以增减处,因抵牾不一,朱熹曾想重新删定,但因故而未完成。后来程门弟子杨时继其意而续作,因他曾亲受二程教诲,记录真实,少有芜杂,从而起名《二程粹言》。海东的李滉认为后来的朱熹和程门高足杨时,将二程言语记录成册[1],并按照相应的要求进行整理和编辑,将其编成文章化的系统"粹语",使其成为人人可读的著述。李滉认为在这个过程中,二程之"道"被寄于"文"中,演变成具有极高学术价值的著述,这样"文"的"传道"功能充分地显现了出来。正好二程在此《粹言》卷一中,也曾说过与此极其吻合的一句话,他说:"子曰:立言所以明道也。言之而知德者厌之,不知德者惑之,何也? 由涉道不深,素无涵蓄尔。子曰:传道为难,续之亦不易。有一字之差,则失其本旨矣。"在文学上,程颐认为作文是"害道"的,在《遗书》中他说过:"问:作文害道否? 曰:害也,凡为文,不专意则不工,若专意则志局于此,又安能与天地同其大也。"(《遗书》卷18)从而,他对作诗持完全否定的态度,说那是"闲言语"。从道学家的狭隘观念出发,他把"道"与"文"完全对立起来。但是在道学实践中,他处处感觉到"文"的"不可无",有时不得不承认"文"的重要性。正如《二程粹语》中所说的那样,"立言所以明道","道"与"文"二者的关系是不可分离的。他甚至认为既然作文有用,那应该好好作文,说:"子曰:传道为难,续之亦不易。有一字之差,则失其本旨矣。"作文存在"一字之差",那就不得了了,因为这"一字之差"会导致文"失其本旨"。二程对"文"的认识中,存在这样深刻的一层意思,所以海东的理学家李滉特地为其《二程粹言》写跋文,写出自己的感想,特起名为《传道粹言跋》。在此跋中,

---

[1] 即朱熹的《程氏遗书》《程氏外书》和杨时的《二程粹言》。

李滉在清张伯行所编《二程语录》和宋杨时所编《二程粹言》的比较中，指出程门弟子的原始记录，虽对临时"直记之"或"自学者诵习而言之"，大概没有什么大碍，但它还是远不如进行整理和编辑过的正规《语录》《粹言》。他说"岂若修辞之粲然成章者"，读起来二者有着判然之区别。因为《二程粹言》经过学者、二程弟子杨时的精心整理和编辑，"约繁而就简，润质而成文者"，使人一读即明白清楚。二程弟子们的原始记录，不整理能行吗？"彼其一时诸人，虽亲记所闻，然记者非一手，或得其句不得其意，或得其意不得其辞"，混乱不堪。他指出："今一经点化，而向之质者变而文，驳者归于粹，信乎其有裨于传道，而便于诵习也"，这为后世打下了良好的读懂基础，对传播二程的理学思想大有好处。按照李滉的话来讲，《二程粹言》以流畅的、文章化的"粹言"，为"传道"，即为传播二程的道学思想，建立了坚实的成文基础，从而起到了"文"作为"传道之具"的现实作用。

李滉强调学习程朱理学和研究理学之奥义，是自己平生的抱负。他认为海东虽有悠久的儒学历史，但对儒家学说的理论研究尚远不够深入，很多理论问题还远没有深入探讨并得出合理的结论。尤其是宋代的程朱理学传入海东以后，继而引进者、提倡普及者、号召以其为"吾学"者接连不断，甚至以其为国家思想的"正统"，但是真正对其进行深入浅出的研究者还很少，写出有分量的著述者少之又少。他认为在理学领域存在这样的不足和缺陷，主要原因在于理气论、性理哲学都是思辨哲学的产物，一般的东方人很难深入其中或鞭辟入里；还有一个原因，是海东人成性"鲁莽"，弱于"耐心"，疏于"深入"。他认为种种这些原因，使得朱子学在海东崇尚的人多而实际"入道"的人少，号召普及的人多而实际埋没于其中的人罕见于学界，善于思辨的人少而肤浅说教者多。他曾回顾前辈理学家的足迹，感慨他们在搭建士林派政治基础中的巨大贡献，但是在评价其理学理论研究成果时，却深表遗憾。"静庵天姿信美，而学力未充，其所施为，未免有过当处，故终至于败事。若学力既充，德器成就然后，出而担当世务,则其所就未易量也。"又曰:"尧舜君民,虽君子之志,岂有不度时不量力而可为者哉。"[1]这里的"静庵"就是赵光祖的号,他天资聪颖,为人正直,历官修撰、校理、经筵侍读、副提学、大司宪等职,曾力主改革朝政,主张王道政治,终因思想激进、措施失当,导致改革失败,被反对派进谗而赐死。李滉认为赵光祖的改革失败,是因为"其所施为,未免有过当处,故终至于败事",而他的为官激进,学问平庸则是因为"学力未充",德性为备。李滉说如果赵光祖能够"学力既充,德器成就然后",逐渐"出而担当世务,则其所就未易量"。他还说赵光祖虽以"尧舜君民"为自己的政治理想,但他的改革严重脱离实际,未能捕捉当时问题的关键,只能以失败告终。李滉在此认为不光是在学问上,而在社会参政中,充实学力至关重要,它影响一个人的一切。

李滉非常尊崇自己的士林前辈金宗直,肯定他在士林进入政治舞台中的卓越贡献,但是对他的学问却持否定态度。他说:"金宗直非学问底人,终身事业,只在词汇上,观其文集,可知。"[2]他认为金宗直"非学问底人",看其文集可知,其主要所为在词章上面。李滉作为当时著名的理学家,平生以考究"圣人之道"、创造性地发展程朱理学为己任,把海东性理学的思辨哲学推向新的高峰。他以挽救已病入膏肓的"天下心"为己责,不断探索心性论的奥义为自己毕生的目标,愿用自己的一份努力去"唤起九原人"。他把这些意愿在《和陶集饮酒二十首》中表达道:"道迩求诸远,滔滔旷安宅。哲人有绪言,因可追心迹。苟未及唯一,何异夸闻百。常怪楚狂辈,妄自分黑白。遇圣不逊志,洁身还可惜。"[3]诗人指出求道在哪里,应该在眼前,心学哲人有心里话,其学识求之于"心迹"中。学问不能拘于偏颇,也不能带有随意性,实事求是才能够求真知,只有努力"求真知",才能够"遇圣不逊志"。他在第十六篇中写还道:"吾东号邹鲁,儒者诵六经。岂无知好之,何人是有成。矫矫郑乌川,守死终不更。

---

1 《退溪全书》卷4《退溪言行录》,(韩国)《韩国文集丛刊》。
2 《退溪全书》卷4《退溪言行录》,(韩国)《韩国文集丛刊》。
3 其第15,《退溪先生文集》卷1《和陶集饮酒二十首》其十五,(韩国)《韩国文集丛刊》。

佔毕文起衰，求道盈其庭。有能青出蓝，金郑相继鸣。莫逮门下役，抚躬伤幽情。"[1]海东自古哲人不断，"儒者诵六经"，号称东方礼义之国，但遗憾的是没有出现过"大成"之"圣"。郑梦周以死守道，金宗直门下求道者盈庭，道学家金宏弼、郑汝昌青出于蓝而胜于蓝，但是他们的道学理论并没有达到很高的境界，这是非常遗憾的事情。诗人从而表示，"莫逮门下役，抚躬伤幽情"。诗人在其第十九首中继而写道："小少闻圣训，学优乃登仕。偶为名所累，辗转徒失己。龙钟犹强颜，窃独为深耻。高蹈非吾事，居然在乡里。所愿善人多，是乃天地纪。四时调玉烛，万物各止止。毕志林壑中，吾君如怙恃。"海东两班家的后裔自小受儒家教育，接触圣人之教，学习好则通过科举考试入仕，之后开始被个人名利所累，辗转与官场，失落多于得势。这种情况人老以后也在继续，"龙钟犹强颜，窃独为深耻"。诗人断然地说，他可不愿意过这样的人生，远离高官厚禄生活在乡下，过上探秘自然和人生的悠然自在的生活。

　　李滉在陶山乡下便读书便探究学问，目的是救出陷于"迷津"的天下人。诗人在其第二十首诗中还说："古来英杰士，终不坠风尘。圣贤救世心，岂必夙夜勤。卓哉柴桑翁，百世朝暮亲。汤汤洪流中，惟子不迷津。同好陆修静，晚负庐山巾。安得酒如海，唤起九原人。"[2]英杰虽在乡下山间也"终不坠风尘"，贤人立志"救世心"，不一定在朝廷执勤，身在乡间陶山下倍感诗人陶渊明的亲切。宋朱熹在《正月五日欲用斜川故事结客载酒过伯休新居分韵得中字》一诗中曾写道："愿书今日怀，远寄柴桑翁。"愿意将复杂的心怀远寄八百年以前的陶渊明。李滉也借以表达自己此时复杂的心境。世间浑浊不清，人间世如同"汤汤洪流"，惟我独有"不迷津"。身处"衰季"尤学中国南北朝时期的道士陆修静，藏身深山探究救世方。诗人最后高呼"安得酒如海，唤起九原人"，以表自己救济天下"迷津"中人的抱负。

1　其第16，《退溪先生文集》卷1《和陶集饮酒二十首》其十六，(韩国)《韩国文集丛刊》。
2　其第16，《退溪先生文集》卷1《和陶集饮酒二十首》其二十，(韩国)《韩国文集丛刊》。

作为程朱理学在海东最大的传承人和当世最著名的性理学家，李滉可谓是彻底的理气学家和道德哲学家。但是在文学观念上，李滉并没有完全跟随宋学的几位大家，否定其独立价值。宋周敦颐曾在《通书·文辞》中说道："文所以载道也。轮辕饰而人弗庸，徒饰也，况虚车乎。"程颐的《遗书》卷18也记道："问：作文害道否？曰：害也。凡为文，不专意则不工，若专意则志局于此，又安能与天地同其大也。"后来的朱熹在其《朱子语类》中更指出："这文皆是从道中流出……文只如吃饭时下饭耳。"他们或主张重"道"轻"文"，或完全否定文学的存在价值，或彻底否定文学的独立地位。海东的李滉，虽在道学观念上继承了他们的衣钵，但是在文学观念上并没有依顺这些中国前人。考察他的理学文字和其他著述，很少发现他对文学如此偏狭的论述，反而处处可以看到他对文学的青睐和重视。总的来说，他有关"文"与"道"的论述大体可以分为三大方面，一是他主要以"六经之文"为"传道之具"，二是他强调作家的自我修养，三是他提倡对纯文学的历练和创作。首先，李滉认为在"道"与"文"的关系问题上，"明道之功"最强的应该是古圣人所纂修的"六经"和后来的群弟子所阐述的"四书"。不过他认为社会越是往后发展，各类新的书籍不断出现，愈来愈多的书籍让人眼花缭乱，但遗憾的是其"明道之功"越是往后越弱。社会发展到宋代，群贤迭起，著述倍增，但是真正领衔继承古圣人之旨，完成"明道之功"者为朱熹一人。李滉反对宋代二程否定"文"的存在价值和文学独立地位的观点，认为二程"作文害道"的观点与其学问实践严重矛盾，实际上他自己否定了自己。李滉认为"道"与"文"都是客观存在，它们在人的精神实践中是既矛盾而又统一的有机关系。他强调"道"与"文"是一个事物的两个侧面，相互依存而缺一不可的关系，它们共同创造着人类文明。尤其是"圣人之道"及其"浸染之功"，只有在二者紧密结合的过程中才能够实现。他在《策问》一文中，用生动的语言表达了这种观点。他说：

道之不行，由不明故也，然则苟道之大明，宜若可以大行者矣。昔者，吾夫子删定赞修而六经完，群弟子思孟氏之徒，相继述作而四书备，明道之功，莫盛于此。然而自是以降，千有余年之间，道之行也蔑蔑乎无闻。何哉？有宋真儒接迹而兴，咸有述作，周、程、张、邵之书，疏瀹阐发，渊源浩博。而考亭夫子起而承之，乃集群圣贤之书而折衷之，传注纂述，各极其至。譬如白日中天，有目者皆可睹，道之大明，尤莫盛于此也。然而自是以后，历元及今，亦未见道之大行。又何也？若曰：书是古人之糟粕，无益于行道，则程子之为学，何以反求之"六经"而后得？朱子之教人，何以"四书"为入道之序乎？汉之时，无今之传注而读书难，故诸儒各专治一经而已，虽未足与议于道，犹有成就而名世者。今之儒者，因传注之易晓，人人能读三经四书，而所得反出于汉儒之下，是何书愈明而道愈难行欤。"仁"之一字，樊迟盖三问于夫子而犹未达，退质于子夏而后始知。"中和"两字，朱子既问辨于延平，又往复究论于南轩而犹未契，至于晚年义精仁熟而后方信。[1]

李滉指出后世"道之不行"，是由于没能够"明道"而造成的。不过如果做到了"明道"，真的能够实现"道之大行于世"吗？这得看实际情况，需要智者的努力。古时，孔子删定纂修"六经"，从而"六经"体制完备。后来孔子的弟子子思之徒形成一个学派，发展了孔子的思想，之后孟子之徒起而使儒家思想更上一层楼。他们积极上进，努力著述，创造性地发展了儒家思想，从而《论语》《孟子》《大学》《中庸》四书完备。他们的思想大力发展孔子的遗训，他们的文章充分体现出儒家思想的"明道之功"，充当了"传道"之具，这是中国思想史上最为辉煌的时期。不过自此以后，虽出现了一些思想之徒、文章之辈，但是真正继承圣人遗旨、写出真正"明道"之文的人很少。也就是说，"自是以

---

[1] 《退溪先生文集》卷41《策问》，（韩国）《韩国文集丛刊》。

降，千有余年之间，道之行也蔑蔑乎无闻"。到了两宋，"真儒接迹而兴"，这种状况才得以改变，诸贤著述接连不断，新的学术及其思想光耀一时。在诸贤中，影响最大的人应该是周敦颐、二程、张载、邵雍等，他们的著述"疏瀹阐发，渊源浩博"，将宋代学术推向了新的境界。在此宋学的风潮中，成果最富、影响最广者应该是朱熹，他因巨大的性理哲学成就被推尊为"朱夫子"，他的学术和思想也被东亚各国推广为"朱子学"。朱熹"集群圣贤之书而折衷之，传注纂述，各极其至"，逐渐在各国获得了经典的地位。历史上的宋学因拥有这些群贤，其成就和声望"譬如白日中天，有目者皆可睹，道之大明，尤莫盛于此"。不过自此以后，历经元、明两朝，中国的学术和儒道没能够继续发扬光大，没有出现大家巨手，儒家道学处于萎靡不振的状态。这是为什么？李滉认为其原因在于当时中国的世道变得"急迫催人"，人心变得功利化，没有人真正领会"古人之旨"和"古道之境"。当时的有些人鼓吹"惟道至上"，"文是末叶"，甚至有些人认为比之于"道"，"书（或文）"乃为"糟粕"。李滉强调这种想法大错特错，认为离开"文""道"怎么能够自己行于世，怎么能够被人知晓和接受呢？他举出理学巨人二程和朱熹的例子，说："则程子之为学，何以反求之六经而后得？朱子之教人，何以四书为入道之序乎？"他认为程颢、程颐的学问以古圣人的六经为基础，论证自己的理学观点时也参酌六经的思想加以发挥，在他那里"圣人之道"体现得淋漓尽致。稍后的朱熹在闽、赣创办书院教育弟子，也以四书"为入道之序"，他的学问更围绕四书而展开。作为南宋著名理学家的朱熹，将《礼记》中的《大学》《中庸》两篇拿出来单独成书，和《论语》《孟子》合而为四书，并汇集为一套经书而刊刻发行。李滉认为这一切的一切，都以儒家典籍的形式实现和传承下来，而典籍就是"文"的集合体，是以"文"为物资材料的著述形态。无"文"则无"经"，无"经"则"文"失去自身的存在价值，因"经"叙述了人的思想和人们应该准守的道德、行为准则。

朱熹在《朱子语类》中认为，"先读《大学》，以定其规模；次读《论语》，以定其根本；次读《孟子》，以观其发越；次读《中庸》，以求古人之微妙处"，还说"《四子》，《六经》之阶梯"。朱熹还倾一生之力著述四书的重要注本《四书章句集注》，首次将《礼记》中的《大学》《中庸》与《论语》《孟子》并列，并认为《大学》中"经"的部分是"孔子之言而曾子述之"，"传"的部分是"曾子之意而门人记之"，《中庸》是"孔门传授心法"而由"子思笔之于书以授孟子"，从而使四书上下连贯传承而为一体。《四书章句集注》作为一部儒家性理学的名著，后来成为东亚封建社会最重要的经典之一，对海东性理学的发展起到了巨大作用。朱熹的《四书章句集注》，在海东性理学领域是一部各派理学家公认的必读书，是人们理解儒家思想内核的指导性典籍，也是掌握其认识论和方法论的"指路明灯"。

李滉所编撰《朱子书节要》，对当时的士子产生很大影响，其中许多内容就出自于此《四书章句集注》。李滉认为朱熹将此四书为"入道之序"，以为教育学子的重要教材，是有其道理的。李滉在此以二程展开理学理论"反求之六经而后得"，朱熹论证理学观点"以四书为入道之序"的例子，说明古人所著之书或文在传其道的过程中起到了决定性作用。可以肯定，在李滉看来，如果无"文"之助，古代的"圣人之道"则无法成形乃至传播，后世也无法知道或传承那些古代"圣人之道"。在他的观念世界里，"道"与"文"各自独立，各有自己的价值和贡献，在人的精神活动中二者平衡才能够形成有形的精神财富。

李滉认为中国的两汉时期，"无今之传注而读书难"，所以"诸儒各专治一经而已"。不过在那个时代，虽传注之体并未那么发达，各家只能"专治一经"，"未足与议于道"，但是犹有一批学者"成就而名世"。这又是为什么？究其根源，原因许多，但最主要的一条就是那时的学者懂得"圣人之道"，心存"传道"之诚，以真学问研究和写作，此"道"哪有不畅"传"的道理？这所谓传注就是直接解释古文献正文的词语意义、典章制度、历史事实、思想内容的训诂体式，在中国这种体式由来已久。刘勰在《文心雕龙·论说》中说："释经则与传注参体，辨史则与赞评齐行，铨文则与叙引共纪。故议者宜言，说者说语，传者转师，注者主解，赞者明意，评者平理，序者次事，引者胤辞：八名区分，一揆宗论。论也者，弥纶群言，而研精一理者也。"这种对学问的帮助体式，到了两宋时期则得到更为充分的运用，在一些经学家和理学家那里开出了斑斓的哲理之花。李滉指出当时的海东思想文化界，已大量积蓄中国先人的相关典籍，为各类学问的发展预备了庞大的文献资料。他说："今之儒者，因传注之易晓，人人能读三经四书"，学问的方便条件亦不言而喻。而且海东的性理学直接继承中国宋学的基本理论精神，富有深厚的理论基础，在此基础之上进行理论创新有着丰富的参酌系数。有了这样的前提条件，海东的经学或性理之学应该取得较大的成就才说的过去，但是现实偏不这样，能够称得上的学者及其成就不是很多。他指出："今之儒者，因传注之易晓，人人能读三经四书，而所得反出于汉儒之下"，那么为什么"书愈明而道愈难行"呢？他认为对学问探讨深度的不足，对"传吾道"诚心的不足，对振兴国家使命感的不够等就是其主要的原因。从而他举出古人的探索精神，来提醒当代的学者，来鼓励学界的年轻一代。他说："'仁'之一字，樊迟盖三问于夫子而犹未达，退质于子夏而后始知。'中和'两字，朱子既问辨于延平，又往复究论于南轩而犹未契，至于晚年义精仁熟而后方信。"李滉在此所说的樊迟，是孔子七十二贤弟子中的重要人物。他求知心切，曾三次向孔子请教"仁"的学说，未问清楚，最后仔细请教于子夏才弄清楚。他除了道德、文章之外，还曾向孔子问"学稼"和"学圃"，受到孔子的斥责，但他不气馁，不愧为孔门弟子中的佼佼者。他在儒家广受推崇的各个朝代中，甚受推崇，享有较高礼遇，唐赠"樊伯"，宋封"益都侯"，明称"先贤樊子"。

朱熹是程颢、程颐的三传弟子李侗的学生，他师从李侗的时间前后长达十年之久，这十年正是朱熹的学术思想进一步成熟的关键历程。朱熹师从李侗，在他的指点之下，逐渐感觉到前学之不足，逐渐转向"道学"，可知李侗是朱熹真正踏入"道学"之门的引路人。南宋学术名家李侗，一生不为官，专心追求理学真谛，辛勤教学授徒，时称延平先生。他是朱熹最直接的恩师，不仅将河洛理学传授给朱熹，而且使其进一步形成以朱熹为代表的"程朱理学"。在学习的过程中，朱熹曾多次请教李侗"中和"之意，而且共同切磋其中的疑难问题，之后还独立思考，反复辩证，而且还与"渭上先生"南轩（1518—1602）"往复究论"，但最终还是没有得其真谛。经过一生的探索，到了晚年"义精仁熟而后"，朱熹才真正明白其中的真谛。二程也好，朱熹也罢，他们都是学问上的孜孜不倦者，不得真谛不甘心，不达目标不罢休，是他们基本的学问态度和精神。这种态度和精神，使他们能够成为"圣人之道"的继承人，"传道""布道"的精英。也就是说，后世的人能不能传承"圣人之道"，能不能成为"传道""布道"的精英，全看有没有这种态度和精神。李滉认为遗憾的是，当时海东思想文化界的情况复杂而多端，并不是用一两句号召之言能够打得开局面的情况。李滉认为海东当时面临的主要问题是从朝廷到地方，从士大夫到一般士类，大都急功近利，只顾眼前利益，把学问当作飞黄腾达的敲门砖，无长远打算。这种心态和社会风气，还使得他们只能"学道"而不能"传道"，只能探究"文义"而却不能"行道"于世，这样他们的学习和实践相背离，"学道"和"行道"相矛盾。这样的现状和问题实际上是严重背离了儒家的"圣人之旨"，背离了儒学积极向上的基本精神，实乃"吾道之阳九"。对当时海东思想文化界和文坛存在的这些问题，李滉继而指出：

  今人粗窥觑文义之仿佛，便自谓予既已知之矣，更不复致疑于其间。是何昔贤之学，如彼其钝，而今人之学，如是其敏欤。六经、四书、濂洛关闽之书，今皆行世，则亦可谓道大明矣。而卒莫有能行之者，是何难者之有效，而易者之无功欤，钝者之能，而敏者之卤莽欤，是必有其故矣。抑尝闻之，上国之俗，虽未必道之大行于世，山林讲道之士，所在有之，人皆景慕。而国亦尊尚，故元明以来，士之因书闻道者，比比相望。呜呼！曾谓吾东方箕畴之遗教，礼义之善国，加以列圣相承，崇儒重道之美，如此其至，而尚不知讲明道学之为何事。非唯不知，且讳之，非唯讳之，且怒之，其视圣贤之书，不过以为决科取禄之资。是上有文王，而下无有兴起者，岂不为士夫之大耻也耶。诸君乐古道抱奇尚，其必有下帷而发愤，抚卷而永叹者矣。伊欲因书以求道，由大明以求其大行，其道曷由。[1]

李滉在此以敏锐的观察力分析当代人在学问上的种种弊端。他指出"今人粗窥觑文义之仿佛，便自谓予既已知之"，便自我满足，"更不复致疑于其间"。他认为国人的这种不实之心，浮躁之气，是"吾学"之最大敌人。在他看来，当代文人的这种浮气实在是令人担心，他们从心底里藐视古人"如彼其钝"，自以为自己的学问"如是其敏"，无人自窥自己与古人的差距在哪里。他认为先秦的六经、四书和两宋理学四个重要学派的著述都大行于世，随处可读，从而可以说"吾道大明"。但与此相反，"卒莫有能行之者"，能够实践"吾道"者寥寥无几，古之"圣人之道"只浮于口而流于形式。难道这是因为"难者之有效，而易者之无功"使然？也或许是"钝者之能，而敏者之卤莽"的结果？这其中必有原因，应该仔细观察，找出其中的缘由，以解决现有问题。比如在中国，"虽未必道之大行于世"，但是"山林讲道之士"到处看见，人人敬慕，国亦尊尚，所以元明以来的士流中，"士之因书闻道者，比比相望"。不过海东的情况远不如元、明两朝，社会风气急迫不实，人人崇尚名利，真正安下心来探索"圣人之道"者少之又少。

李滉强调海东历史悠久，"曾谓箕畴之遗教，礼义之善国，加以列圣相承"，其"崇儒重道之美，如此其至"，不过如今世风日趋浇漓，祖先遗留下来的美风良俗渐行渐远。尽管如此，人们"尚不知讲明道学之为何事"，学习古人带有盲

---

[1]《退溪先生文集》卷41《策问》，(韩国)《韩国文集丛刊》。

目性,跟随古道亦不知其意义所在。而且很多人,"非唯不知,且讳之,非唯讳之,且怒之",逐渐站在"吾道"之对立面。这些人,"其视圣贤之书,不过以为决科取禄之资",以为自己飞黄腾达的路签。从真儒的角度考虑,现实社会精神如此浮躁,真不知这是一个多么严重的问题。海东虽为圣人箕子谋建之国,为何祖宗之业离我们越来越远,国人的想法和习俗如此趋利而短视呢?现在右文政策日益深入人心,国家提倡性理之学,文衡制度完备无缺,但是世道人心竟如此趋利而浮夸无实。国家鼓励,文衡和图书条件空前完好,"而下无有兴起者,岂不为士夫之大耻也耶"。李滉不仅以十分敏锐的眼光观察到思想界的客观现实,而且还以智者的立场担忧海东儒学的前途。如果古之"圣人之道"中绝于自己的时代,那该是一件莫大的耻辱,其责任将永世难消。他抱希望于学界的中青年一代,说"诸君乐古道抱奇尚,其必有下帷而发愤,抚卷而永叹",要求诸位中青年学者抱着一种民族、国家的责任心,奋发于复兴古道的道路上。他还一再强调不要忽视前人留下的书或文,要正确认识"道""文"之间不可分离的有机关系,应该懂得通过前人的书或文而"求道",从"大明其找道"中"求其大行"。他指出作为一个真儒,"征圣"、"宗经"是最基本的立场,钻研和理解"圣人之旨"是最基本的姿势,不但要学习"圣人之道",而且也必须懂得如何去践行的问题。

作为海东性理学的领袖人物,李滉非常重视社会风气的净化和对后代的培养问题。他强调学习和掌握"圣人之道",践行前贤们的道德理论,必须形成相对安静的社会环境,整顿与日俱下的国家意识形态。他认为随着社会政治经济的发展,社会人心也随之发生变化,王朝的上层和士大夫阶层对此必须有一个正确的、实事求是的认识。他认为在社会道德环境的净化过程中,士阶层不仅是被净化的对象,而且也是一股积极的有为力量。因为从海东朝鲜朝的实际情况来看,士阶层不仅是国家栋梁之才的来源群体,也是与天下百姓相处最近的阶层。也因为士阶层常处于动态之中,可变性也大于别的阶层,所以士风的清浊直接关乎国风的清浊。从这些种种原因出发，李滉格外重视士流的动态，并对其进行仔细的观察和深入的研究。对士流的思想状态和社会处境，李滉在另一篇《策问》中具体评论道：

> 孟子曰："士尚志。"夫士之所尚，系时之污隆，可不谨哉。昔东汉之士，尚节义而扶世道；赵宋之士，尚道德而淑人心。然而扶世道者终不能卫社稷，淑人心者卒不能化奸慝，若是乎道德节义之无益于国也。至如西汉之末，士尚谀佞而亡天下；晋宋之间，士尚清虚而乱天下；李唐之时，士尚文词而敝天下。彼一时，岂尽无特立独行之士生于其间哉。其所以同波混辙，举一世靡然趋之者，其故何欤？三军可夺帅，匹夫不可夺志。彼其风振百代，壁立万仞，不待文王而兴者，何寥寥也。吾东方文献之美，有自来矣。前朝之士，所尚有邪正，安文成公倡学校崇儒术，虽未能变鲁而至道，及其末也，兼道德节义之美有如郑圃隐者出焉，将非其力欤。若其鸿儒硕士，为荐绅领袖，自谓任斯道之责者。夷考其行，其于道德之实，节义之守，皆未满人意。则其以文词鸣于世而已耶，寄命于耳目，腾理于口舌而曰："我尚道德。"平时则大言高论，遇变则趋利避害而曰："我尚节义。"则与彼尚文词，尚清虚，尚谀佞者奚择哉？然则人心何由而淑，世道何由而扶乎。[1]

《孟子·尽心章句上》有"士尚志"一句，其曰："王子垫问曰：'士何事？'孟子曰：'尚志。'曰：'何谓尚志？'曰：'仁义而已矣。杀一无罪非仁也，非其有而取之非义也。居恶在？仁是也；路恶在？义是也。居仁由义，大人之事备矣。'"孟子所谓的"士尚志"，就是士人的修养就在于使自己的志行高尚。而高尚的标准就是"居仁由义"，这里强调士人作为一个特殊阶层的修身精

---

[1]《退溪先生文集》卷41《策问》，（韩国）《韩国文集丛刊》。

神。李滉认为士之所尚，与时代的"污隆"有直接关系，所以每个士人不能不谨慎从事。李滉认为一个国家的士风，关系到其政治的清浊和社会道德的"污隆"。所以有人甚至说看国家政治的得失，就要看其士风。李滉举例说东汉时期的士人，"尚节义而扶世道"，两宋时期的士人"尚道德而淑人心"，但是"扶世道者终不能卫社稷，淑人心者卒不能化奸慝"，这是历史的事实。从历史的发展结果来说，那些道学家们的"扶世道"和"淑人心"之举，最终都不能"卫社稷"和"化奸慝"。这是为什么？难道这说明"道德节义之无益于国"吗？李滉并不是这样认为，人的道德修养对国家的兴亡、社会的发展，肯定有着必然的有机联系，但它们之间并无绝对的因果关系。人的道德修养、一国之治乱和政治之得失，主要是通过精神方面来起作用，而一国的兴亡往往由多个方面的因素决定。东汉末叶的士流，或两宋时期的士人，虽为扭转社会道德风尚作出了不懈的努力，但是最终还是没能够挽救国家的灭亡。这其中未免存在有些惋惜的历史情节，值得后人去进一步探索，但是当时士流和时代的关系问题，更是值得去研究。

在一个时代里，士风很重要，它甚至与时代或社会的盛衰有直接的关系。任何一个封建社会中，士流是其社会不可或缺的、极其活跃的存在，尤其是每个历史转折时期，士流的作用尤为突出。李滉也认为士风与时代盛衰的关系尤为密切，一个时代的兴亡原因也可以从士风开始着手考察，这样肯定能够寻找出本质性的因果关系。他认为中国各个重要朝代的盛衰和更迭，无不与当时的士风有这样那样的关系。他说："至如西汉之末，士尚谀佞而亡天下。"西汉末，士大夫逐渐丧失独立人格，尤其是一批士人不顾国家的安危叛刘附莽，这种士风无疑加速了西汉王朝的灭亡。他还说："晋宋之间，士尚清虚而乱天下。"钟嵘《诗品》说："永嘉以来，清虚在俗。王武子辈诗，贵道家之言。爰洎江表，玄风尚备。"这种士风，玄惑天下人心，以至于天下大乱。李滉又说："李唐之时，士尚文词而敝天下。"唐代"士尚文词"，唐诗把中国的诗歌推向高峰，韩愈、柳宗元的古文开启了后世古文运动的序幕,但是唐代文词过盛而政治渐衰,立国不到三百年就寿终正寝。有唐一代,整个社会沉浸于文词繁盛的兴奋之中,理性的思维找不到安身处。

海东的理学家李滉认为,"彼一时,岂尽无特立独行之士生于其间",但是其时代潮流尚且如此,那些少数的"特立独行之士"理性的想法起不到多大的作用。"士尚文词",逐渐形成当时的时代潮流,李滉慨叹:"其所以同波混辙,举一世靡然趋之者,其故何欤?"作为性理学家的李滉,对此深表不理解,整个唐王朝沉浸于如此长久的感性情节之中,这是一个极其罕见的现象。他说:"三军可夺帅,匹夫不可夺志。彼其风振百代,壁立万仞,不待文王而兴者,何寥寥也。"李滉认为士风虽不能决定一个国家的兴亡,但它对社会风气有着重要的影响,甚至它可以促成社会的大转变或变化,使其逐渐引起内部的质的变化。他如此重视士风,以至于写出这样的文章,目的在于批评乃至扭转当时海东朝鲜朝日益走下坡路的士风。当时的海东朝鲜朝实行文治主义政策,国家政治基本掌握在文人手里,通过科举考试进入官界是每个士人的梦想。封建制度的这种模式,使得整个社会的士流都为之而奋斗终生,除此之外没有其他出路可寻。海东朝鲜朝社会的这种基本走向,给士流提供了无限的发展空间和想象余地,他们在社会上的地位也格外令人注目。海东朝鲜朝封建社会的这种制度模式,也使得士风的好坏变得格外重要,因为他们和国家政治的命运有着极其密切的相关度。李滉认为要继承儒家道统精神,行"圣人之道",首先要改变浮躁夸饰的士风,改变急功近利的士心。

李滉强调海东的"文献之美"历史悠久,长期发展的思想文化虽不少学自于中国,但因受本土思想文化和历史条件的制约,其演变的历程繁复多彩。海东儒学的发展绵延不断,各级学校和书院代代繁盛,历代集贤殿、弘文馆、成均馆等朝廷的文衡机构代有传人,其日益发展的学术"虽未能变鲁而至道",却培育出了无数像郑梦周这样"兼道德节义之美"的思想家。《论语·雍也》曾说:"子曰:'齐一变,至于鲁;鲁一变,至于道。'"孔子在此提出了"道"的范畴。他在此所讲的"道",就是治国安邦的最高原则。春秋时期,齐国实行一些改革,封建经济发展较早,成为当时最富强的诸侯国家。鲁国虽比齐国其经济和国力稍弱一些,但思想文化的发展比较好,所以孔子说,齐国稍微努力就达到了鲁国的样子,而鲁国再进一步,就达到了先王之道。孔子在此隐约表达了对周礼的眷恋之情。

海东自古为东方礼仪之国,孔子曾说过"道不行,乘桴浮于海"[1],因为他曾听说东方有一个礼仪之邦。李滉通过"兼道德节义之美"的话语,表达出了《论语》所说的这种意思。李滉认为在海东可称"鸿儒硕士"的人无数,可称儒坛领袖者也代有其人,他们都"自谓任斯道之责者",但是仔细考察他们的行实,"其于道德之实,节义之守,皆未满人意"。那么他们的名气起自于何方?是经学,还是文词?他们被称为儒坛领袖,可是一生所写"传道之文"寥寥无几,其德行也不受更广泛的认可。李滉认为他们只是"寄命于耳目"的行人,口口声声说"我尚道德",他们平时也"大言高论"道德之说,但是"遇变则趋利避害",却大言"我尚节义"。他们的这些言行,与中国历史上的那些"尚文词,尚清虚,尚谀佞者"没有什么不一样。李滉曾问过参加科举考试的士子,"然则人心何由而淑,世道何由而扶",可是没有得到满意的解答。他训导中青年士子,不但要学好"圣人之道",而且还要懂得如何去践行"圣人之道"。他引用孟子之言,指出不懂得践行,就等于不懂得何为"道"。《孟子·尽心上》曾说过:"行之而不著焉,习矣而不察焉,终身由之而不知其道者,众也。"其意思就是做了而不明白,习惯了而不觉察,一辈子走这条路,却不知道那是条什么样的路,这种人只是一般的人。李滉希望中青年士子,能够成为既知道"圣人之道",又懂得如何去"传道",而更知晓如何去践行的"熟儒"。

李滉强调学者也好、作家也好,要不断加强自己的心性修养,这是学问和

---

[1] 《论语·公冶长》。

文艺创作最基本的前提。因为作家的思想意识直接影响其创作过程，每个人都按照自己的世界观写出自己的作品。文学或艺术在本质上是创新的，要创新就得注入诸多创作主体的个体因素，比如除了时代、社会环境、民族等因素之外，个体的思想观念、情感、阅历、追求、爱好等都起到一定的作用。这说明文艺创作将创作主体的主观因素渗透到作品中，并将其"物化"为艺术形象或作品。这样，作家自身的思想、心境、感受、愿望、情愫、志趣等自然会渗入到艺术创造之中，打下鲜明的个性印记。因为文艺作品以情动人，与作家的个体意识与情感密切相关，所以在其作品中凝聚着主体与众不同的情感体验。种种这些都集中说明一点，那就是一部文艺作品与作家的诸多内心因素密切关联，甚至可以说文艺作品是作家的产儿，或者也可以说有什么样的作家，就写出什么样的作品。所以自古以来的学者或作家，都强调作家世界观的树立和改造。海东的理学家李滉也不例外，在性理学的研究实践中，他发现作家对其作品的绝对影响关系。因而他格外强调作家自身道德修养的重要性，并加以论述作家精神修养在文艺创作中的领衔作用。当然他是从儒家、尤其是理学家的立场出发，要求作家继承儒家道统，传播"圣人之道"，让人通过对文艺作品的欣赏，达到"归于正"的目的。对这一点，李滉曾在《策问》中指出：

> 窃谓诗之为道，本于性情，而发于言词者也。故有敦厚之实者，其辞和正，有轻躁之心者，其辞浮华。[1]

可知，他深懂泉眼中涌出的是水，血管中流淌的是血，作家有什么思想，就写出什么样的作品。他说按照文学的创作规律来讲，诗歌"本于性情"，而此"性情"指人的性格、习性与思想情感的总和。《易·乾》说："利贞者，性情也。"孔颖达疏则曰："性者，天生之质，正而不邪；情者，性之欲也。"对"性

---

[1] 《陶山全集》卷4《策问》，（韩国）《韩国文集丛刊》。

情"在文艺上的表现,钟嵘在《诗品·总论》中指出:"气之动物,物之感人,故摇荡性情,形诸舞咏。"这个"性情",则深受时代环境和个体阅历的影响,不可避免地受客观条件的制约,所以具有一定的可变性。李滉强调正是因为"性情"的这种特性,"本于性情"的诗歌创作,深受其影响。他指出这个"性情""敦厚之实者",其诗歌作品就显出"和正"的艺术个性,而其"性情""轻躁者",其作品则显出"浮华"的艺术特性。他认为这是诗歌创作上不可改变的规律,凡是从事于诗歌创作的诗人,必须遵守这条规律。从对诗歌创作规律的这种认识出发,李滉一再强调创作主体的道德修养,要求诗人在社会生活和创作实践中努力改造自己,成为一名心含"温柔敦厚之旨"的诗人。

作家是任何国家和民族的社会结构中,是一个特殊的群体。他们通过自己的作品,对读者的思想、情感产生影响,所以他们所创作出来的作品对社会和人们负有不可推卸的责任。作家的这种社会地位和工作性质,则要求他们提高自身素质,不断完善自己的道德修养。作为海东性理哲学家的李滉,将这样的修养过程称作"存养"和"省察",按照如今的话来讲就是不断改造自己的世界观。一个作家,只有不断提高自己的思想修养,才能够更自如地写出具有一定艺术意蕴的作品。我们知道,世界观是对整个世界的基本观点的总和,包括哲学观、社会观、伦理观、审美观、自然观等。在文学上,世界观决定和影响作家的创作动机、目的和艺术品味。进步的世界观和健康的审美意识,使艺术家能够站在时代的高度,审视复杂的现实生活,深入把握和揭示生活的本质和规律,创造出富有生命力的作品。

李滉认为作家的"存养"和"省察",使得他能够"反观自身",自觉进行道德修养,最终达到理解和传播"圣人之道"的归宿。从这样的基本文艺思想出发,他强调作家应该加强自身的思想修养,为创作打下思想品德基础。由于他是一位城府很深的性理学家,把这种思想用哲学思辨的方式表达了出来,使人从中受到教育。关于人的"意"与"心"、"心"与"情"、"情"与"文"的相互关系，他用心性论的表述方式表达了出来，使人耳目一新。他认为既然是人处于社会生活之中，其心则永远处于动态的变化之中，社会及其生活中的许多正面的和反面的、好的和坏的东西，会随时影响人的思想和感情，从而他所作出来的和写出来的东西，打上其主观思想或道德品质的烙印。对此，他在《天命图说》一文中指出：

> 意者，心之所发，而心者，性情之主也。故当此心未发之前，如太极具动静之理而未判为阴阳者也。一心之内，浑然一性，纯善而无恶矣。及此心已发之时，如太极已判而动为阳静为阴者也。于斯时也，气始用事，故其情之发，不能无善恶之殊。而其端甚微，于是意为心发，而又挟其情而左右之。或循天理之公，或循人欲之私，善恶之分，由兹而决焉。此所谓意几善恶者也。虽然，善之发也，原于固有，故直遂而顺。恶之萌也，出于本无，故旁横而戾。此赵致道诚几图之所为作，而于此取以为说者也。[1]

《说文》谓："意，志也。"后来的儒家认为，"意"就是指人对事物的思想、情态和对事物的"存旨"。先秦儒家格外重视"意"对外界事物的态度和看法，认为人对客观事物、人们行为好坏的看法都是由意造成。所以汉刘向在《说苑·修文》中指出："检其邪心，守其正意。"李滉将此"意"，归之于"心"，认为它是"心之所发"，也就是说人之"意"，则来自于"心"。他继而说"心者，性情之主"，也就是说，"心"为人思想感情的主宰。从而李滉将人的"心""意""性情"各自分列了出来，讲明"心"对"意"与"性情"之主宰地位，而"意"与"性情"都出自于"心"，以"心"为根源。他的这种观点，在十九世纪的海东朝鲜朝是难能可贵的，具有极其重要的哲学意义。李滉在下文

---

[1]《退溪先生续集》卷8《天命图说》，（韩国）《韩国文集丛刊》。

中继而说,"故当此心未发之前,如太极具动静之理而未判为阴阳者",也就是说"此心"还没有发动之时,像太极虽具"动静之理"而尚未判为"阴阳",并没有"意""性情"之类的现象。此时的"一心之内",只有"浑然一性",而此时的"性","纯善而无恶"。这样在李滉那里,人"心"被客观因素发动之前,作为"浑然一性",纯粹善良而无任何恶意。他的这种观点,与孟子的性善论一脉相承。《孟子·告子上》指出:"恻隐之心,人皆有之;羞恶之心,人皆有之;恭敬之心,人皆有之;是非之心,人皆有之。恻隐之心,仁也;羞恶之心,义也;恭敬之心,礼也;是非之心,智也。仁义礼智,非由外铄我也,我固有之也。"孟子的这种理论,基本的出发点是性善论,他把道德规范概括为四种,即仁、义、礼、智;同时把人伦关系概括为五种,即父子有亲,君臣有义,夫妇有别,长幼有序,朋友有信。而此"心"的下一步,即开始发动阶段,李滉指出"及此心已发之时",则"如太极已判而动为阳、静为阴者"。此时的"心",犹如"太极已判而动为阳、静为阴",开始萌动起来。正好此时,"气始用事",结果人之"情"被拨动了起来,人"心"中的各种要素开始参与进来。正因为人是社会的人,社会上的各种正反要素不得不作用于人"心",从而"其情之发","不能无善恶之殊"。

在这一论述中,李滉首先将"心"与"意"、"心"与"性情"之间的学理关系摆出来,并进行简洁而明晰的论证。他认为人之初,性本善,只是在后来复杂的社会实践当中,此"心"被"拨动",并在用心的过程中逐渐浸染"恶"的成分,最后变成"善恶混为一体"之"心"。紧接着,李滉还对被拨动之前的"纯善"之"心"发之为人"情"的过程,描绘为"气之用事",从而说明了"心"发为"情","情"根于"心"的"心""情"发展过程,以及"气"在其中的"用事"即催化过程。李滉把这个过程说成"其端甚微",也就是说此"气"的"用事"过程极其短暂而细微,一般肉眼看不出来。在这个过程中,来自于"心"的"意",此时"又挟其情而左右之"。具有无限能动性的"意",此时进行对事物的判断和主体的煽情,并驱使人"情",表现出各种有意的情态。这是一个由"心"至"意",由"意"至"情"的"心性"递变过程。而且还通过这样的递变过程,清楚地看到了作为心性哲学物质基础的"心""意""情"的递变解剖图。同时通过这样的递变过程,更加清楚地理解到了其间"气"的"用事"机制。在李滉看来,在这样的递变过程中,这个由"心""意"而来的人"情","或循天理之公,或循人欲之私",左右往来,进行或善或恶的情感活动。在这个过程中,人的"善恶之分,由兹而决",使人作出向善或向恶的选择。这就是"所谓意几善恶者","意"之能动性和可变性的具体表现,也是"意"在由"心"至"情"递变过程中,必然所起的作用。

此外,李滉还提出了"善发于固有","恶发于本无"的观点,这一观点无疑是发展了孔子和孟子有关心性论的理论,具有鲜明的创新性。他继而指出:"善之发也,原于固有,故直遂而顺。恶之萌也,出于本无,故旁横而戾。"他认为人之"善"源于"固有",所以"直遂而顺",因为"善"对别人和社会有利,所以往往受到表扬和称道。他的这一观点,是《三字经》中所谓"人之初,性本善"观点进一步的印证和发展。它的主要贡献在于,不仅进一步说清了"善发于固有","恶发于本无",而且还提出了行"善""直遂而顺",行恶"旁横而戾",从而使先秦"性善"论的内容更加丰富。因为自"心"至"情"的学理递变过程如此之复杂,所以宋人赵致道曾经专门画了《诚几图》,将这个学理递变过程剖示给世人看。因为这是一个极具哲学意义的命题,所以李滉进一步把这个原理写出来,展示给当时海东性理学界,以作参酌之用。

通过这些性理学原理,李滉想说明人之初性虽本善,但在其后生活的过程中,由于社会的复杂、人本身的弱点,往往被社会的不良习气或切身利益所动摇,并可能被染上一系列的不正之风,由此其"心"可能逐渐变坏或变恶。他认为尤其是当时名利思想横飞的文坛上,如果一个作家不好好进行"存养"和"省察",以完成应有的道德修养,那很有可能变成脱离儒家道统,不能传播

"圣人之道"的"坏作家"。在人的道德秉性上，李滉将人分为"上智""中人"和"下愚"三个档次，但是他最后还是认为人之道德秉性和社会档次是可以改变。其中的关键在于，本人的努力，如果积极努力进行"存养"和"省察"，一个人的道德秉性和社会档次完全可以得到改变，坏的可以变成好的，好的也可能变成坏的。在此说中，他继而指出：

> 是以人之生也，禀气于天，而天之气有清有浊，禀质于地，而地之质有粹有驳，故禀得其清且粹者为上智，而上智之于天理，知之既明，行之又尽，自与天合焉。禀得其清而驳浊而粹者为中人，而中人之于天理，一则知有余而行不足，一则知不足而行有余，始与天有合有违焉。禀得其浊且驳者为下愚，而下愚之于天理，知之既暗，行之又邪，远与天违焉。此人之禀，大概有三等者也。虽然，理气相须，无乎不在，则虽上智之心，不能无形气之所发，理之所在，不以智丰，不以愚昏，则虽在下愚之心，不得无天理之本然。故气质之美，上智之所不敢自恃者也。天理之本，下愚之所当自尽者也。是故禹大圣人也，而舜必勉之以惟精惟一。颜子贤人也，而夫子必道之以博文约礼。至于《大学》，学者事也，而曾子必以格致诚正，为知行之训。《中庸》，教者事也，而子思必以择善固执，为知行之道。然则学问之道，不系于气质之美恶，惟在知天理之明不明，行天理之尽不尽如何耳。[1]

李滉认为人生天地之间，先"禀气于天"，而后"禀质于地"，可是"天之气有清有浊"，"地之质有粹有驳"，所以人之"气"与"质"也不得不有"清"有"浊"，有"粹"有"驳"。人之"气"与"质"的这种复杂性，决定人之品德的清浊、智慧的高低、气节的优劣，这是天然的和必然的，不以人的意志为

---

[1] 《退溪先生续集》卷8《天命图说》，（韩国）《韩国文集丛刊》。

转移。人的这种禀赋，进一步决定人的秉性的档次和智愚之部类。李滉认为由此而分的档次有三，即"上智""中人""下愚"，这三个档次并不是固定的，而是根据个体的努力会引起变化。那么。这些档次是怎么分的呢？而各个档次又有什么特点呢？李滉认为"禀得其清且粹者为上智"，上智是其中最高档次者，"上智之于天理，知之既明，行之又尽，自与天合"；"禀得其清而驳浊而粹者为中人"，中人既具备上智的特点，而又存有一系列缺点者，"中人之于天理，一则知有余而行不足，一则知不足而行有余，始与天有合有违"；"禀得其浊且驳者为下愚"，下愚则是人性的缺陷较多者，"下愚之于天理，知之既暗，行之又邪，远与天违"。虽然理和气相依相须，无处不在，所以即使是上智之心，也不可能没有"形气之所发"。同时，此理并不是由于你是上智而更多于中人和下愚，由于下愚而更少于上智和中人。必须懂得，虽然是下愚之心，并不是没有"天理之本然"，只是人性的缺陷多于其他人而已。从这样的观点出发，他认为其气质之美，"上智之所不敢自恃者"，即使是下愚之心，其天理之本"所当自尽者"。也就是说，即使是上智之人，如果自恃老本高出而放松自己的进步，那就有可能落后于其他人，相反，即使是下愚之人，如果认清自己的缺点在哪里，不断努力改造，学习"圣人之道"，最终还是可以变成中人，甚至也可以上升为上智的地位。所以李滉希望上智之人不放松自己，继续努力进步，好上加好；中人档次的人，知道自己的不足在哪里，不断"存养"和"省察"，克服自己的缺点，最终还可以演变成上智之人；而下愚之人，真的能够改变自己，知耻而后勇，完全可以演变为与上智之人一样的人。君子保持自己的节操，上升为圣人，中人不断改变自己，也上升为圣人，下愚之人知耻而后勇，更上一层楼，最后也可以上升为圣人，这就是作为理学家的李滉的希望乃至社会人伦理想。

李滉由此进一步回顾历史，举例说大禹把权利移交给舜的时候，指教用心"惟精惟一"，即在学习古人方面用功精深，治理国家中用心专一，一刻也不许怠慢。他说："是故禹大圣人也，而舜必勉之以惟精惟一。"孔子的弟子颜子是贤人，但孔子从不放弃对他的教导，用"博文约礼"教之，使他不断进步。李滉说四书之一的《大学》，是学者之书，也是教人归正之书，但是孔子的弟子曾子认真不已，"必以格致诚正"，作为"知行之训"。《大学》曾道："大学之道，在明明德，在亲民，在止于至善。知止而后有定，定而后能静，静而后能安，安而后能虑，虑而后能得。物有本末，事有终始，知所先后，则近道矣。"又曰："物格而后知至，知至而后意诚，意诚而后心正，心正而后身修，身修而后家齐，家齐而后国治，国治而后天下平。"孔子的弟子们虽都已通达"圣贤之旨"，但他们还是不放松自己孜孜不倦地去钻研其奥义。为什么？他们都知道人一放松自己，就变得怠慢，怠慢了则有可能变为常人。李滉还说四书之一的《中庸》，是教者之书，也是提倡"中和""真诚"的书，但是孔子的弟子子思"必以择善固执"，当作"知行之道"。他说："《中庸》，教者事也，而子思必以择善固执。"

这部《中庸》之书，自海东高丽以后成为国学及其各级学校官定的教科书，也是每届科举考试的必读书，对海东古代教育产生了极大的影响。《中庸》中有曰："不偏之谓中，不易之谓庸。"又说："诚者，天之道也。诚之者，人之道也。"说人的天性本来是诚的，若能依此天性去做，若能充分发展天性中的诚，便是"教"，便是"诚之"的工夫。"中庸"，也在海东成为了儒家最高的道德标准，也是人们要遵行的行为教条。李滉进一步指出，学问之道，"不系于气质之美恶"，也就是说气质美的人不一定能搞好学问，因为学问研究有自己的规律。那么，学问研究的关键在什么地方呢？李滉认为能不能搞好学问的关键，"惟在知天理之明不明，行天理之尽不尽如何"。总的来讲，李滉在此反复强调人的好坏、优劣并不是固定不变的，而是根据人的主观努力或怠慢与否互相转化的，而且是否有"诚心"，有没有认真的态度，是关键所在。在这方面，上古的三代之王和后来的孔孟圣贤已经作出了榜样，文坛中的每个人一定要树立"诚意正心"，时刻进行"存养"和"省察"，为达到"省人之境"而努力。他在"论气质之禀"中进一步说道：

> 人之受命于天也，具四德之理，以为一身之主宰者，心也。事物之感于中也，随善恶之几，以为一心之用者，情意也。故君子于此心之静也，必存养以保其体；于情意之发也，必省察以正其用。然此心之理，浩浩然不可摸捉，浑浑然不可涯涘，苟非敬以一之，安能保其性而立其体哉。此心之发，微而为毫厘之难察，危而为坑堑之难蹈，苟非敬以一之，又安能正其几而达其用哉。是以君子之学，当此心未发之时，必主于敬而加存养工夫。当此心已发之际，亦必主于敬而加省察工夫，此敬学之所以成始成终而通贯体用者也。故图之切要之意，尤在于此也。[1]

这里所谓的"四德"，最初见于《周礼·天官·内宰》，指女性的德、言、容、功，即是品德、言语（知识修养、言辞）、相貌（端庄、稳重、持礼）、治家（相夫教子、尊老爱幼、勤俭节约）等，后来儒家所谓"三从四德"自此而来。除了上述的内涵以外，传统儒家也有标榜"四德"者，孟子所提出的"四德"，即"仁""义""礼""智"，其他儒家还以"孝""悌""忠""信"为四德。李滉在此所说的"四德"，一定是后两者之中的一个。他强调人受命于天而诞生之时，已经"具四德之理"，以此为"一身之主宰"，"心"之"用"从此而有之。他还指出"事物之感于中"，"随善恶之几"，而成为"一心之用"者，"情"与"意"由此而发生。所以君子于此"心"尚处于"静"，还未发动之时，"必存养以保其体"，而此"心"已发动，继而"于情意之发"之时，"必省察以正其用"。值得注意的是，此"心"常处于动态之中，"浩浩然不可摸捉，浑浑然不可涯"，具有很大的可变性。如果不能"敬以一之"，怎么能够"保其性而立其体"呢？"此心之发"，微妙如毫厘难察，危殆如跳坑堑难逃，如果不用"敬

---

[1]《退溪先生续集》卷8《天命图说》，（韩国）《韩国文集丛刊》。

以一之",又怎么能够"正其几而达其用"呢？所以君子之学,应该"当此心未发之时",必须先行动起来,"主于敬而加存养工夫"。要做到这一点,必须发扬"诚意正心",发挥自身智慧,事先做好准备工作,以达到预期的目标。他继而说"当此心已发之际",必须"主于敬"而加强"省察之工夫",反观自己的内心世界或灵魂深处,有则改之,无则加勉。李滉在此反复强调的"敬",是中国宋学里的一个重要的心学概念,意为持守恭敬之心。"敬"这个概念起源于周人,其时的人们因"天命靡常"而产生了敬畏意识。周人的这种道德自觉意识,后来被孔子所注意,对天命持敬的道德修养观念由此引起。到了宋代的程颢、程颐,这一持敬观念成为儒家心性修养的一种基本功夫。宋罗大经说:"造道必有门,伊洛先觉以持敬为造道之门。"[1]到了朱熹,将"敬"界定为"一心之主宰而万事之本根",将"涵养须用敬,进学则在致知"为心性修养的通例。海东的李滉则把此"持敬"说,当作解决心性修养中存在的实际问题时,成为必须加以运用的思想武器。而且他将此"心"分为"未发"之时和"已发"之后,主张"君子之学,当此心未发之时,必主于敬而加存养工夫；当此心已发之际,亦必主于敬而加省察工夫",无论是"加存养工夫"之时,还是"加省察工夫"之时,都得借助于"持敬"这个"万事之本根"。他指出"此敬学之所以成始成终而通贯体用者",从而强调"持敬"在此"心"逐步发展成"意""情"过程中自始至终所起的重要作用。

作为理学岭南学派的领袖,李滉尤爱写诗。在他的诗作中,占比最多的是吟咏自然山水的内容,尤其是他的家乡岭南地区的山山水水被他描绘得生动可人。李滉喜欢从寻常的自然景象中感悟哲理,把关于宇宙人生的哲思和智慧,写入诗的形象之中,使之每每有理趣横生。与他的精神导师朱熹不一样,他很少说"诗从道中流出"之类的话,但是他毕竟是个典型的性理学家,绝不会忘记诗歌传承道统的使命和"传道"的职责。他喜爱写诗读诗,认为诗歌能够开

---

1 （宋）罗大经:《鹤林玉露》甲编卷三,上海古籍出版社,2012。

发人智,陶冶人的情操,一首好诗使人性情高尚。不过他认为学诗、写诗,要坚持两个原则,一是要符合"圣人之旨",有用于"传道",二是要遵守诗歌本身的创作原则,符合其艺术规律。无论是在自己的创作实践中,还是对后学的教导中,他都坚持着两个原则。有一天后学郑琢,带着"三册诸赠行诗"一束来拜访他,他认真地读完以后首先肯定郑琢诗歌的优点,说:"视至为佳,就中盛制行录,固善。其与柳君唱酬诸作,波澜浩汗,亦甚佳好。"但他紧接着表示,郑琢的诗作中存在一些值得商榷的地方,"然鄙意犹有所可虑者"。

李滉首先提出诗歌创作有自身规律,创作主体必须遵循其内在法则,不能信口开河。他指出:"夫诗虽末技,本于性情,有体有格,诚不可易而为之。"[1]李滉认为诗虽"末技",但它毕竟是"本于性情","有体有格",有自身特点和规律,绝不是你想写就可以写出来的对象。引申其中所隐含的话中之话,他认为儒家虽将诗歌看作"末技",但是儒家也离不开诗或文,因为诗文都是"传道之具"。更何况,诗歌出自于人的性情,是"文之美者",其体其格诱掖人之美意,人的生活中不可或缺。

李滉认为"心正则德显","业精乃文纯",文章要"载道",须经千锤百炼之功。也就是说,要以文章传达"五经之旨""圣人之道",应该写出有"体"有"格"的好文章,达到其应有的艺术境界。所以他首先提出诗歌创作要尊重其自身规律,创作主体必须遵循其内在法则。他在批阅弟子郑子精寄来的诗歌作品时指出:"留示诗三册诸赠行诗一束,送还。视至为佳,就中盛制行录,固善。其与柳君唱酬诸作,波澜浩汗,亦甚佳好。然鄙意犹有所可虑者,夫诗虽末技,本于性情,有体有格,诚不可易而为之。君惟以夸多斗靡,逞气争胜为尚,言或至于放诞,义或至于庞杂。一切不问,而信口信笔,胡乱写去,虽取快于一时,恐难传于万世。况以此等事为能,而习熟不已,尤有妨于谨出言、收放心之道,切宜戒之。仍取古今名家,着实加工而师效之,庶几不至于坠堕

---

[1]《退溪先生文集》卷35《与郑子精琢(丙寅)》,(韩国)《韩国文集丛刊》。

也……争胜诸诗,好者居三分之二,其一分中,亦非无可喜。但其未满一分之不好,足以尽掩其二分之好,其好之二分,受累于不好之分,而皆归于不好,是为可惜。故古之能诗者,千锻百炼,非至恰好,不轻以示人,故曰'语不惊人死不休',此间有无限语言。"[1]李滉认为诗虽"末技",但它毕竟是"本于性情","有体有格",有自身特点和规律,绝不是你怎么写都可以的对象。引申其中之意,他认为儒家虽将诗文看作"末技",但是他们也离不开诗与文,因为诗文都是"传道之具"。更何况,诗歌出自于人的性情,是"文之美者",其体其格可以诱掖人之美意,在生活中不可或缺。可是在作品中,"惟以夸多斗靡,逞气争胜为尚",这是创作之大忌,如果一个诗人"一切不问,而信口信笔,胡乱写去,虽取快于一时,恐难传于万世"。如果一篇作品中,其三分之二是好的,但余下不好的三分之一,则"足以尽掩其二分之好",最后只能导致"皆归于不好"。所以他强调要写出脍炙人口的好诗,应该"千锻百炼,非至恰好,不轻以示人",要记住古人"语不惊人死不休"的艺术精神。

关键是如何去写,如何去把握诗歌创作的审美尺度。诗人要懂得既不脱离诗歌的审美规律,而又能坚持儒家"归于正"的思想原则。儒家传承的《毛诗序》指出:"故变风发乎情,止乎礼义。发乎情,民之性也;止乎礼义,先王之泽也。是以一国之事,系一人之本,谓之风;言天下之事,形四方之风,谓之雅。雅者,正也,言王政之所由废兴也。"实际上,这是儒家诗教的关键观点之一,两千年多来一直被封建统治阶级所提倡。海东的李滉也不例外,看他的下一句就可以知道他的这种意思,他说"况以此等事为能,而习熟不已,尤有妨于谨出言、收放心之道,切宜戒之"。他虽并没有说过像二程"为文害道"、朱熹"文从道中流出"之类的话,但他心里清楚文艺创作必须遵循儒家道统,为"传道"服务。但是他作为海东的岭南文人,更清楚地知道诗有自身的为诗之道,有自身的审美体制和法则,对此稍有违反则肯定写不出一首好诗来。所以

---

[1] 《退溪先生文集》卷35《与郑子琢(丙寅)》,(韩国)《韩国文集丛刊》。

既坚持儒家道统的思想原则,也不违反诗歌自身的创作规律,这是他一贯主张的诗学原则。他对晚辈郑琢的训导中,则充分体现了自己的这种诗歌创作观。他指出,郑琢年轻气盛而稍有文才,这种特点体现在他的诗歌创作之中,表现出"夸多斗靡,逞气争胜",甚至有些作品"言或至于放诞,义或至于庞杂一切不问"。细读郑琢的诗歌作品,很快就感觉到"信口信笔,胡乱写去"现象。李滉奉劝郑琢,如此不负责任的创作态度,严重违反了诗歌创作的自身规律,无论于诗于己都没有任何好处。

作为道学家的李滉,积累了极其丰富的文学经验,深谙文学须按一定的艺术形式而表达审美内容的道理。他经常教导自己的弟子,不要因为道学内容而忽视文学形式,忽略了艺术形式的存在及其不可抗拒性,就会导致创作的失败。不过李滉认为,有些时候艺术形式可以反作用于艺术审美内容,如果艺术形式运用得好,其内容则得到充分的展示,否则适得其反。从文学经验看,艺术形式既可以有助于艺术内容的完美表现,也可以阻碍艺术内容的充分表达,结果会影响艺术社会功用的有效发挥。他在《答李刚而》一文中说道:

> 大抵文字,常格之外,自出机轴,如兵法之出奇无穷,固是妙处。然其出奇处,亦须有节度方略,有来历,可师法,故可贵而不败。若无是数者,而过于好奇,则不败者鲜矣。何可每每以是为贵,其合用正法处,止当用正法,可也。今此文字全篇,别一机轴,好是兵法之出奇。滉所欲改处,皆是奇兵之中一二曲节。合用正法处,若并此而欲一一皆用奇,而厌于用正,岂不是好奇自用之病耶。[1]

李滉强调任何文学创作,都在一定的艺术形式范围之内进行,没有一部作品是在脱离了其相应的艺术形式而成功的。他认为诗文作品脱离"常格",而

---

[1] 《退溪先生文集》卷21《答李刚而》,(韩国)《韩国文集丛刊》。

"自出机轴",这好像是在进行超脱"常格"的再创造,但是它已经违背了文学的自身规律,因为文学创作并不是没有章法地随意进行艺术创造活动。文学体裁多种多样,各类体裁有各类体裁的写法,不能张冠李戴式地逾越体式而乱写,也不能超越各种体式的艺术特点而随意漫为。如果说兵法,那就可以另当别论,因为在战争中军事家们的"兵法之出奇无穷",其中定有"奇妙之处"。因为在兵法中,出"奇"不意是其常法,是军事家们必用的战法。如果一位军事家,不能善用出"奇"不意的战法,那他则不能算作是一位合格的军事家。在军事上,用"奇"是常态,不会用"奇",则反而是愚蠢的和外行的表现。李滉认为军事上用"奇","须有节度方略,有来历可师法",不可漫用。军事上用"奇",乃是"正法","故可贵而不败"。老子《道德经》"治国章"第五七"治国之道"中有曰:"以正治国,以奇用兵。"其意思就是治理国家要以正道的方法,不要以奇巧的方法,只有在用兵的时候,在不得已的情况下,才用奇巧的方法。

同样的道理,李滉强调"如兵法之出奇无穷,固是妙处",认为如果在兵法上用"奇"术,是克敌制胜的法宝。而且根据千变万化的客观形势而出此"奇"术,又根据敌人的变化而施此"奇"术,有着无穷的变数,敌人自难挡我。但值得注意的是出此"奇"术,也不能随意而来,更不能脱离实际而来,他主张对此"奇"术,应该善用和妙用,才能够达到克敌制胜的目的。他说"然其出奇处,亦须有节度方略",而且"有来历可师法",才能够"可贵而不败",使自己永远处于胜者的地位。他进一步指出如果不能善用和妙用此"奇"术,军事上"若无是数者,而过于好奇","则不败者鲜"。他还认为同样的"奇"术,不能善用和妙用,不顾敌人之变化,而教条地使用,同样使自己处于被动挨打的地位。他指出"何可每每以是为贵,其合用正法处,止当用正法,可也",认为即使是"奇"术或"妙"术,应该用在是处,用在该用的地方。李滉认为写诗文也是一样的道理,不能随便用"奇",无约束地去写自己想写的东西,因为诗也好、文也好,都有自己体裁形式,都有根据某一体裁形式的各自的写法。如果不遵守诗文的这种客观形式要求，随意破坏艺术形式的客观规矩，去写自己想写的对象，这样，他所写的作品肯定很别扭，肯定不太美。正如他的晚辈郑琢的诗文创作，"惟以夸多斗靡，逞气争胜为尚，言或至于放诞，义或至于庞杂一切不问，而信口信笔，胡乱写去"，这样的创作绝不可能很美，"虽取快于一时，恐难传于万世"。

李滉关于诗文的这些观念，是在批评自己的道学友人曹植的某些诗文观而发表的。在给李刚而的这封信中，李滉写道："南冥吾与之神交久矣，当今南州高士，独数此一人。但念自古高尚之士，例多好奇。自用好奇，则不遵常轨，自用则不听人言。其见鄙说，得无诮嗤之以为'俗末陈腐之法'，不足以采用耶。"[1] 此话的意思是，李滉与曹植都是理学家，二人是长期的"神交"朋友关系。他评价曹植是"当今南州高士，独数此一人"，但是他接着说"但念自古高尚之士，例多好奇"。他认为"自用好奇，则不遵常轨，自用则不听人言"，指出曹植就是这样的一个人。曹植见了李滉的诗文则责备不已，嗤之以鼻地认为李滉所坚持的写诗文之法都是"俗末陈腐之法"，而且说"不足以采用"。对此，李滉指出曹植的问题在于"自用好奇，则不遵常轨"，而且还不听人劝而刚愎自用，应该给予诚心的指点。

李滉在此所说的"征士"，即指当时岭南学派内南冥派的掌门人理学家曹植，"征士之文"就是曹植所著《刚而先碣》一文。这里所说的"征士"，源于中国古代，指不接受朝廷征聘的隐士。汉蔡邕《陈太丘碑文》中说："征士陈君，禀岳渎之精，苞灵曜之纯。"《文选·颜延之》中也说："有晋征士，寻阳陶渊明，南岳之幽居者也。"张铣注："陶潜隐居，有诏礼征为著作郎，不就，故谓征士。"曹植与李滉是同时期的人，也都是岭南士林的领袖人物。曹植不满当时的勋戚政治，隐居故里，专心读书，谢绝朝廷多次征聘，一生未仕。他亲眼目睹"己卯士祸"和"乙巳士祸"的惨状，因这两次士祸叔父惨死、父亲贬谪，

---

[1] 《退溪先生文集》卷21《答李刚而》，(韩国)《韩国文集丛刊》。

许多朋友牺牲,从而再不赴科举考试,平生以山林处士自居,朝廷虽有意高聘,均未应聘,以学问和培养学生为业。曹植虽被当世所称,但个性孤傲,不轻易与人合群,在文坛亦如此。他和李滉虽都是岭南学派的翘楚,但他以道学实践为主,而李滉则以理论探索为主,各带自己的学生,形成不同的理学圈子,在自己的领域各领风骚。在文学观上,他反对李滉喜欢文学及其创作,说李滉的文学为"俗末陈腐之法"。对他的批评之言,李滉谦虚以对,但对其缺点绝不放纵。李滉首先肯定曹植《刚而先碣》的一些优点,说"征士之文,苍古峻伟,甚可尚,但往往有不循格例处,此虽山林之人不逐世好之意"。

李滉认为曹植的此碣文,如同他作为森林隐士的行迹,虽有"可尚"之处,但还是避免不了"不循格例"的弱点。这样的弱点如果在社会上,或许有人欣赏不已,但是在文章学上有这种表现,就犯了耍"奇"的缺点,是不能迁就的错误。李滉以善意的口吻批评道:"今此文字全篇,别一机轴,好是兵法之出奇。"曹植的此碣文,如同自作一套写法,全然不符合文章法,如同搬用"兵法之出奇"。李滉指出:"滉所欲改处,皆是奇兵之中一二曲节。合用正法处,若并此而欲一一皆用奇。"他曾说过,军事上善用"奇"术"正法",而文学上滥用"奇"法,则不是好方法,因为要写出好文章,你得按照文学本身的形式和内容要求来写。在这个问题上随意用"奇",则违反了文学规律,自当受罚无疑。作为一位文章家,爱用这种"奇"术,"而厌于用正",这"岂不是好奇自用之病耶"?李滉对曹植文章的批评,是善意的,是完全出自于对"神交久友"的深厚感情。

李滉是一位典型的朱子学在海东的传人,也是创造性地发展朱子学理论,以结合海东社会实践的哲学家。不过值得注意的是,在文学观念上他与他的国内外前人有所不同,采取于重"道"基础上的宽容态度。《二程语录》载程颐答问时说:"《书》云:'玩物丧志',为文亦玩物也。吕与叔有诗云:'学如元凯方成癖,文似相如始类俳。独立孔门无一事,只输颜氏得心斋。'……古之学者,惟务养情性，其他则不学。今为文者，专务章句，悦人耳目；既务悦人，非俳优而何？"[1]二程在此基本上否定了文学的独立价值。认为"文从道中流出"的朱熹，评价韩愈、欧阳修等古文运动作家时指出："韩退之、欧阳永叔所谓扶持正道、不杂释老者。然到得紧要处，更处置不行，更说不去，便说得来也拙不分晓。缘他不曾去穷理，只是学作文，所以如此。"[2]朱熹认为韩愈、欧阳修虽说是"扶持正道"，但是其言缺乏说服力，缺乏深度，这是因为他们"不会去穷理"。

李滉在文学观念上，并没有完全接受这些中国宋代理学家们的观点，认为作为理学家完全否定文学的独立价值是不太正确。李滉强调理学或心性之学，不应完全排斥文学，而应该把他纳入理学的轨道上来。在他看来，文学出自于人"心"，而其"情"生自于此"心"，"吾道"或"吾学"将"文"为不涉之列，或排除在外，是极其"愚笨"之举。何况"文"有"鼓舞人心之功"，"悦人耳目之效"，所以孔子在《论语·阳货》中说"诗，可以兴，可以观，可以群，可以怨"。李滉进一步认为诗乃理学家必涉之域，诗人涉理学或理学家涉诗都是合情合理的事情，如中国宋代理学家朱熹、陆九渊等人，都是闻名当世的诗学家和诗人。李滉不仅自己喜欢读诗写诗，而且还用这样的诗文观常谆谆教导年轻后学，使他们成长为知识和文才兼备的学者。他在《答李宏仲》一文中说道：

孔子以不为《二南》为墙面，韩公以不学诗书为腹空，假使公专意此学，自古安有不学诗书底理学耶。晦翁盛年，读尽天下书，穷尽万理，门人皆效法之。觉于躬行，功或稍疏，故力言尊德性，以捄一时之弊，非谓不读书专治心如象山之说也。非但晦翁，虽象山之学，亦无不读诗书而但

---

[1] 宋程颐、程颢撰，王孝鱼点校：《二程集·河南程氏遗书》，中华书局，1981，第239页。
[2] 朱杰人等编：《朱子全书·朱子语类》第18册，上海古籍出版社，2002，第4262页。

治本心之理。愿公思之，前日面劝读诗，今问读何书。是公意以读诗为不切于心学，而不欲读之，此大误也，故索言之耳。[1]

孔子非常重视文艺，教导弟子必须学习"诗"与"乐"，认为"不能诗，于礼谬；不能乐，于礼素"[2]，还说"不学诗，无以言"，"兴于诗，立于礼，成于乐"[3]，又说："汝为《周南》《召南》矣乎？人而不为《周南》《召南》，其犹正墙面而立也与。"孔子将"文"列为"四教"之首："子以四教：文、行、忠、信。"[4]这样，孔子把"诗"和其政治学说的核心"礼"并列，也从人的道德修养、语言应对等方面，说明学习文艺的重要意义。李滉还指出韩愈为大儒者，"以不学诗书为腹空"，将学诗书为正事，而且当做平生喜爱的正事。他又说连韩愈这样的大儒都将诗文为自己的平生大事，那么诗文就应该成为后儒们应该学习的重要课目，因为自古就没有不学诗书的理学。

理学容文学，文学含理学，互相可以借助对方的优势，以丰富自己。所以李滉认为"文"不可忽视，通过它也可以"正心"，可以"悦人"。他说朱熹少年时代已经"读尽天下书，穷尽万理"，后来他的弟子们纷纷学他刻苦读"天下书"。后来学满志高的他，"觉于躬行，功或稍疏，故力言尊德性，以捄一时之弊"。朱熹的学问是多方面的，不像陆九渊那样"不读（诗）书专治心"，诗书成为他的学问中的一大方面。在学诗、写诗方面，不但是朱熹，"虽象山之学"，"亦无不读诗书而但治本心之理"。从前贤们的这种治理诗书的立脚点出发，李滉经常教导弟子们一定要把诗书读好，但是有些弟子看到宋代有些理学家为了道学嫌诗、远诗的例子，对学诗、写诗存在一定的畏惧心理。李滉的弟子李德弘就是其中的一个人，他是李滉的优秀弟子，一生研究心学，他的学问以通过

---

1 《退溪先生文集》卷36《答李宏仲》，（韩国）《韩国文集丛刊》。
2 《礼记·仲尼燕语》。
3 《论语·泰伯》。
4 《论语·述而》。

"存养""格致"以达到"居敬"和"诚正"的境界。李滉曾面劝李德弘要学诗、写诗,过了一段时间后李滉问他最近读什么书,他却含糊其辞,不能正面回答。看到他心中的疑虑之后,李滉专门为此给他写信,明确指出"是公意以读诗为不切于心学,而不欲读之,此大误也"。无论是在中国,还是在海东,很少像李滉这样爱诗如命的理学家。他不光是自己学诗、写诗,还积极劝导弟子们学诗、写诗,并一再指出研究理学和学诗、写诗并不矛盾。他甚至认为心性理论和诗歌中,存在某种意象上的共同点,

李滉酷爱诗,一生写了二千多诗,说自己离不开诗,认为写诗是一种功课,也是涵养自己的过程。他曾多次反驳理学界所谓"为文误道""为诗误志"的说法,认为并不是"文自误道""为诗误人",而是"人自误"。在"道"与"文"的关系问题上,他认为关键在于人,是人如何正确地对待,正确地去作,反正是人就得去读"文"或"诗",去写"文"或"诗",以抒发自己心中的感情和思想。他在《吟诗》中写道:

> 诗不误人人自误,兴来情适已难禁。风云动处有神助,荤血消时绝俗音。栗里赋成真乐志,草堂改罢自长吟。缘他未着明明眼,不是吾缄耿耿心。[1]

在当时的海东性理学家之间,流行着一种"作文害道""为诗乱志"的观点,这些想法源自于中国宋代的一些理学家,如二程强调"作文害道",杨时认为诗为"闲言语"。对此,李滉不这么看,认为诗与人生同伴,诗情涌动,灵感浮现,此时正是为诗之时。唐时王勃作《滕王阁》诗,水神助风一夕至洪都,晋陶渊明常醉里得句辄写之,杜甫爱诗如命,曾说"陶冶性灵存底物,新诗改罢自长吟"。在诗的最后一句中,李滉自谦地说自己虽没有具备这样的诗眼和诗

---

[1] 《退溪先生文集》卷3《和子中闲居二十咏·吟诗》,(韩国)《韩国文集丛刊》。

才，但老天爷并没有封死自己耿耿的诗心。通过这首诗，我们不难看出李滉崇慕古代诗人，自己努力学习古代诗人，表达自己也要达到古代诗人之境的决心。

李滉一贯坚持文以明道的原则"凡君子述古垂世，但务明吾道"[1]，通过"文"捍卫"吾道"，通过诗广传"吾道"，这是李滉文学观最基本的核心。但是他的这种"道""文"观，并不妨碍他成为海东岭南文人中的大诗人，一生写出二千多首内容敦实、艺术性上佳的诗歌作品。他的诗内容丰富，体裁多样，涉猎汉诗几乎所有的艺术形式，堪称当代诗歌之大家。他的诗作题材广泛，在自然山水、世情感触、与人酬唱、说理抒情等方面，都倾注了自己的诗思和激情。李滉的诗境界淡雅，意象内敛，语言朴实无华，绝不轻易堆砌典故，少藻饰之痕。他的诗，诗思细密，语言清正，到处可以看出斟酌推敲的痕迹，即使是吟咏自然山水的诗作，却处处涌动着一种微妙的哲思。

深受中国诗歌影响的海东汉诗，虽也有形式上一系列的金科玉律，但它还是一种开放的文学体裁，具有很强的思想或艺术的渗透力。它在创作实践中，容易与其他的文化元素如历史、哲学、宗教等结合，构成自己新的文学审美体系。作为理学家的李滉，时刻关注自己国家的命运，热爱祖国的山水和岭南的一草一木。通过他的诗，我们清晰地看到其在自然景物的描写中所体现出来的独立品格，以及与其理学思想的相互渗透。他一生写出了大量歌颂祖国和家乡自然山水的诗作，其中数量较大者有梅、竹、兰、菊之类，而其中比例最大者为咏梅诗。李滉咏梅，爱其高洁，尚其坚贞，尤为欣赏它潜在的高士风节。他咏梅，根据场合和心情，都有不同的刻画和描写，让人从中受到清新可感的审美享受和教育。他咏梅的诗题，多种多样，如《望湖堂寻梅（丙午仲春将归岭南）》《折梅插置案上》《得郑子中书益叹进退之难吟问庭梅》《代梅花答》《陶山访梅》《代梅花答》《隆庆丁卯踏青日病起独出陶山鹃杏乱发窗前小梅一树皓如玉雪团枝绝可爱也》《再访陶山梅十绝》《次韵金慎仲落梅》《奉酬金慎仲咏梅三

---

[1]《退溪先生文集》卷19《答黄仲举》（韩国），韩国文集丛刊。

绝句》《用大成早春见梅韵》《次韵金惇叙梅花》《谢金而精送梅竹一盆》《忆陶山梅二首》《汉城寓舍盆梅赠答》《盆梅答》《山梅赠答》《次韵奇明彦追和盆梅诗见寄》《陶山月夜咏梅六首》《挹清主人金慎仲盆养梅花至月晦日溪庄大雪中寄来梅一枝诗二绝……》《彦遇雪中赏梅更约月明韵》《又雪月中赏梅韵》《次权章仲梅花下吟二首》《后凋梅答》《陶山梅为冬寒所伤……》《溪斋夜起对月咏梅》等就是其例。

  李滉所生活的时代，朝政日趋腐朽，社会各种矛盾日益激化，民生凋敝，世俗浇漓。尤其是统治阶级内部勋旧派和士林派之间的生死斗争，以士林派的全面胜利告一段落，进入了掌权的士林派内部为争权夺利而进行的新的党派斗争阶段。这时期士林内部的东西分党、南北分派、老少之争等形式的激烈党争，其组织结构多以学脉和地区门派为基础，构成了理学理论分歧的主要承受载体。在当时激烈的理学理论之争之中，岭南的的李滉、曹植、金麟厚等人和畿湖的李珥、成浑、宋翼弼等人，成为了岭南、畿湖地区理学理论之争的中心人物。尤其是其中李滉和李珥之间围绕理气论、四端七情、格物致知等问题而进行的理论纷争，使得二人的理论境界日益深入和成熟，所带动的学术影响广泛而积极。其中的李滉，不仅与畿湖学派的群儒抗衡，而且还与岭南学派内部出现的各种不同的哲学观念进行不懈的斗争，使得李滉有时不无心力憔悴之感。比如岭南学派内部，逐渐产生的南冥分派，常对李滉的学说发难，提出这样或那样的质疑或反论。面对这样的客观现状，李滉冷静以对，从理论上予以反驳或进行阐述工作。面对这样的社会环境和理学界的分歧和矛盾，身处其中的李滉往往百感交集，内心世界中的理性和感性时有互见。每当看到山梅烂漫、盆梅开苞、庭梅诱人，李滉都感慨无比，沉浸于哲人的思索和诗人的诗思之中。梅花迎风斗雪，不畏严寒的高洁品格，深深打动了李滉的心。他眼中的梅花冰肌玉骨，凌寒独放，好似品格高尚的在野寒士的形象。他通过梅花犹如看到了在真理面前不屈不挠的山中高士的高洁秉性，而在这位高士的形象中，他也仿佛看到了不畏冷眼而坚持真理的自己的真实面目。显然李滉是通过对梅花的赞美，以歌颂其凌寒傲霜的意志品格，从而彰显自己的一片赤子之心。

李滉梅花诗的主题深刻而多样，有借梅咏自己高洁品格的、有通过颂梅以喻世俗混暗的、也有以梅花的秉性赞美友人高尚情操的，更有那用歌颂雪中之梅以表达自己美好理想的。我们生活中清楚地看到梅花的自然秉性，暑往冬来，迎风斗雪，历经霜雪而不凋，历岁寒而常茂，充分体现了梅花不畏恶劣的自然环境，不畏艰险的坚强生命力。在他的笔下，梅花被赋予了浓厚的人文风情，或咏其风韵独胜，或赞其冰清傲骨，或吟其坚贞操守，将梅花刻画得活生生、灵动着生命的气息。他的咏梅诗，往往精准把握事物的本质属性，挖掘其中的哲理，使之哲思横生，而有些则加入人生意趣，使之于感性之中理趣流动。他的《湖堂梅花暮春始开用东坡韵，（二首春赴召后）》诗的第一首写道：

  我昔南游访梅村，风烟日日销吟魂。天涯独对叹国艳，驿路折寄悲尘昏。迩来京辇苦相忆，清梦夜夜飞丘园。那知此境是西湖，邂逅相看一笑温。芳心寂寞殿残春，玉貌婥约迎初暾。伴鹤高人不出山，辞辇贞姬常掩门。天教晚发压桃杏，妙处不尽骚人言。媚妩何妨铁石肠，莫辞病里携罍樽。[1]

诗中认为梅花是人人喜欢，人人赞美的一种花，由于梅花的自然属性和天然禀性，成为了历来诗人笔下的"常临客"。梅花也是李滉尤为喜爱的花属，他把它看作自己心爱的美人、亲密朋友，也把它当作自己灵魂的寄托、学习的榜样和理想的境界。在这首诗中，为了寄托自己的艺术想象，李滉大胆运用一些古事、神话和传说，以加强诗的审美效果。诗中的"丘园"，《易·贲》中亦有记曰："六五，贲于丘园，束帛戋戋。"王肃注："失位无应，隐处丘园。"孔颖

---

[1] 《退溪先生文集》卷1，（韩国）《韩国文集丛刊》。

达疏道:"丘谓丘墟,园谓园圃。唯草木所生,是质素之所。"后以"丘园"指高士隐居之处。诗中的"驿路折寄悲尘昏",据《太平御览》卷970《荆州记》,南朝宋文人陆凯通过驿路将江南一枝梅寄给好友范晔,并以诗相赠表心迹。诗中所说的"西湖",即指中国宋代隐居高士林逋,他隐居于西湖孤山,终身不仕,未娶妻,与梅花、仙鹤作伴,称为"梅妻鹤子",其性孤高自好,喜恬淡,不趋名利。诗中的"辞辇贞姬",即指汉成帝的后宫班姬。有一次成帝邀班姬同辇,她辞而未逐,后被弃,一辈子在长信宫过寂寞的生活,因其品貌端庄,秉性圣洁,被后人称颂。

李滉喜爱梅花,善写梅花诗,是有其深刻的时代背景。此诗写于李滉四十四岁(1545)那年,此时的李滉已在京城任官多年,对朝野的种种非理看得一清二楚,早已心怀去意。据其《年谱》,"八月,授朝散大夫,升司谏院司谏,病未拜,除司仆寺金正。"此时的李滉与道学之友金麟厚交游,知道他已决心乞退而去,便写诗表示羡慕之意。他在其《送金厚之修撰乞假归觐……》中说道:"我昔与子游泮宫,一言道合欣相得。君知处世如虚舟,我信散材同樗栎。富贵于我等浮云,偶然得之非吾求。秋风萧萧吹汉水,海山千里君先去。"(《退溪先生年谱》卷1《年谱》)他说金麟厚已知"处世如虚舟""散材同樗栎",急流勇退,为他树立了榜样。于是他坦荡地指出,"富贵于我等浮云,偶然得之非吾求",同样表示富贵功名如浮云的淡定之心,并表白自己也不久跟随而去的意思。

此时的海东朝鲜朝时期,勋旧派和士林派之间的纷争愈演愈烈,朝野还在蔓延着"杀伐之气。"正如《年谱》所记,"时权奸用事,士祸大起,诛窜相继,人皆重足以立"。次年,李滉虽又添弘文馆校理、世子侍讲院左弼善、成均馆直讲等新官位,但是他去意已定,于九月"乞退还乡"。正好是这年二月,刚从家乡应召上京的他,心中进退之矛盾尚未解决,沉重不已。他深知此时的王朝各种矛盾交织,在朝为官的文人都如坐针毡,实现心中的政治抱负有些渺茫,之前所希望的许多事情如今已没有多大的意义。他的《湖堂梅花暮春始开用东坡韵》就是写于此时，他此时复杂的心情和思想，在诗中历然可见。他在诗中指出："迩来京辇苦相忆，清梦夜夜飞丘园。那知此境是西湖，邂逅相看一笑温。"应召来京以后，深深思念陶山冰清而坚贞的梅花，梦中也老惦记着老家的退溪东岩，更思念那里的亲朋道友。

之前，李滉曾断念仕进，在退溪构庵读书，与诸多学者切磋学问。对此时的情景，《年谱》记道："筑养真庵于退溪之东岩。（先是，构小舍于温溪之南芝山之北，以人居稠密，颇未幽寂。是年，始假寓于退溪之下数三里，于东岩之旁作小庵，名曰：'养真'。溪俗名兔溪，先生以退改兔，因自号焉。）"不得已来京以后的李滉，面对复杂多端的官场，心情沉重，思绪万千，此时突然看到晚开的梅花，眼前一亮，诗兴大发。他在第一首的末一联中说道："媚妩何妨铁石肠，莫辞病里携罌樽。"以表示自己虽是"铁石心肠"，但是见了梅花以后，顿感与其风骨相合，精神相投。在此组诗的第二首中，李滉尽情歌颂梅花独特的美质和高尚的情操，并以一系列的神话传说刻画其内在的审美品格。其曰：

> 藐姑山人腊雪村，炼形化作寒梅魂。风吹雪洗见本真，玉色天然超世昏。高情不入众芳骚，千载一笑孤山园。世人不识叹类沈，今我独得欣逢温。神清骨凛物自悟，至道不假餐霞暾。昨夜梦见缟衣仙，同跨白凤飞天门。蟾宫要授玉杵药，织女前导姮娥言。觉来异香满怀袖，月下攀条倾一樽。[1]

在诗中，将梅花比喻成藐姑山人在腊雪村，"炼形化作寒梅魂"，越是寒冬"风吹雪洗"，就越能"见本真"。在黑暗的世道中，其"玉色天然"越发鲜明，雪洗的"本真"更加突出。《庄子·逍遥游》中载："藐姑射之山有神人居焉，

---

[1]《退溪先生文集》卷1《湖堂梅花暮春始开用东坡韵（二首，春赴召后）》，（韩国）《韩国文集丛刊》。

肌肤若冰雪，绰约若处子。"明张景《飞丸记·意传飞稿》："武陵津旁，藐姑山上，餐风吸露乘云，那许尘眸相望。"此记录中的藐姑山中的藐姑射，是一位神人，他"肌肤若冰雪，绰约若处子"，"餐风吸露乘云"，"尘眸相望"。李滉在此梅花诗中，将此藐姑射神话引入艺术形象之中，描绘住在腊雪村的藐姑神炼形化作"寒梅魂"，从而大大提高了寒冬里凛然傲雪的梅花的艺术形象。这样的寒梅，往往被人忽略，历史上受到一些不公正的待遇。如古代楚国屈原在《离骚经》中，引入并描绘了种种奇花异草的美态，但唯独落下寒梅，使之千载之后"一笑孤山园"。寒梅如此凌风傲雪的美丽风姿和自然秉性，有些人根本不了解，往往眼前忽略，这如同不识孔子真面目的沈诸梁，太无知可惜。楚国大夫沈诸梁曾因政绩和战功受封叶城，所以又称叶公，《论语·述而》曰："叶公问孔子于子路，子路不对。子曰：'女奚不曰，其为人也，发愤忘食，乐以忘忧，不知老之将至云尔。'"李滉引用《论语》中的此句，意思就是世人都不识梅花及其高贵品质，而唯独他一个人清醒的很，因为他看到了寒梅的内在本质特性。他似乎与寒梅有暗含之处，相互无言以对，也能够心领神会对方的神意。所以他尤言"今我独得欣逢温"，此"温"就是"温伯雪子"，孔子曾面对"温伯雪子"，无言以对，但通过对眼神就已经知道其"道"。《庄子·外篇·田子方》记录此事曰："温伯雪子适齐，舍于鲁……仲尼见之而不言。子路曰：'吾子欲见温伯雪子久矣，见之而不言，何邪？'仲尼曰：'若夫人者，目击而道存矣，亦不可以容声矣。'"孔子与温伯雪子都是熟修儒道的学者，他们二人见面，静静地默视对方，就已经知道对方想说什么，就像孔子所说的那样"若夫人者，目击而道存矣"。李滉此诗句的意思，就是寒梅与自己不用以语言交流，静静地默视就已经情投意合，知道对方的深意。

　　自然环境中的寒梅，自知自己"神清骨凛"的秉性，受之于"餐霞受暾"，因而它迎风斗雪，历经霜雪而不凋，充满了自信和斗志。历岁寒而常茂，遇风雪而不衰，给人以向上的意志，给处于逆境中的人以精神，这就是寒梅之所以受尊重的"道理"所在,之所以炼就的"至道"。紧接着诗人展开想象的翅膀,写"昨夜梦见缟衣仙,同跨白凤飞天门",梦中与白衣仙子"同跨白凤",飞到玉皇上帝所住的天庭之门。到了蟾宫的白衣仙子,乞授"玉杵药",于是织女出来前导并向姮娥转达此意。"蟾宫要授玉杵药,织女前导姮娥言",将中国美丽的神话传说引入自己的想象空间之中,以增强寒梅非凡的自然气质和"天然超世昏"的不屈的"魂魄"。

寒梅是寒冬的娇子,满地的积雪,一直延伸到天边,只有一树树寒梅与雪花相拥,琼玉般的花朵,坚韧地在风雪中舞动。即便大雪复盖大地,只有白衣仙子的魂,依然灼焯盛开。寒梅在李滉那里,是他自身高尚品质的缩影和理想的寄托,也是学习的榜样和自我审视的一面镜子。在险恶的现实中,李滉常以寒梅自比,"觉来异香满怀袖,月下攀条倾一樽"。中宗末年,朝政混暗,怨案迭起,言路几成凶险之途。此时他送走好友金麟厚辞官落乡,心里好沉重,虽官升成均馆大司成,自己也以省墓为由回老家。1545年的"乙巳士祸"后,他托病辞官回到位于洛东江上游土溪的东岩,构筑"养真庵",以"山云野鹤"为邻,过上读书求道的生活。不过深受国家和思想界爱戴的李滉身不由己,不断受到任官之命,知道君召和国唤推辞不得,干脆申请地方官,以回避腐败紊乱的中央圈子,先后在丹阳、丰基等地任君守之官。他是一位解开天地人间变化规律的性理学家,喜欢安静的生活环境,繁华的都会和复杂而浑浊的政界并不是他所向往之地。他身在京城,官在政界,而心却在乡间,意犹在道学之中,京城越是繁华,政界越是混乱,他的心则越飞向远方,飞向思想的"安乐窝"。他的这种心理活动,在《忆陶山梅二首》中,表现得尤为明显。其第一首曰:

> 湖上山堂几树梅,逢春延伫主人来。去年已负黄花节,那忍佳期又负回。[1]

---

[1] 《退溪先生文集》卷5续内集《忆陶山梅二首》,(韩国)《韩国文集丛刊》。

写此诗的时候，李滉因任官而在京，其时政界混乱，派别斗争加剧，他的归田之心与日俱增。他曾被授官和辞官20余次，反复上京和落乡，不知此诗写于哪一次。陶山是李滉学习和磨炼道学的乡愁之所，也是他施展教育、遍布弟子的人文之地，是他早夕难忘的故乡。此诗写他的乡居之所山堂的几树梅，逢春开苞，恳切地等待主人回来。去年因公务繁忙，逢菊花节而未能回，今年又逢春梅花开苞待放时节，"那忍佳期又负回"。在此诗中，抒情主人公日夜思念着心爱的寒梅，归心似箭，但又因公务而不能回乡省梅。诗中体现了既忠于国家，而又落乡心切的抒情主人公复杂而矛盾的心理活动。在第二首中，诗人进一步写道：

丙岁如逢海上仙，丁年迎我似登天。何心久被京尘染，不向梅君续断弦。[1]

这里的"丙岁"可能是指1547年（丙午，明宗二年），时李滉46岁，这年二月，时任通训大夫的李滉乞假还乡，葬外舅权礩。据他的年谱记载，之前"构小舍于温溪之南芝山之北，以人居稠密，颇未幽寂。是年，始假寓于退溪之下数三里，于东岩之旁作小庵，名曰'养真'。溪俗名'兔溪'，先生以退改兔，因自号。"这里的"丁年，则可能是指1558年（丁巳，明宗十三年），此年"三月，作《树谷庵记》。树谷，先生先茔所在，得书堂地于陶山之南，有《寻改卜书堂地……有感二首》《再行视陶山南洞有作……》等诗。四月，游太紫山，寻大方洞"。从诗的基本内容看，"丙岁"和"丁年"句，写的都是李滉回故里与寒梅见面的事情，而细察其《年谱》，他乞假从汉阳回陶山与寒梅见面的年份就是1547（丙午）二月和1558年（丁巳）的三月。从诗的内容中可知，二首诗写

---

[1]《退溪先生文集》卷5续内集《忆陶山梅二首》，（韩国）《韩国文集丛刊》。

的都是对其时遵守寒梅开苞佳期而归的欣慰之情,以衬托此次不能如期而归的愧意。诗中写"丙岁"归陶山,见寒梅"逢海上仙",而"丁年"归陶山,寒梅"迎我似登天",以表示寒梅与自己的绝亲关系。在诗的后一句中,反问自己"何心久被京尘染",是自己遵循了奉儒守官的家训,还是变成了守官奴,或是为了国家社稷?是哪一种,为什么,他自己也说不清。反正其中的一点是肯定的,那就是故里陶山有等待自己归去的寒梅,有自己寤寐不忘的心中美人"梅君"。所以在诗的末一句中,呼唤自己何时能够"续弦",如期而归与寒梅相逢,分享久别相逢的喜悦。

作为道学家的李滉,尤尚文士的节义,经常从理论上提倡"存养"和"省察",希望最终修养成具有完美人格的"真儒"。他的这种道德要求和理论境界,遇到寒梅时往往获得某种审美情趣上的默契,逐渐演变成通过艺术想象的精神升华,赞美"寒梅君",歌颂其"风吹雪洗见本真"的秉性。他的这种审美理想,在其《次韵金惇叙梅花》中,也体现得相当强烈。他吟咏道:

> 我友五节君,交情不厌淡。梅君特好我,邀社不待三。使我思不禁,晨夕几来探。带烟寒漠漠,傍湖清澹澹。粲然百花间,益见真与滥。自临吸月杯,肯上赏春担。吟诗托密契,夜光非投暗。精神炯相照,俗物难窥瞰。[1]

李滉平时也喜欢咏竹,常称其为"五节君",所以在此诗的第一联中亲昵地称其为"我友"。他说他与"五节君","交情不厌淡",由于其节义高尚,将永远以它为最亲密的朋友。不过与他关系更为亲密的朋友,当数"寒梅君","梅君特好我","邀社不待三"。这里所谓"社",即指李滉在陶山西面所构筑的"节友社"。据《退溪先生年谱》卷2,李滉61岁那年正月,"将赴召,适坠马,

---

[1]《退溪先生文集》卷5续内集《次韵金惇叙梅花》,(韩国)《韩国文集丛刊》。

以病辞。(既而天使竟不来,遂停召)"。从此两个月以后的三月份,李滉亲自"筑'节友社'",以备在此与人交游、吟唱。此月的一天,先生"思梅"自溪上步出,陶山访梅,有诗曰:"花发岩崖春寂寂,鸟鸣涧树水潺潺。偶从山后携童冠,闲到山前看考槃。"李德弘问曰:"此诗有上下同流,各得其所之妙。"李滉曰:"虽略有此意思,推言之太过。"这年十一月,李滉心中有所思,"作《陶山记》"。地处庆尚北道的陶山,是山清水秀的地方,李滉将自己的处所定为陶山,不仅是因为此处风景秀美,而且还因为此处的山山沟沟和壑谷溪边到处长有梅、竹、菊等各类自己喜欢的花草。他总忘不了山涧溪边的梅花,"使我思不禁,晨夕几来探",冰清玉洁的寒梅,披着朝露晚霞,依傍着淡淡湖水,"粲然百花间",愈寒愈见"本真"。由于寒梅博得人们的赏识和喜欢,往往受到文人墨客的青睐,有志之士的爱惜。寒梅还不愧为花中之王,其遇寒而傲立冰雪的精神,俏也不争春的美德,将会永远鼓舞人类的意志品德,成为其想象力永不枯竭的源泉。

　　李滉的理学诗,题材多样,不拘一格,处处显示出诗人独特的旨趣和人格修养。他的理学,以心性存养为旨归,致力于理气、四端、七情、道器、体用等问题的哲学阐释。他的理学诗,以"理"作为艺术形象的种子被提炼出来,认为"不穷理,则不能极其志"。李滉在诗中力图将天道与人心沟通,让有限的生命具有无限的意义,以达到天人合一、心理融合。所以他的诗歌创作,采取"观物者非观之以目,而观之以理"的思维模式,使之成为用以表达自己的道德修养和审美境界的有效方式。李滉曾经一再强调主体的"存养"和"省察",使诗歌显现出"修养"、"宣道"的功能,从而达到"育人"、"化人"的目的。他的诗歌创作题材丰富,形式多样,有写景、写心、议论,也有抒情和叙事,不过其基本意象都离不开一个"理"字,其基本旨归都离不开"成圣"的目标。从海东汉诗发展的总体特征来看,他的诗不仅拓展了诗歌的意境,还丰富了诗境的的美学内涵,使得海东汉诗的审美视阈得到有效的扩展。

第十一章 道学岭南学派的"道""文"思想

作为理学岭南学派的领袖,李滉总是考虑岭南理学发展的全局,诗歌就是其中的一个重要组成部分。他手下有诸多弟子跟随,他们仰慕他的高尚情操、深厚的理论素养和超凡的诗才,对他们尤有震惊效应的是,他那以心观景,以景抒情、说理的道学家特有的审美素养。他深爱自己的"安乐窝"陶山,深爱这里的一草一木,因为它们早已是他记忆中永恒的"挚友"。他把这里的寒梅、青竹、秋菊当作自己的爱人、节友、话伴并加以赞美,把它们当作自己最艰难、痛苦时的精神寄托,自己深潜于天道人理时的意象导师。从诗歌写作上来说,它们是创作的源泉,也是审美意象的来源,更是心中的审美沃土。他60岁那年,好不容易辞官回乡,来到陶山的山水边,过上梦寐以求的乡间惬意生活。这时期他的生活虽清贫简素,但还是聚集各路资金构筑"陶山书堂",以资自己和诸弟子们于此切磋学问,穷理尽性。他的《年谱》记录此时的情景道:

> 陶山书堂成。自是又号"陶翁"。堂凡三间,轩曰"岩栖",斋曰"玩乐",精舍七间,名曰"陇云"。先生每至陶山,常居"玩乐斋",左右图书,俯读仰思,夜以继日。家贫蔬粝仅充,而攻苦食淡,他人视之,疑其不堪,而先生裕如也。盖先生于道,所见益亲,所造益深,有以自乐而忘外慕。故虽处穷约之中,而能怡然自得,不知老之将至也。其后,学徒于精舍之西,筑室以处,名曰"亦乐",取《论语》"自远方来"之义也。[1]

此时的李滉在朝廷任副提学兼工曹判书,虽身居高官,却始终未忘归田之志,还以种种理由辞官或请假回陶山。此时正是李滉的理学理论趋向成熟的阶段,而陶山安静而闲适的自然环境则为他哲学观念的烂熟提供了绝好的生活条件。此时,李滉虽任朝廷高官,但是清廉高洁的他无意于经营或敛财,家庭生活还是那样地一贫如洗。他于陶山构筑读书堂,还是靠众弟子的募款和好心

---

[1]《退溪先生年谱》卷1《三十九年庚申(先生六十岁)》,(韩国)《韩国文集丛刊》。

人的捐赠。这一年回陶山，李滉沉潜于心性论的研究之中，对"心"与"性"、"四端"和"七情"等问题进行了深入探讨。此时的他，"家贫蔬粝仅充，而攻苦食淡，他人视之，疑其不堪，而先生裕如"，艰苦的脑力劳动消耗他年老的体力，但他于道学的奥海之中遨游，全然忘记其他一切，过得美滋滋的。正如他《年谱》中所说的那样，"盖先生于道，所见益亲，所造益深，有以自乐而忘外慕。故虽处穷约之中，而能怡然自得，不知老之将至"。这时期的李滉挤出学问的余暇，也写了一些诗歌，以表达此时的心境。在陶山的求道生活中，通过诗歌表达自己的理学观念也是他的一大兴致，而他诗歌创作的审美视阈中，关注得比较多的还是凌寒而孤傲的"寒梅君"。因为在他的审美世界里，梅花具有山中高士的品格，也使他联想起心中的美人。

所以无论是心情沉重时，还是脑中哲思升腾时，他都想起梅花，而一想起梅花，他倍感心情轻松，沉浸在希望的热情之中。如在《陶山月夜咏梅》六首中，将此时这样的思想感情写得活灵活现。其第一首曰："独倚山窗夜色寒，梅梢月上正团团。不须更唤微风至，自有清香满院间。"夜深人静的时候，诗人独倚寒窗望明月，院中的寒梅不管有没有人欣赏，在月光的掩映下开的一团团。虽然没有风信，寒梅却散发着怡人的清香，满院飘荡着寒梅魂。其第二首云："山夜寥寥万境空，白梅凉月伴仙翁。个中唯有前滩响，扬似为商抑似宫。"万籁俱静的深夜，正好是诗人思考天地自然变化规律的时候，此时恰好白梅凉月来作伴，使得诗人起奇思妙想。正好此时，不远处传来前滩溪水流动的声音，其声"扬"时似悲凉之声，"抑"时似鼓角之声。这里的"商"、"宫"，都是古代音乐的五音之一，古代音阶仅用五音，即宫、商、角、徵、羽，古人通常以"宫"作为第一级音，以"商"作为第二级音。《庄子·徐无鬼》曰："鼓宫宫动，鼓角角动，音律同矣。"宫调似乎以鼓、角为主要的乐器，而商调作为乐曲七调之一，其音凄怆哀怨，所以商歌多悲凉。李滉此诗中的所谓"扬似为商抑似宫"，即谓深夜的前滩流水声，细听起来有似悲、似怒的感觉，使人引起多种想象。其第三首说:"步屧中庭月趁人,梅边行绕几回巡。夜深坐久浑忘起,香满衣巾影满身。"皎洁的月光中,诗人在中庭的梅花边来回踱步,不知已走动了多少回。不一会儿,他又静坐在梅花之下,便欣赏梅色,便沉浸于思索之中,忘记起身,不觉间"香满衣巾影满身"。在此,诗人与月光、月光和梅花、休闲与思考、思考与梅香,浑然融合在一起,给人以一种恬淡而深沉的感觉。其第四首道:"晚发梅兄更识真,故应知我怯寒辰。可怜此夜宜苏病,能作终宵对月人。"

夜深人静之时,更觉赏花正当时,因为此时赏梅,更能够欣赏出寒梅的"本真"。与此同时,寒夜欣赏梅花,也更能考验出诗人是不是"怯寒"。

诗人感觉月下面对寒梅,似乎久病得治,所以愿意作"终宵对月人"。在此句中,诗人表达了对寒梅"本真"的思想发掘的欣慰之情,而且想通过月夜赏梅,来疗治一身"心病"。其第五首曰:"往岁行归喜裹香,去年病起又寻芳。如今忍把西湖胜,博取东华软土忙。"诗人过去喜归故里,是因为那里有心爱的寒梅。那时赏梅,主要赏其香气袭人,美貌娇艳,去年久病初愈而来时也如此。而如今回来赏梅,则不一样,因为来时已决定再不回繁闹的京城,而想长期安居于陶山不动。这里所谓"忍把西湖胜",就是指常住陶山不移的打算,他想以此超过中国北宋诗人、隐士林逋长住杭州西湖种梅、赏梅的例子。北宋的林逋一生恬淡好古,不趋名利,早年曾游历于江淮等地,隐居于西湖孤山,终身不仕,未娶妻,与梅花、仙鹤作伴,称为"梅妻鹤子"。不过李滉自觉自己虽钦慕这种生活,但还是去京城为官多年,博取一些功名,无法与林逋比。李滉自惭不如,懊悔不已,决心从此远离政界,过上真正山林高士的生活,与寒梅为伴,精进于性理之学。其第六首写道:"老艮归来感晦翁,托梅三复叹羞同。一杯劝汝今何得,千载相思泪点胸。"[1]这是此组诗的最后一首,说远离京城繁华回到老家陶山,突然想起自己的理学鼻祖朱熹。朱熹十九岁考中进士,曾任江西南康、

---

[1]《退溪先生文集》卷5续内集《陶山月夜咏梅》,(韩国)《韩国文集丛刊》。

福建漳州知府和浙东巡抚，为官清正有为，致力于书院建设。朱熹曾响应朝廷召唤，度过了长期的为官生活，最后官拜焕章阁侍制、侍讲，为宋宁宗皇帝讲学。乾道五年（1169年）九月，朱熹母亲去世，乃建"寒泉精舍"为母守墓，开始了长达六年之久的寒泉著述时期。这一年，朱熹悟到了"中和旧说"之非，以"敬"和"双修"思想重读二程著作，从全新角度独创"中和新说"。

他许多具有代表性意义的理学著作，写于此时或酝酿于此时。这是在学术史上具有划时代意义、影响十分深远的重大事件，标志朱熹哲学思想的成熟。他的一系列诗歌作品，尤其是梅花诗，都创作于此时。所以海东的李滉，远离京城的政界回到老家陶山，精进于著述，随感而写梅花诗，自觉与前贤朱熹颇为相似，敢说"老艮归来感晦翁，托梅三复叹羞同"。他此时借梅以自比，其凌霜傲雪、孤高绝俗的品格，与自己高洁傲岸的节操极其相似。他借梅以自豪，歌梅以自欣，赞梅以自励，梅花是他的美人、斗士和榜样。在月光皎洁的天寒之夜，他感慨万千，表示"一杯劝汝今何得，千载相思泪点胸"，寄托自己不随世俗俯仰的情怀。

与朱熹一样，李滉此次回陶山，悟到了许多性理学之奥义，自觉自己理论上的成熟，日夜苦思冥想，写出了一系列极具创新意义的著述文字。从李滉此时所创作的诗歌作品来看，往往突破传统诗歌规范，无论是什么样的题材都以理入诗，篇篇显示出他自己的理学修养和个体情操。如他的《斋中夜起看月》一诗：

> 精一斋中玩月明，拓窗孤坐湛凝情。梧桐渐转空阶影，蟋蟀无停暗壁声。四序迭侵人易感，一宵全寂院逾清。神襟了了烛幽鉴，更觉先贤为后生。右示金彦遇、李大用、赵士敬、金慎仲、琴闻远、金惇叙、琴埙之、尹起伯、朴居中，兼示任宰、孙儿安道、纯道。时共读《心经》，故于末及之。[1]

---

[1] 《退溪先生文集》卷5续内集《斋中夜起看月》，（韩国）《韩国文集丛刊》。

诗人在精一斋中，夜起观赏明月，开窗孤坐边赏边思，心情涌动。院中梧桐的身影随月转移，蟋蟀叫声打破夜晚的空寂，人在这样的宁静和夜象之中，实感"四序迭侵"和自然的变化。而对诗人来讲，这样的宁静和自然的天籁之声，却提供了绝好的思索的环境。在此月明夜静时，进入一个思想的世界里，倍感天地自然的变化和人类社会的发展深奥微妙至极。在这样的一个设身处地的境界之中，才领会到前贤对后人的谆谆教导和哲理之言，是多么的微妙而高深。在对自然和人类社会的这种体认过程中，诗人将诗的意象升华为哲理的境界。怪不得此时，李滉的众弟子和几个儿孙，一起读《心经》，处于一种心性论的思索状态之中。越是这样的时候，李滉或用语言教诲，或用文字提示，或用诗歌的艺术形式教谕，使他们在理学的探索之路上健康地成长起来。李滉通过这样的诗句，以景喻理，借用读书的小事，生发出写作的源头就是生活这个广阔天地，预示人要心灵明净，不断求新。此诗虽只有四句，却形象生动而且旨意深刻，极其巧妙地转达了一种微妙而又令人愉悦的感受。而且诗人还通过读诗、写诗，感受到平时难以感悟的深刻的哲理，加倍地提高了学习《心经》的效果。

"文以载道"，是李滉文学观念重要的基本点。这说明他文学观念的中心，还是在于"道"与"文"的关系问题上。在他那里，所谓"道"，就是儒家道德和义理。他虽然也是个典型的性理学家，但对"道"与"文"的关系上，绝没有因"道"而轻视"文"。在文学观念上，他充分肯定文学的独立地位，只是要求写出符合"圣人之旨"的作品，要求写出践行儒家道德和义理规范的作品。以此为基本原则，他爱诗如命，一辈子"文"不离手，吟咏不离口。他喜欢读诗，热爱写诗，还积极参与评诗，可以说是一位优秀的诗人和评论家。在性理学上，他"仰观天文""俯视人生"，抽象出许多"道义"和"心术"，把自己打造成杰出的心性论哲学家。在文学上，他学贯中外，精通各类体式，深得前贤的文学精髓,将自己树为诗坛名家。回到陶山以后的李滉,除了沉潜于理学研究以外,经常挤出时间写诗文。他一生二千多首诗中,很大一部分写于陶山,酝酿于陶山。除了汉诗以外,他还写出了不少本民族国语诗歌,而且这些国语诗歌在当时和后世,引起了巨大的积极影响。他写国语诗歌,也不忘儒家的诗教,努力写出符合"圣人之旨"的作品。他的《陶山十二曲》,就是其中的一部分。读他的此《陶山十二曲》,不仅被它高远的艺术境界所感动,而且也被其时刻注重敦厚之志的诗思所佩服。他在此国语组诗的跋文中指出:

> 右《陶山十二曲》者,陶山老人之所作也。老人之作此,何为也哉。吾东方歌曲,大抵多淫哇不足言,如《翰林别曲》之类,出于文人之口,而矜豪放荡,兼以亵慢戏狎,尤非君子所宜尚。惟近世有李鳖《六歌》者,世所盛传,犹为彼善于此,亦惜乎其有玩世不恭之意,而少温柔敦厚之实也。老人素不解音律,而犹知厌闻世俗之乐。闲居养疾之余,凡有感于情性者,每发于诗,然今之诗异于古之诗,可咏而不可歌也。如欲歌之,必缀以俚俗之语,盖国俗音节,所不得不然也。故尝略仿李歌而作,为《陶山六曲》者,二焉:其一言志,其二言学。欲使儿辈朝夕习而歌之,凭几而听之,亦令儿辈自歌而自舞蹈之。庶几可以荡涤鄙吝,感发融通,而歌者与听者,不能无交有益焉。顾自以踪迹颇乖,若此等闲事,或因以惹起闹端,未可知也。又未信其可以入腔调,谐音节与未也。姑写一件,藏之箧笥,时取玩以自省,又以待他日览者之去取云尔。嘉靖四十四年岁乙丑暮春既望。山老书。[1]

李滉的《陶山十二曲》是由十二首正音诗调组成的连时调。所谓时调,就是海东民族传统的国语定型诗歌形式,原称"时节歌调",形成于高丽末叶,成

---

[1]《退溪先生文集》卷43《陶山十二曲跋》,(韩国)《韩国文集丛刊》。

熟于海东朝鲜朝中期。此《陶山十二曲》，李滉把内容分为前六曲和后六曲，指出前六曲称为"言志"，而后六曲称为"言学"。作者还指出前六曲"言志"部分，唱出了如"泉石膏肓"（爱山水如得不治之症）般的江湖隐居之情，而后六曲"言学"部分，吟出了通过学问修养的"性情之醇正"。此《陶山十二曲》的古代木板本，如今还保管于陶山书院。李滉写此《陶山十二曲》的动机，在跋文中说的很清楚，"老人之作此，何为也哉？"作者写此《陶山十二曲》的目的，就是为了纠正海东过去的国语诗歌所存在的内容放荡或不严肃的问题。李滉严肃地指出，"吾东方歌曲，大抵多淫哇不足言"，他举出了高丽时期以来的"《翰林别曲》之类"的作品，因为这些国语诗歌随口放声，缺乏儒家文学"载道"的思想精髓，对客观社会引起了极其不好的影响。他以严厉的口吻指出，"如《翰林别曲》之类，出于文人之口，而矜豪放荡，兼以亵慢戏狎"，而且批评道："尤非君子所宜尚。"所谓的《翰林别曲》，是高丽末叶的一些文人用口头唱出来的国语诗歌。因其时还没有真正的海东文字出现，就由多个文人用口头各赋一段，合成为一首长达八个段的海东语体式的长诗。因为参与的作者多为高丽朝廷翰林学士，自然把此长诗命名为《翰林别曲》。后来把原来的口头内容用汉文记录下来，收录于《乐章歌词》里面。看其第一段，"元淳文、仁老诗、公老四六、李正言、陈翰林双韵走笔，冲基对策，光钧经义，良镜诗赋。吁！此试场光景毕竟如何？琴学士、玉笋门生，琴学士、玉笋门生，加上我自己，总共几位？"歌词中提到的都是高丽一代著名的文学家，其中的俞升旦、李仁老、琴仪、李公老、李奎报等都是当时优秀的作家。不过，此歌词未免堆砌人物，缺乏艺术刻画，怪不得退溪全然不看好它。再看其第五段，"红牡丹、白牡丹、丁红牡丹，红芍药、白芍药、丁红芍药，御榴玉梅，黄紫蔷薇，芷芝冬柏。吁！相间开放之景致，毕竟如何？夹竹、桃花，艳丽的两盆，吁！其相映成趣之景，毕竟如何？"《翰林别曲》作于高丽后期武臣统治时期，不少文人受到打击或排斥，郁郁不得志，牢骚满腹。这些人绝望之余，逃避现实，诗酒排闷，显现出消极颓废的情绪,其诗的思想内容并无可取之处。所以李滉坚决否定之前这一类的诗歌创作,并用严肃的态度批评道:"吾东方歌曲,大抵多淫哇不足言,如《翰林别曲》之类,出于文人之口,而矜豪放荡,兼以亵慢戏狎。"他认为过去海东这一类的诗歌作品,"多淫哇不足言",虽出自于"文人之口",但还是"矜豪放荡,兼以亵慢戏狎",有害于"吾道"。这样的文学创作态度,如此不称职的作品,"尤非君子所宜尚"。

在此跋文中,李滉所否定的作品,还有当时的文人李鳖所作的《六歌》。在当时的诗坛上,"六歌"分为汉诗系列的诗歌和国语系列的连时调。汉诗系列的"六歌",继承中国宋代文天祥的《六歌》系列,以海东朝鲜朝时期成宗时期金时习(1435—1493)的"东峰六歌"为代表作,其内容大都表现不遇文人的悲怆情绪和被委屈的内心世界。李鳖的《藏六堂六歌》,以六首国语连时调组成,从此以后海东朝鲜朝时期的"六歌"都以此为范本,作成相同的体式,但后来随着内容的丰富化则出现了十二首、十八首扩张体式。海东朝鲜朝时期以李鳖的《六歌》为范本而创作的"六歌",大都以隐居之士栖息山林中看世界的角度抒发感情,所以多带有批评社会和讽刺官场不正现象的态度。而李滉是从朝廷命官的角度和理学家的视角,不太承认这些国语"六歌"的艺术成就,认为"惟近世有李鳖'六歌'者,世所盛传,犹为彼善于此",虽比《翰林别曲》之类稍好一些,但是以李鳖为首的海东朝鲜朝时期的新"六歌","亦惜乎其有玩世不恭之意,而少温柔敦厚之实"。李滉认为这些新"六歌"的致命弱点,在于表达了"玩世不恭之意",而"少温柔敦厚之实"。不过李鳖《藏六堂六歌》中的六首国语诗歌,虽受到大理学家李滉的否定和批评,但它以连时调的艺术形式,对后世产生了深远影响。此后的国语"六歌",以两条线索发展,一条是继承李鳖《藏六堂六歌》的艺术精神,继续发挥对社会和官场腐败进行批判和讽刺的传统;另一条是根据李滉的道统精神,反映儒家"温柔敦厚之实"的创作要求。这两个方面的国语"六歌"创作,一直延续到十九世纪前期,极大地丰富了国语文学的发展。

不过对国语"六歌"这一艺术形式，李滉大加赞赏，以至于自己也按其体式进行创作，表达自身对这一民族诗歌艺术形式的重视。《陶山十二曲》就是这一尝试的创作成果，即使是用国语来创作，但其作品的内容多以隐士自居，与山水自然为伴，以回归自然为志趣，存养心性为旨归，所以整组诗到处闪现着山里人的情趣和道学家的理趣。李滉创作此《陶山十二曲》，是在当时陶山的生活条件、思想感情和审美情趣的影响下，处于一种为实现理想而奋斗的感奋中时创作出来的。对此，他说道："老人素不解音律，而犹知厌闻世俗之乐。闲居养疾之余，凡有感于情性者，每发于诗。"在对国语诗歌的创作实践中，他发现出一个极其重要的秘密，那就是汉诗可"咏"而不可"唱"，而国语诗歌则不一样，它既可"咏"而又可"唱"，而且其"唱"的兴致不可一言而尽。他说："然今之诗异于古之诗，可咏而不可歌也。如欲歌之，必缀以俚俗之语，盖国俗音节，所不得不然也。"这里的"俚俗之语"，就是指国语，即海东语。当时的许多海东文人，认汉文学为"正宗"，以能写能咏汉诗文为荣，怕涉猎国语文学，怕因涉猎国语文学而授人以柄。与此等人相比，李滉不仅涉猎国语"六歌"，而且还引以为荣，此举何等的开明和进步。

李滉虽对李鳖的《藏六堂六歌》有所不满、有所批评，但是他认为这种民族诗歌的艺术形式还值得去探讨和继承。他的《陶山六曲》就是继承这一国语"六歌"艺术形式的结果，在其跋文的开头他骄傲地指出"《陶山十二曲》者，陶山老人之所作"。他虽认为李鳖的《藏六堂六歌》，有"玩世不恭之意"，缺少"温柔敦厚之实"，但其民族诗歌的艺术形式却有着极其重要的发扬光大之意义。于是他如发现沙漠绿洲般，兴奋不已，很快就着手创作具有"温柔敦厚之旨"的《陶山十二曲》，并附跋文以明创作宗旨。对《陶山十二曲》的构成和审美境界，他在跋文中还说道："故尝略仿李歌而作，为《陶山六曲》者，二焉：其一言志，其二言学。欲使儿辈朝夕习而歌之，凭几而听之，亦令儿辈自歌而自舞蹈之。庶几可以荡涤鄙吝，感发融通，而歌者与听者，不能无交有益焉。顾自以踪迹颇乖，若此等闲事，或因以惹起闹端，未可知也。又未信其可以入腔调，谐音节与未也。"他明示此《陶山十二曲》是"尝略仿李歌而作"，因为继承的是"六歌"的艺术形式，所以他安排前后"六歌"，"其一言志，其二言学"。他自豪地告诉读者，国语"六歌"的长处在于它能够"唱"，朗朗上口，令人鼓舞，让人不觉间手舞足蹈。李滉认为自己的《陶山十二曲》，是以儒家的"温柔敦厚之实"为"本真"，借以海东民族的传统艺术形式，歌颂陶山各个景点的美丽风姿，表达自己对君国的忠贞和于秀丽的陶山景色中陶冶性情的"雅正之心"。他又认为国语"六歌"的艺术形式，不仅可以"咏"，而且也可以"唱"，"欲使儿辈朝夕习而歌之，凭几而听之，亦令儿辈自歌而自舞蹈之"。这是不仅是一件非常有意义的文艺活动，也是一件无比快乐的游赏实践，人们通过这样的活动，"庶几可以荡涤鄙吝，感发融通"。在这样的文艺活动中，无论是歌者，还是舞者，都"不能无交有益"。尽管这是一件极其有意义的文艺活动，但是李滉认为因为自己的身份有些特殊，以此"俗曲"进行这样的活动有点不方便，甚至此事可能"惹起闹端"，造成于己于人都不利的结果。再说，自己对国语诗歌的驾驭能力有限，自己写的此曲能不能"可以入腔调"，能不能"谐音节"，都是未能知道的事情。所以只能"姑写一件，藏之箧笥，时取玩以自省，又以待他日览者之去取云尔"。

陶山是李滉的精神家园，那里的一草一木栖息着他的灵魂，那里的一山一水寄托着他深邃的哲思。翻看他的文集，发现其中的很多理学著述写就于其中，许多诗文大作创作在那里。他曾经写过《陶山记》，吟咏过《陶山杂咏并记》，创作过《陶山月夜咏梅》，他那更多的性理学文章写就于陶山，反正陶山是他离不开的梦乡。他在陶山写成的理学著述，"以诚为本"，践履"敬"学，以"理气互发"说为核心，发展了朱熹的"理气二元论"，尤其是围绕"四端七情"而与奇大升进行的八年间的辩论，使得朱子学的心性理论大大向前发展了一大步。

他这时期的诗作，一改过去多致力于"宇宙论"的形象模式，着意注重对道德、良知、内在修养的艺术挖掘与表达。如他的《陶山杂咏》中的《净友塘》一诗写道："物物皆含妙一天，濂溪何事独君怜。细思馨德真难友，一净称呼恐亦偏。""物物皆含妙"一句，出自于中国宋代理学前贤周敦颐。周敦颐在《太极图说》中说："无极而太极，太极动而生阳，动极而静，静而生阴，静极复动。一动一静，互为其根……二气交感，化生万物，万物生生，而变化无穷焉。"所以李滉在此诗中说"物物皆含妙一天"，描绘世上万物皆含自身的"妙一天"，从而说明"一阴一阳之谓道"的基本原理。诗中第一联第二句言"濂溪何事独君怜"，这里所谓"君"，则是指莲花。周敦颐曾作散文《爱莲说》，全文分两段，用托物言志的艺术手法赞美莲花的高贵品质。其第一段曰："水陆草木之花，可爱者甚蕃。晋陶渊明独爱菊。自李唐来，世人盛爱牡丹。予独爱莲之出淤泥而不染，濯清涟而不妖，中通外直，不蔓不枝，香远益清，亭亭净植，可远观而不可亵玩焉。"这一段写出了莲花"出淤泥而不染，濯清涟而不妖"的高贵品质。在此，作者深深被身处污泥之中，却一尘不染，不随俗移志，洁身自爱，天真自然而毫无媚态的莲花的高贵精神所感染。其第二段云："予谓菊，花之隐逸者也；牡丹，花之富贵者也；莲，花之君子者也。噫！菊之爱，陶后鲜有闻；莲之爱，同予者何人？牡丹之爱，宜乎众矣。"作者采用衬托的艺术手法，与菊花的"隐逸"、牡丹的"富贵"相比较，点明莲花"君子"的高贵品德，使文义进一步升华，具有深刻的比喻意义。不难看出，作者是相通过对这些艺术衬托，以表明自己对君子的向往之情，以及洁身自好的生活态度。

李滉的此诗句表明，他曾经是多么地钦佩前贤周敦颐，对他那向往纯洁的"君子之德"的精神品质，以及不断追求"莲花魂"的审美格调佩服之极。"细思馨德真难友，一净称呼恐亦偏"，李滉曾经赞美过寒梅遇风雪而傲岸不屈的性格，"五节君"风月中不改其志的节义，秋菊于寒霜中反自芬芳的傲气，但是如今看到前贤周濂溪"独爱莲之出淤泥而不染，濯清涟而不妖"的艺术创意，被其独到的慧眼甘服不已。60岁回到陶山以后,李滉一系列的诗文创作,不仅追求哲思的理趣,而且还更加注重道德的存养和内心世界的省察。他在此诗中,如此赞赏和佩服前贤周濂溪,就是这种审美意识转变的具体表现。在周敦颐的《爱莲说》中,李滉看到了其以"诚"为创作枢纽、以"道"为艺术旨归的理学家典型的审美精神。李滉在《陶山杂咏并记》中的《玩乐斋》一诗中还写道:"主敬还须集义功,非忘非助渐融通。恰臻太极濂溪妙,始信千年此乐同。"这首诗以构筑于陶山的玩乐斋为题而写,歌颂此精舍及其中的寓意,以表达蕴含于诗中的理趣。作者在《陶山记》中曾记载:"自丁巳至于辛酉,五年而堂舍两屋粗成,可栖息也。堂凡三间,中一间曰'玩乐斋',取朱先生《名堂室记》'乐而玩之,足以终吾身而不厌。'"朱熹在其《名堂室记》中曾说:"及读《中庸》,见其所论修道之教,而必以戒慎恐惧为始,然后得夫所以持敬之本。又读《大学》,见其所论明德之序,而必以格物致知为先,然后得夫所以明义之端。既而观夫二者之功,一动一静,交相为用,又有合乎周子太极之论,然后又知天下之理,幽明巨细,远近浅深,无不贯乎一者。乐而玩之,固足以终吾身而不厌,又何暇夫外慕哉!"在此室记中,朱熹以"持敬"为本,以"格物致知"为"明义之端",以"动""静"为体用,解释宇宙万物及其变化。朱熹的这些思想观念,深深影响海东的李滉,使他在此基础之上进一步发展,提出了一系列自己的理想观点。李滉将朱熹的"乐而玩之,固足以终吾身而不厌"中的"乐而玩之"为堂室之名,足见他此时正处于对性理学具体问题的思考之中。

在此诗的第一联第一句中作者写到:"主敬还须集义功。"此句应分两段来理解,开头的"主敬"一语来自《孟子·公孙丑上》,其曰:"不得已而之景丑氏宿焉。景子曰:'内则父子,外则君臣,人之大伦也。父子主恩,君臣主敬。'"可以说,这是有关"敬"思想的最初发端,从中可以看出最初"敬"观念的伦理基础。紧接着所谓"集义功",亦出自《孟子·公孙丑下》,其云:"(浩然正气)是集义所生者,非义袭而取之也。行有不慊于心,则馁矣。"意思就是，浩然正气是日积月累所产生，不是一时的正义行为就能得到，行为有一点亏心之处，气就软弱无力。在此，"集义"就是儒家所说的"致良知"，儒家要求所做每一件事都应符合良知。

此诗第一联第二句中的"非忘非助渐融通"亦来自《孟子·公孙丑上》，其曰："我故曰，告子未尝知义，以其外之也。必有事焉，而勿正，心勿忘，勿助长也。无若宋人然。宋人有闵其苗之不长而揠之者，芒芒然归，谓其人曰：'今日病矣！予助苗长矣。'其子趋而往视之，苗则槁矣。天下之不助苗长者寡矣。以为无益而舍之者，不耘苗者也；助之长者，揠苗者也——非徒无益，而又害之。"天下人往往会犯拔苗助长式的错误，不过仔细观察可知，只有种庄稼而不除草的懒汉，才犯这种愚蠢的错误，因为他不懂这样不仅没有益处，反而害死了庄稼。所以李滉提倡"渐融通"，无论办什么事情都要懂得按照自身规律去行事，不要死板，因时或事制宜，使事情有个转机，最终得到解决。对"融通"，元末明初宋濂的《白云稿序》曾说："经乃圣人所定，实犹天然日月星辰之昭布，山川草木之森列，莫不系焉，覆焉，皆一气周流而融通之。"可知，它有融会贯通、相互流通，使"一气周流而融通之"，最终使得事物融洽之意。

此诗的第二联第一句说："恰臻太极濂溪妙。"其意思就是，前面所说的这些哲学道理，正好达到了周敦颐在《太极图说》中所论及的宇宙变化的妙理。如上所述，《太极图说》是宋代哲学家周敦颐的哲学著作，全文虽只有249字之多，但其内容言简意赅，囊括却宏伟无比。受《周易·系辞传》的启发，周敦颐在《太极图说》中阐释了其宇宙观："无极而生太极，太极而生阳，动极而静。静极复动，一动一静，互为其根；分阴分阳，两仪立焉。"近一百年以后的朱熹，感服《太极图说》之妙，整理注解《太极图说》，将当时《宋史·周敦颐传》里的"自无极而为太极"一句中，删去"自""为"二字，改成"无极而太极"，使之成为无极只是形容太极，以说明它之上没有更高的本原。从而这一宇宙观，遂成为朱熹本人理学体系中的重要组成部分。李滉也接受朱熹对周敦颐

《太极图说》的这种改动，并认为他《名堂室记》中所说的"乐而玩之，固足以终吾身而不厌"一句，真正表现了朱熹的"持敬"思想和"明德之序"观念。

此诗的第二联第二句写道："始信千年此乐同。"其意思就是，如果以"持敬"之功，能够达到"集义"的目的，此种"乐而玩之"的人生境界，过了一千年以后也会有同样的心理效应。朱熹的《朱晦庵大全集》中有《伏承侍郎使君垂示，所与少傅国公唱酬西湖佳句，谨次高韵聊发一笑二首》诗，其第二首云："越王城下水融融，此乐从今与众同。满眼芰荷方永日，转头禾黍便西风。湖光尽处天容阔，潮信来时海气通。酬唱不夸风物好，一心忧国愿年丰。"庆元年间在闽的朱熹，与赵汝愚同被列入"伪学逆党籍"，但他清楚地看到"赵汝愚之补偏而救弊"的改革"奇功"，并通过此诗赞扬赵汝愚在闽的政绩。李滉将构筑于陶山的"玩乐斋"，也寓意自朱熹此诗中的"此乐从今与众同"一句，以表示此陶山精舍"玩乐斋"含义之非同小可。可以看出，他想通过对"玩乐斋"寓意的艺术渲染，以表达蕴含于诗中的理趣。

李滉回陶山以后的作品，多体现多愁善感，即使是言理之作，也带着难以抑制的激情，其中不乏情真意切、生动感人之作。由于李滉是一位海东朝鲜朝岭南地区的大理学家，在一些诗文作品中带有理学气氛应该是再自然不过的事情，而他吟咏陶山的诗歌尤为集中体现了他审美观中的理趣。李滉的理趣诗，是先有其治学体会，然后以大自然的观察和景物的变化，来顿悟或印证其心中之理。简言之，是心与境契，理在景中。他的《陶山杂咏》，可以说是他回到陶山以后的代表作，其十八篇诗作真实地反映了他当时的思想，篇篇充满着理学家的审美趣味。再举其中的《止宿寮》："愧无鸡黍谩留君，我亦初非鸟兽群。愿把从师浮海志，联床终夜细云云。"这首诗假设君子来访，与其聊心迹，表示自己来陶山栖息为的是求道，说如果道不通，便跟随孔子之心愿"乘桴浮于海"。这首诗写陶山书堂中"止宿寮"的寓意和诗人求道明志的决心，以表示自己回陶山以后要深入研究性理学奥秘的宏大的计划。关于"止宿寮"，李滉在

《陶山记》中描写道："又合而扁之曰陶山书堂，舍凡八间，斋曰'时习'，寮曰止宿，轩曰观澜，合而扁之曰陇云精舍。堂之东偏，凿小方塘，种莲其中，曰净友塘。"可以知道，"止宿寮"是李滉陶山书堂中陇云精舍里的一处茅寮。此语，取自于《汉书·王尊传》，其中道："尊亲执圭璧，使巫策祝，请以身填金堤，因止宿，庐居堤上。"这里的"止宿"，就是住宿的意思。

这首诗的第一联第一句写道："愧无鸡黍谩留君。"他在此引用一则典故：《论语·微子》曰："子路从而后，遇丈人，以杖荷蓧。子路问曰：'子见夫子乎？'丈人曰：'四体不勤，五谷不分，孰为夫子？'植其杖而芸。子路拱而立。止子路宿，杀鸡为黍而食之。见其二子焉。明日，子路行以告。子曰：'隐者也。'使子路反见之。至，则行矣。子路曰：'不仕无义。长幼之节，不可废也；君臣之义，如之何其废之？欲洁其身，而乱大伦。君子之仕也，行其义也。道之不行，已知之矣。'"子路随孔子出行，落在了后面，遇到一个老丈，用杖挑拨除草的工具。子路问道："你看到我的老师没有？"老丈说："手脚不勤，五谷不分，称什么夫子？"说完，便扶着拐杖去除草。子路只是拱着手恭敬地站在一旁。老丈留子路到他家住宿，杀了鸡，做了小米饭给他吃，又叫两个儿子出来与子路见面。第二天，子路赶上孔子，把这件事向他作了汇报。孔子说："这是个隐者啊。"叫子路回去再看看他。子路回到原地，老丈已经不见了。子路说："不做官乃无义。长幼间的关系不可废；君臣间的关系更不可废。为了自身清白，却破了君臣、父子之伦理关系。君子做官，只是为了履行君臣之义。至于道的行不通，早就知道了。"此诗第一联第二句写："我亦初非鸟兽群"，其中的"鸟兽群"也来自于《论语·微子》："长沮、桀溺耦而耕。孔子过之，使子路问津焉。长沮曰：'夫执舆者为谁？'子路曰：'为孔丘。'曰：'是鲁孔丘与？'曰：'是也。'曰：'是知津矣。'问于桀溺。桀溺曰：'子为谁？'曰：'为仲由。'曰：'是孔丘之徒与？'对曰：'然。'曰：'滔滔者天下皆是也，而谁以易之？且而与其从辟人之士也，岂若从辟世之士哉？'耰而不辍。子路行以告。夫子怃然曰：'鸟兽不可与同群，吾非斯人之徒与而谁与？天下有道，丘不与易也。'"这一段体现孔子社会改革的主观愿望和积极的入世思想。与道家和佛教不同，儒家不倡导消极避世的做法，认为即使不能"治国平天下"，也要独善其身，做一个有道德修养的人。孔子就是这样一位儒家圣人，他认为自己是有社会责任心的人，社会动乱，天下无道，这才使他与弟子们艰辛奔波，四处呼吁，投身于社会改革。在孔子的身上，正好体现着儒家的这种可贵的入世意识，乃至历史责任感。李滉在此第一联中，表明自己虽无"鸡黍"美食，可供于"谩留君"，但绝不做林中"隐者"，绝不于"鸟兽群"为伍，要成为积极进取的"人臣"，为改变现状而付出努力。

在这首诗的第二联第一句中，李滉写道："愿把从师浮海志。"此句中的"从师浮海"，亦出自《论语·公冶长》："子曰：'道不行，乘桴浮于海。从我者，其由与？'子路闻之喜。子曰：'由也好勇过我，无所取材。'"在这段话中，孔子说如果自己的主张行不通，就乘上木筏子到海外去。他认为在众弟子中，能跟从自己的可能只有仲由。子路听到这话很高兴。孔子还说仲由的好勇超过自己，其他没有什么可取的才能。当时的孔子，为社会改革奔走诸国，极力推行自己的礼制和德政主张。但他看到宣传自己的主张进行改革谈何容易，于是担心起自己的主张能不能行得通，甚至打算自己的"道"行不通，则择机乘筏到海外去。他认为子路有勇，可以跟随他一同前去，但同时又指出子路的不足乃在于有勇而无谋。在此诗的第二句中写道："联床终夜细云云。"朱熹有《有怀南轩老兄呈伯崇择之二友》二首其一，其曰："忆昔秋风里，寻盟湘水旁。胜游朝挽袂，妙语夜连床。别去多遗恨，归来识大方。惟应微密处，犹欲细商量。"1167年8月，大理学家朱熹从福建崇安不远千里来到湖南长沙的岳麓山，因为他知道比自己小三岁的哲学家张栻正主讲岳麓书院。他们以前曾谋过面，切磋过一些哲学问题，但远没有谈够心中经纶。两位理学大家会讲于岳麓书院，显得不少观点不一致，有时连续争论三天三夜，但还是无法取得一致意见。他们还私下交谈，都越来越佩服对方，两人都觉得对方对自己的教益不少。朱熹曾在一封信中指出，张栻的见解"卓然不可及，从游之久，反复开益为多"。朱熹还用诗描述了他们两人的学术友情，此诗就是上述的《有怀南轩老兄呈伯崇择之二友》。李滉在此引用这两位宋学大师的学术友谊，以表达自己对他们的崇敬之情，兼而表示自己在陶山继承前贤遗旨为海东性理哲学作出一番事业的愿望。

李滉在学问上，始终以朱熹为宗师。他继承朱熹，以"理"为世界的本原和主宰，把它看作超时空的精神本体。在此基础之上，创立了一个以理气二物说、四端七情理气互发说、格物致知说和以"敬"为核心内容、以主理为特征的性理学思想体系。不仅在哲学上，在平时的生活中也多学习朱熹的作法，以此当作不忘其师范的精神。李滉尤其在文学上，更以朱熹的文学观念为参照系，建立了自己的文学观念体系。仔细考察，可发现李滉的《陶山杂咏并记》，与朱熹的《武夷精舍杂咏十二首》有极其相似之处。武夷书院初称武夷精舍，是朱熹于淳熙十年（1183）从浙东辞官归来后，亲自筹划、营建的书院，位于五曲隐屏峰山下。精舍落成后，朱熹在此著述、讲学前后八年，培养了大量的学生，并完成了《四书章句集注》等理学名著，使武夷山成为理学圣地，朱熹的理学思想也从此传播开来。在《武夷精舍杂咏十二首》中的《精舍》诗里，朱熹写道："琴书四十年，几作山中客。一日茅栋成，居然我泉石。"他以此抒发自己与武夷精舍之间的深厚感情，表达自己在此处要实现宏大理论建树的抱负。在武夷山的学术生活中，朱熹以武夷书院为平台，集濂、洛、关学之大成，以创新精神大力弘扬理学，使朱子理学发展成为宋元明清时期体系最广、影响最大的正宗的理学思想。朱熹的理学思想传到海东，被国家定为正统思想，在士林间被推崇为不亚于孔子的思想导师，被称为"朱子"。

李滉无疑是海东性理学最有代表性的思想家。他通过自己的理论成果和社会实践，被确立为岭南学派的领袖和海东的"朱子"。李滉在文学上也发表一系列的理论主张，大体也继承朱熹的一些文学观点。但在"道"与"文"的关系问题上，他却采取较为开明的态度，虽重"道"，却不轻"文"，甚至鼓励自己的弟子多学习国内外名家，多写出有益于"明道"的诗文。在文学创作上，他推崇朱熹，在题材、艺术构思、写法等方面，多有跟随之迹。尽在《陶山杂咏并记》一部组诗中，我们不难发现他对朱熹《武夷精舍杂咏十二首》这部作品艺术构思的借鉴。朱熹在《武夷精舍杂咏十二首》诗序中，描绘其自然环境时写道：

> 武夷之溪东流凡九曲，而第五曲为最深。盖其山自北而南者，至此而尽，耸全石为一峰，拔地千尺，上小平处微戴土，生林木，极苍翠可玩；而四颓稍下，则反削而入，如方屋帽者，旧经所谓大隐屏也。屏下两麓，坡坨旁引，还复相抱。抱中地平广数亩，抱外溪水随山势从西北来。四屈折始过其南，乃复绕山东北流，亦四屈折而出。溪流两旁，丹崖翠壁，林立环拥，神剜鬼刻，不可名状。舟行上下者，方左右顾瞻，错愕之不暇，而忽得平冈长阜，苍藤茂木，按衍迤靡，胶葛蒙翳，使人心目旷然以舒、窈然以深，若不可极者，即精舍之所在也。[1]

而李滉在《陶山杂咏并记》[2]中，描写其自然环境时写道：

> 灵芝之一支东出，而为陶山。或曰以其山之再成，而命之曰陶山也。或云山中旧有陶灶，故名之以其实也。为山不甚高大，宅旷而势绝，占方位不偏，故其旁之峰峦溪壑，皆若拱揖环抱于此山然也。山之在左曰东翠屏，在右曰西翠屏，东屏来自清凉，至山之东，而列岫缥缈，西屏来自灵

---

[1] 朱熹：《武夷精舍杂咏十二首》，郭齐、尹波点校：《朱熹集》2，四川教育出版社，1996，第375页。
[2] 李滉：《陶山杂咏并记》，（韩国）《韩国文集丛刊》。

芝，至山之西。而耸峰巍峨，两屏相望。南行逶迤，盘旋八九里许，则东者西，西者东，而合势于南野莽苍之外。水在山后曰退溪，在山南曰洛川，溪循山北，而入洛川于山之东。川自东屏而西趋，至山之趾，则演漾泓渟，沿沂数里间。深可行舟，金沙玉砾，清莹绀寒，即所谓濯缨潭也。西触于西屏之崖，遂并其下，南过大野，而入于芙蓉峰下，峰即西者东而合势之处也。始余卜居溪上，临溪缚屋数间，以为藏书养拙之所。盖已三迁其地。

朱熹一生与武夷山地区关系密切，生于斯，学习与斯，生活于斯，虽然期间曾离开过几次，但它于此留下了大量足迹。所以他对武夷山特别熟悉，有种特殊的感情，即使是后来离开此地也念念不忘对它的怀念。这部诗序显示，他对武夷山的山山沟沟熟悉得如数家珍，因它给人的审美鉴赏价值而骄傲不已。文中洋溢着挚爱之心，充斥着向往之情。而李滉对陶山也是再熟悉不过，他自小生长在此，生活在此，学习在此，虽然中年以后曾多次离此地而到首尔汉阳为官，但最终致仕以后还是回到陶山。尤其是李滉的绝大多数理学著述和诗文作品，也都写之于陶山，都以陶山为背景，浸染着陶山的自然、人文气息。因为这是他的故乡，是学问和创作的摇篮，它曾给与他哲学的智慧，创作的灵感，他尤为熟悉陶山及其周围的自然、人文环境。他的《陶山杂咏并记》，也显示他对这里的一切耳熟能详，怀揣着无限的热爱。从时间上讲，朱熹远在前，李滉远在后，其上下继承关系不言而谕。再说，因二人都是心性哲学的高手和构诗写文的大家，审美想象和驾驭文笔的能力又都极佳，给人留下了深刻的审美印象。还有，对"武夷精舍"的布局，朱熹具体地写道：

直屏下两麓相抱之中，西南向为屋三间者，仁智堂也。堂左右两室，左曰隐求，以待栖息；右曰止宿，以延宾友。左麓之外，复前引而右抱，中又自为一坞，因累石以门之，而命曰石门之坞。别为屋其中，以俟学者之群居，而取《学记》相观而善之义，命之曰观善之斋。石门之西少南又为屋以居道流，取道书《真诰》中语，命之曰寒栖之馆。直观善前山之巅为亭，回望大隐屏最正且尽，取杜子美诗语，名以晚对。其东出山背临溪水，因故基为亭，取胡公语，名以铁笛，说具本诗注中。寒栖之外，乃植楥列樊，以断两麓之口，掩以柴扉，而以武夷精舍之扁揭焉。经始于淳熙癸卯之春，其夏四月既望堂成，而始来居之。四方士友来者亦甚众，莫不叹其佳胜，而恨他屋之未具，不可以久留也。

对陶山精舍的布局，李滉在《陶山杂咏并记》中写道：

自丁巳至于辛酉，五年而堂舍两屋粗成，可栖息也。堂凡三间，中一间曰玩乐斋，取朱先生《名堂室记》"乐而玩之，足以终吾身而不厌之"语也。东一间曰岩栖轩，取云谷诗"自信久未能，岩栖冀微效"之语也。又合而扁之曰："陶山书堂。"舍凡八间，斋曰时习，寮曰止宿，轩曰观澜，合而扁之曰陇云精舍。堂之东偏，凿小方塘，种莲其中，曰净友塘，又其东为蒙泉，泉上山脚，凿令与轩对平，筑之为坛，而植其上梅竹松菊，曰节友社。堂前出入处，掩以柴扉，曰幽贞门，门外小径缘涧而下，至于洞口，两麓相对，其东麓之胁，开岩筑址，可作小亭。而力不及，只存其处，有似山门者，曰谷口岩。自此东转数步，山麓斗断，正控濯缨，潭上巨石削立，层累可十余丈，筑其上为台，松棚翳日，上天下水，羽鳞飞跃。左右翠屏，动影涵碧，江山之胜，一览尽得，曰天渊台。西麓亦拟筑台，而名之曰天光云影，其胜概当不减于天渊也。盘陀石在濯缨潭中，其状盘陀，可以系舟传觞，每遇潦涨，则与齐俱入，至水落波清，然后始呈露也。

地处福建的武夷山，充满传说与人文传统，历来深受国人的敬仰。从地理景观看，武夷山有四十九峰、八十七岩、九曲溪，还有桃源洞、流香涧、卧龙潭、虎啸岩等名胜古迹。朱熹的武夷精舍就位于隐屏峰下的平林渡九曲溪畔，他曾在此受徒讲学，一生中的许多著述也写于此所。在此精舍院中，有隐求室、仁智堂、止宿寮、石门坞、寒栖馆、铁笛亭、晚对亭、观善斋等，这些建筑布局于舍院内洋溢着浓郁的人文气息。对精舍内的这些建筑，朱熹用艺术手法介绍得极其详细，字里行间浸润着他无限的深情。如其中的"铁笛亭"，他写道："其东出山背临溪水，因故基为亭，取胡公语，名以'铁笛'，说具本诗注中"，三言两语将此亭的自然环境和人文意义讲出来，给人以深刻的印象。而李滉的《陶山杂咏并记》，也将陶山精舍的建筑布局介绍得活灵活现。陶山精舍的整个布局是堂三间：即玩乐斋、岩栖轩、陶山书堂；舍凡八间："斋曰时习，寮曰止宿，轩曰观澜，合而扁之曰陇云精舍"，舍院中还安排了"净友塘""节友社""谷口岩""天渊台""天光云影"等亭台、池塘和楼阁。其中对《天渊台》的描述曰："自此东转数步，山麓斗断，正控濯缨，潭上巨石削立，层累可十余丈，筑其上为台，松棚翳日，上天下水，羽鳞飞跃。左右翠屏，动影涵碧，江山之胜，一览尽得，曰天渊台。"在文中李滉倾注了自己所能尽到的笔力，字里行间洋溢着对这一"天渊台"美景的骄傲之情，以及浸入于其间的无限的个体情感。在中国宋代的朱熹和海东朝鲜朝时期李滉的上述文字中，历然可见二者的前后继承关系，无论是创意，还是具体的构筑模式，都有着不可分离的亲子关系。

将朱熹的《武夷精舍记》和李滉的《陶山精舍记》加以对比，不难发现二者有许多共同的地方和类似的方面，再仔细考察，也不难发现二者的前后影响关系。无论在写作的艺术结构和方法上，还是从理学观念的导入、艺术构思、描写方法、命名取舍等方面，李滉都有意学习朱熹，跟随创作，以达到预期的艺术效果中的理趣。甚至有些地方，未免过于类似，有一定的趋同性。如朱熹在《武夷精舍杂咏十二首》中写《止宿寮》一诗，其云："故人肯相寻，共寄一茅宇。山水为留行，无劳具鸡黍。"而李滉在陶山精舍中也安排"止宿寮"，并具体描写其情景（前面已举出诗句），虽其内容有所不同，但其中的一些艺术因素有所类同处。

就两位理学大师有关山中"精舍"的诗题而言，朱熹的《武夷精舍杂咏十二首》具体有《精舍》《仁智堂》《隐求室》《止宿寮》《石门坞》《观善斋》《寒栖馆》《晚对亭》《铁笛亭》《钓矶》《茶灶》《渔艇》等，总共有12个建筑布局和12首诗，用五言写就。李滉的《陶山杂咏并记》则起曰《陶山书堂》《岩栖轩》《玩乐斋》《幽贞门》《净友塘》《节友社》《陇云精舍》《观澜轩》《时习斋》《止宿寮》《谷口岩》《天渊台》《天光云影台》《濯缨潭》《盘陀石》《东翠屏山》《西翠屏山》《芙蓉峰》等，总共12个建筑布局和包括周围山水在内的十八首绝句，用七言来写就。不论是对陶山景物的吟咏，还是对陶山及其周围山水、事物以及对当时世道的品评阐述，都有对前人的继承。但是从诗和序的具体情况来看，李滉的这些诗文也理趣横生，颇具自己的艺术特色。

不过值得注意的是，两位理学大师毕竟是个不同时代、不同国家、不同民族出身，其生活境遇、感情世界以及所面临的现实生活等都有很大的差异和不同。当时的李滉由于在学术上取得了很大成就，再加上他是岭南士林乃至其学派的领袖人物，从中宗到明宗时期，常有人向朝廷举荐他。任官以后的李滉亲眼目睹朝廷的紊乱和社会的黑暗，曾多次辞官回乡，但是看好他的明宗一再召唤，使他处于一种极其为难的境地。据统计，李滉任官和辞官不断地循环，先后竟有二十多次，每次都以不同的理由请求辞官，其中以病推托最多。当时的海东朝鲜朝时期朝廷，勋旧派和士林派的争斗进入后期，逐渐占有主动权的士林派陆续占领朝廷的各个要职。基本掌握政权的士林派，不久以后其内部开始分裂，以学脉、地区等为原因，逐渐分为东西两党，进行激烈的争斗。这种斗争，在李滉生前虽尚未公开化，但其苗头早已形成，内部纷争就已开始。加上当时的地方豪族和阀阅势力与朝廷高官勾结，兼并土地，垄断经济命脉，往往使国家陷于困境。这些社会黑暗和朝廷腐败，在极富观察力的李滉心中，留下了难解的思想"疙瘩"，使得他的内心沉浸于深刻的矛盾之中。

直到他59岁那一年，请假回乡"焚黄"（新受恩典，祭告家庙祖墓），遂以托病留在家乡。对此，他的《年谱》"三十八年己未，先生五十九岁"条云："二月，乞假，归乡焚黄。病未还朝，上状辞职，不允。时先生以焚黄退来，不还，人或有疑问者。先生以书答之曰：'古人于甚不得已处，亦有假他事以为去就者，岂不诚于事君而然哉。所恶甚于所托故也。况某焚黄请告，自循法例，而病未还朝，故因遂乞退。斯岂托事不诚如谈者之云乎。顾人不深考古义，而责人太苛耳。'"第二年，朝廷又召唤他回朝，"将赴召，适坠马，以病辞"。这几年李滉托病在陶山，过着较清闲的日子，与学术界的朋友游览山水、切磋学问。这次回来，他一直待到63岁那年，这是他学术成就最为辉煌的时期，很多著名的理学著作和文章出自于此时，很多人们称颂的诗文作品亦出自于此时。其间，朝廷曾多次召唤他回京任官，先后任命他为资宪大夫、工曹判书兼艺文馆提学、弘文馆大提学、知成均馆事、同知经筵、春秋馆事、知中枢府事等高层官位，但一一都被他请辞，而朝廷也一一拒辞不允。面对当时的情况，李滉的内心十分纠结，但决心已定，绝不动摇。他深知这次回陶山是一生当中的最关键时期，年龄已过六十，自己思索已久的哲学问题，酝酿已久的著书立说计划，错过这时可能再无机会。对这时期的状况和感想，李滉在《陶山杂咏并记》中写道：

呜呼！余之不幸晚生遐裔，朴陋无闻，而顾于山林之间，夙知有可乐也。中年，妄出世路，风埃颠倒，逆旅推迁，几不及自返而死也。其后年益老，病益深，行益踬，则世不我弃，而我不得不弃于世。乃始脱身樊笼，投分农亩，而向之所谓山林之乐者，不期而当我之前矣。然则余乃今所以消积病，豁幽忧，而晏然于穷老之域者，舍是将何求矣。虽然，观古之有乐于山林者，亦有二焉，有慕玄虚，事高尚而乐者；有悦道义，颐心性而乐者。由前之说，则恐或流于洁身乱伦，而其甚则与鸟兽同群，不以为非矣。由后之说，则所嗜者糟粕耳，至其不可传之妙，则愈求而愈不得，于乐何有。虽然，宁为此而自勉，不为彼而自诬矣。又何暇知有所谓世俗之营营者，而入我之灵台乎。[1]

李滉说他自年轻时就已经知道山林中有快乐，还羡慕那些山林中的高士。可是自中年时期开始，自己"妄出世路，风埃颠倒，逆旅推迁"，"几不及自返而死"，真是后悔莫及。其后年岁渐高，"病益深，行益踬"，在艰难的世路中，"则世不我弃，而我不得不弃于世"，终于"脱身樊笼，投分农亩，而向之所谓山林之乐"。这着实是一个突如其来的幸运，"今所以消积病，豁幽忧，而晏然于穷老之域者，舍是将何求"，实现山林之志的机会就在眼前。不过下一步的问题，并不是什么乐不乐于山林的事情，而是在山林作什么，达到什么样的人生境界的问题。他认为自古乐于山林者有两种目的，一是"有慕玄虚，事高尚而乐者"，再则是"有悦道义，颐心性而乐者"。前者来说，"恐或流于洁身乱伦"而高坐山林，与世隔绝，"而其甚则与鸟兽同群，不以为非"。而后者来说，所追求的也只不过是"糟粕"而已，即使是到了"不可传之妙"，也"愈求而愈不得"，其在山林之乐在何方？不过根据李滉所云"宁为此（后者）而自勉"，绝"不为彼（前者）而自诬"，因为如后者"有悦道义，颐心性而乐者"，其着眼点有一定积极的一面，如果立场和方法得当，有望达到"道义"的极致和"心性"的至高境界。如果是一位真正沉潜于"后者"的人，"又何暇知有所谓世俗之营营者，而入我之灵台？"这样的人可以期待上好的结果，成为一位合格的道学家。话中的潜台词，就是流露出李滉自己的山林之志，流露出自己在山林究竟干出一番什么样的事业来。他接着说"或曰古之爱山者，必得名山以自托"，对

---

[1] 《退溪先生文集》卷3《陶山杂咏并记》,（韩国）《韩国文集丛刊》。

此他在此记中明确地指出自己将陶山当作寄身之所，是因为它是自己的家乡之山，也是寓含"灵气"的山。

第三节　张显光从《道统说》至《文说》的"道""文"合一历程

张显光（1554—1637）也是海东朝鲜朝时期岭南地区的一位著名学者。由于他曾求学于大学者郑逑，而郑逑是李滉的弟子，所以后人把他也算作理学岭南学派中的一员。张显光的学问，与当代大儒金诚一、柳成龙等齐名，尤其是他的"经世"思想被后来的李瀷、丁若镛等实学思想家们所继承。尽管他属于岭南学派的一员，李滉的再传弟子，但他的性理学观点中不乏许多独立见解，甚至是与退溪截然不同的理学思想观念。如他并不把"理"与"气"看作二元的形态，而是将它们看作"合二为一"的或一物之两面。在《经纬说》中，他将"理"比喻成"经"，而把"气"比喻成"纬"，以证明它们并不是二物，而只是处于"体""用"关系之中的"一物"。在心性论上，他虽然将"道心"看作"未发之性"，而把"人心"看成"已发之性"，但是他认为已发之后的"人心"，也可以上升为"道心"。因为他认为"道心"在"人心"之中，而"人心"也在"道心"里，二者原来就是二维一体。他还认为"四端"并不在"七情"之外，而是在"七情"之内发现其"本然之性"，从而反对将"四端"隔离于"七情"之外。由于这种独到的哲学见解，张显光在思想界享有一定的声望，对后世也产生较大的影响，以至于后来的实学思想家们尤推崇其"践履"之思想。读张显光的《旅轩先生文集》，可以到处发现他的这种独到的见解，体验到其创新精神。如关于何为"道"这个问题，他从"形"与"德"、"责任"与"践履"关系的角度出发，具体阐述自己的观点。对此"道"，他在《道统说》一文中扼要地阐释道：

道者，吾人日用常行之道也。何以谓之道乎？盖以吾人受形于天地之形，受德于天地之德，受位乎天地之中，斯焉以为人也。不有是形，无以载是德，不有是德，无以用其形，不有载德之形，用形之德，无以责其任矣。形能载德，故形不为徒形，德能用形，故德得为实德，形德相准，故便是人矣。然后形践其所受乎天地之形，德充其所受乎天地之德，位塞其所中乎天地之责任，而可以谓之尽其道也。所谓道者，即此道也。[1]

张显光认为所谓"道"并不是凭空而存在，而是先有人的躯体，之后才有"道"。世上的人"受形于天地之形"，"受德于天地之德"，"受位乎天地之中"，从而成为人。人如果没有"是形"，"无以载是德"，没有"是德"，"无以用其形"，而且如果没有此"载德之形"和"用形之德"，人就行事不了自己的"责任"。人之此"形"，由于"能载德"，所以并没有成为"徒形"，由于德"能用形"，所以德才成为"实德"，此"形"此"德"相互契合，才成为真正的人。于此然后，"形践其所受乎天地之形"，"德充其所受乎天地之德"，人尽其才、其德和其"责任"，从而可谓人"尽其道"。人们所说的"道"，就在"其中"，而"其中之道"，就是人们所谓的"此道"。张显光在此只字未提"道"的抽象性，而将"道"与人之"形"和"德"紧密联系在一起，把它看作与人的行为规范密切相关的存在。中国北宋的张载认为"道"是"气"的变化过程，因"气"中含有阴阳两种对立力量，两种力量错综交替，使"气"运行，从而产生了"道"。北宋的另两位哲学家二程，则将"道"看作"天理"，主张它是凌驾于"气"之上、起决定作用的存在。到了南宋，理学家朱熹认为"理"与"气"共同产生了天地万物，但"理"是根据，"气"只不过是材料而已，"理"处于主导地位，而"气"则处于从属地位。之后的陆九渊认为"道"是存在于万物之中的法则，万物表现虽不一，但其实质则一，人心中的"仁义"和宇宙中的

---

[1]《旅轩先生文集》卷7《道统说》，（韩国）《韩国文集丛刊》。

"阴阳"是等同的,都是"道",从而他认为"道"即是"心"或"本心"。海东的张显光不谈如此"玄虚"之"道",认为"道"以一定的物质条件为存在的根据,"道"与人的"形""德""位"密切相关,"形"为人之"躯体","德"为人之自然的和社会的属性,"位"为人之处于天地之间的"责任"。按照他的意思,"道"与"德"存在于天地万物和人生之中,它们的显现与天地万物和人生发展的规律密切相关,他们是具体的和实在的。所以他在此《道统说》中的第一句话就是"道者,吾人日用常行之道也",以表示他所主张的"道"与人间生存乃至发展变化规律之间的哲理关系。对这种关系,他在《道统说》中还说:

> 所以谓之日用常行者,何也?固以人之为人也,内则有五脏六腑,外则有头腹四体,上则有目耳鼻口,下则有手足指节,皆各有所职,必各有其则。内焉者主之,外焉者承之,上焉者察之,下焉者供之。然则内外百体之无所不具,无所不备,而合之为全角者,即其身也。大小百体之各职其职,各则其则,而有日用事业者,即其道也。此所以践形充德修责任之谓也。责任者,何业也。即宇宙内事也,宇宙内许多事业,都在吾人。若非吾人责其事业,则宇宙为空器矣。[1]

什么叫"日用常行者"呢?人之所以成为人,是因为"内则有五脏六腑,外则有头腹四体,上有目耳鼻口,下有手足指节"。不过张显光认为光有这些五脏六腑还不够,还得有这些人体器官的相互配合和正常运转。他认为人体中的这些众多器官,"皆各有所职,必各有其则",其"职"其"则"各尽其能、各尽其责时,人这个统一体才能够正常存活和生活。体内的五脏六腑自内"主之",体外的头、四肢、肚皮等"承之",在上的耳目口鼻等"察之",在下的手、脚、腿等"供之"。这样,内外、上下,"百体之无所不具,无所不备",合

---

[1]《旅轩先生文集》卷7《道统说》,(韩国)《韩国文集丛刊》。

而为"全角者",即为人"身"。在人之一体之中,"大小百体之各职其职,各则其则",完成其"日用事业者",为"即其道"。扩展而言之,一定的人类构成一定的社会,形成一定的国家,进行生产和各种社会活动,家有祖宗、父母、兄弟"长幼有序",国有君臣、吏胥、百姓"各司其职","而有日用事业者,即其道"。这样,"道"在于人类的社会实践之中,在于遵循"父子有亲,君臣有义,夫妇有别,长幼有序,朋友有信"的道德规范之中。人类的这种发展过程,就是"践形充德修责任之谓",是寻求其中规律性的过程。何为这种"责任"和"事业"呢?张显光进而说,所谓"事业"就是"宇宙内事","宇宙内许多事业"都等着"吾人"去作,能不能作好的关键也在于"吾人"。他进而认为"道"在其中,作好这种"事业"的过程,就是追求"道"的过程。所以他强调"若非吾人责其事业","宇宙为空器",这个世界将会变成一片空白。很明显,张显光反对那些以抽象思维谈论"道"的理论体系,认为这样会陷于"空理空谈"的理论陷阱,对探索"道"的现实意义毫无帮助。从这样的理论基础出发,他提倡人们要遵行此"道"而行,懂得遵循此"道之妙"的道理。他严肃地说:"故夫既为人而有是身,则自不得无其道焉。身以道为身,道得身为道,合道与身为之人,人固不可离道者。此也,以其不得不常行,而不可须臾离,故曰'道'。道者,道路之借喻也,借彼道路之道,喻此道理之道,则人当就认其固不可须臾离之妙矣。"[1]人既然有此身,那他必然行其"道",此"道"就是"大小百体之各职其职,各则其则",使全身正常运转,使人维持正常人生机勃勃的机体。这样可以说"身以道为身,道得身为道","合道与身为之人,人固不可离道者"。他继而指出,此"道者","道路之借喻",是"借彼道路之道,喻此道理之道",所以作为贤者必须明白人不可离此"道"之妙。

所谓"道统",是宋、明理学家所认为的儒家学术思想授受的脉络和系统。实际上有关"道统"的确认理论,由来已久。孟子曾认为孔子的学说是上接尧、

---

1 《旅轩先生文集》卷7《道统说》,(韩国)《韩国文集丛刊》。

舜、汤、文、武，并自命继承了孔子的正统。到了唐代，韩愈作《原道》，论证出了所谓"尧、舜、禹、汤、文、武、周公、孔、孟"关于"道"的传授系统，自认为延续孔孟之"道"，继承了儒家的正宗。韩愈的"道统"说，启迪后儒，开启了两宋理学的先声。但是张显光并不同意韩愈的这种观点，认为此观点过于大体，失去了历史的真实。他说道"昌黎韩子著《原道》之篇，有曰：'尧以是传之舜，舜以是传之禹，禹以是传之汤，汤以是传之文武、周公，文武、周公传之孔子，孔子传之孟轲，轲之死，不得其传焉。'有宋诸先生，皆以韩言为得之也。"但是他反论道："盖自上古至后世，达而居上位为大君，为大臣者，凡有几何。而在帝王独举尧、舜、禹、汤、文、武，在辅相独举周公，若穷而在下位者，亦几君子也。而独举孔孟，则其得与于道统之传者，不常有矣。"[1]张显光认为这样的囊括法，未免过于简单，落下了更多的圣人和参与传"道"的贤人。他认为历史上作出巨大贡献，而且影响深远者还大有人在，先不说出现文字之前的大人物，就说出现文字以后的诸"圣人"，还可以数出一系列。他说："至于伏羲以降，则八卦画矣，书契造矣，礼法作矣，名分等矣，政事行矣，吾人之道，始阐明矣。又至神农，而生人之本业，通货之普规，寿民之神方，无不备矣。又至于黄帝，则天地之悭秘毕开矣，造化之微隐毕发矣，经纶之机轴毕设矣。所以经天纬地、格神化民之策，无所不举，则吾人斯道之本，大启于三圣人之世也。自不须言统，而其道为三才之宏纲，万世之通范，亦不可以统字而尽之也。"他认为"三代"和孔子之间的历史过程中，就已经有人"画八卦"，造"书契"，作"礼法"，等"名分"，行"政事"。其后的"神农"、"黄帝"也为人类文明各自启开了新纪元。

按照张显光的认识，中国古代"吾人斯道之本"，"大启于三圣人之世"，而此"三圣人"所传之"道"，无愧为"三才之宏纲，万世之通范"。所以他认为前贤们"亦不可以统字而尽之"，如韩愈"道统"说的缺陷不言自喻，值得后人

---

1 《旅轩先生文集》卷7《道统说》，(韩国)《韩国文集丛刊》。

去继续补充。作为一个彻头彻尾的儒家学者,尤其作为一个海东岭南学派的典型理学家,张显光没有人云亦云,而是按照自己的独立观察和思考发表学术见解,在当时来说是一个极其难能可贵之举。如何理解儒家的"道统"观念,如何去继承这一"道统"思想,他曾进行过深入探讨。对此,他在《道统说》还指出:

> 统之为言,有传有承之谓也。所谓"传"所谓"承"者,不必身传面承而谓之统也。其心法德业之相契,则隔百世越千里而可以传承矣。惟非至圣至诚,能有以参天地者,其可谓之得此道之统耶。然而是道也,虽以在人者言,而生吾人者天地,则为吾人者,岂是自道其道哉。道之原,乃自有所出矣。《汤诰》曰:"惟皇上帝,降衷于下民,若有恒性。"子思子曰:"天命之谓性,率性之谓道,修道之谓教。"董子曰:"道之大原,出于天,天不亡,道亦不亡。"此皆言道之原出于天也。然而生吾人者天地也,而生天地者太极也,则所谓太极者,岂非道之大原乎?太极者,此理最上原头之称也。天地未有,而此理自常有焉,此理自常有焉,故遂为之出元气,以生位上之天,则天于是乎始有矣。[1]

张显光认为"道统"之"统","有'传'有'承'之谓",也就是说某种事物或精神传统的连续的承传关系。荀子将这种"统",解释为"求其统类"[2]。张显光进而讲"所谓'传'所谓'承'者,不必身传面承而谓之统","传"或"承"不一定"身传面承",而是可以千百代之连传或隔传。只要是"心法德业相契",不会受年代和地理条件的限制,"则隔百世越千里而可以传承"。作为儒家传道的脉络和自我系统,千百年来,儒家"仁义道德"的传承有一个历史的

---

[1]《旅轩先生文集》卷7《道统说》,(韩国)《韩国文集丛刊》。

[2]《荀子·解蔽》。

演变过程。韩愈认为儒家的传统是"尧以是传之舜,舜以是传之禹,禹以是传之汤,汤以是传之文武、周公,文武、周公传之孔子,孔子传之孟轲,轲之死,不得其传"。张显光认为韩愈的此言,大体的旨意是说出来了,但如上所述,他的"道统"论所涵盖的内容有些简单之外,还只断到孟子,也有些欠其合理性。因为孟子之后,儒家之"道"并没有停止过一天,反而在封建社会的发展过程中不断被创新,走过了曲折的发展道路。在这过程中,产生了诸多理论大师和传承名家,尤其是到了两宋时期,儒家借用佛家教理,发展出了空前深邃的新的理论体系,出现了一系列"圣贤"级别的领袖人物。这是一个之前的韩愈等人根本没有想到的现象,也是儒家前贤们为之而奋斗的必然结果。

按照张显光的说法,这就是儒家"道统"不断发展、与日生新的过程。他认为所谓"道统",绝不是轻而易举可以得到的,对它的传承需要一个"内修外炼"的过程,这是非常艰难的探索过程。所以他说:"惟非至圣至诚,能有以参天地者,其可谓之得此道之统耶?"如果不是"至圣至诚","能有以参天地"者,怎么能够说"得此道之统"呢?不过此"道"者,涵义非凡,也绝不是随便能够谈论的对象。他说:"虽以在人者言,而生吾人者天地,则为吾人者,岂是自道其道哉?"这个"道",虽产生于人间的社会活动之中,而生人者,则是天与地,所以人间怎么能够自己说"道"或论"道"呢?穷根溯源,"道之原,乃自有所出",大有来头,深刻追溯。他举《汤诰》以说明这个道理,说:"惟皇上帝,降衷于下民,若有恒性。"子思子曰:"天命之谓性,率性之谓道,修道之谓教。"《汤诰》中的相关原话是:"惟皇上帝,降衷于下民。若有恒性,克绥厥猷惟后。"其意思就是至尊的上帝,降善于下界人民,顺从人民的常性,承天而建立法则,要抚民而顺应大道。后来西汉的董仲舒说"道之大原,出于天,天不亡,道亦不亡"。董仲舒认为封建王朝的最高权利和原则是由"天"决定的,这"天"是永恒不变的,所以封建王朝所行"道"当然代表"天意",也是永恒不变的。董仲舒的这一哲学命题,后来作为"君权神授"观念的理论基础,影响中国两千年。

张显光认为儒家的此"道统"思想，追根溯源，源自于"天理"，是"理"所派生的。在上述的论说中，张显光的"道统"理论并没有因此而结束，他继而说："此皆言道之原出于天也，然而生吾人者天地也，而生天地者太极也，则所谓太极者，岂非道之大原乎？"从而他的"道统"说进一步上升其论，作出一个逐级的逻辑演推，就是说"道"之源处于天地，而"生吾人者天地"，而"生天地者太极"，而所谓"太极"者，岂不是"道"最根本的"大原"？何为"太极"？张显光紧接着作出解释，说"太极者，此理最上原头之称"，这个"太极"则灵光无边，因为这个"天地未有"，"而此理自常有焉"，"此理自常有焉，故遂为之出元气"，从而"以生位上之天，则天于是乎始有矣"。将此道理再整理一边的话，这个天地尚"未有"之前，此"理"已经"常有"，而此"理"已经"常有"，所以能够生成"元气"，从而也生成"位上之天"，生成"位下之地"，这些都是此"理"之所为。这个"太极"，原是中国道家文化中的一个重要概念和范畴，原出《庄子》，其曰："大道，在太极之上而不为高；在六极之下而不为深；先天地而不为久；长于上古而不为老。"此说后见于儒家《易传》，其中说："易有太极，是生两仪。两仪生四象，四象生八卦。"后来，有关"太极"的思想不断丰富和发展，到了两宋已经成为理学家们加以论"理"的重要的理论依据。周敦颐专门撰写《太极图说》，以论自己对宇宙变化的理解。他谈："无极而太极，太极动而生阳，动极而静，静而生阴，静极复动，一动一静，互为其根，分阴分阳。两仪立焉。"后来的朱熹，则以"理"说太极。他在《太极图说解》一文中指出："极是道理之极至，总天地万物之理便是太极。"他在还说："太极者，其理也。"[1]太极乃天地万事万物之理的总和，而在具体的事物中也有太极之"理"。所以说："人人有一太极，物物有一太极。"[2]可以看出两

---

[1] 《周易本义·系辞上》。

[2] 《朱子语类》卷94。

宋时候的"太极"说，已经上升为性理哲学思辨的高度，成为论证理气哲学的重要的理论要素。

张显光强调"道统"不仅是士人、学者的心法要义，而且也是维护国家纪纲首要的理论原则，更是天下邦国兴旺的基本保证。他认为所谓"道统"就是儒家自古相传的先王之教，其内容就是仁义道德、礼乐制度和日常生活所要遵循的精神灵魂，它的功效小则涉及修己治人，大则事关治国平天下，认为在封建社会中它是"无所处而不当"的存在。虽然对韩愈的"道统"说持有一些异议，但是他还是尊崇韩愈的相关理论观点，处处以韩愈为业师。对于道统的内容、功能及相传的系统，韩愈的《原道》篇具体指出："夫所谓先王之教者，何也？博爱之谓仁，行而宜之之谓义，由是而之焉之谓道，足乎己，无待于外之谓德。其文，《诗》《书》《易》《春秋》；其法，礼、乐、刑、政；其民，士、农、工、贾；其位，君臣、父子、师友、宾主、昆弟、夫妇；其服，麻丝；其居，宫室；其食，粟米、果蔬、鱼肉。其为道易明，而其为教易行也。是故以之为己，则顺而祥；以之为人，则爱而公；以之为心，则和而平；以之为天下国家，无所处而不当……斯吾所谓道也，非向所谓老与佛之道也。尧以是传之舜，舜以是传之禹，禹以是传之汤，汤以是传之文武周公，文武周公传之孔子，孔子传之孟轲，轲之死，不得其传焉。"[1]韩愈的此文，对"道统"对个人乃至整个国家的重要意义，说得再明白不过。张显光虽对韩愈此文的部分观点提出过一些意见，但是从总体上看，他还是认同韩愈的基本观点，并在自己的学问实践中以其为榜样，尤为重视"道统"对封建社会发展的重大作用。对此"道统"的重要性，他在《道统说》的结尾部分则进一步指出：

> 若道统无传，则纲不纲、伦不伦，世为昏乱之世，兽蹄鸟迹，交于疆域，戎马蛮兵，横行中国，三光晦蚀，四时易气，阴阳乖戾，风雨淫狂，

---

[1]《原道》，马其昶：《韩昌黎文集校注》，上海古籍出版社，2014。

天降灾沴,地多变怪,一与太平之世相反焉。此岂非吾人之道,有以致之哉。三代以上,至圣至诚,代出而在上,体此道于心,行此道于身,明此道于家国天下,故其君则曰"三皇""五帝""三王"也。其世则曰"唐虞三代"也。自是以降,得斯道之统者,孔孟也,而穷而在下,怀抱终身,则人岂见至德之世乎。达而在上者,虽或有一二近道之君,不心帝王之心法,不蹈帝王之轨范,而皆以杂霸为道,则何可得以传统言之哉。呜呼!天一天也,地一地也,天地未尝亡矣,则道岂尝有亡哉。人不能自人,故统绝而莫之续矣。[1]

张显光认为"道统"是封建国家的精神精髓,如果没有它的传承,国家就要陷入"纲不纲、伦不伦"的境地。如果国家真的陷入这种境地,那这样的世道就是"昏乱之世",国家就陷于"大乱之状","兽蹄鸟迹,交于疆域,戎马蛮兵,横行中国,三光晦蚀,四时易气,阴阳乖戾,风雨淫狂,天降灾沴,地多变怪"。这是"与太平之世相反"的国家境况,是国君、大臣和广大人民不想看到的结果。如果真的导致了这种后果,这难道与"吾道"没有任何关系吗?回顾上古之时"三代以上","至圣至诚,代出而在上",这些圣人在治国理政和社会事业上,"体此道于心,行此道于身,明此道于家国天下",所以古人称他们为"三皇""五帝""三王",真心实意地跟随他们,而且将那个时代叫作"唐虞三代"。自此以下,"得斯道之统者,孔孟",但是他们的社会地位较低,只能是将此"道""怀抱终身"而终,所以那个时代的人们岂能"见至德之世",以享安乐之世。到了后世,在"达而在上者"之中,"虽或有一二近道之君",但是"不心帝王之心法,不蹈帝王之轨范,而皆以杂霸为道",结果,"道统"未传,"皆以杂霸为道"。这样下去"道"不"道","国"不"国",如不及时改变这种现状,"何可得以传统言之"。于是张显光慨叹道"天"是一样的"天","地"

---

[1]《旅轩先生文集》卷7《道统说》,(韩国)《韩国文集丛刊》。

是一样的"地",此"天地未尝亡",而"道岂尝有亡"呢？他认为"道"亡的原因,在于"人不能自人",人们不能继承古圣人之道,正因为是这样,"统绝而莫之续"。在此,张显光将"道统"的继承与否提高到国家兴亡,民族荣辱的地位。

张显光虽是理学岭南学派的后继学者,但是他谈"心",并没有把它当作抽象的概念,而是将它理解为存在于人的肉体中的实实在在的客观存在。与谈"道统"一样,他笔下的"心",虽受"理"的制约,但还是在人的一身中是鲜活的实际器官之一,它只是起着领头作用的器官而已,有着"国君"一般的地位。如前所述,他论述"道统"绝没有把它概念化或抽象化,而是从人的"日用常行""宇宙内许多事业"中寻找"道"之本质和"统"之传承问题。他还强调"道"与"统",都在"吾人"之现实生活范围之内体现,而且还认为"若非吾人责其事业,则宇宙为空器"。他的这种与现实生活中结合起来理解和践行"道统"本质属性的思维模式,也体现在他对人"心"的理解和把握论述上,给人以一种"平易近人"的理论模式。他认为此"心",绝非脱离肉体的"空器",他虽是"理"之"所以然"的结果,但还是违抗不了"五脏六腑"之一的属性。尽管此"心"为"五脏六腑"之一,但它又是"百体之首"和"一身之君主",对人的一身起着决定性的领导作用。"心"在性理哲学上的"君主"地位,以其现实中人的肉体的"领袖"地位为前提,走上了从充当物质基础到人的精神发现的光环历程。他的这种性理学思想,在当时海东的岭南学派,尤其是在李滉的门人之中极其罕见。怪不得后人称他为海东岭南学派中,极富特色的理学家,也是很有研究价值的学者。细读他的有关心性论的著述,不难发现其中闪烁着一股实事求是的精神,而且也可以感受到其论述文字言简意赅、平实深刻,使人感觉到亲近感。他的这种理学城府和文章风格,在其《心说》也体现得尤为明显。其中曰：

人之有身，大则头面背腹，小则手足四肢，内焉五脏六腑，外焉耳目口鼻，无非其所有也。而凡言人善恶，必皆举其一心者。何也？盖受理气而为身者，必也大小之体无所不具，内外之质无所不备，然后乃得为全角之一身也。若体一不具，非形之全也，质一不备，非身之成也。然而体之为大小，质之为内外者，不有神明焉统之，知觉焉总之，则其何以各职其职，咸则其则而为成人哉。盖心虽居五脏之一，而实为一身之君主，故神明所舍，知觉所出者，即此心也。具五常之德，行七情之用，通天地之道，备万物之理，立天下之大本，经天下之大经，达古今合鬼神，其妙何可穷哉，其机何可测哉！[1]

张显光认为人的一身是由各种不同的有机部分组成，如"大则头面背腹，小则手足四肢，内焉五脏六腑，外焉耳目口鼻"。但人毕竟是人，他有喜、怒、哀、乐的感情和对善恶的判断和态度，这些都"必皆举其一心"，由此"心"来管。他认为应该知道，"受理气而为身者，必也大小之体无所不具，内外之质无所不备，然后乃得为全角之一身"，如果其中缺一也不能"得为全角之一身"。按照他的话来讲，"若体一不具，非形之全，质一不备，非身之成"。人体中的这些各个器官都有自己不同的作用和功能，但是如果"不有神明焉统之，知觉焉总之"，"则其何以各职其职，咸则其则而为成人"？事实就是离开了此"心"，人的"五脏六腑"的功能和作用再神通，也都会失去其"功"和"用"。为什么会是这样呢？他说"盖心虽居五脏之一，而实为一身之君主"，所以人的"神明所舍，知觉所出者，即此心"。也就是说，人区别于动物的社会性，就是因为有了此"心"而形成，又因为有了此"心"而决定，此"心"就是人所以为人的决定性因素。人所以有了此"心"，他就可以"具五常之德，行七情之用，通天地之道，备万物之理，立天下之大本，经天下之大经，达古今合鬼神"。这

---

[1]《旅轩先生文集》卷6《心说》，(韩国)《韩国文集丛刊》。

样的一个人，才可谓是社会的人，是完整的人，能够负责起自己的社会作用的人。仔细回顾人类历史，观察当前的人类活动，才可以深知此心"其妙何可穷哉，其机何可测哉"的深刻道理。此"心"乃是感知客观事物，用事主观愿望的"君主"，它可以统率"百体之器"认识客观世界，征服客观世界。古人误认为"心"为人体的思维器官，所以认为它有无限的能动性，可为人创造能力的源泉，所以认为"其妙何可穷"，"其机何可测"。张显光对"心"的认识，并没有止于此，他还作过系统的探索和阐释。在此文中他继而说：

> 然而不是独立而为心焉，必也取辅于四脏，收滋于六腑，然后有以尽其神明之妙，致其知觉之机尔。又须七窍以出纳之，百体以运用之，然后有以酬酢乎千变，措为于万应尔。然则心虽为一身之君主，而固不可舍四脏六腑而君其身，又不可离七窍百体而主万机也。是如天地必有二气、五行、三光、四时、昼夜、寒暑、风雷、雨旸，各致其用，然后成造化之功，而立天地之道焉。国君必有左右辅弼、六官、百司，内外之任，各致其职，然后致治平之业，而尽国君之道焉。家长必有夫妇、兄弟、子孙、仆隶，各尽其事，然后家道成焉。此乃理一为体，分殊为用，自然之道也。无理一之体，无以致分殊之用也。无分殊之用，无以立理一之体也。然则在一身者心，岂非主理一之体，而脏腑窍体，岂非效分殊之用者哉。[1]

张显光认为"心"虽是一身的"君主"，但绝不可能离开其他器官组织而独立存在，如果离开了其他的器官组织，它也不可能存在下去。这个原理如同一国君王离开各等群臣和天下百姓则不称其为"国君"，也无法治理整个国家一样，"心"再重要也离不开其他各类器官的拱戴和配合。所以张显光说"然而不是独立而为心焉，必也取辅于四脏，收滋于六腑"，有了这样的"取辅"和"收

---

[1]《旅轩先生文集》卷6《心说》，（韩国）《韩国文集丛刊》。

滋"然后,"心"才可以"有以尽其神明之妙,致其知觉之机",如果没有人体中其他四脏的补充和六腑的滋养,此"心"则一刻也生存不下去。光有这些还不够,此"心"的生存,还需要"七窍以出纳之,百体以运用之"的其他功能部门的协助。如此然后,此"心"才有能力运转,有活力行事自己的领导力。正如张显光所说的那样,"然后有以酬酢乎千变,措为于万应",以应对千变万化的主客观世界。从而可知的事实是,"心虽为一身之君主,而固不可舍四脏六腑而君其身,又不可离七窍百体而主万机"。这个事实告诉人们,一身的"君主"也好、一国的"君王"也好,绝对不可离开"百体之众"和"臣民之众"而独立存在。这个道理也"如天地必有二气、五行、三光、四时、昼夜、寒暑、风雷、雨旸,各致其用","然后成造化之功,而立天地之道"。这个"天地之道",对一人之身体滋养,一国之治国理政,有着极其重要的借鉴意义。从这样的借鉴意义出发,张显光明确地指出:"国君必有左右辅弼、六官、百司,内外之任,各致其职,然后致治平之业,而尽国君之道。"这个道理在一个家庭里也正适用,他说"家长必有夫妇、兄弟、子孙、仆隶,各尽其事,然后家道成"。在张显光那里,这就是"天地之道"、"一身之道"、"治国之道"、"理家之道",以此"万道归一",就可以总结出天地万物、人类社会"循道以行"的主客观规律。就这样,在他那里,所谓"道",并不是什么抽象的、玄虚的和神秘的"魔符",而是存在于客观世界方方面面的"常道"。然而值得注意的是,张显光的此"心"说,就这么简单吗?没有。张显光是一位海东朝鲜朝时期岭南学派中的一员,也是大理学家李滉的后世门人,虽有些理学观点有异于李滉,但他毕竟是个颇有独立见解的著名理学家。他在此《心说》中,紧接着指出,此"心"绝非简单,指出它是"一理"的具体表现而已。他强调此"心"有两个方面的意义,一是肉体意义上的"心",一是精神意义上的"心",此两种意义上的"心",既有联系而又有区别。但无论是哪一种都有一个共同的根源,那就是"理",都是从此"理"派生出来的。他的这种思想,在宋代朱熹那里已有所论述,《朱子语类》载其与弟子的问答,其中有一段曰:"问:人心形而上下如何?曰:'如肺肝五脏之心,却是实有一物。若今学者所论操舍存亡之心,则自是神明不测。故五脏之心受病,则可用药补之;这个心,则非菖蒲、茯苓所可补也。'问:如此,则心之理乃是形而上否?曰:心比性,则微有迹;比气,则自然又灵。""心者,主乎性而行乎情心之全体湛然虚明,万理具足。"[1]在此,朱熹明确地界定了此"心"之两种意义。肉体意义上的"心",从人的生理意义上来谈心,这是看得见、摸得着的实物之"心",是"形而下"的"心"。朱熹所说的"操舍存亡之心",是从道德意义上来说的"心",是古人所认为的精神意义上的"心",是"形而上"的"心"。在这个"心"中,"万理具足",包蕴着"万理"之"理"。

在前人"心说"的基础之上,海东的张显光进一步运用理学"理一分殊"的理论原理,阐述了自己心学上"理一为体,分殊为用"的观点。他说:"此乃理一为体,分殊为用,自然之道也。无理一之体,无以致分殊之用也。无分殊之用,无以立理一之体也。"他认为宇宙万物的根源在于"一理",对万物来说此"理"就是"体",万物就是此"理""分殊为用"的结果。他认为"理一分殊",是"自然之道",世界上的任何事物都离不开这个道理。他继而指出没有此"理一之体",就没有"分殊之用",而没有此"分殊之用",也就不可能"立理一之体"。从这样的理论观点出发,张显光认为人的"心"自然为"体",人体的各种器官也自然成为"分殊"之"用"。他指出:"然则在一身者心,岂非主理一之体,而脏腑窍体,岂非效分殊之用者。"在此,张显光以人体中的"心"与"脏腑窍体"之间的关系,来说明"理"与"分殊"之间的关系,最终以"理一分殊"来解释自己的"理"本体论的思想。对这一"理"本体论,朱熹曾以生动的比喻作出解释,说:"只是此一个理,万物分之以为体……所谓'乾道变化,各正性命',然总又只是一个理。此理处处皆混沦。如一粒粟,生

---

[1]《朱子语类》卷5《性理》二。

为苗，苗便生花，花便结实，又成粟，还本无形。一穗有百粒，每粒个个完全。又将这百粒去种，又各成百粒。生生只管不已，初间只是这一粒分去。物物各有理，总只是一个理。"[1]与朱熹的此观点一样，张显光也认为"理一分殊"是普遍的道理，世上之事与物莫非如此。他以此"心"为例子，说明这一观点。

在此《心说》中，张显光还说："心者，凡为物有形者之所必有也，气之精英而性命之所寓也，即一体中主宰也，居中而统外者也，自一而应万者也。故天有天之心，地有地之心，人有人之心，物有物之心，但其为心之理则一也……以此推而认之，天之心在天之中，地之心在地之中，若不有其心，天何以有造化之道，地何以有承天之道哉。天之心在天之中，地之心在地之中。此所谓中者，指言其全体之中耳，非若在人之心脏为五脏之一而有形象也。天之心，自为气中之精英，地之心，自为质中之精英，无形无象者是也。而两间万物之心，莫不以天地之心为心。"[2]对其中"理"之"分殊"之"理"，张显光说："则岂不以其为理一也故然哉！"对其中所说的"心"，张显光还分为"有心之心"和"无心之心"，前者为人所具有，而后者则为天地万物所具有。他说："然则天地之心，皆是无形体无方所，而无所不在，无时不在者心也。盖气之所聚，质之所凝，必皆有精英，理在其中。为自然之灵者，即其心也。天以积气之浑沦者形于上，地以成质之磅礴者形于下，岂若血气之类。心作一脏，寄寓一处，而主一身乎。天之精英，随气上下，而理未尝不在焉；地之精英，随质刚柔，而理未尝不存焉者，即其无心之心也。"[3]天地万物之"心"和人类之"心"，虽似各有其"理"，但归根到底离不开"理一"，"理一"则是总的统率万物之"理"的"理"。张显光的这些"道统说"和"心"论，对他的文学观念产生了深刻的影响。

张显光是道学家，但他不用一般道学家"以文害道"之类的观点，以排斥

---

1 《朱子语类》卷94。
2 《旅轩先生文集》卷6《文说》，（韩国）《韩国文集丛刊》。
3 《旅轩先生文集》卷6《文说》，（韩国）《韩国文集丛刊》。

诗文创作。他不但写诗文，还写文论，用以发表自己对文学的看法。由于他是理学家，哲学观点多倾向于客观唯心主义，所以他的文论观点又有较浓重的道学家的色彩。在文学上，张显光以儒家之"道"为"根本"，提倡"真儒之业，斯文复归于正"，主张文学创作绝对不能忘记"吾道"之"温柔敦厚之旨"。他主张文学必循"诗教之本原"，为"厚人伦，匡社稷"服务，主张诗文可以"理性情，重化人"。同时他尤为强调文学作品的道学内容，反对模仿，认为"文词之工业章句"是可以"依样"和模仿，但作家内在的"义理""见识""造诣"等是不可复制或"依样而做"的，因为创作主体的禀性和品节是别人不可能轻而易举地仿造出来的。从这样的文论观点出发，他赞赏本国文人奇大升的诗文创作，认为其作品个性鲜明，存学问上的"厚度"，具有很强的可读性，恨差辈而未能面受其教谕。他在《奇高峰文集跋》中说：

  文集之出于世者，通古今凡几家，而其传行也，不能无广狭久近焉。岂非人之所好有浅深，所尚有轻重哉。好尚之浅深轻重，不惟其文气有高下，乃其旨义有精粗也。夫文词之工业章句者，犹可依样而做出矣。若义理之精微，非见识之透，造诣之邃，莫之能焉。秉彝公共之取舍，其可诬乎。在吾东惟高峰之文，其庶矣哉。尝见人之见高峰者，获闻其风度英秀，识论俊拔，自恨生世差晚，未及躬拜而面承也。[1]

  通古今中外，"文集之出于世者"不知其数，但其传或行自有"广狭久近"之别。究其原因，大体是因为"人之所好有浅深，所尚有轻重"，这是值得思考的一个问题。仔细考察可知，人家的"好尚之浅深轻重"，并不只是因为文集所载"文气有高下"，而更重要的是"其旨义有精粗"所致。从文学的实践经验来看，"夫文词之工"，"业章句者，犹可依样而做出"，由于写作上的艺术手法和

---

[1]《旅轩先生文集》卷10《文说》，（韩国）《韩国文集丛刊》。

技巧是可以外学而可得。可是至于诗文中的那些"义理之精微",并不是什么轻而易言的事情,"非见识之透,造诣之邃"的人,是达不到这一境界的。他从而认为人之与生俱来的秉性和公共之言行举止,不容易瞒得过人眼。前辈学者奇大升就是近乎上述高下标准的学者,其"见识之透,造诣之邃"均卓越无比,后人"获闻其风度英秀,识论俊拔",都"自恨生世差晚,未及躬拜而面承"。

从这些论述中可知,张显光论文并不将"文气之高下"放在首位,而是把"旨义有精粗"看得比较重。他还强调文章中的此"义理之精微",是"非见识之透,造诣之邃"者,是不可轻易地达到的。他又认为诗文的"文词之工"是通过一段时间的努力则有可能达到,但是其中的"温柔敦厚之旨"和"义理之深浅",如果不是经过认真的修养功夫的人是不容易达到的。也就是说,一个作家要写出符合儒家之"道"的诗或文,必须练好修养工夫,将自己培养成根实苗正的封建文人。对此"道"与"文"的关系,张显光还是强调"道"为"根须","文"为"枝叶"观点,还是坚持了一位典型的道学家文人的"道""文"观。如上所述,"道根文枝"是中国两宋以来的理学家们一直坚持的"道""文"观,其意思是道为根本,文为枝叶。朱熹曾指出:"道者文之根本,文者道之枝叶。"[1]他的意思就是"道"与"文"是一种从属关系,所以他继而说"惟其根本乎道,所以发之于文皆道也,三代圣贤皆从此心写出,文便是道"[2]。他甚至干脆地说"文皆是从道中流出","有德者必有言",作者不用在"文"上下功夫,因为它只不过是工具而已。

海东的道学家张显光,虽深知这种观点的武断性,但最终还是多少默认这一观念,在自己文章的许多地方也阐明了"道"的绝对优位性。他的这种观点体现了中国宋明以来理学家"理一分殊"的理学主张。"文"与"道"为一体,在"道"的前提下相统一,形成所谓"道本文末"的"道""文"观念。海东的

---

1 《朱子语类》卷139。
2 《朱子语类》卷139。

理学家们一旦接受这种文学观以后，由此批评那些勋旧派文人或当时流行的科诗之形式主义文风，严厉鞭挞当时把"文""道"视为"二本"的文学思想，将它们当作时代"病根"，放在加以取缔之列。但张显光谈"道"与"文"，还是不像别人直接否定"文"的独立地位，而只是从原则上指出其当为性，但是谈论具体的诗文作品时，却不得不肯定"文"的重要性或不可或缺性。平时喜爱诗文的他，谈起文学来，很快就显现出其敏锐的洞察力和内行人的品评素质，谈的条条是道。但他毕竟是个道学家，最终还是坚持"道本文末"的保守的文学观念。如他在为另外一位前辈学者、李滉的直系门人柳成龙而写的《西厓先生文集跋》中指出：

  存诸心而责诸身者，乃人德行事业，譬则本也源也。声于口而传于世者，即其言语文字，譬则末也流也。然则德行事业，固各有规模大小，言语文字，亦不无品格高下，而惟其大概，则必也有本而有末，有源而有流。然后当关于世教，是岂撰做于齿舌间，驰骛于翰墨场者比哉。今此文集，即西厓柳相公之著述也。公自以挺秀之资禀，早受旨诀于退陶之门，既领得吾儒之真正路脉矣。其见识也精，操守也贞，持心也平，奉身也清，孝友于家而忠良于国。凡其力量所及，未尝不殚竭焉。此非公所有之实乎，试观其诗则雅而洁，其文则畅而顺，其无本源而有是哉。[1]

文中的"西厓"就是当代著名的理学家、诗人柳成龙。柳成龙亲历"壬辰倭乱"，乱中跟随宣祖转战，并以都体察使的身份总管"国之军务"，后因功升为领议政，不久因过被免。稍后明君来援，他任前导官，为抗击倭寇立下了殊勋。作为理学岭南学派的翘楚，柳成龙曾沉潜于学术，撰写出《惩毖录》《慎经录》《欢化录》《丧礼考证》《戊午党谱》《针经要义》《大学衍义抄》《九经衍义》

---

[1] 《旅轩先生文集》卷6《西厓先生文集跋》,（韩国）《韩国文集丛刊》。

《考经大义》等理学著述，名入海东理学大家之列。柳成龙去世后，张显光因约写他的文集跋文，高度评价其德望和功绩。张显光在《西厓先生文集跋》中写道："若夫逢时不幸，倭寇留乱七年于邦域，公担当经理，不惮焦劳，接应天兵，奖振邦众，竟致恢复之业，以至于今日，其详具载于国乘，举国之共知矣。然则诗文之发，岂徒言哉。"在此《西厓先生文集跋》中，张显光指出作为儒者存养"诚心"而"责诸身"，是其"德行事业"的关键基础，将此"德业"比之于树之为"根"，比之于水之为"源"。由此延伸，他进一步指出"声于口而传于世者，即其言语文字"，而此"言语文字"就如树木的"枝叶"或水的"支流"。然而对这个问题不能看得如此简单，张显光认为"德行事业，固各有规模大小"，而"言语文字，亦不无品格高下"，但是从大体上来看，人们的"德行事业"再重要、再复杂也有"根本"和"枝叶"，"言语文字（文或文学）"的品格高下再多端、再多歧，也有其"源泉"其"支流"。这就是人们的"德行事业"和"言语文字（文或文学）"所包含的"根本"和"枝叶"、"源泉"和"支流"的辩证关系，也是它们的本末关系和主次关系所在。其中单说"言语文字（文或文学）"，它们虽为"枝叶"或"支流"，但是事关"世教"和"邦国大业"，一个作家如果要想写出有助于"世教"、有用于邦国的文章或文学作品，那就得先抓住"根本"和"源泉"，以解决文章思想内容的问题，以"温柔敦厚之旨"写出"化人""养志"的好作品。那些为"文"而"文"，或"撰做于齿舌间，驰骛于翰墨场"的作品，怎么能够与这些"操守"和"见识"都很深厚的作品相比呢？张显光评价西厓柳成龙的文集，也是从这样的原则出发，详细品评其中的诗文及其思想内容，认为其有大儒之风范。他认为柳成龙早出退溪李滉之门，苦心钻研，"领得吾儒之真正路脉"，所以"其见识也精，操守也贞，持心也平，奉身也清，孝友于家而忠良于国"，表现出高屋建瓴般的学术和文学本领，深受学界和文坛的尊崇。张显光认为柳成龙在学术和文学上之所以达到如此高的地步，得益于其"挺秀之资禀"、诚实地作人以及为邦国之事业殚精竭虑的高尚精神。他的这种品德和作人的根本，深刻影响其诗文创作，使之写出内容和艺术形式皆优秀的作品。张显光指出，"试观其诗则雅而洁，其文则畅而顺，其无本源而有是哉"，这是不言而喻的事情。

张显光在文学上的"道统"论，建立在其深刻的"心性"论基础之上，显示出浓厚的性理哲学色彩。他认为人心易生私，必以"道"来克服，"生民有欲，无主乃乱者，即此人心也。孔圣之无我，即此人心私意之绝也。颜子所克之己，即此人心也。所复之礼，即此道心也。"[1] 他还说："然则以一本言之，道心亦人心也，人心亦道心也。人不离道，道常在人，其果二焉耶。及其以人离道，道不在人，然后于以析之，以私而目之曰人心，以理而目之曰道心。人心，人之人也；道心，人之天也，即私与理之谓也。"[2] 按照他的解释常人之心有私，如果不用"道心"去节制，其后果难以想象。他强调历来的天下之乱和社会发展中的诸多复杂问题，皆由此"人心之私"捣的鬼，"然则蔽私失正之患，其不为甚矣乎。所以心不正，身不修，家不齐，国不治，乱伦汨典于天下者，皆由是也。"[3] 如何解决由人心有私而造成的这种社会问题呢？只有一个途径，那就是存"道"。张显光强调只有通过"圣人之道"，才能够育化人心，净化人心，使人具有"纯然之心"，最终使人心"归于正"。不过那些"圣人之道""六经之旨"，如果没有"文"的助佑不可能传下来。也就是说，古人之"道"都是借助于"文"的作用才能够传下来，所以如果没有"文"，不光是"道"传不下来，整个世界将变得一片黯淡。之所以是这样，自古以来的圣人和贤者谈论"道"的时候，都不得不一起谈论"文"，只是从主观意念出发褒扬"道"而贬抑"文"。这种观念到了中国两宋的道学家那里尤甚，他们为了突出"道"至高无上的地位，将"文"贬抑成"从道中流出"的附属物，甚至把它贬抑为"下饭之饵"。不过海东的张显光认为，"道"固然有至严的地位，但它离不得"文"，

---

[1]《旅轩先生文集》卷6《人心道心说》，（韩国）《韩国文集丛刊》。
[2]《旅轩先生文集》卷6《人心道心说》，（韩国）《韩国文集丛刊》。
[3]《旅轩先生文集》卷6《人心道心说》，（韩国）《韩国文集丛刊》。

如果离开了"文","道"就不称其为"道",因为它无法显现自己。所以在他那里,"道"与"文"有着永远不可分离的有机关系,这种关系便决定了二者自古被人探索的不二的命运。在张显光那里,"道"与"文"则是"一物两面",也是绝对不可相互摆脱的一体之内外关系。出于这样的基本认识,张显光主张"道"为"体","文"为"道"之"用"。他认为如果没有"文","道"不称其为"道",如果没有"道","文"则无可"用"之地,显不出其"彩"。为了表达自己的这种文学观念,张显光专门写长篇的《文说》,给当时文坛的诸多道友展现自己的文学观。在《文说》中,他的这种"道""文"观念则充分地体现了出来,深受当时文坛的重视,并为当时的"道""文"之争增添了不少生气。他在《文说》的开头部分中说道:

  文者,道之发于功用,形于模象,而等第之所以秩,条脉之所以别也。凡运行分布于宇宙间,有耳可得以闻焉,有目可得以接焉,有心可得以理会焉者,为有其文也。道若无文,何得以为道哉。故天有天之文,地有地之文,在人有人之文。天地之文,根于自然之理,成于自形之气者也。人之文,亦莫不由于自然之理,自形之气也,而其有以品节之修明之者,在乎人之自为也尔。然则圆于上而日月星辰之昭布者,天之文也。方于下而山川草木之遍满者,地之文也。二气有二气之文,五行有五行之文。至于风云雷电雨露霜雪,无非元化之文也;朝暮昼夜,一日之文也;晦朔弦望,一月之文也;生长收藏,一岁之文也。飞潜动植,形形色色,各所其所,各性其性者,品汇之文也。若非其文,造化何由而成乎,道义何由而明乎。[1]

张显光认为所谓"文",就是"道"之"发于功用","形于模象"的结果。

---

[1] 《旅轩先生文集》卷6《文说》,(韩国)《韩国文集丛刊》。

也就是说，"道""体"而"文""用"，此"用"发自于其"体"，无"体"则无"用"，二者为相补相成的关系。因为有了此"文"，世上千差万别的事物才得以显秩序，因为有了"文"，世上各种事理才显现出自己的真面目。在此，"文"既发自于"道"，而又反作用于"道"，"道"因"文"而彰显，因"文"而分别，因"文"而显"条理"。张显光还强调，此"道""凡运行分布于宇宙间"，世上"有耳可得以闻焉，有目可得以接焉"。也就是说，"道"遍布于天下万物和人间社会之中，世上有耳、有目、有感觉者皆可感觉此"道"的存在和发现，但此"道"只可意会而不可摸捉。世上只有此"文"，才将其"道"变为称其为"道"之"道"，按照他的话来说，"有心可得以理会焉者，为有其文"。为有此"文"，人们才"可得以理会"其"道"。从这样的纽带关系和逻辑层次出发，张显光则斩钉截铁地指出"文"的重要性乃至不可或缺性，喊出"道若无文，何得以为道哉"的感慨之语。在古今东西的文学"道统"学说中，只有海东的张显光才为"文"喊出了如此精到之言，使理论上的"道""文"关系显得更为明确和得体。这在文学"道统"学说史上是极为难能可贵。关于"文"的概念，张显光具有古代广义的观念和狭义的概念。他认为"天有天之文，地有地之文，在人有人之文"，不过那些"天地之文"，则"根于自然之理，成于自形之气"，而于"人之文"，"亦莫不由于自然之理，自形之气"。天地、人间和世上万物，各有各的"文"，各有各的"理"，但值得注意的是这种"文"和"理"，"而其有以品节之修明之者，在乎人之自为"，只有人类才有这种智慧和能力。他认为天地之间的"自然之文"，"圆于上而日月星辰之昭布者，天之文也；方于下而山川草木之遍满者，地之文"。他还认为在天地万物变化发展的过程中，也不断产生其自身之"文"，如"二气有二气之文，五行有五行之文"。他甚至认为天地变化中的一切现象，都会产生自身的"文"，说："至于风云雷电雨露霜雪，无非元化之文也；朝暮昼夜，一日之文也；晦朔弦望，一月之文也；生长收藏，一岁之文也。飞潜动植，形形色色，各所其所，各性其性者，品汇之文也。"这样在他看来，凡寰宇之内所有的事物无不有自己的"文"，凡天地之间一切自然之变化、人类之思索、社会之发展无不产生自己的"文"，此"文"无处不在，无事不有。在他看来，天地万物的存在和变化是客观事实和必然趋势，

"二气"之相摩、"五行"之运行永远不会停止自己的动态之态，既然是这样，此"文"也将不会停止自己的产生和华彩之过程，年年、月月、日日、时时不断变化，不断生新，其中自有此"文"的生成道理和不断变化之奥秘。从此"文"这样的生成、变化规律出发，张显光深情地慨叹道："若非其文，造化何由而成乎，道义何由而明乎！"他认为如果没有此"文"，天地万物的"造化"难成，人间世的"道义"亦难明。

张显光认为与"天地之文"和生成变化之"文"不同，"人文"之"文"乃与人类及其社会生活密切相关。他指出所谓"人文"，即指人类社会的各种文化现象，有自己的发展历史。早在人类上古时期即有此意思，所以《易·贲》说："观乎天文以察时变，观乎人文以化成天下。"孔颖达疏曰："言圣人观察人文，则诗书礼乐之谓，当法此教而化成天下也。"关于"人文"，《周易·系辞》还指出："物相杂，故曰文。"此语意为在宇宙乾坤秩序之中，人类践履人道与天道、地道相"杂"，从而天地人三才之道融会，探究天道、地道的奥秘，以"法天正己"，遵时守位，趋利避害，开物成务，开辟人生之路。所以张显光强调"人文"与"天地之文"不同，是人类生活的结果，也是人类创造世界的过程中的产物。这一"人文"，既是人间文明，也是后来人们所谓的文化一般意义上的"人文"。张显光进一步认为人类为了发展属于自己的此"文"，"继往圣，开来学"，不断探索，走过了创造的一路。在此，此"文"就是人类或某个民族"文明"的代名词，也是广泛意义上的"文"的代名词。他又认为对这些极其复杂的人类文明，惟有"儒者"才能够讲清楚，才能够总结出所以然来，使人们从中汲取教训，以"华育"众心，继往开来。对此"文"的这种文化意义，他在《文说》中进一步说道：

惟人也，位乎天地之间，首乎万物之上，性仁、义、礼、智之德，责伦纪纲常之道，以位天地，育万物，继往圣，开来学为事业，则文之在人者，不其重且大乎。故人文既明，然后亲疏分，上下章，内外别，先后序，父父子子，君君臣臣，夫夫妇妇，长长幼幼，善善恶恶，而裁成辅相，参赞位育之道在是矣。然而莫非人也，而惟儒者，为能讲明此道，推行教化，而举一世民物，无不入于文明之化矣。文明之化，既畅于天下，则日、月、星、辰，光华于上，山川草木，莫贲于下，风为祥风，云为庆云，雷电、雨露、霜雪，莫不为瑞，而飞潜动植，各遂其生，麟凤龟龙，毕效其灵者，非文教之致耶。[1]

张显光认为惟有人生长在天地之间，以其灵智之头脑位于万物之上，以"仁义礼智"之德为本性，负责伦理纲常之道之实施，其功德无量。他进一步认为惟有人才能够以安天地，华育万物，继承古之圣人，以开启后学为终生事业，可以说此"文"在人，既重要又重大，决不可等闲视之。所以应该说，"人文既明"之后，才可以"亲疏分，上下章，内外别，先后序"，那些"父父子子，君君臣臣，夫夫妇妇，长长幼幼，善善恶恶"之事分明而明确，成为秩序之要。这里所谓"裁成辅相"一句，出自于《周易·泰》，其曰："天地交泰，后以财成天地之道，辅相天地之宜，以左右民。"《晋书·陶侃传论》说："古者明王之建国也，下料疆宇，列为九州，辅相立功，咨于四岳。"从而可知这里所谓"裁成天地之道辅相天地之宜"，意思就是应该学习天地运行的道理，运用合宜的道理，引导天下人生活和处事。这里的"参赞位育"明中期之后士人喜用，如：李贽的《寄答耿大中丞》，其云："此无人无己之学，参赞位育之实，扶世立教之原，盖真有见于善与人同之极故也。今不知善与人同之学，而徒慕舍己

---

[1] 《旅轩先生文集》卷6《文说》，（韩国）《韩国文集丛刊》。

从人之名，是有意于舍己也。"[1]此"参赞"一词来自于《中庸》，意思就是人在天地自然间的参与和调节作用。而"位育"也源自《中庸》，其曰"天地位焉，万物育焉"，含生长创造之意。合起来领会，张显光在此所说的"裁成辅相，参赞位育之道"，就是人应该遵循天地运行之理，以符合客观世界的实际道理来指引生民，要达到这种境界就得发挥人在其中的参与和调节作用，创造性地运用此"文"。然而，此"人"为何人？张显光强调此"人"虽一样的"人"，但是其中只有传承"圣人之道"的"儒者"，才能够"讲明此道，推行教化"，只有继承"道统"的"儒者"，才能够"举一世民物，无不入于文明之化"。只有这样，才能够文明之化，"既畅于天下"，"则日、月、星、辰，光华于上，山川草木莫贲于下，风为祥风，云为庆云，雷电、雨露、霜雪，莫不为瑞，而飞潜动植，各遂其生，麟凤龟龙，毕效其灵者，非文教之致耶"。也就是说，社会教化只有靠"圣人之道"才能够很好地完成，靠儒家理想才能够完满地实现。

值得注意的是，在上述各种各样的"文"的基础之上，张显光提出"人文"是这一切之"文"的关键和枢纽。因为在他看来，此"人文"就是儒家的"圣人之文"和"道统"之"文"，因为这是封建社会中最为先进的思想文明，所以它能够协承"天文"、导源"地文"。对于此"人文"，《周易·贲》说："文明以止，人文也。"还说："观乎天文以察时变，观乎人文以化成天下。"孔颖达疏："言圣人观察人文，则诗书礼乐之谓，当法此教而化成天下也。"《北齐书·文苑传序》："圣达立言，化成天下，人文也。"张显光之所以认为"人文"能够协承"天文"、导源"地文"，是因为它是世界上最"灵聪"的"人"之"文"，正因为它是"人"之"文"，所以能够"化育万物，峻极天地"。在此，"人文"具有无限的认识功能，在天地之间起到无限的能动作用。所以在张显光看来，"人文"就是站在自身或社会的角度，看人间社会的历史和现状，根据自己的价值观进行判断和总结的结果。但值得注意的是，人们所说的"继往开来之文"，

---

[1] 李贽：《焚书》卷1《书答·寄答耿大中丞》，中华书局，2018。

第十一章 道学岭南学派的"道""文"思想　711

"则必由于言"而显现，而这种"言"，就是我们所说的那些狭义之"言"，即"文"。从这种广义之"文"，到人们所常用的狭义之"文"，是一个由"自然之文"过渡到"继往开来之文"的渐进过程。这里所谓的"继往开来之文"，就是人类在自己的社会发展过程当中创造出来的那些狭义之"文"，就是传承"圣人之旨"的"六籍之文"。对此张显光在《文说》中具体指出：

> 天文之文于天，地文之文于地者，实皆由人文之得其文而能为文也。然则文之在吾人者，语默动静之仪于身也，彝伦教化之范于人也。发育万物，峻极天地者皆是也。而惟其继往开来之文，则必由于言矣。圣经贤传，非斯文之典范耶。然则圣经贤传，皆出于不得已而作也，岂若后世尚词炫技之为哉。不有《易》，无以穷阴阳变化之妙，示开物成务之道，故《易》于是乎作焉。不有《书》，无以明帝王出治之本，述都俞经世之业，故《书》于是乎著焉。察人心性情之发，审世道升降之变者，《诗》之所以编也。准绳经纶之大经，权衡赏罚之中制，传往古列圣之心法，垂后世百王之政典者，《春秋》之所以出也。天理自有节文，人事必有仪则，则岂可无《礼》经以传之哉。契得天地之中声，鼓发神人之和气，则岂可无《乐》书以遗之哉。[1]

"天文"成为在天之"文"，"地文"成为在地之"文"，实则皆由于"人文之得其文而能为文"。因为"天文"也好，"地文"也好，都是从由于人而成为"人文"的"文"观察和概括的结果。至于"文"在于"吾人者"，无非是"语默动静之仪于身，彝伦教化之范于人也"。除此之外，"发育万物，峻极天地者"，也都是"人文"之所涉猎之范围。不过张显光最终想说的"文"，则是古人的"继往开来之文"，这种"文""必由于言"而显现，是人们在历史发展过

---

[1]《旅轩先生文集》卷6《文说》，(韩国)《韩国文集丛刊》。

程中逐渐创造出来的文章之"文"。张显光认为如果没有这种狭义之"文",也就没有"圣贤之文",没有后来的"六籍之文"。按照张显光的话来说,"道若无文,何得以为道","圣经贤传,非斯文何以显",儒家的"道统"之"文",非由此"文",亦何以为"播传"。在评价儒家圣人和贤者所留下的那些"六藉之文"时,张显光认为中国古代的"圣经贤传,皆出于不得已而作",那是因为每个时代的客观形势所逼迫,让这些圣人贤者不得不面对严峻的现实,进行创造性的著述,以解决社会和人类所面临的政治的、意识形态的和人类灵魂深处的实践的和理论上的难题。这些历代圣贤的著述,历经时间的考验证明,个个都显示出历史文化经典的学术本色,引起了长久的影响。这些圣贤的经典著述,越是后来越显现出自己历史的和社会的适应性,弥久生新,保持了永恒的生命。张显光强调古之圣贤的这些经典,其"温柔敦厚之旨"和稳健有力的文字功底,"岂若后世尚词炫技之为哉"！即使是那些诗文之作,圣贤所整理和修葺过的就不一样。如《诗三百篇》,经过孔子的删修,登上了儒家经典的宝座。《诗大序》言:"故正得失,动天地,感鬼神,莫近于诗。先王以是经夫妇,成孝敬,厚人伦,美教化,移风俗。"这是儒家对诗歌社会作用的的高度概括。汉初,"罢黜百家,独尊儒术",统治阶级及其御用文人认为孔子整理过的书,可以为人之常法,尊它为经。《诗经》即在此之列。儒家的这种尊经观,对海东古代学术界影响至大,尤其是宋儒朱熹出《诗集传》以后,海东朝鲜朝时期对《诗经》的尊崇达到了极致。

张显光强调那些儒家的"圣经贤传",不仅是国家和民族的指导思想,而且也是"斯文之典范"。对《周易》《尚书》等儒家经典著述至严的学术意义和历史作用,他指出:"不有《易》,无以穷阴阳变化之妙",因为《周易》"示开物成务之道,故《易》于是乎作焉"。据章太炎《读易经》:《易经》早期为一部筮书,经过历代演化,成为了安邦治国、修身养性的哲学典籍,亦为汉族文化之根。多亏了当年秦始皇焚书之时,以《易》为卜筮之书而未之焚也。幸甚。"

(章太炎《国学十八篇》第七篇《经学·易经》）他认为如果没有《周易》，就不可能"穷阴阳变化之妙"，因为它为后人写出了"开物成务之道"。它不仅总结出了在他以前自然的变化之妙，还揭示出了早期人类从生产、社会斗争中得来的历史经验。除了《周易》以外，他还赞扬《尚书》的人文精神，说："不有《书》，无以明帝王出治之本，述都俞经世之业"。《尚书》相传是由孔子编撰而成，但实际上其中的有些篇章是后代儒家所补入。作为圣人所编的经典，《尚书》一向享受儒家经典的地位。《尚书》是中国第一部皇室文集，以记言为主，保存了不少商周时期的重要史料。《尚书》所录，为虞、夏、商、周各代典、谟、训、诰、誓、命等文献，其中的"典"是重要史实或专题史实的记载；"谟"是记君臣谋略的；"训"是臣开导君主的话；"诰"是勉励的文告；"誓"是君主训诫士众的誓词；"命"是君主的命令。正如张显光所说的那样，如果没有《尚书》，后人就无法搞清楚"帝王出治之本"，也无法记述"都俞经世之业"。

如此看来古代圣人作"六经"，也都根据前人的成果，总结自然界和人世间一系列的运转法则，"继往圣，开来学"，而顺应了时代发展。张显光紧接着指出圣人删修《诗经》的动机，说："察人心性情之发，审世道升降之变者，《诗》之所以编也。"他概括地指出圣人之所以删修《三百篇》，就是为了察验"人心性情之发"，审视"世道升降之变"。在他看来，文学不仅有抒发性情的本质，也有察验人心性情的功能，更有审视社会人心变化现状的使命。因为他深知自古的儒家对《三百篇》极为重视，将它的审美的和社会的作用看得极高，甚至提高到"正心、修身、齐家、治国、平天下"的高度。先秦的《毛诗序》云："诗者，志之所之也，在心为志，发言为诗，情动于中而形于言，言之不足，故嗟叹之，嗟叹之不足，故咏歌之，咏歌之不足，不知手之舞之足之蹈之也……上以风化下，下以风刺上。主文而谲谏，言之者无罪，闻之者足以戒，故曰'风'。至于王道衰，礼义废，政教失，国异政，家殊俗，而变风、变雅作矣。

国史明乎得失之迹，伤人伦之废，哀刑政之苛，吟咏情性，以风其上，达于事变而怀其旧俗者也。故变风发乎情，止乎礼义。发乎情，民之性也；止乎礼义，先王之泽也。是以一国之事，系一人之本，谓之风；言天下之事，形四方之风，谓之雅。雅者，正也，言王政之所由废兴也。政有小大，故有小雅焉，有大雅焉。颂者，美盛德之形容，以其成功告于神明者也。是谓四始，诗之至也。"[1]在此，《毛诗序》的作者将诗歌的言情本质、美刺功能和察人心、补国政的社会作用说得尤为生动。张显光所说的"察人心性情之发，审世道升降之变"，也正好准确地概括了《诗三百》这种审美的和社会的人文精神。

张显光最后又指出，儒家"六经"之一的《春秋》的思想核心在于"微言大义"上，说："准绳经纶之大经，权衡赏罚之中制，传往古列圣之心法，垂后世百王之政典者，《春秋》之所以出也。"孔子以晚年的精力编纂《春秋》等"六经"，用以寄寓自己的政治主张和社会理想，以便留给后人效法。关于孔子删订《春秋》，孟子曾说过："世道衰微，邪说暴行有作，臣弑其君者有之；子弑其父者有之。孔子惧，作《春秋》。"孟子的此话，点出了孔子编订《春秋》的旨意是为匡救时弊。这种意思，在《春秋》中体现得异常清楚，具体渗透到其字里行间，即所谓"微言大义"。当时吴国、楚国等国国君，自称为王，这对于维护宗法制等级观念的孔子来说是"大逆不道"，不可容忍，于是他在"名分"的思想名义下，在《春秋》中把他们贬称为"子"，以示对这些诸侯僭越天子行径的谴责。这就是所谓《春秋》"微言大义"的来源和基本意思，这对后世，尤其是对海东封建王朝和学术界产生了极其重要的影响。从这个意义上海东的张显光明确地指出，使"准绳经纶"成为"大经"，使"权衡赏罚之中制"成为邦国治国理政的制度，将古代圣人创造的"心法"运用于"后世百王之政典"，这就是孔子所以作《春秋》之目的。张显光还说"天理自有节文，人事必有仪则"，为了明人生百事，使世上万事有"节文"、人间社会有"仪则"，于是

---

1 《毛诗序》。

古人作《周礼》。所谓《周礼》，是通常所说的"三礼"之一，此外还有《仪礼》和《礼记》。它们作为古代礼乐文化的理论形态，对礼法、礼义等作了详细记载和解释，对后世影响深远。作为"东方礼义之国"的海东，尤为重视对它们的接受和学习，将其运用到国家生活之中，使其中的有关冠、婚、丧、祭、乡、射、朝、聘等礼仪制度，成为朝廷和个人生活中的具体规范。张显光最后还指出，为了"契得天地之中声，鼓发神人之和气"，古人作《乐》经。古人经过对天地之间一切音声之规律的掌握和整理，又根据神、人之间和气之声的观察和总结，写出了《乐》经。

张显光在《文说》一文中谈论古人之"六经"，是根据自己的学习、观察和理解而说。作为东方"礼义之国"的海东王朝，将儒家"六经"视作"治国之维"、"成化之度"，定为朝廷、各级臣僚和在野士人必读之书。在海东王朝，学习和理解儒家"六经"当作国家政治生活的重要一部分，朝廷有国王参加的朝讲、讲论、经筵等行事，成均馆和全国各级学校以教授"六经"为主课，历届科举考试中的"策""帖经""经义"等项更以"六经"为根据。尤其是海东朝鲜朝时期的性理学，基本上以"六经"为理论基础，将其当作注释、诠释和探索的对象。可以说"六经"是海东朱子学的文献基础、思想来源和思维范式，成为了其学者进行学术探索的无限宝藏。佚名的《礼记·经解》说《六经》的作用时说道："孔子曰：入其国，其教可知也。其为人也，温柔敦厚，《诗》教也。疏通知远，《书》教也。广博易良，《乐》教也。絜静精微，《易》教也。恭俭庄敬，《礼》教也。属辞比事，《春秋》教也。故《诗》之失，愚。《书》之失，诬。《乐》之失，奢。《易》之失，贼。《礼》之失，烦。《春秋》之失，乱。其为人也，温柔敦厚而不愚，则深于《诗》者也。疏通知远而不诬，则深于《书》者也。广博易良而不奢，则深于《乐》者也。絜静精微而不贼，则深于《易》者也。恭俭庄敬而不烦，则深于《礼》者也。属辞比事而不乱，则深于《春秋》者也。"此说将《诗》教、《书》教、《乐》教、《易》教、《礼》教、《春秋》教当做治国、化人的理论基础,加以强调,认为对此"六教""得之者昌,失之者亡"。《汉书·艺文志》指出:儒家"游文于六经之中"。关于"六经",据说一开始并没有称"经",直到战国后期,庄子转述孔子对老子谈论此六种著述时,才提到"经"之说。有关"六经"的作者,历来有多种说法,龚自珍在其《六经正名》中说:"仲尼未生,已有六经;仲尼之生,不作一经。"章学诚也在《校雠通义》中指出:"六艺,非孔氏之书,乃周官之旧典也。"这些考证之语,为"六经"的研究留下了一系列重要的新课题。不管怎样,《汉书·艺文志》儒家"游文于六经之中"的一句话,为我们说出了关键词。这句话正好点出了历代儒家与"六经"之间不可分离的纽带关系,也说出了历史上各种儒家著述及其典籍内容和形式的物质的和精神上的来源问题。如清代《睢阳袁氏(袁可立)家谱序》中所说"若其诗文根本六经,德业师模三代,蠕言蠕动,俱无愧于汝南家法",正好说明了中国历代知识分子作文写诗所秉承的"六经"之"底蕴"。

张显光认为所谓"六经"无非有两种意义,一是如前面所说的作为"经"的意义,二是有作为"文"的意义。他在此《文说》的前面已经对"六经"作为"经"的重大意义,作出了具体论述,认为它们为"穷阴阳变化之妙,示开物成务之道"(《易》)、"明帝王出治之本,述都俞经世之业"(《书》)、"察人心性情之发,审世道升降之变"(《诗》)、"传往古列圣之心法,垂后世百王之政典"(《春秋》)、"显天理自有节文,人事必有仪"(《礼》)、"契得天地之中声,鼓发神人之和气"(《乐》)作出了具体的分析和论述。"六经"对这些内容的论述和分析,为后世封建制度的巩固和封建意识形态的构建,作出了"亘古未有"的巨大贡献。不过,张显光又从"六经"的另一个意义、即"文"的角度出发,谈论其本质属性。他曾强调"六经"皆"文",曾指出如果没有此"文","圣人之旨"何以"载","六经之意"何以传。他曾强调"圣人之旨"所以"载","六经之意"所以"传",皆为此"文"之功,从而坚决反对抹杀此"文"之功,反对贬低此"文"在"传道"中的巨大作用。他的此《文说》，无非就是讲清楚"六经"给后人的这两大意义，从而使人认清"六经"的两大本质属性。张显光曾反复强调"六经者圣人之文耳"，在这种认识的基础上，他还强调"六经者文章之源"，它们为后世的文章树立了榜样。即使是从"文"的角度去论述"六经"，他也认为它们有四大认识功能，那就是"明理""载道""立教""启学"等功能。而这四大认识功能，为后世封建社会的发展起到了极其重大的历史贡献。他说：

> 此皆所以"明理"也，"载道"也，"立教"也，"启学"也。若经传无作，则生于千载之下者，何以知夫千载上圣皇、圣帝、圣王之事业哉？为是人而不知人之理，居天之下而不知为天者何理，在地之上而不知为地者何理，况知夫满两间万物万事之理乎？[1]

张显光认为，古代圣人之所以作"六经"，就是为了"明理"、为了"载道"，为了"立教"、为了"启学"。反过来讲，古之"六经"作为"圣人之文"，就存有"明理""载道""立教""启学"的功能，起到"继往圣，开来学"的重要作用。如果真的没有"六经"或儒家"经传"出现，这个世界就会变得黯淡无光，变得无"理"可"究"。按照张显光的话来讲，"若经传无作，则生于千载之下者，何以知夫千载上圣皇、圣帝、圣王之事业"。同时如果没有儒家的"六经"、"经传"传下来，那可能"是人而不知人之理，居天之下而不知为天者何理，在地之上而不知为地者何理"，哪里还能懂得"夫满两间万物万事之理"，懂得人生中不断遇到的"物理之变化"呢？他认为无论从哪一个角度和侧面考虑，"六经"之"文"对人类社会发展的贡献不可估量，"圣人之文"对"明理""载道""立教""启学"上的作用无限。按照他的观念，如果无"文"之

---

[1]《旅轩先生文集》卷6《文说》，（韩国）《韩国文集丛刊》。

助，就不可能有"六经""经传"的流传，更不可能有后世封建社会儒家的精神文明。对这样的"文之功"，他继而说：

> 惟其有经传之文，明如日月之光，信如四时之常，故人得知天所以天，地所以地，人所以人，物所以物。有身则有性，有性则有道，有道则有德，有德然后人为人，家为家，国为国，而彝伦以叙矣。然则使斯人得不为禽兽之归者，"六经"为文之功也。夫"六经"之文，圣人之造化也。其于造化，何容议为哉。如麻丝、布帛之不可去，菽粟、药饵之不可无，尊之当如父师，敬之当如神明焉。为天地元气之所寓，与天地而存亡，故秦政之所不能焚灭，则后世岂复有秦政哉？设虽有百秦政，其如天地之元气何哉？[1]

这里的"经传"，即指儒家经典和解释儒家经典的传。在中国儒家学术史上，曾出现过诸多儒家祖述的经典和解释这些经典的书以及儒家一系列重要的代表性著作。这些著作不仅内容雄厚敦实，而且其"文笔"也"温顺雅正"，可以成为后世万代之"文范"。正因为古代儒家经典及其经传在内容和形式上的优秀传统，他们"明如日月之光，信如四时之常"的学术成就，才使人"得知天所以天，地所以地，人所以人，物所以物"的道理。也正因为它们有这样优秀的学术传统，所以在人类社会中才可以分出"有身则有性，有性则有道，有道则有德，有德然后人为人，家为家，国为国"的"彝伦之叙"，人类的伦常秩序。这样，使人不至于归回"禽兽"，而是能够在人伦常道上不断进步，其功劳应该在于"六经"之"文"。"六经"之"文"之所以有这么大的功劳，就是因为它是"圣人之造化"，正因为是"圣人之造化"，所以它是神圣的，对它是不可妄自议论的。在王道政治之下，"'六经'之'文'"，具有至高无上的地位，

---

[1] 《旅轩先生文集》卷6《文说》，（韩国）《韩国文集丛刊》。

而且还具有人需要空气般的绝对地位,一刻都不能离开。在君国的治国理政上,"六经"之"文",像人们生活中的"麻丝、布帛之不可去,菽粟、药饵之不可无",起着极其重要的作用。所以人们对待它,应该"尊之当如父师,敬之当如神明",一刻也不可松弛。而且,张显光海认为"六经"之"文",因"为天地元气之所寓,与天地而存亡",所以"秦政之所不能焚灭"。因为它旺盛的生命力,后世有谁对它还敢妄自采取不敬的态度。正因为它"为天地元气之所寓",所以"设虽有百秦政","其奈如天地之元气何"。在此,张显光将"六经"之"文"的地位拔得很高,把它们看成与人间生活中必需的"空气"、水、"麻丝、布帛"、"菽粟、药饵"一样的要素,一刻都不能离开的要物,把它提高到至高无上的地位。在这样的论述中,则充分体现着他的"道""文"观,乃至对"文"的"至敬"之意。

张显光认为文章始于"六经",道德意义上的"六经"之所以得以流传,得益于其文学意义上的辞章之美。在他看来,过去道德意义上的"六经"讲的太多,而文章意义上的"六经"讲的太少,甚至把"六经"与"圣人之旨"等同起来,简直把它看成儒家道德之源的化身。他认为这样的想法过于片面,脱离了"六经"的实际,也脱离了古代文学发展的实际。按照儒家"宗经""征圣"的理论,"文"攀附于"经",而张显光则认为如此将"经"与"文"区分开来是错误的,实际上二者只不过是"一物之两面"而已。他认为"六经"以传"道",实赖于"文",儒家"明道"的目的如果没有"文"则实现不了。他强调圣贤之"道"的内容再好,离开"文"之助就等于是白费功夫,没有"文"之基础的"道",不可能有什么生命力。在他那里,"六经之文"充满了辞章之美,充满了审美属性,甚至有些经典或有些经典的某些部分充满了文学美。如果古人的那些"六经之文",没有文采,缺乏一定的审美感染力,只是一行行干巴巴的说教,它就无法去完成"传道"的目的。所以在他那里,"六经"不仅是"皆史",而且更是"皆文"。这样他将"六经"的经学意义,还原为文学上的意义,从而以实事求是的原则大大扩展了"六经"的积极意义。从这种合理的"六经"观念出发，张显光很有远见地指出"文章之道，莫非大备于六经"，"六经乃文章之源"。在这里，他的"六经之文"观和文学观高度统一，都以审美属性为基础，彰显文章学的本质特性。以此为基础，他强调"六经乃文章之源"，后来的散文也好，骈文也好，诗歌也好，小说也好，应用文也好，无不"根源六经"和后来的"经传"。但是这其中有一个极其重要的原则性问题，那就是"圣人之文"、"真儒之文"和"为文而文之文"的区别问题，前者为"六经之文"，次者为"经传之文"，后者为"俗儒之文"。

这里的关键在于"道"，在于能不能正确处理"道"与"文"的关系，它们虽有前后的继承关系，但从文学史的发展来说，越是往后，"载道"观念越是单薄。他指出后世随着文学的发展，"载道"的观念逐渐被"美文"思想所代替，甚至"忘道而为文"，使"虚文"、"丹青之文"泛滥，导致了一次次的"文厄"。文学发展上的这种情况，到了两宋时期程朱理学的涌现，才得以扭转。但是"文"毕竟是"文"，它有自身的体式特性，有自己的变化规律，只有尊重这些特性和规律的时候，它才能够在自己正确的轨道上发展。他说道：

> 至于后世，其亦摹拟作述，自以为立言传后者号儒，必效把笔皆著。故题目纷纭不可算悉，卷帙浩漫，不可数记，然而徒知文之为文，而不知文之出于道也。至以文章为至道，以博涉为真儒，以科第为达士，则其所谓文者，特口耳上之掇拾，非心得之发也，特翰墨中之绘饰，非躬行之述也，其足观者无几，则况传后乎？[1]

到了后世，各代王朝实行右文政治，给各个朝代的儒者或学者提供了广阔的发展道路。于是他们中间出现了一系列的学者和文学家，学术和文学风气随

---

[1]《旅轩先生文集》卷6《文说》，（韩国）《韩国文集丛刊》。

时代而变化发展，其中不乏真正著名的学者和作家。但是与此同时，也不乏以"摹拟作述，自以为立言传后者号儒"的学者和作家，他们也下工夫写出大量的著述和诗文之作，但是他们的著述往往自以为是，洋洋长篇大论，脱离"圣人之道"，偏离现实，失去了"真文"的意义。他们中的一些人号称"能文善诗"，在文坛稍有名气就夸夸其谈，其诗文多施"丹青伎俩"，缺乏"温柔敦厚之旨"，实际上充当了形式主义文风的代言人。这样越是往后，"题目纷纭不可算悉，卷帙浩漫，不可数记"，虽每天云云学术和诗文，但他们"徒知文之为文，而不知文之出于道"。张显光在此，一转眼又提出"文之出于道"的理论，不觉间应和了宋代朱熹们"文从道中流出"的道学家的文学观。张显光又指出，他们"至以文章为至道"，从而将"博涉为真儒"，"以科第为达士"。这样在历史上，各个朝代都出现了形式主义的浮靡文风，出现了一批又一批这样的"真儒"和"达士"，儒家的"道"与"文"经历了一次又一次的洗礼。这样在这些人那里，"则其所谓文者，特口耳上之掇拾，非心得之发"，最后变成了失去"根本"之"诗"与"文"，受到时代的淘汰。同时他们的"文"，只流于"特翰墨中之绘饰"，而非圣人所提倡的"躬行之述"。这样的学术成果和诗文，往往"其足观者无几"，"则况传后乎"！

这样在张显光看来，继承儒家"道统"的作者愈来愈少，真正领会"文出于道"、而且以"道"为"根本"进行创作的文人越来越少。这是当代海东文坛的一大缺陷，也是海东王朝文治主义政策所忌讳的"阳九"，应该及时地批评和克服。他认为能不能坚持"文"的"载道"之原则，就看作者的"德行"如何，因为人的德行之"清浊"和"高低"事关"文"的"质地"如何。张显光所生活的光海君、仁祖时期，政局混乱、党阀肆行，文坛虽出现了一些名家，但文学上追求"粉饰以售其辩，诡诞以眩人见"者屡见不鲜。所以他认为当代之"文"大都已偏离"吾道"，文人的笔下"乱真如佛老"，"尽如百虫之音，过耳皆空"。他强调之所以出现这样的现象，原因在于当代社会道德水平急剧下降,许多文人名利熏心,在文学创作上只追求量而忽略质的向上。尤其是许多文人偏离儒家"道统",忘记"存养心性",肆意发挥自己的文学之才,从而以为自己是"大家"。所以张显光认为履"道"须先树"德",有德者必有"文学之实",正如孔子所说的那样"德"与"言"如同"因"与"果",有着必然的内在联系。对于"德"与"道"、"德"与"文"乃至"道"与"文"之间的因果关系,他继而指出:

> 盖道,为文之本也;而著于德行者,文之实也;发于言词者,文之文也。故惟能有德行之实者,能为吐辞之经。圣人所谓"有德者必有言",是也。若无德行之实,而徒事于文字之末,则虽欲粉饰以售其辩,诡诞以眩人见,何能掩得识者之目哉?雄辩如老庄,终不得以清虚之论,没绝圣人之礼法;乱真如释佛,终不得以寂灭之说,废尽天下之彝伦。况其余诸家之作,尽如百虫之音,过耳皆空,何足道哉?[1]

张显光明确地指出,"道"是"文之本",而"文"则以"道"为"本"。他所谓的"道",即为儒家之道,是自儒家古圣贤创造并传承下来的"道统"之"道"。对此"道",《论语·或问》说:"吾之所谓道者,君臣、父子、夫妇、兄弟、朋友,当然之实理也。"孔子所谓"道",就是三纲五常等道德观念和行为规范。韩愈的《原道》谓"道"曰:"吾所谓道也,非向所谓老与佛之道也。尧以是传之舜,舜以是传之禹,禹以是传之汤,汤以是传之文武周公,文武周公传之孔子,孔子传之孟轲,轲之死不得其传焉。"南宋的朱熹也认为君臣、父子、兄弟、夫妇、朋友,便是人的五伦,而行于此五伦间的"实理"便是道。所谓"实理",在此便是指"父当慈,子当孝,君当仁,臣当敬,此义也,所

---

[1] 《旅轩先生文集》卷6《文说》,(韩国)《韩国文集丛刊》。

以仁敬,则道也"[1]。道之所以慈、孝、仁、敬,因为慈、孝、仁、敬是"所当然"的实理。朱熹进一步以"道"为"理",以"道"为万物之"根源",以"道"为喻万事之"理"。张显光以"道"为"文"之"本",乃是以"道"为万物万事之"本"的道学思想的延续,有着深远的理论渊源。不过他强调,说"文",只说"道"与"文"的关系还不够,应该加说一个"德"字。"文"写得好不好,就得看其社会效应,因为"著于德行者,文之实","发于言词者,文之文"。他进一步认为只有"有德行之实",才能够写出既感人而又能蕴含"道"的"吐辞之经",正如孔子所言"有德者必有言"。《论语·宪问》说道:"子曰:'有德者必有言,有言者不必有德。仁者必有勇,勇者不必有仁。'"这里的"言",也可以理解为文字上的表达。孔子的意思就是有德的人必有其言论或文字上的表达,而且能够表达出内容积极的言论或文章,相反,有自己的言论或文章的人,不一定有德或高尚的情操。这是孔子的道德哲学观,他认为言论或文章只是人的一个方面而已,它们与道德品性不能划等号,所以,人除了有言论或文章以外,还需要内心修养或道德品性的净化,从而成为"言"与"德"高度统一的完人。他说当今的作者"无德行之实,而徒事于文字之末",写不出什么感人至深的好文章来,只是"欲粉饰以售其辩,诡诞以眩人见","何能掩得识者之目"。还说如今文坛的有些作者,"雄辩如老庄",但"终不得以清虚之论","没绝圣人之礼法",儒家的圣贤之"道"是人间的真理之"道",所以具有如此强大的生命力。同时,像释迦摩尼佛教的"乱真"之论,也没能够用其"寂灭之说",废尽天下的伦理纲常。何况其他诸家之著述理论,成不了气候,更撼动不了儒家"圣人之道"的权威。这些其他诸家的著述,虽为个性的理论,但在儒家基本学说面前,只是"尽如百虫之音,过耳皆空,何足道哉"。张显光在此力述道学家"道本""文末"的观点,详论人"德"对"文实"的有机关系,还严厉批评海东当代有些文人脱离儒家之"道"而"欲粉饰以售其辩,诡

---

[1] 《朱子语类》卷52。

诞以眩人见"的务虚倾向。他还以雄辩的论述，论证儒家"圣人之道"的顽强生命力，说佛、老和其他诸家再有"乱真"的"寂灭之说""清虚空论"，也抵挡不住儒家"道统"的延续和性理学理论的光芒。

"文者，大道之精华"，这是张显光提出的又一个"道""文"观上的新见解。张显光认为两宋之学为儒家学说的一个新的高峰期。他虽大力肯定"文"在"传道"中不可或缺的重要作用，自己也尤其喜欢写诗作文，但其与道学冲突时，他还是坚定地站在道学家的立场上看问题和谈论问题。在他的道学理论体系中，"道"与"文"严重矛盾时，他又站出来大胆指出"文"为"大道之精华"。所谓宋学，又称新儒学或道学，海东人将其称为程朱理学。在文学上，他们力倡继承"道统"，主张文之"传道"功能，二程甚至认为"为文害道"，朱熹也认为"文只如吃饭时下饭耳"，从而全面否定"文"的独立价值，只是把它看成"道"的附庸。按照张显光的说法，宋儒们重新树立了"道"的领衔地位，而且他们在发展"道"的理论内涵时，将佛、老思想的哲理精华融合进来，使道学理论焕然一新。他还认为宋儒们所提倡的道学的意义，在于让天下人懂得"六经"为"经"，"圣人之道"为"道"。说到此，张显光大胆提出"文者，大道之精华"的崭新观点。同时，他还指出"文""不得不随世升降，随人邪正"，从这样的变化中，也可以观察到"道"之"升降"。他的这一理论观点，比前面所说的无"文"则无"道之显"的观点，大大前进了一步。他说：

> 真儒无作，而古文之亡，千有余载矣。至宋，周、程、张、朱相继以出，而克绍真儒之业，斯文复归于正焉。然皆卷而藏之，不得明文教于天下，则所传者遗篇而已。然而至今，知六经之为经，识圣道之为道者，皆宋儒之赐也。然则文者，大道之精华也，天地则万古一天，万古一地，而其理无变，故天地之文，未尝变也。而其在人者，不得不随世升降，随人

邪正，故观历代之文，足以知斯道之变矣。[1]

这里所谓"真儒"，指的是真正的儒者，或精通博学的大儒。汉扬雄在《法言·寡见》中说道："如用真儒，无敌于天下。"唐韩愈的《答殷侍御书》则指出："每逢学士真儒，叹息踧踖，愧生于中，颜变于外，不复自比于人。"《宋史·道学传一·程颢》也写道："道不行，百世无善治；学不传，千载无真儒。无真儒，则贸贸焉莫知所之，人欲肆而天理灭矣。"可知，张显光所说的这个"真儒"，对学问和思想的要求很高。他认为在中国漫长的思想史的长河中，"古文"早已尽亡而不传，已过去一千多年的时间。不过万幸的是，到了两宋时期，则出现了周敦颐、程颢、程颐、张载、朱熹等思想史上的大家，他们能够继承古之"真儒之业"，从而此"文"再次"复归于正"。张显光指出，宋儒们不仅使"真儒之业"重见复兴，而且还带动了文学的复兴，使得"道"与"文"也"复归于正"。他又指出宋儒们的创造精神虽举世瞩目，他们的著书立说之成就誉满天下，但遗憾的是，他们将其"皆卷而藏之，不得明文教于天下，则所传者遗篇而已"。尽管如此，宋儒们的学术成就还是引起了巨大的社会影响，如今社会上的人"知六经之为经，识圣道之为道者"，都是宋儒所"赐"之惠泽。尤其是在海东，自从将程朱理学定为王朝的正统思想，儒家"六经"就成为官定的必读书，"道统"更成为国家和思想文化界的"正统"。自此以后，"六经"被钦定为朝讲、学校教育、科举考试等国家例行行事中的重要内容，每个士大夫文人必修的"圣经"。

张显光认为宋儒们所带给海东的不仅是"六经"之"经"和"六经"之"道"，而且还带来了"文"，尤其是送来了"古文"。因为"六籍"都被装载于"文"之中，无"文"则无"六籍"，"六籍"以"文"的形态诞生并存在于封建社会之中。如其中的《周易》，在古代历史进程中逐渐上升为"经"的地位，而

---

[1]《旅轩先生文集》卷6《文说》，(韩国)《韩国文集丛刊》。

且还被尊为"群经之首""大道之源",诸子百家都从中汲取营养,上论天文,下讲地理,中谈人事,包罗万象,无所不有,易道广大,洁静精微。其中不乏教育人修身处事的至理名言,这些解开宇宙和人间密奥的"金科玉律",影响了一代又一代的"文坛诸人"。而且《周易》,作为古代学者运用辩证法思想方法来揭示宇宙和人类社会生成和变化奥秘的最古老的典籍,对中国古代的人文观念和自然科学等许多领域,都产生了巨大而深远的影响。所以历来不少人认为"文本于经",认为后世文学的发展,其根源在于"六籍"。后世许多人又干脆认为"六经皆文",从作为"经"的抽象思维之中扩展开来,不仅将"六经"视作思想、道德、行为等方面标准的书,更把它们看作文章学意义上的经典。今天看来,古人的这些想法的确饱含至理,都是符合"六籍"的实际情况。

应该知道,"六籍之文"中不乏极富审美价值的"文范",所以后世的文人不少都以"六籍之文"为学文的导师。甚至历来的文坛,不少都将孔子、孟子等视为作文名家,认为《诗》《书》《礼》《易》《乐》《春秋》等儒家经典是"古文"中的"古文",其中不乏议论文的名篇佳作。从追本溯源的角度考虑,海东的张显光强调"文者,大道之精华",从而不仅充分肯定"文"在"传道"中的重要作用,而且还进一步肯定"文"本身在儒家"六籍"中的本质性存在。因为"六籍"都以古代典籍的形式存在于人世间,而典籍就是此"文"的集合体,是"文"的物质形态。从另一方面看,在"六籍"之中,虽蕴含着极其丰富的哲学与思维方法逻辑运作中的一系列深邃的文化因子,但这些都以"文"的形态展现,从而具有巨大的认识价值和审美意义。同时在"六籍"之中,可以看出,古人为了哲思和道德说教的有效性,努力做到文义的畅达,尽一切手法使之具有恒久的思想魅力和历史价值。从"六籍"动态发展的这些情况出发,张显光进一步提出"文"本身之所以能够成为"大道之精华"的原因。他指出"天地则万古一天,万古一地,而其理无变,故天地之文,未尝变也",自然中的天和地"万古"都不会变,所以天和地之"文"也"万古"都不会变。但是人之"文"则完全不一样，它会随着时代和社会的变化而发生变化，按照张显光的话来讲它"不得不随世升降，随人邪正"。人之"文"产生于人的社会生活之中，人类历史发展的进程与之关系密切，它来自于社会生活，又反作用于社会生活。

从而张显光认为，"故观历代之文，足以知斯道之变矣"，读历代之"文"，足以知道此"道"之演变过程。在此，此"道"就是人间和社会在其发展中所体现的规律，或按照某种轨道发展变化时所表现的道德准则或内在原则。这种规律、准则和原则，并不会是固定不变或千篇一律，而是随着时代和社会的变化而变化，随着写作主体意识的改变而改变。它永远处于动态之中，所谓固定不变的"道"是不存在的。《尚书·周书·旅獒》说："玩人丧德，玩物丧志。志以道宁，言以道接。"其意思就是弄人就丧德，弄物就丧志。自己的意志，要依靠道来安定；别人的言论，要依靠道来接受。此话的另一种解释法就是，人的志气、理想由于得"道"而安宁，人的言辞或文艺美由于得"道"而被接受。历来的洙泗学家们将此"道"作为社会人伦的最高准则，强调"道"与"艺"应高度统一，要求以"艺"表现此"道"。孔子将此"道"，与文艺联系在一起，认为如果处理得好二者可以很好地统一在一起。《论语·述而》说："志于道，据于德，依于仁，游于艺。"孟子也曾指出："君子之志于道也，不成章不达。"（《孟子·尽心上》）孔子和孟子的这些话都是从历史经验出发，辩证地论述了"道"与"德"、"道"与"文"之间的有机联系，并强调二者之间互为"根底"、相辅相成的主次关系。

张显光主张各种"文"有风格之差异，此风格因人而异，因时有别。在他看来"六经皆文"，后来的儒家"经传"也无不"文"之"精"者，之后的历史过程中出现了无数能文善诗者，其中虽有一些优秀的诗人墨客，但更多的是"善粉饰""爱丹青"的形式主义文人。在中国和海东长久的文学实践中，都出现了无数优秀的作家和作品，但从风格的角度而言，其艺术形态各种各样，琳琅满目，目不暇接。对作品的艺术风格，汉扬雄认为，"言为心声，书为心画"，刘勰也指出："才有庸俊，气有刚柔，学有浅深，习有雅郑，并情性所铄，陶染所凝，是以笔区云谲，文苑波诡者矣。"中国古人的这种论述，都从不同的角度讲出了造成不同风格的主观条件。对文艺的艺术风格，十八世纪法国启蒙主义思想家和文学家德·布封说："风格即人。"(《论风格》)黑格尔对此作了进一步的发挥："风格在这里一般指的是个别艺术家在表现方式和笔调曲折等方面完全见出他的人格的一些特点。"(《美学》)歌德也看到了这一点，认为风格必须"奠基于最深刻的知识原则上面，奠基在事物的本性上面"(《浮士德》)。马克思也在《评普鲁士最近的书报检查令》一文中，痛斥普鲁士反动当局扼杀创作个性，"只允许一种色彩，就是官方色彩"的残酷的独裁手段。他还引用了布封的话："真理是普遍的，它不属于我一个人，而为大家所有；真理占有我，而不是我占有真理。我只有构成我的精神个体性的形式，'风格即人'。"除了人的主观因素对艺术风格的形成起很大作用外，在客观上，艺术家创作个性的形成必然要受到其所隶属的时代、社会、民族、阶级等社会历史条件的影响；而艺术品所具体表现的客观对象，所选择的题材及所从属的体裁、艺术门类，对于风格的形成也具有内在的制约作用。

张显光论文学，首重"道""文"关系，次论作家作品的艺术风格的多样性。因为他虽为海东岭南学派的重要人物，在理学研究上颇有成就，但绝不是一概抹杀文学独立价值的"道学先生"式的"为文害道"论者。在现实生活中，他虽为李退溪的再传弟子，但毕竟也是个能文善诗的作家和诗人，对文学的本质规律了解颇深。在他看来，文学是作家诗人的独创性审美创造活动，其中有一系列内在的和外在的规律性可寻，艺术风格就是其中内涵较为丰富的一项。他认为作家作品的艺术风格是自文学诞生以来就有，而随着文学的发展它也不断地丰富和发展。他指出海东古代文学的发展，也可以说是这种艺术风格不断发展和成熟的过程，对其中规律性的东西古人已经总结了不少。正如他所说的那样,海东古人对文学的内外在规律探索有余,摸索出了一系列符合实际的理论观点。如高丽时期的文人崔滋,在其《补闲集下》中对诗歌发展中的各类艺术风格的表现,作出了具体归纳。其曰:

> 文以豪迈壮逸为气,劲峻滑驶为骨,正直精详为意,富赡宏肆为辞,简古倔强为体。若局生涩、琐弱、芜浅,是病。若诗则新奇绝妙,逸越含蓄,险怪俊迈,豪壮富贵,雄深古雅,上也。精隽道紧,爽豁清峭,飘逸劲直,宏赡和裕,炳焕激切,平淡高邈,优闲夷旷,清玩巧丽,次之。生拙野疏,蹇涩寒枯,浅俗芜杂,衰弱淫靡,病也。夫评诗者,先以气骨意格,次以辞语声律。一般意格中,其韵语或有胜劣,一联而兼得者盖寡。故所评之辞亦杂而不同。《诗格》曰:"句老而字不俗,理深而意不杂,才纵而气不怒,言简而事不晦,方入于风骚。"此言可师。[1]

根据崔滋的说法,"文"的各种风格事关文之"气""骨""意""辞""体"等,以"豪迈壮逸""劲峻滑驶""正直精详""富赡宏肆""简古倔强"等为其相应风格的艺术特征。他认为如果涉及"生涩、琐弱、芜浅",就等于犯了"文病"。他还将"文"的风格分为"上"、"次"、"病"三类。因为"文"的艺术风格有这种差异性,所以评诗者须慎重对待,应该"先以气骨意格,次以辞语声律",而且具体问题具体分析,如"一般意格中,其韵语或有胜劣,一联而兼得者盖寡"。因为是这样,所以因诗点评,"评之辞亦杂而不同"。几百年以后的张显光,对诗歌艺术风格的主客观属性及其评价原则,也了解得相当深刻。他认为诗歌的艺术风格与创作主体的思想品格有着密切的关系,创作主体有没有高尚的人格及其情操,有没有深厚的知识"蕴藉",深刻的影响其创作的艺术风格。一个作家如果不具备这样的主体品格和情操,他所写的作品再"辞美句丽"

---

[1] 崔滋:《补闲集下》,(韩国)大洋书籍,1978。

或"粉饰丹青",不仅不会感人至深,而且反而"乱人耳目,坏人心术"。他的这种富有独到见地的艺术风格观念,在当时的文坛之中颇受瞩目,对创作领域产生了很大的影响。对自己的这种艺术风格观念,他在《文说》的结尾部分具体论述道:

> 文有渊奥、宏深、雄浑、简古者焉,有纯正、刚大、峻洁、磊落者焉,有卓拔、著明、平易、秀丽者焉。此则吉人君子之文也,岂不为"六经"之助哉。其或卑弱、委靡、鄙劣、浅薄者有焉,隐晦、艰涩、险怪、粗诞者有焉,驳杂、浮夸、破碎、俚俗者有焉。此则皆出于心无的见,行无执守,尚气好奇,骋辩逞技之人也。只足以乱人耳目,坏人心术,曾何补于世教哉。噫!安得见本末兼尽,有德有言,明斯道之大用,为经天纬地之文哉![1]

张显光在此列举了诗歌各种各样的写作原则和风格特色。这里的所谓"渊奥",即有深奥之意。晋葛洪《抱朴子·行品》曾说:"甄《坟》《索》之渊奥,该前言以穷理者,儒人也。"宋陈师道的《代与运使吕少卿贺正书》说:"恭惟运使少卿识贯精微,学穷渊奥。"清方东树《昭昧詹言》卷1也说:"古人文字渊奥,非精思冥会,不能遽通。"张显光强调"文"有"渊奥、宏深、雄浑、简古者",也有"纯正、刚大、峻洁、磊落者",还有"卓拔、著明、平易、秀丽者",文章中的这些特色和风格,只有"吉人"即情操高尚的作家才能有。他认为"吉人"写出来的具有这些特色和艺术风格的作品,才可以助佑"六经",发挥儒家"道统"之余晖。他还认为各个时代的诗文中,也有"其或卑弱、委靡、鄙劣、浅薄者有焉,隐晦、艰涩、险怪、粗诞者有焉,驳杂、浮夸、破碎、俚俗者",这些写作特色或艺术风格是属于有"病"者一类作品中才有。他强调之

---

[1] 《旅轩先生文集》卷6《文说》,(韩国)《韩国文集丛刊》。

所以有这样的写作特色或艺术风格，是由于其创作主体的人格品德、审美趣味存在问题或其浮躁的创作心理所至，按照他的话来讲"此则皆出于心无的见，行无执守，尚气好奇，骋辩逞技之人"。他指出这样的作品，审美意义不大，对人没有任何好处，甚至"只足以乱人耳目，坏人心术"，谈不上什么"补于世教"。他最后呼唤道："噫！安得见本末兼尽，有德有言，明斯道之大用，为经天纬地之文哉。"也就是说，他呼唤希望看到"本末兼尽，有德有言"的优秀作品，认为这样的作品才能够"明斯道之大用"，能够成为"经天纬地之文"。

张显光最后的这句结言，就等于这篇《问说》全文的"解语"，道出了其总的文学审美理想。很明确，张显光所要看到的合格的或优秀的作品，就是"本末兼尽，有德有言"的作品。很清楚，他的所谓"本末兼尽"，就是"道""文"合一、德艺相馨和内容和形式相配的文学创作。也可以说，他所指望的文学创作，是既能坚持儒家"道统"原则，又能尊重文学自身的基本规律，思想价值和审美价值具佳的文艺创作。刘勰曾说过："道沿圣以垂文，圣因文而明道。"（《文心雕龙·原道》）此话，则辩证地解释了"道"与"文"相互依存，相得益彰的有机关系。在张显光看来，"道"也好、"文"也好，事关人的灵魂深处，所以说："然则以一本言之，道心亦人心也，人心亦道心也，人不离道，道常在人，其果二焉耶。及其以人离道，道不在人，然后于以析之，以私而目之曰人心，以理而目之曰道心。人心，人之质也；道心，人之天也。"应该说文艺创作出自于"人心"，而从道学家的立场看"人心亦道心"，所以他们认为人的创作心理与"道心"是在一定的条件下，可以相通或相融。在此，它们在文艺创作和"道心"之间，构筑起了一条审美的逻辑信道，而这一信道为"道"与"文"的相互融和又铺就了心灵的桥梁。从道学家的思想立场出发，张显光也念念不忘文学的社会功效问题，希望文学创作能够起到"明斯道之大用""为经天纬地"添砖加瓦的作用。[1]

---

[1]《旅轩先生文集》卷6《人心道心说》，（韩国）《韩国文集丛刊》。

第四节　李玄逸的文学"本""实"理论观念

　　海东十六、十七世纪岭南学派的学术和文学创作活动，可分为两个阶段。一是李滉在世时亲自带出来的一群弟子所发起的群体性理学研究活动时期，属于形成和发展阶段；二是李滉去世后，其弟子们带出来的再传弟子们的研究活动时期，可谓进一步发展阶段。第一阶段李滉代表性弟子有：柳成龙、金诚一、郑逑、金富弼、金富信、金富伦、琴应夹、琴应埙、具凤龄、赵穆、琴兰秀、权好文、权春兰、李德弘、南致利、权宇、金生溟、边永清、李叔梁、李元承、金守一、琴辅、吴守盈、金八元、郑琢、金箕报、裴三益、柳仲淹、金复一、李庭桧、李逢春、郑士诚、孙兴礼等。第二阶段李滉代表性再传弟子有：郑经世、张显光、张兴孝、李徽逸、李玄逸、李栽、李象靖、南汉朝、柳致明、金兴洛、柳必永、金道和、柳袗、柳元之等。海东岭南学派的学脉是从李滉起始，一代接一代地传承下去，如柳成龙直接在李滉门下学习性理之学，郑经世受学于柳成龙，张兴孝事师于李滉的直传弟子郑逑门下，李徽逸受学于张兴孝门下，李玄逸学习于长兄李徽逸门下。这样的传承过程中，在一代宗师李退溪理学理论成果的基础之上，岭南学派的性理之学不断补充和完善，发展成极其丰富的理学理论体系。

　　本文所讨论的李玄逸（1627—1704，字翼升，号葛庵）就是李滉的这些再传弟子中的一位学者。他出生于官宦之家，曾以学行被举荐，官至吏曹判书。为官期间，他力主改革科举制度，曾代表岭南儒生上疏反对宋时烈所主张的孝宗母后服丧问题上的"朞年说"，遂受朝廷重视。他于1694年"甲戌狱事"时得罪权臣，多年流放于咸镜道洪原、钟城等地，被放归后在安东锦阳构舍收徒教书。在学问上他努力钻研性理之学，继承退溪学，逐渐成为当时岭南学派的主将之一。李玄逸坚决支持李滉的"理气互发"说，反对李珥的"气发理乘一

途"说和"理通气局"论,并写出专文论证自己的观点。他说:

> 李氏曰:退溪立论曰:"四端理发而气随之,七情气发而理乘之。"所谓气发而理乘之者可也,非特七情为然,四端亦是气发而理乘之也。若理发气随之说,则分明有先后矣,此岂非害理乎?"愚谓李氏以理发气随一款,为决正公案,持之不置,然不能尽乎人言,而遽为之锻炼罗织者也。夫所谓理发而气随之者,犹太极动而生阳,静而生阴之谓也。理才动,气便随之,岂有先后之可言乎。如屈伸在臂,反复惟手,屈之伸之,臂便随之,反之复之,手便随之。又如人乘马,马随人,人才动著,马便随出,非谓人已出门,马尚在马廐,待驱策牵引而后从之也。朱子曰:"太极动而生阳,静而生阴,非是动而后有阳,静而后有阴。截然有两段。先有此而后有彼也。"朱子说止此。此其为说,较然明甚,其于理发气随,无离合无先后之义,可不为明证乎。[1]

李珥曾反驳李滉所说的"四端理发而气随之,七情气发而理乘之"的观点,说:"所谓气发而理乘之者可也,非特七情为然,四端亦是气发而理乘之也。若理发气随之说,则分明有先后矣,此岂非害理乎?"对此,李玄逸反驳李珥说:"李氏以理发气随一款,为决正公案,持之不置,然不能尽乎人言,而遽为之锻炼罗织者。"又说:"夫所谓'理发而气随'之者,犹太极动而生阳,静而生阴之谓也。理才动,气便随之,岂有先后之可言乎。"他举例说:"屈伸在臂,反复惟手,屈之伸之,臂便随之,反之复之,手便随之。又如人乘马,马随人,人才动著,马便随出,非谓人已出门,马尚在廐,待驱策牵引而后从之。"李玄逸在此所说的"臂"与"手"之间的"臂屈伸"而"手随"、"马之一出一入,人亦与之一出一入"的观点,就是用比喻的手法,去论证李滉"理发而气随"、

---

[1] 《葛庵先生文集》卷18《栗谷李氏论四端七情书辨》,(韩国)《韩国文集丛刊》。

"气发而理乘"的理气观的正确性。作为当时岭南学派的代表性理学家之一的李玄逸,对畿湖学派领袖人物李珥的不同意见实在是接受不了,甚至有些义愤填膺。他说:"其后有栗谷李氏者出,斥退陶之定论,拾高峰之前说,以为高峰之说,明白直截,退溪之论,义理不明,肆加讥诮,不少顾忌,间或不能尽乎人言,而勒加把持其说,纵横颠倒,参错重出,足以眩夫未尝学问之庸人。而由知道者观之,适所以为未尝闻道之验,彼方且攘臂高谈,振而矜之,以为圣人复起……今其说颇行于两湖间,以为理气无互发之论,发前古所未发,书契以来未尝有。公相传道,蔓延肆行,学绝道衰,世颇惑之。"[1]不管他说的是否正确,一点是肯定的,那就是他是地道的岭南学派的骨干分子。

在"道""文"观上,李玄逸秉承海东岭南道学派所阐扬的重"本"崇"实"的文学观念。这里的"本",即为"本根"之意,而这个"本根",则是东方封建社会所长期崇尚和依赖的儒家道德规范。在中国,此"德"字由来已久,它不仅是封建统治阶级所依赖的道德规范,也是儒家向人和社会所提倡的人格理想。《易·乾卦》说:"君子进德修业。"唐孔颖达注释曰:"德,谓德行;业,谓功业。"而儒家又为它增加了新的内涵,即认为,"德"包括忠、孝、仁、义、温良、恭敬、谦让等。《论语·学而》:子禽问于子贡曰:"夫子至于是邦也,必闻其政,求之与,抑与之与?"子贡曰:"夫子温、良、恭、俭、让以得之。夫子之求之也,其诸异乎人之求之与?"在儒家的一再训导下,历代封建统治阶级将此"德"外化为"礼",在心为"德",发之于心而表现为行即为"礼"。对此,唐初的魏徵于贞观十一年在《谏太宗十思疏》一中,说过一些内容。他说:"臣闻求木之长者,必固其根本;欲流之远者,必浚其泉源;思国之安者,必积其德义。源不深而望流之远,根不固而求木之长,德不厚而思国之安,臣虽下愚,知其不可,而况于明哲乎?"这个"德"在海东岭南学派的学者那里,也占据着极其重要的地位,如李玄逸所说的此"本根",其内核就是以此"德"为

---

1 《葛庵先生文集》卷18《栗谷李氏论四端七情书辨》,(韩国)《韩国文集丛刊》。

根基。李玄逸在此所说的"实",则是充实之"实"。具体来讲,其在文中的意思就是"文"应该有"道统"之"实",或应该具备"道学"之"实"。从作诗作文的角度讲,李玄逸在此所主张的"实",就是作家在进行创作时注入的丰富的感情因素和思想境界。他认为注入这种主观"因素"和"境界"的结果,应该是"略浮华而趋本实,尚志节而笃伦理"的作品世界。对此他指出:

> 士君子以文章行义见称于斯世者,不以雕琢刻镂、秾赡华美为难,惟清夷闲旷、温雅典裁之为难,不以刻意尚行、离世异俗为贵,惟隐居求志、亲贤守道之为贵。若松岩先生永嘉权公之文若行,真可谓得温醇典雅之体,有成德辅仁之效,略浮华而趋本实,尚志节而笃伦理者矣。盖自我鲜之兴,数百载之间,累圣相承,以文为治,至于明、宣之际,其盛极矣。士大夫争相琢磨,蔚为世用,或以文学名,或以德行称。亦有遁世离群,高自标致,长往而不返者。[1]

有学问而品德高尚的士君子,以文章和行义被世人所知者,不以"雕琢刻镂、秾赡华美"为"难事"。而在此,李玄逸认为的真正"难事",是写出能够"清夷闲旷、温雅典裁"的作品。同时这些人不以"刻意尚行、离世异俗"为贵,而是以"隐居求志、亲贤守道"为自己所要追求的理想。李玄逸认为江湖隐士权好文的文章和行义,"真可谓得温醇典雅之体,有成德辅仁之效",因为他的文章做到了"略浮华而趋本实,尚志节而笃伦理"。这种"趋本实""笃伦理"的写作旨趣,则来自于作家高尚的"志节"和品行。李玄逸认为权好文和他的文章就是达到了这种境界,所以李滉曾赞赏权好文有"潇洒山林之风",柳成龙也说他为"江湖高士"。他还指出自海东朝鲜朝建国以后的数百年间,"累圣相承,以文为治",到了明宗、宣祖时期这种文治盛况达到了极致。这两朝的

---

[1] 李玄逸:《葛庵先生文集》卷20《松岩权先生文集序》,(韩国)《韩国文集丛刊》。

士大夫应国家的需要"争相琢磨,蔚为世用",他们中间"或以文学名,或以德行称",也有一些人"遁世离群,高自标致"。权好文就是后者,属于"遁世离群"者,但其德行与现实中的道学家无异。李玄逸说:"迨其晚节,德器成就,凝定和粹,一时知德尚论之君子,或比之老先生平日温雅气象。此其所以吐辞为文,萧散冲澹,蔼然有风雅典则者也。"还有,权好文的诗文之所以有"萧散冲澹,蔼然有风雅典则",原因固然在于他的思想境界中有与道学家同样的"道义德业"之工夫。所以他说:"盖其志洁,故其文雅,其行廉,故其致高,是岂绝俗离世以为介,巧文丽辞以为工而然哉。盖亦必有其本矣。先生早岁,盖尝抠衣退陶之门,得闻君子行己之方出处之义,既又与鹤峰、西厓两老游,以道义德业相期许。此其或出或处,迹虽殊而心则一也。"[1]权好文虽是隐遁山林之士人,但他"遁世"不"离群",还与岭南的道学家有密切的来往,而且曾是李退溪的学生,所以尚保持着道学家的那种浓厚的"文雅气象"和"德业行义"。他从内心发出的这种"文雅气象"和"德业行义",作为作诗作文的"本"和"实",深刻影响他的创作的审美质地。

李玄逸在文学上的这种固"本"充"实"的主张,贯穿于他的整个文论之中,成为了一种一贯的观念。他在《东冈先生文集序》中说道:"独讲义、疏札、赋咏、笔札数十百篇及续《纲目》一帙,获免煨烬之祸,亦足以发明先生秉道义、陈尧舜、匡君正国之规。与夫诛奸谀、发潜德,史外传心之法,而至于著之翰墨,播诸声诗者,亦皆清夷闲旷,恳恻条畅,绝无靡曼巧丽、秾华浮艳之态,真所谓中和之发而有德者之言也。盖其所禀于天者,一出于清纯正直之气,故发于事业文章者,如是其俊伟光明。朱子所谓'文章之作,岂其勉强慕效而为之,盖必有其本'云者,于此益可见其实然矣。"[2]这里所说的"东冈先生"就是岭南理学家金宇颙,他师事曹植,与柳成龙、金诚一过往甚密。作为

---

[1] 李玄逸:《葛庵先生文集》卷20《松岩权先生文集序》,(韩国)《韩国文集丛刊》。
[2] 李玄逸:《葛庵先生文集》卷20《东冈先生文集序》,(韩国)《韩国文集丛刊》。

后代人李玄逸受托于金宇颙后孙,为先生文集的再版写序,高度评价先生的平生思想和业绩。金宇颙生前所著文稿"太半散失于乡庄回禄之灾",只有部分"讲义、疏札、赋咏、笔札数十百篇及续《纲目》一帙,获免煨烬之祸",但仅此也可"足以发明先生秉道义、陈尧舜、匡君正国之规",而且他所著《续资治通鉴纲目》继承《春秋》之笔法,"诛奸谀发潜德,史外传心之法",充满了凛然大义。李玄逸还说金宇颙所"著之翰墨,播诸声诗者,亦皆清夷闲旷,恳恻条畅,绝无靡曼巧丽、秾华浮艳之态,真所谓中和之发而有德者之言"。李玄逸强调通过对金宇颙诗文作品的考察,他进一步理解了朱熹所谓"文章之作,岂其勉强慕效而为之,盖必有其'本'"的道理。对这个"文"与"本""实"之间的有机关系,李玄逸作了一个理论上的概括,即为"文"须有"本","文"有"本"才有"根基",而这"本"就是儒家所强调的"德","实"就是"道统"之"实"。从这个道理出发,他相信孔子"有德者必有言"的一句话,而更相信"有德"之"言"必有"本"、必存其"实"的道理。在这种文学观念的基础之上,他进一步强调"发为文章词令者,莫不由性情中陶铸出来",莫不由"本心"中感发而出,皆是人的思想感情和审美情趣的产物。对此,他在为前代文人郑琢而写的《药圃郑贞简公文集序》中指出:

> 孔子曰:"居上不宽,吾何以观之哉?"子思曰:"宽裕温柔,是以有容也。"是盖不惟君道为然,虽位台铉而统百僚者,若无休休宽大之量,则其何以包容众庶,抚莅群下也。有志之士,将欲有为于此世,岂可以不察乎此,以立其"本"哉。自世教衰,风移俗偷,士大夫徒恃其意气之粗豪,词章之妍富,自以为兹可以度越前人,凌驾一世,然探其中而责其实,则率多隘促躁迫,其能合人心而无疵累者,百无一二焉……是故其发为文章词令者,莫不由性情中陶铸出来,其诗冲淡闲暇,无苦涩新巧之态,其文详悉明白,无蹈袭前言、假托模仿之习,如《龙湾闻见录》所载与天朝钦

差、经略、督府、统领诸公往复辞意及与南昌湖公焕酬酢议论,莫不曲尽事情,量度时势,忠诚恳恻,用意至到。至今读之,不觉使人废书而泣。[1]

李玄逸认为文章之"本",作为"德"的一种直接体现,首先反映在人的社会行为上。像此文中的郑琢,身曾居宰相之高位,但始终保持谦逊之态,遇事不惊,凡事以宽厚为怀,爱国如家,爱民如子。为了说明这一"宽德之理",他引用《论语·八佾》中"居上不宽,吾何以观"的话和子思《中庸》中"宽裕温柔,是以有容"之语,以说明居于社会上层者,心"宽"则天下治,心"狭"则人皆离的历史经验。他强调"人德"就体现在这种"宽裕"之中,心存这"宽德"者,才能够为国为民族作出更多的好事情,才能够写出更多的有"本"、有"实"的好文章。自从世教渐衰,海东士大夫趋于"徒恃其意气之粗豪,词章之妍富,自以为兹可以度越前人,凌驾一世",但仔细观察"其中而责其实","则率多陿促躁迫,其能合人心而无疵累者,百无一二"。宣祖朝的文人、李滉的门人郑琢就是这"百无一二"中的一人,可谓"文如其人",他的诗文如他的为人典雅、敦实,深受文坛好评。正如李玄逸所说的那样,"是故其发为文章词令者,莫不由性情中陶铸出来,其诗冲淡闲暇,无苦涩新巧之态,其文详悉明白,无蹈袭前言、假托模仿之习"。郑琢的《龙湾见闻录》,专写与明朝使臣的"天朝钦差、经略、督府、统领诸公往复辞意及与南昌湖公焕酬酢议论",显示出其高迈的"本""实"和拔萃的创作水平。对郑琢的文学创作,李玄逸赞赏道"莫不曲尽事情,量度时势,忠诚恳恻,用意至到","至今读之,不觉使人废书而泣"。

在李玄逸看来,文学创作"莫不由性情中陶铸出来",所以与创作主体的思想境界和所处状况有着极其密切的关系。李玄逸认为"文"出自人之"真心",按照他的性理学观点,"心生情","情生文","心""情""文"是渐次的因果关

---

[1]《葛庵先生文集》卷20《药圃郑贞简公文集序》,(韩国)《韩国文集丛刊》。

系。也就是说，有什么样的人就有什么样的"心"，有什么样的"心"，就有什么样的"情"，有什么样的"情"，就有什么样的"文"。所以他得出一个结论，那就是"文"为主体"真情"之产物，文如其人之"心"与"情"。从这样的文艺观念出发，李玄逸进一步提出了"悲愤出真情"的理论观点，并指出中外文学史中的大家和大作很多都出于"幽愁困厄之中"。这等于通过对文艺的观察和对文艺历史经验的总结，他已经深刻地懂得了文艺与历史条件、社会环境及个人遭际之间不可分离的学理关系。回顾文学的历史，不难发现这个规律的存在，及其对文学发展不可抗力性的推动作用。就中国文学史来讲，这种例子枚不胜举。后来左丘失明乃有《国语》，孙子膑脚留世《兵法》，韩非子因于秦而写独树一帜的《韩非子》，司马迁受腐刑后奋力作《史记》。后来的蔡文姬、李白、杜甫、苏轼、李清照、陆游、辛弃疾、蒲松龄、曹雪芹等作家，之所以留于文学史册，无不例外地处逆境而造就伟大的文学成就。严峻的社会现实造就杰出的作家，作家经过磨炼的"真心"和"真情"造就优秀的文学成果，这是任何一个国家和民族文学发展都会遇到的必然的历史过程。对文学史上的这种规律性的演进过程，海东的李玄逸在《书辑古文后》一文中作出明确的论述。其曰：

> 先儒有言，人之真心，多缘逆境而生，吾谓文章之作亦然，恻怛恳到之言，恒发于幽愁困厄之中，盖缘怨慕由中诚，悲愤出真情，不比欢愉之音侈然夸大而无其实也。余于后生时，尝哀粹一卷书，凡所编录，皆古博大能言之士铺张节义之书，忼慨自述之文，末复以紫阳、朱子序若书若干篇终焉。盖亦出于忧时闷俗，感慨凄凉之意，顾余以盛壮之年，为此穷愁节拍，是诚不知其何心。然当彼之时，直有味乎前所云云者，而不取秾华浮艳之态之意也。不意属此迟暮，亲见此境界，始知穷通荣悴，固有素定而前知者矣。[1]

---

[1]《葛庵先生文集》卷21《书辑古文后》，（韩国）《韩国文集丛刊》。

海东岭南学派的领袖李退溪向来重视对"古文"的学习和传授，认为它可以成为道学家学问的一翼，帮助人了解文学上的儒家"道统"是如何地被传承，"吾士"如何地从中汲取道学营养。有其师，必有其徒，退溪的学生也本着恩师的教导酷爱"古文"，纷纷积极参与当时对《古文真宝》的各种研究和改编工作中。李玄逸就是其中的一个人，曾参加对《古文真宝》的注疏、解释和再编，为它的普及和研究作出了不少工作。这是李玄逸在完成"古文"书的辑编后写的跋文。在此跋文中，李玄逸高度评价古代"古文"所取得的重大文学成就，认真总结前人"古文"所积累的文学审美创作经验，提出了一系列极富新意的文学创作上的审美观点。李玄逸在此跋文中提出的一些文学创作上的审美原则，开前所未有之始，为海东文学思想的发展增添了一些极其重要的理论筹码。

"真心""真文"往往自"逆境而生"，这是李玄逸在此跋文中所提出的重要观点之一。如前所述，他曾指出"文章词令""莫不由性情中陶铸出来"，这就意味着文艺创作与其主体的"性情"有着密切的关联，甚至意味着"文"直接出自于人"心"。而进一步的问题则是"陶铸"两个字，所谓"陶铸"与"陶冶"意思相近，"陶冶"原指烧造陶器、冶炼金属，在人则比喻对人的品性或思想情操进行历练和培养。《汉书·董仲舒传》曾道："臣闻命者天之令也，性者生之质也，情者人之欲也。或夭或寿，或仁或鄙，陶冶而成之，不能粹美。"颜师古注此曰："陶以喻造瓦，冶以喻铸金也。言天之生人有似于此也。"宋王安石在《上皇帝万言书》中也说："所谓陶冶而成之者何也？亦教之、养之、取之、任之有其道而已。"李玄逸在此指出，人的"真心"是经过复杂的历练过程，从人的"性情中陶铸出来"，而此种历练往往在"逆境"中进行得更为激烈一些或彻底一些。值得注意的是李玄逸进一步明确地指出，"吾谓文章之作亦然"，越是处于逆境之中的作家，越是能够写出感情真切、思想内容真挚的作品。而且在此跋中，他明确论述了有关人"心""真心""真情"和文学作品之间的因果关系,尤其是提出了"真心""真文","多缘逆境而生"的观点。他所说的"先儒有言,人之真心,多缘逆境而生",实际上在这其中则多含有他自己的意思。宋陆九渊曾提出"心即理"的命题,并以此为核心,创立"心学"思想体系,将自然的普遍规律与封建纲常伦理合二为一,即"人皆有是心,心皆具有理,心即理也"。陆九渊所谓"心即理"的观念,已经将此"心"变成受"理"之控制的"心"。后来的朱熹还说:"心者,人之知觉主于身而应事物者也。指其生于形气之私者而言,则谓之人心;指其发于义理之公者而言,则谓之道心。"[1]朱熹在此所说"人心""道心",实际上不是两个"心","只是一个心","知觉从耳目之欲上去,便是人心;知觉从义理(即仁义礼智)上去,便是道心"[2],道心是天理,是"天命之性";人心是天理与人欲相杂的"气质之性",有善有恶,所以要"革尽人欲,复尽天理"[3]。尽管虽是海东理学岭南学派的一员,但是李玄逸在论及"心"与"文"的关系问题时,还是坚持实事求是的原则,从"人心"中析离出"真心",将此"真心"与主体之社会境况联系在一起,从社会"陶铸"的角度看待"真心"的形成。

正因为有了这种实事求是的思考,李玄逸进一步认为此"真心"且"多缘逆境而生",完全把此"真心"与主体在复杂的人间社会生活中的不利的地位或危机的现状联系起来,使其具有浓厚的社会心理学角度的意义。我们知道人所处的逆境往往充满各种困难,荆棘满道,但是同样隐藏着成功的机遇。英国哲学家弗兰西斯·培根曾说:"奇迹多是在厄运中出现的。"[4]中国古代先哲老子也曾说道:"其政闷闷,其民淳淳。其政察察,其民缺缺。祸兮福之所倚。福兮祸之所伏。孰知其极,其无正也。正复为奇,善复为妖。"[5]老子认为"祸"中可能"倚福","福"中也可能"伏祸",物极必反,在一定的条件下可以互相转化。

---

1 朱熹:《尚书·大禹谟注》。
2 《朱子语类》卷78。
3 《朱子语类》卷13。
4 〔英〕弗兰西斯·培根:《培根论人生》,四川文艺出版社,2010。
5 《老子·五十八章》。

李玄逸也认为逆境和顺境是以人当时所处的境况所决定，在人的主观努力下，可以相互转化。他认为人在身陷逆境时，所处环境不顺遂，心情压抑，一种摆脱现状的欲望迫切，目标意识强烈，往往努力奋进，如方法得当，往往能够取得顺境中难以取得的巨大成功。他也认为豪门子弟成器者少，出身寒门者成器者多一些，因为后者常处于忧患意识之中，逆境使人别无选择。逆境往往给人造成重重困难，但也能磨砺人的意志品格，使之变得更为坚强，经过努力最终可以取得成功。

从这样的认识出发，他将这一观点推广到文学之中，高呼"吾谓文章之作亦然"，从而明确了作家的"真文""多缘逆境而生"的观点。而且他在此跋中，甚至第一次提出了"盖缘怨慕由中诚，悲愤出真情"的审美命题。李玄逸在此提出作者的"怨慕"之情，来自于其心中的"诚"。所谓"诚"，《说文》曰："诚，信也。"也就是说，待人要诚实讲信用，不搞阴谋把戏或耍诡计。李玄逸说正直的人的"怨慕"，出自于其"诚心"，出自于纯正诚恳之心。《礼记·中庸》道："诚者天之道也，诚之者人之道也。"认为"诚"是天的根本属性，努力求诚以达到合乎诚的境界则是为人之道。又说："诚者，物之终始，不诚无物。"认为一切事物的存在皆依赖于"诚"。孟子也说："是故诚者天之道也，思诚者人之道也。"[1]朱熹集注其曰："怨慕，怨己之不得其亲而思慕也。"后泛指因不得相见而思慕，不能实现而"怨慕"。周敦颐在其《通书》中说："诚者，圣人之本，大哉乾元，万物资始，诚之源也。"他认为"诚"原于乾元，为一切道德的基础。朱熹说："诚者，真实无妄之谓，天理之本然也。"[2]朱熹将此"诚"与人"真实无妄"之心联系在一起，甚至将其提高到"天理之本然"的地位，说其受"天理"的支配。海东的理学大师李滉更以"诚"为"法天道之实"，将自己的理学理论建立在本之于"诚"、践之于"敬"的基础之上。他认为在审美实

---

1 《孟子·离娄上》。
2 《四书集注·中庸注》。

践上，"诚"是一种真实心灵的体现，个体美德的表现，从而希望人们以"诚"处事，顺应天道，做人真实可信。

李玄逸继承李退溪本于"诚"而践于"敬"的性理学观点，认为文学创作中的"真文"就是主体的这一"中诚"之产物。应该知道，东方古代哲学思想上的"诚"，在思想文化的演变过程中逐渐成为一种审美范畴，主要指审美主体思想感情的真实无邪。在海东理学家李玄逸那里，此"诚"意味着修德做事，必须效法天道，做到真实可信。另一方面，在他那里，此"诚"是创作主体审美意识和审美人格的重要方面，往往以此为判断一个作家或作品艺术境界高下的审美标准。《周易》谓："修辞立其诚。"[1]其意思就是，修饰文辞要忠实于自己真实的思想感情，不应有半点的虚伪之辞。这种观点被后人继承，产生了深远影响。《礼记》要求论乐应"著诚去伪"。[2]汉王充也说文章要讲究"修辞立其诚"[3]李玄逸曾强调"治"者树"德"、"文"者亦以"道"为"本"、以"德"为"实"，认为固"本"充"实"是文艺的关键要素。而实际上在他那里，此"本"、此"实"，与此"诚"高度统一，因为在他那里"道""德""行"就是与"诚"有着密切关联，甚至是与"诚"互为表里、相辅相成。所以他以"诚"为文学创作的"根本"，认为"真文"之所以能够动人情怀，就是因为其出于"本"、充于"实"。何为"本"，何为"实"？他回答说，"诚"就是。他认为只有"诚"，才是"真情"的"根源"，而此"真情"又是其"真文"的"活水源头"。从这样的认识出发，他深刻地指出："吾谓文章之作亦然，恻怛恳到之言，恒发于幽愁困厄之中，盖缘怨慕由中诚。"他认为"人之真心，多缘逆境而生"，而文学也是这个道理，"真文"也"多缘逆境而生"，所以说"文章之作亦然"。他强调历代文学上的"恻怛恳到之言"，大都"恒发于幽愁困厄之中"，如上所述，文学史上的屈原、孔子、孟子、韩非子、司马迁、扬雄、李白、杜甫、关

---

1 《周易·乾卦·文言》。
2 《礼记·乐记》。
3 《论衡·超奇》。

汉卿、蒲松龄、曹雪芹等人，无不成就于"幽愁困厄之中"。他强调人处于"逆境"出"真心"，处于"幽愁困厄"出"真文"，相反处于"顺境"、处于"悠闲自适"之中的人，则写不出那种"恻怛恳到之言"，这些人的作品大都"侈然夸大而无其实"。

与"人之真心，多缘逆境而生"的观点一起，李玄逸进一步提出"悲愤出真情"的至理之言。所谓"悲愤"，即形容悲痛而又愤怒的心态。在古代文学史上，因悲愤促成佳作、名作的例子不少，如汉蔡文姬的《悲愤诗》就是处于困境中而后写出的这一类作品的典型例子。《后汉书·董祀妻传》说蔡琰"博学有才辩，又妙于音律。适河东卫仲道，夫亡无子，归宁于家。兴平中，天下丧乱，文姬为胡骑所获，没于南匈奴左贤王，在胡中十二年，生二子。曹操素与邕善，痛其无嗣，乃遣使者以金璧赎之，而重嫁于（董）祀……后感伤乱离，追怀悲愤，作诗二章。"《悲愤诗二首》是中国第一部自传体诗作，在艺术形式上五言和骚体相联，取得了动人的文学效果。在诗中真实地再现了抒情主人公在汉末动乱中曲折的命运，也写出了当时被掠人民流离失所悲惨情景，可以认为它具有史诗的面貌和悲剧的色泽。所以诗人的"悲愤"之情，极具艺术的典型意义，它是诗人对那个悲惨时代的血泪控诉，字里行间浸满着血与泪。

李玄逸是海东朝鲜朝的理学家和作家，还知道许多海东的作家因悲愤的生活经历而写出千古流芳的作品，如古海东白首狂夫之妻在其夫淹死的悲愤之中所唱出来的《箜篌引》、在失去爱妾的悲情之中写出的高句丽琉璃王的《黄鸟歌》、被屈冤入狱而写的新罗王巨人的《愤冤诗》等都是这方面的例子。心中有如此之多的因悲愤之情而写就千古佳作的国内外典型例子的李玄逸，认真总结文学史的经验和教训，认为一个民族的文学史就是其活生生的喜、怒、哀、乐情感史。而在如海洋般的作品世界里，令人产生深刻的审美震撼的作品，往往是因悲愤的思想感情而写就的作品。所以他深有感触地指出"怨慕由中诚"，最真实的思想感情出自于逆境困厄之中，而且另一种审美感受"悲愤"乃"出真情"。他认为于悲愤之中写出的作品,往往感情真挚,语言朴实,无虚伪之质。所以他说由悲愤之情写下的作品,"不比欢愉之音侈然夸大而无其实",往往具有感人的艺术效果。在谈论"悲愤出真情"这一文学审美经验的时候,作为海东理学岭南学派主要骨干人物的李玄逸,似乎忘记了自己始终固守的"诚"者"天理之本然"的理学观念,不觉间深潜于人世间真实的感情世界之中,也深潜于真实的艺术审美情感的探索之中,欲在其中弄清楚文学世界中的确存在的一系列规律性的东西。

很清楚,在李玄逸那里,"文"源自"心",而且"文"当然以"心"为基础,此时的"心"自然就成为了"文"的审美根源。此时的"心"与"文"的关系,不是一般意义上的逻辑关系,而是已上升到理学家心性论的议论范畴。"作文",先要"治心","治心"关乎"心性"之域,当以细察之,细究之,寸步不可马虎之。包括作家在内的人之"心",首先是肉体之"心",如果不以"理"管之,以"道心"约之,就像脱缰之马难以"正之"和"规之"。他在岭南学派的祖师爷李退溪,曾从理论上具体阐述过如何去存养和省察心性的问题:

> 人之受命于天也,具四德之理,以为一身之主宰者,心也。事物之感于中也,随善恶之几,以为一心之用者,情意也。故君子于此心之静也,必存养以保其体,于情意之发也,必省察以正其用。然此心之理,浩浩然不可摸捉,浑浑然不可涯涘,苟非敬以一之,安能保其性而立其体哉。此心之发,微而为毫厘之难察,危而为坑堑之难蹈,苟非敬以一之,又安能正其几而达其用哉。是以,君子之学,当此心未发之时,必主于敬而加存养工夫。当此心已发之际,亦必主于敬而加省察工夫。此敬学之所以成始成终而通贯体用者也。[1]

---

[1] 《退溪先生续集》卷8《天命图说》,(韩国)《韩国文集丛刊》。

李滉在此认为"心"为"一身之主宰","事物之感于中"而感发者为"情意",而此"情"常处于动态之中,具有极大的可变性,所以"君子于此心之静","必存养以保其体,于情意之发"。他进一步认为"此心之理","浩浩然不可摸捉,浑浑然不可涯涘",如果不以"敬以一之","又安能正其几而达其用"呢?所以君子必于"当此心未发之时,必主于敬而加存养工夫,当此心已发之际,亦必主于敬而加省察工夫",以保持纯净之心态,发扬"温柔敦厚之旨"。

作家之心亦是人之"心",是个人之"心",则必涉"善恶之殊",必具"浩浩然不可摸捉,浑浑然不可涯涘"之态。正因为此"心"有如此的复杂性,各类作家有各类心态和道德秉性的差异性,过分的功利性动机使"文""浑"而"浊",过分的形式主义心理使"文""浮华无实",过分的游艺心理则使"文"沦落为"吟风弄月""茶余饭后"的余技,甚至有些人利欲熏心,将"文"当做获取名利的筹码。这些都属于社会心理在文艺心理上的反映,是个作家都会面临的问题,往往是难免的和不可避免的。社会心理或文艺心理上存在的这些问题,早已引起自古以来圣贤的关注,使之发表了一系列相关的警示之语和训导之辞。历来的儒家思想家们,围绕"人心""文心"和"道心"发表诸多相关言论,以助净化王道政治和社会人心。尤其是两宋以来的理学家们,将心性问题提高到哲学的高度,致力于开掘"心学"研究,大力发展心性论哲学,想以此净化"人心",贡献社会。所以可以说,东方古代在文艺领域里进行的"道""文"之争,从本质上讲,无疑是哲学上"心""性"、"性""情"之争在文艺战线上的具体反映。李玄逸指出为了避免此"心""浩浩然"、"浑浑然"的状态,作家必须进行自我修养,进行"存心养性之工夫",以固其"本"。他在《金久庵文集序》中指出:

孟子有言曰:"养心莫善于寡欲。其为人也寡欲,虽有不存焉者,寡矣。"朱子推说其义曰:"人只有一心,如何分做许多,若只去闲处用心,到合用处，都不得力。"有志之士，欲自见于当世者，岂可不察乎此，以立其本哉。然自世教衰，道学不明，士大夫不知存心养性之为何事，徒恃其文华才艺，以为是足以震耀人观听者，滔滔皆是也。彼其论议之辩博，施措之干敏，虽若有过人者，求其从本根上做将出来者，什固无一二也。[1]

"养心莫善于寡欲"，是《孟子·尽心章句下》中的一句话，就是修养内心的方法，没有比减少欲望更好的了。一个人如果欲望很少，那么内心即使有迷失的部分，也是很少的；一个人如果欲望很多，那么即使有保存（寡欲）的部分，也是很少的。如果一个人放松自我修养，则易受外物的诱惑，而感官上的欲望往往使人迷失方向。所以，欲望太多的人，往往利令智昏，在客观诱惑面前无所适从，其结果是成为私欲的奴隶，失去控制，坠入万劫不复的深渊。因此，修养心性的最好办法就是减少欲望，寡欲清心。朱熹也演绎此话说，人只有一心，怎么能够分作许多事情呢？人只去闲处用心，那真正需要用心的时候，却得不到助益。实际上，对于"人欲"和"天理"，朱熹还说过一句话："人之一心，天理存，则人欲亡；人欲胜，则天理灭，未有天理人欲夹杂者。学者须要于此体认省察之。"[2] 朱熹看透人心的本质，其中五味杂陈，认为它是一个极其复杂的集合体，必须用"天理"去克服掉人心中的缺陷。他还强调在人心中，"天理存，则人欲亡；人欲胜，则天理灭"，二者不可能"夹杂在一起"。他继而指出作为当代有志之士，而且想出名于当世者，怎么能不体察这一重要的道理呢？这个社会越是往后，崇浮疾"实"，"世教衰，道学不明"，许多士大夫不知"存心养性"的重要性，自信用自己的"文华才艺"，则"足以震耀人观听"，足可以立身扬名、光宗耀祖。这种文人，越来越多，一时不可阻挡。即使是"彼其论议之辩博，施措之干敏，虽若有过人者"，其中找一个"从本根上做将出来

---

[1]《葛庵先生文集别集》卷3《金久庵文集序》，(韩国)《韩国文集丛刊》。
[2]《朱子语类》卷13《学七》。

者"、"什固无一二"。也就是说，当代的文人之中，能够"养心而善于寡欲"者少之又少，即使是那些明白事理，擅长于"议之辩博，施措之干敏"者，能够做到这一点者很少。这是一个不可忽视的文坛形势和社会问题，当道者不能不引起重视。

李玄逸是从文坛道德风气的角度，对现实中存在的私欲横流的问题，深表担忧。不过李玄逸认为，在现实生活中并不是真的没有可以师范的道德模范，即使是世态浇漓，道德水平一代不如一代，但是真正能够管得住自己，发扬"圣人之道"，无私敬业于王道者，还是有的，只不过是不多见而已。他所认识的金就文（1509—1570）就是这样的一个人，他生性刚正，为官清白，深受当时和后世人的推许。金就文自小学习性理之学，28岁时别试文科及第，历官刑曹左郎、礼曹左郎、修撰、户曹正郎、工曹真正郎等，后至户曹参议、大司谏。他因刚直不阿的性格，常受排挤，多任地方官职，曾任江原道都事、全罗道都事、永川郡守、商州牧使、罗州牧使等职。他为官清正，即使任地方首领，毫无侵夺百姓之劣迹，常向朝廷建言改革时政，改善百姓生活，晚年被选为"清白吏"。李玄逸认为金就文就是当代的道德模范，正是由于他道德高尚，用心纯正，其立于朝廷能够"正色立朝，肃振风裁"，其所写诗文也洋溢着"温柔敦厚之旨"，表现出"冲淡有余味，温雅而典裁"的艺术风格。他具体指出："呜呼！若故观察使久庵金公者，其亦所谓学有其本，知所用心者欤。公早从松堂朴先生门下，闻存养省察之要，凡世间得丧欣戚，举不足以累其心者。在家为孝子悌弟，及其出为世用，其在柏府薇垣，则正色立朝，肃振风裁。其在玉署银台，则论思献替，出纳惟允，出而佩符竹按使节，则揽辔澄清，阖境称思。盖其存诸心显诸行事者，如是其清淳雅洁，故播诸声诗，发为文章者，冲淡有余味，温雅而典裁。如《上仁庙正礼疏》《跋朴龙岩〈击蒙篇〉》等作，尤可见引君当道之义而为后学居敬穷理之助，不可以笔墨蹊径论也。凡其所以处穷通幽显之间者，莫不适其宜而当其可，无所愧悔于心者如此，岂非其简素寡欲之助,与有多焉。"[1]李玄逸认为金就文可谓是"学有其本,知所用心"的一个有学识、有道德的文人。他曾在学者朴英门下学理学"存养省察之要",继承岭南学派的学统,那些俗世的"得丧欣戚",都"不足以累其心"。他在家则行"孝子悌弟",自从走入为官之路,在"柏府薇垣","则正色立朝,肃振风裁"。他还担任过玉署(翰林院或成均馆)、银台(承政院)之职,尝论古今学问,诚谏君侧,出纳王命,凡事处理得允当而顺通。他任地方官时,改革积弊,安定民心,郡内无不称颂其绩。正因为他的"存诸心显诸行事者,如是其清淳雅洁",所以"发为文章者,冲淡有余味,温雅而典裁",深受文坛诸同仁的肯定和赞赏。尤其是金就文所写《上仁庙正礼疏》《跋朴龙岩击蒙篇》等作,"尤可见引君当道之义而为后学居敬穷理之助",无愧于入名家之列。细读他的诗文,皆"处穷通幽显之间",无不"适其宜而当其可"。李玄逸认为金就文之所以"无所愧悔于心者如此",全赖于其"简素寡欲之助",以及大公无私的高尚品德。在此序文中,李玄逸以金就文为典型的道德模范,以说明真正的"蕴藉"之"文"是如何诞生这一"道""文"之争中的重要问题。

在"道"与"文"的关系上,李玄逸不仅始终坚持固"本"充"实"的文章观,而且还一向强调"中诚"乃出"真文"的理论观念。为了宣传自己的这一主张,他经常撰文赞扬那些秉性刚直,为官清廉,为文能够"本""实"兼好的文人。除了上述的金就文之类的廉吏文士之外,他还为像宋挺濂这样一个"忠臣贤人"型的清官树碑立传,以揭示这些人的文章来自于"德行之本",得益于"六籍之旨"。他在《存养斋宋公文集序》中所称赞的宋挺濂(1612—1684)就是这样的人物,他以"居敬穷理"为一生之业,为君国之务披肝沥胆,为实现王道政治献计献策。他历官成均馆学谕、鏊树察访、司贤府监察、礼曹正郎、司宪府持平、掌令等,为官清正,力图改革弊政。有关他的政绩和行实,李玄逸指出:"始以上舍生游太学,能谨饬自持,晚以明经登第,田殿中监。去

---

[1]《葛庵先生文集别集》卷3《金久庵文集序》,(韩国)《韩国文集丛刊》。

为数县,既又出牧湖南大府,所至布上恩恤民隐,蚤夜孜孜,治有异绩。后由柏府持宪,为薇垣小谏,上疏论朝著之不靖,边事之可虞,及有两司亚长之命,又中道上疏,指言守令贪污监司欺蔽状。"[1]后来,他因年龄而"休致","放怀林泉",但其忠君爱国之志毫无减弱。"然至闻朝论横溃忠贤斥逐,未尝不北望嘘唏,以致惓惓不忘之意,可谓身在江湖,系心邦国者矣。盖其存乎中者,恳款诚悫即如此。"[2]李玄逸认为宋挺濂的这种忠君爱国之心和悯人惜物之情,逐渐升华为内在的"德行之本"和"品节之实",成为其"文"之"本","道"之实。他的此"本"愈固,其"道"愈"实","文"则愈"丽"。这种赞美之意用在宋挺濂身上,毫无夸张之意,可谓用在是处。李玄逸还指出:

> 故发为文辞者,亦皆简淡平实,了无世俗靡曼浮艳之态。与朋友言则必以道义相规,称述人德行则又皆亲切而有味,如《送朴汝弼序》及《状林谷先生之行》,可见其概矣。至他雪月风花之咏,停云薤露之作,亦皆出于性情之正,非有所假托模仿而为之。真所谓"有德者之言"也。[3]

因具备了这样的"本"和"实",所以宋挺濂的诗文大都"简淡平实",而"了无世俗靡曼浮艳之态",深受读者的爱戴。他与朋友的话语,也大都"以道义相规",而且"称述人德行则又皆亲切而有味"。至于他的诗歌创作,也"皆出于性情之正,非有所假托模仿而为之",真可谓"有德者之言",富有无限的艺术魅力。从宋挺濂及其文学创作的例子之中,李玄逸又总结出一些新的文论观念,即"文"有"主张命意之实",才"质悫有余味"。他说道:

> 大凡文章之作,先有其实而后托之于言,则无论文字之工拙,率皆质

---

1 《葛庵先生文集别集》卷3《存养斋宋公文集序》,(韩国)《韩国文集丛刊》。
2 《葛庵先生文集别集》卷3《存养斋宋公文集序》,(韩国)《韩国文集丛刊》。
3 《葛庵先生文集别集》卷3《存养斋宋公文集序》,(韩国)《韩国文集丛刊》。

虑有余味，不失为有德者之言。若初无主张命意之实，只从笔端唇吻上，假托模仿，雕琢藻绘，则虽其秾华赡敏之可喜，终不免为无实之空言。此愚所以每有味于存养斋宋公之文而窃有感焉者也。[1]

李玄逸强调大部分的文章之作，首先要有"其实而后托之于言"，这样就不管文字之工拙，率皆质地诚恳谨慎而"有余味"。文人的创作如果一开始就没有"主张命意之实"，只是从"笔端唇吻上，假托模仿，雕琢藻绘"，虽然形式上有"秾华赡敏之可喜"，最终还是"不免为无实之空言"。他说自己之所以总是赞扬宋挺濂的诗与文，原因就在于此，其诗文的确具备了这样的审美意蕴和价值。

李玄逸于此提出的"实""余味"等概念，是他在自己的创作实践中总结出来的文学审美观点的理论点眼，在他的文论篇章中曾多次出现过。他提出的所谓"实"，常用于诗文内容的充实可靠，而他所指的内容就是儒家文人应该表现的"蕴藉之实"和"道统之实"以及个人的"道德存养之实"。他认为此"实"在诗文创作中是首要的和关键的，如果缺乏或忽略此"实"，该诗文应该评价为"笔端唇吻"之作或"空言"之作。他主张一个真正的君国文人，应该时刻告诫自己，固"本"充"实"，作出对"吾道"有用的文章。从"道"与"文"的角度说，他重"道"而不轻"文"，努力作出"载道之文"，以辅王朝之大业。

李玄逸在此反复强调的"味"或"余味"，即指诗文的艺术感染力，指出好诗应该是耐人寻味的。他强调诗文作品的"味"或"余味"，与其"实"有着极其密切的关系，也可以说是其"实"之"充"的必然结果。在他那里，真正有"味"或"余味"的作品，应该是内容高度集中，而且具有现实意义的作品。什么样的作品才可以说是内容集中而具有现实意义的作品呢？他指出应该是"本""实"而质朴的"有德者之言"，积极干预现实生活的重臣之言，也就是说不忘"道统"的、思想内容充实的作品才算是这一类作品。

[1] 《葛庵先生文集别集》卷3《存养斋宋公文集序》，(韩国)《韩国文集丛刊》。

他指出那些"只从笔端唇吻上,假托模仿,雕琢藻绘",虽其艺术形式再高超,也不可能入于"有余味"之列。以"味"论诗,始启于西晋陆机,他在《文赋》中指出:"阙大羹之遗味,同朱弦之清氾。虽一唱而三叹,固既雅而不艳。"陆机在此用生动的语言,以美味比喻文味,把"味"比作艺术感染力量。海东的李玄逸重"道"而不轻"文",但是在内容和艺术形式上,首重内容而次重艺术形式,认为内容充实的作品才能够产生艺术美。他从而坚决反对只重视形式而忽略健康内容的作家和作品,经常撰文对当时文坛上的那些形式主义文风进行批判和警示。他的许多文论之作,在形式主义文风泛滥的当时文坛上,无疑是像一支支利剑命中要害,起到了拨乱反正的作用。

第五节　柳成龙诗教观中的道学意识

柳成龙(1542—1607)是李退溪最得力的学生之一,也是岭南学派所推戴的著名性理学者。他作为颇受朝廷重用的贤官,历任工曹佐郎、吏曹佐郎、直提学、同副承旨、副提学、尚州牧使、都承旨、庆尚道观察使、两馆大提学、知中枢府事、礼曹判书、吏曹判书、右议政、左议政等职,又逢壬辰倭乱,以军事最高长官身份领导抗战和战后复兴事业,可谓靖难大功臣。理学岭南学派的中坚人物张显光在《西厓集跋》中,高度评价他的平生业绩,指出:"公自以挺秀之资禀,早受旨诀于退陶之门,既领得吾儒之真正路脉矣。其见识也精,操守也贞,持心也平,奉身也清。孝友于家而忠良于国,凡其力量所及,未尝不殚竭焉。此非公所有之实乎?试观其诗则雅而洁,其文则畅而顺,其无本源而有是哉。若夫逢时不幸,倭寇留乱七年于邦域,公担当经理,不惮焦劳,接应天兵,奖振邦众,竟致恢复之业。以至于今日,其详具载于国乘,举国之共知矣。然则诗文之发,岂徒言哉。"[1] 柳成龙的门人李埈(1560—1635)也在《西

---

[1]《西厓集跋》,(韩国)《韩国文集丛刊》。

厓集跋》中说道："于先生何与，观其告君则辞意恳到，皆本仁由义，论事则识见深远，如灵蓍大蔡。其他阅史穷经，无不钩深阐微，推见至隐，发前人之所未发。至其律身之正，玉雪自将。晚更多难，身都将相，其所猷为而规画者，唯尽其为义之公而已。未尝有一毫计利之私，故其所处乎穷约者，虽以陋巷寒士而有不可堪者。晚节家益落，饣甫糒或不给，而先生处之晏如。盖其经纶之蕴，虽本于天资，而亦见德业之隆，自固穷中生出来然，其性成然也。"学界同仁和门徒的这些评价，则概略地反映了柳成龙的平生业绩。

在性理学观念上，柳成龙明确地站在老师李退溪哲学观念的立场上，提倡主理论，批判海东的阳明学。跟随李退溪，他也主张"理先气后"说，认为"理"为"万物之源"。他批判阳明学的"知行合一"说和"致良知"说，认为它们未免"矫枉过直"之误，与佛老无甚差异。他还以"格物致知"为"知"，以"诚意正心"为行，主张"知行并进"。他一生留下了诸多著述，如《西厓集》《惩毖录》《慎终录》《永慕录》《观化录》《乱后杂录》《丧礼考证》《戊午党谱》《筮经要义》《云岩杂记》等就是其主要者。除此之外，他还编纂了不少文集，如《大学衍义钞》《圃隐集》《退溪先生年谱》《皇华集》《九经衍义》《文山集》《精忠录》《孝经大义》等就是其中主要的代表作。

在文学上，柳成龙并没有像其他岭南学派学者那样深入探讨"载道"或"明道"的观念，而只是着重于儒家一般意义上的诗教观或文学一般意义上的审美创新、艺术风格之类的理论探索。这很可能与他虽是退溪学派的主要成员，但一生着重于国家行政、国防军务，出入于社会改革之域的政治生涯有密切的关系。尤其是他生逢壬辰倭乱这一重大的历史重创时期，作为国务和军事总管，为从侵略者铁蹄下挽救国家而奔走于生死线上，为改变突如其来的国家命运殚精竭虑，非常时期身居国家要职三过家门而未能省亲。考察他的文集可知，所占比重最大的则是围绕抵御倭寇的军事布置、为使宣祖和王室安全避难的安排、军粮辎重的调拨、与明朝援军的协调以及战后为恢复国家元气而写的一系列奏、札、书、状、启、呈等文章。这样的特殊时期和身居要职的紧张生活，可能使他很少有时间抽空钻研性理之学，总结古今东西，深潜于抽象的理论之奥。对生活在这样一个特殊时期的柳成龙来说，比之对"天理人欲""理先气后"等抽象理论，更为重要的则是传统儒家的那些修身、齐家、治国、平天下之类的理论。《礼记·大学》指出："古之欲明明德于天下者，先治其国；欲治其国者，先齐其家；欲齐其家者，先修其身；欲修其身者，先正其心；欲正其心者，先诚其意；欲诚其意者，先致其知，致知在格物。物格而后知至，知至而后意诚，意诚而后心正，心正而后身修，身修而后家齐，家齐而后国治，国治而后天下平。"儒家这样的人生逻辑，后来逐渐上升为社会政治逻辑，演变成每个士大夫和知识分子固守的人生座右铭。

这种座右铭在柳成龙那里，被看作是极其实用而现实的人生逻辑，在艰难的社会实践中加以接受和利用。他的这种实用性人生逻辑，在他的文学观念中起到重大作用，使得他坚持儒家的那些诗教观，使其为现实生活服务。他能够坚持儒家的诗教观，还有一个重要的原因是它在古代海东人的文学生活中有着特殊的地位。如上所述，海东是传统儒家的国度，在文学上自然以儒家的诗教观为正宗。他们深知，儒家的奠基人孔子的诗教观以《诗经》为范本，浸润着礼、义、德、行及教化的实用观念。两千年来，这种文学观深为海东社会所看重，将其看成整个文学观的核心所在。正处于国难时期的柳成龙，尤以儒家的这一诗教观当作眼前文学观念的基调，想以此鼓励当时的文人写出能够鼓舞民族斗志的诗文篇章，来为驱逐侵略者、重振国家实力服务。为此，他专门撰写《诗教说》一文，以发表自己这方面的看法。他说：

> 孔子云："兴于诗。"又曰："不学诗，无以言。"又曰："诗，可以观，可以群，可以怨。远之事君，迩之事父。"圣人之重诗教也如此，后世之学诗者，果能然乎？其末流不过为淫艳浮靡之词，以眩人耳目，风云月露，

虽盈箱满轴，而诗教益晦。其故何耶？圣门之学，莫非为己，不求于外。如子贡因贫富之训，而得切磋之旨，子夏因巧笑倩盼之诗，而知礼之后于忠信。至于圣人言诗，则又以"思无邪"一言，蔽《三百篇》之旨，其意远矣。以此观之，诗之言，虽感兴不一，善恶殊途，而莫非切于己也。[1]

"兴于诗"一句出自于《论语·泰伯》，其曰："兴于诗，立于礼，成于乐。"这里的"兴"，即意味着人的修养开始于学《诗经》，自立于学《周礼》，完成于学《乐记》。这里的三大方面，都要求学徒不仅要讲个人的修养，而且要有全面、广泛的知识和技能。《论语·季氏》还说："不学诗，无以言；不学礼，无以立。"诗是语言的精华，意思就是不学诗，就不懂得怎么去说话。在孔子的年代里，《诗经》也是当时各个阶层经典歌诗之大全，所以，通过学诗，可以使自己的语言更形象而又更美、更准确。《论语·阳货》篇又说："子曰：'小子何莫学夫诗。诗，可以兴，可以观，可以群，可以怨。迩之事父，远之事君。多识于鸟兽草木之名。'"《论语·阳货》中的这句话，是孔子关于诗歌社会作用的经典论述。这里的"兴"，孔安国注曰："引譬连类。"朱熹释云："感发意志。"合起来可解释为，诗歌通过比兴的方法感发艺术情感，使读者从中受到审美影响。对于"观"，郑玄注曰："观风俗之盛衰。"朱熹注："考见得失。"其意思就是，诗歌是反映社会现实的，通过诗歌可以认识到社会风俗的盛衰和政治的得失。对于"群"，孔安国注道："群居相切磋。"朱熹注："和而不流。"意思就是，读诗有利于沟通感情，交流切磋，使人提高认识。至于"怨"，孔安国注道："怨刺上政。"其意思就是，诗可以批评或抨击执政当局的为政之失，抒发对现实的不满。这样就可以认为，"兴、观、群、怨"对文学的社会作用作出了全面的总结，指出文艺可以通过自身的审美特性，发挥自身的美感作用，进一步起到社会认识功能和教育作用。但是这种社会作用，仅仅局限在"事父"、"事君"的

---

[1] 柳成龙：《西厓先生文集》卷15《诗教说》，(韩国)《韩国文集丛刊》。

范围之内，未免自身的局限性。

柳成龙认为古代的圣人如此重视诗歌的教育作用，这为后人树立了至伟的榜样，但是到了后世，能够继承这一遗旨的人却很少。到了后世，文学上的"圣人之旨"逐渐衰微，"其末流不过为淫、艳、浮、靡之词，以眩人耳目"，文风日渐变得浮华无实。越是到后来，自称学者、作家和诗人者不计其数，但是"道统"已失，"风云月露，虽盈箱满轴"，这对"诗教"毫无益处。柳成龙在此提醒人们，能不能写出好诗关键并不在于艺术形式上，而在于作品的内容上，而内容的充实与否事关创作主体的道德修养如何。所以他认为加强作家自身的道德修养，经常进行自我"省察"，对提高创作素质，写出合乎"圣人之旨"的好作品，有着极其重要的实践意义。从而他还提出"圣门之学，莫非为己，不求于外"的修养方法。所谓"圣门之学，莫非为己，不求于外"，也是儒家自我"省察"的一种方法。《论语·宪问》指出："古之学者为己，今之学者为人。"这里的"为己"，就是通过道德的自我修养来完善自己的人格，提升自己的道德境界。这里所谓的"为人"，就是通过知识的积累和渊博的学识取悦于人。朱熹《论语集注》亦说过："程子曰：'为己，欲得之于己也。为人，欲见知于人也。'"可见，对此"为己""为人"之学的差异性和相关性，宋学的大师们也都十分关注，作出了具体的论述。关于如何去解读《诗经》的原意，柳成龙从文艺方法论的角度作了具体的论述。他继而说：

> 后世深于《诗》者，惟程子，观其不下一训诂，吟咏上下，使人自得。"瞻彼日月，悠悠我思。道之云远，曷云能来。"思之切也。"百尔君子，不知德行。不忮不求，何用不臧。"归于正也。此不待名物解释，而诗之本意，已跃如于前，使读之者，不知手舞而足蹈，圣人所谓兴于诗者，其是之谓也。因以是推之，凡经传所引诗，皆一意，有言尽而意不尽者，辄以诗结之，不过一句、半句，而玩而绎之，则意趣无穷。令人油然而乐，

恍然而悟，邪心戾意，自不觉其消涤，安用多言哉。[1]

柳成龙认为后世深谙于《诗经》者，惟有程颢和程颐兄弟，他们读了以后不作具体解释，只是"吟咏上下"，"使人自得"。《诗·邶风·雄雉》中有"瞻彼日月，悠悠我思。道之云远，曷云能来"之句，这是媳妇思念远役的丈夫愿其早归的诗。《毛诗序》指出："《雄雉》刺卫宣公也。淫乱不恤国事，军旅数起，大夫久役，男女怨旷，国人患之，而作是诗。"这种评价一箭中的，说破了此诗对妇人思念远役丈夫的主题。看着迭来迭往的日月，起兴丈夫久役不归之情。山河阻隔，怅问丈夫归来何期，从中可见思妇怀念之切。诗的下一句语气一转，讽劝所有人，全不知德行为何物。你若不去贪，哪有不顺当的道理。可知，此句的使人"归于正"之意再明显不过。深究其意还可知，其使人担忧丈夫愿其仕于乱世，希望在官场善于周全，以保全自己，从而充分表现其深思至爱之情。可知二程教《诗经》，不作一五一十的解释，让人在反复的默读中自悟诗意，看得出其教人高明。按照柳成龙的话来讲："此不待名物解释，而诗之本意，已跃如于前，使读之者，不知手舞而足蹈，圣人所谓兴于诗者，其是之谓也。"

这里就存在读者的审美感悟问题，即读者作为审美主体能从美的对象中反观自身，在精神上获得一定的满足，唤起主观情感上的喜悦。如此形成后的审美感悟，又反作用于审美感受，引出主体对客体的一种愉悦的创造性的把握和领悟。读者在阅读或欣赏诗作时，通过这样的审美感悟不仅领会"诗之本意"，而且还由诗的艺术形象引起艺术兴奋，"不知手舞而足蹈"，这就是孔子所谓的"兴于诗"的具体表象。从这样的审美经验可以推知，在儒家经典和解释经典的传中经常引用诗歌，原因在于诗歌有"言尽而意不尽"的审美特性。不用像散文那样说很多话，只是用极其形象的诗语，稍微点拨一下，"不过一句、半句，

---

[1] 柳成龙：《西厓先生文集》卷15《诗教说》，（韩国）《韩国文集丛刊》。

而玩而绎之,则意趣无穷"。从而可知,柳成龙对诗歌的艺术特征了如指掌,知道高度艺术概括的诗语、诗意"含蓄"无比,一句顶一万句,而且还给人留下无限的想象空间,反复吟味不已。他认为历来的儒家经典和解释经典的传,常以诗歌点拨文意,就是希望借助诗歌的这种审美力量,以加强文意的审美感染功能。对这种审美效应,他指出"令人油然而乐,恍然而悟,邪心庡意,自不觉其消涤,安用多言哉"。

识破诗歌的这种艺术浸染特性的柳成龙,进一步解释诗人的"怨"也是一种属于审美情感的范畴。此"怨",在儒家的经典之中曾多次出现过,就在《论语》之中,也曾多次提及过它。如其《论语·里仁》篇曰:"事父母几谏,见志不从,又敬不从,劳而不怨。"《论语·颜渊》道:"在邦无怨,在家无怨。"《论语·宪问》也说:"不怨天,不尤人。"孔子认为,受到父母的不理解不应该"怨",受到国家的排斥也要"无怨"以对,受到各种不遇更应该"不怨天,不尤人"。孔子在政治上,常持调和的态度,如有分歧或矛盾,希望通过上下、各方之间感情的交流来消除。所以他在论述诗歌的社会作用时,很少提倡以诗"怨刺上政"。从而可以认为他所提倡的"诗可以怨",是有其前提的,而此前提就是"怨而不怒"。文学中的这种"怨"情,是一种极其普遍的情感,但作家在以此"怨"情进行审美批评时,必须掌握一定的度,不应该使批评超越这种度。《诗大序》说:"上以风化下,下以风刺上。主文而谲谏,言之者无罪,闻之者足以戒。"这种解释,非常接近孔子原来提出的"怨而不怒,哀而不伤"的"中庸之旨"。柳成龙认为作家也是人,有"怨"情是其情之必然,也是"天理之当然",问题在于如何做到"怨而不怒,哀而不伤",在自己的创作中正确地掌握这个度。他说:

或问于余曰:"'诗可以怨',怨非君子之事,犹可见性情之正耶?"
曰:"其意深矣,非浅见可到。夫人之所以为人者,只在于父子、君臣、夫

第十一章　道学岭南学派的"道""文"思想　759

妇、兄弟、朋友相亲相爱之间，而恻怛忠厚之意，融贯周流，如草木之有生意。如或不幸而有所间隔，子不得于父，臣不得于君，妇不得于夫，兄弟不相悦，朋友不相得，则其所以哀痛伤悼，不能自安于心，而发之咨嗟叹息者，其亦人情之所必至，而天理之所当然。若无顾念，而乃曰'彼为彼，我为我'，恝然而已，则是至亲化为路人，而人道息矣，岂人之性情乎。此乃佛老之学，非圣人之教。惟孟子识此意，故以越人、其兄弯弓为譬，而晓公孙丑之惑，真善喻也。"[1]

有人问于柳成龙，虽说"诗可以怨"，但此"怨"并不是君子之事，怎么又可以说见性情之正呢？对此，他指出其中有深意，一般的浅见难以认清其中的奥秘。他说人之所以成为人，只在于人有伦有情，只在于"父子、君臣、夫妇、兄弟、朋友相亲相爱之间，而恻怛忠厚之意，融贯周流"，这一情景"如草木之有生意"。但是"如或不幸而有所间隔"，"子不得于父，臣不得于君，妇不得于夫，兄弟不相悦，朋友不相得"，从而产生"哀痛伤悼，不能自安于心，而发之咨嗟叹息"，这应该是"人情之所必至，而天理之所当然"。如果遇到这种情景，也不愿意认亲、认理，说"你是你，我是我"，认为这也是"人情之所必至，而天理之所当然而已"，这样只能是"至亲化为路人，而人道息"，只能导致真正的人情和伦常受到极大的破坏。如果是这样的话，这是佛老之举，而不是儒家圣人之教。柳成龙认为对此"惟孟子识此意"，"故以越人、其兄弯弓为譬，而晓公孙丑之惑"，认为这是"真善喻"。此话来自于《孟子·告子下》，其曰："公孙丑问曰：'高子曰：《小弁》，小人之诗也。'孟子曰：'何以言之？'曰：'怨。'曰：'固哉，高叟之为诗也！有人于此，越人关弓而射之，则己谈笑而道之，无他，疏之也。其兄关弓而射之，则己垂涕泣而道之，无他，戚之也。《小弁》之怨，亲亲也。亲亲，仁也。固矣夫，高叟之为诗也！'"根据汉赵岐

---

[1] 柳成龙：《西厓先生文集》卷15《诗教说》，(韩国)《韩国文集丛刊》。

之注,"高子,齐人也。《小弁》《小雅》之篇,伯奇之诗也。怨者,怨亲之过,故谓之小人。"用现代语言翻译其意思就是,公孙丑问道:高子说,《小弁》这首诗是小人所作。对吗?孟子答道:"为什么这么说呢?"公孙丑说:"因为诗歌表现了怨恨之意。"孟子说:"高老先生解诗太呆板了!比如说有个人,如果越国人开弓去射他,他可以有说有笑地讲述这事,没别的原因,因为越人和他关系疏远;如果他哥哥开弓去射他,他就会哭哭啼啼地讲述这事,没别的原因,因为哥哥是亲人。《小弁》的怨恨,正是热爱亲人的缘故。热爱亲人是合乎仁义的。所以高老先生解诗,太呆板了。"海东的柳成龙举出这一例子,是想通过在不同动机下所产生的不同的"怨"的性质,来说明文艺创作不要以仇恨之"怨"批评"上政",而应该以"亲爱"之"怨"刺"上政",使它"有则改之,无则加勉"。

柳成龙强调"君子之不为"之"怨"并不是这种"怨",即使是君子,那种"亲爱"之"怨"是发而无妨的,因为那种"怨"是"其亦人情之所必至,而天理之所当然"。与此同时,柳成龙也坚决反对那些过激之"怨",认为那种过激之"怨"会生成"愤恨",那种过激之"怨"只能产生不利于社会和谐的反面效果。柳成龙对此"怨"感受尤其深刻,因而在谈到诗歌的社会教育作用时,强调正确理解此"怨"的审美属性,提倡"怨而不怨"的审美愿景。他认为诗歌应该以情相感,方能使人心悦诚服。因此,欲使君或民兴起善心,须以和悦或调悦之言,导人之情。他深知,儒家立教,以《诗》为先,着眼点正在于此。他强调任何过激之"怨",都写不出感人至深的好诗歌来,因为它违背了儒家"温柔敦厚之旨"的原则。

然怨而过乎天则,至于忿恨则乱。惟《诗》之言,温柔敦厚,自尽乎其心之至诚,而无激发过甚之辞,故圣人贵之,谓可以怨。若屈子《离骚》《九歌》《九章》等篇,亦诗之遗意,而至于捐生赴渊则甚矣。然视世之自绝于君亲,而悻悻然不加欣慨于其心者,不可同日而论也。故朱子谓屈子之过，过于忠，而其论文词，亦曰驰骋于变风之末流，其以是欤。大抵道以《中庸》为至，喜怒哀乐，皆有天然之则，过不及，皆非正而均为失中，斯理也，《中庸》言之详矣。诗之教，亦若此而已。呜呼！精矣。非体道之君子，何以与此。[1]

"怨而不怒"出自《国语·周语》，其中说："厉之乱，宣王在邵公之宫。国人围之，邵公曰：'昔吾骤谏王，王不从，是以及此难。今杀王子，王其以我为怨而怒乎？夫事君者，险而不怼，怨而不怒，况事王乎？'乃以其子代宣王。宣王长而立之。"这里的"怨而不怒"，就是心有不满，但能控制住它，不使之发展成为愤怒。后来朱熹用此语，为孔子诗"可以怨"作注，主张诗歌写怨，应该有所节制。此"怨而不怒"，后来与"乐而不淫""哀而不伤"等成语一起，成为儒家中庸原则在文学批评上的运用范例。这种范例，用以强调即使是有益于人或美的文艺创作，在情感表达上不能超越适当的限度，适可而止的情感表达才是最美的表达。所以柳成龙将"怨而过乎天则"，看作超乎此限度的表达，认为这种超乎限度的表达往往是"至于愤恨"的表达，并认为"至于忿恨则乱"。从对"怨而不怒"的美学要求出发，柳成龙还提出了诗歌创作要遵循儒家"温柔敦厚"之旨的创作原则。

柳成龙主张作为儒家文人应该懂得圣人所说诗"可以怨"的基本涵义，在进行文艺创作时应该适中地运用自己的情感，"怨而不怒，哀而不伤"，写出"温柔敦厚"的作品。他认为《诗经》中的言辞，皆"温柔敦厚"，都"自尽乎其心之至诚，而无激发过甚之辞"，所以孔子特别指出"可以怨"。他进一步认为屈原的《离骚》《九歌》《九章》等篇，也都继承了《诗》之"本旨"，但是他"捐生赴渊"，这可以说是万万不当之举。不过，他认为屈原的死，与那些极端个人主义者为己一时激愤而死完全不同，说"然视世之自绝于君亲，而悻悻

---

[1] 柳成龙：《西厓先生文集》卷15《诗教说》，（韩国）《韩国文集丛刊》。

然不加欣慨于其心者，不可同日而论"。他指出正因为如此，大儒朱熹认为"屈子之过，过于忠，而其论文词，亦曰驰骋于变风之末流，其以是欤"。朱熹认为屈原的死，自绝于君、亲，虽说是不应该的，但是其动机还是对国君"过于忠"而死，与那些狭隘之徒的自杀不可同日而语。朱熹谈论屈原的文词，说"驰骋于变风之末流"，这可能也是因为这个缘故。朱熹在此所谓"变风"，指《国风》中作于周朝国政衰乱时期的作品，其与"正风"相对。《诗大序》说："至于王道衰，礼仪废，政教失，国异政，家殊俗，而变风变雅作矣。"《诗大序》又论述变风的特点道："发乎情，止乎礼义。发乎情，民之性也；止乎礼义，先王之泽也。"按照此意思，变而不失其正，正是儒家"温柔敦厚"的体现。对正、变之风的区别，汉郑玄《诗谱序》以为周懿王、周夷王至陈灵公时的诗为"变风""变雅"；清马瑞辰《毛诗传笺·风雅正变说》则认为《风》《雅》正、变的区分，以"政教得失"为准，凡讥刺时政者皆属变风、变雅。柳成龙基本同意朱熹的这些看法，认为屈原的死是由其"过于忠"所造成，其死虽属遗憾，但却有着极其重要的思想、历史意义。

以上论述中可知，"怨"也好，"刺"也好，柳成龙不同意过于其度，提倡文学适度的情感表达。从而在文学观念上，他提倡感情的不偏不倚，遵循《中庸》之道的原则。柳成龙说："大抵道以'中庸'为至，喜怒哀乐，皆有天然之则，过、不及皆非正而均为失中，斯理也。"他认为"大道"以"中庸"为极致的形态，人的喜、怒、哀、乐皆有自己的法则，"过"或"不及"都不是"正"，都为"失中"的表现，"中庸"的基本意思就这样。这种"中"与"和"，也可以属于审美活动的范畴，以说明事物变化规律中的某种审美表现。"中庸"是儒家最高的道德标准，也作为文学观念中所应恪守的最高准则，给自身赋予了极其重要的审美意义。所谓"中庸"，就是恪守"中道"，坚持中间路线，"不偏不倚"，"无过无不及"。儒家的诗教之所以引进此"中庸"原则，其根本原因也在于此，因为它是永恒的自律性所在。所以柳成龙强调"诗之教，亦若此而已"，并表示折服儒家的先圣,"呜呼!精矣。非体道之君子,何以与此。"

儒家的诗教有两个方面的意义,一是自古以《诗经》为必读的教科书,作为教民化俗的工具和方法;二是作为古代文学理论的一种术语,解释诗所要达到的既"温柔敦厚"而又"以义节之"的目的。诗教一意最早见于《礼记·经解》,其曰:"温柔敦厚,《诗》之教也……其为人也,温柔敦厚而不愚,则深于诗者也。"唐代孔颖达《礼记正义》解释其云:"诗依违讽谏,不指切事情,故云温柔敦厚是诗教也。"又说:"此一经以《诗》化民,虽用敦厚,能以义节之。欲使民虽敦厚不至于愚,则是在上深达于《诗》之义理,能以《诗》教民也。"无论是前者还是后者,儒家的这一诗教说之所以能够成立,其根本的原因都在于《诗》中作品所产生的艺术感染力及由此而产生的思想感化作用。对诗歌的这种艺术审美特征,《毛诗序》曾指出:"情发于声,声成文谓之音。治世之音安以乐,其政和;乱世之音怨以怒,其政乖;亡国之音哀以思,其民困。故正得失,动天地,感鬼神,莫近于诗。先王以是经夫妇,成孝敬,厚人伦,美教化,移风俗。"[1]对儒家的这一诗教观深有了解的柳成龙,进一步认为因诗歌有自己独特的审美功能,可以帮助为政者通过它来感人、化人,以巩固思想统治。因此他认为一国政治之清明与否,百姓生活是否和乐,看其诗就可以知道。

利用文艺的审美功能去感染社会和教化民众,以达到巩固其封建王权的目的,这应该是中国儒家极为重要的文学观念和审美手段。而儒家的这一基本观念和手段,在另一个东方儒教的国度海东,也波及得尤为鲜明。尤其是自从李氏王朝把程朱理学设定为国家的正统理念以后,更加强思想统治,将儒家的诗教观奉为"神明",不断地加以宣传和普及。从柳成龙的这种诗教观,不难看出他作为封建政治卫道士的立场。他继而说:

> 然此就一人言之,圣人之意,不止于此。若论诗道之全,则必也圣君

---

[1] 《毛诗序》。

在上,以五伦之道,建其有极,由身而家而国而天下,使天下之为父子、君臣、夫妇、兄弟、朋友,皆得其理,泽被天下,而无一夫之不获,化行天下,而无一事之不正,人人各得分愿,薰为太和,熙熙皞皞而颂声作。瑞应至,如《麟趾》之应《关雎》,《驺虞》之应《鹊巢》,然后方为诗教之全。呜呼!一民失所,足以知王政之恶;一女见弃,足以知人民之困。天下之父子、君臣、夫妇、兄弟、朋友相怨之诗多而变风起。王道不可回,斯岂易言哉。圣人于此,其所感者深矣。噫![1]

以上虽说了很多,但这只是对一人而说的,古圣人之意绝不止于此。如果想说"诗道",更多的内容还在后头。古人懂得"由身而家而国而天下",使天下五伦关系"皆得其理",而此理"泽被天下,而无一夫之不获,化行天下,而无一事之不正,人人各得分愿,薰为太和,熙熙皞皞而颂声作"。这是一个由诗教而形成的理想社会,在这种社会里父子尽孝,君臣尽忠,夫妇恩爱,兄弟和睦,朋友互信,而且没有任何一个人受到委屈,无一事之不正,"薰为太和,熙熙皞皞而颂声作",瑞气满世界。读了《诗经》中的"《麟趾》之应《关雎》"的意思,然后才能知道何为仁厚、何为教化,还有,知道《驺虞》之应《鹊巢》之意思而后,才能够懂得"教化得宜人自化,人道正则兽亦安"的道理。《毛诗序》说:"关雎之化行,则天下无犯非礼。虽衰世之公子,皆信厚如麟趾之时也。"这说明《麟之趾》与《关雎》有着呼应关系。关雎以正夫妇,夫妇是人伦之本,夫妇正,则人伦备。麟之趾是行教化,教化行,则仁厚如麟趾。在此,《关雎》是因,《麟之趾》是果。对于"《驺虞》之应《鹊巢》",《毛诗序》还说:"《驺虞》,《鹊巢》之应也。《鹊巢》之化行,人伦既正,朝廷既治,天下纯被文王之化,则庶类繁殖,田以时,仁如驺虞,则王道成也。"实际上,这只是一首赞美猎手的诗,而且这名猎手在猎物面前突然良心发现,悟出了猎杀生灵的罪

---

[1] 柳成龙:《西厓先生文集》卷15《诗教说》,(韩国)《韩国文集丛刊》。

孽。不过，后来的朱熹在其《诗集传》中借题发挥，以宣扬诗教之旨说："南国诸侯承文王之化，修身齐家以治其国，而其仁民之余恩，又有以及于庶类。故其春田之际，草木之茂，禽兽之多，至于如此。而诗人述其事以美之，且叹之曰：此其仁人自然，不由勉强，是即真所谓驺虞矣。"对《毛诗序》的基本意思深有探讨的柳成龙认为，如果不懂得《诗经》中篇章之间的一系列内在关系，就不可能深入了解其诗教的基本内涵。

正因为《诗经》中这些诗作的相互对应关系，柳成龙认为理解透其中的人文内涵，"然后方为诗教之全"。他认为"一民失所，足以知王政之恶，一女见弃，足以知人民之困"，而从当时的诗歌中也正好可以看出社会中的这些现象及其原因。在他看来，《诗经》中的变风起于周代末叶社会纷乱之时，所以"天下之父子、君臣、夫妇、兄弟、朋友相怨之诗多"，从而变风四起，变风起而已预示"王道不可回"，其中的历史风波曲折而复杂，不可能几句话能够说清楚。他认为孔夫子论《诗》，已深知其中的深远历史内涵，所以其论既深刻而又有永久的指导意义。柳成龙不光是对孔子的论诗之识佩服至极，而且对宋代理学大儒朱熹的诗歌审美鉴识也深表折服。朱熹晚年著有《楚辞集注》，柳成龙认为目的在于为了改变当时日益衰微的"世道人心"，想通过屈原的忠君之赤诚来鼓舞当世不知所措的人心，以弘扬吾儒之"道心"。对屈原的忠君之诚和朱熹的扬"道"之智，柳成龙在其《离骚》一文中作出了高度评价。他说：

朱晦庵晚年注《楚辞》，其意深矣。盖自度道终不行，而世道人心，日趋于污下，吾之忠君忧国惓惓不忘之诚，无可告语，而平日之稍以名节自砺者，莫不变迁而从俗。于是，有感于屈子之词，而隔千载为知己友，发挥于《离骚》，所谓"可与识者道，难与俗人言"者，真不诬矣。新罗时有郑叙，谪居东莱，恋君作歌词，号《郑瓜亭曲》。丽末柳思庵淑，临命作诗曰："他乡作客头浑白，到处逢人眼不青。清夜沉沉满窗月，琵琶一曲郑瓜亭。"其词凄怨。李陶隐崇仁诗云:"琵琶一曲郑瓜亭,遗响凄然不忍听。俯仰古今多少恨,满帘疏雨读骚经。"[1]

柳成龙在此简略介绍朱熹的《楚辞集注》,认为其中有"深意",值得去深入探讨。朱熹在涉及《楚辞》时认为,屈原的德行主要表现为"忠君爱国之诚心",因为是真正"忠君爱国",所以他从来没有怨君。朱熹的这种观点,与"今人句句尽解做骂怀王"的看法不同,强调屈原的意义在于尽管受到排斥和不遇,但还是不怀二心,忠于楚怀王。朱熹的《楚辞集注》作于潭洲为官时期(南宋宁宗庆元五年,1199年),其时宋与金民族矛盾激烈,朱熹注释《楚辞》绝不偶然,可能是借助于颂扬屈原,以寄托自己的爱国之情。在肯定屈原一片"忠君爱国之诚心"的志行以外,朱熹还称道屈原诗文中的"怨怼激发"之情,"皆生于缱绻恻怛"之心。朱熹的《楚辞集注》传入海东以后,也产生了深刻的影响,诸多文人学者纷纷学习和领会,将其当做探讨《楚辞》的重要参考书。

柳成龙在谈到文学上的中庸之道时,特别引出朱熹的《楚辞集注》,以说明如何理解儒家"怨而不怒""哀而不伤"的中庸的创作原则。他认为朱熹著述《楚辞集注》,原因在于当时的南宋社会"道终不行,而世道人心,日趋于污下",而且人们觉得"吾之忠君忧国惓惓不忘之诚,无可告语",从而"平日之稍以名节自砺者,莫不变迁而从俗"。他认为于是朱熹就想起了一片"忠君爱国"而抛弃生命的屈原及其《离骚》,"有感于"其中的深意,将其看做自己跨时代的名节之友。不仅如此,朱熹还把《离骚》上升为"经",将其作为思想、道德、行为等方面有指导意义的书,并加以注释工作。柳成龙认为朱熹通过注释《离骚》,来指摘和射影现实,其旨意十分高明,有着很大的现实意义。柳成龙在此文中所引"可与识者道,难与俗人言"一句,引自明徐渭《书论》中的一段话,其曰:"高书不入俗眼,入俗眼者必非高书。然此言亦可与知者道,难

---

[1] 《西厓先生文集》卷15《离骚》,(韩国)《韩国文集丛刊》。

与俗人言也。"其意思就是高书或绝妙的诗句,行家才能够看得清楚。柳成龙的意思就是通过《楚辞集注》可知,朱熹才是懂得屈原的高手,也是真正理解透儒家诗教的真儒。他在此文中引用朱熹有关《楚辞集注》的相关内容,目的在于借以说明儒家诗教的深远意义,从而主张儒家诗教的复合性和深刻性。

海东两千年的封建社会中,长期以儒家思想为正统,一直以孔子的"君使臣以礼,臣事君以忠"的忠君思想为信条,奉行了"君权神授"的传统观念。在这样的过程中,海东历代王朝一直实行文治主义政策,将屈原、杜甫等忠臣节士奉为臣属的典范,将他们的文学作品制定为学习的教科书。海东历代文人崇尚杜诗,除了艺术上的考虑之外,更重要的还是杜诗所蕴含的那些忠君思想。对此,高丽后半期的李仁老在其《破闲集》中指出:

> 自雅缺风亡,诗人皆推杜子美为独步。岂唯立语精硬,刮尽天地菁华而已。虽在一饭未尝忘君,毅然忠义之节根于中而发于外,句句无非稷契口中流出,读之足以使懦夫有立志。玲珑其声,其质玉乎,盖是也。[1]

杜诗在高丽和李氏王朝统治的一千多年历史中,始终占据极其重要的地位,究其原因则在于杜诗符合儒家诗教,具有国家教化宣传上的适用性。无论是高丽时期的士大夫文人,还是海东王朝的勋旧派文人、士林派新进士流和各派理学家,无一不把杜诗奉为万代师范。值得注意的是,柳成龙也从海东的国语文学中树立出一位忠君爱国,"一饭未尝忘君,毅然忠义之节"的典范人物,他就是高丽仁宗、毅宗时期的文人郑叙。柳成龙说:"新罗时有郑叙,谪居东莱,恋君作歌词,号《郑瓜亭曲》。"实际上这里所说的郑叙并不是新罗人,而是高丽后半期的文人,曾以国语诗歌《郑瓜亭曲》流芳后世。《高丽史》记录有关郑叙《郑瓜亭曲》的诗话,认为它是一首忠臣"恋主之词",从而说明这时期文人的

---

[1] 《破闲集》卷中,韩国大洋书籍,1978,第113页。

国语诗歌也没有脱离"圣人之道"。其云：

> 郑瓜亭，内侍郎中郑叙所作也。叙自号瓜亭，联婚外戚，有宠于仁宗。及毅宗即位，放归其乡东莱曰："今日之行，迫于朝议也，不久当召还。"叙在东莱日久，召命不至，乃抚琴而歌之，词极凄惋。李齐贤作诗解之曰："忆君无日不沾衣，政似春山蜀子规。为是为非人莫问，只应残月晓星知。"[1]

郑叙是高丽仁宗、毅宗、明宗时期的文人，号瓜亭，官内侍郎中，身为仁宗妃恭睿太后妹妹的丈夫，深受仁宗宠爱。后因受人谗害流配于东莱、巨济等地。他去时，毅宗曾保证"今日之行，迫于朝议也，不久当召还"，可是到了流配地以后左等右等终无任何消息。于是，内心伤悲的郑叙弹琴歌此《瓜亭曲》，以抒发心中的委屈。后来毅宗王被武臣驱赶而明宗继任，郑叙遂被释放，此曲便命名为《郑瓜亭曲》。此《郑瓜亭曲》，歌颂抒情主人公久在流配地受到身心伤害，而左等右等却得不到毅宗王召唤的苦衷。尽管他身陷囹圄，心中伤悲不已，但从来没有怨恨过毅宗王，总是盼望其记住自己的承诺。按照柳成龙的记录，"叙在东莱日久，召命不至，乃抚琴而歌之，词极凄惋"。后来大儒李齐贤读其诗甚为感动，乃将其翻译成汉文七言诗。此诗后来被音乐家配曲，被世人广泛传唱，遂成为名曲。根据柳成龙的说法，后世的诸多文人将此诗作看成海东的《离骚》，遂出现了一系列的赞美诗。

高丽末叶的文人柳淑临去世前作诗曰："他乡作客头浑白，到处逢人眼不青。清夜沉沉满窗月，琵琶一曲郑瓜亭。"此诗的作者柳淑，字纯夫，号思庵，曾侍从江陵大君（后来的恭愍王）在元大都度过四年岁月，恭愍王即位，遂任左副代言、左司议大夫等职，后被奸臣诬告被罢免下乡里。后来事现转机逐任

---

[1]《高丽史》卷71《志》卷25《乐》2《俗乐·郑瓜亭曲》，（朝鲜）劳动新闻出版社，1958。

右代言、判典校、版图判书、典理判书、枢密院学士、同知枢密院事、商议会议都监事、知枢密院事、翰林学士承旨同修国史等职，又受奸臣安祐等人的胁迫，转任地方官东京留守。后重回朝廷任佥议评理、政堂文学兼监察大夫、知春秋馆事等高官。不过后来奸臣辛旽得势，柳淑被诬陷再回乡里，不久被辛旽的密使所绞杀。此诗是柳淑临终前含悲而写的，字里行间充满了悲愤激越之情，末尾提起"清夜沉沉满窗月，琵琶一曲郑瓜亭"，将自己对国君的赤胆忠心比喻为高丽郑叙的忠君之节义。

在此文中，柳成龙还举了高丽末叶另一个忠臣李崇仁的一首诗，其曰："琵琶一曲郑瓜亭，遗响凄然不忍听。俯仰古今多少恨，满帘疏雨读骚经。"李崇仁的一生也坎坷不平，因奸臣谗害，曾三次流配绝地，一次是被诬告为亲明派而流配到大丘县，第二次是因权臣崔莹的迫害而流配通州，第三次是郑梦周被杀以后以其亲党嫌疑流配于顺川，最终还是被郑道传的密使黄居正所杀。这首诗也是他在人生的最后时刻所写的绝笔，诗中流荡着诗人对社会黑暗的不满和慷慨悲愤之情，还将《郑瓜亭》和《离骚经》对等地联系起来，以示抒情主人公"怨而不怒"的感情境界和忠君思想。柳成龙的《离骚》一文，继承大儒朱熹关于《楚辞集注》论述的基本精神，赞扬了海东国语诗歌中蕴含的强烈的忠君爱国思想。与此同时，他通过对屈原的《离骚》和海东郑叙《郑瓜亭曲》的对比评论，含沙射影地批评当时海东文坛上普遍存在的浮靡文风，鼓励因"壬辰倭乱"而萎靡不振的士风重新振作起来。

第十二章
道学畿湖学派领袖李珥的实学意识与文学观念

第一节 李珥对传统理学的继承和"与时革新"意识

如果说李滉创造性地阐发了朱熹的理学学说，为朱子学增添了不少新的内容，从而开创了以退溪学为核心的岭南学派，那么，李珥也同样尊崇朱熹学说，但却善于以己之说创新，多所创造性的理论创新，从而创立了畿湖学派。由于李珥的性理哲学更加充满了创新意识，在认识论和社会思想方面多所改革意识，故其学派之中出现了较多的实学思想家。

李珥强调了"理"与"气""即非二物，又非一物"的新的性理学说。朱熹在《答刘叔文》："所谓理与气此决是二物。但在物上看，则二物浑沦，不可分开各在一处，然不害二物之各为一物也。若在理上看，则虽未有物而已有物主理，然亦但有其理而已，未尝实有是物也。"（《朱子大全》文四十六《答刘叔文》）朱熹在此所谓的"理与气此决是二物"，并不是说二者是各自独立的两种存在，一个是超越时空的存在，一个是时空内的存在，而是说一个是普遍原理，一个是实际存在，二者有不同的地位和作用。海东的李珥在考察理气究竟是一物还是二物的问题时，认真参酌朱熹关于理气不离不杂的观点，因为理气"浑融"，"元不相离"，故非"二物"；又因为理气"浑然之中，实不相杂"，故非一物。他在《答成浩原壬申》中指出：

第十二章 道学畿湖学派领袖李珥的实学意识与文学观念

夫理者,气之主宰也;气者,理之所乘也。非理则气无所根柢,非气则理无所依著。既非二物,又非一物。非一物,故一而二;非二物,故二而一也。非一物者,何谓也?理气虽相离不得,而妙合之中,理自理气自气,不相挟杂,故非一物也。[1]

李珥认为"理"是"气"之"主宰","气"者"理之所乘",所以没有"理","气"则"无所根柢",没有"气","理"就"无所依著"。这样一来,此"理"与"气","既非二物,又非一物",因为是"非一物,故一而二",又因为"非二物,故二而一"。对此话中的"非一物",他解释道"妙合之中,理自理气自气,不相挟杂,故非一物"。对于"非二物",他还解释道"理自理,气自气,而浑沦无间,无先后无离合,不见其为二物,故非二物"。相对来讲,"理"至于"气","即气而理在其中",他具体道:"理气元不相离,即气而理在其中。此承阴阳化生之言,故曰气以成形理亦赋焉,非谓有气而后有理也,不以辞害意可也。"[2] 二者是"非一物,故一而二",又因为"非二物,故二而一"。这样,李珥既避免了理气"二歧"的老一套观点,还摆脱了"认气为理"的弊病。

李珥的"气发理乘一途"说,是针对李滉"理气互发"说而提出的又一个崭新观点。李退溪曾在《答李宏仲问目》中,指出从"理气相须不离"而言,则是"天下无无理之气,无无气之理。四端,理发而气随之;七情,气发而理乘之"。四端七情,即是理气互发相须的结果,这则是"不易的定理"。李珥在与成浩原进行有关理气方面的论辩时,再次明确地指出"所谓气发理乘者,非气先于理也,气有为而理无为"。从而他进一步阐述了"气发而理乘"原理中的"阴静阳动"的问题。从这样的理气观出发,李珥最后说"是故,天地之化,

---

1 《栗谷先生全书》卷10《答成浩原壬申》,(韩国)《韩国文集丛刊》。
2 《栗谷先生全书》卷19《圣学辑要·统说第一》,(韩国)《韩国文集丛刊》。

吾心之发，无非气发而理乘之也。所谓气发理乘者，非气先于理也。气有为而理无为，则其言不得不尔"。他在这里的"气发理乘"说和"气有为而理无为"论，无疑为海东的心性哲学增添了极其宝贵的理论遗产。李珥还对"心"与"情"、"情"与"理"的关系，进行了详尽的论述，他说：

> 情是心之动也，气机动而为情，乘其机者，乃理也。是故，理在于情，非情便是理也。性发为情，其初无有不善云者，是单举善情一边耳，非通论善恶之情也。四端，即明德之发，名目岂异哉。合心性而总名曰"明德"，指其情之发处曰"四端"耳。善情，是循天理者也。于情上见天理之流行，非谓情是天理也。程子曰："心如谷种，其生之，乃仁也。阳气发处，乃情也。阳气发处，是芽也。"今高论以桃仁为仁，以芽为仁之发，而不知生理之妙在芽，而非芽为生理，则是昧乎理气之分也。朱子所谓温和慈爱底道理者，即所谓爱之理也。底字之字，同一语意，何有不同乎？大抵性即理也。理无不善，但理不能独立，必寓于气。[1]

他认为"情"是"心"动而产生的，此"情"又因为"气机"动而运行，而乘此"气机者"，就是"理"。所以此"理"在于"情"之中，而不是"情"就是"理"。此"情"又根于"性"，其初的"情"本善，说的就是其善的一面，还没有通说善恶之情。所谓"四端"就是发之于"明德"，并无不同的名目。那么，何为"明德"？明德就是"合心性而总名"的，"指其情之发处曰'四端'"，从"情"的角度看它就是"天理之流行，非谓情是天理"。他还引用二程"心如谷种，其生之，乃仁也。阳气发处，乃情也。阳气发处，是芽也"的一句话来告诫成浩原，他"以桃仁为仁，以芽为仁之发，而不知生理之妙在芽，而非芽为生理"，认为这是因为缺乏对"理气论"的全面认识而造成的。

---

[1] 《栗谷先生全书》卷12《答安应休》，(韩国)《韩国文集丛刊》。

"诚"也是李珥心性论的一个重要内容。他强调"诚"不仅是"天之实理",而且也是"人之实心",所以人之"一心不实,万事皆假"。他进一步认为人的"诚心",对于一个人来说是根本所在,提出"志无诚则不立,理无诚则不格"的观点。他在《圣学辑要三》中指出:"天有实理,故气化流行而不息;人有实心,故工夫缉熙而无闲。人无实心,则悖乎天理矣。有亲者,莫不知当孝,而孝者鲜。有兄者,莫不知当弟,而弟者寡。口谈夫妇相敬,而齐家之效蔑闻,长幼朋友,亦莫不然。至于见贤知其当好,而心移于好色,见邪知其当恶,而私爱其纳媚。居官者,说廉说义,而做事不廉不义;莅民者,曰养曰教,而为政不养不教。又或强仁勉义,外似可观,而中心所乐,不在仁义,矫伪难久,始锐终怠。如是之类,皆无实心故也。一心不实,万事皆假,何往而可行?一心苟实,万事皆真,何为而不成?故周子曰:'诚者,圣人之本。'愿留睿念焉。诚意为修己治人之根本。"[1]李珥将"诚"放在一切思想及其活动的最根本的位置,甚至提出:"一心不实,万事皆假,何往而可行?一心苟实,万事皆真,何为而不成?"这将"诚"的重要性提高到至高无上的地位。他在此指出"诚"以"敬"为基础,强调"敬是用功之要,诚是收功之地",将二者说成互为促进的有机关系。

李珥还强调"天有实理","人有实心",只有尊崇"实理",发扬"实心",才能够取得"事真"的效果。他是在海东思想史上最先提倡"实理""实心""事真"的一个人,也是开后来"实学"之学脉的一位思想家。他甚至提出人无"实心",就有"悖乎天理",事事会陷于"虚妄",而且会一事无成。李珥在此不仅提倡学问上克服"空理空谈",以"实心""实学",搞出真正的"有用之学",而且还提出在建设国家的事业上以"实理""实心"扎扎实实地工作,迎来一个政治、经济、文化皆发达的"富庶邦国"。他还认为过去的海东政治混乱,经济落后,备受外侮,根本原因就在于"无实心",因为"一心不实,万事

---

[1]《栗谷先生全书》卷21《圣学辑要三·修己第二中·诚实章第五》,(韩国)《韩国文集丛刊》。

皆假"。从而他希望备受"壬辰倭乱"之苦的海东王朝,在政治经济、学术文化上"去浮就实",认认真真地构筑一个新气象,因为"一心苟实,万事皆真"。

中国的宋儒们认为人的基本需求欲望——"人欲"即是"天理"。后来的朱熹则干脆指出:"圣人千言万语只是教人存天理,灭人欲","学者须是革尽人欲,复尽天理,方始为学"[1]。性理学的这一信条,在海东理学家之间也广泛被接受,也成为他们待人接物中的座右铭。不过在这个"天理"与"人欲"的关系问题上,李珥和传统理学家持有截然不同的观念。在他之前,李滉等人在这个问题上紧跟二程和朱熹的利欲观,也提倡"遏人欲而存天理"的人性观。可是同样是性理学家的李珥,却反对李退溪们的这种利欲观,提出自己与众不同的人欲观念,从而将自己与前人区别开来。对"天理"和"心性"、"道心"和"人心"以及"人心"和"人欲"的关系,李珥还是用"理""气"关系的基本观念作出了详细的解释。他在《人心道心图说壬午》中指出:

> 天理之赋于人者,谓之性;合性与气而为主宰于一身者,谓之心;心应事物而发于外者,谓之情。性是心之体,情是心之用,心是未发已发之总名。故曰:"心统性情。"性之目有五:曰仁、义、礼、智、信。情之目有七:曰喜、怒、哀、惧、爱、恶、欲。情之发也,有为道义而发者,如欲孝其亲,欲忠其君,见孺子入井而恻隐,见非义而羞恶,过宗庙而恭敬之类,是也。此则谓之道心。有为口体而发者,如饥欲食,寒欲衣,劳欲休,精盛思室之类,是也。此则谓之人心。理气浑融,元不相离,心动为情也。发之者,气也,所以发者,理也。非气则不能发,非理则无所发,安有理发气发之殊乎。[2]

---

1 《朱子语类》卷4,中华书局,1986。
2 《栗谷先生全书》卷14《人心道心图说》,(韩国)《韩国文集丛刊》。

在他看来，"天理"赋予人以"性"，合"性"与"气"而主宰一身者为人之"心"，而此"心"感于物而发于外者为"情"。他认为"心"是"体"，"情"是"用"，"心统性情"。他强调"情"有两种之"发"，一是"为道义而发者"，如"欲孝其亲，欲忠其君，见孺子入井而恻隐，见非义而羞恶，过宗庙而恭敬之类"，"此则谓之道心"；还有一个是"为口体而发者"，如"饥欲食，寒欲衣，劳欲休，精盛思室之类"，"此则谓之人心"。无论是"道心"，还是"人心"，都受"理气相融"的制约，按照他的意思"发之者，气"，"所以发者，理"。此二者，"非气则不能发，非理则无所发"，"理气浑融，元不相离"。

一反传统理学家的"人欲"观，李珥大胆否定"人欲"皆"恶"的观点，提出"人欲"同时包含善与恶的观点。他强调"圣人亦有人心矣，岂可尽谓之人欲乎"，从而反驳宋儒和海东当时的退溪学派"存天理，灭人欲"的片面观念。李珥还强调"道心"也好，"道义"也好，都是以人心为基础，而人心亦以人的肉体为根基。他认为"人心"虽说是"理气浑融"的产物，但归根结底还是以人之"口体"为物质基础，所以说"发道心者，气"，"原人心者，理"。他认为"人心，也有天理，也有人欲"，二者则"浑融无分"。从这样的观点出发，他反对宋儒如朱熹、真德秀等人将"人心"和"人欲"对立起来，解释"人心"的本质。他说："但道心虽不离乎气，而其发也为道义，故属之性命。人心虽亦本乎理，而其发也为口体，故属之形气。方寸之中，初无二心，只于发处，有此二端，故发道心者，气也，而非性命则道心不生。原人心者，理也，而非形气则人心不生。此所以或原或生，公私之异者也。道心，纯是天理，故有善而无恶；人心，也有天理，也有人欲，故有善有恶。如当食而食，当衣而衣，圣贤所不免，此则天理也。因食色之念而流而为恶者，此则人欲也。道心，只可守之而已。人心，易流于人欲，故虽善亦危。治心者，于一念之发，知其为道心。则扩而充之，知其为人心，则精而察之，必以道心节制，而人心常听命于道心。则人心亦为道心矣，何理之不存，何欲之不遏乎？真西山论天理人欲，极分晓，于学者功夫，甚有益，但以人心专归之，人欲一意克治，则有未尽者。朱子既曰：'虽上智，不能无人心'，则圣人亦有人心矣，岂可尽谓之人欲乎。以此观之，则七情即人心、道心、善恶之总名也。"[1]李珥在此一再强调"道心"以"人心"为基础，"人心"亦以"口体"（即肉体）为物质基础的观点。他在此还反驳宋儒和海东退溪学派们提出的"人欲"是"恶"的或人的一切物质欲望都是"恶"的片面的性理学观念，认为"人欲"的"善""恶"要看具体条件，根据不同的条件应该以不同的态度来对待。根据这种"人欲"观念，他对南宋理学大家真德秀极端的"人欲"观表示严重质疑，说"真西山论天理人欲，极分晓，于学者功夫，甚有益，但以人心专归之，人欲一意克治，则有未尽者"，认为真德秀的"人欲"观，过于片面或"有未尽者"。同时他甚至对朱熹的"人欲"观也表示质疑，朱熹曾一再说过"存天理，灭人欲"的观点，但是他本身也曾说过"虽上智，不能无人心"。李珥抓住朱熹的这种前后矛盾的观点，指出"则圣人亦有人心"，"岂可尽谓之人欲乎"。所以李珥在此一再强调不能对"人欲"采取一概而论的态度，主张对"人欲"采取具体问题具体分析的态度。从这样的观念出发，他则大胆地提出"当食而食，当衣而衣，圣贤所不免，此则天理"的新观点。李珥的这种"人欲"观，在当时的历史条件下，是极其大胆的和难能可贵的。

李珥在性理哲学上，坚持朱子学关于理气"不离不杂""理无造作""无动静"的原意，创造性地发展了以前理学另一方面的观念，即提出了"理气既非二物，又非一物"说、"理通气局"说、在四端七情上的"气发理乘一途"说、"心境界"说等等。不过李珥的"理气"二元论，将"理""气"二者看成各自独立而平行不离，而且同时成为世界本源的二元。列宁曾指出："康德哲学的基本特征是调和唯物主义和唯心主义，使二者妥协，使各种相互对立的哲学派别结合在一个体系……在哲学上企图超出这两个基本派别，不过是玩弄'调和派'

---

[1] 《栗谷先生全书》卷14《人心道心图说》，（韩国）《韩国文集丛刊》。

的骗人把戏而已。"[1]李珥在阐述理气二元论观点时，为了调和对立的观点，总是从正、反两个方面分别进行，将与李退溪的观点加以比较，相互印证，企图从中发现自己观点的合理性，从而给出最完善的方法和观点来解决已提出的问题。李珥的"理气"二元论，实际上是折中主义的哲学体系，而不是什么超越于二者之上的第三种流派。正因为这种思想本质的局限性，与哲学史上的其他二元论者一样，最终还是落到承认"理先气后"的客观唯心主义的窠臼上去。

可是李珥的思想体系与李退溪及其门人的哲学观点最大的不同点，是在一定程度上眼睛转向当时严峻的客观社会现实，奉献出一个爱国爱族思想家的至诚。尽管代表的是中小地主阶级的利益，但他还是能够客观地面对现实，批判了当时存在于官僚体系和社会现实中的一系列社会问题。李珥首先揭露当时大官僚和豪强地主阶级对农民的残酷压迫和剥削，提出国家要改革现行土地及其农民政策，实行宽松灵活的农村政策。他在《东湖问答》中说道："一族切邻之弊一也，进上烦重之弊二也，贡物防纳之弊三也，役事不均之弊四也，吏胥诛求之弊五也。何谓一族切邻之弊，今兹一有逃散之民，则必侵其一族及切邻，一族切邻，不能支保，亦至流散，则又侵其一族之一族。切邻之切邻，一人之逃，患及千户，其势必至于民无孑遗，然后乃已也。是故，昔年百家之村，今无十室，前岁十家之村，今无一室。邑里萧条，人烟复绝，无处不然。若不更张此弊，则邦本颠蹶，无以为国矣。欲革此弊，则当下令四方之郡邑，按其簿籍，苟有流亡绝户，辄削其名，不侵一族切邻，则国家所失只在于已逃者，而未散之民，则庶几安辑矣。休养生息，户口繁盛，则未充之军额，亦指日而可充矣。"[2]李珥指出由于当时国家对农民实行的"切邻""进上""贡物防纳""赋役"等政策，再加上官僚贵族和大地主阶级的残酷压榨和剥削，当时的海东农村"昔年百家之村，今无十室，前岁十家之村，今无一室。邑里萧条，人烟复

---

1 列宁：《唯物主义和经验批判主义》，人民出版社，1960，第193页。
2 《栗谷先生全书》卷15《东湖问答》，（韩国）《韩国文集丛刊》。

绝，无处不然"。

李珥为这样的农村惨状而心疼，强调如果不立即进行改革，将危及国家安危。关于如何改革，他提出大体框架性意见，指出"先革弊法，以救民生。欲革弊法，则当广言路，以集善策。上自公卿，下至舆儓，皆许各陈时弊"。[1]李珥担忧国家的安危和民生疾苦，直接向宣祖提出了自己的改革方案，要求改贡案，改军籍，省州县，改吏制，许通庶孽之仕路，公私贱改为良民。[2]他进一步指出："窃惟天下之事，有本有末，先治其本者，似迂而有成，只事其末者，似切而反害。以今日之事言之，和朝廷而革弊政者，其本也；调兵食而固防备者，其末也。"他希望宣祖能够审时度势，抓"本"而解决关键问题，着眼于实际而见"实效"。为了国家政治经济的改革，他殚精竭虑，提出了一系列具体的改革方案。其中曰："今臣之必请变通者，是补元气之剂也。其请调兵运粮，而不顾变通者，是只事攻击之剂也。议者或以骚扰为忧，而不欲变通。此大不然，改贡案，改军籍，省州县等事，皆自朝廷商确勘定而已。民无升米尺布之费，何与于民，而有骚扰之患哉。若量田则不能无少挠于民，故必待丰年，乃可举行，贡案之改，必后于量田云者，此亦不然。贡案，固当以田结多寡均定矣。量田之后，田结增减，岂至于大相悬绝乎。先改贡案，随后量田，亦何害哉。"[3]李珥在此明确地指出只有"治其本者"，"似迂而有成"，相反"只事其末者"，"似切而反害"。何为其"本"呢？他强调从当时的世事言之，"和朝廷而革弊政者，其本"，所谓"革弊政"，就是改革因当时国家政策或官僚腐败而造成的社会弊端。除了政治经济上的改革要求外，李珥还提出了加强国家防御，巩固国防的一系列建议，尤其是经过认真的考虑提出了"十万养兵说"。作为朝廷重臣，李珥首先想到的是自己的政治担当和社会责任，把改革当做毕生的努力方向。即使是谈论文学问题，他也是立足于国家意识形态的巩固，立足于进一步丰富文

---

[1] 《栗谷先生全书》卷15《东湖问答》，（韩国）《韩国文集丛刊》。
[2] 《栗谷全书》卷7《陈时事疏》，（韩国）《韩国文集丛刊》。
[3] 《栗谷全书》卷7《陈时事疏》，（韩国）《韩国文集丛刊》。

学的审美用阈。

第二节　诗源"诚"则"精"与诗能"存省一助"

作为性理学家，李珥坚持儒家传统的诗教说。儒家诗教说的核心在于诗歌的社会功用，而诗歌社会功用的核心又在于用之于巩固封建统治秩序上。李珥于宣祖朝提倡的改革"时弊"的主张，也包括对当时文风的改革。他强调文章和社会习尚的关系，认为"夫文章，应国之风化，而风化之厚薄，则见之于文章"。因此李珥建议宣祖及其执政者，"可敦谕文章之学，兴治国之道"，批评当代不少文人"专事浮华"。他还强调振作文风，厚其风化，事关国家命运，因为"文"与"礼""乐"地位相同，对此古圣人也绝没有含糊过。的确，孔子把"诗"与"礼""乐"相提并论，说"兴于诗，立于礼，成于乐"[1]，还说诗有"兴""观""群""怨"的审美功能，可以"授之以政，不达，使于四方"。先秦、两汉时期，在儒家诸贤的推动下，《诗》上升为"经"的地位，而其所谓《诗》三百，一言以蔽之，曰：'思无邪'"[2]中的"思无邪"，也逐渐成为各类思想流派和学者留意探讨的一个重要问题。海东宣祖时期的理学家李珥也认为，其中大有学问可作，甚至认为对它的探索不仅事关能不能巩固圣人诗教体系的问题，而且还关系到能不能维护封建统治秩序的大业。为了说明这一点，他在自己著名的《圣学辑要》中，专门设《修己》一章探讨这个问题。他说：

> 夫子此言，为论"诗"而发，第以"思无邪"是诚，故载乎正心之章。程子曰："思无邪，毋不敬，只此二句，循而行之，安得有差，有差者，皆由不敬不正也。"邵子曰："言之于口，不若行之于身。行之于身，

---

[1]《论语·泰伯》。
[2]《论语·为政》。

不若尽之于心。言之于口，人得而闻之，行之于身，人得而见之，尽之于心，神得而知之。人之聪明，犹不可欺，况神之聪明乎。是知无愧于口，不若无愧于身；无愧于身，不若无愧于心。无口过易，无身过难，无身过易，无心过难。"程子曰："思无邪者，诚也。"朱子曰："思在言与行之先，思无邪，则所言所行，皆无邪矣。行无邪，未是诚，'思无邪'，乃可为诚，是表里皆无邪，彻底无毫发之不正。"……诚者，天之实理，心之本体，人不能复其本心者，由有私邪为之蔽也。以敬为主，尽去私邪，则本体乃全，"敬"是用功之要。"诚"是收功之地，由"敬"而至于"诚"矣。[1]

李珥在此所谓的"夫子此言"，就是《论语·为政》篇中孔子所说的"《诗》三百，一言以蔽之，曰：'思无邪'"一句。他认为孔子的此言虽是为论《诗》而发，但其中的"思无邪"一句包含的意思的就是"诚"，所以《大学章句》把它载于"《正心》之章"，从而可知这句话的分量是多么地重要。李珥还引用二程的一句话说，如果按照《诗经》中"思无邪"一句和《礼记》中"毋不敬"（不要不敬重百姓）一句的意思去行事，绝不可能出任何差错。如有差错，都是因为一意孤行"不敬"和"不正"的缘故。邵雍说空口说话，不如行于身，行于身不如"尽之于心"。言之于口，别人可以听得见，行于身，别人也可以看得见，"尽之于心"，"则神"得而知之。人再聪明不可隐瞒别人，何况"神"聪明着呢。邵雍在《观物内篇》中继而提出："心既无过，何难之有？"邵雍的这一观点，后来经过胡宏、张斌等人的确认，再后来被朱熹的弟子们编入《性理大全》。李珥继而引用二程的话说："思无邪者。诚也。"这里的"诚"，虽为心性论哲学的一个重要概念，但简单说来就是真诚，不虚伪。宋儒们对《诗经》"思无邪"的这种理解，的确多少反映出了《诗经》各篇内容的真实性，以及孔夫子评《诗》的真实内涵。我们读《诗经》，其中的大部分内容的确流露出了主体

---

[1]《栗谷先生全书》卷21《圣学辑要三·修己第二》，（韩国）《韩国文集丛刊》。

的真情,敢爱敢恨,句句动真情,毫不矫情。《诗经》中思想感情的这种真实而不虚假,可谓大美至美,的确有资格成为后世文学创作的典范。后世的宋儒们将这种审美上的"真""善""美",拿来利用,以说明他们心性论中以"敬"为基础的"诚"。朱熹曰:"'思无邪'一句,便当得三百篇之义了。三百篇之义,大概只要使人'思无邪'。若只就事上无邪,未见得实如何?惟是'思无邪',方得。思在人最深,思主心上。或问'思无邪'。"朱熹还说:"行无邪,未是诚,'思无邪',乃可为诚,是表里皆无邪,彻底无毫发之不正。"将"思无邪"一句进一步贴上了理学的标签。

作为海东性理学家的李珥,接受中国宋儒的这种"思无邪"观,进一步指出人想要做到"诚",必须以"敬"为根底,先立"敬"心,后才可达"诚"心。他指出"诚者,天之实理,心之本体,人不能复其本心者,由有私邪为之蔽也。以敬为主,尽去私邪,则本体乃全,'敬'是用功之要。'诚'是收功之地,由'敬'而至于'诚'矣。"他也把《诗经》中的"思无邪"引向"诚"的理学境界,将此"诚"看成《诗经》诸篇之所以能够做到情真意切的心理基础。在李珥那里,"思无邪"的理解有两个方面的意思,一是在文学创作上,以"诚"为根底,注重表现真实的思想感情,心怀敬畏之情,发出自己心灵的声音,讲真话;二是从思想上,要归于"诚",趋于"正",主体应该"非礼勿视,非礼勿叫,非礼勿言,非礼勿动,非礼勿思"。一言以蔽之,此"诚",也以"仁"为根基,对此"仁"孔子谓"克己复礼"。也就是说,"欲正其心者,先诚其意",必以此"仁"为内实。正如《礼记·大学》所讲的那样,教人以"诚心",作人以"诚心",做事也以"诚心"为本。毫无疑问,"格物、致知、诚意、正心、修身、齐家、治国、平天下"这八条目的实现皆须以"诚"为本,所以"诚"是李珥及其理学界同僚们固守的基本纲领之一。

以圣人作文之道,来矫正"近来"文坛流弊,是李珥文论或诗论的直接动机。他强调以圣人之"道"救当前"文"弊,是最直接而可靠的途径。他认为圣人之"道"被当时海东文坛的不少人疏离，都去作"牵强作意，雕朽镂冰"的文章，都以悦人耳目为能事，认为古人远而时人近。李珥认为由于追求形式上的华丽，"近来"文坛普遍存在"词贵浮奇"的不良现象，其结果导致了文体"松散"、文辞"讹滥"。他主张文出于"自然"，绝不可以"牵强作态"，或雕饰丹青为能事，更不能模拟或人云亦云。在他看来，当时的海东文坛之所以出现这样的弊病，主要原因在于没有守住儒家"道统"的"筋脉"，看不懂古圣人之"文"的典范性，以追求表面文章。他指出古代圣人之"文"之所以成为"万代之范"，最根本的原因还是在于以"道"为"文"之"本"，以天地变化发展法则为"文"之内涵。他进一步认为正因为如此，古代圣人"以道为文，终乃无意于文而文"，这一"无意于文而文"则是千古流芳之"至文"。他宣示宁肯跟随古人的"无意于文而文"之"文"，绝不作"为文而文"之"文"，宁肯成为文体改革的推动者，绝不做取悦于时人的"轻浮之徒"。对此，他在《与宋颐庵（己未）》中具体指出：

  大抵古人之所谓文者，与今人异，古人之文，无意于为文者也。夫云行雨施，日照月临，山川之流峙，草木之贲饰者，天地之文也。天地不自知其为文。和顺积中，英华发外，动作有威仪，言语为经籍者，圣贤之文也。圣贤不自知其为文，是故古之人以道为文，以道为文，故不文而为文。噫！孰知夫不文之文，是乃天下之至文耶。以之为《语》《孟》，以之为"六经"，以之为《三百篇》，或奇或简，或劝或戒，旨趣之精，声律之协，咸出于自然耳。何尝若后人之牵强作意，雕朽镂冰者之所为哉。如珥者，纵有志于古文，而奈才智下，学问之力又微，世俗之文，尚不能措手，况于古文乎。[1]

---

[1] 《栗谷先生全书》拾遗卷3，（韩国）《韩国文集丛刊》。

李珥强调古人之"文",与今人之"文"有很大的不同,其最大的区别在于古人原本"无意于为文",其作文主要以"道"为"文"。他所说的"圣贤之文",都是"和顺积中,英华发外,动作有威仪,言语为经籍者",其成果形态就是后来人们所说的"六籍之文"。李珥认为"六籍之文",是古圣贤"无意于为文"而自成之"文",皆为本色、自然之"文"。他认为今人之"文"乃是"为文而文",也就是说就其本质上讲今人之文目的在于文本身,而不是"以道为文"或为"道"而"文"。李珥将文分为两种,一种是天地之文,一种是圣贤之文。他的所谓"天地之文",就是"夫云行雨施,日照月临,山川之流峙,草木之贲饰者";所谓"圣人之文",就是以"言语为经籍者",即"六籍之文"。他认为与"天地之文"一样,圣贤也"不自知其为文","古之人以道为文",所以圣贤"不文而为文"。可是天下人偏偏不知"夫不文之文,是乃天下之至文"的道理。仔细考察《论语》《孟子》《诗经》等六经之文,绝无雕饰,绝无造作,"或奇或简,或劝或戒,旨趣之精,声律之协,咸出于自然",后世的那些"牵强作意,雕朽镂冰"的作品,怎么可能与古圣人之文相比呢?李珥谦称自己也是一样,"奈才智下,学问之力又微,世俗之文,尚不能措手","况于古文"更不能下手。从而李珥决心今后好好向古圣贤学习,学习他们"以道为文"的本领,学作"无意于文"之"文",磨炼出"不文而为文"的本领。

第三节 《精言妙选序》及其"冲淡清和"的审美追求

　　传统道学家论道,好谈抽象的天命心性,将穷理明心,当作终身事业。李珥虽也是道学家,但他与众不同,曾说:"穷理既明,可以躬行,而必有实心,然后乃下实功,故诚实为躬行之本。"[1]他穷理,则是为了躬行,而躬行则必须有利于改造现实,"实心"、"实功"乃是他穷理的基本点。他论文学,也把它当作

---

[1]《栗谷先生全书》卷21《圣学辑要三·修己第二》,(韩国)《韩国文集丛刊》。

干预现实的一个重要方面,从而反对"虚文",呼吁实用之"文"。他严厉批评现实中的有些文人,不为"实学"和有用之"文",专作修饰之"文",他说:"彼不信者,以圣贤之言,为诱人而设,只玩其文,不以身践。是故所谏者圣贤之书,而所蹈者世俗之行也。"[1]这里的"不信者",就是不以"圣贤之旨"为"根本"的文人学者,这些文人学者往往试图以"修饰之文"一早鸣于世。他们的文章也往往引用圣贤之训,但那只不过是"诱人之设",他们也谈圣贤之书,但"所蹈者世俗之行"。他们为文也是"只玩其文,不以身践",想以此等"虚文",作为"欺天盗名之资"。

不过值得注意的是,李珥重"道",绝不意味着轻"文",相反,他大力提倡和探究为"文"之"法则"。他甚至认为"文"是世界上最精妙的存在,其中不仅寄寓者深奥的道理,而且其变化无穷,其中装载着人文世界的千姿百态。为此,李珥专门精挑中国文学史中的优秀诗歌作品,编选了《精言妙选》,想以此为文坛或学诗者提供学习的平台和机会。对编纂《精言妙选》的审美的和人文意义,他在其序中具体说道:

> 人声之精者为言,诗之于言,又其精者也。诗本性情,非矫伪而成。声音高下,出于自然。《三百篇》,曲尽人情,旁通物理,优柔忠厚,要归于正,此诗之本源也。世代渐降,风气渐漓,其发为诗者,未能悉本于性情之正,或假文饰,务说人目者多矣。余数年抱病,居闲处独,殿屎之隙,时搜古诗,备得众体。患诗源久塞,末流多歧,学者睢盱,眩乱莫寻其路。乃敢采其最精而可法者,集为八篇,加以圈点,名曰《精言妙选》。以冲淡者为首,使知源流之所自,以次渐降,至于美丽,则诗之络脉,殆近于失真矣。乃以明道韵语终焉。俾不流于矫伪,去取之闲,有意存焉。诗虽非学者能事,亦所以吟咏性情,宣畅清和,以涤胸中之滓秽,则亦存省之一

---

[1] 《栗谷先生全书》卷20《圣学辑要二·修己第二》,(韩国)《韩国文集丛刊》。

助,岂为雕绘绣藻,移情荡心而设哉。览此集者,其念在兹。[1]

李珥强调在人声之中,最"精"者为"言",因为"言"出自于人"心",所以格外值得去探索。《左传·昭公九年》说:"志以定言",扬雄的《法言·问神》还曰:"言,心声也。"人之"志"决定其"言","言"表达人之"志",所以可以说"言"为人之"心声"。李珥进一步延伸开来说,比之于"言",更"精"的还是"诗",因为"诗"更为丰富、深刻地表现人的内心世界。从这样的心理学基础出发,李珥指出"诗本性情",真诗绝不可能"矫伪而成"。同时人的"声音"高下,也就是"心声"的高下,其中包括抑扬顿挫的"心声",无疑都出自于自然。《诗经》三百篇,"曲尽人情,旁通物理",其"声""优柔忠厚,要归于正",从而它成为了诗歌发展的源头。后世朝代更替,社会风气日益复杂多变,在诗歌创作上"未能悉本于性情之正"的现象逐渐普遍化,想借以修饰丹青之文,悦人耳目者逐渐多了起来。李珥继而说自己多年抱病,居闲独处,能够挤时间"时搜古诗,备得众体"。从当时的时点上说,因为长期的风气之衰,"诗源久塞,末流多岐",所以"学者睢盱,眩乱莫寻"。这样的情况,实在是让人担忧,担忧文学的前途走向何方。于是,他审视中国诗歌发展史的变化规律,精选其中各个方面皆优秀的作品,也就是"采其最精而可法者",辑编为八集,加以圈点,结集而成,名曰"精言妙选"。往下,他进一步指出编纂此选的基本原则,说"以冲淡者为首",从而使读者知道"源流之所自"。由于越是往后,"至于美丽,则诗之络脉,殆近于失真",所以精选"以明道韵语终"者,为使其"不流于矫伪,去取之闲,有意存焉"。写诗之事,虽不是学者最擅长的事情,但"亦所以吟咏性情,宣畅清和以涤胸中之滓秽",而且也能够"存省之一助",因此特编是书以飨读者。所以可以说,此书绝非为那些"雕绘绣藻,移情荡心"者而纂。值得注意的是,李珥在此提出了一个自己的选诗

---

[1]《栗谷先生全书》卷13《精言妙选序(癸酉)》,(韩国)《韩国文集丛刊》。

标准——"冲淡"。也可以说，这个"冲淡"，是他整个文学审美观念中的一个理论点眼。在他那里，此"冲淡"，则指冲和、平淡的艺术风格。参酌众多诗歌作品而考察，此"冲淡"往往在宁静中显出恬静之美，能够给人以舒适恬淡的美感享受。中国唐代司空图的《二十四诗品》具体谈过此"冲淡"的美学特点，"冲淡，素处以默，妙机其微。饮之太和，独鹤与飞。犹之惠风，荏苒在衣。阅音修篁，美曰载归。遇之匪深，即之愈希。脱有形似，握手已违。"这里的"冲淡"，并不是说淡而无味，而是用平易的语言自然而有情味地表现内心的思想感情。李珥也以此"冲淡"，为至高的审美境界，并以此作为自己编纂《精言妙选》的美学追求。在文学史上，能够达到这种"冲淡"的艺术境界的作家和作品亦不多见。金赵秉文曾说："若陶渊明、谢灵运、韦苏州、王维、柳子厚、白乐天，得其冲淡。"[1]可以看出，"冲淡"的确是一种很高的审美境界，只有那些志气高远、创作水平非常高的诗人才能够达到这种艺术境界。

李珥的这部《精言妙选》编纂于宣祖六年（1573），此时的他辞官在海州老家读书和研究学问。此时的李珥正处于学问的前半阶段，对哲学和文学的各种问题格外敏感。在性理哲学上，他和一味追随朱熹观点的李滉不同，从其根本上多作独立思考，演绎出一系列自己独特的观点。如他所坚持的"气发理乘一途说"，是在反对李滉"理气二元论"的基础之上发展出来，可谓中国两宋以来的理气论哲学研究史上独具特色。尤其是于社会政治思想上，他力主现实社会的改革，提出了一系列的现实适应性很强的政论和改革文章，深受当代和后世的首肯和赞赏。在文学观念上也一样，李珥并没有一味跟随"圣人之旨"，人云亦云，凡事独立思考，根据实际发表意见。

海东的李珥尽管也是程朱理学家，但他并没有人言亦言，按照自己的理解和想法解《诗》。他认为："《三百篇》，曲尽人情，旁通物理，优柔忠厚，要归于正，此诗之本源也。"从这种评价事实中我们可以知道，李珥并没有将

---

[1] 《中国历代文论选·答李天英书》，上海古籍出版社，2001。

《诗经》中的作品解释加以概念化，显露出实事求是地评《诗》的意思。他论《诗》，不仅没有说"心之所感有邪正，故言之所行有是非"之类将《诗》"道统"化的话，也没说"忠厚恻怛之心，陈善闭邪之意"之类将评《诗》道德化的话，而更没有说"天道备于上，而无一理之不具"之类把论《诗》理学化的意思。不过从所标榜的实际言论来看，李珥的文学观念当然以"道本论"为基础，以"明道"为志向，体现出了一个儒家学者或理学家的理念本色。但值得注意的是，李珥思想本质中到处显现的"实心""实证"的要素，总使他看问题在很多时候都从实际出发。与社会政治上的改革思想一样，他在文学观念上也坚持"扶正"或"改革"的思想方法。

李珥一心想坚持"道本论"的文学观念，但他在文学上发现和感受到了太多美好的东西，深感其中有说不尽的规律可探。尤其是作为道学家，他发现任何事物都有自己的规律性，发现文学是一个可以驰骋想象的领域，其审美自由度无限广大，其中潜藏着无限的审美创造哲理和神秘因素。他特意编纂《精言妙选》，是因为他特别喜爱中国名家的诗歌作品，认为海东当代诗人虽写出一些优秀之作，但离中国历代古人尚远，还须加以努力。尤其是当时海东诗坛上存在的一系列问题，如模拟、丹青、修饰等浮华倾向，或学诗没有标的、诗法失去方寸等迷失感，都进入了他所考虑和批评的视阈中。所以对编纂此中国名家作品集的动机，他指出"患诗源久塞，末流多歧，学者睢盱，眩乱莫寻其路。乃敢采其最精而可法者"，从而编纂出让人读了能够受益的、能够纠正当时诗坛上流弊的这本书。

第四节 《精言妙选总叙》中的儒家诗教思想

为了进一步表明这部《精言妙选》的编纂主旨，也为了读者的阅读方便，李珥还专门写了《精言妙选总叙》。这个总叙的内容是按照《精言妙选》内容体例的实际顺序，对每一个"集"作较为详细的介绍，并对其进行画龙点睛般的理论概述。从这部诗歌选集的结构体例上看，李珥是按照儒家传统思想中的"元、亨、利、贞"卦辞观念的顺序和"仁、义、礼、智"道德观念的排序，来安排各个章的内容顺序。《周易·乾·文言》说道："元者，善之长也，亨者，嘉之会也。利者，义之和也。贞者，事之干也。君子体仁，足以长人，嘉会足以合礼，利物足以和义，贞固足以干事。君子行此四德者，故曰'乾元亨利贞'。"又曰："乾元者，始而亨者也。利贞者，性情也。乾始能以美利利天下。"李珥说此《精言妙选》的内容来自中国历代诗歌中的绝佳者，"乃敢采其最精而可法者"，"集为八篇"，出而刊之，以资国内读者学习诗歌的模范。所以此《精言妙选》的具体体例顺序为：一"元字集"、二"亨字集"、三"利字集"、四"贞字集"、五"仁字集"、六"义字集"、七"礼字集"、八"智字集"。这说明其整编的指导思想还是以儒家的诗学观念为纲，不忘以"道统"为本，以此为前提彰显诗歌自身的内在规律性。对这部《精言妙选》的内容，李珥在其《总叙》中将其概括为冲淡萧散、闲美清适、清新洒落、用意精深、情深意远、格词清健、精工妙丽等艺术特色。对其可以一一论及：

一、对其中"元字集"中的"冲淡萧散"，李珥在《精言妙选总叙》的"元字集"之"绪言"中说道：

> 此集所选，主于冲淡萧散，不事绘饰，自然之中，深有妙趣，古调古意，知者鲜矣。唐、宋以下，诸作品格，或不逮古，间有近体，而皆无雕琢之巧，自中声律，故并选焉。读此集则味其淡泊，乐其希音，而《三百》之遗意，端不外此矣。"[1]

这里的"冲淡"，就是指冲和、淡泊的诗味。它能够深入浅出，平淡易懂，

---

[1]《栗谷先生全书》拾遗卷4《精言妙选总叙》，（韩国）《韩国文集丛刊》。

经得起锤炼。苏东坡《书黄子思诗集后》说:"质而实绮,癯而实腴,发纤秾于简古,寄至味于淡泊。"其意思就是以朴实淡雅的语言和娴熟的艺术手法,表现高远超逸的思想感情,给人以"至味",使之感觉余味无穷。冲淡的审美实质在于"和谐",其所显现的艺术效果往往是平和、悠淡或宁静的境界。李珥在此与"冲淡"的审美特质相搭配的是"消散",犹有萧洒之意,其与"冲淡"相结合形容举止、神情、风格等自然,不拘束,显出闲散舒适态。李珥在此解释其特色曰"不事绘饰,自然之中,深有妙趣",而且其中还包含浓厚的"古意",指出其"古调古意,知者鲜"。李珥指出因为"唐、宋以下,诸作品格,或不逮古,间有近体,而皆无雕琢之巧,自中声律",所以在此集中则多选入唐宋以下诸作。李珥指出读此集就可以体会到何为"淡泊",也会因其稀有的审美情趣,认识到《三百篇》遗意就在于其中。

二、对其中的"亨字集",李珥指出:"此集所选,主于闲美清适,从容自得,出于寓兴,非思索可到。读此集则心平气和,如乘小车,随意行于花蹊草径,而势利芬华,视之邈矣。"[1]这里的"闲美",即是娴雅、美好,往往形容女子举止、神态和辞言娴雅,在诗作中依然意味着"自然"、"娴美"的艺术风格。晋陶渊明《游斜川》诗序曰:"辛酉正月五日,天气澄和,风物闲美。"宋叶适在《沈氏萱竹堂记》一文中也说:"瑞安盐聚渔合,而北湖背市远人,山水闲美,游者恨不得居而久也。"古人的这些用意,也都是这个意思。文中的"清适",就是带有清美、闲适和舒畅意味的艺术风格。对这种艺术风格,李珥具体解释道"从容自得,出于寓兴,非思索可到"。诗歌这样的艺术风格,没有修饰丹青或急迫之意,而是"从容自得,出于寓兴,非思索可到"。这样感情从胸臆中流出,有自己独到的真实情感,不依傍别人,具有别具一格的艺术特色。关于艺术创作中的"自得"一词,金代王若虚在其《论诗》一文中指出:"文章自得方为贵,衣钵相传岂是真。已觉祖师低一著,纷纷法嗣复何人?"李珥认为

---

[1] 《栗谷先生全书》拾遗卷4《精言妙选总叙》,(韩国)《韩国文集丛刊》。

真正的诗歌并不是依靠主观思索就可以写出来，而是触景生情，托物寓兴，以寄托艺术情感而产生。李珥强调这样创作出来的作品，"则心平气和，如乘小车，随意行于花蹊草径"，此与"势利芬华"之作相比，"视之邈"，相差甚远。李珥强调读此"亨字集"，就可以感受到这种"闲美清适，从容自得"的艺术风格。

三、在其"利字集"中，李珥说道："此集所选，主于清新洒落，蝉蜕风露，似不出于烟火食之口，读此集则可以一洗肠胃荤血，而魂莹骨爽，人闲臭腐，不足以累吾灵台矣。"[1]这里的"清新"，指清爽而新鲜。古人的诗词中，素有相关的语言风格，其特点往往是语言新颖，不落俗套，有清爽而新鲜的审美味道。尤其是其中的"清"，作为审美趣味意义上的概念，有着悠久的运用史。《老子》道："昔之得一者，天得一以清，地得一以宁，神得一以灵。"[2]王弼《老子注》曰："静则全物之真，躁则犯物之性。故惟清静，乃得如上诸大也。"这里的"清"，与"静"搭配，意为纯净，没有混杂物。《世说新语·赏誉》篇刘孝标注引《文士传》，也称陆机"清厉有风格"，以表示仪表、风度的"清厉"有致。后来此"清"，逐渐与文学批评联系起来，表示"清远""清婉""清新"等方面的艺术风格。尤其是自魏晋以来，"清"作为士大夫美学的一种趣味，逐渐成为文人的自觉意识和审美尺度，形成如"词要清空"之类的艺术主张，渗入到文学审美的深层评价之中。这里的"洒落"一词，意含潇洒、飘逸或豁达，也表示文学创作中的一种与艺术风格有关的意思。南朝梁江淹《齐司徒右长史檀超墓铭》曰："高志洒落，逸气寂寥。"明王錡《寓圃杂记》卷上中也说："敬中为人襟度洒落，刻意翰词，有所作，人争传之。"这种"清新洒落"的艺术风格，如同蝉虫羽化脱落外壳，飞鸣得风露之清气一般，清爽而洒脱，又"不出于烟火食之口，读此集则可以一洗肠胃荤血，而魂莹骨爽"，从而"人间臭腐"

---

[1] 《栗谷先生全书》拾遗卷4《精言妙选总叙》，（韩国）《韩国文集丛刊》。
[2] 《老子》第三十九章。

之味"不足以累吾灵台"。从这一论述中可知，作为一位大哲学家的李珥对诗歌艺术灵府的认识，充满了哲理性和探索性，给人以无限的想象空间。

四、在其"贞字集"中，李珥更提出了自己选诗上具体的艺术原则，说："此集所选，主于用意精深，句语锻炼，格度严整，间有造妙之论，非常情所可企及者。读此集则可以探微见隐，而意思自不浅近矣。"[1]这里的"用意"，犹有立意之意。汉陆贾《新语·道基》有曰："伎巧横出，用意各殊。"宋陈鹄《耆旧续闻》卷2亦曰："学文须熟看韩、柳、欧、苏，先见文字体式，然后遍考古人用意下句处。"对其中的"精深"，也有很深的用意，作为精熟深通之意唐韩愈《顺宗实录二》曰："诸色人中有才行兼茂，明于理体者，经术精深，可以师法者……宜委常参官，各举所知。"作为精微深奥之意，《新唐书·文艺传上·杜甫传赞》云："甫又善陈时事，律切精深，至千言不少衰，世号'诗史'。"李珥在此指出诗歌创作的内容应该精微深邃，反映深刻的"六籍之旨"，艺术形式也应该"句语锻炼，格度严整"，要超出常例，达到"造妙"的艺术境界。他说读了中国古人的那些佳作，"则可以探微见隐，而意思自不浅近"，从中可以学到许多有用的东西。在此，李珥从文学创作的内容和艺术形式高度统一的角度出发，强调诗歌创作应该做到艺术技巧的高度精熟和细炼。

五、在"仁字集"里，李珥指出："此集所选，主于情深意远，即景即事，写出襟怀，怨而不悖，哀而不伤。读此集则未尝不穆尔长思，凄然兴叹，求获古人之心，而自无怨怼淫放之失矣。"[2]这是他的"仁""义""礼""智"诸篇当中的一篇，意为传承儒家"道统"，不忘诗教之重要性。他说载于此集中的诗篇，"主于情深意远，即景即事，写出襟怀"。此集中的诗歌作品大都"情深意远"，托物而寓兴，描写眼前事，写出胸中真情。但是这样的写法和真情是有其基本前提的，那就是"怨而不悖，哀而不伤"，坚持儒家的"中庸"之道。此

---

[1]《栗谷先生全书》拾遗卷4《精言妙选总叙》，(韩国)《韩国文集丛刊》。
[2]《栗谷先生全书》拾遗卷4《精言妙选总叙》，(韩国)《韩国文集丛刊》。

"怨而不悖"一语，即"怨而不怒"，出自《国语·周语》，其中说："彘之乱，宣王在邵公之宫。国人围之，邵公曰：'昔吾骤谏王，王不从，是以及此难。今杀王子，王其以我为怼而怒乎？夫事君者，险而不怼，怨而不怒，况事王乎？'乃以其子代宣王。宣王长而立之。"此语的原型逻辑出自于《论语.八佾》，其中说："子曰：'《关雎》乐而不淫，哀而不伤。'"《论语集解》引孔安国注指出："乐不至淫，哀不至伤，言其和也。"后来朱熹在《诗集传序》中说："淫者，乐之过而失其正者也；伤者，哀之过而害于和作者也。"孔子说《诗经》中的《关雎》篇是写男女情爱的诗，其中的欢乐之情也好，哀伤之情也罢，极尽其情态，却符合儒家的礼义和道德，并没有犯淫荡或伤和气之弊端。说是评价《诗经》中的《关雎》篇，但实际上体现了孔子的一个重要的文学审美观念，即在文学上他坚持中和之美。李珥强调读者读了此集，"未尝不穆尔长思，凄然兴叹，求获古人之心"，即使是写出很多诗品，也"自无怨怼淫放之失"，绝不会背离儒家的"中庸之道"。可以知道，中和之美的审美批评原则，无疑是儒家"中庸之道"在文艺上的反映。海东的李珥在编纂中国古人的诗歌选集《精言妙选》的时候，亦坚持这一中和之美的原则，从而提醒海东当时的诗坛，要继承儒家的这一诗歌精神，以发展自己的文艺创作。

六、李珥在"义字集"中还指出："此集所选，主于格词清健，笔力遒劲，而无急迫之意，有凝远之味。读此集则气耸神扬，而懒夫可以有立志，鄙夫兴雅趣矣。"[1]这里所谓的"格词"，就是诗文的品格。宋苏轼《上荆公书》云："向屡言高邮进士秦观太虚，公亦粗知其人。今得其诗文数十首拜呈，词格高下，固已无逃于左右。"宋胡仔在《苕溪渔隐丛话前集·李谪仙》中也说："东坡云：'近见曾子固编《太白集》，自云颇获遗亡，如《赠怀素草书歌》及《笑矣乎》数首，皆贯休以下词格。'"《宋史·隐逸传上·魏野》亦曰："顾词格之清新，为士流之推许。"这里的所谓"清健"，指清新雄健的艺术风格。这里的"遒

---

[1]《栗谷先生全书》拾遗卷4《精言妙选总叙》，(韩国)《韩国文集丛刊》。

劲",与前面的"清健"联系在一起,也表示雄健或刚劲有力。唐司空图《送草书僧归越》有云:"僧生于东越,虽幼落于佛,而学无不至,故逸迹遒劲之外,亦恣为歌诗,以导江湖沉郁之气,是佛首而儒其业者也。"宋张世南《游宦纪闻》卷4:"笔力遒劲可爱。"李珥在此所说的"急迫",用于文艺理论上则是急于求成,缺乏稳健之态。而这里的"凝远",指凝重而深远的诗味。《陈书·萧允传》说:"允少知名,风神凝远,通达有识鉴。"《新唐书·宋璟传》亦云:"璟风度凝远,人莫涯其量。"综合起来说,载于此"义字集"的作品,大都品格清新,笔力刚劲有力,无急于求成之意,而多有凝重而深远的诗味。李珥指出"读此集则气耸神扬,而懒夫可以有立志,鄙夫兴雅趣",令人受到审美感染而积极向上。李珥在此专门讨论诗歌艺术的正面格调和积极的艺术风格,而无一句儒家道德论或理学心性论方面的说教,可知他对文学自身规律的探索是多么地实诚。

七、在"礼字集"中,李珥还指出:"此集所选,主于精工妙丽,虽有雕绘之饰,而不至于淫艳。读此集则情浓意秀,瘦瘠者可以增肌,枯槁者可以发华矣。"[1]这里的"精工",就是艺术描写上精确而工整的手法,而"雕绘"似于"雕琢",它的特点是忽视健康的思想内容而专事形式上的雕镂和模琢。这里的"妙丽",意与美丽类同,用于艺术上则是巧妙的艺术手法所产生的一种明丽的风格特征。宋苏轼《邵茂诚诗叙》说:"余读之,弥月不厌,其文清和妙丽,如晋宋间人。"李珥在此所说的"淫艳",则是文艺作品过于华丽,超出一定的度数。《南齐书·文学传论》指出:"雕藻淫艳,倾炫心魂。"李珥指出在此集中所载作品,大都笔法精细而风格妙丽,尽管有些雕饰之气,但不至于过分华丽。他说正因为如此,此集中的作品"情浓意秀",使得"瘦瘠者可以增肌,枯槁者可以发华",使读者从作品中受到各个侧面的审美收益。李珥在此一再强调诗歌创作中艺术加工的必要性,从而进一步探索诗歌艺术的内在法则性。

---

[1]《栗谷先生全书》拾遗卷4《精言妙选总叙》,(韩国)《韩国文集丛刊》。

第五节 《文武策》"以经世致用为道"的"本""末"论

李珥是充满改革意识的理学家。他与李退溪及其岭南学派不同,凡事都装着当时海东的客观现实,设法改变落后的社会现状。在与当时学界的"空理空谈"倾向和社会上豪强保守势力进行斗争的过程中,李珥提出了一系列现实主义的改革主张,写出了《东湖问答》《万言封事》《军政策》等富含改革精神的著作。他指出:"今者,民生之困,甚于倒悬,若不急救,势将空国,空国之后,目前之需,辨出何地耶。"[1]为了施救国政,救民生于潦倒之中,他提出了改贡案、改军籍、省州县、改吏治、改庶孽法、改公私贱奴婢法、十万养兵策等社会和国防改革意见。后来的实践证明,李珥的这些改革主张无疑是正确的,他去世八年之后的1592年4日,日本果然发动二十万大军入侵已经穷得不能再穷的海东,使海东蒙受空前的战争劫难。晚辈柳成龙在总结这一历史大事件时,指出:"到今见之,李文成,真圣人也。若用其言,则国事岂至于此乎。"[2]李珥的社会改革意识,也涉及文学领域,强调当时文坛上也存在一系列非改不可的严重问题。

他强调当时文坛上存在的问题由多个方面来构成,但主要还是惯于雕饰的浮华文风、模拟之风和科诗之风,而这些问题的症结则在于舍"本"求"末"。他指出:"其所谓文,不在于记诵之习、词章之学,而在于明教化而作兴之。"[3]对这一"本""末"关系,他明确地指出"道本"而"文末",而"六经"则是入此"道"之门,"文"为"贯道之器"。他还强调当前文学的改革之要,在于先摆出诸多"此文之弊",然后对其进行一五一十地分析和批评,从而摸索出正确的道路。他指出国家实行"右文之策",是为了推动天下之"王化",巩固和

---

[1] 《栗谷全书》卷15《东湖问答》,(韩国)《韩国文集丛刊》。

[2] 《栗谷全书》卷35《行状》(金长生撰),(韩国)《韩国文集丛刊》。

[3] 《栗谷先生全书》拾遗卷4《杂著》一《文武策》,(韩国)《韩国文集丛刊》。

第十二章　道学畿湖学派领袖李珥的实学意识与文学观念　795

发展"枢机",而这种国策对士大夫文人来说是一个积极参政议政,实现匡扶君道的绝好机会。他认为这样的"右文之策",虽有如此大的优越之处,但它同时带来一系列的弊端,如上述的浮华文风、模拟之风、科诗之风等就是其典型例子。他强调如果放任这种文坛弊端,不光会导致"吾文"之灾难,而且很快害及国家的政风、政效,甚至害及王朝的前途命运。他的《文武策》,就是为了阐明和解决这样的一个文学问题而写的名文。其中则曰:

> 若不探究其本,而深得其弊,则孰不以是为过言也哉!愚也学文而未得其要者也,请以斯文之弊,先陈于执事,可乎?圣贤之训,载在六经,六经者,入道之门也,岂期以此为干禄之具耶。道之显者,谓之文。文者,贯道之器也。岂期以此为雕虫篆刻之巧耶。拘儒瞀生,寻摘章句之间,而无涵泳意味之实,小技末流,争奇绣绘之间,而无英华发外之实,已失国家右文之本意矣。[1]

李珥主张"文""武"并重,缺一不可,"文"是一国之精神,"武"为一国之铁壁和力量。他说:"至文不可以无武,至武不可以无文,能文而不能武者,愚未之信也。"他认为历代王朝的兴亡,与此二者息息相关,要么是过分重文而轻武,要么是过分重武而轻文,很多时候都没有能够正确处理二者的平衡问题。他强调对海东朝鲜朝时期而言,这种教训极为沉痛,"壬辰倭乱"的灾难就是因为过分重"文"而轻"武"的结果。过去过分得"叫真""文"和"理",让国家浮躁无分量,大大伤及元气,使得日本岛夷有隙可乘,伸出侵略的黑手。其间的吾"文"而言,国家没有按时管控而弊端迭生,其浮躁之气无时不影响社会风气,现在该整顿或改革一下了。儒家赖以维系的"圣贤之训",都载在六经之中,六经是"入道之门",但是一些人以此为"干禄之具",不想真正继承和

---

[1]《栗谷先生全书》拾遗卷4《杂著·文武策》,(韩国)《韩国文集丛刊》。

遵行其旨意。李珥对这种将"道"当作"干禄之具"的现象感到极大的愤懑，认为它是当时浮华文风、科诗之风的主要的思想根源，应该予以坚决地反对和批判。

李珥主张从"文"的角度来说，"道"之"显"者则是"文"，"道""文"关系的出发点就在于此。从而他主张"文者，贯道之器"，认为"文"可以贯其道而显扬，"明是非通理"以贯彻悟道。隋王通在其《中说·天地篇》中说："子曰：学者博通云乎哉？必也贯乎道。文者苟作云乎哉？必也济乎义。"王通的所谓"道"，就是指儒家"道统"，他把"文"看作维护封建"道统"的附庸，只不过是其表现手段。王通的"贯道"说，是针对六朝以来文学摆脱儒家束缚的倾向而说的，在当时有着一定的积极意义。王通的这一"贯道"说，将"道"与"文"紧密地联系起来，对后世中唐古文家的"文以载道"说产生了直接影响。韩愈的弟子李汉在其《唐吏部侍郎昌黎先生讳愈文集序》中指出："文者，贯道之器也。不深于斯道，有至焉者不也？"宋刘本《初学记序》亦说："《礼》《乐》之文，随世而存亡，不见其大全，惟是《诗》《书》垂世，焕乎其可观者，皆贯道之器，非特雕章缋句以治聋俗之耳目者也。"这里的"道"，也是儒家的道德、道义、正义、伦理的意思，是其"道统"之"道"的具体含义所在。

李珥主张"文者，贯道之器"，在当时海东思想界和文坛上，无疑有着深刻的现实意义。当时海东的理学家们将中国的程朱理学奉为"神明"，"如有一字之疑"，则扣上"斯文乱贼"的帽子，将其置于死地而永世不得翻身。所以当时海东的理学家们对程朱理学的文学观念亦步亦趋，对文学不只是重道轻文，而是将"文"与"道"对立起来。对"文"与"道"的本质性关系，中国北宋的周敦颐第一次明确地标榜"文以载道"。周敦颐的这种说法，比起唐宋古文家"道""文"结合的主张来，显然是一种倒退。后来此"文以载道"的文学观念传入海东，被许多儒家文人所接受，尤其是被海东朝鲜朝中期以后的道学家接受，成为了其主要文学主张的"根底"。海东朝鲜朝初期的郑道传指出："文者，载道之器，言人文也得其道。"[1]成宗时期的徐居正也指出："文者，贯道之器。"[2]海东朝鲜朝前期郑道传、徐居正等人的这种"文以载道"观，对后来的文坛产生了不少的影响。

这一"文以载道"的文学观念，被各个时期的海东文人接受和发扬，对克服和抵制各种形式主义文风无疑起到了积极的现实作用。可是自从海东朝鲜朝中期以后，道学风潮乍起，这一"文以载道"说逐渐发展成为"根柢"性的文学观念形态。尤其是海东朝鲜朝中期以后的岭南学派的道学家们，继承和发扬程朱理学的文学"载道"观，不仅将"道"看成儒家"道统"之"道"，而且还将此"道"看成杂有客观唯心主义的心性义理之学的"道"。因为持有这种道学派的文学观念，他们处处重"道"而轻"文"，只是把"文"当作"道"的附庸，从而将"道"与"文"对立起来，反而严重影响文学的发展，使得当时的海东文学背负"道"之沉重的包袱，艰难前行。作为李滉的晚辈学者和畿湖学派的创始人，李珥并没有直接继承道学前人的这一"载道"观，却提出"文者，贯道之器"，从而将自己的观点区别于程朱理学的前人。因为"载道"与"贯道"，一是对装载的器具而言，一是对可以贯穿的线索而言，虽皆有工具之意，但前者只是装载工具之意，而后者则有用文贯乎道之意，而"贯"则有古代穿钱的绳索之意，也有对事物或某种意思穿、通、连之意。从文义来讲，前者有绝对工具论之意，而后者则多少存"文"的能动地位。

当时的李珥，在心性哲学上，正处于与岭南学派的诸多道学家进行围绕理气论、心性论等方面激烈的论争之中。所以李珥的这一"贯道之器"说，从时机上看，未免有些"因时而作"，逆道学圈子而行之意。从隋代已发源的这个"贯道之器"说，南宋的朱熹曾在《答吕伯恭》一文中全面否定过，他说："道者，文之根本；文者，道之枝叶。"又说："这文皆是从道中流出，岂有文反能

---

[1]《京山安陶隐文集序》收录于《东文选》序中。
[2]《东文选序》。

贯道之理？文是文，道是道，文只如吃饭时下饭耳。若以文贯道，却是把本为末。"朱熹则把"文"看作是"道"的附庸和派生物，甚至认为"作文害道"，完全把"文"和"道"对立起来。尤其是强调"文从道中流出，岂有文反能贯道之理"，认为"若以文贯道，却是把本为末"，从而彻底否定了自王通以来发展而来的"文以贯道"说。朱熹强调"文"统一于"道"，反对之前文论界的"文者，贯道之器"的观念。朱熹在哲学上主张"道外无物"，根本不存在离开此"道"而存在的"文"，此"文"只是"道"的反映而已。朱熹的这些观点，实际上从反面论证了"文者，贯道之器"说中也有一些合理的东西。从文艺理论中内容和艺术形式的角度看，这其中也有一定的合理的成分，但在朱熹的原意中本来就带有理学家排斥纯文学的偏见。从今天的理论层面上看，朱熹的这种重"道"轻"文"的观点，应该受到应有的纠正。

从李珥进一步的论述看，他此时提倡"文者，贯道之器"说，的确是针对当时诗坛上存在的重修饰、巧模拟、奔科诗等形式主义文风而发表。正因为李珥心中有这样的针对性，他继而指出当时文坛上存在的三种形式主义倾向，一为"期以此为雕虫篆刻之巧"的创作倾向；二为"拘儒瞽生，寻摘章句之间，而无涵泳意味之实"的诗坛现象；三为"小技末流，争奇绣绘之间，而无英华发外之实"[1]的末流诗风。李珥认为当时诗坛上的这几个弊端，不仅大伤当时诗歌发展的元气，更"失国家右文之本意"。他在此所说"涵泳意味之实""英华发外之实"中的"实"，则指诗歌创作中的内容之"实"。而这种内容之"实"，则以儒家"道统"为根底，以现实生活中的人伦道德为"涵泳"之"意味"，以写出诗人真挚的思想感情为要务。这就是李珥所提倡的"贯道之器"说的现实内容，也是他整个文学观念审美趋向之所在。从而可知，作为海东心性哲学大师的李珥，在程朱理学的思想风潮正炽的当时，能够无视朱子和李退溪的"道""文"观，重提"文者，贯道之器"说，似别有一番意义。

---

[1]《栗谷先生全书》拾遗卷4《杂著》1《文武策》，（韩国）《韩国文集丛刊》。

第十二章 道学畿湖学派领袖李珥的实学意识与文学观念

任何一种文学都需要一定的社会文化环境，而这种社会文化环境需要稳定的政治经济和发达的社会文化。一个稳定的政治经济和发达的社会文化环境，往往可以为文学的发展营造一个肥沃的社会文化土壤，而历史上文学发展的良性循环且总是发生在这种土壤之上。李珥对此似乎很有考察和研究，他对自己心中理想的文学环境，从文化环境学的角度生动地刻画了起来。他说：

> 至若凡民之俊秀，聚之于学校，选其尤者而廪之于成均，战之以艺而升之于台阁，考其讲诵而观其所本，试其词华而观其所发，简其能而劝其怠。于是，弦诵洋洋，而文藻盛敷，巨公硕儒，既得黼黻皇猷于经席之前，英才美质，莫不扬眉吐气于菁莪之侧，其崇儒右文之意，亦云极矣。议者犹以非誉髦斯士之本，而难冀文治为说焉。[1]

他强调百姓中年轻优秀者，集中在学校学习，而将其中的优秀者"廪之于成均"进一步深造，然后让其"战之以艺而升之于台阁"。这些品学兼优的拔尖人才自从进入台阁开始，"考其讲诵而观其所本，试其词华而观其所发"，从而能够挑选更为优秀者而劝勉其中怠慢不进者。实行这样的贤能之策而后，则可以期待"弦诵洋洋，而文藻盛敷，巨公硕儒，既得黼黻皇猷于经席之前，英才美质，莫不扬眉吐气于菁莪之侧"的文运兴盛的局面。国家实行右文之策的目的就在于此，如果真的能够达到这样的境界，朝廷"崇儒右文之意"则达而无遗。可是朝廷上下还有爱议论而抓毛病者，说走这些路并不是"誉髦斯士之本"，经过这些过程也"难冀文治"。李珥认为持有这种立场的人和爱瞎议论的人的这些观点，都不正确，因为他们心中没有儒家"道统"这一"根本"。

李珥主张国家稳定的关键，在于能不能果断地实行"文""武"平衡之策，因为"文"与"武"是国家发展的两大支柱。历代王朝的更替，无不系于国家

---

[1]《栗谷先生全书》拾遗卷4《杂著》1《文武策》，（韩国）《韩国文集丛刊》。

的治乱,而国家治乱的关键又在于"文"与"武"能不能形成平衡。从这样的认识出发,李珥专门写出《文武策》一文,向当时的宣祖及其高层官僚提出"文武"平衡之策。在他看来,这是事关国家安危的大策,也是事关王朝治乱的重大之策。所以他说:

> 思昔三代之盛,治隆俗美,制作郁郁,而其文至矣;有征无战,而其武至矣。汉、唐以下,复古者鲜,惟武帝之表章六经,近于祗述谟训之道;文帝之镇抚二军,近于命掌六师之义。太宗建馆聚士,而文风莫盛于贞观,设府炼卒,而兵农似合于古制。三代之后,彼善于此者,其不在数君欤。虽然教化不明,而无载道之文,徒事坚利,而非止戈之武,则不可谓能尽其道者也。[1]

在此长文中,李珥提醒宣祖及其朝廷重臣,末世之文已达到了"道"毁"文"亡的地步,必须来一次"实改"之行。在此文中,他还提醒宣祖,国家过于重视程朱理学,从而过于轻视武备,导致了国防的虚弱。这样下去,可能导致外族的虎视眈眈,一旦有事时,肯定会吃大亏。他生前所提出的这些观点和预言,多年后一一兑现,1592年的"壬辰倭乱"使得海东王朝因武备孱弱吃了大亏,如果不是明朝援军的帮助和海东军民的英勇抗战,差点亡国亡族。李珥在此之前写的《文武策》一文,不仅表现出了政治上的远见卓识,而且还突出展现了他对"文"的社会作用的深刻认识。他所说的"汉、唐以下,复古者鲜,惟武帝之表章六经,近于祗述谟训之道",意思是说汉唐以下能够继承上古圣人之文者不太多,汉代"罢黜百家,独尊儒术",使得儒家的"六经"成为继承"圣人之道"的经典之作。《汉书·武帝纪赞》所说的"卓然罢黜百家,表章六经",就是这个意思。从而天下人,开始知道古圣人的智慧和谆谆教诲,开启

---

[1]《栗谷先生全书》拾遗卷4《杂著》1《文武策》,(韩国)《韩国文集丛刊》。

了人类之蒙。《尚书·胤征》有曰："圣有谟训，明征定保。"对此,《孔传》也指出："圣人所谋之教训，为世明证，所以定国安家。"李珥的《文武策》一文，正是继承了古人的这种教诲，欲使之为海东当代复杂的现实指明道路。

第六节 《文策》的"道""文"观及其文学革新意识

海东朝鲜朝进入十六世纪后半期，从前繁盛的社会景象逐渐消失，各种社会矛盾已开始显露出其端倪来。究其原因，可以说其端倪可能有千头万绪，但激烈的党争和程朱理学的走向"空理空谈"化，还是其主要的问题所在。以"东""西"分党为特色的激烈的党争，害国害民，使国家纪纲日益紊乱，政治经济日趋衰退，国力几近达到崩溃的边缘。加上国家的正统思想领域日益陷入无为的"理""气"之争，分岭南、畿湖等学派激烈论辩，以至于空谈化，使得士大夫和士流学子严重脱离社会现实和国家前途，演变成无能的思想"寄生虫"。面对如此复杂的社会矛盾，宣祖悲叹道："我国之事，诚难为也。欲改一弊，又生一弊，弊未能革，反添其害。"[1]对这样的宣祖，李珥进劝道："纪纲不立，人心解弛，官不择人，苟充者多，徒知铺啜，不念国事，革弊之令一下，先怀厌惮之心，非徒不能奉承。又从而故令生弊，此所以绩用不成也。"[2]他认为国家衰微至此，原因众多，但关键在于党派之争和士不争气，党派之争和士不争气的主要原因又在于程朱理学的绝对概念化和国家对此的怂恿。整个国家陷入"理"也、"气"也，或"四端"乎"七情"乎的无为纷争之中，国祚将倾，民生涂炭，对此士大夫和士流学子们无动于衷。面对如此浑浊的世道，李珥的头脑格外清醒，认为这个社会已面临严重危机，不改革则难免"天崩地裂"。他认为改革社会弊病的关键在于国君，如果国君能够存养和省察，稳住局面，抓

---

1 《栗谷先生全书》卷35附录3《行状》，（韩国）《韩国文集丛刊》。
2 《栗谷先生全书》卷35附录3《行状》，（韩国）《韩国文集丛刊》。

住核心问题,进行逐一的改革,一系列的问题完全可以改正,国家也能够恢复元气。于是他向宣祖进言道:"殿下诚心愿治,则只此一念,便是《关雎》《麟趾》之意,岂必德如文王,然后始兴周家事业乎……人君处崇高之位,自以为满足,则善言何由而入。必也兼听博闻,择善虚受,然后群臣皆为我师,而众善合于君身,德业以之崇广矣。今殿下谦冲退让,形于下教,而至于不从公论。自是非人,则反有谓人莫己若之病,臣窃悯焉。三公虽欲建白,恐拂圣旨,反为君德之累。故闷默度日,若圣旨在于求治,则大臣亦必尽言,而廷臣各陈所怀矣。"[1]李珥认为国君端正态度,抓住问题的要害,广开言路,求治于众臣,国家可以恢复正常秩序,国力早晚会恢复强盛。李珥的改革设想是多方面的,他曾提出用人均等、广养人才、削弱外戚特权、防止朋党政治、疏通庶孽、养民养兵、劝学养士、明教化等改革内容,希望海东朝鲜朝时期社会出现新的繁荣局面。对文学的改革,实际上就是明教化的重要内容之一,文学的健康发展是他无寐不忘的一个愿望。

《文策》是充分体现李珥文学改革意识的一篇文章。封建时代的"策",往往指谋略、计策等意思。在古代,它被用于科举考试中,指的是"策问""对策"。它是科举制度殿试考试的主要内容,"策问"与"对策"就成为出题与应答的两个问题,"策问"一般都是以"国王的口吻"发问,考生主要从治国安邦、国计民生的政治大事的角度作出回答。科举考试中的"对策",主要是士子们在应试的过程中,针对"策问"的内容作出书面回答,如同如今的有关时事或相关社会问题的论文。

李珥所写的《文策》,由"策题"和"策对"两部分组成,就是他掌管科举考试时所出之策题和考生的"策对"。此《文策》的写作年代和所"策对"考生的姓名,很多现在无法考证,可从他的弟子金长生所写的《栗谷行状》来看,此文可能写于1581年(宣祖十四年)。金长生在栗谷先生《行状》中记录道:

---

[1]《栗谷先生全书》卷35附录3《行状》,(韩国)《韩国文集丛刊》。

"辛巳九年（先生四十六岁）十一月。兼弘文馆大提学，艺文馆大提学，知经筵春秋馆，成均馆事。四辞不许。先生每叹俗尚浮藻之习，及典文衡，凡科试取士，必主理胜之文。"[1]此时的他掌管文衡与教育，有机会与科举考试的行政工作接触，而且其年谱和行状中也说"先生每叹俗尚浮藻之习，及典文衡，凡科试取士，必主理胜之文"。可知，他的确曾掌管科试，制定过考试内容，还参与御前殿试，还主持判卷和录取工作，而且"必主理胜之文"。所谓"殿试"，为中国宋、元、明、清时期科举考试之一，又称"御试""廷试""廷对"，殿试由内阁预拟，然后呈请皇帝批定。会试中被选者始得参与殿试，目的是对会试合格者区别等第档次。

海东亦接受中国的殿试之法，也将它设定为科举考试的最高一级。海东的殿试，国王亲临试场，由复试通过的考生参加考试，从中选别等级。海东殿试的考试官分上试官和参试官两部分，以前者为读卷官，后者为对读官，前者往往由二品以上官僚三人担任，后者由三品以下官僚三人组成。文科殿试的考试科目自《经国大典》出台以后开始，由对策、表、笺、箴、颂、制、诏诸科目中选一而考试，而《续经国大典》出台以后开始，增加了论、赋、铭三科目，不过实际上考的分量最重的是对策。可知，李珥当时所担任的是上试官，是由他于前一天出策题，第二天由他宣读策题，而且也由他判卷并决定结果。他在策题中提问道：

> 文者，道之著，文而外道，非文也。故圣贤之文，一出于道，其载在六经者，粲然可见。但孔门立四科之目，游、夏以文学称，是则疑若外道而言文也？抑游、夏之文，亦非徒文而已者耶。秦、汉以降，士不讲道，文与道遂裂而为二物。虽或有以文鸣者，皆浮华驳杂之为尚，而无复明道之实矣。其间庶几于道者，如汉之董仲舒、扬雄，唐之韩愈，宋之欧阳修，

---

1 《栗谷先生全书》卷35附录3《行状》，（韩国）《韩国文集丛刊》。

先正许以近似,而谓非诸儒可及,然考其平生立言行事之实,则未尝无病焉。其所以能近道而亦不能无病者,何欤?就先正论之,考亭先生沉潜于道义而发越乎文章;西山先生,汪洋乎文章而浸淫乎道义。二先生所入不同,而终归于一致者,何欤?观乎今之世,文弊极矣,有科举之文,有词章之文,二者迭为之病而文不文矣。文弊若兹,世道何如,欲救之弊,将有术欤?二三子学文之余,其必熟讲,于是试言之。[1]

李珥提到所谓"文",就是"道"之所"著"者,作为"文"而将"道"排斥在外,那不是真"文"。那些古圣贤之"文",无不出自于"道",其中大都载于"六经"之中,粲然可见,对后世产生深远影响。继而所谓的"孔门四科目",就是指德行、言语、政事、文学。下文所说的"游、夏以文学称",则指孔子的弟子子游和子夏,曾继承夫子之意,谈论过"文学"之事。对此朱熹曾经说:"曰:游、夏称文学,何也?曰:游、夏亦何尝秉笔学为词章也?且如:'观乎天文以察时变,观乎人文以化成天下。'此岂词章之文也?"[2]又说:"今之学者,往往以游、夏为小,不足学。然游、夏一言一事,却总是实。后之学者好高,如人游心于千里之外,然自身却只在此。"[3]子游和子夏都是孔门的弟子,长于文学,后来并称于世。《论语·先进》曰:"德行:颜渊、闵子骞、冉伯牛、仲弓。言语:宰我、子贡。政事:冉有、季路。文学:子游、子夏。"三国魏的曹植在《与杨德祖书》中则说:"昔尼父之文辞,与人通流。至于制《春秋》,游、夏之徒乃不能措一辞。"后世游、夏并称,只是指他们二人同是被孔子重视的学生,也说明他们都对文学有一定的造诣。应该知道,这里所谓的"文学",是广义的文字之学,与今天所说的文学有一定的区别。相传,子夏是孔门弟子中著作传世最多的一个,子游则未发现作品有流布。

1 《栗谷先生全书》拾遗卷6《杂著·文策》,(韩国)《韩国文集丛刊》。
2 宋朱熹、吕祖谦:《近思录》卷2《为学》,中华书局,2020。
3 《二程遗书》卷2《为学大要》,上海古籍出版社,2000。

李珥继而指出子游和子夏之"文学",也绝不会是"外道"之"文学",因为孔门早已设了德行、言语、政事、文学四科目,而且以"德"为其首。所以李珥肯定地说,"孔门立四科之目,游、夏以文学称,是则疑若外道而言文也?抑游、夏之文,亦非徒文而已者耶"。李珥还说到了秦、汉以降,先秦以前古圣人之"道"近乎绝迹,因为此时"士不讲道","文与道遂裂而为二物",其间"虽或有以文鸣者,皆浮华驳杂之为尚,而无复明道之实"。在此其间和自此以后,"庶几于道者"有一些,如"汉之董仲舒、扬雄,唐之韩愈,宋之欧阳修"等人就是其中的例子。不过这些人的文学,虽属出类拔萃者,但也存在不少问题。他说:"先正许以近似,而谓非诸儒可及,然考其平生立言行事之实,则未尝无病。"可以说他是从理学家的眼光出发,在这些中国名家文学成就中的"纯文学"部分中挑出毛病,来说是否完全符合儒家"道统"的问题。这里的所谓"先正",指前代的贤臣良谋,也就是可以作为模范的前贤良士。《尚书·说命下》:"昔先正保衡,作我先王。"《孔传》指出:"正,长也,言先世长官之臣。"汉潘勖《册魏公九锡文》:"惟祖惟父,股肱先正,其孰恤朕躬。"晋陆机《辩亡论下》:"山川之险易守也,劲利之器易用也,先政之策易循也。"明宋濂《题郑北山追复诰后》也说:"会予有千里之役,始获见此卷,走笔识之,殊不暇详。若夫公之大节与贼桧(秦桧)之奸,诸先正已极论之,亦不待详也。"李珥指出汉扬雄、唐韩愈和宋欧阳修等人的文学,为什么说"其所以能近道而亦不能无病者"呢?他认为他们虽继承了儒家"道统",但有些有关文学的言论和创作则未免陷于为"文"而"文"的倾向,没有彻底地履行"道统之则"。就先辈贤师而言,"考亭(朱熹)先生沉潜于道义而发越乎文章",作出了"道义文章",而稍后的理学大家真德秀"汪洋乎文章而浸淫乎道义",继承了朱熹的传统。李珥认为朱熹和真德秀二先生,"所入不同,而终归于一致",显示出了殊途同归之功。

李珥紧接着话锋一转,直切海东本国文学现状所存在的问题,直截了当地指出"观乎今之世,文弊极",已达到了不扭转不可的地步。他强调当代海东文坛的弊端,"有科举之文,有词章之文",指出"二者迭为之病而文不文",实施改革乃势在必行的大势。作为殿试的上试官和判卷官,李珥提出"文弊若兹,世道何如,欲救之弊,将有术欤"的疑问。他将如何改革当代文学弊端的问题,提出给在场的考生,让他们根据自己的基础知识和理解,回答出符合问题的答复。

对李珥提出的上述试题,诸考生当场进行了解答。李珥选择其中最优者,载于自己的著述之中,以飨后世读者。因为出题人为李珥,提示者为李珥,判卷者为李珥,录取人也为李珥,所以可以说此答卷与李珥密切相关,也可以将它纳入李珥的文学观念和改革思想体系之中去涉猎和分析。从对考题的答卷之中,可以发现此考生的基础实力相当雄厚,解题能力和论述水准也很出色。此时的李珥正好担任同知成均馆事,因这是朝廷成均馆所属从二品官职,所以能够参与并主持科举考试。这一点可以从这篇答题考生的一句话来证明,其曰"今国子先生,特举斯文,下询承学,欲闻救弊之策"。这里的"国子先生",就指此时担任同知成均馆事的李珥,因为海东当时的成均馆是海东半岛历代王朝的最高学府,地位等同于古代中国的国子监、太学,所以此考生直指李珥为"国子先生"。李珥在此所提出的上述科题,直切儒家一贯重视的"文"与"道"的关系问题,问题既明确而又深刻,足可以考验一位学子的学问"蕴藉"、临场发挥能力及思想修养。不过这位考生的确不负众望,解答如流,充分体现出了自己的内在实力。其答曰:

> 愚尝慨然于理学不讲,文与道歧而为二,萤窗之下,掩卷长叹者,为日久矣。今国子先生,特举斯文,下询承学,欲闻救弊之策,愚虽无似,敢不悉心以对。窃谓道之显者,谓之文。道者,文之本也。文者,道之末也。得其本而末在其中者,圣贤之文也。事其末而不业乎本者,俗儒之文

也。古之学者，必先明道，苟能明道而有得于心，则见乎威仪。发乎言辞者，莫非道之著者也。是故其为文也，辞约而理当，言近而指远，卒泽于道德仁义，炳如也，此则圣贤之文也。后之学者，不求实理，而徒尚浮藻。心无所得，而外为巧言，取悦于人而炫玉于世。是故其为文也，工于撰述，而外于道义，辞繁而理碍，语圆而意滞，此则俗儒之文也。[1]

考生解答说，他自己也早已慨然于"理学不讲，文与道歧而为二"，曾经在"萤窗之下，掩卷长叹者，为日久"。今天国子先生（指李珥）特举斯文之题，"欲闻救弊之策"，的确切中了当前文坛的要害。考生认为"道之显者，谓之文"，因为"道"是通过"文"才能够显现，所以应该说"道者，文之本"，"文者，道之末"。世界上有两种"文"，一是"得其本而末在其中者"，这是"圣贤之文"，二是"事其末而不业乎本者"，这是"俗儒之文"。古代的真正学者写"文"，"必先明道"，苟能"明道而有得于心"，才有德仪之风姿。古人"发乎言辞者，莫非道之著者"，所以"其为文"，"辞约而理当，言近而指远，卒泽于道德仁义"，这就是后世所说的"圣贤之文"。可是后世学者为"文"，"不求实理，而徒尚浮藻"，他们"心无所得，而外为巧言，取悦于人而炫玉于世"。所以这些人为"文"，"工于撰述，而外于道义，辞繁而理碍，语圆而意滞"。在当时，这种"俗儒之文"已成风气，形成浮华文风，危害国家思想文化秩序，危害树立正常的文风。

此考生在此闭口不谈二程所谓"为文害道"、朱熹所谓"文从道中流出"之类的话，而大谈"古之学者，必先明道"，"苟能明道而有得于心"而后，才可以树立儒家之"威仪"。李珥极其看好这位考生，因为这位考生的答案既精湛而又"正确"，乃置于录取名单之列，以向宣祖呈报。关于"道"与"文"的关系问题，程颐曾在其《语录》中谓："问：作文害道否？曰：害也。凡为文不

---

[1] 《栗谷先生全书》拾遗卷6《杂著·文策》，(韩国)《韩国文集丛刊》。

专意则不工,若专意则志局于此,又安能与天地同其大也?《书》曰'玩物丧志',为文亦玩物也……或问:诗可学否?曰:既学时,须是用功,方合诗人格。既用功,甚妨事……道出做甚?某所以不常作诗。"[1]程颐强调"作文害道",而这一偏颇之论的影响波及后世的道学界,各类道学家从特定政治立场和极端实用主义态度出发,敌视文艺,否定文学的独立地位,甚至走向取消文学的道路。稍后的朱熹在这个理论上,更直截了当地反对"文以明道""文以贯道"之说,提出"文从道中流出"的新命题。二程和朱熹各自提出的两种命题,字面上的差异性不大,不过其实质显现截然不同的旨趣。一个是直接道出文学对道的危害性,一个则直接指出道对文学的根源地位。仔细吟味发现,朱熹的"文从道中流出"说更为明确地站在道学理论家的学理立场,来强调"道""文"一体性乃至"道"之"根源"性。"流出"说的本质,就是直接否定文学是创作主体经过一系列的艺术审美创造活动,最后写出来的这一铁则。朱熹从理论的深度强调,"这文皆是从道中流出,岂有文反能贯道之理",认为"文是文,道是道,文只如吃饭时下饭耳。若以文贯道,却是把本为末,以末为本,可乎?"[2]朱熹这种展开的理论,说到底,就是"理一分殊"哲学思想在文学领域中的反映,也是理学理论的扩展。有趣的是,此考生在试卷中只字未提二程和朱熹的"道""文"思想,而从正面引用中国唐代古文运动中韩、柳们提倡的"文以明道"说,以说明自己的"道""文"观及改革设想。作为理学家和主考官的李珥,肯定和赞赏此考生的这一答卷,把它载入自己的著作之中,并给予《文策》之名。这一举动则足以证明,李珥的"道""文"观和文学改革意识,与这一考生存在很大的趋同性或认同度。对士或士大夫应该持有的"道""文"观,以及拿朝廷干禄的能臣贤士所要坚持的文学改革意识,这一考生继而写道:

---

1 《二程全书·语录》卷11,北京大学出版社,2009。
2 《朱子语类》卷139。

第十二章　道学畿湖学派领袖李珥的实学意识与文学观念　809

苟能穷其本末，知所先后，则可以与议于斯文矣。仰惟吾夫子，取群圣之教而折衷之，载在六经者是已，尚矣哉，无复议为也。及其门人设四科之目，而子游、子夏，以文学称焉。则虽若外道言文，然而三代之学，皆所以明人伦，则古人之所谓文学者，可知已，岂若后世之雕虫篆刻者哉。自汉以来，上无善治，下无真儒，道术日坏，众流杂出，世之儒名者，徒知有文，而不知有道。浮华为尚，驳杂为宗，斯文之弊，极矣。其间稍知尊孔孟而抑异端者，不过数人而已。董生之正其谊不谋其利；扬雄之先自治而后治人；退之之文，能起八代之衰；永叔之文，能革五季之弊者是已。然而董生得圣人之经，而其失也流而为迂；退之自守不固，饥寒困穷之不胜而号于人；永叔文行，虽若庶几，而道学终愧于濂洛。而况莽大夫扬雄，焉能为有，焉能为无哉。[1]

考生主张只能和那些懂得"穷其本末，知所先后"的人，才能够讨论此"文"，与那些只知丹青和粉饰的人无法谈论此"文"。孔夫子作文乃"取群圣之教而折衷之"，他的思想和文才都充分体现在"六经"之中，其对后世的巨大影响有目共睹。他认为上古三代之学，"皆能以明人伦"，而文学就是其中之一。后世的文学往往以"雕虫篆刻"为能事，不知何为"道统"，颠倒了"本""末"关系。考生还认为，"自汉以来，上无善治，下无真儒，道术日坏，众流杂出，世之儒名者，徒知有文，而不知有道"。他们创作的文学作品以"浮华为尚，驳杂为宗"，日以继日，月以继月，这样下去"斯文之弊"已经达到了极点。不过在这漫长的历史过程中，也出现了为数不多的知圣之儒，他们"稍知尊孔孟而抑异端者"，董仲舒、扬雄、韩愈、欧阳修等人就是其中的佼佼者。考生认为"董生之正其谊不谋其利，扬雄之先自治而后治人，退之之文，能起八代之衰，永叔之文，能革五季之弊者是已"。尽管如此，他们都未免有自己的局限性，董

---

[1]《栗谷先生全书》拾遗卷6《杂著·文策》，(韩国)《韩国文集丛刊》。

仲舒虽得圣人之经，却"失也流而为迂"；韩愈则"饥寒困穷之不胜而号于人"，从而犯了"自守不固"的毛病；欧阳修虽在文学上取得了一些成绩，但在道学上"终愧于濂洛"，何况"莽大夫"扬雄。

考生认为上述董仲舒等人的思想和文章犯有如此多的毛病，都是因为他们对"道"和"行"、"道"与"文"的理解和掌握上存在问题。他说："若董生之辈，其知不至，其行不笃，故或所趣虽正，而未得其宗。或择焉不精，而语焉不详，或识量虽高，而行不能掩，或事业虽优，而未闻道要，此所以虽若近道，而终不能无病者也。"他强调到了宋代的朱熹，这种毛病才得以克服，才真正能够继承先秦圣人的遗旨，将儒家大业发扬光大。他指出：

> 若夫考亭之学，渊源有自，而道统有归，穷理而博之以文，居敬而约之以礼，躬行心得，积中形外，则其发越乎文章者，乃睟面盎背之绪余耳。西山之学，多而能识，细大不遗。唐虞以来编简所存，经传之精微，书史之浩瀚，诸子之文，百家之说，莫不极其归趣而核其邪正，则其浸淫乎道义者，乃沉潜详玩之所得耳。[1]

他认为朱熹的学与文，之所以搞得如此深刻而优秀，原因就在于其学与文"渊源有自，而道统有归，穷理而博之以文，居敬而约之以礼，躬行心得，积中形外，则其发越乎文章者"。稍后真德秀的学与文，之所以取得如此大的成就，原因也在于其善于总结前人的成果，"莫不极其归趣而核其邪正，则其浸淫乎道义者，乃沉潜详玩之所得"的结果。考生还认为："二先生所入，虽若不同，皆以明道为务，则终归于一致，何足怪欤。虽然凡物之理，必先有本，而后有末，先有质，而后有文矣。考亭之学，既以道义为本，则西山之学，岂无其本乎。先文章而后道义，非先正之所取也。是故考亭之文章，吾不曰读书之所致，

---

[1]《栗谷先生全书》拾遗卷6《杂著·文策》，（韩国）《韩国文集丛刊》。

而曰道义之发乎外者也。西山之道义，吾不曰文章之所致，而曰力行之根乎中者也。"[1]朱熹和真德秀二人学问的途径虽有所不同，但其旨归"则终归于一致"，二人不约而同地以"道"为"本"。他认为朱熹的文章绝不是"读书之所致"，而是"道义之发乎外"的结果，而真德秀的道义也绝不是"文章之所致"，而是"力行之根乎中"的结果。

考生在此进一步提出了"道应经世致用"的现实主义的社会发展观。他强调当今海东社会大不如以前，道德之士日减，道德文章日衰，达到了"圣人之旨"已无人问津的地步。他慨叹道："呜呼！程朱已殁，道统遂绝，人无闻道之志。"更为严重的是，"士趋为人之学，才高者专事乎词章，才短者奔走乎科场"，他们这些人以"六经为干禄之具，仁义为迂远之路"。这样的结果，海东文坛"文不为贯道之器"，"道不为经世之用"，此文已经达到了不改革不行的地步。考生认为"文弊至此，世道之污隆"，是有其主客观原因的。他指出："其所以为弊者，必有所自矣。今之取人，只有科举一路而已，纵有经纶之才，庙堂之器，苟不由是路，则终不与于清班。彼嚣嚣乐道之流，孰肯俛首屈志，系其得失忧乐于一夫之目哉。"[2]当今的国家铨选制度只有科举一路，这就导致了如此多的人才困厄，而且这样的恶性循环日益加重了一系列社会问题。他认为文坛的弊病就是在这样的社会条件下产生，并日益滋长新的问题，弊生弊，问题不断。所以他说："此所以真儒不出，俗儒日滋者也。"

对当时文坛上的弊病，考生认为不止于此："所谓科举之文者，有规矩有程度，纵有波澜之文，琼玉之词，苟不合于规矩程度，则辄斥去焉。彼汲汲于名利者，孰不改其守，而徇人之耳目哉。此所以科举之文益盛，而华国之才，亦不多得者也。华国之才，尚不多得，况乎圣贤之文耶。"考生还呼吁道："斯文之弊，既有所自，则岂无救之之策乎！"根据当前的文坛情况，文学的改革

---

[1]《栗谷先生全书》拾遗卷6《杂著·文策》，（韩国）《韩国文集丛刊》。
[2]《栗谷先生全书》拾遗卷6《杂著·文策》，（韩国）《韩国文集丛刊》。

是势在必行，但如何改革，都改什么，还得探讨。考生在此明显反对以"文藻取人"的铨选制度，提倡选取道德和文章兼具的人才，选取懂得"道以经世致用"的经伦人才。他指出："士之上者，有志于道德；其次，志乎事业；其次，志乎文章；最下者，志乎富贵而已。科举之徒，则志乎富贵者也。今兹欲得志乎道德者，而反以志乎富贵者待士，则甚非国家所以求贤之意也。斯文之弊，既有所自，则岂无救之之策乎！思昔周室之盛也，以乡三物，教万民而宾兴之：一曰六德，二曰六行，三曰六艺，不闻以文藻取人也。诚使今之学行俱备，得与于斯文者，俾居权衡之任，其取人也。先德行而后文艺，其讲学也。尊为己而黜为人，其考文也。取义理而舍浮华，则必使人人励志。日趋正学，屏去浮伪，敦尚道德，莫不以圣贤之文为文也。何患乎文弊之未革乎！愚既以管见，仰塞明问，而于篇终，别有说焉。"[1]考生认为对于文学的弊端及其根源，如今已有所认识，不用担心改革不能成功。文学应该"敦尚道德"而"屏去浮伪"，固其"本"而次其"末"，尚"质"而去其"藻饰"。如今的学问，也应该"取义理而舍浮华"，"必使人人励志"，"日趋正学，屏去浮伪，敦尚道德，以圣贤之文为文"。国家用人，也应该看其道德品质，看其"学以致用"的能力，"诚使今之学行俱备，得与于斯文者，俾居权衡之任，其取人也。先德行而后文艺，其讲学也。尊为己而黜为人，其考文也"。他认为文风与政风、学风和思想作风密切相关，有时它们互为表里，互相影响，所以文学改革至关重要，文学改革刻不容缓。考题是李珥出的，此答卷文章是李珥发现的，整个内容深得李珥的认可和欣赏。从上述李珥的文学观念看，此考卷的内容与他的思想观点有着许多吻合之处，甚至某些精彩的论述与他有异曲同工之处。李珥将此答卷与自己的提问之题一起，编入自己的文集之中，确有深意。

---

[1]《栗谷先生全书》拾遗卷6《杂著·文策》，(韩国)《韩国文集丛刊》。

第十三章
"心""君"同构视阈下的"天君"系拟人哲理小说

第一节 "百体从令之天君"与"欲雕小说于'心'间"

纵览世界文学史,尚看不到以心为小说创作题材、以心与人体五官作为复杂人物关系的作品实例。用这种奇特的艺术模式,构建一种崭新的审美体系,乃古代海东汉文学的一大创造。以"天君传""天君演义"等命名的这种绝顶聪明的创作方法,充分展现出当时海东人极其丰富的文学想象力,以及深厚的思想文化积淀。也就是说,这种小说不以状模社会人情世态为主,也不以描写人间现实生活中活生生的人物关系为准的,只是着重演绎东方传统心学观念中"心"与"五官"、"心"与人的精神活动之间相互的哲理关系,以这种哲理关系为作品形象体系中的人物关系。认真考究可知,这一心学来自于中国传统儒家学说,这种艺术想象则创自于文学的哲理化思考之中。海东天君系列小说尽管以思想理念中的某种矛盾关系为作品的纠葛,但绝无一般性的思想说教,反而刻画得生动感人,情趣盎然,实乃不愧为东方传记文学中的一朵奇葩。

几千年的文学史,使东方古代文学作品的艺术形式、门类、体裁愈分愈细,创作主体的创作实践及其选材和风格也愈来愈向个性化发展。本文所涉及的假传体,就是东方小说发展中出现的一种新的艺术门类,而十六世纪开始繁衍的海东天君系列小说又是从拟人假传体小说系列中分化出来的新型的文体奇葩。

天君系小说的产生和发展，实际上表现了海东拟人传记小说的艺术形式、题材、风格以及创作主体的创作实践等，由"纯然史传型"向"哲理史传型"的转变过程，呈现出由"事"而"理"的新的趋向。

所谓天君系列小说，就是假托史传的艺术形式，以人的心（即古人认为的天君）和各个感觉器官（即天官）之间的矛盾纠葛为艺术线索，采用拟人化的手法，来刻画艺术形象的作品。在此，天君指人的"心"，天官谓人的各种生理器官。在古人看来，"心"为能够思维的器官，是人多种感觉器官的主宰。《易·系辞》曰："二人同心，其利断金。"《诗·小雅》说："他人有心，予忖度之。"均指心的所谓思想、意念方面的功能。中国宋代的理学家们也格外注重心在人的思维活动中的决定性作用，他们宣扬儒家道统，称《尚书·大禹谟》里的"人心惟危，道心惟微，惟精惟一，允执厥中"十六字为古圣人所传心法。丽末鲜初的权近，则把心看作天理的体现和思想的本体，所以认为要维护儒家道统，就得靠心的端正和修炼，说："然语其虚灵（心）之所以为体，则不过五常之性，万事万物之理无不统。"从而主张"天人心性合一"论，并专门撰写《天人心性合一图》，以强调心在人之思维活动中的重要作用。

海东天君系列小说，在艺术结构上巧妙地利用心与人的器官之间的这种学理关系，设立情节发展中的人物关系，来进行艺术刻画。正因为心能够"思维"，所以居人体各个器官的领袖地位，主宰人的一切行为规范。这是海东天君系列小说所以成立的逻辑温床，也是其基本艺术结构的学理基础，它支撑着整个小说发展的基本线索。

有关以心为天君的思想观念起始甚早。在早期这方面的观念中，较具代表性的有《荀子·天论》，其曰："心居中虚，以治五官，夫是之为天君。"唐杨倞注曰："心居于中空虚之地。"现代学者梁启雄解释道：天君"指人体上的胸腔"。古人认为虽然它居于人的肉体之中，但它可与天感应，产生神会之功，逐发灵犀。对人体各个器官来说，它有绝对的统率之功，因为它受天之命，可以神会"事物之气",感应天人之变。所以宋范浚在《香溪集·五心箴》中说:"天君泰然,百体从令。"值得注意的是,古人认为作为人的"思维器官","天君"是管理"天官"即耳、目、鼻、口、形体等感觉器官的"冢宰"。也就是说,人体的各种感觉器官处于天君的统辖之下,天君是身体各个部位的"冢宰"。这位天君,也叫做心君。宋陆游《剑南诗稿》七十二《夏日杂咏》之四曰:"省事心君静,忘情眼界平。"对天君与天官的关系,《荀子·天论》道:"耳、目、鼻、口、形能各有接而不相能也,夫是之谓天官。"其《正名》又指出:"然则何缘而有同异?曰:'缘天官。'"其注曰:"耳、目、鼻、口、形、体也。为之官,官各有所司主也。"这些比喻,形象地表达着人体中天君与天官之间有机的主从关系,也就是心与各种感觉器官之间有机的从属关系。

海东古人的天君系列小说,其艺术想象的根据或种子,就来自于人体内部的这一相互关系或规律。它继承中国古人相关比喻的智慧,展现自己丰富的想象力,构筑一种崭新的小说艺术世界。在他们看来,在人体的自然世界中,天君占据着领袖地位,统管着各个感觉器官,使得人这个整体正常运转。顾名思义,人体中的天君就是承授天意而掌管各个器官的主宰者,而天官就是处于人体各个部位中的器官,如荀子所说,它们各司其职,使人的机体正常运行。它们与天君的关系是否融洽,它们的为臣之道是否忠心耿耿,是否有阳奉阴违之实,对于人这个机体的健康与否,有着直接的、重大的关联。

海东古人的天君系列小说,善于运用中国古代文化中对人体自然世界中各个部位的人文化的称谓和政治制度官制文化中的官名、官阶称谓的历史概念,作为自己作品的形象体系,来塑造各种拟人化人物,以构筑自己独特的小说艺术世界。所谓天官,本意即来自于中国古代吏治文化,是一种官名。《周礼》分设六官,以冢宰为天官,是百官之长。唐李贺在《歌诗编》二之《仁和里杂叙皇甫湜》中写道:"欲雕小说干天官,宗孙不调为谁怜?"这里的天官即指吏部长官。还有《礼·曲礼下》曰:"天子建天官,先六大。"这里的天官,指掌祭祀、鬼神和治历数之官，相当于礼部。"六大"，则专指周时的大宰、大宗、大史、大祝、大士、大卜等职，也称典司之"六典"。还有，天官有时泛指百官。如《文选·汉班孟坚（固）〈东都赋〉》写道："天官景从，寝威盛容。"东汉蔡邕《独断》曰："百官小吏曰'天官'。"应该说，不管天官是国王身边的"先六大"，还是"百官小吏"，都是一国一君之臣，是各司其职而奉君命之人。中国古代的贤哲们将人之心形容为天君，人体中的各种感觉器官比喻为天官，都是从其实际的自然功能出发，在逻辑上是再恰当不过。可叹服的是海东古代的文人们，将这种想象中的逻辑关系推至小说创作之中，从而将拟人传记体小说推向新的高峰。这些以《天君传》《愁城志》《天君演义》《天君纪》《天君实录》等来命名的天君系列小说，则利用人体生理结构特性和社会政治机制特殊的逻辑关系来作文章，以构筑崭新的小说艺术世界，无疑是一大创造。在这个艺术想象的世界中，人体的运转如同一个国家、一个王朝政治文化的运转，各个有机体都以天君为主宰，如同一个国家、一个王朝以皇帝为天子。

作为一个哲理型的小说，天君系作品往往包含着历史、哲学、社会一般文化和文学审美等多种价值涵义和趋向。它们所建构的艺术世界，往往是光怪陆离、内涵深邃，但仍充满着艺术内在秩序的审美世界。在这个艺术世界中，到处充满着神秘的"人物关系"，处处闪现着哲理的暗示。与直接描绘社会人情世态的小说不同，天君系小说由于强烈的艺术象征，往往使人一时难以捕捉其中的艺术真谛。但仔细品味，可以透过围绕至高无上的"天君"（心）与"天官"（感觉器官）之间复杂的矛盾纠葛而构筑的特殊的艺术结构世界中，还是可以领悟出作者苦心经营的审美理想和作品所折射出的深刻的思想与艺术蕴含。

第二节　治心树德和造美养人乃异曲同工

海东天君系列小说，有着深刻的儒家思想文化渊源。如上所述，所谓天君

（心）乃是上承天道，下接人体自然之气，统率天官（感觉器官）各部，使人之机体充满健康的活力。实际上这些作品想要说的是，一国执政者只有勤政爱民，为臣者各司其职，忠实于王国大业，最终才能够王道大昌，国家安宁。显然，这种主题反映的是先秦儒家"修身齐家，治国平天下"的政治理念和治国思想，只是利用文学的艺术手法，把它加以形象化而已。孔子在《论语·为政篇》中说过："为政以德，譬如北辰，居其所而众星共之。"王者以德理国，才能如北辰，受万民拥戴。对修正人心和治国之间的逻辑关系，西汉戴圣的《礼记·大学》说："古之欲明明德于天下者，先治其国；欲治其国者，先齐其家；欲齐其家者，先修其身；欲修其身者，先正其心；欲正其心者，先诚其意；欲诚其意者，先致其知。致知在格物，物格而后知至，知至而后意诚，意诚而后心正，心正而后身修，身修而后家齐，家齐而后国治，国治而后天下平。"彰显光明之德，养亲民之心，使自己达到至善的境界。在这里，治国与齐家、修身、正心、诚意、格物、致知等个体修养有着极密切的渐次血肉关系，同样，正确的客观知识来自于穷究事物的原理和法制，所以格物而后才知善恶，知善恶而后才有诚意正心，有了诚意正心以后才有修身齐家，而后才能治国，才能够平天下。儒家的先贤们在此表达着一个实现"治国平天下"理想政治的现实发展逻辑过程，而这些实际上是一个治者和被治者构筑"诚意正心"的双向逻辑过程。实施理想政治，实现太平盛世，无疑是历代封建统治者梦寐以求的夙愿。在政治实践中，他们总结出治者和被治者都需要建立积极的实用心理的道理，以"诚意正心"为治者必有的"心德"，以"仁义忠信"为被治者应该信奉的教条，这些都以"修心""修诚"为心理基础。正是因为对这种心理基础的深刻认识，历代儒家无比重视对心学的阐发，力求实施对封建礼教的社会教育。海东古代天君系列小说，从本质上就是秉承了传统儒家的这种心学思想，构建拟人化的文学世界。这种文学世界，尽管有时未免追寻猎奇、戏谑人生，但如果沉浸于其中，就可以发现让人深思的"真味"。

在中国，对人"心"的探索，历史悠久。各类文化观念显示，古人始终把它当做解开人的秘密世界的基本方面，社会政治探索的关键一环。据宋儒宣扬道统时称，《尚书·大禹谟》说："人心惟危，道心惟微，惟精惟一，允执厥中"，说这十六个字为尧、舜、禹传授心法。其时已经把心提高到育人施政的高度，而且将其分为一般的人心和道义之心，这种心"允执厥中"，左右着人的生活和言行规范。后来儒家的心学系统，一贯强调心对人的精神活动的主宰作用，主张修身养性、反观自省，以达到诚意正心的境界。

正如海东天君系列小说所反映的那样，心（天君）不仅是耳、目、鼻、口、形等感觉器官的主宰，而且也是体内五脏六腑的统领。这种想法在中国由来已久，《素问·灵兰秘典论》指出："心者，生之本，神之变也。"还说："心者，君主之官也，神明出焉。"这种想法完全把人之心当做思维的器官，所以认为它不仅是生之本，而且也是不断复杂思维的所在地。它不仅是全身之"君主"，也是各种念想的发源地，是自然人思想的生成之所。所以《诗·小雅·巧言》说："他人有心，予忖度之。"强调的也是人心之思量功能。后来在儒家那里，有关心的学问逐渐发展，遂成影响广泛的哲学体系。

中国古人很早关注人"心"之本质，探索其中的奥秘，并阐述各种见解。大约成书于战国中期的《管子》，对人"心"，已经有相当丰富的认识。《管子·心术》上篇指出："心之在体，君之位也。九窍之有职，官之分也。心处其道，九窍循理。嗜欲充益，目不见色，耳不闻声。故曰：上离其道，下失其事……虚其欲，神将入舍。扫除不洁，神乃留处。"《管子·心术》认为心在人体中的位置如同君主在一国中的地位，领导体内的"九窍"，具有绝对主宰的权威。心统帅体内各种感觉器官——"九窍"，使机体正常运转，而"九窍"各有分工，各司其职。在这个过程中，如果"心处其道，九窍循理"，人的机体健康发展，如果心违其道，"嗜欲充益，目不见色，耳不闻声"，那只能导致"九窍"紊乱，机体声变。这就叫做"上离其道，下失其事"。所以"虚其欲，清其心","九窍"才能够反映外物,正确处断事物。同时还通过修养,"扫除不洁",将心宫清除得干干净净,才能够顺应外部世界,使心做出正确的处断。在此,《管子》认为心是蕴藏思虑的宅舍,是统领全身的主宰,也是人能够在客观世界中立身的根本所在。从这样的认识出发,《管子》一再强调在国家的生存和发展中,执政者的内在心性修养和对天下人的心性教化是一刻也不能放松的道理。《管子》主张政术莫先于治心,能不能认识清楚这一道理,是关系到能不能成为圣君、圣人的关键。其《内业》篇指出:"我心治,官乃治;我心安,官乃安。治之者心也,安之者心也;心以藏心,心之中又有心焉。彼心之心,音以先言,音然后形,形然后言。言然后使,使然后治。不治必乱,乱乃死。精存自生,其外安荣,内藏以为泉原,浩然和平,以为气渊。渊之不涸,四体乃固,泉之不竭,九窍遂通,乃能穷天地,被四海。"为君(天君)之道,须先治我心,我心治,五官(天官)乃治;我心安静,五官乃安静。五官之心是跟着心君之心而动,心君之心乃以"诚心"为中心,其清洁与否,决定整个人体世界的正常与否。这个心君之心,通过感觉才能够认识对象、描述对象,认识达到一定程度之后才能够付诸于行动,才能够治理客观对象。如果不好好治理,天下必乱无疑,如果天下混乱,心君必死无疑。"精"乃生之本,有了这种"精",人才能够生存;此"精"旺盛,人表现为心神安定,容光焕发;人体中蕴藏的此"精",乃成为人生存的源泉,使人健康而和平,精气十足。此"精"之不涸,人体乃强健;此源泉之不竭,人体之"九窍"乃滋润畅通。可以看出,作者在此似乎专谈"心"与人体各个器官的有机关系,但实际上由此而兼谈治国理念和社会运行之道。换句话说,作者是在谈论心形双修、形德交养的问题,同时还强调治国治身,其理本"一"的观念。

    后来的孟子也对心性问题作了较为完备的论述。他也认为心乃人之思维器官,心能思考问题,人的认识来自于心的"思想"活动。他说:"耳目之官不思,而蔽于物,物则物,则引之而已矣。心之官则思,思则得之,不思则不得也,此天之所与我者。"[1] 人的一系列感觉器官不能思考问题,它们完全听命于心的左右,心是人体一切器官和有机部分的主宰。孟子以进一步深入的认识谈论心性问题,认为人生来就有"四端",即"仁、义、礼、智"四种善的萌芽或端倪。他认为这种心性,是在人的本性中固有的。他道:"恻隐之心,人皆有之;羞恶之心,人皆有之;恭敬之心,人皆有之;是非之心,人皆有之。恻隐之心,仁也;羞恶之心,义也;恭敬之心,礼也;是非之心,智也。仁义礼智,非由外铄我也,我固有之也,弗思耳矣。故曰:'求则得之,舍则失之。'"[2] 他对"心"的解释主要有两点,一是心是思维器官,能够思考问题,二是心中包含有先天的道德观念。从而他认为标志人性善的"四端"就存在于心中,也就是性在于心中,心是性存在的寓所。他还认为人性的善不容易丧失,可以后天扩充,这样才能实现"四端"这个道德的根本。对善是可以后天培养和扩充的道理,他指出:"故苟得其养,无物不长;苟失其养,无物不消。孔子曰:'操则存,舍则亡;出入无时,莫知其乡。'惟心之谓与?"[3] 因此他强调"尽心知性则知天"的心性理论,并提倡通过心的修养达到"至善"的境界,实现人性的完善。他的这种思想,对后世的思想发展产生了深刻的影响。

荀子继承《管子》以来有关"心"的理论,进一步发展了古代心学。他是最早以心为"天君"的上古思想家之一。与孟子不同,荀子认为善是后天培养的结果,人的道德观念也是后起的。值得注意的是,他认为善的出现正是心的作用,所以下意识的修身养心格外重要。他主张人是社会的主体,一切都是由人来去做,所以净化人心是首要的任务。因此治国先要治理人心,治理社会也要先治人心,然后才能云云人间社会中的其他事情。他在《荀子·天论》第十七中认为心居于身体的中心,统治着耳、目、口、鼻、形等天官,而且具有思维的能力。所以没有心的作用,人就无法认识客观事物。他总结之前人类社

---

[1]《孟子·告子上》。
[2]《孟子·告子上》。
[3]《孟子·告子上》。

会史，认为顺天者昌，逆天者亡；顺其类者得福，逆其类者的得祸。如果"暗其天君，乱其天官，弃其天养，逆其天政，背其天情，以丧天功"，任何群体和个人都会遇到大麻烦或天惩。所以历史上的明君和圣人，都从治心下手，"清其天君，正其天官，备其天养，顺其天政，养其天情，以全其天功"，从而迎来清明的政治，构筑和乐的社会氛围。在《解蔽篇》中，他进一步指出："心者，形之君也，而神明之主也；出令而无所受令；自禁也，自使也；自夺也，自取也；自行也，自止也。故口可劫而使墨云，形可劫而使诎申，心不可劫而使易意，是之则受，非之则辞。故曰：心容，其择也无禁，必自见；其物也杂博，其情之至也不贰。"心不仅是人体的主宰，也是精神的主管。它只出令而不受他者之令，它能够自己节制自己，驱使自己，懂得"自夺""自取""自行""自止"。所以，它能够制约自己的言论，能够控制自己的行动，而且不容易改变自己的意志，对别人的话对则接受，不对则不接受。从而在他那里，治国要治心，做人要修心。他还强调认识客观事物、治理社会要入道、解道，要入道、解道，须靠虚心、专心和静心，一个人真正达到了虚心、专心和静心，才能够达到清彻澄明的心境。先秦思想家们的这些心学思想，对后世一千年的中国思想界产生了深远影响。

到了宋、明时期，心学与理学家们的道乃至道统思想结为联姻，达到了哲学的新高度。北宋邵雍认为心是宇宙本体，是先天之学，有形有态的万事万物都是后天之学，而后天之学是由心产生。他在《观物外篇》中说："先天学，心法也，故图皆自中起，万化万事生乎心也。"这样，他以心为万物本体，认为立身之关键在于养心，对心的操持功夫到位了，道德修养也就高了。要得道，就得除去心中的私欲，以虚静的心态，迎接万物。张载认为心包含性和直觉，性在于心中，心是性的形体依据，心包含性情，即心统性情。他还指出气质之性有善恶，只有通过修养完善它，才能够实现至善。在心性关系上，程颢、程颐不同意张载的心统性情说，从客观唯心主义出发，他们认为心蕴藏性，性即理，性为心之体，情为心之用。他们把心分为道心和人心，道心就是天理，人心乃是人欲，人应克服人心，发扬道心。作为理学的集大成者，朱熹把心学推向了理学的新高度。他认为"七情"有善恶，得当则善，错乱则恶。他强调心是人的自然世界的主宰，是性的寓所。他以心为宇宙本体，说："心包万理，万理具于我心。"[1]又说："所觉者，心之理也；能觉者，气之灵也。"[2]从而认为心也是理与气交杂而产生的。他还认为性是心之体，情是心之用，性静而情动，性情皆由内心出发，受心的主宰，这就是性统性情。陆九渊将人心看作本体，一切事与物都以人心为最后根据。他认为"心即理"，"宇宙便是吾心，吾心便是宇宙。"在他那里，心不仅是思维的器官，也是道德实体，人的道德原则或规范无不存在于此心之中。他认为人性和人心是统一的，都是宇宙最根本的理。从而他主张作学问也好、进行道德修养也好，关键在于发明"本心"，省观内心。明代的王守仁继承宋儒的思想观念，进一步提出"心外无物，心外无理"的观念。他认为心的本体是良知，良知就是社会的道德观念，"仁义礼智信"就是它的主要内容。

第三节　"承先儒之心学"与"达文艺之春秋"

天君系列小说在海东更有深厚的思想基础。虽天君系列小说多用猎奇、隐晦的艺术手法，却于"游戏笔法"中隐藏着对人和社会精神建设的智慧，充满着将深奥的哲理转换成艺术感召力的审美创造意识。它们所表现的哲理与艺术表象，之所以具有深刻的思想和审美境界，就是因为它们以传统儒家特别是当时已经在海东根深蒂固的朱子性理学为其深厚的文化土壤。

"心"学，也是海东朱子学重要的理论基础。随着历史推进，海东朱子学经

---

[1]《朱子语类》卷9。
[2]《朱子语类》卷5。

历了一系列自身发展阶段，包括其"心"学发展进程在内。海东早期的朱子学，在思想上为创建立国之本、制定内外政策，提供理论基础。从而升格为官方哲学的朱子学，占据上层建筑中的主导地位，逐渐内化为绝对的统治思想。在消化朱子学的过程中，海东当时的学者们逐渐排斥高丽以来盛行的佛老思想，用朱子学的观点著书立说，进而解决复杂的社会政治问题。他们提出以三纲五常作为理乱治世的根本，革除社会弊病，树立社会新秩序，强化中央集权的王权统治；鼓吹春秋大义名分思想，外交上奉行亲明事大政策，维护儒家道统，逐步取缔佛老"异端"在社会上的影响。也就是说，朱子学代表新进士大夫阶层的利益，为其改革社会政治、稳定社会秩序，起到了重要作用。

　　海东朝鲜朝前半期的官方意识和思想界，在接受和运用程朱学说时，极其重视心学，大都以心学为重要的研究对象之一。学者们认为作为自然的人和社会的人，其所想、所言、所为、所欲，无不与心有关。特别是人们应该操守的三纲五常之类，都以人的心为根基，用心来体会、感知和判断，逐步升华为个体自觉，最终融入社会正道。所以治理天下者不能不首先考虑天下人心，必须懂得人心向背对现实政治的决定性作用，懂得治理天下莫先于治心的道理。学者们进一步看到，不光是社会政治，人类的各种活动也都离不开心，离不开对心的体察和琢磨。所以历代学者们认为天下万学，终归于心，天下万事，即为心事；人在世间，无一时不涉心，无一事不用心；从心施政，从心治学，从心做人。海东朝鲜朝前期逐步形成的士林阶层，将朱子学的性理学原理运用到政权建设之中，提醒当政者时刻体察天下人心，从心训导，从心治政，成为极具向心力的统治者。

　　海东朝鲜朝前期的当权者和士林敏锐地发现，儒家之外还有一股文化势力擅长心学，那就是佛教。之前，在王氏高丽统治阶级的保护和奖掖下，佛教势力得到长足的发展，最终达到严重影响国家政治进程的地步。李氏王朝建立以后，虽采取一系列的限佛措施，但它已根深蒂固，一时很难控制。尤其是历代海东的禅宗势力,也擅长于自己的心学训导,拥有大批信众,严重威胁李氏王朝思想文化上的一统天下。海东佛教训导人们认同"色空",远离红尘世界,去追求遥远的"来世幸福"。这与"以天下为己任"的儒家思想相比,无疑是极端的空洞之学、自私之学,让人陷入远离现实生活而沉浸于"无我之境"的"迷途之中"。海东朝鲜朝前期的士林以"齐国平天下"为己任,意欲要建立传统儒家所期望的"太平盛世",要求君主从心执政、从心治国。于是拟定国家的"抑佛扬儒"之策,逐步限制佛教势力的蔓延,防止佛教寺院的"蛊惑",把人心集中于王道政治之上。所以李氏王朝谋士们的献策动议和学术活动,大都具有与佛教的论战意味,其内容基本都是围绕心学问题而展开。海东朝鲜朝开国重臣、大学者郑道传积极倡导"抑佛扬儒"之策,首先向佛教哲学发难,围绕心性论批驳佛教的有关教理和理论观点。他在《佛氏杂辨·佛氏心性之辨》中指出:

> 心者,人所得于天,以生之气,虚灵不昧,以主于一身者也。性者,人所得于天以生之理,纯粹至善,以具于一心者也。盖心有知有为,性无知无为,故曰:"心能尽性,性不能知检其心,又曰:'心统情性。'"又曰:"心者,神明之舍,性则其所具之理。"观此,心性之辨可知矣。彼佛氏以心为性,求其说而不得,乃曰:"迷之则心,悟之则性。"又曰:"心性之异名,犹眼目之殊称。"……普照曰:"心外无佛,性外无法。"又以佛与法分而言之,似略有所见矣。然皆得于想象仿佛之中,而无豁然真实之见。其说多为游辞,而无一定之论,其情可得矣。吾儒之说曰:"尽心知性。"此本心以穷理也。佛氏之说曰:"观心见性,心即性也。"是别以一心见此一心,心安有二乎哉?……故曰:"释氏虚,吾儒实;释氏二,吾儒一;释氏间断,吾儒连续。"学者所当明辨也。[1]

---

[1] 郑道传:《三峰集》卷9,(韩国)《韩国文集丛刊》。

在郑道传看来，心来自于天生之气，虚灵不昧，主宰一身；性得自于后天，出自于人心之理，它是纯粹至善，居于人心之中。他认为心是能动的，而性则是被动的，它与情一起，存在于人心之中，所以可以说心能够统治性和情。他进一步认为心为"神明之舍"，性乃"其所具之理"，所以"心统性情"是不变的真理。从这样的认识出发，他严厉批评佛教的心性观念。他指出"佛氏以心为性"，无法说明其所以然，则笼统地说"迷之则心，悟之则性"，未免荒唐。他指出佛教大师普照所说"心外无佛，性外无法"，有一定的道理，但是很显然这些"皆得于想象仿佛之中"，"而无一定之论"。对佛教和儒家之思想内涵上的不同，他指出"释氏虚，吾儒实；释氏二，吾儒一；释氏间断，吾儒连续"，一针见血，表达出儒佛本质上的重大区别。"心统性情"说源自中国北宋张载，南宋的朱熹赞同此曰："横渠云：'心统性情'，此说极好。"为什么呢？他解释道："统，犹兼也。心统性情，性情皆因心而后见，心是体，发于外谓之用。""性者，理也。性是体，情是用，性情皆出于心，故心能统之。"在他那里，心有体有用，心之体是性，心之用是情，性情皆由心中发出。对儒家和佛教的区别，朱熹又指出："释氏弃了道心，却取人心之危者而作用之；遗其精者，取其粗者以为道。如以仁义礼智为非性，而以眼前作用为性是也。此只是源头处错了。"[1] 朱熹认为佛家只强调"人心"，而否定"道心"，这是对人之心的虚妄之谈。通过这种比较考察，可以看出海东郑道传的辟佛理论，与中国宋代理学家们的主张一脉相承。他是在此，于政治上和哲学上双向辟佛。作为李氏王朝的开国重臣，郑道传积极扶植士林派势力，意欲重树牢固的儒家执政体制。他当时看到佛教心学对国家和百姓的毒害，在朝野力主"抑佛扬儒"之策，用儒家理论和理想普及社会，浸润人心，以达到富国强兵的目的。作为一个文人学者，他力倡穷究心学之内涵，发扬儒家心学之传统，辅弼王政，以实现"尧舜之治"。可以说，对心学的追索是郑道传参政和治学重要的方向和内容。

---

[1]《朱子语类》卷126《释氏》。

作为改革派重臣兼文人学者，郑道传以丰富的政治经验和学识时刻提醒执政者，以儒家思想为治国理念，任人唯贤，整顿吏治，灵活政策。他认为任人唯亲，放任懒政，疏于治理，将会导致政不政、国不国的严重后果。他提醒当政者，锐意改革，破旧立新，积极进取才是正道。他把理政比之于治理人体保健，指出："世道有醇漓污隆之或异，故愚不肖者得厕于其间，而贤智者亦不得而展布，职有所不修而旷官之叹兴矣。且宰相非其人，当亟求贤者以置其位，台谏失其职，亦当求能者以责其职。岂可以一人之故而轻辅相之权，废风纪之任哉。若府卫，若监司、守令，莫不皆然。比之于人，心之官则思，耳司闻目司视，心未得其思则当治其心，使之益以清明，必得其思而后已。耳有所未闻，目有所未见，亦当治其耳目，使之益以聪明，必得其闻见之实而后已。又岂可以未思之故而废心之官，未闻未见之故而废耳目之聪明哉。此又不可不知也。故并论之。"[1] 郑道传慨叹当时社会存在太多的黑暗面和弊病，"愚不肖者"得以重用而"贤智者亦不得而展布"的现象极其普遍，从而导致很多人员安排错位的现象。他主张及时更换失职的各层官员，对怠慢公务者不可放任自流，不能因"一人之故"而怠废"辅相之权"和"风纪之任"。他比喻治国如同治理身心健康，心和五官各有分工，"心之官则思，耳司闻目司视"。他主张如果心不能够完成思维的任务，而当治理其心，"使之益以清明"；如果"耳有所未闻，目有所未见"，那得治理耳与目，"使之益以聪明"；绝对不可因"未思之故而废心之官，未闻未见之故而废耳目"。可见，在心的"思维"功能和心与五官、乃至社会政治与各阶官员的关系问题上，郑道传明显继承着中国古代《荀子·天论》的相关思想。

把心学致用于社会政治实践，是海东朝鲜朝前半期士林派学者的一大创造。中宗时期的学者赵光祖可谓是其中的代表。他30岁前后已历副提学、大司宪等高位，学问上力倡道学，频出高文大作。他深感君恩，用三代之治劝导中宗，

---

[1] 郑道传：《三峰集》卷6《识》，(韩国)《韩国文集丛刊》。

第十三章　"心""君"同构视阈下的"天君"系拟人哲理小说　827

以格君心为先务，要求士林大力发展心学。他认为"君心是出治之本，不正其本，政体无以立，教化无由行"，应从心施政，从心治学，万事以心为本。他主张海东王朝应继承儒家道统，以道学"格致诚正，操存澄心"，变法改革，说："祖宗旧章，虽不可猝改，若有不合于今者，则亦可变而通之。"[1]在心与道的关系问题上，他认为虽心在先而道在后，但无道之心则不是"真心"，"真心乃是道心"。这样在他那里，含道之心才是"真心"，心与道高度统一，"以道惟一"。从而他主张不论是执政者还是从政者，首先要"纯正己心"，然后才能够纯正"天下之心"。他说：

> 然而所谓心所谓道者，未尝不一于其间，而千万人事之虽殊，而其道心之所以为一者。天本一理而已，故以共天下之道，导与我为一之人，以共天下之心。感与我为一之心，感之而化其心，则天下之心，化于吾心之正，莫敢不一于正。导之而导于吾道，则天下之人，善于吾道之大，莫敢不归于善。顾吾之道与心诚未诚如何，而治乱分矣。夫子之道，天地之道也。夫子之心，天地之心也。天地之道，万物之多，莫不从此道而遂。天地之心，阴阳之感，亦莫不由此心而和。阴阳和，万物遂而后，无一物不成就于其间，而井井焉有别。况夫子导之以本有之道，而易得其效，感之以本有之心，而易得其验欤。以此而言之，则期月之可，三年之成，岂徒言而无实哉。其规模设施之方，则亦必有先定者。何以言之？道外无物，心外无事；存其心，出其道。则为仁而至于天之春，而仁育万物，为义而至于天之秋，而义正万民。礼智亦莫不极乎天。[2]

在赵光祖看来，道从心中出，融和为一体，世上人事虽殊万千，道心惟一；

1　《静庵集》卷3《检讨官时启》，（韩国）《韩国文集丛刊》。
2　赵光祖：《静庵先生文集》卷2《对策·谒圣》，（韩国）《韩国文集丛刊》。

天本一理，天下之道也惟一，以我有道之心，共天下之心；以我有道之心，感化天下人之心，从而天下人之心，受我感化，跟我一样地归于"正"；被吾道感化的天下人，逐渐演变成吾道之追随者，受熏于吾道，"莫敢不归于吾道"。所以"吾之道与心诚未诚如何，而治乱分"，君主能不能存化天下之心，从政者能不能涵养"诚正之心"，是关键之关键。他进一步指出孔孟之道，就是"天地之道"，孔孟之心就是"天地之心"。天下万物复杂繁复，因有此道而"遂"。天地人事，充满矛盾，阴阳相荡，因有此心而"和"；有此"天地之心"和"天地之道"，天下万物就"井井焉有别"，王业可以"成就于其间"。他格外重视一国君主有无"化育万物之心"或"出治之心"，指出"为人主者，苟以观天理而处其道，由其诚而行其事，于为国乎何难。恭惟主上殿下，以乾健坤顺之德，孜孜不息，出治之心既诚，为治之道已立。"他认为人主之心安静而天下之心"和"，人主之心不安，天下之心亦不安，"出治之心既诚，为治之道已立"。

从这样的观点出发，赵光祖则认为："道外无物，心外无事；存其心，出其道。则为仁而至于天之春，而仁育万物，为义而至于天之秋，而义正万民。"也就是说，君王有"天下之心"，从政者有"诚意正心"，天下就"为仁而至于天之春，而仁育万物"。因为赵光祖的心学，紧紧围绕现实政治和社会人生而展开，在谆谆谕人的哲理中充满了对社稷的担忧。

随着朱子学的发展，海东的心学也日渐深入人心，到了16世纪已形成自己的理论体系。作为性理学的一个组成部分，这时期海东心学极其重要的特点，是把有关心的学问建立在以理为本体的理气论哲学高度之上，为性理学的宇宙观提供了更加丰富的哲学内涵。纵观这时期海东性理学的整个内容，可以认为在全面继承朱熹理学思想基本内涵的基础之上，从哲学的角度构筑了一个以"天道→人性→人道"为内在逻辑的思想结构。从外在的组成结构上看，他也以理气论、心性论和格物致知论为形式框架，建立起一个严密的朱子学思想体系。这些都充分说明这时期的海东朱子学，已从实用性极强的地方士林政治理论，逐渐升华为具有严密内在逻辑结构的哲学思想体系。

这时期海东最有代表性的理学家就是退溪学的创始人李滉,他创造性地阐发朱子学,为朱子学增添不少新的内容,把海东朱子学推向了新的高峰。李滉大力发展心性论,将其逐渐提升为退溪学的核心。他的心性论最突出的一个内容,就是"心合理气"论。他曾经说过:"夫人之生也,同得天地之气以为体,同得天地之理以为性,理气之合则为心。故一人之心即天地之心,一己之心即千万人之心,初无内外彼此之有异。"[1]人生在世上,天地之气和理构成其体与性,而理气混合则为心,所以一人之心则是天地之心,一己之心就是天下千万人之心,期间并无内外彼此之有异。对儒家心学的历史内涵和理论意义,李滉进一步强调:

> 故自昔圣贤之论心学,不必皆引而附之于己。作己心说,率多通指人心,而论其名理之如何,体用之如何,操舍之如何,所见既彻,为说既明,以是自为,则吾心之理已如此。以是教人,则人心之理亦如此。如群饮于河,各充其量而无不得矣。岂规规然有分于人己之间?必据己为说,而惟恐一涉于他人之心乎。若必以作人心说为不可,则是孔子言"惟心"之谓欤。此心字上,必加吾字,然后为可乎。孟子言人皆有不忍人之心与仁人心义人格。此等人字,皆当改作吾字而后可乎。朱子《仁说图》,人之所得以为心,此人字,亦当改作吾字而可乎!历选古来言心处,如此类甚多。必皆改作己心说,然后乃合于心而自操之义,而无畔援之患乎,其无此理也亦明矣。如是则欲于改说中,去其病语,而用今图,无乃不至于大乖乎。又有一说焉,若得高明就旧图中能处置得礼智二字稳当,则仍用旧图。亦滉所深愿也。惟高明虚心谅采,熟细商量而幸教之。滉顿首拜恳。[2]

---

1 《退溪先生文集》卷18《答奇明彦论改心统性情图》,(韩国)《韩国文集丛刊》。
2 《退溪先生文集》卷18《答奇明彦论改心统性情图》,(韩国)《韩国文集丛刊》。

"图""图说""图解""图谱"之类，是海东朱子学者为简单扼要地掌握性理学理论要点而采取的学术方法。综观海东朱子学发现，学者们善于运用绘图、设图的方式诠释性理学的基本概念，其中包括以四端七情为端倪，围绕心性论和修养论，来探讨性理学的理气关系、心性论、人心道心说等重要哲学问题。在诸多图说中，李滉的《圣学十图》最为著名，因为它继承朱熹理学思想的精髓，熔铸中国宋名理学的要义，全面概括性理学的基本理论原理。李滉在其序中曾经指出："圣学有大端，心法有至要。揭之以为图，指之以为说，以示人入道之门、积德之基。"[1] 可见"心法"是此著作的核心内容。李滉编撰《圣学十图》，目的在于用图绘的方式，给读者讲解历来的代表性性理学观点，将深奥难懂的性理学观念变成简要易懂的学习指导书。在《圣学十图》中，有中国宋学的代表人物周敦颐、张载、二程、朱熹等的理学思想，也有很大一部分是李滉自己撰写的内容。其中李滉以补遗的形式写出来的第六图中的中图和下图，通过对人的心、性、情关系的讲述，强调心统率性、情，主张人之知觉主于身而应事物者为"心"，未发之时为"性"，已发之后为"情"。心为人身之主宰，人可以持敬以"立"，通过"修养功夫"掌握"敬一执中"的"心法"。第六图中的中图和下图，充分反映了他"心合理气"的心学观念和"理发而气随之，气发而理乘之"的理气观。李滉在文中进一步论证"一人之心即天地之心，一己之心即千万人之心"的观点，说"作己心说，率多通指人心"，其道理"如群饮于河，各充其量而无不得"。所以他主张讲众心、他人之心和天下之心时，改作"己心说"也未尝不可，"历选古来言心处，如此类甚多，必皆改作己心说，然后乃合于心而自操之义"。

　　李滉关于"理气合而为心"的心学命题，是对海东朱子学心性论的一大贡献。这一观点肯定了理对于"心"之"灵"的能动作用，从理气论的角度，为

---

[1]《退溪全书·圣学十图序》，（韩国）国立中央图书馆藏，庚子本。

心的知觉作用找出了可靠的根据。正因为"心合理气",才有知觉运用之妙,有虚灵知觉之妙。也就是说,人心之虚灵知觉,绝非仅仅"缘气而生",而应该是理和气共同作用的结果。在他那里,"虚灵"是心之本然状态,而"知觉"是心之外在表现,这一"虚灵之心"可以具有"众理而应万物"。所以他说:"灵固气也,然气安能自灵,缘与理合,所以能灵。"这样,在他看来,心当然具有能动性,贯动静,更统性情,是认知主体和道德主体。李滉继承朱熹"性即理"的心性观,认为外在于人心的"天道"(即天理)和内在于人心的"性"有必然的联系,"天理"以"性"的形式存在于人心之中。从而他认为"理气合而为心",心是下功夫处,通过"穷理"和"涵养"等"心地功夫",可以融人心与道心,使人心合于道心,以达到圣贤之境。但是在深入研究和阐发朱子学心学的过程中,他发现朱熹心学求理于外而导致的后学探溺于词章之学的弊病之后,为了校正此而采取了在心学研究和阐发上对道德义理的加强态度。从而,如何用具有"理气之合"与"善恶之本"的心,来解释独立存在于人的主观意识之外的本体之理,就成为了他哲理追寻的主要问题。

朱熹曾认为心主一身,其体虚灵,足以关涉天下之理,理虽散在万物,其用却"不外一人之心"。但是朱熹又认为理虽有用,何必还说是"心之用"呢?他认为理无所不在,"心之体,具乎是理",而理无一物之不在,"然其用实不外乎人心","盖理虽在物,而用实在心"。这样,朱熹所得出的结论是心与理无内外,无主次,"心即理"。但在李滉看来,这种观点是有问题的,因为心统性情,心是有情之物和能动之体,理是无情的和无造作之体,所以说理"是知无情意造作者,此理本然之体也。"李滉又比喻曰:"随人心所至,而无所不到,无所不尽,但恐吾之格物有未至,不患理不能自到。"按照"心即理"的这种观点,心与理的关系如同形与影,永远相伴相随,一心同体。他认为这实际上是不太正确的,要是这样,恐怕会出现"吾之格物有未至,不患理不能自到"。在李滉看来,本体之理,是不会主动成为人的知识或主体之理性认识,必须通过人对客观事物之理的探求，才能够完成对本体之理的体认。通过这样的论述，他终于在理之静体动用的问题上，将原来一直被视为静止的道德本体的理，转化成"随人心所至而无所不到，无所不尽"的"此理至神之用"。他说："殆若认理为死物，其去道不亦远甚矣乎？"在他那里，本体的道德之理，不再是"无情意，无计度，无造作"的"死物"。

海东朝鲜朝自立国之初则以朱子学为官方哲学，随着士林派势力逐渐主导国家政治生活，性理之学也越发深入人心。到了16世纪前期，海东性理学便达到高峰，思辨哲学领域取得了丰硕的成果。不过这时期虽名家辈出，名著连绵，但是也产生了许多朱子学内部不同的思想派系和理论主张之间的矛盾。各种派别大都以学脉、党系和个人利益为基础，其中的有些部类逐渐走向宗派或党羽之争的道路。这使得朝廷和"有志之士"大为闹心，他们担忧这样下去会影响社稷的保全和社会稳定，于是一批标榜尊理护道的士大夫文人掀起了一股"宗程朱，兴王道"的学风。海东天君系列小说就是在这种社会条件下形成和发展的。孔子曾经道："兴于诗，立于礼，成于乐，游于艺。"[1]说的就是文艺的教化功能，以及审美的教育作用。海东的士大夫文人认为文艺可以净化性情，故能可以陶冶性情，其结果亦有益于修身。正如唐代张彦远在《历代名画记》中所说，夫文艺者"成教化，助人伦，穷神变，测幽微，于六籍同功，四时并运"。从这样的文艺观出发，海东封建士大夫文人要求文艺与封建伦理、礼制相表里，讲求文艺一定要为王朝的"大业"服务。

第四节　离奇的故事情节和光怪陆离的人物世界

将儒家心学及其生理要素当作小说的取材源泉和描写对象，而且将其提升为性理哲学的高度，还是海东士林派文人的一大创造。作家的文学观念及其作

---

[1]《论语·泰伯》。

品在特定的社会生活中形成和发展，并伴随其社会实践、生活经历的变化而发生变化。海东李氏自建国之初就面临高丽旧朝复辟势力和对建国有功的勋旧势力的政治挑战，自然以新兴的士林派势力为执政基础，以代表中小地主阶级利益的朱子性理学为官方哲学。不过在树立朱子学权威的过程中，经常遇到佛、老和各种"异端邪学"以及儒学内部阳明学的挑战，加上海东朱子学内部围绕不同观点而引起的激烈论争，使得统治阶级和思想界深感危机。尤其是学脉、流派、师承、血缘等关系，逐渐成为围绕权利的派系斗争基础，不断引起士祸、党争和突发政治事件，使得李氏王朝政治动荡、人心惶惶。对这种客观环境深感忧虑的一些文人，开始对朱子学及其社会适应性进行反省，摸索王朝和儒学的振兴之路，从而心学及其学理结构逐渐启发他们，创作出世界文学史上独一无二的天君系列小说。

从艺术形式上讲，天君系列小说则属于拟人传记类文学形式。它不同于其他以动植物或生活对象为拟人化对象的传记类小说，主要以心为主人公，以历代心学中所提人体各个器官或性理学所涉及一些名称（如四端、七情）为次要人物，讲述他们在国事或生活中发生的矛盾斗争故事。天君小说的出现，是海东朝鲜朝文人对原来的拟人传记体文学进行不断的提炼和改造的结果，意味着海东传记类乃至拟人传记体小说发展到一个崭新的阶段。尽管天君系列小说都以心学中的各种因素为艺术想象的来源，以朱子学者的社会理想为其主题之根基，但是它们皆迥异于作为哲学的性理学本身的抽象性和概念化。天君系列小说都是通过具体的艺术形象，用活生生的故事情节和人物关系，来反映当时的社会现实，表达作家本身的思想感情。从这个意义上说，它们不愧为海东小说文学骄傲的一族，不愧为其汉文学艺术形象世界中的一朵鲜艳的奇葩。

天君系列小说在艺术上的独特之处，在于以无形的人心和人的精神活动中的某些概念为艺术形象的"主人公"，来刻画当时社会人生的诸多纠葛。在刻画社会人生的诸多纠葛，以塑造作者心中理想人格形象时，始终离不开作者心中生发的艺术情感。在表达艺术本质时,中国古代《乐记》回答说:"凡音之起,由人心生也。人心之动,物使之然也。感于物而动,故形于声……凡音者,生人心者也。情动于中,故形于声;声成文,谓之音。"[1]这段话说明了音乐由心而生,是为了表达人的感情而产生;人心之动,是物之使然,情动于中,而形于声。这个道理尽管是针对音乐的起源而讲的,但可以很清楚地看到它的普遍性道理,是可以波及其他艺术和文学的。受到这种上古音乐思想的启发,《毛诗序》指出:"诗者,志之所之也。在心为志,发言为诗。情动于中而形于言,言之不足故嗟叹之,嗟叹不足故咏歌之。"[2]文艺是情感的产物,但古人并没有忘记它理性的一面,认为诗有"经夫妇,成孝敬,厚人伦,美教化,移风俗"[3]的理性要素。海东天君系列小说之所以占有海东小说发展史上的一席之地,并具有深远的影响力,就是因为它遵循了这样的文艺规律。

如果说在海东,哲学意义上的朱子学用自身抽象和逻辑去影响社会和人们的精神世界,作为文学一员的天君系列小说,则以生动的艺术形象去感化和浸染人们的精神世界。从本质上讲,二者殊途同归,都是为了构建儒家道统思想的天下。显然,海东天君系列小说是在特定历史环境里,参与到时代精神的建构过程中去,最终成为时代精神不可或缺的正能量要素。从当时文人审美创造的角度来看,这无疑是一次既合主观目的性和规律性而又顺应时代的和自觉的审美创造活动的创举。在这里,天君系列小说的作者为了思想和审美的双重目的,以天君(心)为主人公,按照文学规律创造生动的艺术形象,意欲影射客观生活,使其成为现实生活的指针和方向,进而改变现实生活的"浇漓"状态。海东朝鲜朝最初的天君系列小说,当推第十三代明宗时期文人金宇颙(1540—1603)的《天君传》。此《天君传》以文言文写成,近1300余字,手法娴熟,描写细腻,堪称拟人体文学之佳品。其篇首曰:

---

[1] 《乐记·乐本》。
[2] 李泽厚:《美学三书》,安徽文艺出版社,1999,第247页。
[3] 李泽厚:《美学三书》,安徽文艺出版社,1999,第247页。

第十三章 "心""君"同构视阈下的"天君"系拟人哲理小说

　　有国于昆仑之下，磅礴之上，号曰"有人氏"。其地自圆颅山至交趾，土不过同，而以礼义为诸侯所宗，实王夏盟，以熙帝载，其君则乾元帝之子也。乾元帝太初元年，诏曰："朕居巍巍之上，万机寔繁，无以独运，有能佐朕以治，朕将宠之，下土式是百辟。"佥曰："胤子可。"乃命太史作策命，其词曰："唯兹万国，邈在下地，林林总总，靡有定主，肆予命汝，自服于中土，汝尚同尔兄弟，抚兹戎丑，以赞我帝室，分汝以仁义之室，礼智之琛，轩辕氏之珠，隋侯之璧，王府珍藏，咸锡予之。往钦哉。无荒坠朕命，汝如不君，惟尔股肱心膂，皆汝仇敌，内奸外寇，投门抵隙，为汝邦患，汝其戒此，念之敬之，高城深池，重门击柝，罔有小忽，陈兵巡警，明法诘盗，罔有小忽．呜呼！敬胜则吉，怠胜则戚，无怠无荒，永绥天禄。"元月甲寅，帝使太史，命疆有人之国，封胤子焉，国人尊之，号曰："天君。"天君初名理，既封于人，更名曰"心都胸海"。元年，天君受朝于神明殿，命洞开重门曰："轩豁无蔽，正如我心。"爰命太宰敬曰："汝宅腔子里，肃清我官府。"命百揆义曰："汝协于太宰，顺应万务，以熙百志。"于是二相同心，政成事合，百官有司，整整肃肃，无敢荒厥官。[1]

　　在这样的篇首之下，即展开丰富而生动的故事情节。其讲昆仑山下有"有人氏"国，以礼、义明上帝之德业，其君为乾元帝之子。初，乾元帝问能治理下界者，群臣荐太子，遂使长史作策命。元月甲寅，乾元帝将国权交予太子，百姓把他推戴为天君。天君初名"理"，后改名"心"，定都于"胸海"。即位年，使太宰敬居于腔子里，肃清天君之宫府，并命百揆义协同太宰敬勤政佐王。二位宰相合心侍王，政事顺利，无怠慢之官，天君也十分信任和尊重二人。太宰敬和百揆义二位宰相以忠侍奉天君，其余群臣合和，国家昌盛，万余邻国甘

---

[1]《东冈先生文集》卷16《杂著》，(韩国)《韩国文集丛刊》。

愿为属藩。然而天君喜微行，常空位出外，形迹渺然，太宰敬多次进谏，但都未接纳。利用这个机会，妖臣公子懈、公孙傲等乱掌国政，诘难敬、义二相，最终赶走敬，一气之下百揆义也弃官而去。骑着八骏马的天君，"驰骛八荒之外，或坠或天飞，或降而渊沦"，迷途中不知返，于是法宫空虚，法度懈怠，妖贼华督等乘虚而起乱，袭击"胸海"，侵入朝廷。晚到的天君起兵讨伐，但兵败灵台之下，敌首柳跖擅称国君，入住"方寸台"。于是"宫阙污秽，池殿荒凉，腥膻酒种，弥漫丹田，熏蒸玉渊。天君既失国，故家遗臣，无一从者，惟公子良，尚周旋其间，虽不见庸，不忍弃去，乃作《祈招》之诗，以警其君"。不久，"君恻然省悟，即整驾回辔，收召散卒，太宰敬诣行在，使复其位。于是百姓云集，克期恢复"。在群臣的拥戴之下，"天君正位于神明殿，百揆义亦来，太宰分治内外"，后内外敌人多次犯境，但天君在诸臣的帮助下，"尽复乾元帝所赐之地界，师还告捷于丹墀。自是三宫清晏，四野宁谧，金瓦千里，莹净无痕。天君拱己垂衣而治，大宰辅君，德以清万化之本，百揆应事变，以宣一本之用，各恭其职，国家无事。"金宇颙的《天君传》在描绘这样离奇的情节故事时，还用许多笔墨勾勒出一个尽管充满矛盾、离乱不断，但秩序森严的封建统治世界，塑造一片神秘而神圣的心灵净土和一批各具神态的拟摹人物形象。

随着海东朝鲜朝心性哲学的日渐发展，将心性的内在本质和哲理关系文学化的文人也逐渐增多。因为用理论开掘和哲学论争的方式发展朱子学之外，用文学的形式深入展现心学、性理学的内在本质，宣扬朱子学的合法则性和官学地位，也是一个值得探讨的问题。所以许多文人学者在探讨朱子学之余，写写以心性为主题的诗歌和散文，已成了思想界和文坛一种风气。应该说金宇颙之后陆续出现的其他天君系列小说，也无一例外，是这种思想和文学风气的产物。后来出现的那些天君系列小说，虽然风格有所不同，但都以作为心的象征的天君为主人翁，沉潜于人的心灵天府，去设定人物关系，讲述离奇古怪但深有哲理意蕴的情节故事。海东朝鲜朝宣祖时期的文人林悌所写《愁城志》就是其中

颇具代表性的作品。其开头云:

> 天君即位之初,乃降衷之元年也……维时天君,高拱灵台,百体从令,鸢飞之天,渔跃之渊,莫非其有。梧桐之月,杨柳之风,莫非其胜。不劳舜琴五弦,何须尧阶三尺,无欲虎而可缚,无忿山而可摧,四海之内,孰不曰其君也哉。越二年,有一翁神清貌古,自号主人翁,乃上疏曰"窃以危生于安,乱仍于治,故不虞之变,无妄之灾,明君所慎也。易曰:'履霜坚冰至。'盖微不可不防,渐不可不杜。烛于未然者,哲人之大观也。狃于已然者,庸人之陋见也。夫昧哲人之观,而守庸人之见,岂不危哉。今君自谓已治已平矣,而殊不知寸萌之千寻,滥觞之滔天,且根本未固,而遽游于翰墨之场、文史之域,日夜所亲近者,陶泓、毛颖辈四人而已。又慨想今古英雄,使其憧憧来往于肺腑之间,如此等辈,作乱不难也。愿君上勉从丹衷,御以和平,则可谓视于无形,听于无声,而庶免颠倒思余之刺矣。无任恳恻之至。天君将疏览讫,虚怀容受,而终不能已意于优游竹帛。[1]

降衷元年天君即位之时,国家上下秩序井然,"百体从令","四海之内"皆来服属,一片太平之象。越二年之后,有一自号主人翁的老者来进言曰"危生于安,乱仍于治,故不虞之变,无妄之灾,明君所慎"。可是如今天君自满于现状,"而遽游于翰墨之场、文史之域,日夜所亲近者,陶泓、毛颖辈四人而已"。老者劝告天君"寸萌之千寻,滥觞之滔天",作为一国的君应该"勉从丹衷,御以和平",居安思危,精进于国事,以防于未然。对此天君"虚怀容受,而终不能已意于优游竹帛"。于是主人翁再次忠谏天君,天道不可违,治国之要莫系于一心,应该训率五官、七情,形成中和之态,参与天、地、人三才之事。天君

---

[1]《林白湖集》卷4《志》,(韩国)《韩国文集丛刊》。

大悟，向四端、七情、五官反省，改号"复初"，与无极翁一道坐主一堂，参究"精微之余"。忽然七情中的哀公进告监察官与采听官合疏曰"愁气来袭，宇内满愁气，究而不知其故"。天君听罢满心愁绪，仿周穆公欲周巡八极，但因主人翁极谏而中止，宿于半亩塘边。时有腒县人来报告，近来胸海波动，海中移来泰华山，山中有千万人，有两个颜色憔悴、"眉攒忧国之愁，眼满思君之泪"的人和"神凝秋水，面如冠玉，楚衣楚冠"的人，来请求使居于天君之国一隅。天君遂许之，命筑城使其居于城内，二人道谢以回胸海。自是之后，天君常想二人，不能忘怀，常使出纳官高咏《楚辞》，更不管摄他事。秋九月，天君亲临海上，观望筑城，只见万缕冤气，千迭愁云，千古忠臣义士及无辜受冤之人，零零落落，往来于其间。在这座"愁城"中，有吊古台，有忠义、壮烈、无辜、别离四门。天君御于吊古台，于时悲风飒飒，苦月凄凄，各门之人，含怨抱愤，一拥而入。天君惨然而坐，命管城子记其万一。只见忠义门内，龙逢、比干、纪信将军、诸葛亮等历代忠臣烈士，不胜其记迹。再见其壮烈门内，李敬业、骆宾王、项梁、范孟博、齐王建等数十万忠烈之魂魄，历历在目，高笔管城子也心乱而无法一一而记。还看其无辜门，历代怨情遗鬼，见着心碎，使云愁雾惨。又看那别离门，王昭君、苏武、虞美人、绿珠、狄仁杰、苏轼、苏辙、李白等历史上生死别离之孤魂，正在斜阳中消魂。

作者认为君心就是天下之心，君心正则天下治，君心混则天下乱，治乱之间存一心。《愁城志》将人心拟作君主（即天君），将仁、义、礼、智、信等五常和喜、怒、哀、乐、爱、恶、欲等七情拟人化为各层臣子，还将眼睛、耳朵、嘴巴、胳膊、腿等人体器官和砚台、毛笔、酒、钱等为情节中的各类人物。小说通过以无数喊冤而死的忠臣义士的冤情铸成愁城的形象比喻，体现了对当时独断专横的封建统治阶级的郁愤。作品生动地描写了现实的黑暗和社会心理之浇漓。在腐恶的现实中，主人公只能借酒浇愁，以自我安慰来排解忧郁。在作品中，充满着对历史上无数杰出人才无用武之地的喟叹，这种喟叹也许折射出作者自己不遇的人生经验。所以在情节发展过程中，作者始终无法排解忧愁，直到驱愁大将军魏酿率军攻破愁城，才得以解脱。作品的风格沉郁而顿挫，虽到处都是忠魂冤鬼的形象，但作者并没有陷入多愁善感的消极情绪之中，而是通过这些艺术形象表达了自己复杂的矛盾心境和报效国家的侠肝义胆。

　　天君系列小说的形象世界中，还有许多以人的心性、意念和精神生活中的相关要素为拟人化的人物群像。其中的各类人物无一不是性理学所常用的概念、人体相关部位、功能器官、人类情感活动的诸多表现形态、心理活动等相关要素，其中有为国为民敢说敢为的诤谏之臣、危难面前勇于牺牲自己的民族英雄、身陷囹圄而不改其志的忠臣烈士、勤勤恳恳为国为君忠于职守的上下官吏，也有国家危难之际卖国求荣的逆贼、用甘言利说误导国君的佞臣、与黑暗势力沆瀣一气的奸臣、为满足私欲窥伺国库的贪官等。这些拟人化的各类人物，形成多个群类，在相互的矛盾纠葛中，各自展现出自己的特征和个性。郑琦和《天君本纪》中的五事之官（恭、从、明、聪、睿），五官人（貌、言、视、听、思），二宰相（淳于善、田知节），四蠹（意、必、固、我），五寇（卫濮〔声〕、赵冶〔色〕、甘匂〔饱〕、温通〔暖〕、薄贤〔搏〕），二豪（希饶〔富〕、希达〔贵〕），七荡（随欣〔喜〕、颜悻〔怒〕、乐极〔哀〕、伏威〔惧〕、钟耽〔爱〕、仇瞻〔恶〕、何从〔欲〕）等，还有李钰《南灵传》中的秋心（愁）、黄卷（烟）、长白发（因愁发白）、梦不成（因愁失眠）、防意（小心）、神明（精神）、忧心等都是其中生动的例子。还有郑泰齐的《天君演义》中，天君在"心城"的"神明之宫"中设官分职，治理国家，以五官封各个城主，将情府的七情封各方将军，以文房四友为各部守令，奸臣欲生（欲）花言巧语利诱天君，忠臣惺惺翁（理智）披肝沥胆诤谏天君，使之恢复清醒的头脑，朱肺（肺）、朱脾（脾）二大将英勇与敌将越白（色）、欢伯（酒）、睡魔等斗争，以捍卫天君和国家。这些都浓重地象征着"理先气后""心即理"等性理学思想和"三纲五伦""心性修养""修身齐家"等儒家理念对一个"完人"的构筑是多么地重要这一思想。

第五节 "欲人易晓莫如引喻"观念引领的小说艺术世界

自心学至天君系列小说，是一个从哲学到文学的移情过程。这个从纯粹理性思维到形象思维的转化过程，是一个特殊的意识模式转换的过程，反映着不同学科截然不同的思维方式存在着互相因果、殊途同归的可能性。在近代欧洲古典主义、启蒙主义文学和中国宋明理学家的诗文中，可以找出许多类似的例子。海东天君系列小说，是东方这种类似文学现象的生动事例之一。一开始，把心学加以文学化，将干瘪无味的抽象转化成生动的艺术形象，不能不说是一个老祖宗没有做过的绝顶聪明的创新之举。在朱子学占据绝对统治地位的当时，做出这样的创举，没有大胆的创新精神绝对办不到。对当时的创作心理，《天君本纪》的作者、文人郑琦和坦率地告白道：

> 心学之于人，大矣。自濂洛诸贤，以至我朝名硕，或为注解，或为图说，言之极备，辨之已详。以余谀寡之见，虽使循涂守辙，依样画葫，尚不能透其万一。况可以别拓门户，发前人所未发之旨哉。然耻不若孙吴而遂废其兵，耻不若仪秦而囚其舌，则是画也，画圣人之所斥也。余何必自沮自弃，不试千虑之一得耶。先儒之言，譬木则根也，譬水则源也。余将达其枝而采其华，涉其流而扬其波，聊试窥管之见，亦无所不可。遂不用蹈袭，不思研究，创出己见，作为此篇。其冥行妄为之病，穿凿附会之罪，乌敢逃也？其立言之法，别为序次如左。[1]

心学对人的精神教养，极其重要。对它，中国古代儒家诸圣人和海东名硕

---

[1] 郑琦和：《天君本纪序》，(韩国)《韩国文集丛刊》。

大儒通过注释、图说等形式,已经探讨得"极备且详"。作为海外的一个普通文人,在这些圣人和名硕大儒面前渺小无遗。依样先人且难,况别拓门户,发前人所未发之旨的时候呢?然而不应因前人没有企及而后人放弃努力,古人的才思亦精且深,今人的创新则益艰巨。古圣人虽不谈怪力乱神,但如今的我何必"自沮自弃",在小说创作上"不试千虑之一得"呢?先儒在心学上的成就渊博而精深,他们的思想成果"譬木则根","譬水则源",对后世有着指导性意义。郑琦和指出,如今他创作《天君本纪》,是要继承古圣贤的思想,以文学形式实现同样的目的,"达其枝而采其华,涉其流而扬其波"。他认为在这个前提之下,将心学的要义改写成天君小说,"聊试窥管之见",是值得一试的创举。他宣布用小说的形式"立言",绝不蹈袭前人,"创出己见,作为此篇"。将心学中的具体问题改写成小说,可能会逃不脱人们说犯了"冥行妄为之病,穿凿附会之罪"的指责。但是他矢志不改,决意改变"其立言之法",尝试写出一部描写性的文字——《天君本纪》。

天君小说的作者们深知理学文字和文学文字存在截然不同的差异。他们认为理学著述主要动用抽象、逻辑、辩证、归纳等思维方法,来阐述自己的观点;而小说创作则主要运用形象思维,用审美情感和艺术创造,来实现主题的表达,刻画人物形象来反映社会生活。在天君系列小说的创作中,他们时刻铭记小说文字的这种特性,刻意运用描写文字,去塑造一系列拟人化的人物形象。他们知道儒家圣贤大都反对写志怪或小说类文字,但他们深知文学对人的感化作用是巨大的,和诗歌一样,如果写好,小说也会具有对人巨大的教化作用。关键是能不能坚持心学原理,写好、写活,具有强烈的可读性,打动人心和感化受众。他们认为在这个过程中,善于运用艺术比喻和描写文字格外重要,特别是能不能巧妙地运用拟人化的艺术手法,是成功的关键。对这些艺术手段的重要性,郑琦和还说道:

取物引喻，经传之眼藏；借人立名，稗诡之心诀。将透经传之奥指，而先用稗诡之余习，则其遣词下语，能不矛盾矣乎。然欲人易晓，莫如引喻；欲人必信，莫如立名。主论既正，用意颇详，则看是纪者，观过，斯知仁矣。天君之称，始见《荀子》，而范浚《心箴》特褒扬之。盖君者，统万邦而发号出令者也。心为一身之统而四肢百骸，罔不禀令于心然后，能全其天。天君者，天生之君也。无位而尊，无体而大，其可不探其本而为之纪哉？[1]

利用物性物象的特征，来进行"引喻"，这是古代传记文学名作的关键"眼藏"；根据物性物象来拟人化，刻画人物形象，是"稗诡"之作的关键"心诀"。利用"稗诡"之艺术手法，来反映"经传之奥指"，原来是存在深刻的内在矛盾，但是用艺术形象来反映某种道理，最容易让人理解和接受。所以"欲人易晓，莫如引喻"，"欲人必信，莫如立名"，因为文学有以情感人的巨大力量。这个"情"，就是艺术情感，这个"感"，就是审美感染。只要"主论既正"、"用意颇详"，就可以达到所企目的，可以实现圣人之旨。郑琦和还坦率地披露天君系列小说受启发于中国古代《荀子》和宋范浚的《心箴》。指出在阶级国家里，所谓"君"者就是"统万邦而发号出令者"。与此同样的道理，心在人的一身中，是统率"四肢百骸"的统帅，而天君则是"心"的尊称，可谓"天生之君"。在人身中，"心"是至尊的存在，是"无位而尊，无体而大"，具有无限的探索价值。用文学中小说的体裁模式装载人心活动的深层内容，以艺术形象的审美感染原理演绎心学的内在运行机制，这无疑是海东文学界的一大看点。

如前所说，郑琦和是用小说的艺术形式将儒家"濂洛诸贤以至我朝名硕"的心学要旨搬上文学的殿堂，以加强其感染力度，拨醒当权者和士大夫文人的良知。他虽曾标榜自己是"聊试窥管之见"，"遂不用蹈袭"，"创出己见，作为

---

[1] 郑琦和：《天君本纪序》，(韩国)《韩国文集丛刊》。

此篇",但还是透露自己的创作是依傍"先儒之言"而作,将其当作创作的主题素本,当作"譬木则根""譬水则源"。从而他宣言"余将达其枝而采其华,涉其流而扬其波",最终达到宣扬其要义、众心归磨儒家精神修养的目的。只不过为达到这个目的,而改换其文体形式和表达方式,以文学形象思维的活力,加强渲染效果。从天君系列小说的形成和发展路径来说,它的确有自己的主题素本,有着之所以被驱动的创作动机。这个主题素本,就是当时海东朱子学界因此而争论不休的热门论题——"心统性情"说。

的确,海东天君系列小说创作与传统性理学的"心统性情"说,有着割不断的思想渊源关系。中国北宋的张载曾经提出"心统性情"的命题,认为"合性与知觉,有心之名",心是总括性情与知觉而言的,性之发为情,情亦是心的内容。南宋的朱熹肯定张载的这种说法,认为"横渠云'心统性情',此说极好",因为"统,犹兼也。心统性情,性情皆因心而后见,心是体,发于外谓之用"。"性者,理也。性是体,情是用,性情皆出于心,故心能统之"。从而把心性学说引入理学的正统。宋儒的"心统性情"说,和其整个理学思想一起传入海东以后,引起了其朱子学界巨大的兴趣。历代海东学者,不仅对它进行认真的学习,还对它进行深入的研究,以至引申出许多自己的创见。在进行一系列理论阐述的同时,利用图表的形式发表自己的创见,也是他们发展心学理论中的一大创举。最初,学者权近著述《天人心性合一图》,把自己学习和研究朱子学的心得表达于图,图中将"天"置于顶端,"心"置于中央,四端下置"诚",七情下置"敬",周围安排人的善恶真假的变化之态,以"感性"和"理性"之间的矛盾显示人的精神修养的重要性。权近之后,海东朝鲜朝时期其他学者也陆续著述此类心性图,其中李滉、曹植等人的心性图尤为突出。李滉《圣学十图》中的第六图就是《心统性情图》,图中将"理"置于顶端,"心"置于中央,其下画出"辞让"之心和"羞恶"之心、"恻隐"之心和"是非"之心等四端,最下面安排喜、怒、哀、惧、爱、恶、欲等七情,以强调"心"统率"性"、

"情","心"为人身的主宰，人可以"持敬立心"，通过"存养省察"，修养功夫，求得心之"精一执中之圣学，存体应用之心法"。岭南曹植的《心明舍图》，则将"太一真君"（天君）置于顶端的"神明舍"中，"敬"置于中央的"冢宰"的位置，把"天德"与"王道"安排于左右，以示辅佐态；又将"惺惺"置于"口关"之上，其下标出"忠信"和"修辞"二字，在"神明舍"圈外设置"耳关"和"目关"，以标捍卫态；在"神明舍"圈下方还安排"事物"，其左右置"百揆"和"司寇"，其两旁又安排"致察"和"克治"二人，以示处理万事；最下方安排"止"，两边置"止"与"至"，以标心静则至、达观则止的心性观。对这样的一个心性图，曹植作了形象的概括："太一真君，明堂布政，内冢宰主，外百揆省。承枢出纳，忠信修辞，发四字符（和恒直方），建百物旗，九窍之邪，三要始发，动微勇克，进教厮杀，丹墀复命，尧舜日月，三关闭塞，清野无边，还归一，尸两渊。"（《南冥集》卷4）其内容简直把人的心性世界，比拟成人体自然世界中的诸种现象和相互关系，"取物比喻"，生动亲切。可见，在海东学者的笔下，人的心性、身体世界几乎是一个独立的天地，他们把它想象成一个人间社会机制和，它像一个阶级社会的王国，有君、有臣、有人间众生相。据传，南冥曹植作完《神明舍图》以后，就命自己的学生金宇颙写出一部以心性为题材的小说。海东第一部天君系小说《天君传》，就是金宇颙根据师意，加以艺术创新而写出来的。

从本质上讲，海东天君系列小说的思想根源固然在于传统理学的"心统性情"说，而其艺术灵感则受启发于中国《管子》《荀子》《孟子》等先秦儒家和海东朝鲜朝时期理学家"心统性情"思想中有关心体从属关系理论模式中。也就是说，它们是对儒家乃至近世理学家有关心与性情关系理论加以艺术化，并巧妙地运用古人论说和文学要素之间的类似点，加以艺术创造的结果。对这一点，《天君演义》的作者郑泰齐曾指出："《天君演义》一书……其法则仿史氏演义，而其说则本儒家工夫也。"（《天君演义序》）此话一言道破了从抽象的心学理论到形象的小说体制的转化过程。对这样的审美转化过程，中国西晋人陆机曾说过："伫中区以玄览，颐情志于典坟。遵四时以叹逝，瞻万物而思纷……倾群言之沥液，漱六艺之芳润。"（《文赋》）万物的盛衰，四时的变化，触发作家的创作思绪，三坟五典等抽象知识颐养作家的情志；同时在丰富的艺术想象过程中，情伴物象，情物交融，鲜明的艺术形象就创造出来了。

　　海东的天君系列小说，就是靠这样的艺术想象而创作出来的。按照郑琦和的话来说，这就是"别拓门户"，"取物引喻"，"达其枝而采其华，涉其流而扬其波"，"创出己见，作为此篇"的过程。它们在艺术结构上，采取传统史传体的结构模式，往往以天君（心）的平生事迹为描绘对象，围绕他的统治安排宰相、大臣、各级官吏和天下百姓等众生相。而小说的矛盾纠葛往往产生于天君沉溺于酒色、喜欢游玩或听信奸臣媚言，而疏远忠谏、怠于政事，从而导致国政混乱、盗贼群起、百姓流落、饿殍遍野，经历一段困境波折之后，天君才醒悟过来，重新采纳忠谏，复勤政事，国家重振繁荣。各类天君小说的故事情节有所不同，各有自己的艺术个性，但大体的框架趋向都有一些共同点。在天君系列小说中，各类人物众象丰富而多样，他们各分正反面、忠奸、侠盗、好坏庶民等类型，各演其角色，成为故事情节发展的推动者。尤其是各类人物都来自于人体器官、儒家心学、人的精神活动等方面，如金宇颙《天君传》中的天君、太宰敬、百揆义、良、公子懈、公子傲、华督、柳跖、大将军克己、公子志等；林悌《愁城志》中的天君、主人翁、无极翁、管城子、膈县人、仁、义、礼、智、信、喜、怒、哀、乐、视、听、言、动、曲襄、毛颖等；郑泰齐《天君演义》中的天君、惺惺翁、主一翁、诚意伯、驱愁将军（喜）、建威将军（怒）、怀戚将军（哀）、镇欢将军（乐）、扬仁将军（爱）、督过将军（恶）、五利将军（欲）、目官、鼻官、耳官、口官、越白（女人）、欢伯（酒）、甘言、百娇、百媚、百嫣、百妙、审悟、志帅、气帅、天理、精神、魂氏、魄氏、朱肺、朱脾、小肠、元仁、文体、正义、孚信、周智等。在艺术情节发展中，这些人物各随其性，个性鲜明，给人留下深刻的印象。

海东天君系列小说在写法上则采取史传体的艺术形式。

首先要注意的是，题材的史传性特色。尽管故事中的各类人物都来自于人体器官、儒家心学、人的精神活动等方面的名称，但情节发展的矛盾斗争都拟以历史人物之间的故事来展开，它模仿史乘的纪传体，似乎不依傍于历史事件或人物，就不能显示其价值。虽然它们的故事情节都是虚构的，但其写法是以真人真事来表现，似乎写得不真实就不罢休。

其次要注意的是，思想观念的史传性特色。海东天君系列小说的作者，虽都明知自己是在虚构故事，但他们都把自己当作史官或史笔作者，在小说中都以"以人系事"的写法，表现着帝王中心观念和历史英雄中心论思想，标榜其态度认真、庄严。

还要注意的是，历史演义艺术的史传性特色。它们都秉承着史传的纪传体写法，作品中多引入史书帝王"世家"和王公、诸侯、普通人的"列传"的模式，采取一人一代记的艺术形式。这就需要按照人物谱系、事迹和平生业绩来写，并多重视时间顺序。如金宇颙的《天君传》一开头就写："有圃于昆仑之下，磅礴之上，号曰'有人氏'。其地自圆颅山至交趾，土不过同，而以礼义为诸侯所宗，实王夏盟，以熙帝载，其君则乾元帝之子也。"将主人公的谱系和出身，用庄重的口吻写出来，以示其天神的高贵血统。有的作品的开头，则把天君非凡的神才和勇气当作表达对象。如柳致求的《天君实录》曰："天君姓丹，名元，字守灵，生于寅会半五千四百年，摄提之岁，其仁如天，其知如神，极于无形，而无不通，入于无偷而无不贯，前乎上古，后乎万古，而无不彻，近在跬步，远在万里，而无不同，真所谓：'活物'也。"

天君系列小说中的各类人物虽都来自于人体器官、儒家心学、人的精神活动等方面的名称，但作为小说人物他们在作品中的存在和活动，都活灵活现，生动无比。特别是他们在小说中的对话，写得格外真实而有趣。如《天君实录》

有一段上帝和群臣之间的对话，其曰："上帝庸忧之，询于群下曰：'畴若子下土民人。'真宰曰：'有活物在下，上可以代天工，下可以理万物。帝其念哉。'帝曰：'俞，如何？'对曰：'其物流行无滞，应用不穷，备三才，而有经纶恭赞之功，配二仪而致中和位育之妙，放弥六合之中，而退藏至密之地，语大天下莫能载焉，语小天下莫能破焉。'帝曰：'我其畀哉。'于是，内共众理，众理悉举，外应万事，万事时叙。以至上天下地之宇，古往今来之宙，百千万亿，许多酬酢，无不由此而出。"整个对话贴近现实，指摘事物明白通理；话意真切，人物语态举止如在眼前。天君系列小说的作者们深知小说的文学特点，充分利用"引喻""描摹"等艺术手段，来塑造天君等一系列人物形象。

以生动的艺术形象去真实地反映现实生活，这无疑是文艺最基本的本质特征。鲁迅曾说过："文艺之所以为文艺，并不贵在教训，若把小说变成修身教科书，还说什么文艺。"对文艺的一般规律来说，鲁迅的此话的确是正确无比，但是对文艺发展规律的角度来说，人类的文学实践却显现出多样的实际面貌。比如中国宋代文学长于议论，就是诗歌也多议论化、散文化，这是与其时科举考试偏重策论等原因有关。对宋代文言小说偏重理学化的倾向，鲁迅又批评道："宋时则讳忌渐多，所以文人便设法回避，去讲古事。加以宋时理学极盛一时，因之把小说也多理学化了，以为小说非含有教训，便不足道。"[1] 这些话，较为真实地概括了宋代文言小说在内容上的特点。尽管宋代的诗文和小说因这种劝惩传统受到一定影响，但宋代也是一个各类文学比肩发展并取得辉煌成就的时期。纵览宋代文言小说，它虽"多托往事而避近闻"（《中国小说史略》第十二篇），多模拟和因袭唐传奇、以旧文为篇、以"逮古"为长、堆砌史料、编写故事，但往往有借古鉴今的意义，而某些方面有暴露和批判的性质，也有的则透露出平民意识的觉醒。

中国小说发展中的这种劝惩意识，也深刻影响海东小说的发展过程。不

---

[1] 吴子敏等编：《鲁迅论文学与艺术》上册，人民文学出版社，1980，113页。

过这种表现在海东更为鲜明,劝惩意识更为浓重,这是因为海东是地道的东方儒教古国,以朱子学为官方哲学的国度。而且海东天君系列小说的作者大都为官僚文人,往往以捍卫性理学成果自居,对世态小说有一定偏见,但是对文学形式的艺术效果,乃至于小说比之于史家之书更有感人的力量这一点,有很深刻的认识。同时,在小说创作上,他们往往多重视史料而轻虚构,对爱情题材小说之类有很深的偏颇、鸿沟之见,但是在天君系列小说创作上,他们却表现出了强烈的艺术虚构意识和文学表现欲望。在他们的努力下,天君系列小说虽"本儒家工夫",却充满了艺术激情。他们的作品,尽管以剖析心学的诸多重要因素为要旨,以强调人的精神修养的重要性为目的,但他们的小说崇尚质实,重视艺术表现,而且字里行间多包含揭露现实矛盾和以批判当权者的不作为和不道德的行为为己任的意识。同时,天君系列小说以人体器官、儒家心学、人的精神活动等方面的名称为小说人物关系,并巧妙地利用它们自然生理上的个体特征,来描写它们的艺术个性,使作品显示出另外的风趣和审美效果。这就是天君系列小说本身"多理学化"的问题和艺术热情之间存在的既矛盾而又统一的衔接点。不管怎样,天君系列小说对后世的拟人传记体和寓言体小说的发展,产生了深远的影响。

中国近代思想家梁启超曾讲过:"欲新人心,欲新人格,必新小说。何以故?小说有不可思议之力支配人道故。"[1]这一句话有些抬高小说社会作用的嫌疑,但在东方文学史上的确有一些人这么想过,并执意往这个方向努力。因16、17世纪的海东接连经历多次农民起义和壬辰、丁卯、丙子三次外祸,国力衰竭,世风日下,多数士大夫阶层认为其责任主要在于执政者的腐败无能和之前盛极一时的朱子学的衰微。于是一批富有责任意识的士大夫文人开始琢磨扭转颓势的方策,意欲不被禁锢于一个思想模子里,不死守章句,勇于探索实理之学、致用之学。在摸索中,即使是不直接得之于程朱,有违于古人之意,他

---

[1] 陈志平、吴功正:《小说美学》第一章《本质》,人民出版社,1991,第9页。

们也要正视现实，理性分辨是非。海东天君系列小说的作者大都为士大夫阶层文人，但他们讲故事刻画人物，史料和虚构并重，构建了一幅幅极具史传特色的艺术世界。他们的天君系列小说摆出一副"信史"的姿态，故事和人物似乎征之有据，查之实有其人其事，而实际上这些都是在作者审美情感和理想主导下重铸的"现实世界"。从本质上讲，这个重铸的艺术世界，是虚构的，又是真实的。因为它们运用人物、故事和环境构筑起一个独特的艺术世界，反映的是"可以感觉到的生活"，是按照生活的逻辑去创造出来的生活。在这些以史传体的艺术形式构筑起来的虚构的小说世界中，作者自由地展现想象的翅膀，以心为天君，以人体的五官、五脏六腑、七情六欲等为臣等，甚至以儒家三纲五常、程朱理学的心性论诸概念等为作品中人物，讲出"治天下者，先治人心"；"君子务本，本立而道生"；统治者要勤政爱民，"为政以德，譬如北辰，居其所而众星共之"的道理。海东天君系列小说所描写的环境、人物和情节看似迷离荒唐，但处处显现质实的艺术风格和针砭现实黑白的锋芒，篇篇隐隐影射着眼前统治者的昏庸无能和社会的邪恶现象。它们似乎标榜"征信"，故事中的时间、地点、人物和事物交待得一清二楚，言之凿凿，富有真实感。

拟人传记体文学是从传统的传记文学中派生出来的一种支系体类，是传记文学不断发展、丰富的结果。在中国，虽然韩愈、柳宗元这样的大家曾写过此类文体（如柳宗元的《蝜蝂传》、韩愈的《毛颖传》等），但其后的一千二百年间跟随者寥寥无几，在近现代以来的各种文学史中，对此所涉及也极少。可喜的是，这样的一种特殊文体被传入海东以后，深受文人的青睐，成为炙手可热的一种文学体裁。自高丽时期的林椿写《麴醇传》以后，文坛对它的兴趣与日俱增，许多文人涉足此体，留下了极其丰富的相关遗产。后来由此派生的天君系列小说，打破原有拟人传记体文学以物喻人、一人一代记形式的框框，深潜于理学的心学、人体器官、人的精神活动以及儒家治国理政理观念之间的可喻性世界，用强烈的夸张、比喻和"羽翼信史"的创作态度，刻画出了复杂的人生和社会矛盾。有人曾说,世界上没有文学不能描写的艺术对象,其中小说能够描写的对象尤为广阔无限,海东天君系列小说的创作实践正好证实了这一文学预言。

结　语

中国宋人的程朱理学传入海东朝鲜以后，以朱子学的名义被演绎和发展，为巩固和助推其政权起到了重要作用。在其五百余年的延续和发展过程中，朱子学无疑经历了一开始的凝聚人心，促行仁政和疏润儒家文脉的积极作用，至其中晚期便一步步下沉为保守落后、阻碍社会进步的代名词。尽管如此，绝不能忽略朱子学在朝鲜朝社会政治和思想文化发展中的积极作用，以及它为丰富和发展其治国理政、审美文化理论建设中的重要贡献。

这本书把朝鲜朝的文学观念与朱子学放在一起，作为深入研究的课题，是想尝试一种跨学科的研究方法。这一方法，就是试图通过古代心性哲学与文学相互濡染和渗透方式，去揭示其进一步生成的观念模式。在这个过程中，努力重现当时文人士大夫的心路历程、创作思维，以及朱子学发展道路中的独特的文学意识。巴尔扎克曾经说过："我也许能够写出一部史学家们忘记写的历史，即风俗史。"[1]他的《人间喜剧》就是这样的一部作品，它用极其生动的艺术形象写出了那个时代贵族衰亡、资产者发迹、金钱罪恶等主题，从而深刻反映出当时法国封建贵族的没落、衰亡和资产阶级的罪恶发迹史。还有，德国伊曼努尔·康德的《实践理性批判》虽是一部哲学著作，但它充分反映出德国那种普鲁斯式的经济特点和政治发展状态，其笔致既生动而又深刻。朝鲜朝文人士大夫之间围绕"道"与"文"而展开的争论，无疑是那个时代意识形态内部纠葛的反映，其中折射着那个时代封建政治、经济和思想文化的余影。同时，其中

---

[1]《中国大百科全书·外国文学（I）》，中国大百科全书出版社，1982，第95页。

也充分体现着当时社会政治的和审美的诉求，也可以从中感受到那个时代思想的真谛。

这本书不仅深入探讨海东朝鲜朝程朱理学视阈下的"道""文"关系演变史，以深刻揭示儒家道学与文学观念之间深刻的学理关系，而且还展现中国的程朱理学及其文学意识对海东朝鲜朝思想界和文坛的深刻影响，以及作为中国周边藩属国的海东朝鲜朝心性哲学与文学观念再创的深层面貌。从而使学习和研究者从中获益，成为学界和高校相关专业研究和学习的良师益友，促进当代新的比较文化建设，推动新时期学术文明的发展。

海东朝鲜朝的心性哲学与文学观念有着密切的关联。这时期心性哲学文献，饱含浓厚的文学及其观念成分，海东朝鲜朝的发展深受其深层启迪，二者曾产生过重大影响关系。因此，很有必要从二者内在关系的角度对海东朝鲜朝文学观念的演变和发展进行深入探讨。从海东朝鲜朝理学文献和文学文献的实际看，在许多情况下二者往往紧紧融合在一起，互为表里，无限丰富了海东朝鲜朝哲学思维的抽象意义和文学观念的哲理视域。从中可以研究文学中的心性哲理，也可以研究儒家道学对文学创造的浸染机理，这些研究不仅可以彰显海东朝鲜朝思想文化独特的内在本质，也可以体现中国古代思想与文学对东北亚邻国海东朝鲜朝的深刻影响。这种研究，对于全面认识海东哲学史上的道学思想是不可或缺的，而且也对探讨海东文学思想观念的演变史和中国宋代的程朱理学对海东的影响实态也有极其重要的意义。

这本书是一部系统研究海东朝鲜朝道学（朱子学）与文学关系的专门著作。本书集中探讨了整个海东朝鲜朝文学发展中的道文关系的演变过程，整个书涉及其初期勋旧派文人掀起的建立传统儒家文学体系的文艺思潮、当时的经学思潮及其道文观念，世宗朝民族文化复兴运动中的道文意识、士林派的兴起及其道学思想思潮中的道文思想，中宗朝以后的古文运动、唐宋之争中的道文之争、道学化的社会文化与天君小说等等内容。本书内容上的组织和运笔，始终坚持历史发展观念和问题性研究相结合的原则和贯穿哲学思潮与文学观念相互渗透的视阈，而且深入体现道文关系演变发展的具体过程。

这本书是深入研究海东朝鲜朝心性哲学和文学观念深层关系的第一部著作。文学发展的历史证明，文学观念不仅是一个主体艺术创造的心理过程，也是那个时代思想文化潮流的必然产物。自从从中国传入的程朱理学被海东朝鲜朝定格为主要的统治理念以后，它便受到历代政坛、学界和思想界的高度青睐，海东思想史上的一个新的哲学流派——"道学派"也由此应运而生。作为海东朝鲜朝主流思想流派的道学派，本着中国宋代程朱理学的哲学思维模式，以"理"为最高范畴，以"心性"论为主要的理论视阈，主张"尊道贵德"，通过儒家的精神修养来实现封建秩序的稳定，想以此为本国王道政治的理论基础。在海东朝鲜朝封建社会的发展进程中，这种道学思想逐渐渗透到社会文化心理之中，深刻影响其审美判断和艺术的价值取向。这一道学思想渗透到文学观念的深层结构之中，促进了其审美观念的道学化倾向，使海东朝鲜朝的文学发展始终在"道"与"文"孰重孰轻的问题上徘徊不定。在这个合目的性的审美理论追求过程中，文论家们按照自己的价值判断标准做出了各自不同的理论阐释，从而大大丰富了文学审美观念的视域，也为探索文学自身规律留下了一系列重要的经验。

这本书以马克思主义文艺批评方法论为指导，融合哲学和文学的跨学科研究方法，结合运用古代中朝心性哲学、文艺心理学、系统美学、比较文学等多种方法进行深入的探讨。本课题注意寻找以前没有人注意的国内历史文献及文物资料，作为研究的基本物质基础。还对不同的对象采取不同的研究视角和方法进行考察，力求达到研究视角的多样化、立体化和多元化。

值得一提的是，在朝鲜程朱理学为促进人们的思辨思维，使之知书达理而识大体、陶冶情操而辅邦国之治、维护政治秩序而稳定社会，无疑起到了了积极的作用。不过同时，它对朝鲜封建社会后期的历史和社会文化发展，也有巨大的负面影响,不少封建士大夫把程朱理学视为猎取功名的敲门砖,死抱其一字一义,如对其有"一字之疑",就扣上"斯文乱贼"之大帽,打入冷宫。这种现状,致使理学发展越来越脱离实际,成为于世无补的"空理空谈",演变成束缚人们手脚的理论教条。所以越到后来,程朱理学逐渐成为"以理杀人"的道德工具,从而反映出它阶级的和时代的局限性。不过还值得注意的是,尽管程朱理学至其末世陷入"空谈心性"的泥沼,但由于资本主义萌芽的产生和商品货币经济的逐渐发展,实学思想及其文学观念和平民文学意识日趋萌发,点缀了朝鲜后期的思想界和文坛。这其中,也存在极其深刻的历史的和理论上的"所以然",这其中的诸多理论问题,也值得留待以后专门去深入探讨。

主要参考文献

（宋）朱熹：《四书集注》，中华书局，2003。

（宋）朱熹：《诗集传》，中华书局，2017。

（宋）朱熹：《朱子语类》，中华书局，1999。

（宋）程颢、程颐：《二程遗书》，上海古籍出版社，1992。

（明）黄宗羲：《宋元学案》，中华书局，1929。

王运熙、周峰译注：《文心雕龙译注》，上海古籍出版社，2016。

蔡镇楚：《域外诗话珍本丛书》，北京图书馆出版社，2012。

权近：《阳村集》，（韩国）《韩国文集丛刊》。

郑道传：《三峰集》，（韩国）《韩国文集丛刊》。

卞季良：《春亭集》，（韩国）《韩国文集丛刊》。

安鼎福：《顺庵集》，（韩国）《韩国文集丛刊》。

徐居正：《四佳集》，（韩国）《韩国文集丛刊》。

徐居正等：《东文选》，（韩国）《韩国文集丛刊》。

李晬光：《芝峰集》，（韩国）《韩国文集丛刊》。

金宗直：《佔毕斋文集》，（韩国）《韩国文集丛刊》。

李滉：《退溪全集》，（韩国）《韩国文集丛刊》。

李珥：《栗谷全书》，（韩国）《韩国文集丛刊》。

张显光：《旅轩集》，（韩国）《韩国文集丛刊》。

金万重:《西浦集》,(韩国)《韩国文集丛刊》。

李玄逸:《葛庵先生集》,(韩国)《韩国文集丛刊》。

柳成龙:《惩毖录》,(韩国)《韩国文集丛刊》。

成伣:《虚白堂集》,(韩国)《韩国文集丛刊》。

李瀷:《星湖僿说类选》,(韩国)《韩国文集丛刊》。

洪大容:《湛轩书》,(韩国)《韩国文集丛刊》。

朴趾源:《燕岩集》,(韩国)《韩国文集丛刊》。

朴齐家:《贞蕤集》,(韩国)《韩国文集丛刊》。

李德懋:《清庄馆全书》,(韩国)《韩国文集丛刊》。

丁若镛:《与犹堂全书》,(韩国)《韩国文集丛刊》。

李圭景:《五洲衍文长笺散稿》,(韩国)《韩国文集丛刊》。

崔汉绮:《气测体义》,(韩国)《韩国文集丛刊》。

《朝鲜王朝实录》,(韩国)《韩国文集丛刊》。

赵钟业:《韩国诗话研究》,(韩国)太学社,1991。

赵钟业:《韩国诗话丛编》,(韩国)东西文化院,1989。

金仁京、赵志衡译解:《黄中允逸史·三皇演义》,(韩国)新文社,2014。

夏传才主编:《诗经学大辞典》(上、下),河北教育出版社,2014。

侯外庐:《中国思想通史》,人民出版社,1992。

李泽厚、刘纲纪:《中国美学史》,社会科学出版社,1987。

吴雁南等编:《中国经学史》,福建人民出版社,2010。

李泽厚:《中国古代思想史论》,人民出版社,1985。

陈来:《朱熹哲学研究》,中国社会科学出版社,1998。

周桂钿:《中国传统政治哲学》,河北人民出版社,2001。

牟宗三:《心体与心性》,上海古籍出版社,1999。

蒙培元：《理学的演变——从朱熹到王夫之戴震》，福建人民出版社，1984。

朱云影：《中国文化对日韩越的影响》，黎明文化事业公司，1981。

李甦平：《韩国儒学史》，人民出版社，2009。

徐远和：《儒学与东方文化》，人民出版社，1994。

李秀雄：《朱熹与李退溪诗比较研究》，北京大学出版社，1991。

何劲松：《韩国佛教史》，社会科学文献出版社，2008。

李岩：《朝鲜诗学史研究》，山西人民出版社，2016。

周月琴：《〈心经附注〉对退溪心学形成之影响研究》，学苑出版社，2015。

朱红星等：《朝鲜哲学思想史》，延边人民出版社，1989。

柳承国：《韩国儒学史》，台北：商务印书馆，1989。

崔根德：《韩国儒学思想研究》，学苑出版社，1998。

高令印：《李退溪与东方文化》，厦门大学出版社，2002。

朱七星：《中国、朝鲜、日本传统哲学比较研究》，延边人民出版社，1995。

葛荣晋：《韩国实学思想史》，首都师范大学出版社，2002。

李甦平：《中国、日本、朝鲜实学比较》，安徽人民出版社，2000。

朝鲜社会科学院：《高丽史》，（朝鲜）朝鲜社会科学院出版社，1957。

崔承熙等编：《韩国思想史资料选集》（一、二、三册），（韩国）亚细亚文化社，1986。

李丙焘：《韩国儒学史》，（韩国）亚细亚文化社，1986。

李家源：《韩国文学史》，（韩国）太学社，1997。

赵钟业等主编：《宋子学论丛》，（韩国）忠南大学宋子研究所，1994。

金周汉：《韩国文学批判史》，（韩国）学士院，1993。

梁礼承：《韩国文化史》，（韩国）教文社，1993。

金哲埈、崔柄宪：《韩国文化史》，（韩国）一志社，2000。

崔永真:《韩国哲学史》(韩国)新文社,2009。

全莹大等:《韩国诗学史》,(韩国)麒麟社,1988。

金周汉:《文学批评史论》,(韩国)学士院,1993。

柳正东:《退溪的人生与性理学》,(韩国)成均馆大学出版部,2014。

金世正:《韩国性理学中的心学》,(韩国)艺文书院,2016。

姜在彦:《士之国——韩国儒学二千年》,(韩国)韩吉社,2003。

李容珠:《圣学辑要——君子之道、省察之力量》,(韩国)绿光,2017。

金相贤:《性理学在韩国的接受与展开》,(韩国)教育科学社,2023。

裴宗镐:《韩国儒学资料集成》,(韩国)延世大学出版部,1980。

刘明钟:《退溪和栗谷的哲学》,(韩国)东亚大学出版部,1987。

李正浩:《训民正音的结构原理及易学研究》,(韩国)亚细亚文化社,1986。

后　记

　　前些年，我经常思索文化交流的重要性和复杂性的问题。纵观各种历史发展可知，文化交流无疑是推动人类社会发展的重要动力之一。社会发展的历史事实证明，如果没有文化交流，人类社会将会是什么样子，简直是无法想象。文化是怎样交流，怎样推动人类发展的呢？简单来讲，没有人员往来，就不可能有文化交流。在不同国家、民族之间，一旦有了人员往来之后，才可以进行思想文化的流播、物产移植、衣食住行和婚丧嫁娶等风俗习惯的相互影响。不同国家、民族之间的哲学思想、宗教意识等，也是在这个过程中相互传播，相互影响的。那些文学、艺术及其观念也一样，其内容和艺术形式，也在不断的交流当中丰富和发展。一个值得注意的问题是，思想文化的传播，往往是从先进的、发达的一方，向落后的、后进的一方流播。同时，不同国家和民族所生活的地理位置相距越近，其相互影响的力度就越强，其原生质浸染的程度就越浓，否则相反。

　　中国是东亚汉文化圈的中心国，由于地理位置上的便利，在文化上对近邻国家和民族产生了巨大的影响。几千年的中华文化，光芒四射，令别的国家和民族从内心折服，深受影响，借助而发展。在历史的长河中，海上的商船、陆路的使节、进退的军队，络绎于道上，从来没有停止过交往。在这个过程中，中国古代先进的思想文化，不断传至东亚各国，深刻影响他们的发展。在来往和接触中，作文赋诗成为常事，进行文学、艺术方面的交流也是顺理成章的事情。

在这部著述中谈论的朱子学与海东朝鲜朝文学中的道文观念问题，就属于这种文化传播学中接受美学范畴。中国宋代的程朱理学，作为宋明理学中的一个派别，主张"理"是主宰，要"尊天理""循天道"，强调"内圣""外王"。他们还把个人的伦理道德和信仰理念，加以概念化和系统化，将其进一步心性化，所以他们所说的"天理"是道德之学，又演化成封建王权的合法性依据。海东各代的统治阶级，用敏锐的政治触觉发现了其中的微妙之处，自高丽中叶以后开始引进它，研究它。海东朝鲜朝建国，主动将其定格为官学，以至于提高到国家的统治理念。海东朝鲜朝所谓的朱子学，就完全继承中国宋人的衣钵，只是主要着重于朱熹的理学学说和道德哲学。

可是文化的生命在于创新，若无新变，就不能称雄，也不可能扎根于自己的文化土壤之中。海东朝鲜朝的思想界，在封建统治阶级的奖掖之下，发展出了自己的朱子学。而其中期以后，他们的朱子学理论已显成熟的面貌，出现了像李滉、李珥、奇大升等一批著名的性理学家。这时期，他们的性理学理论，已然成为一门治国理政的政治哲学。他们利用朝讲、纳言、奏疏等机会，把朱子学"修齐治平""内圣外王"等道理讲给君主和朝臣，于是其"理"成为约束君主和士大夫的"金科玉律"。

文学观念及其创作实态，更成为了海东朝鲜朝封建统治阶级关注的对象，因为他们深知文学有"感人""入人"的神奇功效。他们深知孔子谈到的文学可以"兴、观、群、怨"的观点是有道理的，具有非常深刻的现实性。可问题是，当时海东文坛的情况不太乐观，由于当时朝廷实行的"文治"政策、科举考试诗赋比重大等原因，文坛上的浮华文风始终挥之不去。他们担心文学的萎靡，干扰国家的治国理政，影响封建统治的根基。在这个问题上，海东朝鲜朝的勋旧词章派和新进士林派之间，展开了激烈的论证。最终，经过反反复复的血的较量，以朱子学为理论依据的士林派取得了暂时的胜利。不久，勋旧词章派东山再起，掀起"戊午士祸""甲子士祸"等，反攻倒算。这样斗来斗去，最后士林派还是取得胜利，掌握朝廷的政治主导权。在这个过程中，士林派以其现实适应性极强的朱子学理论，取得君主和王室的信任。

在整个过程中，围绕文学的"道""文"之争，从来没有停止过。词章派文人，以词章之学为立身之本，而士林派文人则以道学为立言和治国之本，所以道学理论家多出自于这一派之中。但问题并没有这么简单，即使是词章派也没有那么划一，有标榜以"圣人之道"为准的，也有以词章之学为"文治之功"的；士林派内部也一样，有强调"道本文末"的，也有主张"道文并重"的。于是一场围绕"道"与"文"的争论，在海东朝鲜朝的文人士大夫中间展开，有时其激烈程度上升为"文案""士祸"等，使得不少文人连累进去，受到灭顶之灾。

深入研究海东朝鲜朝文学的"道""文"之争，是我多年来的愿望。因为我在阅读相关文献的过程中，逐渐发现海东朝鲜朝文学观念中的"道""文"关系之争，不仅事关其文学本身的曲线发展问题，而且还关系到其治国理政的深层意识形态。

本书的研究，内容涉及东方古典哲学和文学关系的问题，因此可以认为是跨学科的深层研究。正因为如此，我在进行本书的研究和写作时，常遇到一些难题。如对中国和海东朝鲜朝时期的心性哲学的奥义，进行深入理解，并不是一件轻松的事情。尤其是因为其心性哲学和文学问题，相互交叉出现，必须对其进行深入阐释，往往有心有余而力不足的感觉。为此，我大量阅读相关资料，深入探讨其中的哲理关系，力争做到准确无误。

在研究并写作本书的时候，我倍感中国古典思想文化深重的分量，看到它对其他国家和民族文化强大的重塑功能。在研究并写作此书的过程中，我也进一步明白东亚"汉文化圈"的文化生命力为什么如此强盛，以至于如今的中、日、韩文化的趋同性，还是那样地持久不衰。

对中华思想文化对东亚各国的传播，我们这个专业的前辈学者陈玉龙先生，曾经用诗歌的艺术形式概括道："襟江带海兮，翼分南北。舟车辐辏兮，络绎于途。诗书相通兮，声教广被。交光互影兮，相濡以沫。众彩纷呈兮，各擅其能。游目骋怀兮，黄华无极。太空俯瞰兮，长城如带。取精用弘兮，辛勤耕耘。瞻念前程兮，重赋新声。"我想以此为结句。

最后，借此机会，特别感谢人民文学出版社的厚爱和责任编辑葛云波编审的无私辛劳，感谢付春明博士协助校核文稿，还要对为这本书的写作给予大力支持的爱人朴花顺和家人表示深挚谢意！

李岩写于北京魏公村书斋

2024年12月9日